Märchen wie »Die kleine Meerjungfrau«, »Das häßliche Entlein« oder »Die Schneekönigin« haben den dänischen Dichter Hans Christian Andersen weltberühmt gemacht und Generationen von Kindern und Erwachsenen in ihren Bann gezogen. Dieser Sammelband enthält eine umfassende Auswahl der bekanntesten und skurrilsten Märchen und Erzählungen, die von den dänischen Künstlern Vilhelm Pedersen und Lorenz Frölich meisterhaft illustriert wurden.

Hans Christian Andersen wurde 1805 in Odense (Dänemark) geboren. Ab 1831 sind seine Dichtungen, ab 1835 seine Romane in Deutschland erschienen, 1839 wurde die erste Märchensammlung – das Genre, das den Autor weltberühmt werden ließ – in deutscher Sprache veröffentlicht. Der große Durchbruch gelang 1845 mit der Sammlung »Neue Märchen und Erzählungen für Kinder«. Andersen starb am 4. August 1875 in Kopenhagen.

Unsere Adresse im Internet: www.fischerverlage.de

HANS CHRISTIAN ANDERSEN

GESAMMELTE MÄRCHEN

Illustriert von
Vilhelm Pedersen und Lorenz Frölich

Nachwort von
Martin Bodmer

Fischer Taschenbuch Verlag

Auf Grund älterer Übersetzungen
herausgegeben und zum Teil neu übersetzt
von Floriana Storrer-Madelung

Veröffentlicht im Fischer Taschenbuch Verlag,
einem Unternehmen der S. Fischer Verlag GmbH,
Frankfurt am Main, März 2005

Lizenzausgabe mit freundlicher Genehmigung
des Manesse Verlags, Zürich

Satz: Pinkuin Satz und Datentechnik, Berlin
Druck und Bindung: Druckerei C. H. Beck, Nördlingen
Printed in Germany
ISBN 3-596-16553-9

I

DAS FEUERZEUG

Es kam ein Soldat die Landstraße dahermarschiert: eins, zwei! eins, zwei! Er hatte seinen Tornister auf dem Rücken und einen Säbel an der Seite; denn er war im Krieg gewesen und nun sollte er nach Hause.

Da begegnete er einer alten Hexe auf der Landstraße; die war ganz abscheulich, ihre Unterlippe hing ihr bis auf die Brust herab. Sie sagte: »Guten Abend, Soldat! Was für einen hübschen Säbel und was für einen großen Tornister du hast, du bist ein richtiger Soldat! Nun sollst du so viel Geld bekommen, als du besitzen magst!«

»Ich danke dir, du alte Hexe!« sagte der Soldat.

»Kannst du den großen Baum sehen?« sagte die Hexe und zeigte auf einen Baum, der neben ihnen stand. »Er ist ganz hohl inwendig. Da mußt du hinauf in den Gipfel klettern, dann wirst du ein Loch sehen, durch das du dich hinabgleiten lassen und tief in den Baum gelangen kannst! Ich werde dir einen Strick um den Leib binden, damit ich dich wieder heraufziehen kann, wenn du mich rufst.«

»Was soll ich denn da unten im Baum?« fragte der Soldat.

»Geld holen!« sagte die Hexe. »Wisse, wenn du auf den Boden des Baumes hinunterkommst, dann bist du in einem großen Gang; da ist es ganz hell, denn da brennen über hundert Lampen. Dann siehst du drei Türen, die kannst du aufmachen, der Schlüssel steckt darin. Gehst du in die erste Kammer hinein, so siehst du mitten auf dem Fußboden eine große Kiste, auf der ein Hund sitzt; der hat ein Paar Augen, so groß wie Teetassen; doch darum sollst du dich nicht kümmern! Ich gebe dir meine blaukarierte Schürze, die kannst du auf dem Boden ausbreiten; geh dann rasch hin und nimm den Hund, setze ihn auf meine Schürze, öffne die Kiste und nimm so viele Schillinge, als du haben willst. Sie sind alle von Kupfer; doch willst du lieber Silber haben, so mußt du in das nächste Zimmer gehen. Aber dort sitzt ein Hund, der hat ein Paar Augen, so groß wie Mühlräder; doch darum sollst du dich nicht kümmern, setze ihn auf meine Schürze und nimm vom Geld! Möchtest du hingegen Gold haben, so kannst du es auch bekommen, und zwar so viel, als du tragen willst, wenn du in die dritte Kammer hineingehst. Aber der Hund, der hier auf der Geldkiste sitzt, hat zwei Augen, jedes so groß wie der ›Runde Turm‹[1]. Das ist ein richtiger Hund, du kannst mir glauben! Doch darum sollst du dich nicht kümmern! Setze ihn nur auf meine Schürze, dann tut er dir nichts, und nimm aus der Kiste so viel Gold, als du willst!«

»Das wäre nicht so übel!« sagte der Soldat. »Aber was soll ich dir geben, du alte Hexe? Denn etwas wirst du wohl haben wollen, kann ich mir denken.«

»Nein«, sagte die Hexe, »nicht einen einzigen Schilling will ich haben! Du sollst für mich nur ein altes Feuerzeug mitnehmen, das meine Großmutter vergaß, als sie das letztemal dort unten war!«

»Na, dann binde mir den Strick um den Leib!« sagte der Soldat.

»Hier ist er«, sagte die Hexe, »und hier ist meine blaukarierte Schürze.«

Dann kletterte der Soldat den Baum hinauf, ließ sich in das Loch hinunterfallen, und stand nun, wie die Hexe gesagt hatte,

[1] Alter Turm in Kopenhagen.

unten in dem großen Gang, wo die vielen hundert Lampen brannten.

Nun machte er die erste Tür auf. Uh! da saß der Hund mit den Augen so groß wie Teetassen und glotzte ihn an.

»Du bist ein netter Kerl!« sagte der Soldat, setzte ihn auf die Schürze der Hexe und nahm so viele Kupferschillinge, als er in seiner Tasche tragen konnte, schloß dann die Kiste, setzte den Hund wieder darauf und ging in das andere Zimmer hinein. Eja! da saß der Hund mit den Augen so groß wie Mühlräder.

»Du solltest mich nicht so fest ansehen!« sagte der Soldat, »du könntest Augenschmerzen bekommen!« Und dann setzte er den Hund auf die Schürze der Hexe. Aber als er das viele Silbergeld in der Kiste sah, warf er all das Kupfergeld, das er hatte, fort und füllte die Tasche und seinen Tornister mit lauter Silber. Jetzt ging er in die dritte Kammer hinein! – Nein, war das scheußlich! Der Hund da drinnen hatte wirklich zwei Augen so groß wie der »Runde Turm«, und die drehten sich im Kopf herum wie Räder.

»Guten Abend!« sagte der Soldat und griff an die Mütze; denn einen solchen Hund hatte er früher nie gesehen. Aber als er ihn eine Weile angeschaut hatte, dachte er: Nun mag es genug sein, hob ihn auf den Boden hinunter und machte die Kiste auf. Nein, Gott bewahre! was war da für eine Menge Gold! Er konnte dafür ganz Kopenhagen und die Zuckerschweinchen der Kuchenfrauen, alle Zinnsoldaten, Peitschen und Schaukelpferde kaufen, die es in der Welt gab. Ja, das war wahrhaftig Gold! – Nun warf der Soldat all die Silberschillinge, die er in seine Tasche und in seinen Tornister gefüllt hatte, fort und nahm statt dessen Gold, ja, alle Taschen, der Tornister, die Mütze und die Stiefel wurden gefüllt, so daß er kaum gehen konnte. Jetzt hatte er Geld! Den Hund setzte er auf die Kiste, schlug die Tür zu und rief dann durch den Baum hinauf:

»Zieh mich jetzt hinauf, du alte Hexe!«

»Hast du das Feuerzeug mit?« fragte die Hexe.

»Wahrhaftig!« sagte der Soldat, »das habe ich ganz vergessen«, und dann ging er und holte es. Die Hexe zog ihn herauf, und dann stand er wieder auf der Landstraße, die Taschen, die Stiefel, den Tornister und die Mütze voll Geld.

»Was willst du nun mit diesem Feuerzeug?« fragte der Soldat.

»Das geht dich nichts an!« sagte die Hexe, »nun hast du ja Geld bekommen! Gib mir jetzt nur das Feuerzeug!«

»Schnick-schnack!« sagte der Soldat, »willst du mir gleich sagen, was du damit machen willst, oder ich ziehe meinen Säbel und haue dir den Kopf ab!«

»Nein«, sagte die Hexe.

Da hieb der Soldat ihr den Kopf ab. Da lag sie! Er aber band all sein Geld in ihre Schürze, nahm es wie ein Bündel auf den Rücken, steckte das Feuerzeug in die Tasche und ging geradewegs nach der Stadt.

Das war eine schöne Stadt, und in dem schönsten Wirtshaus kehrte er ein, verlangte die allerbesten Zimmer und Speisen, die er gern hatte; denn nun war er reich, da er so viel Geld hatte.

Dem Diener, der seine Stiefel putzen sollte, schien es freilich, das wären sonderbare alte Stiefel, die so einem reichen Herrn gehörten; denn er hatte sich noch keine neuen gekauft. Am nächsten Tag bekam er gute Stiefel und schöne Kleider. Nun war der Soldat ein vornehmer Herr geworden, und die Leute erzählten ihm von all der Pracht, die es in ihrer Stadt gab, und von ihrem König, und was für eine reizende Prinzessin seine Tochter sei.

»Wo kann man sie zu sehen bekommen?« fragte der Soldat.

»Die kann man gar nicht zu sehen bekommen!« sagten alle. »Sie wohnt in einem großen Kupferschloß mit so vielen Mauern und Türmen ringsumher! Niemand außer dem König wagt bei ihr aus und ein zu gehen, weil prophezeit worden ist, daß sie mit einem ganz gemeinen Soldaten verheiratet werden soll, und das kann der König nicht leiden!«

Die möchte ich wohl sehen! dachte der Soldat; aber dazu konnte er ja gar keine Erlaubnis bekommen.

Nun lebte er recht lustig, ging ins Theater, fuhr in des Königs Garten und gab den Armen viel Geld, und das war schön von ihm! Er wußte wohl aus vergangenen Tagen, wie schlimm es war, keinen Schilling zu besitzen! – Er war nun reich, hatte hübsche Kleider und bekam daher viele Freunde, die alle sagten, er sei ein freundlicher Mensch, ein richtiger Kavalier, und das gefiel dem Soldaten! Aber da er jeden Tag Geld ausgab und keins wieder einnahm, so hatte er zuletzt nicht mehr als zwei Schillinge übrig und mußte aus den schönen Zimmern ausziehen, in denen er gewohnt hatte, und hinauf in eine kleine, winzige Kammer, ganz unter dem Dach, mußte selbst seine Stiefel putzen und sie mit einer Stopfnadel zusammennähen. Und keiner seiner Freunde kam zu ihm, denn es waren so viele Treppen hinaufzusteigen.

Es war ein ganz dunkler Abend, und er konnte sich nicht einmal ein Licht kaufen; aber da erinnerte er sich daran, daß ein kleiner Stummel in dem Feuerzeug liege, das er aus dem hohlen Baum mitgenommen, in den die Hexe ihm hinuntergeholfen hatte. Er holte das Feuerzeug und den Lichtstummel hervor; aber gerade indem er Feuer schlug und die Funken aus dem Feuerstein flogen, sprang die Tür auf, und der Hund mit den Augen so groß wie ein Paar Teetassen, den er unten im Baum gesehen hatte, stand vor ihm und sagte: »Was befiehlt mein Herr?«

»Was ist das?« fragte der Soldat. »Das wäre ja ein lustiges Feuerzeug! Kann ich so bekommen, was ich haben will? – Schaff mir etwas Geld!« sagte er zum Hund, und wupp war der Hund fort, und wupp war er wieder da und hielt einen großen Beutel voll Schillinge in seinem Maul.

Nun wußte der Soldat, was für ein schönes Feuerzeug das war! Schlug er einmal, so kam der Hund, der auf der Kiste mit dem Kupfergeld saß, schlug er zweimal, so kam der, welcher Silbergeld hatte, und schlug er dreimal, kam der, welcher Gold hatte. – Jetzt zog der Soldat wieder in die schönen Zimmer hinunter, trug die guten Kleider, und gleich erkannten ihn alle seine Freunde wieder und hatten ihn gern.

Da dachte er einmal: Das ist doch etwas Sonderbares, daß man die Prinzessin nicht zu sehen bekommen kann! Sie soll so schön sein, sagen sie alle! Aber was kann das helfen, wenn sie immer drinnen in dem großen Kupferschloß mit den vielen Türmen sitzen soll? – Kann ich sie denn gar nicht zu sehen bekommen? – Wo ist denn mein Feuerzeug? Und dann schlug er Feuer, und wupp kam der Hund mit den Augen so groß wie Teetassen.

»Es ist ja freilich mitten in der Nacht«, sagte der Soldat, »aber ich möchte so herzlich gerne die Prinzessin sehen, nur einen kleinen Augenblick!«

Der Hund war gleich zur Tür hinaus, und ehe der Soldat sich's versah, kam er mit der Prinzessin zurück. Sie saß und schlief auf dem Rücken des Hundes und war so schön, daß jeder sehen konnte, daß es eine wirkliche Prinzessin war. Der Soldat konnte es gar nicht sein lassen, er mußte sie küssen, denn er war ein richtiger Soldat.

Der Hund lief dann mit der Prinzessin zurück; als es aber Morgen wurde und der König und die Königin Tee tranken, sagte die Prinzessin, sie hätte heute nacht einen so seltsamen Traum von einem Hund und einem Soldaten geträumt. Sie sei auf dem Hund geritten, und der Soldat habe sie geküßt.

»Das ist ja eine nette Geschichte!« sagte die Königin.

Nun sollte in der nächsten Nacht eine der alten Hofdamen am Bett der Prinzessin wachen, um zu sehen, ob es ein wirklicher Traum war, oder was es sonst sein könnte.

Der Soldat sehnte sich so schrecklich darnach, die schöne Prinzessin wieder zu sehen, und so kam denn der Hund in der Nacht, nahm sie und lief, was er laufen konnte; aber die alte Hofdame zog Wasserstiefel an und lief ebenso schnell hinterher. Als sie nun sah, daß sie in einem großen Haus verschwanden, dachte sie: Jetzt weiß ich, wo es ist, und machte mit einem Stück Kreide ein großes Kreuz auf das Tor. Dann ging sie heim und legte sich nieder, und der Hund kam auch wieder mit der Prinzessin zurück. Aber als er sah, daß ein Kreuz an das Tor des Hauses, wo der Soldat wohnte, gemacht war, nahm er auch ein Stück Kreide und setzte Kreuze auf alle Tore in der ganzen Stadt, und das war klug getan; denn nun konnte ja die Hofdame das richtige Tor nicht finden, da Kreuze auf ihnen allen waren.

Früh am Morgen kamen der König und die Königin, die alte Hofdame und alle Offiziere, um zu sehen, wo die Prinzessin gewesen war.

»Da ist es!« sagte der König, als er das erste Tor mit einem Kreuz darauf sah.

»Nein, es ist dort, mein lieber Mann!« sagte die Königin, welche das zweite Tor mit dem Kreuz darauf sah.

»Aber da ist eins und dort ist eins!« sagten sie alle; wohin sie sahen, waren Kreuze an den Toren. Da konnten sie denn wohl sehen, daß all ihr Suchen nichts helfen würde.

Aber die Königin war eine sehr kluge Frau, die mehr konnte, als in der Kutsche fahren. Sie nahm ihre große, goldene Schere, schnitt ein großes Stück Seidenstoff entzwei und nähte dann einen kleinen, reizenden Beutel; den füllte sie mit feiner Buchweizengrütze, band ihn der Prinzessin auf den Rücken, und als das getan war, schnitt sie ein kleines Loch in den Beutel, so daß die Grütze auf dem ganzen Weg, den die Prinzessin nehmen würde, herausrieseln konnte.

In der Nacht kam dann der Hund wieder, nahm die Prinzessin auf seinen Rücken und lief mit ihr zum Soldaten hin, der sie so lieb hatte und so gerne ein Prinz gewesen wäre, um sie zur Frau zu bekommen.

Der Hund merkte es gar nicht, wie die Grütze herausrieselte vom Schloß drüben bis zu den Fenstern des Soldaten, wo er die Mauer mit der Prinzessin hinauflief. Am Morgen sahen der König und die Königin nun wohl, wo ihre Tochter gewesen war, und da nahmen sie den Soldaten und setzten ihn ins Gefängnis.

Da saß er nun. Hu, wie dunkel und langweilig war es da! Dann sagten sie zu ihm: »Morgen sollst du gehängt werden!« Das war nicht lustig zu hören, und sein Feuerzeug hatte er im Wirtshaus vergessen. Am Morgen konnte er durch das Eisengitter vor dem kleinen Fenster sehen, wie die Leute aus der Stadt eilten, um zu sehen, wie er gehängt werde. Er hörte die Trommeln und sah die Soldaten marschieren. Alle Menschen liefen hinaus; da war auch ein Schusterjunge mit Schurzfell und Pantoffeln; der lief so im Galopp, daß der eine seiner Pantoffeln abflog, gerade hin gegen die Mauer, wo der Soldat saß und zwischen den Eisenstangen hinausguckte.

»Ei, du Schusterjunge! Du brauchst nicht solche Eile zu haben«, sagte der Soldat zu ihm, »es wird nichts daraus, bevor ich komme; aber wenn du hinlaufen willst, wo ich gewohnt habe, und mir mein Feuerzeug holst, dann sollst du vier Schillinge bekommen! Aber du mußt die Beine in die Hand nehmen!« Der Schusterjunge wollte gerne vier Schillinge verdienen und rannte davon, um das

Feuerzeug zu holen, gab es dem Soldaten, und – ja, nun werden wir hören!

Draußen vor der Stadt war ein großer Galgen gezimmert, ringsherum standen die Soldaten und viele hunderttausend Menschen. Der König und die Königin saßen auf einem schönen Thron, dem Richter und dem ganzen Rat gerade gegenüber.

Der Soldat stand schon oben auf der Leiter; aber als sie ihm den Strick um den Hals schlingen wollten, sagte er, daß man ja immer einem Sünder, bevor er seine Strafe erleide, die Erfüllung eines unschuldigen Wunsches gewähre. Er wolle so gerne eine Pfeife Tabak rauchen; es sei ja die letzte Pfeife, die er in dieser Welt bekomme.

Dazu wollte nun der König nicht nein sagen, und so nahm der Soldat sein Feuerzeug und schlug Feuer, eins, zwei, drei! Und da standen alle Hunde, der mit den Augen so groß wie Teetassen, der mit den Augen wie Mühlräder und der, welcher Augen hatte so groß wie der »Runde Turm«.

»Helft mir nun, daß ich nicht gehängt werde!« sagte der Soldat, und da fuhren die Hunde auf den Richter und den ganzen Rat los, nahmen den einen bei den Beinen und einen bei der Nase und warfen sie viele Klafter hoch in die Luft, so daß sie niederfielen und ganz in Stücke zerschlagen wurden.

»Ich will nicht!« sagte der König; aber der größte Hund nahm

sowohl ihn wie die Königin und warf sie hinter allen andern drein; da erschraken die Soldaten, und alle Leute riefen: »Kleiner Soldat, du sollst unser König sein und die schöne Prinzessin haben!«

Dann setzten sie den Soldaten in des Königs Kutsche, und alle drei Hunde tanzten voran und riefen »Hurra!« Und die Knaben pfiffen durch die Finger, und die Soldaten präsentierten das Gewehr. Die Prinzessin kam heraus aus dem Kupferschloß und wurde Königin, und das gefiel ihr gut! Die Hochzeit dauerte acht Tage, und die Hunde saßen mit zu Tisch und machten große Augen.

2

DER KLEINE KLAUS UND DER GROSSE KLAUS

Es waren in einem Dorf zwei Männer, die beide denselben Namen hatten, alle beide hießen sie Klaus, aber der eine besaß vier Pferde und der andere nur ein einziges Pferd. Um sie nun voneinander unterscheiden zu können, nannte man den, der vier Pferde hatte, den großen Klaus, und den, der nur das eine Pferd hatte, den kleinen Klaus. Nun wollen wir hören, wie es den beiden erging; denn es ist eine wahre Geschichte.

Die ganze Woche hindurch mußte der kleine Klaus für den großen Klaus pflügen und ihm sein einziges Pferd leihen; dann half der große Klaus ihm wieder mit allen seinen vieren, aber nur einmal in der Woche, und das war am Sonntag. Hussa! wie knallte der kleine Klaus mit seiner Peitsche über allen fünf Pferden, sie waren ja nun so gut wie sein an diesem einen Tag. Die Sonne schien so schön, und alle Glocken im Kirchturm läuteten zur Kirche, die Leute waren alle so geputzt und gingen mit dem Gesangbuch unter dem Arm hin, um den Pfarrer predigen zu hören; und sie sahen den kleinen Klaus an, der mit fünf Pferden pflügte; und er war so vergnügt, daß er wieder mit der Peitsche knallte und rief: »Hü, alle meine Pferde!«

»Das darfst du nicht sagen«, sagte der große Klaus, »dir gehört ja nur das eine Pferd!«

Aber als wieder jemand an ihm vorbei zur Kirche ging, vergaß der kleine Klaus, daß er es nicht sagen durfte, und rief: »Hü, alle meine Pferde!«

»Ja, nun will ich dich bitten, es sein zu lassen!« sagte der große Klaus, »denn sagst du es noch einmal, dann schlage ich dein Pferd vor die Stirn, so daß es auf der Stelle tot ist, dann ist es aus mit ihm!«

»Ich werde es gewiß nicht mehr sagen!« sagte der kleine Klaus, als aber Leute vorbeikamen und ihm guten Tag zunickten, wurde er so vergnügt und fand, es sähe doch so flott aus, daß er fünf Pferde hätte, um sein Feld zu pflügen, und dann knallte er mit der Peitsche und rief: »Hü, alle meine Pferde!«

»Ich werde deine Pferde hüen!« sagte der große Klaus, nahm den Spannklöppel und schlug das einzige Pferd des kleinen Klaus vor die Stirn, so daß es zu Boden stürzte und auf der Stelle tot war.

»Ach, nun habe ich gar keine Pferde mehr!« sagte der kleine Klaus und fing an zu weinen. Hernach zog er dem Pferd die Haut ab und ließ sie gut im Winde trocknen, steckte sie dann in einen Sack, den er auf den Nacken nahm, und ging nach der Stadt zu, um seine Pferdehaut zu verkaufen.

Er hatte einen sehr weiten Weg zu gehen, mußte durch einen großen, dunklen Wald, und nun zog ein fürchterliches Unwetter herauf; er verirrte sich gänzlich, und ehe er auf den rechten Weg kam, war es Abend und allzu weit, um zur Stadt oder wieder heim zu kommen, bevor es Nacht wurde.

Dicht am Wege lag ein großer Bauernhof; die Läden waren draußen vor den Fenstern geschlossen, aber das Licht konnte oben doch hinausscheinen. Da werde ich wohl über Nacht bleiben dürfen, dachte der kleine Klaus und ging hin, um anzuklopfen.

Die Bauersfrau machte auf, aber da sie hörte, was er wollte, sagte sie, er solle seiner Wege gehn, ihr Mann sei nicht zu Hause, und sie nehme keine Fremden auf.

»Nun, so muß ich wohl draußen liegen«, sagte der kleine Klaus, und die Bauersfrau schlug die Tür vor seiner Nase zu.

Dicht daneben stand ein großer Heuschober, und zwischen diesem und dem Hause war ein kleiner Schuppen mit einem flachen Strohdach gebaut.

»Da oben kann ich liegen!« sagte der kleine Klaus, als er das Dach sah, »das ist ja ein schönes Bett, der Storch fliegt wohl nicht herunter und beißt mich in die Beine.« Denn es stand ein lebendiger Storch oben auf dem Dach, wo er sein Nest hatte.

Nun kroch der kleine Klaus auf den Schuppen hinauf, wo er sich drehte und wendete, um recht gut zu liegen. Die hölzernen Laden vor den Fenstern schlossen nach oben nicht ganz gut zu, und so konnte er gerade in die Stube hineinsehen.

Da war ein großer Tisch gedeckt mit Wein und Braten und einem herrlichen Fisch; die Bauersfrau und der Küster saßen bei Tisch und sonst gar niemand anders, und sie schenkte ihm ein, und er hieb in den Fisch; denn das war etwas, das er gern hatte.

»Wer doch etwas davon abbekommen könnte!« sagte der kleine Klaus und streckte den Kopf gerade gegen das Fenster hin. Gott, was für einen schönen Kuchen konnte er da drinnen stehen sehen! Ja, das war ein Schmaus!

Jetzt hörte er jemand auf der Landstraße gegen das Haus geritten kommen, das war der Mann der Bauersfrau, der heimkam.

Das war ein so guter Mann, aber er hatte die sonderbare Krankheit, daß er es nie ertragen konnte, Küster zu sehen; kam ein Küster ihm vor die Augen, so wurde er ganz rasend. Deshalb war auch der Küster zu der Frau hineingegangen, um ihr guten Tag zu sagen, als er wußte, daß der Mann nicht zu Hause war, und die gute Frau setzte ihm das herrlichste Essen vor, das sie hatte. Als sie nun hörten, daß der Mann kam, erschraken sie sehr, und die Frau bat den Küster, in die große leere Kiste zu kriechen, die in der Ecke stand. Das tat er, denn er wußte ja, daß der arme Mann es nicht ertragen konnte, Küster zu sehen. Die Frau versteckte schnell all das schöne Essen und den Wein in ihrem Backofen; denn hätte der Mann das zu sehen bekommen, dann hätte er wohl gefragt, was das bedeuten solle.

»Ach ja!« seufzte der kleine Klaus oben auf dem Schuppen, als er all das Essen verschwinden sah.

»Ist jemand dort oben?« fragte der Bauer und sah zum kleinen Klaus hinauf. »Warum liegst du dort? Komm lieber mit in die Stube hinein!«

Dann erzählte der kleine Klaus, wie er sich verirrt habe, und bat, die Nacht über bleiben zu dürfen.

»Ja freilich!« sagte der Bauer, »aber nun sollten wir erst etwas zu essen haben!«

Die Frau empfing sie beide sehr freundlich, deckte einen langen Tisch und gab ihnen eine große Schüssel voll Grütze. Der Bauer war hungrig und aß mit rechtem Appetit, aber der kleine Klaus konnte es nicht lassen, an den schönen Braten, den Fisch und den Kuchen zu denken, die, wie er wußte, drin im Ofen standen.

Unter den Tisch zu seinen Füßen hatte er den Sack mit der Pferdehaut hingelegt, denn wir wissen ja, daß er mit dieser von zu Hause fortgegangen war, um sie in der Stadt zu verkaufen. Die Grütze wollte ihm gar nicht schmecken, und so trat er auf seinen Sack, und die trockene Haut im Sack knarrte ganz laut.

»Bst!« sagte der kleine Klaus zu seinem Sack, trat aber zur gleichen Zeit wieder auf ihn, und da knarrte es viel lauter als vorher.

»Nein! Was hast du denn in deinem Sack?« fragte der Bauer.

»Oh, das ist ein Zauberer!« sagte der kleine Klaus, »er sagt, daß wir nicht Grütze essen sollen, er habe den ganzen Ofen voll von Braten und Fisch und Kuchen gehext.«

»Was sagst du!« rief der Bauer und machte schnell den Ofen auf, wo er all das schöne Essen sah, das die Frau versteckt hatte, von dem er nun aber glaubte, daß der Zauberer im Sack es für sie herbeigehext hätte. Die Frau wagte nichts zu sagen, sondern setzte rasch die Speisen auf den Tisch, und dann aßen sie sowohl vom Fisch als vom Braten und vom Kuchen. Gleich darauf trat der kleine Klaus wieder auf seinen Sack, so daß die Haut knarrte. »Was sagt er jetzt?« fragte der Bauer.

»Er sagt«, antwortete der kleine Klaus, »daß er auch drei Flaschen Wein für uns gehext hat, sie stehen drinnen im Ofen!« Jetzt mußte die Frau den Wein hervorholen, den sie versteckt hatte, und der Bauer trank und wurde sehr lustig; so einen Zauberer, wie ihn der kleine Klaus im Sack hatte, wollte er gar zu gerne besitzen.

»Kann er auch den Teufel herbeihexen?« fragte der Bauer, »den möchte ich wohl sehen, denn jetzt bin ich lustig!«

»Ja«, sagte der kleine Klaus, »mein Zauberer kann alles, was ich von ihm verlange. Nicht wahr, du?« fragte er und trat auf den Sack, daß es knarrte. »Kannst du hören, wie er ja sagt? Aber der Teufel sieht so häßlich aus, es ist besser, ihn nicht zu sehen.«

»Oh, ich habe gar keine Angst, wie kann er wohl aussehen?«

»Ja, er wird sich ganz leibhaftig wie ein Küster zeigen!«

»Hu!« sagte der Bauer, »das ist gräßlich! Ihr müßt wissen, ich kann es nicht ertragen, Küster zu sehen! Aber das mag nun gleich sein, ich weiß ja, daß es der Teufel ist, da finde ich mich wohl leichter darein! Jetzt habe ich Mut! Aber er darf mir nicht zu nahe kommen.«

»Nun werde ich meinen Zauberer fragen«, sagte der kleine Klaus, trat auf den Sack und hielt sein Ohr hin.

»Was sagt er?«

»Er sagt, Ihr könnt hingehen und die Kiste aufmachen, die in der Ecke steht, dann werdet Ihr den Teufel sehen, wie er darin kauert; aber Ihr müßt den Deckel festhalten, daß er nicht entwischt.«

»Wollt Ihr mir helfen, ihn zu halten?« sagte der Bauer und ging zu der Kiste hin, wo die Frau den wirklichen Küster versteckt hatte, der darin saß und sich sehr fürchtete.

Der Bauer hob den Deckel ein wenig und guckte darunter. »Hu!« schrie er und sprang zurück. »Ja, jetzt hab' ich ihn gesehen, er sah ganz aus wie unser Küster! Nein, das war entsetzlich!«

Darauf mußte getrunken werden, und dann tranken sie noch bis tief in die Nacht hinein. »Den Zauberer mußt du mir verkaufen«, sagte der Bauer, »verlange für ihn alles, was du willst! Ja, ich gebe dir gleich einen ganzen Scheffel Geld!«

»Nein, das kann ich nicht!« sagte der kleine Klaus, »bedenke doch, wieviel Nutzen ich von diesem Zauberer haben kann!«

»Ach, ich möchte ihn so schrecklich gerne haben«, sagte der Bauer und fuhr fort zu bitten. »Ja«, sagte da der kleine Klaus zuletzt, »da du so gut gewesen bist, mir heute nacht Obdach zu geben, so mag es denn sein. Du sollst den Zauberer für einen Scheffel Geld bekommen; aber ich will den Scheffel gehäuft voll haben.«

»Das sollst du haben«, sagte der Bauer, »aber die Kiste dort mußt du mit dir nehmen, ich will sie nicht eine Stunde länger im Hause behalten, man kann nicht wissen, ob er noch darin sitzt.«

Der kleine Klaus gab dem Bauer seinen Sack mit der trockenen Haut und bekam dafür einen ganzen Scheffel Geld, und zwar gehäuft voll. Der Bauer schenkte ihm sogar noch einen großen Schubkarren, um das Geld und die Kiste darauf fortzufahren.

»Leb wohl!« sagte der kleine Klaus, und dann fuhr er mit seinem Geld und der großen Kiste, in der noch der Küster saß, davon.

Auf der andern Seite des Waldes war ein großer, tiefer Fluß. Das Wasser floß so reißend dahin, daß man kaum gegen den Strom anschwimmen konnte; man hatte eine große neue Brücke darüber gebaut, der kleine Klaus hielt mitten auf ihr an und sagte ganz laut, damit der Küster drinnen in der Kiste es hören konnte:

»Nein, was soll ich doch mit dieser dummen Kiste? Sie ist so schwer, als wären Steine darin! Ich werde ganz müde davon, sie weiterzufahren, ich will sie deshalb in den Fluß hinauswerfen, schwimmt sie dann zu mir nach Hause, so ist es gut, und tut sie es nicht, so macht es auch nichts.«

Dann faßte er die Kiste mit der einen Hand an und hob sie ein wenig auf, gerade als wenn er sie ins Wasser werfen wollte.

»Nein, laß sein!« rief der Küster drinnen in der Kiste, »laß mich nur heraus!«

»Hu!« sagte der kleine Klaus und tat, als ob er Angst bekäme. »Er sitzt noch darin! Da muß ich ihn sofort in den Fluß werfen, damit er ertrinken kann!«

»O nein, o nein!« rief der Küster, »ich will dir einen ganzen Scheffel Geld geben, wenn du mich gehen läßt!«

»Ja, das ist eine andere Sache!« sagte der kleine Klaus und machte die Kiste auf. Der Küster kroch gleich heraus und stieß die leere Kiste ins Wasser und ging dann zu seinem Heim, wo der kleine Klaus einen ganzen Scheffel Geld bekam; einen hatte er ja schon vom Bauern bekommen, nun hatte er also seinen ganzen Schubkarren voll Geld!

Sieh, dies Pferd habe ich ganz gut bezahlt bekommen! sagte er zu sich selbst, als er zu Hause in seiner eigenen Stube war und alles Geld auf einen großen Haufen mitten auf dem Boden ausschüttete. Das wird den großen Klaus ärgern, wenn er erfährt, wie reich ich durch mein einziges Pferd geworden bin, aber ich will es ihm doch nicht so gerade heraus sagen!

Nun schickte er einen Knaben zum großen Klaus hin, um ein Scheffelmaß zu borgen. Was er wohl damit will? dachte der große Klaus und schmierte Teer unter den Boden, damit etwas von dem hängen bleiben könnte, was gemessen wurde, und das tat es denn auch, denn als er den Scheffel zurückbekam, hingen drei neue silberne Achtschillingstücke daran. »Was ist das?« sagte der große Klaus und lief spornstreichs zu dem kleinen hin: »Wo hast du all das viele Geld herbekommen?«

»Oh, das ist für meine Pferdehaut, ich habe sie gestern abend verkauft!«

»Das war wahrlich gut bezahlt!« sagte der große Klaus, lief heim, nahm eine Axt und schlug alle seine vier Pferde vor die Stirn, zog ihnen die Haut ab und fuhr damit in die Stadt.

»Häute, Häute! Wer will Häute kaufen?« rief er durch die Straßen.

Alle Schuhmacher und Gerber kamen gelaufen und fragten, was er für sie haben wolle.

»Einen Scheffel Geld für jede!« sagte der große Klaus.

»Bist du toll?« sagten sie alle, »glaubst du, wir haben Geld scheffelweise?«

»Häute, Häute! Wer will Häute kaufen?« rief er wieder, aber all denen, die fragten, was die Häute kosteten, antwortete er: »Einen Scheffel Geld.«

»Er will uns zum Narren halten«, sagten alle, und dann nahmen die Schuhmacher ihre Spannriemen und die Gerber ihre Schurzfelle und fingen an, den großen Klaus zu prügeln.

»Häute, Häute!« höhnten sie ihm nach, »ja, wir werden dir deine Haut gerben, daß dir die rote Suppe nachlaufen soll!« riefen sie, und der große Klaus mußte sich sputen, wie er nur konnte, denn so war er noch nie durchgeprügelt worden.

»Na«, sagte er, als er nach Hause kam, »das soll mir der kleine Klaus büßen! Ich will ihn dafür totschlagen!«

Aber daheim beim kleinen Klaus war die Großmutter gestorben. Sie war freilich recht böse und schlimm mit ihm gewesen, aber er war doch sehr betrübt und nahm die tote Frau und legte sie in sein warmes Bett, um zu sehen, ob sie nicht ins Leben zurückkäme. Da sollte sie die ganze Nacht liegen; er selbst wollte im Winkel sitzen und auf einem Stuhle schlafen, das hatte er schon öfter getan.

Wie er nun so in der Nacht dasaß, ging die Tür auf, und der große Klaus kam mit seiner Axt herein. Er wußte wohl, wo das Bett des kleinen Klaus stand, ging gerade darauf los und schlug die Großmutter vor die Stirn in dem Glauben, daß es der kleine Klaus sei.

»Siehst du«, sagte er, »nun sollst du mich nicht mehr zum besten haben!« Und dann ging er wieder nach Hause.

Das ist doch ein schlimmer, böser Mann! dachte der kleine Klaus. Da wollte er mich totschlagen. Es war doch gut für die Großmutter, daß sie schon tot war, sonst hätte er ihr das Leben genommen!

Nun zog er der Großmutter die Sonntagskleider an, lieh sich von seinem Nachbarn ein Pferd, spannte es vor den Wagen und setzte die Großmutter auf den hintersten Sitz, so daß sie nicht hinausfallen konnte, wenn er fuhr, und so rollten sie von dannen durch den Wald. Als die Sonne aufging, kamen sie vor ein großes Wirtshaus; dort hielt der kleine Klaus an und ging hinein, um etwas zu genießen.

Der Wirt hatte viel, viel Geld, er war auch ein sehr guter Mann, aber hitzig, als wären Pfeffer und Tabak in ihm.

»Guten Morgen!« sagte er zum kleinen Klaus. »Schon so früh im Sonntagsstaat?«

»Ja«, sagte der kleine Klaus, »ich muß zur Stadt mit meiner alten Großmutter, sie sitzt da draußen auf dem Wagen, ich kann sie nicht in die Stube hereinbekommen. Wollt Ihr nicht ein Glas Met hinausbringen? Aber Ihr müßt recht laut sprechen; denn sie hört nicht gut.«

»Ja, das werde ich tun«, sagte der Wirt und schenkte ein großes Glas Met ein, mit dem er zur toten Großmutter hinausging, die aufrecht in dem Wagen saß.

»Hier ist ein Glas Met von Eurem Sohn!« sagte der Wirt, aber die tote Frau erwiderte kein Wort, sondern saß ganz still da.

»Hört Ihr nicht?« rief der Wirt so laut er konnte, »hier ist ein Glas Met von Eurem Sohn!«

Noch einmal rief er dasselbe, und dann noch einmal; aber da sie sich gar nicht von der Stelle rührte, wurde er zornig und warf ihr das Glas gerade ins Gesicht, so daß ihr der Met über die Nase lief und sie hintenüber in den Wagen fiel; denn sie war nur aufrecht hineingesetzt und nicht festgebunden worden.

»Heda!« rief der kleine Klaus, sprang zur Tür hinaus und packte den Wirt an der Brust. »Du hast meine Großmutter erschlagen! Sieh nur, sie hat ein großes Loch in der Stirn!«

»Oh, das ist ein Unglück!« rief der Wirt und schlug die Hände über dem Kopf zusammen. »Das kommt alles von meiner Heftigkeit! Lieber, kleiner Klaus, ich will dir einen ganzen Scheffel Geld geben und deine Großmutter begraben lassen, als wäre es meine eigene, aber schweig nur still, sonst schlagen sie mir den Kopf ab, und das wäre doch gräßlich!«

So bekam der kleine Klaus einen ganzen Scheffel Geld, und der Wirt begrub die alte Großmutter, als wäre es seine eigene gewesen.

Als nun der kleine Klaus wieder mit dem vielen Geld nach Hause kam, schickte er gleich seinen Knaben zum großen Klaus hinüber, um ihn zu bitten, ob er nicht sein Scheffelmaß borgen dürfe.

»Was ist das?« sagte der große Klaus. »Habe ich ihn nicht totgeschlagen? Da muß ich doch selbst nachsehen!« Und dann ging er mit dem Scheffelmaß zum kleinen Klaus hinüber.

»Nein, wo hast du doch all das Geld herbekommen?« fragte er und riß die Augen weit auf, als er all das erblickte, was noch hinzugekommen war.

»Du hast meine Großmutter totgeschlagen, und nicht mich!« sagte der kleine Klaus. »Die habe ich nun verkauft und einen Scheffel Geld dafür bekommen.«

»Das war wahrlich gut bezahlt!« sagte der große Klaus und eilte nach Hause, nahm eine Axt und schlug gleich seine alte Großmutter tot, legte sie auf den Wagen, fuhr in die Stadt, wo der Apotheker wohnte, und fragte, ob er einen toten Menschen kaufen wolle.

»Wer ist es, und wo habt Ihr ihn her?« fragte der Apotheker.

»Es ist meine Großmutter«, sagte der große Klaus. »Ich habe sie totgeschlagen, um einen Scheffel Geld für sie zu bekommen.«

»Gott bewahre uns!« sagte der Apotheker. »Ihr sprecht irre! Sagt doch nicht dergleichen, sonst könnt Ihr den Kopf verlieren!« – Und nun sagte er ihm gehörig, was für eine schrecklich böse Tat er begangen habe, und was für ein schlechter Mensch er sei, und daß er bestraft werden müsse. Da erschrak der große Klaus so sehr, daß er aus der Apotheke geradeswegs in den Wagen sprang, auf die Pferde lospeitschte und heimfuhr. Aber der Apotheker und alle Leute glaubten, er sei verrückt, und ließen ihn deshalb fahren, wohin er wollte.

»Das werde ich dir heimzahlen!« sagte der große Klaus, als er draußen auf der Landstraße war. »Ja, das werde ich dir heimzahlen, kleiner Klaus!« Und dann nahm er, sobald er nach Hause kam, den größten Sack, den er finden konnte, ging hinüber zum kleinen Klaus und sagte: »Nun hast du mich wieder zum besten gehabt! Erst schlug ich meine Pferde tot, dann meine alte Großmutter! Das ist alles deine Schuld, aber nie wieder sollst du mich zum besten halten!« Und dann packte er den kleinen Klaus um den Leib und steckte ihn in seinen Sack, nahm ihn auf den Nacken und rief ihm zu: »Jetzt gehe ich hin und ertränke dich!«

Es war ein weiter Weg, den er zu gehen hatte, ehe er an den Fluß kam, und der kleine Klaus war nicht so leicht zu tragen. Der Weg führte dicht bei der Kirche vorbei, die Orgel ertönte und die Leute sangen so schön da drinnen. Da stellte der große Klaus seinen Sack mit dem kleinen Klaus darin dicht bei der Kirchentür nieder und dachte, es könnte ganz gut sein, hineinzugehen und erst einen Psalm zu hören, bevor er weiterginge. Der kleine Klaus konnte ja nicht herausschlüpfen, und alle Leute waren in der Kirche; so ging er denn hinein.

»Ach ja! ach ja!« seufzte der kleine Klaus drinnen im Sack und drehte und wendete sich, aber es war ihm nicht möglich, das Band aufzulösen. Da kam ein alter Viehtreiber daher, mit schneeweißem Bart und einem großen Stab in der Hand; er trieb eine ganze Herde Kühe und Stiere vor sich her, die stießen an den Sack, in dem der kleine Klaus saß, so daß er umfiel.

»Ach ja!« seufzte der kleine Klaus. »Ich bin so jung und soll schon ins Himmelreich!«

»Und ich Armer«, sagte der Viehtreiber, »bin so alt und kann noch nicht hineinkommen!«

»Mach den Sack auf!« rief der kleine Klaus. »Krieche statt meiner hinein, dann kommst du gleich ins Himmelreich!«

»Ja, das will ich herzlich gern«, sagte der Viehtreiber und band den Sack auf, aus dem der kleine Klaus rasch heraussprang.

»Willst du nun auf das Vieh achtgeben?« sagte der Mann und kroch in den Sack, den der kleine Klaus zuband, worauf er mit allen Kühen und Stieren seines Weges zog.

Nach einer Weile kam der große Klaus aus der Kirche und nahm seinen Sack wieder auf den Nacken, fand allerdings, daß er sehr leicht geworden war; denn der alte Viehtreiber war nicht mehr als halb so schwer wie der kleine Klaus. »Wie ist er doch jetzt so leicht zu tragen! Ja, das ist wohl, weil ich einen Psalm gehört habe.« Dann ging er zu dem Fluß, der tief und groß war, warf den Sack mit dem alten Viehtreiber ins Wasser und rief ihm nach – denn er glaubte ja, daß es der kleine Klaus sei: »So, nun sollst du mich nicht mehr zum besten haben!«

Dann ging er heim; als er aber an die Stelle kam, wo die Wege sich kreuzten, begegnete er dem kleinen Klaus, der all sein Vieh vor sich hertrieb.

»Was ist das?« sagte der große Klaus. »Habe ich dich nicht ertränkt?«

»Doch!« sagte der kleine Klaus. »Du warfst mich ja vor einer kleinen halben Stunde in den Fluß!«

»Aber wo hast du all das schöne Vieh herbekommen?« fragte der große Klaus.

»Das ist Seevieh!« sagte der kleine Klaus. »Ich werde dir die ganze Geschichte erzählen, und ich danke dir dafür, daß du mich ertränktest, nun bin ich obenauf, bin wahrhaftig reich, das kannst du mir glauben! – Mir war so bange, als ich in dem Sack lag, und der Wind pfiff mir um die Ohren, als du mich von der Brücke hinunter in das kalte Wasser warfst. Ich sank sogleich auf den Grund, aber ich stieß mich nicht, denn da unten wächst das feinste weiche Gras. Auf dieses fiel ich, und sofort wurde der Sack aufgemacht und das schönste Mädchen mit schneeweißen Kleidern und mit einem grünen Kranz in dem nassen Haar nahm mich bei der Hand und sagte: ›Bist du da, kleiner Klaus? Da hast du vorläufig einiges Vieh! Eine

Meile weiter auf dem Wege steht noch eine ganze Herde, die ich dir schenken will!‹ – Nun sah ich, daß der Fluß eine große Landstraße für das Meervolk war. Unten auf dem Grunde gingen und fuhren sie direkt von der See bis tief ins Land hinein, wo der Fluß endet. Da war es so lieblich voll Blumen und frischestem Gras, und die Fische, die im Wasser schwammen, schossen mir an den Ohren vorüber, so wie hier die Vögel in der Luft. Was für nette Leute da waren, und was für eine Menge Vieh da an Gräben und Hecken graste!«

»Aber warum bist du gleich wieder zu uns heraufgekommen?« fragte der große Klaus. »Das hätte ich nicht getan, wenn es so schön dort unten ist!«

»Doch«, sagte der kleine Klaus, »das habe ich eben schlau gemacht! Du hörst ja wohl, daß ich dir erzähle: die Seejungfrau sagte mir, eine Meile weiter auf dem Wege – und mit dem Weg meinte sie ja den Fluß, denn anderswo kann sie nicht hinkommen – stehe noch eine ganze Herde Vieh für mich. Aber ich weiß, was für Krümmungen der Fluß macht, bald hier, bald dort, das ist ja ein ganzer Umweg, nein, da macht man es kürzer ab, wenn man es kann, indem man hier ans Land heraufkommt und wieder querhinüber an den Fluß treibt, dabei spare ich ja fast eine halbe Meile und komme schneller zu meinem Seevieh!«

»Oh, du bist ein glücklicher Mann!« sagte der große Klaus. »Glaubst du, daß ich auch Seevieh erhalte, wenn ich auf den Grund des Flusses hinabkomme?«

»Ja, das sollte ich meinen!« sagte der kleine Klaus. »Aber ich kann dich nicht im Sack bis an den Fluß tragen, du bist mir zu schwer. Willst du selbst dorthin gehen und dann in den Sack kriechen, so werde ich dich mit dem größten Vergnügen hineinwerfen.«

»Ich danke dir!« sagte der große Klaus, »aber erhalte ich kein Seevieh, wenn ich hinunterkomme, dann werde ich dich prügeln, das kannst du mir glauben!«

»O nein, sei nicht so schlimm!« Und dann gingen sie an den Fluß. Als das Vieh, das durstig war, das Wasser sah, lief es, was es nur konnte, um hinunter zum Trinken zu gelangen.

»Sieh, wie es sich beeilt!« sagte der kleine Klaus. »Es sehnt sich darnach, wieder hinab auf den Grund zu kommen!«

»Ja, hilf nun erst mir«, sagte der große Klaus, »denn sonst bekommst du Prügel!« Und dann kroch er in den großen Sack, der quer über dem Rücken des einen Stieres gelegen hatte. »Lege einen Stein hinein, denn sonst fürchte ich, daß ich nicht untersinke«, sagte der große Klaus.

»Es geht schon«, sagte der kleine Klaus, legte aber doch einen großen Stein in den Sack, knüpfte das Band fest zu und stieß dann an den Sack: Plumps! da lag der große Klaus draußen im Fluß und sank gleich hinunter auf den Grund.

»Ich fürchte, er wird das Vieh nicht finden!« sagte der kleine Klaus und trieb dann heim mit dem, was er hatte.

3

DIE PRINZESSIN AUF DER ERBSE

Es war einmal ein Prinz, der wollte eine Prinzessin heiraten; aber es sollte eine richtige Prinzessin sein. Da reiste er in der ganzen Welt herum, um eine solche zu finden, aber überall war etwas im Wege. Prinzessinnen gab es genug, aber ob es richtige Prinzessinnen waren, konnte er nicht recht herausfinden. Immer war da etwas, das nicht so ganz richtig war. So kam er denn wieder heim und war sehr betrübt, denn er wollte so gerne eine wirkliche Prinzessin haben.

Eines Abends gab es ein fürchterliches Unwetter; es blitzte und donnerte, der Regen strömte herunter, es war ganz entsetzlich! Da klopfte es an das Stadttor, und der alte König ging hin, um aufzumachen.

Es war eine Prinzessin, die draußen stand. Aber, mein Gott, wie sah sie aus von dem Regen und dem bösen Wetter! Das Wasser lief ihr von den Haaren und den Kleidern herunter, und es lief in die Spitzen der Schuhe hinein und an den Absätzen wieder heraus, und dabei sagte sie, daß sie eine wirkliche Prinzessin sei.

Ja, das werden wir schon erfahren! dachte die alte Königin. Aber sie sagte nichts, ging in die Schlafkammer hinein, nahm all das

Bettzeug ab und legte eine Erbse auf den Boden des Bettes, darauf nahm sie zwanzig Matratzen, legte sie auf die Erbse, und dann noch zwanzig Eiderdaunendecken oben auf die Matratzen.

Da sollte nun die Prinzessin in der Nacht liegen.

Am Morgen fragte man sie, wie sie geschlafen habe.

»Oh, entsetzlich schlecht!« sagte die Prinzessin. »Ich habe fast die ganze Nacht kein Auge zugetan! Gott weiß, was da im Bett gewesen ist? Ich habe auf etwas Hartem gelegen, so daß ich völlig braun und blau am ganzen Körper bin! Es ist ganz entsetzlich!«

Da konnten sie sehen, daß es eine richtige Prinzessin war, weil sie durch die zwanzig Matratzen und die zwanzig Eiderdaunendecken hindurch die Erbse gespürt hatte. So empfindlich konnte niemand sein, außer einer wirklichen Prinzessin.

Da nahm der Prinz sie zur Frau, denn nun wußte er, daß er eine richtige Prinzessin hatte, und die Erbse kam in die Kunstkammer, wo sie noch zu sehen ist, falls niemand sie genommen hat.

Sieh, das war eine wahre Geschichte!

4

DIE BLUMEN DER KLEINEN IDA

»Meine Blumen sind ganz welk!« sagte die kleine Ida. »Sie waren so schön gestern abend, und nun hängen alle Blätter verwelkt da! Warum tun sie das?« fragte sie den Studenten, der auf dem Sofa saß; denn sie hatte ihn sehr gern, er wußte die allerschönsten Geschichten und schnitt so lustige Bilder aus: Herzen mit kleinen Damen darin, die tanzten; Blumen und große Schlösser, deren Türen aufgemacht werden konnten; es war ein fröhlicher Student. »Warum sehen die Blumen heute so schlecht aus?« fragte sie wieder und zeigte ihm einen Strauß, der ganz welk war.

»Ja, weißt du, was ihnen fehlt?« sagte der Student. »Die Blumen sind heute nacht auf dem Ball gewesen, und deshalb lassen sie die Köpfe hängen.«

»Aber die Blumen können ja nicht tanzen!« sagte die kleine Ida.

»Doch«, sagte der Student, »wenn es dunkel wird und wir andern schlafen, dann springen sie lustig umher; fast jede Nacht haben sie Ball.«

»Können Kinder nicht mit auf den Ball kommen?«

»Doch«, sagte der Student, »kleine winzige Gänseblümchen und Maiglöckchen!«

»Wo tanzen die hübschesten Blumen?« fragte die kleine Ida.

»Bist du nicht oft draußen vor dem Tor bei dem großen Schloß gewesen, wo der König im Sommer wohnt, wo der schöne Garten mit den vielen Blumen ist? Du hast ja die Schwäne gesehen, die zu dir hinschwimmen, wenn du ihnen Brotkrumen geben willst. Dort ist großer Ball, das kannst du mir glauben!«

»Ich war gestern draußen im Garten mit meiner Mutter!« sagte Ida, »aber alle Blätter waren von den Bäumen gefallen, und es waren gar keine Blumen mehr da! Wo sind sie? Im Sommer sah ich so viele!«

»Die sind drinnen im Schloß!« sagte der Student. »Weißt du, sobald der König und alle Hofleute in die Stadt ziehen, laufen alle Blumen gleich aus dem Garten in das Schloß und sind lustig. Das solltest du sehen! Die beiden allerschönsten Rosen setzen sich auf den Thron, und dann sind sie König und Königin. Alle die roten Hahnenkämme stellen sich zu beiden Seiten auf und stehen da und verbeugen sich: das sind die Kammerjunker. Dann kommen alle die niedlichsten Blumen, und es ist großer Ball. Die blauen Veilchen stellen kleine Seekadetten vor, sie tanzen mit Hyazinthen und Krokus, die sie Fräulein nennen. Die Tulpen und die großen Feuerlilien, das sind alte Damen, die passen auf, daß hübsch getanzt wird und es nett zugeht.«

»Aber«, fragte die kleine Ida, »ist da niemand, der den Blumen etwas tut, weil sie in des Königs Schloß tanzen?«

»Es weiß eigentlich niemand so recht darum«, sagte der Student. »Manchmal des Nachts kommt freilich der alte Schloßverwalter, der dort draußen aufpassen soll, der hat einen großen Schlüsselbund bei sich, aber sobald die Blumen die Schlüssel rasseln hören, werden sie ganz still, verstecken sich hinter den langen Gardinen und stecken den Kopf hervor. ›Ich kann riechen, daß hier Blumen sind!‹ sagt der alte Schloßverwalter, aber er kann sie nicht sehen.«

»Das ist lustig!« sagte die kleine Ida und klatschte in die Hände. »Aber könnte ich die Blumen auch nicht sehen?«

»Doch«, sagte der Student, »denke nur daran, ins Fenster hineinzugucken, wenn du wieder dorthin kommst, dann wirst du sie schon sehen. Ich tat das heute, da lag eine lange, gelbe Osterglocke auf dem Sofa und streckte sich; sie bildete sich ein, daß sie eine Hofdame sei.«

»Können auch die Blumen aus dem Botanischen Garten dorthin kommen? Können sie den weiten Weg machen?«

»Ja gewiß«, sagte der Student, »denn wenn sie wollen, können sie fliegen. Hast du nicht schon die schönen Schmetterlinge gesehen, die roten, gelben und weißen? Sie sehen fast aus wie Blumen, das sind sie auch gewesen, sie sind vom Stengel hoch in die Luft gesprungen und haben mit den Blättern geschlagen, als wenn es kleine Flügel wären, und dann flogen sie. Und da sie sich gut aufführten, durften sie auch am Tage herumfliegen, mußten nicht wieder heim und still auf dem Stengel sitzen, und dann wurden die Blätter zuletzt zu wirklichen Flügeln. Das hast du ja selbst gesehen! Es kann übrigens gut sein, daß die Blumen im Botanischen Garten nie draußen im Schloß des Königs gewesen sind oder nicht wissen, daß es dort des Nachts so lustig ist. Darum will ich dir nun etwas sagen, dann wird er sehr erstaunt sein, der botanische Professor, der nebenan wohnt, du kennst ihn ja wohl? Wenn du in seinen Garten kommst, mußt du einer von den Blumen erzählen, daß draußen auf dem Schloß großer Ball sei, dann sagt sie es allen andern weiter, und dann fliegen sie fort. Kommt dann der Professor in den Garten, so ist nicht eine einzige Blume da, und er kann gar nicht verstehen, wo sie geblieben sind.«

»Wie kann die Blume es den andern erzählen? Die Blumen können ja nicht sprechen!«

»Nein, das können sie freilich nicht«, antwortete der Student, »aber dann geben sie sich Zeichen. Hast du nicht schon gesehen, daß die Blumen, wenn es ein wenig windet, nicken und alle die grünen Blätter bewegen; das ist für sie ebenso deutlich, als ob sie sprächen!«

»Kann der Professor denn die Zeichen verstehen?« fragte Ida.

»Ja, das kann er sicher! Er kam eines Morgens in seinen Garten hinunter und sah, wie eine große Brennessel mit ihren Blättern zu einer schönen roten Nelke in Zeichen redete. Sie sagte: ›Du bist so reizend, und ich habe dich sehr lieb!‹ Aber so etwas kann der Professor nun gar nicht leiden und er schlug gleich der Brennessel auf die Blätter, denn das sind ihre Finger, aber dann brannte er sich, und seit der Zeit wagt er es nicht, eine Brennnessel anzurühren!«

»Das ist lustig!« sagte die kleine Ida und lachte.

»Wie kann man einem Kind so etwas weismachen!« sagte der langweilige Kanzleirat, der zu Besuch gekommen war und auf dem Sofa saß. Er konnte den Studenten gar nicht leiden und brummte immer, wenn er ihn die sonderbaren, lustigen Bilder ausschneiden sah: Bald war es ein Mann, der an einem Galgen hing und ein Herz in der Hand hielt, denn er war ein Herzensdieb; bald eine alte Hexe, die auf einem Besen ritt und ihren Mann auf der Nase sitzen hatte. Das konnte der Kanzleirat nicht leiden, und dann sagte er gerade wie jetzt: »Wie kann man dem Kind so etwas weismachen! Das ist die dumme Phantasie!«

Aber die kleine Ida fand doch, daß es so lustig sei, was der Student ihr von den Blumen erzählte, und sie dachte sehr viel daran. Die Blumen ließen die Köpfe hängen, denn sie waren müde, weil sie die ganze Nacht getanzt hatten; sie waren sicher krank. Dann ging sie mit ihnen zu ihrem andern Spielzeug hin, das auf einem netten, kleinen Tisch stand, dessen ganze Schublade voller Sachen war. Im Puppenbett lag ihre Puppe Sophie und schlief, aber die kleine Ida sagte zu ihr: »Du mußt wirklich aufstehn, Sophie, und damit vorlieb nehmen, heute nacht in der Schublade zu liegen. Die armen Blumen sind krank, und da müssen sie in deinem Bett liegen, vielleicht werden sie dann gesund!« Und dann nahm sie die Puppe, aber die sah so verdrießlich aus und sagte nicht ein einziges Wort; sie war böse, weil sie ihr Bett nicht behalten durfte.

Dann legte Ida die Blumen in das Puppenbett, zog die kleine Decke ganz über sie hinauf und sagte, jetzt sollten sie schön still liegen, dann wolle sie ihnen Tee kochen, damit sie wieder gesund würden und morgen aufstehn könnten, und sie zog die Gardinen dicht um das kleine Bett zusammen, daß ihnen die Sonne nicht in die Augen schiene.

Den ganzen Abend hindurch konnte sie es nicht unterlassen, an das zu denken, was der Student ihr erzählt hatte. Und als sie nun selbst zu Bett sollte, mußte sie erst hinter die Gardinen sehen, die vor den Fenstern herabhingen, wo die schönen Blumen ihrer Mutter standen, sowohl Hyazinthen wie Tulpen; und dann flüsterte sie ganz leise: »Ich weiß wohl, Ihr geht heute nacht zum Ball!« Doch die Blumen taten, als ob sie nichts verständen, und rührten kein Blatt, aber Ida wußte wohl, was sie wußte.

Als sie zu Bett gegangen war, lag sie lange wach und dachte daran, wie hübsch es sein müßte, die schönen Blumen draußen in des Königs Schloß tanzen zu sehen. »Ob meine Blumen wirklich dabei gewesen sind?« Aber dann schlief sie ein. In der Nacht erwachte sie wieder, sie hatte von den Blumen und dem Studenten geträumt, auf den der Kanzleirat gescholten hatte, weil er ihr etwas weismachen wollte. Es war ganz still im Schlafzimmer, wo Ida lag; die Nachtlampe brannte auf dem Tisch, und ihr Vater und ihre Mutter schliefen.

»Ob meine Blumen nun in Sophies Bett liegen?« fragte sie sich. »Wie gern ich das doch wissen möchte!« Sie erhob sich ein wenig und sah nach der Tür hinüber, die angelehnt stand, dort drinnen lagen die Blumen und all ihr Spielzeug. Sie lauschte, und da war es ihr, als hörte sie, daß drinnen in der Stube auf dem Klavier gespielt würde, aber ganz leise und so hübsch, wie sie es nie zuvor gehört hatte.

»Jetzt tanzen sicher alle Blumen dort drinnen!« dachte sie. »O Gott, wie gerne ich das doch sehen möchte!« Aber sie wagte nicht aufzustehen, denn dann würde sie ihren Vater und ihre Mutter geweckt haben. »Wenn sie doch nur hier hereinkommen wollten!« sagte sie. Aber die Blumen kamen nicht, und die Musik fuhr fort so hübsch zu spielen; da konnte sie es gar nicht mehr aushalten, denn es war allzu schön; sie kroch aus ihrem kleinen Bett und ging ganz leise zur Tür hin und guckte in die Stube hinein. Nein, wie war das lustig, was sie zu sehen bekam!

Es war gar keine Nachtlampe da drinnen, aber doch ganz hell, der Mond schien durch das Fenster mitten auf den Fußboden, es war fast, als ob es Tag gewesen wäre. Alle Hyazinthen und Tulpen standen in zwei langen Reihen im Zimmer, es waren gar keine mehr am Fenster, dort standen nur die leeren Töpfe; unten auf dem Fußboden tanzten alle Blumen so reizend rings umeinander herum, bildeten eine ordentliche Kette und hielten einander an den langen, grünen Blättern, wenn sie herumschwenkten. Aber am Klavier saß eine große, gelbe Lilie, die Ida im Sommer bestimmt gesehen hatte, denn sie erinnerte sich gut daran, daß der Student gesagt hatte: »Nein, wie gleicht sie dem Fräulein Lina!« Aber da wurde er von allen ausgelacht; doch jetzt fand Ida wirklich auch, daß die lange, gelbe Blume dem Fräulein gleiche, und sie hatte auch dieselben Manieren beim Spielen; bald legte sie ihr längliches, gelbes Gesicht auf die eine, bald auf die andere Seite und nickte den Takt zu der schönen Musik. Niemand bemerkte die kleine Ida. Nun sah sie eine große, blaue Krokusblume mitten auf den Tisch hüpfen, wo das Spielzeug stand, gerade auf das Puppenbett zugehen und die Gardinen zur Seite ziehen; da lagen die kranken Blumen, aber sie erhoben sich sogleich und nickten den andern zu, daß sie auch mittanzen wollten. Der alte Räuchermann, dem die Unterlippe abgebrochen war, stand auf und verbeugte sich vor den hübschen Blumen; sie sahen gar nicht krank aus, sie hüpften hinunter zu den andern und waren ganz vergnügt.

Es war, als fiele etwas vom Tisch herunter. Ida sah dorthin: es war die Fastnachtsrute, die hinuntersprang, sie fand, daß sie auch mit zu den Blumen gehöre. Sie war auch sehr hübsch, und oben darauf saß eine kleine Wachspuppe, die gerade so einen breiten Hut auf dem Kopf hatte, wie ihn der Kanzleirat trug. Die Fastnachtsrute hüpfte auf ihren drei roten Holzbeinen mittendrin zwischen den andern Blumen und stampfte ganz laut, denn sie tanzte Mazurka, und den Tanz konnten die andern Blumen nicht, denn sie waren so leicht und konnten nicht stampfen.

Die Wachspuppe auf der Fastnachtsrute wurde auf einmal ganz groß und lang, drehte sich über den Papierblumen rund herum und rief ganz laut: »Wie kann man einem Kind nur so etwas weismachen! Das ist die dumme Phantasie!« Und da glich die Wachspuppe ganz genau dem Kanzleirat mit dem breiten Hut und sah ebenso gelb und verdrießlich aus. Aber die Papierblumen schlugen ihm um die dünnen Beine und da schrumpfte er wieder zusammen und wurde eine kleine, winzige Wachspuppe. Das war so lustig zu sehen, die kleine Ida konnte ein Lachen nicht unterdrücken. Die Fastnachtsrute fuhr fort zu tanzen, und der Kanzleirat mußte mittanzen, es half ihm nichts, daß er sich groß und lang machte oder die kleine, gelbe Wachspuppe mit dem großen, schwarzen Hut wurde. Da legten die andern Blumen ein gutes Wort für ihn ein, besonders die, welche im Puppenbett gelegen hatten, und da hörte die Fastnachtsrute auf. Im selben Augenblick klopfte es ganz laut drinnen in der Schublade, wo Idas Puppe Sophie bei so viel anderm Spielzeug lag; der Räuchermann lief an den Rand des Tisches, legte sich der Länge nach auf den Bauch, und es gelang ihm, die Schublade ein wenig herauszuziehen. Da richtete Sophie sich auf und sah sich ganz verwundert um. »Hier ist wohl Ball!« sagte sie. »Warum hat mir das niemand gesagt?«

»Willst du mit mir tanzen?« fragte der Räuchermann.

»Ja, du bist mir ein netter Tänzer!« sagte sie und drehte ihm den Rücken zu. Dann setzte sie sich auf die Schublade und dachte, daß wohl eine der Blumen kommen würde, um sie zu engagieren, aber es kam keine; da hustete sie: »Hm, hm, hm!«, aber gleichwohl kam nicht eine einzige. Der Räuchermann tanzte nun ganz allein, und zwar gar nicht so schlecht.

Da nun keine der Blumen Sophie zu sehen schien, ließ sie sich von der Schublade gerade auf den Boden herabplumpsen, so daß es einen großen Lärm gab. Alle Blumen kamen denn auch herbeigelaufen und fragten sie, ob sie sich nicht weh getan hätte, und sie waren alle so reizend zu ihr, besonders die Blumen, die in ihrem Bett gelegen hatten. Aber sie hatte sich gar nicht weh getan, und alle Blumen Idas bedankten sich für das schöne Bett und hatten sie so lieb, nahmen sie mit sich mitten auf den Fußboden, wo der Mond schien, und tanzten mit ihr, und alle die andern Blumen machten einen Kreis um sie herum. Nun war Sophie vergnügt und sagte, daß sie gerne ihr Bett behalten dürften, sie mache sich gar nichts daraus, in der Schublade zu liegen.

Aber die Blumen sagten: »Hab vielen Dank, aber wir können nicht so lange leben, morgen sind wir tot! Aber sage der kleinen Ida, daß sie uns draußen im Garten begraben soll, wo der Kanarienvogel liegt, dann wachsen wir im Sommer wieder und werden viel schöner.«

»Nein, ihr dürft nicht sterben!« sagte Sophie, und dann küßte sie die Blumen; da ging die Saaltür auf und eine ganze Menge schöner Blumen kam hereingetanzt; Ida konnte gar nicht begreifen, woher sie gekommen waren, das waren sicher alle die Blumen draußen aus des Königs Schloß. Zuvorderst gingen zwei herrliche Rosen, und die hatten kleine Goldkronen auf, das waren ein König und eine Königin. Dann kamen die hübschesten Levkojen und Nelken, und die grüßten nach allen Seiten. Sie hatten Musik mit sich; große Mohnblumen und Päonien bliesen auf Erbsenschoten, so daß sie ganz rot im Gesicht waren. Die blauen Glockenblumen und die kleinen, weißen Schneeglöckchen klingelten, als hätten sie Schellen. Das war eine lustige Musik. Dann kamen so viele andere Blumen, und sie tanzten alle, die blauen Veilchen und die roten Tausendschön, die Gänseblümchen und die Maiglöckchen. Und alle Blumen küßten einander, es war reizend anzusehen!

Zuletzt sagten die Blumen einander gute Nacht, dann schlich sich auch die kleine Ida in ihr Bett, wo sie von allem träumte, was sie gesehen hatte.

Als sie am nächsten Morgen aufstand, ging sie gleich zu dem kleinen Tisch hin, um zu sehen, ob die Blumen noch da wären. Sie zog die Gardine von dem kleinen Bett zur Seite, ja, da lagen sie alle zusammen, aber sie waren ganz welk, noch viel mehr als gestern. Sophie lag in der Schublade, wo sie sie hingelegt hatte, sie sah ganz schläfrig aus.

»Entsinnst du dich, was du mir sagen solltest?« fragte die kleine Ida. Aber Sophie sah ganz dumm aus und sagte nicht ein einziges Wort.

»Du bist gar nicht lieb«, sagte Ida, »und sie haben doch alle mit dir getanzt.« Dann nahm sie eine kleine Papierschachtel, auf der hübsche Vögel gezeichnet waren, machte sie auf und legte die toten Blumen hinein. »Das soll euer hübscher Sarg sein«, sagte sie, »und wenn später die norwegischen Vettern kommen, dann sollen sie mir helfen, euch draußen im Garten zu begraben, damit ihr im Sommer wieder wachsen und noch viel schöner werden könnt.«

Die norwegischen Vettern waren zwei muntere Knaben, sie hießen Jonas und Adolf; ihr Vater hatte ihnen zwei neue Armbrüste geschenkt, und die hatten sie mit, um sie Ida zu zeigen. Sie erzählte ihnen von den armen Blumen, die gestorben waren, und dann bekamen sie die Erlaubnis, sie zu begraben. Beide Knaben gingen mit den Armbrüsten auf den Schultern voran, und die kleine Ida ging hintendrein mit den toten Blumen in der hübschen Schachtel. Draußen im Garten wurde ein kleines Grab gegraben; Ida küßte erst die Blumen und legte sie dann mit der Schachtel in die Erde, und Adolf und Jonas schossen mit den Armbrüsten über das Grab, denn sie hatten keine Gewehre oder Kanonen.

5

DÄUMELINCHEN

Es war einmal eine Frau, die so gerne ein kleines, winziges Kind haben wollte, aber sie wußte gar nicht, wo sie es herbekommen sollte. Da ging sie zu einer alten Hexe und sagte zu ihr: »Ich möchte so herzlich gern ein kleines Kind haben, willst du mir nicht sagen, wo ich es herbekommen kann?«

»Doch, das wollen wir schon herausfinden!« sagte die Hexe. »Da hast du ein Gerstenkorn, das ist gar nicht von der Art, wie sie auf dem Feld des Bauern wachsen oder wie sie die Hühner zu fressen kriegen, lege es in einen Blumentopf, dann wirst du etwas zu sehen bekommen!«

»Ich danke dir!« sagte die Frau und gab der Hexe zwölf Schillinge, ging dann heim, pflanzte das Gerstenkorn, und gleich wuchs eine große, schöne Blume daraus empor. Sie sah ganz aus wie eine Tulpe, aber die Blätter schlossen sich fest zusammen, gerade als ob sie noch eine Knospe wäre.

»Das ist eine reizende Blume«, sagte die Frau und küßte sie auf die schönen roten und gelben Blätter, aber gerade indem sie sie küßte, öffnete sich die Blume mit einem großen Knall. Es war eine wirkliche Tulpe, konnte man sehen, aber mitten in der Blume auf dem grünen Fruchtknoten saß ein winzigkleines Mädchen, so fein und lieblich, sie war nicht größer als ein Daumen, und deshalb wurde sie Däumelinchen genannt.

Eine stattliche, lackierte Walnußschale bekam sie als Wiege, blaue Veilchenblätter waren ihre Matratzen und ein Rosenblatt ihre Bettdecke. Da schlief sie des Nachts, aber am Tag spielte sie auf dem Tisch, wo die Frau einen Teller hingestellt und ringsum mit einem Kranz von Blumen belegt hatte, deren Stengel im Wasser standen. Darin schwamm ein großes Tulpenblatt, und auf diesem durfte Däumelinchen sitzen und von der einen Seite des Tellers auf die andere segeln, zum Rudern hatte sie zwei weiße Pferdehaare. Das sah wirklich schön aus. Sie konnte auch singen, oh, so hübsch und fein, wie man es hier noch nie gehört hatte.

Eines Nachts, als sie in ihrem schönen Bett lag, kam eine häßliche Kröte zum Fenster hereingehüpft, es war eine Scheibe entzwei. Die Kröte war so häßlich, groß und naß, sie hüpfte gerade auf den Tisch herunter, wo Däumelinchen lag und unter dem roten Rosenblatt schlief.

»Das wäre eine schöne Frau für meinen Sohn!« sagte die Kröte, und dann ergriff sie die Walnußschale, in der Däumelinchen schlief und hüpfte fort mit ihr durchs Fenster in den Garten hinunter.

Da floß ein großer, breiter Bach, aber am Ufer war es sumpfig und morastig; hier wohnte die Kröte mit ihrem Sohn. Huh! war der auch häßlich und garstig und glich ganz seiner Mutter. »Koaks, koaks, brekke-ke-keks!« Das war alles, was er sagen konnte, als er das reizende kleine Mädchen in der Walnußschale sah.

»Sprich nicht so laut, denn sonst wacht sie auf!« sagte die alte Kröte. »Sie könnte uns noch entlaufen, denn sie ist so leicht wie Schwanenflaum! Wir wollen sie auf eines der breiten Seerosenblätter im Bach setzen, das ist für sie, die so leicht und klein ist, gerade wie eine Insel! Da kann sie nicht fortlaufen, während wir die Staatsstube unten unter dem Morast, wo ihr wohnen und hausen sollt, instand setzen.«

Draußen im Bach wuchsen so viele Seerosen mit den breiten, grünen Blättern, die aussehen, als schwämmen sie oben auf dem Wasser. Das Blatt, das am weitesten draußen lag, war auch das allergrößte, dorthin schwamm die alte Kröte und setzte die Walnußschale mit Däumelinchen darauf.

Das winzigkleine, arme Wesen erwachte ganz früh am Morgen, und als es sah, wo es war, begann es bitterlich zu weinen, denn es war Wasser zu allen Seiten des großen, grünen Blattes, es konnte gar nicht ans Land kommen.

Die alte Kröte saß unten im Morast und schmückte ihre Stube mit Schilf und gelben Seerosenknospen, es sollte recht nett für die neue Schwiegertochter werden, dann schwamm sie mit dem häßlichen Sohn zum Blatt hinaus, wo Däumelinchen stand. Sie wollten ihr hübsches Bett holen, das sollte in der Brautkammer aufgestellt werden, bevor sie selbst dorthin kam. Die alte Kröte verneigte sich im Wasser tief vor ihr und sagte: »Hier kannst du meinen Sohn sehen, er soll dein Mann sein, und ihr werdet so schön unten im Morast wohnen!«

»Koaks, koaks, brekke-ke-keks!« Das war alles, was der Sohn sagen konnte.

Dann nahmen sie das stattliche kleine Bett und schwammen damit fort, aber Däumelinchen saß ganz allein auf dem grünen Blatt und weinte, denn sie wollte nicht bei der garstigen Kröte wohnen und ihren häßlichen Sohn zum Manne haben. Die kleinen Fische, die unten im Wasser schwammen, hatten die Kröte wohl gesehen und gehört, was sie gesagt hatte, darum streckten sie die Köpfe heraus, sie wollten das kleine Mädchen doch einmal sehen. Sobald sie sie erblickt hatten, fanden sie sie so lieblich, und es tat ihnen leid, daß sie zu der häßlichen Kröte hinunter sollte. Nein, das sollte nie geschehen. Sie scharten sich unten im Wasser rings um den grünen Stengel, der das Blatt hielt, auf dem sie stand, nagten mit den Zähnen den Stengel durch, und dann trieb das Blatt den Bach hinab, fort mit Däumelinchen, weit fort, wo die Kröte nicht hinkommen konnte.

Däumelinchen segelte an vielen Orten vorüber, und die kleinen Vögel saßen in den Büschen, sahen sie und sangen: »Welch liebliche kleine Jungfrau!« Das Blatt schwamm immer weiter und weiter mit ihr fort; so reiste Däumelinchen außer Landes.

Ein schöner, kleiner, weißer Schmetterling umflog sie beständig und setzte sich zuletzt auf das Blatt nieder, denn er mochte Däumelinchen so gut leiden, und sie war so vergnügt, denn nun konnte die Kröte sie nicht erreichen, und es war so schön, wo sie segelte; die Sonne schien auf das Wasser, es war wie das schimmernde Gold. Dann nahm sie ihr Gürtelband, knüpfte das eine Ende um den Schmetterling und befestigte das andere Ende an dem Blatt; das glitt nun viel schneller dahin und sie mit, denn sie stand ja auf dem Blatt.

Da kam ein großer Maikäfer geflogen, der erblickte sie, und augenblicklich schlug er seine Klauen um ihren schlanken Leib und flog mit ihr auf den Baum hinauf, aber das grüne Blatt schwamm den Bach hinunter, und der Schmetterling flog mit, denn er war an das Blatt festgebunden und konnte nicht loskommen.

Gott, wie das arme Däumelinchen erschrak, als der Maikäfer mit ihr in den Baum hinaufflog; aber sie war doch am allertraurigsten wegen des schönen, weißen Schmetterlings, den sie an das Blatt festgebunden hatte; wenn er nun nicht loskommen konnte, mußte er ja verhungern. Aber darum kümmerte sich der Maikäfer nicht. Er setzte sich mit ihr auf das größte grüne Blatt des Baumes, gab ihr das Süße von den Blumen zu essen und sagte, daß sie ganz reizend sei, obschon sie gar nicht einem Maikäfer gleiche. Später kamen alle die andern Maikäfer, die im Baume wohnten, und machten Visite. Sie schauten Däumelinchen an, und die Fräulein Maikäfer rümpften die Fühlhörner und sagten: »Sie hat ja nicht mehr als zwei Beine, das sieht jämmerlich aus!« »Sie hat keine Fühlhörner!« sagten sie. »Sie ist so schlank in der Taille, pfui! Sie sieht wie ein Mensch aus! Wie häßlich sie ist!« sagten alle Maikäferinnen, und dabei war Däumelinchen doch so reizend! Das fand auch der Maikäfer, der sie sich geholt hatte, aber als alle die andern sagten, sie sei häßlich, da glaubte er es zuletzt auch und wollte sie gar nicht haben; sie könne gehen, wohin sie wolle. Sie flogen mit ihr vom Baum hinunter und setzten sie auf ein Gänseblümchen. Da weinte sie, weil sie so häßlich war, daß die Maikäfer sie nicht haben wollten, und dabei war sie doch das Lieblichste, was man sich denken konnte, so fein und zart wie das schönste Rosenblatt.

Den ganzen Sommer hindurch lebte das arme Däumelinchen ganz allein in dem großen Wald. Sie flocht sich ein Bett aus Grashalmen und hängte es unter einem großen Ampferblatt auf, so konnte es nicht auf sie herabregnen. Sie suchte das Süße aus den Blumen heraus und aß es und trank vom Tau, der jeden Morgen auf den Blättern lag. So vergingen Sommer und Herbst, aber nun kam der Winter, der kalte, lange Winter. Alle Vögel, die so schön vor ihr gesungen hatten, flogen davon, Bäume und Blumen verwelkten, das große Ampferblatt, unter dem sie gewohnt hatte, rollte sich zusammen und wurde ein gelber, welker Stengel, und es fror sie so schrecklich, denn ihre Kleider waren zerrissen, und sie selbst war so fein und klein, das arme Däumelinchen, sie mußte erfrieren. Es fing an zu schneien, und jede Schneeflocke, die auf sie herabfiel, war, als wenn man auf uns eine ganze Schaufel voll wirft, denn wir sind groß, und sie war nur einen Zoll lang. Da hüllte sie sich in ein dürres Blatt, aber das wollte nicht wärmen, sie zitterte vor Kälte.

Dicht vor dem Walde, wohin sie nun gekommen war, lag ein großes Kornfeld, aber das Korn war schon längst fort, nur die kahlen, dürren Stoppeln ragten aus der gefrorenen Erde auf. Däumelinchen war, als wandere sie durch einen großen Wald, oh, sie zitterte so vor Kälte. Dann kam sie vor die Tür der Feldmaus. Die hatte ein kleines Loch unter den Kornstoppeln. Dort wohnte die Feldmaus warm und gut, hatte die ganze Stube voll Korn, eine schöne Küche und Speisekammer. Das arme Däumelinchen stellte sich vor die Tür, gleich einem armen Bettelmädchen, und bat um ein kleines Stück von einem Gerstenkorn, denn sie hatte seit zwei Tagen nicht das geringste zu essen bekommen.

»Du arme Kleine!« sagte die Feldmaus, denn im Grunde war sie eine gute, alte Feldmaus, »komm herein in meine warme Stube und iß mit mir!«

Da ihr nun Däumelinchen gut gefiel, sagte sie: »Du kannst gut bei mir über Winter bleiben, aber du mußt meine Stube hübsch reinhalten und mir Geschichten erzählen, denn die liebe ich sehr.« Und Däumelinchen tat, was die gute alte Feldmaus verlangte, und hatte es da gar gut.

»Nun bekommen wir wohl bald Besuch!« sagte die Feldmaus, »mein Nachbar pflegt mich jede Woche einmal zu besuchen. Er stellt sich noch besser als ich, hat große Säle und geht in einem schönen, schwarzen Samtpelz; wenn du ihn nur zum Mann bekommen könntest, dann wärst du gut versorgt. Aber er kann nicht sehen. Du mußt ihm die allerschönsten Geschichten erzählen, die du weißt!«

Aber daraus machte sich Däumelinchen nichts, sie wollte den Nachbarn gar nicht haben; denn er war ein Maulwurf. Er kam und machte Visite in seinem schwarzen Samtpelz. Er sei so reich und so gelehrt, sagte die Feldmaus, seine Wohnung sei auch über zwanzigmal so groß als die der Feldmaus, und Gelehrsamkeit habe er, aber die Sonne und die schönen Blumen könne er gar nicht leiden, von diesen spräche er schlecht, denn er habe sie nie gesehen. Däumelinchen mußte singen, und sie sang »Maikäfer flieg!« und »Der Mönch geht auf der Wiese«. Da verliebte sich der Maulwurf in sie, ihrer schönen Stimme wegen, aber er sagte nichts; denn er war ein so besonnener Mann.

Er hatte sich neulich einen langen Gang durch die Erde gegraben von seinem zu ihrem Haus, darin durften die Feldmaus und Däumelinchen spazieren gehen, soviel sie wollten. Aber er bat sie, sich nicht vor dem toten Vogel zu fürchten, der im Gang lag; es sei ein ganzer Vogel mit Federn und Schnabel, der wohl erst ganz kürzlich gestorben sei, als der Winter begann, und nun begraben sei, just wo er seinen Gang gemacht habe.

Der Maulwurf nahm ein Stück faules Holz ins Maul, denn das leuchtet ja wie Feuer im Dunkeln, und ging dann voran und leuchtete ihnen in dem langen, finstern Gang. Als sie dahin kamen, wo der tote Vogel lag, stemmte der Maulwurf seine breite Nase gegen die Decke und stieß die Erde hinauf, so daß ein großes Loch entstand, durch welches das Licht hereinscheinen konnte. Mitten auf dem Boden lag eine tote Schwalbe, die schönen Flügel fest gegen die Seiten gedrückt, die Beine und den Kopf unter die Federn gezogen; der arme Vogel war bestimmt vor Kälte gestorben. Es tat Däumelinchen so leid um ihn, sie hatte alle die kleinen Vögel so gern, sie hatten ihr ja den ganzen Sommer so schön vorgesungen und gezwitschert, aber der Maulwurf stieß mit seinen kurzen Beinen gegen ihn und sagte: »Nun pfeift er nicht mehr! Es muß doch erbärmlich sein, als ein kleiner Vogel geboren zu werden! Gott sei Dank, daß keinem von meinen Kindern das passieren kann, so ein Vogel hat ja nichts außer seinem Quiwitt und muß im Winter verhungern!«

»Ja, das müßt Ihr als vernünftiger Mann wohl sagen«, sagte die Feldmaus. »Was hat der Vogel für all sein Quiwitt, wenn der Winter kommt? Er muß hungern und frieren; aber das soll wohl gar vornehm sein!«

Däumelinchen sagte nichts, aber als die beiden andern dem Vogel den Rücken kehrten, beugte sie sich nieder, schob die Federn zur Seite, die über seinem Kopfe lagen, und küßte ihn auf die geschlossenen Augen. Vielleicht war er es, der mir so schön im Sommer vorgesungen hat, dachte sie. Wieviel Freude hat er mir bereitet, der liebe, schöne Vogel!

Der Maulwurf stopfte nun das Loch zu, durch das der Tag hereinschien, und begleitete dann die Damen nach Hause. Aber in der Nacht konnte Däumelinchen gar nicht schlafen, da stand sie von ihrem Bett auf und flocht aus Stroh eine große, schöne Decke, trug sie hinunter und breitete sie aus über den toten Vogel und legte weiche Baumwolle, die sie in der Stube der Feldmaus gefunden hatte, an die Seiten des Vogels, damit er in der kalten Erde warm liegen möge.

»Leb wohl, du schöner, kleiner Vogel!« sagte sie. »Leb wohl und hab Dank für deinen herrlichen Gesang im Sommer, als alle Bäume grün waren und die Sonne so warm auf uns schien!« Dann legte sie ihren Kopf gegen die Brust des Vogels, erschrak aber sehr, denn es war, als klopfe etwas darinnen. Es war das Herz des Vogels. Der Vogel war nicht tot, er lag nur in tiefer Erstarrung und war nun erwärmt worden und bekam wieder Leben.

Im Herbst fliegen alle Schwalben fort nach den warmen Ländern, aber gibt es eine, die sich verspätet, dann friert sie so, daß sie wie tot niederfällt und liegen bleibt, wo sie hinfällt, und der kalte Schnee legt sich über sie.

Däumelinchen zitterte ordentlich, so sehr war sie erschrocken, denn der Vogel war ja groß, sehr groß gegen sie, die nur einen Zoll lang war. Aber sie faßte doch Mut, legte die Baumwolle dichter um die arme Schwalbe und holte ein Krauseminzenblatt, das sie selbst als Deckbett gehabt hatte, und legte es über den Kopf des Vogels.

In der nächsten Nacht schlich sie wieder zu ihm hin, und da war er ganz lebendig, aber so matt; er konnte seine Augen nur einen kleinen Augenblick lang öffnen und Däumelinchen ansehen, die mit einem Stück faulen Holzes in der Hand dastand, denn eine andere Laterne hatte sie nicht.

»Hab Dank, du reizendes kleines Kind!« sagte die kranke Schwalbe zu ihr. »Ich bin so schön erwärmt worden! Bald bekomme ich meine Kräfte zurück und kann wieder hinausfliegen in den warmen Sonnenschein!«

»Oh!« sagte Däumelinchen, »es ist so kalt draußen, es schneit und friert! Bleib du in deinem warmen Bett, ich werde dich schon pflegen!«

Sie brachte der Schwalbe Wasser in einem Blumenblatt, und die trank und erzählte ihr, wie sie den einen Flügel an einem Dornbusch wundgerissen und deshalb nicht so schnell habe fliegen können wie die andern Schwalben, die dann fortgeflogen waren, weit fort nach den warmen Ländern. Sie war dann zuletzt auf die Erde herabgefallen, aber an mehr konnte sie sich nicht erinnern und sie wußte gar nicht, wie sie bis hierher gekommen war.

Den ganzen Winter blieb sie nun da unten, und Däumelinchen war gut gegen sie und hatte sie so lieb; weder der Maulwurf noch die Feldmaus bekamen das geringste davon zu wissen; denn sie konnten ja die arme Schwalbe nicht leiden.

Sobald der Frühling kam und die Sonne die Erde erwärmte, sagte die Schwalbe Däumelinchen Lebewohl und öffnete das Loch, welches der Maulwurf oben gemacht hatte. Die Sonne schien so schön zu ihnen herein, und die Schwalbe fragte, ob sie nicht mitkommen wolle, sie könne auf ihrem Rücken sitzen, sie würden weit hinaus in den grünen Wald fliegen. Aber Däumelinchen wußte, es würde die alte Feldmaus betrüben, wenn sie sie so verließ.

»Nein, das kann ich nicht!« sagte Däumelinchen. »Leb wohl, leb wohl, du gutes, reizendes Mädchen!« sagte die Schwalbe und flog hinaus in den Sonnenschein. Däumelinchen sah ihr nach, und die Tränen traten ihr in die Augen; denn sie hatte die arme Schwalbe so lieb.

»Quiwitt, quiwitt!« sang der Vogel und flog hinein in den grünen Wald. Däumelinchen war so betrübt. Sie bekam gar keine Erlaubnis, in den warmen Sonnenschein hinauszugehen; das Korn, das auf dem Feld über dem Haus der Feldmaus gesät war, wuchs auch so hoch empor, es war ein ganz dichter Wald für das arme kleine Mädchen, das ja nur einen Zoll lang war.

»Jetzt im Sommer mußt du an deiner Aussteuer nähen!« sagte die Feldmaus zu ihr, denn nun hatte der Nachbar, der langweilige Maulwurf mit dem schwarzen Samtpelz, um sie gefreit. »Du mußt sowohl Wollzeug als Leinwand haben! Du mußt etwas haben, worauf du sitzen und worauf du liegen kannst, wenn du die Frau des Maulwurfs wirst!«

Däumelinchen mußte die Spindel drehen, und die Feldmaus mietete vier Spinnen, die Tag und Nacht spinnen und weben mußten. Jeden Abend machte der Maulwurf seine Aufwartung und sprach dann immer davon, daß, wenn der Sommer zu Ende gehe, die Sonne lange nicht mehr so warm scheine, sie brenne ja nun die Erde so fest wie einen Stein; ja, wenn der Sommer vorbei sei, dann solle die Hochzeit mit Däumelinchen gehalten werden. Aber sie war gar nicht vergnügt, denn sie mochte den langweiligen Maulwurf nicht. Jeden Morgen, wenn die Sonne aufging, und jeden Abend, wenn sie unterging, schlich sie vor die Tür hinaus, und wenn dann der Wind die Spitzen der Kornähren trennte, so daß sie den blauen Himmel sehen konnte, dachte sie daran, wie hell und schön es hier draußen war, und wünschte so sehr, daß sie die liebe Schwalbe wiedersehen könnte. Aber die kam nie mehr, sie flog gewiß weit von hier in dem schönen, grünen Wald.

Als es nun Herbst wurde, hatte Däumelinchen ihre ganze Aussteuer fertig.

»In vier Wochen sollst du Hochzeit halten!« sagte die Feldmaus zu ihr. Aber Däumelinchen weinte und sagte, sie wolle den langweiligen Maulwurf nicht haben.

»Schnickschnack!« sagte die Feldmaus, »sei nicht widerspenstig, denn sonst beiße ich dich mit meinem weißen Zahn! Das ist doch ein schöner Mann, den du bekommst! So einen schwarzen Samtpelz wie er hat selbst die Königin nicht! Er hat Küche und Keller voll. Danke du Gott für ihn!«

Dann sollte die Hochzeit sein. Der Maulwurf war schon gekommen, um Däumelinchen zu holen. Sie sollte mit ihm tief unter der Erde wohnen, sollte nie in die warme Sonne hinauskommen, denn die konnte er nicht leiden. Das arme Kind war so betrübt; sie mußte nun der schönen Sonne Lebewohl sagen, die sie bei der Feldmaus doch von der Tür aus hatte sehen dürfen.

»Leb wohl, du helle Sonne!« sagte sie und streckte die Arme hoch in die Luft, ging auch ein klein wenig vor das Haus der Feldmaus, denn nun war das Korn geerntet, und hier standen nur die dürren Stoppeln. »Leb wohl, leb wohl!« sagte sie und schlang ihre Ärmchen um eine kleine rote Blume, die da stand. »Grüße die liebe Schwalbe von mir, wenn du sie zu sehen bekommst!«

»Quiwitt, quiwitt!« ertönte es plötzlich über ihrem Kopf; sie sah auf, es war die Schwalbe, die just vorbeikam. Sobald sie Däumelinchen erblickte, wurde sie so vergnügt. Däumelinchen erzählte ihr, wie ungern sie den häßlichen Maulwurf zum Mann haben wolle, und daß sie dann tief unter der Erde wohnen müsse, wo nie die Sonne scheine. Sie konnte es nicht lassen, dabei zu weinen.

»Jetzt kommt der kalte Winter«, sagte die Schwalbe, »ich fliege weit fort nach den warmen Ländern, willst du mich begleiten? Du kannst auf meinem Rücken sitzen! Binde dich nur fest mit deinem Gürtelband, dann fliegen wir fort von dem häßlichen Maulwurf und seiner dunklen Stube, weit fort über die Berge nach den warmen Ländern, wo die Sonne schöner scheint als hier, wo immer Sommer ist und immer schöne Blumen blühn. Fliege nur mit mir, du liebes, kleines Däumelinchen, die du mir das Leben gerettet hast, als ich erfroren in dem dunklen Erdkeller lag!«

»Ja, ich will dich begleiten!« sagte Däumelinchen und setzte sich auf des Vogels Rücken, mit den Füßen auf seinem ausgebreiteten Flügel, band ihren Gürtel an einer der stärksten Federn fest, und dann flog die Schwalbe hoch in die Luft hinauf, über Wald und über See, hoch hinweg über die großen Berge, wo immer Schnee liegt. Und Däumelinchen fror in der kalten Luft, aber dann kroch sie unter die warmen Federn des Vogels und streckte nur den kleinen Kopf hervor, um all die Herrlichkeit unter sich zu sehen.

Dann kamen sie nach den warmen Ländern. Dort schien die Sonne viel klarer als hier, der Himmel war zweimal so hoch, und an Gräben und Hecken wuchsen die schönsten grünen und blauen Weintrauben. In den Wäldern hingen Zitronen und Orangen, hier duftete es von Myrten und Krauseminze, und auf den Landstraßen liefen die schönsten Kinder und spielten mit großen, bunten Schmetterlingen. Aber die Schwalbe flog noch weiter fort, und es wurde schöner und schöner. Unter den prachtvollen grünen Bäumen an dem blauen See stand ein blendend weißes Marmorschloß aus alten Zeiten, Weinranken schlangen sich um die hohen Säulen empor; ganz oben waren viele Schwalbennester, und in einem derselben wohnte die Schwalbe, die Däumelinchen trug.

»Hier ist mein Haus!« sagte die Schwalbe; aber willst du dir nun selbst eine von den prächtigsten Blumen aussuchen, die da unten wachsen, dann werde ich dich da hinsetzen, und du sollst es so wunderschön haben, wie du es nur wünschest!«

»Das ist herrlich!« sagte sie und klatschte in die kleinen Hände.

Es lag da eine große, weiße Marmorsäule, die auf die Erde gefallen und in drei Stücke zerbrochen war, aber dazwischen wuchsen die schönsten großen, weißen Blumen. Die Schwalbe flog mit Däumelinchen hinunter und setzte sie auf eines der breiten Blätter; aber wie erstaunte Däumelinchen! Da saß ein kleiner Mann mitten in der Blume, so weiß und durchsichtig, als wäre er von Glas; die hübscheste goldene Krone hatte er auf dem Kopf und die schönsten hellen Flügel an den Schultern, er selbst war nicht größer als Däumelinchen. Er war der Engel der Blume. In jeder Blume wohnte so ein kleiner Mann oder eine Frau, aber dieser war König über sie alle.

»Gott, wie ist er schön!« flüsterte Däumelinchen zur Schwalbe. Der kleine Prinz erschrak sehr über die Schwalbe, denn die war ja ein ganzer Riesenvogel gegen ihn, der so klein und fein war. Aber als er Däumelinchen sah, wurde er sehr froh; sie war das allerschönste Mädchen, das er jemals gesehen hatte. Darum nahm er die goldene Krone von seinem Kopf und setzte sie ihr auf, fragte, wie sie heiße und ob sie seine Frau werden wolle, dann solle sie Königin über alle Blumen sein! Ja, das war wahrlich ein anderer Mann, als der Sohn der Kröte und der Maulwurf mit dem schwarzen Samtpelz. Sie sagte deshalb ja zu dem schönen Prinzen, und von jeder Blume kam eine Dame oder ein Herr, so reizend, daß es eine Lust war; jeder von ihnen brachte Däumelinchen ein Geschenk, aber das beste von allen waren ein Paar schöne Flügel von einer großen, weißen Fliege; die wurden auf Däumelinchens Rücken befestigt, und da konnte sie auch von Blume zu Blume fliegen. Das war eine große Freude, und die Schwalbe saß oben in ihrem Nest und sang ihnen etwas vor, so gut sie konnte; aber im Herzen war sie doch betrübt, denn sie hatte Däumelinchen sehr lieb und hätte sich am liebsten nie von ihr getrennt.

»Du sollst nicht Däumelinchen heißen!« sagte der Blumenengel zu ihr, »das ist ein häßlicher Name, und du bist so schön. Wir wollen dich Maja nennen.«

»Leb wohl! Leb wohl!« sagte die Schwalbe und flog wieder fort von den warmen Ländern, weit fort nach Dänemark zurück. Dort hatte sie ein kleines Nest über dem Fenster, wo der Mann wohnt, der Märchen erzählen kann. Vor ihm sang sie »Quiwitt, quiwitt!« Daher haben wir die ganze Geschichte.

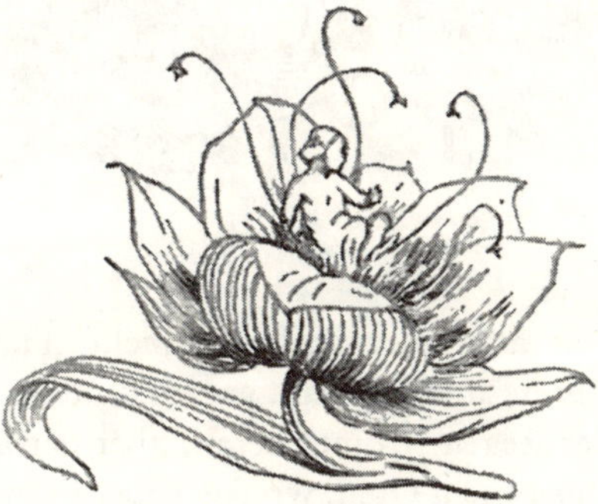

6

DER UNARTIGE KNABE

Es war einmal ein alter Dichter, so ein recht guter, alter Dichter. Eines Abends, als er zu Hause saß, gab es draußen ein schrecklich böses Wetter; der Regen strömte herab, aber der alte Dichter saß warm und gut bei seinem Ofen, wo das Feuer brannte und die Äpfel brutzelten.

»Es bleibt sicher kein trockener Faden an den Ärmsten, die in diesem Wetter draußen sind!« sagte er, denn er war ein so guter Dichter.

»Oh, mach mir auf! Mich friert und ich bin so naß!« rief draußen ein kleines Kind. Es weinte und klopfte an die Tür, während der Regen herabströmte und der Wind an allen Fenstern rüttelte.

»Du armer Kleiner!« sagte der alte Dichter und ging hin, um die Tür zu öffnen. Da stand ein kleiner Knabe; er war ganz nackt, und das Wasser floß aus seinem langen, blonden Haar. Er zitterte vor Kälte; wäre er nicht hereingekommen, so hätte er sicher in dem bösen Wetter sterben müssen.

»Du armer Kleiner!« sagte der alte Dichter und nahm ihn bei der Hand. »Komm du zu mir, dann werde ich dich schon erwärmen! Wein und Äpfel sollst du haben, denn du bist ein schöner Knabe!«

Das war er auch. Seine Augen sahen aus wie zwei klare Sterne, und obwohl das Wasser aus seinem gelben Haar herabfloß, ringelte es sich doch so schön. Er sah aus wie ein kleines Engelskind, aber er war so bleich vor Kälte und zitterte am ganzen Körper. In der Hand hatte er einen prächtigen Flitzbogen; aber der war vom Regen ganz verdorben, alle Farben an den schönen Pfeilen liefen vor Nässe ineinander.

Der alte Dichter setzte sich an den Ofen, nahm den kleinen Knaben auf seinen Schoß, drückte das Wasser aus seinem Haar, wärmte ihm die Hände in den seinen und kochte süßen Wein für ihn. Da erholte er sich, bekam rote Wangen, sprang hinunter auf den Boden und tanzte um den alten Dichter herum.

»Du bist ein lustiger Knabe!« sagte der Alte. »Wie heißt du?«

»Ich heiße Amor!« antwortete er, »kennst du mich nicht? Dort liegt mein Flitzbogen! Mit dem schieße ich, das kannst du mir glauben! Sieh, jetzt wird das Wetter draußen gut; der Mond scheint!«

»Aber dein Flitzbogen ist verdorben!« sagte der alte Dichter.

»Das wäre schlimm!« sagte der kleine Knabe, nahm ihn auf und besah ihn. »Oh, er ist schon trocken, hat gar keinen Schaden gelitten. Die Sehne sitzt ganz straff! Jetzt werde ich ihn probieren!« Dann spannte er ihn, legte einen Pfeil an, zielte und schoß ihn dem guten, alten Dichter gerade ins Herz hinein. »Kannst du nun sehen, daß mein Flitzbogen nicht verdorben war?« sagte er, lachte ganz laut und lief seiner Wege. Der unartige Knabe! So auf den alten Dichter zu schießen, der ihn in die warme Stube hereingelassen, so gut gegen ihn gewesen war und ihm den schönen Wein und den besten Apfel gegeben hatte.

Der gute Dichter lag auf dem Boden und weinte, er war wirklich gerade ins Herz getroffen, und dann sagte er: »Pfui, was dieser Amor für ein unartiger Knabe ist! Das werde ich allen guten Kindern erzählen, damit sie sich in acht nehmen können und nie mit ihm spielen, denn er tut ihnen was zuleide!«

Alle die guten Kinder, Mädchen und Knaben, denen er es erzählte, nahmen sich so in acht vor dem schlimmen Amor; aber er führte sie gleichwohl an, denn er ist so durchtrieben! Wenn die Studenten von den Vorlesungen kommen, so läuft er neben ihnen mit einem Buch unterm Arm und in einem schwarzen Rock. Sie können ihn gar nicht erkennen, und dann fassen sie ihn unter den Arm und glauben, daß er auch ein Student sei, aber dann sticht er ihnen den Pfeil in die Brust. Wenn die kleinen Mädchen vom Pfarrer kommen, und wenn sie eingesegnet werden, dann ist er auch hinter ihnen her. Ja, er ist allezeit hinter den Leuten her! Er sitzt im großen Kronleuchter im Theater und brennt lichterloh, so daß die Leute glauben, es sei eine Lampe, aber später merken sie etwas anderes. Er läuft im Königlichen Garten und auf dem Wall umher! Ja, er hat einmal deinen Vater und deine Mutter gerade ins Herz geschossen! Frage sie nur, dann sollst du hören, was sie sagen. Ja, das ist ein schlimmer Knabe, dieser Amor, mit ihm mußt du nie etwas zu schaffen haben. Er ist hinter allen Leuten her! Denk einmal, er schoß sogar einen Pfeil auf die alte Großmutter ab; aber das ist lange her, es ist nun überstanden, aber sie vergißt es doch nie. Pfui, der schlimme Amor! Aber jetzt kennst du ihn und weißt, was für ein unartiger Knabe er ist!

7

DER REISEKAMERAD

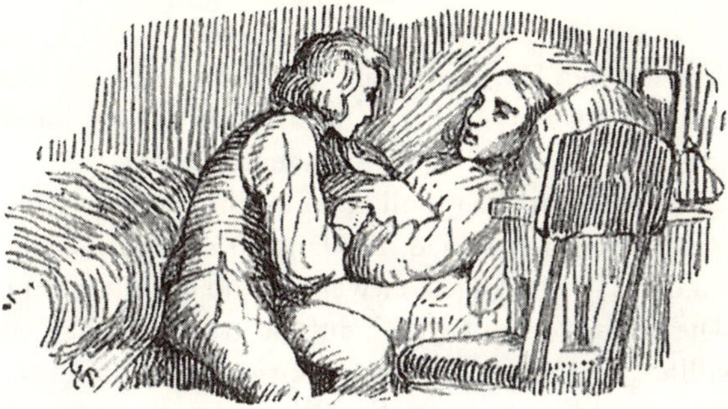

Der arme Johannes war so traurig, denn sein Vater war sehr krank und konnte nicht genesen. Es war gar niemand außer den beiden in der kleinen Stube. Die Lampe auf dem Tisch war dem Erlöschen nahe, und es war ganz spät am Abend.

»Du warst ein guter Sohn, Johannes!« sagte der kranke Vater. »Der liebe Gott wird dir schon in der Welt vorwärtshelfen!«, und er sah ihn mit ernsten, milden Augen an, holte ganz tief Atem und starb; es war, als ob er schliefe. Aber Johannes weinte, jetzt hatte er gar niemand in der ganzen Welt, weder Vater noch Mutter, Schwester oder Bruder. Der arme Johannes! Er lag auf seinen Knien vor dem Bett, küßte des toten Vaters Hand und weinte so viele Tränen; aber zuletzt schlossen sich seine Augen, und er schlief ein mit dem Kopf auf dem harten Bettpfosten.

Da träumte er einen sonderbaren Traum: Er sah, wie Sonne und Mond sich vor ihm neigten, und er sah seinen Vater wieder frisch und gesund und hörte ihn lachen, wie er immer lachte, wenn er richtig vergnügt war. Ein schönes Mädchen mit einer Goldkrone auf ihrem langen prächtigen Haar reichte Johannes die Hand, und sein Vater sagte: »Siehst du, was für eine Braut du bekommst? Sie ist die Schönste in der ganzen Welt.« Dann erwachte er, und all das Schöne war fort, sein Vater lag tot und kalt im Bett; es war gar niemand bei ihnen. Der arme Johannes!

In der folgenden Woche wurde der Tote begraben. Johannes ging dicht hinter dem Sarg und konnte den guten Vater nicht mehr zu sehen bekommen, der ihn so lieb gehabt hatte. Er hörte, wie sie die Erde auf den Sarg hinunterwarfen, sah noch die letzte Ecke von ihm; aber bei der nächsten Schaufel Erde, die hinabgeworfen wurde, war auch die verschwunden. Da war es, als ob sein Herz in Stücke zerbrechen wollte, so betrübt war er. Ringsumher sangen sie ein geistliches Lied, es klang so schön, und die Tränen traten Johannes in die Augen, er weinte, und das tat wohl in seiner Trauer. Die Sonne schien herrlich auf die grünen Bäume, als ob sie sagen wollte: »Du sollst nicht so traurig sein, Johannes! Kannst du sehen, wie schön blau der Himmel ist? Dort oben ist nun dein Vater und bittet den lieben Gott, daß es dir immer wohl ergehen möge!«

»Ich will immer gut sein!« sagte Johannes, »dann komme ich auch in den Himmel hinauf zu meinem Vater, und was für eine Freude wird das sein, wenn wir uns wiedersehen! Wieviel werde ich ihm da erzählen können, und er wiederum wird mir so viele Dinge zeigen, wird mich soviel von all dem Schönen im Himmel lehren, so wie er mich hier auf Erden belehrte. Oh, was für eine Freude wird das werden!«

Johannes dachte sich das so deutlich, daß er dabei lächelte, während die Tränen ihm noch über die Wangen liefen. Die kleinen Vögel saßen oben in den Kastanienbäumen und zwitscherten: »Quiwitt, quiwitt!« Sie waren so vergnügt, obgleich sie ja mit bei dem Begräbnis waren; aber sie wußten wohl, daß der tote Mann nun oben im Himmel war, Flügel hatte, weit schöner und größer als die ihren, und daß er nun glücklich war, weil er hier auf Erden gut gewesen, und darüber waren sie vergnügt. Johannes sah, wie sie von den grünen Bäumen weit in die Welt hinausflogen, und da bekam er auch Lust mitzufliegen. Aber erst schnitt er ein großes Holzkreuz, um es auf seines Vaters Grab zu setzen, und als er es am Abend dorthin brachte, war das Grab mit Sand und Blumen geschmückt. Das hatten fremde Leute getan, denn sie hatten den guten Vater, der nun gestorben war, sehr lieb gehabt.

Früh am nächsten Morgen packte Johannes sein kleines Bündel zusammen und verwahrte sein ganzes Erbteil in seinem Gürtel; es waren fünfzig Reichstaler und ein paar Silberschillinge, damit wollte er in die Welt hinauswandern. Aber zuerst ging er auf den Kirchhof zu seines Vaters Grab, sprach sein Vaterunser und sagte: »Leb wohl, du lieber Vater! Ich will immer ein guter Mensch sein, und dann darfst du den lieben Gott wohl darum bitten, daß er mir helfe!«

Draußen auf dem Felde, wo Johannes ging, standen alle Blumen so frisch und schön in dem warmen Sonnenschein, und sie nickten im Wind, als ob sie sagen wollten: »Willkommen im Grünen! Ist es hier nicht reizend?« Aber Johannes wandte sich noch einmal zurück, um die alte Kirche zu sehen, in der er als kleines Kind getauft worden, und in der er jeden Sonntag mit seinem alten Vater gewesen war und sein Lied gesungen hatte. Da sah er hoch oben in einer der Öffnungen des Turmes das Kirchenheinzelmännchen stehen mit seiner kleinen, roten, spitzen Mütze; er beschattete sein Gesicht mit dem gebogenen Arm, da ihm sonst die Sonne in die Augen schien. Johannes nickte ihm Lebewohl zu, und das kleine Heinzelmännchen schwenkte seine rote Mütze, legte die Hand aufs Herz und warf ihm viele Kußhände zu, um zu zeigen, wie es ihm alle Gute wünsche, und daß er eine recht glückliche Reise machen möge.

Johannes dachte daran, wieviel Schönes er nun in der großen, prächtigen Welt zu sehen bekommen sollte, und ging weiter und weiter fort, so weit, wie er früher nie gewesen war. Er kannte die Städte gar nicht, durch die er kam, oder die Menschen, denen er begegnete. Jetzt war er weit draußen unter Fremden.

In der ersten Nacht mußte er sich auf einem Heuschober auf dem Feld schlafen legen, ein anderes Bett hatte er nicht. Aber das war gerade hübsch, fand er, der König konnte es nicht besser haben. Das ganze Feld mit dem Bach, der Heuschober und dann der blaue Himmel darüber, das war just eine schöne Schlafkammer. Das grüne Gras mit den kleinen roten und weißen Blumen war der Teppich, die Holunderbüsche und die wilden Rosenhecken waren Blumensträuße, und als Waschbecken hatte er den ganzen Bach mit dem klaren, frischen Wasser, wo das Schilf sich neigte und ihm sowohl guten Abend als guten Morgen sagte. Der Mond war eine richtige große Nachtlampe, hoch oben unter der blauen Decke, und er setzte die Gardinen nicht in Brand; Johannes konnte ganz ruhig schlafen, und er tat es auch und erwachte erst wieder, als die Sonne aufging und alle die kleinen Vögel ringsumher sangen: »Guten Morgen! Guten Morgen! Bist du noch nicht auf?«

Die Glocken läuteten zur Kirche, es war Sonntag. Die Leute gingen hin, um den Pfarrer zu hören, und Johannes folgte ihnen, sang ein Lied und hörte Gottes Wort, und es war ihm, als sei er in seiner eigenen Kirche, in der er getauft worden war und Lieder mit seinem Vater gesungen hatte.

Draußen auf dem Kirchhof waren viele Gräber, und auf einigen wuchs hohes Gras. Da dachte Johannes an seines Vaters Grab, das auch einmal so aussehen würde wie diese, nun, da er nicht jäten und es schmücken konnte. Er setzte sich also nieder und riß das Gras aus, richtete die Holzkreuze auf, die umgefallen waren und legte die Kränze, die der Wind von den Gräbern fortgeweht hatte, wieder an ihren Ort, indem er dachte: Vielleicht tut jemand dasselbe an meines Vaters Grab, nun, da ich es nicht tun kann!

Draußen vor der Kirchhofspforte stand ein alter Bettler und stützte sich auf seine Krücke. Johannes gab ihm die Silberschillinge, die er hatte, und ging dann glücklich und vergnügt weiter fort, hinaus in die weite Welt.

Gegen Abend kam ein erschrecklich böses Wetter; Johannes beeilte sich unter Dach zu kommen, aber es wurde bald dunkle Nacht. Da erreichte er endlich eine kleine Kirche, die ganz einsam oben auf einem Hügel lag. Zum Glück war die Tür nur angelehnt, und er schlüpfte hinein; hier wollte er bleiben, bis das Unwetter sich gelegt hatte.

»Hier will ich mich in einen Winkel setzen!« sagte er, »ich bin ganz müde und habe es wohl nötig, mich ein wenig auszuruhen!« Dann setzte er sich nieder, faltete seine Hände und sprach sein Abendgebet, und ehe er sich's versah, schlief er und träumte, während es draußen blitzte und donnerte.

Als er wieder erwachte, war es mitten in der Nacht, aber das böse Wetter war vorübergezogen, und der Mond schien durch die Fenster zu ihm herein. Mitten auf dem Kirchenboden stand ein offener Sarg mit einem toten Mann darin; denn er war noch nicht begraben. Johannes war gar nicht bange, denn er hatte ein gutes Gewissen, und er wußte wohl, daß die Toten niemand etwas antun. Es sind lebende böse Menschen, die Übles tun. Solche zwei lebende schlimme Leute standen dicht bei dem toten Mann, den man hier in die Kirche gebracht hatte, bevor er ins Grab gelegt wurde. Sie wollten ihm Übles antun, ihn nicht in seinem Sarg liegen lassen, sondern ihn vor die Kirchentür hinauswerfen, den armen, toten Mann.

»Warum wollt Ihr das tun?« fragte Johannes, »das ist böse und schlimm, laßt ihn in Jesu Namen schlafen!«

»Oh, Schnickschnack!« sagten die beiden häßlichen Menschen, »er hat uns zum Narren gehalten! Er schuldet uns Geld, das konnte er nicht bezahlen, und nun ist er obendrein gestorben, so daß wir keinen Schilling bekommen, darum wollen wir uns richtig rächen; er soll wie ein Hund draußen vor der Kirchentür liegen!«

»Ich habe nicht mehr als fünfzig Reichstaler!« sagte Johannes, »das ist mein ganzes Erbteil, aber das will ich Euch gerne geben, wenn Ihr mir ehrlich versprechen wollt, den armen, toten Mann in Frieden zu lassen. Ich werde schon ohne das Geld auskommen; ich habe gesunde, starke Glieder, und Unser Herr wird mir allezeit helfen.«

»Ja«, sagten die häßlichen Menschen, »wenn du so seine Schuld bezahlen willst, wollen wir ihm freilich nichts antun, dessen kannst du gewiß sein!« Und dann nahmen sie das Geld, das Johannes ihnen gab, lachten ganz laut über seine Güte und gingen ihres Weges. Aber Johannes legte die Leiche wieder im Sarg zurecht, faltete deren Hände, sagte Lebewohl und ging so recht zufrieden durch den großen Wald.

Ringsumher, wo der Mond zwischen den Bäumen hereinscheinen konnte, sah er die lieblichsten kleinen Elfen lustig spielen. Sie ließen sich nicht stören, denn sie wußten wohl, daß er ein guter, unschuldiger Mensch war, und es sind nur die bösen Leute, die die Elfen nicht zu sehen bekommen dürfen. Einige von ihnen waren nicht größer als ein Finger und hatten ihr langes, gelbes Haar mit Goldkämmen aufgesteckt; zwei und zwei schaukelten sie auf den großen Tautropfen, die auf den Blättern und dem hohen Gras lagen. Zuweilen entrollte der Tropfen, dann fielen sie hinunter zwischen die langen Grashalme, und es entstand ein Lachen und Lärmen unter den andern kleinen Knirpsen. Es war unglaublich lustig! Sie sangen, und Johannes erkannte ganz deutlich alle die schönen Weisen, die er als kleiner Knabe gelernt hatte. Große, bunte Spinnen mit Silberkronen auf dem Kopf mußten von der einen Hecke zur andern lange Hängebrücken und Paläste spinnen, die, als der feine Tau darauf fiel, wie schimmerndes Glas im klaren Mondschein aussahen. So währte es fort, gerade bis die Sonne aufstand. Die kleinen Elfen krochen dann in die Blumenknospen hinein, und der Wind erfaßte ihre Brücken und Schlösser, die dann als große Spinngewebe durch die Luft flogen.

Johannes war eben aus dem Wald herausgekommen, als eine laute Männerstimme hinter ihm rief: »Holla, Kamerad! Wohin geht die Reise?«

»Hinaus in die weite Welt!« sagte Johannes. »Ich habe weder Vater noch Mutter, bin ein armer Bursche, aber der Herr hilft mir schon!«

»Ich will auch hinaus in die weite Welt!« sagte der fremde Mann. »Wollen wir beide einander Gesellschaft leisten?«

»Jawohl!« sagte Johannes, und dann gingen sie miteinander. Sie gewannen sich bald sehr lieb, denn sie waren gute Menschen alle beide. Aber Johannes merkte wohl, daß der Fremde viel klüger war als er. Er war fast überall in der Welt herum gewesen und wußte von allem möglichen, was es gab, zu erzählen.

Die Sonne stand schon hoch, als sie sich unter einen großen Baum setzten, um ihr Frühstück zu essen. Da kam eine alte Frau. Oh, sie war so alt und ging ganz krumm, stützte sich auf einem Krückstock und hatte auf ihrem Rücken ein Bündel Reisig, das sie im Wald gesammelt hatte. Ihre Schürze war heraufgebunden, und Johannes sah, daß drei große Ruten aus Farnkraut und Weidenzweigen daraus hervorstaken. Als sie ganz nahe bei ihnen war, glitt ihr ein Fuß aus, sie fiel um und stieß einen lauten Schrei aus; denn sie hatte ein Bein gebrochen, die arme, alte Frau.

Johannes wollte gleich, daß sie sie nach Hause tragen sollten, wo sie wohnte; aber der Fremde machte seinen Reisesack auf und nahm eine Büchse hervor und sagte, daß er hier eine Salbe habe, die ihr Bein sofort wieder heil und gesund machen würde, so daß sie selbst heimgehen könne, und zwar, als ob sie nie das Bein gebrochen hätte. Aber dafür wolle er auch, daß sie ihm die drei Ruten schenke, die sie in ihrer Schürze habe.

»Das ist gut bezahlt!« sagte die Alte und nickte ganz eigen mit dem Kopf; sie wollte nicht gar so gerne ihre Ruten hergeben, aber es war auch nicht angenehm, mit gebrochenem Bein dazuliegen. So gab sie ihm die Ruten, und kaum hatte er die Salbe an ihr Bein gerieben, erhob sich auch die alte Mutter und ging viel besser als zuvor. Dies konnte die Salbe bewirken. Aber sie war auch nicht in der Apotheke zu bekommen.

»Was willst du mit diesen Ruten?« fragte Johannes nun seinen Reisekameraden.

»Das sind drei nette Kräuterbesen!« sagte der, »die kann ich just leiden, denn ich bin ein komischer Kerl!«

Dann gingen sie noch ein gutes Stück. »Sieh, wie dunkel es da heraufzieht!« sagte Johannes und zeigte geradeaus. »Das sind aber schrecklich dicke Wolken!«

»Nein«, sagte der Reisekamerad, »das sind nicht Wolken, das sind die Berge, die schönen, großen Berge, wo man ganz hinauf über die Wolken in die frische Luft gelangt. Das ist herrlich, kannst du mir glauben! Morgen sind wir gewiß so weit draußen in der Welt!«

Es war aber nicht so nah, wie es aussah; sie mußten einen ganzen Tag gehen, bevor sie zu den Bergen kamen, wo die schwarzen Wälder gerade gegen den Himmel hinaufwuchsen, und wo es Steine gab, die so groß wie eine ganze Stadt waren. Es würde wahrlich eine schwere Wanderung sein, da ganz hinüberzukommen; aber darum gingen auch Johannes und der Reisekamerad ins Wirtshaus hinein, um sich gut auszuruhen und Kräfte zu sammeln für den morgigen Marsch.

Unten in der großen Schenkstube im Wirtshaus waren viele Menschen versammelt, denn dort war ein Mann, der Puppenkomödie spielte. Er hatte gerade sein kleines Theater aufgestellt, und die Leute saßen ringsumher, um die Komödie zu sehen; aber zu allervorderst hatte ein alter, dicker Metzger Platz genommen, und das war der allerbeste. Sein großer Bullenbeißer, hu, der sah so bissig aus, saß neben ihm und machte Augen, gerade wie alle andern.

Nun begann die Komödie, und es war eine nette Komödie mit einem König und einer Königin. Die saßen auf einem Samtthron, hatten Goldkronen auf dem Kopf und lange Schleppen an den Kleidern; denn das konnten sie sich leisten. Die hübschesten Holzpuppen mit Glasaugen und großen Knebelbärten standen an allen Türen und machten auf und zu, damit frische Luft in die Stube kommen konnte. Das war just eine schöne Komödie, und sie war gar nicht traurig, aber gerade als die Königin sich erhob und über den Boden hinging, da – ja, Gott mag wissen, was der große Bullenbeißer dachte, aber da der dicke Metzger ihn nicht hielt, machte er einen Sprung ins Theater hinein, packte die Königin mitten um ihre schlanke Taille, so daß es knick, knack! sagte. Es war ganz entsetzlich!

Der arme Mann, der die ganze Komödie aufführte, war so erschrocken und betrübt über seine Königin, denn das war die allerhübscheste Puppe, die er besaß, und nun hatte der ekelhafte Bullenbeißer ihr den Kopf abgebissen. Aber als die Leute später fortgingen, sagte der Fremde, der mit Johannes gekommen war, daß er sie schon wieder zurechtmachen würde, und dann nahm er seine Büchse hervor und schmierte die Puppe mit der Salbe ein, mit der er der armen, alten Frau geholfen, als sie ihr Bein gebrochen hatte. Kaum war die Puppe eingeschmiert, wurde sie gleich wieder ganz, ja, sie konnte sogar alle ihre Glieder selbst bewegen, man brauchte gar nicht mehr an der Schnur zu ziehen. Die Puppe war wie ein lebendiger Mensch, bis auf das eine, daß sie nicht sprechen konnte. Der Mann, dem das kleine Puppentheater gehörte, wurde so vergnügt, nun brauchte er die Puppe gar nicht mehr zu halten, sie konnte ja von selbst tanzen. Das konnte keine von den andern.

Als es dann Nacht wurde und alle Leute im Wirtshaus zu Bett gegangen waren, war da einer, der seufzte so schrecklich tief und fuhr so lange damit fort, daß sie alle aufstanden, um zu sehen, wer das sein könnte. Der Mann, der die Komödie gemacht hatte, ging zu seinem kleinen Theater hin, denn es war dort drinnen, wo jemand seufzte. Alle Holzpuppen lagen durcheinander, der König und alle Trabanten, und die waren es, die so jämmerlich seufzten und mit ihren großen Glasaugen vor sich hinstarrten, denn sie wollten so gerne ebenso wie die Königin ein wenig geschmiert werden, damit sie sich auch von selbst bewegen könnten. Die Königin legte sich auf die Knie nieder und streckte ihre schöne Goldkrone in die Höhe, während sie bat: »Nimm diese, aber schmiere meinen Gemahl und meine Hofleute!« Da konnte der arme Mann, der die Komödie und alle Puppen besaß, es nicht unterlassen zu weinen; denn es tat ihm wirklich so leid um sie. Er versprach sogleich dem Reisekameraden, daß er ihm alles Geld geben wolle, das er am nächsten Abend für seine Komödie bekäme, wenn er nur vier, fünf seiner hübschesten Puppen schmieren wolle. Aber der Reisekamerad sagte, er verlange gar nichts anderes als den großen Säbel, den er an seiner Seite habe, und als er ihn bekam, schmierte er sechs Puppen, die sogleich tanzten, und zwar so reizend, daß alle Mädchen, die lebenden Menschenmädchen, die es sahen, anfingen mitzutanzen. Der Kutscher und die Köchin tanzten, der Diener und das Stubenmädchen, alle die Fremden, und die Feuerschaufel und die Feuerzange, aber die beiden fielen um, gerade als sie die ersten Sprünge machten – ja, es war eine lustige Nacht. –

Am nächsten Morgen ging Johannes mit seinem Reisekameraden von ihnen allen fort, auf die hohen Berge hinauf und durch die großen Tannenwälder. Sie kamen so hoch hinauf, daß die Kirchtürme tief unter ihnen zuletzt aussahen wie kleine, rote Beeren unten in all dem Grünen, und sie konnten so weit sehen, viele, viele Meilen weit, wo sie nie gewesen waren. – Soviel Schönes von der herrlichen Welt hatte Johannes früher nie auf einmal gesehen, und die Sonne schien so warm aus der frischen, blauen Luft, er hörte auch die Jäger das Waldhorn so schön und beglückend zwischen den Bergen blasen, daß ihm vor Freude die Tränen in die Augen kamen und er sich nicht enthalten konnte zu sagen: »Du gütiger Gott! ich könnte dich küssen, weil du so gut gegen uns alle bist und uns all die Schönheit, die in der Welt ist, gegeben hast!«

Der Reisekamerad stand auch mit gefalteten Händen da und sah über den Wald und die Städte in den warmen Sonnenschein hinaus. Da erklang es auf einmal so seltsam schön über ihren Köpfen; sie schauten in die Höhe: ein großer, weißer Schwan schwebte in der Luft, er war so schön und sang, wie sie nie zuvor einen Vogel hatten singen hören; aber der Gesang wurde schwächer und schwächer, er neigte seinen Kopf und sank ganz langsam zu ihren Füßen nieder, wo er tot liegenblieb, der schöne Vogel.

»Zwei so herrliche Flügel«, sagte der Reisekamerad, »so weiße und große, wie die, welche der Vogel hat, sind Geldes wert, die will ich mit mir nehmen! Kannst du nun sehen, wie gut es war, daß ich einen Säbel bekam!« Und dann hieb er dem toten Schwan mit einem Schlag beide Flügel ab, die wollte er behalten.

Sie reisten nun viele, viele Meilen weit über die Berge, bis sie zuletzt eine große Stadt vor sich sahen mit über hundert Türmen, die wie Silber im Sonnenschein schimmerten. Mitten in der Stadt war ein prächtiges Marmorschloß, mit rotem Gold gedeckt, und hier wohnte der König.

Johannes und der Reisekamerad wollten nicht gleich in die Stadt gehen, sondern blieben im Wirtshaus außerhalb der Stadt, um sich ein wenig zu putzen; denn sie wollten nett aussehen, wenn sie auf die Straße kämen. Der Wirt erzählte ihnen, daß der König ein so guter Mann sei, der nie einem Menschen etwas zuleid tue, weder dem einen noch dem andern; aber seine Tochter, ja, Gott bewahre uns! das sei eine schlimme Prinzessin. Schönheit besaß sie genug, niemand konnte so schön und einnehmend sein wie sie, aber was half das, sie war eine schlimme, böse Hexe, die schuld daran war, daß so viele schöne Prinzen ihr Leben verloren hatten. – Allen Menschen hatte sie die Erlaubnis gegeben, um sie zu freien. Ein jeder konnte kommen, er mochte ein Prinz oder ein Bettler sein, das war ihr einerlei. Er sollte nur drei Dinge erraten, nach denen sie ihn fragte. Konnte er das, so wollte sie sich mit ihm vermählen, und er sollte König über das ganze Land sein, wenn ihr Vater stürbe. Konnte er aber die drei Dinge nicht erraten, so ließ sie ihn aufhängen oder köpfen, so schlimm und böse war die schöne Prinzessin. Ihr Vater, der alte König, war so traurig darüber, aber er konnte es ihr nicht verbieten, so böse zu sein, denn er hatte einmal gesagt, er wolle nicht das geringste mit ihren Liebhabern zu tun haben, sie könne selbst tun, was sie wolle. Jedesmal, wenn ein Prinz kam und raten sollte, um die Prinzessin zu bekommen, konnte er es nicht herausfinden und wurde dann gehängt oder geköpft. Sie hatten ihn ja beizeiten gewarnt; er konnte es unterlassen zu freien. Der alte König war so betrübt über all die Trauer und das Elend, daß er einen ganzen Tag im Jahr mit allen seinen Soldaten auf den Knien lag und betete, die Prinzessin möge gut werden, aber das wollte sie gar nicht. Die alten Frauen, die Branntwein tranken, färbten ihn ganz schwarz, bevor sie ihn tranken, so trauerten sie, und mehr konnten sie nicht tun.

»Die häßliche Prinzessin!« sagte Johannes, »sie sollte wirklich die Rute bekommen, das würde ihr gut tun. Wäre ich nur der alte König, sie sollte schon gegerbt werden!«

Da hörten sie die Leute draußen Hurra rufen. Die Prinzessin kam vorüber, und sie war wirklich so schön, daß alle Leute vergaßen, wie böse sie war; darum riefen sie Hurra. Zwölf schöne Jungfrauen, alle in weißen Seidenkleidern und mit einer goldenen Tulpe in der Hand, ritten auf kohlschwarzen Pferden ihr zur Seite. Die Prinzessin selbst hatte ein schneeweißes Pferd, mit Diamanten und Rubinen geschmückt. Ihr Reitkleid war aus purem Gold, und die Peitsche, die sie in der Hand hatte, sah aus, als wäre sie ein Sonnenstrahl. Die Goldkrone auf dem Haupt funkelte wie die kleinen Sterne am Himmel droben, und der Mantel war aus mehr als tausend Schmetterlingsflügeln genäht, und doch war sie viel schöner als alle ihre Kleider.

Als Johannes sie zu sehen bekam, wurde er so rot im Gesicht wie ein Blutstropfen und konnte kaum ein einziges Wort sagen. Die Prinzessin sah ja ganz so aus wie das schöne Mädchen mit der Goldkrone, von dem er in der Nacht geträumt hatte, als sein Vater gestorben war. Er fand sie so schön und konnte es nicht unterlassen, sie sehr lieb zu haben. Es sei gewiß nicht wahr, sagte er, daß sie eine böse Hexe wäre, die die Leute hängen oder köpfen ließe, wenn sie nicht erraten könnten, was sie von ihnen verlangte. »Jeder hat ja die Erlaubnis, um sie zu freien, sogar der ärmste Bettler; ich will doch auf das Schloß gehen, denn ich kann wirklich nicht anders!«

Sie sagten alle, das solle er nicht tun, es würde ihm bestimmt ebenso ergehen wie all den andern. Der Reisekamerad riet ihm auch davon ab, aber Johannes meinte, es würde schon gut gehen; er bürstete seine Schuhe und seinen Rock, wusch sein Gesicht und seine Hände, kämmte sein schönes, blondes Haar und ging ganz allein in die Stadt hinein und ins Schloß hinauf.

»Herein!« sagte der alte König, als Johannes an die Tür klopfte. – Johannes öffnete, und der alte König in Schlafrock und gestickten Pantoffeln kam ihm entgegen, die Goldkrone hatte er auf dem Kopf, das Zepter in der einen Hand und den Reichsapfel in der andern. »Warte ein bißchen!« sagte er und nahm den Apfel unter den Arm, um Johannes die Hand reichen zu können. Aber sobald er hörte, es sei ein Freier, begann er so zu weinen, daß Zepter wie Reichsapfel auf den Boden fielen und er die Augen an seinem Schlafrock trocknen mußte. Der arme, alte König!

»Laß es sein!« sagte er. »Es ergeht dir schlecht wie all den andern. Nun, du sollst es sehen!« Dann führte er Johannes in den Lustgarten der Prinzessin, da sah es schrecklich aus! Oben in jedem Baum hingen drei, vier Königssöhne, die um die Prinzessin gefreit hatten, aber die Dinge, die sie ihnen aufgegeben, nicht hatten erraten können. Jedesmal, wenn der Wind wehte, klapperten alle Gerippe, so daß die kleinen Vögel erschraken und nie in den Garten zu kommen wagten. Alle Blumen waren an Menschenknochen aufgebunden, und in den Blumentöpfen standen Totenköpfe und grinsten. Das war wahrlich ein Garten für eine Prinzessin.

»Hier kannst du es sehen!« sagte der alte König. »Es wird dir ebenso ergehen wie all den andern, die du hier siehst, laß es darum lieber sein. Du machst mich wirklich unglücklich; denn ich nehme es mir so zu Herzen!«

Johannes küßte dem guten, alten König die Hand und sagte, es würde schon gut gehen, denn er liebe die schöne Prinzessin so sehr.

Da kam die Prinzessin selbst mit all ihren Damen in den Schloßhof geritten, sie gingen deshalb zu ihr hinaus und sagten ihr guten Tag. Sie war wahrlich schön, reichte Johannes die Hand, und er liebte sie noch viel mehr als vorher; sie konnte bestimmt keine schlimme, böse Hexe sein, wie es alle Leute von ihr sagten. Sie gingen in den Saal hinauf, und die kleinen Pagen präsentierten ihnen Eingemachtes und Pfeffernüsse, aber der alte König war so traurig, er konnte gar nichts essen, und die Pfeffernüsse waren ihm auch zu hart.

Es wurde nun bestimmt, daß Johannes am nächsten Morgen wieder auf das Schloß kommen sollte, dann würden die Richter und der ganze Rat versammelt sein und hören, wie er mit dem Raten zurechtkomme. Erging es ihm gut dabei, dann sollte er noch zweimal erscheinen; aber es hatte noch nie jemand das erstemal richtig geraten, und so verloren sie das Leben.

Johannes war gar nicht bekümmert darum, wie es ihm ergehen würde; er war vielmehr vergnügt, dachte nur an die schöne Prinzessin und glaubte ganz sicher, daß der liebe Gott ihm schon helfen werde, aber wie, das wußte er selbst nicht und wollte lieber nicht daran denken. Er tanzte auf der Landstraße dahin, als er nach dem Wirtshaus zurückkehrte, wo der Reisekamerad auf ihn wartete.

Johannes konnte nicht damit fertig werden, zu erzählen, wie reizend die Prinzessin gegen ihn gewesen und wie schön sie sei. Er sehnte sich schon so sehr nach dem nächsten Tag, wo er auf das Schloß sollte, um sein Glück im Raten zu versuchen.

Aber der Reisekamerad schüttelte den Kopf und war ganz betrübt. »Ich habe dich sehr lieb!« sagte er. »Wir hätten noch lange zusammen sein können, und nun soll ich dich schon verlieren! Du armer, lieber Johannes, ich könnte weinen, aber ich will am letzten Abend, den wir vielleicht beisammen sind, deine Freude nicht stören. Wir wollen lustig sein, richtig lustig. Morgen, wenn du fort bist, darf ich dann weinen!«

Alle Leute drinnen in der Stadt hatten gleich erfahren, daß ein neuer Freier der Prinzessin angekommen war, und deshalb war eine große Betrübnis. Das Schauspielhaus wurde geschlossen, alle Kuchenfrauen banden schwarzen Flor um ihre Zuckerschweinchen, der König und die Pfarrer lagen auf den Knien in der Kirche, es war eine solche Betrübnis, denn es konnte ja Johannes nicht besser ergehen, als es all den andern Freiern ergangen war.

Gegen Abend bereitete der Reisekamerad eine große Bowle Punsch und sagte zu Johannes, nun wollten sie richtig lustig sein und auf das Wohl der Prinzessin trinken. Aber als Johannes zwei Gläser getrunken hatte, wurde er so schläfrig, daß es ihm nicht möglich war, die Augen offen zu halten, er versank in tiefen Schlaf. Der Reisekamerad hob ihn ganz sachte vom Stuhl auf und legte ihn in das Bett, und als es dann dunkle Nacht wurde, nahm er die beiden großen Flügel, die er dem Schwan abgehauen hatte, und band sie an seinen Schultern fest. Die größte Rute, die er von der alten Frau erhalten, die gefallen und das Bein gebrochen hatte, steckte er in seine Tasche, öffnete das Fenster und flog dann über die Stadt hin geradewegs zum Schloß, wo er sich in einem Winkel oben unter das Fenster setzte, das ins Schlafzimmer der Prinzessin hineinführte.

Es war ganz still in der ganzen Stadt. Jetzt schlug die Uhr dreiviertel auf zwölf, das Fenster ging auf, und die Prinzessin flog in einem großen, weißen Mantel und mit langen, schwarzen Flügeln über die Stadt hinweg, hinaus zu einem großen Berg. Aber der Reisekamerad machte sich unsichtbar, so daß sie ihn gar nicht sehen konnte, flog hinterher und peitschte mit seiner Rute auf die Prinzessin los, so daß ordentlich Blut floß, wohin er schlug. Hu! das war eine Fahrt durch die Luft! Der Wind faßte ihren Mantel, der sich nach allen Seiten ausbreitete gleich einem großen Schiffssegel, und der Mond schien durch ihn hindurch.

»Wie es hagelt! wie es hagelt!« sagte die Prinzessin bei jedem Schlag, den sie mit der Rute bekam, und es geschah ihr nur recht. Endlich kam sie dann hinaus zum Berg und klopfte an. Es rollte wie Donner, indem der Berg sich öffnete, und die Prinzessin ging hinein. Der Reisekamerad folgte mit, denn gar niemand konnte ihn sehen; er war unsichtbar. Sie gingen durch einen großen, langen Gang, wo die Wände ganz seltsam glitzerten, es waren über tausend glühende Spinnen, die an der Mauer auf und ab liefen und wie Feuer leuchteten. Jetzt kamen sie in einen großen Saal, gebaut aus Silber und Gold, Blumen so groß wie Sonnenblumen, rote und blaue, glänzten von den Wänden, aber niemand konnte diese Blumen pflücken, denn die Stengel waren häßliche, giftige Schlangen, und die Blumen waren Feuer, das ihnen aus dem Rachen herausbrannte. Die ganze Decke war mit leuchtenden Johanniswürmchen und himmelblauen Fledermäusen bedeckt, die mit den dünnen Flügeln schlugen, das sah ganz sonderbar aus. Mitten auf dem Boden war ein Thron, der von vier Pferdegerippen getragen wurde, deren Saumzeug aus den roten Feuerspinnen bestand; der Thron selbst war aus milchweißem Glas, und die Kissen, auf denen man saß, waren kleine, schwarze Mäuse, die einander in den Schwanz bissen. Oben darüber war ein Dach aus rosenrotem Spinngewebe, besetzt mit den hübschesten kleinen, grünen Fliegen, die wie Edelsteine schimmerten. Mitten auf dem Thron saß ein alter Troll, mit einer Krone auf dem häßlichen Kopf und einem Zepter in der Hand. Er küßte die Prinzessin auf die Stirn, hieß sie sich neben ihn auf den kostbaren Thron setzen, und nun begann die Musik. Große, schwarze Heuschrecken spielten auf der Mundharmonika, die Eule schlug sich auf den Magen, denn sie hatte keine Trommel. Das war eine sonderbare Musik. Winzig kleine Heinzelmännchen mit einem Irrlicht auf der Mütze tanzten im Saal herum. Niemand konnte den Reisekameraden sehen, er hatte sich gerade hinter den Thron gestellt und hörte und sah alles. Die Hofleute, die nun auch hereinkamen, waren so nett und vornehm, aber der, welcher richtig sehen konnte, merkte schon, wie es mit ihnen stand. Sie waren nichts weiter als Besenstiele mit Kohlköpfen darauf, in die der Troll Leben gehext und denen er die gestickten Kleider gegeben hatte. Aber das konnte ja auch einerlei sein, sie wurden nur zum Staat gebraucht.

Nachdem nun etwas getanzt worden war, erzählte die Prinzessin dem Troll, daß sie einen neuen Freier bekommen habe, und fragte deshalb, an was sie wohl morgen denken solle, wenn er am nächsten Morgen aufs Schloß käme.

»Höre«, sagte der Troll, »jetzt werde ich dir etwas sagen! Du mußt etwas ganz Leichtes wählen, denn darauf verfällt er sicher nicht. Denke an einen deiner Schuhe. Das errät er nicht. Laß ihm dann den Kopf abhauen, aber vergiß nicht, wenn du morgen nacht wieder zu mir herauskommst, mir seine Augen zu bringen, denn die will ich essen!«

Die Prinzessin verneigte sich ganz tief und sagte, sie würde die Augen nicht vergessen. Der Troll machte nun den Berg auf, und sie flog wieder heim; aber der Reisekamerad folgte mit und prügelte sie so stark mit der Rute, daß sie ganz tief seufzte über das starke Hagelwetter und sich beeilte, so sehr sie konnte, durch das Fenster in ihr Schlafzimmer zu gelangen. Der Reisekamerad aber flog zurück zum Wirtshaus, wo Johannes noch schlief, löste seine Flügel ab und legte sich auch auf das Bett, denn er konnte wohl müde sein.

Es war ganz früh am Morgen, als Johannes erwachte. Der Reisekamerad stand auch auf und erzählte, daß er in der Nacht einen sehr seltsamen Traum von der Prinzessin und ihrem einen Schuh gehabt habe, und bat ihn deshalb dringend, ja darnach zu fragen, ob die Prinzessin nicht an ihren Schuh gedacht haben sollte. Denn das war es ja, was er vom Troll drinnen im Berg gehört hatte, aber er wollte Johannes nichts davon erzählen.

»Ich kann ebensogut danach wie nach etwas anderem fragen«, sagte Johannes. »Vielleicht kann es ganz richtig sein, was du geträumt hast, denn ich glaube stets daran, daß der Herr mir schon helfen wird! Aber ich will dir doch Lebewohl sagen, denn rate ich falsch, so bekomme ich dich nie mehr zu sehen!«

Dann küßten sie sich, und Johannes ging in die Stadt und ins Schloß hinauf. Der ganze Saal war mit Menschen angefüllt, die Richter saßen in ihren Lehnstühlen und hatten Eiderdaunenkissen unter dem Kopf, denn sie hatten an so vieles zu denken. Der alte König stand auf und trocknete seine Augen mit einem weißen Taschentuch. Nun trat die Prinzessin herein, sie war noch viel schöner als gestern und begrüßte alle so liebevoll; Johannes aber reichte sie die Hand und sagte: »Guten Morgen, du!«

Nun sollte Johannes also raten, an was sie gedacht habe. Gott, wie sah sie ihn freundlich an; aber sowie sie ihn sagen hörte: »der eine Schuh«, wurde sie kreideweiß im Gesicht und zitterte am ganzen Körper. Allein das konnte ihr nichts helfen; denn er hatte richtig geraten.

Potztausend! Wie vergnügt der alte König wurde, er schlug einen Purzelbaum, der sich sehen lassen konnte, und alle Leute klatschten in die Hände, ihm und Johannes zu Ehren, der nun das erstemal richtig geraten hatte.

Der Reisekamerad strahlte vor Vergnügen, als er erfuhr, wie gut alles abgelaufen war; aber Johannes faltete seine Hände und dankte dem lieben Gott, der ihm sicher auch die beiden andern Male wieder helfen würde. Am nächsten Tag sollte schon wieder geraten werden.

Der Abend verging ebenso wie der gestrige. Als Johannes schlief, flog der Reisekamerad hinter der Prinzessin her zum Berg hinaus und prügelte sie noch stärker als das vorige Mal, denn jetzt hatte er zwei Ruten genommen. Niemand bekam ihn zu sehen, und er hörte alles. Die Prinzessin wollte an ihren Handschuh denken, und das erzählte er Johannes, als sei es ein Traum gewesen. Johannes konnte da wohl richtig raten, und es herrschte eine große Freude auf dem Schloß. Der ganze Hof schlug Purzelbäume, gerade so, wie er es den König das erstemal hatte tun sehen. Aber die Prinzessin lag auf dem Sofa und wollte nicht ein einziges Wort sagen. Nun kam es darauf an, ob Johannes das drittemal richtig raten konnte. Ging es gut, so sollte er ja die schöne Prinzessin haben und das ganze Königreich erben, wenn der alte König starb. Riet er falsch, so sollte er sein Leben verlieren, und der Troll würde seine schönen, blauen Augen essen.

Am Abend vorher ging Johannes früh zu Bett, sprach sein Abendgebet und schlief dann ganz ruhig. Aber der Reisekamerad spannte die Flügel an seinen Rücken, band den Säbel an seine Seite, nahm alle drei Ruten mit sich und flog dann nach dem Schloß.

Es war ganz stockfinstere Nacht. Es stürmte, so daß die Dachziegel von den Häusern flogen, und die Bäume drinnen im Garten, wo die Gerippe hingen, schwankten wie Schilf im Sturmwind. Es blitzte jeden Augenblick, und der Donner rollte, als ob es nur ein einziger Schlag wäre, der die ganze Nacht dauerte. Nun ging das Fenster auf und die Prinzessin flog hinaus. Sie war so bleich wie eine Tote; aber sie lachte über das böse Wetter und meinte, es sei noch nicht arg genug. Ihr weißer Mantel wirbelte in der Luft umher wie ein großes Schiffssegel; aber der Reisekamerad peitschte sie so mit seinen drei Ruten, daß das Blut auf die Erde hinabtropfte und sie zuletzt kaum weiterfliegen konnte. Endlich kam sie denn nach dem Berg.

»Es hagelt und stürmt«, sagte sie, »nie bin ich in einem solchen Wetter draußen gewesen.«

»Man kann auch zuviel des Guten bekommen!« sagte der Troll. Nun erzählte sie ihm, daß Johannes auch das zweitemal richtig geraten hätte; tat er das gleiche morgen, dann hatte er gewonnen, und sie konnte nie mehr nach dem Berg hinauskommen, sollte nie mehr solche Zauberkünste treiben können wie früher; deshalb war sie ganz betrübt.

»Er soll es nicht erraten können«, sagte der Troll, »ich werde schon etwas finden, woran er nie gedacht hat! Oder dann muß er ein größerer Zauberer sein als ich. Aber jetzt wollen wir lustig sein!« und er faßte die Prinzessin bei beiden Händen, und sie tanzten mit allen kleinen Heinzelmännchen und Irrlichtern herum, die im Zimmer waren. Die roten Spinnen sprangen ebenso lustig an den Wänden auf und nieder, es sah aus, als ob Feuerblumen funkelten. Die Eule schlug die Trommel, die Grillen pfiffen, und die schwarzen Heuschrecken bliesen die Mundharmonika. Es war ein lustiger Ball! –

Als sie nun lange genug getanzt hatten, mußte die Prinzessin nach Hause; sonst hätte man sie im Schloß vermissen können. Der Troll sagte, daß er sie begleiten wolle, dann seien sie wenigstens so lange noch beisammen.

So flogen sie denn dahin in dem bösen Wetter, und der Reisekamerad zerschlug seine drei Ruten auf ihren Rücken; nie war der Troll in einem solchen Hagelwetter draußen gewesen. Vor dem Schloß sagte er der Prinzessin Lebewohl und flüsterte ihr zugleich zu: »Denke an meinen Kopf!« Aber der Reisekamerad hörte es wohl, und gerade in dem Augenblick, als die Prinzessin durch das Fenster in ihr Schlafzimmer schlüpfte und der Troll wieder umkehren wollte, ergriff er ihn an seinem langen, schwarzen Bart und hieb mit dem Säbel seinen widerlichen Trollenkopf gerade bei den Schultern ab, so daß der Troll es nicht einmal selbst zu sehen bekam. Den Körper warf er in den See hinaus zu den Fischen, den Kopf aber tauchte er nur ins Wasser und knüpfte ihn dann in sein

seidenes Taschentuch, nahm ihn mit heim nach dem Wirtshaus und legte sich schlafen.

Am nächsten Morgen gab er Johannes das Taschentuch, sagte aber, er dürfe es nicht auflösen, bevor die Prinzessin frage, woran sie gedacht habe.

Es waren so viele Menschen in dem großen Saal auf dem Schloß, daß sie so dicht nebeneinander standen wie Radieschen, die in einem Bund zusammengebunden sind. Der Rat saß auf seinen Stühlen mit den weichen Kopfkissen, und der alte König hatte neue Kleider an, die Goldkrone und das Zepter waren poliert, das sah stattlich aus. Aber die Prinzessin war ganz bleich und hatte ein kohlschwarzes Kleid an, als müsse sie zum Begräbnis.

»Woran habe ich gedacht?« fragte sie Johannes, und sogleich löste er das Taschentuch auf und erschrak selbst, als er den gräßlichen Trollenkopf erblickte. Es schauderte allen Menschen, denn es war schrecklich anzusehen; aber die Prinzessin saß da wie ein steinernes Bild und konnte kein einziges Wort sagen. Schließlich erhob sie sich und gab Johannes die Hand, denn er hatte richtig geraten. Sie sah weder den einen noch den andern an, sondern seufzte ganz tief: »Jetzt bist du mein Herr! Heute abend wollen wir Hochzeit halten!«

»Das gefällt mir!« sagte der alte König, »so wollen wir es haben!« Alle Leute riefen hurra, die Wachtparade machte Musik in den Straßen, die Glocken läuteten und die Kuchenfrauen nahmen den schwarzen Flor von den Zuckerschweinchen, denn nun herrschte Freude. Drei ganze gebratene Ochsen, mit Enten und Hühnern gefüllt, wurden mitten auf den Markt gesetzt; jeder konnte sich ein Stück abschneiden. In den Springbrunnen sprudelte der schönste Wein, und kaufte man eine Schillingsbrezel beim Bäcker, so bekam man sechs große Wecken als Zugabe, und zwar Wecken mit Rosinen drin.

Am Abend war die ganze Stadt illuminiert, und die Soldaten schossen mit Kanonen und die Knaben mit Knallerbsen, und es wurde gegessen und getrunken, angestoßen und gesprungen oben im Schloß, alle die vornehmen Herren und schönen Fräulein tanzten miteinander; man konnte in weiter Ferne hören, wie sie sangen:

»Hier sind so viele schöne Mädchen,
Die gerne tanzen rund herum,
Einen Tambourmarsch bestellen sie,
Schönes Mädchen dreh dich um.
Tanzt und springet immer zu,
Bis die Sohle fällt vom Schuh!«

Aber die Prinzessin war ja noch eine Hexe und mochte Johannes gar nicht leiden; daran erinnerte sich der Reisekamerad, und deshalb gab er Johannes drei Federn aus den Schwanenflügeln und eine kleine Flasche mit einigen Tropfen darin und sagte ihm dann, er solle ein großes Gefäß mit Wasser vor das Brautbett stellen lassen, und wenn dann die Prinzessin ins Bett steigen wolle, solle er ihr einen kleinen Stoß geben, so daß sie ins Wasser hineinfalle, wo er sie dreimal untertauchen müsse, nachdem er vorher die Federn und die Tropfen hineingeschüttet habe, dann würde sie von ihrer Verzauberung befreit werden und ihn sehr lieb bekommen.

Johannes tat alles, was der Reisekamerad ihm geraten hatte. Die Prinzessin schrie ganz laut, während er sie in das Wasser tauchte, und zappelte ihm unter den Händen als ein großer, kohlschwarzer Schwan mit funkelnden Augen. Als sie zum zweitenmal wieder aus dem Wasser auftauchte, war der Schwan weiß, bis auf einen einzigen schwarzen Ring um den Hals. Johannes betete fromm zu Gott und ließ das Wasser zum drittenmal über dem Vogel zusammenschlagen, und im selben Augenblick verwandelte er sich in die schönste Prinzessin. Sie war noch schöner als zuvor und dankte ihm mit Tränen in den herrlichen Augen, weil er sie von ihrer Verzauberung erlöst hatte.

Am nächsten Morgen kam der König mit seinem ganzen Hofstaat, und das war ein Gratulieren bis tief in den Tag hinein. Zuallerletzt kam der Reisekamerad; er hatte seinen Stock in der Hand und seinen Reisesack auf dem Rücken. Johannes küßte ihn viele Male und sagte, er dürfe nicht fortreisen, er solle bei ihm bleiben, denn ihm verdanke er ja sein ganzes Glück. Aber der Reisekamerad schüttelte den Kopf und sagte so mild und freundlich: »Nein, nun ist meine Zeit um. Ich habe nur meine Schuld bezahlt. Kannst du dich des toten Mannes erinnern, dem die bösen Menschen Übles antun wollten? Du gabst alles, was du besaßest, damit er Ruhe in seinem Grab haben könne. Der Tote bin ich!«

Im selben Augenblick war er verschwunden.

Die Hochzeit währte einen ganzen Monat; Johannes und die Prinzessin hatten sich sehr lieb, und der alte König lebte viele vergnügliche Tage und ließ ihre kleinen Kinder auf seinen Knien reiten und mit seinem Zepter spielen. Aber Johannes war König über das ganze Reich.

8

DIE KLEINE MEERJUNGFRAU

Weit draußen im Meer ist das Wasser so blau wie die Blätter der schönsten Kornblume, und so klar wie das reinste Glas, aber es ist sehr tief, tiefer als irgendein Ankertau reicht. Viele Kirchtürme müßten aufeinandergestellt werden, um vom Grunde bis über das Wasser zu reichen. Da unten wohnt das Meervolk.

Nun muß man aber nicht glauben, daß da nur der nackte, weiße Sandgrund ist; nein, da wachsen die sonderbarsten Bäume und Pflanzen, deren Stiele und Blätter so geschmeidig sind, daß sie sich bei der geringsten Bewegung des Wassers rühren, geradeso, als wenn sie lebten. Alle Fische, kleine und große, huschen zwischen den Zweigen umher, so wie hier oben die Vögel in der Luft. An der allertiefsten Stelle liegt des Meerkönigs Schloß, die Mauern sind aus Korallen und die langen spitzen Fenster aus dem allerklarsten Bernstein; aber das Dach ist aus Muschelschalen, die sich öffnen und schließen, je nachdem das Wasser strömt. Das sieht herrlich aus, denn in jeder liegen strahlende Perlen, eine einzige davon würde der Krone einer Königin zur herrlichsten Zierde gereichen.

Der Meerkönig dort unten war seit vielen Jahren Witwer, aber seine alte Mutter stand seinem Haushalt vor. Sie war eine kluge

Frau, jedoch stolz auf ihren Adel, deshalb ging sie mit zwölf Austern am Schwanz, die andern Vornehmen durften nur sechs tragen. – Sonst verdiente sie großes Lob, besonders weil sie die kleinen Meerprinzessinnen, ihre Enkelinnen, so lieb hatte. Sie waren sechs schöne Kinder, aber die Jüngste war die Schönste von allen; ihre Haut war so klar und zart wie ein Rosenblatt, ihre Augen so blau wie die tiefste See; aber ebenso wie alle die andern hatte sie keine Füße, der Körper endete in einem Fischschwanz.

Den ganzen langen Tag konnten sie unten im Schloß in den großen Sälen spielen, wo lebende Blumen aus den Wänden herauswuchsen. Die großen Bernsteinfenster wurden geöffnet, und dann schwammen die Fische zu ihnen herein, ebenso wie bei uns die Schwalben hereinfliegen, wenn wir aufmachen; aber die Fische schwammen gerade zu den kleinen Prinzessinnen hin, fraßen ihnen aus der Hand und ließen sich streicheln.

Draußen vor dem Schloß war ein großer Garten mit feuerroten und dunkelblauen Bäumen, die Früchte strahlten wie Gold und die Blumen wie brennendes Feuer, indem sie fortwährend Stengel und Blätter bewegten. Die Erde selbst war der feinste Sand, aber blau wie Schwefelflammen. Über dem Ganzen dort unten lag ein seltsam blauer Schein; man mochte eher glauben, daß man hoch oben in der Luft stehe und nur Himmel über und unter sich sehe, als daß man auf dem Grunde des Meeres sei. Bei Windstille konnte man die Sonne erblicken, sie schien eine Purpurblume zu sein, aus deren Kelch das ganze Licht ausströmte.

Jede von den kleinen Prinzessinnen hatte ihren kleinen Fleck im Garten, wo sie graben und pflanzen konnte, wie es ihr gefiel. Die eine gab ihrem Blumenfleck die Gestalt eines Walfisches, einer andern gefiel es besser, daß der ihre einer kleinen Meerjungfrau glich, aber der jüngsten ihrer war ganz rund wie die Sonne und hatte nur Blumen, die rot wie diese leuchteten. Sie war ein seltsames Kind, still und nachdenklich, und während die andern Schwestern ihre Gärten mit den sonderbarsten Dingen schmückten, die sie von den gestrandeten Schiffen erhalten hatten, wollte sie außer den rosenroten Blumen, die der Sonne dort hoch oben glichen, nur eine schöne Marmorstatue haben, ein schöner Knabe war es, aus weißem, klarem Stein gehauen und durch Strandung hinunter auf den Meeresgrund gekommen. Sie pflanzte bei der Statue eine rosenrote Trauerweide, die wuchs herrlich und hing mit ihren frischen Zweigen darüber, gegen den blauen Sandgrund hinunter, wo der Schatten sich violett zeigte und ebenso wie die Zweige in Bewegung war. Es sah aus, als ob Wipfel und Wurzeln spielten und einander küßten.

Keine Freude war für sie größer, als von der Menschenwelt dort oben zu hören; die alte Großmutter mußte alles erzählen, was sie von Schiffen und Städten, Menschen und Tieren wußte, namentlich erschien es ihr merkwürdig schön, daß oben auf der Erde die Blumen dufteten – das taten sie nicht auf dem Grunde des Meeres –, und daß die Wälder grün waren, und daß die Fische, die man dort zwischen den Zweigen sah, so laut und schön singen konnten, daß es eine Lust war; das waren die kleinen Vögel, welche die Groß-

mutter Fische nannte, denn sonst konnten sie sie nicht verstehen, da sie noch keinen Vogel gesehen hatten.

»Wenn ihr euer fünfzehntes Jahr vollendet«, sagte die Großmutter, »dann sollt ihr die Erlaubnis bekommen, aus dem Meer emporzutauchen, im Mondschein auf den Klippen zu sitzen und die großen Schiffe zu sehen, die vorbeisegeln; Wälder und Städte sollt ihr sehen!«

In dem kommenden Jahr war die eine der Schwestern fünfzehn Jahre alt, aber die andern – ja, die eine war immer ein Jahr jünger als die andere, die jüngste von ihnen hatte also noch ganze fünf Jahre vor sich, bis sie aus dem Meeresgrund aufsteigen und sehen durfte, wie es bei uns aussieht. Aber die eine versprach der andern zu erzählen, was sie am ersten Tage gesehen und am schönsten gefunden hätte; denn ihre Großmutter erzählte ihnen nicht genug, da war so vieles, worüber sie Auskunft haben wollten.

Keine war so sehnsuchtsvoll wie die Jüngste, just sie, die am längsten zu warten hatte und die so still und gedankenvoll war. Manche Nacht stand sie am offenen Fenster und sah hinauf durch das dunkelblaue Wasser, wo die Fische mit ihren Flossen und Schwänzen plätscherten. Mond und Sterne konnte sie sehen, freilich schienen sie ganz blaß, aber durch das Wasser sahen sie viel größer aus, als für unsere Augen; glitt dann gleichsam eine schwarze Wolke hin unter ihnen, da wußte sie, daß es entweder ein Walfisch war, der über ihr schwamm, oder auch ein Schiff mit vielen Menschen; die dachten sicher nicht daran, daß eine schöne, kleine Meerjungfrau unten stand und ihre weißen Hände gegen den Kiel emporstreckte.

Nun war denn die älteste Prinzessin fünfzehn Jahre alt und durfte an die Meeresfläche hinaufsteigen.

Als sie zurückkam, hatte sie hunderterlei Dinge zu erzählen, aber das Schönste, sagte sie, sei im Mondschein auf einer Sandbank in der ruhigen See zu liegen und dicht bei der Küste die große Stadt zu sehen, wo die Lichter gleich hundert Sternen blinkten, die Musik und den Lärm und das Geräusch von Wagen und Menschen zu hören, die vielen Kirchtürme zu sehen, und zu hören, wie die Glocken läuteten.

Oh! wie horchte nicht die jüngste Schwester auf, und wenn sie später am Abend beim offenen Fenster stand und durch das dunkelblaue Wasser hinaufsah, dachte sie an die große Stadt mit all dem Lärm und Geräusch, und da schien es ihr, sie könne die Kirchenglocken bis zu sich herunter läuten hören.

Im Jahr darauf erhielt die zweite Schwester Erlaubnis, durch das Wasser aufzusteigen und zu schwimmen, wohin sie wollte. Sie tauchte auf, just als die Sonne unterging, und dieser Anblick, fand sie, war das Schönste. Der ganze Himmel habe ausgesehen wie Gold, sagte sie, und die Wolken, ja, deren Schönheit konnte sie nicht genug beschreiben! Rot und violett waren sie über ihr dahingesegelt, aber, weit schneller als sie, flog, einem langen, weißen Schleier gleich, eine Schar von wilden Schwänen über das Wasser hin, wo die Sonne stand; sie schwamm auf sie zu, aber sie sank, und der Rosenschimmer erlosch auf der Meeresfläche und an den Wolken.

Im Jahr darnach kam die dritte Schwester hinauf, sie war die kühnste von allen, deshalb schwamm sie einen breiten Fluß hinauf, der in das Meer mündete. Schöne, grüne Hügel mit Weinranken sah sie, Schlösser und Güter lugten zwischen prächtigen Wäldern hervor; sie hörte, wie alle Vögel sangen, und die Sonne schien so warm, daß sie oft unter das Wasser tauchen mußte, um ihr brennendes Gesicht zu kühlen. In einer kleinen Bucht traf sie eine ganze Schar kleiner Menschenkinder; völlig nackt liefen sie umher und plätscherten im Wasser, sie wollte mit ihnen spielen, aber sie liefen erschrocken davon, und es kam ein kleines, schwarzes Tier, das war ein Hund, aber sie hatte noch nie einen Hund gesehen, er bellte sie so schrecklich an, daß sie Angst bekam und sich in die offene See hinausbegab; doch nie konnte sie die prächtigen Wälder vergessen, die grünen Hügel und die reizenden Kinder, die auf dem Wasser schwimmen konnten, obgleich sie keinen Fischschwanz hatten.

Die vierte Schwester war nicht so kühn; sie blieb draußen mitten auf dem wilden Meer und erzählte, daß just dort das Schönste sei! Man sah ringsumher viele Meilen weit, und der Himmel stand wie eine große Glasglocke darüber. Schiffe hatte sie gesehen, aber weit entfernt, sie sahen aus wie Strandmöven; die lustigen Delphine hatten Purzelbäume geschlagen und die großen Walfische Wasser aus ihren Nasenlöchern gespritzt, so daß es ausgesehen hatte wie Hunderte von Springbrunnen ringsumher.

Nun kam die Reihe an die fünfte Schwester; ihr Geburtstag war gerade im Winter, und daher sah sie, was die andern das erstemal nicht gesehen hatten. Die See nahm sich ganz grün aus, und ringsumher schwammen große Eisberge; ein jeder sehe aus wie eine Perle, sagte sie, und sei doch weit größer als die Kirchtürme, die die Menschen bauten. In den wunderlichsten Gestalten zeigten sie sich und glitzerten wie Diamanten. Sie hatte sich auf einen der größten gesetzt, und alle Segler kreuzten erschrocken draußen herum, wo sie saß und den Wind mit ihrem langen Haar spielen ließ. Aber gegen Abend wurde der Himmel mit Wolken überzogen, es blitzte und donnerte, während die schwarze See die großen Eisblöcke hoch emporhob und sie bei den grellen Blitzen aufleuchten ließ. Auf allen Schiffen raffte man die Segel ein, es war eine Angst und ein Grauen, aber sie saß ruhig auf ihrem schwimmenden Eisberg und sah den blauen Blitzstrahl im Zickzack in die schimmernde See niederschlagen.

Das erstemal, wenn eine der Schwestern an die Oberfläche hinaufkam, war eine jede entzückt über das Neue und Schöne, was sie sah, aber da sie nun als erwachsene Mädchen Erlaubnis hatten, hinaufzusteigen, wann sie wollten, wurde es ihnen gleichgültig, sie sehnten sich wieder nach ihrem Daheim, und nach Verlauf eines Monates sagten sie, daß es unten bei ihnen doch am allerschönsten sei, und da sei man so angenehm zu Hause.

In mancher Abendstunde faßten die fünf Schwestern einander an den Armen und stiegen in einer Reihe über das Wasser auf; schöne Stimmen hatten sie, schöner als irgendein Mensch, und wenn dann ein Sturm im Anzuge war, so daß sie annehmen konnten, daß Schiffe scheitern würden, schwammen sie vor den Schiffen her und sangen so herrlich davon, wie schön es auf dem Grunde des Meeres sei, und baten die Seeleute, sich nicht davor zu fürchten, dahinunter zu kommen. Aber die konnten ihre Worte nicht verstehen und glaubten, es sei der Sturm, und sie bekamen auch nicht die Schönheit dort unten zu sehen, denn wenn das Schiff sank, ertranken die Menschen und kamen nur als Tote zu des Meerkönigs Schloß.

Wenn die Schwestern so des Abends Arm in Arm hoch hinauf durch das Meer stiegen, da blieb die kleine Schwester ganz allein zurück und sah ihnen nach, und es war, als müßte sie weinen, aber die Meerjungfrau hat keine Tränen, und so leidet sie viel mehr.

»Ach, wäre ich doch fünfzehn Jahre alt!« sagte sie, »ich weiß, daß ich die Welt dort oben und die Menschen, die auf ihr bauen und wohnen, recht lieb bekommen werde!«

Endlich kam der Tag, da sie fünfzehn wurde.

»Sieh, nun gehörst auch du zu den Erwachsenen«, sagte ihre Großmutter, die alte Königinwitwe. »Komm nun, laß mich dich schmücken gleich deinen andern Schwestern!«, und sie setzte ihr einen Kranz von weißen Lilien auf das Haar, aber jedes Blatt in der Blume war die Hälfte einer Perle; und die Alte ließ acht große Austern sich am Schwanz der Prinzessin festklemmen, um ihren hohen Rang zu zeigen.

»Das tut so weh!« sagte die kleine Meerjungfrau.

»Ja, für Schönheit muß man leiden!« sagte die Alte.

Oh! sie hätte so gern die ganze Pracht von sich abgeschüttelt und den schweren Kranz abgelegt; ihre roten Blumen im Garten kleideten sie viel besser; aber sie wagte nun nicht, es zu ändern. »Leb wohl!« sagte sie und stieg so leicht und klar wie eine Blase durch das Wasser empor.

Die Sonne war gerade untergegangen, als sie den Kopf über das Wasser erhob, aber alle Wolken glänzten noch wie Rosen und Gold, und mitten in der blaßroten Luft strahlte der Abendstern so hell und schön, die Luft war mild und frisch, und das Meer ganz ruhig. Da lag ein großes Schiff mit drei Masten, nur ein einziges Segel war gehißt; denn es rührte sich kein Wind, und ringsumher im Tauwerk und auf den Rahen saßen Matrosen. Es gab Musik und Gesang, und wie der Abend dunkler ward, wurden Hunderte von bunten Laternen angezündet; sie sahen aus, als wenn die Flaggen aller Nationen in der Luft wehten. Die kleine Meerjungfrau schwamm dicht an das Kajütenfenster heran, und jedesmal, wenn das Wasser sie in die Höhe hob, konnte sie in die spiegelklaren Fensterscheiben hineinsehen, wo so viele festlich geschmückte Menschen standen, aber der Schönste war doch der junge Prinz mit den großen schwarzen Augen. Er war sicher nicht viel über sechzehn Jahre alt, es war sein Geburtstag, und darum herrschte all diese Pracht. Die Matrosen tanzten auf dem Deck, und als der junge Prinz da hinaustrat, stiegen über hundert Raketen in die Luft auf, sie leuchteten wie der helle Tag, so daß die kleine Meerjungfrau sehr erschrak und unter das Wasser tauchte, aber sie streckte bald den Kopf wieder hervor, und da war es, als ob alle Sterne zu ihr herunterfielen. Nie hatte sie solche Feuerkünste gesehen. Große Sonnen surrten herum, prächtige Feuerfische schwangen sich in die blaue Luft, und alles strahlte die klare, stille See wider. Auf dem Schiff selbst war es so hell, daß man jedes kleine Tau sehen konnte, wie viel mehr die Menschen. Oh, wie war doch der junge Prinz schön, und er drückte den Leuten die Hände, lachte und lächelte, während die Musik in der herrlichen Nacht erklang.

Es wurde spät, aber die kleine Meerjungfrau konnte ihre Augen nicht von dem Schiff und von dem schönen Prinz abwenden. Die bunten Laternen wurden ausgelöscht, die Raketen stiegen nicht mehr in die Luft, es ertönten auch keine Kanonenschüsse mehr, aber tief unten im Meer summte und brummte es; sie saß unterdessen auf dem Wasser und schaukelte auf und nieder, so daß sie in die Kajüte hineinsehen konnte; aber das Schiff bekam mehr Fahrt, ein Segel nach dem andern breitete sich aus, jetzt gingen die Wellen stärker, große Wolken zogen auf, es blitzte in weiter Ferne. Oh, es würde ein schreckliches Wetter werden! Deshalb zogen die Matrosen die Segel ein. Das große Schiff schaukelte in fliegender Eile auf der wilden See, das Wasser erhob sich gleich großen, schwarzen Bergen, die sich über die Masten werfen wollten, aber das Schiff tauchte wie ein Schwan zwischen den hohen Wellen nieder und ließ sich wieder auf die getürmten Wasser hinaufheben. Das schien der kleinen Meerjungfrau just eine lustige Fahrt zu sein; aber das fanden die Seeleute nicht, das Schiff knackte und krachte, die dikken Planken bogen sich bei den starken Stößen, die die See dem Schiff versetzte, der Mast brach mitten durch, als wäre es ein Rohr, und das Schiff schlingerte auf die Seite, während das Wasser in den Raum eindrang. Jetzt sah die kleine Meerjungfrau, daß sie in Gefahr waren; sie mußte sich selbst vor Balken und Splittern, die auf dem Wasser trieben, in acht nehmen. Einen Augenblick war es so stockdunkel, daß sie nicht das geringste wahrnehmen konnte, aber wenn es dann blitzte, wurde es wieder so hell, daß sie sie alle auf dem Schiff erkannte. Jeder tummelte sich, so gut er konnte; nach dem jungen Prinzen suchte sie besonders, und sie sah ihn, als das Schiff zerbrach, in die tiefe See versinken. Im ersten Augenblick wurde sie ganz vergnügt, denn nun kam er zu ihr herunter, aber dann erinnerte sie sich daran, daß die Menschen nicht im Wasser leben konnten, und daß er nicht anders als tot zu ihres Vaters Schloß hinunterkommen konnte. Nein, sterben, das durfte er nicht, darum schwamm sie hin zwischen Balken und Planken, die auf der See trieben, und vergaß ganz, daß sie sie hätten zermalmen können. Sie tauchte tief unter das Wasser und stieg wieder hoch zwischen den Wellen empor und gelangte dann zuletzt zu dem jungen Prinzen hin, der fast nicht länger in der stürmischen See schwimmen konnte, seine Arme und Beine begannen zu ermatten, die schönen Augen schlossen sich; er hätte sterben müssen, wäre die kleine Meerjungfrau nicht hinzugekommen. Sie hielt seinen Kopf über dem Wasser und ließ sich dann von den Wellen mit ihm treiben, wohin sie wollten.

In der Morgenfrühe war das böse Wetter vorbei; vom Schiff war kein Span zu sehen; die Sonne stieg so rot und leuchtend aus dem Wasser auf; es war, als ob des Prinzen Wangen Leben dadurch erhielten, aber die Augen blieben geschlossen. Die Meerjungfrau küßte seine hohe, schöne Stirn und strich sein nasses Haar zurück. Sie fand, er gleiche der Marmorstatue unten in ihrem kleinen Garten, sie küßte ihn wieder und wünschte, daß er doch leben möge.

Jetzt sah sie vor sich das feste Land, hohe, blaue Berge, auf deren Gipfeln der weiße Schnee glänzte, als wären es Schwäne, die dort lägen. Unten an der Küste waren schöne, grüne Wälder, und davor lag eine Kirche oder ein Kloster, das wußte sie nicht recht, aber ein Gebäude war es. Zitronen- und Orangenbäume wuchsen dort im Garten, und vor dem Tor standen hohe Palmenbäume. Die See bildete hier eine kleine Bucht; es war windstill, aber sehr tief, bis an die Klippe heran, wo der weiße, feine Sand angespült war; hierher schwamm sie mit dem schönen Prinzen, legte ihn auf den Sand, sorgte aber besonders dafür, daß der Kopf hoch in dem warmen Sonnenschein lag.

Jetzt läuteten die Glocken in dem großen, weißen Gebäude, und es kamen viele junge Mädchen durch den Garten. Da schwamm die kleine Meerjungfrau weiter hinaus hinter einige hohe Steine, die aus dem Wasser aufragten, legte Meeresschaum auf ihr Haar und ihre Brust, so daß niemand ihr kleines Gesicht sehen konnte, und da paßte sie auf, wer zu dem armen Prinzen käme.

Es dauerte nicht lange, da kam ein junges Mädchen dorthin, sie schien sehr zu erschrecken, aber nur einen Augenblick, dann holte sie mehrere Menschen, und die Meerjungfrau sah, daß das Leben in dem Prinzen zurückkehrte und daß er ihnen allen ringsumher zulächelte, aber zu ihr hinaus lächelte er nicht, er wußte ja auch nicht, daß sie ihn gerettet hatte. Sie fühlte sich so betrübt, und als er in das große Gebäude hineingeführt wurde, tauchte sie kummervoll in das Wasser hinab und kehrte heim in ihres Vaters Schloß.

Immer war sie still und nachdenklich gewesen; aber nun wurde sie es noch viel mehr. Die Schwestern fragten sie, was sie das erstemal dort oben gesehen hätte, aber sie erzählte nichts.

Manchen Abend und Morgen stieg sie dort empor, wo sie den Prinzen verlassen hatte. Sie sah, wie die Früchte des Gartens reiften und abgepflückt wurden, sie sah, wie der Schnee auf den hohen Bergen schmolz; aber den Prinzen sah sie nicht, und deshalb kehrte sie immer noch betrübter heim. Hier war es ihr einziger Trost, in dem kleinen Garten zu sitzen und ihre Arme um die schöne Marmorstatue zu schlingen, die dem Prinzen glich; aber ihre Blumen pflegte sie nicht, die wuchsen wie in einer Wildnis über die Wege hinaus und flochten ihre langen Stengel und Blätter in die Zweige der Bäume hinein, so daß es ganz dunkel war.

Zuletzt konnte sie es nicht länger aushalten, sondern sagte es einer ihrer Schwestern, und dann bekamen es gleich alle die andern zu wissen, aber auch niemand weiter als die und ein paar andere Meerjungfrauen, die es nicht weitersagten außer ihren nächsten Freundinnen. Eine von ihnen wußte, wer der Prinz war, sie hatte auch die Pracht auf dem Schiff gesehen, wußte, woher er war und wo sein Königreich lag.

»Komm, kleine Schwester!« sagten die andern Prinzessinnen, und sich umschlungen haltend, stiegen sie in einer langen Reihe aus dem Meer empor, da, wo sie wußten, daß des Prinzen Schloß lag.

Dieses war aus einer hellgelben, glänzenden Steinart aufgeführt mit großen Marmortreppen, eine davon ging bis ins Meer hinunter. Prächtige vergoldete Kuppeln erhoben sich über dem Dach, und zwischen den Säulen, die rings um das ganze Gebäude liefen, standen Marmorbilder, die aussahen, als lebten sie. Durch das klare Glas in den hohen Fenstern sah man in die prächtigen Säle hinein, wo köstliche Seidengardinen und Teppiche aufgehängt und alle Wände mit großen Gemälden geschmückt waren, die anzuschauen ein wahres Vergnügen war. Mitten in dem größten Saal plätscherte ein großer Springbrunnen, die Strahlen stiegen bis an die Glaskuppel in der Decke empor, durch die die Sonne auf das Wasser schien und auf die schönen Pflanzen, die in dem großen Bassin wuchsen.

Nun wußte sie, wo er wohnte, und dorthin kam sie manchen Abend und manche Nacht auf dem Wasser. Sie schwamm dem Land viel näher, als irgendeine von den andern es gewagt hatte, ja, sie ging ganz hinauf in den schmalen Kanal bis unter den prächtigen Marmoraltan, der einen langen Schatten über das Wasser hin warf. Hier saß sie und sah den jungen Prinzen an, der glaubte, er sei ganz allein in dem klaren Mondschein.

Sie sah ihn manchen Abend mit Musik in seinem prächtigen Boot segeln, wo die Flaggen wehten; sie guckte zwischen dem grünen Schilf hervor, und wenn der Wind in ihren langen, silberweißen Schleier griff und jemand es sah, dachte er, es sei ein Schwan, der die Flügel hob.

Sie hörte in mancher Nacht, wenn die Fischer mit Lichtern auf der See lagen, daß sie so viel Gutes von dem jungen Prinzen erzählten, und es freute sie, daß sie sein Leben gerettet hatte, als er halbtot auf den Wellen umhertrieb, und sie dachte daran, wie fest sein Kopf auf ihrer Brust geruht hatte, und wie innig sie ihn da geküßt hatte; er wußte gar nichts davon, konnte nicht einmal von ihr träumen.

Mehr und mehr kam sie dazu, die Menschen zu lieben, mehr und mehr wünschte sie, zu ihnen hinaufsteigen zu können; deren Welt, schien ihr, sei viel größer als die ihre; sie konnten ja auf Schiffen über das Meer hinfliegen, sie stiegen auf die hohen Berge hoch über die Wolken, und die Länder, die sie besaßen, erstreckten sich mit Wäldern und Feldern weiter, als ihre Blicke reichten. Es gab so vieles, was sie wissen wollte, aber die Schwestern verstanden es nicht, auf alles Antwort zu geben, deshalb fragte sie die alte Großmutter, und die kannte die höheren Welten gut, die sie sehr richtig die Länder über dem Meere nannte.

»Wenn die Menschen nicht ertrinken«, fragte die kleine Meerjungfrau, »können sie dann immer leben, sterben sie nicht, wie wir hier unten im Meer?«

»Doch!« sagte die Alte, »sie müssen auch sterben, und ihre Lebenszeit ist sogar noch kürzer als die unsere. Wir können dreihundert Jahre alt werden; aber wenn wir dann aufhören, hier zu sein, werden wir nur zu Schaum auf dem Wasser, haben nicht einmal ein Grab hier unten zwischen unsern Lieben. Wir haben keine unsterbliche Seele, wir erhalten nie wieder Leben, wir sind wie das grüne Schilf: ist es einmal durchschnitten, kann es nicht wieder grünen! Die Menschen hingegen haben eine Seele, die immer lebt, lebt, nachdem der Körper zu Erde geworden ist; sie steigt hinauf durch die klare Luft, hinauf zu all den schimmernden Sternen! So wie wir aus dem Meer auftauchen und die Länder der Menschen sehen, so tauchen sie zu unbekannten, schönen Orten auf, die wir nie zu sehen bekommen.«

»Warum bekamen wir keine unsterbliche Seele?« sagte die kleine Meerjungfrau betrübt, »ich würde alle meine Hunderte von Jahren, die ich zu leben habe, dafür geben, um nur einen Tag ein Mensch zu sein und später teil an der himmlischen Welt zu haben!«

»Daran darfst du nicht denken!« sagte die Alte, »wir sind viel glücklicher und haben es besser als die Menschen dort oben!«

»Ich soll also sterben und als Schaum auf dem Meere treiben, soll nicht die Musik der Wellen hören, nicht die schönen Blumen und die rote Sonne sehen! Kann ich denn gar nichts tun, um eine ewige Seele zu gewinnen?«

»Nein!« sagte die Alte, »nur wenn ein Mensch dich so lieb bekäme, daß du ihm mehr wärest als Vater und Mutter, wenn er mit all seinem Denken und Lieben an dir hinge und seine rechte Hand vom Priester in die deine legen ließe mit dem Gelöbnis der Treue hier und in alle Ewigkeit, da flösse seine Seele in deinen Körper hinüber, und du erhieltest auch Anteil am Glück der Menschen. Er gäbe dir Seele und behielte doch seine eigene. Aber das kann nie geschehen! Was just hier im Meere schön ist, dein Fischschwanz, das finden sie dort oben auf der Erde häßlich, man muß dort zwei plumpe Stützen haben, die sie Beine nennen, um schön zu sein!«

Da seufzte die kleine Meerjungfrau und sah betrübt auf ihren Fischschwanz.

»Laß uns vergnügt sein«, sagte die Alte, »hüpfen und springen wollen wir die dreihundert Jahre, die wir zu leben haben, das ist wahrlich ein gutes Stück Zeit, später kann man sich um so vergnügter in seinem Grabe ausruhen. Heute abend werden wir Hofball haben!«

Es war auch eine Pracht, wie man sie nie auf der Erde sieht. Wände und Decke in dem großen Tanzsaal waren von dickem, aber klarem Glas. Mehrere hundert kolossale Muschelschalen, rosenrote und grasgrüne, standen in Reihen auf jeder Seite mit einem blau brennenden Feuer, das den ganzen Saal erhellte und durch die Wände hinausschien, so daß die See da draußen ganz erhellt war; man konnte alle die unzähligen Fische sehen, große und kleine, die gegen die Glasmauer hinschwammen, an einigen schimmerten die Schuppen purpurrot, an andern schienen sie wie Silber und Gold. – Mitten durch den Saal floß ein breiter, rinnender Strom, und auf diesem tanzten Meermänner und Meerfrauen zu ihrem eigenen schönen Gesang. So schöne Stimmen haben die Menschen auf der Erde nicht. Die kleine Meerjungfrau sang am schönsten von ihnen allen, und sie klatschten ihr zu mit den Händen, und einen Augenblick lang fühlte sie eine Freude in ihrem Herzen, denn sie wußte, daß sie die herrlichste Stimme von allen auf der Erde und im Meer hatte. Aber bald mußte sie doch wieder an die Welt da oben über sich denken; sie konnte den schönen Prinzen und ihre Trauer, keine unsterbliche Seele wie er zu besitzen, nicht vergessen. Deshalb schlich sie sich aus ihres Vaters Schloß, und während alles drinnen Gesang und Lustigkeit war, saß sie betrübt in ihrem kleinen Garten.

Da hörte sie Waldhörner herab durch das Wasser erklingen, und sie dachte: Jetzt segelt er wohl dort oben; er, den ich mehr liebe als Vater und Mutter, er, an dem mein Sinnen hängt und in dessen Hand ich meines Lebens Glück legen möchte! Alles will ich wagen, um ihn und eine unsterbliche Seele zu gewinnen! Während meine Schwestern dort drinnen in meines Vaters Schloß tanzen, will ich zur Meerhexe gehen, vor der ich immer so Angst gehabt habe; aber sie kann vielleicht raten und helfen!

Nun ging die kleine Meerjungfrau aus ihrem Garten hinaus, hin zu den brausenden Strudeln, hinter welchen die Hexe wohnte. Den Weg war sie früher nie gegangen, hier wuchsen keine Blumen, kein Seegras, nur der nackte, graue Sandboden erstreckte sich bis an die Strudel, die wie brausende Mühlräder herumwirbelten und alles, was sie erfaßten, mit sich in die Tiefe hinabrissen; mitten zwischen diesen zermalmenden Wirbeln mußte sie gehen, um in das Gebiet der Meerhexe hineinzukommen, und hier war eine lange Strecke kein anderer Weg als über warm brodelnden Schlamm, das nannte die Hexe ihr Torfmoor. Dahinter lag ihr Haus mitten in einem seltsamen Walde. Alle Bäume und Büsche waren Polypen, halb Tier und halb Pflanze, sie sahen aus wie hundertköpfige Schlangen, die aus der Erde herauswuchsen; alle Zweige waren lange, schleimige Arme mit Fingern wie geschmeidige Würmer, und Glied für Glied bewegten sie sich von der Wurzel bis zu der äußersten Spitze. Alles, was sie im Meer erfassen konnten, umschlangen sie fest und ließen es nie wieder los. Die kleine Meerjungfrau blieb ganz erschrocken da draußen stehen; ihr Herz klopfte vor Angst, fast wäre sie umgekehrt; aber dann dachte sie an den Prinzen und an des Menschen Seele, und da bekam sie Mut. Ihr langes, flatterndes Haar band sie sich fest um den Kopf, damit die Polypen sie nicht daran ergreifen sollten, beide Hände legte sie über ihrer Brust zusammen und flog dann dahin, wie der Fisch durch das Wasser fliegen kann, hinein zwischen die häßlichen Polypen, die ihre geschmeidigen Arme und Finger nach ihr ausstreckten. Sie sah, wie jeder von ihnen etwas hielt, was er ergriffen hatte, Hunderte von kleinen Armen umfaßten es wie starke Eisenbande. Menschen, die auf der See umgekommen und tief hinabgesunken waren, lugten als weiße Gerippe aus den Armen der Polypen hervor. Schiffsruder und Kisten hielten sie fest, Skelette von Landtieren und eine kleine Meerjungfrau, die sie gefangen und erwürgt hatten, das war ihr fast das schrecklichste.

Jetzt kam sie zu einem großen, schleimigen Platz im Walde, wo große, fette Wasserschlangen sich wälzten und ihren häßlichen, weißgelben Bauch zeigten. Mitten auf dem Platz war ein Haus aus den weißen Knochen gestrandeter Menschen errichtet; da saß die Meerhexe und ließ eine Kröte aus ihrem Munde fressen, so wie die Menschen einem kleinen Kanarienvogel Zucker zu essen geben. Die häßlichen, fetten Wasserschlangen nannte sie ihre kleinen Küken und ließ sie sich auf ihrer großen, schwammigen Brust wälzen.

»Ich weiß wohl, was du willst!« sagte die Meerhexe, »es ist dumm von dir! Gleichwohl sollst du deinen Willen haben, denn er wird dir Unglück bringen, meine schöne Prinzessin. Du willst gerne deinen Fischschwanz los sein und statt dessen zwei Stummel haben, um auf ihnen zu gehen wie die Menschen, damit der junge Prinz sich in dich verliebe, und damit du ihn und eine unsterbliche Seele bekommen kannst!« Dabei lachte die Hexe so laut und widerlich, daß die Kröte und die Schlangen auf die Erde fielen, wo sie sich wälzten. »Du kommst gerade zur rechten Zeit«, sagte die Hexe, »morgen, wenn die Sonne aufgeht, könnte ich dir nicht helfen, bevor wieder ein Jahr vergangen wäre. Ich werde dir einen Trank bereiten, mit dem mußt du, ehe die Sonne aufgeht, an Land schwimmen, dich dort an das Ufer setzen und ihn trinken, dann spaltet sich dein Schwanz und schrumpft ein zu dem, was die Menschen reizende Beine nennen; aber es tut weh, es ist, als ob ein scharfes Schwert dich durchdränge.

Alle, die dich sehen, werden sagen, du seiest das schönste Menschenkind, das sie gesehen hätten! Du behältst deinen schwebenden Gang, keine Tänzerin kann schweben wie du, aber jeder Schritt, den du tust, ist, als ob du auf ein scharfes Messer trätest, so daß dein Blut fließen müßte. Willst du dies alles erleiden, dann werde ich dir helfen?«

»Ja!« sagte die kleine Meerjungfrau mit bebender Stimme und

dachte an den Prinzen und daran, eine unsterbliche Seele zu gewinnen.

»Aber bedenke«, sagte die Hexe, »hast du erst menschliche Gestalt bekommen, dann kannst du nie wieder eine Meerjungfrau werden! Du kannst nie wieder durch das Wasser hinabsteigen zu deinen Schwestern und zu deines Vaters Schloß, und gewinnst du des Prinzen Liebe nicht, so daß er um deinetwillen Vater und Mutter vergißt, mit seinem ganzen Denken an dir hängt und den Priester eure Hände ineinanderlegen läßt, so daß ihr Mann und Frau werdet, dann bekommst du keine unsterbliche Seele! Am ersten Morgen, nachdem er mit einer andern verheiratet ist, da muß dein Herz brechen, und du wirst Schaum auf dem Wasser.«

»Ich will es!« sagte die kleine Meerjungfrau und wurde blaß wie eine Tote.

»Aber mich mußt du auch bezahlen!« sagte die Hexe, »und es ist nicht wenig, was ich verlange. Du hast die schönste Stimme von allen hier unten auf dem Meeresgrund, mit der glaubst du wohl ihn bezaubern zu können; aber diese Stimme mußt du mir geben. Das Beste, was du besitzest, will ich für meinen köstlichen Trank haben! Mein eigenes Blut muß ich dir ja darin geben, damit der Trank scharf werden kann wie ein zweischneidiges Schwert!«

»Aber wenn du meine Stimme nimmst«, sagte die kleine Meerjungfrau, »was bleibt mir dann übrig?«

»Deine schöne Gestalt«, sagte die Hexe, »dein schwebender Gang und deine sprechenden Augen; damit kannst du wohl ein Menschenherz betören. Na, hast du den Mut verloren? Strecke deine kleine Zunge hervor, dann schneide ich sie ab als Bezahlung, und du sollst den kräftigen Trank erhalten!«

»Es geschehe!« sagte die kleine Meerjungfrau, und die Hexe setzte ihren Kessel auf, um den Zaubertrank zu kochen. »Reinlichkeit ist eine gute Sache!« sagte sie und scheuerte den Kessel mit den Schlangen, die sie zu einem Knoten band; dann ritzte sie sich selbst in die Brust und ließ ihr schwarzes Blut hineintropfen. Der Dampf bildete die sonderbarsten Gestalten, so daß einem angst und bange werden mußte. Jeden Augenblick tat die Hexe neue Dinge in den Kessel, und als es recht kochte, klang es, wie wenn ein Krokodil weinte. Zu guter Letzt war der Trank fertig; er sah aus wie das klarste Wasser.

»Da hast du ihn!« sagte die Hexe und schnitt der kleinen Meerjungfrau die Zunge ab; nun war sie stumm, konnte weder singen noch sprechen.

»Sollten die Polypen nach dir greifen, wenn du zurückgehst durch meinen Wald«, sagte die Hexe, »dann wirf nur einen einzigen Tropfen dieses Trankes auf sie, und ihre Arme und Finger zerspringen in tausend Stücke!« Aber das brauchte die kleine Meerjungfrau nicht zu tun, die Polypen zogen sich erschrocken vor ihr zurück, als sie

den schimmernden Trank sahen, der in ihrer Hand leuchtete, als sei er ein funkelnder Stern. So kam sie bald durch den Wald, das Moor und die brausenden Strudel.

Sie konnte ihres Vaters Schloß sehen; die Feuer in dem großen Tanzsaal waren erloschen; sie schliefen wohl alle dort drinnen; aber sie wagte doch nicht, sie aufzusuchen, nun da sie stumm war und auf immer von ihnen fortgehen wollte. Es war, als sollte ihr Herz vor Trauer zerbrechen. Sie schlich sich in den Garten, nahm eine Blume von jedem Blumenbeet ihrer Schwestern, warf tausend Kußhände nach dem Schloß hinüber und stieg hinauf durch die dunkelblaue See.

Die Sonne war noch nicht aufgegangen, als sie des Prinzen Schloß sah und die prächtige Marmortreppe hinanstieg. Der Mond schien herrlich klar. Die kleine Meerjungfrau trank den brennend scharfen Trank, und es war, als gehe ein zweischneidiges Schwert durch ihren feinen Körper; sie fiel dabei in Ohnmacht und lag wie tot da. Als die Sonne über die See schien, wachte sie auf und fühlte einen brennenden Schmerz; aber gerade vor ihr stand der schöne, junge Prinz, er heftete seine kohlschwarzen Augen auf sie, so daß sie die ihren niederschlug und sah, daß ihr Fischschwanz fort war und daß sie die reizendsten kleinen, weißen Beine hatte, die ein kleines Mädchen haben kann; aber sie war ganz nackt, deshalb hüllte sie sich in ihr reiches, langes Haar. Der Prinz fragte, wer sie sei und wie sie hierher gekommen wäre, und sie schaute ihn milde und doch traurig mit ihren dunkelblauen Augen an; sprechen konnte sie ja nicht. Da nahm er sie bei der Hand und führte sie in das Schloß hinein. Bei jedem Schritt, den sie tat, war ihr, wie die Hexe ihr im voraus gesagt hatte, als trete sie auf spitze Nadeln und scharfe Messer, aber das ertrug sie gern; an des Prinzen Hand stieg sie so leicht wie eine Schaumblase empor, und er und alle andern wunderten sich über ihren lieblichen, schwebenden Gang.

Köstliche Kleider von Seide und Musselin bekam sie; im Schloß war sie die schönste von allen, aber sie war stumm, konnte weder singen noch sprechen. Schöne Sklavinnen, in Seide und Gold gekleidet, erschienen und sangen vor dem Prinzen und seinen königlichen Eltern; eine von ihnen sang schöner als alle andern, und der

Prinz klatschte in die Hände und lächelte ihr zu. Da wurde die kleine Meerjungfrau betrübt; sie wußte, daß sie selbst weit schöner gesungen hatte; sie dachte: Oh, er sollte nur wissen, daß ich, um bei ihm zu sein, meine Stimme für alle Ewigkeit hingegeben habe!

Nun tanzten die Sklavinnen in lieblichen, schwebenden Tänzen zu der herrlichsten Musik; da hob die kleine Meerjungfrau ihre schönen, weißen Arme, richtete sich auf den Zehenspitzen auf und schwebte über den Fußboden hin, tanzte, wie noch niemand getanzt hatte. Bei jeder Bewegung wurde ihre Schönheit sichtbarer, und ihre Augen sprachen tiefer zum Herzen als der Gesang der Sklavinnen. Alle waren entzückt davon, besonders der Prinz, der sie sein kleines Findelkind nannte, und sie tanzte mehr und mehr, obwohl es jedesmal, wenn ihr Fuß die Erde berührte, war, als ob sie auf scharfe Messer trete. Der Prinz sagte, daß sie immer bei ihm sein solle, und sie bekam die Erlaubnis, draußen vor seiner Tür auf einem Samtkissen zu schlafen.

Er ließ ihr eine Männertracht nähen, damit sie ihn zu Pferd begleiten könne. Sie ritten durch die duftenden Wälder, wo die grünen Zweige ihre Schultern berührten und die kleinen Vögel hinter den frischen Blättern sangen. Sie kletterte mit dem Prinzen auf die hohen Berge hinauf, und obgleich ihre zarten Füße bluteten, so daß die andern es sehen konnten, lachte sie doch darüber und folgte ihm, bis sie die Wolken unter sich segeln sahen, als seien sie ein Schwarm Vögel, der nach fremden Ländern zog.

Daheim in des Prinzen Schloß, wenn des Nachts die andern schliefen, ging sie hinaus auf die breite Marmortreppe, und es kühlte ihre brennenden Füße, im kalten Seewasser zu stehen, und dann dachte sie an die dort unten in der Tiefe.

Eines Nachts kamen ihre Schwestern Arm in Arm, sie sangen so kummervoll, indem sie über das Wasser schwammen, und sie winkte ihnen zu, und sie erkannten sie und erzählten, wie traurig sie sie alle gemacht habe. Seither besuchten sie sie jede Nacht, und eines Nachts sah sie weit draußen die alte Großmutter, die seit vielen Jahren nicht über dem Meer gewesen war, und den Meerkönig mit seiner Krone auf dem Kopf; sie streckten ihr die Hände entgegen, aber wagten sich nicht so nahe an Land wie die Schwestern.

Tag für Tag wurde sie dem Prinzen lieber, er hatte sie gern, wie man ein gutes, liebes Kind gern haben kann, aber sie zu seiner Königin zu machen, fiel ihm gar nicht ein, und seine Frau mußte sie werden, sonst bekam sie keine unsterbliche Seele, sondern würde an seinem Hochzeitsmorgen zu Schaum auf dem Meere werden.

»Liebst du mich nicht am meisten von ihnen allen?« schienen die Augen der kleinen Meerjungfrau zu fragen, wenn er sie in seine Arme nahm und ihre schöne Stirn küßte.

»Doch, du bist mir am liebsten«, sagte der Prinz, »denn du hast das beste Herz von ihnen allen, du bist mir am meisten ergeben, und du gleichst dem jungen Mädchen, das ich einmal sah, aber wahrscheinlich nie mehr finde. Ich war auf einem Schiff, das strandete; die Wellen trieben mich an Land bei einem heiligen Tempel, wo mehrere junge Mädchen den Dienst verrichteten; die jüngste dort fand mich am Strand und rettete mein Leben, ich sah sie nur zweimal; sie war die einzige, die ich in dieser Welt lieben könnte, aber du gleichst ihr, du verdrängst fast ihr Bild in meiner Seele: sie gehört dem heiligen Tempel an, und deshalb hat mein gutes Glück dich mir gesandt, nie wollen wir uns trennen!« – Ach, er weiß nicht, daß ich sein Leben gerettet habe! dachte die kleine Meerjungfrau, ich trug ihn über das Meer zum Walde hin, wo der Tempel steht, ich saß hinter dem Schaum und gab acht, ob keine Menschen kommen würden. Ich sah das schöne Mädchen, das er mehr liebt als mich! Und die Meerjungfrau seufzte tief, weinen konnte sie nicht. Das Mädchen gehört dem heiligen Tempel an, hat er gesagt, sie kommt nie in die Welt hinaus, sie begegnen sich nicht mehr, ich bin bei ihm, sehe ihn jeden Tag, ich will ihn pflegen, ihn lieben, ihm mein Leben opfern!

Aber nun soll der Prinz heiraten und des Nachbarkönigs schöne Tochter bekommen, erzählte man, deshalb rüstet er ein so prächtiges Schiff aus. Der Prinz reist, um des Nachbarkönigs Länder zu besehen, heißt es wohl, aber es geschieht, um des Nachbarkönigs Tochter zu sehen, ein großes Gefolge soll er mitnehmen; aber die kleine Meerjungfrau schüttelte den Kopf und lachte, sie kannte des Prinzen Gedanken viel besser als alle die andern. »Ich muß reisen!« hatte er zu ihr gesagt, »ich muß die schöne Prinzessin sehen, meine

Eltern verlangen es, aber mich dazu zwingen, sie als meine Braut heimzuführen, das werden sie nicht. Ich kann sie nicht lieben! Sie gleicht nicht dem schönen Mädchen im Tempel, dem du gleichst; sollte ich einmal eine Braut wählen, so würdest eher du es sein, mein stummes Findelkind mit den sprechenden Augen!« Und er küßte ihren roten Mund, spielte mit ihrem langen Haar und legte seinen Kopf an ihr Herz, so daß es von Menschenglück und einer unsterblichen Seele träumte.

»Du fürchtest dich doch nicht vor dem Meer, mein stummes Kind!« sagte er, als sie auf dem prächtigen Schiff standen, das ihn zu des Nachbarkönigs Ländern führen sollte; und er erzählte ihr von Sturm und Windstille, von seltsamen Fischen in der Tiefe, und was der Taucher gesehen hatte, und sie lächelte bei seiner Erzählung, sie wußte ja besser als irgend jemand Bescheid über den Meeresgrund.

In der mondhellen Nacht, wenn sie alle schliefen bis auf den Steuermann, der am Ruder stand, saß sie an der Reling des Schiffes und starrte hinab durch das klare Wasser, und es schien ihr, als sähe sie ihres Vaters Schloß; zuoberst darüber stand die alte Großmutter mit der Silberkrone auf dem Kopf und starrte durch die reißenden Ströme zu des Schiffes Kiel empor. Da kamen ihre Schwestern über das Wasser hinauf, sie blickten kummervoll auf sie und rangen ihre weißen Hände; sie winkte ihnen zu, lächelte und wollte erzählen, daß es ihr gut gehe und sie glücklich sei; aber der Schiffsjunge näherte sich ihr, und die Schwestern tauchten unter, so daß er in dem Glauben blieb, das Weiße, was er gesehen hatte, sei Schaum auf dem Meer gewesen.

Am nächsten Morgen segelte das Schiff in den Hafen von des Nachbarkönigs prächtiger Stadt. Alle Kirchenglocken läuteten, und von den hohen Türmen wurde mit Posaunen geblasen, während die Soldaten mit wehenden Fahnen und blinkenden Bajonetten dastanden. Jeder Tag brachte ein Fest. Ball und Gesellschaft folgten einander; aber die Prinzessin war noch nicht da; sie werde weit entfernt in einem heiligen Tempel erzogen, sagten sie, dort lerne sie alle königlichen Tugenden. Endlich traf sie ein.

Die kleine Meerjungfrau war begierig darnach, ihre Schönheit zu sehen, und sie mußte sie anerkennen, eine lieblichere Gestalt hatte sie nie gesehen. Die Haut war so fein und zart, und hinter den langen, dunklen Wimpern lächelten ein Paar schwarzblaue, treue Augen.

»Du bist es!« sagte der Prinz, »du, die mich gerettet hat, als ich wie eine Leiche an der Küste lag!« Und er schloß seine errötende Braut in die Arme. »Oh, ich bin allzu glücklich!« sagte er zu der kleinen Meerjungfrau. »Das Beste, das, was ich nie zu hoffen wagte, ist mir erfüllt worden. Du wirst dich an meinem Glück freuen, denn du hast mich am liebsten von ihnen allen!« Und die kleine Meerjungfrau küßte seine Hand; es schien ihr, als fühle sie bereits ihr Herz brechen. Sein Hochzeitsmorgen würde ihr ja den Tod geben und sie zu Schaum auf dem Meere verwandeln.

Alle Kirchenglocken läuteten, die Herolde ritten in den Straßen umher und verkündeten das Verlöbnis. Auf allen Altären brannte duftendes Öl in köstlichen Silberlampen. Die Priester schwangen Weihrauchgefäße, und Braut und Bräutigam reichten einander die Hand und erhielten den Segen des Bischofs. Die kleine Meerjungfrau stand in Seide und Gold gekleidet und hielt die Schleppe der Braut; aber ihre Ohren hörten nicht die festliche Musik, ihre Augen sahen nicht die heilige Zeremonie; sie dachte an ihre Todesnacht, an all das, was sie in dieser Welt verloren hatte.

Noch am selben Abend gingen Braut und Bräutigam an Bord des Schiffes, die Kanonen dröhnten, alle Flaggen wehten, und mitten auf dem Schiff war ein königliches Zelt aus Gold und Purpur und mit den schönsten Polstern errichtet; dort sollte das Brautpaar in der stillen, kühlen Nacht schlafen.

Die Segel schwollen im Winde, und das Schiff glitt leicht und ohne große Bewegung über die klare See hin.

Als es dunkelte, wurden bunte Lampen angezündet, und die Seeleute tanzten lustige Tänze auf Deck. Die kleine Meerjungfrau mußte an das erste Mal denken, als sie aus dem Meer auftauchte und dieselbe Pracht und Freude sah, und sie wirbelte mit im Tanze herum, schwebend wie die Schwalbe schwebt, wenn sie verfolgt wird, und alle jubelten ihr Bewunderung zu; nie hatte sie so herrlich getanzt. Es schnitt wie scharfe Messer in den zarten Füßen, aber sie fühlte es nicht; es schnitt ihr schmerzlicher ins Herz. Sie wußte, daß es der letzte Abend war, an dem sie ihn sah, für den sie ihre Familie und ihr Heim verlassen, ihre schöne Stimme hingegeben und täglich unendliche Qualen erlitten hatte, ohne daß er es mit einem Gedanken ahnte. Es war die letzte Nacht, daß sie dieselbe Luft einatmete wie er und das tiefe Meer und den sternenblauen Himmel sah; eine ewige Nacht ohne Gedanken und Traum wartete ihrer, die keine Seele hatte, keine gewinnen konnte. Und alles war Freude und Lustigkeit auf dem Schiff bis weit über Mitternacht hinaus; sie lachte und tanzte mit dem Todesgedanken in ihrem Herzen. Der Prinz küßte seine schöne Braut, und sie spielte mit seinem schwarzen Haar, und Arm in Arm gingen sie zur Ruhe in das prächtige Zelt.

Es wurde ruhig und still auf dem Schiff, nur der Steuermann stand am Ruder; die kleine Meerjungfrau legte ihre weißen Arme auf die Reling und sah gen Osten nach der Morgenröte; der erste Sonnenstrahl, wußte sie, würde sie töten. Da sah sie ihre Schwestern aus dem Meer emporsteigen, sie waren bleich wie sie; ihre langen, schönen Haare flatterten nicht mehr im Winde, sie waren abgeschnitten.

»Wir haben sie der Hexe gegeben, damit sie dir Hilfe bringen soll, auf daß du in dieser Nacht nicht sterben mußt. Sie hat uns ein Messer gegeben, hier ist es! Siehst du, wie scharf? Ehe die Sonne aufgeht, mußt du es in des Prinzen Herz stoßen, und wenn dann sein warmes Blut auf deine Füße spritzt, so wachsen sie zu einem Fischschwanz zusammen, und du wirst wieder eine Meerjungfrau, kannst zu uns ins Wasser hinabsteigen und deine dreihundert Jahre leben, bevor du zu totem, salzigem Meerschaum wirst. Beeile dich, er oder du, einer muß sterben, ehe die Sonne aufgeht! Unsere alte Großmutter trauert, so daß ihr weißes Haar abgefallen ist, wie unseres unter der Schere der Hexe fiel. Töte den Prinzen und komm zurück! Beeile dich, siehst du den roten Streifen am Himmel? In einigen Minuten steigt die Sonne auf, und dann mußt du sterben!« Und sie stießen einen seltsam tiefen Seufzer aus und versanken in den Wellen.

Die kleine Meerjungfrau zog den Purpurteppich vor dem Zelt

zur Seite und sah die schöne Braut mit ihrem Kopf an des Prinzen Brust schlafen, und sie beugte sich nieder, küßte ihn auf seine schöne Stirn, sah zum Himmel auf, wo die Morgenröte mehr und mehr leuchtete, sah auf das scharfe Messer und heftete ihre Augen wieder auf den Prinzen, der im Traum seine Braut beim Namen nannte – nur sie war in seinen Gedanken –, und das Messer zitterte in der Hand der Meerjungfrau; aber da warf sie es weit hinaus in die Wellen, sie schimmerten rot, wo es hinfiel, es sah aus, als keimten Blutstropfen aus dem Wasser herauf. Noch einmal schaute sie mit halbgebrochenen Blicken auf den Prinzen, stürzte sich vom Schiff ins Meer hinab, und sie fühlte, wie ihr Körper sich in Schaum auflöste.

Nun stieg die Sonne aus dem Meere auf; die Strahlen fielen so mild und warm auf den todeskalten Meeresschaum, und die kleine Meerjungfrau fühlte nichts vom Tode, sie sah die klare Sonne, und oben über ihr schwebten Hunderte von durchsichtigen, schönen Wesen; sie konnte durch sie hindurch des Schiffes weiße Segel und des Himmels rote Wolken sehen; ihre Stimmen waren Melodie, aber so geistig, daß kein menschliches Ohr sie hören und auch kein irdisches Auge sie sehen konnte; ohne Flügel schwebten sie, getragen von ihrer eigenen Leichtigkeit, durch die Luft. Die kleine Meerjungfrau sah, daß sie einen Körper hatte wie diese, er hob sich mehr und mehr aus dem Schaum empor.

»Zu wem komme ich?« sagte sie, und ihre Stimme klang wie die der andern Wesen, so geistig, daß keine irdische Musik sie wiedergeben kann.

»Zu den Töchtern der Luft!« antworteten die andern. »Die Meerjungfrau hat keine unsterbliche Seele, kann sie nie bekommen, es sei denn, sie gewinne die Liebe eines Menschen! Von einer fremden Macht hängt ihr ewiges Dasein ab. Die Töchter der Luft haben auch keine ewige Seele; aber sie können durch gute Handlungen sich selbst eine schaffen. Wir fliegen nach den warmen Ländern, wo die schwüle Pestluft die Menschen tötet; dort fächeln wir Kühlung. Wir verbreiten den Duft der Blumen durch die Luft und senden Erquickung und Heilkraft. Wenn wir während dreihundert Jahren gestrebt haben, das Gute, was wir vermögen, zu tun, dann bekommen wir eine unsterbliche Seele und nehmen teil an der Menschen ewigem Glück. Du arme, kleine Meerjungfrau hast mit deinem ganzen Herzen nach dem gleichen gestrebt wie wir, du hast gelitten und geduldet, dich erhoben zu der Welt der Luftgeister, nun kannst du dir selbst durch gute Handlungen nach dreihundert Jahren eine unsterbliche Seele schaffen.

Und die kleine Meerjungfrau hob ihre klaren Augen hinauf zu Gottes Sonne, und zum erstenmal fühlte sie Tränen. – Auf dem Schiff war wieder Lärm und Leben, sie sah den Prinzen mit seiner schönen Braut nach ihr suchen, wehmütig starrten sie auf den brodelnden Schaum, als ob sie wüßten, daß sie sich in die Wellen gestürzt habe. Unsichtbar küßte sie die Stirn der Braut, lächelte ihm zu und stieg mit den andern Kindern der Luft hinauf zu der rosenroten Wolke, die durch die Luft segelte.

»Nach dreihundert Jahren schweben wir so hinein in Gottes Reich!«

»Auch früher können wir dorthin gelangen!« flüsterte eine. »Unsichtbar schweben wir in die Häuser der Menschen, wo Kinder sind, und für jeden Tag, an dem wir ein gutes Kind finden, das seinen Eltern Freude macht und deren Liebe verdient, verkürzt Gott unsere Prüfungszeit. Das Kind weiß nicht, wann wir durch die Stube fliegen, und wenn wir dann aus Freude über es lächeln, so wird ein Jahr von den dreihundert genommen; aber sehen wir ein unartiges und böses Kind, dann müssen wir Tränen der Trauer weinen, und jede Träne fügt unserer Prüfungszeit einen Tag hinzu!«

9

DES KAISERS NEUE KLEIDER

Vor vielen Jahren lebte ein Kaiser, der schöne neue Kleider so ungeheuer gern hatte, daß er all sein Geld ausgab, um recht geputzt zu sein. Er machte sich nichts aus seinen Soldaten, machte sich auch nichts aus dem Theater und nichts daraus, in den Wald hinauszufahren außer, um seine neuen Kleider zu zeigen. Er hatte ein Kleid für jede Stunde des Tages, und ebenso wie man von einem König sagt, er sei im Rate, sagte man hier immer: »Der Kaiser ist im Kleiderschrank!«

In der großen Stadt, wo er wohnte, ging es sehr vergnüglich zu. Jeden Tag kamen viele Fremde, eines Tages kamen zwei Betrüger; sie gaben sich für Weber aus und sagten, sie verstünden das schönste Zeug zu weben, das man sich denken könne. Nicht nur die Farben und Muster wären etwas ungewöhnlich Schönes, sondern die Kleider, die von dem Zeug genäht würden, hätten die seltsame Eigenschaft, daß sie für jeden Menschen unsichtbar blieben, der nicht für sein Amt tauge oder auch unerlaubt dumm sei.

Das wären ja prächtige Kleider! dachte der Kaiser. Wenn ich die anhätte, könnte ich dahinterkommen, welche Männer in meinem Reich nicht für das Amt taugen, das sie innehaben. Ich kann die Klugen von den Dummen unterscheiden, ja, das Zeug muß gleich für mich gewoben werden! Und er gab den beiden Betrügern viel Geld im voraus, damit sie mit ihrer Arbeit beginnen sollten.

Sie stellten auch zwei Webstühle auf, taten, als ob sie arbeiteten, aber sie hatten nicht das geringste auf dem Stuhl. Frischweg verlangten sie die feinste Seide und das prächtigste Gold, das steckten sie in ihre eigene Tasche und arbeiteten an den leeren Stühlen, und das bis tief in die Nacht hinein.

Nun möchte ich doch wohl wissen, wie weit sie mit dem Zeug sind! dachte der Kaiser, aber ihm war ordentlich wunderlich ums Herz bei dem Gedanken, daß, wer dumm sei oder sich gar nicht für sein Amt eigne, es nicht sehen könne. Nun glaubte er zwar, daß er für sich selbst nichts zu fürchten brauche; aber er wollte doch erst jemand hinsenden, um zu sehen, wie es damit stünde. Alle Menschen in der ganzen Stadt wußten, welche sonderbare Kraft das Zeug habe, und alle waren begierig zu sehen, wie schlecht oder dumm der Nachbar sei.

Ich will meinen alten, ehrlichen Minister zu den Webern senden! dachte der Kaiser, er kann am besten sehen, wie sich das Zeug ausnimmt; denn er hat Verstand, und niemand versieht sein Amt besser als er!

Nun ging der alte, gutmütige Minister in den Saal hinein, wo die beiden Betrüger saßen und an den leeren Webstühlen arbeiteten. Gott bewahr uns! dachte der alte Minister und riß die Augen auf, ich kann ja nichts sehen! Aber das sagte er nicht.

Beide Betrüger baten ihn, so gut zu sein und näherzutreten und fragten, ob es nicht ein schönes Muster und herrliche Farben seien. Dann zeigten sie auf den leeren Webstuhl, und der arme, alte Minister fuhr fort die Augen aufzureißen, aber er konnte nichts sehen, denn es war nichts da. Herr Gott! dachte er, sollte ich dumm sein? Das hätte ich niemals geglaubt, und das darf kein Mensch wissen! Sollte ich für mein Amt nicht taugen? Nein, es geht nicht an, daß ich erzähle, ich könne das Zeug nicht sehen!

»Nun, Sie sagen nichts dazu?« fragte der eine, der webte.

»Oh, es ist reizend, ganz allerliebst!« antwortete der alte Minister und sah durch seine Brille, »dieses Muster und diese Farben! – Ja, ich werde dem Kaiser sagen, daß es mir außerordentlich gefällt!«

»Nun, das freut uns!« sagten beide Weber, und nun nannten sie die Farben mit Namen und erklärten das seltsame Muster. Der alte Minister paßte gut auf, damit er dasselbe sagen könne, wenn er heim zum Kaiser käme, und das tat er.

Nun verlangten die Betrüger mehr Geld, mehr Seide und Gold, das müßten sie für das Weben brauchen. Sie steckten alles in ihre eigenen Taschen, auf den Webstuhl kam keine Faser; aber sie fuhren fort, wie bisher an dem leeren Webstuhl zu arbeiten.

Der Kaiser sandte bald wieder einen andern gutmütigen Beamten hin, um zu sehen, wie es mit dem Weben stünde und ob das Zeug bald fertig sei. Es erging ihm wie dem Minister, er schaute und schaute, aber weil nichts da war außer den leeren Webstühlen, so konnte er nichts sehen.

»Ja, ist es nicht ein schönes Stück Zeug!« sagten beide Betrüger und zeigten und erklärten das herrliche Muster, das gar nicht da war.

Dumm bin ich nicht! dachte der Mann, es ist also mein gutes Amt, für das ich nicht tauge. Das ist sonderbar genug, aber das darf man sich nicht merken lassen! Und dann lobte er das Zeug, das er nicht sah, und versicherte ihnen seine Freude über die schönen Farben und das herrliche Muster. »Ja, es ist ganz allerliebst!« sagte er zum Kaiser.

Alle Menschen in der Stadt sprachen von dem prächtigen Zeug.

Nun wollte der Kaiser es selbst sehen, während es noch auf dem Webstuhl war. Mit einer ganzen Schar ausgesuchter Männer, unter denen auch die beiden alten, gutmütigen Beamten waren, die schon früher dort gewesen, ging er zu den beiden listigen Betrügern hin, die nun aus allen Kräften woben, aber ohne Faser oder Faden.

»Ja, ist es nicht magnifique!« sagten die beiden gutmütigen Beamten. »Wollen Ihre Majestät sehen – welches Muster, welche Farben!« und sie zeigten auf den leeren Webstuhl, denn sie glaubten, daß die andern das Zeug sicherlich sehen konnten.

Was ist das! dachte der Kaiser, ich sehe nichts! Das ist ja entsetzlich! Bin ich dumm? Tauge ich nicht dazu, Kaiser zu sein? Das war das Schrecklichste, was mir arrivieren konnte! »Oh, es ist sehr schön!« sagte der Kaiser, »es hat meinen allerhöchsten Beifall!« Und er nickte zufrieden und betrachtete den leeren Webstuhl; er wollte nicht sagen, daß er nichts sehen konnte. Das ganze Gefolge, das er mit sich hatte, schaute und schaute; aber sie bekamen nicht mehr dabei heraus als alle die andern, doch sie sagten ebenso wie der Kaiser: »Oh, es ist sehr schön!« und sie rieten ihm, Kleider aus diesem neuen, prächtigen Zeug das erstemal bei der großen Prozession, die bevorstand, zu tragen. »Es ist magnifique! reizend, excellent!« ging es von Mund zu Mund, und sie waren allesamt so innig zufrieden damit. Der Kaiser gab jedem der Betrüger einen Ritterorden in das Knopfloch zu hängen, und den Titel eines Weberjunkers.

Die ganze Nacht vor dem Morgen, an dem die Prozession sein sollte, blieben die Betrüger auf und hatten mehr als sechzehn Lichter angezündet. Die Leute konnten sehen, daß sie Eile hatten, mit des Kaisers neuen Kleidern fertig zu werden. Sie taten, als nähmen sie das Zeug vom Webstuhl, sie schnitten in der Luft mit großen Scheren, sie nähten mit Nähnadeln ohne Faden und sagten zuletzt: »Seht, nun sind die Kleider fertig!«

Der Kaiser mit seinen vornehmsten Kavalieren kam selbst dorthin, und beide Betrüger hoben den einen Arm in die Höhe, als ob sie etwas hielten, und sagten: »Seht, hier sind die Beinkleider! Hier ist der Rock! Hier ist der Mantel!« und so weiter fort. »Es ist so leicht wie Spinngewebe! Man sollte glauben, man hätte nichts auf dem Leibe, aber das ist just die Tugend dabei!«

»Ja!« sagten alle Kavaliere, aber sie konnten nichts sehen, denn es war nichts da.

»Wollen nun Ihre Kaiserliche Majestät allergnädigst belieben, die Kleider abzulegen!« sagten die Betrüger, »dann werden wir Ihnen die neuen hier vor dem großen Spiegel anziehen!«

Der Kaiser legte alle seine Kleider ab, und die Betrüger gebärdeten sich so, als gäben sie ihm jedes Stück von den neuen, die hätten genäht werden sollen, und sie faßten ihn um die Taille und banden scheinbar etwas fest, das war die Schleppe, und der Kaiser wendete und drehte sich vor dem Spiegel.

»Gott, wie sie gut kleiden! Wie sie schön sitzen!« sagten sie alle zusammen. »Welches Muster! Welche Farben! Das ist eine kostbare Tracht!« –

»Draußen stehen sie mit dem Thronhimmel, der während der Prozession über Ihrer Majestät getragen werden soll!« sagte der Oberzeremonienmeister.

»Ja, ich bin ja fertig!« sagte der Kaiser. »Sitzt es nicht gut?« Und dann wendete er sich noch einmal vor dem Spiegel, denn es sollte nun scheinen, als betrachte er so recht seinen Staat.

Die Kammerherren, die die Schleppe tragen sollten, tasteten mit den Händen über den Fußboden hin, als ob sie die Schleppe aufhöben; sie gingen und hielten etwas in der Luft, sie wagten nicht, sich anmerken zu lassen, daß sie nichts sehen konnten.

Und dann ging der Kaiser in der Prozession unter dem prächtigen Thronhimmel, und alle Menschen auf der Straße und an den Fenstern sagten: »Gott, wie unvergleichlich des Kaisers neue Kleider sind! Welch schöne Schleppe er an seinem Kleid hat! Wie himmlisch es sitzt!« Keiner wollte sich anmerken lassen, daß er nichts sah, denn sonst hätte er ja nicht für sein Amt getaugt oder wäre sehr dumm gewesen. Keines von des Kaisers Kleidern hatte solchen Erfolg gehabt.

»Aber er hat ja nichts an!« sagte ein kleines Kind. »Herr Gott, hört des Unschuldigen Stimme!« sagte der Vater, und der eine flüsterte es dem andern zu, was das Kind sagte.

»Er hat nichts an, sagt da ein kleines Kind, er hat nichts an!«

»Er hat ja nichts an!« rief zuletzt das ganze Volk. Und das kroch in den Kaiser, denn ihm schien, sie hätten recht, aber er dachte: Jetzt muß ich während der Prozession durchhalten. Und dann hielt er sich noch stolzer, und die Kammerherren gingen und trugen die Schleppe, die gar nicht da war.

10

DIE GALOSCHEN DES GLÜCKS

I. Ein Anfang

Es war in Kopenhagen, an der Oestergade, in einem der Häuser nicht weit von Kongens Nytorv, wo eine große Gesellschaft gegeben wurde; denn das muß man hin und wieder tun, dann ist es getan, und dann kann man wieder eingeladen werden. Die eine Hälfte der Gesellschaft saß schon an den Spieltischen, und die andere Hälfte wartete darauf, was dabei herauskommen würde, nachdem die Frau des Hauses ihr: »Ja, nun sollten wir schauen, daß uns etwas einfällt!« gesagt hatte. So weit war man, und die Unterhaltung ging, so gut sie gehen konnte. Unter anderem fiel die Rede auch auf das Mittelalter; einzelne hielten es für weit besser als unsere Zeit, ja, Justizrat Knap verteidigte diese Ansicht so eifrig, daß die Frau des Hauses ihm sofort zustimmte, und beide eiferten dann gegen Oersteds Abhandlung im Almanach über alte und neue Zeiten, worin unser Zeitalter im wesentlichen als höchstes bezeichnet wird. Der Justizrat hielt König Hans'[1] Zeit für die schönste und allerglücklichste.

Während all dieses Geredes für und dagegen, das nicht unterbrochen wurde außer einen Augenblick durch die Ankunft der Zeitung, in welcher aber nichts stand, das wert war, gelesen zu werden, wollen wir in das vorderste Zimmer hinausgehen, wo Mäntel, Stöcke, Schirme und Galoschen ihren Platz hatten. Hier saßen zwei Mädchen, ein junges und ein altes; man sollte glauben, sie seien gekommen, um ihre Herrschaft – irgendein altes Fräulein oder eine Witwe – zu begleiten; aber sah man sie ein wenig genauer an, so begriff man bald, daß sie nicht gewöhnliche Dienstmädchen waren, dazu waren ihre Hände zu fein, ihre Haltung und alle ihre Bewegungen zu königlich, denn das waren sie, und die Kleider hatten auch einen ganz eigenen, kühnen Schnitt. Es waren zwei Feen, die jüngste war wohl nicht das Glück selbst, aber eines der Kammermädchen von einer seiner Kammerjungfern, die die geringeren Gaben des Glücks umhertragen; die ältere sah so grundernst aus; es war die Sorge, sie geht immer in höchsteigener Person ihren Geschäften nach, dann weiß sie, daß sie gut ausgeführt werden.

Sie erzählten einander, wo sie an diesem Tage gewesen waren; sie, die bei einer der Kammerjungfern des Glücks Kammermädchen war, hatte bisher nur einige unbedeutende Besorgungen ausgeführt; sie habe, sagte sie, einen neuen Hut vor einem Regenguß gerettet, einem ehrlichen Mann einen Gruß von einer vornehmen Null verschafft und dergleichen mehr, aber das, was sie noch vorhatte, sei etwas ganz Ungewöhnliches.

»Ich muß noch erzählen«, sagte sie, »daß heute mein Geburtstag ist, und ihm zu Ehren sind mir ein Paar Galoschen anvertraut, die ich der Menschheit bringen soll. Diese Galoschen haben die Eigenschaft, daß jeder, der sie anzieht, sich augenblicklich an dem Ort und in der Zeit befindet, wo er am liebsten sein will. Jeder Wunsch in bezug auf Zeit oder Ort wird sofort erfüllt, und der Mensch dadurch endlich einmal glücklich hienieden!«

»Ja, das kannst du glauben!« sagte die Sorge, »er wird sehr unglücklich werden und den Augenblick segnen, da er die Galoschen wieder los ist!«

[1] König Hans von Dänemark, vermählt mit Christine von Sachsen, † 1513

»Wo denkst du hin!« sagte die andere, »nun stelle ich sie hier an die Tür; einer irrt sich und wird der Glückliche!«

Seht, das war dies Gespräch.

II. Wie es dem Justizrat erging

Es war spät; Justizrat Knap, vertieft in die Zeit des Königs Hans, wollte heim, und ihm war es nun beschieden, daß er anstatt seine eigenen Galoschen die des Glücks anbekam und auf die Oestergade hinaustrat. Aber er war durch die Zauberkraft der Galoschen in die Zeit des Königs Hans zurückgetreten, und darum setzte er den Fuß geradenwegs in den Kot und Schlamm der Straße, sintemalen es zu jener Zeit noch kein Straßenpflaster gab.

»Das ist ja entsetzlich, wie schmutzig es hier ist!« sagte der Justizrat. »Das ganze Trottoir ist weg und alle Laternen sind ausgelöscht!«

Der Mond stand noch nicht hoch genug, die Luft war außerdem ziemlich dick, so daß alles rundherum in Dunkelheit zusammenfloß. An der nächsten Ecke hing indessen eine Laterne vor einem Madonnenbild, aber die Beleuchtung war so gut wie keine; er bemerkte sie erst, als er gerade darunterstand, und seine Augen fielen auf das gemalte Bild mit der Mutter und dem Kind.

Das ist wohl ein Kunstkabinett, wo sie vergessen haben, das Schild hereinzunehmen! dachte er.

Ein paar Menschen in der Tracht des Zeitalters gingen an ihm vorbei.

Wie sahen die nur aus? Die kamen wohl von einer Maskerade!

Auf einmal ertönten Trommeln und Pfeifen, starke Lichter leuchteten, der Justizrat blieb stehen und sah nun einen seltsamen Zug vorbeikommen. Zuvorderst ging eine ganze Truppe Trommler, die ihr Instrument recht artig handhabten, ihnen folgten Trabanten mit Bogen und Armbrüsten. Der Vornehmste im Zuge war ein geistlicher Mann. Erstaunt fragte der Justizrat, was dies zu bedeuten habe und wer dieser Mann sei.

»Das ist Seelands Bischof!« antwortete man. »Herrgott, was fällt dem Bischof ein?« seufzte der Justizrat und schüttelte den Kopf; der Bischof konnte es doch unmöglich sein. Darüber nachgrübelnd und ohne nach rechts oder links zu schauen, ging der Justizrat durch die Oestergade und über den Höjbroplads. Die Brücke zum Schloßplatz war nicht zu finden; er gewahrte undeutlich ein niedriges Bachufer und stieß hier endlich auf zwei Burschen, die in einem Boot saßen.

»Will der Herr nach dem Holm übergesetzt werden?« fragten sie.

»Nach dem Holm hinüber?« sagte der Justizrat, der ja nicht wußte, in welchem Zeitalter er wanderte, »ich will hinaus nach Christianshavn in die kleine Torvegade!« Die Burschen sahen ihn an.

»Sagt mir nur, wo die Brücke ist!« sagte er. »Es ist schändlich, daß hier keine Laternen angezündet sind, und dann ist hier ein Schmutz, als ginge man in einem Moor!«

Je länger er mit den Bootsmännern sprach, desto unverständlicher wurden sie ihm. »Ich verstehe euer Bornholmisch nicht!« sagte er zuletzt böse und kehrte ihnen den Rücken. Die Brücke konnte er nicht finden; ein Geländer war auch nicht da. »Es ist ein Skandal, wie es hier aussieht!« sagte er. Nie hatte er sein Zeitalter elendiglicher gefunden als an diesem Abend. Ich glaube, ich will eine Droschke nehmen! dachte er, aber wo waren die Droschken? Keine war zu sehen. Ich werde zurück an den Kongens Nytorv gehen müssen, dort halten wohl Wagen, sonst komme ich sicher nie nach Christianshavn hinaus!

So ging er denn an die Oestergade und hatte sie fast durchschritten, als der Mond hervorkam.

»Herrgott, was ist das für ein Gerüst, das sie da aufgestellt haben!« sagte er, als er das Ost-Tor erblickte, das zu jener Zeit seinen Platz am Ende der Oestergade hatte.

Endlich fand er dann eine Pforte, und durch diese gelangte er auf unsern Nytorv hinaus; aber das war ein großer Wiesengrund. Einzelne Büsche ragten hervor, und quer durch die Wiese ging ein breiter Kanal oder Strom. Einige armselige Holzbuden für die holländischen Schiffer, nach denen der Ort den Namen Hallandsaas erhalten hatte, lagen am jenseitigen Ufer.

»Entweder sehe ich eine Fata Morgana, wie man es nennt, oder ich bin betrunken!« jammerte der Justizrat. »Was ist doch dies! Was ist doch dies!«

Er kehrte wieder um in dem festen Glauben, daß er krank sei. Indem er in die Straße zurückkam, betrachtete er die Häuser etwas genauer: die meisten waren aus Fachwerk, und viele hatten nur ein Strohdach.

»Nein, mir ist gar nicht wohl!« seufzte er, »und ich trank doch nur ein Glas Punsch; aber ich kann ihn nicht ertragen! Und es war auch ganz falsch, uns Punsch und warmen Lachs zu geben; das werde ich auch der Frau Agentin sagen! Sollte ich wieder zurückgehen und sie wissen lassen, wie es mit mir steht? Aber das ist so peinlich, und ob sie wohl noch auf sind!«

Er suchte nach dem Haus, aber es war nicht zu finden.

»Das ist doch entsetzlich! Ich kann die Oestergade nicht wiedererkennen! Nicht ein Laden ist da! Alte, elende Hütten sehe ich, als wäre ich in Roskilde oder Ringsted! Ach, ich bin krank, es hilft nicht, sich zu genieren! Aber wo in aller Welt ist denn des Agenten Haus? Es sieht sich gar nicht mehr ähnlich, aber dort drinnen sind noch Leute auf. Ach, ich bin ganz sicher krank!«

Nun stieß er auf eine halboffene Tür, aus welcher das Licht durch eine Spalte fiel. Es war eine der Herbergstätten jener Zeit, eine Art Bierhaus. Die Stube hatte das Aussehen einer holsteinischen Diele; eine Anzahl Leute, bestehend aus Schiffern, Kopenhagener Bürgern und ein paar Gelehrten, saßen hier in tiefem Gespräch bei ihren Krügen und gaben nur wenig acht auf den Eintretenden.

»Verzeihung!« sagte der Justizrat zur Wirtin, die ihm entgegenkam, »mir ist sehr unwohl geworden! Wollen Sie mir eine Droschke nach Christianshavn verschaffen!«

Die Frau sah ihn an und schüttelte den Kopf; darauf sprach sie ihn in deutscher Sprache an. Der Justizrat nahm an, daß sie der dänischen Zunge nicht mächtig sei und brachte deshalb seinen Wunsch auf Deutsch vor; dies, nebst seiner Kleidung, bestärkte die Frau darin, daß er ein Ausländer sei. Daß er sich schlecht befand, begriff sie bald und gab ihm deshalb einen Krug Wasser, das allerdings etwas brackig schmeckte; es war draußen vom Brunnen geholt worden.

Der Justizrat stützte seinen Kopf in die Hand, holte tief Atem und grübelte über all das Seltsame nach, das ihn umgab.

»Ist das ›Der Tag‹[1] von heute abend?« fragte er, nur um etwas zu sagen, als er die Frau ein großes Stück Papier weglegen sah.

Sie verstand nicht, was er meinte, aber reichte ihm das Blatt, es war ein Holzschnitt, der eine Lufterscheinung darstellte, gesehen in der Stadt Köln.

»Das ist sehr alt!« sagte der Justizrat und wurde ganz aufgeräumt darüber, auf so ein altes Stück zu stoßen. »Wie sind Sie denn zu diesem seltenen Blatt gekommen? Es ist sehr interessant, obwohl das Ganze eine Fabel ist! Man erklärt solche Lufterscheinungen dadurch, daß es Nordlichter seien, die man gesehen habe; wahrscheinlich entstehen sie durch die Elektrizität!«

Die, welche ihm zunächst saßen und seine Rede hörten, sahen ihn verwundert an, und einer von ihnen erhob sich, nahm ehrerbietig den Hut ab und sagte mit der ernsthaftesten Miene: »Ihr seid gewiß ein sehr gelehrter Mann, Monsieur!«

»O nein!« antwortete der Justizrat, »ich kann nur von dem einen und dem andern mitreden, wie man das ja können muß!«

»Modestia ist eine schöne Tugend!« sagte der Mann, »im übrigen muß ich zu Eurer Rede sagen: mihi secus videtur, doch suspendiere ich hier gern mein Judicium!«

»Darf ich fragen, mit wem ich das Vergnügen habe zu sprechen?« fragte der Justizrat. »Ich bin Baccalaureus der Heiligen Schrift!« antwortete der Mann.

[1] Eine Abendzeitung in Kopenhagen

Diese Antwort genügte dem Justizrat; der Titel entsprach hier der Kleidung: Das ist gewiß ein alter Dorfschulmeister, dachte er, ein aparter Kerl, wie man sie noch oben in Jütland treffen kann.

»Hier ist wohl kein locus docendi«, begann der Mann, »doch bitte ich, Ihr möget Euch bemühen zu sprechen! Ihr seid sicher in den Alten sehr belesen!«

»Oh, ja, gewiß!« antwortete der Justizrat, »ich lese gerne alte, nützliche Schriften; aber ich kann auch die neueren gut leiden, nur nicht die ›Alltagsgeschichten‹, die haben wir genügend in der Wirklichkeit!«

»Alltagsgeschichten?« fragte unser Baccalaureus.

»Ja, ich meine diese neuen Romane, die man jetzt hat.«

»Oh«, lächelte der Mann, »es ist doch viel Klugheit in ihnen, und sie werden bei Hofe gelesen. Der König liebt besonders den Roman von Herrn Iffvent und Herrn Gaudian, der von König Artus und seinen Rittern bei dem runden Tisch handelt; er hat darüber mit seinen hohen Herren gescherzt![1]«

»Ja, den habe ich noch nicht gelesen!« sagte der Justizrat, »das muß ein ganz neuer sein, den Heiberg herausgegeben hat!«

»Nein«, antwortete der Mann, »er ist nicht bei Heiberg, sondern bei Godfred von Ghemen herausgekommen!«

»So, ist das der Verfasser!« sagte der Justizrat, »das ist ein sehr alter Name! Das ist ja der erste Buchdrucker, den es in Dänemark gab!«

»Ja, das ist unser erster Buchdrucker!« sagte der Mann. So weit ging es ganz gut; nun sprach einer der guten Bürgersleute über die besondere Pestilenz, die vor ein paar Jahren regiert habe, und meinte die von 1484. Der Justizrat nahm an, daß es die Cholera sei, von der die Rede war, und so ging die Unterhaltung ganz gut.

[1] Holberg erzählt in seiner Geschichte des Dänischen Reiches, daß König Hans eines Tages, als er im Roman von König Artus gelesen hatte, mit dem bekannten Otto Rud scherzte, der ihm sehr lieb war: »Herr Iffvent und Herr Gaudian, die ich in diesem Buch finde, sind bemerkenswerte Ritter gewesen; solche Ritter findet man heutzutage nicht mehr!«, worauf Otto Rud antwortete: »Wenn es viele solche Könige wie König Artus gäbe, ließen sich wohl auch viele Ritter wie Herr Iffvent und Herr Gaudian finden!«

Der Freibeuterkrieg von 1490 lag so nahe, daß er berührt werden mußte; die englischen Freibeuter hätten Schiffe auf der Reede genommen, sagten sie; und der Justizrat, der sich recht hineingelebt hatte in die Begebenheiten von 1801, stimmte vortrefflich mit ein gegen die Engländer. Das weitere Gespräch hingegen verlief nicht so gut, jeden Augenblick wurde es zu gegenseitigem Leichenbitterstil; der gute Baccalaureus war allzu unwissend, und die einfachsten Äußerungen des Justizrats klangen ihm wieder zu dreist und phantastisch. Sie sahen einander an, und wurde es gar zu arg, dann sprach der Baccalaureus Latein, indem er glaubte, besser verstanden zu werden, aber es half doch nicht.

»Wie ist es mit Ihnen?« fragte die Wirtin und zog den Justizrat am Ärmel; jetzt kehrte seine Besinnung zurück, denn während er sprach, hatte er alles, was vorausgegangen war, ganz vergessen.

»Herrgott, wo bin ich!« sagte er, und es schwindelte ihm, als er daran dachte.

»Claret wollen wir trinken! Met und Bremer Bier«, rief einer der Gäste, »und Ihr sollt mittrinken!«

Zwei Mädchen kamen herein, die eine trug eine zweifarbige Haube[1]. Sie schenkten ein und knicksten; dem Justizrat lief es eiskalt den Rücken hinab.

»Was ist doch dies! Was ist doch dies!« sagte er, aber er mußte mit ihnen trinken; sie bemächtigten sich ganz artig des guten Mannes; er war sehr verzweifelt, und als einer von ihnen sagte, daß er betrunken sei, zweifelte er durchaus nicht an des Mannes Wort, bat sie nur darum, ihm eine Droschke zu verschaffen, und da glaubten sie, er spräche moskowitisch.

Nie war er in so roher und gemeiner Gesellschaft gewesen. »Man sollte glauben, das Land sei zum Heidentum zurückgekehrt!« meinte er. »Das ist der schrecklichste Augenblick in meinem Leben!« Aber gleichzeitig kam ihm der Gedanke, daß er sich unter den Tisch bücken und zur Tür hinkriechen wolle, und dann sehen, wie er entkommen könne; aber als er beim Ausgang war, bemerkten die

[1] König Hans verordnete in einem Gesetz, daß Frauenzimmer mit zweideutigem Ruf solche Hauben tragen mußten.

andern, was er vorhatte; sie ergriffen ihn bei den Beinen, und da, zu seinem guten Glück, gingen die Galoschen ab und – mit diesen schwand die ganze Zauberei.

Der Justizrat sah ganz deutlich vor sich eine helle Laterne brennen, und hinter dieser lag ein großes Haus; er kannte es und auch die Nachbarhäuser, es war an der Oestergade, so wie wir sie alle kennen, er lag mit den Beinen einer Pforte zugekehrt, und gerade gegenüber saß der Wächter und schlief.

»Du mein Schöpfer, habe ich hier auf der Straße gelegen und geträumt!« sagte er. »Ja, das ist die Oestergade! Wie gesegnet hell und bunt! Es ist doch schrecklich, wie das Glas Punsch auf mich gewirkt haben muß!«

Zwei Minuten später saß er in einer Droschke, die mit ihm nach Christianshavn fuhr; er dachte an die Angst und Not, die er ausgestanden hatte, und pries von Herzen die glückliche Wirklichkeit, unsere Zeit, die mit all ihren Mängeln doch weit besser war als jene, in der er neulich gewesen, und seht, das war vernünftig vom Justizrat.

III. Des Wächters Abenteuer

»Da liegen wahrhaftig ein Paar Galoschen!« sagte der Wächter. »Die gehören gewiß dem Leutnant, der da oben wohnt. Sie liegen gerade bei der Pforte!«

Gerne hätte der ehrliche Mann geklingelt und sie abgeliefert, denn es war noch Licht; aber er wollte die andern Leute im Hause nicht wecken, und darum ließ er es sein.

»Es muß ganz warm sein, so ein Paar Dinger anzuhaben!« sagte er. »Sie sind so weich im Leder!« Sie schmiegten sich um seine Füße. »Wie sonderbar ist es doch in der Welt! Nun könnte er in sein gutes Bett gehen, doch schau, ob er es tut! Auf und ab im Zimmer schlendert er! Das ist ein glücklicher Mensch! Er hat weder eine Alte noch Gören! Jeden Abend ist er in Gesellschaft; wäre ich doch nur er, ja, dann wäre ich ein glücklicher Mann!«

Indem er seinen Wunsch aussprach, wirkten die Galoschen, die

er angezogen hatte; der Wächter ging in des Leutnants ganze Person und Gedanken über. Da stand er oben im Zimmer und hielt zwischen den Fingern ein kleines rosenrotes Papier, worauf ein Gedicht stand, ein Gedicht des Herrn Leutnants selbst; denn wer war in seinem Leben nicht einmal in der Stimmung zu dichten, und schreibt man dann den Gedanken nieder, so hat man das Gedicht. Hier stand geschrieben:

O wär ich reich!

›O wär ich reich!‹ erbat ich mir schon oft,
Als ich kaum ellengroß auf viel gehofft.
O wär ich reich! so würd' ich Offizier,
Mit Säbel, Uniform und Bandelier.
Die Zeit kam auch, und ich ward Offizier;
Doch nun und nimmer ward ich reich, ich Armer!
  Mir half der Erbarmer!

Einst saß ich lebensfroh und jung,
Ein kleines Mädchen küßte meinen Mund,
Denn ich war reich an Märchenpoesie,
An Gold dagegen, ach, so arm wie nie –:
Das Kind jedoch wollt' nur die Poesie;
Da war ich reich, doch nicht an Gold, ich Armer;
  Du weißt's, Erbarmer!

›O wär ich reich!‹ so tönt zu Gott mein Flehn,
Das Kind hab ich zur Jungfrau reifen sehn;
Sie ist so schön, so klug, so seelengut.
Oh, wüßte sie, was mir im Herzen ruht,
Wär sie, wie früher – ach, wär sie mir gut,
Doch ich bin arm und darum stumm, ich Armer;
  Du willst's, Erbarmer!

O wär ich reich an Trost und Ruhe hier,
Dann käme all mein Leid nicht aufs Papier!
Du, die ich liebe, wenn du mich erkannt,
So lies dies als ein Lied aus Jugendland!
Doch ist es besser, wenn du's nicht erkannt,
Denn finstre Zukunft nur seh, ach, ich Armer!
  Dich segne der Erbarmer!

Ja, solche Verse schreibt man, wenn man verliebt ist, aber ein besonnener Mann läßt sie nicht drucken. Leutnant, Liebe und Armut, das ist ein Dreieck oder eher noch, es ist die Hälfte von dem zerbrochenen Würfel des Glücks. Das fühlte der Leutnant auch, und deshalb legte er den Kopf auf das Fensterbrett und seufzte ganz tief.

»Der arme Wächter unten auf der Straße ist weit glücklicher als ich! Er kennt nicht, was ich Entbehrung nenne! Er hat ein Heim, eine Frau und Kinder, die über seinen Kummer weinen und sich über seine Freude freuen! Oh, ich wäre glücklicher, als ich bin, könnte ich geradewegs in ihn übergehen, denn er ist glücklicher als ich!«

Im gleichen Augenblick war der Wächter wieder Wächter, denn durch die Galoschen des Glücks war er der Leutnant geworden, aber wie wir gesehen haben, fühlte er sich da noch weit weniger zufrieden und wollte doch am liebsten das sein, was er eigentlich war. Also war der Wächter wieder Wächter. »Das war ein schlimmer Traum!« sagte er, »aber sonderbar genug war er. Mir schien, ich sei der Leutnant dort oben, und das war gar kein Vergnügen. Ich vermißte die Alte und die Gören, die mich am liebsten totküssen würden!«

Er saß wieder und nickte; der Traum wollte ihm nicht mehr recht aus den Gedanken, die Galoschen hatte er noch an den Füßen. Eine Sternschnuppe glitt gerade über den Himmel hin. »Da ging die!« sagte er, »aber es hat ja noch genug! Ich hätte schon Lust, mir diese Dinger etwas näher anzuschauen, besonders den Mond, denn der vergeht einem doch nicht zwischen den Händen. ›Wenn wir sterben‹, sagte der Student, ›für den meine Frau die grobe Wäsche besorgt, fliegen wir von dem einen zu dem andern.‹ Das ist ein Schwindel, könnte aber doch ganz hübsch sein. Könnte ich doch einen kleinen Sprung dort hinaufmachen, dann könnte der Körper hier auf der Treppe bleiben!«

Seht, es gibt nun gewisse Dinge in der Welt, die auszusprechen man sehr vorsichtig sein muß, noch vorsichtiger aber sollte man sein, wenn man die Galoschen des Glücks an den Füßen hat. Hört nur, wie es dem Wächter erging!

Was uns Menschen betrifft, kennen wir ja fast alle die Schnelligkeit durch Dampf, wir haben sie entweder auf Eisenbahnen oder mit Schiffen über das Meer hin erprobt; doch dieser Flug ist wie die Wanderung des Faultieres oder der Marsch der Schnecke im Verhältnis zu der Schnelligkeit des Lichtes; es fliegt neunzehnmillionenmal schneller als der beste Wettrenner, und doch ist die Elektrizität noch schneller. Der Tod ist ein elektrischer Stoß, den wir ins Herz bekommen; auf den Flügeln der Elektrizität fliegt die befreite Seele. Acht Minuten und einige Sekunden braucht das Sonnenlicht zu einer Reise von über zwanzig Millionen Meilen; mit der Schnellpost der Elektrizität benötigt die Seele weniger Minuten, um den gleichen Flug zu machen. Der Raum zwischen den Himmelskörpern ist für sie nicht größer, als er in ein und derselben Stadt für uns zwischen den Häusern unserer Freunde ist, selbst wenn diese ziemlich nahe beieinanderliegen, indessen kostet dieser elektrische Herzensstoß uns hier unten den Gebrauch des Körpers, falls wir nicht, wie hier der Wächter, die Galoschen des Glücks anhaben.

In einigen Sekunden hatte der Wächter die zweiundfünfzigtausend Meilen zum Mond durchfahren, der, wie man weiß, von einem weit leichteren Stoff als unsere Erde geschaffen und, wie wir sagen würden, weich wie frischgefallener Schnee ist. Er befand sich auf einem der unzählig vielen Ringberge, die wir aus Doktor Mädlers großer Karte vom Mond kennen, denn die kennt ihr doch? Inwendig fiel der Ringberg steil ab in einen Kessel, eine ganze dänische Meile; dort unten lag eine Stadt, sie sah aus wie Eiweiß in einem Glas Wasser, ebenso weich und mit ebensolchen Türmen, Kuppeln und segelförmigen Altanen, durchsichtig und in der dünnen Luft schwankend; unsere Erde schwebte wie eine große feuerrote Kugel über seinem Kopf. Da waren so viele Wesen und alle von der Art, wie wir sie Menschen nennen würden; aber sie sahen ganz anders aus als wir; sie hatten auch eine Sprache, aber niemand kann ja verlangen, daß des Wächters Seele sie verstehen sollte, und doch konnte sie es.

Des Wächters Seele verstand sehr gut die Sprache der Mondbewohner. Sie disputierten über unsere Erde und bezweifelten, daß sie bewohnt sei; die Luft müsse dort zu dick sein, als daß ein vernünftiges Mondwesen in ihr leben könne. Den Mond allein hielten sie von lebenden Wesen bewohnt, er war der eigentliche Himmelskörper, auf dem die alten Erdballeute wohnten.

Aber wir begeben uns wieder in die Oestergade hinunter und sehen da, wie es dem Leib des Wächters ergeht.

Leblos saß er auf der Treppe, der Morgenstern war ihm aus der Hand gefallen, und die Augen schauten auf dem Mond droben nach der ehrlichen Seele aus, die dort umherging.

»Wieviel Uhr ist es, Wächter?« fragte ein Vorübergehender. Aber wer nicht antwortete, war der Wächter; da knipste er ihn ganz sachte an die Nase, und hin war das Gleichgewicht; der Körper lag da so lang er war, der Mensch war ja tot. Da überfiel den, der ihn geknipst hatte, ein großes Erschrecken; der Wächter war tot, und tot blieb er; es wurde gemeldet, und es wurde besprochen, und in der Morgenstunde trug man den Körper nach dem Hospital hinaus.

Das konnte nun ein ganz artiger Spaß für die Seele werden, wenn sie zurückkam und aller Wahrscheinlichkeit nach den Körper auf der Oestergade suchte, aber keinen fand; wahrscheinlich würde sie wohl erst auf das Polizeiamt laufen, später auf das Fundbureau, damit nach ihm zwischen fortgekommenen Sachen gefahndet werden könne, und zuletzt hinaus nach dem Hospital; doch wir können uns damit trösten, daß die Seele am schlauesten ist, wenn sie auf eigene Faust handelt, der Körper macht sie nur dumm.

Wie gesagt, der Körper des Wächters kam ins Hospital, wurde dort in die Reinigungsstube gebracht, und das erste, was man hier tat, war natürlich, die Galoschen abzunehmen, und dann mußte die Seele zurück; sie nahm sofort Richtung auf den Körper zu, und auf einmal kam Leben in den Mann. Er versicherte, daß es die schrecklichste Nacht seines Lebens gewesen sei; nicht für zwei Mark wolle er wieder solche Empfindungen haben, aber nun war es ja überstanden.

Am gleichen Tag wurde er wieder entlassen, aber die Galoschen blieben im Hospital.

IV. Ein Hauptmoment. Eine Deklamationsnummer. Eine höchst ungewöhnliche Reise

Ein jeder Kopenhagener weiß ja, wie der Eingang zum Frederikshospital aussieht, aber da wahrscheinlich auch einige Nicht-Kopenhagener diese Geschichte lesen, müssen wir eine kurze Beschreibung davon geben.

Das Hospital ist von der Straße durch ein ziemlich hohes Gitter getrennt, an welchem die dicken Eisenstangen so weit auseinanderstehen, daß, wie man erzählt, sehr dünne Kandidaten sich hindurchgeklemmt und so ihre kleinen Visiten draußen gemacht haben sollen. Der Teil des Körpers, den hinauszupraktizieren am schwierigsten fiel, war der Kopf; hier, wie so oft in der Welt, waren also die kleinen Köpfe die glücklichsten. Dies mag als Einleitung genügen.

Einer der jungen Volontäre, von dem man nur in körperlicher Hinsicht sagen konnte, daß er einen dicken Kopf habe, hatte just an diesem Abend Wache; es regnete in Strömen; doch ungeachtet dieser beiden Hindernisse mußte er hinaus, nur eine Viertelstunde, das sei nichts, was dem Pförtner mitzuteilen wert sei, meinte er, wenn man zwischen den Eisenstangen hindurchschlüpfen könne. Da lagen die Galoschen, die der Wächter vergessen hatte; am wenigsten dachte er daran, daß es die des Glücks seien, sie konnten ihm in diesem Wetter zugute kommen. Er zog sie an, und nun kam es darauf an, ob er sich hindurchklemmen könne, er hatte es bisher nie versucht. Da stand er nun.

»Gott gebe, ich hätte den Kopf draußen!« sagte er, und sofort, obschon er sehr dick und groß war, glitt er leicht und glücklich hindurch, das mußten die Galoschen verstehen; aber nun sollte der Körper auch mit hinaus, und da stand er.

»Uh! ich bin zu dick«, sagte er, »der Kopf, hatte ich gedacht, wäre das Schlimmste; ich komme nie hindurch.«

Nun wollte er rasch den Kopf zurückziehen, aber das ging nicht; den Hals konnte er bequem bewegen, aber das war auch alles. Das erste Gefühl war, daß er böse wurde, das nächste, daß die Laune unter Null sank. Die Galoschen des Glücks hatten ihn in die

schrecklichste Lage gebracht, und unglücklicherweise fiel es ihm gar nicht ein, sich freizuwünschen, nein, er handelte und kam dadurch nicht von der Stelle. Der Regen strömte herab, nicht ein Mensch war auf der Straße zu sehen. Die Torglocke konnte er nicht erreichen; wie sollte er nur loskommen. Er sah voraus, daß er hier bis in die Morgenstunden stehen könne, dann müsse nach einem Schmied geschickt werden, damit die Eisenstangen durchgefeilt würden; aber das ging nicht so geschwind. Die ganze Armenschule gerade gegenüber würde auf die Beine kommen, das ganze Matrosenviertel anrücken, um ihn am Pranger stehen zu sehen, es würde einen Auflauf noch ganz anderer Art als zu der Riesenagave im vergangenen Jahr geben. »Hu! das Blut steigt mir zu Kopf, so daß ich verrückt werden muß! – Ja, ich werde verrückt! Oh, wäre ich doch wieder los, dann ginge es wohl vorüber!«

Seht, das hätte er etwas früher sagen sollen; kaum war der Gedanke ausgesprochen, hatte er den Kopf frei und stürzte nun hinein, verstört über den Schreck, in den die Galoschen des Glücks ihn gebracht hatten.

Damit dürfen wir aber nicht glauben, daß das Ganze vorbei war, nein – es wird noch ärger.

Die Nacht verging und auch der folgende Tag; es fragte niemand nach den Galoschen.

Am Abend sollte eine Vorstellung im kleinen Theater in der Kannikesträde gegeben werden; das Haus war vollgepfropft. Unter anderen Deklamationsnummern wurde ein neues Gedicht rezitiert. Der Titel war: »Die Brille der Muhme«. Diese Brille besaß die Eigenschaft, daß, wer sie aufhatte und vor einer großen Versammlung von Menschen saß, diese wie Karten erblickte und aus ihnen alles, was im kommenden Jahr geschehen würde, prophezeien konnte. Das Gedicht wurde hervorragend aufgesagt und der Rezitator hatte großen Erfolg. Unter dem Publikum saß der Volontär aus dem Spital, der sein Abenteuer der vorhergehenden Nacht vergessen zu haben schien. Die Galoschen hatte er an; denn sie waren nicht abgeholt worden, und da es auf der Straße schmutzig war, konnten sie ihm ja gute Dienste leisten.

Das Gedicht gefiel ihm gut.

Die Idee beschäftigte ihn sehr, er hätte gern eine solche Brille gehabt, vielleicht wenn man sie richtig gebrauchte, konnte man den Leuten gerade ins Herz hineinsehen, das wäre eigentlich interessanter, meinte er, als zu sehen, was im nächsten Jahr geschehen sollte; denn das bekam man schon zu wissen, das andere hingegen nie.

»Ich denke mir nun die ganze Reihe von Herren und Damen da auf der ersten Bank – könnte man ihnen gerade in die Brust hineinsehen, ja, das müßte so eine Öffnung sein, eine Art Laden, na, wie meine Augen da in die Läden gehen sollten! Bei dieser Dame dort würde ich sicher einen großen Modeladen finden! Bei dieser dort würde der Laden leer sein, doch hätte er es nötig, gereinigt zu werden; aber da würden auch solide Läden sein! Ach ja!« seufzte er, »ich weiß einen, in dem ist alles solid, aber da ist bereits ein Ladendiener, das ist das einzige Schlechte im ganzen Laden! Aus dem einen und anderen würde es herausrufen: ›Sei so gut und trete ein!‹ Ja, könnte ich nur eintreten und wie ein netter, kleiner Gedanke durch die Herzen gehen!«

Seht, das genügte den Galoschen: Der ganze Volontär schrumpfte zusammen, und eine höchst ungewöhnliche Reise begann mitten durch die Herzen auf der ersten Zuschauerreihe. Das erste Herz, durch welches er kam, war das Herz einer Dame; aber augenblicklich glaubte er, auf dem orthopädischen Institut zu sein, und zwar in dem Zimmer, wo die Gipsabgüsse der verwachsenen Glieder an der Wand hängen; doch hier war der Unterschied der, daß sie im Institut gemacht werden, wenn der Patient hereinkommt, während sie hier im Herzen angefertigt und aufbewahrt wurden, nachdem die guten Leute hinausgegangen waren. Es waren die Abgüsse von Freundinnen, deren körperliche und geistige Fehler hier aufbewahrt wurden.

Schnell war er in einem andern weiblichen Herzen, aber dieses schien ihm wie eine große, heilige Kirche; der Unschuld weiße Taube flatterte über dem Hochaltar. Wie gern wäre er auf die Knie gesunken, aber weiter mußte er, hinein in das nächste Herz, doch noch hörte er Orgeltöne, und selbst schien er ein neuer und besserer Mensch geworden zu sein und sich unwürdig zu fühlen, das nächste Heiligtum zu betreten, das sich als eine arme Dachkammer mit einer kranken Mutter erwies; aber durch das offene Fenster strahlte Gottes warme Sonne, schöne Rosen nickten von dem kleinen Holzkasten auf dem Dach herein, und zwei himmelblaue Vögel sangen von kindlicher Freude, während die kranke Mutter den Segen für die Tochter herabflehte.

Nun kroch er auf Händen und Füßen durch einen überfüllten Metzgerladen; es war Fleisch und nur Fleisch, auf das er stieß; es war das Herz eines reichen, respektablen Mannes, dessen Name gewiß im Adreßbuch gefunden werden kann.

Nun war er im Herzen von dessen Gemahlin, das war ein alter, verfallener Taubenschlag; des Mannes Porträt wurde als Wetterhahn benutzt. Der stand in Verbindung mit den Türen, und so gingen diese auf und zu, sobald der Mann sich drehte.

Darauf kam er in ein Spiegelkabinett, wie wir es auf dem Rosenborgschloß haben, aber die Spiegel vergrößerten in einem unglaublichen Grade. Mitten auf dem Boden saß, wie ein Dalai-Lama, das unbedeutende Ich der Person, erstaunt über seine eigene Größe.

Danach glaubte er sich in einer engen Nadelbüchse voll spitzer Nadeln zu befinden; das ist bestimmt das Herz einer alten Jungfer! mußte er denken; aber das war nicht der Fall, es war ein ganz junger Militär mit mehreren Orden, so recht ein Mann von Geist und Herz, wie man sagte.

Ganz verwirrt kam der sündige Volontär aus dem letzten Herzen in der Reihe; er vermochte seine Gedanken nicht zu ordnen, sondern meinte, daß es seine allzu starke Phantasie sei, die mit ihm durchgegangen wäre.

»Herr Gott«, seufzte er, »ich habe bestimmt Veranlagung verrückt zu werden! Es ist auch unverzeihlich heiß hier drinnen! Das Blut steigt mir zu Kopf!« Und nun erinnerte er sich des großen Ereignisses am Abend vorher, wie sein Kopf zwischen den Eisenstäben des Hospitals festgesessen hatte. »Da habe ich es bestimmt bekommen!« meinte er. »Ich muß beizeiten etwas dagegen tun. Ein russisches Bad könnte gut sein. Läge ich nur schon auf dem höchsten Brett!«

Und da lag er auf dem obersten Brett im Dampfbad, aber er lag da mit allen Kleidern, mit Stiefeln und Galoschen; die heißen Wassertropfen von der Decke fielen ihm ins Gesicht.

»Hu!« schrie er und sprang hinunter, um ein Brausebad zu nehmen. Der Wärter gab auch einen lauten Schrei von sich, als er den angekleideten Menschen hier drinnen erblickte.

Der Volontär hatte indessen so viel Fassung, daß er ihm zuflüsterte: »Es gilt eine Wette!« Aber das erste, was er tat, als er in sein eigenes Zimmer kam, war, daß er sich ein großes Spanisch-Fliegen-Pflaster auf den Nacken und eins auf den Rücken legte, damit die Verrücktheit hinausgehen könne.

Am nächsten Morgen hatte er dann einen blutigen Rücken; das war es, was er durch die Galoschen des Glücks gewonnen hatte.

V. Die Verwandlung des Kopisten

Der Wächter, den wir gewiß nicht vergessen haben, erinnerte sich inzwischen an die Galoschen, die er gefunden und mit nach dem Hospital gebracht hatte; er holte sie ab. Da aber weder der Leutnant noch sonst jemand sie als die seinigen anerkennen wollte, wurden sie auf dem Polizeiamt abgeliefert.

»Es sieht aus, als wären es meine eigenen Galoschen!« sagte einer der Herren Kopisten, indem er das Findelgut betrachtete, und es an die Seite der seinen stellte. »Es gehört mehr als ein Schuhmacherauge dazu, um sie voneinander unterscheiden zu können.«

»Herr Kopist!« sagte ein Polizist, der mit einigen Papieren eintrat.

Der Kopist wandte sich um und sprach mit dem Mann, aber als dies geschehen war und er die Galoschen wieder ansah, war er in großer Ungewißheit darüber, ob es die zur Linken oder die zur Rechten wären, die ihm gehörten.

Es müssen die sein, die naß sind! dachte er, aber das war nicht richtig gedacht, denn es waren die des Glücks; aber warum sollte nicht auch die Polizei sich irren können? Er zog sie an, steckte einige Papiere in die Tasche, andere unter den Arm, zu Hause sollten sie durchgelesen und abgeschrieben werden; aber nun war es just Sonntagvormittag und das Wetter schön. Ein Gang nach Frederiksberg, dachte er, würde ihm gut tun, und dann ging er dort hinaus.

Niemand konnte ein stillerer und fleißigerer Mensch sein als unser junger Mann. Wir gönnen ihm so recht diesen kleinen Spaziergang, er würde gewiß nach dem vielen Sitzen sehr wohltuend für ihn sein. Im Anfang ging er nur, ohne an etwas zu denken, deshalb hatten die Galoschen keine Gelegenheit, ihre Zauberkraft zu zeigen. In der Allee begegnete er einem Bekannten, einem jungen Dichter, der ihm erzählte, daß er am nächsten Tag seine Sommerreise beginnen wolle.

»Nun wollen Sie schon wieder fort!« sagte der Kopist, »Sie sind aber auch ein glücklicher, freier Mensch. Sie können fliegen, wohin Sie wollen, wir anderen haben eine Kette am Bein!«

»Aber die ist am Brotbaum befestigt!« antwortete der Dichter. »Sie brauchen nicht für den morgigen Tag zu sorgen, und werden Sie alt, bekommen Sie Pension!«

»Sie haben es doch am besten!« sagte der Kopist. »Zu sitzen und zu dichten, das ist ja ein Vergnügen; die ganze Welt sagt Ihnen Annehmlichkeiten, und dann sind Sie Ihr eigener Herr! Ja, Sie sollten probieren, im Gericht zu sitzen mit diesen trivialen Sachen!«

Der Dichter schüttelte den Kopf, der Kopist schüttelte auch den Kopf, jeder behielt seine Meinung, und dann trennten sie sich.

»Das ist ein eigenes Volk, diese Poeten!« sagte der Kopist. »Ich würde es gern versuchen, in eine solche Natur hineinzugehen, selbst Poet zu werden; ich bin sicher, daß ich nicht solche Klagelieder schreiben würde wie die anderen! – Das ist so recht ein Frühlingstag für einen Dichter! Die Luft ist so ungewöhnlich klar, die Wolken so schön, und welch ein Duft über dem Grünen! Ja, seit vielen Jahren habe ich es nicht so gefühlt wie in diesem Augenblick.«

Wir merken bereits, daß er Dichter geworden ist; auffallend war es wohl nicht; denn es ist eine törichte Vorstellung, sich einen Dichter anders zu denken als andere Menschen; es können unter diesen weit poetischere Naturen sein, als es mancher große, anerkannte Dichter ist; der Unterschied ist nur, daß der Dichter ein besseres geistiges Gedächtnis hat, er kann die Idee und das Gefühl festhalten, bis sie klar und deutlich im Wort hervorgetreten sind, das können die anderen nicht. Aber von einer Alltagsnatur zu einer begabten hinüberzugehen, ist immer ein Übergang, und den hatte der Kopist nun gemacht.

»Der schöne Duft!« sagte er, »wie erinnert er mich doch an die Veilchen bei Tante Lone! Ja, damals war ich noch ein kleiner Knabe! Herrgott, daran habe ich während langer Zeit nicht gedacht!

Das gute, alte Mädchen! Sie wohnte dort hinter der Börse. Immer hatte sie einen Zweig oder ein paar grüne Schößlinge im Wasser, der Winter konnte so streng sein, wie er wollte. Die Veilchen dufteten, während ich die erwärmten Kupferschillinge an die gefrorene Fensterscheibe legte und Gucklöcher machte, das war eine artige Perspektive. Draußen im Kanal lagen die Schiffe eingefroren, verlassen von der ganzen Mannschaft, eine schreiende Krähe war dort die ganze Besatzung; aber wenn der Frühling in der Luft war, dann wurde es lebendig; unter Gesang und Hurrarufen sägte man das Eis entzwei. Die Schiffe wurden geteert und getakelt, dann fuhren sie nach fremden Ländern; ich bin hier geblieben und muß immer bleiben, immer auf dem Polizeiamt sitzen und sehen, wie die anderen sich einen Paß nehmen, um ins Ausland zu reisen, das ist mein Los! O ja!« seufzte er tief, hielt aber plötzlich inne. »Herrgott, was ist denn mit mir los! So habe ich früher nie gedacht oder gefühlt! Das muß die Frühlingsluft sein – es ist sowohl beängstigend wie behaglich!« Er griff in die Tasche nach seinen Papieren. »Diese geben mir anderes zu denken!« sagte er und ließ die Augen über das erste Blatt hingleiten. »Frau Sigbrith, Originaltragödie in fünf Akten«, las er, »was ist das! und es ist ja meine eigene Handschrift. Habe ich diese Tragödie geschrieben? ›Die Intrige auf dem Wall‹ oder ›Buß- und Bettag, Vaudeville‹. – Aber wo hab' ich die bekommen? Man muß es mir in die Tasche gesteckt haben, hier ist ein Brief!« Ja, es war von der Theaterdirektion; die Stücke waren abgelehnt worden, und der Brief selbst war keineswegs höflich abgefaßt. »Hm, hm!« sagte der Kopist und setzte sich auf eine Bank nieder; seine Gedanken waren so lebendig, sein Herz so weich; unwillkürlich griff er nach einer der nächststehenden Blumen, es war ein einfaches, kleines Gänseblümchen; was uns der Botaniker erst durch viele Vorlesungen erklärt, verkündete es in einer Minute; es erzählte die Mythe seiner Geburt, es erzählte von der Macht des Sonnenlichts, das die feinen Blätter ausspannte und sie zwang, zu duften; da dachte er an des Lebens Kämpfe, die ebenso die Gefühle in unserer Brust erwecken. Luft und Licht waren die Freier der Blume, aber das Licht war der Begünstigte, dem Licht neigte sie sich zu, verschwand dieses, dann rollte sie ihre Blätter zusammen und schlief ein in der Umarmung der Luft. »Es ist das Licht, das mich schmückt!« sagte die Blume; »aber die Luft läßt dich atmen!« flüsterte die Dichterstimme.

Dicht daneben stand ein Knabe und schlug mit seinem Stock in einen sumpfigen Graben, die Wassertropfen spritzten zwischen den grünen Zweigen auf, und der Kopist dachte an die Millionen von unsichtbaren Tierchen, die in den Tropfen in eine Höhe geworfen wurden, die für sie im Verhältnis zu ihrer Größe so war, als wenn wir hoch über die Wolken emporgewirbelt würden. Als der Kopist daran dachte und an die ganze Veränderung, die mit ihm vorgegangen war, lächelte er: »Ich schlafe und träume, aber merkwürdig ist es gleichwohl! Wie natürlich man doch träumen und dabei selbst wissen kann, daß es nur ein Traum ist. Könnte ich mich morgen doch, wenn ich erwache, daran erinnern! Jetzt scheine ich ganz ungewöhnlich aufgelegt zu sein! Ich habe einen klaren Blick für alles, fühle mich so angeregt, aber ich bin sicher, wenn ich mich morgen an etwas davon erinnere, dann ist es dummes Zeug, das habe ich schon früher erfahren! Es geht mit all dem Klugen und Prächtigen, das man in Träumen hört und sagt, wie mit dem Gold der Unterirdischen: Wenn man es bekommt, ist es reich und herrlich, aber bei Tage besehen sind es nur Steine und welke Blätter. »Ach«, seufzte er ganz wehmütig und sah die singenden Vögel an, die noch so vergnügt von Zweig zu Zweig hüpften. »Sie haben es viel besser als ich! Fliegen, das ist eine schöne Kunst, glücklich, wer damit geboren ist! Ja, sollte ich mich in etwas anderes verwandeln, dann sollte es in so eine kleine Lerche sein!«

Im selben Augenblick flogen Rockschöße und Ärmel zu Flügeln zusammen, die Kleider wurden zu Federn und die Galoschen zu Krallen; er bemerkte es ganz wohl und lachte innerlich: »So, nun kann ich doch sehen, daß ich träume! Aber so närrisch habe ich es früher nie getan.« Und er flog in die grünen Zweige hinauf und sang, aber es war keine Poesie im Gesang, denn die Dichternatur war fort; die Galoschen konnten wie jeder, der etwas gründlich tut, nur eines zur gleichen Zeit tun. Er wollte Dichter sein, das wurde er; nun wollte er ein kleiner Vogel sein, aber indem er das wurde, hörte die frühere Eigentümlichkeit auf.

»Das ist eigentlich nett«, sagte er, »am Tage sitze ich auf dem Polizeiamt zwischen den solidesten Abhandlungen, in der Nacht kann ich träumen, als Lerche im Frederiksberg-Garten zu fliegen, man könnte wahrhaftig darüber eine ganze Volkskomödie schreiben!«

Nun flog er ins Gras hinab, drehte den Kopf nach allen Seiten und schlug mit dem Schnabel gegen die geschmeidigen Grashalme, die im Verhältnis zu seiner gegenwärtigen Größe so groß wie Nordafrikas Palmenzweige schienen.

Das war nur einen Augenblick so, dann wurde es kohlschwarze Nacht um ihn; ein, wie es ihm schien, ungeheurer Gegenstand wurde ihm übergeworfen, es war dies eine große Mütze, die ein Knabe aus Nyboder[1] über den Vogel warf. Eine Hand kam herein und griff den Kopisten um Rücken und Flügel, so daß er schrie. Im ersten Schreck rief er laut: »Du unverschämter junger Hund! Ich bin Kopist auf dem Polizeiamt!« aber das klang für den Knaben wie ein Piep-Piep. Er schlug dem Vogel auf den Schnabel und wanderte davon.

In der Allee begegnete er zwei Schulbuben der gebildeten Klasse, das heißt als Menschen betrachtet, in bezug auf den Geist, waren sie in der untersten Klasse der Schule. Sie kauften den Vogel für acht Schillinge, und so kam der Kopist nach Kopenhagen zu einer Familie in der Gothersgade.

»Es ist gut, daß ich träume!« sagte der Kopist, »sonst würde ich wahrlich böse! Erst war ich Poet, nun eine Lerche! Ja, es war die Poetennatur, die mich veranlaßte, in das kleine Tier überzugehen. Das ist doch eine erbärmliche Sache, besonders wenn man in die Hände einiger Knaben fällt. Ich möchte wohl wissen, wie das abläuft!«

Die Knaben brachten ihn in eine sehr elegante Stube; eine dicke, lachende Frau empfing sie, aber sie war gar nicht erfreut darüber, daß der simple Feldvogel, wie sie die Lerche nannte, mit hereinkam; doch für heute wollte sie es geschehen lassen, und sie mußten ihn in den leeren Vogelkäfig setzen, der am Fenster stand. »Das macht vielleicht dem Papchen Vergnügen!« fügte sie hinzu und lachte zu einem großen, grünen Papagei hinüber, der vornehm in

[1] Matrosenviertel

seinem Ring in dem prächtigen Messingkäfig schaukelte. »Es ist Papchens Geburtstag!« sagte sie dumm naiv, »deshalb will der kleine Feldvogel gratulieren!«

Papchen antwortete nicht ein einziges Wort, sondern schaukelte vornehm hin und her, dagegen begann ein schöner Kanarienvogel, der im letzten Sommer aus seinem warmen, duftenden Vaterland hierher gebracht worden war, laut zu singen.

»Schreihals!« sagte die Frau und warf ein weißes Taschentuch über den Käfig.

»Piep-Piep!« seufzte er. »Das ist ein schreckliches Schneewetter!« Und mit diesem Seufzer schwieg er.

Der Kopist, oder wie die Dame sagte, der Feldvogel kam in einen kleinen Käfig dicht neben dem Kanarienvogel, nicht weit vom

Papagei. Die einzige menschliche Tirade, die Papchen plappern konnte und die oft recht komisch klang, war: »Nein, laßt uns nun Menschen sein!« Alles übrige, was er schrie, war ebenso unverständlich wie das Zwitschern des Kanarienvogels, nur nicht für den Kopisten, der nun selbst ein Vogel war; er verstand die Kameraden herzlich gut.

»Ich flog unter der grünen Palme und dem blühenden Mandelbaum!« sang der Kanarienvogel, »ich flog mit meinen Brüdern und

Schwestern über die prächtigen Blumen hin und über den glasklaren See, wo die Pflanzen auf dem Grunde nickten. Ich sah auch viele schöne Papageien, die die lustigsten Geschichten erzählten, so lange und so viele!«

»Das waren wilde Vögel!« antwortete der Papagei, »die hatten keine Bildung. Nein, laßt uns nun Menschen sein! – Warum lachst du nicht? Wenn die Dame und alle die Besucher darüber lachen können, dann kannst du es auch; es ist ein großer Fehler, das Lustige nicht goutieren zu können! Nein, laßt uns nun Menschen sein!«

»Oh, entsinnst du dich der schönen Mädchen, die unter dem ausgespannten Zelt bei den blühenden Bäumen tanzten? Entsinnst du dich der süßen Früchte und des kühlenden Saftes in den wildwachsenden Kräutern?«

»O ja!« sagte der Papagei, »aber hier habe ich es weit besser! Ich habe ein gutes Essen und eine intime Behandlung. Ich weiß, daß ich ein guter Kopf bin, und mehr verlange ich nicht. Laßt uns nun Menschen sein! Du bist eine Dichterseele, wie sie es nennen; ich habe gründliche Kenntnisse und Witz. Du hast dieses Genie, aber keine Besonnenheit, gehst auf in diesen hohen Naturtönen, und darum wirst du zugedeckt. Das bieten sie mir nicht, nein, denn ich habe sie etwas mehr gekostet! Ich imponiere mit dem Schnabel und kann ein ›Witz! Witz! Witz!‹ rufen, nein, laßt uns nun Menschen sein!«

»Oh, mein warmes, blühendes Vaterland!« sang der Kanarienvogel. »Ich will von deinen dunkelgrünen Bäumen singen, von deinen stillen Meerbusen, wo die Zweige die klare Wasserfläche küssen, will singen vom Jubel all meiner schimmernden Brüder und Schwestern, wo ›der Wüste Pflanzenquellen‹[1] wachsen!«

»Hör doch nur auf mit diesen Klagetönen!« sagte der Papagei. »Sag etwas, worüber man lachen kann! Lachen ist das Zeichen des höchsten geistigen Standpunktes. Sieh, ob ein Hund oder ein Pferd lachen kann! Nein, weinen können sie, aber lachen, das ist allein den Menschen gegeben. Ho, ho, ho!« lachte Papchen und fügte seinen Witz: »Laßt uns nun Menschen sein!« hinzu.

[1] Kaktus

»Du kleiner, grauer, dänischer Vogel!« sagte der Kanarienvogel, »du bist auch ein Gefangener geworden; es ist gewiß kalt in deinen Wäldern, aber da ist doch Freiheit, fliege hinaus! – Sie haben vergessen, deinen Käfig zu schließen; das oberste Fenster steht offen. Fliege, fliege!«

Und das tat der Kopist, wipps, war er aus dem Käfig heraus; im selben Augenblick knarrte die halboffene Tür zu dem nächsten Zimmer, und geschmeidig, mit grünen, funkelnden Augen schlich sich die Hauskatze hinein und machte Jagd auf ihn. Der Kanarienvogel flatterte im Bauer, der Papagei schlug mit den Flügeln und rief: »Laßt uns nun Menschen sein!« Der Kopist fühlte den tödlichsten Schreck und flog durch das Fenster davon, über Häuser und Straßen; schließlich mußte er sich ein wenig ausruhen.

Das gegenüberliegende Haus hatte etwas Anheimelndes; ein Fenster stand offen, er flog hinein, es war sein eigenes Zimmer; er setzte sich auf den Tisch.

»Laßt uns nun Menschen sein!« sagte er, ohne darüber nachzudenken, was er sagte, er sprach es dem Papagei nach, und im gleichen Augenblick war er Kopist, aber er saß auf dem Tisch.

»Gott bewahr uns!« sagte er, »wie bin ich hier heraufgekommen und so in Schlaf gefallen! Das war aber auch ein unruhiger Traum, den ich hatte. Ein dummes Zeug war die ganze Geschichte!«

VI. Dar Beste, was die Galoschen brachten

Am Tag darauf, in früher Morgenstunde, als der Kopist noch im Bett lag, klopfte es an seine Tür; es war der Nachbar in der gleichen Etage, ein Student, der studierte, um Pfarrer zu werden; er trat ein.

»Borge mir deine Galoschen«, sagte er, »es ist so naß im Garten, aber die Sonne scheint herrlich, ich möchte gern eine Pfeife dort unten rauchen.«

Er zog die Galoschen an und war bald unten im Garten, in dem ein Pflaumen- und ein Apfelbaum standen. Selbst ein so kleiner Garten, wie dies einer war, gilt drinnen in Kopenhagen als eine große Herrlichkeit.

Der Student ging auf dem Wege auf und ab; es war erst sechs Uhr; draußen auf der Straße erklang ein Posthorn.

»Oh, reisen! reisen!« rief er aus, »das ist doch das Glücklichste auf Erden! Das ist meiner Wünsche höchstes Ziel! Da würde diese Unruhe, die ich fühle, gestillt. Aber weit fort müßte es sein! Ich möchte die herrliche Schweiz sehen, in Italien reisen und –«.

Ja, gut war es, daß die Galoschen sofort wirkten, sonst wäre er allzu weit herumgekommen, sowohl für sich selbst wie auch für uns andere. Er reiste. Er war mitten drin in der Schweiz, aber mit acht anderen in das Innerste einer Diligence gepfercht; Kopfschmerzen hatte er, müde im Nacken fühlte er sich, und das Blut war ihm in die Füße hinuntergesunken, die aufschwollen und von den Stiefeln gedrückt wurden. Er schwebte zwischen einem dösenden und einem wachen Zustand. In seiner Tasche zur Rechten hatte er den Kreditbrief, in seiner Tasche zur Linken den Paß, und in einem kleinen Lederbeutel auf der Brust einige eingenähte Louisdors. Jeder Traum verkündete, daß die eine oder andere dieser Kostbarkeiten verloren sei, und daher fuhr er fieberhaft empor, und die erste Bewegung, die die Hand machte, war ein Dreieck von rechts nach links und nach der Brust hinauf, um zu fühlen, ob er sie noch hatte oder nicht. Schirme, Stöcke und Hüte schaukelten im Netz über ihm und verhinderten so ziemlich die Aussicht, die höchst imponierend war; er blickte verstohlen danach, während das Herz sang, was wenigstens ein Dichter, den wir kennen, in der Schweiz gesungen, aber bis dato nicht hat drucken lassen:

»Wie wunderschön ist hier die Welt!
Ich sehe den geliebten Montblanc ragen –
Ach! hätt' ich nur genügend Reisegeld,
Dann wär das Leben hier wohl zu ertragen!«

Ernst, groß und dunkel war die ganze Natur ringsumher. Die Tannenwälder sahen aus wie Heidekraut auf den hohen Felsen, deren Gipfel im Wolkennebel verborgen waren; nun begann es zu schneien; der kalte Wind blies.

»Uh!« seufzte er, »wären wir nur auf der andern Seite der Alpen, dann wäre es Sommer, und dann hätte ich Geld auf meinen Kreditbrief behoben; die Angst, die ich um das Geld habe, macht, daß ich die Schweiz nicht genieße. Oh, wäre ich doch auf der andern Seite!«

Und dann war er auf der andern Seite; tief drinnen in Italien war er, zwischen Florenz und Rom. Der Trasimenische See lag in der Abendbeleuchtung wie flammendes Gold zwischen den dunkelblauen Bergen; hier, wo Hannibal den Flaminius schlug, hielten nun die Weinranken einander friedlich an den grünen Fingern; liebliche, halbnackte Kinder hüteten eine Schar kohlschwarzer Schweine unter einer Gruppe duftender Lorbeerbäume am Wege. Könnten wir so recht dieses Gemälde wiedergeben, so würden alle jubeln: »Schönes Italien!« Aber das sagte keineswegs der Theologe oder ein einziger von seinen Reisegefährten drinnen im Wagen des Vetturinos.

Zu Tausenden flogen giftige Fliegen und Mücken zu ihnen herein, vergebens peitschten sie um sich mit einem Myrtenzweig, die Fliegen stachen trotzdem; da war nicht ein Mensch im Wagen, dessen Gesicht von den Bissen nicht aufgeschwollen und blutig gewesen wäre. Die armen Pferde sahen aus wie Aase, die Fliegen saßen in großen Kuchen auf ihnen, und es half nur augenblicklich, daß der Kutscher herunterstieg und die Tiere abschabte. Jetzt sank die Sonne, eine kurze, aber eisige Kälte ging durch die ganze Natur, es war gar nicht behaglich; aber ringsumher bekamen die Berge und Wolken die schönste grüne Farbe, so klar, so leuchtend – ja, geht selbst hin, um es zu sehen, das ist besser, als die Beschreibung zu lesen! Es war unvergleichlich schön! Das fanden die Reisenden auch, aber – der Magen war leer, der Körper müde, des Herzens ganze Sehnsucht drehte sich um ein Nachtquartier; aber wie würde das sein? Man sah weit inniger danach aus als nach der schönen Natur.

Der Weg führte durch einen Olivenwald, es war, als führe man daheim zwischen knorrigen Weiden; hier lag das einsame Wirtshaus. Ein Dutzend bettelnder Krüppel hatte sich davor gelagert, der gesündeste von ihnen sah aus wie »des Hungers ältester Sohn, der das Alter seiner Volljährigkeit erreicht hat«[1], die andern waren entweder blind, hatten verdorrte Beine und krochen auf den Händen, oder eingeschrumpfte Arme mit fingerlosen Händen. Das war so recht das Elend an den Lumpen herbeigezogen. »Eccellenza, miserabili!« seufzten sie und streckten die kranken Glieder vor. Die Wirtin selbst, mit bloßen Füßen, ungekämmtem Haar und nur mit einer schmutzigen Bluse bekleidet, empfing die Gäste. Die Türen waren mit Schnüren zusammengebunden; der Fußboden in den Zimmern bot ein halbaufgewühltes Pflaster mit Mauersteinen dar; Fledermäuse flogen unter der Decke hin, und der Gestank da drinnen – – –

»Ja, decken Sie unten im Stall!« sagte einer der Reisenden, »dort unten weiß man doch, was man einatmet!«

Die Fenster wurden geöffnet, damit ein wenig frische Luft hereinkommen konnte, aber schneller als diese kamen die verdorrten Arme herein und das ewige Jammern: »Miserabili, Eccellenza!« An den Wänden standen viele Inschriften, die Hälfte davon war gegen die bella Italia.

Das Essen wurde aufgetragen; da war eine Suppe aus Wasser, gewürzt mit Pfeffer und ranzigem Öl, und dann noch einmal die gleiche Sorte Öl auf dem Salat; verdorbene Eier und gebratene Hahnenkämme waren die Prachtsgerichte; selbst der Wein hatte einen Beigeschmack, es war eine wahre Mixtur.

Zur Nacht wurden die Koffer vor der Tür aufgestellt; einer der Reisenden hielt Wache, während die andern schliefen; der Theolo-

[1] Snarleyyow

ge war der Wachthabende. Oh, wie qualmig war es hier drinnen; die Hitze drückte, die Mücken surrten und stachen, die miserabili draußen wimmerten im Schlaf.

»Ja, Reisen ist schon gut!« seufzte der Student, »hätte man nur keinen Körper! Könnte dieser ruhen, und der Geist dagegen fliegen! Wohin ich komme, finde ich einen Mangel, der das Herz bedrückt; etwas Besseres als das Augenblickliche ist es, was ich haben will; ja, etwas Besseres, das Beste, aber wo und was ist es? Ich weiß im Grunde schon, was ich will, ich will an ein glückliches Ziel, dem glücklichsten von allen!«

Und als das Wort ausgesprochen war, befand er sich zu Hause; die langen, weißen Gardinen hingen vor dem Fenster herab, und mitten auf dem Boden stand der schwarze Sarg, in diesem lag er in seinem stillen Todesschlaf, sein Wunsch war erfüllt, der Körper ruhte, der Geist reiste. Preise niemand glücklich, bevor er in seinem Grab ist, waren Solons Worte; hier wurde ihre Wahrheit bestätigt.

Jede Leiche ist der Unsterblichkeit Sphinx; auch die Sphinx hier in dem schwarzen Sarg beantwortete uns nicht, was der Lebende zwei Tage vorher niedergeschrieben hatte:

»Du starker Tod, aus deinem
  Schweigen Grauen spricht!
Nur Friedhofsgräber
  wir als deine Spuren sehen.
Warum nur des Gedankens
  Jakobsleiter stets zerbricht?
Soll nur als Gras
  im Todesgarten ich erstehen?

Das größte Leiden
  sieht die Welt kaum je,
Der einsam
  stets du warst hienieden,
Im Leben drückt uns schwerer
  manch ein Weh
als jetzt die Erde
  deines Sarges Frieden!«

Zwei Gestalten bewegten sich im Zimmer; wir kennen sie beide: es war die Fee der Sorge und die Abgesandte des Glücks; sie beugten sich über den Toten.

»Siehst du«, sagte die Sorge, »welches Glück brachten wohl deine Gaben der Menschheit?«

»Sie brachten wenigstens ihm, der hier schläft, ein dauerndes Gut!« antwortete die Freude.

»O nein!« sagte die Sorge. »Selbst ging er fort, er wurde nicht gerufen! Seiner geistigen Kraft wurde hier nicht genug Stärke gegeben, um die Schätze dort zu heben, die er seiner Bestimmung nach heben muß! Ich will ihm eine Wohltat erweisen!«

Und sie nahm die Galoschen von seinen Füßen; da war der Todesschlaf beendet, der Wiederbelebte erhob sich. Die Sorge verschwand, aber auch die Galoschen; sie hatte sie wohl als ihr Eigentum betrachtet.

11

DAS GÄNSEBLÜMCHEN

Nun sollst du hören! –

Draußen auf dem Land dicht am Wege lag ein Landhaus; du hast es sicher selbst einmal gesehen! Davor ist ein kleiner Garten mit Blumen und einem Zaun, der angestrichen ist. Dicht dabei am Graben, mitten in dem schönsten grünen Gras, wuchs ein kleines Gänseblümchen. Die Sonne beschien es ebenso warm und schön wie die großen, reichen Prachtblumen drinnen im Garten, und daher wuchs es Stunde für Stunde. Eines Morgens stand es ganz entfaltet da mit seinen kleinen, blendend weißen Blättern, die wie Strahlen rings um die kleine, gelbe Sonne in der Mitte sitzen. Es dachte gar nicht daran, daß kein Mensch es dort im Grase sah und daß es eine arme, verachtete Blume sei; nein, es war so vergnügt; es wandte sich der warmen Sonne entgegen, sah zu ihr auf und hörte der Lerche zu, die in der Luft sang.

Das kleine Gänseblümchen war so glücklich, als ob es ein großer Feiertag wäre, und dabei war es doch nur ein Montag. Alle Kinder waren in der Schule; während sie auf ihren Bänken saßen und etwas lernten, saß es auf seinem kleinen, grünen Stengel und lernte auch von der warmen Sonne und allem ringsumher, wie gut Gott ist; und es fand, daß die kleine Lerche so recht deutlich und schön all das sänge, was es in der Stille fühlte, und das Gänseblümchen blickte mit einer Art Ehrfurcht zu dem glücklichen Vogel auf, der singen und fliegen konnte, war aber gar nicht betrübt, weil es selbst dies nicht konnte. Ich sehe und höre ja! dachte es, die Sonne bescheint mich, und der Wind küßt mich! Oh, wie ich doch beschenkt worden bin!

Innerhalb des Gartenzaunes standen so viele steife, vornehme Blumen; je weniger Duft sie hatten, desto mehr spielten sie sich auf. Die Pfingstrosen bliesen sich auf, um größer zu sein als eine Rose; aber es ist gar nicht die Größe, die es macht! Die Tulpen hatten die allerschönsten Farben, und das wußten sie wohl und hielten sich so gerade, damit man sie noch besser sehen könne. Sie beachteten das junge Gänseblümchen da draußen gar nicht, aber es schaute um so mehr auf sie und dachte: Wie reich und schön die sind! Ja, zu denen fliegt gewiß der prächtige Vogel herab und besucht sie! Gott sei Dank, daß ich so nah dabei stehe, so kann ich doch die Pracht zu sehen bekommen! Und gerade indem es das dachte, »Quirrewit!« da kam die Lerche geflogen, aber nicht herab zu den Pfingstrosen und Tulpen, nein, herunter ins Gras zu dem armen Gänseblümchen, das vor lauter Freude so erschrak, daß es gar nicht mehr wußte, was es denken sollte.

Der kleine Vogel tanzte rings um es herum und sang: »Nein, wie ist doch das Gras so weich! Und sieh, welch süße, kleine Blume mit Gold im Herzen und Silber auf dem Kleid!« Der gelbe Punkt im Gänseblümchen sah ja auch aus wie Gold, und die kleinen Blätter ringsum waren blendend weiß.

Wie glücklich das kleine Gänseblümchen war, nein, das kann niemand begreifen! Der Vogel küßte es mit seinem Schnabel, sang ihm vor und flog dann wieder hinauf in die blaue Luft. Es dauerte bestimmt eine ganze Viertelstunde, bevor die Blume sich wieder erholen konnte. Halb schüchtern und doch innerlich vergnügt sah sie nach den Blumen drinnen im Garten; die hatten ja die Ehre und Glückseligkeit gesehen, die ihr widerfahren war, die mußten ja begreifen, welche Freude das war! Aber die Tulpen standen noch einmal so steif wie zuvor, und dann waren sie so spitz im Gesicht und so rot, denn sie hatten sich geärgert. Die Pfingstrosen waren ganz dickköpfig, puh! Es war gut, daß sie nicht sprechen konnten, sonst hätte das Gänseblümchen eine ordentliche Anklage zu hören bekommen. Die arme, kleine Blume konnte wohl sehen, daß sie nicht in guter Laune waren, und das tat ihr so herzlich leid. Im selben Augenblick erschien drinnen im Garten ein Mädchen mit einem großen, scharfen und blitzenden Messer, es ging gerade auf die Tulpen zu und schnitt eine nach der andern ab. »Uh!« seufzte das kleine Gänseblümchen, »das ist ja entsetzlich, jetzt ist es vorbei mit ihnen!« Dann ging das Mädchen mit den Tulpen fort; das Gänseblümchen war froh darüber, daß es draußen im Gras stand und eine kleine, arme Blume war, es fühlte sich so recht dankbar, und als die Sonne unterging, faltete es seine Blätter, schlief ein und träumte die ganze Nacht von der Sonne und dem kleinen Vogel.

Am nächsten Morgen, als die Blume wieder glücklich all die weißen Blätter wie kleine Arme nach Luft und Licht ausstreckte, erkannte sie des Vogels Stimme, aber es war so traurig, was er sang. Ja, die arme Lerche hatte guten Grund dazu; sie war gefangen worden und saß nun in einem Bauer dicht neben dem offenen Fenster. Sie sang von dem freien und glücklichen Umherfliegen, sang von dem jungen, grünen Korn auf dem Feld und von der schönen Reise, die sie auf ihren Flügeln hoch in die Luft hatte machen können. Der arme Vogel war nicht guter Laune, gefangen saß er da im Bauer.

Das kleine Gänseblümchen wünschte so sehr zu helfen, aber wie sollte es das anfangen? Ja, das war schwer auszudenken. Es vergaß ganz, wie schön alles ringsumher stand, wie warm die Sonne schien und wie herrlich weiß seine Blätter aussahen. Ach, es konnte nur an den gefangenen Vogel denken, für den es gar nicht imstand war, etwas zu tun.

Da kamen zwei kleine Knaben aus dem Garten heraus; der eine von ihnen hatte in der Hand ein Messer, groß und scharf wie jenes, welches das Mädchen brauchte, um die Tulpen abzuschneiden. Sie gingen gerade auf das kleine Gänseblümchen zu, das gar nicht begreifen konnte, was sie wollten.

»Hier können wir ein schönes Rasenstück für die Lerche ausschneiden!« sagte der eine Knabe und begann ein Viereck tief um das Gänseblümchen herum zu schneiden, so daß es mitten in das Rasenstück zu stehen kam.

»Reiß diese Blume ab!« sagte der andere Knabe, und das Gänseblümchen zitterte ordentlich vor Angst, denn abgerissen zu werden hieß ja das Leben verlieren, und nun wollte es doch so gern leben, da es mit dem Rasenstück zu der gefangenen Lerche in den Käfig hinein sollte.

»Nein, laß sie sitzen!« sagte der andere Knabe, »sie schmückt so nett!« Und so blieb sie sitzen und kam mit hinein zur Lerche in den Käfig.

Aber der arme Vogel klagte laut über seine verlorene Freiheit und schlug mit den Flügeln gegen die Eisenstäbe des Käfigs; das kleine Gänseblümchen konnte nicht sprechen, kein tröstendes Wort sagen, wie gern es auch wollte. So verging der ganze Vormittag. »Hier ist kein Wasser!« sagte die gefangene Lerche, »sie sind alle fort und haben vergessen, mir einen Tropfen zum Trinken zu geben! Mein Hals ist trocken und brennend! Es ist Feuer und Eis in mir drinnen, und die Luft ist so schwer! Ach, ich muß wegsterben von dem warmen Sonnenschein, von dem frischen Grün, von all der Schönheit, die Gott geschaffen!« Und dann bohrte sie ihren kleinen Schnabel in das kühle Rasenstück, um sich dadurch ein wenig zu erfrischen. Da fielen ihre Augen auf das Gänseblümchen, und der Vogel nickte ihm zu, küßte es mit dem Schnabel und sagte: »Du mußt hier drinnen auch verwelken, du arme, kleine Blume! Dich und den kleinen grünen Flecken Grases hat man mir gegeben für die ganze Welt, die ich draußen hatte! Jeder kleine Grashalm soll mir ein grüner Baum sein, jedes deiner weißen Blätter eine duftende Blume! Ach, ihr erzählt mir nur, wieviel ich verloren habe!«

Wer ihn doch trösten könnte! dachte das Gänseblümchen, aber es konnte kein Blatt bewegen; doch der Duft, der aus den feinen Blättern strömte, war weit stärker, als man ihn sonst bei dieser Blume findet; das merkte auch der Vogel, und obwohl er vor Durst verschmachtete und in seiner Pein die grünen Grashalme abriß, berührte er die Blume doch nicht.

Es wurde Abend, und noch kam niemand und brachte dem armen Vogel einen Wassertropfen; da streckte er seine schönen Flügel aus, schüttelte sie krampfhaft, sein Gesang war ein wehmütiges Piep-piep, der kleine Kopf beugte sich der Blume entgegen, und des Vogels Herz brach vor Entbehrung und Sehnsucht. Da konnte die Blume nicht, wie am Abend vorher, ihre Blätter zusammenfalten und schlafen, sie hing krank und trauernd zur Erde nieder.

Erst am nächsten Morgen kamen die Knaben, und als sie den Vogel tot sahen, weinten sie, weinten viele Tränen und gruben ihm ein hübsches Grab, das mit Blumenblättern geschmückt wurde. Des Vogels Leiche kam in eine schöne, rote Schachtel, königlich sollte er begraben werden, der arme Vogel! Als er lebte und sang, vergaßen sie ihn, ließen ihn im Bauer sitzen und Mangel leiden, nun bekam er Prunk und viele Tränen.

Aber das Rasenstück mit dem Gänseblümchen wurde in den Staub der Landstraße hinausgeworfen, niemand gedachte seiner, das doch am meisten für den kleinen Vogel gefühlt hatte und das ihn gern hätte trösten wollen!

12

DER STANDHAFTE ZINNSOLDAT

Es waren einmal fünfundzwanzig Zinnsoldaten, die waren alle Brüder; denn sie waren von einem alten Zinnlöffel geboren worden. Das Gewehr hielten sie im Arm, das Gesicht richteten sie geradeaus; rot und blau, so recht schön war ihre Uniform. Das allererste, was sie in dieser Welt hörten, als der Deckel von der Schachtel, in der sie lagen, genommen wurde, war das Wort: »Zinnsoldaten!« Das rief ein kleiner Knabe und klatschte in die Hände. Er hatte sie bekommen, weil es sein Geburtstag war, und nun stellte er sie auf den Tisch. Ein Soldat glich leibhaftig dem andern, nur ein einziger war ein wenig verschieden; er hatte nur ein Bein, denn er war zuletzt gegossen worden, und da war nicht mehr Zinn genug; doch stand er ebenso fest auf seinem einen wie die andern auf ihren zweien, und gerade er war es, der etwas Besonderes wurde.

Auf dem Tisch, wo sie aufgestellt wurden, stand viel anderes Spielzeug; aber das, was am meisten in die Augen fiel, war ein schönes Schloß aus Papier. Durch die kleinen Fenster konnte man direkt in die Säle hineinsehen. Draußen standen kleine Bäume rings um einen kleinen Spiegel, der einen See vorstellen sollte. Schwäne aus Wachs schwammen auf ihm und spiegelten sich. Es war alles reizend; aber das reizendste war doch eine kleine Jungfrau, die mitten in der offenen Schloßtür stand. Sie war auch aus Papier geschnitten; aber sie hatte einen Rock an aus feinstem Linon und ein kleines, schmales, blaues Band über der Schulter, gerade wie ein Gewand; mitten darin saß eine glänzende Paillette, gerade so groß wie ihr ganzes Gesicht. Die kleine Jungfrau streckte ihre beiden Arme aus, denn sie war eine Tänzerin, und dann hob sie ihr eines Bein so hoch in die Höhe, daß der Zinnsoldat es gar nicht finden konnte und glaubte, sie habe nur ein Bein, ebenso wie er.

Das wäre eine Frau für mich! dachte er; aber sie ist sehr vornehm, sie wohnt in einem Schloß, ich habe nur eine Schachtel, und in der sind wir unser fünfundzwanzig, das ist kein Ort für sie! Doch ich muß schauen, ihre Bekanntschaft zu machen! Und dann legte er sich, so lang er war, hinter eine Schnupftabakdose, die auf dem Tisch stand; dort konnte er so recht die kleine, feine Dame ansehen, die fortfuhr, auf einem Bein zu stehen, ohne aus der Balance zu kommen.

Als es Abend wurde, kamen alle die andern Zinnsoldaten in ihre Schachtel, und die Leute im Haus gingen zu Bett. Nun fing das Spielzeug an zu spielen, sowohl ›Auf Besuch kommen‹, als auch ›Krieg führen‹ und ›Ball geben‹. Die Zinnsoldaten rasselten in der Schachtel, denn sie wollten mit dabei sein, aber sie konnten den Deckel nicht aufheben. Der Nußknacker schlug Purzelbäume, und der Griffel machte Jux auf der Tafel; es war so ein Spektakel, daß der Kanarienvogel erwachte und anfing mitzusprechen, und zwar in Versen. Die zwei einzigen, die sich nicht von der Stelle rührten, waren der Zinnsoldat und die kleine Tänzerin; sie hielt sich ganz gerade auf der Zehenspitze und beide Arme ausgestreckt; er war ebenso standhaft auf seinem einen Bein, seine Augen wandte er keinen Augenblick von ihr.

Jetzt schlug es zwölf Uhr, und klatsch, da sprang der Deckel von der Schnupftabakdose; aber es war kein Tabak darin, sondern ein kleiner, schwarzer Troll, das war so ein Kunststück.

»Zinnsoldat!« sagte der Troll, »willst du wohl deine Augen im Zaum halten!«

Aber der Zinnsoldat tat, als ob er nichts hörte.

»Ja, warte nur bis morgen!« sagte der Troll.

Als es nun Morgen wurde und die Kinder aufstanden, wurde der Zinnsoldat ans Fenster gestellt, und ob es nun der Troll oder der Zugwind war – auf einmal flog das Fenster auf und der Soldat fiel Hals über Kopf aus dem dritten Stock. Es war eine schreckliche Fahrt, er streckte das Bein gerade in die Luft und blieb auf der Mütze stehen, mit dem Bajonett unten zwischen den Pflastersteinen.

Das Dienstmädchen und der kleine Knabe kamen sofort herunter, um zu suchen; aber obschon sie nahe daran waren auf ihn zu treten, konnten sie ihn doch nicht sehen. Hätte der Zinnsoldat gerufen: »Hier bin ich!«, so würden sie ihn wohl gefunden haben, aber er fand es nicht passend, laut zu schreien, weil er in Uniform war.

Nun begann es zu regnen, ein Tropfen fiel schneller als der andere, es wurde ein richtiger Platzregen. Als er vorüber war, kamen zwei Gassenbuben.

»Schau du!« sagte der eine, »da liegt ein Zinnsoldat! Der soll raus und segeln!«

Und dann machten sie ein Boot aus einer Zeitung, setzten den Zinnsoldaten mitten hinein, und nun segelte er den Rinnstein hinunter; beide Buben liefen nebenher und klatschten in die Hände. Bewahr uns wohl! was für Wellen gingen in dem Rinnstein, und welch ein Strom war da! es hatte aber auch gegossen. Das Papierboot wippte auf und nieder, und zwischenhinein drehte es sich rundum, so daß der Zinnsoldat im Innern erbebte; aber er blieb standhaft, veränderte keine Miene, sah geradeaus und hielt das Gewehr im Arm.

Mit einemmal trieb das Boot unter ein langes Rinnsteinbrett; es wurde ebenso dunkel, als ob er in seiner Schachtel wäre.

Wo komme ich wohl jetzt hin? dachte er, ja, ja, daran ist der Troll schuld! Ach, säße doch die kleine Jungfrau hier im Boot, dann dürfte es hier gerne noch einmal so dunkel sein!

Im gleichen Augenblick kam eine große Wasserratte, die unter dem Rinnstein wohnte. »Hast du einen Paß?« fragte die Ratte, »her mit dem Paß!«

Aber der Zinnsoldat schwieg still und hielt sein Gewehr noch fester. Das Boot fuhr drauf los und die Ratte hinterher. Hu! wie sie die Zähne fletschte und den Hölzchen und dem Stroh zurief:

»Haltet ihn! Haltet ihn! Er hat den Zoll nicht bezahlt! Er hat den Paß nicht gezeigt!« Aber der Strom wurde stärker und stärker, der Zinnsoldat konnte vorne, wo das Brett aufhörte, schon den hellen Tag erblicken; aber er hörte auch einen brausenden Ton, der wohl einen tapferen Mann erschrecken konnte. Denkt doch: Der Rinnstein mündete, wo das Brett aufhörte, direkt in einen großen Kanal; das würde für ihn genauso gefährlich sein wie für uns, einen großen Wasserfall hinunterzufahren.

Jetzt war er schon so nahe daran, daß er nicht mehr anhalten konnte. Das Boot fuhr hinaus, der arme Zinnsoldat hielt sich so steif er konnte, niemand sollte ihm nachsagen, daß er mit den Augen zwinkerte. Das Boot surrte drei, vier Male herum und war bis an den Rand mit Wasser gefüllt, es mußte sinken. Der Zinnsoldat stand bis an den Hals im Wasser, und tiefer und tiefer sank das Boot; mehr und mehr löste das Papier sich auf; nun ging das Wasser über den Kopf des Soldaten hinweg – da dachte er an die kleine, reizende Tänzerin, die er nie mehr zu sehen bekommen sollte, und es klang in des Zinnsoldaten Ohren:

»Fahre, fahre, Kriegsmann!
Den Tod mußt du erleiden!«

Jetzt ging das Papier entzwei, und der Zinnsoldat stürzte hindurch – wurde aber im gleichen Augenblick von einem großen Fisch verschluckt.

Nein, wie war es doch dunkel da drinnen! Es war noch schlimmer als unter dem Rinnsteinbrett, und dann war es so eng; aber der Zinnsoldat war standhaft und lag, so lang er war, mit dem Gewehr im Arm.

Der Fisch sauste umher, er machte die allerschrecklichsten Bewegungen; endlich wurde er ganz still, es fuhr wie ein Lichtstrahl durch ihn hindurch, das Licht schien ganz klar, und jemand rief laut: »Zinnsoldat!« Der Fisch war gefangen, auf den Markt gebracht, verkauft worden und in die Küche hinaufgekommen, wo das Mädchen ihn mit einem großen Messer aufschnitt. Sie nahm mit ihren beiden Fingern den Soldaten mitten um den Leib und trug ihn in die Stube, wo sie alle zusammen einen so merkwürdigen Mann sehen wollten, der im Magen eines Fisches herumgereist war; aber der Zinnsoldat war gar nicht stolz. Sie stellten ihn auf den Tisch und dort – nein, wie kann es in der Welt doch wunderlich zugehen! Der Zinnsoldat stand in derselben Stube, in der er früher gewesen war; er sah dieselben Kinder, und das Spielzeug stand auf dem Tisch: das schöne Schloß mit der reizenden, kleinen Tänzerin. Sie hielt sich immer noch auf dem einen Bein und hatte das andere hoch in der Luft, sie war auch standhaft. Das rührte den Zinnsoldaten, er war nahe daran, Zinn zu weinen, aber es gehörte sich nicht. Er sah sie an, und sie sah ihn an, aber sie sagten nichts.

In diesem Augenblick nahm der eine der kleinen Knaben den Zinnsoldaten und warf ihn hinein in den Kachelofen, und er gab gar keinen Grund dafür an; es war bestimmt der Troll in der Dose, der schuld daran war.

Der Zinnsoldat stand ganz beleuchtet und fühlte eine Hitze, die furchtbar war; aber ob es vom wirklichen Feuer oder von der Liebe kam, das wußte er nicht. Die Farben waren ganz von ihm abgegangen, ob es auf der Reise oder aus Kummer geschehen war, konnte niemand sagen. Er sah auf die kleine Jungfrau, sie sah auf ihn, und er fühlte, daß er schmolz, aber noch stand er standhaft mit dem Gewehr im Arm. Da ging eine Tür auf, der Wind erfaßte die Tänzerin, und sie flog wie eine Sylphide gerade hinein in den Kachelofen zum Zinnsoldaten, loderte auf in einer Flamme und war fort. Da schmolz der Zinnsoldat zu einem Klecks, und als das Mädchen am nächsten Tag die Asche herausnahm, fand sie ihn als ein kleines Zinnherz; von der Tänzerin hingegen war nur die Paillette da, und die war kohlschwarz gebrannt.

13

DIE WILDEN SCHWÄNE

Weit fort von hier, dort wo die Schwalben hinfliegen, wenn wir Winter haben, wohnte ein König, der elf Söhne hatte und eine Tochter, Elisa. Die elf Brüder, Prinzen waren sie, gingen mit dem Stern auf der Brust und dem Säbel an der Seite in die Schule; sie schrieben auf Goldtafeln mit Diamantgriffeln und sagten ebensogut auswendig wie inwendig auf; man konnte gleich hören, daß sie Prinzen waren. Die Schwester Elisa saß auf einem kleinen Schemel aus Spiegelglas und hatte ein Bilderbuch, das für das halbe Königreich gekauft worden war.

Oh, die Kinder hatten es gut, aber so sollte es nicht immer bleiben.

Ihr Vater, der König über das ganze Land war, verheiratete sich mit einer bösen Königin, die den armen Kindern gar nicht wohlgesinnt war; schon am ersten Tag konnten sie es gut merken. Im ganzen Schloß war großes Fest, und da spielten die Kinder ›Es kommt Besuch‹; aber statt daß sie wie sonst all die Kuchen und gebratenen Äpfel bekamen, die sie bewältigen konnten, gab sie ihnen nur Sand in einer Teetasse und sagte, daß sie so tun könnten, als ob das etwas wäre.

In der Woche darauf gab sie die kleine Schwester Elisa aufs Land hinaus zu Bauersleuten, und lange dauerte es nicht, bevor es ihr gelang, dem König so viel über die armen Prinzen einzureden, daß er sich gar nichts mehr aus ihnen machte.

»Fliegt ihr hinaus in die Welt und sorgt für euch selbst!« sagte die böse Königin. »Fliegt als große Vögel ohne Stimme!« Aber sie konnte es doch nicht so schlimm machen, wie sie gern wollte, sie wurden elf schöne, wilde Schwäne. Mit einem seltsamen Schrei flogen sie zu den Schloßfenstern hinaus, über den Park und den Wald dahin.

Es war noch ganz früher Morgen, als sie vorbeikamen, wo die Schwester Elisa in des Bauern Stube lag und schlief; hier schwebten sie über dem Dach, drehten ihre langen Hälse und schlugen mit den Flügeln, aber niemand hörte oder sah es. Sie mußten wieder fort, hoch gegen die Wolken, hinaus in die weite Welt; da flogen sie hin in einen großen dunklen Wald, der sich bis an den Strand erstreckte.

Die arme, kleine Elisa stand in des Bauern Stube und spielte mit einem grünen Blatt, anderes Spielzeug hatte sie nicht; und sie stach ein Loch ins Blatt, guckte hindurch zur Sonne hinauf, und da war es, als ob sie ihrer Brüder klare Augen sähe, und jedesmal, wenn die Sonne auf ihre Wange schien, dachte sie an alle ihre Küsse.

Ein Tag verging wie der andere. Wehte der Wind durch die großen Rosenhecken vor dem Haus, so flüsterte er den Rosen zu: »Wer kann schöner sein als ihr?« Aber die Rosen schüttelten den Kopf und sagten: »Das ist Elisa!« Und saß die alte Frau am Sonntag in der Tür und las in ihrem Psalmenbuch, so wendete der Wind die Seiten und sagte zum Buch: »Wer kann frömmer sein als du?« – »Das ist Elisa!« sagte das Psalmenbuch, und es war die reine Wahrheit, was die Rosen und das Psalmenbuch sagten.

Als sie fünfzehn Jahre alt war, sollte sie nach Hause; und als die Königin sah, wie schön sie war, wurde sie ihr gram und von Haß erfüllt. Gern hätte sie sie in einen wilden Schwan verwandelt, so wie die Brüder, aber das wagte sie nicht gleich zu tun, da ja der König seine Tochter sehen wollte.

Am frühen Morgen ging die Königin in das Bad, das aus Marmor erbaut und mit weichen Polstern und den schönsten Teppichen geschmückt war, und sie nahm drei Kröten, küßte sie und sagte zu der einen »Setze dich auf Elisas Kopf, wenn sie ins Bad kommt, damit sie träge werden kann wie du! Setze dich auf ihre Stirn«, sagte sie zu der zweiten, »damit sie häßlich werden kann wie du, so daß ihr Vater sie nicht kennt! Ruhe an ihrem Herzen«, flüsterte sie der dritten zu, »laß sie einen bösen Sinn bekommen, damit sie dadurch Pein erleide!« Dann setzte sie die Kröten in das klare Wasser, das sofort eine grünliche Farbe bekam, rief Elisa, entkleidete sie und ließ sie ins Wasser hinabsteigen, und indem sie untertauchte, setzte die eine Kröte sich ihr ins Haar, die zweite auf ihre Stirn und die dritte auf die Brust; aber Elisa schien es gar nicht zu merken, sobald sie sich aufrichtete, schwammen drei rote Mohnblumen auf dem Wasser. Wären die Tiere nicht giftig gewesen und von der Hexe geküßt worden, so wären sie in rote Rosen verwandelt worden, aber Blumen wurden sie doch dadurch, daß sie auf ihrem Kopf und an ihrem Herzen geruht hatten; sie war zu fromm und unschuldig, als daß die Zauberei Macht über sie haben konnte.

Als die böse Königin das sah, rieb sie sie mit Walnußsaft ein, so daß sie ganz schwarzbraun wurde, bestrich das schöne Gesicht mit einer stinkenden Salbe und ließ das herrliche Haar sich verfilzen; es war unmöglich, die schöne Elisa wiederzuerkennen.

Als deshalb ihr Vater sie sah, erschrak er sehr und sagte, daß dies nicht seine Tochter sei. Auch sonst wollte sich niemand zu ihr bekennen außer dem Kettenhund und den Schwalben; aber das waren arme Tiere und hatten nichts zu sagen.

Da weinte die arme Elisa und dachte an ihre elf Brüder, die alle fort waren. Traurig schlich sie sich aus dem Schloß hinaus, ging den ganzen Tag über Feld und Moor bis in den großen Wald hinein. Sie wußte gar nicht, wo sie hin wollte, aber sie fühlte sich so betrübt und sehnte sich nach ihren Brüdern; sie waren gewiß auch gleich ihr in die Welt hinausgejagt worden, die wollte sie suchen und finden.

Nur kurze Zeit war sie im Wald gewesen, bevor die Nacht hereinbrach; sie war ganz von Weg und Steg abgekommen. Da legte sie sich nieder auf das weiche Moos, sprach ihr Abendgebet und lehnte ihren Kopf gegen einen Baumstumpf. Es war so still, die Luft war so mild, und ringsumher im Gras und auf dem Moos schimmerten wie ein grünes Feuer über hundert Johanniswürmchen; als sie mit der Hand sachte einen der Zweige berührte, fielen die leuchtenden Insekten wie Sternschnuppen zu ihr nieder.

Die ganze Nacht träumte sie von ihren Brüdern; sie spielten wieder als Kinder, schrieben mit Diamantgriffeln auf Goldtafeln und schauten das schöne Bilderbuch an, das das halbe Reich gekostet hatte. Aber auf die Tafel schrieben sie nicht wie früher nur Nullen und Striche, nein, die kühnsten Taten, die sie ausgeführt, alles, was sie erlebt und gesehen hatten; und im Bilderbuch war alles lebendig, die Vögel sangen, und die Menschen gingen aus dem Buch heraus und sprachen zu Elisa und ihren Brüdern; aber wenn sie das Blatt wandte, sprangen sie gleich wieder hinein, damit kein Durcheinander in den Bildern entstehe.

Als sie erwachte, stand die Sonne schon hoch; sie konnte sie freilich nicht sehen, die hohen Bäume breiteten ihre Zweige dicht und fest aus, aber die Strahlen spielten dort draußen wie wehender Goldflor; es war ein Duft von dem Grün, und die Vögel waren nahe daran, sich auf ihre Schultern zu setzen. Sie hörte das Wasser plätschern, es waren viele große Quellen, die alle in einen Teich mündeten, wo es den schönsten Sandboden gab. Allerdings wuchsen hier dichte Büsche ringsherum; aber an einer Stelle hatten die Hirsche eine große Öffnung gegraben, und hier ging Elisa zum Wasser hin, das so klar war, daß sie, hätte der Wind nicht die Zweige und Büsche so berührt, daß sie sich bewegten, hätte glauben müssen, sie seien unten auf dem Grunde abgemalt, so deutlich spiegelte sich dort jedes Blatt, sowohl das, durch welches die Sonne schien, wie jenes, das ganz im Schatten war.

Sobald sie ihr eigenes Gesicht sah, erschrak sie, so braun und widerlich war es; aber als sie ihre kleine Hand naß machte und Augen und Stirne rieb, schimmerte die weiße Haut wieder hervor; da legte sie alle ihre Kleider ab und ging hinaus in das frische Wasser; ein schöneres Königskind, als sie es war, fand sich nicht in dieser Welt.

Als sie wieder angekleidet war und ihr langes Haar geflochten hatte, ging sie zu der sprudelnden Quelle, trank aus ihrer hohlen Hand und wanderte weiter in den Wald hinein, ohne selbst zu wissen wohin. Sie dachte an ihre Brüder, dachte an den guten Gott, der sie gewiß nicht verlassen würde. Er ließ die wilden Waldäpfel wachsen, um den Hungrigen zu sättigen; er zeigte ihr einen solchen Baum. Die Zweige bogen sich unter der Frucht; hier hielt sie ihre Mittagsmahlzeit, setzte Stützen unter die Zweige und ging dann in den dunkelsten Teil des Waldes hinein. Es war so still, daß sie ihre eigenen Fußtritte hörte, jedes kleine, welke Blatt hörte, das sich unter ihrem Fuß bog; nicht ein Vogel war zu sehen, nicht ein Sonnenstrahl konnte durch die großen, dichten Baumzweige dringen; die hohen Stämme standen so nah beieinander, daß es, wenn sie geradeaus sah, ihr schien, als ob ein dichtes Balkengitter sie umschlösse; oh, hier war eine Einsamkeit, die sie nie früher gekannt hatte.

Die Nacht wurde so dunkel; nicht ein einziges kleines Johanniswürmchen schimmerte aus dem Moos; betrübt legte sie sich nieder, um zu schlafen. Da schien es ihr, als ob die Baumzweige über ihr auf die Seite gingen und Unser Herr mit milden Augen auf sie niederblicke und kleine Engel über seinem Kopf und unter seinen Armen hervorguckten.

Als sie am Morgen erwachte, wußte sie nicht, ob sie geträumt hatte oder ob es wirklich so gewesen war.

Sie ging einige Schritte vorwärts; da begegnete ihr eine alte Frau mit Beeren in ihrem Korb. Die Alte gab ihr einige davon. Elisa fragte, ob sie nicht elf Prinzen durch den Wald habe reiten sehen?

»Nein«, sagte die Alte, »aber ich sah gestern elf Schwäne mit Goldkronen auf dem Kopf den Fluß hier ganz in der Nähe hinabschwimmen!«

Und sie führte Elisa ein Stück weiter vor zu einem Abhang, unterhalb diesem schlängelte sich ein Fluß; die Bäume an seinen Ufern streckten ihre langen, blätterreichen Zweige einander entgegen, und wo sie ihrem natürlichen Wuchse nach nicht zusammengelangen konnten, da hatten sie die Wurzeln von der Erde losgerissen und lehnten sich über das Wasser hinaus, mit den Zweigen ineinander verflochten.

Elisa sagte der Alten Lebewohl und ging dem Fluß entlang, bis dieser in den großen, offenen Strand hinausfloß.

Das ganze, herrliche Meer lag vor dem jungen Mädchen, aber auch nicht ein Segler zeigte sich dort draußen, nicht ein Boot war zu sehen; wie sollte sie doch nur weiterkommen? Sie betrachtete die unzähligen kleinen Steine am Ufer, das Wasser hatte sie alle rundgeschliffen. Glas, Eisen, Steine, alles was angespült lag, hatte die Gestalt des Wassers angenommen, das doch viel weicher war als ihre feine Hand. »Das fährt unermüdlich fort zu rollen, und so ebnet sich das Harte, ich will ebenso unermüdlich sein! Dank für eure Lehre, ihr klaren, rollenden Wellen! Einmal, das sagt mir mein Herz, werdet ihr mich zu meinen lieben Brüdern tragen!«

Auf dem angespülten Tang lagen elf weiße Schwanenfedern; sie sammelte sie in einen Strauß, es lagen Wassertropfen auf ihnen – ob es Tau oder Tränen waren, konnte niemand sehen. Einsam war es am Strande, aber sie fühlte es nicht; denn das Meer bot ewige Abwechslung, ja, in einigen wenigen Stunden mehr, als die Landseen in einem ganzen Jahr aufweisen können. Kam eine große, schwarze Wolke, dann war es, als wolle die See sagen: »Ich kann auch finster aussehen«, und dann blies der Wind, und die Wellen kehrten das Weiße nach außen; aber glänzten die Wolken rot und schlief der Wind, dann war das Meer wie ein Rosenblatt. Nun wurde es grün, nun weiß, aber wie still es auch ruhte, war es doch am Ufer in sachter Bewegung; das Wasser hob sich schwach, wie die Brust eines schlafenden Kindes.

Als die Sonne am Untergehen war, sah Elisa elf wilde Schwäne mit Goldkronen auf dem Kopf ans Land fliegen, sie schwebten einer hinter dem andern und sahen aus wie ein langes, weißes Band. Da stieg Elisa den Abhang hinauf und versteckte sich hinter einem Busch; die Schwäne ließen sich nahe bei ihr nieder und schlugen mit ihren großen, weißen Flügeln.

Als die Sonne unter dem Wasser war, fiel plötzlich das Schwanengefieder, und elf schöne Prinzen standen da, Elisas Brüder. Sie stieß einen lauten Schrei aus, denn ungeachtet sie sich sehr verändert hatten, wußte sie, daß sie es waren, fühlte, daß sie es sein mußten. Und sie sprang in ihre Arme, rief sie bei Namen; und sie wurden so glückselig, als sie ihre kleine Schwester sahen und erkannten, die nun so groß und schön war. Sie lachten und sie weinten, und bald hatten sie einander verstanden, wie schlecht ihre Stiefmutter zu ihnen allen gewesen war.

»Wir Brüder«, sagte der älteste, »fliegen als wilde Schwäne, solange die Sonne am Himmel steht; wenn sie untergegangen ist, erhalten wir unsere menschliche Gestalt, darum müssen wir immer bei Sonnenuntergang aufpassen, eine Ruhestätte für die Füße zu haben, denn flögen wir dann oben bei den Wolken, so müßten wir als Menschen in die Tiefe hinunterstürzen. Hier wohnen wir nicht; es liegt ein ebenso schönes Land wie dieses jenseits der See, aber der Weg dorthin ist weit; wir müssen über das große Meer, und es findet sich keine Insel auf unserm Weg, wo wir übernachten könnten, nur eine einsame, kleine Klippe ragt dort draußen in der Mitte auf. Sie ist nicht größer, als daß wir Seite an Seite auf ihr ausruhen können; ist die See stark bewegt, dann spritzt das Wasser hoch über uns, aber doch danken wir Gott für sie. Dort übernachten wir in unserer Menschengestalt; ohne sie könnten wir niemals unser liebes Vaterland besuchen, denn zwei der längsten Tage des Jahres brauchen wir zu unserm Flug. Nur einmal im Jahr ist es uns vergönnt, unsere Heimat zu besuchen; elf Tage wagen wir hierzubleiben, über diesen großen Wald hinzufliegen, von wo wir das Schloß erblicken können, in dem wir geboren wurden und wo unser Vater wohnt, den hohen Turm der Kirche sehen, wo Mutter begraben ist. – Hier scheint es uns, Bäume und Büsche seien mit uns verwandt; hier laufen die wilden Pferde über die Ebenen, wie wir es in unserer Kindheit sahen; hier singen die Köhler die alten Lieder, nach denen wir als Kinder tanzten; hier ist unser Vaterland, hier zieht es uns hin, und hier haben wir dich, du liebe, kleine Schwester, gefunden. Zwei Tage noch wagen wir hierzubleiben, dann müssen wir fort übers Meer nach einem schönen Land, das aber nicht unser Vaterland ist. Wie nehmen wir dich mit? Wir haben weder Schiff noch Boot!«

»Wie soll ich euch erlösen können?« sagte die Schwester.

Und sie sprachen zusammen fast die ganze Nacht, es wurde nur einige Stunden geschlummert.

Elisa erwachte beim Geräusch der Schwanenflügel, die über ihr sausten. Die Brüder waren wieder verwandelt, und sie flogen in großen Kreisen und zuletzt weit fort; aber einer von ihnen, der jüngste, blieb zurück, und der Schwan legte seinen Kopf in ihren Schoß, und sie streichelte seine weißen Flügel; den ganzen Tag waren sie zusammen. Gegen Abend kamen die andern zurück, und

als die Sonne untergegangen war, standen sie in ihrer natürlichen Gestalt da.

»Morgen fliegen wir von hier fort und wagen nicht vor einem ganzen Jahr wieder zurückzukommen; aber dich können wir hier nicht so verlassen! Hast du Mut mitzukommen? Mein Arm ist stark genug, um dich durch den Wald zu tragen, sollten wir da nicht alle genügend starke Flügel haben, um mit dir über das Meer zu fliegen?«

»Ja, nehmt mich mit!« sagte Elisa.

Die ganze Nacht brachten sie damit zu, aus geschmeidigen Weidenrinden und dem zähen Schilf ein Netz zu flechten, und es wurde groß und stark; auf dieses legte Elisa sich, und als die Sonne dann hervorkam und die Brüder in wilde Schwäne verwandelt wurden, ergriffen sie das Netz mit ihren Schnäbeln und flogen mit ihrer lieben Schwester, die noch schlief, hoch gegen die Wolken hinauf. Die Sonnenstrahlen fielen ihr gerade auf das Gesicht, deshalb flog einer der Schwäne über ihrem Kopf, damit seine breiten Flügel Schatten geben konnten.

Sie waren weit vom Land entfernt, als Elisa erwachte; sie glaubte noch zu träumen, so seltsam kam es ihr vor, hoch durch die Luft über das Meer getragen zu werden. An ihrer Seite lag ein Zweig mit schönen, reifen Beeren und ein Bündel wohlschmeckender Wurzeln; die hatte der jüngste der Brüder gesammelt und ihr hingelegt, und sie lächelte ihm dankbar zu; denn sie erkannte, daß er es war, der gerade über ihrem Haupte flog und sie mit den Flügeln beschattete.

Sie waren so hoch oben, daß das erste Schiff, das sie unter sich sahen, eine weiße Möwe zu sein schien, die auf dem Wasser lag. Eine große Wolke stand hinter ihnen, das war ein ganzer Berg, und darauf sah Elisa ihren eigenen Schatten und den der elf Schwäne, so riesengroß flogen sie da. Es war ein Bild, prächtiger als sie früher je eines gesehen hatte; aber als die Sonne höher stieg und die Wolke weiter hinter ihnen zurückblieb, verschwand das schwebende Schattenbild.

Den ganzen Tag flogen sie wie ein sausender Pfeil durch die Luft, aber doch war es langsamer als sonst, nun sie die Schwester zu tragen hatten. Es zog ein böses Wetter auf, der Abend näherte sich; angstvoll sah Elisa die Sonne sinken, und noch war die einsame Klippe im Meer nicht zu erblicken. Es kam ihr vor, als machten die Schwäne stärkere Schläge mit den Flügeln. Ach, sie war schuld daran, daß sie nicht schnell genug vorwärtskamen; wenn die Sonne untergegangen war, würden sie zu Menschen werden, ins Meer stürzen und ertrinken. Da betete sie aus dem Innersten ihres Herzens ein Gebet zu Unserm Herrn, aber noch erblickte sie keine Klippe. Die schwarze Wolke kam näher, die starken Windstöße verkündeten einen Sturm, die Wolken standen in einer einzigen, großen, drohenden Welle, die fest wie Blei vorwärtsschoß, Blitz flammte auf Blitz.

Nun war die Sonne gerade am Rande des Meeres. Elisas Herz bebte, da schossen die Schwäne hinab, so hastig, daß sie zu fallen glaubte, aber nun schwebten sie wieder. Die Sonne war halb unter dem Wasser; da erst erblickte sie die kleine Klippe unter sich, sie sah nicht größer aus, als ob es ein Seehund wäre, der den Kopf aus dem Wasser streckte. Die Sonne sank so schnell, nun war sie nur noch wie ein Stern; da berührte ihr Fuß den festen Grund, die Sonne erlosch gleich dem letzten Funken im brennenden Papier. Arm in Arm sah sie die Brüder um sich stehen; aber mehr Platz als gerade für diese und für sie war auch nicht da. Die See schlug gegen die Klippe und ging wie ein Regenschauer über sie hin; der Himmel leuchtete in einem ständig flammenden Feuer, und Schlag auf Schlag rollte der Donner; aber Schwester und Brüder hielten sich an den Händen und sangen einen Psalm, wovon sie Trost und Mut bekamen.

In der Morgendämmerung war die Luft rein und still; sobald die Sonne stieg, flogen die Schwäne mit Elisa fort von der Insel. Das Meer wogte noch stark; und als sie hoch in der Luft waren, sah es so aus, als ob der weiße Schaum auf der schwarzgrünen See Millionen Schwäne seien, die auf dem Wasser schwammen.

Als die Sonne höher stieg, sah Elisa vor sich, halb in der Luft schwimmend, ein Gebirgsland mit schimmernden Eismassen auf den Felsen, und mitten darauf erstreckte sich ein wohl meilenlanges Schloß mit einem kühnen Säulengang über dem andern; darunter wiegten sich Palmenwälder und Prachtblumen, so groß wie Mühlräder. Sie fragte, ob dies das Land sei, wo sie hin sollte, aber die Schwäne schüttelten die Köpfe, denn das, was sie sah, war der Fata Morgana schönes, allzeit wechselndes Wolkenschloß; dorthinein wagten sie keinen Menschen zu bringen. Elisa starrte es an; da stürzten Berge, Wälder und Schloß zusammen, und es standen zwanzig stolze Kirchen da, alle einander gleich, mit hohen Türmen und spitzen Fenstern. Es schien ihr, sie höre die Orgel klingen, aber es war das Meer, das sie hörte. Nun war sie den Kirchen ganz nah, da wurden diese zu einer ganzen Flotte, die unter ihr hinsegelte; sie sah hinab, und es war nur Meernebel, der über das Wasser hinjagte. Ja, eine ewige Abwechslung hatte sie vor Augen, und nun sah sie das wirkliche Land, in das sie sollte; dort erhoben sich die schönen, blauen Berge mit Zedernwäldern, Städten und Schlössern. Lange bevor die Sonne unterging, saß sie auf dem Felsen vor einer großen Höhle, die mit feinen grünen Schlingpflanzen bewachsen war; es sah aus, als wären es gestickte Teppiche.

»Nun werden wir sehen, was du diese Nacht hier träumst!« sagte der jüngste Bruder und zeigte ihr ihre Schlafkammer.

»Möge ich doch träumen, wie ich euch erlösen soll!« sagte sie; und dieser Gedanke beschäftigte sie so lebhaft, sie bat so innig zu Gott um seine Hilfe, ja selbst im Schlaf verharrte sie in ihrem Gebet. Da kam es ihr vor, daß sie hoch oben in der Luft fliege, zu Fata Morganas Wolkenschloß, und die Fee kam ihr entgegen, so schön und glänzend, und doch glich sie ganz der alten Frau, die ihr im Wald Beeren gegeben und ihr von den Schwänen mit den Goldkronen erzählt hatte.

»Deine Brüder können erlöst werden!« sagte sie, »aber hast du Mut und Ausdauer? Wohl ist das Meer weicher als deine feinen Hände, und doch formt es die harten Steine um; aber es fühlt nicht den Schmerz, den deine Finger fühlen werden; es hat kein Herz, leidet nicht die Angst und Qual, die du aushalten mußt. Siehst du diese Brennessel, die ich in meiner Hand halte? Von dieser Art wachsen viele rings um die Höhle, wo du schläfst. Nur diese hier und die, welche auf den Gräbern des Kirchhofs hervordrängen, sind brauchbar, merke dir das; die mußt du pflücken, obgleich sie deine Haut zu Blasen verbrennen werden; brich die Nesseln mit deinen Füßen, dann bekommst du Flachs. Aus diesem mußt du elf Panzerhemden mit langen Ärmeln flechten und binden; wirf diese über die elf wilden Schwäne, dann ist der Zauber gelöst. Aber bedenke wohl: Von dem Augenblick an, da du diese Arbeit beginnst und bis sie vollendet ist, ob auch Jahre inzwischen vergehen, darfst du nicht sprechen; das erste Wort, das du sagst, geht wie ein tötender Dolch in deiner Brüder Herz; an deiner Zunge hängt ihr Leben. Merke dir all dies!«

Und sie berührte im selben Augenblick ihre Hand mit der Nessel; sie war wie ein brennendes Feuer, Elisa erwachte dabei. Es war heller Tag, und dicht daneben, wo sie geschlafen hatte, lag eine Nessel, wie jene, die sie im Traum gesehen. Da fiel sie auf ihre Knie, dankte Unserm Herrn und ging aus der Höhle hinaus, um ihre Arbeit zu beginnen.

Mit den feinen Händen griff sie hinunter in die häßlichen Nesseln, sie waren wie Feuer; große Blasen brannten sie auf ihre Hände und Arme; aber gerne wollte sie das erleiden, konnte sie die lieben Brüder dadurch erlösen. Sie brach jede Nessel mit ihren nackten Füßen und wand den grünen Flachs.

Als die Sonne untergegangen war, kamen die Brüder, und sie erschraken darüber, sie so stumm zu finden; sie glaubten, daß es ein neuer Zauber der bösen Stiefmutter sei; aber als sie ihre Hände sahen, begriffen sie, was sie ihretwegen tat, und der jüngste Bruder weinte, und wo seine Tränen fielen, da fühlte sie keinen Schmerz, da verschwanden die brennenden Blasen.

Die Nacht verbrachte sie mit ihrer Arbeit, denn sie hatte keine Ruhe, bis sie ihre lieben Brüder erlöst hätte. Den ganzen folgenden Tag, während die Schwäne fort waren, saß sie in ihrer Einsamkeit, aber nie war die Zeit so schnell entflohen. Ein Panzerhemd war schon fertig, nun begann sie das nächste.

Da klang das Jagdhorn zwischen den Bergen; sie erschrak sehr; der Ton kam näher, sie hörte Hunde bellen. Voller Angst suchte sie die Höhle auf, band die Nesseln, die sie gesammelt und gehechelt hatte, in ein Bündel und setzte sich darauf.

Im gleichen Augenblick kam ein großer Hund aus dem Gestrüpp hervorgesprungen, und gleich danach wieder einer und noch einer; sie bellten laut, liefen zurück und kamen wieder hervor. Es dauerte nicht viele Minuten, dann standen alle Jäger draußen vor der Höhle, und der schönste unter ihnen war des Landes König. Er trat zu Elisa hin; nie hatte er ein schöneres Mädchen gesehen.

»Wie bist du hierher gekommen, du herrliches Kind!« sagte er.

Elisa schüttelte den Kopf, sie wagte ja nicht zu sprechen, es galt ihrer Brüder Erlösung und Leben; und sie versteckte ihre Hände unter der Schürze, damit der König nicht sehen sollte, was sie leiden mußte.

»Folge mir!« sagte er, »hier darfst du nicht bleiben! Bist du gut, wie du schön bist, so will ich dich in Samt und Seide kleiden, dir die Goldkrone aufs Haupt setzen, und du sollst wohnen und leben in meinem reichsten Schloß!« – und dann hob er sie hinauf auf sein Pferd. Sie weinte und rang ihre Hände, aber der König sagte: »Ich will nur dein Glück! Einmal wirst du mir dafür danken!« Und dann jagte er hinweg durch die Berge und hielt sie vorn auf dem Pferd, und die Jäger jagten hinterher.

Als die Sonne unterging, lag die prächtige Königsstadt mit Kirchen und Kuppeln vor ihnen, und der König führte Elisa ins Schloß hinein, wo große Springbrunnen in hohen Marmorsälen plätscherten, wo Wände und Decken voll Gemälde prangten; aber sie hatte keine Augen dafür, sie weinte und trauerte. Willenlos ließ sie sich von den Frauen königliche Kleider anlegen, Perlen ins Haar flechten und feine Handschuhe über die verbrannten Finger ziehen.

Als sie in all ihrer Pracht dastand, war sie so blendend schön, daß sich der Hof noch tiefer vor ihr beugte, und der König erkor sie zu seiner Braut, obwohl der Erzbischof den Kopf schüttelte und flüsterte, daß das schöne Waldmädchen gewiß eine Hexe sei, sie blende ihre Augen und betöre des Königs Herz.

Aber der König hörte nicht darauf, ließ die Musik erklingen, die köstlichsten Gerichte auftragen, die lieblichsten Mädchen sie umtanzen, und sie wurde durch duftende Gärten in prächtige Säle geführt; aber nicht ein Lächeln trat auf ihre Lippen oder in ihre Augen, die Trauer wohnte dort als ewiges Gut und Erbe. Nun öffnete der König eine kleine Kammer dicht daneben, wo sie schlafen sollte; sie war geschmückt mit köstlichen, grünen Teppichen und glich ganz der Höhle, in der sie gewesen war; am Boden lag das Bündel Flachs, das sie aus den Nesseln gesponnen hatte, und unter der Decke hing das Panzerhemd, das fertig gestrickt war; all dies hatte einer der Jäger an sich genommen.

»Hier kannst du dich in dein ehemaliges Heim zurückträumen!« sagte der König. »Hier ist die Arbeit, die dich beschäftigte; nun, inmitten all deiner Pracht wird es dich belustigen, an jene Zeit zurückzudenken.«

Als Elisa das sah, was ihrem Herzen so nahelag, spielte ein Lächeln um ihren Mund, und das Blut kehrte zurück in ihre Wangen; sie dachte an die Erlösung ihrer Brüder, küßte des Königs Hand, und er drückte sie an sein Herz und ließ alle Kirchenglocken das Hochzeitsfest verkünden. Das schöne, stumme Mädchen aus dem Wald war des Landes Königin.

Da flüsterte der Erzbischof böse Worte in des Königs Ohr, aber sie drangen nicht bis in sein Herz hinein. Die Hochzeit sollte stattfinden; der Erzbischof selbst mußte ihr die Krone aufs Haupt setzen, und er drückte ihr in böser Absicht den engen Reifen fest auf die Stirn nieder, so daß es weh tat; doch es lag ein schwererer Reifen um ihr Herz: die Trauer um ihre Brüder; sie fühlte nicht die körperliche Pein. Ihr Mund war stumm, ein einziges Wort würde ja ihren Brüdern das Leben nehmen; aber in ihren Augen lag eine tiefe Liebe zu dem guten, schönen König, der alles tat, um sie zu erfreuen. Von ganzem Herzen bekam sie ihn Tag für Tag lieber; oh, daß sie es doch wagen dürfte, sich ihm anzuvertrauen, ihm ihre Leiden zu erzählen; aber stumm mußte sie sein, stumm mußte sie ihr Werk vollenden. Deshalb schlich sie sich in der Nacht von seiner Seite, ging hinein in die kleine Kammer, die wie die Höhle geschmückt war, und sie strickte ein Panzerhemd nach dem andern fertig; aber als sie das siebente begann, hatte sie keinen Flachs mehr.

Auf dem Kirchhof, wußte sie, wuchsen die Nesseln, die sie brauchen sollte, aber sie selbst mußte sie pflücken; wie sollte sie dorthin gelangen?

Oh, was ist der Schmerz in meinen Fingern gegen die Qual, die mein Herz leidet! dachte sie, ich muß es wagen! Der Herr wird die Hand nicht von mir zurückziehen! Mit einer Herzensangst, als sei es eine böse Tat, die sie vorhabe, schlich sie sich in der mondklaren Nacht in den Garten hinunter, ging durch die langen Alleen, hinaus auf die einsamen Straßen zum Kirchhof hin. Dort sah sie auf einem der breitesten Grabsteine einen Kreis Lamien sitzen, häßliche Hexen; sie nahmen ihre Lumpen ab, als wollten sie sich baden, und dann gruben sie mit ihren langen, mageren Fingern in die frischen Gräber, nahmen die Leichen heraus und fraßen ihr Fleisch. Elisa mußte dicht an ihnen vorbei, und sie hefteten ihre bösen Augen auf sie; aber sie sprach ihr Gebet, sammelte die brennenden Nesseln und trug sie heim ins Schloß.

Nur ein einziger Mensch hatte sie gesehen, der Erzbischof, er wachte, wenn die andern schliefen; nun hatte er doch recht bekommen in dem, was er meinte: Es war nicht so wie es sein sollte mit der Königin; sie war eine Hexe, deshalb hatte sie den König und das ganze Volk betört.

Im Beichtstuhl sagte er dem König, was er gesehen hatte und was er fürchtete. Und als die harten Worte von seiner Zunge kamen, schüttelten die geschnitzten Heiligenbilder die Köpfe, als ob sie sagen wollten: es ist nicht so, Elisa ist unschuldig; aber der Erzbischof legte es anders aus, meinte, daß sie gegen sie zeugten, daß sie die Köpfe schüttelten über ihre Sünde. Da rollten zwei schwere Tränen über des Königs Wangen, er ging heim mit Zweifel in seinem Herzen; und er tat, als ob er in der Nacht schlafe, aber es kam kein ruhiger Schlaf in seine Augen: er merkte, wie Elisa aufstand, und jede Nacht wiederholte sie es, und jede Nacht folgte er leise nach und sah, daß sie in ihre Kammer verschwand.

Tag für Tag wurde seine Miene finsterer. Elisa sah es, aber begriff nicht weshalb; doch es beängstigte sie, und was litt sie nicht in ihrem Herzen für ihre Brüder! Auf den königlichen Samt und Purpur rannen ihre salzigen Tränen, sie lagen da wie glänzende Diamanten, und alle, die die reiche Pracht sahen, wünschten Königin zu sein. Bald war sie indessen zu Ende mit ihrer Arbeit, nur ein Panzerhemd fehlte noch; aber Flachs hatte sie auch nicht mehr und nicht eine einzige Nessel. Einmal, nur dieses letzte Mal noch, mußte sie deshalb auf den Kirchhof und einige Hände voll davon pflücken. Sie dachte mit Angst an die einsame Wanderung und an die schrecklichen Lamien; aber ihr Wille war fest wie ihr Gottvertrauen.

Elisa ging, aber der König und der Erzbischof folgten ihr nach, sie sahen sie bei der Gitterpforte zum Kirchhof verschwinden, und als sie sich ihr näherten, saßen auf den Grabsteinen die Lamien, wie Elisa sie gesehen hatte, und der König wandte sich ab; denn unter diesen dachte er sich sie, deren Kopf noch diesen Abend an seiner Brust geruht hatte.

»Das Volk muß sie verurteilen!« sagte er, und das Volk verurteilte sie zum Feuertod. Von den prächtigen Königssälen wurde sie in ein dunkles, feuchtes Loch hingeführt, wo der Wind durch die vergitterten Fenster hineinpfiff; statt Samt und Seide gaben sie ihr das Bündel Nesseln, das sie gesammelt hatte. Auf dieses konnte sie ihren Kopf legen; die harten, brennenden Panzerhemden, die sie gestrickt hatte, sollten Decke und Teppich sein; aber nichts Lieberes konnten sie ihr schenken; sie nahm ihre Arbeit wieder auf und betete zu ihrem Gott. Draußen sangen die Gassenbuben Spottweisen über sie; keine Seele tröstete sie mit einem liebevollen Wort.

Da sauste gegen Abend, dicht am Gitter, ein Schwanenflügel! Es war der jüngste der Brüder, er hatte die Schwester gefunden. Und sie schluchzte laut vor Freude, obgleich sie wußte, daß die Nacht, die kam, möglicherweise die letzte war, die sie zu leben hatte; aber nun war ja auch die Arbeit fast vollendet, und ihre Brüder waren hier.

Der Erzbischof kam, um die letzte Stunde bei ihr zu sein, das hatte er dem König versprochen; aber sie schüttelte den Kopf, bat mit Blick und Mienen, daß er gehen möge; in dieser Nacht mußte sie ja ihre Arbeit beenden, sonst war alles unnütz, alles – Schmerz, Tränen und die schlaflosen Nächte. Der Erzbischof ging fort mit bösen Worten gegen sie, aber die arme Elisa wußte, daß sie unschuldig war und blieb bei ihrer Arbeit.

Die kleinen Mäuse liefen über den Boden, sie schleppten die Nesseln zu ihren Füßen hin, um doch ein wenig zu helfen, und die Drossel setzte sich an das Gitter des Fensters und sang die ganze Nacht so vergnügt sie konnte, damit sie den Mut nicht verlieren solle.

Es war noch nicht mehr als Tagesgrauen, erst in einer Stunde würde die Sonne aufgehen, da standen die elf Brüder an der Pforte des Schlosses und verlangten vor den König geführt zu werden. Aber das könne nicht geschehen, wurde geantwortet, es sei ja noch Nacht, der König schlafe und dürfe nicht geweckt werden. Sie baten, sie drohten; die Wache kam, ja selbst der König trat heraus und fragte, was es bedeute. Da ging gerade die Sonne auf, und es waren keine Brüder mehr zu sehen, aber über das Schloß flogen elf wilde Schwäne.

Aus dem Stadttor strömte das ganze Volk, sie wollten die Hexe verbrennen sehen. Ein armseliges Pferd zog den Karren, auf welchem sie saß; man hatte ihr einen Kittel von grobem Sackleinen angezogen, ihr herrliches, langes Haar hing lose um den schönen Kopf, ihre Wangen waren totenbleich, ihre Lippen bewegten sich leise, während die Finger den grünen Flachs drehten. Selbst auf dem Weg zu ihrem Tod ließ sie die begonnene Arbeit nicht los, die zehn Panzerhemden lagen zu ihren Füßen, an dem elften strickte sie; der Pöbel verhöhnte sie.

»Seht die Hexe, wie sie murmelt! Nicht das Psalmenbuch hat sie in der Hand, nein, mit ihrem widerlichen Zauberzeug sitzt sie da; entreißt es ihr in tausend Stücke!«

Und sie drangen alle auf sie ein und wollten es zerreißen; da kamen elf weiße Schwäne geflogen, sie setzten sich rings um sie auf den Karren und schlugen mit ihren großen Flügeln. Da wich der Haufe entsetzt zur Seite.

»Das ist ein Zeichen des Himmels! Sie ist gewiß unschuldig!« flüsterten viele, aber sie wagten nicht es laut zu sagen.

Nun ergriff der Henker sie bei der Hand, da warf sie hastig die elf Hemden über die Schwäne, und elf schöne Prinzen standen da, aber der jüngste hatte einen Schwanenflügel an Stelle des einen Armes, denn es fehlte ein Ärmel in seinem Panzerhemd, den hatte sie nicht mehr fertig gebracht.

»Jetzt darf ich sprechen!« sagte sie, »ich bin unschuldig!«

Und das Volk, das sah, was geschehen war, beugte sich vor ihr wie vor einer Heiligen; sie aber sank leblos in die Arme ihrer Brüder, so hatten Spannung, Angst und Schmerz auf sie gewirkt.

»Ja, unschuldig ist sie!« sagte der älteste Bruder, und nun erzählte er alles, was geschehen war. Und während er sprach, verbreitete sich ein Duft wie von Millionen Rosen, denn jedes Stück Holz im Scheiterhaufen hatte Wurzeln geschlagen und Zweige getrieben; es stand eine duftende Hecke da, hoch und groß, mit roten Rosen. Zuoberst saß eine Blume, weiß und leuchtend, sie strahlte wie ein Stern; die brach der König und steckte sie an Elisas Brust; da erwachte sie mit Frieden und Glückseligkeit in ihrem Herzen.

Und alle Kirchenglocken läuteten von selbst, und die Vögel kamen in großen Scharen; es wurde ein Hochzeitszug zum Schloß zurück, wie ihn noch kein König gesehen hatte.

14

DER GARTEN DES PARADIESES

Es war einmal ein Königssohn, niemand hatte so viele und so schöne Bücher wie er; alles, was in dieser Welt geschehen war, konnte er darin lesen und in prächtigen Bildern abgebildet sehen. Über jedes Volk und jedes Land konnte er Bescheid bekommen, aber wo der Garten des Paradieses zu finden sei, darüber stand nicht ein Wort; und der, just der war es, an den er am meisten dachte.

Seine Großmutter hatte ihm, als er noch ganz klein war, aber seinen Schulbesuch beginnen sollte, erzählt, daß jede Blume im Garten des Paradieses der süßeste Kuchen sei, und die Staubfäden der feinste Wein. Auf der einen stand Geschichte, auf einer andern Geographie oder das Einmaleins, man brauchte nur Kuchen zu essen, dann konnte man seine Aufgabe; je mehr man äße, desto mehr Geschichte, Geographie und Einmaleins bekäme man in sich hinein.

Das glaubte er damals; aber als er ein größerer Knabe wurde, mehr lernte und weit klüger ward, begriff er wohl, daß eine ganz andere Herrlichkeit im Garten des Paradieses sein müsse.

»Oh, warum pflückte doch Eva vom Baume der Erkenntnis! Warum aß Adam von der verbotenen Frucht! Das hätte ich sein sollen, dann wäre es nicht geschehen! Niemals würde die Sünde in die Welt gekommen sein!«

Das sagte er damals, und das sagte er noch, als er siebzehn Jahre alt war; der Garten des Paradieses erfüllte sein ganzes Denken.

Eines Tages ging er im Walde; er ging allein, denn das war sein größtes Vergnügen.

Der Abend brach an, die Wolken zogen sich zusammen, es wurde ein Regenwetter, als wäre der ganze Himmel eine einzige Schleuse, aus der das Wasser stürzte; es war so dunkel, wie es sonst nur des Nachts im tiefsten Brunnen ist. Bald glitt er aus in dem nassen Gras, bald fiel er über die nackten Steine, die aus dem Felsengrund hervorragten. Alles triefte von Wasser, es blieb kein trockener Faden an dem armen Prinzen. Er mußte über große Steinblöcke klettern, wo das Wasser aus dem hohen Moos heraussickerte. Er war am Umsinken; da hörte er ein seltsames Sausen und sah vor sich eine große, erleuchtete Höhle. Mitten drin brannte ein Feuer, daß man einen Hirsch daran braten konnte, und das geschah auch; der prächtigste Hirsch mit seinem hohen Geweih war auf einen Spieß gesteckt und wurde langsam zwischen zwei umgehauenen Tannenbäumen umgedreht. Eine ältliche Frau, groß und stark, als wäre sie eine verkleidete Mannsperson, saß beim Feuer und warf ein Stück Holz nach dem andern hinein.

»Komm du nur näher!« sagte sie, »setz dich ans Feuer, damit deine Kleider trocknen können!«

»Hier ist ein arger Durchzug!« sagte der Prinz und setzte sich auf den Boden.

»Das wird noch schlimmer, wenn meine Söhne heimkommen!« antwortete die Frau. »Du bist hier in der Höhle der Winde; meine Söhne sind die vier Winde der Welt. Kannst du das verstehen?«

»Wo sind deine Söhne?« fragte der Prinz.

»Ja, es ist nicht gut antworten, wenn man dumm frägt«, sagte die Frau. »Meine Söhne treiben es auf eigene Faust; sie spielen Schlagball mit den Wolken da oben in der großen Stube!« Und dabei zeigte sie in die Höhe.

»Ja so!« sagte der Prinz. »Ihr sprecht übrigens etwas barsch und seid nicht so mild wie die Frauenzimmer, die ich sonst um mich sehe!«

»Ja, die haben wohl nichts anderes zu tun! Ich muß hart sein, soll ich meine Knaben in Zucht halten! Aber das kann ich, obschon sie steife Nacken haben! Siehst du die vier Säcke, die an der Wand hängen? Vor denen ist ihnen ebenso bange, wie dir vor der Rute hinter dem Spiegel gewesen ist. Ich kann die Knaben zusammenbiegen, sag' ich dir, und dann kommen sie in den Sack; da machen wir keine Umstände! Dort sitzen sie und dürfen nicht eher wieder hinaus und umherstreifen, als bis ich es für gut finde. Aber da haben wir den einen!«

Es war der Nordwind, der mit eisiger Kälte eintrat; große Hagelkörner hüpften über den Boden hin, und die Schneeflocken stoben umher. Er war mit Hosen und Jacke aus Bärenfell bekleidet; eine Mütze aus Seehundsfell ging ihm bis über die Ohren; lange Eiszapfen hingen ihm am Bart, und ein Hagelkorn nach dem andern glitt ihm vom Jackenkragen herunter.

»Gehen Sie nicht gleich zum Feuer!« sagte der Prinz. »Sie könnten leicht Frost in Gesicht und Händen bekommen!«

»Frost!« sagte der Nordwind und lachte ganz laut. »Frost! das ist just mein größtes Vergnügen! Was bist du für ein Zimperling! Wie kommst du in die Höhle der Winde?«

»Er ist mein Gast!« sagte die Alte, »und bist du nicht zufrieden mit dieser Erklärung, so kannst du in den Sack kommen! – Nun kennst du mein Urteil!«

Seht, das half, und der Nordwind erzählte, woher er kam und wo er nun fast einen ganzen Monat gewesen war.

»Vom Polarmeer komme ich«, sagte er, »ich bin auf dem ›Beeren-Eiland‹ mit den russischen Walroßjägern gewesen. Ich saß und schlief auf dem Steuer, als sie vom Nordkap wegsegelten; wenn ich mitunter erwachte, flog der Sturmvogel mir um die Beine. Das ist ein komischer Vogel, er macht einen raschen Schlag mit den Flügeln, hält sie unbeweglich ausgestreckt und hat dann Fahrt genug.«

»Mach es nur nicht so weitläufig!« sagte die Mutter der Winde. »Und so kamst du dann nach dem ›Beeren-Eiland‹!«

»Das ist schön! Das ist ein Boden zum Tanzen, flach wie ein Teller! Halbaufgetauter Schnee mit Moos, scharfe Steine und Gerippe von Walrossen und Eisbären lagen da, sie sahen aus wie Arme und Beine von Riesen mit schimmligem Grün. Man sollte glauben, daß die Sonne sie nie beschienen hätte. Ich blies ein wenig in den Nebel, damit man den Schuppen sehen könne; das war ein Haus, aus Wrackgut errichtet und mit Walroßhaut überzogen; die Fleischseite war nach außen gekehrt, sie war voll Rot und Grün; auf dem Dach saß ein lebender Eisbär und brummte. Ich ging an den Strand, sah die Vogelnester an, sah die nackten Jungen an, die schrien und den Schnabel aufsperrten; da blies ich in die tausend Kehlen, und sie lernten den Mund schließen. Zuunterst wälzten sich die Walrosse wie lebende Eingeweide oder Riesenmaden mit Schweineköpfen und ellenlangen Zähnen!«

»Du erzählst gut, mein Junge!« sagte die Mutter. »Mir läuft das Wasser im Mund zusammen, wenn ich dich anhöre!«

»Dann ging es auf den Fang! Die Harpune wurde in die Brust des Walrosses gesetzt, so daß der dampfende Blutstrahl wie ein Springbrunnen über dem Eis aufstieg. Da dachte ich auch an mein Spiel. Ich blies auf, ließ meine Segler, die klippenhohen Eisgebirge, die Boote einklemmen; hui, wie man pfiff und wie man schrie, aber ich pfiff lauter! Tote Walroßleiber, Kisten und Tauwerk mußten sie auf das Eis aussetzen! Ich schüttelte die Schneeflocken über sie und ließ sie in den eingeklemmten Fahrzeugen mit ihrem Fang südwärts treiben, um dort Salzwasser zu kosten. Die kommen nie wieder nach ›Beeren-Eiland‹!«

»Dann hast du Böses getan!« sagte die Mutter der Winde.

»Was ich Gutes getan habe, können die andern erzählen!« sagte er, »aber da haben wir meinen Bruder aus Westen; den kann ich am besten leiden von ihnen allen, er schmeckt nach der See und bringt eine gesegnete Kälte mit sich!«

»Ist das der kleine Zephir?« fragte der Prinz. »Ja gewiß ist es Zephir!« sagte die Alte, »aber er ist nicht so klein an sich. In alten Tagen war er ein schöner Knabe, aber nun ist das vorbei!«

Er sah aus wie ein Wilder, aber er hatte einen Fallhut an, um nicht zu Schaden zu kommen. In der Hand hielt er eine Mahagonikeule, gehauen in den amerikanischen Mahagoniwäldern. Darunter tat er es nicht!

»Wo kommst du her?« fragte seine Mutter. »Aus den Waldwüsten!« sagte er, »wo die dornigen Lianen eine Hecke zwischen jedem Baum bilden, wo die Wasserschlange im nassen Gras liegt und Menschen unnötig zu sein scheinen!«

»Was tatst du dort?«

»Ich sah den tiefen Fluß an, sah, wie er vom Felsen stürzte, zu Staub wurde und gegen die Wolken flog, um den Regenbogen zu tragen. Ich sah den wilden Büffel im Fluß schwimmen, aber der Strom riß ihn mit sich; er trieb mit dem Schwarm der Wildenten, der aufflog, wo das Wasser stürzte. Der Büffel mußte hinab; das gefiel mir, und ich blies einen Sturm, so daß die uralten Bäume umsanken und zu Spänen wurden.«

»Und anderes hast du nicht getan?« fragte die Alte.

»Ich habe in den Savannen Purzelbäume geschossen, ich habe die wilden Pferde gestreichelt und Kokosnüsse geschüttelt! Doch, doch, ich habe Geschichten zu erzählen! Aber man soll nicht alles sagen, was man weiß. Das kennst du wohl, du Alte!« Und dann küßte er seine Mutter, so daß sie beinahe rücklings fiel; er war wahrlich ein wilder Knabe.

Nun kam der Südwind mit Turban und fliegendem Beduinenmantel.

»Hier ist es tüchtig kalt, hier drinnen!« sagte er und warf Holz aufs Feuer, »man kann merken, daß der Nordwind zuerst gekommen ist!«

»Hier ist es so heiß, daß man einen Eisbär braten kann!« sagte der Nordwind.

»Du bist selbst ein Eisbär!« sagte der Südwind.

»Wollt ihr in den Sack gesteckt werden?« fragte die Alte. – »Setz dich nieder auf den Stein dort und erzähle, wo du gewesen bist.«

»In Afrika, meine Mutter!« antwortete er. »Ich war mit den Hottentotten auf Löwenjagd im Lande der Kaffern! Was für Gras dort auf der Ebene wächst, grün wie eine Olive! Dort tanzte das Gnu, und der Strauß lief um die Wette mit mir; aber ich bin doch schneller zu Fuß. Ich kam zu der Wüste, zu dem gelben Sand, der aussieht wie auf dem Grunde des Meeres. Ich traf eine Karawane; sie schlachteten ihr letztes Kamel, um Wasser zum Trinken zu erhalten, aber es war nur wenig, was sie bekamen. Die Sonne brannte von oben, und der Sand glühte von unten. Keine Grenze hatte die weitgestreckte Wüste. Da tummelte ich mich in dem feinen, losen Sand und wirbelte ihn auf zu großen Säulen, das war ein Tanz! Du hättest sehen sollen, wie verzagt das Dromedar dastand, und der Kaufmann zog den Kaftan über den Kopf. Er warf sich nieder vor mir wie vor Allah, seinem Gott. Nun sind sie begraben, es steht eine Pyramide von Sand über ihnen allen. Wenn ich sie einmal fortblase, so soll die Sonne die weißen Knochen bleichen, dann können die Reisenden sehen, daß hier früher Menschen gewesen sind; sonst kann man das in der Wüste nicht glauben!«

»Du hast also nur Böses getan!« sagte die Mutter. »Marsch in den Sack!« Und bevor er sich's versah, hatte sie den Südwind um den Leib gefaßt und in den Sack gesteckt. Er rollte auf dem Boden umher, aber sie setzte sich auf ihn, und da mußte er still liegen.

»Das sind einige muntere Knaben, die Sie da hat!« sagte der Prinz.

»Warum nicht gar!« antwortete sie, »und züchtigen kann ich sie! Da haben wir den vierten!«

Es war der Ostwind, und er war gekleidet wie ein Chinese.

»Na, kommst du von *der* Kante!« sagte die Mutter. »Ich glaubte, du seist im Garten des Paradieses gewesen.«

»Da fliege ich erst morgen hin!« sagte der Ostwind. »Morgen sind es hundert Jahre her, seit ich dort war! Ich komme jetzt von China, wo ich um den Porzellanturm getanzt habe, so daß alle Glokken erklangen. Unten auf der Straße bekamen die Beamten Prügel; Bambusrohre wurden auf ihren Schultern zerschunden, und dabei waren es Leute vom ersten bis zum neunten Grad; sie schrien: ›Vielen Dank, mein väterlicher Wohltäter‹, aber sie meinten nichts damit, und ich läutete mit den Glocken und sang tsing, tsang, tsu!«

»Du bist reichlich übermütig!« sagte die Alte, »es ist gut, daß du morgen zum Garten des Paradieses kommst, das trägt immer zu deiner Bildung bei! Trinke dann tüchtig von der Quelle der Weisheit und nimm eine kleine Flasche voll mit heim für mich!«

»Das werde ich!« sagte der Ostwind. »Aber warum hast du nun meinen Bruder vom Süden in den Sack hineingesteckt? Hervor mit ihm! Er soll mir vom Vogel Phönix erzählen; von dem Vogel will die Prinzessin im Garten des Paradieses immer hören, wenn ich jedes hundertste Jahr Visite mache. Mach den Sack auf! Dann bist du meine süßeste Mutter, und ich werde dir zwei Taschen voll Tee schenken, so grün und frisch, wie ich sie an Ort und Stelle gepflückt habe!«

»Na, um des Tees willen, und weil du mein Liebling bist, will ich den Sack öffnen!« Das tat sie, und der Südwind kroch heraus; aber er sah ganz beschämt aus, weil der Fremde es gesehen hatte.

»Da hast du ein Palmenblatt für die Prinzessin!« sagte der Südwind, »dies Blatt hat der alte Vogel Phönix, der einzige, den es in der Welt gab, mir gegeben; er hat mit seinem Schnabel seine ganze Lebensbeschreibung, die hundert Jahre, die er lebte, hineingeritzt; nun kann sie sie selbst lesen. Ich sah, wie Vogel Phönix selbst Feuer an sein Nest legte und saß und verbrannte wie die Frau eines Hindu. Wie doch die dürren Zweige knackten, es war ein Rauch und ein Duft! Zuletzt schlug alles in Flammen auf, der alte Vogel Phönix wurde zu Asche, aber sein Ei lag glühendrot im Feuer; es zerplatzte mit einem großen Knall, und das Junge flog heraus. Jetzt ist *es* Regent über alle Vögel und der einzige Vogel Phönix in der Welt. Er hat ein Loch in das Palmenblatt gebissen, das ich dir gab, das ist sein Gruß an die Prinzessin!«

»Laßt uns nun etwas zu essen bekommen!« sagte die Mutter der Winde, und dann setzten sie sich alle, um von dem gebratenen Hirsch zu speisen, und der Prinz saß an der Seite des Ostwindes, und darum wurden sie bald gute Freunde.

»Hör, sag mir einmal«, sagte der Prinz, »was ist das für eine Prinzessin, von der hier so viel gesprochen wird, und wo liegt der Garten des Paradieses?«

»Ho, ho!« sagte der Ostwind, »willst du dorthin, ja, dann fliege morgen mit mir! Aber das muß ich dir schon sagen, dort sind keine Menschen seit Adams und Evas Zeit gewesen. Die kennst du ja wohl aus deiner Bibelgeschichte?«

»Ja gewiß!« sagte der Prinz.

»Damals, als sie verjagt wurden, sank der Garten des Paradieses in die Erde hinunter; aber er behielt seinen warmen Sonnenschein, seine milde Luft und all seine Herrlichkeit. Die Königin der Feen wohnt dort drinnen; dort liegt die Insel der Glückseligkeit, wohin der Tod nie kommt und wo es schön ist zu sein. Setz dich morgen auf meinen Rücken, dann werde ich dich mitnehmen; ich denke wohl, daß es sich machen läßt! Aber nun darfst du nicht mehr sprechen, denn ich will schlafen!«

Und dann schliefen sie alle.

In der frühen Morgenstunde erwachte der Prinz und war nicht wenig verdutzt darüber, daß er schon hoch oben über den Wolken war. Er saß auf dem Rücken des Ostwindes, der ihn noch so getreulich festhielt. Sie waren so hoch in der Luft, daß Wälder und Felder und Flüsse und Seen sich wie auf einer kolorierten Landkarte ausnahmen.

»Guten Morgen!« sagte der Ostwind. »Du könntest sonst gerne noch ein wenig schlafen; denn es ist nicht viel zu sehen auf dem flachen Land unter uns, außer du hättest Lust, Kirchen zu zählen. Sie stehen wie Kreidefiguren unten auf dem grünen Brett.« Es waren Felder und Wiesen, die er das grüne Brett nannte.

»Es war unartig, daß ich deiner Mutter und deinen Brüdern nicht Lebewohl gesagt habe!« sagte der Prinz.

»Wenn man schläft, ist man entschuldigt!« sagte der Ostwind, und darauf flogen sie noch rascher von dannen; man konnte es an den Wipfeln der Wälder hören, wenn sie über sie hinfuhren, raschelten alle Zweige und Blätter; man konnte es am Meer und an den Seen hören, denn wo sie flogen, wogten die Wellen höher, und die großen Schiffe neigten sich tief hinab ins Wasser wie schwimmende Schwäne.

Gegen Abend, als es dunkel wurde, sah es lustig aus in den großen Städten; die Lichter brannten dort unten, bald hier, bald da, es war genau so, als wenn man ein Stück Papier verbrannt hat und die vielen, kleinen Feuerfunken sieht, die wie Kinder sind, wenn sie von der Schule kommen. Und der Prinz klatschte in die Hände, aber der Ostwind bat ihn, das sein zu lassen und sich lieber festzuhalten, sonst könnte er leicht hinunterfallen und an einer Kirchturmspitze hängenbleiben.

Der Adler in den schwarzen Wäldern flog noch so leicht, aber der Ostwind flog leichter. Der Kosak auf seinem kleinen Pferd jagte über die Steppen dahin, aber der Prinz jagte noch ganz anders dahin.

»Nun kannst du den Himalaja sehen!« sagte der Ostwind, »das ist der höchste Berg in Asien; nun sollten wir bald zum Garten des Paradieses kommen!« Dann drehten sie sich mehr südlich, und bald duftete es von Gewürzen und Blumen. Feigen und Granatäpfel wuchsen wild, und die wilde Weinranke hatte blaue und rote Trauben. Hier stiegen sie beide nieder und streckten sich in das weiche Gras, wo die Blumen dem Winde zunickten, als wollten sie sagen: »Willkommen zurück!«

»Sind wir nun im Garten des Paradieses?« fragte der Prinz.

»Nein, gewiß nicht!« antwortete der Ostwind, »aber nun sollten wir bald hinkommen. Siehst du die Felswand dort und die große Höhle, wo die Weinranken wie große, grüne Gardinen hängen? Dort müssen wir hindurch! Hülle dich in deinen Mantel, hier brennt die Sonne, aber *ein* Schritt, und es ist eisig kalt. Der Vogel, der an der Höhle vorbeistreift, hat den einen Flügel hier draußen im warmen Sommer und den andern dort drinnen im kalten Winter!«

»So ist dies der Weg zum Garten des Paradieses?« fragte der Prinz.

Nun gingen sie hinein in die Höhle! Hu, wie eisig kalt es da war, aber es dauerte nicht lange. Der Ostwind breitete seine Flügel aus, und sie leuchteten wie das hellste Feuer; nein, welche Höhle! Die großen Steinblöcke, von denen das Wasser tropfte, hingen über ihnen in den wunderlichsten Gestalten; bald war es so eng, daß sie auf Händen und Füßen kriechen mußten, bald so hoch und weit wie in der freien Luft. Es sah aus wie in Grabkapellen mit stummen Orgelpfeifen und versteinerten Fahnen.

»Wir gehen wohl den Weg des Todes zum Garten des Paradieses!« sagte der Prinz, aber der Ostwind antwortete kein Wort, zeigte vorwärts, und das schönste blaue Licht strahlte ihnen entgegen. Die Steinblöcke über ihnen wurden mehr und mehr zu Nebel, der zuletzt hell wie eine weiße Wolke im Mondschein war. Nun waren sie in der schönsten milden Luft, so frisch wie auf den Bergen, so duftend wie bei den Rosen des Tales.

Da strömte ein Fluß, so klar wie die Luft selbst, und die Fische waren wie Silber und Gold; purpurrote Aale, die bei jeder Biegung blaue Feuerfunken schossen, strahlten unten im Wasser, und die breiten Seerosenblätter hatten des Regenbogens Farben; die Blüte selbst war eine rotgelb brennende Flamme, der das Wasser Nahrung gab, gleichwie das Öl die Lampe ständig zum Brennen bringt. Eine feste Brücke aus Marmor, aber so kunstvoll und fein ausgehauen, als wäre sie aus Spitzen und Glasperlen, führte über das Wasser zur Insel der Glückseligkeit, wo der Garten des Paradieses blühte.

Der Ostwind nahm den Prinzen auf seine Arme und trug ihn hinüber. Dort sangen Blumen und Blätter die schönsten Lieder aus seiner Kindheit, aber so schwellend lieblich, wie keine menschliche Stimme hier singen kann.

Waren es Palmenbäume oder riesengroße Wasserpflanzen, die hier wuchsen? So saftige und große Bäume hatte der Prinz nie zuvor gesehen. In langen Kränzen hingen da die wunderlichsten Schlingpflanzen, wie sie sich nur in Farben und Gold am Rande der alten Heiligenbücher abgebildet finden oder sich durch die Anfangsbuchstaben schlingen. Es waren die seltsamsten Zusammensetzungen von Vögeln, Blumen und Schnörkeln. Im Grase dicht daneben stand eine Schar Pfauen mit ausgebreiteten, strahlenden Schweifen, ja, das war wirklich so! Nein, als der Prinz sie berührte, merkte er, daß es keine Tiere waren, sondern Pflanzen: es waren die großen Ampfern, die hier strahlten wie des Pfaus schöner Schweif. Löwen und Tiger sprangen gleich geschmeidigen Katzen durch die grünen Hecken, die dufteten wie die Blüten des Olivenbaums, und die Löwen und Tiger waren zahm. Die wilde Waldtaube, schimmernd wie die schönste Perle, klatschte mit ihren Flügeln dem Löwen auf die Mähne, und die Antilope, die sonst so scheu ist, stand und nickte mit dem Kopf, als ob sie auch mitspielen wolle.

Nun kam die Fee des Paradieses; ihre Kleider strahlten wie die Sonne, und ihr Gesicht war mild wie das einer frohen Mutter, wenn sie recht glücklich ist über ihr Kind. Sie war jung und schön, und

die lieblichsten Mädchen, jede mit einem leuchtenden Stern im Haar, folgten ihr.

Der Ostwind gab ihr das beschriebene Blatt vom Vogel Phönix, und ihre Augen funkelten vor Freude; sie nahm den Prinzen bei der Hand und führte ihn in ihr Schloß hinein, wo die Wände Farben hatten wie das prächtigste Tulpenblatt, das man gegen die Sonne hält. Die Decke selbst war eine große, strahlende Blume, und je länger man in sie hinaufstarrte, desto tiefer erschien ihr Kelch. Der Prinz trat ans Fenster und schaute durch eine der Scheiben; da sah er den Baum der Erkenntnis mit der Schlange, und Adam und Eva standen dicht daneben. »Sind sie nicht vertrieben?« fragte er, und die Fee lächelte und erklärte ihm, daß auf jede Scheibe die Zeit so ihr Bild eingebrannt hatte, aber nicht, wie man es zu sehen pflegte. Nein, es war Leben darin: die Blätter der Bäume bewegten sich, die Menschen kamen und gingen wie in einem Spiegelbild. Und er schaute durch eine andere Scheibe, und da war Jakobs Traum, wo die Leiter gerade in den Himmel hineinführte, und die Engel mit großen Flügeln auf und nieder schwebten. Ja, alles, was in dieser Welt geschehen war, lebte und bewegte sich in den Glasscheiben; so kunstreiche Gemälde konnte nur die Zeit einbrennen.

Die Fee lächelte und führte ihn in einen großen und hohen Saal; seine Wände schienen transparente Malereien zu sein, wo ein Gesicht schöner war als das andere; es waren Millionen Glückliche, die lächelten und sangen, so daß es zu *einer* Melodie zusammenfloß; die alleroberesten waren so klein, daß sie kleiner schienen als die kleinste Rosenknospe, wenn sie wie ein Punkt aufs Papier gezeichnet wird. Und mitten im Saal stand ein großer Baum mit hängenden, üppigen Zweigen; goldene Äpfel, große und kleine, hingen wie Apfelsinen zwischen den grünen Blättern. Das war der Baum der Erkenntnis, von dessen Frucht Adam und Eva gegessen hatten. Von jedem Blatt tropfte ein schimmerndroter Tautropfen; es war, als ob der Baum blutige Tränen weinte.

»Laß uns nun ins Boot steigen!« sagte die Fee, »dort draußen wollen wir Erfrischungen auf dem schwellenden Wasser genießen. Das Boot schaukelt und kommt doch nicht von der Stelle, aber alle Länder der Welt gleiten an unsern Augen vorbei.« Es war seltsam zu sehen, wie sich die ganze Küste bewegte, es kamen die hohen, schneebedeckten Alpen mit Wolken und schwarzen Tannen; das Horn klang so tief wehmütig, und der Hirt jodelte so schön im Tal. Nun beugten die Bananenbäume ihre langen, hängenden Äste über das Boot herab; kohlschwarze Schwäne schwammen auf dem Wasser, und die seltsamsten Tiere und Blumen zeigten sich am Strand; es war Neu-Holland, der fünfte Weltteil, der mit einer Aussicht auf die blauen Berge vorbeiglitt. Man hörte den Gesang der Priester und sah den Tanz der Wilden zum Schall der Trommeln und Knochenpfeifen. Ägyptens Pyramiden, die in die Wolken hineinragten, umgestürzte Säulen und Sphinxe, halb begraben im Sand, segelten vorbei. Die Nordlichter brannten über den Gletschern des Nordens; es war ein Feuerwerk, das niemand nachmachen konnte. Der Prinz war so glückselig, er sah ja hundertmal mehr, als wir hier erzählen.

»Und immer kann ich hierbleiben?« fragte er.

»Das beruht auf dir selbst!« antwortete die Fee. »Falls du nicht wie Adam dich verlocken läßt, das Verbotene zu tun, so kannst du immer hier bleiben!«

»Ich werde die Äpfel am Baume der Erkenntnis nicht anrühren!« sagte der Prinz. »Hier sind ja tausend Früchte, schön wie sie!«

»Prüfe dich selbst, und bist du nicht stark genug, so folge dem Ostwind, der dich brachte; er fliegt nun zurück und kommt nicht hierher während hundert Jahren; die Zeit wird dir an diesem Ort vergehen, als wären es nur hundert Stunden, aber es ist eine lange Zeit für die Versuchung und Sünde. Jeden Abend, wenn ich von dir gehe, muß ich dir zurufen: ›Folge mir!‹ Ich muß dir mit der Hand winken, aber bleibe zurück. Geh nicht mit, denn dann wird mit jedem Schritt dein Sehnen größer werden: du kommst in den Saal, wo der Baum der Erkenntnis wächst; ich schlafe unter seinen duftenden, hängenden Zweigen, du wirst dich über mich beugen, und ich muß lächeln, aber drückst du einen Kuß auf meinen Mund, so sinkt das Paradies tief in die Erde, und es ist verloren für dich. Der Wüste scharfer Wind wird dich umsausen, der kalte Regen von deinem Haar tropfen. Kummer und Drangsal werden dein Erbteil.«

»Ich bleibe hier!« sagte der Prinz, und der Ostwind küßte ihn auf die Stirn und sagte: »Sei stark, dann treffen wir uns wieder hier in hundert Jahren! Leb wohl!« Und der Ostwind breitete seine großen Flügel aus; sie leuchteten wie Wetterleuchten im Herbst oder wie Nordlicht im kalten Winter. »Leb wohl! Leb wohl!« klang es von Blumen und Bäumen. Störche und Pelikane flogen in Reihen wie flatternde Bänder und folgten mit bis an die Grenze des Gartens.

»Jetzt beginnen unsere Tänze!« sagte die Fee. »Am Schluß, wenn ich mit dir tanze, wirst du, indes die Sonne sinkt, sehen, daß ich dir zuwinke, du wirst mich dir zurufen hören: ›Folge mir!‹ Aber tue es nicht! Während hundert Jahren muß ich es jeden Abend wiederholen; mit jedem Mal, wenn diese Zeit um ist, gewinnst du mehr Kraft, zuletzt denkst du niemals daran. Heute abend ist es das erstemal; nun habe ich dich gewarnt!«

Die Fee führte ihn in einen großen Saal von weißen, durchsichtigen Lilien; die gelben Staubfäden in jeder waren eine kleine Goldharfe, die mit Saitenlaut und Flötentönen erklang. Die schönsten Mädchen, schwebend und schlank, gekleidet in wogenden Flor, so daß man die lieblichen Glieder sah, schwebten im Tanze und sangen davon, wie herrlich es sei zu leben, daß sie nie sterben würden und daß der Garten des Paradieses ewig blühen solle.

Und die Sonne ging unter, der ganze Himmel wurde *ein* Gold, das den Lilien den Schein der schönsten Rose gab, und der Prinz trank von dem schäumenden Wein, den die Mädchen ihm reichten, und er fühlte eine Glückseligkeit wie nie zuvor. Er sah, wie des Saales Hintergrund sich öffnete, und der Baum der Erkenntnis stand in einem Glanz, der seine Augen blendete. Der Gesang von dort war weich und schön wie die Stimme seiner Mutter, und es war, als ob sie sänge: »Mein Kind! Mein geliebtes Kind!«

Da winkte die Fee und rief so liebevoll: »Folge mir! folge mir!« und er stürzte zu ihr hin, vergaß sein Versprechen, vergaß es schon am ersten Abend, und sie winkte und lächelte. Der Duft, der würzige Duft ringsumher wurde stärker, die Harfen tönten weit schöner, und es war, als ob die Millionen lächelnder Köpfe im Saal, wo der Baum wuchs, nickten und sängen: »Alles soll man kennen! Der Mensch ist der Herr der Erde!« Und es waren nicht mehr blutige Tränen, die von den Blättern des Baumes der Erkenntnis fielen, es waren rote, funkelnde Sterne, so schien es ihm. »Folge mir, folge mir!« klangen die bebenden Töne, und bei jedem Schritt brannten die Wangen des Prinzen heißer, sein Blut bewegte sich heftiger. »Ich muß!« sagte er, »das ist ja keine Sünde, kann es nicht sein! Warum nicht folgen der Schönheit und Freude! Sie schlafen sehen will ich! Es ist ja nichts verloren, wenn ich sie nur nicht küsse, und das tue ich nicht, ich bin stark, ich habe einen festen Willen!«

Und die Fee warf ihr strahlendes Gewand ab, bog die Zweige zurück, und einen Augenblick später war sie darinnen verborgen.

»Ich habe noch nicht gesündigt!« sagte der Prinz, »und ich will es auch nicht«; dann zog er die Zweige zur Seite; da schlief sie schon, schön wie nur die Fee im Garten des Paradieses es sein kann; sie lächelte im Traum, er beugte sich zu ihr herab und sah die Tränen zwischen ihren Wimpern beben.

»Weinst du über mich?« flüsterte er, »weine nicht, du herrliches

Weib! Nun begreife ich erst des Paradieses Glück, es strömt durch mein Blut, durch meine Gedanken, des Cherubims Kraft und ewiges Leben fühle ich in meinem irdischen Körper, laß es ewige Nacht für mich werden, eine Minute wie diese ist Reichtum genug!« Und er küßte die Träne von ihrem Auge, sein Mund berührte den ihren.

Da ertönte ein Donnerschlag, so tief und schrecklich, wie niemand es zuvor gehört hatte, und alles stürzte zusammen: die schöne Fee, das blühende Paradies sanken, sanken so tief, so tief. Der Prinz sah es sinken in die schwarze Nacht; wie ein kleiner, glänzender Stern strahlte es weit entfernt. Todeskälte ging durch seine Glieder, er schloß seine Augen und lag lange wie tot.

Der kalte Regen fiel auf sein Gesicht, der scharfe Wind blies um seinen Kopf, da kehrten seine Gedanken zurück. »Was habe ich getan!« seufzte er, »ich habe gesündigt wie Adam! Gesündigt, so daß das Paradies tief hinabgesunken ist!« Und er öffnete seine Augen, den weitentfernten Stern, den Stern, der funkelte wie das versunkene Paradies, sah er noch – es war der Morgenstern am Himmel.

Er richtete sich auf und war in dem großen Wald, nahe bei der Höhle der Winde, und die Mutter der Winde saß an seiner Seite, sie sah böse aus und hob ihren Arm in die Höhe.

»Schon am ersten Abend!« sagte sie, »das dachte ich wohl! Ja, wärst du *mein* Knabe, so müßtest du jetzt in den Sack!«

»Dahin soll er kommen!« sagte der Tod; es war ein starker, alter Mann mit einer Sense in der Hand und mit großen, schwarzen Flügeln. »In den Sarg soll er gelegt werden, aber nicht jetzt; ich zeichne ihn nur, lasse ihn dann eine Weile noch in der Welt umherwandern, seine Sünde sühnen, gut werden und besser! – ich komme einmal. Wenn er es dann am wenigsten erwartet, stecke ich ihn in den schwarzen Sarg, setze ihn auf meinen Kopf und fliege hinauf zu dem Stern; auch dort blüht der Garten des Paradieses; und ist er gut und fromm, dann soll er eintreten, ist aber sein Denken böse und das Herz noch voll Sünde, so sinkt er mit dem Sarg tiefer, als das Paradies sank, und nur jedes tausendste Jahr hole ich ihn wieder, auf daß er tiefer sinken muß oder auf den Stern gelange, den funkelnden Stern dort oben.«

15

DER FLIEGENDE KOFFER

Es war einmal ein Kaufmann, der war so reich, daß er die ganze Straße und beinahe eine kleine Gasse dazu mit Silbergeld pflastern konnte; aber das tat er nicht, er wußte sein Geld anders zu brauchen; gab er einen Schilling aus, bekam er einen Taler wieder; so ein Kaufmann war er – und dann starb er.

Der Sohn bekam nun all dies Geld, und er lebte lustig, ging auf Maskerade jede Nacht, machte Papierdrachen aus Reichstalerscheinen und ließ Goldstücke statt flache Steine über die Wasserfläche gleiten; so konnte das Geld wohl zu Ende gehen, und das tat es auch. Zuletzt besaß er nicht mehr als vier Schillinge und hatte keine andern Kleider als ein Paar Pantoffeln und einen alten Schlafrock. Jetzt machten sich seine Freunde nichts mehr aus ihm, da sie ja nicht zusammen auf die Straße gehen konnten; aber einer von ihnen, der gut war, sandte ihm einen alten Koffer und sagte: »Pack ein!« Ja, das war nun sehr schön, aber er hatte nichts einzupacken, und so setzte er sich selbst in den Koffer.

Es war ein sonderbarer Koffer! Sobald man auf das Schloß drückte, konnte der Koffer fliegen; das tat er, wupp, flog er mit ihm durch den Schornstein, hoch hinauf über die Wolken, weiter und weiter fort. Es knackte im Boden, und da wurde ihm so bange davor, daß er in Stücke gehen könnte, denn dann hätte er eine ganz artige Volte geschlagen! Gott bewahr uns! Und dann kam er nach dem Land der Türken. Den Koffer versteckte er im Wald unter den welken Blättern und ging dann in die Stadt hinein. Das konnte er auch recht gut, denn bei den Türken gingen ja alle so wie er in Schlafrock und Pantoffeln. Dann begegnete er einer Amme mit einem kleinen Kind. »Höre, du Türkenamme!« sagte er, »was ist das für ein großes Schloß hier dicht bei der Stadt? Die Fenster sitzen so hoch!«

»Da wohnt des Königs Tochter!« sagte sie. »Es ist ihr prophezeit worden, daß sie sehr unglücklich über einen Geliebten werden soll, und darum darf niemand zu ihr kommen, außer wenn der König und die Königin dabei sind.«

»Danke!« sagte der Kaufmannssohn, und dann ging er hinaus in den Wald, setzte sich in seinen Koffer, flog aufs Dach hinauf und kroch durch das Fenster zur Prinzessin hinein. Sie lag auf dem Sofa und schlief; sie war so schön, daß der Kaufmannssohn sie küssen mußte; sie erwachte und war ganz erschrocken; aber er sagte, er sei der Türkengott, der durch die Luft zu ihr herabgekommen sei, und das gefiel ihr gut.

Dann saßen sie nebeneinander, und er erzählte Geschichten von ihren Augen: das wären die schönsten, dunklen Seen, und die Gedanken schwämmen dort gleich Meerjungfrauen; und er erzählte von ihrer Stirn: die wäre wie ein Schneeberg mit den prächtigsten Sälen und Bildern; und er erzählte vom Storch, der die süßen, kleinen Kinder bringt.

Ja, das waren einige schöne Geschichten! Dann freite er um die Prinzessin, und sie sagte gleich ja.

»Aber Sie müssen am Sonnabend herkommen«, sagte sie, »da sind der König und die Königin bei mir zum Tee. Sie werden sehr stolz darauf sein, daß ich den Türkengott bekomme; aber sehen Sie zu, daß sie ein recht schönes Märchen wissen, denn das haben meine Eltern ganz besonders gern; meine Mutter will es moralisch und vornehm haben, und mein Vater lustig, so daß man lachen kann.«

»Ja, ich bringe keine andere Brautgabe als ein Märchen!« sagte er, und dann schieden sie; aber die Prinzessin gab ihm einen Säbel, der mit Goldstücken besetzt war, und die konnte er besonders gut brauchen.

Nun flog er fort, kaufte sich einen neuen Schlafrock und saß dann draußen im Wald und dichtete an einem Märchen; es sollte bis zum Sonnabend fertig sein, und das ist gar nicht so leicht.

Dann war er fertig, und dann war es Sonnabend.

Der König, die Königin und der ganze Hof wartete mit dem Teewasser bei der Prinzessin. Er wurde so reizend empfangen.

»Wollen Sie nun ein Märchen erzählen!« sagte die Königin, »eines, das tiefsinnig und belehrend ist!«

»Aber über das man doch lachen kann!« sagte der König.

»Jawohl!« sagte er und erzählte; da muß man nun gut zuhören.

»Es war einmal ein Bund Schwefelhölzchen, die waren so außerordentlich stolz, weil sie von hoher Herkunft waren. Ihr Stammbaum, das heißt die große Fichte, von der jedes ein kleines Stäbchen war, war ein großer, alter Baum im Wald gewesen. Die Schwefelhölzchen lagen nun in der Mitte zwischen einem Feuerzeug und einem alten Eisentopf, und denen erzählten sie von ihrer Jugend. ›Ja, als wir auf dem grünen Zweig waren‹, sagten sie, ›da waren wir wahrlich auf dem grünen Zweig; jeden Morgen und Abend Diamanttee, das war der Tau; den ganzen Tag hatten wir Sonnenschein, wenn die Sonne schien, und alle die kleinen Vögel mußten uns Geschichten erzählen. Wir konnten gut merken, daß wir auch reich waren; denn die Laubbäume, die waren nur im Sommer bekleidet, aber unsere Familie hatte die Mittel zu grünen Kleidern, sowohl im Sommer als im Winter. Aber dann kamen die Holzhauer, das war die große Revolution, und unsere Familie wurde zersplittert; der Stammherr bekam eine Stelle als Großmast auf einem prächtigen Schiff, das die Welt umsegeln konnte, wenn es wollte; die andern Äste kamen nach andern Orten, und wir haben nun die Aufgabe, der niedrigen Menge das Licht anzuzünden; deshalb sind wir vornehmen Leute hierher in die Küche gekommen.‹

›Ja, mein Lebensschicksal war von anderer Art!‹ sagte der eiserne Topf, neben welchem die Schwefelhölzchen lagen. ›Von Anfang an, seit ich in die Welt hinauskam, bin ich viele Male gescheuert und gekocht worden! Ich sorge für das Solide und bin im Grunde genommen der Erste hier im Haus. Meine einzige Freude ist, so nach Tisch rein und nett an meinem Platz zu liegen und mit den Kameraden eine vernünftige Unterhaltung zu führen; aber wenn ich den Wassereimer ausnehme, der hin und wieder einmal in den Hof hinunterkommt, so leben wir immer innerhalb unserer vier Wände. Unser einziger Neuigkeitsbote ist der Marktkorb, aber der spricht so unruhig über die Regierung und das Volk; ja, neulich war da ein alter Topf, der vor Schrecken darüber herabfiel und sich in Stücke schlug! Er ist freisinnig, sage ich Ihnen!‹ –

›Jetzt schwatzest du zu viel!‹ sagte das Feuerzeug, und der Stahl schlug gegen den Feuerstein, daß er sprühte. ›Wollen wir nun nicht einen lustigen Abend haben?‹

›Ja, laßt uns davon sprechen, wer der Vornehmste ist!‹ sagten die Schwefelhölzchen. ›Nein, ich liebe es nicht, von mir selbst zu reden!‹ sagte der tönerne Topf. ›Laßt uns eine Abendunterhaltung veranstalten! Ich will anfangen; ich werde etwas erzählen, was jeder erlebt hat; in das kann man sich so angenehm hineinversetzen, und es ist so vergnüglich: An der Ostsee bei den dänischen Buchen –!‹

›Das ist ein schöner Anfang!‹ sagten alle Teller, ›das wird bestimmt eine Geschichte, die uns gefällt!‹

›Ja, dort verbrachte ich meine Jugend bei einer stillen Familie; die Möbel wurden poliert, der Boden gewaschen, und alle vierzehn Tage wurden reine Gardinen aufgehängt!‹

›Wie Sie doch interessant erzählen!‹ sagte der Staubbesen. ›Man kann gleich hören, daß es ein Frauenzimmer ist, das erzählt; es geht so etwas Reinliches hindurch!‹

›Ja, das fühlt man!‹ sagte der Wassereimer, und dann machte er vor Freude einen kleinen Hopser, so daß es auf den Fußboden platschte.

Und der Topf fuhr fort zu erzählen, und das Ende war ebenso gut wie der Anfang.

Alle Teller klapperten vor Freude, und der Staubbesen nahm grüne Petersilie aus dem Sandloch und bekränzte den Topf, denn er wußte, daß es die andern ärgern würde. Bekränze ich heute ihn, dachte er, so bekränzt er morgen mich.

›Nun will ich tanzen!‹ sagte die Feuerzange und tanzte; ja, Gott bewahr uns, wie sie das eine Bein in die Höhe strecken konnte! Der alte Stuhlüberzug drüben in der Ecke platzte, als er es sah. ›Kann *ich* nun bekränzt werden?‹ sagte die Feuerzange, und das wurde sie.

Es ist doch nur Pöbel! dachten die Schwefelhölzchen.

Nun sollte die Teemaschine singen; aber sie sei erkältet, sagte sie. Sie könne nicht, außer wenn sie koche, aber das war nur aus Vornehmheit; sie wollte nicht, außer wenn sie drinnen auf dem Tisch bei der Herrschaft stand.

Drüben am Fenster saß eine alte Schreibfeder, mit der das Mädchen zu schreiben pflegte; es war nichts Merkwürdiges an ihr, außer daß sie allzu tief ins Tintenfaß getaucht war, aber darauf war *sie* nun stolz. ›Will die Teemaschine nicht singen‹, sagte sie, ›dann kann sie es bleibenlassen! Draußen hängt in einem Bauer eine Nachtigall, die kann singen. Sie hat freilich nichts gelernt; aber darüber wollen wir heute abend nicht schlecht sprechen!‹

›Ich finde es höchst unpassend‹, sagte der Teekessel, der Küchensänger und ein Halbbruder der Teemaschine war, ›daß so ein fremder Vogel gehört werden soll! Ist das patriotisch? Ich will den Marktkorb darüber urteilen lassen!‹

›Ich ärgere mich nur!‹ sagte der Marktkorb, ich ärgere mich so gründlich, wie man es sich nur denken kann! Ist das eine passende Art, einen Abend zu verbringen? Wäre es nicht richtiger, das Haus in Ordnung zu bringen? Ein jeder sollte da auf seinen Platz kommen, und ich würde das ganze Spiel leiten. Das würde etwas anderes werden!‹

›Ja, laßt uns Spektakel machen!‹ sagten sie alle zusammen. Im selben Augenblick ging die Tür auf. Es war das Dienstmädchen, und dann standen sie still, niemand machte einen Mucks. Aber da war nicht *ein* Topf, der nicht gewußt hätte, was er tun konnte und wie vornehm er war. Ja, wenn ich gewollt hätte, dachten sie, dann wäre es wahrlich ein lustiger Abend geworden!

Das Dienstmädchen nahm die Schwefelhölzchen und machte mit ihnen Feuer an – Gott bewahr uns, wie sie sprühten und in Flammen gerieten!

Nun kann wohl jeder sehen, dachten sie, daß wir die Ersten sind! Welchen Glanz wir haben; welches Licht! – und dann waren sie verbrannt.«

»Das war ein schönes Märchen!« sagte die Königin, »ich fühlte mich so ganz in der Küche bei den Schwefelhölzchen, ja, nun sollst du unsere Tochter haben.«

»Ja, gewiß!« sagte der König, »am Montag sollst du unsere Tochter haben!« Denn nun sagten sie du zu ihm, da er zur Familie gehören sollte.

Die Hochzeit war somit bestimmt, und am Abend vorher wurde die ganze Stadt illuminiert. Zwieback und Bretzel flogen unter das Volk. Die Gassenbuben standen auf den Zehen, riefen hurra und pfiffen durch die Finger; es war außerordentlich prachtvoll.

Ja, ich werde wohl auch etwas zum besten geben müssen! dachte der Kaufmannssohn, und dann kaufte er Raketen, Knallerbsen und all das Feuerwerk, was man sich nur denken kann, legte es in seinen Koffer und flog damit in die Luft.

Rutsch, wie das ging und wie das puffte! Alle Türken hüpften dabei in die Höhe, daß ihre Pantoffeln ihnen um die Ohren flogen; so eine Lufterscheinung hatten sie zuvor noch nie gesehen. Nun konnten sie verstehen, daß es der Türkengott selbst war, der die Prinzessin haben sollte.

Sobald der Kaufmannssohn wieder mit seinem Koffer in den Wald hinunterkam, dachte er: Ich will doch in die Stadt gehen, um zu hören, wie es sich ausgenommen hat! Und es war ja ganz natürlich, daß er Lust dazu hatte.

Nein, wie doch die Leute erzählten! Ein jeder, den er danach fragte, hatte es auf seine Weise gesehen; aber schön war es für sie alle gewesen.

»Ich sah den Türkengott selbst«, sagte der eine, »er hatte Augen wie glänzende Sterne und einen Bart wie schäumende Wasser!«

»Er flog in einem Feuermantel«, sagte ein anderer, »die schönsten Engelskinder guckten aus den Falten hervor!«

Ja, das waren herrliche Dinge, die er hörte. Und am folgenden Tag sollte er Hochzeit halten.

Nun ging er in den Wald zurück, um sich in seinen Koffer zu

setzen – aber wo war er? Der Koffer war verbrannt! Ein Funken des Feuerwerks war zurückgeblieben, er hatte Feuer gefangen, und der Koffer lag in Asche. Der Kaufmannssohn konnte nicht mehr fliegen, nicht mehr zu seiner Braut gelangen.

Sie stand den ganzen Tag auf dem Dach und wartete; sie wartet noch; aber er durchwandert die Welt und erzählt Märchen, doch sie sind nicht mehr so lustig wie das, welches er von den Schwefelhölzchen erzählte.

16

DIE STÖRCHE

Auf dem letzten Haus in einem kleinen Dorf stand ein Storchennest. Die Storchenmutter saß im Nest bei ihren vier Jungen, die den Kopf mit dem kleinen, schwarzen Schnabel, denn er war noch nicht rot geworden, hervorstreckten. Ein kleines Stück davon entfernt auf dem Dachrücken stand stramm und steif der Storchenvater; er hatte das eine Bein unter sich hochgezogen, um doch einige Mühe zu haben, während er Schildwache stand. Man sollte glauben, er sei aus Holz geschnitzt, so still stand er. Es sieht gewiß recht vornehm aus, daß meine Frau eine Schildwache beim Nest hat! dachte er, sie können ja nicht wissen, daß ich ihr Mann bin, sie glauben wohl, ich sei dazu kommandiert, hier zu stehen. Es sieht so flott aus! Und dann fuhr er fort, auf dem einen Bein zu stehen.

Unten auf der Straße spielte eine ganze Schar Kinder, und als sie die Störche sahen, da sang einer der mutigsten Knaben, und nachher alle zusammen den alten Vers von den Störchen; aber sie sangen ihn eben, wie er sich daran erinnern konnte:

Storch, Storch, fliege heim,
Stehe nicht auf einem Bein;
Deine Frau im Neste liegt,
Wo sie die vier Jungen wiegt.

Das eine wird gehängt,
Das zweite wird versengt,
Das dritte man erschießt,
Das vierte wird gespießt.

»Hör doch, was die Knaben singen!« sagten die kleinen Storchenjungen, »sie sagen, wir sollen gehängt und versengt werden!«

»Daran sollt ihr euch nicht kehren!« sagte die Storchenmutter; »hört nur nicht darauf, dann macht es nichts!«

Aber die Knaben fuhren fort zu singen, und sie zeigten mit den Fingern nach den Störchen; nur ein Knabe, er hieß Peter, sagte, es sei ein Unrecht, die Tiere zu foppen, und wollte gar nicht mittun. Die Storchenmutter tröstete ihre Jungen auch: »Macht euch nichts daraus«, sagte sie, »seht nur, wie ruhig euer Vater steht, und das auf *einem* Bein!«

»Wir haben so Angst!« sagten die Jungen und zogen die Köpfe tief ins Nest hinunter. Am nächsten Tag, als die Kinder wieder zusammenkamen um zu spielen, und sie die Störche sahen, begannen sie ihr Lied:

»Das eine wird gehängt,
Das zweite wird versengt! –«

»Sollen wir wohl gehängt und versengt werden?« fragten die Storchenjungen.

»Nein, gewiß nicht!« sagte die Mutter. »Ihr sollt fliegen lernen, ich werde euch schon exerzieren! Dann begeben wir uns hinaus auf die Wiese und machen Visite bei den Fröschen; sie verbeugen sich im Wasser vor uns; sie singen ›koaks, koaks!‹, und dann fressen wir sie auf, das kann wahrlich ein Vergnügen werden!«

»Und was dann?« fragten die Storchenjungen.

»Dann versammeln sich alle Störche, die hier im ganzen Land

sind, und dann beginnen die Herbstmanöver. Da muß man gut fliegen, das ist von großer Wichtigkeit; denn wer nicht fliegen kann, den sticht der General mit seinem Schnabel tot; darum gebt wohl acht, daß ihr etwas lernt, wenn das Exerzieren beginnt!«

»Dann werden wir ja doch gespießt, wie die Knaben sagten, und hör, jetzt sagen sie es wieder!«

»Hört auf mich und nicht auf sie«, sagte die Storchenmutter. »Nach dem großen Manöver fliegen wir nach den warmen Ländern, oh, so weit von hier, über Berge und Wälder. Nach Ägypten fliegen wir, wo dreieckige Steinhäuser sind, die in einer Spitze bis über die Wolken ragen. Sie werden Pyramiden genannt und sind älter, als irgendein Storch es sich denken kann. Dort ist ein Fluß, der überfließt, so daß das Land zu Schlamm wird. Man geht in Schlamm und ißt Frösche.«

»Oh!« sagten alle Jungen.

»Ja! dort ist es so schön! Den ganzen Tag tut man nichts anderes als essen, und während wir es so gut haben, ist in diesem Land nicht ein grünes Blatt an den Bäumen. Hier ist es dann so kalt, daß die Wolken in Stücke frieren und als kleine, weiße Lappen herunterfallen!« Das war der Schnee, den sie meinte, aber sie konnte es ja nicht deutlicher erklären.

»Frieren dann auch die unartigen Knaben in Stücke?« fragten die Storchenjungen.

»Nein, in Stücke frieren sie nicht! Aber sie sind nahe daran und müssen in der dunklen Stube sitzen und sich langweilen; ihr könnt dagegen in fremden Ländern umherfliegen, wo Blumen und warmer Sonnenschein sind!«

Nun war bereits einige Zeit vergangen, und die Jungen waren so groß, daß sie im Nest stehen und weit umhersehen konnten; und der Storchenvater kam jeden Tag mit netten Fröschen, kleinen Nattern und all den Storchenleckereien geflogen, die er finden konnte. Oh, das sah lustig aus, wie er Kunststücke vor ihnen machte. Den Kopf legte er ganz hinten über auf den Schwanz, mit dem Schnabel klapperte er, als sei er eine kleine Klapper, und dann erzählte er Geschichten, alle vom Sumpf. »Hört, jetzt müßt ihr fliegen lernen!« sagte eines Tages die Storchenmutter, und dann mußten alle vier

Jungen hinaus auf den Dachrücken. Oh, wie sie schwankten! wie sie mit den Flügeln balancierten, und doch nahe daran waren hinunterzufallen!

»Schaut jetzt auf mich!« sagte die Mutter, »so sollt ihr den Kopf halten! So sollt ihr die Beine setzen! Eins, zwei! eins, zwei! Das ist es, was euch in der Welt vorwärtshelfen soll!« Dann flog sie ein kleines Stück; und die Jungen, die machten einen kleinen, plumpen Hopser, bums! da lagen sie, denn ihre Körper waren schwerfällig.

»Ich will nicht fliegen!« sagte das eine Junge, und kroch wieder ins Nest hinein, »ich mache mir nichts daraus, nach den warmen Ländern zu kommen!«

»Willst du denn hier erfrieren, wenn es Winter wird? Sollen die Knaben kommen und dich hängen und brennen und sengen? Jetzt rufe ich ihnen!«

»O nein!« sagte das Storchenjunge, und dann hüpfte es wieder auf dem Dach wie die andern. Am dritten Tag konnten sie schon ordentlich ein wenig fliegen, und da glaubten sie, daß sie auch auf der Luft sitzen und sich ausruhen könnten; das wollten sie, aber bums! da plumpsten sie; da mußten sie daran, wieder die Flügel zu rühren. Nun kamen die Knaben unten auf der Straße und sangen ihr Lied:

»Storch, Storch, fliege heim!«

»Sollen wir hinunterfliegen und ihre Augen aushacken?« sagten die Jungen.

»Nein, laßt das sein!« sagte die Mutter, »hört nur auf mich, das ist viel wichtiger! Eins, zwei, drei! jetzt fliegen wir rechts herum! eins, zwei, drei! jetzt links um den Schornstein! – seht, das war sehr gut! Der letzte Schlag mit den Flügeln war so reizend und richtig, daß ihr die Erlaubnis erhalten sollt, morgen mit mir in den Sumpf zu kommen! Da kommen mehrere nette Storchenfamilien mit ihren Kindern. Laßt mich nun sehen, daß meine die nettesten sind, und daß ihr euch rank haltet; es sieht gut aus und es gibt Ansehen!«

»Aber sollen wir denn nicht Rache nehmen an den unartigen Knaben?« fragten die Storchenjungen.

»Laßt sie schreien, soviel sie wollen! Ihr fliegt doch mit den Wolken, kommt ins Land der Pyramiden, wenn sie frieren müssen und nicht ein grünes Blatt oder einen süßen Apfel haben.«

»Ja, aber rächen wollen wir uns!« flüsterten sie einander zu, und dann wurde wieder exerziert. Von allen Knaben auf der Straße war keiner ärger darauf aus, das Spottlied zu singen, als just der, welcher begonnen hatte, und das war ein ganz kleiner, er war wohl nicht mehr als sechs Jahre alt. Die Storchenjungen glaubten allerdings, daß er hundert Jahre zähle; denn er war ja so viel größer als ihre Mutter und ihr Vater, und was wußten sie davon, wie alt Kinder und große Menschen sein konnten. Ihre ganze Rache wollten sie an diesem Knaben auslassen, er hatte ja zuerst angefangen, und immer fuhr er damit fort. Die Storchenjungen waren so gereizt, und je größer sie wurden, um so weniger wollten sie es dulden. Die Mutter mußte ihnen zuletzt versprechen, daß sie ihre Rache schon bekommen sollten; aber sie wollte sie nicht nehmen vor dem letzten Tag, den sie im Lande waren.

»Wir müssen ja erst sehen, wie ihr euch beim großen Manöver anstellt. Kommt ihr schlecht dabei weg, so daß der General euch den Schnabel in die Brust jagt, dann haben ja die Knaben doch recht, wenigstens in einer Weise! Laßt uns nun sehen!«

»Ja, das sollst du!« sagten die Jungen, und dann gaben sie sich erst recht Mühe! Sie übten sich jeden Tag und flogen so reizend und leicht, daß es eine Lust war.

Nun kam der Herbst; alle Störche begannen sich zu sammeln, um nach den warmen Ländern fortzufliegen, während wir Winter haben. Das war ein Manöver! Über Wälder und Städte mußten sie, nur um zu zeigen, wie gut sie fliegen konnten. Es war ja eine große Reise, die bevorstand. Die Storchenjungen machten ihre Sache so brav, daß sie ein »ausgezeichnet gut, mit Frosch und Schlange« bekamen. Das war die allerbeste Zeugnisnote, und den Frosch und die Schlange konnten sie essen, und das taten sie auch.

»Nun sollen wir gerächt werden!«

»Ja gewiß!« sagte die Storchenmutter. »Was ich ausgedacht habe, ist just das Richtige! Ich weiß, wo der Teich ist, in dem alle die kleinen Menschenkinder liegen, bis der Storch kommt und sie zu ihren Eltern holt. Die niedlichen, kleinen Kinder schlafen und träumen so schön, wie sie nachher nie mehr dazukommen zu träumen. Alle Eltern wollen gern solch ein kleines Kind haben, und alle Kinder wollen eine Schwester oder einen Bruder haben. Nun wollen wir zum Teich hinfliegen und eines für jedes der Kinder holen, die nicht das böse Lied gesungen und die Störche gefoppt haben, aber die andern Kinder sollen gar keins haben!«

»Aber er, der anfing zu singen, der schlimme, häßliche Knabe!« schrien die jungen Störche, »was tun wir mit ihm?«

»Es liegt im Teich ein kleines, totes Kind, es hat sich totgeträumt, das wollen wir für ihn nehmen; dann muß er weinen, weil wir ihm einen toten, kleinen Bruder gebracht haben; aber der gute Knabe, ihn habt ihr doch nicht vergessen, er, der sagte: ›Es ist unrecht, die Tiere zu foppen!‹ Ihm wollen wir sowohl einen Bruder als eine Schwester bringen, und da der Knabe Peter hieß, so sollt ihr auch alle zusammen Peter genannt werden.«

Und es geschah, wie sie sagte, und dann hießen alle Störche Peter, und so werden sie noch heute genannt.

17

OLE LUKÖJE

In der ganzen Welt ist niemand, der so viele Geschichten weiß wie Ole Luköje![1] – er kann wahrlich erzählen!

So gegen Abend, wenn die Kinder noch so nett am Tisch oder auf ihrem Schemel sitzen, kommt Ole Luköje; er kommt ganz still die Treppe herauf, denn er geht auf Socken; er öffnet ganz leise die Tür, und fut! spritzt er den Kindern süße Milch in die Augen, so fein, so fein, aber doch immer genug, daß sie die Augen nicht offenhalten können und ihn deshalb nicht sehen. Er schleicht sich gerade hinter sie, bläst ihnen sachte in den Nacken, und dann werden sie schwer im Kopf, o ja! aber es tut nicht weh, denn Ole Luköje meint es just gut mit den Kindern; er will nur, daß sie ruhig sein sollen, und das sind sie am ehesten, wenn man sie zu Bett bringt; sie sollen still sein, damit er ihnen Geschichten erzählen kann. –

Wenn die Kinder nun schlafen, setzt Ole Luköje sich auf das Bett; er ist gut gekleidet, sein Mantel ist aus Seidenstoff, aber es ist nicht möglich zu sagen, welche Farbe er hat, denn er glänzt grün, rot und blau, je nachdem er sich dreht. Unter jedem Arm hält er einen

[1] Ole Schließauge

Schirm, einen mit Bildern darauf, und den spannt er über die guten Kinder aus, und dann träumen sie die ganze Nacht die schönsten Geschichten. Und einen Schirm hat er, auf dem gar nichts ist, und den spannt er über die unartigen Kinder aus, dann schlafen sie so dumm und haben am Morgen, wenn sie erwachen, nicht das allermindeste geträumt.

Nun werden wir hören, wie Ole Luköje während einer ganzen Woche jeden Abend zu einem kleinen Knaben kam, der Hjalmar hieß, und was er ihm erzählte! Das sind ganze sieben Geschichten, denn es sind sieben Tage in einer Woche.

Montag

»Hör jetzt einmal!« sagte Ole Luköje am Abend, als er Hjalmar zu Bett gebracht hatte, »jetzt werde ich aufschmücken!« Und dann wurden alle Blumen in den Blumentöpfen zu großen Bäumen, die ihre langen Zweige unter der Decke und den Wänden entlang streckten, so daß die ganze Stube wie das schönste Gartenhäuschen aussah; und alle Zweige waren voll von Blumen, und jede Blume war schöner als eine Rose, duftete so herrlich, und wollte man sie essen, war sie süßer als Konfitüre. Die Früchte glänzten wie Gold, und dann waren da Wecken, die vor lauter Rosinen platzten, es war unvergleichlich! Aber auf einmal begann es drüben in der Tischschublade, wo Hjalmars Schulbücher lagen, schrecklich zu jammern.

»Was ist jetzt das!« sagte Ole Luköje und ging zum Tisch hin und machte die Schublade auf. Es war die Tafel, in der es preßte und drückte, denn es war eine falsche Zahl in die Rechnung gekommen, so daß sie daran war auseinanderzufallen. Der Griffel hüpfte und sprang an seiner Schnur, gerade als wäre er ein kleiner Hund; er wollte der Rechnung helfen, aber konnte nicht! – Und dann war es Hjalmars Schreibheft, in dem es auch jammerte; oh, es war ordentlich gräßlich anzuhören! Der Länge nach herunter standen auf jedem Blatt alle die großen Buchstaben, jeder mit einem kleinen an der Seite, eine ganze Reihe herunter, das war so eine Vorschrift; und neben diesen standen wieder einige Buchstaben, die glaubten, sie sähen ebenso aus wie diese, und die hatte Hjalmar geschrieben; sie lagen fast, als wären sie über den Bleistiftstrich gefallen, auf dem sie stehen sollten.

»Seht, so solltet ihr euch halten!« sagte die Vorschrift, »seht, so schräg geneigt mit einem flotten Schwung!«

»Oh, wir möchten gern«, sagten Hjalmars Buchstaben, »aber wir können nicht, wir sind so elend!«

»Dann müßt ihr Kinderpulver haben!« sagte Ole Luköje.

»O nein!« riefen sie, und dann standen sie so rank, daß es eine Lust war.

»Ja, nun können wir keine Geschichte erzählen!« sagte Ole Luköje, »jetzt muß ich sie exerzieren! eins, zwei!« und dann exerzierte er die Buchstaben, und sie standen so rank und so gesund, wie nur eine Vorschrift stehen kann. Aber als Ole Luköje ging und Hjalmar am Morgen nach ihnen sah, da waren sie ebenso elend wie vorher.

Dienstag

Sobald Hjalmar im Bett war, berührte Ole Luköje mit seiner kleinen Zauberspritze alle Möbel in der Stube, und gleich fingen sie an zu sprechen, und alle sprachen sie von sich selbst, ausgenommen der Spucknapf, der stumm dastand und sich darüber ärgerte, daß sie so eitel sein konnten, nur von sich selbst zu reden, nur an sich selbst zu denken und gar keinen Gedanken für ihn zu haben, der doch so bescheiden in der Ecke stand und sich anspucken ließ.

Über der Kommode hing ein großes Gemälde in einem vergoldeten Rahmen; es war eine Landschaft, man sah hohe, alte Bäume, Blumen im Gras und ein großes Wasser mit einem Fluß, der um den Wald herumfloß, vorbei an vielen Schlössern, weit hinaus ins wilde Meer.

Ole Luköje berührte mit seiner Zauberspritze das Gemälde, und dann begannen die Vögel darinnen zu singen, die Zweige der Bäume bewegten sich, und die Wolken kamen ordentlich in Fahrt; man konnte ihre Schatten über die Landschaft hingleiten sehen.

Nun hob Ole Luköje den kleinen Hjalmar zu dem Rahmen empor, und Hjalmar steckte seine Beine in das Gemälde hinein, gerade in das hohe Gras, und da stand er; die Sonne schien zwischen den Zweigen der Bäume auf ihn herab. Er lief zum Wasser hin, setzte sich in ein kleines Boot, das da lag; es war rot und weiß bemalt, die Segel glänzten wie Silber, und sechs Schwäne, alle mit Goldkronen unten um den Hals und einem strahlenden blauen Stern auf dem Kopf, zogen das Boot an den grünen Wäldern vorüber, wo die Bäume von Räubern und Hexen erzählten, und die Blumen von den reizenden, kleinen Elfen und was die Schmetterlinge ihnen erzählt hatten.

Die schönsten Fische mit Schuppen wie Silber und Gold schwammen dem Boot nach; mitunter machten sie einen Sprung, daß es wieder »platsch« im Wasser sagte, und Vögel, rote und blaue, kleine und große, flogen in zwei langen Reihen hinterher. Die Mücken tanzten und die Maikäfer sagten »Bum, bum«; sie wollten alle zusammen Hjalmar begleiten, und alle hatten sie eine Geschichte zu erzählen.

Das war wahrlich eine Segelfahrt! Bald waren die Wälder so dicht und so dunkel, bald waren sie wie der schönste Garten mit Sonnenschein und Blumen, und es lagen große Schlösser aus Glas und Marmor da; auf den Altanen standen Prinzessinnen, und alle waren sie kleine Mädchen, die Hjalmar gut kannte, er hatte mit ihnen früher gespielt. Sie streckten die Hand aus, und jede hielt das niedlichste Zuckerschwein, das nur je eine Kuchenfrau verkaufen konnte, und Hjalmar faßte nach dem einen Ende des Zuckerschweines, indem er vorbeisegelte, und die Prinzessin hielt gut fest, und so bekam jedes sein Stück, sie das kleinste, Hjalmar das allergrößte! Bei jedem Schloß standen kleine Prinzen Schildwache, sie schulterten den Goldsäbel und ließen es Rosinen und Zinnsoldaten regnen; das waren richtige Prinzen!

Bald segelte Hjalmar durch Wälder, bald wie durch große Säle oder mitten durch eine Stadt; er kam auch durch die, in welcher sein Kindermädchen wohnte, sie, die ihn getragen hatte, als er ein ganz kleiner Knabe war, und ihn so lieb gehabt hatte. Und sie nickte und winkte und sang den hübschen Vers, den sie selbst gedichtet und Hjalmar gesandt hatte:

»Ich denke an dich so manch eine Stund,
mein Herzens-Hjalmar, du lieber!
Ich hab ja geküßt deinen kleinen Mund,
deine Stirn, deine Augenlider.
Ich hörte dich sprechen das erste Wort,
doch mußt ich dir Abschied sagen.
Es segne der Herr dich an jedem Ort,
du Engel, den einst ich getragen!«

Und alle Vögel sangen mit, die Blumen tanzten auf den Stengeln, und die alten Bäume nickten, als ob Ole Luköje auch ihnen Geschichten erzähle.

Mittwoch

Nein, wie goß der Regen draußen herab! Hjalmar konnte es im Schlaf hören, und als Ole Luköje ein Fenster öffnete, stand das Wasser gerade bis hinauf an das Fensterbrett; es war ein ganzer See da draußen, aber das prächtigste Schiff lag dicht am Hause. »Willst du mitsegeln, kleiner Hjalmar?« sagte Ole Luköje, »dann kannst du heute nacht nach den fremden Ländern kommen und morgen wieder hier zurück sein!«

Und dann stand Hjalmar auf einmal in seinen Sonntagskleidern mitten auf dem prächtigen Schiff, und sofort wurde das Wetter schön, und sie segelten durch die Straßen, kreuzten um die Kirche, und nun war alles ein großer, wilder See. Sie segelten so lange, daß kein Land mehr zu erblicken war, und sie sahen einen Schwarm Störche, die kamen auch von zu Hause und wollten nach den warmen Ländern. Der eine Storch flog hoch hinter dem andern, und sie waren schon so weit geflogen, so weit; einer von ihnen war so müde, daß seine Flügel ihn fast nicht länger tragen konnten. Er war der allerletzte in der Reihe, und bald blieb er ein großes Stück zurück, zuletzt sank er mit ausgebreiteten Flügeln tiefer und tiefer, er machte noch ein paar Schläge mit den Schwingen, aber es half nicht; nun berührte er mit seinen Füßen das Tauwerk auf dem Schiff, nun glitt er an dem Segel herab und bums! da stand er auf Deck.

Da nahm ihn der Schiffsjunge und setzte ihn ins Hühnerhaus zu den Hühnern, Enten und Truthähnen; der arme Storch stand ganz verzagt mitten unter ihnen.

»So einer!« sagten alle Hühner.

Und der Truthahn blies sich auf, so dick er konnte, und fragte, wer er sei; und die Enten gingen rücklings und pufften einander: »Rapp dich! rapp dich!«

Und der Storch erzählte von dem warmen Afrika, von den Pyramiden und vom Strauß, der wie ein wildes Pferd über die Wüste hinlief, aber die Enten verstanden nicht, was er sagte, und dann pufften sie einander: »Wollen wir uns darüber einig sein, daß er dumm ist?«

»Ja, gewiß ist er dumm!« sagte der Truthahn, und dann plusterte er sich auf. Da schwieg der Storch ganz still und dachte an sein Afrika.

»Das sind ja schön dünne Beine, die Ihr habt!« sagte der Truthahn. »Was kostet die Elle?«

»Skrat, skrat, skrat!« grinsten alle Enten, aber der Storch tat, als ob er es gar nicht höre. »Ihr könnt gerne mitlachen!« sagte der Truthahn zu ihm, »denn das war sehr witzig gesagt! Oder war es vielleicht zu niedrig für Ihn? Ach, ach! er ist nicht vielseitig. Laßt uns dabei bleiben, für uns selbst interessant zu sein!« Und dann kicherten die Hühner, und die Enten schnatterten: »Gik, gak! gik, gak!« Es war schrecklich, wie lustig sie das selbst fanden.

Aber Hjalmar ging hin zum Hühnerhaus, öffnete die Tür, rief dem Storch, und der hüpfte hinaus auf das Deck zu ihm; nun hatte er sich ausgeruht, und es war, als ob er Hjalmar zunicke, um ihm zu danken. Darauf breitete er seine Flügel aus und flog nach den warmen Ländern, aber die Hühner kicherten, die Enten schnatterten, und der Truthahn bekam einen ganz feuerroten Kopf.

»Morgen werden wir Suppe von euch kochen!« sagte Hjalmar, und dann erwachte er und lag in seinem kleinen Bett. Das war doch eine sonderbare Reise, die Ole Luköje ihn diese Nacht hatte machen lassen.

Donnerstag

»Weißt du was!« sagte Ole Luköje, »werde nun nicht bange! Hier sollst du eine kleine Maus sehen!« Und dann hielt er ihm seine Hand mit dem leichten, niedlichen Tier entgegen. »Sie ist gekommen, um dich zur Hochzeit einzuladen. Hier sind zwei Mäuse, die heute nacht in den Ehestand treten wollen. Sie wohnen drunten unter dem Speisekammerboden deiner Mutter, dort soll eine schöne Wohnung sein!«

»Aber wie kann ich durch das kleine Mauseloch im Boden kommen?« fragte Hjalmar. »Überlaß das mir!« sagte Ole Luköje, »ich werde dich schon klein kriegen!« Und dann berührte er mit seiner

Zauberspritze Hjalmar, der gleich kleiner und kleiner wurde, zuletzt war er kaum so groß wie ein Finger. »Jetzt kannst du dir die Kleider des Zinnsoldaten borgen, ich denke, sie könnten passen, und es sieht so flott aus, Uniform anzuhaben, wenn man in Gesellschaft ist!«

»Das wohl!« sagte Hjalmar, und dann war er im Augenblick wie der niedlichste Zinnsoldat gekleidet.

»Wollen Sie nicht so gut sein, sich in den Fingerhut Ihrer Mutter zu setzen«, sagte die kleine Maus, »dann werde ich die Ehre haben Sie zu ziehen!«

»Gott, soll das Fräulein selbst die Mühe haben!« sagte Hjalmar, und dann fuhren sie an die Mäusehochzeit.

Zuletzt kamen sie unter dem Fußboden in einen langen Gang, der nicht höher war, als daß sie dort gerade mit einem Fingerhut fahren konnten, und der ganze Gang war illuminiert mit faulem Holz.

»Riecht es hier nicht herrlich?« sagte die Maus, die ihn zog, »der ganze Gang ist mit Speckschwarte geschmiert worden, es kann nicht herrlicher sein!«

Und nun kamen sie in den Brautsaal hinein; hier standen rechts alle die kleinen Mäusedamen, und sie flüsterten und tuschelten, als ob sie sich übereinander lustig machten; links standen alle Mäuseriche und strichen sich mit den Pfoten über den Schnurrbart; aber mitten auf dem Boden sah man das Brautpaar. Sie standen in einer ausgehöhlten Käserinde und küßten sich so schrecklich viel vor aller Augen, denn sie waren ja verlobt, und nun sollten sie gleich Hochzeit halten.

Es kamen immer mehr und mehr Gäste; eine Maus war nahe daran, die andere totzutreten, und das Brautpaar hatte sich mitten in die Tür gestellt, so daß man weder hinaus noch hinein konnte. Die ganze Stube war gleich dem Gang mit Speckschwarte geschmiert, das war die ganze Bewirtung; aber zum Dessert wurde eine Erbse vorgezeigt, in die eine kleine Maus aus der Familie den Namen des Brautpaars hineingebissen hatte, das heißt den ersten Buchstaben; aber das war etwas ganz Außerordentliches.

Alle Mäuse sagten, daß es eine schöne Hochzeit und daß die Konversation gut gewesen sei. Und dann fuhr Hjalmar wieder heim; er war freilich in vornehmer Gesellschaft gewesen, aber er hatte auch ordentlich zusammenkriechen, sich klein machen und in Zinnsoldatenuniform erscheinen müssen.

Freitag

»Es ist unglaublich, wie viele von den älteren Leuten es gibt, die mich gerne haben möchten!« sagte Ole Luköje. »Es sind besonders jene, die etwas Böses getan haben. ›Guter, kleiner Ole‹, sagen sie zu mir, ›wir können kein Auge zutun, und dann liegen wir die ganze Nacht und sehen alle unsere bösen Taten, die wie häßliche, kleine Trolle auf unserem Bettrand sitzen und uns mit heißem Wasser bespritzen; mögest du doch kommen und sie fortjagen, damit wir einen guten Schlaf bekommen können‹, und dann seufzen sie so tief: ›Wir möchten es wahrlich gern bezahlen! Gute Nacht, Ole! das Geld liegt im Fenster!‹ Aber ich tue es nicht für Geld«, sagte Ole Luköje.

»Was werden wir nun heute nacht unternehmen?« fragte Hjalmar.

»Ja, ich weiß nicht, ob du wieder Lust hast, heute nacht zur Hochzeit zu gehen, es ist eine andere Art als die von gestern. Die große Puppe deiner Schwester, die, welche so aussieht wie ein Mann und

Hermann genannt wird, soll sich mit der Puppe Bertha verheiraten; es ist außerdem der Geburtstag der Puppe, und deshalb soll es so viele Geschenke geben.«

»Ja, das kenne ich schon!« sagte Hjalmar, »immer wenn die Puppen neue Kleider brauchen, dann läßt meine Schwester sie Geburtstag haben oder Hochzeit halten! Das ist gewiß hundertmal geschehen!«

»Ja, aber heute nacht ist die Hochzeit hundertundeins, und wenn Hundertundeins aus ist, dann ist alles vorbei! Deshalb wird diese auch so unvergleichlich. Schau einmal!«

Und Hjalmar sah hin zum Tisch; da stand das kleine Kartonhaus mit Licht in den Fenstern, und alle Zinnsoldaten präsentierten davor das Gewehr. Das Brautpaar saß auf dem Boden und lehnte sich gegen das Tischbein, ganz gedankenvoll, und dazu konnte es ja Grund haben. Aber Ole Luköje, mit dem schwarzen Rock der Großmutter angetan, traute sie. Als die Trauung vorbei war, stimmten alle Möbel in der Stube folgenden schönen Gesang an, der vom Bleistift geschrieben war; er ging nach der Melodie des Zapfenstreiches:

»Das Lied soll kommen wie der Wind
Zum Brautpaar in die Stub' geschwind;
sie prangen beide steifgesinnt,
da sie aus Handschuhleder sind!
::Hurra, Hurra! für taub und blind,
das singen wir laut in Wetter und Wind!::«

Und nun bekamen sie Geschenke, aber sie hatten sich alle eßbaren Dinge verbeten, denn sie hatten genug an ihrer Liebe.

»Sollen wir nun aufs Land gehen oder ins Ausland reisen?« fragte der Bräutigam, und dann wurde die Schwalbe, die viel gereist war, und die alte Hofhenne, die fünfmal Küchlein ausgebrütet hatte, zu Rate gezogen. Und die Schwalbe erzählte von den schönen, warmen Ländern, wo die Trauben so groß und schwer hingen, wo die Luft so mild war, und die Berge Farben hatten, wie man sie hier gar nicht kennt.

»Sie haben doch nicht unsern Grünkohl!« sagte die Henne. »Ich lag einen Sommer lang mit allen meinen Küchlein auf dem Land; da war eine Kiesgrube, in die wir gehen und scharren konnten, und dann hatten wir Zutritt zu einem Garten mit Grünkohl! Oh, wie der grün war! Ich kann mir nichts Schöneres denken.«

»Aber der eine Kohlstrunk sieht ebenso aus wie der andere«, sagte die Schwalbe, »und dann ist es hier oft so schlechtes Wetter!«

»Ja, daran ist man gewöhnt!« sagte die Henne.

»Aber hier ist es kalt, es friert!«

»Das tut dem Kohl gut!« sagte die Henne. »Außerdem können wir es auch warm haben! Hatten wir nicht vor vier Jahren einen Sommer, der fünf Wochen dauerte? Hier war es so heiß, man konnte nicht Atem schöpfen! Und dann haben wir nicht alle die giftigen Tiere, die sie draußen haben! Und wir sind frei von Räubern! Das ist ein Schuft, der nicht findet, daß unser Land das schönste ist! Er verdiente wirklich nicht hier zu sein!« Und dann weinte die Henne. »Ich bin auch gereist! Ich bin in einem Kübel über zwölf Meilen gefahren! Es ist kein Vergnügen zu reisen!«

»Ja, die Henne ist eine vernünftige Frau!« sagte die Puppe Bertha. »Ich liebe es auch nicht, ins Gebirge zu reisen, denn das geht nur hinauf, und dann geht es hinunter! Nein, wir wollen hinaus zu der Kiesgrube ziehen und im Kohlgarten spazieren!«

Und dabei blieb es.

Sonnabend

»Bekomme ich jetzt Geschichten zu hören?« fragte der kleine Hjalmar, sobald Ole Luköje ihn zu Bett gebracht hatte.

»Heute abend haben wir nicht Zeit dazu«, sagte Ole und spannte seinen schönsten Schirm über ihn aus. »Schau nun auf diese Chinesen!« Und der ganze Schirm sah aus wie eine große chinesische Schale mit blauen Bäumen und spitzen Brücken mit kleinen Chinesen darauf, die dastanden und mit dem Kopf nickten. »Wir sollten bis morgen die ganze Welt schön geputzt haben«, sagte Ole. »Es ist ja dann ein heiliger Tag, es ist Sonntag. Ich muß hin zum Kirchturm, um zu sehen, ob die kleinen Kirchenheinzelmännchen die Glocken polieren, damit sie hübsch tönen können; ich muß aufs Feld hinaus und sehen, ob der Wind den Staub von Gras und Blättern bläst; und was die größte Arbeit ist: Ich muß alle Sterne herunterholen, um sie zu polieren. Ich nehme sie in meine Schürze; aber erst muß jeder numeriert werden, damit sie wieder an ihren rechten Platz kommen können, sonst würden sie nicht festsitzen, und wir bekommen zu viele Sternschnuppen, indem einer nach dem andern herunterpurzelt!«

»Hören Sie, wissen Sie was, Herr Luköje!« sagte ein altes Porträt, das an der Wand hing, wo Hjalmar schlief, »ich bin Hjalmars Urgroßvater; haben Sie Dank, weil sie dem Knaben Geschichten erzählen, aber sie dürfen seine Begriffe nicht verwirren. Die Sterne können nicht heruntergenommen und poliert werden! Die Sterne sind Weltkörper wie unsere Erde, und das ist just das Gute an ihnen!«

»Hab Dank, du alter Urgroßvater!« sagte Ole Luköje, »hab Dank! Du bist ja das Haupt der Familie, du bist das ›Ur-Haupt‹! aber ich bin älter als du! Ich bin ein alter Heide; die Römer und die Griechen nennen mich den Traumgott! Ich bin in die vornehmsten Häuser gekommen und komme noch dahin! Ich verstehe sowohl mit den Kleinen wie mit den Großen umzugehen! Nun kannst *du* erzählen!« – und dann ging Ole Luköje und nahm den Schirm mit.

»Jetzt darf man wohl nicht mehr seine Meinung sagen!« sagte das alte Porträt. Und dann erwachte Hjalmar.

Sonntag

»Guten Abend!« sagte Ole Luköje, und Hjalmar nickte, sprang dann aber hin und kehrte das Porträt des Urgroßvaters gegen die Wand um, damit es nicht mitsprechen sollte wie gestern.

»Nun sollst du mir Geschichten erzählen; von ›den fünf grünen Erbsen, die in einer Schote wohnten‹, und von ›dem Hahnenbein, der dem Hühnerbein den Hof machte‹, und von ›der Stopfnadel, die so fein tat, daß sie sich einbildete, eine Nähnadel zu sein‹!«

»Man kann auch des Guten zuviel bekommen!« sagte Ole Luköje; »ich will dir am liebsten etwas zeigen, das weißt du doch! Ich will dir meinen Bruder zeigen, er heißt auch Ole Luköje, aber er kommt nie mehr als einmal zu jemand, und wenn er kommt, nimmt er ihn mit auf sein Pferd und erzählt ihm Geschichten! Er kennt nur zwei; eine, die so unvergleichlich schön ist, daß niemand in der Welt sie sich denken kann, und eine, die so gräßlich und greulich ist – ja, es ist nicht zu beschreiben!« und dann hob Ole Luköje den kleinen Hjalmar zum Fenster hinauf und sagte: »Da kannst du meinen Bruder sehen, den andern Ole Luköje! Sie nennen ihn auch den Tod! Siehst du, er sieht gar nicht so schlimm aus wie in den Bilderbüchern, wo er aus Gebeinen und Knochen ist! Nein, es ist eine Silberstickerei, die er auf dem Kleid hat; es ist die schönste Husarenuniform! Ein Mantel aus schwarzem Samt weht hinten über das Pferd! Sieh, wie er im Galopp reitet!«

Und Hjalmar sah, wie dieser Ole Luköje davonritt und sowohl junge wie alte Leute auf das Pferd nahm; einige setzte er vorn, und andere setzte er hinten auf, aber immer fragte er erst: »Wie steht es mit dem Zeugnisheft?« – »Gut!« sagten sie alle. »Ja, laßt mich selbst sehen!« sagte er, und dann mußten sie ihm das Heft zeigen, und alle die, welche ›Sehr gut‹ und ›Ausgezeichnet gut‹ hatten, kamen vorn aufs Pferd und bekamen die schöne Geschichte zu hören; aber die, welche ›Ziemlich gut‹ und ›Mäßig‹ hatten, mußten hinten auf und bekamen die gräßliche Geschichte. Sie zitterten und weinten, sie wollten vom Pferd springen, aber sie konnten es nicht, denn sie waren sofort daran festgewachsen.

»Aber der Tod ist ja der schönste Ole Luköje!« sagte Hjalmar, »vor ihm ist mir nicht bange!«

»Das soll dir auch nicht sein!« sagte Ole Luköje, »sieh nur zu, daß du ein gutes Zeugnisheft hast!«

»Ja, das ist lehrreich!« murmelte des Urgroßvaters Porträt, »es hilft doch, wenn man seine Meinung sagt!« und dann war er vergnügt.

Seht, das ist die Geschichte von Ole Luköje! Nun kann er selbst dir heute abend mehr erzählen.

18

DER SCHWEINEHIRT

Es war einmal ein armer Prinz; er hatte ein Königreich, das ganz klein war; aber es war immer noch groß genug, um darauf zu heiraten, und heiraten, das wollte er.

Nun war es ja freilich etwas keck von ihm, daß er zur Tochter des Kaisers zu sagen wagte: »Willst du mich haben?« Aber das durfte er wagen, denn sein Name war weit und breit berühmt; es gab Hunderte von Prinzessinnen, die sich obendrein bedankt haben würden, aber seht zu, ob *sie* es tat.

Nun werden wir hören:

Auf dem Grabe von des Prinzen Vater wuchs ein Rosenbaum, oh, so ein schöner Rosenbaum! Er blühte nur jedes fünfte Jahr, und trug dann nur eine einzige Blüte, aber das war eine Rose, die so süß duftete, daß man, wenn man an ihr roch, alle seine Sorgen und Kümmernisse vergaß. Und dann hatte er eine Nachtigall, die singen konnte, als ob alle schönen Melodien in ihrer kleinen Kehle säßen. Diese Rose und diese Nachtigall sollte die Prinzessin haben, und deshalb kamen beide in große Silberfutterale und wurden ihr dann zugesandt.

Der Kaiser ließ sie vor sich her in den großen Saal tragen, wo die Prinzessin ging und ›Es kommt Besuch‹ mit ihren Hofdamen spielte; sie taten nichts anderes; und als sie die großen Futterale mit den Geschenken darin sah, klatschte sie in die Hände vor Freude.

»Wenn es doch eine kleine Miezekatze wäre!« sagte sie, – aber dann kam die schöne Rose zum Vorschein.

»Nein, wie ist sie niedlich gemacht!« sagten alle Hofdamen.

»Sie ist mehr als niedlich!« sagte der Kaiser, »sie ist nett!«

Aber die Prinzessin befühlte sie, und da war sie nahe daran zu weinen.

»Pfui Papa!« sagte sie, »sie ist nicht künstlich, es ist eine richtige Rose!«

»Pfui!« sagten alle Hofleute, »eine richtige Rose!«

»Laßt uns nun erst sehen, was in dem anderen Futteral ist, bevor wir böse werden!« meinte der Kaiser, und dann kam die Nachtigall hervor; sie sang dann so schön, daß man nicht gleich etwas Böses über sie sagen konnte.

»Superbe! Charmant!« sagten die Hofdamen, denn sie sprachen alle französisch, die eine ärger als die andere.

»Wie der Vogel mich an der hochseligen Kaiserin Spieldose erinnert!« sagte ein alter Kavalier. »Ach ja! Es ist ganz derselbe Ton, derselbe Vortrag!«

»Ja!« sagte der Kaiser, und dann weinte er wie ein kleines Kind.

»Ich will doch nicht glauben, er sei wirklich!« sagte die Prinzessin.

»Doch, es ist ein wirklicher Vogel!« sagten die, die ihn gebracht hatten.

»Ja, dann laßt den Vogel fliegen«, sagte die Prinzessin, und sie wollte auf keine Weise erlauben, daß der Prinz komme.

Aber er ließ sich nicht einschüchtern; er beschmierte sich das Gesicht mit Braun und Schwarz, drückte die Mütze tief in die Stirn und klopfte an:

»Guten Tag, Kaiser!« sagte er, »könnte ich nicht einen Dienst hier auf dem Schloß bekommen?«

»Ja, hier sind so viele, die sich bewerben!« sagte der Kaiser;

»aber laß mich sehen! – ich brauche einen, der die Schweine hüten kann, denn solche haben wir viele!«

Und dann wurde der Prinz angestellt als kaiserlicher Schweinehirt. Er bekam eine schlechte, kleine Kammer unten beim Schweinestall, und hier mußte er bleiben; aber den ganzen Tag saß er und arbeitete, und als es Abend war, hatte er einen allerliebsten kleinen Topf gemacht, rundherum waren Schellen, und sobald der Topf kochte, läuteten sie so schön und spielten die alte Melodie:

»Ach, du lieber Augustin,
Alles ist hin, hin, hin!«

aber das Allerkünstlichste war doch, daß wenn man die Finger in den Dampf des Topfes hielt, dann konnte man gleich riechen, welche Speisen auf jedem Herd gekocht wurden, den es in der Stadt gab; seht, das war wahrlich etwas anderes als eine Rose.

Nun kam die Prinzessin spazierengegangen mit allen ihren Hofdamen, und als sie die Melodie hörte, blieb sie stehen und sah so vergnügt aus, denn *sie* konnte auch »Ach, du lieber Augustin!« spielen; es war die einzige Melodie, die sie konnte, aber sie spielte sie mit einem Finger.

»Das ist ja die, welche ich kann!« sagte sie; »dann muß es ein gebildeter Schweinehirt sein! Höre, geh hinein und frage ihn, was das Instrument kostet!«

Und dann mußte eine von den Hofdamen hineingehen, aber sie zog Holzschuhe an. »Was willst du für den Topf haben?« sagte die Hofdame.

»Ich will zehn Küsse von der Prinzessin haben!« sagte der Schweinehirt.

»Gott bewahr uns!« sagte die Hofdame. »Ja, weniger kann es nicht sein!« sagte der Schweinehirt.

»Na, was sagt er?« fragte die Prinzessin. »Das kann ich wirklich nicht sagen!« sagte die Hofdame, »das ist so greulich!«

»Dann kannst du flüstern!« Und dann flüsterte sie.

»Er ist ja unartig!« sagte die Prinzessin und ging gleich – aber als sie ein kleines Stück gegangen war, da klangen die Schellen so schön:

»Ach, du lieber Augustin,
Alles ist hin, hin, hin!«

»Höre«, sagte die Prinzessin, »frage ihn, ob er zehn Küsse von meinen Hofdamen haben will!«

»Danke, nein!« sagte der Schweinehirt, »zehn Küsse von der Prinzessin, oder ich behalte den Topf!«

»Was ist das doch für etwas Langweiliges!« sagte die Prinzessin, »aber dann müßt ihr vor mir stehen, damit niemand es zu sehen bekommt!«

Und die Hofdamen stellten sich vor ihr auf, und dann breiteten sie ihre Röcke aus, und dann bekam der Schweinehirt die zehn Küsse, und sie bekam den Topf.

Na, das wurde ein Vergnügen! Den ganzen Abend und den ganzen Tag mußte der Topf kochen; es gab nicht einen Herd in der ganzen Stadt, von dem sie nicht wußten, was auf ihm gekocht wurde, sowohl beim Kammerherrn wie beim Schuhmacher. Die Hofdamen tanzten und klatschten in die Hände.

»Wir wissen, wer Obstsuppe und Pfannkuchen bekommt! Wir wissen, wer Grütze und Karbonade bekommt! Wie interessant das ist!«

»Höchst interessant!« sagte die Oberhofmeisterin.

»Ja, aber haltet reinen Mund, denn ich bin des Kaisers Tochter!«

»Gott bewahr uns!« sagten sie alle.

Der Schweinehirt – das heißt der Prinz, aber sie wußten es ja nicht anders, als daß er ein wirklicher Schweinehirt war – ließ den Tag nicht hingehen, ohne daß er etwas tat, und dann machte er eine Knarre; wenn er sie herumschwang, erklangen alle die Walzer, Hopser und Polkas, die man seit Erschaffung der Welt kannte.

»Aber das ist superbe!« sagte die Prinzessin, als sie vorbeiging. »Ich habe nie eine schönere Komposition gehört! Höre, geh hinein und frage ihn, was dies Instrument kostet; aber ich küsse nicht!«

»Er will hundert Küsse von der Prinzessin haben«, sagte die Hofdame, welche hineingegangen war, um zu fragen.

»Ich glaube, er ist verrückt!« sagte die Prinzessin, und dann ging sie; aber als sie ein kleines Stück gegangen war, blieb sie stehen. »Man muß die Kunst ermuntern!« sagte sie, »ich bin des Kaisers Tochter! Sag ihm, er soll zehn Küsse bekommen wie gestern, den Rest kann er bei meinen Hofdamen nehmen!«

»Ja, aber wir möchten so ungern!« sagten die Hofdamen.

»Das ist Unsinn!« sagte die Prinzessin, »und wenn *ich* ihn küssen kann, dann könnt *ihr* auch! Bedenkt, ich gebe euch Kost und Lohn!« Und dann mußte die Hofdame wieder zu ihm hinein.

»Hundert Küsse von der Prinzessin«, sagte er, »oder jeder behält das Seine.«

»Stellt euch davor!« sagte sie, und dann stellten alle Hofdamen sich vor sie hin, und dann küßte er.

»Was mag das doch für ein Auflauf sein dort unten beim Schweinestall!« sagte der Kaiser, der auf den Altan hinausgetreten war; er rieb seine Augen und setzte die Brille auf. »Das sind ja die Hofdamen, die da ihr Spiel treiben! Ich muß wohl zu ihnen hinunter!« – Und dann zog er seine Pantoffeln hinten herauf, denn es waren Schuhe, die er niedergetreten hatte.

Potztausend, wie er sich beeilte!

Sobald er in den Hof hinunterkam, ging er ganz leise, und die Hofdamen hatten so viel damit zu tun, die Küsse zu zählen, damit es ehrlich zugehen konnte und er nicht zu viele bekam, aber auch nicht zu wenige; sie bemerkten den Kaiser gar nicht. Er hob sich auf die Zehenspitzen.

»Was ist das!« sagte er, als er sah, daß sie sich küßten; und dann schlug er ihnen auf den Kopf mit seinem Pantoffel, gerade als der Schweinehirt den sechsundachtzigsten Kuß bekam. »Hinaus!« sagte der Kaiser, denn er war böse, und sowohl die Prinzessin wie der Schweinehirt wurden aus seinem Kaiserreich vertrieben.

Da stand sie nun und weinte; der Schweinehirt schimpfte, und der Regen goß herab.

»Ach, ich elender Mensch!« sagte die Prinzessin, »hätte ich doch den schönen Prinzen genommen! Ach, wie unglücklich bin ich!«

Und der Schweinehirt ging hinter einen Baum, wischte das Schwarze und Braune von seinem Gesicht, warf die häßlichen Kleider ab und trat nun in seinem Prinzengewand hervor, so schön, daß die Prinzessin sich verneigen mußte.

»Ich bin dahingekommen, dich zu verachten, du!« sagte er. »Du wolltest nicht einen ehrlichen Prinzen haben! Du verstandest dich nicht auf die Rose und die Nachtigall, aber den Schweinehirten konntest du für ein Spielwerk küssen, nun kannst du es dir wohl sein lassen!«

Und dann ging er in sein Königreich hinein, schloß die Tür zu und schob den Riegel vor, da konnte sie wahrlich draußen stehen und singen:

»Ach, du lieber Augustin,
Alles ist hin, hin, hin!«

19

DER BUCHWEIZEN

Häufig und oft, wenn man nach einem Gewitter an einem Acker vorübergeht, wo Buchweizen wächst, sieht man, daß er ganz schwarz versengt worden ist; es ist, als ob eine Feuerflamme über ihn hingegangen sei, und der Bauer sagt dann: »Das hat er vom Blitz bekommen!« Aber warum hat er es bekommen? – Ich werde erzählen, was der Sperling mir gesagt hat, und der Sperling hat es von einem alten Weidenbaum gehört, der bei einem Buchweizenacker stand und noch dort steht. Es ist so ein ehrwürdiger, großer Weidenbaum, aber runzlig und alt; er ist mittendurch gespalten, und es wachsen Gras und Brombeerranken aus dem Spalt; der Baum neigt sich vornüber, und die Zweige hängen gerade bis auf die Erde hinunter, als ob sie grünes, langes Haar sein könnten.

Auf allen Feldern ringsum wuchs Korn, sowohl Roggen als auch Gerste und Hafer, ja, der schöne Hafer, der, wenn er reif ist, aussieht wie eine ganze Menge kleiner, gelber Kanarienvögel auf einem Zweig. Das Korn stand so gesegnet, und je schwerer es war, desto tiefer beugte es sich in frommer Demut.

Aber da war auch ein Acker mit Buchweizen, und der Acker lag gerade vor dem alten Weidenbaum; der Buchweizen beugte sich gar nicht wie das andere Korn, er reckte sich stolz und steif.

»Ich bin wohl so reich wie die Ähre«, sagte er, »ich bin außerdem viel schöner; meine Blumen sind lieblich wie des Apfelbaums Blüten, es ist eine Lust, mich und die Meinen anzuschauen; kennst du jemand Prächtigeren als uns, du alter Weidenbaum!«

Und der Weidenbaum nickte mit dem Kopf, gerade als wolle er sagen: »Ja, das tue ich freilich!« Aber der Buchweizen strotzte vor lauter Hochmut und sagte: »Der dumme Baum, er ist so alt, daß ihm Gras im Magen wächst!«

Nun zog ein schrecklich böses Wetter herauf; alle Blumen des Feldes falteten ihre Blätter oder beugten ihre feinen Köpfe, während der Sturm über sie hinfuhr; aber der Buchweizen reckte sich in seinem Stolz.

»Beuge deinen Kopf wie wir!« sagten die Blumen.

»Das brauche ich gar nicht!« sagte der Buchweizen.

»Beuge deinen Kopf wie wir!« rief das Korn, »nun kommt des Sturmes Engel geflogen! Er hat Flügel, die von den Wolken droben bis zur Erde hinunterreichen, und er schlägt dich mitten durch, bevor du ihn bitten kannst, dir gnädig zu sein.«

»Ja, aber ich will mich nicht beugen!« sagte der Buchweizen.

»Schließe deine Blüten und beuge deine Blätter!« sagte der alte Weidenbaum, »sieh nicht hinauf zum Blitz, wenn die Wolke berstet; selbst die Menschen wagen es nicht, denn im Blitz kann man in Gottes Himmel hineinsehen; aber dieser Anblick kann selbst die Menschen blind machen, was würde da nicht mit uns Gewächsen der Erde geschehen, wagten wir es, wir, die weit geringer sind!«

»Weit geringer?« sagte der Buchweizen. »Nun will ich just in Gottes Himmel hineinsehen!« und er tat es in Übermut und Stolz. Es war, als stände die ganze Welt in Feuerflammen, so blitzte es.

Als das böse Wetter später vorbei war, standen Blumen und Korn in der stillen, reinen Luft wie erfrischt vom Regen, aber der Buchweizen war im Blitz kohlschwarz verbrannt, er war nun ein totes, unnützes Kraut auf dem Feld.

Und der alte Weidenbaum bewegte seine Zweige im Wind, und es fielen große Wassertropfen von den grünen Blättern, als ob der

Baum weine, und die Sperlinge fragten: »Warum weinst du? Hier ist es ja so gesegnet, sieh, wie die Wolken gehen, kannst du den Duft von Blumen und Büschen spüren? Warum weinst du, alter Weidenbaum!«

Und der Weidenbaum erzählte von des Buchweizens Stolz, Übermut und Strafe; sie folgt immer. Ich, der ich die Geschichte erzähle, habe sie von den Sperlingen gehört; sie erzählten sie mir eines Abends, als ich sie um ein Märchen bat.

20

DER ENGEL

»Jedesmal, wenn ein gutes Kind stirbt, kommt ein Engel Gottes zur Erde hernieder, nimmt das tote Kind auf seine Arme, breitet die großen, weißen Flügel aus, fliegt hinweg über alle die Stätten, die das Kind liebgehabt hat, und pflückt eine ganze Handvoll Blumen, die er zu Gott hinaufbringt, damit sie dort noch schöner blühen als auf der Erde. Der liebe Gott drückt alle Blumen an sein Herz; aber der Blume, die ihm am liebsten ist, gibt er einen Kuß, und dann bekommt sie Stimme und kann mitsingen in der großen Glückseligkeit.«

Seht, all dies erzählte ein Engel Gottes, während er ein totes Kind zum Himmel forttrug, und das Kind hörte es wie im Traum; und sie fuhren hin über die Stätten der Heimat, wo der Kleine gespielt hatte, und sie kamen durch Gärten mit schönen Blumen.

»Welche sollen wir nun mitnehmen und in den Himmel verpflanzen?« fragte der Engel. Und da stand ein schlanker, gesegneter Rosenbaum; aber eine böse Hand hatte den Stamm geknickt, so daß alle Zweige, voll von großen, halberblühten Knospen, welk ringsum herabhingen.

»Der arme Baum!« sagte das Kind, »nimm ihn, damit er oben bei Gott zum Blühen kommen kann!«

Und der Engel nahm ihn, küßte aber das Kind dafür, und der Kleine öffnete halb seine Augen. Sie pflückten von den reichen Prachtblumen; aber sie nahmen auch die verachtete Ringelblume und das wilde Stiefmütterchen.

»Jetzt haben wir Blumen!« sagte das Kind, und der Engel nickte, aber sie flogen noch nicht hinauf zu Gott. Es war Nacht, es war ganz still; sie blieben in der großen Stadt, sie schwebten umher in einer der engsten Straßen, wo ganze Haufen von Stroh, Asche und Gerümpel lagen; es war Umzugstag gewesen; da lagen Stücke von Tellern, Gipsstummeln, Lumpen und alte Hutköpfe, alles, was nicht gut aussah.

Und der Engel zeigte in all diesem Wirrwarr hinunter auf einige Scherben von einem Blumentopf und auf einen Klumpen Erde, der aus diesem herausgefallen war und zusammengehalten wurde durch die Wurzeln einer großen, welken Feldblume, die gar nichts taugte und deshalb auf die Straße hinausgeworfen worden war.

»Die nehmen wir mit!« sagte der Engel, »ich werde dir erzählen warum, während wir fliegen!«

Und dann flogen sie, und der Engel erzählte:

»Dort unten in der engen Straße, in dem niedrigen Keller wohnte ein armer, kranker Knabe; von ganz klein auf war er immer bettlägerig gewesen; wenn er am allergesundesten war, konnte er auf Krücken ein paarmal in der kleinen Stube auf und ab gehen, das war alles. An einigen Tagen im Sommer fielen die Sonnenstrahlen eine halbe Stunde lang in den Kellerflur hinein, und wenn dann der arme Knabe dort saß und sich von der warmen Sonne bescheinen ließ und das rote Blut durch seine feinen Finger hindurchschimmern sah, die er vor das Gesicht hielt, dann hieß es: ›Ja, heute ist er draußen gewesen!‹ – Er kannte den Wald in seinem schönen Frühlingsgrün nur dadurch, daß ihm des Nachbars Sohn den ersten Buchenzweig brachte, und den hielt er über seinen Kopf und träumte dann unter den Buchen zu sein, wo die Sonne schien und die Vögel sangen. Eines Frühlingstages brachte des Nachbars Knabe ihm auch Feldblumen, und zwischen diesen war zufällig eine mit Wurzeln daran, und darum wurde sie in einen Blumentopf gepflanzt und an das Fenster dicht neben dem Bett gestellt. Und die Blume war mit einer glücklichen Hand gepflanzt, sie wuchs, trieb neue Schößlinge und trug jedes Jahr ihre Blumen; sie wurde des kranken Knaben schönster Blumengarten, sein kleiner Schatz auf dieser Erde. Er begoß und pflegte sie und sorgte dafür, daß sie jeden Sonnenstrahl bekam bis auf den letzten, der über das niedrige Fenster hinglitt; und die Blume selbst wuchs hinein in seine Träume, denn für ihn blühte sie, verbreitete ihren Duft und erfreute das Auge; ihr entgegen wandte er sich im Tode, als Unser Herr ihn rief. – Ein Jahr ist er nun bei Gott gewesen; ein Jahr hat die Blume vergessen im Fenster gestanden und ist verwelkt und daher beim Umzug in den Kehricht auf die Straße hinausgeworfen worden. Und es ist diese Blume, diese arme, welke Blume, die wir mit in unsern Strauß genommen haben, denn diese Blume hat mehr Freude bereitet, als die reichste Blume im Garten einer Königin.«

»Aber woher weißt du das alles?« fragte das Kind, das der Engel zum Himmel hinauftrug.

»Ich weiß es!« sagte der Engel, »ich war ja selbst der kranke, kleine Knabe, der auf Krücken ging! Meine Blume kenne ich wohl!«

Und das Kind öffnete seine Augen ganz und schaute in das schöne, frohe Antlitz des Engels, und im gleichen Augenblick waren sie in Gottes Himmel, wo Freude und Glückseligkeit war. Und Gott drückte das tote Kind an sein Herz, und da bekam es Flügel wie der andere Engel und flog Hand in Hand mit ihm. Und Gott drückte

alle Blumen an sein Herz, aber die arme, welke Feldblume küßte er, und sie bekam Stimme und sang mit allen Engeln, die um Gott schwebten, einige ganz nah, andere um diese herum in großen Kreisen, immer weiter fort bis ins Unendliche, aber alle gleich glücklich. Und alle sangen sie, kleine und große, das gute, gesegnete Kind und die arme Feldblume, die verwelkt dagelegen hatte, hingeworfen in den Kehricht, zwischen dem Umzugsgerümpel in der engen, dunklen Straße.

21

DIE NACHTIGALL

In China, das weißt du ja wohl, ist der Kaiser ein Chinese, und alle die, die er um sich hat, sind Chinesen. Es ist nun viele Jahre her, aber just darum ist es wert, die Geschichte zu hören, bevor man sie vergißt. Des Kaisers Schloß war das prächtigste in der Welt, ganz und gar aus feinem Porzellan, so kostbar, aber so zerbrechlich, so schwierig zu berühren, daß man sich ordentlich in acht nehmen mußte. Im Garten sah man die seltsamsten Blumen, und an die allerprächtigsten waren Silberglocken gebunden, die erklangen, damit man nicht an ihnen vorbeigehen sollte, ohne sie zu beachten. Ja, alles war so ausspekuliert im Garten des Kaisers, und er erstreckte sich so weit, daß der Gärtner selbst dessen Ende nicht kannte. Ging man immer weiter, so kam man in den schönsten Wald mit hohen Bäumen und tiefen Seen. Der Wald ging bis an das Meer hinunter, das blau und tief war; große Schiffe konnten bis unter die Zweige segeln, und in diesen wohnte eine Nachtigall, die so herrlich sang, daß selbst der arme Fischer, der so viel anderes zu tun hatte, still lag und lauschte, wenn er in der Nacht draußen war, um das Fischnetz heraufzuziehen, und dann die Nachtigall hörte. »Herrgott, wie schön das ist!« sagte er, aber dann mußte er seine Arbeit tun und vergaß den Vogel; doch in der nächsten Nacht, wenn sie wieder sang, und der Fischer dorthin kam, sagte er das gleiche »Herrgott, wie schön das doch ist!«

Von allen Ländern der Welt kamen Reisende nach des Kaisers Stadt, und sie bewunderten sie, das Schloß und den Garten; aber wenn sie die Nachtigall zu hören bekamen, sagten sie alle: »Sie ist doch das Beste!«

Und die Reisenden erzählten davon, wenn sie nach Hause kamen, und die Gelehrten schrieben viele Bücher über die Stadt, das Schloß und den Garten, aber die Nachtigall vergaßen sie nicht, die wurde zu alleroberst gestellt; und die, welche dichten konnten, schrieben die schönsten Gedichte, alle über die Nachtigall im Wald bei dem tiefen See.

Die Bücher kamen in alle Welt, und einige kamen dann auch einmal zum Kaiser. Er saß in seinem Goldstuhl, las und las; jeden Augenblick nickte er mit dem Kopf, denn es vergnügte ihn, die prächtigen Beschreibungen über die Stadt, das Schloß und den Garten zu hören. »Aber die Nachtigall ist doch das Allerbeste!« stand da geschrieben.

»Was ist das!« sagte der Kaiser, »die Nachtigall! Die kenne ich ja gar nicht! Ist hier so ein Vogel in meinem Kaisertum, noch dazu in meinem Garten? Das habe ich nie gehört! So etwas muß man erst aus Büchern erfahren!«

Und dann rief er nach seinem Kavalier, der so vornehm war, daß er, wenn jemand, der geringer war als er, es wagte, mit ihm zu sprechen oder etwas zu fragen, nichts anderes als »P!« antwortete, und das hat nichts zu bedeuten.

»Hier soll ja ein höchst merkwürdiger Vogel sein, der Nachtigall genannt wird!« sagte der Kaiser. »Man sagt, daß er das Allerbeste in meinem großen Reich ist! Warum hat man mir nie etwas von ihm gesagt?«

»Ich habe ihn früher nie nennen hören!« sagte der Kavalier. »Er ist nie bei Hofe vorgestellt worden!« – »Ich will, daß er heute abend herkommen und vor mir singen soll!« sagte der Kaiser. »Da weiß die ganze Welt, was ich habe, und ich weiß es nicht!«

»Ich habe ihn früher nie nennen hören!« sagte der Kavalier, »ich werde ihn suchen, ich werde ihn finden!« –

Aber wo war er zu finden? Der Kavalier lief treppauf und treppab, durch Säle und Gänge; keiner von all denen, die er antraf, hatte von der Nachtigall reden hören, und der Kavalier lief wieder zum Kaiser und sagte, daß es gewiß eine Fabel von denen sein müsse, die Bücher schrieben. »Eure kaiserliche Majestät sollen nicht glauben, was geschrieben wird! Das sind Erfindungen und etwas, was ›die schwarze Kunst‹ genannt wird!«

»Aber das Buch, worin ich es gelesen habe«, sagte der Kaiser, »ist mir von dem großmächtigen Kaiser von Japan gesandt, und dann kann es keine Unwahrheit sein. Ich will die Nachtigall hören! Sie soll heute abend hier sein! Sie hat meine höchste Gnade! Und kommt sie nicht, dann soll dem ganzen Hof auf den Bauch geklopft werden, wenn er Abendbrot gegessen hat!«

»Tsing-pe!« sagte der Kavalier und lief wieder treppauf und treppab, durch alle Säle und Gänge, und der halbe Hof lief mit; denn sie wollten nicht gern auf den Bauch geklopft werden. Es war ein Fragen nach der merkwürdigen Nachtigall, die die ganze Welt kannte, aber niemand bei Hofe.

Endlich trafen sie ein kleines, armes Mädchen in der Küche. Sie sagte: »O Gott, die Nachtigall! Die kenne ich gut! Ja, wie die singen kann! Jeden Abend habe ich Erlaubnis, meiner armen, kranken Mutter ein wenig Überbleibsel vom Tisch heimzubringen, sie wohnt unten beim Strand; und wenn ich dann zurückgehe, müde bin und im Wald ausruhe, dann höre ich die Nachtigall singen! Es kommt mir dabei das Wasser in die Augen, es ist, als ob meine Mutter mich küsse!«

»Kleines Küchenmädchen!« sagte der Kavalier, »ich werde ihr eine feste Anstellung in der Küche verschaffen und die Erlaubnis, den Kaiser essen zu sehen, wenn sie uns zur Nachtigall führen kann; denn sie ist für heute abend angesagt.«

Und dann zogen sie alle zusammen hinaus in den Wald, wo die Nachtigall zu singen pflegte; der halbe Hof war mit. Als sie im besten Zuge waren, fing eine Kuh zu brüllen an.

»Oh!« sagten die Kammerjunker, »jetzt haben wir sie! Das ist doch eine merkwürdige Kraft in einem so kleinen Tier! Ich habe sie ganz bestimmt früher gehört!«

»Nein, es sind die Kühe, die brüllen!« sagte das kleine Küchenmädchen, »wir sind noch weit von dem Ort!«

Die Frösche quakten nun im Sumpf.

»Schön!« sagte der chinesische Schloßpropst, »nun höre ich sie, es ist gerade wie kleine Kirchenglocken.«

»Nein, es sind die Frösche!« sagte das kleine Küchenmädchen. »Aber nun, denke ich, hören wir sie bald!«

Dann begann die Nachtigall zu singen.

»Sie ist es!« sagte das kleine Mädchen. »Hört! Hört! und da sitzt sie!«, und dann zeigte sie auf einen kleinen, grauen Vogel oben in den Zweigen.

»Ist es möglich!« sagte der Kavalier, »so hätte ich sie mir nun niemals gedacht! Wie simpel sie aussieht! Sie hat gewiß ihre Farbe darüber verloren, so viele vornehme Menschen bei sich zu sehen!«

»Kleine Nachtigall!« rief das kleine Küchenmädchen ganz laut, »unser gnädiger Kaiser möchte so gern, daß du vor ihm singen sollst!«

»Mit größtem Vergnügen!« sagte die Nachtigall und sang, so daß es eine Lust war. »Es ist wie Glasglocken!« sagte der Kavalier, »und seht die kleine Kehle, wie sie arbeitet! Es ist merkwürdig, daß wir sie nie früher gehört haben! Sie wird einen großen Erfolg bei Hofe haben!«

»Soll ich noch einmal dem Kaiser vorsingen?« fragte die Nachtigall, die glaubte, daß der Kaiser auch da sei.

»Meine vortreffliche, kleine Nachtigall!« sagte der Kavalier, »ich habe die große Freude, Sie zu einem Hoffest heute abend einzuladen, wo Sie Seine hohe, kaiserliche Gnade mit Ihrem charmanten Gesang bezaubern werden!«

»Er nimmt sich am besten aus im Grünen!« sagte die Nachtigall; aber sie folgte doch gerne mit, als sie hörte, daß der Kaiser es wünschte.

Auf dem Schloß war ordentlich aufgeputzt! Wände und Fußboden, die aus Porzellan waren, glänzten beim Schein von vielen tausend Goldlampen! Die schönen Blumen, die so recht läuten konnten, waren in den Gängen aufgestellt; es war ein Laufen und ein Zugwind; aber dann erklangen just alle Glocken, so daß man sein eigenes Wort nicht hören konnte.

Mittendrin in dem großen Saal, wo der Kaiser saß, war ein Goldstab hingestellt, und auf dem sollte die Nachtigall sitzen! Der ganze Hof war da, und das kleine Küchenmädchen hatte Erlaubnis bekommen, hinter der Tür zu stehen, da sie nun den Titel einer wirklichen Köchin erhalten hatte. Alle waren sie in ihrem größten Putz, und alle sahen sie auf den kleinen, grauen Vogel, dem der Kaiser zunickte.

Und die Nachtigall sang so schön, daß dem Kaiser Tränen in die Augen traten; die Tränen rollten ihm über die Wangen herab, und da sang die Nachtigall noch schöner, es ging recht zu Herzen; und der Kaiser war so froh, und er sagte, daß die Nachtigall seinen goldenen Pantoffel um den Hals zu tragen bekommen solle. Aber die Nachtigall dankte, sie habe schon Belohnung genug erhalten.

»Ich habe Tränen in den Augen des Kaisers gesehen, das ist mir der reichste Schatz! Eines Kaisers Tränen haben eine seltsame Macht! Gott weiß, ich bin genug belohnt!« Und dann sang sie wieder mit ihrer süßen, gesegneten Stimme.

»Das ist die liebenswürdigste Koketterie, die ich kenne!« sagten die Damen ringsumher, und dann nahmen sie Wasser in den Mund, um zu glucken, wenn jemand zu ihnen sprach; sie glaubten dann auch, Nachtigallen zu sein; ja, die Lakaien und Kammermädchen ließen melden, daß auch sie zufrieden seien, und das will viel heißen, denn denen kann man es am allerschwierigsten recht machen! Ja, die Nachtigall hatte wirklich Erfolg.

Sie sollte nun bei Hofe bleiben, ihren eigenen Käfig haben, samt der Freiheit, zweimal am Tag und einmal in der Nacht herauszuspazieren. Sie bekam zwölf Diener mit, alle hatten sie ein Seidenband, das ihr um das Bein geschlungen war, und hielten es gut fest. Es war gar kein Vergnügen bei diesem Ausflug.

Die ganze Stadt sprach von dem merkwürdigen Vogel, und begegneten zwei einander, dann sagte der eine nichts anderes als:

»Nacht –!« und der andere sagte »gall[1]!« Und dann seufzten sie und verstanden einander. Ja, elf Speckhökerkinder wurden nach ihr benannt, aber nicht eines von ihnen hatte einen Ton im Leib. –

Eines Tages kam ein großes Paket für den Kaiser, worauf geschrieben stand: Nachtigall. »Da haben wir nun ein neues Buch über unsren berühmten Vogel!« sagte der Kaiser; aber es war kein Buch, es war ein kleines Kunstwerk, das in der Schachtel lag, eine künstliche Nachtigall, die der lebenden gleichen sollte, aber überall mit Diamanten, Rubinen und Saphiren besetzt war. Sobald man den Kunstvogel aufzog, konnte er eines von den Stücken singen, die der wirkliche sang, und dann ging der Schwanz auf und ab und glänzte von Silber und Gold. Um den Hals hing ein kleines Band, und auf dem stand geschrieben: »Des Kaisers von Japan Nachtigall ist arm gegen die des Kaisers von China.«

»Das ist schön!« sagten sie alle, und der, welcher den künstlichen Vogel gebracht hatte, bekam sofort den Titel: Kaiserlicher Ober-Nachtigall-Bringer.

»Nun müssen sie zusammen singen: Was das für ein Duett werden wird!«

Und dann mußten sie zusammen singen, aber es wollte nicht recht gehen, denn die wirkliche Nachtigall sang auf ihre Manier, und der Kunstvogel ging auf Walzen. »Er hat keine Schuld«, sagte der Spielmeister, »er ist außerordentlich taktfest und ganz nach meiner Schule!« Dann sollte der Kunstvogel alleine singen. – Er hatte ebensoviel Erfolg wie der wirkliche, und dann war er ja auch so viel reizender anzusehen: er glitzerte wie Armbänder und Busennadeln.

Dreiunddreißigmal sang er ein und dasselbe Stück, und er war doch nicht müde; die Leute hätten ihn gern wieder von vorne gehört, aber der Kaiser meinte, nun solle auch die lebende Nachtigall ein wenig singen – – aber wo war sie? Niemand hatte bemerkt, daß sie zum offenen Fenster hinausgeflogen war, fort nach ihren grünen Wäldern.

»Aber was sind denn das für Sachen!« sagte der Kaiser; und alle

[1] Ist im Original doppelsinnig, da im Dänischen »gal« verrückt heißt.

Hofleute schimpften und meinten, daß die Nachtigall ein höchst undankbares Tier sei. »Den besten Vogel haben wir doch!« sagten sie, und dann mußte wieder der Kunstvogel singen, und es war das vierunddreißigstemal, daß sie dasselbe Stück hörten, aber sie konnten es noch nicht ganz, denn es war so schwer, und der Spielmeister lobte so außerordentlich den Vogel, ja, versicherte, daß er besser sei als die wirkliche Nachtigall, nicht nur was die Kleider anging und die vielen schönen Diamanten, sondern auch inwendig.

»Denn sehen Sie, meine Herrschaften, der Kaiser vor allen: Bei der wirklichen Nachtigall kann man nie berechnen, was kommen wird, aber bei dem Kunstvogel ist alles bestimmt! So wird es und nicht anders! Man kann Rechenschaft darüber ablegen, man kann ihn auftrennen und dem menschlichen Denkvermögen zeigen, wie die Walzen liegen, wie sie gehen, und wie das eine aus dem andern erfolgt –!«

»Das sind ganz meine Gedanken!« sagten sie alle, und der Spielmeister bekam Erlaubnis, am nächsten Sonntag den Vogel dem Volke vorzuzeigen; sie sollten ihn auch singen hören, sagte der Kaiser; und sie hörten ihn, und sie wurden so vergnügt, als ob sie sich mit Teewasser lustig getrunken hätten, denn das ist nun so ganz chinesisch, und alle sagten: »Oh!« und steckten den Finger in die Höhe, den man »Topfschlecker« nennt, und dann nickten sie. Aber die armen Fischer, die die wirkliche Nachtigall gehört hatten, sagten: »Das klingt ganz schön, es ist auch ähnlich, aber es fehlt etwas, ich weiß nicht was!«

Die wirkliche Nachtigall war aus Land und Reich verwiesen.

Der Kunstvogel hatte seinen Platz auf einem Seidenkissen, dicht bei des Kaisers Bett; alle die Geschenke, die er bekommen hatte, Gold und Edelsteine, lagen rings um ihn her, und im Titel war er zum »Hochkaiserlichen Nachttisch-Sänger« gestiegen, im Rang zu Nummer eins zur linken Seite, denn der Kaiser rechnete die Seite für die vornehmste, auf welcher das Herz sitzt, und das Herz sitzt links auch bei einem Kaiser. Und der Spielmeister schrieb fünfundzwanzig Bände über den Kunstvogel; das war so gelehrt und so lang, mit den allerschwersten chinesischen Wörtern, und alle Leute sagten, daß sie es gelesen und verstanden hätten, denn sonst wären sie ja dumm gewesen und es wäre ihnen dann auf den Bauch geklopft worden.

So verging ein ganzes Jahr: der Kaiser, der Hof und alle die andern Chinesen konnten jeden kleinen Kluck in des Kunstvogels Gesang auswendig, aber just deshalb gefiel er ihnen jetzt am allerbesten; sie konnten selbst mitsingen, und das taten sie. Die Gassenbuben sangen »Zizizi! Kluck-kluck-kluck!« und der Kaiser sang es –! Ja, das war sicher schön!

Aber eines Abends, als der Kunstvogel gerade sang und der Kaiser im Bett lag und ihm zuhörte, sagte es inwendig im Vogel »Schwupp«; es sprang etwas: »Schnurrrr!« alle Räder liefen herum, und dann stand die Musik still.

Der Kaiser sprang gleich aus dem Bett und ließ seinen Leibarzt rufen, aber was konnte der helfen! Dann ließen sie den Uhrmacher holen, und nach vielem Gerede und Besehen setzte er den Vogel einigermaßen instand, aber er sagte, daß er sehr geschont werden müsse, denn die Zapfen seien sehr abgenützt, und es wäre nicht möglich, neue so einzusetzen, daß es mit der Musik sicher ginge. Das war eine große Betrübnis! Nur einmal im Jahr dürfe man den Kunstvogel singen lassen, und das sei schon fast zu viel. Aber dann hielt der Spielmeister eine kleine Rede mit den schweren Wörtern und sagte, daß es ebensogut wie früher wäre, und dann war es ebensogut wie früher.

Nun waren fünf Jahre vergangen, und das ganze Land bekam eine wirklich große Trauer, denn sie hatten im Grunde alle ihren Kaiser gern: Nun sei er krank und müsse sterben, sagte man. Ein neuer Kaiser war schon gewählt, und die Leute standen draußen auf der Straße und fragten den Kavalier, wie es ihrem Kaiser gehe.

»P!« sagte er und schüttelte den Kopf.

Kalt und bleich lag der Kaiser in seinem großen, prächtigen Bett; der ganze Hof glaubte ihn tot, und ein jeder von ihnen lief hin, um den neuen Kaiser zu begrüßen; die Kammerdiener liefen hinaus, um darüber zu schwatzen, und die Schloßmädchen hatten große Kaffeegesellschaft. Ringsum in allen Sälen und Gängen war Tuch gelegt, damit man niemand gehen hören sollte, und deshalb war es da so still, so still. Aber der Kaiser war noch nicht tot; steif und blaß lag er in dem prächtigen Bett mit den langen Samtgardinen und den schweren Goldquasten; hoch oben stand ein Fenster offen, und der Mond schien herein auf den Kaiser und den Kunstvogel.

Der arme Kaiser konnte kaum atmen, es war, als ob etwas auf seiner Brust säße; er schlug die Augen auf, und da sah er, daß es der Tod war, der auf seiner Brust saß und sich seine Goldkrone aufgesetzt hatte und in der einen Hand des Kaisers Goldsäbel, in der andern seine prächtige Fahne hielt. Und ringsumher aus den Falten der großen, samtenen Bettgardinen guckten seltsame Köpfe hervor, einige ganz häßliche, andere so lieblich milde: das waren alle des Kaisers böse und gute Taten, die ihn ansahen, jetzt, da der Tod auf

seinem Herzen saß.

»Erinnerst du dich daran?« flüsterte eine nach der andern. »Erinnerst du dich daran?« und dann erzählten sie ihm so viel, daß ihm der Schweiß aus der Stirne brach.

»Das habe ich nie gewußt!« sagte der Kaiser. »Musik, Musik, die große chinesische Trommel!« rief er, »damit ich doch nicht all das hören muß, was sie sagen!«

Und sie fuhren fort, und der Tod nickte gleich einem Chinesen bei allem, was gesagt wurde.

»Musik, Musik!« schrie der Kaiser. »Du kleiner, gesegneter Goldvogel! sing doch, sing! Ich habe dir Gold und Kostbarkeiten gegeben, ich habe dir selbst meinen Goldpantoffel um den Hals gehängt, sing doch, sing!«

Aber der Vogel stand still, es war niemand da, um ihn aufzuziehen, und sonst sang er nicht; aber der Tod fuhr fort, den Kaiser mit seinen großen, leeren Augenhöhlen anzusehen, und es war so still, so schrecklich still.

Da ertönte auf einmal dicht am Fenster der schönste Gesang; es war die kleine lebende Nachtigall, die draußen auf einem Zweig saß; sie hatte von ihres Kaisers Not gehört und war darum gekommen, ihm Trost und Hoffnung zu singen; und während sie sang, wurden die Gestalten blasser und blasser; das Blut kam rascher und rascher in Bewegung in des Kaisers schwachem Körper, und der Tod selbst lauschte und sagte: »Fahre fort, kleine Nachtigall, fahre fort!«

»Ja, willst du mir den prächtigen Goldsäbel geben? Ja, willst du mir die reiche Fahne geben? Willst du mir des Kaisers Krone geben?«

Und der Tod gab jedes Kleinod für ein Lied, und die Nachtigall fuhr noch fort zu singen, und sie sang von dem stillen Kirchhof, wo die weißen Rosen wachsen, wo der Fliederbaum duftet, und wo das frische Gras von den Tränen der Überlebenden genetzt wird. Da bekam der Tod Sehnsucht nach seinem Garten und schwebte wie ein kalter, weißer Nebel zum Fenster hinaus.

»Dank, Dank!« sagte der Kaiser, »du himmlischer, kleiner Vogel, ich kenne dich wohl! Dich habe ich aus meinem Land und Reich gejagt, und doch hast du die bösen Gesichter von meinem Bett weggesungen, den Tod von meinem Herzen weggebracht. Wie soll ich es dir lohnen?«

»Du hast mich belohnt!« sagte die Nachtigall. »Ich bekam Tränen von deinen Augen, als ich das erstemal sang, das vergesse ich dir nie! Das sind die Juwelen, die einem Sängerherzen wohltun –; aber schlafe nun und werde frisch und stark! Ich werde dir vorsingen!«

Und sie sang – und der Kaiser fiel in einen süßen Schlaf, so mild und wohltuend war der Schlaf.

Die Sonne schien durch die Fenster zu ihm herein, als er gestärkt und gesund erwachte; noch keiner von seinen Dienern war zurückgekommen, denn sie glaubten, er sei tot, aber die Nachtigall saß noch und sang.

»Immer mußt du bei mir bleiben!« sagte der Kaiser; »du sollst nur singen, wenn du selbst willst, und den Kunstvogel zerschlage ich in tausend Stücke.«

»Das tue nicht!« sagte die Nachtigall; »er hat ja das Gute getan, das er konnte! Behalte ihn wie bisher! Ich kann nicht auf dem Schloß nisten und wohnen, aber laß mich kommen, wenn ich selbst Lust habe, dann will ich am Abend auf dem Zweig dort beim Fenster sitzen und dir vorsingen, auf daß du froh und gedankenvoll

zugleich werden kannst. Ich werde von den Glücklichen singen und von denen, die leiden; ich werde singen von Gut und Böse, das rings um dich verborgen gehalten wird. Der kleine Singvogel fliegt weit umher zum armen Fischer, zu des Bauern Dach, zu jedem, der weit von dir und deinem Hof ist.

Ich liebe dein Herz mehr als deine Krone, und doch hat die Krone einen Duft von etwas Heiligem um sich! – ich komme, ich singe dir vor! – aber eins mußt du mir versprechen!«

– »Alles!« sagte der Kaiser und stand da in seinem kaiserlichen Gewand, das er sich selbst angelegt hatte, und hielt den Säbel, der schwer von Gold war, an sein Herz empor.

»Um eins bitte ich dich! Erzähle niemand, daß du einen kleinen Vogel hast, der dir alles erzählt, dann wird es noch besser gehen!«

Und dann flog die Nachtigall fort.

Die Diener kamen herein, um nach ihrem toten Kaiser zu sehen; – – ja, da standen sie, und der Kaiser sagte: »Guten Morgen!«

22

DIE BRAUTLEUTE

Der Kreisel und das Bällchen lagen in der Schublade zusammen mit anderem Spielzeug, und da sagte der Kreisel zum Bällchen: »Wollen wir nicht Brautleute sein, nachdem wir doch zusammen in einer Schublade liegen?« – Aber das Bällchen, das aus Saffian genäht war und sich geradesoviel einbildete wie ein feines Fräulein, wollte auf so etwas nicht antworten.

Am nächsten Tag kam der kleine Knabe, der das Spielzeug besaß; er übermalte den Kreisel mit Rot und Gelb und schlug einen Messingnagel mitten in ihn hinein; das sah just prächtig aus, wenn der Kreisel herumsurrte.

»Schauen Sie mich an!« sagte er zum Bällchen. »Was sagen Sie nun? Wollen wir also nicht Brautleute sein, wir passen so gut zusammen, Sie springen und ich tanze! Glücklicher als wir könnte niemand werden!«

»So, glauben Sie das?« sagte das Bällchen, »Sie wissen wohl nicht, daß mein Vater und meine Mutter Saffianpantoffeln gewesen sind, und daß ich einen Kork im Leib habe!«

»Ja, aber ich bin von Mahagoniholz!« sagte der Kreisel, »und der Bürgermeister hat mich selbst gedrechselt, er hat seine eigene Drehbank, und es war ihm ein großes Vergnügen!«

»Ja, kann ich mich darauf verlassen?« sagte das Bällchen.

»Möge ich nie die Peitsche bekommen, wenn ich lüge!« antwortete der Kreisel.

»Sie sprechen sehr gut für sich!« sagte das Bällchen, »aber ich kann doch nicht, ich bin so gut wie halb verlobt mit einer Schwalbe. Jedesmal, wenn ich in die Höhe gehe, streckt sie den Kopf aus dem Nest heraus und sagt: ›Wollen Sie? Wollen Sie?‹ und jetzt habe ich inwendig ja gesagt, und das ist so gut wie eine halbe Verlobung; aber ich verspreche Ihnen, ich werde Sie nie vergessen!«

»Ja, da hab ich viel davon!« sagte der Kreisel, und dann sprachen sie nicht mehr zueinander.

Am nächsten Tag wurde das Bällchen hervorgeholt. Der Kreisel sah, wie es hoch in die Luft flog, gleich einem Vogel, man konnte es zuletzt gar nicht mehr erblicken. Jedesmal kam es wieder zurück, machte aber immer einen hohen Sprung, wenn es die Erde berührte; und das war entweder aus Sehnsucht oder weil es einen Kork im Leibe hatte.

Beim neunten Male blieb das Bällchen weg und kam nicht mehr zurück; und der Knabe suchte und suchte, aber fort war es.

»Ich weiß schon, wo es ist!« seufzte der Kreisel, »es ist im Schwalbennest und mit der Schwalbe verheiratet!«

Je mehr der Kreisel daran dachte, um so mehr wurde er von dem Bällchen eingenommen. Just weil er es nicht bekommen konnte, nahm seine Liebe zu; daß es einen andern genommen hatte, das war das Aparte dabei. Und der Kreisel tanzte herum und surrte, dachte aber immer an das Bällchen, das in Gedanken immer schöner und schöner wurde. So vergingen viele Jahre – und dann war es eine alte Liebe.

Und der Kreisel war nicht mehr jung! Aber dann wurde er eines Tages ganz und gar vergoldet; nie hatte er so schön ausgesehen: Er war jetzt ein Goldkreisel und sprang, daß es nur so surrte. Ja, das war etwas! Aber mit einemmal sprang er zu hoch, und – fort war er!

Man suchte und suchte, selbst unten im Keller, er war doch nicht zu finden.

Wo war er?

Er war ins Kehrichtfaß gesprungen, wo allerhand Zeug lag, Kohlstrünke, Abfall und Schutt, der von der Dachrinne heruntergefallen war.

»Nun liege ich freilich gut, hier kann die Vergoldung bald von mir abgehen; und was sind das für Bettelleute, unter die ich geraten bin!« Und dann blickte er scheel nach einem langen Kohlstrunk, der allzusehr abgezupft war, und nach einem sonderbaren runden Ding, das aussah wie ein alter Apfel; aber es war kein Apfel, es war ein altes Bällchen, das während vieler Jahre oben in der Dachrinne gelegen hatte und durch welches das Wasser hindurchgesickert war.

»Gottlob, daß doch einer von meinesgleichen kommt, mit dem man sprechen kann!« sagte das Bällchen und betrachtete den vergoldeten Kreisel. »Ich bin eigentlich aus Saffian, genäht von Jungfrauenhänden und habe einen Kork im Leib, aber das sollte niemand mir ansehen! Ich war nahe daran, mit einer Schwalbe Hochzeit zu halten; aber dann fiel ich in die Dachrinne, und dort bin ich fünf Jahre gelegen und das Wasser ist durch mich gesickert! Das ist eine lange Zeit für eine Jungfrau, das können Sie mir glauben!«

Aber der Kreisel sagte nichts, er dachte an seine alte Liebste, und je mehr er hörte, desto klarer wurde ihm, daß sie es war.

Da kam das Dienstmädchen und wollte das Kehrichtfaß wenden: »Heißa, da ist der Goldkreisel!« sagte sie.

Und der Kreisel kam in der Stube wieder zu großer Achtung und zu Ehren; aber über das Bällchen hörte man nichts, und der Kreisel sprach nie mehr von seiner alten Liebe; die vergeht, wenn die Liebste fünf Jahre in der Wasserrinne gelegen hat und vom Wasser durchsickert worden ist, ja, man kennt sie nie wieder, wenn man ihr im Kehrichtfaß begegnet.

23

DAS HÄSSLICHE ENTLEIN

Es war so schön draußen auf dem Land; es war Sommer. Das Korn stand gelb, der Hafer grün, das Heu war in Haufen unten auf den grünen Wiesen aufgeschichtet, und dort ging der Storch auf seinen langen, roten Beinen und schwatzte ägyptisch, denn diese Sprache hatte er von seiner Mutter gelernt. Rund um die Äcker und Wiesen waren große Wälder, und mitten in den Wäldern tiefe Seen; ja, es war wahrlich schön dort draußen auf dem Land. Mitten im Sonnenschein lag ein alter Herrenhof mit tiefen Kanälen ringsum, und von der Mauer bis zum Wasser herunter wuchsen große Ampferblätter, die so hoch waren, daß kleine Kinder aufrecht unter den größten stehen konnten; es war ebenso wild dadrinnen wie in dem dichtesten Wald. Und hier lag eine Ente auf ihrem Nest; sie sollte ihre kleinen Entlein ausbrüten, aber nun war sie es bald überdrüssig, weil es so lange dauerte und sie selten Besuch bekam; die andern Enten liebten es mehr, im Kanal herumzuschwimmen als hinaufzulaufen und unter einem Ampferblatt zu sitzen, um mit ihr zu schnattern.

Endlich platzte ein Ei nach dem andern; »piep! piep!« sagte es, alle Eidotter waren lebendig geworden und streckten die Köpfe heraus.

»Rapp! rapp!« sagte sie, und dann rappelten sie sich alle, was sie konnten, und sahen nach allen Seiten unter den grünen Blättern, und die Mutter ließ sie schauen, denn das Grüne ist gut für die Augen.

»Wie ist die Welt doch groß!« sagten alle Jungen; denn sie hatten nun wahrlich ganz anders Platz, als da sie noch drinnen im Ei gelegen.

»Glaubt ihr, das sei die ganze Welt?« sagte die Mutter; »die erstreckt sich weit über die andere Seite des Gartens, gerade hinein in des Pfarrers Feld; aber dort bin ich nie gewesen! – Ihr seid hier doch alle beisammen?« Und dann erhob sie sich: »Nein, ich habe nicht alle, das größte Ei liegt noch da; wie lange soll es dauern! Jetzt bin ich es bald überdrüssig!« und dann legte sie sich wieder.

»Na, wie geht es?« fragte eine alte Ente, die kam, um Visite zu machen.

»Es dauert so lange mit dem einen Ei!« sagte die Ente, die lag, »es will nicht platzen! Aber nun sollst du die andern sehen! Sie sind die schönsten Entlein, die ich gesehen habe! Sie gleichen alle zusammen ihrem Vater – der Schuft! er kommt nicht, mich zu besuchen.«

»Laß mich das Ei sehen, das nicht platzen will!« sagte die Alte. »Glaube mir, das ist ein Truthennenei! So bin ich auch einmal zum Narren gehalten worden, und ich hatte meinen Kummer und meine Not mit diesen Jungen; denn sie haben Angst vor dem Wasser, will ich dir sagen! Ich konnte sie nicht mit hinausbekommen! Ich rappte und schnappte, aber es half nicht! – Laß mich das Ei sehen! Ja, das ist ein Truthennenei! Laß es liegen und lehre lieber die andern Kinder schwimmen!«

»Ich will doch noch ein wenig daraufliegen!« sagte die Ente; »habe ich nun so lange gelegen, so kann ich auch noch einige Tage länger liegen!«

»Bitte schön!« sagte die alte Ente, und dann ging sie.

Endlich platzte das große Ei. »Piep! piep!« sagte das Junge und fiel heraus; es war so groß und häßlich. Die Ente sah es an: »Das ist doch ein schrecklich großes Entlein das!« sagte sie; »keins von den andern sieht so aus! Es wird doch wohl nicht ein Truthennenküchlein sein! Na, dahinter werden wir bald kommen! Ins Wasser soll es, und wenn ich es selbst hinausstoßen muß!«

Am nächsten Tag war ein gesegnet schönes Wetter; die Sonne schien auf alle die grünen Ampfern. Die Entleinmutter mit ihrer ganzen Familie kam zum Kanal hinunter. Platsch! sprang sie ins Wasser. »Rapp! rapp!« sagte sie, und ein Entlein nach dem andern plumpste hinaus; das Wasser schlug ihnen über dem Kopf zusammen; aber sie kamen gleich wieder empor und schwammen so schön; die Beine gingen von selbst, und alle waren sie draußen, selbst das häßliche, graue Junge schwamm mit.

»Nein, es ist kein Truthahn!« sagte sie; »schau, wie schön es die Beine gebraucht, wie rank es sich hält! Es ist mein eigenes Kind! Im Grunde ist es doch ganz hübsch, wenn man es richtig anschaut! Rapp! rapp! – kommt jetzt mit mir, dann werde ich euch in die Welt einführen und euch im Entenhof vorstellen, aber haltet euch immer nahe zu mir, daß niemand auf euch tritt, und nehmt euch in acht vor der Katze!«

Und dann kamen sie in den Entenhof hinein. Es war ein schrecklicher Lärm dadrinnen, denn zwei Familien balgten sich um einen Aalkopf und dann bekam ihn doch die Katze.

»Seht, so geht es zu in der Welt!« sagte die Entleinmutter und wetzte sich den Schnabel, denn auch sie wollte den Aalkopf haben. »Braucht nun die Beine!« sagte sie, »seht zu, daß ihr euch rappeln könnt, und neigt den Hals vor der alten Ente dort drüben; sie ist die vornehmste von all diesen hier, sie ist aus spanischem Geblüt, deshalb ist sie dick, und ihr seht, sie hat einen roten Lappen um das Bein; das ist etwas außerordentlich Schönes und die größte Auszeichnung, die einer Ente zuteil werden kann. Es bedeutet, daß man sie nicht loswerden will, und daß sie von Tieren und von Menschen erkannt werden soll! – Rappelt euch! – Setzt die Füße nicht einwärts! Ein wohlerzogenes Entlein setzt die Beine weit auseinander, so wie Vater und Mutter! So, neigt nun den Hals und sagt rapp!«

Und das taten sie; aber die andern Enten ringsum sahen sie an und sagten ganz laut: »Sieh da, nun sollen wir auch noch diese

Bande hier haben, als ob wir nicht so schon genug wären; und pfui! wie das eine Entlein aussieht! das wollen wir nicht dulden!« – Und gleich flog eine Ente hin und biß es in den Nacken.

»Laßt es sein!« sagte die Mutter, »es tut ja niemand etwas!«

»Ja, aber es ist zu groß und eigenartig!« sagte die Ente, die biß, »und deshalb muß es gepufft werden!«

»Es sind hübsche Kinder, die Mutter hat!« sagte die alte Ente mit dem Lappen um das Bein, »alle zusammen hübsch, bis auf das eine, das ist nicht geglückt! Ich wünschte, Sie könnte es noch einmal machen!«

»Das geht nicht, Eure Gnaden!« sagte die Entleinmutter, »es ist nicht hübsch; aber es hat ein herzlich gutes Gemüt und schwimmt so schön wie irgendeins der andern, ja, ich darf sagen, noch etwas besser! Ich denke, es wird sich schönwachsen, oder mit der Zeit etwas kleiner werden! Es hat zu lange im Ei gelegen, und darum hat es nicht die rechte Figur bekommen!« Und dann zupfte sie es am Nacken und glättete sein Gefieder. »Es ist überdies ein Enterich«, sagte sie, »und da macht es nicht so viel. Ich glaube, er wird gute Kräfte bekommen, er schlägt sich schon durch.«

»Die andern Entlein sind reizend!« sagte die Alte; »macht nun, als wäret ihr zu Hause, und findet ihr einen Aalkopf, dann könnt ihr ihn mir bringen!«

Und dann waren sie wie zu Hause.

Aber das arme Entlein, das zuletzt aus dem Ei gekommen war und so häßlich aussah, wurde gebissen, gepufft und gefoppt, und das sowohl von den Enten als von den Hühnern. »Es ist zu groß!« sagten sie alle, und der Truthahn, der mit Sporen geboren war und daher glaubte, daß er Kaiser sei, blies sich auf wie ein Fahrzeug mit vollen Segeln, ging gerade auf es zu, und dann kollerte er und wurde ganz rot im Kopf. Das arme Entlein wußte weder wo es stehen noch wo es gehen durfte, es war so betrübt, weil es so häßlich aussah und zum Gespött des ganzen Entenhofes wurde.

So ging es den ersten Tag, und später wurde es schlimmer und schlimmer. Das arme Entlein wurde von ihnen allen gejagt, selbst seine Geschwister waren so böse zu ihm, und sie sagten immer: »Wenn die Katze dich nur nehmen würde, du häßliches Ungetüm!«

Und die Mutter sagte: »Wenn du nur weit fort wärst!« Und die Enten bissen es, und die Hühner hackten nach ihm, und das Mädchen, das den Tieren Futter geben sollte, stieß mit den Füßen nach ihm.

Da lief es und flog über die Hecke hinweg; die kleinen Vögel in den Büschen fuhren erschreckt in die Höhe. Das ist, weil ich so häßlich bin! dachte das Entlein und schloß die Augen, aber es lief gleichwohl weiter; dann kam es hinaus in das große Moor, wo die Wildenten wohnten. Hier lag es die ganze Nacht; es war so müde und kummervoll.

Am Morgen flogen die Wildenten auf, und sie sahen sich den neuen Kameraden an. »Was bist du für einer?« fragten sie, und das Entlein drehte sich nach allen Seiten und grüßte, so gut es konnte.

»Du bist grundhäßlich!« sagten die Wildenten, »aber es kann uns gleich sein, wenn du nur nicht in unsere Familie hineinheiratest!« Der Arme. Er dachte wahrlich nicht daran, sich zu verheiraten, wenn er nur Erlaubnis haben durfte, im Schilf zu liegen und etwas Moorwasser zu trinken.

Da lag er zwei ganze Tage, dann kamen zwei Wildgänse, oder richtiger wilde Gänseriche, denn es waren zwei Männchen; es war noch nicht lange her, seit sie aus dem Ei geschlüpft waren, und darum waren sie so draufgängerisch.

»Hör, Kamerad!« sagten sie, »du bist so häßlich, daß wir dich gut leiden mögen! Willst du mitziehen und Zugvogel werden? Hier ganz in der Nähe in einem andern Moor sind einige süße, liebliche Wildgänse, alles junge Fräulein, die ›Rapp!‹ sagen können. Du bist imstand dein Glück zu machen, so häßlich bist du!«

»Piff! paff!« ertönte es auf einmal über ihnen, und beide wilden Gänseriche fielen tot ins Schilf nieder, und das Wasser wurde blutrot. »Piff! paff!« ertönte es wieder, und ganze Scharen von Wildgänsen flogen aus dem Schilf auf, und dann knallte es wieder. Es war große Jagd; die Jäger lagen rings um das Moor herum, ja, einige saßen oben in den Zweigen der Bäume, die sich weit über das Schilf hinstreckten; der blaue Rauch zog wie Wolken zwischen die dunklen Bäume hinein und breitete sich weithin über das Wasser. Durch den Morast kamen die Jagdhunde, platsch, platsch! Schilf und Rohr schwankten nach allen Seiten; das war ein Schrecken für das arme Entlein, es drehte den Kopf, um ihn unter den Flügel zu stecken, und im selben Augenblick stand ein fürchterlich großer Hund dicht neben ihm. Die Zunge hing ihm weit aus dem Hals, und die Augen glänzten grauenhaft häßlich; er streckte seinen Rachen dem Entlein gerade entgegen, zeigte die scharfen Zähne – – und platsch! ging er wieder, ohne es zu packen.

»O gottlob!« seufzte das Entlein, »ich bin so häßlich, daß selbst der Hund mich nicht beißen mag!«

Und dann lag es ganz still, während das Schrot durch das Schilf sauste und Schuß auf Schuß knallte.

Erst spät am Tag wurde es still; aber das arme Junge wagte sich noch nicht zu erheben. Es wartete noch mehrere Stunden, bevor es sich umsah, und dann eilte es fort aus dem Moor, so schnell es konnte; es lief über Feld und Wiese, ein Wind ging, daß es Mühe hatte vorwärtszukommen.

Gegen Abend erreichte es ein armes, kleines Bauernhaus; es war so armselig, daß es selbst nicht wußte, nach welcher Seite es fallen wolle, und so blieb es stehen. Der Wind umsauste das Entlein so stark, daß es sich auf den Schwanz setzen mußte, um sich dagegen zu stemmen; und es wurde schlimmer und schlimmer; da bemerkte es, daß die Tür aus der einen Angel gegangen war und so schief hing, daß es durch die Spalte in die Stube hineinschlüpfen konnte, und das tat es.

Hier wohnte eine alte Frau mit ihrem Kater und ihrer Henne; und der Kater, den sie Söhnecke nannte, konnte einen Buckel machen und schnurren; er knisterte sogar, aber dann mußte man ihn gegen die Haare streicheln. Die Henne hatte ganz kleine, niedrige Beine, und deshalb wurde sie Kückelikurzbein genannt; sie legte gut Eier, und die Frau hatte sie lieb wie ihr eigenes Kind.

Am Morgen bemerkte man gleich das fremde Entlein, und der Kater begann zu schnurren und die Henne zu glucken.

»Was ist das!« sagte die Frau und schaute ringsumher, aber sie sah nicht gut, und so glaubte sie, das Entlein sei eine fette Ente, die sich verirrt habe. »Das ist ja ein angenehmer Fang«, sagte sie, »jetzt kann ich Enteneier bekommen; wenn es nur nicht ein Enterich ist! Das müssen wir erproben!«

Und dann wurde das Entlein drei Wochen auf Probe angenommen, aber es kamen keine Eier. Und der Kater war Herr im Haus, und die Henne war Madame, und immer sagten sie: »Wir und die Welt!« denn sie glaubten, sie seien die Hälfte, und zwar der allerbeste Teil. Das Entlein fand, daß man auch eine andere Meinung haben könne, aber das duldete die Henne nicht.

»Kannst du Eier legen?« fragte sie.

»Nein!«

»Ja, willst du dann deinen Mund halten!«

Und der Kater sagte: »Kannst du einen Buckel machen, schnurren und knistern?«

»Nein!«

»Ja, dann sollst du auch keine Meinung haben, wenn vernünftige Leute reden!«

Und das Entlein saß in der Ecke und war schlechter Laune; da mußte es an die frische Luft und den Sonnenschein denken; es bekam eine so seltsame Lust, auf dem Wasser zu schwimmen. Zuletzt konnte das Entlein es nicht unterlassen, dies der Henne zu sagen.

»Was fällt dir ein?« fragte die. »Du hast nichts zu tun, deshalb fängst du Grillen! Lege Eier oder schnurre, dann gehn sie vorbei!«

»Aber es ist so schön auf dem Wasser zu schwimmen!« sagte das Entlein, »so schön, es über dem Kopf zusammenschlagen zu lassen und auf den Grund hinunterzutauchen!«

»Ja, das ist sicher ein großes Vergnügen!« sagte die Henne, »du bist wohl verrückt geworden! Frage den Kater – er ist der Klügste, den ich kenne –, ob er es liebt, auf dem Wasser zu schwimmen oder unterzutauchen! Ich will von mir nicht sprechen. – Frage selbst unsere Herrschaft, die alte Frau, klüger als sie ist niemand auf der Welt! Glaubst du, sie hat Lust zu schwimmen und Wasser über den Kopf zu bekommen?«

»Ihr versteht mich nicht!« sagte das Entlein.

»Ja, verstehen *wir* dich nicht, wer sollte dich dann verstehen! Du willst doch wohl nicht klüger sein als der Kater und die Frau, von mir gar nicht zu reden! Zier dich nicht so, Kind! und danke du deinem Schöpfer für all das Gute, das man für dich getan hat! Bist du nicht in eine warme Stube gekommen und hast einen Umgang, von dem du etwas lernen kannst? Aber du bist ein Quatschkopf, und es ist nicht lustig, mit dir zu verkehren! Mir kannst du glauben! Ich meine es gut mit dir, ich sage dir Unannehmlichkeiten, und daran soll man seine wahren Freunde erkennen! Schau nur zu, daß du Eier legst und zu schnurren und zu knistern lernst!«

»Ich glaube, ich will hinaus in die weite Welt gehen!«

»Ja, tu du das!« sagte die Henne.

Und dann ging das Entlein; es schwamm auf dem Wasser, es tauchte unter, aber von allen Tieren wurde es seiner Häßlichkeit wegen übersehen.

Nun brach der Herbst an; die Blätter im Wald wurden gelb und braun; der Wind erfaßte sie, so daß sie umhertanzten, und oben in der Luft sah es kalt aus; die Wolken hingen schwer mit Hagel und Schneeflocken, und auf dem Zaun stand der Rabe und schrie: »Au!

au!« vor lauter Kälte; ja, man konnte ordentlich frieren, wenn man daran dachte; das arme Entlein hatte es wahrlich nicht gut.

Eines Abends, die Sonne ging so prächtig unter, kam ein ganzer Schwarm schöner, großer Vögel aus dem Gebüsch. Das Entlein hatte noch nie solch schöne gesehen; sie waren ganz schimmernd weiß mit langen, geschmeidigen Hälsen; es waren Schwäne, sie stießen einen ganz sonderbaren Laut aus, breiteten ihre prächtigen, langen Flügel aus und flogen fort von den kalten Gegenden nach wärmeren Ländern, zu offenen Seen; sie stiegen so hoch, so hoch, daß es dem häßlichen, kleinen Entlein ganz wunderlich zumute wurde; es drehte sich im Wasser herum wie ein Rad, reckte den Hals hoch in die Luft nach ihnen und stieß einen so lauten und seltsamen Schrei aus, daß ihm selbst dabei bange wurde. Oh, es konnte die schönen Vögel, die glücklichen Vögel nicht vergessen, und sobald es sie nicht mehr erblickte, tauchte es bis auf den Grund hinab, und als es wieder heraufkam, war es wie außer sich. Es wußte nicht, wie die Vögel hießen, nicht wo sie hinflogen, aber doch liebte es sie, wie es noch nie jemand geliebt hatte; es beneidete sie gar nicht, wie konnte es ihm einfallen, sich eine solche Schönheit zu wünschen; es wäre froh gewesen, wenn doch nur die Enten es unter sich geduldet hätten, das arme, häßliche Tier.

Und der Winter wurde so kalt, so kalt; das Entlein mußte im Wasser umherschwimmen, um es davon abzuhalten, ganz zuzufrieren, aber jede Nacht wurde das Loch, in dem es schwamm, schmäler und schmäler; es fror, so daß es in der Eisdecke krachte. Das Entlein mußte ständig die Beine gebrauchen, damit das Wasser sich nicht schließen konnte; zuletzt wurde es matt, lag ganz still und fror dann im Eis fest.

Früh am Morgen kam ein Bauer; er sah es, ging hinaus und schlug mit seinem Holzschuh das Eis in Stücke und trug dann das Entlein heim zu seiner Frau. Da wurde es wieder belebt.

Die Kinder spielten mit ihm, aber das Entlein glaubte, daß sie ihm etwas zuleide tun wollten, und fuhr vor Schrecken gerade in die Milchschüssel hinein, so daß die Milch in die Stube überschwappte; die Frau schrie und schlug die Hände zusammen, und da flog es in den Trog, wo die Butter war, und dann hinunter in das

Mehlfaß und wieder heraus; hu! was für ein Aussehen es davon bekam! Die Frau schrie und schlug mit der Feuerzange nach ihm, und die Kinder rannten einander über den Haufen, um das Entlein zu fangen; und sie lachten und sie schrien; – gut war es, daß die Tür offenstand: hinaus fuhr es zwischen die Büsche in den frischgefallenen Schnee – dort lag es wie in Erstarrung.

Aber es würde allzu traurig werden, all die Not und das Elend zu erzählen, die es in dem harten Winter erfahren mußte – es lag im Moor zwischen dem Schilfrohr, als die Sonne wieder warm zu scheinen begann; die Lerchen sangen – es war schöner Frühling.

Da hob es auf einmal seine Flügel, sie brausten stärker als früher und trugen es kräftiger davon; und ehe es sich versah, war es in einem großen Garten, wo die Apfelbäume in Blüte standen, wo der Flieder duftete und an den langen, grünen Zweigen bis zu den gewundenen Kanälen herunterhing. Oh, hier war's so schön, so frühlingsfrisch! Und gerade vorn, heraus aus dem Dickicht, kamen drei schöne, weiße Schwäne; sie brausten mit den Federn und schwammen so leicht auf dem Wasser. Das Entlein kannte die prächtigen Tiere und wurde von einer seltsamen Wehmut ergriffen.

»Ich will zu ihnen hinfliegen, den königlichen Vögeln! Und sie werden mich totschlagen, weil ich, der ich so häßlich bin, mich ihnen zu nähern wage; aber es ist gleich! Besser von ihnen getötet zu werden, als sich von den Enten schnappen, von den Hühnern hakken, vom Mädchen, das den Hühnerhof besorgt, mit Füßen treten zu lassen und im Winter Böses zu erleiden!« Und es flog ins Wasser hinaus und schwamm zu den prächtigen Schwänen hin; diese sahen es und schossen mit brausenden Federn auf es zu. »Tötet mich nur!« sagte das arme Tier und beugte seinen Kopf zur Wasserfläche hinab und erwartete den Tod –, aber, was sah es in dem klaren Wasser? Es sah unter sich sein eigenes Bild; aber es war nicht länger ein plumper, schwarzgrauer Vogel, häßlich und garstig, es war selbst ein Schwan.

Es macht nichts, im Entenhof geboren zu sein, wenn man nur in einem Schwanenei gelegen hat.

Es fühlte sich ordentlich froh über all die Not und die Widerwärtigkeiten, die es erfahren hatte; nun erst schätzte es all sein Glück, all die Schönheit, die es begrüßte. – Und die großen Schwäne umschwammen es und streichelten es mit dem Schnabel.

Einige kleine Kinder kamen in den Garten, sie warfen Brot und Korn ins Wasser hinaus, und das kleinste rief:

»Da ist ein neuer!« und die andern Kinder jubelten mit: »Ja, es ist ein neuer gekommen!« und sie klatschten in die Hände und tanzten umher, liefen nach Vater und Mutter, und es wurde Brot und Kuchen ins Wasser hinausgeworfen, und alle sagten sie: »Der neue ist der schönste, so jung und so prächtig!« und die alten Schwäne verneigten sich vor ihm.

Da fühlte er sich ganz beschämt und steckte den Kopf unter die Flügel, er wußte selbst nicht, wie ihm war; er war allzu glücklich, aber gar nicht stolz, denn ein gutes Herz wird nie stolz. Er dachte daran, wie verfolgt und verhöhnt er gewesen war, und hörte nun alle sagen, daß er der schönste von allen schönen Vögeln sei. Und der Flieder bog sich mit den Zweigen zu ihm in das Wasser hinunter, und die Sonne schien so warm und so gut; da brausten seine Federn, der schlanke Hals hob sich, und von Herzen jubelte er: »So viel Glück habe ich mir nicht träumen lassen, als ich das häßliche Entlein war!«

24

DER TANNENBAUM

Draußen im Wald stand so ein niedlicher Tannenbaum; er hatte einen guten Platz: Sonne konnte er bekommen, Luft war genug da, und ringsum wuchsen viele größere Kameraden, sowohl Tannen als Fichten; aber der kleine Tannenbaum war so eifrig aufs Wachsen bedacht; er dachte nicht an die warme Sonne und an die frische Luft, er machte sich nichts aus den Bauernkindern, die da gingen und plauderten, wenn sie draußen waren, um Erdbeeren und Himbeeren zu sammeln; oft kamen sie mit einem ganzen Topf voll oder hatten Erdbeeren auf einen Strohhalm gezogen; dann setzten sie sich neben den kleinen Baum und sagten: »Nein, wie herzig klein der ist!« Das wollte der Baum gar nicht hören.

Im Jahr danach war er um einen langen Ansatz größer, und wieder ein Jahr darauf war er um noch einen länger; denn an einem Tannenbaum kann man immer an den vielen Ansätzen, die er hat, sehen, wie viele Jahre er gewachsen ist.

»Oh, wäre ich doch so ein großer Baum wie die andern!« seufzte der kleine Baum, »dann könnte ich meine Zweige weit umher ausbreiten und mit der Spitze in die weite Welt hinaussehen! Die Vögel würden dann Nester bauen zwischen meinen Zweigen, und wenn der Wind weht, könnte ich so vornehm nicken, gerade wie die andern dort!«

Er hatte gar kein Vergnügen am Sonnenschein, an den Vögeln oder an den roten Wolken, die morgens und abends über ihn hinsegelten.

War es nun Winter, und der Schnee lag funkelndweiß ringsumher, dann kam oft ein Hase gesprungen und setzte gerade über den kleinen Baum hinweg – oh, das war so ärgerlich! – Aber zwei Winter vergingen, und im dritten war der Baum so groß, daß der Hase um ihn herumlaufen mußte. Oh, wachsen, wachsen, groß und alt werden, das ist doch das einzig Schöne in dieser Welt, dachte der Baum.

Im Herbst kamen immer Holzhauer und fällten einige von den größten Bäumen; das geschah jedes Jahr, und der junge Tannenbaum, der nun recht erwachsen war, erbebte dabei, denn die großen, prächtigen Bäume fielen mit einem Knacken und Krachen zu Boden; die Zweige wurden abgehauen, sie sahen ganz nackt, lang und schmal aus; sie waren fast nicht zu erkennen, aber dann wurden sie auf Wagen gelegt, und Pferde zogen sie davon, aus dem Wald hinaus.

Wo sollten sie hin? Was stand ihnen bevor?

Im Frühling, als die Schwalbe und der Storch kamen, fragte der Baum sie: »Wißt ihr nicht, wo sie hingeführt wurden? Seid ihr ihnen nicht begegnet?«

Die Schwalben wußten nichts, aber der Storch sah nachdenklich aus, nickte mit dem Kopf und sagte: »Doch, ich glaube es! Ich begegnete vielen neuen Schiffen, als ich von Ägypten flog; auf den Schiffen waren prächtige Mastbäume; ich darf sagen, daß sie es waren, sie rochen nach Tanne; ich kann vielmals von ihnen grüßen, sie ragen empor, sie ragen empor!«

»Oh, wäre ich doch auch groß genug, um über das Meer hinzufliegen! Wie ist es eigentlich, dieses Meer, und wie sieht es aus?«

»Ja, das ist so weitläufig zu erklären!« sagte der Storch, und dann ging er.

»Freue dich deiner Jugend!« sagten die Sonnenstrahlen; »freue dich deines frischen Wuchses, des jungen Lebens, das in dir ist!«

Und der Wind küßte den Baum, und der Tau weinte Tränen über ihn, aber das verstand der Tannenbaum nicht.

Wenn es gegen die Weihnachtszeit ging, dann wurden ganz junge Bäume gefällt, die oft nicht einmal so groß oder im gleichen Alter wie dieser Tannenbaum waren, der weder Rast noch Ruhe hatte, sondern immer fort wollte; diese jungen Bäume, und sie waren just die allerschönsten, behielten immer ihre Zweige, sie wurden auf Wagen gelegt, und Pferde zogen sie fort, aus dem Wald hinaus.

»Wohin sollen sie?« fragte der Tannenbaum. »Sie sind nicht größer als ich, da war sogar einer, der viel kleiner war; warum behielten sie alle ihre Zweige? Wo fahren sie hin?«

»Das wissen wir, das wissen wir!« zwitscherten die Sperlinge. »Wir haben unten in der Stadt durch die Fensterscheiben geguckt! Wir wissen, wo sie hinfahren! Oh, sie kommen zu größtem Glanz und Herrlichkeit, die man sich denken kann! Wir haben in die Fenster hineingeguckt und gesehen, daß sie mitten in die warme Stube gepflanzt und mit den schönsten Sachen geschmückt wurden, mit vergoldeten Äpfeln, Honigkuchen, Spielzeug und vielen Hunderten von Lichtern!«

»Und dann?« fragte der Tannenbaum und zitterte an allen Zweigen. »Und dann? Was geschieht dann?«

»Ja, mehr haben wir nicht gesehen! Es war unvergleichlich!«

»Ob ich wohl erschaffen wurde, um diesen strahlenden Weg zu gehen?« jubelte der Baum. »Das ist noch besser, als über das Meer zu gehen. Wie ich leide vor Sehnsucht! Wäre es doch Weihnachten! Jetzt bin ich hoch und breit wie die andern, die letztes Jahr davongeführt wurden! – Oh, wäre ich erst auf dem Wagen! Wäre ich doch in der warmen Stube mit all dieser Pracht und Herrlichkeit! Und dann? Ja, dann kommt etwas noch Besseres, noch Schöneres, weshalb würden sie mich sonst so schmücken? Es muß etwas noch Größeres kommen, noch Herrlicheres! Aber was? Oh, ich leide, ich sehne mich! Ich weiß selbst nicht, wie mir ist!«

»Freue dich an mir!« sagten die Luft und das Sonnenlicht; »freue dich deiner frischen Jugend draußen im Freien!«

Aber er freute sich gar nicht; er wuchs und wuchs, Winter und

Sommer stand er grün; dunkelgrün stand er; Leute, die ihn sahen, sagten: »Es ist ein schöner Baum!« Und zur Weihnachtszeit wurde er von allen zuerst gefällt. Die Axt hieb tief durch das Mark, der Baum fiel mit einem Seufzer zur Erde, er fühlte einen Schmerz, eine Ohnmacht, er konnte gar nicht an irgendein Glück denken, er war betrübt, von der Heimat scheiden zu müssen, von dem Fleck, aus dem er emporgewachsen war; er wußte ja, daß er nie mehr die lieben, alten Kameraden sehen würde, die kleinen Büsche und Blumen ringsumher, ja, vielleicht nicht einmal die Vögel. Die Abreise war gar nichts Angenehmes.

Der Baum kam erst zu sich selbst, als er im Hof, abgeladen mit den andern Bäumen, einen Mann sagen hörte: »Der ist prächtig! Wir brauchen nur diesen!«

Nun kamen zwei Diener in vollem Staat und trugen den Tannenbaum in einen großen, schönen Saal. Ringsumher an den Wänden hingen Bilder, und neben dem großen Kachelofen standen große chinesische Vasen mit Löwen auf dem Deckel; da waren Schaukelstühle, seidene Sofas, große Tische voller Bilderbücher und Spielzeug für hundertmal hundert Taler – wenigstens sagten die Kinder das. Und der Tannenbaum wurde in ein großes, mit Sand gefülltes Faß gestellt, aber niemand konnte sehen, daß es ein Faß war, denn es wurde grüner Stoff ringsherum gehängt, und es stand auf einem großen, bunten Teppich. Oh, wie der Baum bebte! Was würde nun geschehen? Diener und Fräulein gingen umher und schmückten ihn. An die Zweige hängten sie kleine, aus buntem Papier ausgeschnittene Netze; jedes Netz war gefüllt mit Zuckerwerk; vergoldete Äpfel und Walnüsse hingen dazwischen, als wären sie festgewachsen, und über hundert rote, blaue und weiße kleine Kerzen wurden an den Zweigen festgesteckt. Puppen, die leibhaftig wie Menschen aussahen – der Baum hatte noch nie solche gesehen –, schwebten im Grünen, und zuoberst an die Spitze wurde ein großer Stern aus Flittergold befestigt; es war prächtig, ganz unvergleichlich prächtig.

»Heute abend«, sagten alle, »heute abend soll er strahlen!«

Oh! dachte der Baum, wäre es doch Abend! Würden doch die Lichter bald angezündet, und was dann wohl geschieht? Ob wohl

Bäume aus dem Wald kommen, um mich anzuschauen? Ob wohl die Sperlinge an die Fensterscheiben fliegen? Ob ich hier festwachse und Winter und Sommer geschmückt stehen werde?

Ja, er wußte gut Bescheid; aber er hatte ordentlich Rindenweh vor lauter Sehnsucht, und Rindenweh ist für einen Baum ebenso schlimm wie Kopfweh für uns andere.

Nun wurden die Kerzen angezündet. Welcher Glanz, welche Pracht! Der Baum bebte dabei an allen Zweigen, so daß sie durch eins der Lichter Feuer fingen; es brannte ihn ordentlich.

»Gott bewahre uns!« schrien die Fräulein und löschten es hastig.

Nun wagte der Baum nicht einmal zu beben. Oh, das war ein Graus! Er hatte Angst, etwas von seinem vielen Schmuck zu verlieren; er war ganz verwirrt von all dem Glanz – und nun gingen beide Flügeltüren auf, und eine Menge Kinder stürzten herein, als wollten sie den ganzen Baum umwerfen; die älteren Leute kamen bedächtig hinterdrein; die Kleinen standen ganz stumm, aber nur einen Augenblick, dann jubelten sie wieder, daß es nur so schallte; sie tanzten um den Baum herum, und ein Geschenk nach dem andern wurde abgepflückt.

Was machen sie nur? dachte der Baum. Was soll geschehen? Und die Kerzen brannten bis auf die Zweige herunter, und je nachdem sie niederbrannten, wurden sie ausgelöscht, und dann bekamen die Kinder Erlaubnis, den Baum zu plündern. Oh, sie stürzten auf ihn ein, daß es in allen Zweigen krachte; wäre er nicht mit der Spitze und mit dem Goldstern an der Decke festgebunden gewesen, so wäre er umgestürzt.

Die Kinder tanzten mit ihrem prächtigen Spielzeug herum, niemand sah den Baum an außer dem alten Kindermädchen, das kam und zwischen die Zweige guckte, aber es war nur, um zu sehen, ob nicht noch eine Feige oder ein Apfel vergessen worden sei.

»Eine Geschichte, eine Geschichte!« riefen die Kinder und zogen einen kleinen, dicken Mann zu dem Baum hin. Und er setzte sich gerade unter ihn, »denn dann sind wir im Grünen«, sagte er, »und dem Baum kann es ganz besonders guttun, mit zuzuhören; aber ich erzähle nur eine Geschichte. Wollt ihr die von ›Iwede-Awede‹ hören oder die von ›Klumpe-Dumpe, der die Treppe hinunterfiel und doch auf den Ehrenplatz kam und die Prinzessin erhielt‹?«

»Iwede-Awede!« schrien einige, »Klumpe-Dumpe!« schrien andere; es war ein Rufen und Schreien, nur der Tannenbaum schwieg ganz still und dachte: Soll ich gar nicht mit dabeisein, gar nichts tun? Er war ja mit dabeigewesen, hatte getan, was er tun sollte.

Und der Mann erzählte von ›Klumpe-Dumpe, der die Treppe hinunterfiel und doch auf den Ehrenplatz kam und die Prinzessin erhielt‹. Und die Kinder klatschten in die Hände und riefen: »Erzähl! Erzähl!«, sie wollten auch die Geschichte ›Iwede-Awede‹ haben, aber sie bekamen nur die von ›Klumpe-Dumpe‹. Der Tannenbaum stand ganz still und gedankenvoll, nie hatten die Vögel draußen im Wald dergleichen erzählt. Klumpe-Dumpe fiel die Treppe hinunter und bekam doch die Prinzessin! Ja, ja, so geht es zu in der Welt! dachte der Tannenbaum und glaubte, daß es wahr sei, weil es ein so netter Mann war, der erzählte. Ja, ja, wer kann es wissen! Vielleicht falle ich auch die Treppe hinunter und bekomme eine Prinzessin! Und er freute sich darauf, am nächsten Tag mit Kerzen und Spielzeug, Gold und Früchten bekleidet zu werden.

Morgen will ich nicht zittern! dachte er. Ich will mich recht all meiner Herrlichkeit freuen. Morgen werde ich wieder die Geschichte von Klumpe-Dumpe hören und vielleicht auch die von Iwede-Awede. Und der Baum stand die ganze Nacht still und gedankenvoll da.

Am Morgen kamen der Knecht und das Mädchen herein.

Nun beginnt das Schmücken aufs neue! dachte der Baum. Aber sie schleppten ihn aus der Stube hinaus, die Treppe hinauf, in den Estrich hinein, und da, in eine dunkle Ecke, wo kein Tageslicht hinschien, stellten sie ihn hin. Was soll das bedeuten? dachte der Baum. Was soll ich hier wohl machen? Was soll ich hier wohl zu hören bekommen? Und er lehnte sich an die Mauer und stand und dachte und dachte. – Und Zeit genug hatte er, denn es vergingen Tage und Nächte; niemand kam herauf, und als endlich jemand kam, da war es, um einige große Kisten in die Ecke zu stellen; der Baum stand ganz versteckt, man mußte glauben, daß er ganz vergessen war.

Jetzt ist es Winter draußen, dachte der Baum. Die Erde ist hart und mit Schnee bedeckt, die Menschen können mich nicht einpflanzen; deshalb soll ich wohl bis zum Frühling im Schutz stehen! Wie wohlbedacht ist das! Wie doch die Menschen gut sind! – Wäre es hier nur nicht so dunkel und so schrecklich einsam! – Nicht einmal ein kleiner Hase! – Es war doch so artig draußen im Wald, wenn der Schnee lag und der Hase vorbeisprang; ja, selbst als er über mich hinwegsprang, aber das hatte ich damals nicht gern. Hier oben ist es doch entsetzlich einsam!

»Piep, piep!« sagte im selben Augenblick eine kleine Maus und schlüpfte hervor; und dann kam noch eine kleine. Sie schnupperten am Tannenbaum und schlüpften zwischen seinen Zweigen hindurch.

»Es ist eine greuliche Kälte!« sagte die kleine Maus. »Sonst ist es hier gut sein! Nicht wahr, du alter Tannenbaum?«

»Ich bin gar nicht alt!« sagte der Tannenbaum, »es gibt viele, die viel älter sind als ich!«

»Wo kommst du her?« fragten die Mäuse, »und was weißt du?« Sie waren so schrecklich neugierig. »Erzähl uns doch von dem schönsten Ort auf Erden! Bist du dort gewesen? Bist du in der Speisekammer gewesen, wo Käse auf den Schäften liegen und Schinken unter der Decke hängen, wo man auf Talglichtern tanzt und mager hineingeht und fett herauskommt?«

»Den Ort kenne ich nicht!« sagte der Baum, »aber den Wald kenne ich, wo die Sonne scheint und die Vögel singen!« Und dann erzählte er alles aus seiner Jugend, und die kleinen Mäuse hatten noch nie zuvor so etwas gehört, und sie hörten gut zu und sagten: »Nein, wieviel du gesehen hast! wie glücklich du gewesen bist!«

»Ich?« sagte der Tannenbaum und dachte über das nach, was er selbst erzählte: »Ja es waren im Grunde ganz lustige Zeiten!« – Aber dann erzählte er vom Weihnachtsabend, wo er mit Kuchen und Kerzen geschmückt gewesen war.

»Oh!« sagten die kleinen Mäuse, »wie glücklich du gewesen bist, du alter Tannenbaum!«

»Ich bin gar nicht alt!« sagte der Baum, »ich bin ja diesen Winter aus dem Wald gekommen! Ich bin in meinem allerbesten Alter! ich bin nur im Wachstum zurückgeblieben!«

»Wie schön du erzählst!« sagten die kleinen Mäuse, und in der nächsten Nacht kamen sie mit vier andern kleinen Mäusen, die den Baum erzählen hören sollten; und je mehr er erzählte, desto deutlicher erinnerte er sich selbst an alles und fand: »Es waren doch ganz lustige Zeiten! Aber sie können wiederkommen, sie können wiederkommen! Klumpe-Dumpe fiel die Treppe hinunter und bekam doch die Prinzessin, vielleicht kann ich auch eine Prinzessin bekommen.« Und dann dachte der Tannenbaum an so eine kleine, reizende Birke, die draußen im Wald wuchs; die war für den Tannenbaum eine wirkliche, schöne Prinzessin.

»Wer ist Klumpe-Dumpe?« fragten die kleinen Mäuse. Und dann erzählte der Tannenbaum das ganze Märchen; er konnte sich jedes einzelnen Wortes entsinnen, und die kleinen Mäuse waren nah daran, vor lauter Vergnügen bis an die Spitze des Baumes zu springen. In der nächsten Nacht kamen noch viel mehr Mäuse, und am Sonntag sogar zwei Ratten; aber sie sagten, die Geschichte sei nicht lustig, und das betrübte die kleinen Mäuse, denn nun gefiel sie ihnen auch weniger.

»Wissen Sie nur die eine Geschichte?« fragten die Ratten.

»Nur die eine!« antwortete der Baum, »die hörte ich an meinem glücklichsten Abend, aber damals dachte ich nicht daran, wie glücklich ich war!«

»Das ist eine außerordentlich schlechte Geschichte! Wissen Sie keine mit Speck und Talglicht? Keine Speisekammergeschichte?«

»Nein!« sagte der Baum.

»Ja, dann bedanken wir uns!« sagten die Ratten und gingen nach Hause.

Die kleinen Mäuse blieben zuletzt auch weg, und da seufzte der Baum: »Es war doch ganz nett, als sie um mich herumsaßen, die lebhaften, kleinen Mäuse, und zuhörten, was ich erzählte! Nun ist auch das vorbei! – Aber ich werde daran denken mich zu freuen, wenn ich nun wieder hervorgeholt werde!«

Aber wann geschah das? – Doch, in einer Morgenstunde, da kamen Leute und rumorten auf dem Estrich. Die Kisten wurden umgestellt, der Baum wurde hervorgezogen; sie warfen ihn freilich ein wenig hart auf den Boden, aber gleich schleppte ein Knecht ihn hin zur Treppe, wo das Tageslicht schien.

Jetzt beginnt das Leben wieder! dachte der Baum; er fühlte die frische Luft, den ersten Sonnenstrahl – und nun war er draußen im Hof. Alles ging so rasch, der Baum vergaß ganz sich selbst anzuschauen, es war so vieles zu sehen ringsumher. Der Hof stieß an einen Garten, und alles blühte dort drinnen; die Rosen hingen so frisch und duftend über das kleine Gitter hinweg, die Lindenbäume blühten, und die Schwalben flogen umher und sagten: »Quirre-wirre-wit, mein Mann ist kommen!« aber es war nicht der Tannenbaum, den sie meinten.

»Nun soll ich leben!« jubelte er und breitete seine Zweige weit aus; aber ach, sie waren alle welk und gelb; es war im Winkel zwischen Unkraut und Nesseln, wo er lag! Der Goldpapierstern saß noch oben an der Spitze und glitzerte im hellsten Sonnenschein.

Im Hof spielten ein paar von den lustigen Kindern, die zur Weihnachtszeit um den Baum herumgetanzt hatten und so froh über ihn gewesen waren. Eines der kleinsten lief hin und riß den Goldstern ab.

»Seht, was da noch an dem ekligen, alten Tannenbaum sitzt!« sagte es und trampelte auf den Zweigen herum, so daß sie unter seinen Stiefeln krachten.

Und der Baum sah auf all die Blumenpracht und Frische im Garten, er sah sich selbst an und wünschte, daß er in seiner dunklen Ecke auf dem Estrich geblieben wäre; er dachte an seine frische Jugend im Wald, an den lustigen Weihnachtsabend und an die kleinen Mäuse, die so fröhlich die Geschichte von Klumpe-Dumpe angehört hatten.

»Vorbei! vorbei!« sagte der arme Baum. »Hätte ich mich doch gefreut, als ich es konnte! Vorbei! vorbei!«

Und der Knecht kam und hieb den Baum in kleine Stücke, ein ganzes Bündel lag da; schön flammte er auf unter dem großen Braukessel; und er seufzte so tief, jeder Seufzer war wie ein kleiner Schuß; darum liefen die Kinder, die spielten, herein und setzten sich vor das Feuer, sahen hinein und riefen laut: »Piff! paff!« Aber bei jedem Knall, der ein tiefer Seufzer war, dachte der Baum an einen Sommertag im Wald, an eine Winternacht dort draußen, wenn die Sterne funkelten. Er dachte an den Weihnachtsabend und an Klumpe-Dumpe, das einzige Märchen, das er gehört hatte und zu erzählen wußte –, und dann war der Baum verbrannt.

Die Knaben spielten draußen im Hof, und der kleinste hatte den Goldstern auf der Brust, den der Baum an seinem glücklichsten Abend getragen hatte; nun war er vorbei, und mit dem Baum war es vorbei und mit der Geschichte auch; vorbei, vorbei, und so geht es mit allen Geschichten!

25

DIE SCHNEEKÖNIGIN

Ein Märchen in sieben Geschichten

Erste Geschichte

die von dem Spiegel und den Scherben handelt

So! nun beginnen wir. Wenn wir am Ende der Geschichte sind, wissen wir mehr, als wir jetzt wissen, denn es war ein böser Troll! Es war einer der allerschlimmsten, es war »der Teufel«. Eines Tages war er so recht guter Laune; denn er hatte einen Spiegel gemacht, der die Eigenschaft besaß, daß alles Gute und Schöne, das sich darin spiegelte, zu fast nichts zusammenschwand; aber was nichts taugte und sich schlecht ausnahm, das trat recht hervor und wurde noch ärger. Die schönsten Landschaften sahen darin aus wie gekochter Spinat, und die besten Menschen wurden widerlich oder standen auf dem Kopf ohne Bauch. Die Gesichter wurden so verzerrt, daß sie nicht zu erkennen waren, und hatte man eine Sommersprosse, dann konnte man sicher sein, daß sie sich über Nase und Mund ausbreitete. Das sei äußerst lustig, sagte der Teufel. Ging nun ein guter, frommer Gedanke durch einen Menschen, da zeigte sich ein Grinsen im Spiegel, so daß der Trollteufel über seine künstliche

Erfindung lachen mußte. Alle die, welche in die Trollschule gingen, denn er hielt Trollschule, erzählten rundum, daß ein Wunder geschehen sei; jetzt könne man erst sehen, meinten sie, wie die Welt und die Menschen wirklich aussähen. Sie liefen umher mit dem Spiegel, und zuletzt gab es kein Land und keinen Menschen, die nicht darin verzerrt worden wären. Nun wollten sie auch zum Himmel selbst hinauffliegen, um sich über die Engel und Unsern Herrn lustig zu machen. Je höher sie mit dem Spiegel flogen, desto mehr grinste er, sie konnten ihn beinahe nicht festhalten; höher und höher flogen sie, Gott und den Engeln näher; da erzitterte der Spiegel so furchtbar in seinem Grinsen, daß er ihnen aus den Händen fuhr und zur Erde stürzte, wo er in hundert Millionen, Billionen und noch mehr Stücke zerbrach, und gerade dadurch richtete er viel größeres Unglück an als zuvor. Denn einige Stücke waren knapp so groß wie ein Sandkorn, und diese flogen umher in der weiten Welt, und wo Leute sie ins Auge bekamen, da blieben sie sitzen, und da sahen die Menschen alles verkehrt oder hatten nur Auge für das, was bei einer Sache verkehrt war; denn jedes kleine Spiegelkörnchen hatte die gleiche Kraft behalten, die der ganze Spiegel besaß. Einige Menschen bekamen sogar ein kleines Spiegelstückchen ins Herz, und dann war es ganz greulich, dies Herz wurde gleichsam zu einem Klumpen Eis. Einige Spiegelstücke waren so groß, daß sie zu Fensterscheiben verwendet wurden; aber durch diese Scheiben war es nicht gut seine Freunde zu sehen; andere Stücke kamen in Brillen, und dann ging es schlecht, wenn Leute diese Brillen aufsetzten, um recht zu sehen und gerecht zu sein; der Böse lachte, daß ihm der Bauch platzte, und das kitzelte ihn so schön. Aber draußen flogen noch Glassplitter in der Luft umher. Nun werden wir hören.

Zweite Geschichte
Ein kleiner Knabe und ein kleines Mädchen

Drinnen in der großen Stadt, wo so viele Häuser und Menschen sind, daß nicht Platz genug ist, damit alle Leute einen kleinen Garten haben können, und wo sich deshalb die meisten mit Blumen in

Blumentöpfen begnügen müssen, waren doch zwei arme Kinder, die einen Garten hatten, der etwas größer war als ein Blumentopf. Sie waren nicht Bruder und Schwester; aber sie hatten sich ebenso lieb, wie wenn sie es gewesen wären. Die Eltern wohnten einander gerade gegenüber; sie wohnten in zwei Dachkammern. Dort wo das Dach des einen Nachbarhauses an das andere stieß und die Wasserrinne zwischen den Dächern entlanglief, war in jedem Haus ein

kleines Fenster; man brauchte nur über die Rinne hinwegzuschreiten, dann konnte man von einem Fenster zum andern gelangen.

Die Eltern hatten draußen je einen großen hölzernen Kasten, und darin wuchsen Küchenkräuter, die sie brauchten, und ein kleiner Rosenstock; es war einer in jedem Kasten und sie gediehen prächtig. Nun kamen die Eltern auf den Einfall, die Kasten quer über die Rinne zu stellen, so daß sie fast von einem Fenster zum andern reichten und zwei Blumenwällen ganz ähnlich sahen. Die Erbsenranken hingen über die Kasten hinab, und die Rosenstöcke schossen lange Zweige, schlängelten sich um die Fenster und neigten sich einander zu: es war beinahe wie eine Ehrenpforte aus Grün und Blumen. Da die Kasten sehr hoch waren und die Kinder wußten, daß sie nicht hinaufkriechen durften, erhielten sie oft Erlaubnis, zueinander hinauszusteigen und auf ihren kleinen Schemeln unter den Rosen zu sitzen; da spielten sie dann so prächtig.

Im Winter hatte dieses Vergnügen ein Ende. Die Fenster waren oft ganz zugefroren; aber dann wärmten sie Kupferschillinge auf dem Ofen, legten den heißen Schilling gegen die gefrorene Scheibe, und dann entstand ein schönes Guckloch, so rund, so rund; dahinter guckte ein lieblich mildes Auge, eins von jedem Fenster; das waren der kleine Knabe und das kleine Mädchen. Er hieß Kay und sie hieß Gerda. Im Sommer konnten sie mit einem Sprung zueinander gelangen, im Winter mußten sie erst die vielen Treppen hinunter- und die vielen Treppen hinaufsteigen; draußen stob der Schnee.

»Das sind die weißen Bienen, die schwärmen«, sagte die alte Großmutter.

»Haben sie auch eine Bienenkönigin?« fragte der kleine Knabe; denn er wußte, daß es bei den wirklichen Bienen eine solche gibt.

»Das haben sie!« sagte die Großmutter. »Sie fliegt dort, wo sie am dichtesten schwärmen! Sie ist die Größte von allen, und nie bleibt sie ruhig auf der Erde, sie fliegt wieder hinauf in die schwarze Wolke. In mancher Winternacht fliegt sie durch die Straßen der Stadt und guckt in die Fenster hinein, und dann frieren die so sonderbar zu, daß es wie Blumen aussieht.«

»Ja, das habe ich gesehen!« sagten beide Kinder, und nun wußten sie, daß es wahr sei.

»Kann die Schneekönigin hier hereinkommen?« fragte das kleine Mädchen.

»Laß sie nur kommen!« sagte der Knabe, »dann setze ich sie auf den warmen Ofen, und dann schmilzt sie.«

Aber die Großmutter glättete sein Haar und erzählte andere Geschichten.

Am Abend, als der kleine Kay zu Hause und halb ausgekleidet war, kroch er auf den Stuhl am Fenster und guckte durch das kleine Loch hinaus; ein paar Schneeflocken fielen dort draußen, und eine von diesen, die allergrößte, blieb auf der Kante des einen Blumenkastens liegen. Die Schneeflocke wuchs und wuchs, sie wurde zuletzt zu einem ganzen Frauenzimmer, gekleidet in den feinsten, weißen Flor, der wie aus Millionen sternartigen Flocken zusammengesetzt war. Sie war so schön und fein, aber aus Eis, aus blendendem, blinkendem Eis, und doch war sie lebendig; die Augen starrten wie zwei klare Sterne, aber es war weder Ruhe noch Rast in ihnen. Sie nickte gegen das Fenster und winkte mit der Hand. Der kleine Knabe erschrak und sprang vom Stuhl herab; da war es, als flöge draußen ein großer Vogel am Fenster vorbei.

Am nächsten Tag wurde es klarer Frost, und dann wurde es Tauwetter –, und dann kam der Frühling –. Die Sonne schien, das Grün lugte hervor, die Schwalben bauten Nester, die Fenster wurden geöffnet, und die beiden kleinen Kinder saßen wieder in ihrem kleinen Garten hoch oben in der Dachrinne über allen Stockwerken.

Die Rosen blühten in diesem Sommer so unvergleichlich; das kleine Mädchen hatte ein Lied gelernt, und darin kamen auch Rosen vor, und bei diesen Rosen dachte sie an ihre eigenen; und sie sang es dem kleinen Knaben vor, und er sang mit:

»Im Tal blühen die Rosen so schön,
Dort werden wir das Jesuskind sehn!«

Und die Kleinen hielten einander bei den Händen, küßten die Rosen und schauten in Gottes hellen Sonnenschein hinein und sprachen zu ihm, als ob das Jesuskind dort wäre. Was für schöne Sommertage es waren, wie herrlich es war, draußen bei den frischen Rosenstöcken zu sein, die so aussahen, als wollten sie nie aufhören zu blühen!

Kay und Gerda saßen und schauten ein Bilderbuch mit Tieren und Vögeln an, da geschah es – die Uhr auf dem großen Kirchturm schlug gerade fünf –, daß Kay sagte: »Au! es stach mich ins Herz! Und jetzt flog mir etwas ins Auge!«

Das kleine Mädchen schlang ihren Arm um seinen Hals; er blinzelte mit den Augen: nein, da war nichts zu sehen.

»Ich glaube, es ist weg!« sagte er; aber weg war es nicht. Es war just eins dieser kleinen Glaskörner, die vom Spiegel abgesprungen waren, dem Trollspiegel; wir entsinnen uns wohl, dem häßlichen Glas, das alles Große und Schöne, das sich darin abspiegelte, klein und häßlich machte, während das Böse und Schlechte ordentlich hervortrat und jeder Fehler an einer Sache gleich zu bemerken war.

Der arme Kay, er hatte auch ein Körnchen gerade ins Herz hinein bekommen. Es würde bald wie ein Eisklumpen werden. Nun tat es nicht mehr weh, aber das Körnchen war da.

»Warum weinst du?« fragte er. »Du siehst so häßlich aus! Mir fehlt ja nichts! Pfui!« rief er auf einmal, »die Rose da ist von einem Wurm angenagt! Und schau, die dort ist ja ganz schief! Es sind im Grunde eklige Rosen! Sie gleichen den Kasten, in denen sie stehen!« Und dann stieß er mit dem Fuß hart gegen den Kasten und riß die beiden Rosen ab.

»Kay, was tust du!« rief das kleine Mädchen, und als er ihr Erschrecken sah, riß er noch eine Rose ab und lief dann in sein Fenster hinein, fort von der lieben, kleinen Gerda.

Wenn sie später mit dem Bilderbuch kam, sagte er, daß es für Wickelkinder sei; und erzählte die Großmutter Geschichten, kam er immer mit einem Aber – ja, konnte er dazu gelangen, dann ging er hinter ihr her, setzte eine Brille auf und sprach ebenso wie sie; es war ganz treffend, und dann lachten die Leute über ihn. Er konnte bald so gehen und so sprechen wie alle Menschen in der ganzen Straße; alles was eigentümlich an ihnen war und unschön, wußte Kay nachzumachen, und dann sagten die Leute: »Das ist bestimmt ein ausgezeichneter Kopf, den dieser Knabe hat!« Aber es war das Glas, das er ins Auge bekommen hatte, das Glas, das ihm im Herzen saß; daher kam es auch, daß er selbst die kleine Gerda neckte, die ihn von ganzem Herzen lieb hatte.

Seine Spiele wurden nun ganz anders als früher, sie waren so verständig. – An einem Wintertag, als die Schneeflocken stoben, kam er mit einem großen Brennglas, hob seinen blauen Rockzipfel hoch und ließ die Schneeflocken darauf fallen.

»Sieh nun in das Glas, Gerda!« sagte er, und jede Schneeflocke wurde viel größer und sah aus wie eine prächtige Blume oder ein zehneckiger Stern; es war schön anzusehen.

»Siehst du, wie kunstvoll!« sagte Kay, »das ist viel interessanter als die wirklichen Blumen! Und es ist nicht ein einziger Fehler an ihnen, sie sind ganz regelmäßig, wenn sie nur nicht schmelzen wollten!«

Bald darauf kam Kay mit großen Handschuhen und seinem

Schlitten auf dem Rücken; er rief Gerda gerade in die Ohren hinein: »Ich habe Erlaubnis bekommen, auf dem großen Platz zu fahren, wo die andern spielen!« Und fort war er.

Dort drüben auf dem Platz banden die kecksten Knaben oft ihren Schlitten an dem Wagen eines Bauern fest, und so fuhren sie ein gutes Stück mit. Das ging just lustig zu. Als sie gerade am besten spielten, kam ein großer Schlitten; er war ganz weiß gestrichen, und darin saß jemand, in einen rauhen, weißen Pelz gehüllt und mit weißer, rauher Mütze; der Schlitten fuhr zweimal um den Platz herum, und Kay band geschwind seinen kleinen Schlitten daran fest, und nun fuhr er mit. Es ging schneller und schneller, geradenwegs in die nächste Straße hinein; der, welcher fuhr, drehte sich um und nickte Kay so freundlich zu, es war, als ob sie einander kannten; jedesmal, wenn Kay seinen kleinen Schlitten loslösen wollte, nickte die Person wieder, und dann blieb Kay sitzen; sie fuhren gerade zum Stadttor hinaus. Da begann der Schnee so dicht niederzufallen, daß der Kleine die Hand vor den Augen nicht sehen konnte, während er dahinsauste; da ließ er schnell die Schnur fahren, um von dem großen Schlitten loszukommen; aber es half nicht, sein kleines Fuhrwerk hing fest, und es ging mit Windeseile vorwärts. Da rief er ganz laut, aber niemand hörte ihn, und der Schnee stob, und der Schlitten flog dahin; zuweilen machte er einen Sprung, es war, als führe er über Gräben und Hecken. Er war ganz erschrocken, er wollte sein Vaterunser beten, aber er konnte sich nur des großen Einmaleins erinnern.

Die Schneeflocken wurden größer und größer, zuletzt sahen sie aus wie große, weiße Hühner; auf einmal sprangen sie zur Seite, der große Schlitten hielt, und die Person, die ihn gefahren hatte, richtete sich auf, der Pelz und die Mütze waren aus lauter Schnee; eine Dame war es, so hoch und rank, so schimmernd weiß – es war die Schneekönigin.

»Wir sind gut vorwärtsgekommen!« sagte sie, »aber wer wird denn frieren! Kriech hinein in meinen Bärenpelz!« Und sie setzte ihn neben sich in den Schlitten und schlug den Pelz um ihn; es war, als versänke er in einer Schneewehe.

»Frierst du noch?« fragte sie, und dann küßte sie ihn auf die Stirn. Uh! das war kälter als Eis, es ging ihm gerade bis ins Herz hinein, das ja doch halb schon ein Eisklumpen war; es war, als sollte er sterben, aber nur einen Augenblick, dann tat es ihm recht wohl; er spürte nicht mehr die Kälte ringsumher.

»Mein Schlitten! Vergiß nicht meinen Schlitten!« – Daran dachte er zuerst; und der wurde an eins der weißen Hühner festgebunden, und es flog hinterdrein mit dem Schlitten auf dem Rücken. Die Schneekönigin küßte Kay noch einmal, und dann hatte er die kleine Gerda und die Großmutter und alle daheim vergessen.

»Nun bekommst du keine Küsse mehr!« sagte sie, »denn sonst küßte ich dich tot!«

Kay sah sie an; sie war so schön; ein klügeres, schöneres Gesicht konnte er sich nicht denken; jetzt schien sie nicht aus Eis zu sein wie damals, als sie draußen vor dem Fenster saß und ihm zuwinkte; in seinen Augen war sie vollkommen, er fühlte gar keine Bangigkeit, er erzählte ihr, daß er kopfrechnen könne, und zwar mit Brüchen, daß er die Quadratmeilen der Länder wisse und wie viele Einwohner sie hätten, und sie lächelte immer. Da fand er, es wäre doch nicht genug, was er wisse, und er schaute hinauf in den großen, großen Luftraum, und sie flog mit ihm, flog hoch hinauf auf die schwarze Wolke, und der Sturm sauste und brauste, es war, als sänge er alte Lieder. Sie flogen über Wälder und Seen, über Meere und Länder; unter ihnen sauste der kalte Wind, die Wölfe heulten, der Schnee glitzerte, die schwarzen, schreienden Krähen flogen über ihn hin, aber darüber schien der Mond so groß und hell, und auf ihn schaute Kay in der langen, langen Winternacht; am Tag schlief er zu Füßen der Schneekönigin.

Dritte Geschichte
Der Blumengarten bei der Frau, die zaubern konnte

Aber wie erging es der kleinen Gerda, als Kay nicht mehr kam? Wo war er doch? – Niemand wußte es, niemand konnte Bescheid geben. Die Knaben erzählten nur, sie hätten ihn seinen kleinen Schlitten an einen andern prächtig großen anbinden sehen, der in die Straße hinein und zum Stadttor hinaus fuhr. Niemand wußte, wo er war, viele Tränen flossen, die kleine Gerda weinte heiß und lange; – da sagten sie, daß er tot sei, er sei im Fluß ertrunken, der dicht bei der Stadt vorbeifloß; oh, es waren recht lange, dunkle Wintertage.

Nun kam der Frühling mit wärmerem Sonnenschein.

»Kay ist tot und fort«, sagte die kleine Gerda.

»Das glaube ich nicht!« sagte der Sonnenschein.

»Er ist tot und fort!« sagte sie zu den Schwalben.

»Das glaube ich nicht!« antworteten sie, und zuletzt glaubte es die kleine Gerda auch nicht mehr.

»Ich will meine neuen, roten Schuhe anziehen«, sagte sie eines Morgens, »die, welche Kay nie gesehen hat, und dann will ich zum Fluß hinuntergehen und ihn fragen!«

Und es war ganz früh; sie küßte die alte Großmutter, die schlief, zog die roten Schuhe an und ging ganz allein zum Tor hinaus nach dem Fluß.

»Ist es wahr, daß du meinen kleinen Spielgefährten genommen hast? Ich will dir meine roten Schuhe schenken, wenn du ihn mir wieder geben willst!«

Und die Wellen, so schien es ihr, nickten so sonderbar; da nahm sie ihre roten Schuhe, das Liebste, was sie hatte, und warf sie beide in den Fluß hinaus, aber sie fielen dicht am Ufer nieder, und die kleinen Wellen trugen sie gleich ans Land zu ihr, als wolle der Fluß nicht das Liebste nehmen, was sie besaß, da er ja den kleinen Kay nicht hatte; aber sie glaubte nun, sie hätte die Schuhe nicht weit genug hinausgeworfen, und dann kroch sie in ein Boot, das im Schilf lag, sie ging ganz bis an das äußerste Ende und warf die Schuhe ins Wasser. Aber das Boot war nicht festgebunden, und bei der Bewegung, die sie machte, glitt es vom Land ab; sie bemerkte es und beeilte sich hinauszusteigen; aber ehe sie zurückgelangte, hatte sich das Boot über eine Elle vom Land entfernt, und nun glitt es schneller von dannen.

Da erschrak die kleine Gerda sehr und fing an zu weinen, aber niemand hörte sie außer den Sperlingen, und die konnten sie nicht an Land tragen, aber sie flogen dem Ufer entlang und sangen, wie um sie zu trösten: »Hier sind wir! Hier sind wir!« Das Boot trieb mit dem Strom; die kleine Gerda saß ganz still, in den bloßen

Strümpfen; ihre kleinen, roten Schuhe schwammen hinterher, aber sie konnten das Boot nicht erreichen, es hatte schnellere Fahrt.

Schön war es an beiden Ufern, herrliche Blumen, alte Bäume und Abhänge mit Schafen und Kühen, aber nicht ein Mensch war zu sehen.

Vielleicht trägt mich der Fluß zum kleinen Kay hin, dachte Gerda, und da wurde sie besserer Laune, richtete sich auf und sah viele Stunden lang die schönen, grünen Ufer an; dann kam sie zu einem großen Kirschgarten, wo ein kleines Haus mit wunderlichen, roten und blauen Fenstern war, übrigens hatte es ein Strohdach und draußen standen zwei Holzsoldaten, die vor den Vorbeisegelnden das Gewehr schulterten.

Gerda rief ihnen zu; sie glaubte, daß sie lebend seien, aber sie antworteten natürlich nicht; sie kam ihnen ganz nahe, der Fluß trieb das Boot gerade auf das Land zu.

Gerda rief noch lauter, und dann kam eine alte, alte Frau, die sich auf einen Krückstock stützte, aus dem Haus heraus; sie hatte einen großen Sonnenhut auf, und der war mit den schönsten Blumen bemalt.

»Du kleines, armes Kind!« sagte die alte Frau; »wie bist du nur auf den großen, starken Strom gekommen und so weit in die Welt hinausgetrieben worden?« Und dann ging die alte Frau ganz in das Wasser hinein, hakte ihren Krückstock im Boot fest, zog es an Land und hob die kleine Gerda heraus.

Und Gerda war froh darüber, wieder aufs Trockene zu kommen, aber doch ein wenig bange vor der fremden, alten Frau.

»Komm doch und erzähle mir, wer du bist, und wie du hierher kommst!« sagte sie. Und Gerda erzählte ihr alles, und die Alte schüttelte den Kopf und sagte: »Hm! hm!« Und als Gerda ihr alles gesagt und sie gefragt hatte, ob sie nicht den kleinen Kay gesehen habe, sagte die Frau, daß er nicht vorbeigekommen sei, aber er würde wohl noch kommen, sie solle nur nicht betrübt sein, sondern ihre Kirschen kosten, ihre Blumen anschauen, sie seien schöner als irgendein Bilderbuch, sie könnten jede eine Geschichte erzählen. Dann nahm sie Gerda bei der Hand, sie gingen in das kleine Haus hinein, und die alte Frau schloß die Tür zu.

Die Fenster saßen ganz hoch oben, und die Scheiben waren rot, blau und gelb; das Tageslicht schien so wunderlich in allen Farben da drinnen, aber auf dem Tisch standen die schönsten Kirschen, und Gerda aß so viele sie wollte, denn das durfte sie. Und während sie aß, kämmte ihr die alte Frau das Haar mit einem goldenen Kamm, das Haar lockte sich und glänzte so schön gelb rings um das kleine, freundliche Gesicht, das so rund war und aussah wie eine Rose.

»Nach einem so süßen, kleinen Mädchen habe ich mich richtig gesehnt!« sagte die Alte. »Nun sollst du sehen, wie gut wir zwei miteinander auskommen werden!« Und während sie das Haar der kleinen Gerda kämmte, vergaß diese ihren Pflegebruder Kay mehr und mehr; denn die alte Frau konnte zaubern; aber eine böse Zauberin war sie nicht, sie zauberte nur ein wenig zu ihrem eigenen Vergnügen, und nun wollte sie gerne die kleine Gerda behalten. Darum ging sie hinaus in den Garten, streckte ihren Krückstock gegen alle Rosensträuche aus, und wie schön sie auch blühten, sanken sie doch alle hinunter in die schwarze Erde, und man konnte nicht sehen, wo sie gestanden hatten. Der Alten war bange, daß, wenn Gerda die Rosen sähe, sie an ihre eigenen denken und sich dann des kleinen Kay erinnern und davonlaufen würde.

Nun führte sie Gerda in den Blumengarten. – Nein! was hier für ein Duft und eine Schönheit war! Alle nur denkbaren Blumen, und zwar für jede Jahreszeit, standen hier in prächtigem Flor; kein Bilderbuch konnte bunter und schöner sein. Gerda sprang vor Freude und spielte, bis die Sonne hinter den hohen Kirschbäumen unterging; dann bekam sie ein schönes Bett mit roten Seidenkissen, die waren mit blauen Veilchen gestopft, und sie schlief und träumte dort so herrlich wie eine Königin an ihrem Hochzeitstag.

Am nächsten Tag konnte sie wieder mit den Blumen im warmen Sonnenschein spielen – so vergingen viele Tage. Gerda kannte jede Blume, aber wie viele auch da waren, schien es ihr doch, daß eine fehlte, aber welche, das wußte sie nicht. Da sitzt sie eines Tages und sieht den Sonnenhut der alten Frau mit den gemalten Blumen an, und gerade die schönste darunter war eine Rose. Die Alte hatte vergessen, diese vom Hut zu entfernen, als sie die andern in die

Erde versenkte. Aber so geht es, wenn man die Gedanken nicht beisammen hat! – »Was!« sagte Gerda, »sind hier keine Rosen?« und sprang zwischen die Beete, suchte und suchte, aber es waren keine zu finden; da setzte sie sich nieder und weinte; aber ihre heißen Tränen fielen gerade dorthin, wo ein Rosenstrauch versunken war, und als die warmen Tränen die Erde netzten, schoß der Strauch auf einmal empor, so blühend, wie er versunken war, und Gerda umarmte ihn, küßte die Rosen und dachte an die schönen Rosen daheim und mit ihnen auch an den kleinen Kay.

»Oh, wie bin ich aufgehalten worden!« sagte das kleine Mädchen. »Ich sollte ja Kay finden! – Wißt ihr nicht, wo er ist?« fragte sie die Rosen. »Glaubt ihr, daß er tot und fort ist?«

»Tot ist er nicht«, sagten die Rosen. »Wir sind ja in der Erde gewesen, dort sind alle die Toten, aber Kay war nicht da!«

»Habt Dank!« sagte die kleine Gerda, und sie ging zu den andern Blumen hin und sah in ihren Kelch hinein und fragte: »Wißt ihr nicht, wo der kleine Kay ist?«

Aber jede Blume stand in der Sonne und träumte ihr eigenes Märchen oder ihre Geschichte; davon hörte Gerda so viele, viele, aber keine wußte etwas von Kay.

Und was sagte denn die Feuerlilie?

»Hörst du die Trommel: bum! bum! es sind nur zwei Töne, immer bum! bum! Höre der Frauen Trauergesang! Höre der Priester Ruf! – In ihrem langen, roten Gewand steht die Hindufrau auf dem Holzstoß, die Flammen schlagen um sie und ihren toten Mann empor; aber die Hindufrau denkt an den Lebenden hier im Kreise, an ihn, dessen Augen heißer brennen als die Flammen, an ihn, dessen Augenfeuer ihrem Herzen näherkommt als die Flammen, die bald ihren Leib zu Asche verbrennen. Kann des Herzens Flamme sterben in des Feuers Flammen?«

»Das verstehe ich gar nicht!« sagte die kleine Gerda.

»Das ist mein Märchen!« sagte die Feuerlilie.

Was sagt die Winde?

»Über den schmalen Felsweg hinaus hängt eine alte Ritterburg; und dichtes Immergrün wächst an den alten, roten Mauern empor, Blatt an Blatt, um den Altan herum, und dort steht ein schönes Mädchen; sie beugt sich über das Geländer hinaus und blickt den Weg hinab. Keine Rose hängt frischer von den Zweigen herab als sie; keine Apfelblüte, wenn sie der Wind vom Baume trägt, ist schwebender als sie; wie raschelt das prächtige Seidengewand! ›Kommt er noch nicht?‹«

»Ist es Kay, den du meinst?« fragte die kleine Gerda.

»Ich spreche nur von meinem Märchen, von meinem Traum«, antwortete die Winde.

Was sagt das kleine Schneeglöckchen?

»Zwischen den Bäumen hängt an Seilen das lange Brett; es ist eine Schaukel; zwei reizende, kleine Mädchen – die Kleider sind weiß wie Schnee, grüne Seidenbänder flattern von den Hüten – sitzen und schaukeln; der Bruder, er ist größer als sie, steht aufrecht in der Schaukel, er hat den Arm um das Seil geschlungen, um sich zu halten; denn in der einen Hand hat er eine kleine Schale, in der andern eine Tonpfeife, er macht Seifenblasen. Die Schaukel geht, und die Blasen fliegen mit schönen, wechselnden Farben; die letzte hängt noch am Pfeifenstiel und biegt sich im Wind; die Schaukel geht. Der kleine, schwarze Hund, leicht wie die Blasen, richtet sich auf den Hinterbeinen auf und will mit in die Schaukel hinein; sie fliegt, der Hund fällt, kläfft und ist böse; er wird geneckt, die Seifenblasen platzen – ein schaukelndes Brett, ein zerspringendes Schaumbild ist mein Gesang!«

»Es kann sein, daß es schön ist, was du erzählst, aber du sagst es so traurig und erwähnst Kay gar nicht. Was sagen die Hyazinthen?«

»Es waren drei schöne Schwestern, so durchsichtig und fein. Das Gewand der einen war rot, das der zweiten war blau, das der dritten ganz weiß; Hand in Hand tanzten sie an dem stillen See im hellen Mondschein. Sie waren keine Elfenmädchen, sie waren Menschenkinder. Es duftete so süß, und die Mädchen verschwanden im Wald; der Duft wurde stärker –; drei Särge, darin lagen die schönen Mädchen, glitten aus des Waldes Dickicht über den See dahin; Johanniswürmchen flogen leuchtend ringsumher wie kleine, schwebende Lichter. Schlafen die tanzenden Mädchen, oder sind sie tot? – Der Blumenduft sagt, sie sind Leichen; die Abendglocke läutet über den Toten!«

»Du machst mich ganz traurig«, sagte die kleine Gerda. »Du duftest so stark; ich muß an die toten Mädchen denken! Ach, ist denn wirklich der kleine Kay tot? Die Rosen sind unten in der Erde gewesen, und die sagen nein!«

»Ding, dang!« läuteten die Hyazinthenglocken. »Wir läuten nicht über den kleinen Kay, ihn kennen wir nicht! Wir singen nur unser Lied, das einzige, das wir können!«

Und Gerda ging hin zur Butterblume, die hervorleuchtete zwischen den glänzenden, grünen Blättern.

»Du bist eine kleine, helle Sonne!« sagte Gerda. »Sag mir, ob du weißt, wo ich meinen Spielgefährten finden soll?«

Und die Butterblume glänzte so schön und sah Gerda wieder an. Welches Lied konnte wohl die Butterblume singen? Es war auch nicht von Kay.

»In einem kleinen Hof schien die liebe Gottessonne so warm am ersten Frühlingstag; die Strahlen glitten herab an des Nachbars weißer Wand; dicht daneben wuchsen die ersten gelben Blumen, leuchtendes Gold in den warmen Sonnenstrahlen; die alte Großmutter saß draußen in ihrem Stuhl; die Enkelin, das arme, schöne Dienstmädchen, kam heim von einem kurzen Besuch; sie küßte die Großmutter. Es war Gold, Herzensgold in diesem gesegneten Kuß. Gold auf dem Munde, Gold im Grunde, Gold dort oben in der Morgenstunde! Sieh, das ist meine kleine Geschichte!« sagte die Butterblume.

»Meine arme, alte Großmutter!« seufzte Gerda. »Ja, sie sehnt sich gewiß nach mir und grämt sich um mich, ebenso wie sie es um den kleinen Kay tat. Aber ich komme bald wieder heim, und dann bringe ich Kay mit. – Es kann nicht helfen, daß ich die Blumen frage, sie wissen nur ihr eigenes Lied, sie geben mir keinen Bescheid!« Und dann band sie ihr kleines Kleid hoch, damit sie schneller laufen könne. Aber die Narzisse schlug ihr über das Bein, als sie über sie hinwegsprang; da blieb sie stehen, sah die lange Blume an und fragte: »Weißt du vielleicht etwas?« Und sie beugte sich ganz zu ihr nieder. Und was sagte die?

»Ich kann mich selbst sehen! Ich kann mich selbst sehen!« sagte die Narzisse! – »Oh, oh, wie ich rieche! – Oben in der kleinen

Dachkammer, halb angekleidet, steht eine kleine Tänzerin, sie steht bald auf einem Bein, bald auf zweien, sie stößt mit den Füßen nach der ganzen Welt, sie ist nichts als Augentäuschung. Sie gießt Wasser aus der Teekanne auf ein Stück Zeug, das sie hält; es ist das Mieder – Reinlichkeit ist eine gute Sache! Das weiße Kleid hängt am Haken, es ist auch im Teetopf gewaschen und auf dem Dach getrocknet! Das zieht sie an, das safrangelbe Tuch um den Hals, dann leuchtet das Kleid weißer. Das Bein in die Höhe! Sieh, wie sie sich streckt auf dem einen Stengel! Ich kann mich selbst sehen! Ich kann mich selbst sehen!«

»Das gefällt mir gar nicht!« sagte Gerda. »Es gehört sich nicht, mir so etwas zu erzählen!« Und dann lief sie an das äußerste Ende des Gartens.

Die Tür war geschlossen, aber sie rüttelte an der verrosteten Krampe, so daß sie losging und die Tür aufsprang, und dann lief die kleine Gerda auf bloßen Füßen hinaus in die weite Welt. Sie sah dreimal zurück, aber da war niemand, der ihr nacheilte; zuletzt konnte sie nicht mehr laufen und setzte sich auf einen großen Stein, und als sie sich umsah, war der Sommer vorbei, es war Spätherbst; das konnte man gar nicht merken drinnen in dem schönen Garten, wo immer Sonnenschein war und die Blumen aller Jahreszeiten blühten.

»Gott, wie habe ich mich verspätet!« sagte die kleine Gerda. »Es ist ja Herbst geworden! Da darf ich nicht ruhen!« Und sie erhob sich, um zu gehen.

Oh, wie ihre kleinen Füße wund und müde waren, und rundum sah es so kalt und rauh aus; die langen Weidenblätter waren ganz gelb und der Nebel tropfte als Wasser von ihnen herab, ein Blatt fiel nach dem andern, nur der Schlehdorn stand mit Früchten da, den herben, die den Mund zusammenziehen. Oh, wie war es grau und schwer in der weiten Welt!

Vierte Geschichte
Prinz und Prinzessin

Gerda mußte sich wieder ausruhen; da hüpfte auf dem Schnee, gerade gegenüber, wo sie saß, eine große Krähe; sie hatte lange gesessen, sie angeschaut und mit dem Kopf gewackelt; nun sagte sie: »Kra, kra! – Gu'n Tag, gu'n Tag!« Besser konnte sie es nicht sagen, aber sie meinte es so gut mit dem kleinen Mädchen und fragte, wohin sie so allein in die weite Welt hinausgehe. Das Wort »allein« verstand Gerda sehr gut und fühlte recht, wie viel darin lag, und dann erzählte sie der Krähe ihr ganzes Leben und Schicksal und fragte, ob sie Kay nicht gesehen habe.

Und die Krähe nickte ganz nachdenklich und sagte: »Es könnte sein! Es könnte sein!«

»Wie? Glaubst du!« rief das kleine Mädchen und hätte die Krähe fast totgedrückt, so küßte sie sie.

»Vernünftig! Vernünftig!« sagte die Krähe. »Ich glaube, es kann der kleine Kay sein! Aber nun hat er dich gewiß über der Prinzessin vergessen!«

»Wohnt er bei einer Prinzessin?« fragte Gerda.

»Ja, höre!« sagte die Krähe, »aber es fällt mir so schwer, deine Sprache zu sprechen. Verstehst du die Krähensprache[1], dann kann ich besser erzählen!«

»Nein, die habe ich nicht gelernt!« sagte Gerda, »aber Großmutter konnte sie, und die P-Sprache konnte sie. Hätte ich sie doch gelernt!«

»Macht nichts!« sagte die Krähe, »ich werde erzählen, so gut ich kann; aber schlecht wird es gleichwohl.« Und dann erzählte sie, was sie wußte.

»In dem Königreich, in dem wir jetzt sitzen, wohnt eine Prinzessin, die so ungeheuer klug ist; aber sie hat auch alle Zeitungen gelesen, die es in der Welt gibt, und sie wieder vergessen, so klug ist sie. Neulich sitzt sie auf dem Thron, und das ist gar nicht so lustig,

[1] Ein bei den Kindern übliches, durch Hinzufügung von Silben und Buchstaben an jedes Wort entstehendes Kauderwelsch.

sagt man; da fängt sie an ein Lied zu summen, es war gerade das: ›Warum sollte ich mich nicht verheiraten?‹ ›Höre, da ist etwas daran‹, sagt sie, und dann wollte sie sich verheiraten, aber sie wollte einen Mann haben, der zu antworten verstand, wenn man zu ihm sprach, einen, der nicht dastand und nur vornehm aussah, denn das ist so langweilig. Nun ließ sie alle Hofdamen zusammentrommeln, und da sie hörten, was sie wollte, wurden sie sehr vergnügt. ›Das mag ich gut leiden!‹ sagten sie, ›an so etwas habe ich letzthin auch gedacht!‹ Du kannst mir glauben, daß jedes Wort wahr ist, das ich sage!« sagte die Krähe. »Ich habe eine zahme Liebste, die frei auf dem Schloß umhergeht, und sie hat mir alles erzählt!«

Das war natürlich auch eine Krähe, seine Liebste, denn eine Krähe sucht ihresgleichen, und das ist immer eine Krähe.

»Die Zeitungen kamen sogleich mit einem Rand von Herzen und dem Namenszug der Prinzessin heraus; man konnte da lesen, daß es jedem jungen Mann, der gut aussah, freistehe, auf das Schloß zu kommen und mit der Prinzessin zu sprechen; und den, der so sprach, daß man hören konnte, er sei dort wie zu Hause, und der am besten redete, den wollte die Prinzessin zum Mann nehmen. – Ja, ja!« sagte die Krähe, »du kannst mir glauben, es ist so gewiß, wie ich hier sitze; die Leute strömten herbei, es war ein Gedränge und ein Laufen, aber es glückte nicht, weder am ersten noch am zweiten Tag. Sie konnten alle gut reden, wenn sie draußen auf der Straße waren; aber wenn sie zum Schloßtor hereinkamen und die Garde in Silber sahen und auf den Treppen die Lakaien in Gold und die großen, erleuchteten Säle, dann wurden sie verwirrt; und standen sie vor dem Thron, auf dem die Prinzessin saß, dann wußten sie nichts zu sagen als das letzte Wort, das sie gesprochen hatte, und das noch einmal zu hören, daran lag ihr nichts. Es war, als ob die Leute da drinnen Schnupftabak auf den Bauch bekommen hätten und in Erstarrung gefallen wären, bis sie wieder auf die Straße hinauskamen, ja, dann konnten sie reden. Es stand eine Reihe vom Stadttor bis zum Schloß hin. Ich war selbst drinnen, um es zu sehen!« sagte die Krähe. »Sie wurden sowohl hungrig als durstig, aber vom Schloß bekamen sie nicht einmal so viel wie ein Glas lauwarmes Wasser. Wohl hatten einige der Klügsten Butterbrot mitgenommen, aber sie teilten nicht mit ihrem Nachbar; sie dachten so: ›Laß ihn nur hungrig aussehen, dann nimmt die Prinzessin ihn nicht!‹«

»Aber Kay, der kleine Kay!« fragte Gerda. »Wann kommt er? War er unter den vielen?«

»Gib Zeit! gib Zeit! Nun sind wir gleich bei ihm! Es war am dritten Tag, da kam eine kleine Person, ohne Pferd oder Wagen, ganz unbefangen direkt auf das Schloß zu marschiert; seine Augen glänzten wie deine, er hatte schönes, langes Haar, aber sonst ärmliche Kleider.«

»Das war Kay!« jubelte Gerda. »Oh, dann habe ich ihn gefunden!« und sie klatschte in die Hände.

»Er hatte einen kleinen Ranzen auf dem Rücken!« sagte die Krähe.

»Nein, das war wohl sein Schlitten!« sagte Gerda, »denn mit dem Schlitten ging er fort!«

»Das kann gut sein!« sagte die Krähe, »ich schaute nicht so genau hin! Aber das weiß ich von meiner zahmen Liebsten: Als er durch das Schloßtor kam und die Leibgarde in Silber und auf den Treppen die Lakaien in Gold sah, wurde er nicht im geringsten verzagt, er nickte und sagte zu ihnen: ›Es muß langweilig sein, auf der Treppe zu stehen, ich geh lieber hinein!‹ Dort erstrahlten die Säle im Licht; Geheimräte und Exzellenzen gingen auf bloßen Füßen und trugen Goldschüsseln – es konnte einem wohl feierlich zumute werden! Seine Stiefel knarrten so fürchterlich laut, aber ihm wurde doch nicht bange!«

»Es ist ganz gewiß Kay!« sagte Gerda, »ich weiß, er hatte neue Stiefel, ich habe sie in Großmutters Stube knarren gehört!«

»Ja, knarren taten sie!« sagte die Krähe, »und keck ging er gerade auf die Prinzessin zu, welche auf einer Perle saß, die so groß wie ein Spinnrad war; und alle Hofdamen mit ihren Mädchen und den Mädchen ihrer Mädchen, und alle Kavaliere mit ihren Dienern, und den Dienern ihrer Diener, die Knaben halten, standen ringsumher aufgestellt; und je näher sie der Tür standen, desto stolzer sahen sie aus. Des Dieners Dieners Knabe, der immer in Pantoffeln geht, darf man fast nicht anschauen, so stolz steht er in der Tür!«

»Das muß greulich sein!« sagte die kleine Gerda. »Und Kay hat doch die Prinzessin bekommen?«

»Wäre ich nicht eine Krähe gewesen, dann hätte ich sie genommen, und das ungeachtet ich verlobt bin. Er soll ebensogut gesprochen haben, wie ich spreche, wenn ich Krähensprache spreche, das weiß ich von meiner zahmen Liebsten. Er war unbefangen und reizend; er war gar nicht gekommen, um zu freien, er war nur gekommen, um der Prinzessin Klugheit zu hören, und die fand er gut, und sie wiederum fand ihn gut!«

»Ja gewiß! Es war Kay!« sagte Gerda, »er war so klug, er konnte kopfrechnen mit Brüchen! – Oh, willst du mich nicht auf das Schloß führen?«

»Ja, das ist leicht gesagt!« sagte die Krähe. »Aber wie machen wir das? Ich werde darüber mit meiner zahmen Liebsten reden; sie kann uns wohl raten; denn das muß ich dir sagen, so ein kleines Mädchen wie du bekommt nie Erlaubnis, richtig hineinzukommen.«

»Doch, das tue ich!« sagte Gerda. »Wenn Kay hört, daß ich hier bin, kommt er gleich heraus und holt mich!«

»Erwarte mich am Gitter dort!« sagte die Krähe, wackelte mit dem Kopf und flog fort.

Erst als es dunkler Abend war, kam die Krähe wieder zurück: »Rar! rar!« sagte sie. »Ich soll dich vielmals von ihr grüßen! Und hier ist ein Brötchen für dich, das nahm sie in der Küche, dort hat es Brot genug, und du bist gewiß hungrig! – Es ist nicht möglich, daß du ins Schloß hineinkommen kannst, du bist ja barfuß; die Garde in Silber und die Lakaien in Gold würden es nicht zulassen; aber weine nicht, du sollst schon hinkommen. Meine Liebste weiß eine kleine Hintertreppe, die zum Schlafgemach führt, und sie weiß, wo sie den Schlüssel nehmen soll!«

Und sie gingen in den Garten hinein, in die große Allee, wo ein Blatt nach dem andern abfiel, und als auf dem Schloß die Lichter gelöscht wurden, eines nach dem andern, führte die Krähe die kleine Gerda zu einer Hintertür, die angelehnt war.

Oh, wie Gerdas Herz vor Angst und Sehnsucht klopfte! Es war, als ob sie etwas Böses tun wollte, und sie wollte ja nur wissen, ob es der kleine Kay sei; doch, er mußte es sein; sie dachte so lebhaft an seine klugen Augen, sein langes Haar; sie konnte ordentlich sehen, wie er lächelte, so wie damals, als sie daheim unter den Rosen saßen. Er würde sicher froh sein sie zu sehen, zu hören, welchen weiten Weg sie seinetwegen gegangen war, und zu wissen, wie traurig sie zu Hause alle gewesen waren, als er nicht wiederkam. Oh, es war eine Furcht und eine Freude!

Jetzt waren sie auf der Treppe; es brannte eine kleine Lampe auf einem Schrank; mitten auf dem Boden stand die zahme Krähe und drehte den Kopf nach allen Seiten und betrachtete Gerda, die sich verneigte, wie Großmutter es sie gelehrt hatte.

»Mein Verlobter hat so schön von Ihnen gesprochen, mein kleines Fräulein«, sagte die zahme Krähe. »Ihre *vita*, wie man es nennt, ist auch sehr rührend! – Wollen Sie die Lampe nehmen, dann werde ich vorausgehen. Wir gehen hier den geraden Weg, denn da treffen wir niemand!«

»Mir scheint, hier kommt jemand gerade hinter uns her!« sagte Gerda, und etwas sauste an ihr vorbei; es war wie Schatten der Wand entlang, Pferde mit flatternden Mähnen und dünnen Beinen, Jägerburschen, Herren und Damen zu Pferd.

»Das sind nur die Träume!« sagte die Krähe, »sie kommen und holen die Gedanken der hohen Herrschaft zur Jagd, das ist gut, dann können Sie sie besser im Bett betrachten. Aber lassen Sie mich sehen, wenn Sie zu Ehren und Würden gelangen, daß Sie dann ein dankbares Herz zeigen!«

»Darüber gibt es doch nichts zu reden!« sagte die Krähe vom Walde.

Nun kamen sie in den ersten Saal hinein. Er war aus rosenrotem Atlas mit künstlichen Blumen an den Wänden; hier sausten schon die Träume an ihnen vorbei, aber sie flogen so schnell, daß Gerda die hohe Herrschaft nicht zu sehen bekam. Ein Saal war immer prächtiger als der andere; ja, man konnte wohl verwirrt werden, und nun waren sie im Schlafgemach. Die Decke hier drinnen glich einer großen Palme mit Blättern aus Glas, kostbarem Glas, und mitten auf dem Boden hingen an einem dicken Stengel aus Gold zwei Betten, von denen jedes wie eine Lilie aussah; das eine war weiß, in ihm lag die Prinzessin; das andere war rot, und in dem sollte Gerda den kleinen Kay suchen. Sie bog eines der roten Blätter zur Seite, und da sah sie einen braunen Nacken. – Oh, es war Kay! – Sie rief ganz laut seinen Namen, hielt die Lampe zu ihm hin – die Träume sausten zu Pferd wieder in die Stube herein – er erwachte, drehte den Kopf, und – es war nicht der kleine Kay.

Der Prinz glich ihm nur im Nacken, aber jung und schön war er. Und aus dem weißen Lilienbett guckte die Prinzessin heraus und fragte, was da sei. Da weinte die kleine Gerda und erzählte ihre ganze Geschichte und alles, was die Krähen für sie getan hatten.

»Du kleines Armes!« sagten der Prinz und die Prinzessin, und sie lobten die Krähen und sagten, daß sie gar nicht böse auf sie seien, aber sie dürften es doch nicht öfter tun, nun sollten sie aber eine Belohnung erhalten. »Wollt Ihr frei fliegen?« fragte die Prinzessin, »oder wollt ihr eine feste Anstellung als Hofkrähen haben mit allem, was in der Küche abfällt?«

Und beide Krähen verneigten sich und baten um die feste Anstellung, denn sie dachten an ihr Alter und sagten: »Es ist so gut, etwas für den alten Mann zu haben«, wie sie es nannten.

Und der Prinz stand aus seinem Bett auf und ließ Gerda darin schlafen, und mehr konnte er nicht tun. Sie faltete ihre kleinen Hände und dachte: Wie sind doch Menschen und Tiere gut, und dann schloß sie ihre Augen und schlief so gesegnet. Alle Träume kamen wieder hereingeflogen, und da sahen sie aus wie Gottes Engel; und sie zogen einen kleinen Schlitten, und auf dem saß Kay und nickte; aber das Ganze war nur Träumerei, und deshalb war es auch wieder fort, sobald sie erwachte.

Am nächsten Tag wurde sie von Kopf bis Fuß in Seide und Samt gekleidet; es wurde ihr angeboten, auf dem Schloß zu bleiben und gute Tage zu haben, aber sie bat nur um einen kleinen Wagen mit einem Pferd davor und um ein Paar kleine Stiefel, dann wollte sie wieder in die weite Welt hinausfahren und Kay finden.

Und sie bekam sowohl Stiefel als Muff; und sie wurde so reizend angekleidet, und als sie fort wollte, hielt vor der Tür eine Kutsche aus purem Gold; des Prinzen und der Prinzessin Wappen leuchtete an ihr wie ein Stern; Kutscher, Diener und Vorreiter, denn Vorreiter waren auch da, saßen mit Goldkronen da. Der Prinz und die Prinzessin halfen ihr selbst in den Wagen und wünschten ihr alles Glück. Die Waldkrähe, die nun verheiratet war, begleitete sie die ersten drei Meilen; sie saß neben ihr, denn sie konnte nicht ertragen rückwärts zu fahren; die andere Krähe stand in der Pforte und schlug mit den Flügeln, sie folgte nicht mit, denn sie litt an Kopfweh, seit sie eine feste Anstellung erhalten hatte und zuviel zu essen bekam. Inwendig war die Kutsche mit Zuckerbrezeln gefüttert, und im Sitz waren Früchte und Pfeffernüsse.

»Leb wohl! leb wohl!« riefen Prinz und Prinzessin, und die kleine Gerda weinte, und die Krähe weinte –; so ging es die ersten Meilen; da sagte auch die Krähe Lebewohl, und das war der schwerste Abschied; sie flog auf einen Baum hinauf und schlug mit ihren schwarzen Flügeln, solange sie den Wagen sehen konnte, der wie der helle Sonnenschein strahlte.

Fünfte Geschichte
Das kleine Räubermädchen

Sie fuhren durch den dunklen Wald, aber die Kutsche schimmerte wie ein Licht, das den Räubern in die Augen stach, das konnten sie nicht ertragen.

»Das ist Gold! Das ist Gold!« riefen sie, stürzten hervor, ergriffen die Pferde, schlugen die kleinen Jockeis, den Kutscher und die Diener tot und zogen nun die kleine Gerda aus dem Wagen.

»Sie ist fett, sie ist reizend, sie ist mit Nußkernen gemästet!« sagte das alte Räuberweib, das einen langen, struppigen Bart hatte und Augenbrauen, die ihr über die Augen herabhingen. »Das ist so gut wie ein kleines, fettes Lamm! Na, wie die schmecken soll!« Und dann zog sie ihr blankes Messer heraus, und es blitzte, daß es grauenvoll war.

»Au!« sagte das Weib auf einmal; sie wurde ins Ohr gebissen von ihrer eigenen, kleinen Tochter, die auf ihrem Rücken hing und sich so wild und unartig gebärdete, daß es eine Lust war. »Du widerlicher Balg!« sagte die Mutter und kam nicht dazu, Gerda zu schlachten.

»Sie soll mit mir spielen!« sagte das kleine Räubermädchen. »Sie soll mir ihren Muff geben, ihr schönes Kleid, bei mir in meinem Bett schlafen!« Und dann biß sie wieder, so daß das Räuberweib in die Höhe sprang und sich rundherum drehte. Und alle Räuber lachten und sagten: »Seht, wie sie mit ihrem Balg tanzt!«

»Ich will in die Kutsche hinein!« sagte das kleine Räubermädchen, und sie mußte und wollte ihren Willen haben, denn sie war so verhätschelt und so eigensinnig. Sie und Gerda saßen im Wagen, und dann fuhren sie über Stoppeln und Dornbüsche tiefer in den Wald hinein. Das kleine Räubermädchen war so groß wie Gerda, aber stärker, breitschultriger und von dunkler Haut; die Augen waren ganz schwarz, sie sahen fast traurig aus. Sie faßte die kleine Gerda um den Leib und sagte: »Sie sollen dich nicht schlachten, solange ich nicht böse auf dich werde! Du bist sicher eine Prinzessin?«

»Nein«, sagte die kleine Gerda und erzählte ihr alles, was sie erlebt hatte, und wie sehr sie den kleinen Kay liebe.

Das Räubermädchen schaute sie ganz ernst an, nickte ein wenig mit dem Kopf und sagte: »Sie sollen dich nicht schlachten, selbst wenn ich auch böse auf dich werde, dann will ich es schon selber tun!« Und dann trocknete sie Gerdas Augen und steckte ihre beiden Hände in den schönen Muff, der so weich und so warm war.

Nun hielt die Kutsche still; sie waren mitten im Hof eines Räuberschlosses; es war geborsten von zuoberst bis zuunterst. Raben und Krähen flogen aus den offenen Löchern, und die großen Bullenbeißer, von denen jeder aussah, als könne er einen Menschen verschlingen, sprangen in die Höhe; aber sie bellten nicht, denn es war verboten.

In dem großen, alten, rußigen Saal brannte mitten auf dem Steinboden ein großes Feuer; der Rauch zog unter der Decke hin und mußte selbst sehen, wie er seinen Weg hinausfand; in einem großen Braukessel kochte Suppe, und sowohl Hasen als Kaninchen wurden am Spieß gedreht.

»Du sollst heute nacht mit mir hier bei allen meinen Kleintieren schlafen!« sagte das Räubermädchen. Sie bekamen zu essen und zu trinken und gingen dann in eine Ecke, wo Stroh und Decken lagen. Darüber saßen auf Latten und Stäben fast hundert Tauben, die zu schlafen schienen, sich aber doch ein wenig drehten, als die kleinen Mädchen kamen.

»Die gehören alle mir«, sagte das kleine Räubermädchen und ergriff rasch eine der nächsten, hielt sie an den Beinen und schüttelte sie, so daß sie mit den Flügeln schlug. »Küß sie!« rief sie und klatschte sie Gerda ins Gesicht. »Da sitzen die Waldkanaillen!« fuhr sie fort und zeigte hinter eine Menge Latten, die vor ein Loch hoch oben in der Mauer geschlagen waren. »Das sind Waldkanaillen, die beiden! Sie fliegen gleich fort, wenn man sie nicht recht eingeschlossen hat; und hier steht mein alter, liebster Bä!« Und sie zog ein Renntier am Horn, das einen blanken Kupferring um den Hals hatte und angebunden war. »Ihn müssen wir auch in der Klemme halten, sonst springt er uns ebenfalls fort. Jeden Abend kitzle ich ihn am Hals mit meinem scharfen Messer, davor ist ihm so bange!« Und das kleine Mädchen zog ein langes Messer aus einem Spalt in der Mauer und ließ es über den Hals des Renntiers gleiten; das arme Tier schlug aus mit den Beinen, und das Räubermädchen lachte und zog Gerda mit auf das Bett herab.

»Willst du das Messer behalten, wenn du schläfst?« fragte Gerda und schaute etwas ängstlich nach ihm hin.

»Ich schlafe immer mit dem Messer!« sagte das kleine Räubermädchen. »Man weiß nie, was kommen kann. Aber erzähl mir nun wieder, was du vorhin von dem kleinen Kay erzähltest, und warum du in die weite Welt hinausgegangen bist.« Und Gerda erzählte wieder von vorne, und die Waldtauben gurrten dort oben im Bauer, die andern Tauben schliefen. Das kleine Räubermädchen legte ihren Arm um Gerdas Hals, hielt das Messer in der andern Hand und schlief, so daß man es hören konnte; aber Gerda konnte ihre Augen gar nicht schließen, sie wußte nicht, ob sie leben oder sterben sollte. Die Räuber saßen rings um das Feuer, sangen und tranken, und das Räuberweib schlug Purzelbäume. Oh, es war ganz greulich für ein kleines Mädchen dies mitanzusehen.

Da sagten die Waldtauben: »Gurre, gurre! wir haben den kleinen Kay gesehen. Ein weißes Huhn trug seinen Schlitten; er saß im Wagen der Schneekönigin, der niedrig über den Wald hinfuhr, als wir im Nest lagen; sie blies uns Junge an, und alle starben sie außer uns beiden; gurre, gurre!«

»Was sagt ihr dort oben?« rief Gerda, »wo reiste die Schneekönigin hin? Wißt ihr etwas davon?«

»Sie reiste sicher nach Lappland, denn dort ist immer Schnee und Eis! Frage nur das Renntier, das am Strick angebunden steht.«

»Dort ist Eis und Schnee, dort ist es herrlich und gut!« sagte das Renntier; »dort springt man frei umher in den großen, schimmernden Tälern! Dort hat die Schneekönigin ihr Sommerzelt; aber ihr festes Schloß ist oben gegen den Nordpol zu, auf der Insel, die Spitzbergen genannt wird!«

»O Kay, kleiner Kay!« seufzte Gerda. »Jetzt sollst du still liegen!« sagte das Räubermädchen, »sonst bekommst du das Messer in den Magen!«

Am Morgen erzählte Gerda ihr alles, was die Waldtauben gesagt hatten, und das kleine Räubermädchen sah ganz ernst aus, aber nickte mit dem Kopf und sagte: »Es ist gleich! es ist gleich. – Weißt du, wo Lappland ist?« fragte sie das Renntier.

»Wer sollte das besser wissen als ich«, sagte das Tier, und die Augen funkelten in seinem Kopf. »Dort bin ich geboren und aufgewachsen, dort bin ich auf den Schneefeldern herumgelaufen.«

»Hör!« sagte das Räubermädchen zu Gerda, »alle unsere Mannsleute sind fort, aber Mutter ist noch hier, und sie bleibt; aber späterhin am Morgen trinkt sie aus der großen Flasche und macht darauf ein Schläfchen; – dann werde ich etwas für dich tun!«

Nun sprang sie aus dem Bett, fuhr der Mutter um den Hals, zog sie am Bart und sagte: »Mein eigener, süßer Ziegenbock, guten Morgen!« Und die Mutter knipste sie auf die Nase, so daß sie rot und blau wurde; aber das war alles aus lauter Liebe.

Als dann die Mutter aus ihrer Flasche getrunken hatte und ein kleines Schläfchen machte, ging das Räubermädchen zum Renntier hin und sagte: »Ich könnte sonderlich Lust haben, dich noch viele Male mit dem scharfen Messer zu kitzeln, denn dann bist du so lustig; aber es ist gleich, ich will deine Schnur lösen und dir hinaushelfen, damit du nach Lappland laufen kannst. Aber du mußt deine Beine rühren und dieses kleine Mädchen zum Schloß der Schneekönigin bringen, wo ihr Spielgefährte ist. Du hast wohl gehört, was sie erzählte, denn sie sprach laut genug, und du horchst!«

Das Renntier sprang hoch vor Freude. Das Räubermädchen hob die kleine Gerda hinauf und hatte die Vorsicht, sie festzubinden, ja ihr sogar ein kleines Kissen zu geben, auf dem sie sitzen konnte. »Es ist gleich«, sagte sie, »da hast du deine Pelzstiefel, denn es wird kalt, aber den Muff behalte ich, der ist allzu reizend! Aber frieren sollst du darum doch nicht. Hier hast du die großen Fausthandschuhe meiner Mutter, sie reichen dir bis an die Ellbogen; kriech hinein! – Jetzt siehst du an den Händen aus wie meine scheußliche Mutter!«

Und Gerda weinte vor Freude.

»Ich kann es nicht leiden, daß du flennst!« sagte das kleine Räubermädchen. »Nun sollst du just vergnügt aussehen! Und da hast du zwei Brote und einen Schinken, dann kannst du nicht hungern.« Beides wurde hinten auf das Renntier gebunden; das kleine Räubermädchen öffnete die Tür, lockte alle die großen Hunde herein, und dann schnitt sie den Strick mit ihrem Messer durch und sagte zum Renntier: »Lauf denn! aber gib wohl acht auf das kleine Mädchen!«

Und Gerda streckte die Hände mit den großen Fausthandschuhen nach dem Räubermädchen aus und sagte Lebewohl. Dann flog das Renntier davon über Büsche und Stoppeln, durch den großen Wald, über Sümpfe und Steppen, so schnell es nur konnte. Die Wölfe heulten, und die Raben krächzten. »Fut! fut!« sagte es am Himmel. Es war, als niese er rot.

»Das sind meine alten Nordlichter!« sagte das Renntier. »Schau, wie sie leuchten!« Und dann lief es noch schneller von dannen, Tag und Nacht; die Brote wurden gegessen, der Schinken auch, und dann waren sie in Lappland.

Sechste Geschichte
Die Lappin und die Finnin

Sie hielten still vor einem kleinen Haus; es war so armselig; das Dach ging bis zur Erde herab, und die Tür war so niedrig, daß die Familie auf dem Bauch kriechen mußte, wenn sie hinaus oder hinein wollten. Hier war niemand zu Hause außer einer alten Lappin, die dastand und an einer Tranlampe Fische briet; und das Renntier erzählte Gerdas ganze Geschichte, aber erst seine eigene; denn es fand, daß sie viel wichtiger sei, und Gerda war so mitgenommen von der Kälte, daß sie nicht sprechen konnte.

»Ach, ihr Ärmsten!« sagte die Lappin, »da habt ihr noch weit zu laufen! Ihr müßt weiter über hundert Meilen nach Finnmarken hinein, denn dort wohnt die Schneekönigin auf dem Land und zündet jeden Abend bengalische Flammen an. Ich werde ein paar Worte auf einen gedörrten Stockfisch schreiben, Papier habe ich nicht, den werde ich euch mitgeben für die Finnin dort oben, sie kann euch bessern Bescheid geben als ich!«

Und als nun Gerda erwärmt worden war und zu essen und trin-

ken bekommen hatte, schrieb die Lappin ein paar Worte auf einen gedörrten Stockfisch und bat Gerda, wohl auf ihn acht zu geben, band sie wieder auf das Renntier fest, und dieses sprang davon. »Fut! fut!« sagte es oben in der Luft; die ganze Nacht brannte das schönste blaue Nordlicht – und dann kamen sie nach Finnmarken und klopften an den Schornstein der Finnin, denn sie hatte nicht einmal eine Tür.

Es war eine Hitze drinnen, daß die Finnin selbst fast ganz nackt ging; klein war sie und ganz schmutzig; sie löste gleich die Kleider der kleinen Gerda, zog die Fausthandschuhe und Stiefel ab, denn sonst wäre es ihr zu heiß geworden, legte dem Renntier ein Stück Eis auf den Kopf und las dann, was auf dem Stockfisch geschrieben stand. Sie las es dreimal, dann wußte sie es auswendig und steckte den Fisch in den Kochtopf, denn er konnte ja gegessen werden, und sie vergeudete nie etwas.

Nun erzählte das Renntier erst seine Geschichte, dann die der kleinen Gerda, und die Finnin blinzelte mit den klugen Augen, sagte aber nichts.

»Du bist so klug«, sagte das Renntier; »ich weiß, du kannst alle Winde der Welt in einen Nähfaden knüpfen; wenn der Schiffer den einen Knoten löst, bekommt er guten Wind, löst er den zweiten, da bläst es scharf, und löst er den dritten und vierten, so stürmt es, daß die Wälder umfallen. Willst du dem kleinen Mädchen nicht einen Trank geben, daß sie Zwölf-Männer-Kraft erhalten und die Schneekönigin überwinden kann?«

»Zwölf-Männer-Kraft«, sagte die Finnin; »ja, das würde viel helfen!« Und dann ging sie zu einem Brett, nahm ein großes, zusammengerolltes Fell hervor, und das rollte sie auf; es waren sonderbare Buchstaben darauf geschrieben, und die Finnin las, daß ihr das Wasser von der Stirne rann.

Aber das Renntier bat wieder so sehr für die kleine Gerda, und Gerda sah die Finnin mit so bittenden, tränenvollen Augen an, daß diese wieder mit den ihren zu blinzeln begann und das Renntier in eine Ecke zog, wo sie ihm etwas zuflüsterte, während es frisches Eis auf den Kopf bekam.

»Der kleine Kay ist allerdings bei der Schneekönigin und findet dort alles nach Gefallen und Wunsch und glaubt, es sei der beste Ort der Welt; aber das kommt daher, weil er einen Glassplitter ins Herz und ein kleines Glaskörnchen ins Auge bekommen hat; die müssen erst heraus, sonst wird er nie wieder ein Mensch, und die Schneekönigin wird ihre Macht über ihn behalten!«

»Aber kannst du der kleinen Gerda nicht etwas eingeben, damit sie Macht über das Ganze erhält?«

»Ich kann ihr nicht größere Macht geben, als sie schon hat! Siehst du nicht, wie groß die ist? Siehst du nicht, wie Menschen und Tiere ihr dienen müssen und wie sie auf bloßen Füßen so gut in der Welt vorwärtsgekommen ist? Sie braucht ihre Macht nicht von uns zu erfahren, die sitzt in ihrem Herzen und besteht darin, daß sie ein süßes, unschuldiges Kind ist. Kann sie nicht selbst zur Schneekönigin hineingelangen und die Glassplitter aus dem kleinen Kay herausbekommen, dann können wir ihr nicht helfen! Zwei Meilen von hier beginnt der Garten der Schneekönigin, dorthin kannst du das kleine Mädchen tragen; setze sie ab bei dem großen Busch, der voll roter Beeren im Schnee steht; mache kein langes Geschwätz, sondern beeile dich hierher zurück!« Und dann hob die Finnin die kleine Gerda auf das Renntier, das lief, was es konnte.

»Oh, ich habe meine Stiefel nicht! Ich habe meine Fausthandschuhe nicht!« rief die kleine Gerda; das merkte sie in der schneidenden Kälte; aber das Renntier wagte nicht anzuhalten, es lief, bis es an den großen Busch mit den roten Beeren kam; dort setzte es Gerda ab, küßte sie auf den Mund, und es liefen große, blanke Tränen über des Tieres Backen herab, und dann rannte es, was es konnte, wieder zurück. Da stand die arme Gerda, ohne Schuhe, ohne Handschuhe, mitten in dem fürchterlichen, eiskalten Finnmarken.

Sie lief vorwärts, so rasch sie konnte; da kam ein ganzes Regiment Schneeflocken; aber sie fielen nicht vom Himmel herab, er war ganz klar und leuchtete von Nordlichtern; die Schneeflocken liefen gerade über der Erde hin, und je näher sie kamen, desto größer wurden sie; Gerda erinnerte sich wohl daran, wie groß und künstlich sie damals ausgesehen hatten, als sie sie durch das Brennglas sah; aber hier waren sie allerdings noch ganz anders groß und furchtbar, sie waren lebendig, sie waren die Vorposten der Schneekönigin; sie hatten die merkwürdigsten Gestalten; einige sahen aus wie häßliche, große Stachelschweine; andere wie ganze Knoten aus Schlangen, die die Köpfe vorstreckten, und andere wie kleine, dicke Bären, deren Haare sich sträubten, alle glänzend weiß, alle waren lebendige Schneeflocken.

Da betete die kleine Gerda ihr Vaterunser, und die Kälte war so groß, daß sie ihren eigenen Atem sehen konnte, wie Rauch strömte er ihr aus dem Mund; der Atem wurde dichter und dichter, und er formte sich zu kleinen, lichten Engeln, die mehr und mehr wuchsen, wenn sie die Erde berührten; und alle hatten sie Helme auf dem Kopf und Speer und Schild in den Händen; es wurden mehr und mehr, und als Gerda ihr Vaterunser beendet hatte, war eine ganze Legion um sie; sie hieben mit ihren Speeren nach den greulichen Schneeflocken, so daß sie in hundert Stücke zersprangen, und die kleine Gerda ging ganz sicher und unverzagt vorwärts. Die Engel streichelten ihre Füße und ihre Hände, und da fühlte sie weniger, wie kalt es war, und ging rasch auf das Schloß der Schneekönigin zu.

Aber nun sollten wir erst sehen, wie es Kay geht. Er dachte wahrlich nicht an die kleine Gerda und am allerwenigsten daran, daß sie draußen vor dem Schloß stand.

Siebente Geschichte
Was im Schloß der Schneekönigin geschah, und was später geschah

Die Wände des Schlosses waren aus stiebendem Schnee, und Fenster und Türen aus schneidenden Winden; es waren über hundert Säle, je nachdem der Schnee stob; der größte erstreckte sich viele Meilen weit, alle beleuchtet von dem starken Nordlicht, und sie waren so groß, so leer, so eisig kalt und so glitzernd. Niemals gab es hier Fröhlichkeit, nicht einmal soviel wie einen kleinen Bärenball, wo der Sturm aufblasen und die Eisbären auf den Hinterbeinen gehen und feine Manieren zeigen konnten; niemals eine kleine Spielgesellschaft mit Maulklapp und Tatzenschlag; niemals ein klein wenig Kaffeeklatsch von den weißen Fuchsfräulein; leer, groß und kalt war es in den Sälen der Schneekönigin. Die Nordlichter flammten so regelmäßig, daß man zählen konnte, wann sie am höchsten und wann sie am niedrigsten standen. Mitten drinnen in dem leeren, unendlichen Schneesaal war ein gefrorener See; er war in tausend Stücke zersprungen; aber jedes Stück war so genau gleich wie das andere, daß es ein ganzes Kunstwerk war; und mitten darauf saß die Schneekönigin, wenn sie zu Hause war, und dann sagte sie, daß sie im Spiegel des Verstandes sitze, und das sei das Einzige und das Beste auf dieser Welt.

Der kleine Kay war ganz blau vor Kälte, ja fast schwarz; aber er merkte es doch nicht, denn sie hatte ihm ja den Kälteschauer weggeküßt, und sein Herz war so gut wie ein Eisklumpen. Er ging und schleppte einige scharfe, flache Eisstücke umher, die er auf alle möglichen Arten zusammenlegte; denn er wollte damit etwas herausbringen; es war, als wenn wir andern kleine Holztafeln haben und diese in Figuren zusammenlegen, was man das chinesische Spiel nennt. Kay ging auch und legte Figuren, die allerkunstvollsten, es war das Verstandes-Eisspiel; in seinen Augen waren die Figuren ganz ausgezeichnet und von allerhöchster Wichtigkeit; das machte

das Glaskörnchen, das ihm im Auge saß! Er legte ganze Figuren, die ein geschriebenes Wort waren; aber nie konnte er herausfinden, wie das Wort zu legen sei, das er just legen wollte, das Wort: Ewigkeit. Und die Schneekönigin hatte gesagt: »Kannst du mir diese Figur herausfinden, dann sollst du dein eigener Herr sein, und ich schenke dir die ganze Welt und ein Paar neue Schlittschuhe.« Aber er konnte es nicht.

»Nun sause ich fort nach den warmen Ländern!« sagte die Schneekönigin, »ich will hin und in die schwarzen Töpfe hineingucken!« – Das waren die feuerspeienden Berge, Aetna und Vesuv, wie man sie nennt. »Ich werde sie ein wenig weiß machen! Das gehört dazu; das wird den Zitronen und Trauben gut tun!« Und dann flog die Schneekönigin fort, und Kay saß ganz allein in dem viele Meilen großen, leeren Eissaal und schaute die Eisstücke an und dachte und dachte, so daß es in ihm knackte; ganz steif und still saß er da, man hätte glauben können, er sei erfroren.

Da geschah es, daß die kleine Gerda ins Schloß durch das große Tor trat, das aus schneidenden Winden bestand; aber sie sprach ihr Abendgebet; und da legten sich die Winde, als wollten sie schlafen, und sie trat in die großen, leeren, kalten Säle ein – da sah sie Kay, sie erkannte ihn, sie flog ihm um den Hals, hielt ihn fest und rief: »Kay! süßer, kleiner Kay! so habe ich dich denn gefunden!«

Aber er saß ganz still, steif und kalt; da weinte die kleine Gerda heiße Tränen, sie fielen auf seine Brust, sie drangen in sein Herz hinein, sie tauten den Eisklumpen auf und verzehrten das kleine Spiegelstückchen da drinnen; er sah sie an, und sie sang das Lied:

»Im Tale blühen die Rosen so schön,
Dort werden wir das Jesuskind sehn!«

Da brach Kay in Tränen aus; er weinte, so daß das Spiegelkörnchen aus seinen Augen herausrollte, er erkannte sie und jubelte: »Gerda! süße, kleine Gerda! – wo bist du doch so lange gewesen? Und wo bin ich gewesen?« und er blickte ringsum. »Wie kalt ist es hier! Wie leer und groß ist es hier!« Und er hielt sich an Gerda fest, und sie lachte und weinte vor Freude; es war so beglückend, daß selbst die Eisstücke vor Freude umhertanzten, und als sie müde waren und sich niederlegten, lagen sie gerade in den Buchstaben, von denen die Schneekönigin gesagt hatte, daß er sie ausfindig machen solle, dann sei er sein eigener Herr, und sie wolle ihm die ganze Welt und ein Paar neue Schlittschuhe geben.

Und Gerda küßte seine Wangen, und sie wurden blühend; sie küßte seine Augen, und sie leuchteten wie die ihren; sie küßte seine Hände und seine Füße, und er war gesund und munter. Die Schneekönigin mochte immer nach Hause kommen, sein Freibrief stand da mit glänzenden Eisstücken geschrieben.

Und sie faßten einander bei den Händen und wanderten aus dem großen Schloß hinaus; sie sprachen von Großmutter und von den Rosen oben auf dem Dach; und wo sie gingen, lagen die Winde ganz still, und die Sonne brach hervor; und als sie den Busch mit den roten Beeren erreichten, stand das Renntier dort und wartete; es hatte ein anderes junges Renntier bei sich, dessen Euter voll war, und es gab den Kleinen seine warme Milch und küßte sie auf den Mund. Dann trugen sie Kay und Gerda zuerst zur Finnin, wo sie sich in der heißen Stube erwärmten und Bescheid über die Heimreise erhielten, und dann zur Lappin, die ihnen neue Kleider genäht und ihren Schlitten instand gesetzt hatte.

Und das Renntier und das Junge sprangen neben dem Schlitten her und begleiteten sie bis an des Landes Grenze; dort guckte das erste Grün hervor, und dort nahmen sie Abschied von dem Renntier und der Lappin. »Lebt wohl!« sagten sie alle. Und die ersten kleinen Vögel begannen zu zwitschern, der Wald hatte grüne Knospen, und aus ihm kam herausgeritten auf einem prächtigen Pferd, das Gerda kannte (es war vor die Goldkutsche gespannt gewesen), ein junges Mädchen mit einer leuchtenden, roten Mütze auf dem Kopf und Pistolen im Halfter; es war das kleine Räubermädchen, das es satt hatte, zu Hause zu sein, und nun erst gegen Norden wollte und später nach einer andern Kante, falls es ihr dort nicht gefiele. Sie erkannte Gerda gleich, und Gerda erkannte sie, es war eine Freude!

»Du bist ein netter Kerl, dich so herumzutreiben!« sagte sie zum kleinen Kay; »ich möchte wohl wissen, ob du es verdienst, daß man deinetwegen bis ans Ende der Welt läuft!«

Aber Gerda streichelte ihre Wangen und fragte nach dem Prinzen und der Prinzessin. »Die sind nach fremden Ländern gereist!« sagte das Räubermädchen.

»Aber die Krähe?« fragte die kleine Gerda. »Ja, die Krähe ist tot!« antwortete sie. »Die zahme Liebste ist Witwe geworden und geht mit einem Stückchen schwarzen Wollfaden um das Bein; sie klagt jämmerlich, und Geschwätz ist das Ganze! – Aber erzähle mir nun, wie es dir ergangen ist und wie du ihn erwischt hast!«

Und Gerda und Kay erzählten beide.

»Und Schnipp-schnapp-schnurre-basselurre!« sagte das Räubermädchen, faßte sie beide an den Händen und versprach, wenn sie je einmal durch ihre Stadt käme, dann wolle sie heraufkommen und sie besuchen, und dann ritt sie in die weite Welt hinaus; aber Kay und Gerda gingen Hand in Hand, und wie sie so gingen, war es schöner Frühling mit Blumen und Grün; die Kirchenglocken läuteten, und sie erkannten die hohen Türme, die große Stadt, es war die, in der sie wohnten, und sie gingen in die Stadt hinein und hin zu Großmutters Tür, und die Treppe hinauf, in die Stube hinein, wo alles noch am gleichen Ort stand wie früher, und die Uhr sagte: »Tick! Tack!« und der Zeiger drehte sich; aber als sie durch die Tür gingen, merkten sie, daß sie erwachsene Menschen geworden waren. Die Rosen in der Dachrinne blühten zum offenen Fenster herein, und da standen die kleinen Kinderstühle, und Kay und Ger-

da setzten sich jedes auf den seinen und hielten einander bei den Händen; sie hatten die kalte, leere Herrlichkeit bei der Schneekönigin gleich einem schweren Traum vergessen. Großmutter saß in Gottes heller Sonne und las laut aus der Bibel vor: »Es sei denn, daß ihr euch umkehret und werdet wie die Kinder, so werdet ihr nicht ins Himmelreich kommen!«

Und Kay und Gerda schauten einander in die Augen, und sie verstanden auf einmal das alte Lied:

> »Im Tale blühen die Rosen so schön,
> Dort werden wir das Jesuskind sehn!«

Da saßen sie beide, erwachsen und doch Kinder, Kinder im Herzen, und es war Sommer, warmer, gesegneter Sommer.

26

MUTTER HOLUNDER

Es war einmal ein kleiner Knabe, der erkältet war; er war ausgegangen und hatte nasse Füße bekommen. Niemand konnte begreifen, woher er sie bekommen hatte, denn es war ganz trockenes Wetter. Nun entkleidete ihn seine Mutter, brachte ihn zu Bett und ließ die Teemaschine hereinbringen, um ihm eine gute Tasse Holundertee zu machen, denn das wärmt! Im selben Augenblick kam der alte, lustige Mann zur Tür herein, der zuoberst im Haus wohnte und so allein lebte; denn er hatte weder Frau noch Kinder, liebte aber alle Kinder sehr und wußte so viele Märchen und Geschichten zu erzählen, daß es eine Lust war.

»Nun trinkst du deinen Tee!« sagte die Mutter, »vielleicht bekommst du dann ein Märchen.«

»Ja, wenn man nur ein neues wüßte!« sagte der alte Mann und nickte so mild. »Aber wo hat der Kleine die nassen Füße bekommen?« fragte er.

»Ja, wo hat er das!« sagte die Mutter, »das kann niemand begreifen.«

»Bekomme ich ein Märchen?« fragte der Knabe.

»Ja, kannst du mir ziemlich genau sagen, denn das muß ich erst wissen, wie tief der Rinnstein drüben in der kleinen Straße ist, wo du in die Schule gehst?«

»Akkurat bis an die Mitte meiner Stiefelschäfte«, sagte der Knabe, »aber dann muß ich in das tiefe Loch gehen!«

»Sieh, davon haben wir die nassen Füße«, sagte der Alte. »Nun sollte ich freilich ein Märchen erzählen, aber ich weiß keins mehr!«

»Sie können gleich eins machen«, sagte der kleine Knabe. »Mutter sagt, daß alles, was Sie ansehen, ein Märchen werden kann, und von allem, was Sie berühren, können Sie eine Geschichte machen.«

»Ja, aber diese Märchen und Geschichten taugen nichts; nein, die richtigen, die kommen von selbst, sie klopfen an meine Stirn und sagen: hier bin ich!«

»Klopft es nicht bald?« fragte der kleine Knabe, und die Mutter lachte, tat Holundertee in die Teekanne und goß kochendes Wasser darüber. »Erzähl! Erzähl!«

»Ja, wenn ein Märchen von selbst kommen wollte, aber so eins ist vornehm, es kommt nur, wenn es selbst Lust hat – stop!« sagte er auf einmal. »Da haben wir es! Gib acht, nun ist eins in der Teekanne!«

Und der kleine Knabe sah nach der Teekanne hin; der Deckel hob sich mehr und mehr, und die Holunderblüten kamen so frisch und weiß hervor. Sie schossen große, lange Zweige, selbst aus dem Schnabel kamen sie, verbreiteten sich nach allen Seiten und wurden größer und größer. Es war der schönste Holunderbusch, ein ganzer Baum. Er ragte in das Bett hinein und schob die Gardinen zur Seite; nein, wie das blühte und duftete! Und mitten im Baum saß eine alte, freundliche Frau mit einem wunderlichen Kleid; es war ganz grün, wie die Blätter des Holunderbaumes, und mit großen, weißen Holunderblüten besetzt. Man konnte nicht gleich sehen, ob es Zeug oder lebendes Grün und Blüten waren.

»Wie heißt diese Frau?« fragte der kleine Knabe.

»Ja, diese Römer und Griechen«, sagte der alte Mann, »die nannten sie Dryade, aber das verstehen wir nicht; draußen in Nyboder[1]

[1] Matrosenviertel

haben sie einen besseren Namen für sie, dort wird sie Mutter Holunder genannt, und sie ist es nun, auf die du achtgeben mußt; hör nur zu und sieh dir den schönen Holunderbaum an!

Gerade so ein großer, blühender Baum steht dort draußen in Nyboder! Er wuchs drüben in der Ecke in einem kleinen, ärmlichen Hof; unter diesem Baum saßen eines Nachmittags im schönsten Sonnenschein zwei alte Leute; es war ein alter, alter Seemann und seine alte, alte Frau; sie waren Urgroßeltern und sollten bald ihre goldene Hochzeit feiern, aber sie konnten sich des Datums nicht recht entsinnen. Und Mutter Holunder saß im Baum und sah so vergnügt aus, gerade wie hier. ›Ich weiß wohl, wann die goldene Hochzeit ist!‹ sagte sie, aber sie hörten sie nicht, sie sprachen von den alten Zeiten.

›Ja, entsinnst du dich‹, sagte der alte Seemann, ›damals, als wir noch ganz kleine Kinder waren und herumliefen und spielten; es war just in demselben Hof, wo wir jetzt sitzen, und wir steckten kleine Zweige in die Erde und machten einen Garten.‹

›Ja‹, sagte die alte Frau, ›daran erinnere ich mich gut! Und wir begossen die Zweige, und einer davon war ein Holunderzweig; er schlug Wurzeln, trieb grüne Schößlinge und ist nun der große Baum geworden, unter dem wir alten Menschen sitzen.‹

›Ja gewiß!‹ sagte er, ›und dort drüben in der Ecke stand ein Wasserkübel; dort schwamm mein Fahrzeug, ich hatte es selbst geschnitzt; wie das segeln konnte! Aber ich kam wahrlich bald ganz anders zum Segeln!‹

›Ja, aber erst gingen wir in die Schule und lernten etwas!‹ sagte sie, ›und dann wurden wir konfirmiert; wir weinten alle beide; aber am Nachmittag gingen wir Hand in Hand auf den Runden Turm und sahen in die Welt hinaus über Kopenhagen und das Wasser; dann gingen wir nach Frederiksberg, wo der König und die Königin in ihren prächtigen Booten auf den Kanälen herumfuhren.‹

›Aber ich kam freilich ganz anders zum Herumfahren, und das während vieler Jahre, weit fort auf die großen Reisen!‹

›Ja, ich weinte oft um dich!‹ sagte sie, ›ich glaubte, du seiest tot und fort und müßtest dort unten in dem tiefen Wasser liegen und Unsinn treiben! Manche Nacht stand ich auf und sah nach, ob die

Windfahne sich drehte; ja, sie drehte sich wohl, aber du kamst nicht! Ich entsinne mich so deutlich, wie eines Tages der Regen herabströmte, der Kehrichtmann kam vor das Haus, wo ich diente; ich ging mit dem Kehrichteimer hinunter und blieb in der Tür stehen; was war es für ein häßliches Wetter! Und wie ich so dastand, war der Postbote neben mir und gab mir einen Brief, er war von dir. Ja, wie der herumgereist war! Ich stürzte mich auf ihn und las; ich lachte und ich weinte; ich war so froh! Da stand, daß du in den warmen Ländern seiest, wo die Kaffeebohnen wachsen! Was muß das für ein gesegnetes Land sein! Du erzähltest so viel, und ich sah das alles, während der Regen herabströmte, und ich mit dem Kehrichteimer dastand. Da kam einer und faßt mich um den Leib – –‹

›– Ja, aber du gabst ihm eine tüchtige Ohrfeige, daß es nur so klatschte.‹

›Ich wußte ja nicht, daß du es warst! Du warst ebenso schnell gekommen wie dein Brief; und du warst so schön – das bist du ja noch –, du hattest ein großes, gelbes, seidenes Taschentuch in der Tasche und einen blanken Hut auf; du warst so fein. Gott, was war das doch für ein Wetter, und wie die Straße aussah!‹

›Dann heirateten wir!‹ sagte er, ›erinnerst du dich? Und dann, als wir den ersten kleinen Knaben bekamen und dann Marie und Niels und Peter und Hans Christian!‹

›Ja, und wie sie alle herangewachsen und ordentliche Menschen geworden sind, die alle gern haben!‹

›Und ihre Kinder haben wieder Kleine bekommen!‹ sagte der alte Matrose; ja, das sind Urenkel! Da ist Kern drin! – Es war ja doch, scheint mir, um diese Zeit des Jahres, daß wir Hochzeit hielten –!‹

›Ja, just heute ist der goldene Hochzeitstag!‹ sagte Mutter Holunder und steckte den Kopf gerade zwischen die beiden, und sie glaubten, es sei die Nachbarin, die da nickte. Sie sahen einander an und faßten sich bei den Händen; bald darauf kamen die Kinder und Kindeskinder; sie wußten wohl, daß es der goldene Hochzeitstag war, sie hatten schon am Morgen gratuliert; aber das war von den Alten vergessen, während sie sich gut alles dessen erinnerten, was vor vielen Jahren geschehen war. Und der Holunderbaum duftete so stark, und die Sonne, die am Untergehen war, schien den beiden

Alten gerade ins Gesicht; sie sahen beide so rotwangig aus, und das kleinste der Kindeskinder tanzte um sie herum und rief ganz glückselig, daß es diesen Abend ein richtiges Fest geben werde, sie sollten warme Kartoffeln haben; und Mutter Holunder nickte im Baum und rief hurra mit all den andern.«

– »Aber das war ja kein Märchen!« sagte der kleine Knabe, der es erzählen hörte.

»Ja, das mußt du verstehen!« sagte der, welcher erzählte, »aber laß uns Mutter Holunder fragen!«

»Das war kein Märchen!« sagte Mutter Holunder, »aber jetzt kommt es! Aus dem Wirklichen heraus wächst eben das seltsamste Märchen; sonst hätte ja mein schöner Holunderbusch nicht aus der Teekanne heraussprossen können.« Und dann nahm sie den kleinen Knaben aus dem Bett heraus, legte ihn an ihre Brust, und die Holunderzweige voller Blüten schlugen um sie zusammen, sie saßen wie in der dichtesten Gartenlaube, und die flog mit ihnen durch die Luft; es war so unvergleichlich schön. Mutter Holunder war auf einmal ein kleines, reizendes Mädchen geworden; aber das Kleid war noch immer vom gleichen grünen, weißgeblümten Stoff, das Mutter Holunder getragen hatte; an der Brust hatte sie eine wirkliche Holunderblüte und in ihrem gelben, lockigen Haar einen ganzen Kranz von Holunderblüten; ihre Augen waren so groß, so blau, oh, sie war so beglückend anzusehen! Sie und der Knabe küßten sich, und dann waren sie im gleichen Alter und fühlten gleiche Freuden. Sie gingen Hand in Hand aus der Laubhütte und standen nun in dem schönen Blumengarten des Hauses; bei dem frischen Rasenplatz war des Vaters Stock an einen Pflock gebunden; für die Kleinen war Leben in dem Stock; sobald sie sich rittlings darübersetzten, verwandelte sich der blanke Knopf in einen prächtigen, wiehernden Kopf, die lange, schwarze Mähne flatterte, vier schlanke, starke Beine schossen hervor; das Tier war stark und feurig; im Galopp fuhren sie um den Rasenplatz herum: hussa! – »Jetzt reiten wir viele Meilen weit fort!« sagte der Knabe; »wir reiten nach dem Herrenhof, wo wir im vorigen Jahr waren!« Und sie ritten und ritten um den Rasenplatz herum; und immer rief das kleine Mädchen, die, wie wir wissen, niemand anders war als Mutter Holunder: »Jetzt sind wir auf dem Land! Siehst du dort das Bauernhaus mit dem großen Backofen, der wie ein riesengroßes Ei wirkt in der Mauer nach dem Wege zu? Der Holunderbaum neigt seine Zweige darüber hin, und der Hahn geht und scharrt vor den Hühnern; schau, wie er sich brüstet! – Nun sind wir bei der Kirche! Sie liegt hoch oben auf dem Hügel zwischen den großen Eichbäumen, von denen der eine halb eingegangen ist! – Jetzt sind wir bei der Schmiede, wo das Feuer brennt und die halbnackten Männer mit den Hämmern schlagen, so daß die Funken weit umherfliegen. Fort, fort nach dem prächtigen Herrenhof!« Und alles, was das kleine Mädchen, das hinten auf dem Stock saß, sagte, flog auch vorüber; der Knabe sah es, und doch kamen sie nur um den Rasenplatz herum. Dann spielten sie im Seitengang und ritzten einen kleinen Garten in die Erde. Und sie nahm die Holunderblüte aus ihrem Haar, pflanzte sie, und sie wuchs, genau so, wie es bei den alten Leuten in Nyboder geschehen war, damals als sie klein waren, und wie es früher erzählt worden ist. Sie gingen Hand in Hand, ebenso wie es die alten Leute als Kinder getan hatten, aber nicht hinauf auf den »Runden Turm« oder nach dem Frederiksberggarten, nein, das kleine Mädchen faßte den Knaben um den Leib, und dann flogen sie weit umher in ganz Dänemark. Und es war Frühling, und es wurde Sommer, und es war Herbst, und es wurde Winter, und Tausende von Bildern spiegelten sich in den Augen und dem Herzen des Knaben, und immer sang ihm das kleine Mädchen vor: »Das wirst du nie vergessen!« Und auf dem ganzen Flug duftete der Holunderbaum so süß und so schön; er spürte wohl die Rosen und die frischen Buchen; aber der Holunderbaum duftete noch wunderbarer, denn seine Blüten hingen am Herzen des kleinen Mädchens, und daran lehnte er im Fluge oft seinen Kopf.

»Hier ist es schön im Frühling!« sagte das kleine Mädchen, und sie standen in dem frisch ausschlagenden Buchenwald, wo der grüne Waldmeister zu ihren Füßen duftete, und die blaßroten Anemonen so schön im Grünen aussahen. »Oh, wäre es immer Frühling in dem duftenden, dänischen Buchenwald!«

»Hier ist es schön im Sommer!« sagte sie, und sie fuhren an alten Herrenhöfen aus der Ritterzeit vorbei, wo die roten Mauern und gezackten Giebel sich in den Kanälen spiegelten, wo die Schwäne schwammen und in die alten, kühlen Alleen hinaufguckten. Auf dem Feld wogte das Korn, als wäre es ein See, in den Gräben standen rote und gelbe Blumen, an den Hecken wuchsen wilder Hopfen und blühende Winden; und am Abend stieg der Mond auf, rund und groß, die Heuhaufen auf den Wiesen dufteten so süß. »Das vergißt man nie!«

»Hier ist es schön im Herbst!« sagte das kleine Mädchen, und die Luft wurde doppelt so hoch und blau; der Wald bekam die schönsten Farben von rot, gelb und grün; die Jagdhunde jagten dahin, ganze Scharen Vogelwild flogen schreiend über die Hünengräber weg, wo Brombeerranken um die alten Steine hingen; das Meer war schwarzblau mit weißen Seglern, und auf der Tenne saßen alte Frauen, Mädchen und Kinder und zupften Hopfen in ein großes Gefäß; die Jungen sangen Lieder, aber die Alten erzählten Märchen von Zwergen und Trollen. »Besser könnte es nicht sein!«

»Hier ist es schön im Winter!« sagte das kleine Mädchen, und alle Bäume standen im Rauhreif; sie sahen aus wie weiße Korallen, der Schnee knirschte unter den Füßen, als ob man immer neue Stiefel trüge, und vom Himmel fiel eine Sternschnuppe nach der andern. In der Stube wurde der Weihnachtsbaum angezündet, da waren Geschenke und gute Laune; auf dem Land erklang die Fiedel in des Bauern Stube, Apfelschnitze wurden ausgestreut; selbst das ärmste Kind sagte: »Es ist doch schön im Winter!«

Ja, es war schön! Und das kleine Mädchen zeigte dem Knaben alles; und immer duftete der Holunderbaum, und immer wehte die rote Flagge mit dem weißen Kreuz, die Flagge, unter welcher der alte Seemann in Nyboder gesegelt war! – Und der Knabe wurde ein Bursche, und er sollte in die weite Welt hinaus, weit weg nach den warmen Ländern, wo der Kaffee wächst; aber beim Abschied nahm das kleine Mädchen eine Holunderblüte von ihrer Brust und gab sie ihm zum Aufbewahren. Und sie wurde in das Psalmenbuch gelegt, und immer im fremden Land, wenn er das Buch öffnete, war es just an der Stelle, wo die Erinnerungsblume lag, und je mehr er sie ansah, desto frischer wurde sie; er fühlte gleichsam den Duft von den dänischen Wäldern, und deutlich sah er zwischen den Blütenblättern das kleine Mädchen mit ihren klaren, blauen Augen hervorgucken, und sie flüsterte dann: »Hier ist es so schön im Frühling, im Sommer, im Herbst und im Winter!« Und Hunderte von Bildern glitten durch seine Gedanken.

So vergingen viele Jahre, und er war nun ein alter Mann und saß mit seiner alten Frau unter einem blühenden Baum; sie hielten einander bei den Händen, ebenso wie Urgroßvater und Urgroßmutter es draußen in Nyboder machten, und sie sprachen ebenso wie sie von den alten Zeiten und von der goldenen Hochzeit. Das kleine Mädchen mit den blauen Augen und mit den Holunderblüten im Haar saß oben im Baum, nickte ihnen beiden zu und sagte: »Heute ist der goldene Hochzeitstag!« Und dann nahm sie zwei Blüten aus ihrem Haar, küßte sie, und sie glänzten erst wie Silber, dann wie Gold, und als sie sie auf die Köpfe der alten Leute legte, wurde jede Blüte zu einer Goldkrone; da saßen sie alle beide wie ein König und eine Königin unter dem duftenden Baum, der ganz und gar wie ein Holunderbaum aussah. Und er erzählte seiner alten Frau die Geschichte von Mutter Holunder, so wie sie ihm erzählt wurde, als er ein kleiner Knabe war; und sie fanden beide, daß so vieles darin war, was ihrer eigenen glich, und das was glich, das gefiel ihnen am besten.

»Ja, so ist es!« sagte das kleine Mädchen im Baum, »einige nennen mich Mutter Holunder, andere nennen mich Dryade, aber eigentlich heiße ich Erinnerung; *ich* bin es, die im Baum sitzt, der wächst und wächst, *ich* kann mich zurückerinnern, *ich* kann erzählen! Laß mich sehen, ob du deine Blüte noch hast!«

Und der alte Mann öffnete sein Psalmenbuch. Da lag die Holunderblüte, so frisch, als wäre sie neulich hineingelegt worden, und die Erinnerung nickte, und die beiden Alten mit den Goldkronen saßen in der roten Abendsonne; sie schlossen die Augen, und – ja, dann war das Märchen aus!

Der kleine Knabe lag in seinem Bett; er wußte nicht, ob er geträumt hatte oder ob er es hatte erzählen hören; die Teekanne stand auf dem Tisch; aber es wuchs kein Holunderbaum aus ihr heraus, und der alte Mann, der erzählt hatte, war gerade dabei, zur Tür hinauszugehen, und das tat er.

»Wie war das schön!« sagte der kleine Knabe. »Mutter, ich bin in den warmen Ländern gewesen!«

»Ja, das glaube ich wohl!« sagte die Mutter, »wenn man zwei volle Tassen Holundertee in sich hat, dann kommt man schon nach den warmen Ländern!« Und sie deckte ihn gut zu, damit er sich nicht erkälte. »Du hast sicher geschlafen, während ich saß und mit ihm stritt, ob es eine Geschichte oder ein Märchen war!«

»Und wo ist Mutter Holunder?« fragte der Knabe.

»Sie ist in der Teekanne!« sagte die Mutter, »und dort kann sie bleiben!«

27

DIE STOPFNADEL

Es war einmal eine Stopfnadel, die dünkte sich so fein, daß sie sich einbildete, sie sei eine Nähnadel.

»Achtet nun wohl darauf, was ihr haltet!« sagte die Stopfnadel zu den Fingern, die sie hervornahmen. »Verliert mich nicht! Falle ich auf den Boden, bin ich imstand, nie wieder gefunden zu werden, so fein bin ich!«

»Es geht so an!« sagten die Finger, und dann faßten sie sie um den Leib.

»Seht ihr, ich komme mit Suite!« sagte die Stopfnadel, und dann zog sie einen langen Faden nach sich, der aber noch keinen Knoten hatte.

Die Finger steuerten die Nadel gerade gegen den Pantoffel der Köchin, wo das Oberleder geplatzt war, und nun sollte es zusammengenäht werden.

»Das ist gemeine Arbeit!« sagte die Stopfnadel. »Ich komme niemals durch, ich breche! ich breche!« – und dann brach sie. »Sagte ich es nicht?« sagte die Stopfnadel, »ich bin zu fein!«

»Jetzt taugt sie zu nichts«, meinten die Finger, aber sie mußten sie doch festhalten; die Köchin tröpfelte Lack auf sie und steckte sie dann vorne in ihr Tuch.

»Seht, nun bin ich eine Busennadel!« sagte die Stopfnadel. »Ich wußte schon, daß ich zu Ehren käme; wenn man etwas ist, wird man immer etwas!« Und dann lachte sie inwendig; denn man kann es einer Stopfnadel nie äußerlich ansehen, daß sie lacht; da saß sie nun so stolz, als führe sie in einer Kutsche, und sah nach allen Seiten.

»Darf ich die Ehre haben zu fragen, ob Sie von Gold sind?« fragte sie die Stecknadel, die Nachbarin war. »Sie haben ein schönes Aussehen und Ihren eigenen Kopf, aber klein ist er! Sie müssen zusehen, daß er sich auswächst, denn nicht alle können am Ende gelackt werden!« Und dann richtete die Stopfnadel sich so stolz in die Höhe, daß sie aus dem Tuch und in den Ausguß fiel, just als die Köchin spülte.

»Jetzt gehen wir auf Reisen!« sagte die Stopfnadel; »wenn ich nur nicht verlorengehe!«; aber das ging sie.

»Ich bin zu fein für diese Welt«, sagte sie, als sie im Rinnstein saß. »Ich habe mein gutes Selbstbewußtsein, das ist immerhin ein kleines Vergnügen!« Und dann hielt die Stopfnadel sich rank und verlor ihre gute Laune nicht.

Und es segelte allerlei über sie hin, Stäbchen, Strohhalme, Stücke von Zeitungen. »Seht, wie sie segeln!« sagte die Stopfnadel. »Sie wissen nicht, was unter ihnen steckt! Ich stecke! ich sitze hier. Seht, da geht nun ein Stäbchen, es denkt an nichts anderes in der Welt außer an ›Stäbchen‹, und das ist es selbst; da schwimmt ein Strohhalm, seht, wie er schwankt, seht, wie er sich dreht; denke nicht so viel an dich selbst, du könntest dich an den Pflastersteinen stoßen! – Da schwimmt eine Zeitung! – Vergessen ist, was in ihr steht, und doch breitet sie sich aus! – Ich sitze geduldig und still! Ich weiß, was ich bin, und das bleibe ich!«

Eines Tages war da etwas, das glänzte so schön dicht nebenan, und da glaubte die Stopfnadel, es sei ein Diamant; aber es war eine Flaschenscherbe, und da sie glänzte, so sprach die Stopfnadel zu ihr und gab sich als Busennadel zu erkennen. »Sie sind wohl ein Diamant!« – »Ja, ich bin so etwas!« Und dann glaubte die eine von der andern, daß sie richtig kostbar wäre, und dann sprachen sie davon, wie hochmütig die Welt sei.

»Ja, ich habe in einer Schachtel bei einer Jungfrau gewohnt«, sagte die Stopfnadel, »und diese Jungfrau war Köchin; sie hatte an jeder Hand fünf Finger, aber etwas so Eingebildetes wie diese fünf Finger habe ich nicht gekannt, und dabei waren sie nur dafür da, um mich zu halten, mich aus der Schachtel zu nehmen und mich in die Schachtel zu legen.«

»War Glanz an ihnen?« fragte die Flaschenscherbe.

»Glanz!« sagte die Stopfnadel, »nein, es war Hochmut! Sie waren fünf Brüder, alle geborene ›Finger‹; sie hielten sich gerade nebeneinander, obwohl sie von verschiedener Länge waren. Der äußerste von ihnen, Däumling, war kurz und dick, er ging außer Reih und Glied, und dann hatte er nur ein Gelenk im Rücken, er konnte nur eine Verbeugung machen; aber er sagte, daß wenn er einem Menschen abgehackt würde, dann sei der ganze Mensch für den Kriegsdienst verdorben. Schlecktopf kam in Süßes und Saures, zeigte auf Sonne und Mond, und er war es, der drückte, wenn sie schrieben; Langermann sah den andern über den Kopf; Goldbrand ging mit einem Goldring um den Bauch, und der kleine Peter Spielmann tat nichts, und darauf war er stolz. Prahlerei war es, und Prahlerei blieb es, und dann ging ich in den Ausguß!«

»Und jetzt sitzen wir und glänzen!« sagte die Glasscherbe. Im selben Augenblick kam mehr Wasser in den Rinnstein, es strömte über alle Ufer und riß die Glasscherbe mit sich.

»Seht, nun wurde *die* befördert!« sagte die Stopfnadel, »ich bleibe sitzen, ich bin zu fein, aber das ist mein Stolz, und der ist achtungswürdig!« Und dann saß sie aufrecht da und hatte viele Gedanken.

»Ich sollte fast glauben, daß ich von einem Sonnenstrahl geboren bin, so fein bin ich. Scheint es mir nicht auch, daß die Sonne mich immer unter dem Wasser sucht? Ach, ich bin so fein, daß meine Mutter mich nicht finden kann; hätte ich mein altes Auge noch, das brach, dann glaube ich, daß ich weinen könnte! – doch ich täte es nicht – weinen, das ist nicht fein.«

Eines Tages lagen da einige Gassenbuben und wühlten im Rinnstein, wo sie alte Nägel, Schillinge und dergleichen fanden. Es war eine Schweinerei, aber das war nun ihr Vergnügen.

»Au!« sagte der eine; er stach sich an der Stopfnadel. »Das ist aber auch ein Kerl!«

»Ich bin kein Kerl, ich bin ein Fräulein!« sagte die Stopfnadel, aber niemand hörte es; der Lack war von ihr abgegangen, und schwarz war sie geworden, aber schwarz macht dünner, und da glaubte sie, daß sie noch feiner sei als früher.

»Da kommt eine Eierschale gesegelt!« sagten die Knaben, und dann steckten sie die Stopfnadel in der Schale fest.

»Weiße Wände und selber schwarz!« sagte die Stopfnadel, »das kleidet! da kann man mich doch sehen! – Wenn ich nur nicht seekrank werde, denn dann muß ich mich erbrechen!« Aber sie wurde nicht seekrank und sie erbrach sich nicht.

»Es ist gut gegen Seekrankheit, einen Stahlmagen zu haben und sich dann immer daran zu erinnern, daß man ein wenig mehr ist als ein Mensch! Jetzt ist meine Seekrankheit vorübergegangen! Je feiner man ist, desto mehr kann man aushalten.«

»Krax!« sagte die Eierschale, es ging ein Lastwagen über sie hin. »Huh, wie das drückt!« sagte die Stopfnadel, »jetzt werde ich doch seekrank! Ich breche! ich breche!« aber sie brach nicht, obwohl ein Lastwagen über sie hinging, sie lag der Länge nach – und da kann sie liegenbleiben!

28

DIE GLOCKE

Am Abend in den engen Straßen der großen Stadt, wenn die Sonne unterging und die Wolken wie Gold oben zwischen den Schornsteinen glänzten, hörte oft bald der eine, bald der andere einen seltsamen Laut, gleich dem Klang einer Kirchenglocke; aber man hörte ihn nur einen Augenblick, denn es war ein solches Rasseln von Wagen und ein solches Rufen, und das stört. »Jetzt läutet die Abendglocke!« sagte man, »jetzt geht die Sonne unter!«

Wer vor die Stadt hinausging, wo die Häuser weiter auseinanderlagen, mit Gärten und kleinen Feldern dazwischen, sah den Abendhimmel noch prächtiger und hörte weit stärker den Klang der Glocke; es war, als käme der Laut von einer Kirche tief drinnen in dem stillen, duftenden Wald; und die Leute blickten dorthin und wurden ganz feierlich.

Nun verging viel Zeit, der eine sagte zum andern: »Ob wohl eine Kirche dort draußen im Wald ist? Diese Glocke hat doch einen seltsamen, schönen Klang; sollten wir uns nicht dort hinausbegeben und sie ein wenig näher ansehen?« Und die reichen Leute, die fuhren, und die armen, die gingen; aber der Weg wurde ihnen so sonderbar lang, und als sie zu einer ganzen Anzahl Weidenbäume kamen, die am Waldrand wuchsen, da setzten sie sich hin und schauten hinauf in die langen Zweige und glaubten, daß sie recht im Grünen seien. Der Konditor aus der Stadt kam hinaus und schlug sein Zelt auf, und dann kam noch ein Konditor, und der hängte eine Glocke gerade über seinem Zelt auf, und zwar eine Glocke, die geteert war, um den Regen ertragen zu können, und der Klöppel fehlte. Wenn dann die Leute sich wieder heimbegaben, sagten sie, daß es so romantisch gewesen sei, und das bedeutete etwas ganz anderes als Teetrinken. Drei Personen versicherten, daß sie in den Wald eingedrungen seien, gerade bis dorthin, wo er endete, und sie hätten immer den seltsamen Glockenklang gehört, aber es war für sie, als ob er aus der Stadt drinnen käme. Der eine schrieb ein ganzes Lied darüber und sagte, daß die Glocke wie die Stimme einer Mutter klinge, die zu einem lieben, klugen Kind spricht, keine Melodie sei schöner als der Klang der Glocke.

Des Landes Kaiser wurde auch aufmerksam darauf und versprach, daß derjenige, der richtig entdecken könne, woher der Laut komme, den Titel eines »Weltglöckners« erhalten solle, und zwar auch dann, wenn es keine Glocke sei.

Nun gingen denn viele der guten Stellung wegen nach dem Wald, aber es war nur einer, der mit einer Art Erklärung nach Hause kam; keiner war tief genug drinnen gewesen, und auch er nicht, aber er sagte doch, der Glockenlaut käme von einer sehr großen Eule in einem hohlen Baum; das sei so eine Weisheitseule, die fortwährend ihren Kopf gegen den Baum stoße; aber ob der Laut von ihrem Kopf oder von dem hohlen Stamm käme, das könne er noch nicht mit Bestimmtheit sagen; und dann wurde er als Weltglöckner angestellt und schrieb jedes Jahr eine kleine Abhandlung über die Eule; aber man war nicht klüger als zuvor.

Nun war es just ein Konfirmationstag. Der Pfarrer hatte so schön und herzlich gesprochen; die Konfirmanden waren sehr bewegt gewesen. Es war ein wichtiger Tag für sie, sie wurden aus Kindern mit einemmal zu erwachsenen Menschen; die Kindesseele sollte nun gleichsam in eine verständigere Person hinüberfliegen. Es war der schönste Sonnenschein, die Konfirmanden gingen zur Stadt hinaus, und vom Wald erklang seltsam stark die große, unbekannte

Glocke. Sie bekamen sofort eine solche Lust dorthin zu gelangen, und zwar alle bis auf drei: die eine von diesen sollte nach Hause und ihr Ballkleid anprobieren, denn es war gerade dies Kleid und dieser Ball, welche schuld daran waren, daß sie diesmal konfirmiert worden war, sonst wäre sie nicht dabei gewesen; der andere war ein armer Knabe, der sein Konfirmationskleid und die Stiefel vom Sohn des Wirtes geliehen hatte, und die mußte er zur bestimmten Stunde abliefern; der dritte sagte, er ginge nie an einen fremden Ort, ohne daß seine Eltern dabei seien, er sei immer ein artiges Kind gewesen, und das wolle er bleiben, selbst als Konfirmand, und darüber soll man sich nicht lustig machen; aber das taten sie.

Drei von ihnen gingen also nicht mit; die andern trabten davon; die Sonne schien und die Vögel sangen, und die Konfirmanden sangen mit und hielten einander bei den Händen; denn sie hatten ja noch keine Ämter erhalten und waren alle Konfirmanden vor Unserm Herrn.

Aber bald wurden zwei von den kleinsten müde, und dann kehrten die beiden in die Stadt zurück; zwei kleine Mädchen setzten sich und banden Kränze, die kamen auch nicht mit. Und als die andern die Weidenbäume erreichten, wo der Konditor wohnte, da sagten sie: »So, nun sind wir hier draußen; die Glocke gibt es ja eigentlich nicht, die ist nur etwas, was man sich einbildet!«

Da ertönte auf einmal tief im Wald die Glocke so süß und feierlich, daß vier oder fünf sich entschlossen, doch noch etwas weiter in den Wald hineinzugehen. Er war so dicht, so laubreich, es war ordentlich beschwerlich vorzudringen. Waldmeister und Anemonen wuchsen fast zu hoch; blühende Winden und Brombeerranken hingen in langen Girlanden von Baum zu Baum, wo die Nachtigall sang und die Sonnenstrahlen spielten; oh, es war so herrlich, aber es war kein Weg für Mädchen zu gehen, sie würden sich die Kleider zerrissen haben. Es lagen große Felsblöcke da, mit Moos in allen Farben bewachsen, das frische Quellwasser rieselte hervor, und es tönte wundersam, wie »Gluck, gluck!«

»Das soll doch wohl nicht die Glocke sein!« sagte einer der Konfirmanden und legte sich nieder und horchte. »Das muß man richtig studieren!« Und dann blieb er und ließ die andern gehen.

Sie kamen zu einem Haus aus Rinde und Zweigen; ein großer Baum mit wilden Äpfeln neigte sich darüber, als wolle er seinen ganzen Segen über das Dach ausschütten, das von Rosen blühte; die langen Zweige lagen um den Giebel herum, und an diesem hing eine kleine Glocke. Sollte es die sein, die man gehört hatte? Ja, darüber waren sich alle einig bis auf einen; er sagte, daß diese Glocke zu klein und fein sei, um so weit entfernt gehört werden zu können, wie sie sie gehört hatten, und daß es ganz andere Töne seien, die ein Menschenherz so rührten. Der, welcher sprach, war ein Königssohn, und da sagten die andern: »So einer will eben immer klüger sein.«

Dann ließen sie ihn allein gehen, und wie er so ging, wurde seine Brust immer mehr und mehr von der Waldeinsamkeit erfüllt; aber noch hörte er die kleine Glocke, über die die andern so vergnügt waren, und mitunter, wenn der Wind die Töne vom Konditor herübertrug, konnte er auch hören, wie dort zum Teewasser gesungen wurde; aber die tiefen Glockenschläge tönten doch stärker, es war, als ob eine Orgel dazu spielte; der Laut kam von links, von der Seite, auf welcher das Herz sitzt.

Nun raschelte es im Busch, und es stand ein kleiner Knabe vor dem Königssohn, ein Knabe mit Holzschuhen und mit einer so kurzen Jacke, daß man recht sehen konnte, was für lange Handgelenke er hatte. Sie kannten einander beide, der Knabe war just derjenige von den Konfirmanden, der nicht hatte mitkommen können, weil er nach Hause mußte, um Jacke und Stiefel an den Sohn des Wirtes abzuliefern; das hatte er getan und war nun in Holzschuhen und den ärmlichen Kleidern allein fortgegangen, denn die Glocke klang so stark, so tief, er mußte hinaus.

»Dann könnten wir ja zusammen gehen!« sagte der Königssohn. Aber der arme Konfirmand mit den Holzschuhen war ganz verschämt, er zog an den kurzen Jackenärmeln und sagte, er befürchte, daß er nicht so rasch gehen könne; außerdem meinte er, die Glocke müsse zur Rechten gesucht werden, denn diesen Platz habe ja alles Große und Herrliche.

»Ja, dann begegnen wir uns nicht wieder!« sagte der Königssohn und nickte dem armen Knaben zu, der in den dunkelsten, dichtesten Teil des Waldes hineinging, wo die Dornen seine ärmlichen Kleider entzwei- und Gesicht, Hände und Füße blutig rissen. Der Königssohn bekam auch einige tüchtige Risse; aber die Sonne schien doch auf seinen Weg, und er ist es, den wir nun begleiten, denn er war ein flinker Bursche.

»Die Glocke will und muß ich finden!« sagte er, »und wenn ich auch bis ans Ende der Welt gehen muß!«

Die widerlichen Affen saßen oben in den Bäumen und grinsten mit allen ihren Zähnen. »Sollen wir ihn überfallen?« sagten sie, »sollen wir ihn überfallen; er ist ein Königssohn!«

Aber er ging unverdrossen tiefer und tiefer in den Wald hinein, wo die seltsamsten Blumen wuchsen; da standen weiße Sternlilien mit blutroten Staubfäden, himmelblaue Tulpen, die im Winde funkelten, und Apfelbäume, deren Äpfel ganz und gar wie große, glänzende Seifenblasen aussahen; denkt nur, wie die Bäume im Sonnenschein strahlen mußten! Rings um die schönsten grünen Wiesen, wo Hirsch und Hindin im Gras spielten, wuchsen prächtige Eichen und Buchen, und war einer der Bäume in der Rinde gesprungen, so wuchsen hier Gras und lange Ranken in der Spalte; es gab auch große Waldstrecken mit stillen Seen, auf denen weiße Schwäne schwammen und mit den Flügeln schlugen. Der Königssohn stand oft still und lauschte. Zuweilen glaubte er, die Glocke klinge von einem dieser tiefen Seen zu ihm herauf; aber dann merkte er doch, daß es nicht von dorther war, sondern von noch tiefer drinnen im Wald, daß die Glocke ertöne.

Jetzt ging die Sonne unter, die Luft erglänzte rot wie Feuer, es wurde so still, so still im Wald, und er sank auf seine Knie, sang seinen Abendpsalm und sagte: »Niemals finde ich, was ich suche! Nun geht die Sonne unter, nun kommt die Nacht, die dunkle Nacht; doch einmal kann ich vielleicht noch die runde, rote Sonne sehen, bevor sie ganz hinter der Erde versinkt; ich will auf die Felsen dort hinaufsteigen, sie erheben sich in gleicher Höhe wie die größten Bäume.«

Und er griff in die Ranken und Wurzeln, kletterte an den nassen Steinen empor, wo die Wasserschlangen sich wanden, wo die Kröte ihn gleichsam anbellte; aber hinauf kam er, ehe die Sonne, von dieser Höhe gesehen, ganz untergegangen war. Oh, welche Pracht! Das Meer, das große, herrliche Meer, das seine langen Wellen gegen die Küste wälzte, streckte sich vor ihm aus, und die Sonne stand wie ein großer, glänzender Altar dort draußen, wo Meer und Himmel sich begegneten. Alles schmolz zusammen in glühenden Farben; der Wald sang und das Meer sang, und sein Herz sang mit; die ganze Natur war eine große, heilige Kirche, worin die Bäume und die schwebenden Wolken die Pfeiler waren, Blumen und Gras die gewebte Samtdecke, der Himmel selbst die große Kuppel. Dort oben erloschen die roten Farben, indem die Sonne verschwand; aber Millionen Sterne wurden angezündet, Millionen Diamantenlampen glänzten da, und der Königssohn breitete seine Arme aus gegen den Himmel, gegen das Meer und den Wald – und im selben Augenblick kam aus dem rechten Seitenweg der arme Konfirmand mit den kurzen Ärmeln und mit den Holzschuhen; er war ebenso zeitig dahin gekommen, auf *seinem* Weg dahin gekommen, und sie liefen einander entgegen und hielten einander bei den Händen in der großen Kirche der Natur und der Poesie, und über ihnen erklang die unsichtbare, heilige Glocke, selige Geister umschwebten sie im Tanz zu einem jubelnden Halleluja.

29

ERLENHÜGEL

Einige Eidechsen liefen emsig in den Spalten eines alten Baumes umher; sie konnten einander gut verstehen, denn sie sprachen die Eidechsensprache.

»Nein, wie es rummelt und brummelt in dem alten Erlenhügel!« sagte die eine Eidechse; »ich habe wegen des Spektakels nun schon zwei Nächte kein Auge schließen können; ich hätte ebensogut liegen und Zahnschmerzen haben können, denn dann schlafe ich auch nicht!«

»Es ist etwas los da drinnen!« sagte die zweite Eidechse, »den Hügel lassen sie bis zum Hahnenschrei auf vier roten Pfählen stehen; es wird ordentlich ausgelüftet, und die Erlenmädchen haben neue Tänze gelernt, in denen gestampft wird. Es ist etwas los!«

»Ja, ich habe mit einem Regenwurm aus meiner Bekanntschaft gesprochen«, sagte die dritte Eidechse; »der Regenwurm kam gerade aus dem Hügel, wo er Nächte und Tage in der Erde gewühlt hatte; er hatte ein gut Teil gehört, sehen kann er ja nicht, das elende Tier, aber sich vorzufühlen und zuzuhören, das versteht er. Sie erwarten Besuch im Erlenhügel, vornehmen Besuch, aber wen, das wollte der Regenwurm nicht sagen, oder er wußte es wohl nicht. Alle Irrlichter sind aufgeboten, um einen Fackelzug zu machen, wie man es nennt, und Silber und Gold, wovon genug im Hügel ist, wird poliert und in den Mondschein hinausgestellt.«

»Wer mag wohl dieser Besuch sein?« sagten alle Eidechsen. »Was mag wohl los sein? Hört, wie es summt! Hört, wie es brummt!«

Gerade im selben Augenblick teilte sich der Erlenhügel, und ein altes Erlenmädchen, sie war rückenlos, aber sonst sehr anständig gekleidet, kam herausgetrippelt; es war des alten Erlkönigs Haushälterin, eine weitentfernte Verwandte, sie hatte ein Bernsteinherz auf der Stirn. Die Beine bewegten sich so flink: tripp, tripp! Potztausend, wie sie trippeln konnte, und das gerade hinunter nach dem Moor zum Nachtraben.[1]

»Sie werden nach dem Erlenhügel eingeladen, und zwar heute nacht!« sagte sie, »aber wollen Sie uns nicht erst einen großen Dienst erweisen und sich der übrigen Einladungen annehmen? Nützlich müssen Sie sich machen, da Sie ja selbst keinen Haushalt führen! Es kommen einige hochvornehme Gäste, Trolle, die etwas zu sagen haben, und deshalb will der alte Erlkönig sich zeigen!«

»Wer soll eingeladen werden?« fragte der Nachtrabe.

»Ja, zu dem großen Ball kann alle Welt kommen, selbst Menschen, wenn sie nur im Schlaf sprechen und so ein klein wenig tun können, was in unsere Art schlägt. Aber für das erste Fest muß strenge Auswahl sein, wir wollen nur die Allervornehmsten haben. Ich habe mit dem Erlkönig gestritten, denn ich halte darauf, daß wir nicht einmal Gespenster zulassen können. Der Meermann und seine Töchter müssen zuerst eingeladen werden. Sie lieben es wohl nicht, aufs Trockene zu kommen, aber sie sollen schon einen nassen Stein zum Sitzen oder etwas Besseres erhalten, und dann denke ich

[1] Wenn vor Zeiten sich ein Gespenst zeigte, so bannte es der Pfarrer in die Erde; war dies geschehen, rammte man einen Pfahl an dieser Stelle ein. Um Mitternacht ertönte dann das Geschrei: »Laß los!«, der Pfahl wurde herausgenommen, und der gebannte Geist flog in Gestalt eines Raben davon, mit einem Loch im linken Flügel, durch den der Pfahl gegangen war. Dieser Gespenstervogel wurde Nachtrabe genannt.

wohl, daß sie diesmal nicht absagen. Alle alten Trolle erster Klasse mit Schwanz, den Flußgeist und die Heinzelmännchen müssen wir haben, und dann, denke ich, daß wir das Grabschwein, das Totenpferd[1] und den Kirchenzwerg nicht übergehen können; sie gehören ja freilich mit zur Geistlichkeit, die nicht zu unsern Leuten zählt, aber das ist nun mal ihr Amt. Sie sind uns nah verwandt, und sie machen ständig Visiten.«

»Krah!« sagte der Nachtrabe und flog davon, um einzuladen.

Die Erlenmädchen tanzten schon auf dem Erlenhügel, und sie tanzten mit langen Schals, gewoben aus Nebel und Mondschein, und das sieht reizend aus für die, denen dergleichen gefällt. Mitten drinnen im Erlenhügel war der große Saal ordentlich aufgeputzt; der Boden war mit Mondschein gewaschen, und die Wände waren mit Hexenfett eingerieben, so daß sie glänzten wie Tulpenblätter vor dem Licht. Die Küche war voll von Fröschen am Spieß, Schnekkenhäuten mit kleinen Kinderfingern darin und Salaten aus Pilzsamen, nassen Mäuseschnauzen und Schierling, Bier von dem Gebräu der Moorfrau, funkelndem Salpeterwein aus dem Grabkeller, alles sehr gediegen; rostige Nägel und Kirchenfensterglas gehörten zu den Näschereien.

Der alte Erlkönig ließ seine Goldkrone mit gestoßenem Griffel polieren. Es war Klassenerstergriffel, und es ist sehr schwierig für den Erlkönig, Klassenerstergriffel zu bekommen. In der Schlafkammer hängten sie Gardinen auf und befestigten sie mit Schneckenspeichel. Ja, da war wahrlich ein Summen und Brummen.

»Nun soll hier mit Roßhaar und Schweinsborsten geräuchert werden, dann, glaube ich, habe ich das Meine getan!« sagte das alte Erlenmädchen.

»Väterchen!« sagte die kleinste von den Töchtern, »bekomme ich nun zu wissen, wer die vornehmen Gäste sind?«

»Nun denn!« sagte er, »so muß ich es wohl sagen! Zwei von

[1] Es ist ein Volksaberglaube in Dänemark, daß unter jeder Kirche, die gebaut wird, ein lebendiges Pferd begraben werden muß; das Gespenst desselben ist das Totenpferd, das jede Nacht auf drei Beinen nach dem Haus hinkt, wo jemand sterben soll. Unter einigen Kirchen wurde auch ein lebendiges Schwein begraben, das Gespenst davon hieß das Grabschwein.

meinen Töchtern müssen sich zur Heirat bereithalten! Zwei werden wahrscheinlich verheiratet. Der Trollgreis oben aus Norwegen, er, der im alten Dovregebirge wohnt und viele Felsenschlösser aus Feldsteinen hat und ein Goldbergwerk, das besser ist, als man glaubt, kommt hier herunter mit seinen zwei Söhnen, sie sollen sich eine Frau aussuchen. Der Trollgreis ist so ein richtiger alter, ehrlicher norwegischer Greis, lustig und geradezu; ich kenne ihn aus alten Tagen, als wir Bruderschaft miteinander tranken; er war hier unten, um seine Frau zu holen, jetzt ist sie tot, sie war eine Tochter des Kreidefelskönigs auf Möen. Er hat sich seine Frau ankreiden lassen, wie man sagt! Oh, wie ich mich nach dem norwegischen Trollgreis sehne! Die Söhne, sagt man, sollen ungezogene, naseweise Buben sein, aber man kann ihnen ja auch Unrecht tun, und sie werden schon gut, wenn sie gesetzt werden. Laßt mich sehen, daß ihr ihnen Manieren beibringt.«

»Und wann kommen sie?« fragte die eine Tochter.

»Das kommt auf Wind und Wetter an!« sagte der Erlkönig. »Sie reisen ökonomisch! Sie kommen hier herunter mit Schiffsgelegenheit. Ich wollte, daß sie über Schweden gehen sollten, aber der Alte neigt noch nicht nach jener Seite! Er geht nicht mit der Zeit, und das kann ich nicht leiden!«

Im selben Augenblick kamen zwei Irrlichter gehüpft, das eine schneller als das andere, und darum kam das eine zuerst.

»Sie kommen, sie kommen!« riefen sie. »Gebt mir meine Krone und laßt mich im Mondschein stehen!« sagte der Erlkönig.

Die Töchter hoben die langen Schals und verneigten sich bis zur Erde.

Da stand der Trollgreis von Dovre mit der Krone aus gehärteten Eis- und polierten Tannenzapfen, im übrigen war er in Bärenpelz und Schneestiefeln; die Söhne hingegen gingen mit bloßem Hals und ohne Hosenträger, denn sie waren Kraftmänner.

»Ist das ein Hügel?« fragte der kleinste von den Knaben und zeigte auf den Erlenhügel. »Das nennen wir oben in Norwegen ein Loch!«

»Buben!« sagte der Alte. »Loch geht einwärts, Hügel geht aufwärts! Habt ihr keine Augen im Kopf?«

Das einzige, was sie hier unten verwundere, sagten sie, sei, daß sie so ohne weiteres die Sprache verstehen konnten.

»Ziert euch jetzt nicht!« sagte der Alte, »man könnte glauben, daß ihr nicht richtig durchgebacken wärt!«

Und dann gingen sie hinein in den Erlenhügel, wo wahrlich eine feine Gesellschaft war, und das in einer solchen Hast, daß man glauben sollte, sie seien zusammengeblasen worden, und reizend und nett war es für jeden eingerichtet. Die Meerleute saßen zu Tisch in großen Wassergefäßen; sie sagten, es sei gerade, als ob sie zu Hause seien. Alle hielten sich an die Tischsitte, ausgenommen die zwei kleinen norwegischen Trolle, die legten die Beine auf den Tisch, aber sie glaubten eben, daß alles sie kleide.

»Die Füße vom Faß!« sagte der alte Troll, und dann gehorchten sie, aber sie taten es nicht sofort. Ihre Tischdame kitzelten sie mit Tannenzapfen, die sie in der Tasche bei sich hatten, und dann zogen sie ihre Stiefel aus, um bequem zu sitzen und gaben ihr die Stiefel zu halten. Aber der Vater, der alte Dovretroll, der war wahrlich ganz anders; er erzählte so schön von dem stolzen norwegischen Gebirge und von Wasserfällen, die schaumweiß niederstürzten mit einem Getöse wie Donnerschlag und Orgelklang; er erzählte vom Lachs, der gegen die stürzenden Wasser emporsprang, wenn der Nöck auf der Goldharfe spielte. Er erzählte von den schimmernden Winternächten, wenn die Schlittenschellen klingelten und die Burschen mit brennenden Fackeln über das blanke Eis liefen, das so durchsichtig war, daß sie die Fische unter ihren Füßen erschrecken sahen. Ja, er konnte erzählen, so daß man sah und hörte, was er sagte; es war, als ob die Sägemühlen gingen, als ob Knechte und Mägde Lieder sängen und den Hallingtanz tanzten; hussa! Mit einem Mal gab der Trollgreis dem alten Erlenmädchen einen Gevatterschmatz; es war ein ordentlicher Kuß, und sie waren doch gar nicht verwandt.

Nun mußten die Erlenmädchen tanzen, und das sowohl einfach wie mit Stampfen, und das stand ihnen gut; und dann kam der Kunsttanz oder »außerhalb des Tanzes zu treten«, wie es genannt wurde. Potztausend, wie sie die Beine strecken konnten; man wußte nicht, was Ende und was Anfang war; man wußte nicht, was

Arme und was Beine waren. Es ging durcheinander wie Sägespäne, und dann wirbelten sie herum, daß dem Totenpferd übel wurde und es vom Tisch gehen mußte.

»Brrrrr!« sagte der Trollgreis, »das ist Kommers mit dem Beinwerk! Aber was können sie mehr als tanzen, Beine strecken und Wirbelwind machen?«

»Das sollst du erfahren!« sagte der Erlkönig! Und dann rief er die jüngste von seinen Töchtern vor; sie war so schmächtig und klar wie Mondschein, sie war die feinste von allen Schwestern; sie nahm ein weißes Stäbchen in den Mund, und dann war sie ganz fort, das war ihre Kunst.

Aber der Trollgreis sagte, daß er diese Kunst bei einer Frau nicht leiden könne, und er glaube auch nicht, daß seine Buben sie gern hätten.

Die zweite konnte neben sich selbst gehen, gerade als ob sie einen Schatten hätte, und den haben die Trolleute eben nicht.

Die dritte war von einer ganz andern Art; sie hatte im Brauhaus der Moorfrau gelernt, und sie war es, die sich darauf verstand, Erlenknorren mit Glühwürmchen zu spicken.

»Die wird eine gute Hausfrau!« sagte der Trollgreis, und dann stieß er mit den Augen an, denn er wollte nicht so viel trinken.

Jetzt kam das vierte Erlenmädchen. Sie hatte eine große Harfe zum Spielen, und als sie die erste Saite anschlug, hoben alle das linke Bein, denn die Trolleute sind linksbeinig, und als sie die zweite Saite anschlug, mußten sie alle tun, was sie wollte.

»Das ist ein gefährliches Frauenzimmer!« sagte der Trollgreis, aber beide Söhne gingen zum Hügel hinaus, denn nun hatten sie es satt.

»Und was kann die nächste Tochter?« fragte der Trollgreis.

»Ich habe gelernt, das Norwegische zu lieben!« sagte sie, »und niemals verheirate ich mich, wenn ich nicht nach Norwegen kommen kann!«

Aber die kleinste der Schwestern flüsterte dem Trollgreis zu: »Das ist nur, weil sie aus einem norwegischen Lied gehört hat, daß, wenn die Welt vergeht, die norwegischen Felsen doch als

Bautasteine[1] stehenbleiben werden, und darum will sie dort hinauf, denn sie fürchtet sich so davor zu vergehen.«

»Ho, ho!« sagte der Trollgreis, »will es da hinaus? Aber was kann die siebente und letzte?«

»Die sechste kommt vor der siebenten«, sagte der Erlkönig, denn er konnte rechnen, aber die sechste wollte nicht recht hervorkommen.

»Ich kann nur den Leuten die Wahrheit sagen!« sagte sie, »aus mir macht sich niemand etwas, und ich habe genug damit zu tun, mein Leichengewand zu nähen!«

Jetzt kam die siebente und letzte, und was konnte sie? Ja, sie konnte Märchen erzählen, und zwar so viele sie wollte.

»Hier sind alle meine fünf Finger!« sagte der Trollgreis, »erzähle mir eins von jedem!« Und das Erlenmädchen faßte ihn um das Handgelenk, und er lachte, daß es in ihm gluckste, und als sie zum Goldfinger kam, der einen Goldring um den Leib hatte, als wenn er wüßte, daß Verlobung sein sollte, sagte der Trollgreis: »Halte fest, was du hast, die Hand ist dein! Dich will ich selbst zur Frau haben!«

Und das Erlenmädchen sagte, es fehle noch das Märchen vom Goldfinger und dem kleinen Peter Spielmann.

»Die wollen wir im Winter hören!« sagte der Trollgreis, »und von der Tanne wollen wir hören und von der Birke und von den Geistergeschenken und vom klingenden Frost! Du sollst schon zum Erzählen kommen, denn das macht noch keiner richtig dort oben. Und dann wollen wir in der Steinstube sitzen, wo der Kienspan brennt, und Met trinken aus den Goldhörnern der alten norwegischen Könige; der Nöck hat mir ein paar geschenkt! Und wenn wir so sitzen, dann kommt der Berggeist und macht Visite; er singt dir alle Lieder der Sennerin. Das soll lustig werden! Der Lachs wird im Wasserfall springen und gegen die Steinwand schlagen, aber er kommt doch nicht herein! – Ja, du kannst mir glauben, es ist gut in dem lieben, alten Norwegen! Aber wo sind die Buben?«

Ja, wo waren die Buben? Sie liefen auf dem Feld umher und

[1] Denksteine für die Toten

bliesen die Irrlichter aus, die so gutmütig kamen, um Fackelzug zu machen.

»Was ist das für ein Herumstreichen!« sagte der Trollgreis, »jetzt habe ich eine Mutter für euch genommen, nun könnt ihr eine Tante nehmen!«

Aber die Buben sagten, daß sie am liebsten eine Rede halten und Bruderschaft trinken wollten; sich zu verheiraten, dazu hätten sie keine Lust. – Und dann hielten sie eine Rede, tranken Bruderschaft und machten die Nagelprobe, um zu zeigen, daß sie ausgetrunken hatten, zogen die Kleider aus und legten sich auf den Tisch um zu schlafen, denn sie genierten sich nicht. Aber der Trollgreis tanzte in der Stube umher mit seiner jungen Braut und wechselte Stiefel mit ihr, denn das ist feiner, als Ringe zu wechseln.

»Jetzt kräht der Hahn!« sagte das alte Erlenmädchen, das das Hauswesen besorgte, »nun müssen wir die Fensterläden schließen, damit die Sonne uns nicht verbrennt!«

Und dann schloß sich der Hügel.

Aber draußen liefen die Eidechsen an dem geborstenen Baum auf und ab, und die eine sagte zu der andern:

»Oh, wie gut ich den norwegischen Trollgreis leiden konnte!«

»Ich habe die Buben lieber!« sagte der Regenwurm, aber er konnte ja nicht sehen, das elende Tier.

30

DIE ROTEN SCHUHE

Es war einmal ein kleines Mädchen, so fein und so reizend; aber im Sommer mußte es immer mit bloßen Füßen gehen, denn es war arm, und im Winter mit großen Holzschuhen, so daß der kleine Rist ganz rot wurde, und zwar gräßlich.

Mitten im Bauerndorf wohnte die alte Mutter Schuhmacher; sie saß und nähte, so gut sie konnte, aus alten, roten Tuchstreifen ein Paar kleine Schuhe, ganz plumpe, aber gut gemeint waren sie, und die sollte das kleine Mädchen haben. Das kleine Mädchen hieß Karen.

Just an dem Tag, da ihre Mutter begraben wurde, bekam es die roten Schuhe und hatte sie das erstemal an; es war ja freilich nichts, um darin zu trauern, aber es hatte nun mal keine andern, und so ging es mit bloßen Füßen in den Schuhen hinter dem ärmlichen Strohsarg einher.

Da kam auf einmal ein großer, alter Wagen, und in dem saß eine große, alte Frau; sie sah das kleine Mädchen an und hatte Mitleid mit ihm, und dann sagte sie zum Pfarrer: »Hört, gebt mir das kleine Mädchen, dann will ich gut zu ihm sein!«

Und Karen glaubte, das sei alles der roten Schuhe wegen, aber die alte Frau sagte, daß sie greulich seien, und sie wurden verbrannt, aber Karen selbst wurde rein und nett angezogen; sie mußte lesen und nähen lernen, und die Leute sagten, daß sie reizend sei, aber der Spiegel sagte: »Du bist viel mehr als reizend, du bist schön!«

Da reiste die Königin einmal durch das Land und hatte ihre kleine Tochter bei sich, die eine Prinzessin war. Und die Leute strömten draußen vor dem Schloß zusammen, und dort war denn auch Karen. Und die kleine Prinzessin stand in ihren weißen Kleidern an einem Fenster und ließ sich anschauen. Sie hatte weder Schleppe noch Goldkrone, aber schöne, rote Saffianschuhe; die waren freilich weit schöner als die, welche Mutter Schuhmacher für die kleine Karen genäht hatte. Nichts in der Welt konnte doch mit roten Schuhen verglichen werden!

Nun war Karen so alt, daß sie konfirmiert werden sollte; neue Kleider bekam sie, und neue Schuhe sollte sie auch haben. Der reiche Schuhmacher drinnen in der Stadt nahm Maß von ihrem kleinen Fuß; es war zu Hause in seiner eigenen Stube, und da standen große Glasschränke mit niedlichen Schuhen und blanken Stiefeln. Es sah reizend aus, aber die alte Frau sah nicht gut, und so hatte sie kein Vergnügen daran. Mitten zwischen den Schuhen standen ein Paar rote, ganz wie die, welche die Prinzessin getragen hatte; wie schön die waren! Der Schuhmacher sagte auch, sie seien für ein Grafenkind genäht worden, aber sie hatten nicht gepaßt.

»Das ist wohl Glanzleder!« sagte die alte Frau, »sie glänzen!«

»Ja, sie glänzen!« sagte Karen; und sie paßten und sie wurden gekauft; aber die alte Frau wußte nichts davon, daß sie rot waren, denn sie hätte Karen niemals erlaubt, mit roten Schuhen zur Konfirmation zu gehen, aber das tat sie nun.

Alle Menschen sahen auf ihre Füße, und als sie durch die Kirche zur Chortür ging, schien es ihr, daß selbst die alten Bilder auf den Grabmälern, diese Bildnisse von Pfarrern und Pfarrersfrauen, mit steifen Kragen und langen, schwarzen Kleidern, die Augen auf ihre roten Schuhe hefteten; und nur an diese dachte sie, als der Pfarrer seine Hand auf ihren Kopf legte und von der heiligen Taufe sprach, vom Bund mit Gott, und daß sie nun ein erwachsener, christlicher

Mensch sein sollte; und die Orgel spielte so feierlich, die schönen Kinderstimmen sangen, und der alte Kantor sang, aber Karen dachte nur an die roten Schuhe.

Am Nachmittag erfuhr die alte Dame von allen Menschen, die Schuhe seien rot gewesen, und sie sagte, daß es häßlich sei, daß es sich nicht gehöre und daß Karen künftig, wenn sie zur Kirche gehe, immer mit schwarzen Schuhen gehen solle, selbst wenn sie alt seien.

Am nächsten Sonntag war Abendmahl, und Karen sah die schwarzen Schuhe an, sie sah die roten an – und dann sah sie die roten wieder an und zog die roten an.

Es war schönes, sonniges Wetter; Karen und die alte Dame gingen auf dem Fußweg durch das Korn; dort staubte es ein wenig.

Bei der Kirchentür stand ein alter Soldat mit einem Krückstock und mit einem seltsamen langen Bart, der mehr rot als weiß war, denn er war rot; er beugte sich bis zur Erde hinab und fragte die alte Dame, ob er ihre Schuhe abwischen dürfe. Und Karen streckte auch ihren kleinen Fuß aus. »Sieh, welche schönen Tanzschuhe!« sagte der Soldat, »sitzt fest, wenn ihr tanzt!« Und dann schlug er mit der Hand auf die Sohlen.

Und die alte Dame gab dem Soldaten einen kleinen Schilling und dann ging sie mit Karen in die Kirche hinein.

Und alle Menschen dort drinnen sahen auf Karens rote Schuhe, und alle Bildnisse sahen auf sie, und als Karen vor dem Altar kniete und den goldenen Kelch an ihren Mund setzte, dachte sie nur an die roten Schuhe, und es war, als ob sie vor ihr im Kelch herumschwämmen; und sie vergaß ihren Psalm zu singen, und sie vergaß ihr Vaterunser zu beten.

Nun gingen alle Leute aus der Kirche, und die alte Dame stieg in ihren Wagen. Karen hob den Fuß, um nachzusteigen, da sagte der alte Soldat, der dicht daneben stand: »Sieh, welche schönen Tanzschuhe!« Und Karen konnte es nicht lassen, sie mußte einige Tanzschritte machen, und als sie anfing, fuhren die Beine fort zu tanzen, es war, als ob die Schuhe Macht über sie bekommen hätten; sie tanzte um die Kirchenecke, sie konnte es nicht lassen, der Kutscher mußte hinterherlaufen und sie ergreifen, und dann hob er sie in den Wagen; aber die Füße fuhren fort zu tanzen, so daß sie die gute, alte Dame ganz gräßlich trat. Endlich nahmen sie ihr die Schuhe ab, und die Beine kamen zur Ruhe.

Zu Hause wurden die Schuhe in einen Schrank gestellt, aber Karen konnte es nicht unterlassen, sie anzuschauen.

Nun lag die alte Frau krank, sie sagten, daß sie bald sterben müsse; gepflegt und gewartet sollte sie werden, und niemand war näher dazu als Karen; aber drüben in der Stadt war ein großer Ball, Karen war eingeladen; sie sah die alte Dame an, die ja doch nicht leben konnte, sie sah die roten Schuhe an, und sie fand, daß dabei keine Sünde wäre – und sie zog die roten Schuhe an, das konnte sie ja wohl auch; aber dann ging sie auf den Ball und dann begann sie zu tanzen.

Aber als sie nach rechts wollte, da tanzten die Schuhe nach links, und als sie den Saal hinauftanzen wollte, da tanzten die Schuhe den Saal hinab, die Treppe hinab, durch die Straßen und zum Stadttor hinaus. Tanzen tat sie und tanzen mußte sie, gerade hinaus in den dunklen Wald.

Da schimmerte es oben zwischen den Bäumen, und sie glaubte, es sei der Mond, denn es war ein Gesicht. Aber es war der alte Soldat mit dem roten Bart; er saß und nickte und sagte: »Sieh, welche schönen Tanzschuhe!«

Da erschrak sie und wollte die roten Schuhe abwerfen; aber sie hingen fest. Und sie riß ihre Strümpfe ab; aber die Schuhe waren an ihren Füßen festgewachsen. Und tanzen tat sie und tanzen mußte sie, über Feld und Wiese, in Regen und Sonnenschein, bei Nacht und bei Tag, aber in der Nacht war es am gräßlichsten.

Sie tanzte in den offenen Friedhof hinein, aber die Toten dort tanzten nicht, sie hatten etwas viel Besseres zu tun als zu tanzen; sie wollte sich auf des Armen Grab setzen, wo das bittere Farnkraut wuchs, aber für sie gab es nicht Rast noch Ruhe, und als sie auf die offene Kirchentür zutanzte, sah sie dort einen Engel in langen, weißen Kleidern, mit Flügeln, die ihm von den Schultern bis zur Erde reichten. Sein Antlitz war streng und ernst, und in der Hand hielt er ein Schwert, das breit und glänzend war.

»Tanzen sollst du!« sagte er, »tanzen auf deinen roten Schuhen, bis du bleich und kalt wirst, bis deine Haut zusammenschrumpft wie ein Gerippe! Tanzen sollst du von Tür zu Tür, und wo stolze, eitle Kinder wohnen, sollst du anklopfen, so daß sie dich hören und dich fürchten! Tanzen sollst du, tanzen –«

»Gnade!« rief Karen. Aber sie hörte nicht, was der Engel antwortete, denn die Schuhe trugen sie durch die Pforte, hinaus auf das Feld, über Weg und über Steg, und immer mußte sie tanzen.

In einer Morgenstunde tanzte sie an einer Tür vorbei, die sie gut kannte; drinnen tönte Psalmengesang, sie trugen einen Sarg hinaus, der mit Blumen geschmückt war; da wußte sie, daß die alte Dame gestorben war, und ihr schien, sie sei nun von allen verlassen und von Gottes Engel verdammt.

Tanzen tat sie und tanzen mußte sie, tanzen in der dunklen Nacht. Die Schuhe trugen sie über Dornen und Stoppeln, sie riß sich blutig, und sie tanzte über die Heide hin zu einem kleinen, einsamen Haus. Hier, wußte sie, wohnte der Scharfrichter, und sie klopfte mit dem Finger an die Scheibe und sagte:

»Komm heraus! – komm heraus! – Ich kann nicht hineinkommen, denn ich tanze!«

Und der Scharfrichter sagte: »Du weißt wohl nicht, wer ich bin? Ich schlage den bösen Menschen den Kopf ab, und ich kann merken, daß mein Beil zittert!«

»Schlage mir nicht den Kopf ab!« sagte Karen, »denn dann kann ich meine Sünde nicht bereuen! Aber schlage meine Füße mit den roten Schuhen ab.«

Und dann beichtete sie ihre ganze Sünde, und der Scharfrichter schlug ihr die Füße mit den roten Schuhen ab; aber die Schuhe tanzten mit den kleinen Füßen über das Feld hin in den tiefen Wald hinein.

Und er schnitzte ihr Holzfüße und Krücken, lehrte sie einen Psalm, den die Sünder immer singen, und sie küßte die Hand, die das Beil geführt hatte, und ging über die Heide hin.

»Nun habe ich genug für die roten Schuhe gelitten!« sagte sie, »nun will ich in die Kirche gehen, damit sie mich sehen können!« Und sie ging rasch auf die Kirchentür zu; aber als sie dahin kam, tanzten die roten Schuhe vor ihr her, und sie entsetzte sich und kehrte um.

Die ganze Woche hindurch war sie traurig und weinte viele bittere Tränen, und als es Sonntag wurde, sagte sie: »So, jetzt habe ich genug gelitten und gestritten! Ich sollte meinen, daß ich ebensogut bin wie viele von denen, die dort drinnen in der Kirche sitzen und sich brüsten!« Und dann ging sie ganz mutig hin; aber sie kam nicht weiter als bis zur Pforte, da sah sie die roten Schuhe vor sich her tanzen, und sie entsetzte sich und kehrte um und bereute recht von Herzen ihre Sünde.

Und sie ging zum Pfarrhaus hin und bat, man möge sie dort in Dienst nehmen, fleißig wolle sie sein und alles tun, was sie könne, auf den Lohn sähe sie nicht, nur daß sie ein Dach über dem Kopf bekomme und bei guten Menschen sei. Und die Pfarrersfrau hatte Mitleid mit ihr und nahm sie in ihren Dienst. Sie war fleißig und gedankenvoll. Still saß sie und hörte zu, wenn am Abend der Pfarrer aus der Bibel vorlas. Alle die Kleinen hatten sie sehr lieb, aber wenn sie von Putz und Schmuck sprachen und davon, schön zu sein wie eine Königin, dann schüttelte sie den Kopf.

Am nächsten Sonntag gingen alle zur Kirche, und sie fragten sie, ob sie mitwolle, aber sie sah traurig mit Tränen in den Augen auf ihre Krücken, und dann gingen die andern hin, um Gottes Wort zu hören, sie aber ging allein in ihre kleine Kammer; die war nicht größer, als daß ein Bett und ein Stuhl darin stehen konnten, und hier setzte sie sich mit ihrem Gesangbuch hin; und während sie mit frommem Sinn darin las, trug der Wind die Orgeltöne von der Kirche zu ihr herüber, und sie erhob unter Tränen ihr Gesicht und sagte: »Oh, Gott helfe mir!«

Da schien die Sonne so hell, und gerade vor ihr stand Gottes Engel in den weißen Kleidern, der, den sie in jener Nacht in der Kirchentür gesehen hatte. Aber er hielt nicht mehr das scharfe Schwert, sondern einen schönen, grünen Zweig, der voller Rosen war. Und er berührte mit ihm die Decke, und sie hob sich so hoch, und wo er sie berührt hatte, glänzte ein goldener Stern, und er berührte die Wände, und sie weiteten sich aus. Und sie sah die Orgel, die spielte, sie sah die alten Bilder mit Pfarrern und Pfarrersfrauen; die Gemeinde saß in den geschmückten Stühlen und sang aus dem Gesangbuch; denn die Kirche war selbst nach Hause zu dem armen

Mädchen in die kleine, enge Kammer gekommen, oder auch war Karen dahingekommen; sie saß im Stuhl bei den andern Pfarrersleuten, und als sie den Psalm beendet hatten und aufsahen, nickten sie und sagten: »Das war recht, daß du kamst, Karen!«

»Es war Gnade!« sagte sie.

Und die Orgel erklang, und die Kinderstimmen im Chor tönten so weich und schön. Der helle Sonnenschein strömte so warm durch das Fenster in den Kirchenstuhl hinein, wo Karen saß; ihr Herz wurde so voll von Sonnenschein, von Frieden und Freude, daß es brach; ihre Seele flog auf Sonnenstrahlen zu Gott, und dort war niemand, der nach den roten Schuhen fragte.

31

DIE SPRINGER

Der Floh, der Grashüpfer und der Springbock[1] wollten einmal sehen, wer von ihnen am höchsten springen konnte, und dann luden sie die ganze Welt und wer sonst kommen wollte ein, die Pracht mitanzusehen, und es waren drei tüchtige Springer, die in der Stube zusammenkamen.

»Ja, ich gebe meine Tochter dem, der am höchsten springt!« sagte der König, »denn es ist so armselig, wenn diese Personen umsonst springen sollen!«

Der Floh trat zuerst vor, er hatte so nette Manieren und grüßte nach allen Seiten, denn er hatte Fräuleinblut in sich und war gewöhnt, nur mit Menschen umzugehen, und das macht eben viel aus.

Dann kam der Grashüpfer. Er war freilich bedeutend schwerer, aber er hatte doch eine recht gute Lebensart an sich und war in grüner Uniform, und die war angeboren; außerdem sagte die Person, daß sie eine sehr alte Familie in dem Land Ägypten habe, und

[1] Ein Kinderspielzeug, aus einem Gänsebrustknochen nach Art der hölzernen Springfrösche gemacht.

daß sie hier zu Lande hochgeschätzt werde; sie sei gerade vom Feld genommen und in ein Kartenhaus gesetzt worden, das drei Stockwerke hatte, alle aus Bilderkarten, die die bunte Seite nach innen kehrten; es seien da sowohl Türen als Fenster ausgeschnitten, und zwar im Leibe der Cœurdame. »Ich singe so«, sagte er, »daß sechzehn eingeborene Heimchen, die von klein auf gezirpt und doch kein Kartenhaus erhalten hatten, sich, als sie mich hörten, noch dünner ärgerten, als sie schon waren!«

Alle beide, der Floh und der Grashüpfer, taten so gehörig kund, wer sie waren und daß sie glaubten, wohl eine Prinzessin heiraten zu können.

Der Springbock sagte nichts, aber man sagte von ihm, daß er um so mehr denke; und als der Hofhund ihn nur beschnüffelte, stand er dafür ein, daß der Springbock von guter Familie sei; der alte Ratsherr, der drei Orden für das Stillschweigen erhalten hatte, versicherte, er wisse, daß der Springbock mit Zauberkraft begabt sei; man könne an seinem Rücken sehen, ob man einen milden oder einen strengen Winter bekomme, und das kann man nicht einmal am Rücken desjenigen sehen, der den Kalender schreibt.

»Ja, ich sage nun gar nichts!« sagte der alte König, »aber ich gehe nur immer so und denke mein Teil!«

Nun kam es darauf an, den Sprung zu tun. Der Floh sprang so hoch, daß niemand es sehen konnte, und dann behaupteten sie, daß er gar nicht gesprungen sei, und das war nun gemein.

Der Grashüpfer sprang nur halb so hoch, aber er sprang dem König gerade ins Gesicht, und da sagte der, das sei ekelhaft.

Der Springbock stand lange still und besann sich, man glaubte zuletzt, daß er gar nicht springen könne.

»Wenn es ihm nur nicht übel geworden ist!« sagte der Hofhund, und dann beschnüffelte er ihn wieder: Rutsch! sprang er mit einem kleinen, schiefen Sprung hin in den Schoß der Prinzessin, die niedrig auf einem goldenen Schemel saß.

Da sagte der König: »Der höchste Sprung ist, zu meiner Tochter hinaufzuspringen, denn das ist das Feine daran; aber es gehört Kopf dazu, damit einem so etwas einfällt, und der Springbock hat gezeigt, daß er Kopf hat!« Und dann bekam er die Prinzessin.

»Ich sprang doch am höchsten!« sagte der Floh. »Aber es mag einerlei sein! Laßt sie nur den Gänseknochen mit Stäbchen und Pech haben! Ich sprang doch am höchsten; aber in dieser Welt gehört Körper dazu, damit sie einen sehen können!«

Und dann ging der Floh in fremde Kriegsdienste, wo er, sagt man, erschlagen wurde. Der Grashüpfer setzte sich draußen in den Graben und dachte darüber nach, wie es eigentlich in der Welt zugehe, und er sagte auch: »Körper gehört dazu! Körper gehört dazu!« Und dann sang er sein eigenes trübseliges Lied. Und diesem haben wir die Geschichte entnommen, die doch wohl eine Lüge sein könnte, wenn sie auch gedruckt ist.

32

DIE HIRTIN UND DER SCHORNSTEINFEGER

Hast du jemals einen richtigen alten Holzschrank gesehen, ganz schwarz vor Alter und mit geschnitzten Schnörkeln und Laubwerk? Just so einer stand in einer Wohnstube. Er war von der Urgroßmutter geerbt und mit geschnitzten Rosen und Tulpen von oben bis unten bedeckt; es waren die wunderlichsten Schnörkel, und zwischen ihnen steckten kleine Hirsche den Kopf mit vielzackigem Geweih hervor; aber mitten auf dem Schrank stand ein ganzer geschnitzter Mann; er war allerdings lächerlich anzusehen, und er grinste zudem, denn lachen konnte man es nicht nennen.

Er hatte Ziegenbockbeine, kleine Hörner an der Stirn und einen langen Bart. Die Kinder in der Stube nannten ihn immer den Ziegenbockbein-Oberunduntergeneralkriegskommandeursergeanten, denn dieser Name ist schwer auszusprechen, und es gibt nicht viele, die diesen Namen bekommen; aber ihn ausschnitzen zu lassen, das war auch etwas. Doch nun war er eben da! Immer sah er nach dem Tisch unter dem Spiegel hinüber, denn dort stand eine anmutige, kleine Hirtin aus Porzellan; die Schuhe waren vergoldet, das Kleid reizend hochgerafft mit einer roten Rose; und dann hatte sie einen goldenen Hut und einen Hirtenstab; sie war wunderschön! Dicht neben ihr stand ein kleiner Schornsteinfeger, so schwarz wie eine Kohle, im übrigen aber auch aus Porzellan; er war ebenso rein und nett wie irgendein anderer; daß er Schornsteinfeger war, das war nur etwas, was er vorstellte; der Porzellanarbeiter hätte ebensogut einen Prinz aus ihm machen können, denn das war einerlei!

Da stand er so reizend mit seiner Leiter und mit einem Gesicht so weiß und rot wie ein Mädchen, und das war eigentlich ein Fehler, denn ein wenig schwarz hätte es gern sein können. Er stand ganz nah bei der Hirtin; sie waren beide hingestellt, wo sie standen, und da sie nun hingestellt waren, so hatten sie sich verlobt, sie paßten ja zueinander, sie waren junge Leute. Sie waren aus demselben Porzellan und beide gleich zerbrechlich.

Dicht neben ihnen stand noch eine Figur, die dreimal größer war. Es war ein alter Chinese, der nicken konnte; er war auch aus Porzellan und sagte, er sei der Großvater der kleinen Hirtin, aber das konnte er wohl nicht beweisen. Er behauptete, daß er Gewalt über sie habe, und deshalb hatte er dem Ziegenbockbein-Oberunduntergeneralkriegskommandeursergeanten zugenickt, als er um die kleine Hirtin freite.

»Da bekommst du einen Mann«, sagte der alte Chinese, »einen Mann, der, wie ich fast glaube, von Mahagoniholz ist. Der kann dich zur Ziegenbockbein-Oberunduntergeneralkriegskommandeursergeantin machen, er hat den ganzen Schrank voll Silberzeug, außer dem, was er in den geheimen Fächern hat.«

»Ich will nicht in den dunklen Schrank hinein!« sagte die kleine Hirtin, »ich habe sagen hören, daß er dort drinnen elf Porzellanfrauen hat!«

»Dann kannst du die zwölfte sein!« sagte der Chinese, »heute nacht, sobald es in dem alten Schrank knackt, sollt ihr Hochzeit halten, so wahr ich ein Chinese bin!« Und dann nickte er mit dem Kopf und fiel in Schlaf.

Aber die kleine Hirtin weinte und sah ihren Herzallerliebsten, den Porzellan-Schornsteinfeger, an.

»Ich glaube, ich will dich bitten«, sagte sie, »mit mir in die weite Welt hinauszugehen, denn hier können wir nicht bleiben!«

»Ich will alles, was du willst!« sagte der kleine Schornsteinfeger, »laß uns gleich gehen, ich denke wohl, daß ich dich mit meinem Beruf ernähren kann!«

»Wären wir nur schon glücklich vom Tisch herunter!« sagte sie, »ich werde nicht froh, bevor wir draußen in der weiten Welt sind!«

Und er tröstete sie und zeigte ihr, wo sie ihren kleinen Fuß auf den geschnitzten Kanten und dem vergoldeten Laubwerk des Tischbeines hinsetzen sollte; seine Leiter nahm er auch zu Hilfe. Und dann waren sie unten auf dem Boden; aber als sie nach dem alten Schrank hinsahen, war dort eine solche Erregung; alle die geschnitzten Hirsche streckten ihre Köpfe weiter hervor, erhoben die Geweihe und drehten die Hälse! Der Ziegenbockbein-Oberunduntergeneralkriegskommandeursergeant sprang hoch in die Luft und rief zum alten Chinesen hinüber: »Nun laufen sie, nun laufen sie!«

Da erschraken sie ein wenig und sprangen geschwind in die Schublade des Fenstertritts. Hier lagen drei bis vier Spiele Karten, die nicht vollständig waren, und ein kleines Puppentheater, das aufgestellt war, so gut es sich machen ließ. Es wurde Komödie gespielt, und alle Damen, sowohl Karo und Herz als Kreuz und Pique, saßen in der ersten Reihe und fächerten sich mit ihren Tulpen, und hinter ihnen standen alle Buben und zeigten, daß sie Kopf hatten, und zwar oben und unten, so wie Spielkarten es haben. Die Komödie handelte von zweien, die einander nicht bekommen durften, und die Hirtin weinte darüber, denn es war gerade wie ihre eigene Geschichte.

»Das kann ich nicht aushalten!« sagte sie. »Ich muß heraus aus der Schublade!« Aber als sie auf den Fußboden kamen und zum Tisch hinaufsahen, da war der alte Chinese erwacht und wackelte mit dem ganzen Körper, unten war er ja ein Klumpen.

»Jetzt kommt der alte Chinese!« schrie die kleine Hirtin, und dann fiel sie gerade auf ihre Porzellanknie nieder, so betrübt war sie.

»Ich habe einen Gedanken«, sagte der Schornsteinfeger, »sollen wir in die große Potpourrivase kriechen, die in der Ecke steht? Dort könnten wir auf Rosen und Lavendel liegen und ihm Salz in die Augen werfen, wenn er kommt.«

»Das kann nichts nützen!« sagte sie, »außerdem weiß ich, daß der alte Chinese und die Potpourrivase verlobt gewesen sind, und es bleibt immer ein wenig Wohlwollen zurück, wenn man so in Beziehung zueinander gestanden hat; nein, es bleibt nichts anderes übrig, als in die weite Welt hinauszugehen!«

»Hast du wirklich Mut, um mit mir in die weite Welt hinauszugehen?« fragte der Schornsteinfeger. »Hast du bedacht, wie groß sie ist, und daß wir nie mehr hierher zurückkommen können?«

»Das habe ich!« sagte sie.

Und der Schornsteinfeger sah sie ganz fest an, und dann sagte er: »Mein Weg geht durch den Schornstein! Hast du wirklich Mut, um mit mir durch den Ofen zu kriechen, sowohl durch den eisernen Kasten als durch das Rohr? Dann kommen wir hinaus in den Schornstein, und dort verstehe ich mich zu bewegen! Wir steigen so hoch, daß sie uns nicht erreichen können, und ganz oben ist ein Loch in die weite Welt hinaus!«

Und er führte sie zu der Ofentür hin.

»Da sieht es schwarz aus!« sagte sie, aber sie ging doch mit ihm, sowohl durch den eisernen Kasten als durch das Rohr, wo die stockfinstere Nacht war.

»Jetzt sind wir im Schornstein!« sagte er, »und sieh! sieh! Dort oben glänzt der schönste Stern!«

Und es war ein wirklicher Stern am Himmel, der gerade zu ihnen herabschien, als wollte er ihnen den Weg zeigen. Und sie kletterten, und sie krochen, ein greulicher Weg war es, so hoch, so hoch; aber er hob sie und half ihr, er hielt sie und zeigte ihr die besten Stellen, wo sie ihre kleinen Porzellanfüße hinsetzen sollte, und so gelangten sie bis an den Schornsteinrand, und auf den setzten sie sich; denn sie waren wahrlich müde, und das konnten sie auch sein.

Der Himmel mit allen seinen Sternen war über ihnen, und alle Dächer der Stadt waren unter ihnen; sie sahen so weit umher, so weit hinaus in die Welt; die arme Hirtin hatte es sich nie so gedacht, sie lehnte ihren kleinen Kopf an ihren Schornsteinfeger, und dann weinte sie, so daß das Gold von ihrem Gürtel absprang.

»Das ist allzuviel!« sagte sie. »Das kann ich nicht aushalten! Die Welt ist allzu groß! Wäre ich doch wieder auf dem kleinen Tisch unter dem Spiegel! Ich werde nie froh, ehe ich wieder dort bin! Nun bin ich dir in die weite Welt hinaus gefolgt, nun kannst du mich wohl wieder heimbegleiten, wenn du mich ein wenig lieb hast!«

Und der Schornsteinfeger sprach vernünftig mit ihr, sprach vom alten Chinesen und von dem Ziegenbockbein-Oberunduntergeneralkriegskommandeursergeanten; aber sie schluchzte so schrecklich und küßte ihren kleinen Schornsteinfeger, so daß er nicht anders konnte, als sich ihr fügen, obgleich es falsch war.

Und dann kletterten sie wieder mit großer Mühe durch den Schornstein hinab, und sie krochen durch das Rohr und den eisernen Kasten, das war gar nicht angenehm. Und dann standen sie in dem dunklen Ofen; dort horchten sie hinter der Tür, um zu erfahren, wie es in der Stube stehe. Es war ganz still; sie guckten hinaus – ach, da lag mitten auf dem Boden der alte Chinese. Er war vom Tisch gefallen, als er ihnen nachwollte, und lag in drei Stücke zerschlagen; der ganze Rücken war in einem Stück abgegangen, und der Kopf war in eine Ecke gerollt; der Ziegenbockbein-Oberunduntergeneralkriegskommandeursergeant stand, wo er immer gestanden hatte, und dachte nach.

»Das ist gräßlich!« sagte die kleine Hirtin, »der alte Großvater ist zerbrochen und wir sind schuld daran! Das kann ich niemals überleben!« Und dann rang sie ihre kleinen, winzigen Hände.

»Er kann noch genietet werden!« sagte der Schornsteinfeger. »Er kann sehr gut genietet werden! Sei nur nicht so heftig! Wenn sie ihn im Rücken kitten und ihm eine gute Niete in den Nacken geben, dann wird er wieder so gut wie neu sein und kann uns viele Unannehmlichkeiten sagen!«

»Glaubst du?« sagte sie, und dann krochen sie wieder auf den Tisch hinauf, wo sie früher gestanden hatten.

»Sieh, so weit kamen wir!« sagte der Schornsteinfeger, »da hätten wir uns all die Mühe ersparen können!«

»Hätten wir nur erst den alten Großvater genietet!« sagte die Hirtin. »Kann das so teuer sein?«

Und genietet wurde er; die Familie ließ ihn im Rücken kitten.

Er bekam eine gute Niete in den Hals, er war so gut wie neu, aber nicken konnte er nicht mehr.

»Sie sind wohl hochmütig geworden, seit sie in Stücke gesprungen sind!« sagte der Ziegenbockbein-Oberunduntergeneralkriegskommandeursergeant, »mir scheint doch nicht, daß das etwas ist, um stolz darauf zu sein! Soll ich sie haben oder soll ich sie nicht haben?«

Und der Schornsteinfeger und die kleine Hirtin sahen den alten Chinesen so rührend an; sie fürchteten, er möchte nicken; aber er konnte nicht, und es war ihm unangenehm, einem Fremden zu erzählen, daß er beständig eine Niete im Nacken habe. Und so blieben die Porzellanleute beisammen und segneten Großvaters Niete und hatten einander lieb, bis sie zerbrachen.

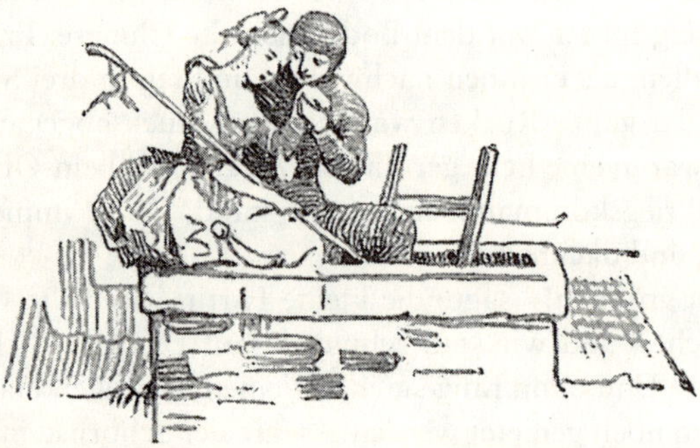

33

HOLGER DANSKE

Es gibt in Dänemark ein altes Schloß, das Kronborg heißt. Es liegt gerade am Öresund, wo die großen Schiffe jeden Tag zu Hunderten vorbeisegeln, und zwar englische, russische und preußische; und sie grüßen mit Kanonen das alte Schloß: »Bum!« und das Schloß antwortet wieder mit Kanonen: »Bum!«; denn so sagen die Kanonen »Guten Tag!« – »Vielen Dank!« – Im Winter segeln keine Schiffe, dann ist alles mit Eis bedeckt bis hinüber zur schwedischen Küste, aber es ist so recht wie eine ganze Landstraße. Es weht die dänische Flagge und die schwedische Flagge, und dänische und schwedische Leute sagen einander: »Guten Tag!« »Vielen Dank!«, aber nicht mit Kanonen, nein, mit freundlichem Handschlag, und der eine holt Weißbrot und Brezeln bei dem andern, denn fremde Kost schmeckt am besten. Aber das Prächtigste vom Ganzen ist doch das alte Kronborg, und unter diesem ist es, daß Holger Danske[1] in dem tiefen, dunklen Keller sitzt, wohin niemand kommt; er ist in Eisen und Stahl gekleidet und stützt seinen Kopf auf die starken Arme;

[1] Holger, der Däne

sein langer Bart hängt über den Marmortisch hinweg, in dem er festgewachsen ist; er schläft und träumt, aber in seinem Traum sieht er alles, was hier oben in Dänemark geschieht. Jeden Weihnachtsabend kommt ein Engel Gottes und sagt ihm, daß es richtig ist, was er geträumt hat, und daß er ruhig wieder schlafen kann, denn Dänemark ist noch in keiner wirklichen Gefahr; kommt es aber in eine, ja, dann wird der alte Holger Danske sich aufrichten, so daß der Tisch sich spaltet, wenn er den Bart an sich zieht; dann kommt er hervor und schlägt drein, daß es in allen Ländern der Welt gehört wird.

Alles dies von Holger Danske erzählte ein alter Großvater seinem kleinen Enkel, und der kleine Knabe wußte, daß, was Großvater sagte, wahr sei. Und während der Alte saß und erzählte, schnitzte er an einem großen Holzbild; es sollte Holger Danske vorstellen und vorne an einem Schiff angebracht werden; denn der alte Großvater war Bildschnitzer, und das ist so ein Mann, der die Galionsfiguren der Schiffe schnitzt, nach denen jedes Schiff genannt wird; und hier hatte er Holger Danske geschnitzt, der so rank und stolz mit seinem langen Bart dastand und in der einen Hand das breite Schlachtschwert hielt, die andere Hand aber auf das dänische Wappen stützte.

Und der alte Großvater erzählte so viel von merkwürdigen dänischen Männern und Frauen, daß es dem kleinen Enkel zuletzt schien, nun wisse er gerade so viel, wie Holger Danske wissen könne, der ja nur davon träumte; und als der Kleine in sein Bett kam, dachte er so sehr daran, daß er ordentlich sein Kinn an die Bettdecke preßte und meinte, er habe einen langen Bart, der in ihr festgewachsen sei.

Aber der alte Großvater blieb bei seiner Arbeit sitzen und schnitzte am letzten Teil daran, es war das dänische Wappen; und nun war er fertig und er sah das Ganze an, und er dachte an alles, was er gelesen und gehört und was er heute abend dem kleinen Knaben erzählt hatte; und er nickte und wischte seine Brille ab, setzte sie wieder auf und sagte: »Ja, in meiner Zeit kommt Holger Danske wohl nicht; aber der Knabe dort im Bett kann ihn vielleicht zu sehen bekommen und mit dabei sein, wenn es richtig gilt.« Und der alte Großvater nickte, und je mehr er seinen Holger Danske anschaute, desto deutlicher wurde es für ihn, daß es ein gutes Bild war, das er da gemacht hatte; es schien ihm, daß es ordentlich Farbe bekomme und der Harnisch wie Eisen und Stahl glänze; die Herzen in dem dänischen Wappen wurden mehr und mehr rot, und die Löwen mit den Goldkronen sprangen.[1]

»Das ist doch das schönste Wappen, das jemand in der Welt hat!« sagte der Alte. »Die Löwen sind Stärke, und die Herzen sind Milde und Liebe!« Und er sah den obersten Löwen an und dachte an König Knud, der das große England an Dänemarks Königsstuhl band, und er sah den zweiten Löwen an und dachte an Valdemar, der Dänemark einte und die wendischen Lande bezwang; er sah den dritten Löwen an und dachte an Margarethe, die Dänemark, Schweden und Norwegen vereinigte; aber indem er die roten Herzen ansah, glänzten sie noch stärker als zuvor, sie wurden zu Flammen, die sich bewegten, und seine Gedanken folgten einer jeden von ihnen.

Die erste Flamme führte ihn in ein enges, dunkles Gefängnis hinein; da saß eine Gefangene, eine schöne Frau, Christian des Vierten Tochter: Eleonora Christine Ulfeldt[2]; und die Flamme setzte sich gleich einer Rose auf ihre Brust und blühte zusammen mit ihrem Herzen, sie, die edelste und beste aller dänischen Frauen.

»Ja, das ist ein Herz in Dänemarks Wappen!« sagte der alte Großvater.

Und seine Gedanken folgten der Flamme, die ihn hinaus auf das Meer führte, wo die Kanonen donnerten, wo die Schiffe in Rauch eingehüllt lagen; und die Flamme heftete sich wie ein Ordensband an Hvitfeldts Brust, während er zur Errettung der Flotte sich und sein Schiff in die Luft sprengte.[3]

[1] Das dänische Wappen besteht aus drei springenden Löwen zwischen je drei Herzen.

[2] Diese hochbegabte Königstochter, Gemahlin des der Landesverräterei beschuldigten Corfitz Ulfeldt, deren einzige Schuld die treue Liebe zu ihrem unglücklichen Gemahl war, mußte 22 Jahre im Kerker schmachten, bis ihre Verfolgerin, die Königin Sophie Amalie, starb.

[3] In der Seeschlacht in der Kögebucht zwischen den Dänen und Schweden geriet 1710 Hvitfeldts Schiff »Danebrog« in Brand. Um die Stadt Köge und die dänische Flotte, gegen welche sein Schiff vor dem Winde trieb, zu retten, sprengte er sich und die ganze Mannschaft in die Luft.

Und die dritte Flamme führte ihn nach Grönlands armseligen Hütten, wo der Pfarrer Hans Egede[1] mit Liebe in Wort und Tat waltete; die Flamme war ein Stern auf seiner Brust, ein Herz für das dänische Wappen.

Und die Gedanken des alten Großvaters gingen der schwebenden Flamme voran, denn seine Gedanken wußten, wohin die Flamme wollte. In der ärmlichen Stube der Bäuerin stand Frederik der Sechste und schrieb seinen Namen mit Kreide auf den Balken.[2] Die Flamme zitterte auf seiner Brust, zitterte in seinem Herzen; in des Bauern Stube wurde sein Herz ein Herz in Dänemarks Wappen. Und der alte Großvater trocknete seine Augen, denn er hatte König Frederik mit dem silberweißen Haar und den ehrlichen, blauen Augen gekannt und für ihn gelebt, und er faltete seine Hände und sah still vor sich hin. Da kam des alten Großvaters Schwiegertochter und sagte, es sei spät, nun solle er ruhen, und der Abendtisch sei gedeckt.

»Aber schön ist es doch, was du da gemacht hast, Großvater!« sagte sie. »Holger Danske und unser ganzes, altes Wappen! – Es ist mir, als hätte ich dieses Gesicht schon früher gesehen!«

»Nein, das hast du wohl nicht!« sagte der alte Großvater, »aber ich habe es gesehen, und ich habe mich bestrebt, es in Holz zu schnitzen, so wie ich mich daran erinnere. Damals war es, als die Engländer auf der Reede lagen, am dänischen zweiten April[3], als wir zeigten, daß wir alte Dänen seien. Auf der ›Danmark‹, wo ich in Steen Billes Geschwader stand, hatte ich einen Mann an meiner Sei-

[1] Hans Egede ging 1721 nach Grönland und wirkte dort 15 Jahre lang unter unglaublichen Entbehrungen und Mühseligkeiten; er verbreitete nicht allein das Christentum, sondern gab selbst das Beispiel des edelsten Christen.

[2] Auf einer Reise an der Westküste Jütlands kam der König zu einer armen Frau. Als er bereits das Haus wieder verlassen hatte, lief ihm die Frau nach und bat ihn, seinen Namen zur Erinnerung auf einen Balken zu schreiben; der König kehrte um und tat es. Sein ganzes Leben hindurch fühlte und wirkte er für den Bauernstand, und als er starb, erbaten sich dänische Bauern die Ehre, seinen Sarg die vier Meilen von der Hauptstadt bis nach Roskilde in die Königsgruft tragen zu dürfen.

[3] Am 2. April 1801 fand die blutige Seeschlacht zwischen den Dänen und den Engländern unter Parker und Nelson statt.

te; es war, als fürchteten sich die Kugeln vor ihm! Lustig sang er alte Lieder und schoß und kämpfte, als wäre er mehr als ein Mensch. Ich erinnere mich noch an sein Gesicht; aber woher er kam, wohin er ging, weiß ich nicht, weiß niemand. Ich habe oft gedacht, das war wohl der alte Holger Danske selbst, der herabgeschwommen war von Kronborg und uns half in der Stunde der Gefahr; das war nun mein Gedanke, und dort steht sein Bild!«

Und es warf seinen großen Schatten bis ganz an die Wand hinauf, sogar über einen Teil der Decke hin; es sah aus, als wäre es der wirkliche Holger Danske selbst, der dahinter stand; denn der Schatten bewegte sich, aber es konnte auch sein, weil die Flamme des Lichtes nicht gleichmäßig brannte. Und die Schwiegertochter küßte den alten Großvater und führte ihn hin zu dem großen Lehnstuhl vor dem Tisch. Und sie und ihr Mann, der ja des alten Großvaters Sohn und der Vater des kleinen Knaben war, der im Bett lag, saßen und aßen ihr Abendbrot, und der alte Großvater sprach von den dänischen Löwen und den dänischen Herzen, von der Stärke und der Milde, und ganz deutlich erklärte er, es gäbe noch eine Stärke außer der, die im Schwerte liege. Und er zeigte auf das Bord, wo alte Bücher lagen, wo alle Komödien Holbergs lagen, die, welche so oft gelesen wurden, denn sie waren so lustig, man meinte ordentlich, alle die Personen darin aus alten Tagen zu kennen.

»Seht, der hat auch zu schlagen verstanden!« sagte der alte Großvater; »der hat das Verkehrte und Eckige der Leute geschlagen, solange er konnte!« und der alte Großvater nickte zum Spiegel hin, wo der Kalender mit dem »Runden Turm«[1] darauf stand, und dann sagte er: »Tycho Brahe, der war auch einer, der das Schwert gebrauchte, nicht um in Fleisch und Knochen zu hauen, sondern um einen deutlicheren Weg hinauf zwischen allen Sternen des Himmels zu hauen! – Und dann er, dessen Vater meinem Stand angehörte, des alten Bildschnitzers Sohn, er, den wir selbst mit dem weißen Haar und den starken Schultern gesehen haben, er, der in allen Ländern der Welt genannt wird! Ja, er konnte hauen, ich kann nur schnitzen! Ja, Holger Danske kann auf viele Arten kommen, so

[1] Der »Runde Turm« war das Observatorium von Kopenhagen.

daß in allen Ländern der Welt von Dänemarks Stärke gehört wird. Wollen wir nun Bertels[1] Skaal trinken!«

Aber der kleine Knabe im Bett sah deutlich das alte Kronborg mit dem Öresund, den wirklichen Holger Danske, der tief dort unten mit dem Bart im Marmortisch festgewachsen saß und von allem träumte, was hier oben geschieht. Holger Danske träumte auch von der kleinen, ärmlichen Stube, wo der Bildschnitzer saß. Er hörte alles, was gesprochen wurde, und nickte im Traum und sagte:

»Ja, erinnert euch nur an mich, ihr dänischen Leute! Bewahrt mich in euern Gedanken! Ich komme in der Stunde der Not.«

Und draußen vor Kronborg schien der helle Tag, und der Wind trug des Jägerhorns Töne vom Nachbarland herüber, die Schiffe segelten vorbei und grüßten: »Bum! bum!« und von Kronborg antwortete es: »Bum! bum!« Aber Holger Danske erwachte nicht, wie laut sie auch schossen, denn es war ja nur: »Guten Tag!« – »Vielen Dank!« Es muß ganz anders geschossen werden, bevor er erwachen will; aber er wird schon erwachen, denn es ist Mark in Holger Danske.

[1] Bertel Thorvaldsen.

34

DAS KLEINE MÄDCHEN MIT DEN SCHWEFELHÖLZCHEN

Es war so gräßlich kalt; es schneite und es begann dunkler Abend zu werden; es war auch der letzte Abend des Jahres, Silvesterabend. In dieser Kälte und in diesem Dunkel ging auf der Straße ein kleines, armes Mädchen mit bloßem Kopf und nackten Füßen; ja, sie hatte freilich Pantoffeln angehabt, als sie von Hause wegging, aber was konnte das helfen! Es waren sehr große Pantoffeln, ihre Mutter hatte sie zuletzt benutzt, so groß waren sie, und die verlor die Kleine, als sie über die Straße eilte, während zwei Wagen so gräßlich schnell vorbeifuhren; der eine Pantoffel war nicht zu finden, und mit dem andern lief ein Knabe fort; er sagte, den könne er als Wiege brauchen, wenn er selbst einmal Kinder bekomme.

Da ging nun das kleine Mädchen auf den nackten, kleinen Füßen, die rot und blau vor Kälte waren. In einer alten Schürze trug sie eine Menge Schwefelhölzchen, und einen Bund hielt sie in der Hand; niemand hatte ihr den ganzen Tag hindurch etwas abgekauft; niemand hatte ihr einen kleinen Schilling gegeben; hungrig und verfroren ging sie und sah so eingeschüchtert aus, die arme

Kleine! Die Schneeflocken fielen in ihr langes, blondes Haar, das sich so schön um den Nacken ringelte, aber an diese Pracht dachte sie wahrlich nicht. Aus allen Fenstern glänzten die Lichter, und dann roch es auf der Straße so herrlich nach Gänsebraten; es war ja Silvesterabend, ja, daran dachte sie!

Drüben in einem Winkel zwischen zwei Häusern, von denen das eine etwas mehr vorsprang als das andere, dort setzte sie sich und kauerte sich zusammen; die kleinen Beine hatte sie unter sich hochgezogen; aber es fror sie noch mehr, und nach Hause zu gehen wagte sie nicht. Sie hatte ja keine Schwefelhölzchen verkauft, nicht einen einzigen Schilling bekommen, ihr Vater würde sie schlagen, und kalt war es auch zu Hause, sie hatten nur das Dach gerade über sich, und da pfiff der Wind herein, obwohl in die größten Spalten Stroh und Lumpen gestopft waren. Ihre kleinen Hände waren beinahe ganz abgestorben vor Kälte. Ach! ein kleines Schwefelhölzchen könnte gut tun. Wagte sie es nur, eines aus dem Bund zu ziehen, es gegen die Wand zu streichen und die Finger zu erwärmen! Sie zog eines heraus, »ritsch!« wie sprühte es, wie brannte es! Es war eine warme, helle Flamme, wie ein kleines Licht, als sie es mit der Hand umschloß. Es war ein seltsames Licht: dem kleinen Mädchen schien es, als säße sie vor einem großen, eisernen Ofen mit blanken Messingkugeln und einem Messingrohr; das Feuer brannte so prächtig, wärmte so gut; nein, was war das! – Die Kleine streckte schon die Füße aus, um auch diese zu wärmen – – da erlosch die Flamme. Der Ofen verschwand, sie saß mit einem kleinen Stück des abgebrannten Schwefelhölzchens in der Hand.

Ein neues wurde angestrichen, es brannte, es leuchtete, und wo der Schein auf die Mauer fiel, wurde diese durchsichtig wie ein Schleier; sie sah gerade in die Stube hinein, wo der Tisch gedeckt stand mit einem blendendweißen Tischtuch, mit feinem Porzellan, und herrlich dampfte die gebratene Gans, gefüllt mit Zwetschgen und Äpfeln; und was noch prächtiger war: die Gans sprang von der Schüssel herunter, watschelte über den Boden, mit Messer und Gabel im Rücken; gerade hin zu dem armen Mädchen kam sie; da erlosch das Schwefelhölzchen, und es war nur die dicke, kalte Mauer zu sehen.

Sie zündete ein neues an. Da saß sie unter dem schönsten Weihnachtsbaum; er war noch größer und schöner geschmückt als der, den sie durch die Glastür bei dem reichen Kaufmann an der letzten Weihnacht gesehen hatte; tausend Kerzen brannten an den grünen Zweigen, und bunte Bilder, wie die, welche die Schaufenster schmückten, sahen auf sie herab. Die Kleine streckte beide Hände in die Höhe – da erlosch das Schwefelhölzchen; die vielen Weihnachtslichter stiegen höher und höher, sie sah, es waren jetzt die hellen Sterne, einer davon fiel und machte einen langen Feuerstreifen am Himmel.

»Jetzt stirbt jemand!« sagte die Kleine, denn die alte Großmutter, die einzige, die gut gegen sie gewesen, aber nun tot war, hatte gesagt: Wenn ein Stern fällt, geht eine Seele hinauf zu Gott.

Sie strich wieder ein Schwefelhölzchen gegen die Mauer, es leuchtete ringsumher, und in dem Glanz stand die alte Großmutter, so klar, so schimmernd, so mild und lieblich.

»Großmutter!« rief die Kleine, »oh, nimm mich mit! Ich weiß, du bist fort, wenn das Schwefelhölzchen ausgeht, fort, ebenso wie der warme Ofen, der herrliche Gänsebraten und der große, gesegnete Weihnachtsbaum!« – Und sie strich in Hast den ganzen Rest Schwefelhölzchen an, die im Bund waren. Sie wollte Großmutter recht festhalten; und die Schwefelhölzchen leuchteten mit einem solchen Glanz, daß es heller war als der lichte Tag. Großmutter war früher nie so schön, so groß gewesen; sie hob das kleine Mäd-

chen auf ihren Arm, und sie flogen in Glanz und Freude so hoch, so hoch; und dort war keine Kälte, kein Hunger, keine Angst – sie waren bei Gott.

Aber im Winkel beim Hause saß in der kalten Morgenstunde das kleine Mädchen mit roten Wangen, mit einem Lächeln um den Mund – tot, erfroren am letzten Abend des alten Jahres. Der Neujahrsmorgen ging auf über der kleinen Leiche, die mit den Schwefelhölzchen dasaß, von denen ein Bund fast abgebrannt war. Sie hat sich wärmen wollen, sagte man; niemand wußte, was sie Schönes gesehen hatte und in welchem Glanz sie mit der alten Großmutter eingegangen war zur Neujahrsfreude.

35

DIE NACHBARSFAMILIEN

Man sollte wahrlich glauben, daß etwas vor sich ging im Dorfteich, aber es ging nichts vor sich! Alle Enten, gerade als sie am allerschönsten auf dem Wasser lagen, einige standen auf dem Kopf, denn das konnten sie, begaben sich auf einmal an Land; man konnte in dem nassen Lehm die Spuren ihrer Füße sehen, und man konnte aus weiter Ferne her hören, daß sie schrieen. Das Wasser kam ordentlich in Bewegung, und vor kurzem war es noch blank wie ein Spiegelglas, man sah darin jeden Baum, jeden Busch in der Nähe, und das alte Bauernhaus mit den Löchern im Giebel und dem Schwalbennest, aber besonders den großen Rosenstrauch voller Blüten, die von der Mauer beinahe bis über das Wasser hinaushingen, und darin spiegelte sich das Ganze wie ein Gemälde, aber alles stand auf dem Kopf; und als das Wasser in Unruhe geriet, da lief eines in das andere über, das ganze Bild war fort. Zwei Entenfedern, die von den Enten fielen, die flogen, wippten ordentlich auf und ab; auf einmal nahmen sie Fahrt, als ob Wind wäre; aber es war kein Wind. Und dann lagen sie still, und das Wasser wurde wieder spiegelglatt, man sah deutlich den Giebel mit dem Schwalbennest, und den Rosenstrauch sah man; jede Rose spiegelte sich, sie waren so schön, aber sie wußten es nicht selbst, denn niemand hatte es ihnen gesagt. Die Sonne schien zwischen den zarten Blättern hindurch, die so mit Duft gefüllt waren; und das war für jede Rose, wie es für uns ist, wenn wir recht glückselig in Gedanken versunken sind.

»Wie schön ist das Leben!« sagte jede Rose, »das einzige, das ich zu wünschen weiß, ist, daß ich die Sonne küssen könnte, weil sie so warm und hell ist. – Ja, die Rosen dort unten im Wasser möchte ich auch küssen; sie gleichen uns ganz genau; ich möchte die süßen Vogeljungen dort unten im Nest küssen; ja, es sind auch einige über uns! sie strecken die Köpfe heraus und piepen ganz leise! sie haben gar keine Federn wie ihr Vater und ihre Mutter. Es sind gute Nachbarn, die wir haben, sowohl die oben als die unten. Oh, wie schön ist das Leben!«

Die kleinen Jungen oben und unten – ja, die unten waren nur ein Widerschein im Wasser – waren Sperlinge; Vater und Mutter waren Sperlinge; sie hatten das leere Schwalbennest vom vergangenen Jahr in Besitz genommen; darin lagen sie und waren zu Hause.

»Sind das Entenkinder, die dort schwimmen?« fragten die Sperlingsjungen, als sie die Entenfedern auf dem Wasser treiben sahen.

»Stellt vernünftige Fragen, wenn ihr fragt!« sagte die Mutter; »seht ihr nicht, daß es Federn sind, lebender Kleiderstoff, wie ich ihn habe, und wie ihr ihn bekommen werdet, aber der unsere ist feiner! Hätten wir sie übrigens nur hier oben im Nest, denn sie wärmen. Ich möchte wissen, was es war, das die Enten erschreckte; es muß etwas im Wasser gewesen sein, denn ich war es wohl nicht, obschon ich freilich etwas laut »Piep« zu euch sagte. Die dickköpfigen Rosen müßten es wissen, aber sie wissen nichts, sie schauen nur sich selbst an und riechen. Ich bin dieser Nachbarn herzlich überdrüssig!«

»Hört die süßen, kleinen Vögel da oben!« sagten die Rosen, »die wollen nun auch anfangen zu singen! Sie können es noch nicht, aber das kommt schon! Was für ein großes Vergnügen das sein muß! Es ist ganz lustig, solche vergnügte Nachbarn zu haben!«

Im Galopp kamen im selben Augenblick zwei Pferde daher, sie sollten getränkt werden; ein Bauernknabe saß auf dem einen, und er hatte alle seine Kleider ausgezogen bis auf seinen schwarzen Hut, der war sehr groß und breit. Der Knabe pfiff, als ob er ein kleiner Vogel wäre, und ritt dann in den Teich hinein, wo er am tiefsten war; und als er am Rosenstrauch vorbeikam, riß er eine der Rosen ab und steckte sie auf den Hut; damit glaubte er richtig geschmückt zu sein und ritt dann fort mit ihr. Die andern Rosen sahen ihrer Schwester nach und fragten einander: »Wo reist sie hin?«; aber das wußte keine.

»Ich möchte wohl in die Welt hinaus!« sagte die eine zu der andern, »aber hier zu Hause in unserm eignen Grün ist es auch schön! Am Tag scheint die Sonne so warm, und in der Nacht glänzt der Himmel noch schöner! Das können wir durch die vielen kleinen Löcher sehen, die darin sind!«

Das waren die Sterne, die sie für Löcher hielten, denn die Rosen wußten es nicht besser.

»Wir beleben die Umgebung des Hauses!« sagte die Sperlingsmutter, »und Schwalbennester bringen Glück, sagen die Leute; darum sind sie froh darüber, uns zu haben! Aber die Nachbarn da, so ein ganzer Rosenstrauch an der Mauer, zieht Feuchtigkeit; ich denke, der kommt wohl fort, dann kann da doch ein Korn wachsen. Rosen sind nur da, um angeschaut zu werden und um an ihnen zu riechen, oder höchstens um an den Hut gesteckt zu werden. Jedes Jahr, das weiß ich von meiner Mutter, fallen sie ab. Die Bäuerin legt sie mit Salz ein, sie bekommen einen französischen Namen, den ich nicht aussprechen kann und auch nicht mag; und dann werden sie aufs Feuer gelegt, wenn es gut riechen soll. Seht, das ist ihr Lebenslauf, sie sind nur da für Augen und Nase. Nun wißt ihr es!«

Als es Abend wurde und die Mücken in der warmen Luft tanzten, wo die Wolken so rot waren, kam die Nachtigall und sang den Rosen vor, daß das Schöne wie der Sonnenschein in dieser Welt sei und daß das Schöne ewig lebe. Aber die Rosen glaubten, die Nachtigall singe von sich selbst, und das konnte man ja auch denken. Es fiel ihnen gar nicht ein, daß sie es waren, denen der Gesang galt; aber froh waren sie über ihn und dachten nach, ob alle die kleinen Sperlingsjungen nicht auch Nachtigallen werden könnten.

»Ich verstand sehr gut, was dieser Vogel sang!« sagten die Sperlingsjungen, »da war nur ein Wort, das ich nicht verstand: Was ist das Schöne?«

»Das ist nichts!« sagte die Sperlingsmutter, »das ist nur so ein Aussehen. Droben auf dem Herrenhof, wo die Tauben ihr eigenes Haus haben und jeden Tag Erbsen und Korn vorgestreut bekommen, – ich habe mit ihnen gegessen, und das werdet ihr auch einmal tun! ›Sage mir, mit wem du umgehst, dann werde ich dir sagen, wer du bist!‹ – dort oben auf dem Herrenhof haben sie zwei Vögel mit grünen Hälsen und einer Haube auf dem Kopf; der Schwanz kann sich ausbreiten, als wäre er ein großes Rad, und der hat alle Farben, so daß es einem in den Augen weh tut; Pfaue werden sie genannt, und sie sind das Schöne; sie sollten ein bißchen gerupft werden, dann sähen sie nicht anders aus als wir andern. Ich hätte sie gepickt, wenn sie nicht so groß gewesen wären!«

»Ich will sie picken!« sagte das kleinste Sperlingsjunge, und es hatte noch keine Federn.

Drinnen im Bauernhaus wohnten zwei junge Leute; sie hatten einander sehr lieb, sie waren so fleißig und flink, es war so reizend bei ihnen. Am Sonntagmorgen ging die junge Frau hinaus, nahm eine ganze Handvoll der schönsten Rosen, setzte sie in das Wasserglas und stellte sie mitten auf die Truhe.

»Jetzt kann ich sehen, daß es Sonntag ist!« sagte der Mann, küßte seine süße, kleine Frau, und sie setzten sich hin, lasen einen Psalm, hielten einander bei den Händen, und die Sonne schien zum Fenster hinein auf die frischen Rosen und auf die jungen Leute.

»Es ist mir verleidet, das anzusehen!« sagte die Sperlingsmutter, die vom Nest aus gerade in die Stube hineinguckte, und dann flog sie weg.

Dasselbe tat sie am nächsten Sonntag; denn jeden Sonntag kamen frische Rosen ins Glas, doch immer blühte die Rosenhecke gleich schön; die Sperlingsjungen, die nun Federn bekommen hatten, wollten gern mitfliegen, aber die Mutter sagte: »Ihr bleibt!«, und dann blieben sie. – Sie flog; aber wie es nun zugegangen sein mochte, auf einmal hing sie fest in einer Vogelschlinge aus Pferdehaar, die einige Knaben an einen Zweig gebunden hatten. Die Pferdehaare zogen sich fest um das Bein zusammen, oh, so fest, als sollte es durchgeschnitten werden; es war eine Pein, es war ein Schreck; die Knaben sprangen hinzu und ergriffen den Vogel, und sie griffen so gräßlich hart. »Es ist nichts als ein Sperling!« sagten sie, aber sie ließen ihn doch nicht wieder fliegen; sie gingen heim mit ihm, und jedesmal, wenn er schrie, schlugen sie ihn auf den Schnabel.

Drinnen im Bauernhof stand ein alter Mann, der es verstand, Seife für den Bart und die Hände zu machen, Seife in Kugeln und Seife in Stücken. Das war so ein umherwandernder, lustiger Alter, und als er den Sperling sah, mit dem die Knaben kamen und aus dem sie sich, wie sie sagten, gar nichts machten, sagte er: »Wollen wir ihn schön machen?« Und es schauderte die Sperlingsmutter, als er das sagte. Und aus seinem Kasten, in dem die schönsten Farben lagen, nahm er eine ganze Menge glänzendes Schaumgold, und die Knaben mußten hineinlaufen und ein Ei beschaffen, und davon nahm er das Weiße, bestrich den Vogel damit und klebte dann das Schaumgold darauf, da war die Sperlingsmutter vergoldet; aber sie dachte nicht an diese Pracht, sie zitterte an allen Gliedern. Und der Seifenmann nahm einen roten Lappen, er riß ihn aus dem Futter seiner alten Jacke, schnitt den Lappen zu einem zackigen Hahnenkamm und klebte ihn auf den Kopf des Vogels.

»Jetzt sollt ihr den Goldvogel fliegen sehen!« sagte er und ließ den Sperling los, der in der schrecklichsten Angst im hellen Sonnenschein davonflog. Nein, wie er glänzte! Alle Sperlinge, selbst eine große Krähe, und nicht eine von den jüngsten, erschraken sehr über diesen Anblick; aber sie flogen doch hinterher, denn sie wollten wissen, was das für ein vornehmer Vogel sei.

»Woher? woher?« schrie die Krähe.

»Wart ein wenig! wart ein wenig!« sagten die Sperlinge. Aber die Sperlingsmutter wollte nicht ein wenig warten; in Angst und Entsetzen flog sie heimwärts; sie war nahe daran, zur Erde zu sinken, und ständig kamen mehr Vögel herzu, kleine und große; einige flogen ganz dicht an sie heran, um auf sie loszuhacken.

»So einer! so einer«, schrien die Jungen, als sie zum Nest kam. »Das ist bestimmt ein Pfauenjunges, da sind alle Farben, die in die Augen schneiden, wie Mutter sagte; piep! das ist das Schöne!« Und dann hackten sie mit ihren kleinen Schnäbeln, so daß es ihr nicht möglich wurde, hineinzuschlüpfen, es war ihr vor Entsetzen so, daß sie nicht mehr »Piep« sagen konnte, geschweige denn: »Ich bin eure Mutter.« Die andern Vögel hackten nun alle nach ihr, so daß jede Feder abging, und blutig sank die Sperlingsmutter hinunter in die Rosenhecke.

»Das arme Tier!« sagten die Rosen. »Komm, wir werden dich verstecken! Lehne deinen kleinen Kopf an uns!«

Die Sperlingsmutter breitete noch einmal ihre Flügel aus, preßte sie dann wieder fest an sich und lag tot bei der Nachbarfamilie, den frischen, schönen Rosen.

»Piep!« sagten die Sperlingsjungen im Nest. »Wo Mutter nur bleibt, ist mir unbegreiflich! Es sollte doch wohl kein Trick von ihr sein, daß wir uns jetzt um uns selber kümmern müssen. Das Haus hat sie uns als Erbteil hinterlassen; aber wer von uns soll es allein haben, wenn wir Familie bekommen?«

»Ja, ich kann euch andern hier nicht haben, wenn ich mich vermehre mit Frau und Kindern!« sagte das kleinste.

»Ich bekomme sicher mehr Frauen und Kinder als du!« sagte das zweite.

»Aber ich bin am ältesten!« sagte das dritte. Alle begannen nun miteinander zu streiten, sie schlugen mit den Flügeln, hackten mit dem Schnabel, und bums, da wurde eines nach dem andern aus dem Nest gepufft. Da lagen sie, und böse waren sie; den Kopf lehnten sie ganz hinüber auf die eine Seite, und dann blinzelte das Auge, das nach oben gekehrt war; das war nun ihre Art zu schmollen.

Ein wenig konnten sie fliegen, und dann übten sie noch etwas mehr, und zuletzt wurden sie sich darüber einig, daß sie, um einander wieder zu erkennen, wenn sie sich in der Welt begegneten, »Piep!« sagen und dreimal mit dem linken Bein scharren wollten.

Das Junge, das im Nest zurückblieb, machte sich so breit es konnte, es war ja nun Hausbesitzer, aber lange dauerte das nicht. – In der Nacht leuchtete das rote Feuer durch die Fensterscheiben, die Flammen schlugen unter dem Dach hervor, das trockene Stroh ging in Flammen auf, das ganze Haus verbrannte und das Sperlingsjunge mit; die jungen Leute hingegen kamen glücklich davon.

Als die Sonne am nächsten Morgen aufging und alles so erfrischt schien wie nach einem sanften, nächtlichen Schlaf, stand vom Bauernhaus nichts anderes mehr da als einige schwarze, verkohlte Balken, die sich an den Schornstein lehnten, der sein eigener Herr war; aus den Trümmern stieg Rauch, aber davor stand frisch und blühend der ganze Rosenstrauch, der jeden Zweig und jede Blüte im stillen Wasser spiegelte.

»Nein, wie schön die Rosen dort vor dem niedergebrannten Haus stehen!« sagte ein Mann, der vorbeikam, »das ist das lieblichste kleine Bild! Das muß ich haben!« Und der Mann nahm aus seiner Tasche ein kleines Buch mit weißen Blättern, und er nahm seinen

Bleistift, denn er war ein Maler, und zeichnete dann den rauchenden Schutt, die verkohlten Balken gegen den sich neigenden Schornstein, denn der neigte sich mehr und mehr; aber zuallervorderst stand die große, blühende Rosenhecke, die war freilich schön und war ja auch allein schuld daran, daß das Ganze gezeichnet wurde.

Später am Tag kamen zwei der Sperlinge vorbei, die hier geboren waren. »Wo ist das Haus?« sagten sie, »wo ist das Nest? Piep, alles ist verbrannt, und unser starker Bruder ist mitverbrannt; das geschah ihm, weil er das Nest behielt. – Die Rosen sind gut davongekommen! Sie stehen noch da mit roten Wangen. Die trauern nicht über des Nachbars Unglück. Ja, ich spreche nicht mit ihnen, und häßlich ist es hier, das ist meine Meinung!« Dann flogen sie fort.

Im Herbst war ein schöner, sonniger Tag, man konnte ordentlich glauben, mitten im Sommer zu sein. Es war so trocken und sauber im Hof vor der großen Treppe bei den Herrenhofleuten, und dort gingen die Tauben, sowohl schwarze als weiße und violette; sie glänzten im Sonnenschein, und die alten Taubenmütter plusterten sich auf und sagten zu den Jungen: »Steht in Gruppen, steht in Gruppen!« – denn dann nahmen sie sich besser aus.

»Was ist das kleine Graue, das zwischen uns herumläuft?« fragte eine alte Taube mit Rot und Grün in den Augen. »Kleine Graue! kleine Graue!« sagte sie.

»Es sind Sperlinge! gutmütige Tiere! Wir haben stets im Ruf gestanden, fromm zu sein, und so müssen wir sie picken lassen! – Sie reden nicht mit und scharren so nett mit dem Bein!«

Ja, sie scharrten, dreimal scharrten sie mit dem linken Bein, aber sie sagten auch »Piep!« und dann erkannten sie einander, es waren drei Sperlinge von dem abgebrannten Haus.

»Hier ist es außerordentlich gut zu fressen!« sagten die Sperlinge.

Die Tauben gingen umeinander herum, brüsteten sich und hatten innerlich eine Meinung.

»Siehst du die Kropftaube?« sagte die eine von der andern, »und siehst du, wie sie Erbsen verschlingt? Sie kriegt zu viele! sie kriegt die besten! Kurr! kurr! siehst du, wie kahl sie am Kamm wird! Siehst du das süße, das boshafte Tier! Knurre, knurre!« und dann glänzten an ihnen allen die Augen rot vor Bosheit. »Steht in Gruppen, steht in Gruppen! Kleine Graue! kleine Graue! Knurre, knurre, kurre!« ging es unaufhörlich, und so geht es noch nach tausend Jahren.

Die Sperlinge aßen gut, und sie hörten gut, ja, sie stellten sich sogar auf, aber es kleidete sie nicht; satt waren sie; dann gingen sie von den Tauben fort und sagten sich gegenseitig ihre Meinung über sie, hüpften dann unter dem Gartengitter hindurch, und da die Tür zum Gartengitter offen stand, hüpfte der eine auf die Türschwelle. Er war übersatt und daher mutig: »Piep!« sagte er, »das wage ich!« – »Piep!« sagte der zweite, »das wage ich auch und noch ein bißchen mehr!« und dann hüpfte er in das Zimmer hinein. Es war niemand darin, das sah der dritte wohl, und dann flog er noch weiter in das Zimmer hinein und sagte: »Ganz hinein oder gar nicht! Dies ist übrigens ein sonderbares Menschennest! Und was hier aufgestellt ist! Nein, was ist das?«

Gerade vor den Sperlingen blühten ja die Rosen, sie spiegelten sich da im Wasser, und die verkohlten Balken lehnten an den hinfälligen Schornstein. – Nein, was war doch das! Wie kam dies herein in die Herrenhofstube?

Und alle drei Sperlinge wollten über die Rosen und den Schornstein hinfliegen, aber es war eine flache Wand, gegen die sie flogen; das Ganze war ein Gemälde, ein großes, prächtiges Stück, das der Maler nach der kleinen Zeichnung ausgeführt hatte.

»Piep!« sagten die Sperlinge, »das ist nichts! Das sieht nur aus! Piep! Das ist das Schöne! Kannst du es begreifen, denn ich kann es nicht!« und dann flogen sie fort, denn es kamen Menschen in die Stube.

Nun vergingen Jahr und Tag, die Tauben hatten viele Male gekurrt, um nicht zu sagen geknurrt, die boshaften Tiere! Die Sperlinge hatten im Winter gefroren und im Sommer flott gelebt; sie waren alle verlobt oder verheiratet, oder wie man es sonst nennen will. Junge hatten sie, und das Junge eines jeden war natürlich das schönste und das klügste; einer flog hierhin, und einer flog dorthin, und begegneten sie sich, so erkannten sie einander am »Piep!« und am dreimaligen Scharren mit dem linken Bein. Die älteste von ihnen, das war nun so eine Alte, sie hatte kein Nest, und sie hatte keine Jungen; sie wollte so gerne einmal in eine große Stadt, und dann flog sie nach Kopenhagen.

Dort lag ein großes Haus mit vielen Farben; es lag gerade beim Schloß und dem Kanal, wo viele Schiffe mit Äpfeln und Töpfen waren. Die Fenster waren unten breiter als oben, und guckten die Sperlinge dahinein, so schien ihnen jede Stube, als ob sie in eine Tulpe hineinsähen, alle möglichen Farben und Schnörkel, und mitten in der Tulpe standen weiße Menschen; sie waren aus Marmor, einige waren auch aus Gips, aber das kommt auf eins heraus für Sperlingsaugen. Oben auf dem Haus stand ein Metallwagen mit Metallpferden davor, und die Siegesgöttin, auch aus Metall, lenkte sie. Es war Thorvaldsens Museum.

»Wie es glänzt! wie es glänzt!« sagte das Sperlingsfräulein, »das ist wohl das Schöne! Piep! Hier ist es doch größer als ein Pfau!« Sie erinnerte sich noch aus der Zeit, als sie klein war, was das größte Schöne war, das die Mutter kannte. Und sie flog in den Hof hinunter; dort war es auch prächtig, an die Wände waren Palmen und Zweige gemalt, und mitten im Hof stand ein blühender, großer Rosenbusch. Er breitete seine frischen Zweige mit den vielen Rosen über ein Grab aus, und sie flog dorthin, denn dort gingen mehrere Sperlinge. »Piep!« und dreimaliges Scharren mit dem linken Bein; diesen Gruß hatte sie viele Male während Jahr und Tag gemacht, und niemand hatte ihn verstanden, denn diejenigen, welche voneinander getrennt sind, treffen sich nicht jeden Tag; dieser Gruß war zur Gewohnheit geworden, aber heute waren zwei alte Sperlinge und ein junges da, die »Piep!« sagten und dreimal mit dem linken Bein scharrten.

»Ei, sieh da, guten Tag, guten Tag!« Es waren drei Alte aus dem Schwalbennest und dann ein Kleiner aus der Familie. »Treffen wir uns hier!« sagten sie. »Es ist ein vornehmer Ort, aber hier gibt es nicht viel zu fressen. Das ist das Schöne! Piep!«

Und es kamen viele Leute aus den Seitenzimmern, wo die prächtigen Marmorgestalten standen, und sie gingen hin zum Grab, das den großen Meister barg, der die Marmorstatuen geformt hatte. Und alle, die kamen, standen mit leuchtenden Gesichtern um Thorvaldsens Grab, und einzelne sammelten die abgefallenen Rosenblätter auf und bewahrten sie. Es waren Leute von weither; sie kamen aus dem großen England, aus Deutschland und Frankreich; die schönste Dame nahm eine der Rosen und legte sie an ihre Brust. Da glaubten die Sperlinge, daß die Rosen hier regierten, und daß das ganze Haus ihretwegen gebaut war, und das, schien ihnen, sei wahrlich etwas zu viel; aber da die Menschen alle soviel Aufhebens von den Rosen machten, wollten sie nicht zurückstehen. »Piep!« sagten sie, fegten den Boden mit ihrem Schwanz und schauten mit dem einen Auge auf die Rosen; es ging nicht lange, bis ihnen klar wurde, daß es die alten Nachbarn seien, und sie waren es auch. Der Maler, der den Rosenbusch bei dem niedergebrannten Haus gezeichnet, hatte späterhin im Jahr Erlaubnis erhalten ihn auszugraben und hatte ihn dann dem Baumeister gegeben, denn keine Rosen waren schöner; und der hatte ihn auf Thorvaldsens Grab gesetzt, wo er als das Bild des Schönen blühte und seine roten, duftenden Blätter gab, um als Erinnerung nach fernen Ländern getragen zu werden.

»Habt ihr hier in der Stadt Anstellung erhalten?« fragten die Sperlinge. Und die Rosen nickten; sie erkannten die grauen Nachbarn und wurden so froh darüber, sie zu sehen.

»Wie herrlich ist es, zu leben und zu blühen und alte Freunde zu sehen und jeden Tag milde Gesichter! Hier ist es, als ob jeder Tag ein großer Feiertag wäre!«

»Piep!« sagten die Sperlinge, »ja, das sind die alten Nachbarn! An ihre Herkunft vom Dorfteich erinnern wir uns! Piep! Wie sie zu

Ehren gelangt sind! Manche kommen aber auch schlafend dazu. Und was an so einem roten Klecks Angenehmes ist, weiß ich nicht! – Und da sitzt ein welkes Blatt, denn das kann ich sehen!«

Und dann pickten sie daran, so daß das Blatt abfiel. Und frischer und grüner stand der Baum da, und die Rosen dufteten im Sonnenschein auf Thorvaldsens Grab, an dessen unsterblichen Namen sich ihre Schönheit anschloß.

36

DER KLEINE TUK

Ja, es war der kleine Tuk. Er hieß eigentlich nicht Tuk, aber damals, als er noch nicht richtig sprechen konnte, nannte er sich selbst Tuk; es sollte Karl bedeuten, und es ist gut, wenn man das weiß. Er sollte seine Schwester Gustave hüten, die viel kleiner war als er, und dann sollte er auch seine Aufgaben lernen; aber diese beiden Dinge wollten nicht zusammengehen. Der arme Knabe saß mit seiner kleinen Schwester auf dem Schoß und sang alle die Lieder, die er wußte, und unterdessen blickten die Augen verstohlen nach dem Geographiebuch, das offen vor ihm lag; er sollte bis morgen alle Städte im Bistum Seeland auswendig können und alles von ihnen wissen, was man wissen konnte.

Jetzt kam seine Mutter nach Hause, denn sie war fort gewesen, und sie nahm die kleine Gustave; Tuk lief ans Fenster und las, so daß er sich fast die Augen auslas, denn es war nahe daran, dunkel zu werden, und dunkler wurde es; aber Mutter hatte kein Geld, um Kerzen zu kaufen.

»Da geht die alte Waschfrau von drüben aus der Gasse!« sagte die Mutter, indem sie zum Fenster hinaussah. »Sie kann sich kaum selber tragen, und dabei muß sie noch den Eimer vom Brunnen tragen; spring du hinaus, kleiner Tuk, und sei ein lieber Bub! Hilf der alten Frau!«

Und Tuk sprang sofort und half; aber als er dann heimkam, war es dunkler Abend, von Licht war keine Rede, er sollte in sein Bett; es war eine alte Schlafbank; darin lag er und dachte an seine Geographieaufgabe, Seelands Bistum und alles, was der Lehrer erzählt hatte. Das hätte freilich noch gelernt werden sollen, aber das konnte er ja jetzt nicht. Das Geographiebuch steckte er unter sein Kopfkissen, denn er hatte gehört, daß das besonders gut helfen solle, um sich an seine Aufgabe zu erinnern; aber man kann sich nicht darauf verlassen.

Da lag er nun und dachte und dachte, und da war es auf einmal, als ob ihn jemand auf Augen und Mund küsse; er schlief und schlief doch nicht; es war gerade, als sähe er, wie die milden Augen der alten Waschfrau ihn anschauten, und sie sagte: »Es wäre eine große Sünde, wenn du deine Aufgabe nicht könntest! Du halfst mir, jetzt werde ich dir helfen, und Unser Herr wird es immer tun!«

Und auf einmal kribbelte und krabbelte das Buch unter dem Kopf des kleinen Tuk.

»Kükelikü! put! pup!« Es war ein Huhn, das kam, und zwar aus der Stadt Köge. »Ich bin eins von den Kögehühnern![1]« und dann erzählte es, wie viele Einwohner da wären, und von der Schlacht, die dort stattgefunden hatte, und von der man besser nicht sprach.

»Kribble, krabble, bums!« da plumpste etwas; es war ein Vogel aus Holz, der nun kam; es war der Papagei vom Vogelschießen in Prästö. Er sagte, dort seien ebenso viele Einwohner, wie er Nägel im Leib habe; und er war etwas stolz: »Thorvaldsen hat an meiner Ecke gewohnt![2] Bums! Ich liege herrlich!«

Aber der kleine Tuk lag nicht, er war auf einmal zu Pferd. Im Galopp, im Galopp ging es! Ein prächtig gekleideter Ritter mit

[1] Köge, ein Städtchen an der Kögebucht. »Kögehühner sehen«, nennt man es, wenn man die Kinder durch Umfassen des Kopfes mit beiden Händen in die Höhe hebt. In der Schlacht bei Köge 1807 wurden die Dänen von den Engländern geschlagen.

[2] Prästö, ein kleines Städtchen, in dessen unmittelbarer Nähe das Schloß Nysö liegt, wo sich Thorvaldsen viel aufhielt und wo er viele seiner unsterblichen Werke schuf.

glänzendem Helm und wehendem Federbusch hatte ihn vor sich auf dem Pferd, und sie ritten durch den Wald nach der alten Stadt Vordingborg, und die war eine große, eine lebendige Stadt; hohe Türme ragten auf der Königsburg empor, und die Lichter schienen weit hinaus durch die Fenster; dort drinnen war Gesang und Tanz; König Valdemar und stattliche junge Hoffräulein ergingen sich im Tanz. – Es wurde Morgen, und als die Sonne kam, sank die Stadt dahin und des Königs Schloß, ein Turm nach dem andern; zuletzt blieb nur ein einziger auf dem Hügel stehen, wo das Schloß gestanden hatte[1], und die Stadt war so winzig klein und so arm. Und die Schulbuben kamen mit ihren Büchern unter dem Arm und sagten: »Zweitausend Einwohner«, aber das war nicht wahr, so viele waren es nicht.

Und der kleine Tuk lag in seinem Bett; ihm war, als träume er und träume doch nicht; aber jemand war ganz nahe bei ihm:

»Kleiner Tuk! kleiner Tuk!« wurde gesagt; es war ein Seemann, eine ganz kleine Person, als könnte es ein Kadett sein, aber es war kein Kadett. »Ich soll so recht fleißig grüßen von Korsör[2], das ist eine Stadt, die im Aufblühen ist; es ist eine lebendige Stadt, sie hat Dampfschiff und Postwagen; früher soll sie immer häßlich genannt worden sein, aber das ist eine alte Ansicht. ›Ich liege am Meer‹, sagt Korsör, ›ich habe Landstraßen, und ich habe einen Wald, und ich habe einen Dichter geboren, der lustig war, und das sind sie nicht alle. Ich habe ein Schiff rund um die Welt senden wollen, ich tat es nicht; aber ich könnte es getan haben, und dann rieche ich so schön – gerade beim Tor blühen die lieblichsten Rosen.‹«

Der kleine Tuk sah sie. Es wurde ihm rot und grün vor den Augen, aber als dann Ruhe in die Farben kam, war es ein ganzer waldbewachsener Abhang dicht bei dem klaren Fjord; und darüber lag eine prächtige, alte Kirche mit zwei hohen, spitzen Türmen; aus dem Abhang sprangen die Quellen in dicken Wasserstrahlen, daß es nur so plätscherte, und dicht daneben saß ein alter König mit einer goldenen Krone auf dem langen Haar; es war König Hroar bei den Quellen; es war bei der Stadt Roskilde[3], wie man sie jetzt

[1] Vordingborg sieht man auf der Reise Warnemünde-Gedser liegen. Es war unter König Valdemar eine ansehnliche Stadt, jetzt ist es nur ein unbedeutender Ort. Ein einsamer Turm und einige Mauerbrocken zeigen, wo einstmals das Schloß gestanden hat.

[2] Korsör, an dem großen Belt, früher, vor Einrichtung der Dampfschiffahrt, als die Reisenden oft tagelang auf günstigen Wind warten mußten, die langweiligste Stadt genannt, wurde durch ein witziges Vaudeville des Dichters Heiberg zu dem dänischen Schilda gestempelt. Hier ist der Dichter Baggesen geboren.

[3] Roskilde (Roesquelle), einst Dänemarks Hauptstadt. Die Stadt hat ihren Namen von dem König Hroar und den vielen Quellen in der Umgebung. Im Dom zu Roskilde liegen die meisten dänischen Könige und Königinnen begraben. In Roskilde versammeln sich auch die dänischen Stände.

nennt. Und über den Abhang hin, in die alte Kirche hinein, gingen alle Könige und Königinnen Dänemarks Hand in Hand, alle mit goldenen Kronen, und die Orgel spielte, und die Quellen rieselten. Der kleine Tuk sah alles, hörte alles. »Vergiß nicht die Stände!« sagte König Hroar.

Auf einmal war alles wieder weg; ja, wo blieb es? Es war, als wende man ein Blatt in einem Buch. Und nun stand eine alte Frau da, es war eine Jäterin, sie kam von Sorö[1], wo Gras auf dem Markt wächst. Sie hatte ihre graue Leinenschürze über Kopf und Rücken herabhängen, die war so naß, es mußte geregnet haben. »Ja, das hat es«, sagte sie, und dann wußte sie etwas Lustiges aus Holbergs Komödien und von Valdemar und Absalon; aber auf einmal kroch sie zusammen, wackelte mit dem Kopf, es war, als ob sie springen wollte. »Koaks!« sagte sie, »es ist naß, es ist naß, es ist grabstill und gut in – Sorö.« Sie war auf einmal ein Frosch: »Koaks!«, und dann war sie wieder die alte Frau. »Man muß sich nach dem Wetter kleiden«, sagte sie. »Es ist naß, es ist naß! Meine Stadt ist wie eine Flasche, man kommt herein beim Pfropfen, und da muß man wieder hinaus. Ich habe Welse gehabt, und jetzt habe ich frische, rotwangige Buben auf dem Boden der Flasche; dort lernen sie Weisheit: Griechisch! Griechisch! Hebräisch! Koaks!« Es klang, wie wenn die Frösche singen oder wie wenn man mit großen Stiefeln im Moorwasser geht. Es war immer derselbe Laut, so gleichmäßig, so langweilig, so langweilig, daß der kleine Tuk in einen tiefen Schlaf fiel, und der konnte ihm wohltun.

Aber auch in diesem Schlaf kam ein Traum oder was es nun war: seine kleine Schwester Gustave mit den blauen Augen und dem blonden, lockigen Haar war auf einmal ein erwachsenes, schönes Mädchen, und ohne Flügel zu haben, konnte sie fliegen, und sie flogen über Seeland hin, über die grünen Wälder und die blauen Wasser.

»Hörst du den Hahnenschrei, kleiner Tuk? Kikeriki! Die Hühner

[1] Sorö, ein stilles Städtchen in naturschöner Umgebung. Der Molière Dänemarks, Holberg, stiftete hier eine Ritterakademie. Die Dichter Hauck und Ingemann waren hier als Professoren angestellt.

aus der Stadt Köge fliegen auf. Du bekommst einen Hühnerhof, so groß, so groß, du wirst weder Hunger noch Not leiden. Du wirst den Papagei abschießen, wie man sagt, du wirst ein reicher und glücklicher Mann. Dein Hof soll aufragen wie König Valdemars Turm, und reich soll er gebaut werden mit Bildsäulen aus Marmor, wie die von der Prästö-Ecke. Du verstehst mich schon. Dein Name soll mit Ruhm weit in die Welt hinausfliegen wie das Schiff, das von Korsör hätte abgehen sollen, und in der Stadt Roskilde – ›entsinne dich der Stände!‹ sagte König Hroar – dort sollst du gut und klug reden, kleiner Tuk, und wenn du dann einmal in dein Grab kommst, sollst du so still schlafen – –«

»– als wenn ich in Sorö läge!« sagte Tuk, und dann erwachte er; es war heller Morgen, er konnte sich nicht an das geringste aus seinem Traum erinnern; aber das sollte er auch nicht, denn man darf nicht wissen, was kommt.

Und er sprang aus seinem Bett, las in seinem Buch und konnte dann seine Aufgabe sofort. Und die alte Waschfrau streckte ihren Kopf zur Tür herein, nickte ihm zu und sagte:

»Hab Dank für gestern, du gesegnetes Kind! Unser Herr möge deinen besten Traum in Erfüllung gehen lassen!«

Der kleine Tuk wußte gar nicht, was er geträumt hatte, aber seht, das wußte Unser Herr.

37

DER SCHATTEN

In den heißen Ländern, da kann wahrlich die Sonne brennen! Die Leute werden ganz mahagonibraun, ja in den allerheißesten Ländern werden sie zu Negern gebrannt, aber es waren nun bloß die heißen Länder, in die ein gelehrter Mann aus den kalten gekommen war; dort, glaubte er nun, könne er ebenso herumlaufen wie zu Hause, aber das wurde ihm bald abgewöhnt. Er und alle vernünftigen Leute mußten drinnen bleiben. Fensterladen und Türen blieben den ganzen Tag geschlossen; es sah aus, als schliefe das ganze Haus oder als ob niemand daheim wäre. Die schmale Straße mit den hohen Häusern, wo er wohnte, war aber auch so gebaut, daß der Sonnenschein vom Morgen bis zum Abend darauf liegen mußte, es war wirklich nicht zum Aushalten! – Der gelehrte Mann aus den kalten Ländern – es war ein junger Mann, ein kluger Mann –, der fand, er säße in einem glühenden Ofen. Das griff ihn an, er wurde ganz mager, selbst sein Schatten schrumpfte zusammen, er wurde viel kleiner als zu Hause, die Sonne griff auch ihn an. – Sie lebten erst am Abend auf, wenn die Sonne untergegangen war.

Es war ordentlich ein Vergnügen, dies mitanzusehen; sobald das

Licht in die Stube gebracht wurde, streckte sich der Schatten ganz an der Wand hinauf, ja sogar bis ganz an die Decke, so lang machte er sich; er mußte sich strecken, um wieder zu Kräften zu kommen. Der Gelehrte ging hinaus auf den Altan, um sich dort zu strecken, und während die Sterne in der schönen, klaren Luft hervorkamen, war es ihm, als käme er ins Leben zurück. Auf allen Altanen in der Straße – und in den warmen Ländern hat jedes Fenster einen Altan – erschienen Leute, denn Luft muß man haben, selbst wenn man daran gewöhnt ist, Mahagoni zu sein! Es wurde so lebendig oben und unten. Schuhmacher und Schneider, alle Leute zogen auf die Straße hinaus. Es kamen Tisch und Stuhl, und das Licht brannte, ja, über tausend Lichter brannten, und der eine redete, und der andere sang, und die Leute spazierten, die Wagen fuhren, die Esel gingen: klingelingeling! Sie hatten Glocken umgehängt; es wurden Leichen mit Psalmengesang begraben; die Gassenbuben schossen mit Knallerbsen; und die Kirchenglocken läuteten, ja, es ging wahrlich lebhaft zu unten auf der Straße. Nur in dem einen Haus, das gerade dem gegenüberlag, wo der fremde, gelehrte Mann wohnte, war es ganz still; und doch wohnte dort jemand; denn es standen Blumen auf dem Altan; sie wuchsen so schön in dieser Sonnenhitze, und das hätten sie nicht können, ohne begossen zu werden, und jemand mußte sie ja begießen; Leute mußten dort sein. Die Tür drüben ging auch auf gegen Abend, aber es war dunkel dort drinnen, wenigstens in dem vordersten Zimmer, von tiefer innen ertönte Musik. Der fremde, gelehrte Mann fand, sie sei ganz unvergleichlich, aber es konnte nun freilich auch möglich sein, daß er es sich nur einbildete, denn er fand alles unvergleichlich da draußen in den warmen Ländern, wenn nur keine Sonne dagewesen wäre. Der Wirt des Fremden sagte, daß er nicht wisse, wer das gegenüberliegende Haus gemietet habe, man sähe ja keine Leute, und was die Musik anginge, so fände er, daß sie gräßlich langweilig sei. »Es ist gerade so, als ob einer säße und ein Stück einübe, das er nicht herauskriegen kann, immer dasselbe Stück. ›Ich kriege es doch heraus!‹ sagt er wohl, aber er kriegt es doch nicht heraus, wie lange er auch spielt.«

Eines Nachts erwachte der Fremde; er schlief bei offener Balkontür, die Gardine vor derselben hob sich im Wind, und ihm schien, es komme ein seltsamer Glanz vom gegenüberliegenden Altan. Alle Blumen leuchteten wie Flammen in den schönsten Farben, und mitten zwischen den Blumen stand eine schlanke, liebliche Jungfrau; es war, als ob auch sie leuchte; es blendete ihm förmlich die Augen, er öffnete sie aber auch so schrecklich weit und kam gerade aus dem Schlaf. In einem Sprung war er auf dem Boden, ganz leise trat er hinter die Gardine, aber die Jungfrau war fort, der Glanz war fort; die Blumen leuchteten gar nicht, sondern standen gewöhnlich da wie immer; die Tür war angelehnt, und von tief innen erklang die Musik so weich und schön, man konnte dabei ordentlich in süße Gedanken versinken. Das war doch gerade wie eine Zauberei, und wer wohnte dort? Wo war der eigentliche Eingang? Im ganzen Erdgeschoß war Laden an Laden, und dort konnten die Leute ja doch nicht immer hindurchlaufen.

Eines Abends saß der Fremde draußen auf seinem Altan, hinter ihm, drinnen in der Stube, brannte das Licht, und so war es ja ganz natürlich, daß sein Schatten auf die Wand des gegenüberliegenden Hauses fiel; ja, dort saß er gerade gegenüber zwischen den Blumen auf dem Altan, und wenn der Fremde sich rührte, so rührte der Schatten sich auch, denn das tut er.

»Ich glaube, mein Schatten ist das einzige Lebendige, was man da drüben sieht«, sagte der gelehrte Mann. »Seht, wie nett er zwischen den Blumen sitzt; die Tür ist nur angelehnt. Jetzt sollte der Schatten so schlau sein und hineingehen, sich umsehen und dann zurückkommen und mir erzählen, was er gesehen hat! Ja, du solltest dich nützlich machen!« sagte er im Scherz. »Bitte einzutreten! Nun? Gehst du?« und dann nickte er dem Schatten zu, und der Schatten nickte wieder. »Ja, dann geh, aber bleibe nicht weg!« Und der Fremde erhob sich, und sein Schatten drüben auf dem gegenüberliegenden Altan erhob sich auch; und der Fremde drehte sich um, und der Schatten drehte sich auch um; ja, wenn jemand genau darauf achtgegeben hätte, so hätte er deutlich sehen können, wie der Schatten durch die halboffene Balkontür des gegenüberliegenden Hauses eintrat, gerade als der Fremde in seine Stube trat und die lange Gardine hinter sich herabfallen ließ.

Am nächsten Morgen ging der gelehrte Mann aus, um Kaffee zu trinken und Zeitungen zu lesen. »Was ist das?« sagte er, als er in den Sonnenschein hinaustrat, »ich habe ja keinen Schatten! So ist er wirklich fortgegangen gestern abend und nicht wiedergekommen; das ist eine langweilige Geschichte!«

Und es ärgerte ihn, aber nicht so sehr deswegen, weil der Schatten fort war, sondern weil er wußte, daß es eine Geschichte gab von einem Mann ohne Schatten. Die kannten ja alle Leute zu Hause in den kalten Ländern, und kam nun der gelehrte Mann dahin und erzählte die seine, dann würden sie sagen, er ginge und ahme nach, und das hatte er nicht nötig. Er wollte daher gar nicht davon sprechen, und das war vernünftig gedacht.

Am Abend ging er wieder auf seinen Altan hinaus; das Licht hatte er ganz richtig hinter sich gestellt, denn er wußte, daß der Schatten seinen Herrn immer zum Schirm haben will; aber er konnte ihn nicht herbeilocken. Er machte sich klein, er machte sich groß, aber da war kein Schatten, es kam keiner; er sagte: »Hm! hm!« aber es half nicht.

Ärgerlich war es; aber in den warmen Ländern, dort wächst eben alles so schnell, und nach Verlauf von acht Tagen merkte er zu seinem großen Vergnügen, daß ihm ein neuer Schatten von den Beinen herauswuchs, wenn er in den Sonnenschein kam; die Wurzel mußte sitzengeblieben sein. Nach drei Wochen hatte er einen ganz leidlichen Schatten, der, als er sich heim nach den nördlichen Ländern begab, auf der Reise mehr und mehr wuchs, so daß er zuletzt so lang und so groß war, daß die Hälfte genügt hätte.

Dann kam der gelehrte Mann nach Hause, und er schrieb Bücher über das, was es Wahres in der Welt gab und was gut ist und was schön ist, und es vergingen Tage, und es vergingen Jahre; es vergingen viele Jahre.

Da sitzt er eines Abends in seiner Stube, und dann klopft es ganz sachte an die Tür.

»Herein!« sagte er, aber es kam niemand; dann machte er auf, und da stand vor ihm ein so außerordentlich magerer Mensch, daß ihm ganz wunderlich wurde. Übrigens war der Mensch äußerst fein gekleidet, es mußte ein vornehmer Mann sein.

»Mit wem habe ich die Ehre zu sprechen?« fragte der Gelehrte.

»Ja, das dachte ich schon«, sagte der feine Mann, »daß Sie mich nicht erkennen würden! Ich bin so sehr Körper geworden, ich habe ordentlich Fleisch und Kleider bekommen. Sie haben wohl nie gedacht, mich in solch einem Wohlstand zu sehen. Kennen Sie nicht Ihren alten Schatten? Ja, Sie haben sicher nicht geglaubt, daß ich je wiederkäme. Mir ist es überaus wohl ergangen, seit ich zuletzt bei Ihnen war, ich bin in jeder Hinsicht sehr vermögend geworden. Muß ich mich vom Dienst freikaufen, dann kann ich es!« Und dann rasselte er mit einem ganzen Bund kostbarer Berlocken, die an seiner Uhr hingen, und er schob seine Hand durch die dicke Goldkette, die er um den Hals trug; nein, wie alle Finger von Diamantringen glitzerten! Und es war alles echt.

»Nein, ich kann mich noch gar nicht fassen!« sagte der gelehrte Mann, »was bedeutet doch all dies?«

»Ja, etwas Gewöhnliches ist es nicht«, sagte der Schatten, »aber Sie selbst gehören ja auch nicht zum Gewöhnlichen, und ich, das wissen Sie ja, bin von Kindsbeinen an in Ihre Fußspuren getreten. Sobald Sie fanden, ich sei reif genug, um allein in die Welt hinauszugehen, ging ich meinen eigenen Weg; ich bin in den allerbrillantesten Verhältnissen; aber es überkam mich eine Art Sehnsucht darnach, Sie noch einmal zu sehen, bevor Sie sterben, Sie müssen ja sterben! Ich wollte auch gerne diese Gegenden wiedersehen, denn man hängt doch stets am Vaterland! – Ich weiß, Sie haben wieder einen andern Schatten bekommen. Habe ich ihm oder Ihnen etwas zu bezahlen? Sie mögen nur die Güte haben, es zu sagen.«

»Nein, bist du es wirklich?« sagte der gelehrte Mann, »das ist doch höchst merkwürdig! Niemals hätte ich geglaubt, daß unser alter Schatten als Mensch wiederkehren könnte!«

»Sagen Sie mir, was ich zu bezahlen habe!« sagte der Schatten, »denn ich möchte ungern in irgendeiner Art Schuld stehen!«

»Wie kannst du so sprechen!« sagte der gelehrte Mann, »von welcher Schuld kann hier die Rede sein! Du bist frei wie irgendeiner! Ich freue mich außerordentlich an deinem Glück. Setz dich nieder, alter Freund, und erzähle mir nur ein wenig davon, wie es zugegangen ist und was du gesehen hast im gegenüberliegenden Haus dort in den warmen Ländern!«

»Ja, das werde ich Ihnen erzählen«, sagte der Schatten und setzte sich nieder, »aber dann müssen Sie mir auch versprechen, daß Sie nie zu irgend jemand hier in der Stadt, wo Sie mich auch treffen, sagen, daß ich Ihr Schatten gewesen bin. Ich habe im Sinn, mich zu verloben; ich kann mehr als eine Familie ernähren.«

»Sei ganz ruhig!« sagte der gelehrte Mann, »ich werde niemandem sagen, wer du eigentlich bist; hier ist meine Hand. Ich verspreche es, und ein Mann, ein Wort!«

»Ein Wort, ein Schatten!« sagte der Schatten, denn so mußte er ja sprechen.

Es war übrigens wirklich ganz merkwürdig, wie sehr er Mensch war; ganz schwarz gekleidet war er und in dem allerfeinsten schwarzen Tuch, lackierten Stiefeln und Hut, der zusammengeklappt werden konnte, so daß er nur Hutkopf und Krempe wurde, nicht zu reden von dem, was wir bereits wissen, den Berlocken, der goldenen Halskette und den Diamantringen; ja, der Schatten war außerordentlich gut gekleidet, und just das machte es aus, daß er ganz Mensch war.

»Jetzt werde ich erzählen«, sagte der Schatten, und dann setzte er seine Füße mit den lackierten Stiefeln, so fest er konnte, auf den Arm von des gelehrten Mannes neuem Schatten, der wie ein Pudelhund zu seinen Füßen lag, und das war nun entweder aus Hochmut oder vielleicht, damit er hängenbleiben sollte; und der liegende Schatten verhielt sich ganz still und ruhig, um recht zuzuhören; er wollte wohl wissen, wie man loskommen und sich zu seinem eigenen Herrn empordienen könne.

»Wissen Sie, wer im gegenüberliegenden Haus wohnte?« sagte der Schatten, »es war die Schönste von allen, es war die Poesie! Ich war dort drei Wochen, und das war ebenso wirksam, als wenn man dreitausend Jahre lebte und alles las, was gedichtet und geschrieben war, denn das sage *ich*, und das ist richtig. Ich habe alles gesehen, und ich weiß alles.«

»Die Poesie!« rief der gelehrte Mann, »ja, ja – sie lebt oft als Einsiedlerin in den großen Städten! Die Poesie! Ja, ich habe sie einen einzigen, kurzen Augenblick gesehen, aber der Schlaf saß mir in den Augen. Sie stand auf dem Altan und leuchtete, wie das Nordlicht leuchtet; erzähl, erzähl! Du warst auf dem Altan, du gingst zur Tür hinein und dann! ...«

»Dann war ich im Vorgemach«, sagte der Schatten. »Sie saßen immer und sahen nach dem Vorgemach hinüber. Da war gar kein Licht, da war eine Art Halbdunkel, aber eine Tür hinter der andern in einer langen Reihe von Stuben und Sälen stand offen, und dort war es hell; ich wäre gänzlich totgeschlagen worden vom Licht, wäre ich ganz bis zur Jungfrau hingelangt; aber ich war besonnen, ich nahm mir Zeit, und das soll man tun.«

»Und was sahst du dann?« fragte der gelehrte Mann.

»Ich sah alles, und ich werde es Ihnen erzählen, aber – es ist gar kein Stolz von meiner Seite, aber – als freier Mann und mit den Kenntnissen, die ich besitze, nicht zu reden von meiner guten Stellung, meinen vortrefflichen Verhältnissen – wünschte ich doch gerne, daß Sie zu mir ›Sie‹ sagen würden!«

»Verzeihung!« sagte der gelehrte Mann, »es ist eine alte Gewohnheit, die festsitzt! – Sie haben vollkommen recht, und ich werde daran denken. Aber nun erzählen Sie mir alles, was Sie sahen!« –

»Alles!« sagte der Schatten, »denn ich sah alles, und ich weiß alles.«

»Wie sah es aus in den innersten Sälen?« fragte der gelehrte Mann. »War es wie im frischen Wald? War es wie in einer heiligen Kirche? Waren die Säle wie der sternenklare Himmel, wenn man auf den hohen Bergen steht?«

»Alles war da«, sagte der Schatten. »Ich ging zwar nicht ganz hinein, ich blieb in dem vordersten Zimmer, im Halbdunkel; aber dort stand ich überaus gut. Ich sah alles, und ich weiß alles. Ich bin am Hof der Poesie gewesen, im Vorgemach.«

»Aber was sahen Sie? Gingen durch die großen Säle alle Götter des Altertums? Kämpften dort die alten Helden? Spielten süße Kinder und erzählten ihre Träume?«

»Ich sage Ihnen, ich war dort, und Sie begreifen, ich sah alles, was zu sehen war. Wären Sie hinübergekommen, Sie wären nicht Mensch geworden, aber das wurde ich. Und gleichzeitig lernte ich meine innerste Natur kennen, mein Angeborenes, die Verwandtschaft, in der ich zur Poesie stand. Ja, damals, als ich bei Ihnen war, dachte ich nicht darüber nach; aber immer, Sie wissen es, wenn die Sonne aufging, und wenn die Sonne unterging, wurde ich so seltsam groß; im Mondschein war ich beinahe noch deutlicher als Sie selbst; ich verstand damals meine Natur nicht, im Vorgemach wurde es mir klar! Ich wurde Mensch. – Reif kam ich heraus, aber Sie waren nicht mehr in den warmen Ländern; ich schämte mich, als Mensch so zu gehen, wie ich ging. Ich hatte Stiefel, Kleider, diesen ganzen Menschenfirnis nötig, der einen Menschen erkennbar macht. – Ich nahm meinen Weg, ja, Ihnen sage ich es – Sie setzen es ja nicht in irgendein Buch –, ich nahm meinen Weg unter den Rock der Kuchenfrau, unter dem versteckte ich mich; die Frau dachte nicht daran, wieviel sie verbarg. Erst am Abend ging ich aus; ich lief im Mondschein auf der Straße umher; ich machte mich lang an der Mauer hinauf, das kitzelt so schön am Rücken. Ich lief auf, und ich lief ab, guckte zu den höchsten Fenstern hinein, in den Saal und unter das Dach, ich guckte, wo niemand gucken konnte, und ich sah, was keine anderen sahen, was keiner sehen sollte. Es ist im Grunde eine gemeine Welt! Ich wollte kein Mensch sein, wenn es nun einmal nicht als etwas Besonderes angesehen würde. Ich sah das Allerundenkbarste bei den Frauen, bei den Männern, bei den Eltern und bei den süßen, unvergleichlichen Kindern –; ich sah«, sagte der Schatten, »was keine Menschen wissen durften, aber was sie alle zusammen so gern wissen wollten: Übles beim Nachbarn. – Hätte ich eine Zeitung geschrieben, sie wäre gelesen worden! Aber ich schrieb geradewegs an die Person selbst, und es entstand ein Entsetzen in allen Städten, in die ich kam. Es wurde ihnen so bange vor mir, und sie hatten mich so außerordentlich lieb. Die Professoren machten mich zum Professor, die Schneider gaben mir neue Kleider, ich bin gut versehen; die Münzmeister schlugen Münze für mich, und die Frauen sagten, ich sei so schön! Und so wurde ich der Mann, der ich bin; und nun sage ich Lebewohl; hier ist meine Karte, ich wohne an der Sonnenseite und bin stets zu Hause bei Regenwetter.« Und dann ging der Schatten.

»Das war doch merkwürdig!« sagte der gelehrte Mann.

Jahr und Tag vergingen, dann kam der Schatten wieder.

»Wie geht es?« fragte er.

»Ach«, sagte der gelehrte Mann, »ich schreibe von dem Wahren und dem Guten und dem Schönen; aber niemand macht sich etwas daraus, dergleichen zu hören. Ich bin ganz verzweifelt, denn ich nehme es mir so zu Herzen.«

»Aber das tue ich nicht«, sagte der Schatten, »ich werde fett, und das ist es, was man werden soll! Ja, Sie verstehen sich nicht auf die Welt. Es wird Ihnen elend dabei. Sie müssen reisen! Ich mache eine Reise diesen Sommer; wollen Sie mit? Ich möchte wohl einen Reisekameraden haben. Wollen Sie mitreisen als Schatten? Es soll mir ein großes Vergnügen sein, Sie mitzunehmen, ich bezahle die Reise.«

»Das geht reichlich weit!« sagte der gelehrte Mann.

»Das ist, wie man es nimmt«, sagte der Schatten. »Es wird Ihnen sehr gut tun zu reisen. Wollen Sie mein Schatten sein, dann sollen Sie alles auf der Reise freihaben!«

»Das ist zu toll!« sagte der gelehrte Mann.

»Aber so ist eben die Welt!« sagte der Schatten, »und so bleibt sie!« Und dann ging er.

Dem gelehrten Mann ging es gar nicht gut, Sorge und Plage folgten ihm, und was er sprach von dem Wahren und dem Guten und dem Schönen, das war für die meisten gerade wie Rosen für eine Kuh. – Er war ganz krank zuletzt.

»Sie sehen wirklich aus wie ein Schatten!« sagten die Leute zu ihm, und es schauderte den gelehrten Mann bei dem, was er dabei dachte.

»Sie müssen in ein Bad gehen!« sagte der Schatten, der kam und ihn besuchte, »es bleibt Ihnen nichts anderes übrig! Ich will Sie um unserer alten Bekanntschaft willen mitnehmen; ich bezahle die Reise, und Sie machen die Beschreibung und unterhalten mich ein bißchen unterwegs; ich will in ein Bad, mein Bart wächst nicht so recht, wie er sollte, das ist auch eine Krankheit, und Bart muß man haben! Seien Sie nun vernünftig und nehmen Sie mein Anerbieten an, wir reisen ja als Kameraden.«

Und dann reisten sie; der Schatten war nun Herr, und der Herr war Schatten; sie fuhren miteinander, und sie ritten und gingen zusammen Seite an Seite, voreinander oder hintereinander, je nach dem Stand der Sonne. Der Schatten wußte sich immer am Herrenplatz zu halten, und darüber dachte der gelehrte Mann nun nicht weiter nach; er hatte ein sehr gutes Herz und war überaus mild und freundlich. Da sagte er eines Tages zum Schatten: »Da wir nun auf solche Weise Reisekameraden wurden, wie wir es sind, und wir zugleich von Kindheit an zusammen aufwuchsen, sollten wir da nicht Bruderschaft trinken? Das ist doch vertraulicher!«

»Was Sie da sagen!« sagte der Schatten, der ja nun der eigentliche Herr war. »Es ist sehr geradeheraus und wohlmeinend gesagt, ich will ebenso wohlmeinend und geradeheraus sein. Sie, der Sie ein gelehrter Mann sind, wissen sicher wohl, wie wunderlich die Natur ist. Manche Menschen können nicht ertragen, graues Papier anzurühren, ohne daß ihnen übel wird; andern geht es durch alle Glieder, wenn man mit einem Nagel über eine Glasscheibe fährt; ich habe ein ebensolches Gefühl, wenn ich Sie du zu mir sagen höre; ich fühle mich gleichsam zu Boden gedrückt in meine erste Stellung bei Ihnen. Sie sehen, daß es ein Gefühl ist, es ist nicht Stolz; ich kann Sie nicht du zu mir sagen lassen, aber ich werde gerne du zu Ihnen sagen, dann ist das Halbe getan.«

Und dann sagte der Schatten du zu seinem früheren Herrn.

Das ist doch reichlich toll, dachte dieser, daß ich Sie sagen muß, und er sagt du! Aber nun mußte er durchhalten.

Dann kamen sie in ein Bad, wo viele Gäste waren und unter diesen eine schöne Königstochter, die die Krankheit hatte, allzu scharf zu sehen, und das war so beängstigend.

Sogleich merkte sie, daß der Neuangekommene eine ganz andere Person war als alle die andern. »Er ist hier, um seinen Bart zum Wachsen zu bringen, sagt man, aber ich sehe den wahren Grund: er kann keinen Schatten werfen.«

Sie war neugierig geworden, und daher ließ sie sich gleich auf dem Spaziergang mit dem fremden Herrn in ein Gespräch ein. Als Königstochter brauchte sie nicht viele Umstände zu machen, und so sagte sie: »Ihre Krankheit ist, daß Sie keinen Schatten werfen können.«

»Ihre Königliche Hoheit müssen sehr auf dem Weg der Besserung sein!« sagte der Schatten, »ich weiß, Ihr Übel ist, daß Sie allzu scharf sehen, aber das hat sich verloren. Sie sind geheilt, ich habe just einen ganz ungewöhnlichen Schatten; sehen Sie nicht die Person, die immer mit mir geht? Andere Menschen haben einen gewöhnlichen Schatten; aber ich liebe das Gewöhnliche nicht. Man gibt seinem Diener feineres Tuch zur Livree, als man selber trägt, und so habe ich meinen Schatten zu einem Menschen herausputzen lassen; ja, Sie sehen, daß ich ihm sogar einen Schatten gegeben habe. Es ist sehr kostbar, aber ich liebe es, etwas Eigenartiges zu haben!«

Wie! dachte die Prinzessin, sollte ich mich wirklich erholt haben? Dieses Bad ist das beste, das es gibt! Das Wasser hat heutzutage ganz wundersame Kräfte. Aber ich gehe nicht fort, denn jetzt wird es hier lustig; der Fremde gefällt mir außerordentlich gut. Wenn nur sein Bart nicht wächst, denn dann reist er ab!

Am Abend in dem großen Ballsaal tanzten die Königstochter und der Schatten. Sie war leicht, aber er war noch leichter, so einen Tänzer hatte sie nie gehabt. Sie sagte ihm, aus welchem Land sie sei, und er kannte das Land, er war dort gewesen; aber damals war sie nicht zu Hause. Er hatte in die oberen und in die unteren Fenster geguckt, er hatte sowohl das eine wie das andere gesehen, und so konnte er der Königstochter antworten und Andeutungen machen, über die sie sich sehr wunderte. Er mußte der weiseste Mann auf der ganzen Erde sein; sie bekam solch eine Achtung vor dem, was er wußte. Und als sie dann wieder tanzten, wurde sie verliebt, und das konnte der Schatten gut merken, denn sie hätte ihn beinahe durch und durch angesehen. Dann tanzten sie noch einmal, und da war sie nahe daran, es zu sagen; aber sie war besonnen; sie dachte an ihr Land und an ihr Reich und an die vielen Menschen, über die sie regieren sollte. Ein weiser Mann ist er, sagte sie zu sich selbst, das ist gut; und herrlich tanzt er, das ist auch gut; aber ob er wohl gründliche Kenntnisse hat, das ist ebenso wichtig! Er muß examiniert werden. Und dann begann sie ihn ein wenig nach dem Allerschwierigsten zu fragen, sie selbst hätte nicht darauf antworten können; und der Schatten machte ein ganz sonderbares Gesicht.

»Darauf können Sie nicht antworten!« sagte die Königstochter.

»Das habe ich schon in meinen Kinderjahren gelernt«, sagte der Schatten, »ich glaube sogar, mein Schatten dort drüben bei der Tür kann darauf antworten.«

»Ihr Schatten!« sagte die Königstochter, »das wäre höchst merkwürdig!«

»Ja, ich sage nicht bestimmt, daß er es kann«, sagte der Schatten, »aber ich sollte es glauben, er hat mich nun so viele Jahre begleitet und mir zugehört – ich sollte es glauben! Aber Ihre Königliche Hoheit erlauben, Sie darauf aufmerksam zu machen, daß er sehr stolz darauf ist, als Mensch zu gelten, und wenn er in rechter Laune sein soll, und das muß er sein, um gut zu antworten, dann muß er ganz wie ein Mensch behandelt werden.«

»Das gefällt mir!« sagte die Königstochter.

Und dann ging sie hin zu dem gelehrten Mann an der Tür, und sie sprach mit ihm von Sonne und Mond und von den Menschen und ihrem Äußeren und Inneren, und er antwortete so klug und gut.

Was muß das für ein Mann sein, der einen so weisen Schatten hat! dachte sie, das würde ein wahrer Segen für mein Volk und mein Reich sein, wenn ich ihn zu meinem Gemahl wählte – ich tue es!

Und sie waren sich bald einig, die Königstochter und der Schatten; aber niemand sollte davon wissen, bevor sie heim in ihr eigenes Reich käme.

»Niemand, nicht einmal mein Schatten!« sagte der Schatten, und dabei hatte er so seine eigenen Gedanken.

Dann waren sie in dem Land, wo die Königstochter regierte, wenn sie zu Hause war. »Höre, mein guter Freund!« sagte der Schatten zu dem gelehrten Mann, »nun ich so glücklich und mächtig geworden bin, wie irgend jemand werden kann, will ich auch etwas Besonderes für dich tun! Du sollst immer bei mir auf dem Schloß wohnen, mit mir in meinem königlichen Wagen fahren und jährlich hunderttausend Reichstaler haben; aber dann mußt du dich von allen und jedem Schatten nennen lassen; du darfst nicht sagen, daß du jemals ein Mensch gewesen bist; und einmal im Jahr, wenn ich auf dem Altan im Sonnenschein sitze und mich sehen lasse, mußt du zu meinen Füßen liegen, wie ein Schatten es soll. Ich kann dir sagen, ich heirate die Königstochter; heute abend soll die Hochzeit sein!«

»Nein, das ist doch allzu toll!« sagte der gelehrte Mann, »das will ich nicht, das tue ich nicht! Das heißt das ganze Land betrügen und die Königstochter dazu! Ich sage alles! Daß ich der Mensch, und daß du der Schatten bist, du bist nur angekleidet!«

»Das glaubt dir niemand«, sagte der Schatten, »sei nun vernünftig, sonst rufe ich der Wache!«

»Ich gehe geradewegs zur Königstochter!« sagte der gelehrte Mann. »Aber ich gehe zuerst«, sagte der Schatten, »und du gehst ins Gefängnis!« – Und das mußte er tun, denn die Schildwachen gehorchten dem, von dem sie wußten, daß ihn die Königstochter haben wollte.

»Du zitterst!« sagte die Königstochter, als der Schatten zu ihr hereinkam, »ist etwas geschehen? Du darfst nicht krank werden heute abend, nun, da wir Hochzeit feiern sollen.«

»Ich habe das Gräßlichste erlebt, was man erleben kann!« sagte der Schatten, »denke dir – ja, so ein armes Schattengehirn kann nicht viel aushalten –, denke dir, mein Schatten ist verrückt geworden, er glaubt, daß er ein Mensch und daß ich – denke dir nur –, daß ich sein Schatten bin!«

»Das ist furchtbar!« sagte die Prinzessin, »er ist doch eingesperrt?«

»Das ist er. Ich fürchte, er wird sich nie erholen.«

»Armer Schatten!« sagte die Prinzessin, »er ist sehr unglücklich; es ist eine wahre Wohltat, ihn von dem bißchen Leben, das er hat, zu befreien. Und wenn ich recht darüber nachdenke, dann glaube ich, es wird notwendig sein, ihn in aller Stille beiseitezuschaffen.«

»Das ist allerdings hart«, sagte der Schatten, »denn er war ein treuer Diener«, und dann gab er gleichsam einen Seufzer von sich.

»Sie sind ein edler Charakter!« sagte die Königstochter.

Und am Abend war die ganze Stadt illuminiert, und die Kanonen wurden abgefeuert: Bum! und die Soldaten präsentierten das Gewehr. Das war eine Hochzeit! Die Königstochter und der Schatten gingen auf den Altan hinaus, um sich sehen zu lassen und noch ein Hurra zu bekommen.

Der gelehrte Mann hörte nichts von all dem, denn ihm hatten sie das Leben genommen.

38

DAS ALTE HAUS

Drüben in der Straße war ein altes, altes Haus, es war fast dreihundert Jahre alt, das konnte man an dem Balken lesen, wo die Jahreszahl nebst Tulpen und Hopfenranken eingeschnitzt war; da standen ganze Verse, geschrieben wie in alten Zeiten, und über jedem Fenster war ein Gesicht in den Balken geschnitzt, das eine Grimasse machte. Das eine Stockwerk ragte ein großes Stück über das andere hinaus, und gerade unter dem Dach war eine Bleirinne mit einem Drachenkopf; das Regenwasser sollte aus dem Rachen herauslaufen, aber es lief aus dem Bauch heraus, denn es war ein Loch in der Rinne.

Alle andern Häuser in der Straße waren so neu und so nett, mit großen Fensterscheiben und glatten Wänden; man konnte sehen, daß sie nichts zu tun haben wollten mit dem alten Haus; sie dachten wohl: Wie lange soll das Gerümpel noch zum Spektakel hier in der Straße stehen; da ragt der Erker so weit vor, daß niemand von unsern Fenstern aus sehen kann, was in jener Richtung geschieht; die Treppe ist so breit wie bei einem Schloß und so hoch wie bei einem Kirchturm. Das Eisengeländer sieht ja aus wie die Tür zu einer alten Grabstätte, und dann hat es Messingknöpfe. Das ist peinlich!

Gerade gegenüber in der Straße waren auch neue und nette Häuser, und sie dachten wie die andern; aber am Fenster hier saß ein kleiner Knabe mit frischen, roten Wangen, mit klaren, strahlenden Augen. Dem gefiel freilich das alte Haus am besten, und zwar im Sonnenschein wie im Mondschein. Und schaute er hinüber nach der Mauer, wo der Kalk abgebröckelt war, dann konnte er sitzen und dort die wunderlichsten Bilder herausfinden, genau wie die Straße früher ausgesehen hatte mit Treppen, Erkern und spitzen Giebeln; er konnte Soldaten mit Hellebarden sehen und Dachrinnen, die in Drachen und Lindwürmer ausliefen. – Das war wahrlich ein Haus zum Anschauen! Und dort drüben wohnte ein alter Mann, der in Kniehosen ging, einen Rock mit großen Messingknöpfen und eine Perücke trug, der man ansehen konnte, daß es eine wirkliche Perücke war. Jeden Morgen kam zu ihm ein alter Knecht, der aufräumte und Besorgungen machte. Sonst war der alte Mann in den Kniehosen ganz allein in dem alten Haus; zuweilen kam er an die Fensterscheibe und sah hinaus, und der kleine Knabe nickte ihm zu, und der alte Mann nickte wieder, und dann waren sie miteinander bekannt, und dann waren sie Freunde, obwohl sie nie miteinander gesprochen hatten, aber das konnte ja auch einerlei sein.

Der kleine Knabe hörte seine Eltern sagen: »Der alte Mann dort drüben hat es sehr gut, aber er ist so schrecklich allein!«

Am nächsten Sonntag nahm der kleine Knabe etwas und wickelte es in ein Stück Papier, ging hinunter an die Pforte, und als der, welcher die Besorgungen machte, vorbeikam, sagte er zu ihm: »Höre! willst du dem alten Mann dort drüben dies von mir bringen? Ich habe zwei Zinnsoldaten, dies ist der eine; er soll ihn haben; denn ich weiß, er ist so schrecklich allein.«

Und der alte Knecht sah ganz vergnügt aus, nickte und trug den Zinnsoldaten hinüber in das alte Haus. Darauf kam die Anfrage, ob der kleine Knabe nicht Lust hätte, selbst hinüberzukommen und Besuch zu machen, und dazu erhielt er von seinen Eltern die Erlaubnis, und dann ging er hinüber in das alte Haus.

Die Messingknöpfe auf dem Treppengeländer glänzten viel stärker als sonst, man sollte glauben, sie seien auf Grund des Besuches poliert worden, und es war, als ob die geschnitzten Trompeter – denn es waren an der Tür Trompeter ausgeschnitzt, die in den Tulpen standen – aus allen Kräften bliesen, die Backen sahen viel dicker aus als zuvor. Ja, sie bliesen: »Tratteratra! der kleine Knabe kommt! tratteratra!« – und dann ging die Tür auf. Der ganze Hausflur war behangen mit Porträts, Rittern in Harnisch und Damen in Seidenkleidern; und die Harnische rasselten, und die Seidenkleider raschelten. – Und dann kam eine Treppe, die führte ein großes Stück hinauf und ein kleines Stück hinunter – und dann war man auf einem Altan, der freilich sehr gebrechlich war, mit großen Löchern und langen Spalten; aber es schossen Gras und Blätter aus ihnen allen hervor, denn der ganze Altan über dem Hof und der Mauer war mit so viel Grün bewachsen, daß es aussah wie ein Garten, aber es war nur ein Altan. Hier standen alte Blumentöpfe, die Gesichter und Eselsohren hatten; die Blumen wuchsen eben, wie sie wollten. In dem einen Topf lief es über alle Ränder von Nelken, das heißt, von dem Grünen, Schößling an Schößling, und ganz deutlich sagte es: »Die Luft hat mich gestreichelt, die Sonne hat mich geküßt und mir eine kleine Blume auf den Sonntag versprochen, eine kleine Blume auf den Sonntag!«

Und dann kamen sie hinein in eine Kammer, wo die Wände mit Schweinsleder bezogen waren, und darauf waren goldene Blumen eingepreßt.

»Vergoldung vergeht,
aber Schweinsleder besteht!«

sagten die Wände.

Und es standen Lehnstühle da mit hohen Rücken, reichem Schnitzwerk und Armen an beiden Seiten. »Setz dich, setz dich!« sagten sie. »Huh, wie es in mir knackt! Jetzt bekomme ich wohl Gicht wie der alte Schrank. Gicht im Rücken, huh!«

Und dann kam der kleine Knabe in die Stube herein, wo der Erker war und wo der alte Mann saß.

»Hab Dank für den Zinnsoldaten, mein kleiner Freund!« sagte der alte Mann. »Und Dank dafür, daß du zu mir herüberkommst!«

»Dank! Dank!« oder »Knack! Knack!« sagte es in allen Möbeln; es waren ihrer so viele, daß sie einander beinahe im Weg standen, um den kleinen Knaben zu sehen.

Und mitten an der Wand hing ein Bild einer schönen Dame, sie war so jung, so fröhlich, aber ganz gekleidet, wie in alten Tagen, mit Puder im Haar und Kleidern, die steif standen; sie sagte weder »Dank« noch »Knack«, aber blickte mit ihren milden Augen auf den kleinen Knaben, der sogleich den alten Mann fragte: »Wo hast du die bekommen?«

»Drüben beim Trödler«, sagte der alte Mann, »dort hängen so viele Bilder; niemand kennt sie oder macht sich etwas aus ihnen, denn die Personen sind alle begraben; aber in alten Zeiten habe ich diese Dame gekannt. Und nun ist sie tot und fort seit einem halben Jahrhundert.«

Und unter dem Bild hing hinter Glas ein Strauß verwelkter Blumen; die waren gewiß auch ein halbes Jahrhundert alt, so wie sie aussahen. Und das Pendel an der großen Uhr ging hin und her, und der Zeiger drehte sich, und alles in der Stube wurde noch älter, aber das merkten sie nicht.

»Sie sagen zu Hause«, sagte der kleine Knabe, »daß du so schrecklich allein bist!«

»Oh«, sagte er, »die alten Gedanken mit allem, was sie mit sich führen können, kommen und besuchen mich, und nun kommst du auch. – Mir geht es sehr gut.«

Und dann nahm er ein Buch mit Bildern vom Wandbrett herunter; da waren ganze lange Aufzüge, die seltsamsten Karossen, wie man sie heutzutage nicht sieht, Soldaten wie Kreuzbuben und Bürger mit wehenden Fahnen; die Schneider hatten in der ihren eine Schere, die von zwei Löwen gehalten wurde; in derjenigen der Schuhmacher war kein Stiefel, sondern ein Adler mit zwei Köpfen, denn Schuhmacher müssen alles so haben, daß sie sagen können: es ist ein Paar. – Ja, das war ein Bilderbuch!

Und der alte Mann ging in die andere Stube hinüber, um Konfitüre, Äpfel und Nüsse zu holen; es war wahrlich herrlich drüben in dem alten Haus.

»Ich kann es nicht aushalten!« sagte der Zinnsoldat, der auf der Truhe stand; »hier ist es so einsam und traurig; nein, wenn man das Familienleben kennengelernt hat, kann man sich nicht an dieses hier gewöhnen. – Ich kann es nicht aushalten! Der Tag ist so lang, und der Abend noch länger! Hier ist es gar nicht so, wie drüben bei dir, wo dein Vater und deine Mutter so vergnügt sprachen und wo du und ihr süßen Kinder alle einen so schönen Spektakel machtet. Nein, wie einsam der alte Mann ist! Glaubst du, er bekommt Küsse? Glaubst du, daß er milde Blicke oder einen Weihnachtsbaum bekommt? Er bekommt nichts außer einem Begräbnis. – Ich kann es nicht aushalten.«

»Du mußt es nicht so schwer nehmen!« sagte der kleine Knabe, »ich finde, es ist hier so schön, und alle die alten Gedanken mit dem, was sie mit sich führen können, kommen ja und machen Besuch.«

»Ja, die sehe ich nicht, und die kenne ich nicht«, sagte der Zinnsoldat, »ich kann es nicht aushalten.«

»Das mußt du!« sagte der kleine Knabe. Und der alte Mann kam mit dem vergnügtesten Gesicht, mit der herrlichsten Konfitüre und mit Äpfeln und Nüssen, und da dachte der kleine Knabe nicht mehr an den Zinnsoldaten. Glücklich und vergnügt kam der kleine Knabe heim. Es vergingen Tage, und es vergingen Wochen, und es wurde nach dem alten Haus hin und von dem alten Haus her genickt, und dann kam der kleine Knabe wieder herüber.

Und die geschnitzten Trompeter bliesen: »Tratteratra! Da ist der kleine Knabe! Tratteratra!« Und Schwert und Rüstung auf den alten Ritterbildern rasselten, und die Seidenkleider raschelten, das Schweinsleder sprach, und die alten Stühle hatten Gicht im Rükken: »Au!« Es war genau wie beim erstenmal, denn dort drüben war ein Tag und eine Stunde gerade wie die andere.

»Ich kann es nicht aushalten!« sagte der Zinnsoldat, »ich habe Zinn geweint. Hier ist es allzu traurig. Laß mich lieber in den Krieg ziehen und Arme und Beine verlieren! Das ist doch eine Veränderung. Ich kann es nicht aushalten! – Jetzt weiß ich, wie es ist, wenn man Besuch von seinen alten Gedanken bekommt mit allem, was sie mit sich führen können! Ich habe Besuch von den meinen gehabt, und du kannst glauben, das ist kein Vergnügen auf die Dauer. Ich war zuletzt nahe daran, von der Truhe hinabzuspringen. Euch alle da drüben im Haus sah ich so deutlich, als wenn ihr wirklich hier wäret; es war wieder der Sonntagmorgen, du weißt schon! Ihr Kinder standet alle vor dem Tisch und sangt euern Psalm, den ihr jeden Morgen singt; ihr standet andächtig mit gefalteten Händen, und Vater und Mutter waren ebenso feierlich; und dann ging die

Tür auf, und die kleine Schwester Maria, die noch nicht zwei Jahre alt ist und die immer tanzt, wenn sie Musik oder Gesang hört, welcher Art es auch sein mag, wurde hereingebracht – was sie eigentlich nicht wollte –, und dann begann sie zu tanzen, konnte aber nicht recht in Takt kommen, denn die Töne waren so langgezogen, und dann stand sie erst auf dem einen Bein und neigte den Kopf ganz vornüber, und dann auf dem andern Bein und neigte den Kopf ganz vornüber, aber es wollte nicht passen. Ihr standet sehr ernsthaft, alle zusammen, obgleich es wohl schwer war; aber ich lachte innerlich, und darum fiel ich vom Tisch herunter und bekam eine Beule, mit der ich noch gehe, denn es war nicht recht von mir zu lachen. Aber das Ganze, und alles, was ich so erlebt habe, kehrt nun in meinem Innern wieder; und das sind wohl die alten Gedanken mit allem, was sie mit sich führen können. Sage mir, ob ihr noch des Sonntags singt? Erzähle mir ein wenig von der kleinen Maria! Und wie geht es meinem Kamerad, dem andern Zinnsoldaten? Ja, er ist freilich glücklich! – Ich kann es nicht aushalten!«

»Du bist verschenkt worden«, sagte der kleine Knabe; »du mußt bleiben; kannst du das nicht einsehen?«

Und der alte Mann kam mit einer Schublade, worin viel zu sehen war, eine Kreidedose, eine Balsambüchse und alte Karten, ganz große und vergoldete, wie man sie jetzt niemals sieht. Und es wurden große Schubladen geöffnet, und das Klavier wurde geöffnet, es hatte eine Landschaft inwendig auf dem Deckel, und es war so heiser, als der alte Mann darauf spielte; und dann summte er ein Lied.

»Ja, das konnte sie singen«, sagte er, und dann nickte er dem Porträt zu, das er beim Trödler gekauft hatte, und des alten Mannes Augen glänzten so hell.

»Ich will in den Krieg! Ich will in den Krieg!« rief der Zinnsoldat, so laut er konnte, und stürzte sich auf den Fußboden hinab.

Ja, wo blieb er nur? Der alte Mann suchte, der kleine Knabe suchte, fort war er und fort blieb er. »Ich finde ihn schon«, sagte der Alte, aber er fand ihn nie; der Boden war allzu offen und durchlöchert; der Zinnsoldat war durch eine Spalte gefallen, und da lag er wie in einem offenen Grab.

Und der Tag verging, und der kleine Knabe kam nach Hause, und die Woche verging, und es vergingen mehrere Wochen. Die Fenster waren ganz zugefroren; der kleine Knabe mußte sitzen und sie anhauchen, um ein Guckloch hinüber nach dem alten Haus zu bekommen, und dort war der Schnee in alle Schnörkel und Inschriften hineingeweht; er lag bis ganz oben auf der Treppe, gerade als ob niemand zu Hause wäre, und es war auch niemand zu Hause: der alte Mann war gestorben.

Am Abend hielt ein Wagen vor der Tür, und hinunter in den Wagen trug man ihn in einem Sarg; er sollte draußen auf dem Land in seinem Grab liegen. Da fuhr er nun, aber niemand folgte, alle seine Freunde waren ja tot. Und der kleine Knabe warf dem Sarg Kußhände nach, als er fuhr.

Einige Tage darnach wurde Auktion in dem alten Haus abgehalten, und der kleine Knabe sah von seinem Fenster, wie man sie forttrug: die alten Ritter und die alten Damen, die Blumentöpfe mit den langen Ohren, die alten Stühle und die alten Schränke, etwas kam dahin und etwas dorthin; das Porträt von ihr, das beim Trödler gefunden worden, kam wieder zum Trödler, und da hing es stets, denn niemand kannte sie mehr, und niemand machte sich etwas aus dem alten Bild.

Im Frühling riß man das Haus selbst nieder, denn es sei ein Gerümpel, sagten die Leute. Man konnte von der Straße gerade in die Stube zu dem Schweinslederbezug hineinsehen, der zerfetzt und zerrissen wurde; und das Grün um den Altan hing ganz verwildert um die fallenden Balken. – Und dann wurde aufgeräumt.

»Das half«, sagten die Nachbarhäuser.

Und es wurde ein schönes Haus mit großen Fenstern und weißen, glatten Mauern gebaut, aber davor, wo eigentlich das alte Haus gestanden hatte, wurde ein kleiner Garten angepflanzt, und an den Mauern des Nachbars wuchsen wilde Weinranken empor. Vor den Garten kam ein großes Eisengitter mit Eisentor, das sah stattlich aus, die Leute standen still und guckten hinein. Und die Sperlinge hängten sich zu Dutzenden an die Weinranken, schwatzten durcheinander, so gut sie konnten, aber nicht von dem alten Haus, denn an das konnten sie sich nicht erinnern. Es waren nun so viele Jahre vergangen, daß der kleine Knabe zu einem großen Mann herangewachsen war, ja, zu einem tüchtigen Mann, an dem seine Eltern Freude hatten. Er hatte sich eben verheiratet und war mit seiner kleinen Frau in das Haus hier eingezogen, wo der Garten war; und er stand bei ihr, während sie eine Feldblume pflanzte, die sie so lieblich fand. Sie pflanzte sie mit ihrer kleinen Hand und klopfte die Erde mit den Fingern fest. – Au! Was war das? Sie stach sich. Da stak etwas Spitzes gerade aus der weichen Erde hervor.

Das war – ja, denkt, das war der Zinnsoldat, derselbe, der oben bei dem alten Mann verlorengegangen war; der zwischen Bauholz und Schutt herumgetummelt und -gerummelt war und zuletzt viele Jahre in der Erde gelegen hatte.

Und die junge Frau trocknete den Soldaten ab, erst mit einem grünen Blatt und dann mit ihrem feinen Taschentuch, das hatte so einen schönen Geruch. Und es war dem Zinnsoldaten, als wenn er aus einer Erstarrung erwache.

»Laß mich ihn sehen!« sagte der junge Mann, lachte und schüttelte dann den Kopf. »Ja, der kann es nun nicht sein, aber er erinnert mich an eine Geschichte mit einem Zinnsoldaten, den ich besaß, als ich ein kleiner Knabe war.« Und dann erzählte er seiner Frau von dem alten Haus und dem alten Mann und von dem Zinnsoldaten, den er ihm hinübergesandt, weil er so schrecklich allein war; und er erzählte es genau so, wie es wirklich gewesen war, so daß der jungen Frau Tränen in die Augen traten über das alte Haus und den alten Mann.

»Es kann doch sein, daß es der gleiche Zinnsoldat ist«, sagte sie, »ich will ihn aufbewahren und mich an alles erinnern, was du mir erzählt hast; aber des alten Mannes Grab mußt du mir zeigen!«

»Ja, das kenne ich nicht«, sagte er, »und keiner kennt es! Alle seine Freunde waren tot, niemand pflegte es, und ich war ja ein kleiner Knabe!«

»Wie muß er doch schrecklich allein gewesen sein!« sagte sie.

»Schrecklich allein!« sagte der Zinnsoldat, »aber schön ist es, nicht vergessen zu werden!«

»Schön!« rief etwas dicht daneben, aber niemand außer dem

Zinnsoldaten sah, daß es ein Fetzen von dem Schweinslederbezug war; er war ohne alle Vergoldung, er sah aus wie nasse Erde, aber eine Meinung hatte er und die sagte er:

»Vergoldung vergeht,
aber Schweinsleder besteht!«

Doch das glaubte der Zinnsoldat nicht.

39

DER WASSERTROPFEN

Du kennst doch sicher ein Vergrößerungsglas, so ein rundes Brillenglas, das alles hundertmal größer macht, als es ist? Wenn man es nimmt und vor das Auge hält und einen Wassertropfen vom Teich draußen anschaut, dann sieht man über tausend wunderliche Tiere, die man sonst nie im Wasser sieht, aber sie sind da und es ist Wirklichkeit. Es sieht fast so aus, wie ein ganzer Teller voll kleiner Krebse, die durcheinander springen, und sie sind so grimmig, sie reißen einander Arme und Beine, Stücke und Teile ab, und sind doch fröhlich und vergnügt auf ihre Art.

Nun war einmal ein alter Mann, den alle Leute Kribbel-Krabbel nannten, denn so hieß er. Er wollte stets bei einer jeden Sache das Beste herauskriegen, und wenn es gar nicht gelingen wollte, dann nahm er es mit Zauberei.

Nun sitzt er eines Tages und hält das Vergrößerungsglas vor das Auge und schaut einen Wassertropfen an, der draußen von einer Wasserpfütze im Graben genommen war. Nein, wie es da kribbelte und krabbelte! All die tausend Kleintiere hüpften und sprangen, zerrten aneinander und fraßen aneinander.

»Ja, aber das ist ja abscheulich!« sagte Kribbel-Krabbel, »kann man sie nicht dazu bringen, in Frieden und Ruhe zu leben, und daß jeder sich um das Seine kümmert?« Und er dachte und dachte, aber es wollte nicht gelingen, und dann mußte er zaubern. »Ich muß ihnen Farbe geben, damit sie deutlicher werden können«, sagte er, und dann goß er etwas wie ein Tröpfchen roten Weines in den Wassertropfen, aber es war Hexenblut, die allerfeinste Sorte zu zwei Schilling; und dann wurden alle die wunderlichen Tiere rosenrot über den ganzen Körper, es sah aus wie eine ganze Stadt voll nackter Wilder.

»Was hast du da?« fragte ein anderer alter Zauberer, der keinen Namen hatte, und das war just das Feine an ihm.

»Ja, kannst du erraten, was es ist«, sagte Kribbel-Krabbel, »dann werde ich es dir schenken; aber es ist nicht leicht herauszufinden, wenn man es nicht weiß.«

Und der Zauberer, der keinen Namen hatte, schaute durch das Vergrößerungsglas. Es sah wirklich aus wie eine ganze Stadt, in der alle Menschen ohne Kleider herumlaufen! Es war scheußlich, aber noch scheußlicher war es zu sehen, wie der eine den andern puffte und stieß, wie sie sich zwickten und zwackten, einander bissen und einander hervorzerrten. Was zuunterst war, wollte zuoberst sein, und was zuoberst war, wollte zuunterst sein. »Schau, schau! Sein Bein ist länger als meins. Paff! Weg damit! Da ist einer, der eine kleine Beule hinter dem Ohr hat, eine kleine, unschuldige Beule, aber sie quält ihn, und so soll sie noch mehr quälen«! – Und sie hackten nach ihm, und sie zerrten an ihm, und sie fraßen ihn um der kleinen Beule willen. Da saß einer so still wie eine kleine Jungfrau und wünschte bloß Frieden und Ruhe; aber dann mußte die Jungfrau hervor, und sie zerrten an ihr, und sie rissen an ihr, und sie fraßen sie!

»Das ist außerordentlich lustig!« sagte der Zauberer.

»Ja, aber was glaubst du, daß es ist?« fragte Kribbel-Krabbel. »Kannst du es herausfinden?«

»Das ist doch leicht zu sehen«, sagte der andere, »das ist ja Kopenhagen oder eine andere große Stadt, sie gleichen ja alle einander. Eine große Stadt ist es.«

»Es ist Grabenwasser!« sagte Kribbel-Krabbel.

40

DIE GLÜCKLICHE FAMILIE

Das größte grüne Blatt hierzulande, das ist doch wohl das Ampfernblatt; hält man es vor seinen kleinen Bauch, dann ist es wie eine ganze Schürze, und legt man es auf seinen Kopf, dann ist es bei Regenwetter fast so gut wie ein Schirm, denn es ist so entsetzlich groß. Niemals wächst eine Ampfer allein, nein, wo eine wächst, da wachsen mehrere, es ist eine wahre Herrlichkeit, und all diese Herrlichkeit ist Schneckenkost. Die großen, weißen Schnecken, die vornehme Leute in alten Tagen als Frikassee zubereiten ließen, aßen und dabei sagten: »Hm, wie das schmeckt!«, denn sie glaubten eben, es schmecke so herrlich, die lebten von Ampfernblättern, und deshalb wurden die Ampfern gesät.

Nun gab es einen alten Herrenhof, wo man keine Schnecken mehr aß, sie waren ganz ausgestorben; aber die Ampfern waren nicht ausgestorben, sie wuchsen und wuchsen über alle Wege und Beete, man konnte ihrer nicht mehr Herr werden, es war ein ganzer Ampfernwald. Hier und dort stand ein Apfel- und ein Pflaumenbaum, sonst hätte man wohl niemals denken können, daß es ein Garten sei; alles war Ampfer, und darin wohnten die beiden letzten, uralten Schnecken.

Sie wußten selbst nicht, wie alt sie waren; aber sie konnten sich gut daran erinnern, daß ihrer weit mehr gewesen, daß sie von einer Familie aus fremden Landen abstammten und daß für sie und die Ihrigen der ganze Wald gepflanzt war. Sie waren niemals draußen gewesen; aber sie wußten, daß es noch etwas in der Welt gab, was der Herrenhof hieß, dort oben wurde man gekocht, und dann wurde man schwarz, und dann wurde man auf eine silberne Schüssel gelegt, aber was weiter geschah, wußte man nicht. Wie es übrigens war, gekocht zu werden und auf einer silbernen Schüssel zu liegen, konnten sie sich nicht denken, aber schön sollte es sein und überaus vornehm. Weder der Maikäfer noch die Kröte oder der Regenwurm, die sie fragten, konnten Bescheid geben, keiner von ihnen war gekocht gewesen oder hatte auf einer silbernen Schüssel gelegen.

Die alten, weißen Schnecken waren die vornehmsten in der Welt, das wußten sie; der Wald war ihretwegen da, und der Herrenhof war da, damit sie gekocht und auf eine silberne Schüssel gelegt werden konnten.

Sie lebten nun sehr einsam und glücklich, und da sie selbst keine Kinder hatten, so hatten sie eine kleine, gewöhnliche Schnecke zu sich genommen, die sie aufzogen wie ihr eigenes, aber der Kleine wollte nicht wachsen, denn er war gewöhnlich; aber die Alten, besonders Mutter, Schneckenmutter, fand, sie könne doch bemerken, wie er zunehme, und sie bat Vater, er möge doch, falls er es nicht sehen könne, das kleine Schneckenhaus befühlen, und dann befühlte er und fand, daß Mutter recht habe.

Eines Tages war starker Regen.

»Hör, wie es auf die Ampfern tromme-romme-rommelt!« sagte Schneckenvater.

»Es kommen aber auch Tropfen!« sagte Schneckenmutter. »Es läuft ja gerade am Stengel herab. Du sollst sehen, hier wird es naß! Ich bin froh darüber, daß wir unser gutes Haus haben, und daß auch der Kleine eines hat. Es ist wahrlich mehr für uns getan worden als für alle andern Geschöpfe; man kann doch sehen, daß wir die Herrschaften in der Welt sind. Wir haben ein Haus von Geburt an, und der Ampfernwald ist unsertwegen gesät! Ich möchte wissen, wie weit er sich erstreckt und was außerhalb ihm ist!«

»Es ist nichts außerhalb«, sagte Schneckenvater. »Besser als bei uns kann es nirgends sein, und ich habe nichts zu wünschen!«

»Doch«, sagte Mutter, »ich möchte wohl auf den Herrenhof kommen, gekocht und auf eine silberne Schüssel gelegt werden. Das ist mit allen unsern Vorfahren geschehen, und du kannst glauben, es ist etwas Apartes dabei.«

»Der Herrenhof ist möglicherweise eingestürzt«, sagte Schnekkenvater, »oder der Ampfernwald ist über ihn hinweggewachsen, so daß die Menschen nicht herauskommen können. Es hat doch auch keine Eile; aber du eilst immer so entsetzlich, und der Kleine fängt auch schon damit an; ist er nun nicht in drei Tagen an diesem Stengel emporgekrochen? Ich bekomme Kopfweh, wenn ich zu ihm hinaufschaue!«

»Du darfst nicht schelten!« sagte Schneckenmutter, »er kriecht so besonnen, wir werden schon Freude an ihm bekommen, und etwas anderes haben wir Alten ja nicht, wofür wir leben. Aber hast du daran gedacht: wo kriegen wir eine Frau für ihn? Glaubst du nicht, daß da weit drinnen im Ampfernwald jemand von unserer Art sein sollte?«

»Schwarze Schnecken, glaube ich, gibt es sicherlich«, sagte der Alte, »schwarze Schnecken ohne Haus, aber das ist so simpel, und sie haben Einbildungen; aber wir könnten Ameisen damit beauftragen, sie laufen hin und her, als hätten sie etwas zu tun, die wissen sicher eine Frau für unsern kleinen Schneck.«

»Ich weiß freilich die allerschönste«, sagten die Ameisen, »aber ich fürchte, es geht nicht, denn sie ist Königin.«

»Das macht nichts«, sagte der Alte. »Hat sie ein Haus?«

»Sie hat ein Schloß«, sagten die Ameisen, »das schönste Ameisenschloß mit siebenhundert Gängen.«

»Danke schön!« sagte die Schneckenmutter, »unser Sohn soll nicht in einen Ameisenhaufen! Wißt Ihr nichts Besseres, dann geben wir den weißen Mücken den Auftrag, die fliegen weit umher in Regen und in Sonnenschein, die kennen den Ampfernwald von innen und außen.«

»Wir haben eine Frau für ihn«, sagten die Mücken, »hundert Menschenschritte von hier sitzt auf einem Stachelbeerbusch eine kleine Schnecke mit Haus; sie ist ganz einsam und alt genug, um sich zu verheiraten. Es sind nur hundert Menschenschritte!«

»Ja, laßt sie zu ihm kommen!« sagten die Alten, »er hat einen Ampfernwald, sie hat nur einen Busch!«

Und dann holten sie das kleine Schneckenfräulein. Es dauerte acht Tage, ehe sie kam, aber das war just das Angenehme dabei, so konnte man sehen, daß sie von der rechten Art war.

Und dann hielten sie Hochzeit. Sechs Glühwürmchen leuchteten, so gut sie konnten; sonst verlief das Ganze still, denn die alten Schneckenleute konnten Zecherei und Lustbarkeit nicht ertragen; aber eine schöne Rede wurde von Schneckenmutter gehalten; Vater konnte nicht, er war so bewegt. Und dann gaben sie ihnen als Erbschaft den ganzen Ampfernwald und sagten, was sie stets gesagt hatten, daß er das Beste in der Welt sei, und wenn sie redlich und anständig lebten und sich vermehrten, würden einmal sie und ihre Kinder auf den Herrenhof kommen, schwarz gekocht und auf eine silberne Schüssel gelegt werden.

Und nachdem diese Rede gehalten war, krochen die Alten in ihr Haus hinein und kamen nie mehr heraus; sie schliefen. Das junge Schneckenpaar regierte im Wald und bekam eine große Nachkommenschaft, aber sie wurden nie gekocht und kamen nie auf eine silberne Schüssel; so schlossen sie daraus, daß der Herrenhof eingestürzt und daß alle Menschen in der Welt ausgestorben seien.

Und da niemand ihnen widersprach, mußte es ja wahr sein. Und der Regen schlug auf die Ampferblätter, um ihretwegen Musik zu machen; und die Sonne schien, um dem Ampfernwald ihretwegen Farbe zu geben. Und sie waren sehr glücklich, und die ganze Familie war glücklich, denn sie war es.

41

DIE GESCHICHTE VON EINER MUTTER

Es saß eine Mutter bei ihrem kleinen Kind, sie war so traurig und so in Sorge, daß es sterben sollte. Es war so bleich, die kleinen Augen hatten sich geschlossen, es atmete so sachte, und mitunter in einem tiefen Zug, als wenn es seufzte; und die Mutter blickte noch kummervoller auf die kleine Seele.

Da klopfte es an die Tür, und es kam ein armer, alter Mann herein, eingehüllt in eine große Pferdedecke; denn das wärmt, und das hatte er nötig, es war ja kalter Winter. Alles draußen lag in Eis und Schnee, und der Wind blies, daß es ins Gesicht schnitt.

Und da der alte Mann vor Kälte zitterte und das kleine Kind einen Augenblick schlief, ging die Mutter hin und stellte Bier in einem kleinen Topf in den Ofen, damit es für ihn warm werde. Der alte Mann saß und wiegte es, und die Mutter setzte sich auf den Stuhl dicht neben ihn, blickte auf ihr krankes Kind, das so tief Atem holte, und hob die kleine Hand.

»Glaubst du nicht auch, daß ich ihn behalte?« sagte sie, »Unser Herr wird ihn mir nicht nehmen.«

Und der alte Mann, es war der Tod selbst, der nickte so sonderbar, es konnte ebensogut ja bedeuten wie nein. Und die Mutter blickte in ihren Schoß nieder, und die Tränen liefen ihr über die Wangen; ihr Kopf wurde so schwer, während drei Nächten und Tagen hatte sie ihre Augen nicht geschlossen, und jetzt schlief sie, aber nur einen Augenblick. Dann fuhr sie auf und zitterte vor Kälte. »Was ist das?« sagte sie und sah nach allen Seiten; aber der alte Mann war fort, und ihr kleines Kind war fort, er hatte es mit sich genommen; und drüben in der Ecke schnurrte und schnurrte die alte Uhr, das große Bleilot lief gerade bis auf den Boden hinab, bum! und dann stand auch die Uhr still.

Aber die arme Mutter lief aus dem Haus hinaus und rief nach ihrem Kind.

Dort draußen, mitten im Schnee, saß eine Frau mit langen, schwarzen Kleidern, und die sagte: »Der Tod ist drinnen in deiner Stube gewesen, ich sah, er eilte fort mit deinem kleinen Kind; er geht rascher als der Wind, er bringt niemals zurück, was er nahm.«

»Sage mir bloß, welchen Weg er ging!« sagte die Mutter, »sage mir den Weg, und ich werde ihn finden!«

»Ich weiß ihn!« sagte die Frau in den schwarzen Kleidern, »aber bevor ich ihn sage, mußt du mir erst alle die Lieder singen, die du deinem Kind vorgesungen hast; ich liebe sie, ich habe sie früher gehört; ich bin die Nacht, ich sah deine Tränen, während du sie sangst.«

»Ich will sie alle singen, alle!«, sagte die Mutter, »aber halte mich nicht auf, damit ich ihn erreichen kann, damit ich mein Kind finden kann!«

Aber die Nacht saß stumm und still. Da rang die Mutter ihre Hände, sang und weinte, und es waren viele Lieder, aber noch mehr Tränen; und dann sagte die Nacht: »Geh nach rechts, hinein in den dunklen Tannenwald, dort sah ich den Tod den Weg nehmen mit deinem kleinen Kind.«

Tief drinnen im Wald kreuzten sich die Wege, und sie wußte nicht mehr, wo sie gehen sollte; da stand ein Dornbusch, es war weder Blatt noch Blüte an ihm, es war ja auch in der kalten Winterzeit, und es hing Eis an den Zweigen.

»Hast du nicht den Tod vorbeigehen sehen mit meinem kleinen Kind?«

»Doch!« sagte der Dornbusch, »aber ich sage dir nicht, welchen Weg er nahm, wenn du mich nicht erst an deinem Herzen erwärmen willst; ich erfriere, ich werde zu lauter Eis.«

Und sie drückte den Dornbusch an ihre Brust, so fest, damit er recht erwärmt werden konnte, und die Dornen drangen tief hinein in ihr Fleisch, und ihr Blut floß in großen Tropfen. Der Dornbusch aber trieb frische, grüne Blätter, und er bekam Blüten in der kalten Winternacht, so warm war es am Herzen einer betrübten Mutter; und der Dornbusch sagte ihr den Weg, den sie gehen sollte.

Da kam sie an einen großen See, wo es weder Schiff noch Boot gab. Der See war nicht genügend zugefroren, um sie tragen zu können, und auch nicht offen und niedrig genug, daß sie ihn hätte durchwaten können, und hinüber mußte sie, wollte sie ihr Kind finden. Da legte sie sich nieder, um den See auszutrinken, und das war ja unmöglich für einen Menschen; aber die betrübte Mutter dachte, daß doch ein Wunder geschehen könne. –

»Nein, das geht niemals!« sagte der See, »laß uns lieber sehen, daß wir zwei einig werden! Ich liebe es, Perlen zu sammeln, und deine Augen sind die beiden klarsten, die ich je gesehen; willst du sie in mich ausweinen, dann will ich dich hinübertragen nach dem großen Treibhaus, wo der Tod wohnt und Blumen und Bäume hütet; jeder von ihnen ist ein Menschenleben!«

»Oh, was gebe ich nicht, um zu meinem Kind zu kommen!« sagte die verweinte Mutter, und sie weinte noch mehr, und ihre Augen sanken nieder auf des Meeres Grund und wurden zwei kostbare Perlen; aber der See hob sie auf, als säße sie in einer Schaukel, und sie flog in einer Schwingung hinüber zur Küste an der andern Seite, wo ein meilenbreites, wunderliches Haus stand; man wußte nicht, ob es ein Berg mit Wald und Höhlen oder ob es gezimmert war, aber die arme Mutter konnte es nicht sehen, sie hatte ja ihre Augen ausgeweint.

»Wo soll ich den Tod finden, der mit meinem kleinen Kind ging?« sagte sie.

»Hierher ist er noch nicht gekommen!« sagte die alte Gräberfrau, die da ging und des Todes großes Treibhaus hüten sollte. »Wie hast du hierher gelangen können, und wer hat dir geholfen?«

»Unser Herr hat mir geholfen!« sagte sie, »er ist barmherzig, und das wirst du auch sein! Wo soll ich mein kleines Kind finden?«

»Ja, ich kenne es nicht«, sagte die Frau, »und du kannst nicht sehen. – Viele Blumen und Bäume sind verwelkt heute nacht, der Tod wird bald kommen und sie umpflanzen! Du weißt wohl, daß jeder Mensch seinen Lebensbaum oder seine Blume hat, so wie eben ein jeder beschaffen ist; sie sehen aus wie andere Gewächse, aber sie haben Herzschlag; Kinderherz kann auch klopfen. Gehe dem nach, vielleicht kannst du dein Kind erkennen; aber was gibst du mir dafür, daß ich dir sage, was du weiter tun sollst?«

»Ich habe nichts zu geben«, sagte die betrübte Mutter, »aber ich will für dich bis ans Ende der Welt gehen.«

»Ja, dort habe ich nichts zu tun«, sagte die Frau, »aber du kannst mir dein langes, schwarzes Haar geben, du weißt wohl selbst, daß es schön ist, und ich mag es leiden. Du kannst mein weißes dafür erhalten, das ist immerhin etwas.«

»Verlangst du nichts anderes?« sagte sie, »das gebe ich dir mit Freuden!« Und sie gab ihr ihr schönes, schwarzes Haar und bekam das schneeweiße der Alten dafür.

Und dann ging sie hinein in das große Treibhaus des Todes, wo Blumen und Bäume seltsam durcheinanderwuchsen. Da standen feine Hyazinthen unter Glasglocken, und da standen große, baumstarke Päonien; da wuchsen Wasserpflanzen, einige wenige frisch, andere halb krank, Wasserschlangen legten sich auf sie, und schwarze Krebse umklammerten ihre Stiele. Da standen schöne Palmenbäume, Eichen und Platanen, da stand Petersilie und blühender Thymian; jeder Baum und jede Blume hatte ihren Namen; sie waren jeder ein Menschenleben, der Mensch lebte noch, einer in China, einer in Grönland, ringsumher auf der Welt. Da waren große Bäume in kleinen Töpfen, so daß sie ganz verkrüppelt dastanden und nahe daran waren, den Topf zu sprengen; da war auch an manchen Stellen eine kleine, langweilige Blume in fetter Erde mit Moos ringsumher und gehegt und gepflegt. Aber die betrübte Mutter beugte sich über die kleinsten Pflanzen und hörte, wie in ihnen das Menschenherz pochte, und unter Millionen erkannte sie das ihres Kindes.

»Das ist es!« rief sie und streckte die Hand über einen kleinen, blauen Krokus aus, der ganz krank nach der einen Seite hing.

»Rühre die Blume nicht an!« sagte die alte Frau, »aber stelle dich hierher, und wenn dann der Tod kommt – ich erwarte ihn jeden Augenblick –, laß ihn dann die Pflanze nicht ausreißen und drohe damit, daß du es mit den andern Blumen tun wirst, dann wird ihm bange; er muß bei Unserm Herrn für sie einstehen, keine darf ausgerissen werden, bevor Er es erlaubt.«

Auf einmal sauste es eiskalt durch den Raum, und die blinde Mutter konnte merken, daß es der Tod war, der kam.

»Wie hast du den Weg hierher finden können?« fragte er, »wie konntest du schneller kommen als ich?«

»Ich bin eine Mutter«, sagte sie.

Und der Tod streckte seine lange Hand nach der kleinen, feinen Blume aus, aber sie hielt ihre Hände so fest um sie, so dicht und doch ängstlich, daß sie eins der Blätter berühren könnte. Da blies der Tod auf ihre Hände, und sie fühlte, daß dies kälter war als der kalte Wind, und ihre Hände fielen matt herab.

»Du kannst doch nichts gegen mich tun!« sagte der Tod.

»Aber das kann Unser Herr!« sagte sie.

»Ich tue nur, was Er will«, sagte der Tod. »Ich bin sein Gärtner. Ich nehme alle seine Blumen und Bäume und verpflanze sie in den großen Garten des Paradieses, in das unbekannte Land, aber wie sie dort wachsen und wie es dort ist, darf ich dir nicht sagen.«

»Gib mir mein Kind zurück!« sagte die Mutter und weinte und bat; auf einmal umschloß sie mit jeder Hand zwei schöne Blumen dicht daneben und rief dem Tod zu: »Ich reiße alle deine Blumen ab, denn ich bin in Verzweiflung!«

»Berühre sie nicht!« sagte der Tod. »Du sagst, daß du unglücklich bist, und jetzt willst du eine andere Mutter ebenso unglücklich machen –«

»Eine andere Mutter?« sagte die arme Frau und ließ sofort beide Blumen los.

»Da hast du deine Augen«, sagte der Tod, »ich habe sie aus dem

See gefischt, sie glänzten so stark; ich wußte nicht, daß es deine waren; nimm sie wieder, sie sind noch klarer als zuvor, blicke dann hinab in den tiefen Brunnen nebenan, ich werde die Namen der beiden Blumen nennen, die du ausreißen wolltest, und du siehst ihre ganze Zukunft, ihr ganzes Menschenleben, siehst, was du zerstören und vernichten wolltest.«

Und sie blickte hinab in den Brunnen, und es war eine Glückseligkeit zu sehen; wie die eine ein Segen für die Welt wurde, zu sehen, wieviel Glück und Freude sich rings um sie entfaltete. Und sie sah das Leben der andern, und es war Kummer und Not, Schrekken und Elend.

»Beides ist Gottes Wille!« sagte der Tod.

»Welche von ihnen ist die Blume des Unglücks und welche ist die des Segens?« fragte sie.

»Das sage ich dir nicht«, sagte der Tod, »aber das sollst du von mir wissen, daß die eine Blume die deines eigenen Kindes war, es war deines Kindes Schicksal, das du sahst, deines eigenen Kindes Zukunft.«

Da schrie die Mutter vor Schrecken: »Welches von ihnen war mein Kind? Sage es mir! Rette den Unschuldigen! Rette mein Kind von all dem Elend! Trage es lieber fort! Trage es hinein in das Reich Gottes! Vergiß meine Tränen, vergiß mein Flehen und alles, was ich gesagt und getan habe!«

»Ich verstehe dich nicht«, sagte der Tod. »Willst du dein Kind zurückhaben, oder soll ich mit ihm dorthin gehen, wo du nicht weißt?«

Da rang die Mutter ihre Hände, fiel auf ihre Knie und betete zu Unserm Herrn: »Höre mich nicht, wenn ich gegen deinen Willen bitte, der der beste ist! Höre mich nicht! Höre mich nicht!«

Und sie beugte ihren Kopf in ihren Schoß nieder.

Und der Tod ging mit ihrem Kind ein in das unbekannte Land.

42

DER KRAGEN

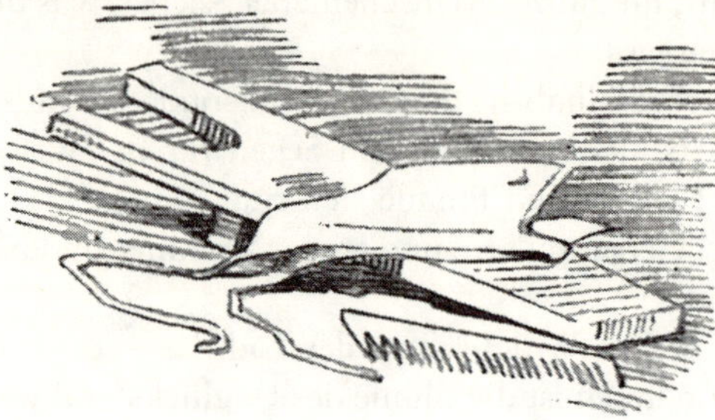

Es war einmal ein feiner Kavalier, dessen ganzer Hausrat ein Stiefelknecht und ein Kamm war; aber er hatte den schönsten Kragen der Welt, und von diesem Kragen sollen wir eine Geschichte hören. – Er war jetzt so alt, daß er daran dachte, sich zu verheiraten, und da traf es sich, daß er mit einem Strumpfband in die Wäsche kam.

»Nein!« sagte der Kragen, »etwas so Schlankes und so Feines, so Weiches und so Reizendes habe ich denn doch niemals gesehen! Darf ich um Ihren Namen fragen?«

»Den sage ich nicht!« sagte das Strumpfband.

»Wo sind Sie zu Hause?« fragte der Kragen.

Aber das Strumpfband war so verschämt von Natur und fand, es sei etwas sonderbar, darauf zu antworten.

»Sie sind wohl ein Leibband«, sagte der Kragen, »so ein inwendiges Leibband. Ich sehe schon, Sie sind sowohl zum Nutzen wie zum Schmuck da, kleine Jungfrau!«

»Sie dürfen nicht zu mir sprechen!« sagte das Strumpfband, »ich finde, ich habe gar keinen Anlaß gegeben.«

»Doch, wenn man so schön ist wie Sie!« sagte der Kragen, »das ist Anlaß genug.«

»Unterlassen Sie es, mir so nahe zu kommen!« sagte das Strumpfband. »Sie sehen so männlich aus.«

»Ich bin auch ein feiner Kavalier«, sagte der Kragen, »ich habe einen Stiefelknecht und einen Kamm!« Und das war nun nicht wahr, es war ja sein Herr, der sie hatte; aber er prahlte.

»Kommen Sie mir nicht nahe«, sagte das Strumpfband, »daran bin ich nicht gewöhnt.«

»Zimperliese!« sagte der Kragen, und dann wurden sie aus der Wäsche genommen; sie bekamen Stärke, hingen auf dem Stuhl im Sonnenschein und wurden dann auf das Plättbrett gelegt; dort kam das warme Eisen.

»Frau Witwe«, sagte der Kragen, »kleine Frau Witwe! Mir wird ganz warm. Ich werde ein anderer, ich komme ganz aus den Falten, Sie brennen ein Loch in mich hinein! Huh! Ich freie um Sie!«

»Lump!« sagte das Plätteisen und ging stolz über den Kragen hinweg, denn es bildete sich ein, es sei ein Dampfkessel, der auf die Eisenbahn kommen und Wagen ziehen sollte.

»Lump!« sagte es.

Der Kragen faserte ein wenig an den Kanten, und dann kam die Papierschere und sollte die Fasern abschneiden.

»Oh!« sagte der Kragen, »Sie sind wohl Erste Tänzerin! Wie Sie die Beine strecken können! Das ist das Reizendste, was ich gesehen habe. Das kann kein Mensch Ihnen nachmachen.«

»Das weiß ich«, sagte die Schere.

»Sie verdienten es, Gräfin zu sein«, sagte der Kragen, »alles was ich habe, ist ein feiner Kavalier, ein Stiefelknecht und ein Kamm. – Hätte ich nur eine Grafschaft!«

»Freit er?« sagte die Schere, denn sie wurde böse, und dann gab sie ihm einen ordentlichen Schnitt, und dann war er erledigt.

»Ich muß wohl um das Kämmchen freien«, sagte der Kragen. »Es ist merkwürdig, wie Sie alle Ihre Zähne behalten, kleines Fräulein. Haben Sie nie an Verlobung gedacht?«

»Doch, das sollten Sie doch wissen«, sagte das Kämmchen, »ich bin ja mit dem Stiefelknecht verlobt.«

»Verlobt«, sagte der Kragen; jetzt gab es keine mehr, um die er freien konnte, und dann verachtete er die Freierei.

Eine lange Zeit verging, dann kam der Kragen in eine Kiste beim Papiermüller; da war große Lumpengesellschaft, die feinen für sich, die groben für sich, so wie es sein soll. Sie hatten alle viel zu erzählen, aber der Kragen am meisten, das war ein richtiger Prahlhans.

»Ich habe so fürchterlich viele Liebchen gehabt«, sagte der Kragen, »man ließ mir keine Ruhe! Ich war aber auch ein feiner Kavalier mit Stärke! Ich hatte sowohl Stiefelknecht wie Kamm, die ich nie brauchte. – Sie hätten mich damals sehen sollen, mich sehen sollen, wenn ich auf der Seite lag! Niemals vergesse ich mein erstes Liebchen, sie war ein Leibband, so fein, so weich und so reizend; sie stürzte sich meinetwegen in einen Wasserkübel. Da war auch eine Witfrau, die glühend wurde, aber ich ließ sie stehen und schwarz werden. Da war die Erste Tänzerin, sie gab mir den Riß, mit dem ich nun umhergehe, sie war so grimmig. Mein eigener Kamm war verliebt in mich und verlor alle Zähne aus Liebeskummer. Ja, ich habe viel dergleichen erlebt. Aber am meisten tut es mir leid um das Strumpfband – ich meine das Leibband, das in den Wasserkübel ging. Ich habe viel auf meinem Gewissen, ich mag es nötig haben, weißes Papier zu werden.«

Und das wurde er, alle Lumpen wurden weißes Papier; aber der Kragen wurde gerade zu diesem Stück weißem Papier, das wir hier sehen, worauf die Geschichte gedruckt ist. Und das geschah, weil er hinterher so fürchterlich davon geprahlt hatte, was er nie gewesen war; und daran sollen wir denken, damit wir uns nicht ebenso benehmen. Denn wir können wirklich nicht wissen, ob wir nicht auch einmal in die Lumpenkiste kommen und zu weißem Papier gemacht werden, worauf unsere ganze Geschichte abgedruckt wird, selbst die allergeheimste, und wir dann selbst herumlaufen und sie erzählen müssen wie der Kragen.

43

»UNTERSCHIEDE MÜSSEN SEIN«

Es war im Monat Mai, der Wind blies noch kalt; aber der Frühling sei da, sagten Büsche und Bäume, Felder und Wiesen; es wimmelte von Blumen, und zwar bis hinauf in die lebenden Hecken, und just dort vertrat der Frühling selbst seine Sache. Er sprach von einem kleinen Apfelbaum herab. Da war ein einziger Zweig, so frisch, so blühend, übersät mit den feinen, rosenroten Knospen, die gerade daran waren, sich zu öffnen; er wußte wohl selbst, wie hübsch er war, denn das liegt im Blatt wie im Blut, und deshalb wurde er auch nicht davon überrascht, als der Herrschaftswagen auf dem Weg vor ihm anhielt und die junge Gräfin sagte, daß der Apfelzweig das Lieblichste sei, was man sehen könne, er sei der Frühling selbst in seiner schönsten Offenbarung. Und der Zweig wurde abgebrochen, und sie hielt ihn in ihrer feinen Hand und beschattete ihn mit ihrem seidenen Sonnenschirm – und dann fuhren sie nach dem Schloß, wo es hohe Säle und zierliche Stuben gab; klare, weiße Gardinen flatterten an den offenen Fenstern, und schöne Blumen standen in glänzenden, durchsichtigen Vasen, und in eine von diesen, sie war wie aus frischgefallenem Schnee herausgeschnitten, wurde der Apfelzweig zwischen frische, lichte Buchenzweige gestellt; es war eine Lust, ihn anzusehen.

Und dann wurde der Zweig stolz, und das war ja ganz menschlich.

Es kamen mancherlei Leute durch die Stuben, und je nach ihrem Stande wagten sie es, ihre Bewunderung auszusprechen, einige sagten gar nichts, und einige sagten allzuviel, und der Apfelzweig verstand, daß es Unterschiede zwischen den Menschen gab wie zwischen den Gewächsen. »Einige sind zum Schmuck und einige zur Nahrung da, es gibt auch solche, die ganz entbehrt werden könnten«, meinte der Apfelzweig, und da er just an das offene Fenster gestellt worden war, von wo aus er sowohl hinunter in den Garten als hinaus auf das Feld sehen konnte, hatte er Blumen und Gewächse genug, die er betrachten und über die er nachdenken konnte; es standen reiche und arme da, einige gar zu ärmliche.

»Arme, verstoßene Kräuter!« sagte der Apfelzweig, »es ist wahrlich Unterschied gemacht worden. Und wie sie sich unglücklich fühlen müssen, falls die Art fühlen kann, wie ich und meinesgleichen es können; es ist wahrlich Unterschied gemacht worden; aber das muß gemacht werden, sonst ständen ja alle gleich!«

Und der Apfelzweig schaute mit einer Art Mitleid besonders auf eine Sorte Blumen, die sich in Mengen auf Feldern und Gräben befand; niemand band sie zum Strauß, sie waren allzu gewöhnlich; ja man konnte sie selbst zwischen den Pflastersteinen finden, sie schossen auf wie das ärgste Unkraut, und dann hatten sie den häßlichen Namen: des Teufels Milchkübel.[1]

»Armes, verachtetes Gewächs«, sagte der Apfelzweig, »du kannst nichts dafür, daß du wurdest, was du bist, daß du so gewöhnlich bist und den häßlichen Namen bekamst, den du hast. Aber es ist mit den Gewächsen wie mit den Menschen, es muß Unterschiede geben.«

»Unterschied«, sagte die Sonne und küßte den blühenden Apfelzweig, küßte aber auch die gelben Milchkübel des Teufels draußen auf dem Feld, alle Brüder des Sonnenstrahls küßten sie, die armen Blumen wie die reichen.

[1] Löwenzahn.

Der Apfelzweig hatte niemals nachgedacht über Gottes unendliche Liebe zu allem, was lebt und sich in ihm bewegt; er hatte niemals darüber nachgedacht, wieviel Schönes und Gutes verborgen, aber nicht vergessen daliegen kann – aber das war ja auch ganz menschlich.

Der Sonnenstrahl, der Strahl des Lichts wußte es besser: »Du siehst nicht weit, du siehst nicht klar! – Wo ist das verstoßene Kraut, das du besonders bedauerst?«

»Des Teufels Milchkübel«, sagte der Apfelzweig. »Nie werden sie zum Strauß gebunden, sie werden mit Füßen getreten, es sind ihrer zu viele. Und wenn sie in Samen schießen, fliegen sie wie kleingeschnittene Wolle über den Weg hin und hängen sich den Leuten an die Kleider. Unkraut ist es! Aber das muß es ja auch geben. – Ich bin wirklich sehr dankbar, daß ich nicht einer von ihnen geworden bin.«

Und über das Feld hin kam eine ganze Schar Kinder; das kleinste von ihnen war noch so winzig, daß es von den andern getragen wurde, und als es ins Gras zwischen die gelben Blumen gesetzt wurde, lachte es laut vor Freude, zappelte mit den Beinchen, wälzte sich umher, pflückte nur die gelben Blumen und küßte sie in süßer Unschuld. Die etwas älteren Kinder brachen die Blume von dem hohlen Stengel, bogen diesen zum Ring zusammen, fügten Glied an Glied zu einer ganzen Kette; eine legten sie um den Hals, eine hängten sie über die Schulter und den Leib, und eine bekränzte den Kopf; es war eine wahre Pracht von grünen Fesseln und Ketten; aber die größten Kinder nahmen vorsichtig das abgeblühte Kraut, den Stengel, der dessen flockenartige, zusammengesetzte Samenkrone trug, diese lose, duftige Wollblume, die ein ganzes kleines Kunstwerk wie aus feinsten Federn, Flocken oder Daunen ist; sie hielten sie an den Mund, um sie mit einem einzigen Atemhauch ganz abzublasen; der, welcher das konnte, bekam neue Kleider, bevor das Jahr um war, hatte Großmutter gesagt.

Die verachtete Blume war ein ganzer Prophet bei dieser Gelegenheit.

»Siehst du?« sagte der Sonnenstrahl, »siehst du deren Schönheit, siehst du deren Macht?«

»Ja, für Kinder«, sagte der Apfelzweig.

Und es kam draußen auf das Feld eine alte Frau und grub mit ihrem stumpfen, schaftlosen Messer rings um die Wurzel der Blume und zog sie heraus; von einigen der Wurzeln wollte sie sich Kaffee kochen, für andere wollte sie Geld bekommen, indem sie sie dem Apotheker für Heilmittel brachte.

»Schönheit ist doch etwas Höheres«, sagte der Apfelzweig. »Nur die Auserwählten kommen in das Reich des Schönen. Es gibt Unterschiede zwischen den Gewächsen, wie es Unterschiede gibt zwischen den Menschen.«

Und der Sonnenstrahl sprach von der unendlichen Liebe Gottes durch all das Erschaffene und für alles, was Leben hat, und von der gleichen Verteilung aller Dinge in Zeit und Ewigkeit.

»Ja, das ist nun Ihre Meinung«, sagte der Apfelzweig.

Und es kamen Leute in die Stube, und die junge Gräfin kam, sie, die den Apfelzweig so schön in die durchsichtige Vase gestellt hatte, wo das Sonnenlicht strahlte; und sie brachte eine Blume oder was es nun war, das von drei, vier großen Blättern verborgen wurde, die wie eine Tüte darum gehalten wurden, damit kein Zug oder Lufthauch ihm Schaden zufügen könne, und so vorsichtig wurde es getragen, wie der feine Apfelzweig nie getragen worden war. Ganz behutsam wurden nun die großen Blätter entfernt, und man sah die feine, flockige Samenkrone des gelben, verachteten Milchkübels des Teufels. Der war es, den sie so vorsichtig gepflückt hatte, so sorgfältig trug, damit nicht einer der feinen Federpfeile, die seine Nebelgestalt bilden und so lose sitzen, abgeblasen werden sollte. Ganz und herrlich hatte sie ihn; und sie bewunderte seine schöne Form, seine luftige Klarheit, seine ganze, eigenartige Zusammensetzung, seine Schönheit, die im Wind verweht werden sollte.

»Seht doch, wie seltsam schön Unser Herr ihn geschaffen hat!« sagte sie. »Ich will ihn zusammen mit dem Apfelzweig malen; der ist so unendlich schön für alle; aber auch diese arme Blume hat auf andere Weise ebensoviel von Unserm Herrn, so verschieden sind sie und doch beide Kinder im Reiche der Schönheit.«

Und der Sonnenstrahl küßte die arme Blume, und er küßte den blühenden Apfelzweig, dessen Blätter dabei zu erröten schienen.

44

DIE SCHÖNSTE ROSE DER WELT

Es gab eine mächtige Königin, in deren Garten sich die schönsten Blumen für jede Zeit des Jahres und aus allen Ländern der Welt befanden; aber besonders die Rosen waren es, die sie liebte, und darum hatte sie von diesen die meisten verschiedenen Arten, von der wilden Hecke mit den apfelduftenden, grünen Blättern bis zur schönsten Rose der Provence, und sie wuchsen an der Mauer des Schlosses empor, schlangen sich um die Säulen und Fenstergesimse, hinein in die Gänge und den Decken entlang in allen Sälen; und die Rosen wechselten in Duft, Form und Farbe.

Aber Kummer und Traurigkeit wohnten hier drinnen; die Königin lag auf ihrem Krankenlager, und die Ärzte verkündeten, daß sie sterben müsse.

»Es gibt doch eine Rettung für sie!« sagte der weiseste unter ihnen. »Bringt ihr die schönste Rose der Welt, diejenige, welche der Ausdruck der höchsten und reinsten Liebe ist; kommt die vor ihre Augen, bevor sie brechen, dann stirbt sie nicht.«

Und Junge und Alte kamen von ringsumher mit Rosen, den

schönsten, die in jedem Garten blühten, aber diese Rosen waren es nicht. Vom Garten der Liebe mußte die Blume geholt werden, aber welche Rose war dort der Ausdruck der höchsten, der reinsten Liebe?

Und die Dichter sangen von der schönsten Rose der Welt; jeder nannte seine. Und es ging Botschaft weit hinaus ins Land an jedes Herz, das in Liebe schlug, es ging Botschaft an jeden Stand und an jedes Alter.

»Noch niemand hat die Blume genannt«, sagte der Weise. »Niemand hat auf den Ort hingewiesen, wo sie entsprang in ihrer Herrlichkeit. Nicht sind es die Rosen von Romeos und Julias Sarg oder von Valborgs Grab, obschon diese Rosen immer duften werden durch Sagen und Lieder; es sind nicht die Rosen, die hervorsprießen aus Winkelrieds blutigen Lanzen, aus dem Blut, das heilig entquillt der Brust des Helden im Tod fürs Vaterland, obgleich kein Tod süßer ist, keine Rose röter als dieses Blut, das da fließt. Es ist auch nicht jene Wunderblume, für deren Pflege der Mann während Jahren und Tagen, in langen, schlaflosen Nächten in der einsamen Stube sein frisches Leben hingibt, der Wissenschaft magische Rose.«

»Ich weiß, wo sie blüht«, sagte eine glückselige Mutter, die mit ihrem kleinen Kind an das Lager der Königin kam. »Ich weiß, wo sich die schönste Rose der Welt befindet! Die Rose, die der Ausdruck der höchsten und reinsten Liebe ist! Sie blüht auf den rosigen Wangen meines süßen Kindes, wenn es gestärkt vom Schlaf die Augen aufschlägt und mir entgegenlacht mit seiner ganzen Liebe.«

»Schön ist diese Rose, aber es gibt eine schönere!« sagte der Weise.

»Ja, eine viel schönere«, sagte eine der Frauen. »Ich habe sie gesehen; es blüht keine erhabenere, heilige Rose als diese, aber sie war blaß, wie die Blätter der Teerose. Auf den Wangen der Königin habe ich sie gesehen; sie hatte ihre königliche Krone abgelegt und ging selbst in der langen, sorgenvollen Nacht mit ihrem kranken Kind umher, weinte über es, küßte es und betete zu Gott ein Gebet für es, wie nur eine Mutter betet in der Stunde der Angst.«

»Heilig und wunderbar in ihrer Macht ist die weiße Rose der Trauer, aber doch ist es nicht diese.«

»Nein, die schönste Rose der Welt sah ich vor dem Altar des Herrn!« sagte der fromme alte Bischof. »Ich sah sie leuchten, als zeigte sich eines Engels Antlitz. Die jungen Mädchen gingen zum Abendmahl, erneuerten ihren Taufbund, und es erglühten Rosen, und es erbleichten Rosen auf den frischen Wangen. Ein junges Mädchen stand dort; sie blickte mit der vollen Reinheit und Liebe ihrer ganzen Seele auf zu ihrem Gott; das war der Ausdruck der reinsten und der höchsten Liebe.«

»Gesegnet sei sie!« sagte der Weise, »doch niemand von euch hat noch die schönste Rose der Welt genannt.«

Da trat herein in die Stube ein Kind, der Königin kleiner Sohn; Tränen standen in seinen Augen und auf seinen Wangen; er trug ein großes, aufgeschlagenes Buch, sein Einband war aus Samt und mit großen Silberbeschlägen.

»Mutter!« sagte der Kleine, »oh, höre doch, was ich gelesen habe!« Und das Kind setzte sich ans Bett und las aus dem Buch vor von Ihm, der sich selbst dem Kreuzestod hingab, um die Menschen zu erlösen, selbst die ungeborenen Geschlechter. ›Größere Liebe gibt es nicht!‹

Und es ging ein Rosenschimmer über die Wangen der Königin, ihre Augen wurden so groß, so klar, denn sie sah von den Blättern des Buches sich erheben die schönste Rose der Welt, das Bild derjenigen, die aus Christi Blut am Holz des Kreuzes entsprang.

»Ich sehe sie«, sagte sie. »Niemals stirbt der, welcher diese Rose sieht, die schönste auf Erden!«

45

DIE GESCHICHTE DES JAHRES

Es war Ende Januar; ein fürchterlicher Schneesturm wütete; der Schnee flog in stiebendem Wirbel durch Straßen und Gassen; die Fensterscheiben waren von außen wie überklebt mit Schnee, von den Dächern stürzte er in Haufen, und dann gerieten die Leute in Eile; sie liefen, sie eilten und fuhren einander in die Arme, hielten einander einen Augenblick fest und hatten solange einen sicheren Halt. Kutschen und Pferde waren gleichsam überpudert. Die Diener standen mit dem Rücken gegen die Kutsche und fuhren gegen den Wind; der Fußgänger hielt sich ständig im Schutz des Wagens, der nur langsam davonglitt in dem tiefen Schnee; und als endlich der Sturm sich legte und ein schmaler Steg den Häusern entlang geschaufelt wurde, da standen die Leute doch still dort, wenn sie sich begegneten; keiner von ihnen hatte Lust, den ersten Schritt zu machen und in den tiefen Schnee zu treten, damit der andere vorbeischlüpfen konnte. Schweigend standen sie da, bis endlich wie nach einer stillen Übereinkunft jeder von ihnen ein Bein preisgab und es in den Schneehaufen hineintreten ließ.

Gegen Abend war es windstill, der Himmel sah aus, als wäre er gefegt und höher und durchsichtiger gemacht worden, die Sterne schienen nagelneu und einige waren so blau und klar – und es fror, daß es nur so knackte –, sicherlich konnte da die oberste Schneeschicht so stark werden, daß sie in der Morgenstunde die Sperlinge trug; die hüpften umher, bald oben, bald unten, wo geschaufelt war, aber viel Futter war da nicht zu finden, und sie froren ordentlich.

»Piep!« sagte der eine zum andern, »das nennt man das neue Jahr! – Das ist ja schlimmer als das alte! Dann hätten wir es ebensogut behalten können. Ich bin mißvergnügt, und dazu habe ich Grund.«

»Ja, da liefen nun die Menschen umher und schossen Neujahr ein«, sagte ein kleiner, verfrorener Sperling, »sie schlugen mit Töpfen an die Türen und waren ganz ausgelassen vor Freude darüber, daß jetzt das alte Jahr fortging; und darüber war auch ich froh, denn ich erwartete, daß wir dann warme Tage bekommen würden; aber daraus ist nichts geworden; es friert viel strenger als vorher! Die Menschen haben sich in der Zeitrechnung geirrt.«

»Das haben sie!« sagte ein dritter, der alt und weiß am Schopf war; »sie haben eben etwas, das sie den Kalender nennen. Der ist so ihre eigene Erfindung, und dann soll alles nach dem gehen; aber das tut es nicht. Wenn der Frühling kommt, dann beginnt das Jahr, das ist der Gang der Natur, und darnach rechne ich!«

»Aber wann kommt der Frühling?« fragten die andern.

»Er kommt, wenn der Storch kommt; aber es ist sehr unbestimmt mit ihm, und hier drinnen in der Stadt ist niemand, der etwas davon weiß, das wissen sie besser draußen auf dem Land; wollen wir dort hinausfliegen und warten? Dort ist man doch dem Frühling näher.«

»Ja, das mag alles recht gut sein«, sagte einer von denen, die lange herumgehüpft waren und gepiept hatten, ohne eigentlich etwas zu sagen. »Ich habe hier drinnen in der Stadt einige Bequemlichkeiten, die ich fürchte dort draußen zu vermissen. Hier in der Nähe auf einem Hof gibt es eine Menschenfamilie, die auf den sehr vernünftigen Einfall gekommen ist, drei bis vier Blumentöpfe mit der großen Öffnung nach innen und dem Boden nach außen an der Wand zu befestigen, in den Boden ist ein Loch geschnitten, so groß, daß ich aus- und einfliegen kann; dort haben ich und mein Mann unser Nest, und von dort sind alle unsere Jungen ausgeflogen. Die Menschenfamilie hat natürlich das Ganze eingerichtet, um das Vergnügen zu haben, uns zuzusehen, sonst hätten sie es wohl nicht gemacht. Sie streuen Brotkrümchen aus, auch zu ihrem Vergnügen, und wir haben so die Nahrung; es ist gleichsam für einen gesorgt; und so glaube ich, daß ich bleibe, und mein Mann bleibt, obgleich auch wir sehr mißvergnügt sind; aber wir bleiben.«

»Und wir fliegen aufs Land hinaus, um zu sehen, ob der Frühling nicht kommt!« Und dann flogen sie.

Und es war ordentlich Winter draußen auf dem Land; es fror dort ein paar Grad stärker als in der Stadt. Der scharfe Wind blies über die schneebedeckten Felder hin. Der Bauer mit großen Fausthandschuhen saß in seinem Schlitten und schlug sich mit den Armen, um die Kälte loszuwerden; die Peitsche lag auf dem Schoß, die mageren Pferde liefen, daß sie dampften, der Schnee knirschte, und die Sperlinge hüpften in den Räderspuren und froren. »Piep! Wann kommt der Frühling? Es dauert so lange!«

»So lange!« klang es über die Felder hin vom höchsten schneebedeckten Hügel; und es konnte ein Echo sein, das man hörte, aber es konnte auch die Rede des sonderbaren, alten Mannes sein, der dort zuoberst auf der Schneewehe in Wind und Wetter saß; er war ganz weiß, gerade wie ein Bauer in weißem Lodenkittel, mit langem, weißem Haar, weißem Bart, ganz bleich und mit großen, klaren Augen.

»Wer ist der Alte dort drüben?« fragten die Sperlinge.

»Das weiß ich!« sagte ein alter Rabe, der auf dem Zaunpfahl saß und herablassend genug war, um zu erkennen, daß wir alle kleine Vögel vor dem Herrn sind, und sich daher auch mit den Sperlingen einließ und Aufklärung gab. »Ich weiß, wer der Alte ist. Es ist der Winter, der alte Mann vom vorigen Jahr; er ist nicht tot, wie der Kalender sagt, nein, er ist sogar der Vormund des kleinen Prinzen Frühling, der kommt. Ja, der Winter führt das Regiment. Huh, es schüttelt euch wohl, ihr Kleinen!«

»Ja, ist es nicht so, wie ich sage«, sagte der Kleinste, »dieser Kalender ist nur Menschenerfindung, er ist nicht nach der Natur eingerichtet! Das sollten sie uns überlassen, uns, die feiner beschaffen sind.«

Und es verging eine Woche, es vergingen fast zwei; der Wald war schwarz, der gefrorene See lag so schwer da und sah aus wie erstarrtes Blei; die Wolken – ja, es waren nicht Wolken, es waren nasse, eiskalte Nebel – hingen über dem Land; die großen, schwarzen Krähen flogen in Scharen, ohne Geschrei; es war, als ob alles schliefe. – Es glitt ein Sonnenstrahl über den See hin, und er glänzte wie geschmolzenes Zinn. Die Schneeschicht über dem Feld und oben auf dem Hügel glitzerte nicht wie vorher; aber die weiße Gestalt, der Winter selbst, saß noch da, den Blick beständig gen Süden gerichtet; er merkte gar nicht, daß die Schneedecke gleichsam in die Erde versank, daß hier und dort ein kleiner, grasgrüner Fleck zum Vorschein kam, und da wimmelte es dann von Sperlingen.

»Quiwitt! Quiwitt! kommt jetzt der Frühling?«

»Der Frühling!« klang es über Feld und Flur und durch die schwarzbraunen Wälder, wo das Moos frischgrün an den Baumstämmen leuchtete. Und durch die Luft kamen von Süden her die beiden ersten Störche geflogen: auf dem Rücken eines jeden saß ein kleines, schönes Kind, ein Knabe und ein Mädchen; und sie küßten die Erde zum Gruß; und wohin sie ihre Füße setzten, wuchsen weiße Blumen unter dem Schnee hervor. Hand in Hand gingen sie hinauf zu dem alten Eismann, dem Winter, legten sich an seine Brust zu neuem Gruß, und im selben Augenblick waren sie alle drei verborgen und die ganze Landschaft war verborgen; ein dicker, nasser Nebel, dicht und schwer, hüllte alles ein. – Bald darnach windete es; der Wind fuhr dahin, er kam mit starken Stößen und jagte den Nebel fort, die Sonne schien so warm; der Winter selbst war verschwunden, des Frühlings schöne Kinder saßen auf dem Thron des Jahres.

»Das nenne ich Neujahr!« sagten die Sperlinge. »Nun bekommen wir wohl wieder unsere Rechte und Vergütung für den strengen Winter.«

Wohin die beiden Kinder sich wandten, da sproßten grüne Knospen an Büschen und Bäumen hervor, da wurde das Gras höher, das Saatfeld mehr und mehr erquickend grün. Und ringsumher streute das kleine Mädchen Blumen aus; sie hatte davon im Überfluß in ihrer Schürze, sie schienen dort hervorzuquellen, stets war sie voll, wie eifrig sie sie auch ausstreute – in ihrem Eifer schüttete sie einen ganzen Blütenschnee über Apfel- und Pfirsichbäume, so daß sie in voller Pracht standen, ehe sie noch richtig grüne Blätter hatten.

Und sie klatschte in die Hände, und der Knabe klatschte, und da kamen Vögel herbei, man wußte nicht woher, und alle zwitscherten und sangen: »Der Lenz ist gekommen!«

Das war herrlich zu sehen. Und manch altes Mütterchen kam hinaus vor ihre Tür in den Sonnenschein, schüttelte sich und sah auf die gelben Blumen, die über der ganzen Wiese prangten, genau so wie in ihren jungen Tagen; die Welt wurde wieder jung. »Es ist heute herrlich hier draußen«, sagte es.

Und der Wald war noch braungrün, Knospe an Knospe; aber der Waldmeister war schon da, so frisch und so duftend, die Veilchen standen in Fülle, und es gab Anemonen, Schlüsselblumen und Primeln, ja, in jedem Grashalm war Saft und Kraft, das war wahrlich ein Prachtteppich, um darauf zu sitzen, und da saß das junge Frühlingspaar und hielt einander bei den Händen und sang und lächelte und wuchs mehr und mehr.

Ein milder Regen fiel vom Himmel auf sie herab, sie merkten es nicht, der Regentropfen und die Freudenträne wurden ein und derselbe Tropfen. Braut und Bräutigam küßten einander, und in diesem Nu schlug der Wald aus. – Als die Sonne aufging, waren alle Wälder grün.

Und Hand in Hand ging das Brautpaar unter dem frischen, hängenden Laubdach, wo nur die Strahlen des Sonnenlichts und die Schlagschatten den Farbenwechsel in dem Grünen bewirkten. Eine jungfräuliche Reinheit und ein erfrischender Duft war in den feinen Blättern; klar und lebendig rieselten Fluß und Bach zwischen dem samtgrünen Schilf und über die bunten Steine. »Vollauf für ewig und immer ist es und bleibt es!« sagte die ganze Natur. Und der Kuckuck sang und die Lerche schlug, es war der herrliche Frühling; doch die Weidenbäume trugen wollene Handschuhe um ihre Blüten, sie waren eben so gräßlich vorsichtig, und das ist langweilig.

Und dann vergingen Tage, und dann vergingen Wochen, die Wärme strömte gleichsam herab; heiße Luftwellen gingen durch das Korn, das immer gelber und gelber wurde. Des Nordens weiße Lotosblume auf den Waldseen breitete ihre großen, grünen Blätter über den Wasserspiegel aus, und die Fische suchten Schatten darunter; und auf der Schutzseite des Waldes, wo die Sonne auf die Wand des Bauernhauses brannte und die aufgesprungenen Rosen ordentlich durchwärmte, und die Kirschbäume voll saftiger, schwarzer, fast sonnenheißer Früchte hingen, sang des Sommers schöne Frau, sie, die wir als Kind und Braut sahen. Und sie blickte nach den steigenden, dunklen Wolken, die in Wellenformen gleich Bergen schwarzblau und schwer sich höher und höher hoben; von drei Seiten kamen sie; tiefer und tiefer, wie ein versteinertes, umgekehrtes Meer, senkten sie sich gegen den Wald, wo alles wie durch einen Zauber verstummt war; jeder Luftzug hatte sich gelegt, jeder Vogel schwieg; es war ein Ernst, eine Erwartung in der ganzen Natur; aber auf Wegen und Stegen eilten Fahrende, Reitende und Gehende dahin, um unter Dach zu kommen. – Da leuchtete es auf einmal auf, als ob die Sonne hervorbräche, blinkend, blendend, alles verbrennend, und es wurde wieder Finsternis in dem rollenden Gekrach; das Wasser stürzte in Strömen hernieder; es ward Nacht und es ward Licht, es ward Stille und es ward Getöse. Das junge, braungefiederte Röhricht im Moor bewegte sich in langen Wogen, des Waldes Zweige verbargen sich im Wassernebel, das Dunkel kam, und das Licht kam, Stille und Getöse. Gras und Korn lagen wie niedergeschmettert, wie hingeschwemmt, als sollte es sich nie wieder erheben. – Plötzlich wurde der Regen zu einzelnen Tropfen, die Sonne schien, und von Halm und Blatt blinkten die Was-

sertropfen wie Perlen, die Vögel sangen, die Fische schnellten aus dem Flußwasser empor, die Mücken tanzten, und draußen auf dem Stein in dem salzigen, aufgepeitschten Meerwasser saß der Sommer selbst, der kräftige Mann mit den schwellenden Gliedern, mit triefend nassem Haar – verjüngt von dem frischen Bad saß er im warmen Sonnenschein. Die ganze Natur ringsumher war verjüngt, alles stand üppig, kräftig und schön; es war Sommer, der warme, herrliche Sommer.

Und erquickend und süß war der Duft, der von dem üppigen Kleefeld kam, die Bienen summten dort um die alte Thingstätte; Brombeerranken wanden sich um den Altarstein empor, der vom Regen gewaschen im Sonnenlicht glänzte; und dorthin flog die Bienenkönigin mit ihrem Schwarm und bereitete Wachs und Honig. Niemand sah es außer dem Sommer und seinem kräftigen Weib; für sie stand der Altartisch gedeckt mit der Opfergabe der Natur.

Und der Abendhimmel erstrahlte wie Gold, keine Kirchenkuppel besitzt es so reich, und der Mond schien zwischen Abendröte und Morgenröte. Es war Sommerzeit.

Und es vergingen Tage, und es vergingen Wochen. – Die blanken Sensen der Schnitter blinkten in den Kornfeldern, die Zweige des Apfelbaumes bogen sich mit roten und gelben Früchten; der Hopfen duftete herrlich und hing in großen Büscheln, und unter den Haselstauden, wo die Nüsse in schweren Klumpen saßen, ruhten Mann und Weib, der Sommer mit seiner ernsthaften Frau.

»Welcher Reichtum!« sagte sie, »ringsumher Segen, heimatlich und gut, und doch, ich weiß selbst nicht, ich sehne mich nach – Ruhe – Stille. Ich weiß das Wort nicht dafür. – Jetzt pflügen sie bereits wieder auf dem Feld! Mehr und immer mehr wollen die Menschen gewinnen! – Schau, die Störche kommen in Scharen und gehen im Abstand hinter dem Pflug her; der Vogel Ägyptens, der uns durch die Lüfte trug! Entsinnst du dich, wie wir beide als Kinder hierher kamen in die Länder des Nordens? – Blumen brachten wir, herrlichen Sonnenschein und grüne Wälder, mit denen ist nun der Wind arg umgegangen, sie werden braun und dunkel wie die Bäume des Südens, aber tragen nicht wie diese goldene Früchte.«

»Die willst du sehen?« sagte der Sommer, »so freue dich denn!« Und er hob seinen Arm, und des Waldes Blätter färbten sich mit Rot und Gold, es kam eine Farbenpracht über alle Wälder. Die Rosenhecke erglänzte mit feuerroten Hagebutten, die Holunderzweige hingen mit großen, schweren, schwarzbraunen Beeren, die wilden Kastanien fielen reif aus den schwarzgrünen Schalen, und drinnen im Wald blühten die Veilchen zum zweitenmal.

Aber die Königin des Jahres wurde immer stiller und stiller, immer bleicher. »Es weht kalt«, sagte sie, »die Nacht hat nasse Nebel! – Ich sehne mich nach – dem Kindheitsland!«

Und sie sah die Störche fortfliegen, jeden einzelnen, und sie streckte die Hände nach ihnen aus. – Sie blickte auf zu den Nestern, die leer standen, und es wuchs in dem einen die langstielige Kornblume und in einem andern der gelbe Rübsamen, als ob das Nest nur zu ihrem Schutz und ihrer Umzäunung da sei; und die Sperlinge kamen dort hinauf.

»Piep! Wo ist die Herrschaft geblieben? Sie kann es wohl nicht ertragen, daß sie angeblasen wird, und da ist sie außer Landes gegangen; Glück auf die Reise!«

Und immer gelber und gelber wurden des Waldes Blätter, und Laub fiel auf Laub; die Stürme des Herbstes sausten, es war zu später Erntezeit. Und auf dem gelben Laubfall lag die Königin des Jahres und schaute mit milden Augen nach dem blinkenden Stern, und ihr Gatte stand bei ihr. Ein Windstoß wirbelte im Laub – es fiel wieder nieder. Da war sie fort, aber ein Schmetterling, der letzte des Jahres, flog durch die kalte Luft.

Und die nassen Nebel kamen, der eisige Wind und die dunklen, längsten Nächte. Der Herrscher des Jahres stand da mit schneeweißem Haar; aber er wußte es nicht selbst, er glaubte, es seien die Schneeflocken, die von den Wolken fielen; eine dünne Schneeschicht lag über dem grünen Feld.

Und die Kirchenglocken läuteten zur Weihnachtszeit.

»Die Glocken der Geburt läuten!« sagte der Herrscher des Jahres, »bald wird das neue Herrscherpaar geboren, und ich bekomme Ruhe wie sie, Ruhe in dem blinkenden Stern.«

Und in dem frischen, grünen Tannenwald, wo der Schnee lag,

stand der Weihnachtsengel und weihte die jungen Bäume ein, die zu seinem Fest kommen sollten.

»Freude in der Stube und unter den grünen Zweigen!« sagte der alte Herrscher des Jahres, Wochen hatten ihn zum schneeweißen Greis gealtert; »meine Ruhezeit naht, das junge Paar des Jahres erhält nun Krone und Zepter.«

»Und die Macht ist doch dein!« sagte der Weihnachtsengel, »die Macht und nicht die Ruhe! Laß den Schnee wärmend über der jungen Saat liegen! Lerne es zu tragen, daß einem anderen gehuldigt wird, und du doch Herrscher bist; lerne, vergessen zu sein und doch zu leben! Die Stunde deiner Freiheit kommt, wenn der Frühling kommt.«

»Wann kommt der Frühling?« fragte der Winter.

»Er kommt, wenn der Storch kommt!« Und mit weißen Locken und schneeweißem Bart saß der Winter eiskalt, alt und gebeugt, aber stark wie der Wintersturm und des Eises Macht hoch auf der Schneewehe des Hügels und schaute gen Süden, wie der Winter vorher gesessen und geschaut hatte. – Das Eis krachte, der Schnee knirschte, die Schlittschuhläufer schwangen sich auf den blanken Seen, und Raben und Krähen nahmen sich gut aus auf dem weißen Grund; kein Wind rührte sich. Und in der stillen Luft ballte der Winter die Fäuste, und das Eis wurde klafterdick zwischen den Ländern.

Dann kamen wieder die Sperlinge aus der Stadt und fragten: »Wer ist der alte Mann dort drüben?« Und der Rabe saß wieder da oder ein Sohn von ihm, was ganz dasselbe ist, und der sagte ihnen: »Das ist der Winter, der alte Mann vom vorigen Jahr! Er ist nicht tot, wie der Kalender sagt, sondern Vormund des Frühlings, der kommt.«

»Wann kommt der Frühling?« sagten die Sperlinge. »Dann bekommen wir gute Zeiten und ein besseres Regiment. Das alte taugte nicht!«

Und in stillen Gedanken nickte der Winter dem blattlosen, schwarzen Wald zu, wo jeder Baum die schöne Form und Biegung der Zweige zeigte; und während des Winterschlummers senkten sich die eiskalten Nebel der Wolken –, der Herrscher träumte von seiner Jugendzeit und seinem Mannesalter, und bei Tagesanbruch stand der Wald herrlich im Rauhreif. Das war des Winters Sommertraum; der Sonnenschein streute Rauhreif von den Zweigen.

»Wann kommt der Frühling?« fragten die Sperlinge.

»Der Frühling!« tönte es wie Echo von den Hügeln, wo der Schnee lag. Und die Sonne schien immer wärmer und wärmer, der Schnee schmolz, die Vögel zwitscherten: »Der Lenz ist gekommen!«

Und hoch durch die Luft kam der erste Storch, der zweite folgte; ein schönes Kind saß auf dem Rücken von jedem, und sie ließen sich nieder auf das offene Feld, und sie küßten die Erde, und sie küßten den alten, stillen Mann, und wie Moses auf dem Berge entschwand er, vom Wolkennebel getragen.

Die Geschichte des Jahres war beendet.

»Das ist sehr richtig!« sagten die Sperlinge, »und es ist auch sehr schön, aber es ist nicht nach dem Kalender, und dann ist es falsch.«

46

ES IST GANZ GEWISS

Das ist eine fürchterliche Geschichte«, sagte eine Henne, und zwar drüben in dem Viertel der Stadt, wo die Geschichte nicht passiert war. »Das ist eine fürchterliche Geschichte im Hühnerhaus! Ich wage es nicht, allein zu schlafen heute nacht! Es ist gut, daß wir so viele beisammen sind auf der Stiege.« – Und dann erzählte sie, so daß den andern Hühnern die Federn zu Berge standen und der Hahn den Kamm fallen ließ. Es ist ganz gewiß!

Aber wir wollen mit dem Anfang anfangen, und der begab sich in dem andern Viertel der Stadt in einem Hühnerhaus. Die Sonne ging unter, und die Hühner flogen auf; eins von ihnen war weißgefiedert und kurzbeinig, legte seine vorschriftsmäßigen Eier und war als Henne in allen Beziehungen respektabel. Als sie auf die Stiege kam, zupfte sie sich mit dem Schnabel, und da fiel ihr eine kleine Feder aus.

»Da ging sie!« sagte sie, »je mehr ich mich zupfe, desto schöner werde ich wohl!« Und das war nun im Scherz gesagt; denn sie war das heitere Gemüt unter den Hühnern, im übrigen, wie gesagt, sehr respektabel; und dann schlief sie ein.

Dunkel war es ringsumher, Henne saß neben Henne, und die, welche ihr am nächsten saß, schlief nicht; sie hörte, und sie hörte nicht, wie man es ja soll in dieser Welt, um in seiner guten Ruhe zu leben; aber ihrer andern Nachbarin mußte sie es doch sagen: »Hörtest du, was hier gesagt wurde? Ich nenne niemand, aber es gibt eine Henne, die sich rupfen will, um gut auszusehen. Wäre ich Hahn, ich würde sie verachten!«

Und gerade über den Hühnern saß die Eule mit Eulenmann und Eulenkindern; sie hatten scharfe Ohren in dieser Familie, sie hörten jedes Wort, das die Nachbarhenne sagte. Und sie rollten mit den Augen, und Eulenmutter fächerte sich mit den Flügeln: »Hört nur nicht darauf; aber ihr hörtet wahrscheinlich, was gesagt wurde? Ich hörte es mit meinen eigenen Ohren, und man muß viel hören, ehe sie einem abfallen! Da ist eine von den Hennen, die in einem Grad vergessen hat, was sich für eine Henne schickt, daß sie sitzt und sich alle Federn abrupft und es den Hahn mitansehen läßt.«

»Prenez garde aux enfants!« sagte Eulenvater, »das ist nichts für die Kinder!«

»Ich will es doch der Nachbareule erzählen, das ist so eine achtbare Eule im Umgang!« Und dann flog Mutter.

»Hu-hu! uhuh!« heulten sie beide und gerade in den Taubenschlag des Nachbars zu den Tauben hinein. »Habt ihr es gehört, habt ihr es gehört? Uhuh! Da ist eine Henne, die sich um des Hahnes willen alle Federn abgerupft hat! Sie wird erfrieren, wenn es nicht schon geschehen ist, uhuh!«

»Wo? Wo?« gurrten die Tauben.

»Im Hof des Nachbars! Ich habe es so gut wie selbst gesehen! Es ist beinahe unpassend, die Geschichte zu erzählen. Aber es ist ganz gewiß!«

»Wir glauben, wir glauben jedes einzelne Wort!« sagten die Tauben und gurrten hinunter in ihren Hühnerhof: »Da ist eine Henne, ja, es gibt einige, die sagen, daß es zwei sind, die sich alle Federn abgerupft haben, um nicht so auszusehen wie die andern und um dadurch die Aufmerksamkeit des Hahnes zu erwecken. Das ist ein gewagtes Spiel, man kann sich erkälten und am Fieber sterben; und sie sind alle beide gestorben!«

»Wacht auf! Wacht auf!« krähte der Hahn und flog hinauf auf den Bretterzaun; der Schlaf saß ihm noch in den Augen, aber er krähte dennoch: »Es sind drei Hühner aus unglücklicher Liebe zu einem Hahn gestorben; sie haben sich alle Federn abgerupft; das ist eine scheußliche Geschichte; ich will sie nicht für mich behalten, laßt sie weitergehen!«

»Laßt sie weitergehen!« pfiffen die Fledermäuse, und die Hühner gluckten, und die Hähne krähten: »Laßt sie weitergehen! Laßt sie weitergehen!« Und dann ging die Geschichte von Hühnerhaus zu Hühnerhaus und zuletzt zurück an den Ort, von dem sie eigentlich ausgegangen war.

»Da sind fünf Hühner«, hieß es, »die sich alle die Federn abgerupft haben, um zu zeigen, welches von ihnen aus Liebeskummer um den Hahn am magersten geworden sei, und dann hackten sie sich gegenseitig blutig und fielen tot nieder zur Schmach und Schande für ihre Familie und zum großen Verlust für den Besitzer.«

Und die Henne, welche die lose, kleine Feder verloren hatte, kannte natürlich ihre eigene Geschichte nicht wieder, und da sie eine respektable Henne war, so sagte sie: »Ich verachte diese Hühner; aber es gibt mehr von der Art! Dergleichen soll man nicht verschweigen, und ich will das Meine dazu tun, daß diese Geschichte in die Zeitung kommen kann, dann geht sie durch das ganze Land; das haben diese Hühner verdient und die Familie auch!«

Und es kam in die Zeitung, und es wurde gedruckt, und es ist ganz gewiß: Eine kleine Feder kann sehr wohl zu fünf Hühnern werden.

47

DAS SCHWANENNEST

Zwischen der Ostsee und der Nordsee liegt ein altes Schwanennest, und das wird Dänemark genannt; in ihm sind und werden Schwäne geboren, deren Namen niemals sterben sollen.

Im Altertum flog eine Schar von Schwänen von hier über die Alpen hin nach Mailands grünen Ebenen, wo es herrlich war zu wohnen; dieser Schwanenzug wurde Longobarden[1] genannt.

Eine andere Schar mit glänzenden Federn und treuen Augen schwang sich hinab nach Byzanz, setzte sich dort um den Thron des Kaisers und breitete ihre großen, weißen Flügel wie Schilde aus, um ihn zu beschirmen. Sie erhielt den Namen Wäringer.[2]

[1] Die Longobarden, die dem nordisch-germanischen Stamm angehören, drangen in der zweiten Hälfte des sechsten Jahrhunderts unter Alboin von der Donau aus über die Alpen, eroberten das jetzige Oberitalien und gründeten die Lombardei, die sich bis 774 als selbständiges Königreich erhielt, in welchem Jahre Kaiser Karl der Große das Land eroberte.

[2] Die Wäringer, auch Waräger, nach ihrem Bündnis benannt, kamen im elften Jahrhundert auf ihren Seefahrten vom Norden nach Byzanz, dem späteren Konstantinopel, und bildeten bis Ende des dreizehnten Jahrhunderts den eigentlichen Kern der byzantinischen Kaisermacht. Die nordischen Sagen wissen viel von diesen Helden zu berichten.

Es scholl von Frankreichs Küste ein Schrei der Angst vor den blutigen Schwänen, die mit Feuer unter den Flügeln aus Norden kamen, und das Volk betete: »Befreie uns, Gott, von den wilden Normannen!«[1]

Auf Englands wiesenfrischem, grünem Rasen an dem offenen Strand stand der dänische Schwan[2] mit der dreifachen Königskrone auf dem Haupt; sein goldenes Zepter streckte er über das Land aus.

Das Knie beugten die Heiden an Pommerns Küsten, und die dänischen Schwäne kamen mit der Fahne des Kreuzes und mit gezogenem Schwert.[3]

»Das war in uralten Tagen«, sagst du.

Auch näher unserer Zeit sah man mächtige Schwäne aus dem Nest ausfliegen.

Es leuchtete durch die Luft, es leuchtete hin über die Länder der Welt, der Schwan zerstreute mit seinem starken Flügelschlag den dämmernden Nebel, und der Sternenhimmel wurde sichtbarer; es war, als ob er der Erde näher käme; es war der Schwan Tycho Brahe.[4]

»Ja, damals!« sagst du, »aber jetzt in unseren Tagen!« Da sahen wir Schwan neben Schwan fliegen in herrlicher Flucht. Einer ließ seinen Flügel über die Saiten der goldenen Harfe hingleiten, und es klang durch den Norden; Norwegens Felsen erhoben sich höher im Sonnenlicht des Altertums; es rauschte in Tanne und in Birke; des

[1] Unter der Bezeichnung »die Normannen« versteht man die Bewohner des heutigen Skandinavien, besonders aber die Norweger, die auf See- und Raubzüge auszogen, Küsten heimsuchten und Länder eroberten. So gelangten sie auch zum erstenmal nach Frankreich und 885 sogar bis Paris. 912 wurde ihr Häuptling Rollo (als Christ Robert genannt) mit der Normandie unter Frankreichs Oberhoheit belehnt.

[2] Knud oder Kanut der Große, König von Dänemark und Norwegen, eroberte England im Jahr 1013, dessen Nachkommen, merkwürdig genug, später – 1066 – von dem Normannen-Herzog Wilhelm dem Eroberer verjagt wurden.

[3] Pommern wurde von König Knud VI., Sohn des Königs Valdemar des Großen, Ende des zwölften Jahrhunderts erobert.

[4] Tycho de Brahe wurde 1546 in Schonen (Schweden) geboren und starb 1601 in Prag.

Nordens Götter, Helden und edle Frauen zeigten sich in dem tiefen, dunklen Waldgrund.[1]

Wir sahen einen Schwan mit den Flügeln gegen den Marmorfelsen schlagen, so daß er barst und die im Stein gebundenen Schönheitsgestalten hervorschritten bei sonnenklarem Tag, und die Menschen ringsumher in den Ländern erhoben ihre Köpfe, um diese mächtigen Gestalten zu sehen.[2]

Wir sahen einen dritten Schwan den Gedankenfaden spinnen, der nun von Land zu Land rings um die Erde geknüpft wird, so daß das Wort mit Blitzeseile durch die Länder fliegt.[3]

Unser Herr hat lieb das alte Schwanennest zwischen Ostsee und Nordsee. Laßt mächtige Vögel nur durch die Luft kommen, um es zu zerreißen: »Das soll nicht geschehen!«[4] Selbst die flaumlosen Jungen stellen sich im Kreis um des Nestes Rand, das haben wir gesehen, sie lassen sich in die junge Brust hacken, so daß ihr Blut fließt, sie schlagen mit Schnabel und mit Klaue.

Jahrhunderte werden noch hingehen, Schwäne entfliegen dem Nest, werden gesehen und gehört ringsum in der Welt, bevor die Zeit kommt, da man im Geist und in Wahrheit soll sagen können: »Das ist der letzte Schwan, der letzte Gesang aus dem Schwanennest.«

[1] Der dänische Dichter Adam Oehlenschläger, geboren in Kopenhagen am 14. November 1777, gestorben daselbst am 20. Januar 1850, hat, außer seinen Tragödien, die die Helden und edlen Frauen des Nordens behandeln, durch sein Epos »Die Götter des Nordens« viel zur Kenntnis der nordischen Götterlehre beigetragen. Et war der erste Dichter im Norden, der sich dieses Gegenstandes bemächtigte.

[2] Der Dichter meint den dänischen Bildhauer Thorvaldsen.

[3] Hier ist der Erfinder des Elektro-Magnetismus, Hans Christian Oersted, gemeint.

[4] Ausspruch des Königs Frederik VII. von Dänemark bei Anlaß des ersten deutsch-dänischen Krieges, als die Augustenburger die Abtrennung Schleswigs von Dänemark forderten.

48

HERZELEID

Es ist eigentlich eine Geschichte in zwei Teilen, mit der wir hier kommen; der erste Teil könnte gut wegbleiben – aber er gibt Vorkenntnisse, und die sind nützlich.

Wir halten uns drinnen im Land auf einem Herrenhof auf, und dann traf es sich, daß die Herrschaft dort für einen Tag fortfuhr. Da kam aus dem nächsten Städtchen eine Madam, sie hatte ihren Mops mit und kam, wie sie sagte, damit man »Aktien« auf ihre Gerberei nehmen solle. Ihre Papiere hatte sie mit, und wir rieten ihr, sie in einen Umschlag zu tun und darauf die Adresse des Gutsbesitzers: »Generalkriegskommissar, Ritter usw.« zu schreiben.

Sie hörte uns zu, sie nahm die Feder, hielt inne und bat uns, die Aufschrift zu wiederholen, aber langsam. Wir taten es, und sie schrieb; aber mitten im »Generalkriegs-« blieb sie stehen, seufzte und sagte: »Ich bin nur ein Frauenzimmer.« Den Mops hatte sie auf den Boden gesetzt, während sie schrieb, und er knurrte; er war ja auch seines Vergnügens und seiner Gesundheit wegen mitgekommen, und dann soll man nicht auf den Boden gesetzt werden. Stumpfnase und Speckrücken waren sein Äußeres.

»Er beißt nicht!« sagte die Madam, »er hat keine Zähne. Er ist gleichsam ein Glied der Familie, treu und bissig, aber dazu ist er von meinen Enkelkindern aufgereizt worden; sie spielen Hochzeit, und dann wollen sie ihn dazu bringen, Brautjungfer zu sein, und das strengt ihn an, den alten Kerl!«

Und sie lieferte ihre Papiere ab und nahm den Mops auf den Arm. Das ist der erste Teil – der wohl entbehrt werden könnte.

»Der Mops starb!« Das ist der zweite Teil. Es war eine Woche später; wir kamen ins Städtchen und kehrten im Gasthof ein. Unsere Fenster gingen nach dem Hof hinaus, der durch einen Bretterzaun in zwei Teile geteilt war; in dem einen hingen Felle und Häute, rohe und gegerbte; hier standen alle Werkstoffe für eine Gerberei, und die gehörte der Witwe. – Der Mops war an diesem Morgen gestorben und hier im Hof begraben worden; die Enkelkinder der Witwe, das heißt die der Gerberswitwe, denn der Mops war nicht verheiratet gewesen, deckten das Grab zu, und es war ein schönes Grab; es mußte ein Vergnügen sein, darin zu liegen.

Das Grab war umzäunt mit Topfscherben und mit Sand bestreut; zuoberst hatten sie eine halbe Bierflasche mit dem Hals nach oben gesteckt, und das war durchaus nicht allegorisch.

Die Kinder tanzten um das Grab herum, und der älteste der Knaben, ein praktischer Jüngling von sieben Jahren, schlug vor, daß man eine Ausstellung vom Grab des Mopses machen solle, und zwar für alle von der Gasse; der Zutritt müsse mit einem Hosenknopf bezahlt werden; das war etwas, was jeder Knabe hatte und auch für die kleinen Mädchen liefern konnte; und dieser Vorschlag wurde einstimmig angenommen.

Und alle Kinder aus der Gasse und auch aus der Hintergasse kamen und gaben ihren Knopf; es waren viele, die an diesem Nachmittag nur mit einem Hosenknopf herumgingen; aber dafür hatte man das Grab des Mopses gesehen, und das war wohl soviel wert.

Aber draußen vor dem Gerberhof, dicht neben der Pforte dort, stand ein kleines, zerlumptes Kind, so lieblich geschaffen, mit dem schönsten lockigen Haar und Augen, so blau und klar, daß es eine

Lust war; sie sagte kein Wort, sie weinte auch nicht, aber jedesmal, wenn die Pforte sich öffnete, schaute sie so weit hinein, als sie konnte. Sie besaß nicht einen Knopf, das wußte sie und blieb deshalb traurig draußen stehen, stand dort, bis alle fertiggesehen hatten und fortgegangen waren; da setzte sie sich nieder, hielt die kleinen, braunen Hände vor die Augen und brach in Tränen aus; sie allein hatte das Grab des Mopses nicht gesehen. Das war Herzeleid und so groß, wie das des Erwachsenen es oft sein kann.

Wir sahen es von oben – und von oben gesehen – dieses wie so vieles von unserm eigenen und anderer Leid, ja, dann können wir darüber lachen! Das ist die Geschichte, und wer sie nicht versteht, der kann Aktien nehmen auf die Gerberei der Witwe.

49

»ALLES AN SEINEN RECHTEN PLATZ«

Es ist über hundert Jahre her.

Es lag hinter dem Wald bei dem großen See ein alter Herrenhof, und rings um ihn waren tiefe Gräben, worin Rohrkolben, Schilf und Röhricht wuchsen. Dicht bei der Brücke zum Einfahrtstor stand ein alter Weidenbaum, der sich über das Röhricht hinausneigte.

Drüben vom Hohlweg ertönten Hörner und Pferdegestampf, und deshalb beeilte sich die kleine Gänsemagd, die Gänse von der Brücke wegzubringen, bevor die Jagdgesellschaft dahergaloppiert kam; sie kam in solcher Eile, daß sie schnell auf einen der hohen Steine bei der Brücke springen mußte, um nicht überritten zu werden. Ein halbes Kind war sie noch, fein und schmächtig, aber mit einem lieblichen Ausdruck in ihrem Gesicht und zwei guten, klaren Augen, aber darauf sah der Gutsbesitzer nicht; in der fliegenden Eile, in der er kam, kehrte er die Peitsche in der Hand um, und in roher Lustigkeit stieß er sie mit dem Stiel gerade vor die Brust, so daß sie hintenüber fiel.

»Alles an seinen rechten Platz«, rief er, »in den Kot mit dir!« Und dann lachte er; das sollte eben so lustig sein, und die andern lachten mit; die ganze Gesellschaft schrie und lärmte, die Jagdhunde bellten, das war wahrlich:

»Der reiche Vogel kommt herangesaust!« – Gott weiß, wie reich er sein mochte.

Die arme Gänsemagd griff um sich, während sie fiel, und bekam einen der herabhängenden Weidenzweige zu fassen; an diesem hielt sie sich über dem Schlamm, und sobald Herrschaft und Hunde glücklich zum Tor hinein waren, bemühte sie sich, hinaufzugelangen, aber der Zweig brach an der Krone ab, und die Gänsemagd fiel schwer in das Röhricht zurück, als im selben Augenblick eine kräftige Hand sie von obenher ergriff. Es war ein wandernder Hausierer, der aus einiger Entfernung zugesehen hatte und sich nun beeilte, ihr zu Hilfe zu kommen.

»Alles an seinen rechten Platz!« sagte er im Scherz dem Gutsbesitzer nach und zog sie aufs Trockene hinauf; den abgebrochenen Zweig stellte er an den Ort, wo er abgebrochen war, aber »an seinen rechten Platz«, das geht nicht immer, und so steckte er den Zweig in die weiche Erde: »Wachse, wenn du kannst, und schneide ihnen eine gute Flöte dort oben auf dem Hof!« Er gönnte dem Gutsbesitzer und den Seinen einen tüchtigen Spießrutenlauf; und dann ging er hinein in den Herrenhof, aber nicht hinauf in den Ehrensaal, dafür war er zu gering. Hinein zu den Leuten in die Gesindestube kam er, und sie besahen seine Waren und feilschten; aber oben von der Festtafel ertönte Geschrei und Gebrüll, was Gesang sein sollte; sie konnten es nicht besser. Es ertönte Gelächter und Hundegeheul, da war ein großes Prassen und Zechen; Wein und altes Bier schäumte in Glas und Krug, und die Leibhunde fraßen mit; die eine oder andere dieser Bestien wurde von den Junkern geküßt, nachdem ihr erst mit dem langen Ohrlappen die Schnauze abgewischt worden war. Der Hausierer wurde mit seinen Waren heraufgerufen, aber nur, damit sie ihren Spaß mit ihm haben konnten. Der Wein war hineingegangen und der Verstand heraus. Sie gossen ihm Wein in einen Strumpf, damit er mittrinken könne, aber schnell! Das war nun so außerordentlich schlau und zum Grinsen. Ganze Viehherden, Bauern und Bauernhöfe wurden auf eine Karte gesetzt und verloren.

»Alles an seinen rechten Platz!« sagte der Hausierer, als er glücklich wieder außerhalb von Sodom und Gomorra war, wie er es nannte. »Die offene Landstraße, das ist mein rechter Platz, dort oben war ich gar nicht in meinem Element.« Und die kleine Gänsemagd nickte ihm zu vom Feldrain.

Und es vergingen Tage, und es vergingen Wochen, und es zeigte sich, daß der abgebrochene Weidenzweig, den der Hausierer am Wassergraben in die Erde gesteckt hatte, sich ständig frisch und grün hielt, ja, daß er sogar neue Schoße trieb; die kleine Gänsemagd sah, daß er Wurzel gefaßt haben mußte, und sie freute sich so innig darüber; es sei ihr Baum, fand sie.

Ja, mit ihm ging es vorwärts, aber mit allem andern auf dem Hof ging es arg zurück bei Zecherei und Spiel: das sind zwei Rollen, auf denen nicht gut stehen ist.

Es waren keine sechs Jahre vergangen, da wanderte der Gutsbesitzer mit Sack und Stab als armer Mann vom Hof, und dieser wurde gekauft von einem reichen Hausierer, und das war just der, der zum Spott und Gelächter gedient und dem man Wein in einem Strumpf angeboten hatte; aber Ehrlichkeit und Betriebsamkeit, die geben guten Erfolg, und jetzt war der Hausierer Herr auf dem Hof; aber von Stund an kam kein Kartenspiel mehr dorthin. »Das ist eine schlimme Lektüre«, sagte er, »die kommt daher, daß der Teufel, als er das erstemal die Bibel sah, ein Zerrbild von ihr machen wollte, das ihr gleich sein sollte, und dann erfand er das Kartenspiel!«

Der neue Gutsbesitzer nahm sich eine Frau, und wer war sie? Es war die kleine Gänsemagd, die immer brav, fromm und gut gewesen war; und in den neuen Kleidern sah sie so fein und schön aus, als sei sie als vornehme Jungfrau geboren. Wie ging das zu? Ja, das ist eine zu lange Geschichte für unsere eilige Zeit, aber es trug sich zu, und das Wichtigste kommt nachher.

Gesegnet und gut war es auf dem alten Hof, Mutter stand selbst dem Inneren vor und Vater dem Äußeren; es war, als ströme der Segen gleichsam hervor, und wo Wohlstand ist, da kehrt Wohlstand ein. Der alte Hof wurde geputzt und gemalt, die Gräben gereinigt und Fruchtbäume gepflanzt; freundlich und gut sah es aus, und der Stubenboden war blank wie ein Hackbrett. Im großen Saal saß an den Winterabenden die Herrin mit allen ihren Mägden und spann Wolle und Leinen; und jeden Sonntagabend wurde aus der Bibel vorgelesen, und zwar vom Justizrat selbst; denn er war Justizrat geworden, der Hausierer, aber das war erst in seinen sehr alten Tagen. Die Kinder wuchsen heran – es kamen Kinder, und alle wurden sie gut unterrichtet, aber sie hatten ja nicht alle gleich gute Köpfe, so wie das eben in jeder Familie ist.

Aber der Weidenzweig draußen war zu einem ganzen, prächtigen Baum geworden, der frei und unbeschnitten dastand. »Das ist unser Stammbaum!« sagten die alten Leute, und dieser Baum sollte in Achtung und Ehren gehalten werden, sagten sie zu den Kindern, auch zu denen, die keine guten Köpfe hatten. Und jetzt waren hundert Jahre vergangen. Es war in unserer Zeit; der See war zu einem Moor geworden, und der alte Herrenhof war gleichsam ausgewischt. Es stand da ein länglicher Wassertümpel mit einigen Mauerresten nebenan, das waren die Überbleibsel der tiefen Gräben; und hier stand noch ein prächtiger, alter Baum, der seine Zweige neigte: es war der Stammbaum; er stand und zeigte, wie schön ein Weidenbaum sein kann, wenn er sich selbst überlassen sein darf. – Der Stamm war freilich mittendurch gespalten, von der Wurzel bis hinauf zur Krone, der Sturm hatte ihn ein wenig gedreht; aber er stand, und aus allen Spalten und Ritzen, in die Wind und Wetter Humus getragen hatte, wuchsen Gras und Blumen. Besonders zuoberst, wo die großen Zweige sich teilten, war gleichsam ein ganzer, kleiner, hängender Garten mit Himbeeren und Wegerich, ja sogar eine winzigkleine Eberesche hatte dort Wurzeln gefaßt und stand so schlank und fein mitten droben in dem alten Weidenbaum, der sich im schwarzen Wasser spiegelte, wenn der Wind die Wasserlinsen in eine Ecke des Wassertümpels getrieben hatte. – Ein kleiner Steg übers Feld hin führte hier dicht vorbei.

Hoch auf dem Hügel beim Wald mit einer herrlichen Aussicht lag der neue Hof, groß und prächtig, mit so klaren Glasscheiben, daß man glauben sollte, es seien gar keine da. Die große Treppe bei der Tür sah aus, als sei ihr eine Laube von Rosen und großblättrigen Pflanzen aufgesetzt. Der Rasenfleck war von so reinem Grün, als ob jeder Halm morgens und abends nachgesehen würde. Drinnen im Saal hingen köstliche Gemälde, und da standen mit Seide und Samt bezogene Stühle und Sofas, die fast auf ihren eigenen Beinen gehen konnten, Tische mit blanken Marmorplatten, und Bücher in Saffian und Goldschnitt ... ja, es waren wahrlich reiche Leute, die hier wohnten, es waren vornehme Leute; hier wohnte der Baron und seine Familie.

Das eine entsprach dem andern. »Alles an seinen rechten Platz!« sagten auch sie, und daher waren alle die Bilder, die einstmals zum Schmuck und zu Ehren auf dem alten Hof gewesen, jetzt im Gang zur Knechtekammer aufgehängt; richtiges Gerümpel war es, besonders zwei alte Porträts, das eine ein Mann in rosenrotem Kleid und mit Perücke, das andere eine Dame mit gepudertem, aufgestecktem Haar und einer roten Rose in der Hand, aber beide gleichartig umgeben von einem großen Kranz aus Weidenzweigen. Es waren viele runde Löcher in den beiden Bildern, und das kam daher, weil die kleinen Barone immer ihre Flitzbogen auf die beiden alten Leute abschossen. Es waren der Justizrat und die Justizrätin, die, von welchen das ganze Geschlecht abstammte.

»Aber sie gehören nicht so recht zu unserer Familie!« sagte einer von den kleinen Baronen. »Er war ein Hausierer und sie eine Gänsemagd. Sie waren nicht wie Papa und Mama.«

Die Bilder seien schlechtes Gerümpel und »Alles an seinen rechten Platz!« sagte man, und dann kamen Urgroßvater und Urgroßmutter auf den Gang zur Knechtekammer.

Der Pfarrerssohn war Hauslehrer dort auf dem Hof; er ging eines Tages mit den kleinen Baronen und ihrer ältesten Schwester, die gerade neulich konfirmiert war, spazieren, und sie kamen über den Steg hinab zu dem alten Weidenbaum; und während sie gingen, band sie einen Strauß von Feldblumen; »Alles an seinen rechten Platz«, und es wurde zu einem ganzen Gebilde der Schönheit. Inzwischen hörte sie doch sehr gut allem zu, was gesagt wurde, und es freute sie so sehr, den Pfarrerssohn von den Kräften der Natur und von den großen Männern und Frauen der Geschichte erzählen zu hören; sie war eine gesunde, gesegnete Natur, adlig in Seele und Gedanken und mit einem Herzen, das so recht all das von Gott Erschaffene umfing.

Sie machten Halt unten bei dem Weidenbaum; der kleinste der Barone wollte sich so gerne eine Flöte schneiden lassen, das war ihm früher von andern Weidenbäumen gemacht worden, und der Pfarrerssohn brach einen Zweig ab.

»Oh, tun Sie es nicht!« sagte die junge Baronesse; aber dann war es geschehen »Das ist ja unser alter, berühmter Baum! Ich habe ihn sehr lieb! Ja, deshalb lacht man mich auch zu Hause aus, aber das ist gleich! Es gibt eine Sage von diesem Baum –!«

Und nun erzählte sie alles, was wir gehört haben von dem Baum, von dem alten Hof, von der Gänsemagd und dem Hausierer, die sich hier begegneten und die Stammeltern des vornehmen Geschlechtes und der jungen Baronesse wurden.

»Sie wollten sich nicht adeln lassen, die alten, braven Leute!« sagte sie. »Sie hatten das Sprichwort: ›Alles an seinen rechten Platz!‹ und dahin meinten sie, kämen sie nicht, wenn sie sich für Geld erhöhen ließen. Es war ihr Sohn, mein Großvater, der Baron wurde; er soll ein großes Wissen besessen haben, hoch angesehen und beliebt bei Prinzen und Prinzessinnen gewesen sein und bei allen ihren Festen zugegen. Ihn lieben die andern zu Hause am meisten; aber, ich weiß selbst nicht, es ist etwas an dem alten Paar, was mein Herz zu ihnen zieht; es muß so gemütlich, so patriarchalisch auf dem alten Hof gewesen sein, wo die Hausmutter mit allen ihren Mägden saß und spann und der alte Herr aus der Bibel vorlas.«

»Das sind prächtige Leute gewesen, vernünftige Leute!« sagte der Pfarrerssohn; und dann waren sie mitten in einem Gespräch über Adlige und Bürgerliche, und es war beinahe, als ob der Pfarrerssohn nicht dem Bürgerstande angehöre, so sprach er darüber, was es bedeute, von Adel zu sein.

»Es ist ein Glück, einem Geschlecht anzugehören, das sich ausgezeichnet hat, dadurch gleichsam einen Ansporn im Blut zu haben, um vorwärts zu schreiten im Tüchtigen. Schön ist es, einen Familiennamen zu besitzen, der eine Zutrittskarte zu den ersten Familien ist. Adel bedeutet edel, das ist die Goldmünze, die als Stempel bekommen hat, was sie selbst an Wert darstellt. – Es ist der Ton der Zeit, und viele Poeten schlagen ihn natürlich an, daß alles, was adlig ist, schlecht und dumm sein soll; aber bei den Armen, je tiefer man herabsteige, alles um so mehr glänze. Aber das ist nicht meine Meinung, denn es ist völlig verkehrt, völlig falsch. In den höheren Ständen findet man viele ergreifend schöne Züge; meine Mutter hat mir einen erzählt, und ich könnte mehrere wiedergeben. Sie war auf Besuch in einem vornehmen Haus in der Stadt, meine Großmutter, glaube ich, hatte die gnädige Frau aufgezogen. Meine Mutter stand in der Stube mit dem alten, hochadeligen Herrn; da sah er, daß unten im Hof eine alte Frau auf Krücken hereinkam; jeden Sonntag kam sie und erhielt ein paar Schillinge. ›Da ist die arme Alte‹, sagte der Herr, ›es fällt ihr schwer zu gehen!‹ – und ehe meine Mutter es verstand, war er zur Tür hinaus und die Treppe hinunter; er, die siebzigjährige alte Exzellenz, war selbst zu der alten Frau hinuntergegangen, um ihr den beschwerlichen Weg hinauf nach der Schillingshilfe zu ersparen, die sie holen kam. Das ist ja nur ein geringer Zug, aber wie ›das Scherflein der Witwe‹ hat er Klang aus dem Herzensgrund, Klang aus der Menschennatur; und dorthin soll der Dichter weisen, in unserer Zeit just soll er davon singen; das tut gut, mildert und versöhnt. Aber wo ein Stück Mensch, weil es von Geblüt ist und eine Stammtafel hat wie die arabischen Pferde, auf den Hinterbeinen steht und auf der Straße wiehert und in der Stube sagt: ›Hier sind Leute von der Straße gewesen!‹, wenn ein Bürgerlicher dort gewesen ist, da ist der Adel in Fäulnis übergegangen, zur Maske geworden von der Art, wie Thespis sie sich machte, und man belustigt sich über die Person und gibt sie der Satire preis.«

Das war die Rede des Pfarrerssohnes. Sie war etwas lang, aber dann war die Flöte geschnitten.

Es war große Gesellschaft auf dem Hof, viele Gäste aus der Umgegend und der Hauptstadt, Damen mit Geschmack und ohne Geschmack gekleidet; der große Saal ganz angefüllt mit Menschen. Die Pfarrer aus der Umgegend standen ehrerbietig in einem Klumpen in einer Ecke; es sah aus, als ob ein Begräbnis sei; aber es war ein Vergnügen, doch war es noch nicht in Gang gesetzt.

Großes Konzert sollte stattfinden, und deshalb hatte der kleine Baron seine Weidenflöte bei sich; aber er konnte keinen Ton herausbringen, und das konnte Papa auch nicht, und darum taugte sie nichts.

Es gab Musik und Gesang von der Art, die am lustigsten ist für diejenigen, die sie ausüben; übrigens reizend.

»Sie sind auch Virtuose!« sagte ein Kavalier, der das Kind seiner Eltern war; »Sie blasen Flöte, Sie schneiden sie selbst. Es ist das Genie, das da herrscht – zur rechten Seite sitzt – Gott bewahre! Ich folge ganz mit der Zeit, das muß man. Nicht wahr, Sie werden uns alle entzücken mit dem kleinen Instrument!« Und dann reichte er dem Pfarrerssohn die kleine Flöte, die aus dem Weidenbaum unten beim Wassertümpel geschnitten war, und laut und hörbar verkündete er, daß der Hauslehrer ihnen ein Flötensolo zum besten geben wolle.

Er sollte zum besten gehabt werden, das war leicht zu verstehen, und der Hauslehrer wollte darum nicht blasen, obschon er es wohl konnte; aber sie drängten ihn, sie nötigten ihn, und dann nahm er die Flöte und setzte sie an den Mund.

Es war eine sonderbare Flöte! Es erklang ein Ton, so anhaltend, wie er von einer Dampflokomotive erklingt, ja viel stärker; er tönte über den ganzen Hof, den Garten und den Wald, meilenweit hinaus ins Land, und mit dem Ton kam ein Sturmwind, der brauste: »Alles an seinen rechten Platz!« – Und dann flog Papa wie getragen vom Wind aus dem Hof hinaus und geradeswegs in das Haus des Viehknechts hinein, und der Viehknecht flog hinauf – nicht in die große Stube, dorthin konnte er nicht kommen – nein, hinauf in die Dienerkammer, unter die feine Dienerschaft, die in seidenen Strümpfen einherging, und die stolzen Kerle wurden wie von Gicht gelähmt, daß so eine geringe Person es wagte, sich zwischen ihnen zu Tisch zu setzen.

Aber im Festsaal flog die junge Baronesse an das oberste Tischende, wo zu sitzen sie würdig war, und der Pfarrerssohn erhielt den Platz nebenan, und da saßen sie alle beide, als ob sie ein Brautpaar wären. Ein alter Graf aus einer der ältesten Familien des Landes blieb unverrückt an seinem Ehrenplatz; denn die Flöte war gerecht, und das soll man sein. Der witzige Kavalier, der schuld am Flötenspiel war, er, der das Kind seiner Eltern war, flog kopfüber zwischen die Hühner, aber nicht allein.

Eine ganze Meile ins Land hinaus ertönte die Flöte, und man

hörte von großen Begebenheiten. Eine reiche Großhändlerfamilie, die vierspännig ausfuhr, wurde vollständig aus dem Wagen geblasen und bekam nicht einmal Platz hintenauf; zwei reiche Bauern, die in unserer Zeit über ihr eigenes Kornfeld gewachsen waren, wurden in den Schlammgraben geblasen; es war eine gefährliche Flöte! Glücklicherweise zersprang sie beim ersten Ton, und das war gut, dann kam sie wieder in die Tasche: »Alles an seinen rechten Platz!«

Tags darauf sprach man nicht von dieser Begebenheit, daher hat man die Redensart »die Pfeife einstecken!« Alles war auch wieder in seiner alten Ordnung, nur daß die beiden alten Bilder, der Hausierer und die Gänsemagd, oben im Festsaal hingen, dort waren sie an die Wand hinaufgeblasen worden; und da einer von den richtigen Kunstkennern sagte, daß sie von einer Meisterhand gemalt seien, so blieben sie hängen und wurden instand gesetzt, man wußte ja früher nicht, daß sie etwas taugten, und wie sollte man es wissen. Jetzt hingen sie am Ehrenplatz. »Alles an seinen rechten Platz!« und dorthin kommt es auch! Die Ewigkeit ist lang, länger als diese Geschichte.

50

DAS HEINZELMÄNNCHEN BEIM SPECKHÖKER

Es war einmal ein richtiger Student, er wohnte in der Dachkammer und besaß nichts; es war einmal ein richtiger Speckhöker, er wohnte im Erdgeschoß und besaß das ganze Haus, und an diesen hielt sich das Heinzelmännchen, denn hier bekam es jeden Weihnachtsabend eine Schüssel voll Brei mit einem großen Klumpen Butter darin; das konnte der Speckhöker geben; und das Heinzelmännchen blieb im Laden, und das war sehr lehrreich.

Eines Abends kam der Student durch die Hintertür herein, um selbst Kerzen und Käse zu kaufen; er hatte niemand zum Schicken, und so ging er selbst; er bekam, was er verlangte, er bezahlte es, und es wurde »Guten Abend« genickt vom Speckhöker und von der Madam; und das war eine Frau, die mehr konnte als nicken, sie hatte Redegaben! – Und der Student nickte wieder und blieb dann stehen mitten in der Lektüre von dem Blatt Papier, das um den Käse gewickelt war. Es war ein Blatt, das herausgerissen worden war aus einem alten Buch, das nicht hätte zerrissen werden dürfen, einem alten Buch voll von Poesie.

»Da liegt mehr davon!« sagte der Speckhöker, »ich gab einer alten Frau einige Kaffeebohnen dafür; wollen Sie mir acht Schillinge geben, so sollen Sie den Rest haben.«

»Danke«, sagte der Student, »überlassen Sie ihn mir anstatt des Käses! Ich kann das Butterbrot unbelegt essen; Sünde wäre es, wenn dies ganze Buch in Stücke und Fetzen zerrissen werden sollte. Sie sind ein prächtiger Mann, ein praktischer Mann, aber auf Poesie verstehen Sie sich nicht mehr als das Faß da!«

Und das war unartig gesprochen, besonders gegen das Faß, aber der Speckhöker lachte, und der Student lachte; es war ja so in einer Art Scherz gesagt. Aber das Heinzelmännchen ärgerte sich, daß man dergleichen zu einem Speckhöker zu sagen wagte, der Hauswirt war und die beste Butter verkaufte.

Als es Nacht wurde, der Laden geschlossen und alle zu Bett waren, außer dem Studenten, ging das Heinzelmännchen hinein und nahm das Mundwerk der Madam; das brauchte sie nicht, wenn sie schlief. Und wo in der Stube er es irgendeinem Gegenstand aufsetzte, da bekam dieser Sprache und Stimme, konnte seine Gedanken und Gefühle ebensogut aussprechen wie die Madam; aber nur einer aufs Mal konnte es haben, und das war eine Wohltat, denn sonst hätten sie ja alle durcheinandergesprochen.

Und das Heinzelmännchen setzte das Mundwerk dem Faß auf, in dem die alten Zeitungen lagen: »Ist es wirklich wahr«, fragte es, »daß Sie nicht wissen, was Poesie ist?«

»Doch, das weiß ich«, sagte das Faß, »das ist so etwas, das auf dem untern Teil der Zeitungen steht und ausgeschnitten wird; ich sollte meinen, daß ich mehr davon in mir drinnen habe als der Student, und ich bin nur ein geringes Faß im Vergleich zum Speckhöker.«

Und das Heinzelmännchen setzte das Mundwerk der Kaffeemühle auf, nein, wie die ging! Und es setzte es dem Butterfaß und der Geldschublade auf – alle waren sie derselben Meinung wie das Faß, und worüber die meisten sich einig sind, das muß man respektieren.

»Jetzt soll der Student es aber kriegen!« Und dann ging das Heinzelmännchen ganz leise die Küchentreppe hinauf zur Dachkammer, wo der Student wohnte. Es war Licht dort drinnen, und das Heinzelmännchen guckte durch das Schlüsselloch und sah, daß der Student in dem zerfetzten Buch von drunten las. Aber wie hell es dort

drinnen war! Es ging vom Buch ein klarer Strahl aus, der zu einem Stamm wurde, zu einem mächtigen Baum, der sich so hoch erhob und seine Zweige weit über den Studenten ausbreitete.

Jedes Blatt war so frisch, und jede Blume war ein schöner Mädchenkopf, einige mit Augen so dunkel und strahlend, andere so blau und seltsam klar. Jede Frucht war ein leuchtender Stern, und dann sang und klang es so wunderbar schön.

Nein, solche Herrlichkeit hatte das kleine Heinzelmännchen sich niemals gedacht, geschweige denn gesehen und vernommen. Und dann blieb es auf den Zehenspitzen stehen und guckte und guckte, bis das Licht drinnen ausgelöscht wurde. Der Student blies wohl sein Licht aus und ging zu Bett, aber das kleine Heinzelmännchen stand gleichwohl da, denn der Gesang erklang noch so weich und schön, ein liebliches Wiegenlied für den Studenten, der sich zur Ruhe legte.

»Hier ist es unvergleichlich!« sagte das kleine Heinzelmännchen, »das hätte ich nicht erwartet! – Ich glaube, ich will beim Studenten bleiben –!« – und es dachte nach – und dachte vernünftig, und dann seufzte es: »Der Student hat keinen Brei!« – Und dann ging es – ja, dann ging es wieder hinunter zum Speckhöker –; und es war gut, daß es kam, denn das Faß hatte beinahe alles Mundwerk der Madam verbraucht, um von der einen Seite alles auszusprechen, was es in sich barg; und jetzt war es eben im Begriff, sich umzuwenden, um dasselbe von der andern Seite wiederzugeben, als das Heinzelmännchen kam und das Mundwerk wieder der Madam brachte. Aber der ganze Laden, von der Geldschublade bis zum Kleinholz, hatte seither die Meinung des Fasses, und sie achteten es in solch einem Grad und trauten ihm so viel zu, daß, wenn der Speckhöker späterhin »Kunst- und Theaterkritiken« aus seinen »Nachrichten« vorlas – die vom Abend –, dann glaubten sie, daß es vom Faß käme.

Aber das kleine Heinzelmännchen saß nicht mehr ruhig und lauschte all der Weisheit und dem Verstand da unten, nein, sobald das Licht aus der Dachkammer schien, da war es, als ob die Strahlen starke Ankertaue wären, die es dort hinaufzogen, und es mußte fort und durch das Schlüsselloch hineingucken, und eine Größe umbrauste es da, gleich der, die wir beim rollenden Meer fühlen, wenn Gott im Sturme darüber hingeht, und es brach in Tränen aus. Es wußte selbst nicht, warum es weinte, aber es war in diesem Weinen etwas so Gesegnetes. – Wie mußte es unvergleichlich schön sein, mit dem Studenten unter diesem Baum zu sitzen, aber das konnte nicht geschehen – es war froh über das Schlüsselloch. Da stand es noch auf dem kalten Gang, als der Herbstwind von der Bodenluke herabblies, und es war so kalt, so kalt; aber das fühlte der Kleine erst, wenn das Licht drinnen in der Dachkammer ausgelöscht wurde und die Töne im Winde erstarben. Huh! dann fror es ihn, und er kroch wieder hinunter in seinen warmen Winkel; da war es bequem und behaglich! – Und als der Weihnachtsbrei mit dem großen Klumpen Butter kam – ja, da war der Speckhöker Meister.

Aber mitten in der Nacht erwachte das Heinzelmännchen von einem fürchterlichen Gepolter an den Fensterläden, Leute draußen donnerten dagegen! Der Wächter pfiff, es war große Feuersbrunst;

die ganze Straße stand in hellem Schein. War es hier im Haus oder beim Nachbar? Wo? Es war ein Entsetzen! Die Speckhökermadam wurde so verwirrt, daß sie ihre goldenen Ohrringe aus den Ohren nahm und sie in die Tasche steckte, um doch etwas zu retten; der Speckhöker lief nach seinen Obligationen und das Dienstmädchen nach seiner Seidenmantille, die konnte sie sich leisten; jeder wollte das Beste retten, und das wollte auch das kleine Heinzelmännchen. In einem Sprung war es die Treppe hinauf und drinnen beim Studenten, der ganz ruhig beim offenen Fenster stand und auf das Feuer hinausschaute, das im gegenüberliegenden Hof brannte. Das kleine Heinzelmännchen ergriff auf dem Tisch das wunderbare Buch, steckte es in seine rote Mütze und hielt es mit beiden Händen fest: des Hauses bester Schatz war gerettet; und dann sauste es davon, ganz hinaus aufs Dach, ganz hinauf auf den Schornstein, und dort saß es, beleuchtet von dem brennenden Haus gerade gegenüber, und hielt mit beiden Händen seine rote Mütze, worin der Schatz lag. Jetzt kannte es seine Herzensneigung, zu wem es eigentlich gehörte; aber als das Feuer gelöscht war, und es zur Besinnung kam – ja: »Ich will mich zwischen ihnen teilen!« sagte es, »ich kann den Speckhöker nicht ganz aufgeben, des Breies wegen!«

Und das war ganz menschlich! – Wir andern gehen auch zum Speckhöker – des Breies wegen.

51

UNTER DEM WEIDENBAUM

Die Gegend ist sehr kahl unten bei Köge; die Stadt liegt ja freilich am Strand, und das ist immer schön, aber es könnte dort doch schöner sein, als es ist: ringsumher flaches Feld, und weit ist es bis zum Wald; aber wenn man richtig daheim ist an einem Ort, dann findet man doch etwas Schönes, etwas, wonach man sich später an dem herrlichsten Ort der Welt zurücksehnen kann. Und das müssen wir auch sagen, daß es am Stadtrand von Köge, wo sich ein paar kleine, arme Gärten bis an den kleinen Fluß hinab erstrecken, der sich ins Meer ergießt, zur Sommerzeit ganz hübsch sein konnte, und das fanden besonders die beiden kleinen Nachbarkinder, Knud und Johanne, die hier spielten und unter den Stachelbeerbüschen hindurch zueinander krochen. In dem einen Garten stand ein Holunderbaum, in dem andern ein alter Weidenbaum, und unter diesem spielten die Kinder besonders gern, und das war ihnen erlaubt, obwohl der Baum gerade dicht beim Fluß stand, wo sie leicht ins Wasser fallen konnten. Aber Unser Herr hat ein Auge auf die Kleinen, sonst sähe es schlimm aus; sie waren auch sehr vorsichtig, ja, der Knabe war so ein Feigling vor dem Wasser, daß es nicht möglich war, ihn zur Sommerzeit an den Strand zu bekommen, wo doch die andern Kinder gerne herumtummeln und plantschen wollten; er wurde geschmäht deswegen, und das mußte er ertragen; aber dann träumte des Nachbars kleine Johanne, daß sie in einem Boot auf der Kögebucht segle und daß Knud zu ihr hinausging; das Wasser reichte ihm erst bis an den Hals, und dann ging es ihm ganz über den Kopf; und von dem Augenblick an, wo Knud diesen Traum erfuhr, duldete er es nicht länger, daß man ihn einen Feigling vor dem Wasser nannte, sondern verwies nur auf Johannes Traum; der war sein Stolz, aber ins Wasser ging er nicht.

Die armen Eltern kamen häufig zusammen, und Knud und Johanne spielten in den Gärten und auf der Landstraße, die den Gräben entlang eine ganze Reihe Weidenbäume hatte, und die waren nicht schön; sie waren so zusammengestutzt an den Kronen, aber sie standen ja auch nicht zum Schmuck da, sondern um nützlich zu sein; schöner war die alte Weide im Garten, und unter der saßen sie manch liebes Mal, wie man sagt.

Drinnen in Köge gibt es einen großen Marktplatz, und zur Jahrmarktszeit standen dort ganze Straßen von Buden mit Seidenbändern, Stiefeln und allem möglichen. Es war ein Gedränge und gewöhnlich Regenwetter, und dann merkte man den Dunst von Bauernwämsern, aber auch den herrlichsten Geruch von Honigkuchen; es gab eine ganze Bude voll davon, und was das prächtigste war: der Mann, der sie verkaufte, logierte sich immer während der Jahrmarktszeit bei den Eltern des kleinen Knud ein, und dann gab es natürlich immer einen kleinen Honigkuchen, von dem Johanne auch ihr Stück bekam. Aber was noch fast schöner war: der Honigkuchenhändler wußte Geschichten zu erzählen, und zwar von beinahe allen Dingen, selbst von seinen Honigkuchen; ja, von diesen erzählte er eines Abends eine Geschichte, die einen so tiefen Eindruck auf die beiden Kinder machte, daß sie sie seither niemals vergaßen, und so ist es wohl am besten, daß wir sie auch hören, besonders da sie kurz ist.

»Es lagen auf dem Ladentisch zwei Honigkuchen«, sagte er, »der eine hatte die Gestalt eines Mannes mit Hut, der andere die einer Jungfrau ohne Hut, aber mit einem Klecks Schaumgold auf dem Kopf; sie hatten ein Gesicht auf der Seite, die nach oben gekehrt war, und da mußte man sie anschauen und nicht auf der Kehrseite; auf der soll man nie einen Menschen betrachten. Der Mann hatte eine Bittermandel an der linken Seite, das war sein Herz. Die Jungfrau dagegen war lauter Honigkuchen. Sie lagen als Proben auf dem Ladentisch, sie lagen lange da, und dann liebten sie einander, aber keiner sagte es dem andern, und das muß man, wenn etwas daraus werden soll.

Er ist ein Mann, er muß das erste Wort sagen, dachte sie, wäre aber doch erfreut gewesen, zu wissen, daß ihre Liebe erwidert wurde.

Er war nun weit gieriger in seinen Gedanken, und das sind die Männer immer; er träumte, er sei ein lebendiger Gassenbub und besäße vier Schillinge und dann kaufte er die Jungfrau und fraß sie.

Und sie lagen Tage und Wochen auf dem Ladentisch und wurden trocken. Und ihre Gedanken wurden feiner und weiblicher: Es genügt mir, daß ich auf dem Ladentisch mit ihm gelegen habe! dachte sie, und dann brach sie mittendurch.

Hätte sie um meine Liebe gewußt, dann hätte sie wohl etwas länger gehalten! dachte er.

Und das ist die Geschichte, und hier sind sie alle beide!« sagte der Kuchenhändler. »Sie sind merkwürdig durch ihren Lebenslauf und durch die stumme Liebe, die nie zu etwas führt. Seht, da habt ihr sie!« Und dann gab er Johanne den Mann, der ganz war, und Knud bekam die gebrochene Jungfrau; aber sie waren so ergriffen von der Geschichte, daß sie es nicht übers Herz brachten, die Liebesleute zu essen.

Am nächsten Tag gingen sie mit ihnen auf den Friedhof von Köge, wo die Kirchenmauer mit dem schönsten Efeugrün überwachsen ist, das Winter und Sommer wie ein reicher Teppich über der Mauer hängt; und sie stellten die Honigkuchen hinauf ins Grüne in den Sonnenschein und erzählten einer Schar andrer Kinder die Geschichte von der stummen Liebe, die zu nichts taugte, das heißt die Liebe, denn die Geschichte war reizend, das fanden sie alle, und als sie auf das Honigpaar hinsahen, ja, da hatte ein großer

Knabe – und zwar aus Bosheit – die gebrochene Jungfrau gegessen. Die Kinder weinten darüber, und später – und das wahrscheinlich, damit der arme Mann nicht allein auf der Welt sein sollte – aßen sie auch ihn, aber niemals vergaßen sie die Geschichte.

Immer waren die Kinder beisammen beim Holunderbusch oder unter dem Weidenbaum, und das kleine Mädchen sang mit silberglockenklarer Stimme die lieblichsten Lieder; Knud hatte keinen Ton in sich, aber er konnte die Worte, und das ist immerhin etwas. – Die Leute in Köge, selbst die Eisenkrämermadam, standen still und hörten Johanne zu: »Das ist eine süße Stimme, die die Kleine hat!« sagten sie.

Es waren gesegnete Tage, aber sie währen nicht immer. Die Nachbarn trennten sich; die Mutter des kleinen Mädchens war gestorben, der Vater sollte sich drinnen in Kopenhagen wieder verheiraten, und dort konnte er einen neuen Beruf erhalten. Er sollte irgendwo Bote sein, das soll ein sehr einträgliches Amt sein. Und die

Nachbarn trennten sich unter Tränen, und besonders die Kinder weinten; aber die Alten versprachen, einander wenigstens einmal im Jahr zu schreiben. Und Knud kam in eine Schuhmacherlehre, sie konnten ja den langen Bub nicht länger sich herumtreiben lassen. Und dann wurde er konfirmiert!

Oh, wie gerne wäre er an diesem Festtag nach Kopenhagen gegangen und hätte die kleine Johanne gesehen; aber er kam nicht hin und niemals war er dort gewesen, obwohl Kopenhagen nur fünf Meilen von Köge entfernt liegt; aber die Türme hatte Knud über der Bucht bei klarem Wetter gesehen, und am Konfirmationstag sah er deutlich das goldene Kreuz auf der Frauenkirche glänzen.

Ach, wie dachte er an Johanne! Ob sie sich seiner erinnerte? Ja! – Um die Weihnachtszeit kam ein Brief von ihrem Vater an Knuds Eltern, es gehe ihnen recht gut in Kopenhagen und ein großes Glück werde Johanne zuteil werden durch ihre schöne Stimme; sie sei bei der Komödie angestellt, bei der, wo sie sangen; und ein wenig Geld bekäme sie bereits dafür, und von diesem sende sie den lieben Nachbarsleuten in Köge einen ganzen Reichstaler zu ihrem Vergnügen am Weihnachtsabend; sie sollten auf ihr Wohl trinken, und das hatte sie mit eigener Hand in einer Nachschrift beigefügt, und in der stand: »Freundlichen Gruß an Knud!«

Sie weinten alle, und doch war das Ganze ja so erfreulich, aber es war aus Freude, daß sie weinten. Jeden Tag war Johanne in Knuds Gedanken gewesen, und nun sah er, daß sie auch an ihn dachte, und je näher die Zeit herankam, da er Geselle werden sollte, desto klarer wurde es ihm, daß er Johanne sehr lieb hatte und daß sie seine kleine Frau werden sollte; und dann spielte ein Lächeln um seinen Mund, und er zog den Pechdraht noch rascher, während er das Bein gegen den Spannriemen stemmte; er stach den Pfriemen tief in den einen Finger hinein, aber das machte nichts. Er würde wahrlich nicht stumm sein wie die beiden Honigkuchen, diese Geschichte war ihm eine gute Lehre.

Und dann wurde er Geselle und der Ranzen geschnürt. Nach Kopenhagen sollte er denn endlich zum erstenmal in seinem Leben, und er hatte bereits einen Meister dort. Na, wie Johanne überrascht und froh werden würde. Sie war jetzt siebzehn Jahre alt, und er war neunzehn.

Er wollte schon in Köge einen goldenen Ring für sie kaufen, aber dann besann er sich, daß man gewiß einen viel schöneren in Kopenhagen bekäme; und dann wurde Abschied von den Alten genommen, und im Herbst ging er frischweg zu Fuß in Wind und Wetter; die Blätter fielen von den Bäumen; naß bis auf die Haut kam er nach dem großen Kopenhagen und zu seinem neuen Meister.

Am nächsten Sonntag wollte er einen Besuch bei Johannes Vater machen. Die neuen Gesellenkleider wurden angezogen und der neue Hut aus Köge aufgesetzt, er kleidete Knud so gut, früher war er immer nur mit einer Mütze gegangen. – Und er fand das Haus, das er suchte, und kam die vielen Treppen hinauf. Es war ganz zum Schwindligwerden, wie die Menschen hier in der unwegsamen Stadt übereinandergestellt waren.

Ganz wohlhabend sah es aus drinnen in der Stube, und freundlich empfing ihn Johannes Vater; für die Madam war er ja ein Fremder, aber sie gab ihm die Hand und Kaffee.

»Es wird Johanne freuen, dich zu sehen!« sagte der Vater, »du bist ja ein recht netter Mensch geworden! – Ja, nun sollst du sie sehen! Ja, das ist ein Mädchen, an dem ich Freude habe und mit Gottes Beistand immer mehr Freude bekommen werde! Sie hat ihre eigene Kammer, und für die bezahlt sie uns!« Und der Vater klopfte ganz höflich an ihre Tür, als ob er ein fremder Mann wäre, und dann traten sie ein – nein, wie reizend es hier war! Es gab bestimmt keine solche Kammer in ganz Köge, die Königin konnte es nicht hübscher haben! Da war ein Teppich, da waren Gardinen bis hinab auf den Boden, ein richtiger Samtstuhl und ringsumher Blumen und Bilder und ein Spiegel, in den man beinahe hineinlaufen konnte, er war gerade so groß wie eine Tür. Knud sah das alles auf einmal und sah doch nur Johanne; sie war ein erwachsenes Mädchen, ganz anders, als Knud sie sich gedacht hatte, aber viel schöner; es gab keine Jungfrau in Köge wie sie, und wie war sie fein! Aber wie schaute sie Knud so seltsam fremd an, doch nur einen Augenblick, dann flog sie ihm entgegen, als ob sie ihn küssen wollte, sie tat es nicht, aber sie war nahe daran. Ja, sie war wirklich froh darüber, den Freund ihrer Kindheit zu sehen! Standen ihr nicht Tränen in den Augen? Und dann hatte sie soviel zu fragen und zu sagen, von Knuds Eltern bis zum Holunderbusch und dem Weidenbaum, und die nannte sie Mutter Holunder und Vater Weide, gerade als ob sie Menschen wären, und dafür konnten sie ja ebensogut gelten, wie die Honigkuchen es konnten; von denen sprach sie auch, von ihrer stummen Liebe, wie sie auf dem Ladentisch lagen und entzweigingen. Und dann lachte sie so herzlich – aber das Blut brannte Knud in den Wangen, und sein Herz schlug stärker als sonst –; nein, sie war gar nicht hochmütig geworden! – Sie war auch schuld daran, das merkte er wohl, daß ihre Eltern ihn baten, den ganzen Abend dazubleiben, und sie schenkte den Tee ein, sie selbst bot ihm eine Tasse, und später nahm sie ein Buch und las ihnen vor, und es war für Knud, als ob gerade das, was sie las, von seiner Liebe handelte, es paßte so ganz zu allen seinen Gedanken; und dann sang sie ein einfaches Lied, aber es wurde durch sie zu einer ganzen Geschichte, es war, als ob ihr eigenes Herz davon überströme. Ja, sie hatte Knud bestimmt lieb. Die Tränen liefen ihm über die Wangen, er konnte nichts dafür, und er konnte kein einziges Wort sagen, er fand selbst, daß er sehr dumm sei, und doch drückte sie ihm die Hand und sagte: »Du hast ein gutes Herz, Knud! Bleibe immer, wie du bist!«

Es war ein unvergleichlicher Abend, es war gar nicht möglich, darnach zu schlafen, und Knud schlief auch nicht. Beim Abschied hatte Johannes Vater gesagt: »Ja, nun vergißt du uns wohl nicht ganz! Laß uns sehen, daß du nicht den ganzen Winter vergehen lassen wirst, bevor du wieder nach uns schaust!« – und dann konnte er ja gut am Sonntag wieder kommen, und das wollte er tun. Aber jeden Abend, wenn die Arbeit beendet war, und sie arbeiteten bei Licht, ging Knud in die Stadt; er ging durch die Straße, wo Johanne wohnte, sah hinauf zu ihrem Fenster, es war fast immer erhellt, und an einem Abend sah er ganz deutlich den Schatten ihres Gesichtes auf der Gardine; das war ein schöner Abend! Des Meisters Madam gefiel es nicht, daß er immer des Abends auf der Fahrt sein müsse, wie sie es nannte, und sie schüttelte den Kopf, aber der Meister lachte: »Es ist ein junger Mensch!« sagte er.

»Am Sonntag sehen wir uns, und ich sage es ihr, wie sie in meinen Gedanken ist und daß sie meine kleine Frau werden muß; ich bin freilich nur ein armer Schustergeselle, aber ich kann Meister werden, mindestens Freimeister, ich werde arbeiten und streben –! Ja, ich sage es ihr, es kommt nichts bei der stummen Liebe heraus, das habe ich von den Honigkuchen gelernt.«

Und der Sonntag kam, und Knud kam, aber wie ungünstig! Sie wollten alle ausgehen und mußten es ihm sagen. Johanne drückte seine Hand und fragte: »Bist du im Theater gewesen? Dahin mußt du einmal gehen! Ich singe am Mittwoch, und hast du dann Zeit, so will ich dir ein Billett schicken; mein Vater weiß, wo dein Meister wohnt.«

Wie lieb das von ihr war! Und Mittwochmittag kam denn auch ein versiegeltes Papier ohne Worte; aber das Billett lag darin, und am Abend ging Knud zum erstenmal in seinem Leben ins Theater. Und was sah er? – ja, er sah Johanne, so schön, so lieblich; sie wurde allerdings mit einer fremden Person verheiratet; aber es war Komödie, etwas, das sie darstellten; das wußte Knud, sonst hätte sie es auch nicht übers Herz gebracht, ihm ein Billett zu schicken, damit er es mitansehe; und alle Leute klatschten und riefen laut, und Knud rief Hurra.

Selbst der König lächelte zu Johanne hinab, als ob er sich auch über sie freue. Gott, wie winzigklein Knud sich fühlte; aber er liebte sie so innig, und sie hatte ihn ja auch lieb, und der Mann muß das erste Wort sagen, so dachte ja die Honigkuchenjungfrau; in dieser Geschichte lag sehr viel.

Sobald es Sonntag wurde, ging Knud dorthin; seine Gedanken waren gestimmt, als ginge er zum Abendmahl. Johanne war allein und empfing ihn, es konnte nicht günstiger sein.

»Es ist gut, daß du kommst!« sagte sie, »beinahe hätte ich Vater zu dir geschickt; aber dann hatte ich das Gefühl, daß du wohl heute abend kommen würdest; denn ich muß dir sagen, daß ich am Freitag nach Frankreich reise; das muß ich, damit etwas recht Tüchtiges aus mir werden kann.«

Und es war für Knud, als ob die Stube sich rundherum drehe, als ob sein Herz entzweigehen würde, aber es kamen keine Tränen in seine Augen, doch war es sichtbar genug, wie traurig er wurde; Johanne sah es, und sie war nahe daran zu weinen. »Du ehrliche, treue Seele!« sagte sie – und dann war Knuds Zunge gelöst, und er sagte ihr, wie innig er sie liebe und daß sie seine kleine Frau werden müsse; und indem er es sagte, sah er, daß Johanne leichenblaß wurde. Sie ließ seine Hand los und sagte ernst und traurig: »Mache nicht dich selbst und mich unglücklich, Knud! Ich werde dir stets eine gute Schwester sein, auf die du dich verlassen kannst –; aber auch nicht mehr!« Und sie strich mit der weichen Hand über seine heiße Stirn. »Gott gibt uns Kraft zu vielem, wenn man nur selbst will!«

Da trat im selben Augenblick ihre Stiefmutter herein.

»Knud ist ganz außer sich, weil ich reise!« sagte Johanne; »sei doch ein Mann!« Und dann klopfte sie ihm auf die Schulter; es war, als hätten sie nur von der Reise und von nichts anderem gesprochen. »Kind!« sagte sie. »Und nun sollst du gut und vernünftig sein, wie unter dem Weidenbaum, als wir beide Kinder waren!«

Und es war für Knud, als sei ein Stück von der Welt abgebrochen, seine Gedanken waren wie ein loser Faden, willenlos vor dem Wind. Er blieb, er wußte nicht, ob sie ihn darum gebeten hatten; aber freundlich und gut waren sie, und Johanne schenkte ihm Tee ein, und sie sang. Es war nicht der alte Klang, und doch so unvergleichlich schön, es war, als würde ihm das Herz dabei brechen, und dann trennten sie sich; Knud reichte ihr nicht die Hand, aber sie nahm die seine und sagte: »Du gibst doch deiner Schwester die Hand zum Abschied, mein alter Spielbruder!« Und sie lächelte unter Tränen, sie liefen ihr über die Wangen hinab, und sie wiederholte: »Bruder«. Ja, das konnte viel helfen! – Das war der Abschied.

Sie segelte nach Frankreich, Knud ging auf den schmutzigen Kopenhagener Straßen umher. – Die andern Gesellen in der Werkstatt fragten ihn, worüber er so herumgehe und grüble; er solle mit ihnen auf Vergnügen ausgehen, er sei ja ein junges Blut.

Und sie gingen zusammen auf einen Tanzboden; und da waren viele schöne Mädchen, aber freilich keines wie Johanne. Und da, wo er glaubte, sie zu vergessen, stand sie just am lebendigsten vor seinen Gedanken: »Gott gibt Kraft zu vielem, wenn man nur selbst will!« hatte sie gesagt; und es kam eine Andacht über sein Gemüt, er faltete seine Hände – und die Geigen spielten, und die Mädchen tanzten ringsum; er erschrak sehr, ihm schien, er sei an einem Ort, wohin er Johanne nicht hätte mitnehmen können, und sie war bei ihm in seinem Herzen, – und dann ging er hinaus. Er lief durch die Straßen, ging am Haus vorbei, wo sie gewohnt hatte, es war dunkel, überall war es dunkel, leer und einsam; die Welt ging ihren Gang und Knud den seinen.

Und es wurde Winter, und die Gewässer froren zu, es war, als ob alles sich zum Begräbnis einrichtete.

Aber als der Frühling kam und das erste Dampfschiff fuhr, da bekam er eine solche Sehnsucht fortzukommen, weit hinaus in die ferne Welt, aber nicht zu nahe bei Frankreich.

Und dann schnürte er seinen Ranzen und wanderte weit nach Deutschland hinein, von Stadt zu Stadt, ohne Rast und Ruh; erst als er in die alte, prächtige Stadt Nürnberg kam, war es, als ob das Wanderleder ihm von den Schuhen fiele; er vermochte zu bleiben.

Es ist eine wunderliche alte Stadt, wie herausgeschnitten aus einer Bilderchronik. Die Straßen liegen, wie sie selbst wollen, die Häuser lieben es nicht in Reihen zu stehen; Erker mit kleinen Türmen, Schnörkeln und Bildsäulen springen über den Bürgersteig hinaus, und hoch oben von den seltsam gestellten Dächern laufen Dachrinnen bis über die Mitte der Straße hinaus, geformt wie Drachen und langleibige Hunde.

Auf dem Marktplatz hier stand Knud mit dem Ranzen auf seinem Rücken; er stand bei einem der alten Springbrunnen, wo die herrlichen Bronzefiguren, biblische und historische, zwischen den springenden Wasserstrahlen stehen. – Ein schönes Dienstmädchen holte just Wasser, sie gab Knud einen Labetrunk; und da sie eine ganze Handvoll Rosen hatte, gab sie ihm auch eine Rose, und das schien ihm ein gutes Vorzeichen zu sein.

Von der nahen Kirche brausten Orgeltöne zu ihm hinaus; es klang so heimatlich, wie von der Kirche in Köge, und er trat in den großen Dom; die Sonne schien durch die gemalten Fensterscheiben zwischen die hohen, schlanken Pfeiler hinein; es war Andacht in seinen Gedanken, es kam Stille in sein Gemüt.

Und er suchte und fand einen guten Meister in Nürnberg, und bei ihm blieb er und lernte die Sprache.

Die alten Gräben um die Stadt sind verwandelt in kleine Gemüsegärten; aber die hohen Mauern stehen noch mit schweren Türmen. Der Seiler dreht sein Seil auf der aus Balken erbauten Galerie längs der Innenseite der Stadtmauer, und hier ringsumher aus allen Spalten und Löchern wachsen Holunderbäume, die ihre Zweige über die kleinen, niedrigen Häuser darunter herabhängen lassen; und in einem von diesen wohnte der Meister, bei dem Knud arbeitete; über das Dachfenster, wo er schlief, neigte der Holunder seine Zweige.

Hier wohnte er einen Sommer und einen Winter; aber als der Frühling kam, da war es hier nicht zum Aushalten. Der Holunder stand in Blüte, und es duftete so heimatlich, es war, als sei er im Garten in Köge –, und dann zog Knud von seinem Meister fort und hin zu einem andern, der tiefer in der Stadt wohnte, wo keine Holunderbäume standen.

Es war dicht neben einer von den alten, gemauerten Brücken, gerade über einer immer brausenden, niedrigen Wassermühle, wo er zur Werkstatt ging; draußen war nur ein reißender Fluß, der von den Häusern eingezwängt wurde, die alle mit alten, zerbrechlichen Altanen behängt waren; es sah aus, als wollten sie sie ins Wasser hinabschütteln. – Hier wuchs kein Holunder, hier stand nicht einmal ein Blumentopf mit einem bißchen Grün darin, aber gerade gegenüber war ein großer, alter Weidenbaum, der sich gleichsam am Haus festhielt, um nicht vom Strom fortgerissen zu werden; er streckte seine Zweige über den Fluß hin, genau wie der Weidenbaum im Garten am Fluß von Köge.

Ja, er war wahrlich von Mutter Holunder zu Vater Weide umgezogen; der Baum hier, besonders an Mondscheinabenden, hatte etwas, wobei er sich

»– so dänisch im Gemüt
im Mondenschein!«

fühlte, aber es war gar nicht der Mondschein, der dies ausmachte, nein, es war der alte Weidenbaum.

Er konnte es nicht aushalten, und warum nicht? Fragt die Weide, fragt den blühenden Holunder! – Und dann sagte er dem Meister und Nürnberg Lebewohl und zog weiter fort.

Zu niemand sprach er von Johanne; in seinem Innern verbarg er seinen Kummer, und eine merkwürdige Bedeutung legte er der Geschichte von den Honigkuchen bei; jetzt verstand er, warum der Mann eine bittere Mandel an der linken Seite hatte, er selbst hatte einen bitteren Geschmack davon, und Johanne, die immer so mild und lächelnd war, sie war lauter Honigkuchen. Es war, als ob der Riemen von seinem Ränzel ihn schnüre, so daß es ihm schwer fiel zu atmen; er löste ihn, aber es half nicht. Die Welt um ihn her war nur halb, die andere Hälfte trug er in sich drinnen, so war es!

Erst als er die hohen Berge sah, wurde die Welt ihm größer, seine Gedanken wandten sich nach außen, Tränen traten ihm in die Augen. Die Alpen erschienen ihm wie die zusammengefalteten Flügel der Erde; wie, wenn sie diese emporhob, die großen Federn mit den bunten Bildern von schwarzen Wäldern, brausenden Wassern, Wolken und Schneemassen ausbreitete? »Am Jüngsten Tag erhebt die Erde die großen Flügel, fliegt zu Gott und zerspringt als Schaumblase in seinen klaren Strahlen! Oh, wäre es doch der Jüngste Tag!« seufzte er.

Still wanderte er durch das Land, das ihm wie ein rasenbedeckter Obstgarten erschien; von den Holzaltanen der Häuser nickten die spitzenklöppelnden Mädchen ihm zu, die Berggipfel glühten in der roten Abendsonne, und als er die grünen Seen zwischen den dunklen Bäumen sah – da dachte er an den Strand bei der Kögebucht; und es war Wehmut, aber nicht Schmerz in seiner Brust.

Dort, wo der Rhein wie eine lange Woge hervorbricht, stürzt, zermalmt und in schneeweiße, klare Wolkenmassen verwandelt wird, als wäre es die Erschaffung der Wolken – der Regenbogen flattert wie ein loses Band darüber hin –, dort dachte er an die Wassermühle bei Köge, wo das Wasser brauste und zermalmt wurde.

Gerne wäre er in der stillen Rheinstadt geblieben, aber hier waren so viele Holunder- und so viele Weidenbäume, – und dann zog er weiter, über die hohen, mächtigen Berge, durch zersprengte Felswände und auf Wegen, die wie Schwalbennester an die Bergwand geklebt waren. Das Wasser rauschte in der Tiefe, die Wolken lagen unter ihm; über blanke Disteln, Alpenrosen und Schnee ging er in der warmen Sommersonne – und dann sagte er den Ländern des Nordens Lebewohl und kam hinunter unter Kastanienbäume, zwischen Weingärten und Maisfelder. Die Berge waren eine Mauer zwischen ihm und allen Erinnerungen, und so sollte es sein.

Vor ihm lag eine große, prächtige Stadt, sie nannten sie Milano, und hier fand er einen deutschen Meister, der ihm Arbeit gab; es war ein altes, gutmütiges Ehepaar, zu dem er in die Werkstatt kam. Und sie gewannen den stillen Gesellen lieb, der wenig sprach, um so mehr arbeitete und fromm und christlich war. Es war auch, als habe Gott die schwere Bürde von seinem Herzen genommen.

Sein bestes Vergnügen war, bisweilen auf die mächtige Marmorkirche hinaufzusteigen, die erschien ihm wie aus Schnee von daheim erschaffen und zu Bildern, spitzen Türmen, blumengeschmückten, offenen Hallen geformt; von jedem Winkel, von jeder Spitze und jedem Bogen lächelten die weißen Bildsäulen ihm zu. – Über sich hatte er den blauen Himmel, unter sich die Stadt und die weit ausgedehnte, grüne Lombardische Ebene, und gegen Norden die hohen Berge mit dem ewigen Schnee –, und dann dachte er an die Köger Kirche mit den Efeuranken um die roten Mauern, aber er sehnte sich nicht; hier hinter den Bergen wollte er begraben werden.

Ein Jahr hatte er hier gelebt, es waren drei Jahre her, seit er von der Heimat fortgezogen; da führte sein Meister ihn eines Tages in die Stadt, nicht nach der Arena, um die Kunstreiter zu sehen, nein, nach der großen Oper, und das war auch ein Saal, der es wert war, angeschaut zu werden. – In sieben Stockwerken hingen dort seidene Gardinen, und vom Fußboden bis schwindelnd hoch zur Decke hinauf saßen die feinsten Damen mit Blumensträußen in den Händen, als sollten sie auf den Ball, und die Herren waren in vollem Staat, und viele mit Silber und mit Gold. Es war so hell dort wie im klarsten Sonnenschein, und dann brauste die Musik so stark und schön; es war weit prächtiger als die Komödie in Kopenhagen; aber dort war doch Johanne, und hier – ja, es war wie ein Zauber: der Vorhang ging zur Seite, und auch hier stand Johanne in Gold und Seide, mit der goldenen Krone auf dem Kopf; sie sang, wie nur ein Engel Gottes singen kann; sie trat so weit vor, wie sie konnte, sie lächelte, wie nur Johanne lächeln konnte; sie sah gerade auf Knud.

Der arme Knud ergriff die Hand des Meisters und rief laut: »Johanne!«, aber man konnte es nicht hören, die Musiker spielten so laut, und der Meister nickte dazu: »Ja, gewiß heißt sie Johanne!« und dann nahm er ein gedrucktes Blatt hervor und zeigte, daß da ihr Name stand, ihr ganzer Name.

Nein, es war kein Traum! Und alle Menschen jubelten und warfen ihr Blumen und Kränze zu, und jedesmal, wenn sie ging, riefen sie nach ihr, sie ging und kam und kam wieder.

Draußen auf der Straße scharten sich die Leute um ihren Wagen, und sie zogen ihn, und Knud war der allervorderste und allerfroheste, und als sie an ihrem prächtig erleuchteten Haus anlangten, stand Knud dicht an der Wagentür, die sich öffnete, und sie trat heraus, und das Licht schien ihr gerade in ihr herrliches Antlitz, und sie lächelte und dankte so freundlich, und sie war so gerührt; und Knud sah ihr gerade ins Gesicht, und sie sah Knud gerade ins Gesicht, aber sie erkannte ihn nicht. Ein Herr mit einem Stern auf der Brust reichte ihr den Arm –, sie seien verlobt, sagte man.

Und dann ging Knud nach Hause und schnürte seinen Ranzen; er wollte, er mußte heim zum Holunder und zur Weide – ach, unter den Weidenbaum!

Sie baten ihn zu bleiben; kein Wort konnte ihn zurückhalten; sie sagten ihm, es gehe auf den Winter zu, der Schnee falle schon in den Bergen; aber in der Spur des langsam fahrenden Wagens – für den mußte ja der Weg gebahnt werden – könne er gehen mit dem Ranzen auf dem Rücken, sich auf seinen Stab stützend.

Und er ging auf die Berge zu, stieg sie hinauf und stieg sie hinab; entkräftet erblickte er weder Stadt noch Haus; er schritt gen Norden. Die Sterne entzündeten sich über ihm, seine Füße schwankten, sein Kopf schwindelte ihm; tief unten im Tal entzündeten sich auch Sterne; es war, als breite sich der Himmel auch unter ihm aus. Er fühlte sich krank. Der Sterne dort unten wurden mehr und mehr, und sie wurden immer heller, sie bewegten sich hin und her. Es war eine kleine Stadt, in der die Lichter blinkten, und als er es begriff, strengte er seine letzten Kräfte an und erreichte dort eine ärmliche Herberge.

Eine Nacht und einen ganzen Tag blieb er hier; denn sein Körper bedurfte der Ruhe und der Pflege. Es war Tauwetter und Regen im Tal. Eines Morgens kam ein Leierkastenmann; er spielte eine Melodie von daheim, aus Dänemark, und dann konnte Knud es nicht länger aushalten – er ging Tage, viele Tage lang in einer Hast, als gelte es heimzukommen, ehe sie dort alle starben –; aber zu niemand sprach er von seiner Sehnsucht, niemand konnte glauben, daß er ein Herzeleid habe, das tiefste, das man haben kann; es ist nicht für die Welt, es ist nicht lustig, es ist nicht einmal für die Freunde, und er hatte keine Freunde. Fremd ging er in fremdem Land, heimwärts, gen Norden. In dem einzigen Brief von zu Hause, den die Eltern vor Jahr und Tag geschrieben hatten, stand: »Du bist nicht recht dänisch, wie wir andern hier daheim: wir sind es so ungeheuer! Du liebst nur fremdes Land!« Die Eltern konnten das schreiben – nun, sie kannten ihn ja.

Es war Abend, er ging auf der offenen Landstraße; es begann zu frieren; das Land selbst wurde immer flacher, nur Feld und Wiese; am Weg stand ein großer Weidenbaum; alles sah so heimatlich, so dänisch aus; er setzte sich unter die Weide, er fühlte sich so müde, sein Kopf neigte sich, seine Augen schlossen sich zur Ruhe; aber er empfand und vernahm, wie die Weide ihre Zweige zu ihm herabsenkte. Der Baum schien ein alter, mächtiger Mann zu sein, es war Vater Weide selbst, der ihn auf seine Arme hob und ihn, den müden Sohn, heim in das dänische Land am offenen, bleichen Strand, nach der Stadt Köge, in den Garten seiner Kindheit trug. Ja, es war der Weidenbaum von Köge selbst, der in die Welt hinausgegangen war, um ihn zu suchen und zu finden, und nun hatte er ihn gefunden und heimgebracht in den kleinen Garten am Fluß, und hier stand Johanne in all ihrer Pracht, mit der goldenen Krone geschmückt, wie er sie zuletzt gesehen hatte, und rief: »Willkommen!«

Und gerade vor ihnen standen zwei wunderliche Gestalten, aber sie sahen viel menschlicher aus als in den Kindheitstagen; sie hatten sich auch verändert; es waren die zwei Honigkuchen, sie wandten ihnen die rechte Seite zu und sahen gut aus.

»Hab Dank!« sagten sie alle beide zu Knud, »du hast uns die Zunge gelöst! Du hast uns gelehrt, daß man seine Gedanken offen aussprechen soll, sonst kommt nichts dabei heraus. Und nun ist etwas dabei herausgekommen – wir sind verlobt!«

Und dann gingen sie Hand in Hand durch Köges Straßen, und sie sahen recht anständig auf der Kehrseite aus, es war nichts an ihnen auszusetzen! Und sie gingen geradewegs auf die Köger Kirche zu, und Knud und Johanne folgten nach; sie gingen auch Hand in Hand; und die Kirche stand wie früher mit roten Mauern und schönem Efeugrün, und die große Tür der Kirche öffnete sich nach beiden Seiten, und die Orgel brauste, und der Mann und das Frauenzimmer schritten beide den Kirchgang hinauf. »Die Herrschaft zuerst!« sagten sie, »die Brautleute der Honigkuchen!« Und dann stellten sie sich neben Knud und Johanne, und die knieten am Altar nieder, und sie beugte ihren Kopf über sein Antlitz, und eiskalte Tränen rollten aus ihren Augen. Es war das Eis, das um ihr Herz schmolz durch seine starke Liebe, und sie fielen auf seine brennenden Wangen, und – er erwachte davon und saß unter dem alten Weidenbaum in fremdem Land, in dem winterkalten Abend; aus den Wolken fiel eisiger Hagel, der peitschte sein Gesicht.

»Das war die schönste Stunde in meinem Leben!« sagte er, »und sie war ein Traum. – Gott, laß sie mich noch einmal träumen!« und er schloß seine Augen, er schlief, er träumte.

Gegen Morgen fiel der Schnee, er fegte über seine Füße hin, er schlief. Dorfleute gingen zur Kirche; da saß ein Handwerksbursche, er war tot, erfroren – unter dem Weidenbaum.

52

FÜNF AUS EINER ERBSENSCHOTE

Es waren fünf Erbsen in einer Erbsenschote, sie waren grün, und die Schote war grün, und da glaubten sie, daß die ganze Welt grün sei, und das war ganz richtig! Die Schote wuchs, und die Erbsen wuchsen, sie richteten sich nach der häuslichen Wohnung ein; sie saßen in einer geraden Reihe. – Draußen schien die Sonne und erwärmte die Schote, der Regen machte sie klar; es war behaglich und gut, hell am Tag und dunkel in der Nacht, so wie es sein sollte. Und die Erbsen wurden größer und immer gedankenvoller, wie sie so dasaßen, denn etwas mußten sie ja tun.

»Soll ich immer hier sitzenbleiben?« sagten sie, »wenn ich nur nicht hart werde von dem langen Sitzen. Ist mir nicht, als gäbe es irgend etwas da draußen? Ich habe ein Gefühl davon!«

Und Wochen vergingen; die Erbsen wurden gelb, und die Schote wurde gelb. »Die ganze Welt wird gelb!« sagten sie, und das durften sie sagen.

Da spürten sie einen Ruck an der Schote; sie wurde abgerissen, sie kam in Menschenhände und in eine Jackentasche hinein mit mehreren andern gefüllten Erbsenschoten. – »Jetzt wird bald aufgemacht werden!« sagten sie, und darauf warteten sie.

»Nun möchte ich wissen, wer von uns es am weitesten bringt«, sagte die kleinste Erbse. »Ja, jetzt wird es sich bald zeigen.«

»Geschehe, was muß!« sagte die größte.

»Knacks!« da platzte die Schote, und alle fünf Erbsen rollten hinaus in den hellen Sonnenschein; sie lagen in einer Kinderhand. Ein kleiner Knabe hielt sie und sagte, das seien ordentliche Erbsen für seine Knallbüchse; und gleich kam die eine Erbse in die Büchse und wurde weggeschossen.

»Jetzt fliege ich hinaus in die weite Welt! Faß mich, wenn du kannst!« und dann war sie fort.

»Ich«, sagte die zweite, »fliege geradewegs in die Sonne, das ist eine richtige Erbsenschote, die mir sehr paßt!«

Weg war sie.

»Wir schlafen, wo wir hinkommen«, sagten die beiden andern, »aber wir werden schon vorwärtsrollen!« Und dann rollten sie erst auf den Boden, bevor sie in die Knallbüchse kamen, aber hinein kamen sie. »Wir bringen es am weitesten!«

»Geschehe, was muß!« sagte die letzte und wurde in die Luft geschossen, und sie flog hinauf zu dem alten Brett unter dem Dachkammerfenster, gerade hinein in eine Ritze, wo Moos und weiche Erde war, und das Moos schloß sich um sie; da lag sie verborgen, aber nicht vergessen von Unserm Herrn.

»Geschehe, was muß!« sagte sie.

Drinnen in der kleinen Dachkammer wohnte eine arme Frau, die am Tag ausging, um Öfen zu putzen, ja, Holz zu sägen und schwere Arbeit zu verrichten, denn Kräfte hatte sie und fleißig war sie, aber trotzdem blieb sie arm. Zu Hause in der kleinen Kammer lag ihre halberwachsene, einzige Tochter, die so fein und schmächtig war; ein ganzes Jahr hatte sie zu Bett gelegen und schien weder leben noch sterben zu können.

»Sie geht zu ihrer kleinen Schwester!« sagte die Frau. »Ich hatte zwei Kinder. Es war schwer genug für mich, für die beiden zu sorgen, aber dann teilte Unser Herr mit mir und nahm das eine zu sich; nun möchte ich wohl das andre behalten, das mir blieb; aber er will wohl nicht, daß sie getrennt seien, und sie geht hinauf zu ihrer kleinen Schwester!«

Aber das kranke Mädchen blieb; sie lag geduldig und still den langen Tag über, während die Mutter fort war, um etwas zu verdienen.

Es war Frühling, und an einem frühen Morgen, gerade als die Mutter an ihre Arbeit gehen wollte, schien die Sonne so schön durch das kleine Fenster herein und über den Boden hin, und das kranke Mädchen sah hin nach der untersten Glasscheibe.

»Was ist doch dies Grüne, das bei der Scheibe hervorguckt? Es bewegt sich im Wind!«

Und die Mutter trat ans Fenster und öffnete es halb. »Ei!« sagte sie, »das ist wahrhaftig eine kleine Erbse, die mit ihren grünen Blättern hervorgesproßt ist. Wie ist sie hier in die Ritze hineingekommen? Da hast du ja einen kleinen Garten zum Ansehen!«

Und das Bett der Kranken wurde näher ans Fenster gerückt, wo sie die keimende Erbse sehen konnte, und die Mutter ging an ihre Arbeit.

»Mutter, ich glaube, ich genese!« sagte am Abend das kleine Mädchen. »Die Sonne hat heute so warm zu mir hereingeschienen. Die kleine Erbse gedeiht so gut; und ich werde wohl auch gedeihen und aufstehen und in den Sonnenschein hinauskommen.«

»Wäre es nur schon so weit!« sagte die Mutter, aber sie glaubte nicht, daß es geschehen würde; doch den grünen Keim, der ihrem Kind frohe Lebensgedanken gegeben hatte, stützte sie mit einem Stäbchen, damit er nicht vom Wind geknickt werden sollte. Sie band einen Bindfaden am Brett und am obern Teil des Fensterrahmens fest, damit die Erbsenranke etwas habe, woran sie sich anlehnen und um das sie sich winden könne, wenn sie in die Höhe schoß, und das tat sie; man konnte sehen, wie sie mit jedem Tag zunahm.

»Nein, sie setzt ja Blüte an!« sagte die Frau eines Morgens, und nun bekam auch sie die Hoffnung und den Glauben, daß das kleine Mädchen genesen würde; es fiel ihr ein, daß das Kind in der letzten Zeit lebhafter gesprochen, die letzten Morgen hatte es sich selbst im Bett aufgerichtet und dagesessen und mit strahlenden Augen ihren kleinen Erbsengarten angeschaut, der aus einer einzigen Erbse bestand. In der Woche darauf war die Kranke zum erstenmal mehr als eine Stunde auf. Glückselig saß sie im warmen Sonnenschein; das Fenster war offen, und draußen stand voll erblüht eine weißrote Erbsenblume. Das kleine Mädchen beugte seinen Kopf herab und küßte ganz sachte die feinen Blätter. Dieser Tag war gleichsam ein Festtag.

»Unser Herr hat sie selbst gepflanzt und gedeihen lassen, um dir Hoffnung und Freude zu geben, dir, mein gesegnetes Kind, und mir auch!« sagte die frohe Mutter und lächelte der Blume zu wie einem guten Engel Gottes.

Aber nun die andern Erbsen! – Ja, die, welche in die weite Welt hinausflog: »Faß mich, wenn du kannst!« fiel in die Dachrinne und kam in einen Taubenkropf, und da lag sie wie Jonas im Walfisch. Die beiden Faulen brachten es ebensoweit, sie wurden auch von den Tauben gefressen, und das heißt soliden Nutzen schaffen; aber die vierte, die in die Sonne hinauf wollte – die fiel in den Rinnstein und lag dort Tage und Wochen in dem sauren Wasser, wo sie richtig aufquoll.

»Ich werde so schön dick!« sagte die Erbse. »Ich platze dabei, und weiter, glaube ich, kann keine Erbse es bringen oder hat es je gebracht. Ich bin die merkwürdigste von den fünfen aus der Erbsenschote!«

Und der Rinnstein stimmte ihr bei.

Aber am Dachfenster stand das junge Mädchen mit leuchtenden Augen, mit dem Schimmer der Gesundheit auf den Wangen, und sie faltete ihre feinen Hände über der Erbsenblüte und dankte Unserm Herrn für sie.

»Ich halte auf meine Erbse!« sagte der Rinnstein.

53

»SIE TAUGTE NICHTS«

Der Bürgermeister stand am offenen Fenster. Er war im Manschettenhemd, mit der Busennadel in der Hemdkrause und außerordentlich gut rasiert, eigenhändige Arbeit; doch hatte er sich einen kleinen Schnitt beigebracht, aber darüber saß ein Fetzchen Zeitungspapier.

»Hör, du Kleiner!« rief er.

Und der Kleine war niemand anders als der Sohn der Waschfrau, der gerade vorbeiging und ehrerbietig seine Mütze abnahm; ihr Schirm war gebrochen, und sie war zum In-die-Tasche-Stecken eingerichtet. In den ärmlichen, aber sauberen und überaus gut geflickten Kleidern und mit schweren Holzschuhen stand der Knabe ehrfurchtsvoll da, als stände er vor dem König selbst.

»Du bist ein guter Knabe!« sagte der Bürgermeister, »du bist ein höflicher Knabe! Deine Mutter spült wohl Wäsche unten am Fluß; da sollst du das hinbringen, was du in der Tasche hast. Das ist eine schlimme Sache mit deiner Mutter! Wieviel hast du da?«

»Ein halbes Maß!« sagte der Knabe mit erschrockener, halblauter Stimme.

»Und heute morgen bekam sie ebensoviel?« fuhr der Mann fort.

»Nein, gestern war es!« antwortete der Knabe.

»Zwei Halbe machen ein Ganzes! – Sie taugt nichts! Es ist traurig mit dieser Klasse des Volkes! Sage deiner Mutter, sie solle sich schämen! Und werde du nie ein Trunkenbold, aber das wirst du wohl werden! Armes Kind! – Geh nun!«

Und der Knabe ging! Die Mütze behielt er in der Hand, und der Wind blies durch sein blondes Haar, so daß es sich in langen Büscheln aufrichtete. Er ging um die Straßenecke herum, hinein in die Gasse, hinab zum Fluß, wo die Mutter draußen im Wasser an der Waschbank stand und mit dem Schlegel auf die schwere Wäsche schlug. Es war eine starke Strömung im Wasser; denn die Schleusen der Wassermühle waren hochgezogen, das Laken trieb mit dem Strom und war nahe daran, die Waschbank umzureißen; die Waschfrau mußte sich dagegenstemmen.

»Ich bin nahe am Umsinken!« sagte sie, »es ist gut, daß du kommst, denn ich kann es brauchen, daß den Kräften ein wenig nachgeholfen wird! Es ist kalt hier draußen im Wasser; sechs Stunden habe ich hier gestanden. Hast du etwas für mich?«

Der Knabe nahm die Flasche hervor, und die Mutter setzte sie an den Mund und trank einen Schluck.

»Oh, wie das wohltut! Wie es wärmt! Das ist ebensogut wie warmes Essen, und es ist nicht so teuer! Trink, mein Bub! Du siehst so blaß aus, du frierst in den dünnen Kleidern! Es ist ja auch Herbst. Huh! das Wasser ist kalt! Wenn ich nur nicht krank werde; aber das werde ich nicht! Gib mir noch einen Schluck, und trink auch du, aber nur ein Tröpfchen, du darfst dich nicht daran gewöhnen, mein armes, dürftiges Kind!«

Und sie ging um die Brücke herum, wo der Knabe stand, und trat ans Land; das Wasser troff von der Binsenmatte, die sie um den Leib gebunden hatte, das Wasser floß von ihrem Rock.

»Ich schinde und schleppe, daß mir das Blut fast unter meinen Fingernägeln hervorspritzt; aber es ist gleich, wenn ich dich nur rechtschaffen durchbringen kann, mein süßes Kind!«

Im selben Augenblick kam eine etwas ältere Frau, ärmlich in Kleidern und Erscheinung, lahm auf dem einen Bein und mit einer mächtig großen, falschen Locke über dem einen blinden Auge, das von der Locke verdeckt werden sollte; aber sie machte das Gebrechen nur noch auffallender. Es war eine Freundin der Waschfrau, »die lahme Maren mit der Locke« nannten die Nachbarn sie.

»Ärmste, wie du schindest und schleppst und in dem kalten Wasser stehst! Du kannst wohl etwas brauchen, mit dem du dich erwärmen kannst, und doch erbost man sich über den Tropfen, den du trinkst!« – Und nun war bald des Bürgermeisters ganze Rede an den Knaben der Waschfrau hinterbracht; denn Maren hatte das Ganze gehört, und es hatte sie geärgert, daß man so zu dem Kind über dessen eigene Mutter sprach und über den Tropfen, den sie trank, gerade während der Bürgermeister einen großen Mittagsschmaus mit vielen Flaschen Wein gab: »Feine Weine und starke Weine! Ein wenig über den Durst bei vielen; aber das nennt man nicht Trinken! Sie taugen, aber du taugst nichts!«

»So hat er mit dir gesprochen, Kind!« sagte die Waschfrau, und ihre Lippen bewegten sich zitternd, »du hast eine Mutter, die nichts taugt! Vielleicht hat er recht; aber zu dem Kind sollte er es nicht sagen! Doch von dem Haus kommt vieles über mich!«

»Ihr habt ja dort im Hof gedient, als des Bürgermeisters Eltern dort lebten und wohnten; das ist viele Jahre her. Es sind viele Scheffel Salz seit der Zeit gegessen worden, so daß man wohl dursten kann!« und Maren lachte. »Es ist heute ein großes Mittagessen beim Bürgermeister, es hätte abgesagt werden sollen, aber nun wurde es ihnen zu spät, und das Essen war fertig. Ich habe es vom Hofknecht. Es ist vor einer Stunde ein Brief gekommen, daß der jüngere Bruder in Kopenhagen gestorben sei.«

»Gestorben!« rief die Waschfrau und wurde leichenblaß.

»Ei doch!« sagte die Frau; »nehmt Ihr Euch das so zu Herzen? Na, Ihr kanntet ihn von damals her, als Ihr dort im Hause dientet.«

»Er ist tot! Er war der beste, der gütigste Mensch. Unser Herr bekommt nicht viele, die so sind wie er«, und die Tränen liefen ihr über die Wangen herab. »O mein Gott! es dreht sich alles um mich! Das ist, weil ich die Flasche austrank. Ich habe das nicht ertragen können. Ich fühle mich so elend!« – Und sie lehnte sich gegen den Bretterzaun.

»Herr Gott, Euch ist ganz schlecht, Mutter!« sagte die Frau, »schaut zu, daß es vorübergeht! – Nein, Ihr seid richtig krank. Es ist am besten, ich bringe Euch heim.«

»Aber die Wäsche dort!«

»Ich werde mich ihrer schon annehmen. Faßt mich unterm Arm! Der Bub kann hierbleiben und so lange aufpassen, dann werde ich kommen und den Rest waschen; es ist nur ein kleiner Haufen!«

Und die Füße schwankten unter der Waschfrau.

»Ich habe zu lange im kalten Wasser gestanden! Ich habe seit heute morgen nichts zu essen bekommen! Das Fieber steckt mir im Körper! Oh, Herr Jesus! hilf mir heim! Mein armes Kind!« und sie weinte.

Der Knabe weinte und saß bald allein am Fluß bei der nassen Wäsche. Die beiden Frauen gingen langsam, die Waschfrau schwankend, die Gasse hinauf, um die Straßenecke, am Hof des Bürgermeisters vorbei, und gerade vor diesem sank sie auf das Straßenpflaster nieder. Leute sammelten sich an.

Die lahme Maren lief ins Haus um Hilfe. Der Bürgermeister und seine Gäste sahen zum Fenster hinaus.

»Es ist die Waschfrau«, sagte er, »sie hat ein wenig über den Durst getrunken; sie taugt nichts! Es ist schade um den hübschen Knaben, den sie hat. Ich mag in der Tat das Kind gern. Die Mutter taugt nichts!«

Und sie wurde wieder zu sich gebracht und in ihr ärmliches Heim geführt, wo sie ins Bett gelegt wurde. Die brave Maren bereitete eine Schale warmes Bier mit Butter und Zucker. Das war die Medizin, die sie für die beste hielt, und dann ging sie zur Spülstelle am Bach, spülte sehr schlecht, aber meinte es gut, zog eigentlich nur die nasse Wäsche ans Land und legte sie in einen Korb.

Am Abend saß sie in der ärmlichen Stube bei der Waschfrau. Einige geröstete Kartoffeln und ein schönes, fettes Stück Schinken hatte sie bei der Köchin des Bürgermeisters für die Kranke bekommen, daran taten Maren und der Knabe sich gütlich; die Kranke freute sich an dem Geruch; der sei so nahrhaft, sagte sie.

Und der Knabe wurde zu Bett gebracht, in dasselbe, in welchem die Mutter lag, aber er hatte seinen Platz quer zu ihren Füßen mit einem alten Teppich über sich, der aus blauen und roten Streifen zusammengenäht war.

Und mit der Waschfrau ging es ein wenig besser; das warme Bier hatte sie gestärkt, und der Geruch von dem feinen Essen ihr wohlgetan.

»Hab Dank, du gute Seele!« sagte sie zu Maren, »alles will ich dir erzählen, wenn der Knabe schläft! Ich glaube, er tut es schon! Wie süß und lieblich er aussieht mit den geschlossenen Augen! Er weiß nicht, wie es um seine Mutter steht. Unser Herr lasse es ihm nie zustoßen! – Ich diente bei Kammerrats, bei den Eltern des Bürgermeisters, dann traf es sich, daß der jüngste von den Söhnen, der Student, heimkam; damals war ich jung, wild und toll, aber brav, das darf ich vor Gottes Angesicht sagen!« sagte die Waschfrau, »der Student war so lustig und fröhlich, so gütig! Jeder Blutstropfen in ihm war rechtschaffen und gut! Einen besseren Menschen hat es auf der Erde nicht gegeben. Er war Sohn im Hause, und ich nur Dienstmädchen; aber wir wurden ein Liebespaar in Zucht und Ehren! Ein Kuß ist doch keine Sünde, wenn man sich richtig liebhat. Und er sagte es seiner Mutter; sie war ihm wie Unser Herr hier auf Erden; und sie war so klug, liebevoll und liebenswert. – Er reiste ab, und seinen goldenen Ring steckte er an meinen Finger. Als er fort war, rief meine Herrin mich zu sich herein; ernst und doch so mild stand sie da, sprach, wie Unser Herr es wohl könnte; sie machte mir den Abstand zwischen ihm und mir klar, im Geist und in der Wahrheit. ›Jetzt sieht er darauf, wie gut du aussiehst, aber das Aussehen wird vergehen! Du bist nicht erzogen wie er, ihr reicht nicht zueinander hinauf im Reiche des Geistes, und darin liegt das Unglück. Ich achte den Armen‹, sagte sie, ›bei Gott kann er vielleicht einen höheren Platz bekommen als mancher Reiche; aber hier auf Erden soll man nicht in ein falsches Geleise übergehen, wenn man vorwärtsfährt, sonst fällt der Wagen um, und ihr zwei würdet umfallen! Ich weiß, daß ein braver Mann, ein Handwerker, um dich gefreit hat, es ist Erich, der Handschuhmacher; er ist Witwer, hat keine Kinder, stellt sich gut, denk darüber nach!‹ Jedes Wort, das sie sagte, ging mir wie ein Messerstich durchs Herz, aber die Frau hatte recht, und das bedrückte und belastete mich! – Ich küßte ihre

Hand und weinte meine bitteren Tränen, und weinte noch mehr, als ich in meine Kammer kam und mich auf mein Bett legte. Es war eine schwere Nacht, die folgte. Unser Herr weiß, wie ich litt und stritt. Dann ging ich am Sonntag zum Tisch des Herrn, damit mir Licht werde. Da war es wie eine Fügung: als ich aus der Kirche trat, begegnete ich Erich, dem Handschuhmacher. Da war kein Zweifel mehr in meinem Gemüt, wir paßten zueinander nach Stand und Verhältnissen, ja, er war sogar ein wohlhabender Mann; und dann ging ich gerade auf ihn zu, nahm seine Hand und sagte: ›Steht dein Sinn noch zu mir?‹ – ›Ja, ewig und immer!‹ sagte er. ›Willst du ein Mädchen haben, das dich achtet und ehrt, aber dich nicht liebhat, doch das kann wohl kommen!‹ – ›Es wird kommen!‹ sagte er, und dann gaben wir uns die Hand. Ich ging heim zu meiner Herrin; den goldenen Ring, den der Sohn mir gegeben hatte, trug ich auf meiner bloßen Brust, ich konnte ihn am Tag nicht an meinen Finger stekken, sondern nur jeden Abend, wenn ich mich in mein Bett legte. Ich küßte den Ring, so daß mein Mund davon blutete, und dann gab ich ihn meiner Herrin und sagte, daß ich und der Handschuhmacher nächste Woche in der Kirche aufgeboten würden. Da nahm meine Herrin mich in die Arme und küßte mich – sie sagte nicht, daß ich nichts tauge; aber damals war ich vielleicht auch besser, obwohl ich noch nicht so viel Erdenleid durchgemacht hatte. Und dann war zu Lichtmesse die Hochzeit; und das erste Jahr ging es gut, wir hielten einen Gesellen und einen Lehrling, und du, Maren, dientest bei uns.«

»Oh, ihr wart eine gütige Hausmutter!« sagte Maren, »niemals vergesse ich, wie mild ihr und euer Mann gewesen sind!«

»Es war in den guten Jahren, daß du bei uns warst. – Kinder hatten wir noch nicht. – Den Studenten sah ich nie! – Doch, ich sah ihn, aber er sah mich nicht! Er kam hierher zur Beerdigung seiner Mutter. Ich sah ihn am Grab stehen, er war so kreideweiß und so traurig; aber es war um der Mutter willen. Als später der Vater starb, war er in fremden Ländern und kam nicht her und ist auch nicht später hier gewesen. Nie verheiratete er sich, das weiß ich; ich glaube, er war Rechtsanwalt! – An mich erinnerte er sich nicht, und wenn er mich gesehen hätte, dann hätte er mich doch wohl nicht wiedererkannt, so häßlich, wie ich aussehe. Und das ist ja auch ganz gut so!«

Und sie sprach von den schweren Tagen ihrer Prüfungen, wie das Unglück gleichsam über sie hereinstürzte. Sie besaßen fünfhundert Reichstaler, und in ihrer Straße war ein Haus für zweihundert zu bekommen, und da es sich lohnte, es niederreißen zu lassen und ein neues zu bauen, wurde das Haus gekauft. Maurer und Zimmerleute machten einen Voranschlag, daß es weitere tausendundzwanzig Taler kosten würde. Kredit hatte Erich, der Handschuhmacher, das Geld bekam er geliehen in Kopenhagen; aber der Schiffer, der es bringen sollte, erlitt Schiffbruch und das Geld mit ihm.

»Da war es, daß ich meinen gesegneten Knaben gebar, der hier schläft. – Vater fiel in eine schwere, langwierige Krankheit; während dreiviertel Jahren mußte ich ihn an- und ausziehen. Es ging mit uns bergab, wir borgten und borgten: all unser Hab und Gut ging drauf, und Vater starb uns weg. – Ich habe geschuftet und geschleppt, gekämpft und gestrebt um des Kindes willen, Treppen gewaschen, Wäsche gewaschen, grobe und feine, aber ich soll es nicht besser haben nach dem Willen Unseres Herrn; doch wird er mich schon erlösen und für den Knaben sorgen.«

Und dann schlief sie ein.

Gegen Morgen fühlte sie sich gestärkt und kräftig genug, wie sie glaubte, um wieder an ihre Arbeit zu gehen. Sie war gerade in das kalte Wasser hinausgegangen, da befiel sie ein Zittern, eine Ohnmacht; krampfhaft griff sie mit der Hand in die Luft, machte einen Schritt rückwärts und fiel um. Der Kopf lag auf dem trockenen Land; aber die Füße draußen im Fluß, ihre Holzschuhe, mit denen sie auf dem Grund gestanden hatte – in jedem von ihnen war ein Strohwisch –, trieben auf der Strömung; hier wurde sie von Maren, die mit Kaffee kam, gefunden.

Vom Bürgermeister war unterdessen ein Bote bei ihr zu Hause gewesen, sie müsse sofort zu ihm kommen, er hätte ihr etwas zu sagen. Es war zu spät. Ein Barbier wurde geholt, um einen Aderlaß zu machen; die Waschfrau war tot.

»Sie hat sich totgetrunken!« sagte der Bürgermeister.

In dem Brief, der die Nachricht vom Tod des Bruders brachte, war der Inhalt des Testamentes angegeben, und darin stand, daß sechshundert Reichstaler der Handschuhmacherswitwe vermacht seien, die einst bei seinen Eltern gedient hatte. Nach bestem Ermessen sollte das Geld in größeren und kleineren Teilen ihr und ihrem Kind gegeben werden.

»Da ist so ein Techtelmechtel zwischen meinem Bruder und ihr gewesen!« sagte der Bürgermeister, »gut, daß sie aus dem Wege ist; der Bub bekommt nun das Ganze, und ich werde ihn bei braven Leuten unterbringen, ein guter Handwerker soll er werden!« – Und in diese Worte legte Unser Herr seinen Segen.

Und der Bürgermeister berief den Knaben zu sich, versprach, für ihn zu sorgen und sagte ihm, wie gut es sei, daß seine Mutter gestorben sei, sie habe nichts getaugt!

Auf den Friedhof wurde sie gebracht, auf den Armenfriedhof. Maren pflanzte einen kleinen Rosenstock auf das Grab, der Knabe stand daneben.

»Meine süße Mutter!« sagte er, und die Tränen strömten ihm aus den Augen; »ist es wahr, daß sie nichts taugte?«

»Doch, sie taugte!« sagte das alte Mädchen und schaute zum Himmel empor. »Ich weiß es seit vielen Jahren und seit der letzten Nacht. Ich sage dir, sie taugte! und Unser Herr im Himmelreich sagt es auch; laß die Welt nur sagen: Sie taugte nichts!«

54

ZWEI JUNGFERN

Hast du jemals eine Jungfer gesehen? Das heißt, was die Steinsetzer eine Jungfer nennen, eine, um das Straßenpflaster festzustampfen. Sie ist ganz aus Holz, unten breit und mit eisernen Zwingen versehen, oben schmal mit einem Stock quer durch, das sind ihre Arme.

Drinnen im Materialhof standen zwei solche Jungfern; sie standen zwischen Schaufeln, Klaftermaßen und Schubkarren, und hierher war das Gerücht gedrungen, daß »die Jungfer« nicht länger »Jungfer« benannt werden sollte, sondern »Stempel«, und das ist die neueste und einzig richtige Benennung in der Steinsetzersprache für das, was wir alle in alten Zeiten eine Jungfer nannten.

Nun gibt es unter uns Menschen etwas, was man »emanzipierte Frauenzimmer« nennt, wozu man Institutsvorsteherinnen, Hebammen, Tänzerinnen, die von Amts wegen auf einem Bein stehen können, Modistinnen und Krankenwärterinnen rechnet, und an diese Reihe »Emanzipierter« schlossen sich auch die beiden Jungfern im

Materialhof an; sie waren Jungfern bei der Straßenverwaltung, und sie wollten unter keinen Umständen ihren guten, alten Namen aufgeben und sich »Stempel« nennen lassen.

»Jungfer ist ein Menschenname«, sagten sie, »aber Stempel ist ein Ding, und wir lassen uns nicht ein Ding nennen, das heißt uns beschimpfen.«

»Mein Verlobter ist imstande, die Verlobung aufzuheben«, sagte die jüngste, die mit einem Rammklotz verlobt war; das ist so eine große Maschine, die Pfähle in die Erde treibt, und also im Groben tut, was die Jungfer im Feinen tut. »Er will mich als Jungfer haben, aber vielleicht nicht als Stempel, und also kann ich nicht zulassen, daß sie mich umtaufen.«

»Ja, ich lasse mir eher meine beiden Arme abbrechen«, sagte die älteste.

Der Schubkarren war jedoch anderer Ansicht, und der Schubkarren war etwas; er betrachtete sich als eine Viertelkutsche, weil er auf einem Rad lief.

»Ich muß Ihnen doch sagen, daß Jungfer genannt zu werden, ziemlich gewöhnlich und bei weitem nicht so fein ist als Stempel zu heißen, denn wenn man diesen Namen führt, kommt man in die Rangklasse der Petschafte, und denken Sie nur an das Staatspetschaft; das ist jenes, das das Siegel des Gesetzes prägt. An Ihrer Stelle würde ich die ›Jungfer‹ aufgeben.«

»Niemals! dazu bin ich zu alt!« sagte die älteste.

»Sie kennen wohl nicht etwas, das man die europäische Notwendigkeit nennt!« sagte das ehrliche, alte Klaftermaß. »Man muß sich beschränken, sich unterordnen, sich in Zeit und Umstände fügen; und wenn es ein Gesetz ist, daß die Jungfer Stempel genannt werden soll, dann *muß* sie Stempel genannt werden. Jedes Ding hat sein Klaftermaß!«

»Dann würde ich mich doch lieber Fräulein nennen lassen, wenn es durchaus sein muß«, sagte die jüngste, »Fräulein schmeckt doch immer ein wenig nach Jungfer.«

»Aber ich lasse mich lieber zu Kleinholz hacken«, sagte die alte Jungfer.

Nun ging es zur Arbeit; die Jungfern fuhren, sie wurden auf den

Schubkarren gelegt, und das war immerhin eine feine Behandlung, aber Stempel wurden sie genannt.

»Jung...!« sagten sie, indem sie auf das Steinpflaster stampften; »Jung...!« und sie waren nahe daran, das ganze Wort »Jungfer« auszusprechen, aber sie bissen das Wort kurz ab und verschluckten die letzte Silbe; denn sie fanden es unter ihrer Würde zu antworten. Aber gegenseitig sprachen sie sich immer mit dem Namen Jungfer an und priesen die guten, alten Tage, da man jedes Ding bei seinem rechten Namen nannte und Jungfer genannt wurde, wenn man eine Jungfer war; und das blieben sie alle beide, denn der Rammklotz, die große Maschine, hob wirklich die Verlobung mit der jüngsten auf, er wollte sich nicht mit einem Stempel einlassen.

55

AM ÄUSSERSTEN MEER

Ein paar große Fahrzeuge waren hoch hinauf nach dem Nordpol gesandt worden, um dort die Grenzen des Landes gegen das Meer zu finden und zu versuchen, wie weit die Menschen vordringen könnten. Schon seit Jahr und Tag waren sie durch Nebel und Eis hier oben gesteuert und hatten unter großen Beschwerden Versuche angestellt; nun hatte der Winter begonnen, die Sonne war untergegangen; viele, viele Wochen würde hier eine lange Nacht sein; alles ringsumher war ein einziges Stück Eis; fest vertäut an dieses war jedes Schiff; der Schnee lag hoch, und aus dem Schnee selbst waren bienenkorbähnliche Häuser errichtet, einige so groß wie unsere Hünengräber, andere nicht größer, als daß sie zwei oder vier Mann bergen konnten; aber dunkel war es nicht, die Nordlichter flammten rot und blau, es war ein ewiges, großartiges Feuerwerk, und der Schnee leuchtete; die Nacht hier war eine einzige lange, lodernde Dämmerung. Zur hellsten Zeit kamen Scharen von Eingeborenen, seltsam zu sehen in ihren behaarten Pelzkleidern und auf ihren Schlitten, die aus Eisstücken gezimmert waren; sie brachten Felle in großen Haufen, und die Schneehäuser bekamen davon warme Teppiche; Fell wurde zu Decke und Federbett, aus denen die Matrosen sich ihr Bett unter der Schneekuppel herrichteten, während es draußen knisternd fror, wie wir es nicht von unserer strengsten Winterzeit her kennen. Bei uns waren noch Herbsttage, und daran dachten sie dort oben; sie erinnerten sich der Sonnenstrahlen in der Heimat und des rotgelben Laubes, das an den Bäumen hing. Die Uhr zeigte, daß es Abend und Schlafenszeit sei, und in einem der Schneehäuser streckten sich bereits zwei aus, um zu ruhen; der jüngste hatte seinen besten, kostbarsten Schatz von zu Hause mitgenommen, den, welchen Großmutter ihm vor der Abreise mitgegeben, es war die Bibel. Jede Nacht lag sie unter seinem Kopfkissen, er wußte von Kindheit an, was in ihr stand; jeden Tag las er ein Stück daraus, und auf seinem Lager kamen ihm oft so tröstend die heiligen Worte in den Sinn: »Und nähme ich Flügel der Morgenröte und bliebe ich am äußersten Meer, so würde mich doch deine Hand daselbst führen und deine Rechte mich halten!« – Und unter den Worten der Wahrheit und des Glaubens schloß er die Augen, der Schlaf kam, und der Traum kam, die Offenbarung des Geistes in Gott; die Seele war das Lebendige während der Ruhe des Körpers; er vernahm es, es war wie Melodien von alten, lieben, bekannten Liedern; es atmete so mild, so sommerwarm, und von seinem Lager sah er es über sich leuchten, als ob die Schneekuppel von außen durchstrahlt würde; er hob seinen Kopf, das strahlende Weiße waren nicht Wände oder Decke, es waren die großen Flügel an eines Engels Schultern, und er blickte empor in sein mildes, leuchtendes Antlitz. Aus den Blättern der Bibel, wie aus dem Kelch einer Lilie, erhob sich der Engel, breitete seine Arme weit aus, und die Wände der Schneehütte versanken ringsumher wie ein luftiger, leichter Nebelschleier; der Heimat grüne Felder und Hügel mit den rotbraunen Wäldern lagen ringsum im stillen Sonnenschein eines schönen Herbsttages; das Nest des Storches stand leer, aber noch hingen die Äpfel an dem wilden Apfelbaum, obschon die Blätter gefallen waren; die roten Hagebutten glänzten und der Star pfiff in dem kleinen, grünen Käfig über dem Fenster des Bauernhauses, wo das Heim der Heimat war. Der Star pfiff, wie man es ihn gelehrt hatte, und Großmutter behängte den Käfig mit Vogelmiere, wie es der Enkel immer getan; und des Schmiedes Tochter, so jung und so schön, stand am Brunnen und zog Wasser herauf, nickte Großmutter zu, und Großmutter winkte und zeigte einen Brief, der aus weiter Ferne kam; an diesem Morgen war er aus den kalten Ländern gekommen, hoch oben vom Nordpol selbst, wo der Enkel war – in Gottes Hand. – Und sie lachten und sie weinten, und er, unter Eis und Schnee, dort in der Welt des Geistes, unter den Flügeln des Engels, sah und hörte das alles, lachte mit ihnen und weinte mit ihnen. Und es wurden aus dem Brief vorgelesen selbst die Worte der Bibel: »Am äußersten Meer wird seine Rechte mich halten!« – Wie schöner Psalmengesang erklang es ringsum, und der Engel ließ seine Flügel wie einen Schleier über den Schlafenden sich legen – der Traum war zu Ende – es war dunkel im Schneehaus, aber die Bibel ruhte unter seinem Kopf, der Glaube und die Hoffnung ruhten in seinem Herzen. Gott war mit, und die Heimat war mit – »am äußersten Meer!«

56

DAS GELDSCHWEIN

Es gab so viel Spielzeug in der Stube der Kinder; zuoberst auf dem Schrank stand die Sparbüchse; sie war aus Ton und hatte die Gestalt eines Schweines; sie hatte natürlich eine Spalte im Rücken, und die Spalte war mit einem Messer größer gemacht, damit auch Silbertaler hineingehen konnten, und zwei waren schon hineingegangen außer vielen Schillingen. Das Geldschwein war so vollgepfropft, daß es nicht mehr rasseln konnte, und das ist das Höchste, zu dem ein Geldschwein es bringen kann. Da stand es nun zuoberst auf dem Schrank und sah herab auf alles in der Stube. Es wußte wohl, daß es mit dem, was es im Bauch hatte, das Ganze kaufen könnte, und das bedeutet ein gutes Bewußtsein haben.

Daran dachten auch die andern, wenn sie es auch nicht sagten; es gab ja anderes zu reden. Die Kommodenschublade stand halb offen, und dort zeigte sich eine große Puppe. Etwas alt war sie und am Hals genietet; sie schaute hinaus und sagte: »Sollen wir jetzt

›Mensch Sein‹ spielen? Das ist ja immer etwas!« Und dann gab es einen Aufruhr, selbst die Bilder an den Wänden kehrten sich um; sie wußten, daß sie auch eine Kehrseite hatten, aber es geschah nicht, um zu widersprechen.

Es war mitten in der Nacht, der Mond schien zum Fenster herein und gab freie Beleuchtung. Nun sollte das Spiel beginnen, und alles war eingeladen, selbst der Kinderwagen, der doch zu dem gröberen Spielzeug gehörte. »Jeder ist gut in seiner Art!« sagte er, »es kann nicht jeder von Adel sein! Einige müssen auch Nutzen bringen, wie man sagt!«

Einzig das Geldschwein bekam die Einladung schriftlich; es stand zu hoch, als daß sie glauben konnten, es würde die mündliche Einladung hören, und es gab auch keine Antwort, ob es komme, denn es kam nicht; sollte es dabei sein, so mußte es das Spiel von zu Hause aus genießen, darnach konnten sie sich richten, und das taten sie.

Das kleine Puppentheater wurde gleich so aufgestellt, daß es gerade hineinsehen konnte; sie wollten mit Komödie anfangen, und dann sollte es Tee und Verstandesübung geben, und damit begannen sie sofort. Das Schaukelpferd sprach von Training und Vollblut, der Kinderwagen von Eisenbahnen und Dampfkraft – das war ja alles etwas, das in ihr Fach schlug und wovon sie sprechen konnten. Die Stubenuhr sprach von Politik – tik – tik! Sie wußte, was die Glocke geschlagen hatte; aber man sagte, sie ginge nicht richtig. Der Rohrstock stand da und war stolz auf seine Spitze und seinen Silberknauf, er war ja beschlagen unten und oben; auf dem Sofa lagen zwei gestickte Kissen, sie waren reizend und dumm – und dann konnte die Komödie beginnen.

Alle saßen sie und schauten zu, und es wurde darum gebeten, man möge knallen, klatschen und lärmen, je nachdem es einem gefiele. Aber die Reitpeitsche sagte, sie knalle nie für die Alten, sondern nur für die Unverlobten. »Ich knalle für alles!« sagte die Knallerbse. »Irgendwo muß man ja sein!« meinte der Spucknapf; das waren nun so die Gedanken eines jeden beim Ansehen der Komödie. Das Stück taugte nichts, aber es wurde gut gespielt; alle die Spielenden kehrten die bemalte Seite dem Publikum zu; sie waren nur von der rechten Seite anzusehen und nicht von der Kehrseite; und alle spielten sie ausgezeichnet, ganz über die Rampe hinaus, der Faden an ihnen war zu lang, aber so taten sie sich um so mehr hervor. Die genietete Puppe wurde so ergriffen, daß die Niete sich löste, und das Geldschwein wurde auf seine Weise so ergriffen, daß es beschloß, etwas für einen von ihnen zu tun, ihn in sein Testament zu setzen, als den, der mit ihm in der Gruft liegen sollte, wenn die Zeit käme.

Es war ein wahrer Genuß, so daß man das Teewasser aufgab und bei der Verstandesübung blieb, das nannte man »Mensch Sein« spielen, und darin war keine Bosheit, denn sie spielten nur – und jeder dachte an sich und daran, was das Geldschwein denke, und das Geldschwein dachte am weitesten, es dachte ja an Testament und Begräbnis – und wann trifft solches ein? – immer ehe man es erwartet. – Knack! da fiel es vom Schrank – lag auf dem Boden in Scherben und Stücken, während die Schillinge tanzten und sprangen; die kleinsten surrten, die großen rollten, besonders der eine Silbertaler, er wollte ordentlich hinaus in die Welt. Und das kam er, und das kamen sie alle; und die Scherben des Geldschweines kamen ins Kehrichtfaß; aber auf dem Schrank selbst stand am nächsten Tag ein neues Geldschwein aus Ton, es war noch kein Schilling darin, deshalb konnte es auch nicht rasseln, darin glich es dem andern, das war immerhin ein Anfang – und damit wollen wir enden.

57

IB UND DIE KLEINE CHRISTINE

Nahe bei dem Fluß Gudenaa, drinnen im Silkeborg-Wald, erhebt sich ein Landrücken wie ein großer Wall, den man »Aasen« nennt, und unter diesem, gegen Westen, lag, ja liegt noch ein kleines Bauernhaus mit magerem Ackerland; der Sand schimmert durch die dünne Roggen- und Gerstensaat. Es sind nun einige Jahre her; die Leute, die hier wohnten, betrieben ihr kleines Anwesen, hatten zudem drei Schafe, ein Schwein und zwei Ochsen, kurz, sie hatten ihr rechtes Auskommen, wenn man's nimmt, wie man's hat, ja, sie hätten es wohl auch dahin bringen können, zwei Pferde zu halten, aber sie sagten wie die andern Bauern dort drüben: »Das Pferd frißt sich selbst auf!« – es zehrt soviel, als es nährt. Jeppe-Jäns bestellte im Sommer sein kleines Ackerland und war im Winter ein flinker Holzschuhmacher. Er hatte denn auch einen Gehilfen, einen Knecht, der es verstand, Holzschuhe zu schnitzen, die stark und leicht waren und auch Fasson hatten; Schuhe und Kellen schnitzten sie; das brachte Schillinge ein, man konnte Jeppe-Jänsens keine armen Leute nennen.

Der kleine Ib, der siebenjährige Bub, des Hauses einziges Kind, saß und schaute zu, schnitt an einem Stäbchen herum, schnitt sich auch in die Finger. Aber eines Tages hatte er zwei Stückchen Holz so geschnitzt, daß sie wie kleine Holzschuhe aussahen, die sollten, sagte er, der kleinen Christine geschenkt werden, und das war des Prahmführers kleine Tochter, und die war so fein und niedlich wie ein Herrschaftskind; hätte sie Kleider gehabt, die ihrem Wuchs und Bau entsprachen, dann hätte niemand geglaubt, daß sie aus dem Heidetorfhaus auf der Seisheide sei. Dort drüben wohnte ihr Vater, er war Witwer und ernährte sich davon, Holz vom Wald hinab nach dem Silkeborger Aalwehr, ja oft von dort weiter nach Randers hinauf zu führen. Er hatte niemand, der auf die kleine Christine achtgeben konnte, die ein Jahr jünger war als Ib, und so war sie fast immer bei ihm auf dem Prahm und zwischen Heidekraut und Preiselbeerbüschen; mußte er einmal ganz bis nach Randers hinauf, ja, dann kam die kleine Christine hinüber zu Jeppe-Jänsens.

Ib und die kleine Christine kamen gut miteinander aus beim Spielen und beim Essen; sie wühlten und sie gruben, sie krochen und sie gingen, und eines Tages wagten sie sich beide allein ganz hinauf auf den Aasen und ein Stück in den Wald hinein; einmal fanden sie dort Schnepfeneier, das war ein großes Ereignis.

Ib war noch nie drüben auf der Seisheide gewesen, war noch nie mit dem Prahm auf der Gudenaa und über die Seen gefahren, aber nun sollte er es; er war vom Prahmführer eingeladen worden, und am Abend vorher folgte er ihm mit nach Hause.

Auf dem hochgestapelten Brennholz des Prahms saßen früh am Morgen die beiden Kinder und aßen Brot und Himbeeren. Der Prahmführer und sein Gehilfe stakten sich vorwärts, es ging mit der Strömung in rascher Fahrt den Fluß hinab und durch die Seen, die sich durch Wald und Schilf zu schließen schienen; aber immer war doch eine Durchfahrt vorhanden, wenn auch die alten Bäume sich ganz hinabneigten und die Eichen ihre abgeschälten Äste vorstreckten, als wenn sie aufgestreifte Ärmel hätten und ihre knorrigen, nackten Arme zeigen wollten. Alte Erlen, die der Strom vom Uferbord gelöst hatte, hielten sich mit den Wurzeln am Grund fest und sahen aus wie kleine Waldinseln; Seerosen wiegten sich auf dem Wasser; es war eine schöne Fahrt! – Und dann kam man an das Aalwehr, wo das Wasser durch die Schleusen brauste; da gab es für Ib und Christine etwas zu sehen!

Damals gab es hier unten weder Fabrik noch Stadt, hier stand nur das alte Gehöft, und der Bewohner waren nicht viele; der Fall des Wassers durch die Schleuse und der Schrei der Wildente waren damals das einzige, was die Gegend belebte. – Als das Holz umgeladen war, kaufte Christinens Vater sich ein großes Bündel Aale und ein kleines, geschlachtetes Schwein, das alles in einem Korb hinten auf den Prahm gestellt wurde. Nun ging es gegen den Strom heimwärts; aber der Wind war günstig, und als sie die Segel setzten, war es gerade so gut, als hätten sie zwei Pferde vorgespannt.

Als sie mit dem Prahm so weit hinauf in den Wald gekommen waren, von wo aus der Mann, der staken half, nur ein kurzes Stück bis nach Hause hatte, gingen er und Christinens Vater an Land, ermahnten aber die Kinder, sich ruhig und vorsichtig zu verhalten. Doch das taten diese nicht lange, sie mußten in den Korb hineinschauen, wo die Aale und das Schwein lagen, und das Schwein mußten sie aufheben und es halten, und da sie es beide halten wollten, so ließen sie es fallen, und zwar gerade ins Wasser; da trieb es auf der Strömung, es war ein entsetzliches Ereignis.

Ib sprang an Land und lief eine kleine Strecke, dann kam auch Christine. »Nimm mich mit!« rief sie, und nun waren sie bald im Gebüsch, sie sahen nicht mehr den Prahm und auch nicht den Fluß; eine kleine Strecke liefen sie noch, dann fiel Christine und weinte; Ib hob sie auf.

»Komm mit mir!« sagte er. »Das Haus liegt dort drüben!« aber es lag nicht dort drüben. Sie gingen und gingen, über welkes Laub und dürre, abgefallene Zweige, die unter ihren kleinen Füßen knackten; nun hörten sie ein lautes Rufen – sie standen still und lauschten; nun schrie ein Adler, es war ein häßlicher Schrei. Sie erschraken sehr; aber vor ihnen im Wald wuchsen die herrlichsten Heidelbeeren, eine unglaubliche Menge; das war zu einladend, um nicht zu bleiben, und sie blieben und aßen und wurden ganz blau um Mund und Wangen. Jetzt hörte man wieder ein Rufen.

»Wir kriegen Prügel für das Schwein!« sagte Christine.

»Laß uns zu uns nach Hause gehen!« sagte Ib, »wir wohnen hier im Wald!« Und sie gingen; sie kamen an einen Fahrweg; aber er führte nicht heim, dunkel wurde es, und sie ängstigten sich. Die seltsame Stille ringsum wurde durch den häßlichen Schrei der großen Horneule oder durch andere Vogellaute, die sie nicht kannten, unterbrochen; endlich blieben sie alle beide in einem Gebüsch stecken, Christine weinte und Ib weinte, und als sie so eine Weile geweint hatten, legten sie sich ins Laub und schliefen ein.

Die Sonne stand hoch am Himmel, als sie erwachten; sie froren, aber oben auf der Anhöhe schien die Sonne zwischen den Bäumen herab, dort konnten sie sich wärmen, und von dort, meinte Ib, müßten sie das Haus seiner Eltern sehen können; aber sie waren weit von ihm entfernt, in einem ganz andern Teil des Waldes. Sie kletterten ganz hinauf auf die Anhöhe und standen auf einem Abhang bei einem klaren, durchsichtigen See; die Fische darin standen in Scharen, beleuchtet von den Sonnenstrahlen; es war so unerwartet, was sie sahen, und dicht daneben war ein großer Haselbusch voll von Nüssen, ja sogar sieben in einem Büschel gab es; und sie pflückten, und sie knackten und aßen die feinen Kerne, die erst anfingen, sich zu bilden – und dann kam noch eine Überraschung, ein Schrecken. Aus dem Busch trat eine große, alte Frau hervor, deren Gesicht so braun und deren Haar so glänzend schwarz war; das Weiße in ihren Augen blitzte wie bei einem Mohren; sie hatte ein Bündel auf dem Rücken und einen Knotenstock in der Hand; sie war eine Zigeunerin. Die Kinder verstanden nicht gleich, was sie sagte; und sie nahm drei große Nüsse aus der Tasche, in jedem lägen die schönsten Dinge verborgen, erzählte sie, es seien Wünschelnüsse.

Ib sah sie an, sie war so freundlich, und dann nahm er sich zusammen und fragte, ob er die Nüsse haben dürfe, und die Frau gab sie ihm und pflückte sich eine ganze Tasche voll vom Haselbusch.

Und Ib und Christine schauten mit großen Augen die drei Wünschelnüsse an.

»Ist in dieser Nuß ein Wagen mit zwei Pferden davor?« fragte Ib.

»Es ist eine goldene Kutsche mit goldenen Pferden darin!« sagte die Frau.

»Dann gib sie mir!« sagte die kleine Christine, und Ib gab sie ihr, und die Frau knüpfte ihr die Nuß in ihr Halstuch ein.

»Ist da drinnen in dieser Nuß so ein kleines, hübsches Halstuch, wie es Christine da hat?« fragte Ib.

»Es sind zehn Halstücher darin!« sagte die Frau, »es sind feine Kleider, Strümpfe und Hüte darin!«

»Dann will ich auch die haben!« sagte Christine, und der kleine Ib gab ihr auch die zweite Nuß, die dritte war ein kleines, schwarzes Ding.

»Die mußt du behalten!« sagte Christine, »und die ist auch schön.«

»Und was ist denn in dieser?« fragte Ib.

»Das Allerbeste für dich!« sagte die Zigeunerin.

Und Ib hielt die Nuß fest. Die Frau versprach, sie auf den rechten Weg nach Hause zu führen, und sie gingen, aber freilich in einer ganz entgegengesetzten Richtung, als sie hätten gehen müssen; aber deshalb darf man sie nicht beschuldigen, daß sie Kinder stehlen wollte.

In dem unwegsamen Wald begegneten sie dem Unterförster Chrän; er kannte Ib, und mit ihm kamen Ib und die kleine Christine heim, wo man in großer Angst um sie war, und es wurde ihnen verziehen, obwohl sie beide eine gute Tracht Prügel verdient hätten, erstens weil sie das Schwein ins Wasser fallen ließen, und zweitens weil sie weggelaufen waren.

Christine kam heim auf die Heide, und Ib blieb in dem kleinen Waldhaus; das erste, was er am Abend tat, war, die Nuß hervorzuholen, die »das Allerbeste« in sich barg; er legte sie zwischen die Tür und den Türrahmen, klemmte dann zu, die Nuß knackte auf, aber keine Spur von einem Kern war zu sehen, sie war gleichsam mit Schnupftabak oder Humuserde gefüllt; sie war wurmstichig, wie man sagte.

»Ja, das konnte ich mir wohl denken!« meinte Ib, »wie sollte da drinnen in der kleinen Nuß Platz für das Allerbeste sein! Christine bekommt weder feine Kleider noch eine goldene Kutsche mit ihren beiden Nüssen!«

Und der Winter kam, und das neue Jahr kam. Nun sollte Ib zum

Konfirmationsunterricht gehen, und der Pfarrer wohnte weit entfernt. Um diese Zeit kam eines Tages der Prahmführer und erzählte bei Ibs Eltern, daß die kleine Christine nun hinaus sollte, um ihr Brot zu verdienen, und daß es ein wahres Glück für sie sei, in die Hände zu kommen, in die sie kam, und Dienst bei solchen braven Leuten zu finden; denkt, sie sollte zu den reichen Wirtsleuten in der Herninger Gegend, nach Westen zu; dort sollte sie der Hausfrau zur Hand gehen, und später, wenn sie sich gut anstelle und dort konfirmiert worden sei, wollten sie sie behalten.

Und Ib und Christine nahmen Abschied voneinander; die Liebesleute wurden sie genannt; und sie zeigte ihm beim Abschied, daß sie noch die beiden Nüsse habe, die sie von ihm bekommen, als sie sich im Wald verirrten, und sie sagte, daß sie in ihrer Kleiderkiste die kleinen Holzschuhe aufbewahre, die er als Knabe geschnitzt und ihr geschenkt hatte. Und dann trennten sie sich.

Ib wurde konfirmiert, aber er blieb im Haus seiner Mutter; denn er war ein flinker Holzschuhschnitzer, und im Sommer bestellte er das kleine Anwesen aufs beste; seine Mutter hatte nur ihn dazu, Ibs Vater war gestorben.

Nur selten, und zwar durch einen Postboten oder durch einen Aalbauern, hörte man von Christine. Es ging ihr gut bei den reichen Wirtsleuten, und als sie konfirmiert worden war, schrieb sie ihrem Vater einen Brief mit einem Gruß an Ib und seine Mutter; im Brief stand von sechs neuen Hemden und einem schönen Kleid, die Christine vom Hausherrn und der Hausfrau erhalten hatte. Das waren wahrlich gute Nachrichten.

Im Frühling darauf klopfte es eines schönen Tages an Ibs und seiner Mutter Tür; es war der Prahmführer mit Christine; sie war auf einen Tag auf Besuch gekommen; es war just eine Fahrgelegenheit nach dem Dorf Them und wieder zurück gewesen, und die benützte sie. Schön war sie wie ein feines Fräulein, und hübsche Kleider hatte sie an, sie waren gut genäht, und sie paßten zu ihr. In vollem Staat stand sie da, und Ib war in den alten Werktagskleidern. Er konnte kein Wort hervorbringen; wohl nahm er ihre Hand, hielt sie fest und war von Herzen froh; aber den Mund konnte er nicht in Gang bringen, das konnte aber die kleine Christine. Sie sprach, sie wußte zu erzählen, und sie küßte Ib gerade auf den Mund.

»Kennst du mich wohl noch?« sagte sie; aber selbst als die beiden allein waren und er stand und ihre Hand in der seinen hielt, war alles, was er sagen konnte, nur dies: »Du bist gleichsam eine feine Dame geworden, und ich sehe so zerzaust aus! Wie habe ich an dich gedacht, Christine, und an die alten Zeiten!«

Und sie gingen Arm in Arm auf den Aasen hinauf und schauten über die Gudenaa nach der Seisheide mit ihren großen Heidehügeln, aber Ib sagte nichts; doch als sie sich trennten, war es ihm klar geworden, daß Christine seine Frau werden müsse, sie waren ja von klein auf Liebesleute genannt worden; sie seien, fand er, ein verlobtes Paar, ungeachtet keines von ihnen es ausgesprochen hatte.

Nur noch einige Stunden konnten sie zusammen sein; denn sie

mußte wieder nach Them, von wo der Wagen früh am nächsten Morgen nach dem Westen zurückfahren sollte. Der Vater und Ib begleiteten sie bis Them; es war klarer Mondschein, und als sie im Dorf anlangten und Ib noch Christinens Hand in der seinen hielt, konnte er sie nicht loslassen; seine Augen waren so hell, aber die Worte fielen nur spärlich, doch jedes einzelne war ein Herzenswort: »Bist du nicht zu fein gewöhnt«, sagte er, »und kannst du dich darein finden, im Hause von Mutter mit mir als deinem Ehemann zu leben, dann werden wir beide einmal Mann und Frau! – Aber wir können ja noch ein wenig warten!«

»Ja, wir wollen noch die Zeit abwarten, Ib!« sagte sie; und dann drückte sie seine Hand, und er küßte sie auf den Mund. »Ich verlasse mich auf dich, Ib!« sagte Christine, »und ich glaube, daß ich dich liebhabe, aber laß es mich noch überschlafen!«

Und dann trennten sie sich. Und Ib sagte zum Prahmführer, daß er und Christine nun so gut wie verlobt seien, und der Prahmführer fand, das sei, wie er es sich immer gedacht habe; und er ging mit Ib nach Hause und schlief die Nacht über dort, und es wurde dann nicht mehr über die Verlobung gesprochen.

Ein Jahr war vergangen; zwei Briefe waren zwischen Ib und Christine gewechselt worden; »treu bis in den Tod!« stand bei der Unterschrift. Eines Tages trat der Prahmführer bei Ib ein, er brachte ihm einen Gruß von Christine; was er mehr zu sagen hatte, damit ging es etwas langsam; aber es war dies, daß es Christine gut gehe, mehr als gut, sie sei ja ein hübsches Mädchen, geachtet und beliebt. Der Sohn des Wirtes sei auf Besuch zu Hause gewesen; er sei bei etwas Großem in Kopenhagen angestellt, bei einem Bureau; ihm gefalle Christine gut, sie fand ihn auch nach ihrem Sinn, seine Eltern seien nicht abgeneigt; aber nun läge es Christine doch am Herzen, daß Ib so viel an sie denke, und so habe sie erwogen, das Glück von sich zu schieben, sagte der Prahmführer.

Ib sagte am Anfang kein Wort, aber er wurde so weiß wie ein Tuch, schüttelte den Kopf ein wenig, und dann sagte er: »Christine darf das Glück nicht von sich schieben!«

»Schreibe ihr ein paar Worte!« sagte der Prahmführer.

Und Ib schrieb auch; aber er konnte die Worte nicht recht zusammenstellen, wie er wollte, und er strich aus und zerriß, aber am Morgen war ein Brief bereit für die kleine Christine, und hier ist er:

»Den Brief, den Du Deinem Vater geschrieben hast, habe ich gelesen und daraus ersehen, daß es Dir in jeder Beziehung gut geht und daß Du es noch besser bekommen kannst. Frage Dein Herz, Christine, und bedenke wohl, was Dich erwartet, wenn Du mich nimmst! Es ist nur gering, was ich habe. Denke nicht an mich und wie es mir geht, sondern denke an Deinen eigenen Vorteil! An mich bist Du mit keinem Versprechen gebunden, und hast Du in Deinem Herzen mir eins gegeben, so löse ich Dich davon. Alle Freude der Welt sei Dir beschert, kleine Christine! Unser Herr hat wohl Trost für mein Herz.

Stets Dein inniger Freund

Ib.«

Und der Brief wurde abgeschickt, und Christine bekam ihn.

Zur Martinizeit wurde sie von der Kanzel aufgeboten in ihrer Kirche auf der Heide und drüben in Kopenhagen, wo der Bräutigam war, und dorthin reiste sie mit ihrer Hausherrin, da der Bräutigam seiner vielen Geschäfte wegen nicht so weit nach Jütland kommen konnte. Christine traf nach Verabredung mit ihrem Vater im Dorf Funder zusammen, durch das der Weg führt und das für ihn am leichtesten zu erreichen war; dort nahmen die beiden voneinander Abschied. Hierüber fielen gelegentlich ein paar Worte, aber Ib sagte nichts; er sei so nachdenklich geworden, sagte seine alte Mutter. Ja, nachdenklich war er, und daher kamen ihm auch die drei Nüsse in den Sinn, die er als Kind von der Zigeunerin bekommen und von denen er Christine zwei gegeben hatte; es waren Wünschelnüsse, und in einer lag ja eine goldene Kutsche mit Pferden, in der andern die schönsten Kleider; das traf zu! All die Herrlichkeit erhielt sie nun drüben in des Königs Kopenhagen; für sie ging es in Erfüllung! – für Ib war in der Nuß nur die schwarze Erde. »Das Allerbeste« für ihn, hatte die Zigeunerin gesagt – ja, auch das ging in Erfüllung, die schwarze Erde war für ihn das Beste. Jetzt verstand er deutlich, was die Frau gemeint hatte; in der schwarzen Erde, in des Grabes Verborgenheit, dort war es für ihn am allerbesten.

Und es vergingen Jahre, nicht viele, aber lange, schien es Ib; die alten Wirtsleute starben kurz nacheinander weg, all der Wohlstand, viele tausend Reichstaler, kamen an den Sohn. Ja, jetzt konnte Christine eine goldene Kutsche und feine Kleider die Fülle bekommen.

Während zwei langer Jahre, die nun folgten, kam kein Brief von Christine, und als dann der Vater einen bekam, war er gar nicht in Wohlstand und Vergnügen geschrieben. Arme Christine! Weder sie noch ihr Mann hatten es verstanden, mit dem Reichtum hauszuhalten, er ging, wie er kam, es war kein Segen dabei, weil sie es selbst nicht wollten.

Und das Heidekraut stand in Blüte, und das Heidekraut welkte hin; der Schnee war schon viele Winter über die Seisheide hingefegt, über den Aasen, wo Ib im Lee wohnte. Die Frühlingssonne schien, und Ib setzte den Pflug in die Erde, da schnitt dieser, wie er glaubte, über einen Feuerstein, der wie ein großer, schwarzer Hobelspan aus der Erde herauskam, und als Ib ihn anfaßte, merkte er, daß es Metall war, und wo der Pflug hineingeschnitten hatte, glänzte es blank. Es war ein schwerer, großer Armring aus Gold aus der heidnischen Vorzeit; das Hünengrab war hier geschleift und sein kostbarer Schmuck gefunden worden. Ib zeigte ihn dem Pfarrer, der ihm sagte, wie herrlich er sei, und von dort ging Ib damit zum Landammann, der nach Kopenhagen darüber berichtete und Ib den Rat gab, selbst den kostbaren Fund zu überbringen.

»Du hast in der Erde das Beste gefunden, was du finden konntest!« sagte der Landammann.

Das Beste! dachte Ib. Das Allerbeste für mich – und in der Erde! Dann hatte die Zigeunerin doch auch recht bei mir, wenn das das Beste ist!

Und Ib fuhr mit dem Fährschiff von Aarhus nach des Königs Kopenhagen; das war für ihn, der nur den heimatlichen Fluß kannte, eine Reise über das Weltmeer. Und Ib kam nach Kopenhagen.

Der Wert des gefundenen Goldes wurde ihm ausgezahlt, es war

eine große Summe: sechshundert Reichstaler. In dem großen, unwegsamen Kopenhagen ging Ib vom Wald bei der Seisheide umher.

Es war gerade am Abend, bevor er mit dem Schiffer nach Aarhus zurück sollte, da verirrte er sich in den Straßen und kam in eine ganz andere Richtung, als er wollte; er war über Knippelsbro nach Christianshavn gelangt, anstatt gegen den Wall hinab nach Vesterport. Er wandte sich ganz richtig nach Westen, aber nicht dahin, wo er sollte. Es war kein Mensch auf der Straße zu sehen. Da kam ein winzigkleines Mädchen aus einem ärmlichen Haus heraus; Ib fragte es nach dem Weg, den er suchte; es stutzte, sah zu ihm auf und weinte heftig. Nun fragte er es, was ihm fehle; es sagte etwas, was er nicht verstand, und als sie beide gerade unter einer Laterne standen und ihr Licht dem Mädchen gerade ins Gesicht schien, wurde es ihm ganz wunderlich zumute; denn es war leibhaftig die kleine Christine, die er sah, ganz so, wie er sich ihrer aus der Zeit erinnerte, als sie beide noch Kinder waren.

Und er ging mit dem kleinen Mädchen in das ärmliche Haus und die schmale, ausgetretene Treppe hinauf, hoch hinauf zu einer kleinen, schrägen Kammer unter dem Dach. Es war eine schwere, stickige Luft da drinnen, kein Licht brannte; drüben in der Ecke seufzte und atmete es schwer. Ib zündete ein Streichholz an. Es war die Mutter des Kindes, die auf dem ärmlichen Bett lag.

»Kann ich Ihnen mit etwas helfen?« fragte Ib. »Die Kleine hat mich heraufgeführt; aber ich bin selbst fremd hier in der Stadt. Sind hier keine Nachbarn oder jemand, den ich rufen könnte?« – Und er richtete den Kopf der Kranken auf.

Es war Christine von der Seisheide.

Seit Jahren war daheim in Jütland ihr Name nicht genannt worden, es hätte Ibs stillen Gedankengang aufgestört, und es war auch nichts Gutes, was das Gerücht und die Wahrheit erzählten. Das viele Geld, das ihr Mann von seinen Eltern geerbt, hatte ihn verwirrt und übermütig gemacht; seine feste Stellung hatte er aufgegeben, war ein halbes Jahr in fremden Ländern gereist, war zurückgekehrt, hatte Schulden gemacht und doch in Saus und Braus gelebt; mehr und mehr neigte sich der Wagen, und zuletzt schlug er um. Die vielen lustigen Freunde und Tischgenossen sagten von ihm, daß er verdient habe, wie es ihm ergangen sei, er habe ja wie ein Verrückter gelebt. – Seine Leiche war eines Morgens im Kanal des Schloßgartens gefunden worden.

Christine trug den Tod im Herzen; ihr jüngstes Kind, nur wenige Wochen alt, in Wohlstand getragen, in Elend geboren, lag bereits im Grab, und jetzt war es so weit mit Christine gekommen, daß sie todkrank, verlassen in einer elenden Kammer lag; so dürftig, wie sie es in ihren jungen Jahren auf der Seisheide ertragen hätte, aber jetzt, besser gewöhnt, als Elend empfand. Es war ihr ältestes Kind, auch eine kleine Christine, das mit ihr Not und Hunger litt, und das Ib zu ihr hinaufgeführt hatte.

»Ich fürchte, daß ich von dem armen Kind wegsterbe!« seufzte sie, »wo in aller Welt soll es dann hin!« Mehr vermochte sie nicht zu sagen.

Und Ib zündete nochmals ein Streichholz an und fand einen Kerzenstummel, der brannte und leuchtete in der elenden Kammer.

Und Ib schaute das kleine Mädchen an und dachte an Christine, als sie noch jung war; um Christinens willen konnte er gut gegen dieses Kind sein, das er nicht kannte. Die Sterbende sah ihn an, ihre Augen wurden größer und größer – erkannte sie ihn? Er wußte es nicht, nicht ein Wort hörte er sie sagen.

Und es war im Wald beim Fluß Gudenaa, nahe der Seisheide; die Luft war grau, das Heidekraut stand ohne Blüten, die Stürme von Westen trieben das gelbe Laub vom Wald in den Fluß hinaus und über die Heide hin, wo das Heidetorfhaus stand, in dem fremde Leute wohnten. Aber unter dem Aasen, gut geschützt hinter hohen Bäumen stand das kleine Haus, geweißt und angestrichen; drinnen in der Stube brannte der Heidetorf im Ofen, drinnen in der Stube war Sonnenschein, der aus zwei Kinderaugen strahlte, des Frühlings Lerchenschlag klang in den Worten aus des Kindes rotem, lachendem Mund. Da war Leben und Fröhlichkeit, die kleine Christine war da; sie saß auf Ibs Knie; Ib war ihr Vater und Mutter, die fort waren, wie der Traum für das Kind und den Erwachsenen entschwindet. Ib saß in dem netten, schmucken Haus, ein wohlhabender Mann; die Mutter des kleinen Mädchens lag auf dem Armenfriedhof in des Königs Kopenhagen.

Ib habe Geld im Kasten, sagten sie, Geld aus der schwarzen Erde, und dann habe er ja auch die kleine Christine.

58

TÖLPEL-HANS

Draußen auf dem Land lag ein alter Hof und dort wohnte ein alter Gutsherr, der zwei Söhne hatte, die waren so witzig, daß die Hälfte genügt hätte; sie wollten um des Königs Tochter freien, und das durften sie, denn sie hatte kundtun lassen, daß sie den zum Mann nehmen wolle, der am besten für sich reden könne.

Die beiden bereiteten sich nun acht Tage vor, das war die längste Zeit, die sie dafür hatten; aber es genügte auch, denn sie besaßen Vorkenntnisse, und die sind nützlich. Der eine konnte das lateinische Lexikon auswendig und drei Jahrgänge der Stadtzeitung und das sowohl von vorn als von hinten; der andere hatte sich mit allen Innungsgesetzen bekannt gemacht und wußte, was jeder Zunftmeister wissen muß; so konnte er mitreden über den Staat, meinte er, außerdem verstand er sich auch darauf, Hosenträger zu bestikken, denn er war fein und hatte geschickte Finger.

»Ich bekomme die Königstochter!« sagten sie alle beide, und dann gab ihr Vater einem jeden ein schönes Pferd; der, der das Lexikon und die ganze Zeitung auswendig konnte, bekam ein kohlschwarzes, und der, der so zunftmeisterklug war und sticken konnte, bekam ein milchweißes, und dann schmierten sie sich die Mundwinkel mit Lebertran ein, damit sie geschmeidiger würden. Alles Gesinde war unten im Hof, um sie zu Pferd steigen zu sehen; in dem Augenblick kam der dritte Bruder, denn es waren drei; aber es gab niemand, der ihn als Bruder mitrechnete, denn er hatte nicht so viel Gelehrtheit wie die zwei, und ihn nannten sie nur Tölpel-Hans.

»Wo wollt ihr hin, daß ihr im Staatszeug steckt?« fragte er.

»Zu Hofe, um uns die Königstochter zu erschwatzen! Hast du nicht gehört, was die Trommel verkündet im ganzen Land?« und dann erzählten sie es ihm.

»Potztausend, da muß ich wohl mit!« sagte Tölpel-Hans, und die Brüder lachten ihn aus und ritten von dannen.

»Vater, laß mich ein Pferd kriegen!« rief Tölpel-Hans. »Ich bekomme solche Lust, mich zu verheiraten. Nimmt sie mich, so nimmt sie mich, und nimmt sie mich nicht, so nehme ich sie dennoch!«

»Das ist Geschwätz!« sagte der Vater, »dir gebe ich kein Pferd. Du kannst ja nicht reden! Nein, die Brüder, das sind Staatskerle!«

»Soll ich kein Pferd bekommen«, sagte Tölpel-Hans, »dann nehme ich den Ziegenbock, der gehört mir, und der kann mich gut tragen!« und dann setzte er sich rittlings auf den Ziegenbock, drückte ihm seine Fersen in die Seiten und sauste davon über die Landstraße hin. Hui! wie das ging! »Hier komme ich!« sagte Tölpel-Hans, und dann sang er, daß es nur so gellte.

Aber die Brüder ritten ganz still voraus; sie sprachen kein Wort, sie mußten über alle die guten Einfälle nachdenken, mit denen sie kommen wollten, denn das sollte fein ausspekuliert sein.

»Hallo!« rief Tölpel-Hans, »hier komme ich, seht, was ich auf der Landstraße fand!« und dann zeigte er ihnen eine tote Krähe, die er gefunden hatte.

»Tölpel!« sagten sie, »was willst du mit der?«

»Die will ich der Königstochter schenken!«

»Ja, tu du das!« sagten sie, lachten und ritten weiter.

»Hallo! hier komme ich, seht, was ich jetzt gefunden habe, das findet man nicht jeden Tag auf der Landstraße!«

Und die Brüder wandten sich wieder um, um zu sehen, was es sei.

»Tölpel!« sagten sie, »das ist ja ein alter Holzschuh, von dem das Oberteil abgegangen ist! Soll die Königstochter auch den haben?«

»Das soll sie!« sagte Tölpel-Hans, und die Brüder lachten, und sie ritten und sie kamen weit voraus.

»Hallo! hier bin ich!« rief Tölpel-Hans; »nein, nun wird es ärger und ärger! Hallo! es ist unvergleichlich!«

»Was hast du jetzt gefunden?« fragten die Brüder.

»Oh!« sagte Tölpel-Hans, »das ist gar nicht zu sagen! Wie froh wird sie werden, die Königstochter!«

»Uh!« sagten die Brüder, »das ist ja Schlamm, der direkt aus dem Graben geworfen wurde!«

»Ja, das ist es!« sagte Tölpel-Hans, »und zwar von der feinsten Sorte, man kann ihn nicht festhalten!« und dann füllte er seine Tasche.

Aber die Brüder ritten, was das Zeug halten konnte, und so kamen sie eine ganze Stunde voraus und hielten am Stadttor. Dort bekamen die Freier Nummern, je nachdem sie kamen, und wurden in Reihen geordnet, sechs in jedes Glied, und so dicht beieinander, daß sie die Arme nicht rühren konnten, und das war nun ganz gut so, denn sonst hätten sie einander die Rücken aufgeschlitzt, nur weil der eine vor dem andern stand.

Alle übrigen Einwohner des Landes standen rings um das Schloß, ganz hinauf bis zu den Fenstern, um die Königstochter die Freier empfangen zu sehen, und sobald einer von ihnen in die Stube hineinkam, versagte seine Redegabe völlig.

»Taugt nichts!« sagte die Königstochter. »Weg!«

Nun kam der von den Brüdern, der das Lexikon auswendig konnte; aber das hatte er ganz vergessen, während er in der Reihe stand. Und der Boden knarrte, und die Decke war aus Spiegelglas, so daß er sich selbst auf dem Kopf stehen sah, und bei jedem Fenster standen drei Schreiber und ein Zunftmeister, die alles aufschrieben, was gesagt wurde, damit es gleich in die Zeitung kommen und für zwei Schillinge an der Ecke verkauft werden konnte. Es war fürchterlich, und dann hatten sie so im Ofen angefeuert, daß das Rohr ganz rot war.

»Das ist eine tüchtige Wärme hier drinnen!« sagte der Freier.

»Das ist, weil mein Vater heute junge Hähnchen brät!« sagte die Königstochter.

Bäh! Da stand er, die Rede hatte er nicht erwartet; nicht ein Wort wußte er zu sagen; denn etwas Lustiges hatte er sagen wollen. Bäh!

»Taugt nichts!« sagte die Königstochter. »Weg!« und dann mußte er fort. Jetzt kam der zweite Bruder.

»Hier ist eine entsetzliche Hitze!« sagte er.

»Ja, wir braten heute junge Hähnchen!« sagte die Königstochter.

»Wie be – wie?« sagte er, und alle Schreiber schrieben: Wie be – wie!

»Taugt nichts!« sagte die Königstochter. »Weg!«

Nun kam Tölpel-Hans, er ritt auf dem Ziegenbock gerade in die Stube herein. »Das ist ja eine glühende Hitze!« sagte er.

»Das ist, weil ich junge Hähnchen brate!« sagte die Königstochter.

»Das ist ja angenehm!« sagte Tölpel-Hans, »dann kann ich wohl eine Krähe gebraten bekommen?«

»Das können Sie sehr gut!« sagte die Königstochter, »aber haben Sie etwas, um sie darin zu braten, denn ich habe weder Topf noch Pfanne.«

»Aber das habe ich!« sagte Tölpel-Hans. »Hier ist ein Kochgeschirr mit Zinnrand!« und dann zog er den alten Holzschuh hervor und legte die Krähe mitten hinein.

»Das ist ja eine ganze Mahlzeit!« sagte die Königstochter, »aber wo nehmen wir die Brühe her?«

»Die habe ich in der Tasche!« sagte Tölpel-Hans. »Ich habe so viel, daß ich davon wegschütten kann!« und dann goß er etwas Schlamm aus der Tasche heraus.

»Das gefällt mir!« sagte die Königstochter, »du kannst doch antworten, und du kannst reden, und dich will ich zum Mann haben! Aber weißt du, daß jedes Wort, das wir sagen oder gesagt haben, aufgeschrieben wird und morgen in die Zeitung kommt? Bei jedem Fenster siehst du drei Schreiber stehen und einen alten Zunftmeister, und der Zunftmeister ist der schlimmste, denn er kann nichts begreifen!« Und das sagte sie nun, um ihm bange zu machen. Und alle Schreiber wieherten und spritzten einen Tintenklecks auf den Boden.

»Das ist wohl die Herrschaft!« sagte Tölpel-Hans, »da muß ich dem Zunftmeister das Beste geben!« und dann kehrte er seine Taschen um und warf ihm den Schlamm gerade ins Gesicht.

»Das war fein gemacht!« sagte die Königstochter, »das hätte ich nicht machen können; aber ich werde es schon lernen!«

Und dann wurde Tölpel-Hans König, bekam eine Frau und eine Krone und saß auf dem Throne, und das haben wir direkt aus der Zeitung des Zunftmeisters – und auf die kann man sich nicht verlassen.

59

DER FLASCHENHALS

In der engen, winkligen Straße unten, zwischen mehreren ärmlichen Häusern, stand ein sehr schmales, sehr hohes Haus, aus Fachwerk errichtet, das an allen Ecken und Enden aus den Fugen gegangen war. Arme Leute wohnten hier, und am ärmlichsten sah es in der Dachkammer aus, wo draußen vor dem kleinen Fenster im Sonnenschein ein alter, verbeulter Vogelkäfig hing, der nicht einmal ein ordentliches Trinknäpfchen hatte, sondern nur einen umgekehrten Flaschenhals mit einem Pfropfen unten und mit Wasser gefüllt. Eine alte Jungfer stand an dem offenen Fenster, sie hatte soeben mit Vogelmiere den Käfig geschmückt, in dem ein kleiner Hänfling von Stäbchen zu Stäbchen hüpfte und sang, daß es widerhallte.

»Ja, du hast gut singen!« sagte der Flaschenhals, er sagte es freilich nicht so, wie wir es sagen können, denn ein Flaschenhals kann nicht sprechen, aber er dachte es so bei sich, wie wenn wir Menschen mit uns selber reden. »Ja, du hast gut singen, du, der du deine heilen Glieder hast. Du solltest nur probieren wie ich, deinen Unterteil zu verlieren, nur Hals und Mund zu besitzen und zwar mit einem Pfropfen darin, so wie ich, dann sängest du nicht. Aber es ist ja gut, daß jemand vergnügt ist! Ich habe keinen Grund zu singen, und ich kann es auch nicht! Ich konnte es damals, als ich noch eine ganze Flasche war und man mich mit einem Pfropfen rieb; ich wurde die richtige Lerche genannt, die große Lerche; und als ich mit der Kürschnerfamilie im Wald war und die Tochter sich verlobte – ja, daran erinnere ich mich, als ob es gestern war. Ich habe viel erlebt, wenn ich es recht bedenke; ich bin in Feuer und Wasser gewesen, unten in der schwarzen Erde und höher oben als die meisten, und jetzt schwebe ich außen am Vogelbauer in Luft und Sonnenschein; es könnte wohl der Mühe wert sein, meine Geschichte zu hören, aber ich rede nicht laut davon, denn ich kann nicht.«

Und dann erzählte er in sich drinnen oder dachte in sich drinnen seine Geschichte, die merkwürdig genug war, und der kleine Vogel sang lustig sein Lied, und unten auf der Straße fuhr man und ging man, jeder dachte an seine eigenen Sachen oder dachte gar nichts, aber der Flaschenhals dachte weiter.

Er erinnerte sich des flammenden Schmelzofens in der Fabrik, wo er ins Leben geblasen worden war; er erinnerte sich noch, daß er ganz warm gewesen war, daß er in den tosenden Ofen, seine Ursprungsheimat, hineingeschaut und solche Lust empfunden hatte, gleich wieder in ihn hineinzuspringen, daß er aber nach und nach, indem er abkühlte, sich recht wohl befand, wo er war. Er stand in Reih und Glied mit einem ganzen Regiment von Brüdern und Schwestern, alle aus demselben Ofen, aber einige waren zu Champagnerflaschen, andere zu Bierflaschen geblasen, und das ist ein Unterschied! Späterhin, draußen in der Welt, kann freilich eine Bierflasche den köstlichen Lacrimae Christi umschließen und eine Champagnerflasche mit Wichse gefüllt sein; aber wozu man geboren ist, kann man doch an der Schablone sehen, Adel bleibt Adel, selbst mit Wichse im Leib.

Alle Flaschen wurden bald eingepackt und unsere Flasche mit. Damals dachte sie nicht daran, daß sie als Flaschenhals enden und sich dann zum Vogelnapf hinaufdienen würde, was immerhin ein ehrenwertes Dasein ist, da ist man doch etwas! Sie erblickte das Tageslicht erst wieder, als sie mit den andern Kameraden im Keller des Weinhändlers ausgepackt und zum erstenmal ausgespült wurde, das war ein komisches Gefühl! Sie lag nun leer und pfropfenlos da und fühlte sich so sonderbar flau, sie vermißte etwas, aber sie wußte selbst nicht, was sie vermißte. Nun wurde sie mit einem guten, herrlichen Wein gefüllt, sie bekam einen Pfropfen und wurde zugelackt, »Prima Sorte« wurde ihr aufgeklebt, es war, als hätte sie die erste Examennote bekommen; aber der Wein war auch gut, und die Flasche war gut. Ist man jung, so ist man Lyriker! Es sang und klang in ihr von Dingen, die sie gar nicht kannte: von den grünen, sonnenbeschienenen Bergen, wo der Wein wächst, wo die muntern Mädchen und lustigen Gesellen singen und sich küssen; ja, es war schön zu leben! Von alledem sang und klang es in der Flasche wie in den jungen Poeten, die auch oft von alledem nichts wissen.

Eines Morgens wurde sie gekauft. Des Kürschners Bub sollte eine Flasche Wein von der besten Sorte bringen; und sie kam mit in den Eßkorb zu Schinken, Käse und Wurst; da war die schönste Butter und das feinste Brot; des Kürschners Tochter selbst packte alles ein; sie war so jung, so schön; die braunen Augen lachten, ein Lächeln spielte um den Mund, das ebensoviel sagte wie die Augen; sie hatte feine, weiche Hände, sie waren so weiß, doch waren Hals und Brust noch weißer. Man sah sofort, daß sie eins der schönsten Mädchen der Stadt war und doch noch nicht verlobt.

Und der Eßkorb stand auf ihrem Schoß, als die Familie in den Wald hinausfuhr; der Flaschenhals sah zwischen den Zipfeln des weißen Tuches hervor; es war roter Lack auf dem Pfropfen, und er sah dem Mädchen gerade ins Gesicht; er sah auch den jungen Steuermann an, der neben ihr saß; es war ein Freund aus der Kindheit, der Sohn des Porträtmalers; sein Steuermannsexamen hatte er vor kurzem glücklich und ehrenhaft bestanden, und morgen sollte er mit dem Schiff fortfahren, weit fort nach fremden Ländern; davon war beim Einpacken viel gesprochen worden, und während davon gesprochen wurde, war just kein großes Vergnügen in den Augen und um den Mund der schönen Kürschnerstochter zu sehen.

Die beiden jungen Leute gingen in den grünen Wald, sie sprachen zusammen, wovon sprachen sie? Ja, das hörte die Flasche nicht, sie stand im Eßkorb. Es dauerte merkwürdig lange, ehe sie hervorgeholt wurde, aber als es dann geschah, hatten sich auch fröhliche Dinge ereignet, alle Augen lachten, auch die Tochter des Kürschners lachte, aber sie sprach weniger und ihre Wangen glühten wie zwei rote Rosen.

Vater nahm die gefüllte Flasche und den Korkzieher. Ja, es ist sonderbar, so zum erstenmal aufgezogen zu werden! Der Flaschenhals hatte niemals später diesen feierlichen Augenblick vergessen können, es hatte ordentlich Schwupp inwendig in ihm gesagt, als der Pfropfen herausfuhr, und dann gluckste es, als der Wein in die Gläser strömte.

»Auf das Wohl der Verlobten!« sagte Vater, und jedes Glas wurde bis zur Neige geleert, und der junge Steuermann küßte seine schöne Braut.

»Glück und Segen!« sagten die beiden Alten. Und der junge Mann füllte noch einmal die Gläser: »Heimkehr und Hochzeit heute übers Jahr!« rief er, und als die Gläser geleert waren, nahm er die Flasche, hob sie hoch empor: »Du bist dabei gewesen am schönsten Tag meines Lebens, du sollst keinem andern mehr dienen!«

Und er warf sie hoch in die Luft. Da dachte am allerwenigsten die Kürschnerstochter daran, daß sie sie noch öfter sollte fliegen sehen, aber das sollte sie; jetzt fiel sie nieder zwischen das dichte Röhricht bei dem kleinen Waldsee; der Flaschenhals erinnerte sich noch so lebhaft daran, wie er da lag und nachdachte. »Ich gab ihnen Wein, und sie geben mir Sumpfwasser, aber es war gut gemeint!« Er konnte die Verlobten und die vergnügten Alten nicht mehr sehen, aber er hörte sie noch lange jubeln und singen. Dann kamen zwei kleine Bauernbuben, guckten in das Röhricht hinein, sahen die Flasche und nahmen sie, nun war sie versorgt.

Daheim im Waldhaus, wo sie wohnten, war gestern ihr ältester Bruder, der Seemann, gewesen und hatte Lebewohl gesagt, da er auf eine größere Reise sollte; Mutter stand nun und packte dies und jenes ein, womit Vater heute abend in die Stadt gehen sollte, um noch einmal vor der Abreise den Sohn zu sehen und ihm seinen und Mutters Gruß zu bringen. Eine kleine Flasche mit Kräuterbranntwein war in das Paket gelegt worden, nun kamen die Buben mit einer größeren, stärkeren Flasche, mit der, die sie gefunden hatten; dahinein ging mehr als in die kleine, und es war just so ein guter Schnaps für einen schlechten Magen; er war mit Hyperikum angesetzt. Es war nicht der rote Wein wie früher, den die Flasche bekam, sie bekam die bitteren Tropfen, aber die sind auch gut – für den Magen. Die neue Flasche und nicht die kleine sollte mit; und so trat die Flasche wieder die Wanderschaft an, sie kam an Bord zu Peter Jensen, und es war gerade dasselbe Schiff, auf dem sich der junge Steuermann befand, aber er sah die Flasche nicht und hätte sie auch nicht wiedererkannt oder gedacht: das ist die, aus der wir auf das Wohl der Verlobung und der Heimkehr getrunken haben.

Es war freilich nicht länger Wein in ihr, aber etwas ebenso Gutes; sie wurde auch immer, wenn Peter Jensen sie hervornahm, von den Kameraden »der Apotheker« genannt; sie spendete die gute Medizin, die, welche dem Magen half, und sie half, solange noch ein Tropfen in ihr war. Das war eine vergnügte Zeit, und die Flasche sang, wenn man sie mit dem Pfropfen rieb, da bekam sie den Namen der großen Lerche, »Peter Jensens Lerche«.

Lange Zeit war vergangen, sie stand leer in einem Winkel, da geschah es – ja, ob es auf der Ausfahrt oder auf der Heimreise war, das wußte die Flasche nicht so genau, sie war nicht an Land gewesen – da erhob sich ein Sturm, große Wogen wälzten sich schwarz

und schwer heran, sie hoben und warfen das Fahrzeug; der Mast brach, eine Woge schlug eine Planke ein. Die Pumpen blieben wirkungslos. Es war stockfinstere Nacht; das Schiff sank, aber in der letzten Minute schrieb der junge Steuermann auf ein Blatt Papier: »In Jesu Namen! Wir gehen unter!« Er schrieb den Namen seiner Braut, seinen und des Schiffes Namen, steckte den Zettel in eine leere Flasche, die dastand, preßte den Pfropfen fest hinein und warf die Flasche hinaus in das stürmende Meer; er wußte nicht, daß es die Flasche war, woraus ihm und ihr auf das Wohl der Freude und der Hoffnung eingeschenkt worden war; sie schaukelte nun auf den Wellen mit Gruß und Todesbotschaft.

Das Schiff sank, die Mannschaft sank, die Flasche aber flog wie ein Vogel, sie hatte ja ein Herz, einen Liebesbrief in sich. Und die Sonne ging auf und die Sonne ging unter, es war der Flasche, als sehe sie wie zur Zeit ihrer Entstehung den roten, glühenden Ofen, sie hatte Sehnsucht darnach, wieder hineinzufliegen. Sie erlebte Meeresstille und neue Stürme; sie stieß aber gegen keine Klippe, sie wurde von keinem Hai verschlungen; länger als Jahr und Tag trieb sie umher, bald gen Norden, bald gen Süden, wie die Strömungen sie führten. Sie war im übrigen ihr eigener Herr, aber dessen kann man auch überdrüssig werden.

Das beschriebene Blatt, das letzte Lebewohl von dem Bräutigam an die Braut, würde nur Trauer bringen, wenn es einmal in die rechten Hände käme, aber wo waren die Hände, die so weiß geschimmert hatten, als sie das Tischtuch auf dem frischen Gras im grünen Wald ausbreiteten am Tage der Verlobung? Wo war die Tochter des Kürschners? Ja, wo war das Land, und welches Land lag wohl am nächsten? Das wußte die Flasche nicht; sie trieb und sie trieb und wurde dann auch zuletzt des Treibens überdrüssig; das war nicht ihre Bestimmung, aber sie trieb dennoch, bis sie endlich Land erreichte, ein fremdes Land. Sie verstand kein Wort von dem, was hier gesprochen wurde, es war nicht die Sprache, die sie früher hatte reden hören, und es geht einem viel verloren, wenn man die Sprache nicht versteht.

Die Flasche wurde aufgehoben und betrachtet; der Zettel, der in ihr steckte, wurde gesehen, herausgenommen, gedreht und gewendet, aber die Leute verstanden nicht, was da geschrieben stand; sie begriffen wohl, daß die Flasche über Bord geworfen sei, und daß etwas darüber auf dem Papier stand, aber was dastand, das war das Merkwürdige, – und der Zettel wurde wieder in die Flasche gesteckt, und diese in einem großen Schrank, in einer großen Stube, in einem großen Haus aufgestellt.

Jedesmal, wenn Fremde kamen, wurde der Zettel hervorgenommen, gedreht und gewendet, so daß die Schrift, die nur mit Bleistift geschrieben war, immer unleserlicher wurde; zuletzt konnte niemand mehr sehen, daß es Buchstaben waren. Und die Flasche stand noch ein Jahr im Schrank, kam dann auf den Estrich und wurde von Staub und Spinngeweben versteckt; da dachte sie zurück an bessere Tage, als sie im frischen Wald roten Wein spendete, als sie auf den Wellen schaukelte und ein Geheimnis zu tragen hatte, einen Brief, einen Abschiedsseufzer.

Und nun stand sie zwanzig Jahre auf dem Estrich; sie hätte noch länger dort stehen können, hätte das Haus nicht umgebaut werden sollen. Das Dach wurde abgerissen, man sah die Flasche und sprach von ihr, aber sie verstand die Sprache nicht; die lernt man nicht davon, daß man auf dem Estrich steht, selbst in zwanzig Jahren nicht. »Wäre ich unten in der Stube geblieben«, meinte sie freilich, »dann hätte ich sie wohl gelernt!«

Sie wurde nun gewaschen und gespült, das konnte sie brauchen; sie fühlte sich ganz klar und durchsichtig, sie war wieder jung in ihren alten Tagen; aber der Zettel, den sie in sich getragen hatte, der war in der Wäsche draufgegangen.

Die Flasche wurde nun mit Samenkörnern gefüllt, sie kannte diese Art nicht; sie wurde zugekorkt und gut eingewickelt, sie sah weder Laterne noch Licht, geschweige denn Sonne oder Mond, und etwas muß man doch sehen, wenn man auf Reisen geht, meinte die Flasche, aber sie sah nichts, doch das Wichtigste tat sie – sie reiste und kam dahin, wohin sie sollte, dort wurde sie ausgepackt.

»Was sie sich dort im Ausland für Mühe mit ihr gemacht haben!« sagte man, »und dann ist sie vielleicht doch zerbrochen!« Aber sie war nicht zerbrochen. Die Flasche verstand jedes Wort, das gesagt wurde, es geschah in der Sprache, die sie beim Schmelzofen und beim Weinhändler und im Wald und auf dem Schiff gehört hatte, der einzigen richtigen, guten, alten Sprache, die man verstehen konnte; sie war heim in ihr Land gekommen, das sie willkommen hieß! Vor lauter Freude wäre sie den Leuten beinahe aus den Händen gesprungen, sie bemerkte es kaum, daß der Pfropfen herausgezogen wurde, daß sie selbst ausgeschüttet und in den Keller gestellt wurde, um dort aufbewahrt und vergessen zu werden; in der Heimat ist es am besten, selbst im Keller! Es fiel ihr dort nie ein, darüber nachzudenken, wie lange sie dort lag, sie lag gut, und zwar jahrelang, dann kamen eines Tages Leute herunter, die Flaschen nahmen und sie mit.

Draußen im Garten war ein großes Fest; brennende Lampen hingen in Girlanden, Papierlaternen strahlten wie große, transparente Tulpen; es war auch ein schöner Abend, das Wetter still und klar; die Sterne leuchteten so blank, der Neumond stand am Himmel, eigentlich sah man den ganzen runden Mond wie eine blaugraue Kugel mit goldenem Halbrand, das sah gut aus für gute Augen.

In den abgelegenen Gängen war auch etwas Illumination, wenigstens so viel, daß man sich zurechtfinden konnte; zwischen den Hecken standen Flaschen aufgestellt, jede mit einem Licht, dort stand auch die Flasche, die wir kennen, die, welche einst als Flaschenhals, als Vogelnapf enden sollte. Sie fand in diesem Augenblick hier alles so unvergleichlich schön; sie war wieder im Grünen, nahm teil an Freude und Fest, vernahm Gesang und Musik, das Gesumm und Gemurmel der vielen Menschen, besonders aus dem Teil des Gartens, wo die Lampen brannten und die Papierlaternen ihre Farben zeigten. Sie selbst stand zwar in einem abgelegenen Gang; aber gerade das hatte etwas Beschauliches. Die Flasche stand und trug ihr Licht, stand hier zum Nutzen und Vergnügen, und das ist das Richtige; in einer solchen Stunde vergißt man zwanzig Jahre auf dem Estrich – und das zu vergessen ist gut.

Dicht an ihr vorüber ging ein einzelnes Paar, Arm in Arm, wie das Brautpaar draußen im Wald: der Steuermann und die Kürschnerstochter; es war der Flasche, als ob sie es von neuem erlebe. Im Garten gingen Gäste, und es gingen auch Leute, die sich diese und die Pracht ansehen durften, und unter diesen ging eine alte Jungfer, ganz ohne Verwandte, aber nicht ohne Freunde, sie dachte gerade dasselbe wie die Flasche, sie dachte an den grünen Wald und an ein junges Brautpaar, das sie sehr nahe anging, an dem sie teilhatte, dessen einer Teil sie war, es war ihre glücklichste Stunde gewesen, und die vergißt man niemals, selbst wenn man eine noch so alte Jungfer wird. Aber sie erkannte die Flasche nicht, und diese erkannte sie nicht, so geht man in der Welt aneinander vorüber – bis man sich wieder begegnet, und das taten die beiden, sie waren ja in dieselbe Stadt gekommen.

Die Flasche kam vom Garten zum Weinhändler, wurde wieder mit Wein gefüllt und an den Luftschiffer verkauft, der am nächsten Sonntag mit dem Ballon aufsteigen sollte. Es war ein Gewimmel von Menschen da, um zuzusehen, es gab Regimentsmusik und viele Vorbereitungen. Die Flasche sah es von einem Korb aus, in dem sie neben einem lebenden Kaninchen lag, das ganz verzagt war, weil es wußte, daß es mit hinauf sollte, um mit dem Fallschirm hinuntergelassen zu werden. Die Flasche wußte weder von hinauf noch von hinunter, sie sah, daß der Ballon immer dicker und dicker anschwoll, und als er nicht mehr dicker werden konnte, begann er sich höher und höher zu erheben und sehr unruhig zu werden, die Taue, die ihn hielten, schnitt man durch, und er schwebte mit dem Luftschiffer, dem Korb, der Flasche und dem Kaninchen hinauf; die Musik erklang, und alle Menschen riefen hurra!

Es ist komisch, so in die Luft zu gehen! dachte die Flasche, das ist eine neue Art von Schiffahrt; dort oben kann man wenigstens nicht auflaufen!

Und viele Tausende von Menschen sahen dem Ballon nach, und die alte Jungfer sah ihm auch nach; sie stand an ihrem offenen Dachkammerfenster, wo der Vogelkäfig mit dem kleinen Hänfling hing, der damals kein Wassernäpfchen hatte, sondern sich mit einer Tasse begnügen mußte. Im Fenster selbst stand ein Myrtenstock, der ein wenig zur Seite gerückt war, um nicht hinausgestoßen zu werden, während die alte Jungfer sich vorbeugte, um zuzusehen; und sie sah im Ballon deutlich den Luftschiffer, der das Kaninchen mit dem Fallschirm herabließ und darnach auf das Wohl aller Menschen trank und dann die Flasche hoch in die Luft warf; sie dachte nicht daran, daß sie just diese Flasche für sich und ihren Freund am Tag der Freude, im grünen Wald, in der Jugendzeit, hatte hochfliegen sehen.

Die Flasche hatte keine Zeit zu denken, es kam ihr so unerwartet, plötzlich auf dem Höhepunkt ihres Lebens zu sein. Türme und Dächer lagen tief unten, die Menschen waren so winzig klein anzusehen.

Nun sank sie und das mit einer andern Schnelligkeit als das Kaninchen; die Flasche machte Purzelbäume in der Luft, sie fühlte sich so jung, so außer Rand und Band, sie war halb voll von Wein, aber nicht lange. Welche Reise! Die Sonne schien auf die Flasche, alle Menschen sahen ihr nach, der Ballon war schon weit weg, und bald war auch die Flasche weg. Sie fiel auf eines der Dächer, und dann war sie entzwei, aber die Splitter waren noch so in Fahrt, daß sie nicht liegenbleiben konnten, sie sprangen und sie rollten, bis sie in den Hof hinabgelangten und in noch kleineren Stücken dalagen. Nur der Flaschenhals hielt, und der war wie mit einem Diamant abgeschnitten.

»Der könnte gut als Vogelnapf gebraucht werden!« sagte der Kellermann, aber er hatte selbst weder Vogel noch Käfig, und es war zuviel, sich diese anzuschaffen, weil er jetzt den Flaschenhals hatte, der als Napf gebraucht werden konnte. Die alte Jungfer in der Dachkammer konnte Verwendung für ihn finden, und dann kam der Flaschenhals dort hinauf, erhielt einen Pfropfen, und was früher oben war, wurde jetzt nach unten gekehrt, so wie es oft bei Veränderungen geschieht; er bekam frisches Wasser und wurde vor dem Käfig des kleinen Vogels aufgehängt, der sang, daß es widerhallte.

»Ja, du hast gut singen!« war, was der Flaschenhals sagte, und der war ja merkwürdig, der war im Ballon gewesen – mehr wußte man nicht von seiner Geschichte. Jetzt hing er als Vogelnapf da, konnte die Leute unten auf der Straße rummeln und tummeln hören, konnte das Gespräch der alten Jungfer in der Kammer hören; es war just Besuch da, eine gleichaltrige Freundin, sie sprachen zusammen – nicht von dem Flaschenhals, sondern von dem Myrtenstock am Fenster.

»Du sollst wahrhaftig nicht zwei Taler wegwerfen für ein Brautbukett für deine Tochter!« sagte die alte Jungfer, »du sollst bei mir ein reizendes bekommen, voll von Blüten! Siehst du, wie schön der Baum steht. Ja, das ist tatsächlich ein Ableger von dem Myrtenstock, den du mir am Tag nach meiner Verlobung gabst, der, von dem ich mir selbst nach Ablauf eines Jahres mein Brautbukett nehmen sollte, aber der Tag kam nicht! Die Augen wurden geschlossen, die mir zur Freude und zum Segen in diesem Leben hätten leuchten sollen. Auf dem Meeresgrund schlummert er süß, die Engelsseele! – Das Bäumchen wurde ein alter Baum; aber ich wurde noch älter, und als der Baum dahinsiechte, nahm ich den letzten frischen Zweig, steckte ihn in die Erde, und der Zweig ist jetzt so ein großes Bäumchen geworden und kommt schließlich doch noch zum Hochzeitsfest, wird Brautbukett für deine Tochter!«

Und Tränen standen in den Augen der alten Jungfer; sie sprach von dem Freund ihrer Jugend, von der Verlobung im Wald; sie dachte an das Wohl, auf das getrunken wurde, dachte an den ersten Kuß – aber das sagte sie nicht, sie war ja eine alte Jungfer. Sie dachte an so vieles, dachte aber gar nicht daran, daß gerade draußen vor ihrem Fenster noch eine Erinnerung aus jener Zeit war, der Hals von der Flasche, die schwupp gesagt hatte, als der Pfropfen beim Verlobungstrunk mit einem Knall absprang. Doch der Flaschenhals erkannte sie auch nicht, denn er hörte nicht auf das, was sie erzählte – sintemal und alldieweil er nur an sich selber dachte.

60

SUPPE VON EINEM WURSTSPEILER[1]

Das war ein ausgezeichnetes Mittagessen gestern!« sagte eine alte Mäusin zu einer, die nicht bei diesem Fest mitgewesen war. »Ich saß Nummer einundzwanzig vom Mäusekönig entfernt; das war kein schlechter Platz! Soll ich Ihnen nun die Gerichte aufzählen? Sie waren sehr gut zusammengestellt! Schimmliges Brot, Speckschwarte, Talglicht und Wurst – und dann dasselbe wieder von vorne; es war so gut, als wenn wir zwei Mahlzeiten bekommen hätten. Es war eine behagliche Stimmung und gemütliches Geschwätz wie in einem Familienkreis; nicht das geringste wurde übriggelassen außer den Wurstspeilern; über die sprachen wir dann und da kam man darauf, wie man Suppe von einem Wurstspeiler machen könne; davon gehört hatte ja jeder; aber niemand hatte die Suppe gekostet, geschweige denn, daß jemand verstand, sie zuzubereiten. Es wurde ein reizendes Hoch auf den Erfinder ausgebracht, er verdiente Armenvorsteher zu werden! War das nicht witzig? Und der alte

[1] Eine sprichwörtliche Redensart, etwas wie unser »Viel Lärm um Nichts« oder »Tant de bruit pour une omelette«.

Mäusekönig erhob sich und versprach, daß diejenige von den jungen Mäusen, welche die besagte Suppe am wohlschmeckendsten zubereiten könne, seine Königin werden solle; Jahr und Tag sollten sie Bedenkzeit haben.«

»Das wäre gar nicht so übel!« sagte die andere Maus; »aber wie macht man die Suppe?«

»Ja, wie macht man sie?« das fragten sie auch, alle die Mäusinnen, die jungen und die alten. Alle wollten sie gerne Königin sein; aber ungern wollten sie die Mühe haben, in die weite Welt hinauszugehen, um es zu lernen, und das würde wohl notwendig sein! Aber es ist ja auch nicht jedem gegeben, die Familie und die alten Winkel zu verlassen; draußen geht man nicht jeden Tag auf Käserinde und riecht Speckschwarte, nein, es kann geschehen, daß man hungern muß, ja, daß man vielleicht lebendig von einer Katze gefressen wird.

Diese Gedanken waren es wohl auch, die die meisten davon abschreckten, auf Kundschaft auszuziehen; es stellten sich nur vier Mäuse zur Abreise vor, sie waren jung und gewandt, aber arm; jede von ihnen wollte in eine der vier Himmelsrichtungen gehen, dann kam es darauf an, welcher das Glück folgte; eine jede nahm einen Wurstspeiler mit, um sich ihres Reisezweckes zu erinnern, der sollte ihr Wanderstab sein.

Anfangs Mai zogen sie fort, und erst im Mai des folgenden Jahres kamen sie zurück, aber nur die drei, die vierte meldete sich

nicht, ließ nichts von sich hören, und nun war der Tag der Entscheidung.

»Es muß aber auch immer etwas Trauriges an unserem besten Vergnügen hängen!« sagte der Mäusekönig, gab aber Befehl, alle Mäuse im Umkreis vieler Meilen einzuladen; sie sollten sich in der Küche versammeln. Die drei Reisemäuse standen in einer Reihe und für sich; für die vierte, die fehlte, war ein Wurstspeiler mit schwarzem Flor aufgestellt. Niemand durfte seine Meinung sagen, bevor die drei gesprochen und der Mäusekönig gesagt hatte, was weiter gesagt werden sollte.

Nun werden wir hören!

II. Was die erste kleine Maus
auf der Reise gesehen und gelernt hatte

»Als ich in die weite Welt hinauszog«, sagte die kleine Maus, »glaubte ich, wie so viele in meinem Alter, daß ich alle Weisheit der Welt geschluckt hätte; aber das hat man nicht, es gehört Jahr und Tag dazu, ehe das geschieht. Ich ging gleich zur See; ich ging mit einem Schiff, das nach dem Norden sollte; ich hatte gehört, auf dem Meere müsse sich der Koch zu helfen wissen; aber es ist leicht sich zu helfen, wenn man genug Speckseiten, Tonnen mit Salzfleisch und milbigem Mehl hat; man lebt delikat! Aber man lernt nichts, was Suppe von einem Wurstspeiler bringen kann. Wir segelten viele

Nächte und Tage, wir litten unter Schlingern und Nässe. Als wir dahin kamen, wohin wir sollten, verließ ich das Fahrzeug; es war hoch oben im Norden.

Es ist eigentümlich, von daheim aus seinem eigenen Winkel zu kommen, mit einem Schiff zu fahren, das auch eine Art Winkel ist, und dann plötzlich über hundert Meilen weit fort zu sein und in einem fremden Land zu stehen. Da waren unwegsame Wälder mit Tannen und Birken, sie dufteten so stark! Ich liebe das nicht! Die wilden Kräuter rochen so gewürzt; ich nieste, ich dachte an Wurst. Da waren große Waldseen, das Wasser sah in der Nähe klar aus, aber auf Abstand gesehen schwarz wie Tinte; da schwammen weiße Schwäne, ich hielt sie für Schaum, so still lagen sie; aber ich sah sie auch fliegen, und ich sah sie gehen, da erkannte ich sie; sie gehören zum Geschlecht der Gänse, das sieht man wohl am Gang, niemand kann seine Familienzugehörigkeit verleugnen! Ich hielt mich zu meiner Art, ich schloß mich den Wald- und Feldmäusen an, die übrigens sehr wenig wissen, besonders was Bewirtung anbelangt, und das war es ja gerade, weswegen ich ins Ausland reiste. Daß es denkbar sei, Suppe von einem Wurstspeiler zu kochen, war ihnen ein so außerordentlicher Gedanke, daß es sofort durch den ganzen Wald ging, daß aber diese Aufgabe gelöst werden könne, rechneten sie zu den Unmöglichkeiten; am wenigsten dachte ich da, daß ich hier, und zwar noch in derselben Nacht, in die Zubereitung eingeweiht werden würde. Es war Mittsommer, daher duftete der Wald so stark, sagten sie, daher waren die Kräuter so gewürzt, die Seen so klar und doch so dunkel mit den weißen Schwänen darauf. Am Waldrand, zwischen drei, vier Häusern, war eine Stange errichtet, hoch wie ein Großmast, und zuoberst hingen Kränze und Bänder, es war der Maibaum; Mädchen und Burschen umtanzten ihn und sangen dazu um die Wette mit der Geige des Spielmanns. Es ging lustig zu bei Sonnenuntergang und im Mondschein, aber ich tat nicht mit, was soll eine kleine Maus beim Waldball! Ich saß in dem weichen Moos und hielt meinen Wurstspeiler fest. Der Mond schien besonders auf einen Fleck, wo ein Baum stand mit einem so feinen Moos, ja, ich wage zu sagen, so fein, wie des Mäusekönigs Fell, es hatte eine grüne Farbe, so daß es eine Wohltat für die Augen war. Da kamen auf einmal die lieblichsten kleinen Personen aufmarschiert, nicht größer, als daß sie mir bis ans Knie reichen konnten. Sie sahen aus wie Menschen, waren aber besser proportioniert, sie nannten sich Elfen und hatten feine Kleider aus Blütenblättern mit Fliegen- und Mückenflügelbesatz, gar nicht übel. Es war mir gleich, als suchten sie etwas, ich wußte nicht was; aber dann kamen einige auf mich zu, der Vornehmste von ihnen zeigte auf meinen Wurstspeiler und sagte: ›Das ist gerade so einer, wie wir ihn brauchen! Er ist zugeschnitten, er ist ausgezeichnet!‹ und er wurde immer entzückter, während er meinen Wanderstab anschaute.

›Wohl leihen, aber nicht behalten!‹ sagte ich.

›Nicht behalten!‹ sagten sie alle, ergriffen den Wurstspeiler, den ich losließ, und tanzten mit ihm nach dem feinen Moosfleck hin und richteten den Wurstspeiler dort auf, mitten im Grünen. Sie wollten auch einen Maibaum haben, und der, den sie nun hatten, war ja auch, als sei er für sie zugeschnitten. Nun wurde er geschmückt: ja, da bekam er ein Aussehen!

Kleine Spinnen spannen Goldfäden um ihn, behängten ihn mit wehenden Schleiern und Fahnen, so fein gewoben, so schneeweiß im Mondschein gebleicht, daß es mir die Augen blendete; sie nahmen Farben von den Flügeln des Schmetterlings und streuten sie über das weiße Linnen, und Blumen und Diamanten schimmerten darauf, ich kannte meinen Wurstspeiler nicht wieder; ein solcher Maibaum, wie der geworden war, fand gewiß nicht seinesgleichen in der Welt. Und jetzt erst kam die richtige, große Elfengesellschaft, sie war ganz ohne Kleider, feiner konnte es nicht sein, und ich wurde eingeladen, das Fest mitanzusehen, aber auf Abstand, denn ich war ihnen zu groß.

Nun begann eine Musik! Es war, als klängen tausend Glasglokken, so voll und stark; ich glaubte, es seien die Schwäne, die sangen, ja, es schien mir, als könne ich auch Kuckuck und Drossel hören, es war zuletzt, als klinge der ganze Wald mit; da waren Kinderstimmen, Glockenklang und Vogelgesang, die lieblichsten Melodien, und all diese Herrlichkeit erklang aus dem Maibaum der Elfen, er war ein ganzes Glockenspiel, und das war mein Wurstspeiler. Nie hätte ich gedacht, daß soviel aus ihm herauskommen könnte, aber es kommt wohl darauf an, in welche Hände er gerät. Ich wurde wirklich so bewegt; ich weinte, wie nur eine kleine Maus weinen kann, aus lauter Vergnügen.

Die Nacht war allzu kurz, aber sie ist nun einmal um die Zeit da oben nicht länger. In der Morgendämmerung kam ein Lufthauch, der Wasserspiegel des Waldsees kräuselte sich, alle die feinen, schwebenden Schleier und Fahnen flogen durch die Luft dahin; die schaukelnden Kioske aus Spinngeweben, die Hängebrücken und Balustraden, wie sie nun alle heißen, die von Blatt zu Blatt errichtet waren, flatterten davon wie nichts. Sechs Elfen kamen und brachten mir meinen Wurstspeiler, indem sie fragten, ob ich irgendeinen Wunsch hätte, den sie erfüllen könnten; da bat ich sie, mir zu sagen, wie man Suppe von einem Wurstspeiler machte.

›Wie wir es machen!‹ sagte der Vornehmste und lachte, ›ja, das hast du doch eben gesehen! Du erkanntest deinen Wurstspeiler wohl kaum wieder!‹

›Sie meinen auf diese Weise!‹ sagte ich und erzählte geradeheraus, weshalb ich auf der Reise wäre, und was man zu Hause von dieser erwarte. ›Welchen Nutzen‹, fragte ich, ›hat der Mäusekönig und unser ganzes mächtiges Reich davon, daß ich diese Herrlichkeit gesehen habe! Ich kann sie nicht aus dem Wurstspeiler herausschütteln und sagen: seht, das ist der Speiler, jetzt kommt die Suppe! Das wäre ja doch nur eine Art Gericht, wenn man schon satt wäre!‹

Da tauchte der Elf seinen kleinen Finger in ein blaues Veilchen und sagte zu mir: ›Gib acht! ich bestreiche deinen Wanderstab, und wenn du dann heimkommst zu dem Schloß des Mäusekönigs, so berühre mit dem Stab deines Königs warme Brust, dann werden Veilchen aus dem ganzen Stab hervorsprießen, und das selbst zur kältesten Winterzeit. Sieh, da hast du doch etwas mit nach Hause und noch etwas dazu!‹« Aber bevor die kleine Maus sagte, was das für ein Etwas wäre, richtete sie ihren Stab gegen des Königs Brust, und wirklich, da sprang der schönste Blumenstrauß hervor, der so stark duftete, daß der Mäusekönig befahl, die Mäuse, die dem Kamin am nächsten standen, sollten ihre Schwänze sofort ins Feuer stecken, damit sich ein brenzliger Geruch verbreite, denn dieser Veilchenduft sei nicht auszuhalten; das sei nicht die Sorte, die man liebe.

»Aber was war das ›noch etwas dazu‹, von dem du sprachst?« fragte der Mäusekönig.

»Ja«, sagte die kleine Maus, »das ist das, was man wohl den Effekt nennt!« Und dann kehrte sie den Wurstspeiler um, und da waren keine Blumen mehr da, sie hielt nur das nackte Stäbchen und erhob es wie einen Taktstock.

»›Veilchen sind für den Anblick, für den Geruch und das Gefühl‹, sagte der Elf zu mir; ›es fehlt aber noch etwas für das Gehör und den Geschmack!‹« und dann schlug sie den Takt; das war eine Musik, nicht wie sie im Wald beim Fest der Elfen erklang, nein, wie man sie in der Küche hören kann. Na, das war ein Getue! Es war auf einmal, als ob der Wind durch alle Schornsteinrohre sause; Kessel und Töpfe kochten über, die Feuerschaufel donnerte gegen den Messingkessel, und dann, auf einmal, wurde es still; man hörte das gedämpfte Singen des Teekessels, so sonderbar, man wußte nicht, ob er aufhörte oder anfing; und der kleine Topf kochte und der große Topf kochte, der eine kümmerte sich nicht um den andern, es war, als sei keine Vernunft im Topf. Und die kleine Maus schwang ihren Taktstock wilder und wilder – die Töpfe schäumten, wallten, kochten über, der Wind sauste, der Schornstein pfiff – hu ha! Es wurde so entsetzlich, daß die kleine Maus selbst den Stock fallen ließ.

»Das war eine schwere Suppe!« sagte der alte Mäusekönig, »kommt nun nicht die Anrichtung?«

»Das war das Ganze«, sagte die kleine Maus und verneigte sich.

»Das Ganze! Ja, dann laßt uns hören, was die nächste zu sagen hat!« sagte der Mäusekönig.

III. Was die zweite kleine Maus zu erzählen wußte

»Ich bin in der Schloßbibliothek geboren«, erzählte die zweite Maus. »Ich und mehrere von meiner Familie dort haben nie das Glück gekannt, in das Speisezimmer zu kommen, geschweige denn in die Speisekammer; erst als ich abreiste und nun heute hier sah ich eine Küche. Wir litten tatsächlich oft Hunger auf der Bibliothek, aber wir erwarben uns viele Kenntnisse. Dort erreichte uns das Gerücht von dem königlichen Preis, der für die Bereitung der Suppe von einem Wurstspeiler ausgesetzt war, und da war es meine alte Großmutter, die ein Manuskript hervorzog; sie konnte es nicht lesen, aber sie hatte es vorlesen hören, darin stand: ›Ist man ein Dichter, dann kann man Suppe von einem Wurstspeiler kochen.‹ Sie fragte mich, ob ich ein Dichter sei. Ich wußte mich frei davon, und sie sagte, dann müsse ich schauen es zu werden; aber was dazu erforderlich sei, fragte ich, denn das war für mich ebenso schwierig herauszufinden, wie die Suppe zu bereiten; aber Großmutter hatte es vorlesen gehört; sie sagte, es seien drei Hauptteile notwendig: ›Verstand, Phantasie und Gefühl! Kannst du die in dich hineinkriegen, dann bist du Dichter, und dann wirst du wohl auch mit dem Wurstspeiler zurechtkommen.‹

Und dann ging ich gen Westen in die weite Welt hinaus, um Dichter zu werden.

Verstand, das wußte ich, ist bei jeder Sache das Wichtigste, die beiden andern Teile genießen nicht dieselbe Achtung! So ging ich also erst auf den Verstand aus; ja, wo wohnt der? ›Geh zur Ameise und werde weise!‹ hat ein großer König im Lande der Juden gesagt, das wußte ich aus der Bibliothek und hielt nicht an, bis ich an den ersten großen Ameisenhaufen kam, dort legte ich mich auf die Lauer, um weise zu werden.

Das ist ein sehr respektables Volk, die Ameisen, sie sind lauter Verstand; alles bei ihnen ist wie ein richtiges Rechenexempel, das aufgeht. Arbeiten und Eierlegen, sagen sie, heißt in der Zeit leben und für die Zukunft sorgen, und das tun sie denn. Sie teilen sich in die reinen Ameisen und in die schmutzigen; der Rang besteht in einer Nummer, die Ameisenkönigin ist Nummer eins und ihre Meinung ist die einzig richtige. Sie hat alle Weisheit geschluckt, und das zu wissen war für mich von Wichtigkeit. Sie sagte so vieles, es war so klug, daß es mir schien, es sei dumm. Sie sagte, ihr Ameisenhaufen sei das Höchste in dieser Welt; aber dicht neben dem Haufen stand ein Baum, der war höher, viel höher, das konnte nicht geleugnet werden, und so sprach man nicht davon. Eines Abends hatte eine Ameise sich dahin verirrt, war am Stamm hinaufgekrochen, nicht einmal bis zur Krone, aber doch höher, als je eine Ameise bisher gekommen war, und als sie umkehrte und sich heimfand, erzählte sie im Haufen von etwas weit Höherem draußen. Aber das hatten alle Ameisen beleidigend gegen die ganze Gesellschaft gefunden, und dann wurde die Ameise zu Maulkorb und anhaltender Einsamkeit verurteilt; aber kurze Zeit darauf kam eine andere Ameise zum Baum und machte dieselbe Reise und Entdeckung, und sie sprach davon, wie man sagte, mit Besonnenheit und Undeutlichkeit, und da sie zudem eine geachtete Ameise war, eine von den reinen, so glaubte man ihr, und als sie starb, setzten sie ihr eine Eierschale als Monument, denn sie achteten die Wissenschaften. Ich sah«, sagte die kleine Maus, »daß die Ameisen beständig mit ihren Eiern auf dem Rücken herumliefen; eine von ihnen ließ das ihrige fallen, sie gab sich große Mühe, es wieder heraufzukriegen; aber es wollte nicht gelingen. Da kamen zwei andere und halfen nach mit allen Kräften, so daß sie beinahe ihre eigenen Eier fallen gelassen hätten; aber da ließen sie augenblicklich davon ab, denn man ist sich selbst am nächsten; und die Ameisenkönigin sagte darüber, daß hier Herz und Verstand gezeigt worden seien. ›Diese beiden Eigenschaften stellen uns Ameisen auf die höchste Stufe unter allen Vernunftwesen. Der Verstand soll und muß das Überwiegende sein, und ich habe den größten!‹ Und dann richtete sie sich auf den hintersten Beinen auf, sie war deutlich zu erkennen – ich konnte nicht irren, und ich verschlang sie. ›Geh zur Ameise und werde weise!‹ Jetzt hatte ich die Königin!

Ich ging nun näher hin zu dem erwähnten großen Baum; es war eine Eiche, sie hatte einen hohen Stamm, eine mächtige Krone und war sehr alt; ich wußte, daß hier ein lebendiges Geschöpf wohnte. Ein Weib, Dryade wird es genannt, wird mit dem Baum geboren und stirbt mit ihm; ich hatte davon auf der Bibliothek gehört; jetzt sah ich so einen Baum, sah so ein Eichenmädchen; sie gab einen entsetzlichen Schrei von sich, als sie mich so nah erblickte; sie hatte, wie alle Frauenzimmer, große Angst vor Mäusen; aber sie hatte auch mehr Ursache dazu als die andern, denn ich konnte den Baum durchnagen, und an ihm hing ja ihr Leben. Ich redete freundlich und innig zu ihr, ich machte ihr Mut, und sie nahm mich in ihre feine Hand, und als sie erfuhr, weshalb ich in die weite Welt hinausgegangen war, versprach sie, daß ich vielleicht noch am selben Abend einen der zwei Schätze erhalten sollte, nach denen ich noch suchte. Sie erzählte mir, daß Phantasus ihr sehr guter Freund sei, daß er so schön wie der Liebesgott wäre, und daß er manche Stunde hier unter den laubreichen Zweigen des Baumes ruhe, die dann noch stärker über sie beide hinrauschten; er nenne sie seine Dryade, sagte sie, den Baum seinen Baum, die knorrige, mächtige, schöne Eiche sei just nach seinem Sinn. Die Wurzeln breiteten sich tief und fest in der Erde aus, der Stamm und die Krone ragten hoch in die frische Luft empor und kannten den stiebenden Schnee, die scharfen Winde und den warmen Sonnenschein, wie sie gekannt werden sollen. Ja, so sprach sie: ›Die Vögel singen dort oben und erzählen von den fremden Ländern, und auf dem einzigen dürren Ast hat der Storch sein Nest gebaut, das ist ein schöner Schmuck, und man bekommt etwas von dem Land der Pyramiden zu hören!

All das kann Phantasus gut leiden, es ist ihm nicht einmal genug. Ich selbst muß ihm vom Leben im Wald erzählen von der Zeit an, als ich noch klein und der Baum so zart war, daß eine Brennessel ihn verbergen konnte, bis auf den heutigen Tag, wo er so groß und mächtig geworden ist. Setz du dich nun dort unter den Waldmeister und gib wohl acht; ich werde, wenn Phantasus kommt, schon Gelegenheit finden, ihn in den Flügel zu kneifen und ihm eine kleine Feder auszureißen; nimm sie, eine bessere bekam kein Dichter – dann hast du genug!‹

Und Phantasus kam, die Feder wurde abgerissen, und ich ergriff sie«, sagte die kleine Maus, »ich hielt sie ins Wasser, bis sie weich wurde! – sie war noch sehr schwer zu verdauen, aber ich habe sie doch aufgenagt! Es ist gar nicht leicht, sich zum Dichter durchzunagen, da ist soviel, was man in sich aufnehmen muß. Nun hatte ich denn die zwei, Verstand und Phantasie, und durch diese wußte ich jetzt, daß das dritte Ding auf der Bibliothek zu finden sei, denn ein großer Mann hat gesagt und geschrieben, daß es Romane gibt, die allein dazu da sind, um die Menschen von den überflüssigen Tränen zu befreien, also eine Art Schwamm sind, um Gefühle aufzusaugen. Ich erinnerte mich an einige dieser Bücher, sie hatten immer ganz appetitlich ausgesehen, sie waren so zerlesen, so fettig, sie mußten einen unendlichen Schwall in sich aufgenommen haben.

Ich ging heim in die Bibliothek, fraß gleich so gut wie einen ganzen Roman, das heißt das Weiche, das Eigentliche, die Rinde hingegen, den Einband ließ ich liegen. Als ich nun diesen und noch einen dazu verdaut hatte, spürte ich schon, wie es sich in mir drinnen regte. Ich fraß noch ein wenig von dem dritten, und dann war ich Dichter, das sagte ich mir selbst und das sagten die andern auch; ich hatte Kopfschmerzen, Eingeweideschmerzen, ich weiß nicht alle die Schmerzen, die ich hatte. Ich dachte nun darüber nach, welche Geschichten wohl mit einem Wurstspeiler in Verbindung gebracht werden könnten, und da fielen mir so viele Speiler, Hölzchen, Stecken und Stäbe ein, die Ameisenkönigin hatte einen ungewöhnlichen Verstand gehabt; ich erinnerte mich des Mannes, der ein weißes Stäbchen in den Mund nahm, und dann waren sowohl

er wie das Stäbchen unsichtbar; ich dachte an Steckenpferde, an Stabreime, an ›den Stab über einen brechen‹, an ›seinen Stab weiter setzen‹. Alle meine Gedanken gingen in Speilern, Stecken und Stäbchen auf! Und darüber müßte gedichtet werden können, wenn man ein Dichter ist, und das bin ich, das hatte ich mir mühsam errackert! Ich werde Ihnen somit an jedem Tag der Woche mit einem Speiler, einer Geschichte aufwarten können – ja, das ist meine Suppe!«

»Laßt uns nun die dritte hören!« sagte der Mäusekönig.

»Pie! Pie!« sagte es in der Küchentür, und eine kleine Maus, es war die vierte von ihnen, die, welche man totgeglaubt hatte, schoß herein; sie rannte den Wurstspeiler mit dem schwarzen Flor über den Haufen, sie war Tag und Nacht gelaufen, war auf der Eisenbahn mit dem Güterzug gefahren, wozu sie Gelegenheit fand, und doch wäre sie fast zu spät gekommen; sie drängte sich vor, sah zerzaust aus, hatte ihren Wurstspeiler verloren, aber nicht die Sprache. Sie redete sofort, als ob man nur auf sie warte, nur sie anhören wolle, alles andere in der Welt ging die Welt nichts an; sie sprach sofort, sie sprach sich aus; sie kam so unerwartet, daß niemand Zeit fand, sich über sie und ihre Rede aufzuhalten, während sie redete. Nun werden wir hören!

IV. Was die vierte Maus, die sprach, bevor die dritte gesprochen hatte, zu erzählen wußte

»Ich ging sofort in die größte Stadt«, sagte sie, »des Namens entsinne ich mich nicht, ich kann mich nicht gut an Namen erinnern. Ich kam von der Eisenbahn mit konfiszierten Gütern aufs Rathaus, und dort lief ich zum Schließer; er sprach von seinen Gefangenen, besonders von einem, der unbesonnene Worte gesprochen hatte, und über die sei wieder gesprochen und gesprochen, gelesen und geschrieben worden; ›das Ganze ist Suppe von einem Wurstspeiler!‹ sagte er, ›aber diese Suppe kann ihm den Kopf kosten!‹ Das weckte mein Interesse für den Gefangenen«, sagte die kleine Maus, »und ich nahm die Gelegenheit wahr und schlüpfte zu ihm hinein; es gibt hinter verschlossenen Türen immer ein Mauseloch! Er sah bleich aus, hatte einen großen Bart und große, glänzende Augen. Die Lampe qualmte, und die Wände waren daran gewöhnt, sie wurden nicht schwärzer. Der Gefangene ritzte Bilder und Verse mit Weiß auf Schwarz, ich las sie nicht. Ich glaube, er langweilte sich; ich war ein willkommener Gast. Er lockte mich mit Brotkrumen, mit Pfeifen und milden Worten; er freute sich so über mich; ich bekam Vertrauen zu ihm, und dann wurden wir Freunde. Er teilte Brot und Wasser mit mir, gab mir Käse und Wurst; ich lebte flott, aber es war doch besonders, das muß ich sagen, der gute Umgang, der mich hielt. Er ließ mich auf seiner Hand und auf seinem Arm laufen, ganz in den Ärmel hinauf; er ließ mich in seinen Bart kriechen, nannte mich seinen kleinen Freund; ich gewann ihn ordentlich lieb; so etwas ist wohl gegenseitig! Ich vergaß mein Anliegen draußen in der weiten Welt, vergaß meinen Wurstspeiler in einer Ritze des Fußbodens, dort liegt er noch. Ich wollte bleiben, wo ich war; ging ich fort, dann hatte ja der arme Gefangene gar niemand, und das ist zu wenig in dieser Welt! Ich blieb, er blieb nicht! Er sprach so traurig zu mir das letztemal, gab mir doppelt soviel Brot und Käserinde und warf mir dann einen Handkuß zu; er ging und kam nie wieder. Ich kenne seine Geschichte nicht. ›Suppe von einem Wurstspeiler!‹ sagte der Schließer, und zu ihm ging ich, aber ihm hätte ich nicht glauben sollen; er nahm mich wohl auf seine Hand, aber er setzte mich in einen Käfig, in eine Tretmühle; das ist gewaltsam! Man läuft und läuft und kommt nicht weiter und dient nur zum Gelächter!

Die Enkelin des Schließers war eine allerliebste Kleine, mit goldblondem, lockigem Haar, fröhlichen Augen und einem Mund, der lachte. ›Arme kleine Maus!‹ sagte sie, guckte in meinen widerlichen Käfig hinein, zog das Eisenstäbchen heraus – und ich sprang auf das Fensterbrett und hinaus in die Dachrinne. Frei! Frei! nur daran dachte ich und nicht an das Ziel der Reise.

Es war dunkel, es wurde Nacht, ich nahm Herberge in einem alten Turm; dort wohnte ein Wächter und eine Eule; ich traute keinem von ihnen, am wenigsten der Eule; sie gleicht einer Katze und hat den großen Fehler, daß sie Mäuse frißt; aber man kann sich irren, und das tat ich; es war eine respektable, überaus gebildete, alte Eule, sie wußte mehr als der Wächter und ebenso viel wie ich. Die jungen Eulen machten Aufhebens von allem; ›Macht keine Suppe von einem Wurstspeiler‹! sagte sie, das war das Allerhärteste, was sie hier sagen konnte, sie hatte so viel Gefühl für ihre eigene Familie. Ich bekam solch ein Vertrauen zu ihr, daß ich aus der Ritze, wo ich saß, Piep sagte; dies Vertrauen gefiel ihr sehr und sie versicherte mir, daß ich unter ihrem Schutz stehen sollte; keinem Tier sollte es erlaubt sein, mir etwas zuleide zu tun, das wollte sie dann selbst im Winter tun, wenn Mangel an Nahrung eintrete.

Sie war in allem und jedem klug; sie bewies mir, daß der Wächter nur durch ein Horn tuten könne, das lose an seiner Seite hing; ›Er bildet sich entsetzlich viel darauf ein, glaubt, er sei Eule im Turm! Groß soll es sein, aber wenig ist es. Suppe von einem Wurstspeiler!‹ Ich bat sie, mir das Rezept zu geben, und dann erklärte sie es mir: ›Suppe von einem Wurstspeiler ist nur eine menschliche Redensart und wird auf verschiedene Art verstanden, und jeder glaubt, seine sei die richtige; aber das Ganze ist eigentlich nichts!‹

›Nichts!‹ sagte ich. Das traf mich! Die Wahrheit ist nicht immer angenehm, aber die Wahrheit ist das Höchste! Das sagte auch die alte Eule. Ich dachte darüber nach und sah ein, daß ich, wenn ich das Höchste brachte, viel mehr brachte als Suppe von einem Wurstspeiler. Und dann eilte ich von dannen, um noch rechtzeitig nach

Hause zu kommen und das Höchste und Beste: die Wahrheit zu bringen. Die Mäuse sind ein aufgeklärtes Volk, und der Mäusekönig steht über ihnen allen. Er ist imstande, mich zur Königin zu machen, um der Wahrheit willen.«

»Deine Wahrheit ist Lüge!« sagte die Maus, die noch nicht hatte reden dürfen. »Ich kann die Suppe machen, und ich werde es tun.«

V. Wie sie gemacht wurde

»Ich bin nicht gereist«, sagte die dritte Maus, »ich blieb im Lande, das ist das Richtige! Man braucht nicht zu reisen, man kann hier alles ebensogut bekommen. Ich blieb! Ich habe das Meine nicht von übernatürlichen Wesen gelernt, habe es mir nicht erfressen oder mit Eulen gesprochen. Ich habe das Meine durch eigenes Denken. Wollen Sie jetzt nur den Kessel aufsetzen und Wasser einfüllen, bis ganz hinauf, und Feuer machen! Laßt es brennen, bringt das Wasser zum Kochen, es muß stark kochen! Werft jetzt den Speiler hinein! Will nun der Mäusekönig geruhen, den Schwanz in das sprudelnd Kochende hineinzutauchen und umzurühren! Je länger er umrührt, desto kräftiger wird die Suppe; es kostet nichts, es braucht keine Zutaten, nur umrühren!«

»Kann ein anderer das nicht tun?« fragte der Mäusekönig.

»Nein«, sagte die Maus, »diese Kraft steckt nur im Schwanz des Mäusekönigs!«

Und das Wasser kochte sprudelnd, und der Mäusekönig stellte sich dicht daneben, es war fast gefährlich, und er streckte den Schwanz aus, so wie die Mäuse es in der Milchkammer tun, wenn sie den Rahm von einer Schüssel abschöpfen und dann den Schwanz ablecken, aber er kam mit dem seinen nur bis in den warmen Dampf, dann sprang er sofort herab:

»Natürlich, du bist meine Königin!« sagte er, »mit der Suppe wollen wir warten bis zu unserer goldenen Hochzeit, dann haben die Armen in meinem Reich etwas, worauf sie sich freuen können, und eine lange Freude!«

Und dann feierten sie Hochzeit; aber mehrere von den Mäusen sagten, als sie nach Hause kamen: »Man konnte das doch nicht eine Suppe von einem Wurstspeiler nennen, es war eher eine Suppe von einem Mäuseschwanz!« – Dies und jenes von dem, was erzählt wurde, fanden sie, sei ganz gut gegeben worden, aber das Ganze hätte anders sein können! »Ich würde es nun so oder so erzählt haben!«

Das war die Kritik, und die ist immer so klug – hinterher.

Und die Geschichte ging um die Welt, die Meinungen darüber waren geteilt, aber die Geschichte selbst blieb ganz; und das ist das Richtigste im Großen wie im Kleinen, und auch bei der Suppe von einem Wurstspeiler; man darf nur keinen Dank dafür erwarten!

61

ETWAS

»Ich will etwas sein!« sagte der älteste von fünf Brüdern, »ich will der Welt nützlich sein; mag es eine noch so geringe Stellung sein, wenn nur das gut ist, was ich ausrichte, dann ist es etwas. Ich will Ziegelsteine machen, die kann man nicht entbehren; dann habe ich doch etwas getan!«

»Aber etwas gar zu wenig!« sagte der zweite Bruder, »das, was du tust, ist so gut wie nichts; das ist Handlangerarbeit und kann durch eine Maschine ausgeführt werden. Nein, dann lieber Maurer werden, das ist doch etwas, das will ich sein. Das ist ein Stand, durch den kommt man in die Zünfte, wird Bürger, hat seine eigene Fahne und sein eigenes Wirtshaus; ja, geht es gut, kann ich Gesellen halten, werde Meister genannt, und meine Frau wird Meisterin; das ist etwas!«

»Das ist gar nichts!« sagte der dritte, »das ist außerhalb der Klassen, und es gibt viele Klassen in einer Stadt, weit über die eines Meisters! Du kannst ein braver Mann sein, aber du bist als Meister doch nur, was man ›gemein‹ nennt! Nein, dann weiß ich etwas Besseres! Ich will Baumeister sein, will auf das Künstlerische, das Gedankliche eintreten, will zu den Höherstehenden im Reiche des Geistes hinaufgelangen; wohl muß ich von unten anfangen, ja, ich kann es ebenso gut gerade heraussagen: ich muß als Zimmermannslehrling beginnen, muß mit einer Mütze gehen, obwohl ich gewöhnt bin, mit Zylinder zu gehen, muß laufen und für die gemeinen Gesellen Bier und Branntwein holen, und die sagen du zu mir, das ist schwer; aber ich will mir einbilden, daß das Ganze eine Maskerade ist, es ist Maskenfreiheit! Morgen – das heißt, wenn ich Geselle bin, gehe ich *meinen* Weg, die andern gehen mich nichts an! Ich gehe auf die Akademie, lerne zeichnen, werde Architekt genannt, das ist etwas, das ist etwas! Ich kann Hochedler und Wohlgeborener werden, ja, noch etwas dazu vorn und hinten, und ich baue und baue, gerade wie die andern vor mir! Das ist immer etwas, worauf man sich verlassen kann! Das Ganze ist *etwas*!«

»Aber aus dem etwas mache ich mir nichts!« sagte der vierte; »ich will nicht im Kielwasser gehen, will nicht Kopie sein, ich will Genie sein, will tüchtiger sein als Ihr alle zusammen! Ich schaffe einen neuen Stil, gebe Ideen zu einem Gebäude, passend für des Landes Klima und Material, für des Landes Nationalität, für die Entwicklung unseres Zeitalters, und dann noch ein Stockwerk dazu für mein eigenes Genie!«

»Aber wenn nun das Klima und das Material nichts taugen!« sagte der fünfte, »das würde schlimm sein, denn das hat Einwirkung! Die Nationalität kann auch leicht so erweitert werden, daß sie affektiert wird, die Entwicklung des Zeitalters kann mit dir durchgehen, wie die Jugend oft durchgeht. Ich sehe wohl, daß keiner von euch eigentlich etwas werden wird, wie sehr ihr es auch selber glaubt! Aber tut, was ihr wollt, ich werde euch nicht gleichen, ich stelle mich außerhalb, ich will über das räsonieren, was ihr ausrichtet! Es gibt immer etwas Falsches bei jedem Ding, das werde ich herauszupfen und besprechen, das ist etwas!«

Und das tat er, und die Leute sagten von dem fünften: »An ihm ist bestimmt etwas! Er ist ein guter Kopf! Aber er tut nichts!« – aber dadurch war er etwas.

Seht, das war nur eine kleine Geschichte, aber doch nimmt sie kein Ende, solange die Welt steht!

Aber wurde denn nichts weiter aus den fünf Brüdern? Das war ja nichts! Hört nun weiter, es ist ein ganzes Märchen!

Der älteste Bruder, der Ziegelsteine machte, gewahrte, daß von jedem Stein, wenn er fertig war, ein kleiner Schilling rollte, nur aus Kupfer, aber viele kleine Kupferschillinge aufeinandergelegt werden zu einem blanken Taler, und wo man mit ihm anklopft, bei Bäcker, Metzger, Schneider, ja, bei ihnen allen, da fliegt die Tür auf und man erhält, was man braucht. Seht, das warfen die Ziegelsteine ab; einige zerbröckelten wohl oder brachen mitten durch, aber sie kamen auch zur Verwendung.

Droben auf dem Deich wollte Mutter Margrethe, die arme Frau, sich so gerne ein kleines Haus zusammenkleistern; sie bekam alle Ziegelbrocken und dann ein paar ganze Steine, denn ein gutes Herz hatte der älteste Bruder, ob er es auch im Beruf nur dazu brachte, Ziegelsteine zu machen. Die arme Frau errichtete selbst ihr Haus, schmal war es, das eine Fenster saß schief, die Tür war allzu niedrig, und das Strohdach hätte besser gelegt sein können; aber Schutz und Schirm gewährte es, und man konnte weit über das Meer hinaussehen, das sich in seiner Wucht an dem Deich brach. Die salzigen Tropfen spritzten über das ganze Haus, das noch stand, als der, der die Ziegelsteine gemacht hatte, schon tot und begraben war.

Der zweite Bruder, ja, der konnte nun anders aufmauern, er hatte es ja auch gelernt. Als das Gesellenstück geliefert war, schnürte er seinen Ranzen und sang das Lied des Handwerkers:

»Ich zieh, ein Jüngling, in die Welt,
bau Häuser, Stück für Stück,
mein Handwerk ist mein Gut und Geld,
mein junger Mut mein Glück;
und seh mein Vaterland ich dann –
der Liebsten schwur ich Treu –
Hurra! ein braver Handwerksmann
baut bald das Glück sich neu!«

Und das tat er. Als er zurückkam und Meister wurde, mauerte er drinnen in der Stadt Haus neben Haus auf, eine ganze Straße; als sie stand, gut aussah und der Stadt Ansehen gab, da bauten die

Häuser ein kleines Haus für ihn, das sein eigen sein sollte; wie aber konnten die Häuser bauen? Ja, frage sie danach und sie antworten nicht, aber die Leute antworten und sagen: »Ja freilich hat die Straße ihm sein Haus gebaut!« Klein war es und mit Lehmboden, aber als er mit seiner Braut darüber hintanzte, wurde der Boden blank und gewichst, und aus jedem Stein in der Wand sprang eine Blume hervor, und das war ebenso gut wie ein kostbarer Bezug. Es war ein hübsches Haus und ein glückliches Ehepaar. Die Zunftfahne wehte draußen, und Gesellen und Lehrlinge riefen: »Hurra!« Ja, das war etwas! Und dann starb er, das war auch etwas!

Jetzt kam der Architekt, der dritte Bruder, der erst Zimmermannslehrling gewesen, mit einer Mütze gegangen war und den Laufburschen gemacht hatte, aber von der Akademie bis zum Baumeister aufgestiegen war, »Hochedler und Wohlgeborener«. Ja, hatten die Häuser in der Straße dem Bruder, der Maurermeister war, ein kleines Haus gebaut, so erhielt nun die Straße den Namen nach diesem und das schönste Haus in der Straße wurde sein Eigentum, das war etwas, und er war etwas – und das mit einem langen Titel vorn und hinten; seine Kinder wurden vornehme Kinder genannt, und als er starb, war seine Witwe eine Witwe von Stand – das ist etwas, und sein Name stand ständig an der Straßenecke und war in der Leute Mund, als Straßenname – ja, das ist etwas!

Dann kam das Genie, der vierte Bruder, der etwas Neues erfinden wollte, etwas Apartes und ein Stockwerk dazu, doch das brach ab und er fiel herunter und brach den Hals. Aber er bekam ein schönes Begräbnis mit Zunftfahnen und Musik, Blumen in der Zeitung und auf der Straße über das Pflaster gestreut, und man hielt ihm drei Leichenreden, eine länger als die andere, und das würde ihn gefreut haben, denn er liebte es sehr, wenn man von ihm sprach; es kam ein Monument auf das Grab, nur ein Stockwerk hoch, aber das ist immerhin etwas!

Nun war er tot wie die drei andern Brüder, aber der letzte, der, welcher räsonierte, überlebte sie alle, und das war ja das Richtige, denn so hatte er das letzte Wort, und es war von großer Wichtigkeit für ihn, das letzte Wort zu haben. Er sei ja der gute Kopf, sagten die Leute. Jetzt schlug auch seine Stunde, er starb und kam an die

Pforte des Himmelreichs. Hier kommen immer zwei und zwei! Hier stand er mit einer andern Seele, die auch gerne hinein wollte, und das war eben die alte Mutter Margrethe vom Deichhaus.

»Das ist wohl um des Kontrastes willen, daß ich und diese jämmerliche Seele hier zu gleicher Zeit herkommen müssen!« sagte der Räsoneur. »Na, wer ist sie, Mütterchen? Will sie auch hier hinein?« fragte er.

Und die alte Frau verneigte sich, so gut sie konnte, sie glaubte, es sei St. Petrus selbst, der sprach. »Ich bin eine armselige alte Frau, ohne alle Familie, die alte Margrethe vom Deichhaus!«

»Na, was hat sie getan und ausgerichtet dort unten?«

»Ich habe freilich gar nichts ausgerichtet in dieser Welt! Nichts was mir hier aufschließen könnte. Es ist ein wahres Werk der Gnade, wenn ich Erlaubnis bekomme, zur Tür hineinzutreten!«

»Wie hat sie diese Welt verlassen?« fragte er, um über etwas zu reden, da es ihn langweilte, hier zu stehen und zu warten.

»Ja, wie ich sie verließ, das weiß ich nicht! Krank und elend war ich in den letzten Jahren, so daß ich es wohl nicht ertragen konnte, aus dem Bett zu kriechen und in Frost und Kälte hinauszukommen. Es war ja ein harter Winter, aber nun habe ich es doch verwunden.

Es war ein paar Tage windstill, aber bitterlich kalt, wie Ew. Hochehrwürden wohl wissen; das Eis hatte sich so weit vom Strand aus gelegt, als man sehen konnte; alle Leute aus der Stadt zogen aufs Eis hinaus; da war, was sie Schlittschuhlaufen und Tanz nannten, glaube ich, da war Musik und Bewirtung; ich konnte es bis hinein in meine ärmliche Stube hören, wo ich lag. Da war es so gegen Abend, der Mond war aufgegangen, aber er war noch nicht zu Kräften gekommen. Ich sah von meinem Bett durch das Fenster ganz über den Strand hinaus, und dort, gerade am Rand von Himmel und Meer, kam eine sonderbare weiße Wolke; ich lag und schaute sie an, schaute auf den schwarzen Punkt mitten in ihr, der größer und größer wurde; und dann wußte ich, was das bedeutete; ich bin alt und erfahren, obwohl man dies Zeichen nicht oft sieht. Ich kannte es und bekam ein Grausen! Ich habe zweimal zuvor in meinem Leben dies Ding kommen sehen und wußte, daß es einen entsetzlichen Sturm mit Springflut geben würde, der über die armen Menschen dort draußen kommen würde, die jetzt tranken und sprangen und jubilierten; jung und alt, die ganze Stadt war ja dort draußen. Wer sollte sie warnen, wenn niemand dort es sah und erkannte, was ich jetzt erkannte? Mir wurde so angst, ich wurde so lebendig, wie seit langen Zeiten nicht mehr! Aus dem Bett heraus kam ich und zum Fenster hin, weiter konnte ich nicht; das Fenster bekam ich noch auf, ich konnte die Menschen laufen und springen sehen draußen auf dem Eis, konnte die schmucken Flaggen sehen, hörte, wie die Knaben hurra riefen, und Mädchen und Burschen sangen. Es ging lustig zu; aber höher und höher stieg die weiße Wolke mit dem schwarzen Sack darin; ich rief so laut ich konnte, aber niemand hörte mich, ich war zu weit von ihnen entfernt. Bald würde das Unwetter losbrechen, das Eis in Stücke gehen und alle dort draußen ohne Rettung versinken. Mich hören konnten sie nicht, zu ihnen hinausgelangen vermochte ich nicht; könnte ich sie doch nur an Land kriegen! Da gab mir Unser Herr den Gedanken ein, Feuer an mein Bett zu legen, lieber das Haus verbrennen zu lassen, als daß die Vielen so jämmerlich sterben sollten. Ich konnte das Licht anzünden, sah die rote Flamme – ja, ich gelangte zur Tür hinaus, aber da blieb ich liegen, ich konnte nicht weiter; die Flammen lohten hinter mir her und zum

Fenster hinaus, über das Dach hin; sie sahen es von dort draußen und sie liefen alle, was sie konnten, um mir Ärmsten zu helfen, von der sie glaubten, daß ich drinnen verbrenne. Es gab nicht einen, der nicht lief; ich hörte sie kommen, aber ich hörte auch, wie es auf einmal in der Luft sauste; ich hörte es donnern wie schwere Kanonenschüsse, die Springflut hob das Eis, es brach entzwei; aber den Deich erreichten sie, wo die Funken über mich hinflogen; ich bekam sie alle in Sicherheit. Aber ich muß die Kälte und den Schrecken nicht ertragen haben, und so bin ich hier hinauf an die Himmelspforte gekommen; sie sagen, sie werde auch für so einen armen Menschen wie mich aufgetan, und jetzt habe ich ja auch kein Haus mehr unten auf dem Deich, doch das gibt mir wohl keinen Zutritt hier.«

Da öffnete sich die Pforte des Himmelreichs, und der Engel führte die alte Frau hinein; sie verlor einen Strohhalm draußen, einen von den Halmen, die in ihrem Bett gelegen hatten, das sie anzündete, um die Vielen zu retten, und der war zu reinem Gold geworden, aber zu einem Gold, das wuchs und sich in den schönsten Verzierungen rankte.

»Sieh, das brachte die arme Frau!« sagte der Engel. »Was bringst nun du? Ja, ich weiß schon, du hast nichts ausgerichtet, nicht einmal einen Ziegelstein gemacht; könntest du nur wieder zurückgehen und wenigstens so viel mitbringen; er würde wohl nichts taugen, wenn du ihn gemacht hättest, doch mit gutem Willen getan, wäre es immerhin etwas; aber du kannst nicht zurückgehen, und ich kann nichts für dich tun!«

Da bat die arme Seele, die Frau vom Deichhaus, für ihn: »Sein Bruder hat alle die Steine und Brocken gemacht und mir gegeben, woraus ich mein elendes Haus zusammenkleisterte, das war gar viel für mich Ärmste! Können nun nicht alle die Stücke und Brokken als Ziegelstein für ihn gelten? Es ist ein Werk der Gnade! Nun braucht er es, und hier ist ja die Heimat der Gnade!«

»Dein Bruder, der, den du den geringsten nanntest«, sagte der Engel, »der, dessen Tun in aller Ehrlichkeit dir zu niedrig war, gibt dir sein Scherflein des Himmelreichs. Du sollst nicht fortgewiesen werden, du sollst Erlaubnis haben, hier draußen zu stehen und nachzudenken, zu sehen, wie du deinem Leben dort unten aufhelfen kannst; aber hinein kommst du nicht, ehe du mit einer guten Tat – *etwas* ausgerichtet hast!«

»Das hätte ich besser sagen können!« dachte der Räsoneur, aber er sagte es nicht laut, und das war immerhin schon *etwas*.

62

DER LETZTE TRAUM DER ALTEN EICHE

Ein Weihnachtsmärchen

Es stand im Wald, hoch oben am Abhang beim offenen Strand, so eine richtige alte Eiche; sie war gerade dreihundertfünfundsechzig Jahre alt, aber diese lange Zeit war für den Baum nicht mehr als ebensoviele Tage für uns Menschen; wir wachen am Tag, schlafen in der Nacht und haben dann unsere Träume; mit dem Baum ist es anders, der Baum ist wach während den drei Jahreszeiten. Erst gegen den Winter kommt sein Schlaf, der Winter ist seine Ruhezeit; er ist seine Nacht nach dem langen Tag, der Frühling, Sommer und Herbst genannt wird.

Manchen warmen Sommertag hatte die Eintagsfliege rings um seine Krone getanzt, gelebt, geschwebt und sich glücklich gefühlt, und ruhte dann das kleine Geschöpf einen Augenblick in stiller Glückseligkeit auf einem der großen, frischen Eichenblätter, dann sagte der Baum stets: »Arme Kleine! nur ein einziger Tag ist dein ganzes Leben! Wie kurz doch, das ist so traurig!«

»Traurig!« antwortete da stets die Eintagsfliege, »was meinst du damit? Alles ist ja so unvergleichlich hell, so warm und schön, und ich bin so froh!«

»Aber nur einen Tag, und dann ist alles vorbei!«

»Vorbei!« sagte die Eintagsfliege. »Was ist vorbei! Bist auch du vorbei?«

»Nein, ich lebe vielleicht Tausende von deinen Tagen, und meine Tage sind ganze Jahreszeiten! Das ist etwas so Langes, wie du es gar nicht ausrechnen kannst!«

»Nein, denn ich verstehe dich nicht! Du hast Tausende von meinen Tagen, aber ich habe Tausende von Augenblicken, um in ihnen froh und glücklich zu sein! Hört alle Schönheit dieser Welt auf, wenn du stirbst?«

»Nein«, sagte der Baum, »sie dauert wahrscheinlich länger, unendlich länger, als ich es denken kann!«

»Aber dann haben wir ja gleich viel, nur daß wir verschieden rechnen!«

Und die Eintagsfliege tanzte und schwang sich in die Luft, freute sich an ihren feinen, kunstvollen Flügeln, an deren Flor und Samt, freute sich in der warmen Luft, die so würzig war vom Duft des Kleefeldes und der wilden Heckenrosen, des Holunders und Geißblatts, vom Waldmeister, den Schlüsselblumen und der wilden Pfefferminze ganz zu schweigen; es duftete so stark, daß die Eintagsfliege glaubte, einen kleinen Rausch davon zu haben. Der Tag war lang und schön, voll von Freude und süßer Empfindung. Und wenn dann die Sonne sank, fühlte die kleine Fliege sich stets so behaglich müde von all der Fröhlichkeit. Die Flügel wollten sie nicht länger tragen, und ganz sachte glitt sie hinab auf einen weichen, schaukelnden Grashalm, nickte mit dem Kopf, wie er nicken kann, und schlief dann fröhlich ein; das war der Tod.

»Arme, kleine Eintagsfliege!« sagte die Eiche, »das war doch ein allzu kurzes Leben!«

Und an jedem Sommertag wiederholte sich derselbe Tanz, dasselbe Gespräch, dieselbe Antwort und dasselbe Entschlafen; es wiederholte sich durch ganze Geschlechter von Eintagsfliegen, und alle waren sie gleich glücklich, gleich froh. Die Eiche stand wach an ihrem Frühlingsmorgen, Sommermittag und Herbstabend; nun aber nahte ihre Schlafenszeit, ihre Nacht; der Winter stand vor der Tür.

Schon sangen die Stürme: »Gute Nacht, gute Nacht! Es fiel ein

Blatt, es fiel ein Blatt! wir pflücken, wir pflücken! Sieh zu, daß du schlafen kannst! Wir singen dich in Schlaf, wir schütteln dich in Schlaf, aber nicht wahr, das tut wohl in den alten Zweigen! Sie knacken dabei aus lauter Vergnügen, schlaf süß, schlaf süß! Es ist deine dreihundertfünfundsechzigste Nacht, eigentlich bist du nur ein heuriges Kind! Schlafe süß! Die Wolke streut Schnee, es wird ein ganzes Laken, eine warme Schneedecke um deine Füße! Schlaf süß und träume behaglich!«

Und die Eiche stand all ihres Laubes entkleidet da, um zur Ruhe zu gehen für den ganzen, langen Winter und manchen Traum zu träumen, immer etwas Erlebtes wie in den Träumen der Menschen.

Sie war auch einmal klein gewesen, ja, eine Eichel war ihre Wiege gewesen; nach Menschenrechnung lebte sie jetzt im vierten Jahrhundert; es war der größte und beste Baum im Wald, mit ihrer Krone ragte sie hoch über alle die andern Bäume und wurde weit vom Meer aus gesehen, war ein Schiffsmerkzeichen; sie dachte gar nicht daran, wie viele Augen sie suchten. Hoch oben in ihrer grünen Krone nisteten die Waldtauben, und der Kuckuck rief dort sein Kuckuck. Und im Herbst, wenn die Blätter aussahen wie gehämmerte Kupferplatten, dann kamen die Zugvögel und rasteten dort, bevor sie über das Meer flogen; aber jetzt war es Winter, der Baum stand entblättert, man konnte so recht sehen, wie gekrümmt und eckig die Zweige waren; Krähen und Dohlen kamen und setzten sich abwechselnd hin und sprachen von den strengen Zeiten, die begannen, und wie schwer es sei, im Winter Futter zu finden.

Es war gerade in der heiligen Weihnachtszeit, da träumte der Baum seinen schönsten Traum; den wollen wir hören.

Der Baum hatte deutlich eine Empfindung davon, daß es eine festliche Zeit sei, ihm schien, als höre er alle Kirchenglocken ringsumher läuten, und dabei war es wie an einem schönen Sommertag, mild und warm. Er breitete so frisch und grün seine mächtige Krone aus, die Sonnenstrahlen spielten zwischen Blättern und Zweigen, die Luft war erfüllt mit Duft von Kräutern und Büschen; bunte Schmetterlinge spielten »Haschen«, und die Eintagsfliegen tanzten, als sei alles nur dazu da, damit sie tanzen und sich vergnügen sollten. Alles, was der Baum Jahre hindurch erlebt und um sich her gesehen hatte, zog vorüber wie in einem ganzen Festzug. Er sah aus alten Zeiten Ritter und Damen zu Pferd, mit Federn am Hut und dem Falken auf der Hand, durch den Wald reiten; das Jagdhorn ertönte, und die Hunde bellten; er sah feindliche Soldaten in blanken Waffen und bunten Kleidern, mit Spießen und Hellebarden, Zelte aufschlagen und wieder abbrechen; das Wachtfeuer flammte, und es wurde gesungen und geschlafen unter den ausgestreckten Ästen des Baumes. Er sah Liebesleute in stillem Glück sich hier im Mondschein treffen und ihre Namen, den ersten Buchstaben, in die graugrüne Rinde schneiden. Zither und Äolsharfe waren einst – ja, da lagen Jahre dazwischen – in den Zweigen der Eiche aufgehängt worden von fahrenden, muntern Gesellen. Nun hingen sie wieder da, nun klangen sie wieder so lieblich. Die Waldtauben gurrten, als wollten sie erzählen, was der Baum dabei fühlte, und der Kuckuck rief, wie manchen Sommertag er leben sollte.

Da war es, als riesele ihm ein neuer Lebensstrom bis hinab in die kleinsten Wurzeln und hinauf bis in die am höchsten ragenden Zweige, bis in die Blätter hinaus. Der Baum fühlte, daß er sich dabei streckte, ja, er spürte mit den Wurzeln, wie auch unten in der Erde Leben und Wärme war; er fühlte seine Kraft zunehmen, er wuchs höher und höher; der Stamm schoß empor, da war kein Stillstehen, er wuchs mehr und immer mehr, die Krone wurde voller, breitete sich aus, hob sich – und je mehr der Baum wuchs, desto mehr wuchs auch sein Wohlbefinden, seine beseligende Sehnsucht danach, immer höher zu gelangen, bis hinauf zu der leuchtenden, warmen Sonne.

Schon war er hoch über die Wolken emporgewachsen, die gleich dunklen Zugvogelscharen oder großen, weißen Schwanenzügen unter ihm dahinzogen.

Und jedes Blatt des Baumes konnte sehen, als hätte es Augen, um damit zu schauen; die Sterne wurden am Tag sichtbar, so groß und blank; jeder von ihnen leuchtete wie ein Augenpaar, mild und klar; sie erinnerten an bekannte, liebe Augen, an Kinderaugen, an die Augen von Liebenden, wenn sie sich unter dem Baum begegneten.

Es war ein holdseliger Augenblick, voll Wonne! Und doch, in

all dieser Freude empfand der Baum eine Sehnsucht und Lust danach, daß alle die andern Bäume des Waldes dort unten, alle Büsche, Kräuter und Blumen sich mit erheben, diesen Glanz und diese Freude auch fühlen und empfinden möchten. Die mächtige Eiche war in all der Herrlichkeit ihres Traumes nicht vollkommen glücklich, wenn nicht alle, Kleine und Große, daran teilhaben konnten, und dies Gefühl bebte durch Zweige und Blätter so innig, so stark, wie in einer Menschenbrust.

Die Krone des Baumes bewegte sich, als suche und entbehre er etwas; er schaute zurück, und da spürte er den Duft von Waldmeister und bald den noch stärkeren Duft von Geißblatt und Veilchen; er glaubte zu hören, wie ihm der Kuckuck antwortete.

Ja, durch die Wolken guckten die grünen Wipfel des Waldes hervor, er sah unter sich die andern Bäume wachsen und sich erheben gleich ihm; Büsche und Kräuter schossen hoch in die Luft empor; einzelne rissen sich mit der Wurzel los und flogen noch schneller. Die Birke war am schnellsten; wie ein weißer Blitzstrahl zuckte ihr schlanker Stamm aufwärts, die Zweige wogten wie grüne Schleier und Fahnen; die ganze Waldnatur, selbst das braungefiederte Röhricht, wuchs mit, und die Vögel folgten mit und sangen. Auf dem Grashalm, der wie ein langes, grünes Seidenband losgelöst flatterte und flog, saß die Heuschrecke und spielte mit dem Flügel auf ihrem Schienbein; die Maikäfer brummten und die Bienen summten, jeder Vogel sang, wie ihm der Schnabel gewachsen war, alles war Gesang und Freude bis in den Himmel hinein.

»Aber die kleine, rote Blume am Wasser, die sollte auch mit!« sagte die Eiche; »und die blaue Glockenblume, und das kleine Gänseblümchen!« – ja, die Eiche wollte sie alle dabei haben.

»Wir sind dabei! Wir sind dabei!« sang und klang es.

»Aber der schöne Waldmeister vom vorigen Sommer – und im Jahr vorher war hier ein Flor von Maiglöckchen –! Und der wilde Apfelbaum, wie schön blühte er doch! – Und all die Waldespracht von Jahren, von vielen Jahren! – Hätte sie doch gelebt oder wäre jetzt entstanden, dann hätte sie auch mit dabei sein können!«

»Wir sind dabei! Wir sind dabei!« sang und klang es noch höher oben; es war, als seien sie vorangeflogen.

»Nein, das ist alles zu unglaublich schön!« jubelte die alte Eiche. »Ich habe sie alle, klein und groß! Nicht eins ist vergessen! Wie ist doch all diese Glückseligkeit möglich und denkbar!«

»In Gottes Himmel ist sie möglich und denkbar!« klang es.

Und der Baum, der ständig wuchs, spürte, daß seine Wurzeln sich von der Erde lösten.

»Das ist nun das Allerbeste!« sagte der Baum, »jetzt hält mich kein Band! Ich kann in Licht und Glanz hinauffliegen in das Allerhöchste! Und alle Lieben habe ich mit! Kleine und große! Alle dabei!«

»Alle!«

Das war der Traum der Eiche, und während sie träumte, ging ein gewaltiger Sturm hin über Meer und Land in der heiligen Christnacht; die See wälzte schwere Wogen gegen den Strand, der Baum knackte und krachte und wurde mit der Wurzel ausgerissen, gerade während er träumte, daß seine Wurzeln sich loslösten. Er fiel. Seine dreihundertfünfundsechzig Jahre waren jetzt wie ein Tag für die Eintagsfliege.

Am Weihnachtsmorgen, als die Sonne aufging, hatte sich der Sturm gelegt; alle Kirchenglocken läuteten festlich, und aus jedem Schornstein, selbst aus dem kleinsten auf dem Dach des Häuslers, hob sich der Rauch bläulich, wie vom Altar beim Fest der Druiden der Opferrauch des Dankes sich erhob. Die See wurde stiller und stiller, und auf einem großen Fahrzeug da draußen, das in der Nacht das harte Wetter gut überstanden hatte, wurden nun alle Flaggen gehißt, weihnachtsfestlich und schön.

»Der Baum ist fort! Die alte Eiche, unser Merkzeichen an Land!« sagten die Seeleute. »Sie ist in dieser Sturmnacht gefallen. Wer soll sie ersetzen können? Das kann niemand!«

Solche Leichenrede, kurz, aber wohlgemeint, bekam der Baum, der auf der Schneedecke am Strand ausgestreckt lag; und über ihn hin erklang Psalmengesang vom Schiff, das Lied von der Weihnachtsfreude und der Errettung der Menschenseele in Christo und von dem ewigen Leben:

»Sing laut zum Himmel, Christenheit,
Halleluja! denn unsre Freud
ist groß und ohnegleichen!
Halleluja, Halleluja!«

so lautete das alte Lied, und jeder dort draußen auf dem Schiff wurde auf seine Weise durch den Gesang und das Gebet erhoben, gerade so, wie sich der alte Baum erhoben hatte in seinem letzten, seinem schönsten Traum in der Christnacht.

63

DIE TOCHTER DES SCHLAMMKÖNIGS

Die Störche erzählen ihren Kleinen sehr viele Märchen, alle aus dem Sumpf und dem Moor. Sie sind gewöhnlich dem Alter und dem Fassungsvermögen angepaßt; die kleinsten Jungen sind zufrieden damit, daß »kribbel, krabbel, plurremurre!« gesagt wird. Das finden sie ausgezeichnet; aber die älteren wollen eine tiefere Bedeutung haben oder wenigstens etwas von der Familie. Von den beiden ältesten und längsten Märchen, die sich bei den Störchen erhalten haben, kennen wir alle das eine, das von Moses, der von seiner Mutter in die Wasser des Nils ausgesetzt, von des Königs Tochter gefunden wurde, eine gute Erziehung erhielt und ein großer Mann wurde, von dem man später nicht wußte, wo er begraben liegt. Das ist allbekannt!

Das zweite Märchen kennt man noch nicht, vielleicht, weil es beinahe ein inländisches ist. Das Märchen ist von Storchenmutter zu Storchenmutter während tausend Jahren gegangen, und jede von ihnen hat es besser und besser erzählt, und wir erzählen es nun am allerbesten.

Das erste Storchenpaar, das es erzählte und in ihm vorkam, hatte seinen Sommeraufenthalt auf dem Balkenhaus des Wikings oben am Wildmoor in Vendsyssel, das ist im dänischen Bezirk Hjörring, hoch gegen Skagen zu in Jütland, wenn wir mit Kenntnissen sprechen sollen; dort ist noch immer ein ungeheuer großes Moor, man kann darüber in der Bezirksbeschreibung lesen. Hier sei Meeresgrund gewesen, aber er habe sich gehoben, steht darin; er erstreckt sich meilenweit nach allen Seiten, umgeben von feuchten Wiesen und schwankendem Sumpfboden, mit Torfmooren, Brombeeren und verkrüppelten Bäumen; fast immer schwebt ein Nebel darüber hin, und vor siebzig Jahren gab es hier noch Wölfe. Man kann es wahrlich »das Wildmoor« nennen, und man kann sich denken, wie unwegsam alles, wieviel Sumpf und See hier vor tausend Jahren gewesen ist. Ja, im einzelnen sah man damals hier, was man jetzt noch sehen kann: das Röhricht hatte dieselbe Höhe, dieselbe Art lange Blätter und violettbraune Federblumen, wie es sie noch heute trägt, die Birke stand mit weißer Rinde und feinen, lose herabhängenden Blättern da, gerade wie jetzt. Und was die Lebenden betrifft, die hierherkamen – ja, die Fliege trug ihr Florkleid nach demselben Schnitt wie jetzt, des Storches Leibfarbe war Weiß mit Schwarz und rote Strümpfe; dagegen hatten die Menschen zu jener Zeit einen andern Kleiderschnitt als heutzutage; aber jedem von ihnen, Sklave oder Jäger, wer auch immer das schwankende Moorland betrat, ging es vor tausend Jahren, wie es noch heute denjenigen geht, die hierherkommen: sie plumpsten hinein und sanken hinab zum Schlammkönig, wie sie ihn nannten, der unten in dem großen Moorreich regierte. Sumpfkönig könnte man ihn auch nennen; aber uns gefällt es nun besser, Schlammkönig zu sagen, und so nannten die Störche ihn auch. Sehr wenig weiß man von seiner Regierung; aber das ist vielleicht am besten so.

Nahe am Moor, hart am Limfjord, lag das Balkenhaus des Wikings mit seinem aus Steinen aufgemauerten Keller, einem Turm und drei Stockwerken; zuoberst auf dem Dach hatte der Storch sein Nest gebaut, Storchenmutter lag auf Eiern und war überzeugt davon, daß sie glücken würden.

Eines Abends blieb Storchenvater etwas lange aus, und als er heimkam, sah er zerzaust und abgehetzt aus.

»Ich habe dir etwas ganz Entsetzliches zu erzählen!« sagte er zur Storchenmutter.

»Laß das bleiben!« sagte sie, »denk daran, daß ich auf Eiern liege, es könnte mir schaden, und dann wirkt das auf die Eier!«

»Du mußt es wissen!« sagte er. »Sie ist hergekommen, die Tochter von unserem Wirt in Ägypten! Sie hat die Reise hier herauf gewagt, und weg ist sie!«

»Sie, die aus dem Geschlecht der Feen ist! Erzähl doch! Du weißt, daß ich es nicht ertragen kann zu warten in der Zeit, da ich liege!«

»Siehst du, Mutter, sie hat doch daran geglaubt, was der Doktor sagte, wie du mir erzähltest; sie hat geglaubt, daß die Moorblume hier oben ihrem kranken Vater helfen könne, und sie ist im Federkleid hierhergeflogen mit den beiden andern Federkleid-Prinzessinnen, die jedes Jahr hierher nach dem Norden kommen, um zu baden und verjüngt zu werden. Sie ist gekommen, und sie ist weg!«

»Du machst es so weitschweifig!« sagte Storchenmutter, »die Eier könnten sich erkälten! Ich kann es nicht ertragen in Spannung zu sein.«

»Ich habe aufgepaßt«, sagte Storchenvater, »und heute abend, als ich im Röhricht umherging, wo der Sumpfboden mich tragen kann, da kamen drei Schwäne; es war etwas an ihrem Schwung, das mir sagte: paß auf, das ist nicht ganz Schwan, das ist nur Schwanengefieder! Du hast es im Gefühl, Mutter, ebenso wie ich; du weißt, was das Rechte ist.«

»Ja, gewiß!« sagte sie, »aber erzähl von der Prinzessin! Ich habe es satt, vom Schwanengefieder zu hören.«

»Hier mitten im Moor, weißt du, ist gleichsam ein See«, sagte Storchenvater, »du kannst ein Stück davon sehen, wenn du dich aufrichten willst; dort beim Röhricht und dem grünen Schlammboden lag ein großer Erlenstumpf; auf diesen setzten sich die drei Schwäne, schlugen mit ihren Flügeln und sahen sich um; der eine von ihnen warf das Schwanengefieder ab und ich erkannte unsere

Hausprinzessin aus Ägypten. Sie saß nun da und hatte keinen andern Mantel um sich als ihr langes schwarzes Haar; sie bat die beiden andern, hörte ich, auf das Schwanengefieder gut achtzugeben, wenn sie unter das Wasser tauche, um die Blume zu pflücken, die sie zu sehen glaubte. Sie nickten und richteten sich auf und hoben das lose Federkleid empor. Schau, was die wohl damit wollen, dachte ich, und sie fragte sie wahrscheinlich gerade dasselbe, und Antwort erhielt sie durch den Anblick: sie flogen in die Luft mit ihrem Federkleid! ›Tauche du unter!‹ riefen sie, ›nie mehr fliegst du im Schwanengefieder, nie wieder siehst du Ägyptens Land! Sitze du im Wildmoor!‹ Und dann zerrissen sie ihr Federkleid in hundert Stücke, so

daß die Federn ringsumher flogen, als wäre es ein Schneegestöber, und fort flogen die beiden schlechten Prinzessinnen!«

»Das ist entsetzlich!« sagte Storchenmutter, »ich kann nicht ertragen, es zu hören! – sage mir nun, was weiter geschah!«

»Die Prinzessin jammerte und weinte. Die Tränen rollten auf den Erlenstumpf nieder, und da bewegte er sich, denn es war der Schlammkönig selbst, der im Moor wohnt. Ich sah, wie der Stumpf sich umkehrte, und dann war es kein Stumpf mehr, es streckten sich lange, schlammige Äste wie Arme empor; da erschrak das arme Kind und sprang davon über den schwankenden Schlammboden, aber dort vermag er selbst mich nicht zu tragen, noch weniger sie, sie sank sofort ein, und der Erlenstumpf ging mit hinunter, er war es, der zog; es stiegen große, schwarze Blasen auf, und dann war keine Spur mehr zu sehen. Jetzt ist sie im Wildmoor begraben; nie kommt sie mit der Blume nach Ägyptens Land. Du hättest es nicht ausgehalten, das mitanzusehen, Mutter!«

»So etwas solltest du mir in dieser Zeit gar nicht erzählen, es kann den Eiern schlecht bekommen! – Die Prinzessin wird sich schon zu helfen wissen. Sie wird wohl Hilfe erhalten. Wärst du es gewesen oder ich, einer von den unseren, dann wäre es aus gewesen.«

»Ich will doch jeden Tag nachsehen!« sagte Storchenvater, und das tat er.

Nun verging eine lange Zeit.

Da sah er eines Tages, daß tief aus dem Moorgrund ein grüner Stengel emporsproßte, und als er den Wasserspiegel erreichte, wuchs ein Blatt hervor und wurde breiter und breiter; dicht daneben kam eine Knospe, und als der Storch eines Morgens darüber hinflog, öffnete sich die Blumenknospe in den warmen Sonnenstrahlen, und mitten darin lag ein schönes Kind, ein kleines Mädchen, gerade als wäre sie aus dem Bad gestiegen. Es glich der Prinzessin aus Ägypten so sehr, daß der Storch zuerst glaubte, daß sie es sei, die klein geworden war, aber als er darüber nachdachte, fand er es wahrscheinlicher, daß es ihr und des Schlammkönigs Kind sei; deshalb lag es in einer Seerose.

Da kann es doch nicht liegenbleiben, dachte der Storch, in meinem Nest sind wir schon zu viele; aber, da fällt mir etwas ein! Die

Wikingsfrau hat keine Kinder, oft wünschte sie sich ein Kleines. Ich werde ja beschuldigt, die Kleinen zu bringen, jetzt will ich doch einmal Ernst damit machen! Ich fliege mit dem Kind zur Wikingsfrau; das wird ein Vergnügen werden!

Und der Storch nahm das kleine Mädchen, flog zu dem Balkenhaus, schlug mit dem Schnabel ein Loch in das Fenster aus Schweinsblase, legte das Kind an die Brust der Wikingsfrau, flog dann zur Storchenmutter und erzählte, und die Jungen hörten zu; sie waren jetzt groß genug dazu.

»Siehst du, die Prinzessin ist nicht tot! Sie hat die Kleine hier heraufgeschickt, und nun ist sie untergebracht.«

»Das habe ich ja von Anfang an gesagt«, sagte Storchenmutter, »denke jetzt ein wenig an deine eigenen! Es ist bald Reisezeit; es beginnt mir dann und wann unter den Flügeln zu kribbeln! Der Kuckuck und die Nachtigall sind schon fort, und die Wachteln höre ich davon sprechen, daß wir bald günstigen Wind bekämen. Unsere Jungen werden sich bei dem Manöver schon halten, kenne ich sie recht.«

Na, wie die Wikingsfrau froh wurde, als sie am Morgen erwachte und an ihrer Brust das kleine, schöne Kind fand! Sie küßte und streichelte es; aber es schrie entsetzlich und strampelte mit Armen und Beinen, es schien gar nicht erfreut zu sein; schließlich weinte es sich in Schlaf, und wie es so dalag, war es etwas vom Schönsten, was man sehen konnte. Die Wikingsfrau fühlte sich so froh, so leicht und gesund. Eine Ahnung sagte ihr, daß ihr Gemahl mit allen seinen Mannen jetzt gewiß ebenso unerwartet kommen würde wie die Kleine, und dann hatten sie und das ganze Haus es eilig, damit alles bereit sein sollte. Die langen, farbigen Teppiche, die sie und die Mägde selbst gewebt hatten mit Bildern ihrer Götter, Odin, Thor und Freya, wie man sie nannte, wurden aufgehängt, die Leibeigenen mußten die alten Schilde putzen, die zur Ausschmückung dienten. Kissen wurden auf die Bänke und trockenes Holz auf die Feuerstelle in der Mitte der Halle gelegt, damit das Feuer gleich

angezündet werden könne. Die Wikingsfrau legte selbst Hand an, so daß sie am Abend sehr müde war und gut schlief.

Als sie gegen Morgen erwachte, erschrak sie heftig, denn das kleine Kind war verschwunden; sie sprang auf, zündete einen Kienspan an und sah sich um. Da lag am Fußende des Bettes nicht das kleine Kind, sondern eine große, häßliche Kröte; es wurde ihr ganz übel bei diesem Anblick, sie nahm eine schwere Stange und wollte den Frosch totschlagen; aber der sah sie mit so sonderbaren, traurigen Augen an, daß sie nicht zuschlagen konnte. Noch einmal blickte sie sich überall um. Der Frosch ließ ein feines, klägliches Quaken hören, sie fuhr dabei zusammen und sprang vom Bett zu der Luke hin und riß sie auf; die Sonne ging im selben Augenblick auf und warf ihre Strahlen gerade auf das Bett und die große Kröte, und da war es plötzlich, als ob das breite Maul des Untiers sich zusammenziehe und klein und rot würde, die Glieder streckten sich zur reizendsten Gestalt, es war ihr eigenes kleines, schönes Kind, das da lag, und kein häßlicher Frosch.

»Was ist denn das!« sagte sie, »habe ich einen bösen Traum geträumt! Das ist ja mein eigenes liebliches Elfenkind, das da liegt!« Und sie küßte es und drückte es an ihr Herz, aber das Kind stieß und biß um sich wie ein wildes Kätzchen.

Nicht an diesem Tag und auch nicht am nächsten kam der Wiking, obwohl er auf dem Heimweg war, aber der Wind stand entgegen, er wehte südwärts für die Störche. Mitwind für den einen ist Gegenwind für den andern.

Nach ein paar Tagen und Nächten wurde es der Wikingsfrau klar, wie es um ihr kleines Kind stand, es war ein entsetzlicher Zauber, der auf ihm ruhte. Am Tag war es schön wie ein Lichtelf, hatte aber eine böse, wilde Natur, in der Nacht hingegen war es eine häßliche Kröte, still und weinerlich, mit kummervollen Augen; hier waren zwei Naturen, die miteinander abwechselten, nach außen wie nach innen. Das kam daher, weil das kleine Mädchen, das der Storch gebracht hatte, am Tag das Äußere seiner rechten Mutter, aber zu gleicher Zeit die Sinnesart seines Vaters besaß; nachts dagegen trat die Abstammung von ihm sichtbar in der Leibesgestalt hervor, dann aber strahlten aus ihm der Mutter Gemüt und Herz. Wer konnte diesen durch bösen Zauber bewirkten Bann lösen? Die Wikingsfrau hatte Angst und Kummer deswegen, und doch hing ihr Herz an dem armen Geschöpf, von dessen Zustand sie nicht glaubte, ihrem Gemahl, wenn er nun bald heimkehrte, erzählen zu

dürfen; denn dann würde er gewiß, wie Brauch und Sitte war, das arme Kind auf die Landstraße legen, damit es nehmen könne, wer da wolle. Das brachte die gute Wikingsfrau nicht übers Herz; er sollte das Kind nur bei hellem Tag zu sehen bekommen.

Eines Morgens sausten die Storchenflügel über das Dach hinweg; dort hatten sich während der Nacht über hundert Storchenpaare nach dem großen Manöver ausgeruht; nun flogen sie auf, um südwärts zu ziehen.

»Alle Mann bereit!« hieß es, »Frau und Kinder mit!«

»Mir ist so leicht«, sagten die Storchenjungen, »es kribbelt und krabbelt mir bis in die Beine, als wäre ich mit lebenden Fröschen gefüllt! Wie herrlich ist es, ins Ausland zu reisen!«

»Haltet euch im Zug«, sagten Vater und Mutter, »und laßt den Schnabel nicht so viel klappern, das greift die Brust an!«

Und sie flogen.

Zur selben Zeit erklang das Blashorn über die Heide hin, der Wiking war mit allen seinen Mannen gelandet; sie kehrten mit reicher Beute von der gallischen Küste heim, wo das Volk, wie im Britenland, in seinem Schrecken sang:

»Befrei' uns von den wilden Normannen!«

Na, welch Leben und Lustigkeit entstand nun in der Wikingsburg am Wildmoor! Das Metfaß kam in die Halle, das Feuer wurde angezündet, und Pferde wurden geschlachtet; hier sollte ordentlich aufgetischt werden. Der Opferpriester besprengte zur Einweihung die Knechte mit dem warmen Pferdeblut; das Feuer knisterte, der Rauch zog unter der Decke hin, der Ruß tropfte vom Balken, aber daran war man gewöhnt. Gäste waren eingeladen, und sie erhielten gute Gaben. Vergessen waren Ränke und Falschheit; es wurde getrunken, und sie warfen einander die abgenagten Knochen ins Gesicht, das war ein Zeichen guter Laune. Der Skalde – das war so eine Art Spielmann, der aber auch Krieger war und ihren Kriegszug mitgemacht hatte und wußte, wovon er sang – gab ein Lied zum besten, in dem sie von all ihren Kriegstaten und merkwürdigen Erlebnissen singen hörten; bei jedem Vers kam derselbe Kehrreim: »Vermögen stirbt, Freunde sterben, selbst stirbt man ebenfalls, aber niemals stirbt ein herrlicher Name!« Und dann schlugen sie alle auf die Schilde und hämmerten mit dem Messer oder mit einem Knochen auf die Tischplatte, daß man es weithin hören konnte.

Die Wikingsfrau saß auf der Querbank in der offenen Festhalle. Sie trug ein Seidenkleid, goldene Armringe und große Bernsteinperlen, sie war in ihrem besten Staat, und der Skalde erwähnte auch sie in ihrem Lied, sprach von dem goldenen Schatz, den sie ihrem reichen Gemahl gebracht hatte, und dieser war herzlich froh über das schöne Kind. Er hatte es nur bei Tag in all seinem Liebreiz gesehen; die Wildheit, die der Kleinen eigen war, gefiel ihm; sie konnte, sagte er, eine gewaltige Schildmaid werden, die ihren Recken schlug; nicht würde sie mit den Augen blinzeln, wenn geübte Hand im Scherz ihr mit dem scharfen Schwert die Augenbrauen abhieb.

Das Metfaß wurde geleert und ein neues aufgefahren, ja, es wurde reichlich getrunken; das waren Leute, die ein volles Maß ertragen konnten. Damals gab es das Sprichwort: »Das Vieh weiß, wann es von der Weide heimgehen muß, aber ein unkluger Mann kennt das Maß seines Magens nie.« Ja, das wußte man, aber man weiß das eine und tut das andere! Man wußte auch: »Gut Freund wird langweilig, wenn er lange in eines andern Mannes Haus sitzt!« aber man blieb doch da, Fleisch und Met ist ein gut Ding! Es ging lustig her. Und des Nachts schliefen die Knechte in der warmen Asche, tauchten die Finger in den fetten Ruß und leckten sie ab. Das war eine schöne Zeit!

Noch einmal im Jahr zog der Wiking aus, wenn auch die Herbststürme sich erhoben; er ging mit seinen Mannen nach der Küste des Britenlandes. Das war ja »nur übers Wasser«, sagte er, und seine Hausfrau blieb zurück mit ihrem kleinen Mädchen, und gewiß war es, daß die Pflegemutter bald den armen Frosch mit den frommen Augen und den tiefen Seufzern fast mehr liebte als die Schönheit, die um sich stieß und biß.

Der rauhe, nasse Herbstnebel »Mundlos«, der die Blätter abnagt, lag über Wald und Heide, »Vogel Federlos«, wie sie den Schnee nannten, flog in dichten Scharen, der Winter war im Anzug; die Sperlinge nahmen das Storchennest in Beschlag und räsonierten auf ihre Weise über die abwesende Herrschaft; diese aber, das Storchenpaar mit all den Jungen, ja, wo waren die jetzt?

Die Störche waren nun im Land Ägypten, wo die Sonne warm schien wie bei uns an einem schönen Sommertag. Tamarinden und Akazien blühten ringsum, Mohammeds Mond strahlte blank von den Tempelkuppeln; auf den schlanken Türmen saß manch ein Storchenpaar und ruhte aus nach der langen Reise; ganze große Scharen hatten Nest neben Nest auf den mächtigen Säulen und geborstenen Bogen von Tempeln und vergessenen Städten; die Dattelpalme hob ihr Schirmdach hoch empor, als wolle sie Sonnenschirm sein. Die weißgrauen Pyramiden standen wie Schattenrisse auf der klaren Luft in der Richtung der Wüste, wo der Strauß zeigte, daß er seine Beine brauchen konnte, und der Löwe mit großen, klugen Augen saß und die Marmorsphinx anschaute, die halb begraben vom Sand dalag. Die Wasser des Nils waren zurückgetreten, das ganze Flußbett wimmelte von Fröschen, und das war nun für die Storchenfamilie der allerherrlichste Anblick in diesem Land. Die Jungen glaubten, es sei eine Augentäuschung, so unvergleichlich fanden sie das Ganze.

»So ist es hier, und so haben wir es immer in unserm warmen

Land!« sagte Storchenmutter, und es kribbelte den Kleinen im Magen.

»Bekommen wir noch mehr zu sehen?« fragten sie, »sollen wir noch viel, viel weiter ins Land hinein?«

»Dort ist weiter nichts zu sehen!« sagte Storchenmutter; »der üppigen Gegend entlang ist nur unwegsamer Wald, wo die Bäume ineinanderwachsen und von stacheligen Schlingpflanzen ineinander verfilzt werden. Nur der Elephant mit seinen plumpen Beinen kann sich dort einen Weg treten; die Schlangen dort sind uns zu groß und die Eidechsen zu lebhaft. Wollt ihr nach der Wüste zu gehen, dann kriegt ihr Sand in die Augen, wenn es fein hergeht, und geht es grob her, dann geratet ihr in eine Sandhose hinein; nein, hier ist es am besten. Hier sind Frösche und Heuschrecken. Hier bleibe ich und ihr auch!«

Und sie blieben. Die Alten saßen in ihrem Nest auf dem schlanken Minarett, ruhten sich aus und waren doch emsig beschäftigt, die Federn zu glätten und mit dem Schnabel an den roten Strümpfen zu reiben; dann reckten sie die Hälse, grüßten feierlich und hoben den Kopf mit der hohen Stirn und den feinen, glatten Federn; ihre braunen Augen strahlten so klug. Die jungen Störchinnen gingen gravitätisch zwischen dem saftigen Röhricht umher, schielten nach den andern jungen Störchen, machten Bekanntschaften und verschlangen bei jedem dritten Schritt einen Frosch oder schlenkerten eine kleine Schlange hin und her. Das nehme sich gut aus, glaubten sie, und es schmeckte. Die jungen Störche fingen Streit an, schlugen einander mit den Flügeln, hieben mit dem Schnabel, ja, stachen sich bis aufs Blut, und dann wurde der verlobt und jener verlobt, die Störche und die Störchinnen, das war es ja, wofür sie lebten. Sie bauten Nester und gerieten dann wieder in neuen Streit, denn in den heißen Ländern sind sie eben alle so heftig; aber vergnüglich war es, und besonders für die Alten war es eine große Freude: die eigenen Jungen kleidet ja alles! Jeden Tag war hier Sonnenschein, jeden Tag gab es vollauf zu fressen, man konnte nur an Vergnügen denken. – Aber drinnen in dem reichen Schloß bei dem ägyptischen Hauswirt, wie sie ihn nannten, war die Freude gar nicht zu Hause.

Der reiche, mächtige Herr lag auf dem Ruhebett, steif an allen Gliedern, ausgestreckt wie eine Mumie, mitten in dem großen Saal mit den buntbemalten Wänden; es war, als liege er in einer Tulpe. Verwandte und Diener umstanden ihn. Tot war er nicht, aber daß er lebe, konnte man auch nicht recht sagen; die rettende Moorblume aus den nördlichen Ländern, die, welche von jener hätte gesucht und gepflückt werden sollen, die ihn am innigsten liebte, würde nie gebracht werden. Seine junge, schöne Tochter, die im Federkleid über Meer und Land hoch hinauf gen Norden geflogen war, sollte niemals zurückkehren. »Sie ist tot und begraben!« hatten die beiden heimgekehrten Schwanenjungfrauen gemeldet; sie hatten eine ganze Geschichte darüber zusammengesetzt, und die erzählten sie:

»Wir flogen alle drei hoch in der Luft, da sah ein Jäger uns und schoß seinen Pfeil ab; er traf unsere junge Freundin, und langsam, ihr Lebewohl singend, sank sie, wie ein sterbender Schwan, mitten in den Waldsee hinab; dort am Ufer unter einer duftenden Hängebirke begruben wir sie; doch Rache haben wir geübt; Feuer banden wir unter den Flügel der Schwalbe, die unter dem Strohdach des Jägers nistete. Es geriet in Brand, das Haus ging in Flammen auf, und er verbrannte darinnen. Es leuchtete über den See hinaus, bis zu der sich neigenden Hängebirke, wo sie nun Erde ist in der Erde; nie kommt sie wieder nach Ägyptens Land!«

Und dann weinten sie alle beide, und Storchenvater, als er es hörte, klapperte mit dem Schnabel, daß es weithin schallte.

»Lug und Trug!« sagte er. »Es könnte mich gelüsten, ihnen den Schnabel gerade in die Brust zu jagen!«

»Und ihn abzubrechen!« sagte Storchenmutter, »dann würdest du gut aussehen! Denke zuerst an dich selbst und dann an deine Familie; alles andere liegt außerhalb!«

»Ich will mich doch morgen an den Rand der offenen Kuppel setzen, wenn alle die Gelehrten und Weisen sich versammeln, um über den Kranken zu reden; vielleicht kommen sie dann der Wahrheit ein wenig näher.«

Und die Gelehrten und Weisen kamen zusammen und sprachen vieles, lang und breit, aus dem der Storch nichts herausbekommen konnte – und es kam auch nichts dabei heraus, weder für den Kranken noch für die Tochter im Wildmoor; aber deshalb können wir es gern ein wenig mitanhören, man muß ja so vieles anhören.

Aber nun ist es am richtigsten, auch zu hören und zu wissen, was vorausgegangen war, dann können wir der Geschichte besser folgen, zum mindesten ebensogut wie der Storchenvater.

»Liebe zeugt Leben. Die höchste Liebe zeugt das höchste Leben. Nur durch Liebe ist die Rettung des Lebens für ihn zu gewinnen«, war gesagt worden, und das war überaus klug und gut gesagt, versicherten die Gelehrten.

»Das ist ein schöner Gedanke«, hatte Storchenvater sofort gesagt.

»Ich verstehe ihn nicht recht«, sagte Storchenmutter, »und das ist nicht meine Schuld, sondern die des Gedankens! Doch das kann ja auch gleich sein, ich habe an anderes zu denken.«

Und nun hatten die Gelehrten von der Liebe zwischen diesem und jenem geredet, und von dem Unterschied, der da sei: von der Liebe, die Liebesleute empfinden, und von der Liebe zwischen Eltern und Kindern, zwischen dem Licht und den Pflanzen, wie der Sonnenstrahl den Schlamm küßt, und daß der Keim dadurch hervorsproßt – es war so weitschweifig und gelehrt auseinandergesetzt, daß es Storchenvater unmöglich wurde, mitzufolgen, geschweige denn es zu wiederholen; er wurde ganz gedankenvoll dabei, schloß die Augen halb zu und stand darauf einen ganzen Tag lang auf einem Bein; die Gelehrtheit war ihm zu schwer zu tragen.

Doch dies verstand Storchenvater: er hatte sowohl kleine Leute als auch die allervornehmsten gerade aus dem Herzensgrund heraus sagen hören, daß es ein großes Unglück für viele Tausende und für das Land sei, daß dieser Mann krank darniederliege und nicht genesen könne; Freude und Segen würde es sein, wenn er seine Gesundheit wiedererlangte. »Aber wo wächst für ihn die Genesungsblume?« Danach hatten sie alle gefragt, hatten in gelehrten Schriften geforscht, in blinkenden Sternen, in Wind und Wetter, danach geforscht auf allen Umwegen, die zu finden waren, und zuletzt hatten die Gelehrten und Weisen, wie gesagt, herausbekommen: »Liebe zeugt Leben, Leben für den Vater«, und da sagten sie mehr, als sie selbst verstanden; sie wiederholten es und schrieben es dann auf als Rezept: »Liebe zeugt Leben«. Aber wie diese ganze Sache nach Rezept zu bereiten wäre, ja, dabei blieb man stehen. Schließlich wurden sie sich darüber einig, daß die Hilfe durch die Prinzessin kommen müsse, durch sie, die diesen Vater mit ganzer Seele und von ganzem Herzen liebte. Man fand endlich auch heraus, wie das zustande zu bringen sei, ja, es war jetzt schon mehr als Jahr und Tag her, daß sie nachts, wenn der Neumond angezündet und wieder untergegangen war, sich zu der Marmorsphinx in der Wüste hinausbegeben, den Sand von der Tür im Sockel fortschaufeln und dort durch den langen Gang gehen sollte, der mitten hinein in eine der großen Pyramiden führte, wo einer der mächtigsten Könige des Altertums, von Pracht und Herrlichkeit umgeben, in der Mumienhülle lag; hier sollte sie ihren Kopf an den Toten lehnen, und da würde ihr offenbart werden, wo Leben und Rettung für ihren Vater zu gewinnen sei.

All dies hatte sie ausgeführt und im Traum erfahren, daß sie aus dem tiefen Moor oben im dänischen Land – die Stelle war ganz genau bezeichnet worden – die Lotosblume heimbringen müsse, die in der Tiefe des Wassers ihre Brust berührt hatte, dann würde er gerettet werden.

Und deshalb flog sie im Schwanengefieder von Ägyptens Land hinauf nach dem Wildmoor. Seht, all dies wußten Storchenvater und Storchenmutter, und jetzt wissen wir es genauer, als wir es zuvor gewußt haben. Wir wissen, daß der Schlammkönig sie zu sich hinabzog, wissen, daß sie für die Ihren in der Heimat tot und begraben war; nur der Weiseste von allen sagte noch wie Storchenmutter: »Sie wird sich schon zu helfen wissen!« Und darauf wollten sie eben warten, denn sie wußten nichts Besseres.

»Ich glaube, ich stibitze den beiden schlechten Prinzessinnen das Schwanengefieder!« sagte Storchenvater, »dann können sie doch nicht nach dem Wildmoor kommen und Unheil anrichten; die Schwanengefieder selbst bewahre ich dort oben auf, bis sie gebraucht werden!«

»Wo oben willst du sie aufbewahren?« fragte Storchenmutter.

»In unserem Nest beim Wildmoor!« sagte er. »Ich und unsere

jüngsten Jungen können sie gemeinsam dorthin tragen, und werden sie uns zu beschwerlich, dann gibt es Stellen genug unterwegs, um sie bis zum nächsten Zug zu verstecken. Ein Schwanengefieder wäre wohl genug für sie, aber zwei sind besser; es ist gut, viel Reisezeug in einem nördlichen Land zu haben!«

»Dank erhältst du nicht dafür!« sagte Storchenmutter, »aber du bist ja der Herr! Außer der Brutzeit habe ich ja nichts zu sagen!«

In der Wikingsburg am Wildmoor, wohin die Störche zum Frühling flogen, hatte das kleine Mädchen einen Namen erhalten. Helga wurde es genannt; aber dieser Name war allzu weich für solch ein Gemüt wie das, welches die schönste Gestalt hier hatte; Monat für Monat trat es mehr hervor, und mit den Jahren, ja, während die Störche immer dieselbe Reise machten, im Herbst nach dem Nil, im Frühjahr nach dem Wildmoor, wurde das kleine Kind zu einem großen Mädchen, und ehe man daran dachte, war es die schönste Jungfrau in ihrem sechzehnten Jahr; schön war die Schale, aber hart und herb der Kern, wilder als die meisten in jener harten, finstern Zeit.

Es war ihr eine Lust, mit ihren weißen Händen das dampfende Blut des geschlachteten Opferpferdes umherzuspritzen; sie biß in ihrer Wildheit den Hals des schwarzen Hahnes durch, den der Opferpriester schlachten sollte, und zu ihrem Pflegevater sagte sie in vollem Ernst:

»Käme dein Feind und schlüge ein Tau um die Balkenköpfe des Daches und risse es herunter über deiner Kammer, während du schliefest, ich würde dich nicht wecken, auch wenn ich es könnte! Ich würde es nicht hören, so saust mir noch das Blut in dem Ohr, worauf du mir vor Jahren eine Ohrfeige gabst, du! Ich erinnere mich!«

Aber der Wiking glaubte diesen Worten nicht; er war wie alle andern von ihrer Schönheit betört, er wußte auch nicht, wie Gemüt und Gestalt bei Klein-Helga wechselten. Ohne Sattel saß sie, wie mit dem Pferd verwachsen, das in vollem Lauf dahinjagte, und sie sprang nicht ab, wenn es sich mit den andern bösartigen Pferden biß. In all ihren Kleidern warf sie sich oft von dem Abhang in die starke Strömung des Fjordes hinab und schwamm dem Wiking entgegen, wenn sein Boot an Land steuerte. Von ihrem schönen, langen Haar schnitt sie die längste Locke ab und flocht sich daraus eine Sehne für ihren Bogen.

»Selbstgetan ist wohlgetan!« sagte sie.

Die Wikingsfrau war wohl nach damaliger Zeit und Gewohnheit von starkem Willen und Gemüt, aber gegen die Tochter war sie wie ein weiches, ängstliches Weib. Sie wußte ja auch, daß es ein Zauber war, der auf dem schrecklichen Kinde ruhte.

Es war, als ob es Helga, so recht aus böser Lust, allzuoft einfiel, wenn die Mutter auf dem Söller stand oder in den Hof trat, sich auf den Brunnenrand zu setzen, mit Armen und Beinen um sich zu schlagen und sich dann in das enge, tiefe Loch hineinplumpsen zu lassen, wo sie, mit ihrer Froschnatur, hinabtauchte und sich wieder erhob, darauf, als wäre sie eine Katze, hinaufkletterte und, von Wasser triefend, in den Festsaal trat, so daß die grünen Blätter, die auf den Boden gestreut waren, sich in dem nassen Strom umkehrten.

Doch ein Band gab es, das Klein-Helga im Zaume hielt, das war die Abenddämmerung; in dieser wurde sie still und gleichsam nachdenklich, ließ sich rufen und führen; dann zog es sie wie aus einem inneren Gefühl zur Mutter hin, und wenn die Sonne sank und die Verwandlung außen und innen erfolgte, saß sie still, traurig, zur Froschgestalt zusammengeschrumpft, da; der Körper war jetzt zwar weit größer als der jenes Tieres, aber just dadurch um so grauenvoller; sie sah aus wie ein jämmerlicher Zwerg mit Froschkopf und Schwimmhäuten zwischen den Fingern. Es lag etwas so Trauriges in den Augen, mit denen sie aufsah; eine Stimme hatte sie nicht, nur ein hohles Quaken, recht wie ein Kind, das im Traume schluchzt; dann konnte die Wikingsfrau sie auf den Schoß nehmen; sie vergaß die häßliche Gestalt, schaute nur die betrübten Augen an und sagte mehr als einmal:

»Fast könnte ich wünschen, daß du immer mein stummes Froschkind wärst! Du bist entsetzlicher anzusehen, wenn die Schönheit sich nach außen wendet.«

Und sie schrieb Runen gegen Zauber und Krankheit und warf sie über die Elende, doch eine Besserung zeigte sich nicht.

»Man sollte nicht glauben, sie sei so klein gewesen, daß sie in einer Seerose liegen konnte«, sagte Storchenvater; »jetzt ist sie ein ganzer Mensch und ihrer ägyptischen Mutter völlig ähnlich; die sahen wir nie mehr. Sie wußte sich doch nicht zu helfen, wie du und der Gelehrteste glaubten. Ich bin nun jahraus, jahrein, kreuz und quer über das Wildmoor geflogen, aber sie gab nie ein Zeichen von sich. Ja, das kann ich dir sagen, ich bin in den Jahren, wenn ich einige Tage vor dir hierherkam, damit ich das Nest ausbessern und dieses und jenes instandsetzen konnte, eine ganze Nacht, als wäre ich eine Eule oder eine Fledermaus, über dem offenen Wasser immer hin und her geflogen, aber umsonst! Umsonst waren auch die beiden Schwanengefieder, die ich und die Jungen hier heraufschleppten aus dem Land des Nils; es war mühsam genug, auf drei Reisen trugen wir sie hierher. Nun haben sie viele Jahre auf dem Boden des Nestes gelegen, und geschieht es einmal, daß Feuer ausbricht, geschieht es, daß das Balkenhaus abbrennt, dann sind sie weg!«

»Und unser gutes Nest ist weg!« sagte Storchenmutter, »an das denkst du weniger als an das Federzeug und deine Moor-Prinzessin! Du solltest einmal zu ihr hinuntergehen und im Schlamm bleiben. Du bist deinen eigenen Kindern ein schlechter Vater, das habe ich gesagt, seit ich zum erstenmal auf Eiern lag. Wenn nur nicht wir oder unsere Jungen von dem tollen Wikingmädchen einen Pfeil in den Flügel kriegen! Sie weiß ja nicht, was sie tut. Wir sind doch etwas länger hier daheim als sie, das sollte sie bedenken. Wir vergessen unsere Schuldigkeit nie, wir entrichten alljährlich unsere Abgaben, eine Feder, ein Ei und ein Junges, wie es sich gehört. Glaubst du, daß ich, wenn sie draußen ist, wie in früheren Tagen hinuntergehen mag, wie ich es in Ägypten tue, wo ich fast der Kamerad der Leute bin, und, ohne mich zu vergessen, in Topf und Schüssel hineingucke? Nein, ich sitze hier und ärgere mich über sie – die Range – und ich ärgere mich auch über dich. Du hättest sie in der Seerose liegenlassen sollen, dann wäre sie weg gewesen!«

»Du bist weit liebenswürdiger als deine Rede«, sagte Storchenvater – »ich kenne dich besser, als du dich selber kennst!«

Und dann machte er einen Sprung, zwei schwere Flügelschläge, streckte die Beine nach hinten und flog, segelte davon, ohne die Flügel zu bewegen; er war ein gutes Stück entfernt, als er einen kräftigen Schlag tat, die Sonne schien auf die weißen Federn, Hals und Kopf streckten sich nach vorne. Das war Fahrt und Schwung.

»Er ist immer noch der Schönste von allen!« sagte Storchenmutter, »aber das sage ich ihm nicht.«

Frühzeitig in diesem Herbst kehrte der Wiking heim mit Beute und Gefangenen; unter diesen war ein junger, christlicher Priester, einer von den Männern, die die Götter der nordischen Länder verfolgten. Oft war in der letzten Zeit in Halle und Frauengemach von dem neuen Glauben gesprochen worden, der sich weit in allen Ländern des Südens ausbreitete, ja, durch den heiligen Ansgarius sogar bis nach Hedeby[1] an der Schlei gelangt war. Selbst Klein-Helga hatte von dem Glauben an den weißen Christus gehört, der aus Liebe zu den Menschen sich hingegeben hatte, um sie zu erlösen; das war ihr, wie man sagt, bei dem einen Ohr hinein- und beim andern hinausgegangen; für das Wort Liebe schien sie nur Empfindung zu haben, wenn sie in der jämmerlichen Froschgestalt in der verschlossenen Kammer kauerte; aber die Wikingsfrau hatte zugehört und sich seltsam ergriffen gefühlt von den Sagen und Berichten, die von dem Sohne des einzigen, wahren Gottes kündeten.

[1] Der ursprüngliche Name der Stadt Schleswig

Die Männer, von den Zügen heimgekehrt, hatten von den prächtigen Tempeln aus behauenen, köstlichen Steinen erzählt, errichtet für ihn, dessen Gebot Liebe war; ein paar schwere, goldene Gefäße, kunstvoll gearbeitet und ganz aus purem Gold, waren heimgebracht worden. An jedem haftete ein eigener würziger Duft, es waren Weihrauchgefäße, die die christlichen Priester vor dem Altar schwangen, wo niemals Blut floß, sondern Wein und das geweihte Brot in das Blut dessen verwandelt wurde, der sich für noch ungeborene Geschlechter hingegeben hatte.

In dem tiefen, ausgemauerten Keller des Balkenhauses war der gefangene junge, christliche Priester untergebracht und an Händen und Füßen mit Baststricken umschnürt worden; schön war er, »wie Baldur anzusehen!« sagte die Wikingsfrau, und seine Not rührte sie; aber Jung-Helga gelüstete es, daß ihm ein Tau durch die Kniekehlen gezogen und er an die Schwänze der wilden Ochsen gebunden würde.

»Dann ließe ich die Hunde auf ihn los; hui! davon über Moore und Sümpfe der Heide entlang! Das wäre lustig zu sehen, lustiger noch, ihm auf der Fahrt zu folgen!«

Doch wollte der Wiking nicht, daß er diesen Tod erleiden solle, sondern als Verleugner und Verfolger der hohen Götter sollte er am folgenden Tag auf dem Blutstein im Hain geopfert werden; es war das erstemal, daß man hier einen Menschen opferte.

Jung-Helga bat darum, daß sie die Götterbilder und das Volk mit seinem Blut besprengen dürfe; sie schliff das blanke Messer, und als einer der großen, bissigen Hunde, von denen genug auf dem Hofe waren, ihr zwischen die Füße lief, stach sie ihm das Messer in die Seite. »Um es auszuprobieren!« sagte sie, und die Wikingsfrau blickte das wilde, bösartige Mädchen traurig an, und als die Nacht kam und die Schönheitsgestalt bei der Tochter an Körper und Seele wechselte, sprach sie zu ihr aus einer betrübten Seele der Trauer warme Worte.

Die häßliche Kröte mit dem Körper des Trolls stand vor ihr und heftete die braunen, kummervollen Augen auf sie, lauschte und schien die Gedanken des Menschen zu verstehen.

»Niemals, selbst nicht zu meinem Gemahl ist ein Wort davon

über meine Lippen gekommen, was ich durch dich in doppelter Weise leide!« sagte die Wikingsfrau, »es ist mehr Jammer in meinem Herzen über dich, als ich selbst glaubte! Groß ist die Liebe einer Mutter; aber nie kam Liebe in dein Gemüt. Dein Herz ist wie ein kalter Schlammklumpen. Von woher bist du doch in mein Haus gekommen?«

Da zitterte die jämmerliche Gestalt sonderbar, es war, als berührten diese Worte ein unsichtbares Band zwischen Körper und Seele, große Tränen traten in die Augen.

»Deine harte Zeit wird einmal kommen«, sagte die Wikingsfrau, »grauenvoll wird sie auch für mich werden – besser, wenn du als Kind auf die Landstraße ausgesetzt worden wärest und die Nachtkälte dich in den Tod gelullt hätte!« Und die Wikingsfrau weinte bittere Tränen und ging zornig und traurig hinter die Felldecke, die lose über dem Balken hing und die Stube teilte.

Die zusammengeschrumpfte Kröte saß allein in der Ecke; es war lautlos still, aber zwischen kurzen Pausen stieg in ihrem Innern ein halberstickter Seufzer auf; es war, als ob im Schmerz ein neues Leben in der Tiefe des Herzens geboren würde. Sie trat einen Schritt vor, lauschte, ging wieder einen Schritt und ergriff nun mit den unbeholfenen Händen die schwere Stange, die vor die Tür geschoben war; leise zog sie sie zurück, sachte zog sie den Bolzen heraus, der durch die Türklinke gesteckt war; sie ergriff die brennende Lampe, die in der vorderen Kammer stand; es war, als gebe ein starker Wille ihr Kräfte; sie zog den Eisenstab aus der verriegelten Falltür und schlich sich zu dem Gefangenen hinunter; er schlief, sie berührte ihn mit ihrer kalten, feuchten Hand, und als er erwachte und die häßliche Gestalt erblickte, schauderte es ihn wie vor einer bösen Erscheinung. Sie zog ihr Messer, durchschnitt seine Fesseln und winkte ihm, daß er ihr folgen solle.

Er nannte heilige Namen, machte das Zeichen des Kreuzes, und als die Gestalt unverändert dastand, sprach er die Worte der Bibel:

»Selig ist, wer Barmherzigkeit erweist an dem Geringen; der Herr wird ihn erretten zu böser Zeit! – Wer bist du? Woher dieses Äußere eines Tieres und doch voll von Werken der Barmherzigkeit?«

Die Krötengestalt winkte und führte ihn hinter bergenden Vorhängen einen einsamen Gang entlang und hinaus in den Stall, zeigte auf ein Pferd, er schwang sich hinauf; aber auch sie setzte sich vorne hin und hielt sich an der Mähne des Tieres fest. Der Gefangene verstand sie, und in schnellem Trab ritten sie einen Weg, den er nie gefunden haben würde, hinaus nach der offenen Heide.

Er vergaß ihre häßliche Gestalt, er fühlte die Gnade und Barmherzigkeit des Herrn durch dies Scheusal wirken; er sprach fromme Gebete und stimmte heilige Lieder an; da zitterte sie. War es die Macht des Gebets und des Gesanges, die hier wirkte, oder war es der Kälteschauer des Morgens, der bald herannahte? Was war es wohl, was sie empfand? Sie richtete sich hoch auf, wollte das Pferd anhalten und hinunterspringen; aber der christliche Priester hielt sie mit all seiner Kraft fest, sang laut einen Psalm, als vermöge dieser den Zauber zu lösen, der sie in die häßliche Froschgestalt bannte, und das Pferd jagte weiter dahin. Der Himmel wurde rot, der erste Sonnenstrahl drang durch die Wolken, und bei der hellen Lichtflut kam der Wechsel, sie war die junge Schönheit mit dem dämonischen, bösen Gemüt; er hielt das schönste junge Weib in seinen Armen und entsetzte sich darob. Er sprang vom Pferd herab und hielt es an, da er glaubte, einem neuen, verderbenbringenden Zauber zu begegnen; aber Jung-Helga war im gleichen Sprung auch auf der Erde, das kurze Kinderkleid reichte ihr nur bis ans Knie; sie riß das scharfe Messer aus ihrem Gürtel und stürzte sich auf den Überraschten.

»Laß mich dich erreichen!« rief sie, »laß mich dich erreichen, und das Messer soll in dich eindringen! Du bist ja bleich wie Heu! Bartloser Sklave!«

Sie drang auf ihn ein; sie rangen miteinander in einem schweren Kampf, aber es war, als ob eine unsichtbare Kraft dem christlichen Mann Stärke verleihe; er hielt sie fest, und der alte Eichbaum, der in der Nähe stand, kam ihm zu Hilfe, indem er mit seinen halb von der Erde losgelösten Wurzeln gleichsam ihre Füße band, die unter sie geglitten waren. Dicht daneben sprudelte eine Quelle; er besprengte ihr Brust und Gesicht mit dem frischen Naß, gebot dem unreinen Geist zu entweichen und segnete sie nach christlichem Brauch, aber das Wasser der Taufe hat keine Kraft, wo der Quell des Glaubens nicht auch von innen strömt.

Und doch war er auch hierin der Starke; ja, mehr als Manneskraft gegen die ringende, böse Macht lag in seinem Tun, es bezwang sie gleichsam, sie ließ die Arme sinken, sah mit verwunderten Blicken und erbleichenden Wangen diesen Mann an, der ein mächtiger Zauberer zu sein schien, stark in geheimen Künsten; es waren dunkle Runen, die er sprach, Geheimzeichen, die er in die Luft zeichnete! Nicht vor der blinkenden Axt oder dem scharfen Messer, wenn er sie gegen ihre Augen geschwungen hätte, würde sie mit der Wimper gezuckt haben, aber sie tat es, als er ihr das Zeichen des Kreuzes auf Stirn und Brust schrieb; wie ein zahmer Vogel saß sie nun da, den Kopf auf die Brust gesenkt.

Milde sprach er zu ihr von dem Werk der Liebe, das sie in dieser Nacht an ihm geübt, als sie in der häßlichen Gestalt des Frosches gekommen, seine Fesseln gelöst und ihn zu Licht und Leben hinausgeführt hatte; sie sei auch gebunden, sagte er, mit engeren Banden gebunden als er, aber auch sie solle, und zwar durch ihn, zu Licht und Leben gelangen. Nach Hedeby, zu dem heiligen Ansgarius wolle er sie bringen; dort in der christlichen Stadt würde die Verzauberung sich lösen; aber nicht vorne auf dem Pferd, selbst wenn sie gutwillig dort säße, wage er sie zu führen.

»Hinter mir auf dem Pferd mußt du sitzen, nicht vor mir! Die Schönheit deines Zaubers hat eine Macht, die vom Bösen stammt, ich fürchte sie – und doch ist der Sieg für mich in Christo!«

Er beugte seine Knie und betete fromm und innig. Es war, als werde die stille Waldnatur dadurch zu einer heiligen Kirche geweiht; die Vögel begannen zu singen, als gehörten sie mit zu der neuen Gemeinde. Die wilde Krauseminze duftete, als wolle sie Ambra und Weihrauch ersetzen; laut verkündete er die Worte der Schrift:

»Das Licht des Himmels hat uns besucht, auf daß es leuchte denen, die da sitzen in der Finsternis und im Schatten des Todes, und richte unsere Füße auf den Weg des Friedens!«

Und er sprach von dem Sehnen der Allnatur, und während er sprach, stand das Pferd, das sie in wildem Lauf getragen hatte, still und zerrte an den großen Brombeerranken, so daß die reifen, saftigen Beeren auf Klein-Helgas Hand fielen, sich selbst zur Erquikkung anbietend.

Sie ließ sich geduldig auf den Rücken des Pferdes heben, saß dort wie eine Schlafwandlerin, die nicht wacht und doch nicht wandelt. Der christliche Mann band zwei Äste mit einer Bastschnur zusammen, so daß sie ein Kreuz bildeten, das hielt er hoch in der Hand, und dann ritten sie durch den Wald, der immer dichter wurde. Der Weg wurde tiefer, oder es war gar kein Weg mehr da. Der Schlehdorn bildete einen Schlagbaum, man mußte um ihn herumreiten; die Quelle wurde nicht zum rinnenden Bach, sondern zum stehenden Sumpf, man mußte um ihn herumreiten. Es lag Stärke und Erquickung in der frischen Waldluft, es lag eine nicht geringere Kraft in den Worten der Milde, die in Glaube und christlicher Liebe erklangen, in dem innigen Drang, die Verzauberte zu Licht und Leben zu führen.

Der Regentropfen, sagt man ja, höhlt den harten Stein; des Meeres Wellen machen im Lauf der Zeit die abgerissenen, eckigen Felsensteine rund. Der Tau der Gnade, die für Klein-Helga gekommen war, höhlte das Harte, rundete das Scharfe; wohl war es nicht zu erkennen, sie wußte es selbst nicht; was weiß der Keim in der Erde, was weiß das erquickende Naß und der warme Sonnenstrahl davon, daß sie in sich Wachstum und Blüte bergen.

Wie der Gesang der Mutter sich unmerklich in das Gemüt des Kindes senkt, und es die einzelnen Worte nachlallt, ohne sie zu verstehen, diese sich aber später zu Gedanken sammeln und mit der Zeit klarer werden, so wirkte auch hier das Wort, das schöpferisch zu sein vermag.

Sie ritten aus dem Wald heraus, über die Heide dahin, wieder durch weglose Wälder, da trafen sie gegen Abend auf Räuber.

»Wo hast du das schöne Kind gestohlen!« riefen sie, hielten das Pferd an und rissen die beiden Reitenden herunter, denn mannsstark waren sie. Der Priester hatte keine andere Waffe als das Messer, das er Klein-Helga abgenommen hatte. Damit stieß er um sich. Einer der Räuber schwang seine Axt; aber der junge, christliche Mann tat einen glücklichen Sprung zur Seite, sonst wäre er getroffen worden. Nun fuhr die Schneide der Axt tief in den Hals des Pferdes, so daß das Blut herausströmte und das Tier zur Erde stürzte; da sprang Klein-Helga auf, wie geweckt aus ihrer langen, tiefen Gedankenruhe, und warf sich über das stöhnende Tier; der christliche Priester stellte sich zum Schutz und Schirm vor sie hin; aber einer der Räuber schwang seinen schweren Eisenhammer gegen seine Stirn, so daß sie zerschmettert wurde und Blut und Gehirn rings umherspritzten. Tot fiel er zu Boden.

Die Räuber griffen nach Klein-Helgas weißem Arm; die Sonne ging gerade unter, der letzte Sonnenstrahl erlosch, und sie wur-

de in eine häßliche Kröte verwandelt. Der weißlich-grüne Mund zog sich über das halbe Gesicht hin, die Arme wurden dünn und schleimig, eine breite Hand mit Schwimmhäuten breitete ihre Fächerform aus –; da ließen die Räuber entsetzt von ihr ab. Sie stand als das häßliche Untier mitten unter ihnen, und nach der Natur der Frösche hüpfte sie in die Höhe, höher als sie selbst war, und verschwand im Dickicht. Da merkten die Räuber, daß dies Lokes böse List oder geheime Zauberkunst war, und entsetzt eilten sie von dannen.

Der Vollmond war schon aufgegangen, bald gab er Glanz und Helligkeit, und aus dem Dickicht heraus kroch, in des Frosches kläglicher Gestalt, Klein-Helga. Sie blieb bei der Leiche des christlichen Priesters und bei ihrem erschlagenen Roß stehen, sie blickte sie an mit Augen, die zu weinen schienen; der Froschkopf gab ein Quaken von sich, als bräche ein Kind in Tränen aus. Sie warf sich bald über den Priester, bald über das Pferd, schöpfte Wasser mit der Hand, die durch die Schwimmhaut größer und hohler wurde, und goß es über sie. Tot waren sie, tot würden sie bleiben, das begriff sie. Bald konnten die wilden Tiere kommen und ihre Körper fressen; nein, das durfte nicht geschehen! Deshalb grub sie in die Erde, so tief sie es vermochte; ein Grab wollte sie ihnen öffnen; aber sie hatte zum Graben nur einen starken Baumzweig und ihre beiden Hände, an denen jedoch zwischen den Fingern die Schwimmhaut sich spannte; sie riß, und das Blut floß. Sie begriff, daß die Arbeit ihr nicht gelingen würde; da nahm sie Wasser und wusch das Gesicht des Toten, bedeckte es mit frischen, grünen Blättern, trug große Zweige herbei und legte sie über ihn, schüttete Laub dazwischen, nahm dann die schwersten Steine, die sie zu heben vermochte, legte sie über die toten Körper und verstopfte die Öffnungen mit Moos. So, glaubte sie, sei der Grabhügel stark und geschützt; aber unter dieser schweren Arbeit war die Nacht verstrichen, die Sonne brach hervor – und Klein-Helga stand in all ihrer Schönheit da, mit blutenden Händen und zum erstenmal mit Tränen auf den errötenden, jungfräulichen Wangen.

Da war es in der Verwandlung, als rängen zwei Naturen in ihrem Innern; sie zitterte, blickte sich um, als erwache sie aus einem beängstigenden Traum, sprang daraufhin zu der schlanken Buche, hielt sich an ihr fest, um doch eine Stütze zu haben, und im Nu kletterte sie wie eine Katze in den Gipfel des Baumes hinauf und klammerte sich fest. Sie saß dort wie ein geängstigtes Eichhörnchen, saß dort den langen Tag in der tiefen Waldeinsamkeit, wo alles still und tot ist, wie man sagt. – Tot, ja, ein paar Schmetterlinge umflogen einander in Spiel oder Streit; in der Nähe waren einige Ameisenhaufen, jeder mit mehreren Hundert emsiger, kleiner Geschöpfe, die hin und her wimmelten; in der Luft tanzten unzählige Mücken, Schwarm an Schwarm; es jagten Scharen von surrenden Fliegen, Marienkäferchen, Libellen und andere beflügelte kleine Tiere vorüber, der Regenwurm kroch hervor aus dem nassen Boden, die Maulwürfe schossen auf – im übrigen war es still, tot ringsum, tot, wie man es sagt und versteht. Niemand bemerkte Klein-Helga außer den Wald-Elstern, die schreiend um den Wipfel des Baumes flogen, wo sie saß; sie hüpften auf den Ästen entlang zu ihr hin in dreister Neugier. Ein Blick aus ihren Augen war ein Aufblitzen, das sie wieder verscheuchte; aber sie wurden nicht klüger aus ihr, und sie auch nicht aus sich selbst.

Als der Abend herannahte und die Sonne zu sinken begann, rief die Verwandlung sie zu neuer Bewegung; sie ließ sich vom Baum hinabgleiten, und als der letzte Sonnenstrahl erlosch, saß sie da in der zusammengeschrumpften Gestalt des Frosches, mit den zerrissenen Schwimmhäuten der Hände, aber die Augen strahlten jetzt mit einem Schönheitsglanz, wie sie sie kaum zuvor in der Schönheitsgestalt besessen; es waren die mildesten, frommsten Mädchenaugen, die hinter der Froschlarve hervorleuchteten; sie zeugten von dem tiefen Gemüt, von dem menschlichen Herzen. Die schönen Augen brachen in Tränen aus, weinten die schweren Tränen der Herzenserleichterung.

Bei dem errichteten Grab lag noch das Kreuz aus Ästen, die mit Bastschnur zusammengebunden waren, die letzte Arbeit dessen, der nun tot und begraben war; Klein-Helga nahm es, der Gedanke kam ihr von selbst; sie pflanzte es zwischen die Steine über ihm und dem erschlagenen Pferd. In der Wehmut der Erinnerung brachen Tränen hervor, und in dieser Herzensstimmung ritzte sie dasselbe Zeichen rings um das Grab in die Erde, es umzäunte es so schmuckvoll – und da, während sie mit beiden Händen das Zeichen des Kreuzes ritzte, fiel die Schwimmhaut ab wie ein zerrissener Handschuh. Und als sie sich im Wasser der Quelle wusch und staunend auf ihre feinen, weißen Hände sah, machte sie wieder das Zeichen des Kreuzes in der Luft zwischen sich und dem Toten. Da zitterten

ihre Lippen, da bewegte sich ihre Zunge, und der Name, den sie am häufigsten auf dem Ritt durch den Wald hatte aussprechen und singen hören, wurde vernehmbar aus ihrem Mund, sie sprach ihn aus: »Jesus Christus!«

Da fiel die Froschhaut, sie war die junge Schönheit; doch der Kopf neigte sich müde, die Glieder bedurften der Ruhe, sie schlief.

Aber der Schlaf war nur kurz; um Mitternacht wurde sie geweckt; vor ihr stand das tote Pferd, strahlend und voll Leben, es leuchtete ihm aus den Augen und aus dem verwundeten Hals; dicht daneben zeigte sich der getötete christliche Priester – »schöner als Baldur!« würde die Wikingsfrau gesagt haben, und doch kam er wie in Feuerflammen.

Es war ein Ernst in den großen, milden Augen, ein Urteil der Gerechtigkeit, ein so durchdringender Blick, daß er gleichsam in die Winkel des Herzens bei der Geprüften hineinleuchtete. Klein-Helga zitterte dabei, und ihr Gedächtnis wurde geweckt mit einer Kraft wie am Tage des Gerichtes. Alles, was man ihr Gutes getan, jedes liebevolle Wort, das man ihr gesagt, wurde lebendig; sie verstand, daß es die Liebe war, die sie aufrecht gehalten hatte hier in den Tagen der Prüfung, in welchen die Abstammung von Seele und Schlamm gärt und strebt. Sie erkannte, daß sie nur den Antrieben

der Stimmungen gefolgt war und selbst nichts für sich getan hatte; alles war ihr gegeben, alles war gleichsam geleitet worden; sie beugte sich elend, demütig, schamvoll vor dem, der in jeder Falte ihres Herzens zu lesen vermochte; und in diesem Augenblick spürte sie gleich einem Blitzstrahl die Flamme der Läuterung, die Glut des Heiligen Geistes.

»Du Tochter des Schlammes!« sagte der christliche Priester, »aus Schlamm, aus Erde bist du gekommen – aus Erde sollst du wieder auferstehn! Der Sonnenstrahl in dir kehrt körperbewußt zu seinem Ursprung zurück, nicht der Strahl vom Sonnenkörper, sondern der Strahl von Gott! Keine Seele soll verlorengehen, aber lange dauert das Zeitliche, es ist des Lebens Flug in das Ewige. – Ich komme aus dem Land der Toten; auch du sollst einmal durch die tiefen Täler in das leuchtende Bergland reisen, wo die Gnade und die Vollendung wohnt. Ich führe dich nicht nach Hedeby zur Christentaufe; erst mußt du den Wasserschild über dem tiefen Moorgrund zersprengen, die lebendige Wurzel deines Lebens und deiner Wiege heraufziehen, dein Werk verrichten, ehe die Einweihung kommen darf.«

Und er hob sie auf das Pferd, reichte ihr ein goldenes Weihrauchgefäß, wie sie es früher in der Wikingsburg gesehen hatte. Ein Duft, so süß und stark, stieg aus ihm auf. Die offene Stirnwunde des

Getöteten leuchtete wie ein strahlendes Diadem; das Kreuz nahm er vom Grab, hob es hoch empor, und dann fuhren sie dahin durch die Luft, hin über den rauschenden Wald, hin über die Hügel, wo die Hünen begraben waren, auf ihren getöteten Rossen sitzend; und die mächtigen Gestalten richteten sich auf, ritten hervor und hielten zuoberst auf dem Hügel an; im Mondschein strahlte um ihre Stirn der breite Goldreif mit dem goldenen Knoten, der Mantel flatterte im Wind. Der Lindwurm, der über Schätzen brütete, erhob seinen Kopf und sah ihnen nach. Das Zwergvolk guckte hervor aus Hügeln und Pflugfurchen; es wimmelte von roten, blauen und grünen Lichtern, gleich den Funken beim Verglimmen von brennendem Papier.

Hin über Wald und Heide, Flüsse und Sümpfe flogen sie, hinauf nach dem Wildmoor; über diesem schwebten sie in großen Kreisen hin. Der christliche Priester hob das Kreuz hoch empor, es glänzte wie Gold, und von seinen Lippen ertönte der Messegesang; Klein-Helga sang ihn mit, wie das Kind beim Gesang seiner Mutter singt; sie schwang das Weihrauchgefäß. Ein Altarduft, so stark, so wunderwirkend entströmte ihm, daß das Schilf und das Röhricht des Moors dabei erblühte; alle Keime schossen auf aus dem tiefen Grund. Alles, was Leben hatte, erhob sich. Ein Flor von Seerosen breitete sich aus, als wäre es ein gewirkter Blumenteppich, und auf diesem lag eine schlafende Frau, jung und schön, Klein-Helga glaubte sich selbst zu sehen, ihr Spiegelbild in dem stillen Wasser; es war ihre Mutter, die sie sah, des Schlammkönigs Weib, die Prinzessin von den Wassern des Nils.

Der tote christliche Priester gebot, daß die Schlafende auf das Pferd gehoben werde; doch dieses sank unter der Bürde, als wäre sein Körper nur ein Leichentuch, das im Winde fliegt; aber das Zeichen des Kreuzes machte das Luftphantom stark, und alle drei ritten sie hin auf den festen Grund.

Da krähte der Hahn in der Wikingsburg, und die Erscheinungen lösten sich in Nebel auf, der im Wind dahinfuhr; aber einander gegenüber standen Mutter und Tochter.

»Bin ich es selbst, die ich in dem tiefen Wasser sehe?« sagte die Mutter.

»Bin ich es selbst, die ich in dem blanken Schild sehe?« rief die Tochter aus, und sie näherten sich einander, Brust an Brust, sich gegenseitig umschlingend, am stärksten schlug das Herz der Mutter, und sie verstand es.

»Mein Kind! Meines eigenen Herzens Blume! Meine Lotosblüte aus den tiefen Wassern!«

Und sie umarmte ihr Kind und weinte; die Tränen waren die Taufe eines neuen Lebens und der Liebe für Klein-Helga.

»Im Schwanengefieder kam ich hierher und warf es ab!« sagte die Mutter, »ich sank durch die schwankende Flut tief hinab in den

Schlamm des Moores, der sich wie eine Mauer um mich schloß; aber bald empfand ich eine frischere Strömung; eine Kraft zog mich tiefer, immer tiefer, ich fühlte den Druck des Schlafes auf meinen Augenlidern. Ich schlief ein, ich träumte – es war mir, als läge ich wieder in Ägyptens Pyramide, aber vor mir stand noch immer der schwankende Erlenstumpf, der mich auf der Moorfläche erschreckt hatte; ich betrachtete die Risse in der Rinde, und sie erstrahlten in Farben und wurden Hieroglyphen, es war die Hülle der Mumie, die ich ansah; sie zerriß, und aus ihr heraus trat der tausendjährige Herrscher, die Mumiengestalt, schwarz wie Pech, schwarzglänzend wie die Waldschnecke oder der fette, schwarze Schlamm, der Schlammkönig oder die Mumie der Pyramide, ich wußte es nicht. Er schlang seine Arme um mich, und es war, als müsse ich sterben. Leben empfand ich erst wieder, als es warm wurde auf meiner Brust und ein kleiner Vogel mit den Flügeln schlug, zwitscherte und sang. Er flog von meiner Brust hoch gegen die dunkle, schwere Decke, aber ein langes, grünes Band fesselte ihn noch an mich; ich hörte und verstand seiner Sehnsucht Töne: Freiheit! Sonnenschein! Zum Vater! – Da dachte ich an meinen Vater in der Heimat sonnenbestrahltem Land, mein Leben, meine Liebe! Und ich löste das Band, ließ ihn fortflattern – heim zum Vater. Seit jener Stunde habe ich nicht geträumt; ich schlief einen Schlaf, fürwahr, so schwer und lang, bis mich zu dieser Stunde Töne und Duft aufhoben und erlösten!«

Das grüne Band vom Herzen der Mutter zum Flügel des Vogels, wo flatterte es jetzt, wo lag es hingeworfen? Nur der Storch hatte es gesehen; das Band war der grüne Stengel, die Schleife die glänzende Blume, die Wiege für das Kind, das jetzt in Schönheit herangewachsen war und wieder am Herzen der Mutter ruhte.

Und während sie da eng umschlungen standen, flog Storchenvater in Kreisen um sie, nahm dann den Flug zu seinem Nest, holte die dort seit Jahren aufbewahrten Schwanengefieder, warf einer jeden eins zu, und sie schlossen sich um sie, und sie erhoben sich von der Erde als zwei weiße Schwäne.

»Laßt uns nun sprechen!« sagte Storchenvater, »jetzt verstehen wir unsere Sprache, ob auch der Schnabel des einen Vogels anders zugeschnitten ist als der des andern. Es trifft sich so günstig wie nur möglich, daß ihr in dieser Nacht kommt, morgen wären wir fortgewesen, Mutter, ich und die Jungen. Wir fliegen gen Süden. Ja, schaut mich nur an! Ich bin ja ein alter Freund vom Nilland, und das ist Mutter auch; sie hat es mehr im Herzen als im Schnabel. Sie glaubte immer, die Prinzessin werde sich schon zu helfen wissen!

Ich und die Jungen haben die Schwanengefieder hier hinaufgetragen –. Na, wie froh ich bin! Und was für ein Glück es ist, daß ich noch hier bin! Wenn der Morgen graut, ziehen wir fort. Große Storchengesellschaft! Wir fliegen voran, fliegt nur hinterher, dann verfehlt ihr den Weg nicht; ich und die Jungen werden schon auch ein Auge auf euch haben.«

»Und die Lotosblume, die ich bringen sollte«, sagte die ägyptische Prinzessin, »die fliegt im Schwanengefieder an meiner Seite! Die Blume meines Herzens ist bei mir, so hat es sich gelöst! Heimwärts! Heimwärts!«

Aber Helga sagte, sie könne das dänische Land nicht verlassen, bevor sie nicht noch einmal ihre Pflegemutter gesehen habe, die liebevolle Wikingsfrau. In Helgas Gedanken stieg jede schöne Erinnerung auf, jedes liebevolle Wort, jede Träne, die die Pflegemutter geweint hatte, und in diesem Augenblick war es fast, als liebe sie diese Mutter am meisten.

»Ja, wir müssen zum Wikingshof«, sagte Storchenvater, »dort warten ja Mutter und die Jungen. Wie werden sie die Augen verdrehen und den Schnabel laufen lassen! Ja, Mutter sagt nun nicht so viel! Kurz und bündig ist sie, und dabei meint sie es viel besser! Ich will gleich Lärm machen, damit sie hören können, daß wir kommen.«

Und dann klapperte Storchenvater mit dem Schnabel, und er und die Schwäne flogen nach der Wikingsburg.

Dort drinnen lagen alle noch in tiefem Schlaf; erst spät in der Nacht war die Wikingsfrau zur Ruhe gekommen; sie lag in Angst um Klein-Helga, die nun seit drei vollen Tagen mit dem christlichen Priester verschwunden war; sie mußte ihm zur Flucht verholfen haben, es war ihr Pferd, das im Stall vermißt wurde. Durch welche Macht war dies alles bewirkt worden? Die Wikingsfrau dachte an die Wunder, von denen man hörte, daß sie durch den weißen Christus geschahen, und durch jene, die an ihn glaubten und ihm nachfolgten. Die wechselnden Gedanken bekamen im Traumleben Gestalt; es schien ihr, als säße sie noch wach, nachdenkend, auf ihrem Bett, und draußen brütete die Finsternis. Der Sturm kam, sie hörte des Meeres Rollen in West und Ost, von der Nordsee und den

Wassern des Kattegats; die ungeheure Schlange, die die Erde in der Meerestiefe umspannte, zitterte in Krampfzuckungen; es ging der Nacht der Götter entgegen, Ragnarok, wie die Heiden den Jüngsten Tag nannten, da alles vergehen sollte, selbst die hohen Götter. Das Kriegshorn ertönte, und über den Regenbogen hin ritten die Götter, gekleidet in Stahl, um den letzten Kampf zu kämpfen; vor ihnen her flogen die geflügelten Schildjungfrauen, und die Reihe wurde von den Gestalten der toten Hünen beschlossen; die ganze Luft um sie her leuchtete in Nordlichtflammen, aber die Finsternis blieb Sieger. Es war eine entsetzliche Stunde.

Und dicht neben der geängstigten Wikingsfrau saß auf dem Boden Klein-Helga in des Frosches häßlicher Gestalt, auch sie zitterte und schmiegte sich an die Pflegemutter, die sie auf ihren Schoß nahm und sie in Liebe festhielt, wie häßlich auch die Froschhaut zu sein schien. Die Luft widerhallte von Schwerter- und Keulenschlägen, von sausenden Pfeilen, als wäre es ein stürmischer Hagelschauer, der über sie hinginge. Die Stunde war gekommen, da Himmel und Erde bersten, die Sterne fallen, alles zugrunde gehen würde in Saturns Feuer; aber eine neue Erde und ein neuer Himmel, das wußte sie, würden kommen, das Korn würde wogen, wo jetzt das Meer über den unfruchtbaren Sandboden dahinrollte; der unnennbare Gott würde herrschen, und zu ihm empor stieg Baldur, der Milde, Liebevolle, der aus dem Reich der Toten Erlöste – er kam – die Wikingsfrau sah ihn, sie kannte sein Antlitz – es war der gefangene christliche Priester.

»Weißer Christ!« rief sie laut, und bei der Nennung des Namens drückte sie einen Kuß auf die Stirn ihres häßlichen Froschkindes; da fiel die Froschhaut und Klein-Helga stand da in all ihrer Schönheit, mild wie nie zuvor und mit strahlenden Augen; sie küßte die Hände der Pflegemutter, segnete sie für all die Sorgfalt und Liebe, die sie ihr in den Tagen der Drangsal und der Prüfung gegönnt; dankte ihr für die Gedanken, die sie in ihr niedergelegt und geweckt hatte, dankte ihr für die Nennung des Namens, den sie wiederholte: Weißer Christ! Und Klein-Helga erhob sich als ein mächtiger Schwan, die Flügel breiteten sich so weit aus mit einem Brausen, wie wenn die Scharen der Zugvögel fortfliegen.

Die Wikingsfrau erwachte dabei, und draußen ertönte noch der gleiche starke Flügelschlag – sie wußte, es war die Zeit, in der die Störche fortzogen, sie waren es, die sie hörte; noch einmal wollte sie sie sehen vor ihrer Abreise und ihnen Lebewohl sagen! Sie stand auf, ging auf den Söller hinaus, und da sah sie auf dem Dachrücken des Seitenhauses Storch neben Storch, und rings um den Hof, über die hohen Bäume hin, flogen Scharen in großen Kreisen, aber gerade vor ihr, auf dem Brunnenrand, wo Klein-Helga so oft gesessen und sie durch ihre Wildheit erschreckt hatte, saßen jetzt zwei Schwäne und schauten sie mit klugen Augen an; sie erinnerte sich an ihren Traum, er erfüllte sie noch ganz, genau wie eine Wirklichkeit; sie dachte an Klein-Helga in Schwanengestalt, sie dachte an den christlichen Priester und fühlte sich auf einmal seltsam froh in ihrem Herzen.

Die Schwäne schlugen mit den Flügeln, beugten ihre Hälse, als wollten sie auch ihren Gruß entrichten; und die Wikingsfrau breitete ihre Arme nach ihnen aus, als verstände sie es, lächelte unter Tränen und in vielen Gedanken.

Da erhoben sich mit Flügellärm und Geklapper alle Störche zur Reise nach dem Süden.

»Wir warten nicht auf die Schwäne«, sagte Storchenmutter, »wollen sie mit, so müssen sie kommen. Wir können nicht hierbleiben, bis die Brachvögel reisen. Es ist doch etwas Schönes daran, so familienweise zu reisen, nicht wie die Buchfinken und Rebhühner, wo die Männchen für sich und die Weibchen für sich fliegen, das ist eigentlich gar nicht anständig! – Und was ist das für ein Flügelschlag, den die Schwäne machen?«

»Jeder fliegt auf seine Art«, sagte Storchenvater, »die Schwäne fliegen schräg, die Kraniche im Dreieck und die Brachvögel in Schlangenlinie!«

»Erwähne nicht Schlangen, wenn wir hier oben fliegen«, sagte Storchenmutter, »das gibt den Jungen nur Gelüste, die nicht befriedigt werden können!«

»Sind das die hohen Berge da unten, von denen ich gehört habe?« fragte Helga im Schwanengefieder.

»Das sind Gewitterwolken, die unter uns treiben!« sagte die Mutter.

»Was sind das für weiße Wolken, die sich so hoch erheben?« fragte Helga.

»Das sind die Berge mit ewigem Schnee, die du siehst!« sagte die Mutter, und sie flogen über die Alpen, hinab nach dem blauen Mittelmeer.

»Afrikas Land! Ägyptens Strand!« jubelte in Schwanengestalt die Tochter des Nils, als sie hoch aus der Luft, wie einen weißgelben, wellenförmigen Streifen, ihre Heimat erblickte.

Auch die Vögel sahen ihn und beschleunigten ihren Flug.

»Ich rieche Nilschlamm und nasse Frösche!« sagte Storchenmutter, »es kribbelt in mir! – Ja, jetzt sollt ihr etwas zu kosten bekommen, und ihr sollt Marabus, Ibisse und Kraniche sehen! Sie gehören alle zur Familie, sind aber bei weitem nicht so schön wie wir; sie geben sich vornehm, besonders der Ibis; er ist eben von den Ägyptern verwöhnt worden, sie machen ihn zur Mumie und stopfen ihn mit Gewürzkräutern aus. Ich will lieber mit lebenden Fröschen ausgestopft werden, das wollt ihr auch, und das sollt ihr werden! Besser etwas im Bauch, während man lebt, als Staat machen, wenn man tot ist! Das ist meine Meinung; und die ist immer die richtige!«

»Jetzt sind die Störche gekommen!« sagte man in dem reichen Haus am Ufer des Nils, wo in der offenen Halle auf weichen, mit dem Fell des Leoparden bedeckten Polstern der königliche Herr ausgestreckt lag, nicht lebendig und auch nicht tot, hoffend auf die Lotosblume aus dem tiefen Moor im Norden. Verwandte und Diener umstanden ihn.

Und in die Halle hinein flogen zwei prächtige weiße Schwäne; sie waren mit den Störchen gekommen; sie warfen das blendende Federkleid ab, und da standen zwei schöne Frauen, einander so ähnlich wie zwei Tautropfen; sie beugten sich über den bleichen, hinwelkenden alten Mann. Sie warfen ihr langes Haar zurück, und indem Klein-Helga sich über den Großvater beugte, erröteten seine Wangen, sein Auge bekam Glanz, es kam Leben in die erstarrten Glieder. Der Alte erhob sich gesund und verjüngt; Tochter und Enkelin hielten ihn in ihren Armen wie zum Morgengruß der Freude nach einem langen, schweren Traum.

Und es war Freude über dem ganzen Hof und auch im Storchennest, aber dort war sie doch am größten über das gute Futter, die vielen wimmelnden Frösche; und während die Gelehrten in Eile flüchtig die Geschichte von den beiden Prinzessinnen und von der Gesundheitsblume aufzeichneten, die ein großes Ereignis und ein Segen für Haus und Land war, erzählten die Storcheneltern sie auf ihre Weise und für ihre Familie, aber erst, als sie alle satt waren, denn sonst hätten sie ja anderes zu tun gehabt, als Geschichten anzuhören.

»Jetzt wirst du doch etwas werden!« flüsterte Storchenmutter; »es wäre ja nicht mehr als billig!«

»Oh, was sollte ich werden?« sagte Storchenvater, »und was habe ich getan? Nichts!«

»Du hast mehr getan als alle die andern. Ohne dich und die Jungen hätten die beiden Prinzessinnen Ägypten nie wiedergesehen und den Alten gesund gemacht. Du wirst etwas. Du bekommst bestimmt den Doktorgrad, und unsere Jungen werden später mit ihm geboren und ihre Jungen wieder, und so weiter. Du siehst auch bereits aus wie ein ägyptischer Doktor – in meinen Augen.«

Die Gelehrten und Weisen entwickelten den Grundgedanken, wie sie es nannten, der sich durch das ganze Ereignis zog: »Liebe zeugt Leben!« Den erklärten sie auf verschiedene Weise: »Der warme Sonnenstrahl war Ägyptens Prinzessin. Sie stieg hinab zum Schlammkönig, und aus ihrer Begegnung entsprang die Blume –«

»Ich kann die Worte nicht so recht wiederholen«, sagte Storchenvater, der vom Dach aus zugehört hatte und davon im Nest erzählen sollte. »Es war so verwickelt, was sie sagten, es war so klug, daß sie sofort Rang und Geschenke erhielten, selbst der Mundkoch bekam eine große Auszeichnung – das war wohl für die Suppe!«

»Und was bekamst du?« fragte Storchenmutter, »sie sollten doch wohl nicht den Wichtigsten vergessen, und der bist du. Die Gelehrten haben nur geklappert bei dem Ganzen. Aber das Deinige kommt wohl noch!«

In später Nacht, als der Friede des Schlafes über dem neuen, glücklichen Haus ruhte, gab es jemand, der noch wachte, und das war nicht Storchenvater, ungeachtet er auf einem Bein im Nest stand und Schildwache schlief, nein, Klein-Helga wachte, lehnte sich über den Altan hinaus und schaute die klare Luft an mit den großen, leuchtenden Sternen, die größer und reiner im Glanz waren, als sie sie im Norden gesehen hatte, und doch dieselben. Sie dachte an die Wikingsfrau beim Wildmoor, an die milden Augen der Pflegemutter, an die Tränen, die sie über das arme Froschkind geweint hatte, das jetzt in Glanz und Sternenpracht bei den Wassern des Nils in herrlicher Frühlingsluft stand. Sie dachte an die Liebe in der Brust der heidnischen Frau, an die Liebe, die sie einem jämmerlichen Geschöpf erwiesen hatte, das in Menschengestalt ein böses Tier und in Tiergestalt widerlich anzusehen und zu berühren war. Sie blickte zu den leuchtenden Sternen empor und erinnerte sich des Glanzes auf der Stirn des Toten, als sie über Wald und Moor dahinflogen; es erklangen Töne in ihrer Erinnerung, Worte, die sie hatte aussprechen hören, als sie dahinritten und sie wie die Verzauberte dasaß, Worte von dem großen Urquell der Liebe, der höchsten Liebe, die alle Geschlechter umfaßte.

Ja, was war nicht gegeben, gewonnen, erreicht! Klein-Helgas Gedanken umfaßten bei Tag und Nacht die ganze Summe ihres Glücks, und sie stand im Anblick derselben, gleich dem Kind, das sich eilig vom Geber dem Gegebenen zuwendet, zu all den herrlichen Gaben. Sie ging gleichsam auf in der sich steigernden Glückseligkeit, die kommen konnte, kommen würde; sie war ja durch Wunder zu immer höherer Freude und Glück getragen worden, und darin verlor sie sich eines Tages so ganz, daß sie nicht mehr an den Geber dachte. Es war des Jugendmutes Keckheit, die ihren raschen Wurf tat!

Ihre Augen leuchteten dabei, aber augenblicklich wurde sie aus ihr herausgerissen durch einen lauten Lärm unten im Hof. Dort sah sie zwei mächtige Strauße eilfertig in engen Kreisen umherlaufen; nie zuvor hatte sie dies Tier gesehen, einen so großen Vogel, so plump und schwer. Die Flügel sahen aus, als wären sie gestutzt, der Vogel selbst, als sei ihm Gewalt angetan, und sie fragte, was mit ihm geschehen sei, und zum erstenmal hörte sie die Sage, die die Ägypter vom Strauß erzählen.

Herrlich sei sein Geschlecht einmal gewesen, seine Flügel groß und stark; da sagten eines Abends des Waldes mächtige Vögel zu ihm: »Bruder, sollen wir morgen, so Gott will, zum Fluß fliegen und trinken?« Und der Strauß antwortete: »Ich will es!« Als es tagte, flogen sie von dannen, erst hoch empor zur Sonne, dem Auge Gottes, immer höher und höher, der Strauß allen andern voraus; er flog im Stolz dem Licht entgegen; er vertraute auf seine Kraft und nicht auf den Geber; er sagte nicht: »So Gott will!« Da zog der Engel der Strafe den Schleier hinweg von der Flammenstrahlenden, und im Nu verbrannten des Vogels Flügel, er sank elend zur Erde. Er und sein Geschlecht vermögen sich nie mehr zu erheben, er flieht erschreckt, stürmt im Kreis umher in dem engen Raum; eine Mahnung ist es für uns Menschen, in all unseren Gedanken, bei jeder Handlung zu sagen: »So Gott will!«

Und Helga beugte gedankenvoll ihren Kopf, sah den jagenden Strauß an, sah seine Angst, sah seine törichte Freude beim Anblick seines eigenen großen Schattens auf der weißen, sonnenbeschienenen Wand. Und in Gemüt und Gedanken schlug der Ernst seine tiefe Wurzel. Ein Leben so reich, so offen dem Glück, war gegeben, gewonnen – was würde geschehen, was würde noch kommen –? Das Beste: »So Gott will!«

Im frühen Lenz, als die Störche wieder nach Norden zogen, nahm Helga ihr goldenes Armband, ritzte ihren Namen hinein, winkte dem Storchenvater, legte ihm den goldenen Ring um den Hals und bat ihn, ihn der Wikingsfrau zu bringen, die daraus ersehen sollte, daß die Pflegetochter lebe, glücklich sei und sich ihrer erinnere.

Das ist schwer zu tragen, dachte Storchenvater, als er ihn um den Hals bekam; aber Gold und Ehre soll man nicht auf die Landstraße werfen. Der Storch bringt Glück, das werden sie dort oben zugeben!

»Du legst Gold und ich lege Eier«, sagte Storchenmutter, »aber du legst nur einmal, ich tue es alle Jahre! Aber Anerkennung kriegt keiner von uns. Das kränkt!«

»Man hat das Bewußtsein davon, Mutter«, sagte Storchenvater.

»Das kannst du dir nicht umhängen«, sagte Storchenmutter, »das verschafft weder Erfolg noch eine Mahlzeit.«

Und dann flogen sie.

Die kleine Nachtigall, die im Tamarindenbaum sang, würde auch bald gen Norden ziehen; dort oben am Wildmoor hatte Klein-Helga sie oft gehört; sie wollte ihr Botschaft mitgeben. Die Sprache der Vögel kannte sie, seit sie im Schwanengefieder geflogen; sie hatte sie seither oft mit Storch und Schwalbe gesprochen, die Nachtigall würde sie verstehen; und die bat sie, nach dem Buchenwald auf der jütländischen Halbinsel zu fliegen, wo das Grab aus Steinen und Zweigen errichtet war. Sie bat sie, alle kleinen Vögel zu bitten, das Grab zu beschützen und dort ein Lied zu singen und noch ein Lied.

Und die Nachtigall flog fort – und die Zeit verflog.

Der Adler stand auf der Pyramide und sah im Herbst einen stattlichen Zug mit reichbeladenen Kamelen, mit köstlich gekleideten, bewaffneten Männern auf schnaubenden, arabischen Pferden, glänzendweiß wie Silber, mit roten, bebenden Nüstern und mit großen, dichten Mähnen, die über die feinen Beine herabhingen. Reiche Gäste, ein königlicher Prinz aus dem Land Arabien, schön, wie ein Prinz sein soll, zog in das stolze Haus ein, auf dessen Dach das Storchennest jetzt leer stand; die oben in ihm wohnten, waren ja in einem nördlichen Land, aber bald würden sie zurückkehren. – Und gerade an dem Tag kamen sie, der hier am reichsten an Freude und Lust war. Es wurde Hochzeit gefeiert, und Klein-Helga war die Braut, in Seide und Juwelen gekleidet; der Bräutigam war der junge Prinz aus dem Land Arabien; sie saßen am obersten Ende der Tafel zwischen Mutter und Großvater.

Aber sie sah nicht auf des Bräutigams braune, männliche Wangen, wo der schwarze Bart sich kräuselte; sie sah nicht in seine feurigen, dunklen Augen, die sich auf sie richteten; sie sah hinaus, auf zu dem blinkenden, funkelnden Stern, der vom Himmel herabstrahlte.

Da raschelte es von starken Flügelschlägen draußen in der Luft: die Störche kamen zurück; und das alte Storchenpaar, wie müde es auch von der Reise war und wie sehr es der Ruhe bedurfte, flog doch sogleich auf das Geländer der Veranda herab, sie wußten, was für ein Fest es war. Sie hatten bereits an der Grenze des Landes gehört, daß Klein-Helga sie an der Mauer hatte abbilden lassen, sie gehörten mit zu ihrer Geschichte.

»Das ist sehr nett ausgedacht!« sagte Storchenvater.

»Das ist sehr wenig«, sagte Storchenmutter, »weniger konnte es doch nicht sein.«

Und als Helga sie sah, erhob sie sich und ging auf die Veranda hinaus, um ihnen den Rücken zu streicheln. Das alte Storchenpaar neigte die Hälse, und die Jungen sahen zu und fühlten sich geehrt.

Und Helga schaute hinauf zu dem leuchtenden Stern, der immer klarer und klarer strahlte; und zwischen ihm und ihr bewegte sich eine Gestalt, reiner noch als die Luft und dadurch sichtbar. Sie schwebte ganz nahe zu ihr heran, es war der tote, christliche Priester; auch er kam zu ihrem Festtag, kam aus dem Himmelreich.

»Der Glanz und die Herrlichkeit dort überstrahlt alles, was die Erde kennt!« sagte er.

Und Klein-Helga bat so weich, so innig, wie sie nie zuvor gebeten hatte, daß sie, nur eine einzige Minute, dort hineinschauen, nur einen einzigen Blick in das Himmelreich zum Vater werfen dürfe.

Und er hob sie hinauf in Glanz und Herrlichkeit, in einen Strom von Tönen und Gedanken; es war nicht nur außerhalb ihr, daß es leuchtete und klang, sondern auch in ihr drinnen.

»Nun müssen wir zurück, du wirst vermißt!« sagte er.

»Nur noch einen Blick«, bat sie; »eine einzige, kurze Minute!«

»Wir müssen zur Erde, alle Gäste gehen fort!«

»Nur einen Blick, den letzten –«

Und Klein-Helga stand wieder auf der Veranda –, aber alle Flammen da draußen waren ausgelöscht, alle Lichter im Brautsaal waren fort, die Störche fort, keine Gäste zu sehen, kein Bräutigam, alles wie verweht in drei kurzen Minuten.

Da fühlte Helga Angst, und sie ging durch die leere, große Halle in die nächste Kammer; dort schliefen fremde Soldaten. Sie öffnete die Seitentür, die in ihre Stube führte, und indem sie glaubte dort zu stehen, stand sie draußen im Garten – so war es hier ja früher nicht; rötlich glänzte der Himmel, es war Morgendämmerung.

Drei Minuten nur im Himmel, und eine ganze Erdennacht war vergangen!

Da sah sie die Störche; sie rief ihnen zu, redete ihre Sprache, und Storchenvater drehte den Kopf, lauschte und näherte sich.

»Du sprichst unsere Sprache!« sagte er, »was willst du? Weshalb kommst du her, du fremde Frau?«

»Ich bin es ja! Es ist Helga! Kennst du mich nicht? Vor drei Minuten sprachen wir zusammen, dort drüben auf der Veranda.«

»Das ist ein Irrtum«, sagte der Storch, »das hast du alles geträumt!«

»Nein, nein!« sagte sie und erinnerte ihn an die Wikingsburg und an das Wildmoor, an die Reise hierher. –

Da blinzelte Storchenvater mit den Augen: »Das ist ja eine alte Geschichte, die ich aus der Zeit meiner Ur-Ur-Urgroßmutter gehört habe. Ja freilich war hier in Ägypten eine solche Prinzessin aus dem dänischen Land, aber sie verschwand an ihrem Hochzeitsabend vor vielen hundert Jahren und kam nie wieder. Das kannst du selbst lesen hier auf dem Monument im Garten; da sind ja Schwäne und Störche eingehauen, und zuoberst stehst du selbst in dem weißen Marmor.«

So war es. Klein-Helga sah es, verstand es und sank in die Knie.

Die Sonne brach strahlend hervor, und wie in ehemaligen Zeiten bei ihren Strahlen die Froschhülle fiel und die schöne Gestalt zum Vorschein kam, so hob sich nun bei der Taufe des Lichtes eine Schönheitsgestalt, klarer, reiner als die Luft, ein Lichtstrahl – empor zum Vater.

Der Körper zerfiel in Staub: eine verwelkte Lotosblume lag dort, wo sie gestanden hatte.

»Das war ja ein neuer Schluß der Geschichte«, sagte Storchenvater; »den hatte ich nun gar nicht erwartet! Aber er hat mir ganz gut gefallen!«

»Was wohl die Jungen dazu sagen werden?« fragte Storchenmutter.

»Ja, das ist freilich das Wichtigste!« sagte Storchenvater.

64

DIE SCHNELLÄUFER

Es war ein Preis ausgesetzt, ja, es waren zwei ausgesetzt, der kleine und der große, für die größte Schnelligkeit, nicht in einem Lauf, sondern für das Laufen während eines ganzen Jahres.

»Ich bekam den ersten Preis!« sagte der Hase; »Gerechtigkeit muß doch sein, wenn die eigene Familie und gute Freunde im Rat sitzen; aber daß die Schnecke den zweiten Preis bekam, finde ich fast beleidigend für mich!«

»Nein«, versicherte der Zaunpfahl, der Zeuge bei der Preisverteilung gewesen war, »es muß auch Rücksicht auf Fleiß und guten Willen genommen werden. Das wurde von mehreren achtbaren Personen gesagt, und das habe ich auch verstanden. Die Schnecke hat freilich ein halbes Jahr gebraucht, um über die Türschwelle zu kommen; aber sie hat den Schenkelknochen gebrochen bei der Eile, die das doch für sie bedeutet. Sie hat einzig und allein für ihren Lauf gelebt, und sie lief mit ihrem Haus! Alles dies ist ehrenwert! – und so erhielt sie den zweiten Preis!«

»Ich hätte doch auch in Frage kommen können!« sagte die Schwalbe; »schneller als ich in Flug und Schwung hat sich, glaube ich, niemand gezeigt, und wo bin ich nicht herumgekommen: weit, weit, weit!«

»Ja, das ist Ihr Unglück«, sagte der Zaunpfahl, »Sie streifen zuviel herum! Sie müssen immer auf und davon, aus dem Land hinaus, wenn es hier zu frieren beginnt. Sie haben keine Vaterlandsliebe! Sie können nicht in Frage kommen!«

»Aber wenn ich nun den ganzen Winter drüben im Moor läge«, sagte die Schwalbe, »die ganze Zeit verschliefe, käme ich dann in Frage?«

»Verschaffen Sie sich ein Zeugnis von der Moorfrau, daß Sie die halbe Zeit im Vaterland geschlafen haben, dann sollen Sie in Frage kommen!«

»Ich hätte wohl den ersten Preis verdient und nicht den zweiten!« sagte die Schnecke. »Das weiß ich doch, daß der Hase nur aus Feigheit gelaufen ist, jedesmal wenn er glaubte, daß Gefahr vor-

handen sei; ich hingegen habe mein Laufen zu einer Lebensaufgabe gemacht und bin im Dienst zum Krüppel geworden. Sollte jemand den ersten Preis haben, dann wäre wohl ich es – aber ich mache kein Aufhebens, das verachte ich!«

Und dann spuckte sie.

»Ich werde mit Wort und Rede verantworten können, daß jeder

Preis, wenigstens meine Stimme zu demselben, mit gerechter Berücksichtigung gegeben wurde!« sagte der alte Grenzpfahl im Wald, der Mitglied des entscheidenden Schiedsgerichtes war. »Ich gehe immer mit Ordnung, Überlegung und Berechnung vor. Siebenmal habe ich früher die Ehre gehabt, bei der Preisverteilung mitzustimmen, aber erst heute konnte ich meinen Willen durchsetzen. Ich bin bei jeder Verteilung von etwas Bestimmtem ausgegangen. Ich bin immer nach dem Alphabet vorgegangen, zu dem ersten Preis von vorne, zu dem zweiten Preis von hinten. Und wollen Sie nun darauf achten, wenn man von vorne anfängt: der achte Buchstabe von A ist H, da haben wir den Hasen, und so stimmte ich für den Hasen beim ersten Preis, und der achte Buchstabe von hinten ist S, deshalb stimmte ich für die Schnecke beim zweiten Preis. Das nächstemal wird es J für den ersten und R für den zweiten! Es muß immer Ordnung in allen Dingen sein! Man muß etwas haben, woran man sich halten kann!«

»Ich hätte nur für mich selbst gestimmt, wenn ich nicht unter den Richtern gewesen wäre«, sagte der Maulesel, der auch Preisrichter war. »Man soll nicht nur die Schnelligkeit berücksichtigen, mit der man vorwärts kommt, sondern auch andere etwa vorhandene Eigenschaften, wie zum Beispiel den Umstand, wieviel man zieht; doch das wollte ich dieses Mal nicht hervorgehoben haben, auch nicht die Klugheit des Hasen bei seiner Flucht, seinen Scharfsinn, plötzlich einen Sprung seitwärts zu machen, um die Leute in bezug auf sein Versteck auf falsche Fährte zu leiten; nein, es gibt noch ein Ding, das viele beachten und das auch nicht unbemerkt bleiben darf: es ist, was man das Schöne nennt; darauf habe ich hier gesehen. Ich sah auf die schönen, gutgewachsenen Ohren des Hasen, es ist ein Vergnügen zu sehen, wie lang die sind! Mir schien, als sähe ich mich selbst, als ich noch klein war, und dann stimmte ich für ihn!«

»Pst!« sagte die Fliege, »ja, ich will nicht reden, ich will nur etwas sagen. Das weiß ich, daß ich mehr als einen Hasen eingeholt habe. Letzthin brach ich einem der jüngsten die Hinterläufe; ich saß auf der Lokomotive vor dem Eisenbahnzug, das tue ich oft, dann beobachtet man am besten seine eigene Schnelligkeit. Ein junger

Hase lief lange voran, er ahnte nicht, daß ich da war; schließlich mußte er abbiegen, aber da wurden ihm die Hinterläufe von der Lokomotive abgebrochen, denn ich saß auf ihr. Der Hase blieb liegen, ich sauste weiter. Das heißt doch wohl ihn überwinden? Aber ich habe den Preis nicht nötig!«

Ich finde nun, dachte die Heckenrose – aber sie sagte es nicht, es ist nicht ihre Natur, sich auszusprechen, obwohl es ganz gut gewesen wäre, wenn sie es getan hätte – ich finde nun, daß der Sonnenstrahl den ersten Ehrenpreis hätte bekommen sollen, und den zweiten auch! Der fliegt im Nu den unermeßlichen Weg von der Sonne herab zu uns, und kommt mit einer Stärke, daß die ganze Natur dabei erwacht; er hat eine Schönheit, daß wir Rosen alle dabei erröten und duften. Die hohe, richterliche Obrigkeit scheint ihn gar nicht bemerkt zu haben. Wäre ich ein Sonnenstrahl, ich gäbe einem jeden von ihnen einen Sonnenstich – aber das würde sie nur toll machen, und das können sie ohnehin werden. Ich sage nichts! dachte die Heckenrose; Friede im Wald! Schön ist es zu blühen, zu duften und zu erquicken, in Sagen und Liedern zu leben! Der Sonnenstrahl überlebt uns doch alle!

»Was ist erster Preis?« fragte der Regenwurm, der sich verschlafen hatte und nun erst hinzukam.

»Das ist freier Zutritt zu einem Kohlgarten!« sagte der Maulesel; »ich schlug den Preis vor! Der Hase mußte und sollte ihn haben, und dann nahm ich als denkendes und tätiges Mitglied vernünftige Rücksicht auf den Nutzen dessen, der ihn haben sollte; jetzt ist der Hase versorgt. Die Schnecke darf auf dem Steinhag sitzen und Moos und Sonnenschein genießen und ist hinfort als einer der ersten Preisrichter beim Schnellauf angestellt. Es ist gut, einen vom Fach dabeizuhaben in dem, was die Menschen ein Komitee nennen! Ich muß sagen, ich erwarte viel von der Zukunft, wir haben bereits so gut angefangen!«

65

DIE GLOCKENTIEFE

»Ding-dang! ding-dang!« klingt es aus der Glockentiefe im Odense-Fluß. – Was ist das für ein Fluß? – Den kennt jedes Kind in der Stadt Odense. Er fließt unterhalb der Gärten von der Schleuse zur Wassermühle unter den Holzbrücken hindurch. Im Fluß wachsen gelbe Wasserlilien, braungefiedertes Röhricht und der schwarze, samtartige Rohrkolben, so hoch und so groß; alte, geborstene Weidenbäume hängen biegsam und wendig weit übers Wasser hinaus auf der Seite des Mönchmoors und der Bleicherwiese. Aber gerade gegenüber steht Garten an Garten, einer anders als der andere, bald mit schönen Blumen und Lauben, glatt und nett wie kleines Puppenspielzeug, bald nur mit Kohl bebaut; oder es ist gar kein Garten zu sehen, denn die großen Holunderbüsche breiten sich dort aus und hängen weit über das rinnende Wasser hinaus, das hier und da tiefer ist, als man mit der Ruderstange reichen kann. Draußen vor dem alten Fräuleinkloster ist die tiefste Stelle. Sie wird die Glockentiefe genannt, und dort wohnt der Flußmann; er schläft am Tag, wenn die Sonne durch das Wasser scheint; aber er kommt hervor bei sternenklaren Nächten und Mondschein. Er ist sehr alt; Großmutter sagt, sie habe ihre Großmutter von ihm erzählen hören, er lebe ein einsames Leben, habe gar niemand, mit dem er reden könne, außer der großen, alten Kirchenglocke. Einst hing sie im Kirchturm; doch jetzt ist keine Spur mehr da, weder vom Turm noch von der Kirche, von der, die Sankt Albani hieß.

»Ding-dang! ding-dang!« klang die Glocke, als der Turm noch stand, und eines Abends, als die Sonne unterging und die Glocke in ihrem stärksten Schwung war, riß sie sich los und flog durch die Luft; das blanke Erz glänzte glühend in den roten Strahlen.

»Ding-dang! ding-dang! nun geh ich zu Bett!« sang die Glocke und flog hinaus in den Odense-Fluß, wo er am tiefsten war, und daher wird jetzt die Stelle die Glockentiefe genannt; aber sie fand dort weder Schlaf noch Ruhe; beim Flußmann läutet und klingt sie, daß es bisweilen herauftönt durch das Wasser, und viele Leute sagen, es bedeute, daß jemand sterben müsse; aber es ist nicht deswegen, nein, sie läutet und erzählt dem Flußmann, der jetzt nicht mehr allein ist.

Und was erzählt die Glocke? Sie sei so alt, so alt, sagte man. Sie war vorhanden, lange bevor Großmutters Großmutter geboren wurde. Und doch ist sie an Alter nur ein Kind gegen den Flußmann, der ein alter, ein stiller, ein wunderlicher Kerl ist, mit Hosen aus Aalhaut und einer Fischschuppenjacke mit gelben Wasserlilien als Knöpfe, mit Schilf im Haar und Wasserlinsen im Bart, und das ist nicht gerade schön.

Was die Glocke erzählt, das wiederzugeben würde Jahr und Tag brauchen; sie erzählt jahraus, jahrein und gar oft dasselbe, bald kurz, bald lang, gerade wie es sie gelüstet; sie erzählt von alten Zeiten, von den harten, den finstern Zeiten.

»Zur Sankt-Albani-Kirche, dort hinauf in den Turm, wo die Glokke hing, kam der Mönch. Er war jung und schön, aber gedankenvoll wie kein anderer; er schaute aus der Luke über den Odense-Fluß hinaus, als sein Bett noch breit und das Moor ein See war; er sah darüber hin und über den grünen Wall, den »Nonnenhügel« dort drüben, wo das Kloster lag, wo das Licht von der Zelle der Nonne schimmerte; er hatte sie gut gekannt – und er erinnerte sich daran, und sein Herz schlug stärker dabei – ding-dang! ding-dang!« –

Ja, so erzählt die Glocke.

»In den Turm kam des Bischofs närrischer Diener, und wenn ich, die Glocke, die ich aus Erz hart und schwer gegossen bin, mich wiegte und schwang, hätte ich seine Stirn zerschmettern können. Er setzte sich dicht unter mich und spielte mit zwei Stäbchen, recht, als wenn sie ein Saitenspiel wären, und er sang dazu: ›Jetzt darf ich laut singen, was ich sonst nur zu flüstern wage, darf von allem singen, was hinter Schloß und Riegel verborgen wird! Dort ist es kalt und naß. Die Ratten fressen sie bei lebendigem Leibe. Niemand weiß davon, niemand hört davon! Auch jetzt nicht, denn die Glocke läutet so laut ding-dang! ding-dang!‹«

»Da war ein König, sie nannten ihn Knud, er verneigte sich vor Bischof und Mönch; aber als er den Wendelbauern allzu nahe trat mit schweren Steuern und harten Worten, nahmen sie Waffen und Stangen und jagten ihn fort, als sei er ein Wild. Er suchte Zuflucht in der Kirche, verschloß Tor und Tür; die gewalttätige Schar lag draußen, ich hörte davon: Elstern, Krähen und Dohlen wurden aufgescheucht von Geschrei und Gebrüll; sie flogen in den Turm hinein und wieder hinaus; sie sahen auf die Menge dort unten; sie sahen auch zu den Fenstern der Kirche herein und schrien laut über das, was sie sahen. König Knud lag vor dem Altar und betete; seine Brüder Erik und Benedikt standen Wache mit gezogenen Schwertern; aber des Königs Diener, der falsche Blake, verriet seinen Herrn. Sie wußten dort draußen, wo er zu treffen war, und einer warf einen Stein durch das Fenster, und der König lag tot da! – Es war ein Rufen und Schreien der wilden Schar und all der Vögel, und ich rief mit, ich sang und ich klang: ding-dang! ding-dang!«

»Die Kirchenglocke hängt hoch, sieht weit umher, bekommt Besuch von den Vögeln und versteht ihre Sprache. Der Wind saust zu ihr hinein durch Luken und Schallöcher, durch jede Ritze, und der Wind weiß alles; er hat es von der Luft, und die umschließt alles, was Leben hat. Sie dringt ein in die Lungen der Menschen, weiß alles, was dort laut wird, jedes Wort und jeden Seufzer! – Die Luft weiß es, der Wind erzählt es, die Kirchenglocke versteht seine Sprache und läutet es hinaus in die ganze Welt: ding-dang! ding-dang!«

»Aber es wurde mir zuviel, zu hören und zu wissen, ich vermochte nicht, es hinauszuläuten! Ich wurde so müde, ich wurde so schwer, daß der Balken brach und ich in die leuchtende Luft hinausflog, dort hinab, wo der Fluß am tiefsten ist, wo der Flußmann wohnt, einsam und allein, und dort erzähle ich jahraus, jahrein, was ich gehört habe und was ich weiß: ding-dang! ding-dang!«

So tönt es aus der Glockentiefe im Odense-Fluß, das hat Großmutter erzählt.

Aber unser Schulmeister sagt: »Es gibt keine Glocke, die dort unten läuten kann, denn sie kann nicht! – Es gibt keinen Flußmann dort unten, denn es gibt keinen Flußmann!« Und wenn alle Kirchenglocken so fröhlich klingen, dann sagt er, daß es nicht die Glokken sind, sondern daß es eigentlich die Luft ist, die klingt; die Luft ist es, die den Laut gibt – das sagte auch Großmutter, daß die Glokke gesagt habe – darin sind sie sich einig, und dann ist es gewiß so! »Sei achtsam, sei achtsam, hüte dich stets!« sagen sie alle beide.

Die Luft weiß alles! Sie ist um uns. Sie ist in uns, sie spricht von unseren Gedanken und unseren Taten, und sie spricht länger davon als die Glocke in der Tiefe im Odense-Fluß, wo der Flußmann wohnt. Sie spricht es hinaus in die große Himmelstiefe, so weit, so weit, ewig und immer, bis die Glocken des Himmels klingen: »Ding-dang! ding-dang!«

66

DER WIND ERZÄHLT VON VALDEMAR DAAE UND SEINEN TÖCHTERN

Wenn der Wind über das Gras hinläuft, dann kräuselt es sich wie Wasser; läuft er über das Korn hin, dann wogt es wie ein See, das ist der Tanz des Windes; aber höre ihn erzählen: er singt es hinaus, und anders klingt es in den Bäumen des Waldes als durch die Schallöcher, Ritzen und Spalten der Mauer. Siehst du, wie der Wind dort oben die Wolken jagt, als wären sie eine Schafherde? Hörst du, wie der Wind hier unten durch das offene Tor tutet, als wäre er Wächter und bliese ins Horn? Wunderlich saust er hinab in den Schornstein und in den Kamin hinein; das Feuer flammt und sprüht Funken dabei, leuchtet weit in die Stube hinaus, und hier ist es so warm und gemütlich zu sitzen und zuzuhören. Laß nur den Wind erzählen, der weiß Märchen und Geschichten, mehr als wir alle zusammen! Hör nun, wie er erzählt:

»Hu-u-uh! Fahre hin!« – das ist der Kehrreim des Liedes.

»Es liegt am großen Belt ein alter Hof mit dicken, roten Mauern«, sagte der Wind, »ich kenne jeden Stein, ich sah ihn früher, als er in Marsk Stigs Burg auf der Landspitze saß; die mußte nieder! Der Stein kam wieder hinauf und wurde eine neue Mauer, ein neuer Hof an einem andern Ort, es war Borreby-Hof, wie er noch steht.

Ich habe sie gesehen und gekannt, die hochadeligen Männer und Frauen, die wechselnden Geschlechter, die dort drinnen wohnten, und jetzt erzähle ich von Valdemar Daae und seinen Töchtern.

Er hob so stolz seine Stirn, er war aus königlichem Geschlecht! Er konnte mehr als einen Hirsch jagen und einen Humpen leeren – es würde sich schon machen, sagte er selbst.

Seine Frau schritt stolz im Kleid aus Goldbrokat über ihren blanken, getäfelten Boden; die Tapeten waren prächtig, die Möbel teuer erstanden, sie waren kunstvoll geschnitzt. Silber- und Goldgerät hatte sie ins Haus gebracht; deutsches Bier lag im Keller, als noch welches dort lag; schwarze, feurige Pferde wieherten im Stall; es war reich dort drinnen auf Borreby-Hof, als der Reichtum da war.

Und Kinder waren da; drei feine Jungfrauen, Ide, Johanne und Anna Dorthea; ich erinnere mich noch der Namen.

Es waren reiche Leute, es waren vornehme Leute, in Herrlichkeit geboren und darin aufgewachsen. Hu-u-uh! Fahre hin!« sang der Wind, und dann erzählte er wieder.

»Hier sah ich nicht, wie auf andern alten Höfen, die hochgeborene Frau mit ihren Mägden im Saal sitzen und das Spinnrad drehen. Sie spielte auf der klingenden Laute und sang dazu, doch nicht immer die alten dänischen Lieder, sondern Weisen fremder Zunge. Hier gab es Leben und Gastereien, hier kamen vornehme Gäste von nah und fern. Die Musik erklang, die Becher klangen, ich konnte sie nicht übertönen!« sagte der Wind. »Hier war Hochmut in großer Aufmachung, Herrschaft, aber nicht Unser Herr!«

»Es war just der Abend des Maifeiertages«, sagte der Wind, »ich kam von Westen, hatte Schiffe zu Wracks zertrümmert werden sehen an Westjütlands Küste, war über die Heide und die waldgrüne Küste dahingejagt, hin über Fünens Land und kam nun über den Großen Belt, sausend und brausend.

Da legte ich mich zur Ruhe an Seelands Küste, nahe bei Borreby-Hof, wo noch der Wald mit herrlichen Eichen stand.

Die jungen Burschen aus der Gegend kamen heraus und sammelten Reisig und Zweige, die größten und trockensten, die sie finden konnten. Sie gingen damit zur Stadt, legten es auf einen Haufen, entzündeten ihn, und Mädchen und Burschen umtanzten ihn mit Gesang.

Ich lag still«, sagte der Wind, »aber sachte rührte ich an einen Zweig, den der schönste junge Bursche hingelegt hatte; sein Holz flammte auf, flammte am höchsten; er war der Auserwählte, bekam den Ehrennamen, wurde der Maikönig und wählte sich zuerst unter den Mädchen sein kleines Mailamm; es war eine Freude, eine Lustigkeit, größer als dort drinnen auf dem reichen Borreby-Hof.

Und hin zum Hof kamen mit sechs Pferden in goldener Kutsche die hohe Frau und ihre drei Töchter gefahren, so zart und jung, drei liebliche Blumen: Rose, Lilie und die blasse Hyazinthe. Die Mutter selbst war eine prangende Tulpe; sie grüßte nicht einen von der ganzen Schar, die im Spiel innehielt und knickste und kroch. Man sollte glauben, die Frau säße auf zerbrechlichem Stengel.

Rose, Lilie und blasse Hyazinthe, ja, ich sah sie alle drei! Wessen Mailamm würden sie einmal werden, dachte ich; ihr Maikönig wird ein stolzer Ritter, vielleicht ein Prinz sein!

– Hu-u-uh! – Fahre hin! Fahre hin!

Ja, der Wagen fuhr mit ihnen dahin, und die Bauernburschen fuhren fort zu tanzen. Der Sommer wurde eingeritten in der Stadt Borreby, in Tjäreby und in allen umliegenden Städten.

Aber in der Nacht, als ich mich erhob«, sagte der Wind, »legte sich die hochvornehme Frau, um nie mehr aufzustehen; es kam so über sie, wie es über alle Menschen kommt, das ist nichts Neues. Valdemar Daae stand eine Weile ernst und gedankenvoll da; der stolzeste Baum kann gebeugt, aber nicht geknickt werden, sagte es in seinem Innern; die Töchter weinten, und auf dem Hof trockneten sich alle die Augen, aber Frau Daae war dahingefahren – und auch ich fuhr dahin! Hu-u-uh!« sagte der Wind.

»Ich kam wieder, ich kam oft wieder über Fünens Land und über das Wasser des Belts, setzte mich an den Strand bei Borreby bei dem prächtigen Eichenwald; dort nisteten der Fischadler, die Waldtauben, die blauen Raben und selbst der schwarze Storch. Es war früh im Jahr, einige hatten Eier und einige hatten Junge. Nein, wie sie flogen, wie sie schrien! Es waren Axtschläge zu hören, Schlag auf Schlag; der Wald sollte gefällt werden. Valdemar Daae wollte ein kostbares Schiff bauen, ein Kriegsschiff mit drei Vorderdecks, das der König wohl kaufen würde, und deshalb fiel der Wald, das Merkzeichen der Seeleute, die Wohnstätte der Vögel. Der Neuntöter flog erschrocken auf, sein Nest wurde zerstört; der Fischadler und alle Vögel des Waldes verloren ihr Heim. Sie flogen verwirrt umher und schrien in Angst und Zorn, ich verstand sie wohl. Krähen und Dohlen riefen laut im Spott: ›Fort vom Nest! Fort vom Nest! Fort! Fort!‹

Und mitten im Wald bei der Schar der Arbeiter standen Valdemar Daae und seine drei Töchter, und sie lachten alle über das wilde Geschrei der Vögel; aber seine jüngste Tochter, Anna Dorthea, fühlte Mitleid darüber in ihrem Herzen. Und als sie auch einen halb eingegangenen Baum fällen wollten, auf dessen kahlem Zweig der schwarze Storch genistet hatte, und die kleinen Jungen die Köpfe hervorstreckten, bat sie für ihn, bat mit Tränen in den Augen, und dann durfte der Baum mit dem Nest des schwarzen Storches stehenbleiben. Das war nur eine geringe Sache.

Es wurde gefällt, und es wurde gesägt – es wurde ein Schiff mit drei Vorderdecks gebaut. Der Baumeister selbst war von geringer Geburt, doch von adligem Wesen; Augen und Stirn sprachen davon, wie klug er war, und Valdemar Daae hörte ihn gern erzählen; das tat auch Klein-Ide, die älteste, die fünfzehnjährige Tochter, und während er ein Schiff für den Vater baute, baute er ein Luftschloß für sich selbst, worin er und Klein-Ide als Mann und Frau saßen, und das wäre auch geschehen, wäre das Schloß aus gemauerten Steinen gewesen mit Wällen und Gräben, Wald und Garten. Aber bei all seinem Scharfsinn war der Meister doch nur ein armer Vogel, und was soll der Spatz beim Kranichtanz? Hu-u-uh! – Ich flog fort, und er flog fort, denn er durfte nicht bleiben, und Klein-Ide verwand es, denn sie mußte es verwinden.

Im Stall wieherten die schwarzen Pferde, die es wert waren, angeschaut zu werden, und sie wurden angeschaut. – Der Admiral war vom König selbst gesandt worden, um das neue Kriegsschiff anzusehen und über dessen Kauf zu sprechen; er sprach in lauter Bewunderung über die feurigen Pferde; ich hörte es gut«, sagte der Wind; »ich folgte mit den Herren durch die offene Tür und streute Strohhalme gleich Goldstangen vor ihre Füße. Gold wollte Valdemar Daae haben. Der Admiral wollte die schwarzen Pferde haben, darum lobte er sie so; aber das wurde nicht verstanden, und so wurde das Schiff auch nicht gekauft. Es stand und glänzte am Strand, zugedeckt mit Planken, eine Arche Noah, die nie aufs Wasser kam. Hu-u-uh! Fahre hin! Fahre hin! Und das war kläglich.

Zur Winterzeit, wenn der Schnee über den Feldern lag, das Treibeis den Belt füllte und ich es auf die Küste hinaufschraubte«, sagte der Wind, »kamen Raben und Krähen, eine schwärzer als die ande-

re, große Scharen; sie setzten sich auf das öde, das tote, das einsame Schiff am Strand und schrien mit heiseren Schreien von dem Wald, der fort war, von den vielen kostbaren Vogelnestern, die zerstört waren, von den obdachlosen Alten, den obdachlosen Jungen, und all dies um des großen Gerümpels willen, des stolzen Fahrzeugs, das nie hinaus sollte, um zu segeln.

Ich wirbelte das Schneegestöber auf; der Schnee lag wie große Wogen hoch um das Schiff herum, darüber hin! Ich ließ es meine Stimme vernehmen, ließ es hören, was ein Sturm zu sagen hat; ich weiß, daß ich das Meine dazu tat, damit es Schiffserfahrung erlangen könne. Hu-u-uh! Fahre hin!

Und der Winter fuhr dahin, Winter und Sommer, sie fuhren dahin, sie fahren, wie ich fahre, wie der Schnee stiebt, die Apfelblüten stieben und das Laub fällt. Fahre hin! Fahre hin! Fahre hin! Die Menschen auch.

Aber noch waren die Töchter jung, Klein-Ide eine Rose, schön anzusehen wie damals, als der Schiffbauer sie sah. Oft erfaßte ich ihr langes, braunes Haar, wenn sie gedankenvoll beim Apfelbaum im Garten stand und nicht merkte, daß ich ihr Blüten aufs Haar streute, das sich löste, und sie die rote Sonne und den goldenen Himmelsgrund zwischen des Gartens dunklen Büschen und Bäumen anschaute.

Ihre Schwester war wie eine Lilie, glänzend und aufrecht; sie hatte Haltung und Stolz, war wie die Mutter zerbrechlich im Stengel. Gerne ging sie in den großen Saal, wo die Ahnenbilder hingen; die Damen waren in Samt und Seide gemalt, mit perlenbestickten winzig kleinen Hüten auf dem geflochtenen Haar; es waren schöne Damen! Ihre Hausherrn sah man in Stahl oder in kostbarem Mantel mit Eichhörnchenfell gefüttert und mit der blauen Halskrause; das Schwert war um den Schenkel und nicht um die Lende gegürtet. Wo sollte wohl Johannes Bild einst an der Wand hängen, und wie sah er aus, der adelige Hausherr? Ja, daran dachte sie, davon plauderte sie. Ich hörte es, wenn ich durch den langen Gang in den Saal hineinfuhr und mich wieder umwandte.

Anna Dorthea, die blasse Hyazinthe, nur ein vierzehnjähriges Kind, war still und nachdenklich; die großen, wasserblauen Augen sahen gedankenvoll aus, aber das Kinderlächeln lag um den Mund, ich konnte es nicht fortblasen, und ich wollte es auch nicht.

Ich traf sie im Garten, im Hohlweg und auf dem Feld; sie sammelte Kräuter und Blumen, von denen sie wußte, daß ihr Vater sie zu Getränken und Tropfen brauchen konnte, die er zu destillieren verstand. Valdemar Daae war hochmütig und stolz, aber auch erfahren, und er wußte so viel; das merkte man wohl, es wurde darüber geraunt; das Feuer brannte selbst zur Sommerzeit in seinem Kamin; die Kammertür war abgeschlossen; es dauerte Tage und Nächte, aber er sprach nicht viel davon; die Kräfte der Natur muß man still beherrschen, bald würde er wohl das Beste ausfindig machen – das rote Gold.

Deshalb dampfte es vom Kamin, deshalb knisterte und flammte es; ja, ich war dabei!« erzählte der Wind, »laß fahren! laß fahren! sang ich durch den Schornstein. Es wird Rauch, Dampf, Schlacken und Asche! Du verbrennst dich selbst! Hu-u-uh! Fahre hin! Fahre hin! Aber Valdemar Daae ließ es nicht fahren.

Die prächtigen Pferde im Stall – wo blieben die? Das alte Silber- und Goldzeug im Schrank und im Schrein, die Kühe auf dem Feld,

Gut und Hof? – Ja, die konnten schmelzen, im Goldtiegel schmelzen, und es kommt doch kein Gold!

Es wurde leer in Scheune und in Vorratskammer, im Keller und auf dem Estrich. Weniger Leute, mehr Mäuse. Eine Scheibe sprang, eine brach, ich brauchte nicht zur Tür hineinzugehen«, sagte der Wind; »ich drehte den Wetterhahn des Turms. Er knarrte, als ob der Wächter auf dem Turm schnarchte, aber es gab keinen Wächter; es gab Ratten und Mäuse; die Armut deckte den Tisch, die Armut saß im Kleiderschrank und im Speiseschrank, die Tür ging aus der Angel, es entstanden Risse und Spalten; ich ging hinaus und ich ging hinein«, sagte der Wind, »deshalb weiß ich gut Bescheid.

In Rauch und in Asche, in Kummer und schlafloser Nacht ergraute das Haar im Bart und um die Stirn, die Haut wurde trübe und gelb, die Augen so gierig nach Gold, dem erwarteten Gold.

Ich pustete ihm Rauch und Asche in Gesicht und Bart; Schulden kamen statt Gold. Ich sang durch die zerbrochenen Scheiben und offenen Spalten, blies hinein zu den Schlafbänken der Töchter, wo die Kleider verblichen und verschlissen lagen; denn sie mußten immer durchhalten. Dies Lied war nicht an der Wiege dieser Kinder gesungen worden! Herrenleben wurde kümmerliches Leben! Ich war der einzige, der auf dem Schlosse laut sang!« sagte der Wind. »Ich schneite sie ein; das wärmt, sagt man; Holz hatten sie nicht, der Wald war gefällt, wo sie es herholen sollten. Es war klingender Frost; ich schwang mich durch Schallöcher und Gänge, über Giebel und Mauer, um mich flink zu erhalten; dort drinnen lagen sie im Bett, der Kälte wegen, die adeligen Töchter; der Vater kroch unter die Felldecke. Nichts zu beißen und nichts zu brennen, das ist Herrenleben! Hu-u-uh! Laß fahren! – Aber das konnte Herr Daae nicht.

›Auf den Winter folgt der Frühling‹, sagte er, ›auf Not folgen gute Zeiten; – aber sie lassen auf sich warten, warten! – Jetzt ist der Hof verpfändet, jetzt ist es die äußerste Zeit – und dann kommt das Gold, zu Ostern!‹

Ich hörte ihn in das Gespinst der Spinne hineinmurmeln. – ›Du flinker, kleiner Weber! Du lehrst mich aushalten! Wird dein Gespinst zerrissen, beginnst du wieder von vorne und vollendest es!

Wieder entzwei – und unverdrossen beginnst du wieder von vorne! – Von vorne! Das ist es, was man soll, und das wird belohnt!‹

Es war Ostermorgen, die Glocken klangen, die Sonne spielte am Himmel. In Fieberhitze hatte er gewacht, gekocht und gekühlt, gemischt und destilliert. Ich hörte ihn seufzen wie eine verzweifelte Seele, ich hörte ihn beten, ich vernahm, wie er seinen Atem anhielt. Die Lampe war ausgegangen, er merkte es nicht; ich pustete in die Kohlengluten, sie leuchteten ihm in das schneeweiße Gesicht, das einen Schimmer von Farbe bekam, die Augen lagen zusammengekniffen in den tiefen Augenhöhlen – aber jetzt wurden sie größer, größer – als wollten sie zerspringen.

Seht das alchimistische Glas! Es glänzt darin! Es ist glühend, rein und schwer! Er hob es empor mit zitternder Hand, er rief mit zitternder Zunge: ›Gold! Gold!‹ Ihm schwindelte dabei, ich hätte ihn umblasen können«, sagte der Wind, »aber ich blies nur auf die glühenden Kohlen, folgte ihm durch die Tür, hinein, wo die Töchter froren. Sein Kleid war mit Asche bedeckt, sie hing in seinem Bart und in seinem verfilzten Haar. Er richtete sich so hoch auf, erhob seinen reichen Schatz in dem zerbrechlichen Glas: ›Gefunden! Gewonnen! – Gold!‹ rief er. Er streckte das Glas in die Höhe, es glänzte in den Sonnenstrahlen – die Hand zitterte, und das alchimistische Glas fiel zu Boden und zersprang in tausend Stücke; zersprungen war die letzte Blase seines Wohlergehens. Hu-u-uh! Fahre hin! – Und ich fuhr von dem Hof des Goldmachers.

Spät im Jahr, in den kurzen Tagen hier oben, wenn der Nebel mit seinem Wischtuch kommt und nasse Tropfen auf die roten Beeren und die blattlosen Zweige auswringt, kam ich in frischer Laune, lüftete aus, blies den Himmel rein und brach faule Zweige ab, und das ist keine große Arbeit, aber sie muß getan werden. Es wurde auch auf andere Weise reingefegt auf Borreby-Hof bei Valdemar Daae. Sein Feind, Ove Ramel von Basnäs, war da mit dem angekauften Schuldbrief über Hof und Hausrat. Ich trommelte auf die zersprungenen Scheiben, schlug mit den verfallenen Türen, pfiff durch Ritzen und Spalten: Hu-i! – Herr Ove sollte nicht Lust bekommen, dazubleiben. Ide und Anna Dorthea weinten bittere Tränen; Johanne stand aufrecht und bleich, biß sich in den Daumen, so daß er davon blutete; das konnte viel helfen! Ove Rammel gestattete Herrn Daae, zeitlebens auf dem Hof zu bleiben; aber er bekam keinen Dank für das Anerbieten; ich horchte darauf; – ich sah den Herrn ohne Hof seinen Kopf stolzer erheben, ihn in den Nacken werfen. Und ich warf mich gegen den Hof und in die alten Lindenbäume, so daß der dickste Ast abbrach, und der war nicht faul; er lag vor dem Tor wie ein Besen, falls jemand ausfegen wollte, und es wurde ausgefegt; ich dachte es wohl.

Es war ein harter Tag, eine böse Stunde, um auszuharren, aber das Gemüt war hart, der Nacken war steif.

Nichts hatten sie zu eigen außer den Kleidern am Leib; doch, das alchimistische Glas, das neulich gekauft und mit dem Verschütteten gefüllt war, das sie am Boden zusammengekratzt hatten; der Schatz, der versprach, aber nichts hielt. Valdemar Daae barg es auf seiner Brust, nahm dann seinen Stock in die Hand, und der einstmals reiche Herr ging mit seinen drei Töchtern von Borreby-Hof hinweg. Ich blies kalt auf seine heißen Wangen, ich streichelte seinen grauen Bart und sein langes weißes Haar, ich sang, wie ich es konnte:

Hu-u-uh! Fahre hin! Fahre hin! – Das war das Ende der reichen Herrlichkeit.

Ide und Anna Dorthea gingen jede an seiner Seite; Johanne wandte sich im Tor um, was sollte das nützen; das Glück würde sich doch nicht wenden. Sie sah die roten Mauersteine von Marsk Stigs Burg an. Dachte sie an seine Töchter:

›Die älteste faßte der jüngsten Hand,
und sie wanderten weit in das fremde Land!‹

Dachte sie an dies Lied? – Hier waren sie ihrer drei – der Vater war mit! – Sie gingen den Weg entlang, wo sie in der Kutsche gefahren waren, sie gingen den Bettelgang mit dem Vater nach dem Smidstrup-Feld, zu dem Lehmhaus, das für zehn Mark jährlich gemietet worden war, dem neuen Herrensitz mit leeren Wänden und leeren Schüsseln. Krähen und Dohlen flogen über sie hin und schrien wie zum Spott: ›Fort vom Nest! Fort vom Nest! Fort! Fort!‹ wie es die Vögel im Borreby-Wald geschrien hatten, als die Bäume gefällt wurden.

Herr Daae und seine Töchter vernahmen es wohl; ich blies ihnen um die Ohren, es lohnte sich nicht, darauf zu hören.

Dann zogen sie ein in das Lehmhaus auf dem Smidstrup-Feld – und ich fuhr dahin über Moor und Feld, durch kahle Hecken und entblätterte Wälder, nach offenen Gewässern, andern Ländern. – Hu-u-uh! Fahre hin! Fahre hin! und das in all den Jahren.«

Wie erging es Valdemar Daae? Wie erging es seinen Töchtern? Der Wind erzählt:

»Die letzte von ihnen, die ich sah, ja, zum letztenmal, das war Anna Dorthea, die blasse Hyazinthe – nun war sie alt und gebeugt, es war ein halbes Jahrhundert später. Sie lebte am längsten, sie wußte von dem Ganzen.

Drüben auf der Heide bei der Stadt Viborg lag des Domprobsts neuer, stattlicher Hof mit roten Steinen und zackigem Giebel; der Rauch stieg fett aus dem Schornstein. Die milde Frau und die holden Töchter saßen im Erker und sahen hinaus über des Gartens hängenden Hagedorn, hinaus nach der braunen Heide – nach was schauten sie aus? Sie sahen nach dem Storchennest dort draußen auf dem baufälligen Haus. Das Dach war von Moos und Hauswurz bedeckt, soweit noch ein Dach da war. Was am meisten deckte, war das Nest des Storches, und das war das einzige, was ausgebessert wurde; der Storch hielt es instand.

Es war ein Haus zum Ansehen, nicht zum Berühren; ich mußte behutsam damit umgehen«, sagte der Wind. »Um des Storches willen durfte das Haus stehenbleiben, es war ja eigentlich eine Vogelscheuche auf der Heide. Den Storch wollten die Domprobstleute nicht fortjagen, so durfte die hinfällige Hütte bleiben, und die Arme darinnen konnte dort wohnen; das konnte sie dem ägyptischen Vogel verdanken. – Oder war es ein Dank, weil sie einst bat für das Nest seines schwarzen, wilden Bruders im Borreby-Wald? Damals war sie, die Arme, ein junges Kind, eine feine, blasse Hyazinthe in dem adeligen Garten. Sie erinnerte sich an alles, Anna Dorthea.

›Oh! oh!‹ – ja, die Menschen können seufzen, wie der Wind es kann in Schilf und Rohr. ›Oh! – es läuteten keine Glocken über deinem Grab, Valdemar Daae! Die armen Schulbuben sangen nicht, als Borrebys ehemaliger Herr in die Erde gelegt wurde! – Oh! Alles nimmt ein End, auch das Elend! – Schwester Ide ward eines Bauern Weib; das war für den Vater die härteste Prüfung! Der Mann der Tochter ein elender Knecht, der vom Gutsherrn auf das harte Brett reiten geschickt werden konnte. – Nun ist er wohl unter der Erde? Und du auch? Ide? – O ja! O ja! es ist noch nicht vorbei, ich arme Alte! Ich Ärmste! Erlöse mich, reicher Christ!‹

Das war Anna Dortheas Gebet in dem armseligen Haus, das um des Storches willen stehenbleiben durfte.

Der kräftigsten von den Schwestern nahm ich mich an«, sagte der Wind, »sie wählte sich Kleider nach ihrem Sinn! Sie kam als armer Bursche und heuerte sich beim Schiffer an; sie war karg an Worten, mürrisch im Ausdruck, aber willig zu ihrer Arbeit, doch klettern konnte sie nicht – dann blies ich sie über Bord, ehe jemand wußte, daß sie ein Frauenzimmer war, und das war sicher wohlgetan von mir«, sagte der Wind.

»Es war ein Ostermorgen, wie damals, als Valdemar Daae glaubte, er habe das rote Gold gefunden, da hörte ich unter dem Nest des Storches, zwischen den baufälligen Wänden Psalmengesang, Anna Dortheas letzten Gesang.

Es war keine Fensterscheibe da, es war nur ein Loch in der Wand; die Sonne kam wie ein Goldklumpen und legte sich darein; es war ein Glanz! Ihr Auge brach, ihr Herz brach! Das hätten sie gleichwohl getan, auch wenn die Sonne an diesem Morgen nicht auf sie geschienen hätte.

Der Storch gab ihr ein Dach überm Kopf bis zu ihrem Tod. Ich sang an ihrem Grab!« sagte der Wind; »ich sang an ihres Vaters Grab, ich weiß, wo es ist und wo ihr Grab ist, das weiß niemand sonst.

Neue Zeiten, andre Zeiten! Alte Heerstraße mündet ein in umzäuntes Feld, umfriedete Gräber werden befahrene Landstraße – und bald kommt der Dampf mit seiner Wagenreihe und braust über die Gräber hin, die vergessen sind wie die Namen. Hu-u-uh! Fahre hin!

Das ist die Geschichte von Valdemar Daae und seinen Töchtern. Erzählt sie besser, Ihr andern, wenn Ihr es könnt!« sagte der Wind und drehte sich. – Weg war er.

67

KINDERGESCHWÄTZ

Drinnen beim Großkaufmann war große Kindergesellschaft, reicher Leute Kinder und vornehmer Leute Kinder. Der Großkaufmann stellte sich gut, er war ein Mann von Wissen; er hatte einst das Studentenexamen gemacht, dazu hatte ihn sein braver Vater angehalten, der anfangs nur Viehhändler war, aber ehrlich und betriebsam; das hatte Geld eingebracht, das der Großkaufmann später noch anwachsen ließ; Verstand hatte er und auch Herz, aber davon wurde weniger geredet als von seinem vielen Geld.

Es gingen bei ihm vornehme Leute aus und ein, sowohl die von Geblüt, wie sie es nannten, als auch die von Geist, wie sie es nannten; solche, die beides hatten, und solche, die nichts davon hatten. Da war nun Kindergesellschaft, Kindergeschwätz, und Kinder sprechen frisch von der Leber weg. Da war ein liebliches, kleines Mädchen, aber so gräßlich stolz, das hatten die Dienstboten in sie hineingeküßt, nicht die Eltern, dazu waren sie viel zu vernünftig; ihr Vater war Kammerjunker, und das ist entsetzlich viel, das wußte sie.

»Ich bin ein Kammerkind!« sagte sie. Sie hätte nun auch ein Kellerkind sein können, man kann selbst ganz gleich viel dafür; und dann erzählte sie den andern Kindern, daß sie eine »geborene« sei, und sagte, wenn man nicht geboren sei, dann könne man nichts werden; es half nichts zu lernen oder noch so fleißig zu sein; wenn man nicht geboren war, dann konnte man nichts werden.

»Und diejenigen, deren Namen auf ›-sen‹ enden«, sagte sie, »aus denen kann nie im Leben etwas werden! Man muß die Arme in die Seite stemmen und sie weit von sich entfernt halten, diese ›-sen! -sen!‹« Und dann stemmte sie ihre kleinen, reizenden Arme in die Seite und machte den Ellbogen spitz, um zu zeigen, wie man sich benehmen sollte; und die kleinen Arme waren so reizend. Süß war sie!

Aber die kleine Tochter des Großkaufmanns wurde sehr böse; ihr Vater hieß Madsen, und dieser Name, wußte sie, endete auf »-sen«, und dann sagte sie so stolz sie nur konnte:

»Aber mein Vater kann für hundert Reichstaler Bonbons kaufen und sie ausstreuen! Kann dein Vater das?«

»Ja, aber mein Vater«, sagte die kleine Tochter eines Schriftstellers, »kann deinen Vater, und deinen Vater und alle Väter in die Zeitung setzen! Alle Menschen fürchten sich vor ihm, sagt Mutter, denn es ist mein Vater, der in der Zeitung regiert.«

Und das kleine Mädchen spielte sich dabei auf, als wäre sie eine wirkliche Prinzessin, die sich aufspielen muß.

Aber draußen vor der halboffenen Tür stand ein armer Knabe und guckte durch die Spalte. Der Kleine konnte nicht einmal mit in die Stube hineinkommen, so gering war er; er hatte den Bratspieß für die Köchin gedreht und nun Erlaubnis erhalten, hinter der Tür zu den feinen Kindern hineinzuschauen, die sich vergnügten, und das war gar viel für ihn.

Wer doch einer von ihnen wäre! dachte er, und dann hörte er, was gesagt wurde, das war freilich, um sehr mißmutig darüber zu werden. Nicht einen Schilling hatten die Eltern zu Hause in den Kasten zu legen, und sie hatten nicht die Mittel, um eine Zeitung zu halten, geschweige denn in eine solche zu schreiben, und dann kam noch das Allerschlimmste dazu: der Name seines Vaters, und also auch sein Name, endete ganz und gar auf »-sen«! Aus ihm konnte also nie im Leben etwas werden. Das war so traurig! Doch geboren war er, schien es ihm, richtig geboren! Das konnte unmöglich anders sein.

Seht, das war an diesem Abend.

Nun vergingen viele Jahre, und in diesen werden Kinder zu erwachsenen Menschen.

Es stand in der Stadt ein prächtiges Haus, das voll von Herrlichkeiten war. Alle Leute wollten es sehen, selbst Leute von außerhalb der Stadt kamen herein, um es zu sehen. Welches wohl von den Kindern, von denen wir erzählt haben, konnte das Haus sein eigen nennen? Ja, das ist doch leicht zu wissen! Nein, das ist nicht einmal so leicht. Das Haus gehörte dem kleinen, armen Knaben; aus ihm wurde doch etwas, obschon sein Name auf »-sen« endete – Thorvaldsen.[1]

[1] Der Bildhauer Bertil Thorvaldsen

Und die drei andern Kinder? – Die Kinder des Geblüts, des Geldes und des Geisteshochmuts – ja, das eine hat dem andern nichts vorzuwerfen, sie sind einander gleich! Aus ihnen wurde lauter Gutes und Gesegnetes, es war ein guter Grund in ihnen; was sie damals gedacht und gesprochen hatten, war nur – Kindergeschwätz.

68

EIN STÜCK PERLENSCHNUR

Die Eisenbahn in Dänemark erstreckt sich bis jetzt nur von Kopenhagen bis Korsör; sie ist ein Stück Perlenschnur, an denen Europa so reich ist; die kostbarsten Perlen dort heißen: Paris, London, Wien, Neapel –! Manch einer bezeichnet doch nicht diese großen Städte als seine schönste Perle, sondern weist auf eine kleine, unauffällige Stadt hin, die das Heim der Heimat ist, wo die Lieben wohnen. Ja, oft ist es nur ein einzelner Hof, ein kleines Haus, versteckt zwischen grünen Hecken, ein Punkt, der dahinfliegt, während der Eisenbahnzug vorbeijagt.

Wie viele Perlen sind auf der Schnur von Kopenhagen bis Korsör? Wir wollen sechs betrachten, die die meisten bemerken müssen. Alte Erinnerungen und die Poesie selbst geben diesen Perlen einen Glanz, so daß sie in unsere Gedanken hineinstrahlen.

Nah beim Hügel, wo das Schloß Frederik VI. liegt, Oehlenschlägers Kindheitsheim, glänzt im Lee von Söndermarkens Waldgrund eine von den Perlen, man nannte sie »Philemon und Baucis' Hütte«, das heißt, das Heim von zwei liebenswerten Alten. Hier wohnte Rahbek mit seiner Gattin Camma; hier, unter ihrem gastfreien Dach, versammelten sich während eines Menschenalters mehrere der Tüchtigen im Geiste aus dem geschäftigen Kopenhagen, hier war ein Heim des Geistes – – und jetzt! Sagt nicht: »Ach, wie verändert!« – nein, noch ist es das Heim des Geistes, das Treibhaus für die kränkelnde Pflanze! Die Blumenknospe, die nicht kräftig genug ist, sich zu entfalten, bewahrt doch verborgen alle Keime zu Blatt und Frucht. Hier scheint die Sonne des Geistes hinein in ein umfriedetes Heim des Geistes, belebt und macht lebendig; die Welt ringsum strahlt herein durch die Augen in die unerforschliche Tiefe der Seele. Das Heim des Idioten, umschwebt von der Menschenliebe, ist ein heiliger Ort, ein Treibhaus für die kränkelnde Pflanze, die einmal umgepflanzt werden und in Gottes Garten blühen soll. Die Schwächsten im Geiste versammeln sich nun hier, wo einst die Größten und Kräftigsten sich trafen, Gedanken tauschten und emporgehoben wurden – empor loht noch hier die Flamme der Seele in »Philemon und Baucis' Hütte«.

Die Stadt der Königsgräber mit Hroars Quelle, das alte Roskilde, liegt vor uns! Die schlanke Turmspitze der Kirche erhebt sich über die niedrige Stadt und spiegelt sich im Isefjord. Ein Grab nur wollen wir hier suchen, es im Glanz der Perle betrachten; es ist nicht das der mächtigen Unionskönigin Margrethe – nein, drinnen auf dem Friedhof, an dessen weißer Mauer wir dicht vorbeifliegen, ist das Grab. Ein geringer Stein ist darüber gelegt, der König der Orgel, der Erneuerer der dänischen Romanze, ruht hier. Die alten Sagen wurden zu Melodien in unserer Seele; wir vernahmen, wo »die klaren Wellen rollten«, »es wohnte ein König in Lejre!« – Roskilde, Stadt der Königsgräber, in deiner Perle wollen wir auf das geringe Grab blicken, wo im Stein eingehauen ist die Leier und der Name: Weyse.

Nun kommen wir nach Sigersted bei der Stadt Ringsted; das Flußbett ist niedrig; das gelbe Korn wächst, wo Hagbarths Boot anlegte, nicht weit von Signes Jungfrauengemach. Wer kennt nicht die Sage von Hagbarth, der in der Eiche hing, und von Signelils Gemach, das in Flammen stand, die Sage von der starken Liebe.

»Schönes Sorö, umkränzt von Wäldern!« deine stille Klosterstadt hat einen Ausblick zwischen den moosbewachsenen Bäumen erhalten; mit Jugendblick schaut es von der Akademie über den See hinaus nach der Weltlandstraße, hört den Drachen der Lokomotive schnauben, während er durch den Wald fliegt. Sorö, du

Perle der Dichtung, die Holbergs Staub birgt! Wie ein mächtiger, weißer Schwan liegt am tiefen Waldsee dein Schloß der Gelehrsamkeit, und neben ihm – und dorthin wandert unser Auge – glänzt wie eine weiße Sternblume im Waldgrund ein kleines Haus; fromme Lieder klingen von dort durch das ganze Land. Worte werden darin gesprochen, der Bauer selbst horcht darauf und erkennt Dänemarks entschwundene Zeiten. Der grüne Wald und des Vogels Gesang gehören zusammen, so auch die Namen Sorö und Ingemann.

Zur Stadt Slagelse –! Was spiegelt sich hier im Glanz der Perle? Verschwunden ist das Kloster Antvorskov, verschwunden die reichen Säle des Schlosses, selbst dessen einsam stehender, verlassener Flügel; doch ein altes Zeichen steht noch, erneut und wieder erneut, ein Holzkreuz auf dem Hügel dort drüben, wo zur Zeit der Legende der heilige Anders, der Priester von Slagelse, erwachte, der in einer Nacht von Jerusalem hierher getragen wurde.

Korsör – hier wurdest du geboren, der uns gab:

»– Scherz mit Ernst gemischt
in Liedern von Knud Seelandsfahrer.«

Du Meister in Wort und Witz! Die sinkenden alten Wälle der verlassenen Festung sind nun hier die letzten sichtbaren Zeugen deines Kindheitsheimes; wenn die Sonne untergeht, zeigen ihre Schatten hin auf den Fleck, wo dein Geburtshaus stand; von diesen Wällen nach Sprogös Höhe blickend, sahst du, als du »klein warst«, »den Mond hinter die Insel hinabgleiten« und besangst ihn unsterblich, wie du später die Berge der Schweiz besangst, du, der du herumzogst im Labyrinth der Welt und fandest, daß –

»– – nirgends blühen die Rosen so rot,
und nirgends sind die Dornen so klein,
und nirgends sind die Kissen so weich,
als die, auf denen unserer Kindheit Unschuld ruhte.«

Der frohen Laune lieblicher Sänger! Wir flechten dir einen Kranz von Waldmeister, werfen ihn in den See, und die Welle wird ihn an den Kielerfjord tragen, auf dessen Küste dein Staub gelegt ist; er bringt einen Gruß von dem jungen Geschlecht, einen Gruß von der Geburtsstadt Korsör – wo die Perlenschnur endet.

II.

»Das ist wahrlich ein Stück Perlenschnur von Kopenhagen bis Korsör«, sagte Großmutter, die vorlesen gehört hatte, was wir nun eben lasen. »Das ist eine Perlenschnur für mich, und das wurde sie mir schon vor nun mehr als vierzig Jahren«, sagte sie. »Da hatten wir nicht die Dampfmaschinen, wir brauchten Tage für diesen Weg, wo ihr jetzt nur Stunden braucht. Es war im Jahr 1815; da war ich einundzwanzig Jahre alt; das ist ein schönes Alter, obgleich es oben in den Sechzigern auch ein schönes und gesegnetes Alter ist! – In meinen jungen Tagen, ja, da war es eine andere Seltenheit als jetzt, nach Kopenhagen zu kommen, der Stadt vor allen Städten, für die wir sie ansahen. Meine Eltern wollten nach zwanzig Jahren wieder einmal einen Besuch dort machen, ich sollte mit; von dieser Reise hatten wir seit Jahren gesprochen, und nun sollte sie wirklich vor sich gehen! Mir schien, daß ein ganz neues Leben beginnen würde. Und in einer Weise begann da auch für mich ein neues Leben.

Es wurde genäht und es wurde zusammengepackt! Und als wir nun fort sollten, ja, wie viele Freunde kamen da nicht, um uns Lebwohl zu sagen! Es war eine große Reise, die wir vorhatten! Spät am Vormittag fuhren wir aus Odense im holsteinischen Wagen meiner Eltern. Bekannte nickten von den Fenstern die ganze Straße entlang, fast bis wir ganz zum Sankt-Jörgens-Tor hinaus waren. Das Wetter war schön, die Vögel sangen, alles war Fröhlichkeit. Man vergaß, daß es ein schwerer, langer Weg bis Nyborg war; gegen Abend kamen wir dort an; die Post traf erst zur Nacht ein, und eher ging das Fährschiff nicht ab; wir gingen dann an Bord. Da lag nun vor uns das große Wasser, soweit wir blicken konnten, ganz windstill. Wir legten uns in unsern Kleidern hin und schliefen. Als ich in der Morgenstunde erwachte und auf Deck hinauf kam, war nach keiner Seite hin das mindeste zu sehen, solch einen Nebel hatten wir. Ich hörte die Hähne krähen, spürte, daß die Sonne aufging, und vernahm das Läuten der Glocken; wo mochten wir sein? Der Nebel hob sich, und wir lagen wahrhaftig noch gerade vor Nyborg. Später am Tag wehte endlich ein bißchen Wind, aber direkt entgegen; wir kreuzten und kreuzten, und endlich waren wir so glücklich, daß wir etwas nach elf Uhr nachts Korsör erreichten, da hatten wir zweiundzwanzig Stunden für die vier Meilen gebraucht.

Es tat gut, an Land zu kommen; aber dunkel war es. Die Laternen brannten schlecht, und alles war so wildfremd für mich, die nie in einer andern Stadt als in Odense gewesen war.

›Sieh, hier wurde Baggesen geboren!‹ sagte mein Vater, ›und hier lebte Birckner.‹

Da schien es mir, daß die alte Stadt mit den kleinen Häusern auf einmal heller und größer wurde; wir fühlten uns zudem so froh, wieder festen Boden unter uns zu haben; schlafen konnte ich nicht in dieser Nacht über all dem vielen, das ich bereits gesehen und erlebt hatte, seit ich vorgestern von zu Hause aufbrach.

Am nächsten Morgen mußten wir früh auf. Wir hatten einen schlimmen Weg vor uns mit schrecklichen Hügeln und vielen Löchern, bis wir Slagelse erreichten, und von dort weiter auf der andern Seite war es wohl nicht viel besser. Wir wollten gerne so zeitig nach dem Krebshaus kommen, daß wir von dort noch bei Tag nach Sorö hineingehen und Möllers Emil besuchen konnten, wie wir ihn nannten. Ja, das war euer Großvater, mein seliger Mann, der Probst, er war Student in Sorö und gerade fertig mit seinem zweiten Examen.

Wir kamen am Nachmittag zum Krebshaus; das war ein feiner Ort damals, das beste Wirtshaus auf der ganzen Reise und die lieblichste Gegend, ja, das müßt ihr doch alle zugeben, daß sie das noch immer ist. Das war eine tüchtige Wirtin, die Madame Plambek, alles im Haus war wie ein glattgescheuertes Hackbrett. An der Wand hing in Glas und Rahmen Baggesens Brief an sie, der war wohl wert angesehen zu werden! Mir war es eine große Merkwürdigkeit. – Dann gingen wir hinauf nach Sorö und trafen dort Emil. Ihr könnt mir glauben, er wurde so froh darüber, uns zu sehen, und wir darüber, ihn zu sehen. Er war so gut und aufmerksam. Mit ihm sahen wir dann die Kirche mit Absalons Grab und Holbergs

Sarg; wir sahen die alten Mönchsinschriften, und wir segelten über den See zum ›Parnaß‹. Es war der schönste Abend, dessen ich mich entsinne! Ich fand wahrlich, daß, sollte man irgendwo in der Welt dichten können, es dann in Sorö sein müßte, in diesem Frieden und dieser Schönheit der Natur. Dann gingen wir im Mondschein den Philosophengang entlang, wie sie es nennen, den schönen, einsamen Weg dem See und Sumpf entlang hinaus auf die Landstraße zum Krebshaus; Emil blieb und aß mit uns. Vater und Mutter fanden, daß er so klug geworden sei und so gut aussähe. Er versprach uns, daß er in fünf Tagen in Kopenhagen bei seiner Familie und mit uns zusammen sein würde; es war ja Pfingsten. Die Stunden in Sorö und beim Krebshaus, ja, die gehören zu den schönsten Perlen meines Lebens.

Am nächsten Morgen reisten wir sehr früh ab, denn wir hatten einen langen Weg, ehe wir Roskilde erreichten. Und dort mußten wir so zeitig sein, damit die Kirche angeschaut werden und Vater gegen Abend einen alten Schulkameraden besuchen konnte. Das geschah auch, und dann blieben wir die Nacht über in Roskilde und den Tag darauf, aber erst zur Mittagszeit, denn das war der ärgste, der ausgefahrenste Weg, den wir zurückzulegen hatten, kamen wir nach Kopenhagen. Es waren ungefähr drei Tage, die wir von Korsör nach Kopenhagen gebraucht hatten, jetzt macht ihr den gleichen Weg in drei Stunden. Die Perlen sind nicht köstlicher geworden, das können sie nicht; aber die Schnur ist neu und wunderbar geworden. Ich blieb mit meinen Eltern drei Wochen in Kopenhagen; mit Emil waren wir dort ganze achtzehn Tage zusammen, und als wir zurück nach Fynen reisten, begleitete er uns von Kopenhagen bis Korsör; dort verlobten wir uns, bevor wir uns trennten! So könnt ihr mich wohl verstehen, daß auch ich den Weg von Kopenhagen nach Korsör ein Stück Perlenschnur nenne.

Später, als Emil nach Assens berufen wurde, heirateten wir; wir sprachen oft von der Kopenhagener Reise und davon, sie wieder einmal zu machen; aber da kam erst eure Mutter, und dann bekam sie Geschwister. Es gab viel zu tun und zu besorgen, und als nun Vater befördert und Probst wurde, da war alles ein Segen und eine Freude, aber nach Kopenhagen kamen wir nicht. Nie wieder kam ich dorthin, wie oft wir auch daran dachten und davon sprachen, und jetzt bin ich zu alt geworden, habe nicht mehr den Körper, um auf der Eisenbahn zu fahren; aber ich freue mich über die Eisenbahnen; es ist ein Segen, daß man sie hat! Da kommt ihr schneller zu mir! Jetzt ist Odense ja nicht viel weiter von Kopenhagen, als in meiner Jugend Odense von Nyborg war. Ihr könnt nun ebenso schnell nach Italien fliegen, als wir brauchten, um nach Kopenhagen zu reisen. Ja, das ist etwas! – trotzdem bleibe ich sitzen, ich lasse die andern reisen, lasse sie zu mir kommen! Aber ihr solltet doch nicht lächeln, weil ich so still sitze! Ich habe eine ganz andere große Reise vor als eure, eine weit schnellere als mit der Eisenbahn: wenn Unser Herr will, reise ich hinauf zu Großvater, und wenn ihr dann eure Arbeit verrichtet und euch hier an dieser gesegneten Welt gefreut habt, dann weiß ich, daß ihr zu uns hinaufkommt und wir dann dort von den Tagen unseres Erdenlebens sprechen. Glaubt mir, Kinder, ich sage auch dort wie jetzt: ›Von Kopenhagen bis Korsör, ja, das ist wahrlich ein Stück Perlenschnur.‹«

69

DAS KIND IM GRABE

Es war Trauer im Haus, es war Trauer in den Herzen. Das jüngste Kind, ein vierjähriger Knabe, der einzige Sohn, der Eltern Freude und Zukunftshoffnung, war gestorben. Zwei ältere Töchter hatten sie wohl, die älteste sollte gerade in diesem Jahr konfirmiert werden, liebliche, gute Mädchen alle beide; aber das verlorene Kind ist immer das liebste, und dieses war das jüngste und ein Sohn. Es war eine schwere Prüfung. Die Schwestern trauerten, wie junge Herzen trauern, besonders ergriffen von dem Schmerz der Eltern; der Vater war tiefgebeugt; aber die Mutter war überwältigt von der großen Trauer. Tag und Nacht war sie um das kranke Kind gewesen, hatte es gepflegt, aufgehoben und getragen; es war ein Teil von ihr selbst, das hatte sie gefühlt und empfunden; sie konnte es nicht fassen, daß es tot war, daß es in den Sarg gelegt und ins Grab versenkt werden sollte: Gott konnte ihr dieses Kind nicht nehmen, meinte sie, und als es doch geschah und eine Gewißheit war, sagte sie in ihrem kranken Schmerz:

»Gott hat es nicht gewußt! Er hat herzlose Diener hier auf Erden, die handeln, wie es sie gelüstet, sie hören nicht die Bitten einer Mutter.«

Sie ließ in ihrem Schmerz von Gott ab, und da kamen finstere Gedanken, Gedanken des Todes, des ewigen Todes, daß der Mensch Erde in der Erde würde und daß dann alles vorbei sei. Bei solchen Gedanken hatte sie nichts, um sich daran zu klammern, sondern versank in das bodenlose Nichts der Verzweiflung.

In den schwersten Stunden konnte sie nicht mehr weinen. Sie dachte nicht an die jungen Töchter, die sie hatte; die Tränen des Mannes fielen auf ihre Stirn, sie sah nicht zu ihm auf, ihre Gedanken waren bei dem toten Kind, all ihr Leben und Sein atmete nur dafür, sich jede Erinnerung an das Kind, jedes seiner unschuldigen Kinderworte zurückzurufen.

Der Begräbnistag kam; Nächte vorher hatte sie nicht geschlafen; gegen Morgen wurde sie von Müdigkeit überwältigt und fand etwas Ruhe; unterdessen wurde der Sarg in eine abgelegene Stube getragen und der Deckel dort darauf genagelt, damit sie die Hammerschläge nicht hören sollte.

Als sie erwachte, aufstand und ihr Kind sehen wollte, sagte der Mann unter Tränen zu ihr: »Wir haben den Deckel geschlossen; es mußte geschehen!«

»Wenn Gott hart gegen mich ist«, rief sie aus, »warum sollten dann die Menschen besser sein!« Und sie schluchzte und weinte.

Der Sarg wurde zu Grabe getragen, die trostlose Mutter saß bei ihren jungen Töchtern. Sie sah sie an, ohne sie zu sehen, ihre Gedanken hatten nichts mehr mit ihrem Heim zu tun. Sie ergab sich dem Schmerz, und der warf sie hin und her, wie die See ein Schiff hin und her wirft, das Ruder und Steuer verloren hat. So verging der Begräbnistag, und mehrere Tage folgten im gleichen einförmigen, schweren Schmerz. Mit nassen Augen und traurigen Blicken sahen die Trauernden daheim sie an, sie hörte ihren Trost nicht, was konnten sie wohl auch sagen, sie waren viel zu betrübt dazu.

Es war, als kenne sie den Schlaf nicht mehr, und er allein würde doch ihr bester Freund sein, ihren Körper stärken, der Seele Ruhe schenken; sie brachten sie dazu, sich ins Bett zu legen, sie lag auch still da wie eine Schlafende. Eines Nachts lauschte der Mann auf ihre Atemzüge und glaubte sicher, daß sie Ruhe und Erleichterung gefunden habe. Er faltete daher seine Hände, betete und schlief bald gesund und fest ein. Er merkte nicht, daß sie sich erhob, sich die Kleider überwarf und dann still aus dem Haus ging, um dahin zu gelangen, wo ihre Gedanken Tag und Nacht weilten, zu dem Grab, das ihr Kind barg. Sie ging durch den Garten des Hauses, hinaus auf das Feld, wo der Fußweg um die Stadt herum nach dem Friedhof führte; niemand sah sie, sie sah niemand. Es war herrlich sternenklar, die Luft noch so mild, es war Anfang September. Sie ging auf den Friedhof zu dem kleinen Grab hin, das war wie ein einziger großer Strauß von duftenden Blumen. Sie setzte sich nieder und beugte ihren Kopf auf das Grab, als sollte sie durch die dichte Erdschicht hindurch ihren kleinen Knaben sehen können, an dessen

Lächeln sie sich so lebhaft erinnerte; der liebevolle Ausdruck in den Augen, selbst auf dem Krankenlager, war ja nie zu vergessen; wie sprechend war sein Blick gewesen, wenn sie sich über ihn beugte und seine feine Hand ergriff, die er selbst nicht mehr zu heben vermochte. Wie sie an seinem Bett gesessen, so saß sie jetzt an seinem Grab, aber hier hatten ihre Tränen freien Lauf, sie fielen auf das Grab.

»Du willst hinab zu deinem Kind?« sagte eine Stimme dicht neben ihr. Sie tönte so klar, so tief, sie klang in ihr Herz hinein. Sie blickte auf, und da stand neben ihr ein Mann, in einen großen Trauermantel gehüllt, die Kapuze tief über den Kopf gezogen, aber sie schaute unter diese in sein Gesicht hinein. Es war streng, aber doch so vertrauenerweckend, seine Augen strahlten, als sei er jung an Jahren.

»Hinab zu meinem Kind!« wiederholte sie, und es lag eine Bitte der Verzweiflung in ihren Worten.

»Wagst du mir zu folgen?« fragte die Gestalt. »Ich bin der Tod!«

Und sie nickte bestätigend. Da war es auf einmal, als leuchteten alle Sterne über ihnen mit dem Glanz des Vollmondes. Sie sah die bunte Farbenpracht der Blumen auf dem Grab; die Erddecke hier gab weich und sachte nach wie ein schwebendes Tuch, sie sank, und die Gestalt breitete ihren großen Mantel um sie, es wurde Nacht, die Nacht des Todes. Sie sank tiefer, als der Grabspaten hinabdringt, der Friedhof lag wie ein Dach über ihrem Kopf.

Der Zipfel des Mantels glitt zur Seite, sie stand in einer mächtigen Halle, die sich groß und freundlich ausdehnte. Es war Dämmerung ringsum, aber vor ihr und im selben Nu, dicht an ihrem Herzen, hielt sie ihr Kind, das ihr in einer Schönheit zulächelte, größer als jemals zuvor. Sie stieß einen Schrei aus, doch hörbar wurde er nicht, denn ganz nahe, und dann wieder weit entfernt und abermals nahe, ertönte eine schwellende, schöne Musik; nie zuvor hatten so beseligende Töne ihr Ohr erreicht. Sie erklangen jenseits des nachtschwarzen, dichten Vorhangs, der die Halle von dem großen Land der Ewigkeit trennte.

»Meine süße Mutter! Meine Herzensmutter!« hörte sie ihr Kind sagen. Es war die bekannte, geliebte Stimme; und Kuß folgte auf Kuß in unendlicher Glückseligkeit; und das Kind zeigte hin auf den dunklen Vorhang.

»So schön ist es nicht oben auf der Erde! Siehst du, Mutter, siehst du sie alle? Das ist Glückseligkeit!«

Aber die Mutter sah nichts, wohin das Kind zeigte, nichts als die schwarze Nacht; sie sah mit irdischen Augen, sah nicht so wie das Kind, das Gott zu sich gerufen hatte. Sie hörte den Klang, die Töne, aber sie vernahm nicht das Wort, das sie zu glauben hatte.

»Jetzt kann ich fliegen, Mutter!« sagte das Kind, »fliegen mit all den andern frohen Kindern, gerade dort hinein zu Gott; ich möchte es so gerne; aber wenn du weinst, wie du jetzt weinst, kann ich nicht von dir gehen, und ich möchte so gerne! Darf ich denn nicht? Du kommst ja ganz bald dorthin zu mir, süße Mutter!«

»O bleib, o bleib!« sagte sie, »nur noch einen Augenblick! Ein

einziges Mal noch muß ich dich anschauen, dich küssen, dich fest in meinen Armen halten!«

Und sie küßte es und hielt es fest. Da ertönte ihr Name von oben her; so klagend kamen diese Töne; was war das nur?

»Hörst du!« sagte das Kind, »das ist Vater, der dich ruft!«

Und abermals, nach wenigen Sekunden, ertönten tiefe Seufzer wie von Kindern, die weinen.

»Das sind meine Schwestern!« sagte das Kind, »Mutter, du hast sie ja nicht vergessen!«

Und sie erinnerte sich der Zurückgebliebenen; eine Angst ergriff sie. Sie blickte vor sich hin, und immer schwebten Gestalten vorüber, sie glaubte einige zu kennen. Sie schwebten durch die Halle des Todes auf den dunklen Vorhang zu, und dort verschwanden sie. Ob wohl ihr Mann, ihre Töchter erscheinen würden? Nein, ihre Rufe, ihre Seufzer ertönten noch von dort oben, beinahe hätte sie sie ganz über dem toten Kind vergessen.

»Mutter, jetzt läuten die Glocken des Himmelreichs!« sagte das Kind. »Mutter, jetzt geht die Sonne auf!«

Und ein überwältigendes Licht strömte ihr entgegen; das Kind war fort, und sie wurde aufgehoben; es wurde kalt rings um sie her; sie hob den Kopf und sah, daß sie auf dem Friedhof auf dem Grab ihres Kindes lag; aber Gott war im Traum eine Stütze für ihren Fuß geworden, ein Licht für ihren Verstand. Sie beugte ihre Knie und betete:

»Vergib mir, Herr, mein Gott, daß ich eine ewige Seele von ihrem Flug abhalten wollte und daß ich meine Pflichten gegen die Lebenden vergessen konnte, die du mir hier gabst!« Und bei diesen Worten war es, als ob ihr Herz Erleichterung fände. Da brach die Sonne hervor, ein kleiner Vogel sang über ihrem Kopf und die Kirchenglocken läuteten zur Morgenandacht. Es wurde so heilig um sie her, heilig wie in ihrem Herzen. Sie erkannte ihren Gott, sie erkannte ihre Pflichten, und voll Sehnsucht eilte sie nach Hause. Sie beugte sich über den Mann; ihre warmen, innigen Küsse weckten

ihn, und sie sprachen Worte des Herzens, der Innigkeit. Und sie war stark und mild, wie die Gattin es sein kann, von ihr kam die Quelle des Trostes.

»Gottes Wille ist immer der beste!«

Und der Mann fragte sie: »Woher bekamst du auf einmal diese Kraft, dieses tröstende Gemüt?«

Und sie küßte ihn und küßte ihre Kinder: »Ich bekam es von Gott, durch das Kind im Grabe.«

70

DER HOFHAHN UND DER WETTERHAHN

Es waren zwei Hähne, einer auf dem Misthaufen und einer auf dem Dach, hochmütig alle beide; aber wer richtete am meisten aus? Sag uns deine Meinung – wir behalten trotzdem unsere eigene.

Der Hühnerhof war durch einen Bretterzaun von einem andern Hof getrennt, in dem ein Misthaufen lag, und auf diesem wuchs eine große Gurke, die sich bewußt war, ein Mistbeetgewächs zu sein.

»Dazu wird man geboren!« sagte es in ihr drinnen; »nicht alle können als Gurken geboren werden, es muß auch andere lebende Arten geben! Die Hühner, die Enten und die ganze Besatzung des Nachbarhofes sind auch Geschöpfe. Zu dem Hofhahn auf dem Bretterzaun sehe ich nun empor, er ist wahrlich von anderer Bedeutung als der Wetterhahn, der so hoch gestellt ist und nicht einmal knarren kann, geschweige denn krähen. Er hat weder Hühner noch Küchlein, er denkt nur an sich selbst und schwitzt Grünspan. Nein, der Hofhahn, das ist ein Hahn! Ihn Schritte machen sehen, das ist Tanz! Ihn krähen hören, das ist Musik! Wo er hinkommt, kriegt man zu hören, was ein Trompeter ist! Wenn er hier hereinkäme, wenn er mich mit Blatt und Stiel auffräße, wenn ich in seinem Körper aufginge, es wäre ein seliger Tod!« sagte die Gurke.

In der Nacht gab es ein fürchterliches Wetter; Hühner, Küchlein und auch der Hahn suchten Schutz. Der Bretterzaun zwischen den beiden Höfen wurde umgeweht, so daß es ein lautes Gepolter gab; die Dachsteine fielen herab, aber der Wetterhahn saß fest, er drehte sich nicht einmal; er konnte nicht, und doch war er jung, frisch gegossen, aber besonnen und gesetzt. Er war alt geboren, glich nicht den flatternden Vögeln des Himmels, den Sperlingen und Schwalben, die verachtete er: »Piepvögel, von geringer Größe und ordinär.« Die Tauben waren groß, blank und glänzten wie Perlmutter, sahen aus wie eine Art Wetterhahn; aber sie waren dick und dumm. All ihre Gedanken gingen darauf aus, etwas in den Kropf zu kriegen, sagte der Wetterhahn, langweilig im Umgang waren sie. Die Zugvögel hatten auch Visite gemacht, von fremden Ländern erzählt, von Luftkarawanen und fürchterlichen Räubergeschichten mit Raubvögeln; das war neu und interessant, das erstemal; aber später wußte der Wetterhahn, daß sie sich wiederholten, daß es immer dasselbe war, und das ist langweilig. Sie waren langweilig und alles war langweilig, niemand taugte zum Umgang, ein jeder war fade und blöd.

»Die Welt taugt nichts!« sagte er. »Unsinn das Ganze!«

Der Wetterhahn war, was man blasiert nennt, und das hätte ihn gewiß für die Gurke interessant gemacht, wenn sie es gewußt hätte; aber sie sah nur zum Hofhahn empor, und nun war der bei ihr im Hof.

Der Bretterzaun war umgeweht, aber Blitz und Donner waren vorüber.

»Was sagt ihr zu dem Hahnengeschrei?« sagte der Hofhahn zu den Hühnern und Küchlein. »Es war etwas roh, die Eleganz fehlte.«

Und Hühner und Küchlein betraten den Misthaufen, der Hahn kam mit Reiterschritten.

»Gartengewächs!« sagte er zu der Gurke, und in diesem einen Wort vernahm sie seine ganze weitreichende Bildung und vergaß, daß er in sie hackte und sie auffraß.

»Ein seliger Tod!«

Und die Hühner kamen, und die Küchlein kamen, und wenn das eine läuft, dann läuft das andere mit, und sie gluckten, und sie piepsten, und sie sahen den Hahn an; sie waren stolz auf ihn, er war von ihrer Art.

»Kikeriki!« krähte er, »die Küchlein werden sofort zu großen Hühnern, wenn ich das im Hühnerhof der Welt sage.«

Und Hühner und Küchlein gluckten und piepsten hinterdrein.

Und der Hahn verkündete eine große Neuigkeit.

»Ein Hahn kann ein Ei legen! Und wißt ihr, was in diesem Ei liegt? Da liegt ein Basilisk! Seinen Anblick kann niemand aushalten! Das wissen die Menschen, und nun wißt ihr es auch, wißt, was in mir wohnt, wißt, was ich für ein Allerhühnerhofskerl bin!«

Und dann schlug der Hofhahn mit den Flügeln, stellte den Kamm auf und krähte wieder. Es durchschauerte alle Hühner und alle kleinen Küchlein; aber sie waren fürchterlich stolz darauf, daß einer von den Ihren so ein Allerhühnerhofskerl war; sie gluckten und sie piepsten, so daß der Wetterhahn es hören mußte, und er hörte es, aber er rührte sich nicht dabei.

»Unsinn das Ganze!« sagte es drinnen im Wetterhahn. »Der Hofhahn legt niemals Eier, und ich mag nicht. Wollte ich, so könnte ich wohl ein Windei legen; aber die Welt ist kein Windei wert! Unsinn das Ganze! – Jetzt mag ich nicht einmal mehr sitzen!«

Und dann brach der Wetterhahn ab; aber er schlug den Hofhahn nicht tot, »obschon es darauf abgesehen war!« sagten die Hühner. Und was sagt die Moral?

»Es ist doch besser zu krähen, als blasiert zu sein und abzubrechen.«

71

EINE GESCHICHTE AUS DEN DÜNEN

Es ist eine Geschichte aus den jütländischen Dünen; aber sie beginnt nicht dort drüben, nein, weit fort, südwärts, in Spanien; das Meer ist die Fahrstraße zwischen den Ländern; denk dich dahin, nach Spanien! Dort ist es warm und dort ist es schön; dort wachsen die feuerroten Granatblüten zwischen den dunklen Lorbeerbäumen; von den Bergen fächelt ein erfrischender Wind herab über die Orangengärten und die prächtigen maurischen Hallen mit den vergoldeten Kuppeln und den farbigen Wänden; durch die Straßen ziehen Kinder in Prozession mit Kerzen und wehenden Fahnen, und über ihnen, hoch und klar, erhebt sich der Himmel mit funkelnden Sternen. Gesang und Kastagnetten erklingen, Burschen und Mädchen schwingen sich im Tanz unter den blühenden Akazienbäumen, während der Bettler auf dem behauenen Marmorstein sitzt, sich mit der saftigen Wassermelone erquickt und das Leben hindöst; das Ganze ist wie ein schöner Traum. Sich ihm hingeben – ja, das taten so ganz zwei junge, frischverheiratete Leute, und ihnen waren auch hier alle Güter der Erde gegeben: Gesundheit, Frohsinn, Reichtum und Ehre.

»Wir sind so glücklich, wie es nur jemand sein kann!« sagten sie in der vollen Überzeugung des Herzens; doch eine Stufe noch höher hinauf im Glück konnten sie gehoben werden, und das wäre geschehen, wenn Gott ihnen ein Kind gegönnt hätte, einen Sohn, der ihnen an Leib und Seele glich.

Dies glückliche Kind würde mit Jubel begrüßt werden, würde die höchste Sorgfalt und Liebe finden, all das Wohlergehen, das Reichtum und ein vermögendes Geschlecht schaffen können.

Wie ein Fest glitten die Tage für sie hin.

»Das Leben ist ein Gnadengeschenk der Liebe, fast unbegreiflich groß!« sagte die junge Frau, »und diese Fülle der Glückseligkeit soll im jenseitigen Leben wachsen können, und zwar bis in alle Ewigkeit! – Ich kann diesen Gedanken nicht fassen.«

»Und er ist sicherlich auch ein Übermut der Menschen!« sagte der Mann. »Es ist im Grund ein entsetzlicher Stolz, zu glauben, daß man ewig leben – und wie Gott werden soll. Das waren ja auch die Worte der Schlange, und sie war die Meisterin der Lüge.«

»Du zweifelst doch nicht an einem Leben nach diesem?« fragte die junge Frau, und es war, als husche zum erstenmal ein Schatten durch ihr sonniges Gedankenreich.

»Der Glaube verheißt es, die Geistlichen sagen es«, sagte der junge Mann, »aber just in all meinem Glück fühle und erkenne ich, daß es ein Stolz, ein Gedanke des Übermuts ist, ein anderes Leben nach diesem zu verlangen, eine fortgesetzte Glückseligkeit. – Ist nicht hier in diesem Dasein uns so viel gegeben, daß wir zufrieden sein können und müssen?«

»Ja, uns wurde es gegeben«, sagte die junge Frau, »aber wie vielen Tausenden wurde nicht dieses Leben eine schwere Prüfung, wie viele sind nicht gleichsam in die Welt hineingeworfen zu Armut, Schande, Krankheit und Unglück! Nein, gäbe es nicht ein Leben nach diesem, dann wäre alles auf dieser Erde zu ungleich verteilt; dann wäre Gott nicht der Gerechte.«

»Der Bettler dort unten auf der Straße hat Freuden, die für ihn ebenso groß sind wie die des Königs in seinem reichen Schloß«, sagte der junge Mann, »und glaubst du nicht, daß das Arbeitstier, das geprügelt wird, hungert und sich zu Tode schleppt, die Empfindung seiner schweren Lebenstage hat? Das könnte doch auch ein anderes Leben verlangen, es ein Unrecht nennen, daß es nicht auf eine höhere Stufe der Schöpfung gestellt wurde.«

»Im Himmelreich sind viele Wohnungen, hat Christus gesagt«, antwortete die junge Frau, »das Himmelreich ist das Unendliche, wie Gottes Liebe es ist. – Auch das Tier ist ein Geschöpf, und kein Leben, glaube ich, wird verlorengehen, sondern all die Glückseligkeit gewinnen, die es empfangen kann und die ihm genug ist.«

»Aber mir ist eben diese Welt genug!« sagte der Mann und schlang seine Arme um seine schöne, liebenswürdige Frau, rauchte seine Zigarette auf dem offenen Altan, wo die linde Luft mit dem Duft von Orangen und Nelken erfüllt war; Musik und Kastagnetten erklangen von der Straße herauf, die Sterne blinkten von oben, und zwei Augen voll von Liebe, seiner Gattin Augen, sahen ihn an mit dem ewigen Leben der Liebe.

»Für eine solche Minute«, sagte er, »ist es wohl wert, geboren zu werden, zu empfinden und – zu verschwinden!« Er lächelte, die junge Frau hob milde verweisend die Hand – und der Schatten war wieder fort, sie waren allzu glücklich.

Und alles schien sich für sie zu fügen, um in Ehre, Freude und Wohlergehen vorwärtszuschreiten; es kam ein Wechsel, aber nur im Ort, nicht darin, des Lebens Freude und Lust zu genießen und recht zu gewinnen. Der junge Mann wurde von seinem König als Gesandter an den kaiserlichen Hof in Rußland geschickt. Das war ein Ehrenposten, zu dem ihn seine Geburt und seine Kenntnisse berechtigten; großes Vermögen hatte er, seine junge Frau hatte ihm ein nicht geringeres gebracht; sie war die Tochter des reichsten, angesehensten Kaufmanns. Eins von dessen größten und besten Schiffen sollte in diesem Jahr just nach Stockholm gehen, das sollte die lieben Kinder, Tochter und Schwiegersohn, nach Petersburg führen, und es wurde königlich eingerichtet an Bord; weiche Teppiche für die Füße, Seide und Herrlichkeit ringsum.

Es gibt ein altes Heldenlied, das wohl alle Dänen kennen; es heißt »Des Königs Sohn von Engeland«, auch er segelt auf einem so kostbaren Schiff, dessen Anker mit rotem Gold verziert ist und jedes Tau mit Seidenzwirn. An dieses Schiff mußte man denken, wenn man das aus Spanien sah, hier war dieselbe Pracht, derselbe Abschiedsgedanke:

»Gott lasse uns alle mit Freuden
einst wieder beisammen sein!«

Und der Wind wehte rasch von der spanischen Küste her, der Abschied wurde nur kurz. In wenigen Wochen mußten sie das Ziel ihrer Reise erreichen können; aber als sie glücklich draußen waren, legte sich der Wind, das Meer wurde blank und still, das Wasser leuchtete, des Himmels Sterne leuchteten, es waren Festabende in der reichen Kajüte.

Zuletzt wünschte man doch, die Luft möge sich bewegen und ein günstiger Wind wehen, aber er wehte nicht; erhob sich der Wind, dann stand er immer entgegen. So vergingen Wochen, ja ganze zwei Monate –, erst da wurde der Wind günstig, er wehte aus Südwest. Sie waren mitten zwischen Schottland und Jütland, und der Wind nahm zu, recht so wie in dem alten Lied von »Des Königs Sohn von Engeland«:

»Da wehte der Wind und die Wolke droht;
nicht Land noch Hafen fand ihr Boot,
sie warfen vergebens ihren Anker aus,
doch der Wind weht nach West,
nach Dänemark zu.«

Das ist nun lange Zeit her. König Christian der Siebente saß auf dem dänischen Thron und war damals ein junger Mann; viel ist geschehen seit dieser Zeit, vieles hat gewechselt und sich verändert; See und Moor sind fruchtbare Wiese geworden, Heide wurde bebautes Land, und im Lee von des Westjütländers Haus wachsen Apfelbäume und Rosen; aber sie müssen aufgesucht werden, denn sie suchen Schutz vor den scharfen Westwinden. Man kann sich dort drüben so recht zurückdenken in Zeiten, die ferner liegen als Christians des Siebenten Regierung. Wie damals in Jütland, so erstreckt sich auch heute noch meilenweit die braune Heide mit ihren Hünengräbern, ihren Lufterscheinungen, ihren sich kreuzenden, holprigen und sandtiefen Wegen. Gegen Westen, wo große Flußläufe in die Fjorde fallen, dehnen sich Wiese und Moor aus, begrenzt von hohen Dünen, die, gleich einer Alpenkette mit sägeförmigen Gipfeln, sich gegen das Meer erheben. Sie werden nur von hohen Lehmböschungen unterbrochen, von denen die See Jahr für Jahr Riesenbissen abbeißt, so daß Hügel und Abhänge, wie vom Erdbeben erschüttert, einstürzen. So sieht es dort noch heute aus, so war es dort auch vor den vielen Jahren, als die beiden Glücklichen draußen auf dem reichen Schiff segelten.

Es war Ende September, es war Sonntag und sonniges Wetter, die Töne der Kirchenglocken erreichten einander längs des Nissumfjordes; die Kirchen dort stehen wie behauene Findlinge, jede von ihnen ist ein Stück Felsen! Die Nordsee könnte über sie hinrollen, und sie würden stehen; an den meisten fehlt der Turm, die Glocken hängen dann zwischen zwei Balken draußen im Freien. Der Gottesdienst war beendet. Die Gemeinde trat aus dem Gotteshaus auf den Friedhof hinaus, wo es damals wie noch heute weder Baum noch Busch gab oder gibt, wo auf die Gräber weder Blumen gepflanzt noch Kränze gelegt sind, knollige Erhöhungen zeigen, wo die Toten beerdigt sind; ein scharfes Gras, vom Wind gepeitscht, wächst über den ganzen Friedhof. Ein einzelnes Grab hat vielleicht ein Monument, das heißt einen verwitterten Baumstamm, zugehauen in Sargform; das Holzstück ist aus dem Wald der Westgegend geholt: dem wilden Meer. Dort wachsen für den Küstenbewohner die zugehauenen Balken, Planken und Hölzer, die die Brandung an Land schwemmt; der Wind und der Meernebel verwittern bald das hingelegte Holzstück. Ein solcher Stumpf lag hier auf einem Kindergrab, und hin zu diesem ging eine der Frauen, die aus der Kirche kamen. Sie stand still, sah das halbzerfallene Holzstück an, bald darauf trat ihr Mann hinzu. Sie sprachen kein Wort; er nahm sie bei der Hand, und sie gingen von dem Grab auf die braune Heide hinaus, über Moorland und nach den Dünen hin; lange gingen sie schweigend.

»Das war eine gute Predigt heute«, sagte der Mann, »hätte man nicht Unsern Herrn, so hätte man nichts.«

»Ja«, antwortete die Frau, »er erfreut und er betrübt. Er hat das Recht dazu. – Morgen wäre unser kleiner Bub fünf Jahre alt geworden, wenn wir ihn hätten behalten dürfen.«

»Es kommt nichts dabei heraus, daß du trauerst!« sagte der Mann. »Er ist gut davongekommen. Er ist ja dort, wo wir beten müssen hinzukommen.«

Und dann sprachen sie nicht mehr und gingen hin zu ihrem Haus zwischen den Dünen. Plötzlich erhob sich von einer derselben, wo der Strandhafer den Sand nicht festhielt, gleichsam ein starker Rauch; es war ein Windstoß, der sich in die Dünen hineinbohrte und die feinen Sandteile in die Luft wirbelte; es kam noch ein Windstoß, so daß alle die zwischen Schnüren aufgehängten, ausgespannten Fische gegen die Mauer des Hauses schlugen, und alles war wieder still; die Sonne brannte warm.

Mann und Frau gingen ins Haus hinein und hatten bald die Sonntagskleider ausgezogen, eilten dann über die Dünen, die wie ungeheure, plötzlich in ihrer Bewegung angehaltene Wogen von Sand dastanden; des Dünengrases und des Strandhafers blaugrüne, scharfe Halme ergaben einen Farbenkontrast gegen den weißen Sand. Ein paar Nachbarn kamen hinzu; sie halfen einander, die

Boote höher in den Sand hinaufzuziehen. Der Wind wurde stärker, er war schneidend kalt, und als sie über die Dünen zurückgingen, stoben ihnen Sand und scharfe Steinchen ins Gesicht; die Wellen erhoben weiße Kämme, und der Wind schnitt ihnen den obersten Kamm ab, daß es nur so spritzte.

Es wurde Abend, es ertönte ein anschwellendes Sausen in der Luft, heulend, klagend, wie eine Heerschar verzweifelter Geister. Es übertönte das Rollen des Meeres, trotzdem das Fischerhaus ihm so nahe lag. Der Sand stob gegen die Fensterscheiben, und mitunter kam ein Stoß, als sollte das Haus bis auf den Grund erschüttert werden. Es war dunkel, doch gegen Mitternacht würde der Mond aufgehen.

Die Luft klärte sich, aber der Sturm fuhr in all seiner Gewalt über das tiefe, schwärzliche Meer hinweg. Die Fischerleute hatten sich schon längst zu Bett gelegt, aber es war nicht daran zu denken, in diesem Herrgottswetter ein Auge zu schließen; da klopfte es ans Fenster, die Tür öffnete sich und es wurde gesagt:

»Es steht ein großes Fahrzeug fest auf dem äußersten Riff!« In einem Sprung waren die Fischerleute aus dem Bett und in den Kleidern.

Der Mond war hervorgekommen; es war hell genug, um zu sehen, hätte man nur die Augen in dem Sandtreiben offen halten können. Es war ein Wind, gegen den man sich hätte anlehnen können, und nur mit großer Mühe, zwischen den Windstößen kriechend, kam man über die Dünen, und hier flog wie Schwanendaunen in

der Luft der salzige Gischt und Schaum aus dem Meer empor, das sich wie ein rollender, kochender Wasserfall gegen die Küste wälzte. Man mußte wahrlich ein geübtes Auge haben, um gleich das Fahrzeug dort draußen zu finden; ein prächtiger Zweimaster war es; er wurde gerade eben über die Sandbank gehoben, drei, vier Kabellängen vor dem eigentlichen Meeresufer. Er trieb dem Land zu, stieß auf die zweite Sandbank und stand fest. Unmöglich war es, Hilfe zu bringen, die See war zu gewaltsam, sie schlug gegen das Fahrzeug und darüber hinweg. Man glaubte, die Notschreie zu hören, die Rufe der Todesangst, man sah die geschäftige, hilflose Tätigkeit an Bord. Jetzt kam eine Welle, die wie ein zerschmetterndes Felsstück auf das Bugspriet fiel, und es war fort, das Achterende erhob sich hoch über das Wasser. Zwei Menschen sprangen miteinander in die See, sie verschwanden – ein Nu – und eine von den größten Wellen, die zu den Dünen hinaufrollten, warf einen Körper an den Strand – eine Frau war es, eine Leiche, mußten sie glauben. Ein paar von den Frauenzimmern mühten sich mit ihr ab und glaubten Leben zu spüren, sie wurde über die Dünen nach dem Fischerhaus gebracht. Wie war sie schön und fein, wahrscheinlich eine vornehme Dame.

Sie legten sie in das ärmliche Bett; es war nicht ein Fetzen Leinwand darin, es war ein wollenes Bettuch da, um sich darin einzuhüllen, und das war gut warm.

Zum Leben kam sie, aber in Fieber. Sie wußte gar nicht, was geschehen war oder wo sie sich befand, und das war ja auch gut, denn alles, was ihr lieb war, lag auf dem Grund des Meeres. Es ging denen dort draußen, wie das Heldenlied von des Königs Sohn von Engeland gesungen hat:

»Welch großer Jammer, mitanzusehen,
wie das Schiff in tausend Stücke ging.«

Wrackstücke und Späne wurden an Land gespült, sie war die einzige Lebende von allen. Noch fuhr der Wind heulend über die Küste hin. Einige Augenblicke hatte sie Ruhe, aber bald kamen Schmerzen und Schreie, sie schlug ihre beiden schönen Augen auf, sagte einige Worte; aber keiner hier konnte sie verstehen.

Und dann, für alles, was sie gelitten und gestritten hatte, hielt sie

in ihren Armen ein neugeborenes Kind; es hätte auf einem Prachtbett mit seidenen Vorhängen in dem reichen Haus ruhen sollen, es hätte mit Jubel begrüßt werden sollen zu einem Leben reich an allen Gütern der Erde, und nun hatte es Unser Herr in diesem ärmlichen Winkel geboren werden lassen; nicht einmal einen Kuß bekam es von seiner Mutter.

Die Fischersfrau legte das Kind an die Brust seiner Mutter, und es lag an einem Herzen, das nicht mehr schlug – sie war tot. Dies Kind, das Reichtum und Glück hätten aufziehen sollen, war in die Welt hineingeworfen, von der See in die Dünen hineingeworfen, um das Los und die schweren Tage des Armen zu erproben.

Und immer kommt uns hier das alte Lied von jenem Königssohn in den Sinn, der auch unter harten Kämpfen durchs Leben gehen mußte.

Etwas südlich vom Nissumfjord war das Schiff gestrandet. Die harten, unmenschlichen Zeiten, da die Bewohner der Westküste mit den Gestrandeten übel verfuhren, wie man erzählt, waren längst vorbei. Liebe und gute Gesinnung, Aufopferung für die Schiffbrüchigen fand man hier, wie sie in unserer Zeit in den edelsten Zügen hervorleuchten; die sterbende Mutter und das elende Kind würden überall Sorgfalt und Pflege gefunden haben, wohin sie »der Wind geweht hätte«, aber nirgends inniger als bei der armen Fischersfrau, die noch gestern mit schwerem Herzen an dem Grab stand, das ihr Kind barg, das heute sein fünftes Jahr vollendet hätte, wenn Gott ihm vergönnt hätte zu leben.

Niemand wußte, wer die fremde, tote Frau war oder woher sie kam. Die Splitter und Späne des Schiffes erzählten nichts davon.

In Spanien, in dem reichen Haus, traf niemals Brief oder Botschaft von der Tochter oder dem Schwiegersohn ein; sie waren nicht an ihrem Bestimmungsort angelangt; starke Stürme hatten in den letzten Wochen gerast; man wartete monatelang. – »Totalen Schiffbruch erlitten; alle umgekommen!« das wußten sie.

Aber in den Dünen bei Husby, im Haus des Fischers, hatten sie jetzt einen kleinen Knirps.

Wo Gott Nahrung für zwei beschert, findet der dritte wohl auch etwas zu einer Mahlzeit; und nahe am Meer gibt es schon ein Gericht Fische für einen hungrigen Mund. Jörgen wurde der Kleine genannt.

»Er ist gewiß ein Judenkind«, sagte man, »er sieht so schwarz aus!« – »Er kann auch ein Italiener oder Spanier sein«, sagte der Pfarrer. Alle diese drei Volksstämme, fand die Fischersfrau, kämen auf eins heraus, und sie tröstete sich damit, daß das Kind christlich getauft war. Der Knabe gedieh, das adelige Blut hielt sich warm und bekam Kräfte bei der ärmlichen Kost, wuchs heran in dem geringen Haus; die dänische Sprache, so wie sie der Westjütländer spricht, wurde seine Sprache. Der Granatkern aus Spaniens Boden wurde zur Strandhaferpflanze auf Jütlands Westküste, dazu kann ein Mensch es bringen! An dieses Heim klammerte er sich mit den jahrelangen Wurzeln seines Lebens. Hunger und Kälte, Entbehrung und Not des Armen sollte er erfahren, aber auch die Freude des Armen.

Die Zeit der Kindheit hat für jeden seine Lichthöhen, die später durch das ganze Leben strahlen. Welch eine Fülle hatte er nicht zu Lust und Spiel! Der ganze Strand lag meilenweit voll von Spielzeug: ein Mosaik von Kieselsteinen, rot wie Korallen, gelb wie Bernstein, und weiße, abgerundete, als wären es Vogeleier; sie lagen in allen Farben, alle geschliffen und geglättet vom Meer. Selbst das ausgedörrte Fischskelett, die im Winde getrockneten Wasserpflanzen, der Seetang, schimmernd weiß, lang und schmal wie Bändel, der zwischen den Steinen flatterte, alles wurde zu Spiel und Lust für das Auge und für die Gedanken; und der Knabe war ein aufgewecktes Kind, viele und große Fähigkeiten lagen in ihm verborgen. Wie konnte er Geschichten und Lieder behalten, die er zu hören bekam, und wie fingerfertig war er: aus Steinen und Muscheln setzte er ganze Fahrzeuge zusammen, und Bilder, mit denen man die Stube

schmücken konnte. Er könne seine Gedanken wunderlich aus einem Stück Holz herausschnitzen, sagte seine Pflegemutter, und der Knabe war doch noch klein. Schön klang seine Stimme, Melodien gingen ihm gleich über die Zunge. Es waren viele Saiten gespannt in dieser Brust, sie hätten in die Welt hinausklingen können, wäre er anderswohin gestellt worden als in das Fischerhaus an der Nordsee.

Eines Tages strandete hier ein Schiff, eine Kiste mit seltenen Blumenzwiebeln trieb an Land; einige nahm man und steckte sie in den Kochtopf, man glaubte, sie seien eßbar, andere lagen und verfaulten am Strand, sie kamen nicht zu ihrer Bestimmung, die Farbenpracht, die Herrlichkeit zu entfalten, die in ihnen lag. Würde es Jörgen besser gehen? Mit den Blumenzwiebeln war es bald vorbei. Er hatte noch Jahre zu verleben.

Es fiel weder ihm noch einem der andern dort drüben ein, wie einsam und eintönig der Tag verging, es gab vollauf zu tun, zu hören und zu sehen. Das Meer selbst war ein großes Lehrbuch, jeden Tag bot es ein neues Blatt dar, Windstille, Wellenschlag, Brise und

Sturm. Strandungen waren die Glanzpunkte; der Kirchgang galt als Festbesuch, doch von Besuchen war einer daheim im Fischerhaus besonders willkommen, der sich alljährlich zweimal wiederholte, das war der Besuch des Oheims, des Aalbauern von Fjaltring oben nahe bei Bovbjerg. Er kam mit einem rotangestrichenen Wagen voller Aale, der Wagen war verschlossen wie ein Kasten und mit blauen und weißen Tulpen bemalt. Er wurde von zwei falben Ochsen gezogen, und Jörgen erhielt Erlaubnis sie zu lenken.

Der Aalbauer war der gute Kopf, der muntere Gast; er führte ein Lägel voll Branntwein mit sich, jeder bekam einen Schnaps daraus oder eine Kaffeetasse voll, wenn es an Gläsern mangelte. Selbst Jörgen, wie klein er auch war, wurde ein guter Fingerhut voll gegeben, das sei, um den fetten Aal festzuhalten, sagte der Aalbauer und erzählte dann immer dieselbe Geschichte, und wenn man darüber lachte, erzählte er sie gleich wieder vor denselben Leuten; das tun alle redseligen Leute! Und da Jörgen während seines ganzen Heranwachsens und bis in seine Mannesjahre dieser Geschichte Verwendbarkeit und Redensart entnahm, so müssen wir sie wohl hören:

»Draußen im Fluß gingen die Aale, und Aalmutter sagte zu ihren Töchtern, als sie darum baten, allein einen kleinen Lauf den Fluß hinauf machen zu dürfen: ›Geht nicht zu weit, leicht kommt der garstige Aalstecher und nimmt euch allesamt!‹ – Aber sie gingen zu weit, und von den acht Töchtern kamen nur drei wieder heim zu Aalmutter, und sie jammerten: ›Wir waren nur ein klein wenig vor die Tür gegangen, da kam der garstige Aalstecher und stach unsere fünf Schwestern tot!‹ – ›Die kommen schon wieder!‹ sagte Aalmutter. ›Nein!‹ sagten die Töchter, ›denn er häutete sie, schnitt sie in Stücke und briet sie.‹ – ›Die kommen schon wieder‹, sagte Aalmutter. ›Ja, aber er fraß sie!‹ – ›Die kommen schon wieder‹, sagte Aalmutter. ›Aber dann trank er Branntwein hinterher!‹ sagten die Töchter. ›Au, au! dann kommen sie nie wieder!‹ heulte Aalmutter. ›Der Branntwein begräbt den Aal!‹

Und darum soll man immer einen Branntweinschnaps zu diesem Gericht trinken!« sagte der Aalbauer.

Und diese Geschichte wurde der Flittergoldfaden, der Faden des Humors in Jörgens Leben. Auch er wollte gerne vor die Tür, »ein wenig den Fluß hinauf«, das heißt mit einem Fahrzeug in die Welt hinaus, und Mutter sagte wie Aalmutter: »Es gibt viele schlimme Menschen, Aalstecher!« Aber ein wenig über die Dünen hinaus, nur ein wenig in die Heide hinein mußte er doch; und dahin sollte er kommen. Vier vergnügliche Tage, die hellsten seiner ganzen Kindheit, brachen an; alle Schönheit Jütlands, die Freude und den Sonnenschein der Heimat enthielten sie; er sollte zu einem Fest – eine Totenfeier war es freilich.

Ein wohlhabender Verwandter der Fischerfamilie war gestorben; der Hof lag drinnen im Land. »Ostwärts, einen Strich gegen Norden«, wie es hieß. Vater und Mutter sollten hinüber und Jörgen mit. Von den Dünen über Heide und Moorland kamen sie zu der grünen Wiese, wo der Skjärumfluß sich einen Weg schnitt, der Fluß mit den vielen Aalen, wo Aalmutter mit ihren Töchtern wohnte, die, welche von den schlimmen Menschen gestochen und in Stükke geschnitten wurden; doch hatten wohl die Menschen oft nicht besser gegen ihre Mitmenschen gehandelt. Auch Herr Ritter Bugge, der in dem alten Lied erwähnt wird, wurde von bösen Menschen

ermordet. Und er selbst, wie gut man ihn auch nannte, wollte ja doch den Baumeister totschlagen, der ihm ein Schloß mit Turm und dicken Mauern errichtete, gerade dort, wo Jörgen mit seinen Pflegeeltern stand, wo der Skjärumfluß in den Nissumfjord fällt. Der Wallhügel war noch zu sehen, die roten Mauerbrocken ringsumher. Hier hatte Ritter Bugge, als der Baumeister abgereist war, zu seinem Knecht gesagt: »Geh ihm nach und sage: Meister, der Turm neigt sich! Kehrt er sich um, so schlägst du ihn tot und nimmst das Geld, das er von mir bekam, kehrt er sich aber nicht um, dann laß ihn in Frieden ziehen!« Und der Knecht gehorchte, und der Baumeister antwortete: »Der Turm neigt sich nicht; aber einmal wird von Westen her ein Mann kommen in einem blauen Mantel, er wird ihn zum Neigen bringen!« Und das geschah hundert Jahre später, da brach die Nordsee herein, und der Turm fiel, aber der Besitzer des Hofes, Predbjörn Gyldenstjerne, baute sich höher oben, wo die Wiese aufhört, einen neuen Hof, und der steht noch, und das ist Nörre-Vosborg.

Dort vorbei sollte Jörgen mit seinen Pflegeeltern; von jedem Ort hier drüben hatte man ihm in den langen Winterabenden erzählt, nun sah er den Hof mit seinen doppelten Gräben, seinen Bäumen und Büschen; der Wall, mit Farnkraut überwachsen, erhob sich dort drinnen; aber am schönsten waren die hohen Lindenbäume, sie reichten bis hinauf zum Dachrücken und erfüllten die Luft mit dem süßesten Duft. Gegen Nordwesten, in der Ecke des Gartens, stand ein großer Busch mit Blüten, als wäre es Winterschnee im Sommergrün; es war ein Holunderbusch, der erste, den Jörgen so blühen gesehen hatte; der und die Lindenbäume blieben während allen Jahren als Dänemarks Duft und Schönheit in der Erinnerung, die die Kinderseele »für den alten Mann aufbewahrte«.

Die Reise ging gleich weiter und wurde bequemer, denn gerade bei Nörre-Vosborg, wo der Holunder in Blüte stand, bekamen sie Fahrgelegenheit. Sie trafen andere Gäste, die zur Totenfeier sollten, und diese nahmen sie mit auf ihren Wagen. Freilich mußten sie alle drei hinten auf einer kleinen Holzkiste mit Eisenbeschlägen sitzen; aber es sei doch besser, als zu gehen, meinten sie. Die Fahrt ging über die holprige Heide dahin; die Ochsen, die den Wagen zogen, hielten mitunter an, wo ein frischer Grasfleck zwischen dem Heidekraut auftauchte. Die Sonne schien warm, und seltsam war es, weit draußen einen Rauch zu sehen, der wogte, und doch war er klarer als die Luft, man sah durch ihn hindurch, es war, als rollten und tanzten die Lichtstrahlen über die Heide hin.

»Das ist der Lokimann, der seine Schafherde treibt«, sagten sie, und das war wohl für Jörgen gesagt, er schien gerade in das Land der Märchen hineinzufahren und befand sich doch in der Wirklichkeit. Wie still war es hier!

Ausgedehnt und groß lag die Heide da, aber wie ein einziger, köstlicher Teppich: das Heidekraut stand in Blüte, die zypressengrünen Wacholderbüsche und die frischen Eichenschößlinge kamen wie Sträuße aus dem Kraut der Heide hervor; hier war es so einladend, sich herumzutummeln, wären hier nur nicht die vielen giftigen Nattern gewesen! Von diesen sprach man und von den vielen Wölfen, die es hier gegeben, weshalb der Bezirk auch den Namen Ulvborg[1] erhalten hatte. Der Alte, der fuhr, erzählte aus seines Vaters Zeit, wie hier draußen die Pferde oft einen harten Kampf mit den jetzt ausgerotteten, wilden Tieren gekämpft hatten, und wie eines Morgens, als er hierherkam, eines seiner Pferde dastand und auf einem Wolf herumtrat, den es getötet hatte, aber das Fleisch an den Beinen des Pferdes war ganz abgenagt.

Allzuschnell ging die Fahrt über die holprige Heide und durch den tiefen Sand. Sie hielten am Trauerhaus, wo alles voll von Gästen war, draußen und drinnen; ein Wagen stand neben dem andern, Pferde und Ochsen gingen auf der mageren Weide; große Sanddünen, gerade wie daheim an der Nordsee, erhoben sich hinter dem Hof, erstreckten sich weit und breit. Wie waren sie hier heraufgekommen, drei Meilen landeinwärts und ebenso hoch und mächtig wie die am Strand? Der Wind hatte sie aufgehoben und übersiedelt, sie hatten auch ihre Geschichte.

Psalmen wurden gesungen, geweint wurde auch von ein paar Alten, sonst war alles so vergnüglich, schien es Jörgen, hier gab es Speise und Trank in Hülle und Fülle; die herrlichsten fetten Aale,

[1] Wolfsburg

und auf die soll man Branntweinschnaps trinken, »das hält den Aal fest!« hatte der Aalbauer gesagt, und diese Worte wurden hier wahrlich in die Tat umgesetzt.

Jörgen war drinnen und Jörgen war draußen; am dritten Tag fühlte er sich hier zu Hause wie im Fischerhaus und auf den Dünen, wo er alle seine früheren Tage verlebt hatte. Hier auf der Heide war freilich ein ganz anderer Reichtum, hier wimmelte es von Heideblumen, von Preiselbeeren und Heidelbeeren, sie quollen so groß und süß hervor, man konnte sie ordentlich mit dem Fuß zerquetschen, so daß das Heidekraut von dem roten Saft triefte.

Hier lag ein Hünengrab, dort ein anderes; Rauchsäulen erhoben sich in die stille Luft. Das sei Heidebrand, sagte man. Er leuchtete schön gegen Abend.

Nun kam der vierte Tag, und dann war die Totenfeier aus – sie sollten von den Landdünen zu den Stranddünen zurückkehren.

»Unsere sind doch die richtigen«, sagte Vater, »diese haben keine Macht.«

Und es wurde davon gesprochen, wie sie hierhergekommen seien, und das war alles sehr verständlich. Am Strand war eine Leiche gefunden worden. Die Bauern hatten sie in den Friedhof gelegt, da begann das Sandtreiben, das Meer brach gewaltsam ein. Ein kluger Mann im Kirchspiel riet, das Grab zu öffnen und nachzusehen, ob nicht der Begrabene daliege und an seinem Daumen lutsche, denn dann wäre es ein Meermann, den sie begraben hätten, und das Meer würde aufbrechen, um ihn zu holen. Das Grab wurde geöffnet: er lag und lutschte am Daumen. Da luden sie ihn gleich auf einen Karren, zwei Ochsen wurden vorgespannt, und wie von der Tarantel gestochen sausten sie mit ihm über Heide und Moor ins Meer hinaus, da hörte das Sandtreiben auf, aber die Dünen stehen noch. All dies hörte und bewahrte Jörgen aus den glücklichsten Tagen seiner Kindheit: den Tagen der Totenfeier.

Herrlich war es, hinauszukommen, neue Gegenden und neue Menschen zu sehen, und er sollte noch mehr hinauskommen. Er war noch nicht vierzehn, noch ein Kind; er ging mit einem Fahrzeug, kam hinaus, um zu erkennen, was die Welt gibt; erfuhr böses Wetter, harte See, bösen Sinn und harte Menschen; er wurde

Schiffsjunge. Schmale Kost, kalte Nächte, Prügel und Faustschläge gab es. Da war etwas in seinem hochadeligen spanischen Blut, das aufkochte, so daß zornige Worte ihm um den Mund schäumten, aber es war wohl das Klügste, sie wieder zurückzunehmen, und das war ein Gefühl wie das des Aales, wenn er gehäutet, zerschnitten und auf die Pfanne gelegt wird.

»Ich komme wieder«, sagte es in ihm. Die spanische Küste, das Vaterland seiner Eltern, die Stadt selbst, wo sie in Wohlstand und Glück gelebt hatten, bekam er zu sehen; aber er wußte nichts von Heimat und Verwandtschaft, die Familie wußte noch weniger von ihm.

Der armselige Schiffsjunge bekam auch keine Erlaubnis, an Land zu gehen – doch am letzten Tag, den das Fahrzeug hier lag, kam er an Land; es sollten Einkäufe gemacht werden und er sollte sie an Bord schleppen.

Da stand Jörgen in seinen elenden Kleidern; sie sahen aus, als seien sie im Graben gewaschen und im Schornstein getrocknet; zum erstenmal sah er, der Dünenbewohner, eine große Stadt. Wie waren doch die Häuser hoch, die Straßen eng und von Menschen wimmelnd! Einige drängten sich hier, andere da, es war wie ein ganzer Mahlstrom von Städtern und Bauern, Mönchen und Soldaten; da war ein Rufen, ein Schreien, ein Klingen von Glocken an Eseln und Maultieren, die Kirchenglocken läuteten mit; es ertönte Sang und Klang, Hämmern und Klopfen, denn jedes Gewerbe hatte seine Werkstatt in der Tür oder auf dem Bürgersteig. Und dann brannte die Sonne so heiß, die Luft war schwer, es war, als sei man in einen Backofen hineingekommen, voll von Mistkäfern, Maikäfern, Bienen und Fliegen, es summte und es surrte; Jörgen wußte weder wo er ging noch wo er stand. Da sah er gerade vor sich das mächtige Portal des Domes. Die Lichter strahlten aus den halbdunklen Wölbungen heraus, und es kam ein Duft von Weihrauch. Selbst der ärmste Bettler in Lumpen wagte sich die Treppe hinauf und dort hinein. Der Matrose, den Jörgen begleitete, nahm den Weg durch die Kirche, und Jörgen stand im Heiligtum. Bunte Bilder strahlten von goldenem Grund. Die Mutter Gottes mit dem Jesuskind stand auf dem Altar zwischen Blumen und Kerzen; Priester in Festkleidern sangen, und schöne, geschmückte Chorknaben schwangen silberne Weihrauchgefäße; es war eine Herrlichkeit, eine Pracht zu sehen, die Jörgens Seele durchströmte, ihn überwältigte; die Kirche und der Glaube seiner Eltern umfingen ihn und schlugen einen Akkord in seiner Seele an, daß ihm die Tränen in die Augen traten.

Von der Kirche ging es zum Markt, er bekam ein Teil Küchen- und Eßwaren zu schleppen; der Weg war nicht kurz, er wurde müde, und so ruhte er vor einem großen, prächtigen Haus aus, das Marmorsäulen, Statuen und breite Treppen hatte; er lehnte seine Bürde dort gegen die Mauer; da kam ein galonierter Pförtner, erhob seinen silberbeschlagenen Stock gegen ihn und jagte ihn fort, ihn – den Enkel des Hauses; aber das wußte niemand dort, er am allerwenigsten.

Und dann kam er an Bord, wurde gepufft und erhielt harte Worte, wenig Schlaf und viel Arbeit – so hatte er dies erfahren! Und es soll so gut sein, in der Jugend Böses zu erdulden, sagt man – ja, wenn das Alter dann gut wird.

Sein Dienst war abgelaufen, das Fahrzeug lag wieder am Ringköbingfjord, er kam an Land und heim nach den Husby-Dünen; aber Mutter war gestorben, während er auf der Reise gewesen.

Der Winter, der folgte, wurde sehr streng; Schneestürme fuhren über Meer und Land, man konnte sich kaum durchkämpfen. Wie verschieden war es doch nicht in dieser Welt verteilt! Solche eisige Kälte und stiebender Schnee hier, während in Spaniens Land brennende Sonnenhitze herrschte, ja eine allzu starke. Und doch, wenn es an einem Tag hier daheim richtig frostklar war und Jörgen die Schwäne in großen Scharen vom Meer über den Nissumfjord nach Nörre Vosborg hinauf fliegen sah, fand er, daß man hier doch am besten atme, und hier gab es auch Sommerherrlichkeit. In Gedanken sah er dann die Heide blühen und von reifen, saftigen Beeren wimmeln; die Lindenbäume und Holunderbüsche bei Nörre Vosborg standen in Blüte; dahin mußte er doch noch einmal.

Es ging dem Frühling zu, die Fischerei begann, Jörgen half. Er war gewachsen im letzten Jahr und war geschickt in seiner Arbeit. Es war Leben in ihm, schwimmen konnte er, wassertreten, sich drehen und tummeln dort draußen, oft wurde er gewarnt, sich vor den

Makrelenschwärmen zu hüten; sie packen den besten Schwimmer, ziehen ihn unter das Wasser, fressen ihn, und dann ist er weg, aber das wurde nun nicht Jörgens Los.

Bei den Nachbarn in den Dünen war ein Knabe, Morten, mit ihm kam Jörgen gut aus, und sie nahmen beide Heuer auf einem Schiff nach Norwegen, gingen auch nach Holland, und es gab nie irgendwelche Uneinigkeit zwischen den beiden; aber das kann ja leicht kommen, und ist man ein wenig heftig von Natur, dann macht man leicht etwas zu starke Gebärden. Das tat Jörgen einmal, als sie an Bord über nichts in Streit gerieten. Sie saßen just hinter der Kajüte und aßen aus einer Tonschüssel, die sie zwischen sich hatten. Jörgen hielt sein Taschenmesser in der Hand, hob es gegen Morten, wurde aber im selben Augenblick kreideweiß und sah mit bösen Augen um sich. Und Morten sagte nur:

»Du bist also von der Art, die das Messer brauchen will!« –

Kaum war es gesagt, als Jörgens Hand wieder unten war; er sprach kein Wort, aß sein Essen und ging an seine Arbeit; als sie von der Arbeit kamen, ging er hin zu Morten und sagte: »Schlag mich nur gerade ins Gesicht! Ich habe es verdient! Ich habe gleichsam einen Topf in mir, der überkocht.«

»Laß es nun gut sein!« sagte Morten, und daraufhin waren sie beinahe doppelt so gute Freunde; ja, als sie später heimkamen in das jütländische Land bei den Dünen und erzählten, was so passiert war, wurde auch das erwähnt; Jörgen konnte überkochen, aber er war gleichwohl ein ehrlicher Kochtopf.

Jung und gesund waren sie alle beide, gut gewachsen und mit starken Gliedern, aber Jörgen war der geschmeidigste.

Droben in Norwegen ziehen die Bauersleute auf die Alp und führen das Vieh in den Bergen auf die Weide, an der Westküste Jütlands hat man in den Dünen Hütten errichtet, aus Wrackholz gezimmert und mit Heidetorf und Heidekraut belegt, die Schlafstellen ziehen sich den Stubenwänden entlang, und hier schlafen, wohnen und leben im Frühlenz die Fischersleute. Jeder hat sein »Äsemädchen«, wie sie genannt wird. Ihre Aufgabe ist es, den Köder an die Angel zu hängen, die Fischer am Landungssteg mit warmem Bier zu empfangen und ihnen Essen zu bereiten, wenn sie müde nach Hause kommen. Die Äsemädchen schleppen die Fische aus den Booten, schneiden sie auf und haben viel zu tun.

Jörgen, sein Vater, ein paar andere Fischer und ihre Äsemädchen hatten eine Hütte gemeinsam; Morten wohnte in der nächstliegenden.

Nun war da eines der Mädchen, Else, die hatte Jörgen gekannt, seit sie klein war; die zwei kamen sehr gut miteinander aus. Sie hatten zu vielen Dingen die gleiche Einstellung, waren aber in ihrem Äußeren die genauen Gegensätze; er hatte eine braune Haut, und sie war weiß mit flachsblondem Haar; ihre Augen waren so blau wie das Meerwasser im Sonnenschein.

Eines Tages, als sie zusammen gingen und Jörgen ihre Hand so recht innig und fest in der seinen hielt, sagte sie zu ihm: »Jörgen, ich habe etwas auf dem Herzen! Laß mich Äsemädchen bei dir sein, denn du bist mir wie ein Bruder; aber Morten, der mich gedungen hat, er und ich, wir sind Liebesleute – aber es hat keinen Wert, zu den andern darüber zu reden.«

Und es war Jörgen, als ob der Dünensand sich unter ihm bewege. Er sagte kein Wort, aber er nickte, und das bedeutet dasselbe wie ja; mehr brauchte es nicht; aber er fühlte auf einmal in seinem Herzen, daß er Morten nicht ausstehen konnte. Und je länger er darüber nachdachte – und so hatte er nie zuvor an Else gedacht – desto klarer wurde es ihm, daß Morten ihm das einzige gestohlen hatte, was er liebte, und das war freilich Else; jetzt war es ihm bewußt geworden.

Ist es einigermaßen bewegte See und die Fischer kehren mit ihrem Fahrzeug heim, seht sie dann über die Sandbänke setzen: einer der Leute steht aufrecht vorne, die andern geben auf ihn acht, sitzen mit den Rudern, die sie vor der Sandbank umgekehrt gebrauchen, bis er ihnen ein Zeichen gibt, daß nun die größere Welle kommt, die das Boot hinüberhebt, und es wird gehoben, so daß man vom Land aus dessen Kiel sieht. Im nächsten Nu ist das ganze Fahrzeug von den Wogen vorne verborgen, weder Boot noch Leute oder Mast sind zu erblicken, man sollte glauben, das Meer hätte sie verschluckt; einen Augenblick später kommen sie, als wäre es ein mächtiges Seetier, das an der Welle hinaufklettert, die Ruderstangen bewegen sich wie seine beweglichen Beine. Bei der zweiten und dritten Sandbank geht es wie bei der ersten, und nun springen die Fischer ins Wasser, ziehen das Boot ans Land, jeder Wellenschlag hilft ihnen und gibt einen guten Ruck, bis sie es aus dem Bereich der Brandung herausgeholt haben.

Ein falsches Kommando draußen vor der Seebank, ein Zaudern, und sie erleiden Schiffbruch.

»Dann wäre es vorbei mit mir und mit Morten ebenfalls!« Dieser Gedanke kam Jörgen draußen auf der See, wo just sein Pflegevater ernstlich krank geworden war. Das Fieber würgte ihn; es geschah ein wenig außerhalb der äußersten Sandbank, Jörgen sprang auf und nach vorne:

»Vater, laß mich!« sagte er, und sein Blick glitt über Morten und über die Wogen hin, aber während jedes Ruder sich rührte für den starken Stoß, und die größte Welle kam, sah er das bleiche Gesicht seines Vaters und – konnte seiner bösen Eingebung nicht gehorchen. Das Boot kam gut über die Sandbänke und an Land, aber der böse Gedanke lag ihm im Blut, es kochte und kochte jede Faser der Bitterkeit auf, die in seiner Erinnerung aus der Zeit der Kameradschaft zurückgeblieben war; doch konnte er keinen Strick daraus drehen, und so ließ er es sein. Morten hatte ihn geschädigt, das fühlte er, und das war ja genug, um ihn zu hassen. Ein paar von den Fischern bemerkten es, Morten aber nicht, er war wie immer hilfreich und redselig, letzteres ein wenig zu viel.

Jörgens Pflegevater mußte sich zu Bett legen, es wurde sein Totenbett. Er starb in der Woche darauf – und so erhielt Jörgen als Erbe das Haus drüben hinter den Dünen, ein geringes Haus nur, aber es war immerhin etwas, so viel hatte Morten nicht.

»Jetzt nimmst du wohl keine Heuer mehr, Jörgen, sondern bleibst immer bei uns!« sagte einer der alten Fischer.

Diese Absicht hatte Jörgen nicht, er dachte just daran, sich ein wenig in der Welt umzusehen. Der Aalbauer von Fjaltring hatte einen Oheim droben in »Gammel-Skagen«. Er war Fischer, aber zudem ein wohlhabender Kaufmann, der ein Fahrzeug besaß; es hieß, er sei ein lieber, alter Mann, in dessen Dienst man es wohl gut haben könne. Gammel-Skagen liegt am nördlichsten Zipfel Jütlands, so weit von den Husby-Dünen entfernt, wie man hierzulande kommen kann, und das war es wohl, was Jörgen am besten gefiel. Er wollte nicht einmal bis zu Elses und Mortens Hochzeit bleiben, die in ein paar Wochen gefeiert werden sollte.

Es sei eine unkluge Handlung, jetzt wegzugehen, meinte der alte Fischer, nun habe Jörgen ein Haus, Else würde schon andern Sinnes werden und lieber ihn nehmen.

Jörgen antwortete so kurz darauf, daß es nicht leicht war, aus seiner Rede klug zu werden; aber der Alte führte Else zu ihm; sie sagte nicht viel, aber das sagte sie:

»Du hast ein Haus, das muß man in Erwägung ziehen.«

Und Jörgen erwog vieles.

Das Meer hat schwere Wogen, das Menschenherz hat noch die schwereren. Es gingen viele Gedanken, darunter starke und schwache, durch Jörgens Kopf und Sinn, und er fragte Else:

»Wenn nun Morten ein Haus hätte so gut wie ich, wen von uns würdest du dann lieber nehmen?«

»Aber Morten hat keins und bekommt keins.«

»Aber denken wir uns eben, daß er eins bekäme!«

»Ja, dann nähme ich wohl Morten, denn so hab ich es halt, aber davon kann man nicht leben.«

Und Jörgen dachte die ganze Nacht darüber nach. Es war etwas in ihm, worüber er sich selbst nicht Rechenschaft geben konnte; aber er hatte einen Gedanken, der stärker war als seine Liebe zu Else – und dann ging er zu Morten. Und was er dort sagte und tat, hatte er wohl bedacht: er überlasse ihm das Haus zu den billigsten Bedingungen, er selbst wolle eine Heuer nehmen, es gelüste ihn so. Und Else küßte ihn mitten auf den Mund, als sie es erfuhr, denn sie hatte ja Morten am liebsten.

Am frühen Morgen wollte Jörgen fort. Am Abend vorher, es war bereits spät, bekam er Lust, Morten noch einmal zu besuchen; er ging, und zwischen den Dünen traf er den alten Fischer, der mit der Abreise nicht einverstanden war. Morten müsse wohl einen Entenschnabel in die Hose eingenäht haben, sagte er, daß alle Mädchen so heftig in ihn verliebt würden. Jörgen ließ dies Gespräch fallen, sagte Lebewohl und ging zu dem Haus, wo Morten wohnte. Er hörte lautes Reden drinnen, Morten war nicht allein; Jörgen war wankelmütig, mit Else wollte er am wenigsten zusammentreffen, und wenn er es recht bedachte, dann wollte er auch nicht, daß Morten ihm noch einmal Dank sagen sollte, und so kehrte er wieder um.

Am nächsten Morgen, vor Tagesanbruch, schnürte er sein Bündel, nahm seinen Mundvorrat und ging durch die Dünen hinab zum Strand; dort war es leichter vorwärtszukommen als auf dem schweren, sandigen Weg, außerdem war es kürzer, denn er wollte zuerst nach Fjaltring bei Bovbjerg, wo der Aalbauer wohnte, dem er einen Besuch versprochen hatte.

Das Meer war blank und blau, Schalen und Muscheln lagen da, sein Kinderspielzeug knirschte unter den Füßen. – Während er ging, begann seine Nase zu bluten, es war nur eine geringe Sache, aber es kann auch Bedeutung haben; ein paar große Blutstropfen fielen auf seinen Ärmel; er wusch sie ab, stillte das Blut und fand, daß der Blutverlust ihm Kopf und Sinn ordentlich erleichtert habe. Es blühte etwas Strandkohl im Sand, er brach einen Zweig ab und steckte ihn an den Hut; frisch und fröhlich wollte er sein; es ging hinaus in die weite Welt, »ein wenig vor die Tür, den Fluß hinauf«, wie die Aalkinder es wollten. »Nehmt euch in acht vor den schlimmen Menschen, sie stechen, häuten, zerschneiden euch und legen euch auf die Pfanne!« wiederholte er vor sich selbst und lachte dabei, er käme doch wohl mit heiler Haut durch die Welt. Guter Mut ist eine gute Waffe.

Die Sonne stand schon hoch, als er sich der schmalen Einfahrt von der Nordsee in den Nissumfjord näherte; er blickte zurück und sah ein gutes Stück entfernt zwei zu Pferde, andere folgten, sie beeilten sich, ihn ging es nichts an.

Die Fähre lag auf der andern Seite der Einfahrt; Jörgen rief, bis sie kam, stieg dann an Bord, aber bevor er mit dem Ruderknecht

halbwegs war, kamen die Männer, die sich so eifrig beeilt hatten, sie riefen, sie drohten und nannten den Namen der Obrigkeit, Jörgen verstand nicht, was das bedeutete, meinte aber, daß es am besten sei, umzukehren; er griff selbst nach dem einen Ruder und ruderte zurück; im selben Augenblick sprangen die Leute in das Boot, und ehe er sich's versah, schlangen sie einen Strick um seine Hände.

»Deine böse Tat wird dir das Leben kosten«, sagten sie; »gut, daß wir dich gefaßt haben!«

Es war nicht mehr und nicht weniger als ein Mord, dessen er beschuldigt wurde. Morten war mit einem Messer im Hals gefunden worden; einer der Fischer war gestern Abend spät Jörgen begegnet, der zu Morten ging; es war nicht das erstemal, daß Jörgen das Messer gegen ihn erhoben hatte, das wußte man; er mußte der Mörder sein, es ging jetzt nur darum, ihn in sicheren Gewahrsam zu bringen. Ringköbing war der rechte Ort, aber der Weg war weit, der Wind kam direkt von Westen, keine halbe Stunde brauchten sie, um über den Fjord nach Skjärumaa zu setzen, und von dort hatten sie nur eine Viertelmeile bis Nörre-Vosborg, das ein starker Hof mit Wällen und Gräben war. Im Boot befand sich ein Bruder des Großknechts von dort, der meinte, sie würden wohl Erlaubnis erhalten, Jörgen bis auf weiteres dort ins Loch zu setzen, wo die Zigeunerin Lange-Margrethe vor ihrer Hinrichtung gesessen hatte.

Jörgens Verteidigung wurde nicht gehört, ein paar Blutstropfen auf seinem Hemd sprachen überzeugender gegen ihn; seiner Unschuld war er sich bewußt, und da es hier zu keiner Rechtfertigung kommen konnte, ergab er sich in sein Schicksal.

Sie stiegen an Land gerade an der alten Wallstätte, wo Ritter Bugges Hof gestanden hatte, hier, wo Jörgen mit seinen Pflegeeltern zum Fest, zur Totenfeier gewandert war, zu den vier holdseligen, hellsten Kindheitstagen. Er wurde wieder denselben Weg über die Wiese nach Nörre-Vosborg geführt, und da stand in voller Blüte der Holunderbaum, die hohen Linden dufteten; ihm schien es, als wäre er gestern hier gewesen.

In dem linken Gebäude des Hofes ist eine Stiege unter der hohen Treppe. Hier gelangt man in einen niedrigen, gewölbten Keller, und von dort war die Lange-Margrethe zur Richtstätte geführt worden; sie hatte fünf Kinderherzen gefressen und glaubte, wenn sie noch zwei dazu bekommen hätte, dann hätte sie fliegen und sich unsichtbar machen können. In der Mauer befand sich ein kleines, fensterloses, enges Luftloch; die duftenden Linden draußen vermochten nicht ein bißchen Erquickung zu senden. Alles war rauh und modrig hier drinnen; nur eine Pritsche stand da, aber ein gutes Gewissen ist ein gutes Ruhekissen, nun, dann konnte Jörgen ja weich liegen.

Die plankendicke Tür war geschlossen, eine Eisenstange vorgeschoben, aber das Gespenst des Aberglaubens kriecht durch ein Schlüsselloch, auf dem Herrenhof wie im Fischerhaus, und um so leichter hier herein, wo Jörgen nun saß und an Lange-Margrethe und ihre Untaten dachte; ihre letzten Gedanken hatten diesen Raum erfüllt in der Nacht vor der Hinrichtung. Er erinnerte sich an all die Zauberei, die hier in alter Zeit geübt wurde, als der Gutsherr Svanwedel hier wohnte; und es war ja allgemein bekannt, wie noch der Kettenhund, der auf der Brücke stand, jeden Morgen an der Kette über das Geländer hinaushängend gefunden wurde. All dies erfüllte Jörgen und es durchfuhr ihn eisig, doch ein Sonnenstrahl leuchtete von draußen zu ihm hinein, und das war die Erinnerung an den blühenden Holunder und die Lindenbäume.

Lange saß er nicht hier, er wurde nach Ringköbing geführt, wo die Haft ebenso streng blieb.

Jene Zeiten waren nicht die unsern; der Arme hatte es hart; es war noch nicht verwunden, daß Bauernhöfe und Weiler in neuen Herrenhöfen aufgingen, und unter diesem Regiment wurden Kutscher und Diener Amtsrichter, die für ein geringes Versehen den Armen zu Besitzverlust verurteilten und ihn am Schandpfahl auspeitschen lassen konnten. Noch gab es hier den einen oder anderen von dieser Art, und in Jütland, weit entfernt von des Königs Kopenhagen und den aufgeklärten, wohlgesinnten Lenkern, ging das Gesetz noch oft, wie es eben konnte, und es war noch das wenigste, daß sich die Zeit für Jörgen in die Länge zog.

Bitterlich kalt war es, wo er saß, wann würde es ein Ende nehmen? Unverschuldet war er in Schaden und Elend gestürzt, das war sein Los! Wie es ihm hier in der Welt beschieden war, darüber bekam er nun Zeit nachzudenken; weshalb war es ihm so ergangen? Ja, das würde sich aufklären »im andern Leben«, jenem, das sicherlich unser wartet. Dieser Glaube war bei ihm in dem ärmlichen Hause festgewachsen. Was in Spaniens Fülle und Sonnenschein nicht in die Gedanken seines Vaters hineingeleuchtet hatte, wurde ihm in Kälte und Dunkelheit ein Trosteslicht, Gottes Gnadengabe, und die enttäuscht nie.

Nun machten die Frühlingsstürme sich bemerkbar. Das Rollen der Nordsee hört man meilenweit drinnen im Land, aber erst wenn der Sturm sich gelegt hat; es tönt, als wenn schwere Wagen zu Hunderten über einen harten, unterhöhlten Weg führen; Jörgen hörte es in seinem Gefängnis, und das war eine Abwechslung. Keine alten Melodien konnten tiefer zu Herzen gehen als diese Töne, das rollende Meer, das freie Meer, auf dem man durch die Welt getragen wurde und mit den Winden flog; und wo man auch hinkam, man hatte sein eigenes Haus mit, wie die Schnecke das ihre; man stand immer auf eigenem, immer auf Heimatgrund, selbst im fremden Land.

Wie lauschte er dem tiefen Rollen, wie rollten nicht in den Gedanken Erinnerungen auf! »Frei, frei! Glückselig, frei zu sein, selbst ohne Sohlen an den Schuhen und mit geflicktem Drillichshemd!« Manchmal flammte es dabei in ihm auf, und er schlug mit der geballten Faust gegen die Mauer.

Wochen, Monate, ein ganzes Jahr war vergangen, da ergriff man einen Strolch, Niels, den Dieb, »der Pferdehändler« wurde er auch genannt, und da kamen die besseren Zeiten, es wurde offenkundig, welches Unrecht Jörgen erlitten hatte.

Nördlich von Ringköbing Fjord, bei einem Häusler, der eine Schenke hatte, waren am Nachmittag vor Jörgens Abreise von der Heimat und bevor der Mord geschah, Niels, der Dieb, und Morten zusammengetroffen. Es wurden ein paar Gläser getrunken, und die konnten keinem Mann zu Kopf steigen; aber sie setzten doch das Mundwerk bei Morten ein bißchen zu sehr in Gang; er prahlte und erzählte, daß er zu einem Hof gekommen sei und heiraten sollte, und als Niels nach dem Geld dazu fragte, schlug Morten hochmütig auf seine Tasche:

»Es ist da, wo es sein soll«, antwortete er.

Diese Prahlerei kostete ihn das Leben; als er gegangen war, folgte ihm Niels und stach ihm ein Messer in den Hals, um das Geld zu nehmen, das sich nicht fand.

Das wurde weitläufig auseinandergesetzt, uns genügt es nun zu wissen, daß Jörgen auf freien Fuß kam. Aber was erhielt er als Ersatz für das, was er gelitten hatte während Jahr und Tag, in Gefängnis und Kälte, fortgestoßen von den Menschen? Ja, es wurde ihm gesagt, es sei ein Glück, daß er unschuldig sei, nun könne er gehen. Der Bürgermeister gab ihm zehn Mark Reisegeld, und mehrere Bürger der Stadt gaben ihm Bier und gutes Essen; es gab auch gute Menschen, nicht alle »stechen, häuten und legen auf die Pfanne«! Aber das Beste an dem Ganzen war, daß Kaufmann Brönne aus Skagen, bei dem Jörgen vor einem Jahr sich hatte anheuern wollen, gerade in diesen Tagen in Geschäften unten in Ringköbing war; er hörte von der ganzen Sache, und da er Herz besaß und verstand und fühlte, was Jörgen gelitten hatte, wollte er es ihm ein wenig gut und besser machen, ihn erfahren lassen, daß es auch gute Menschen gebe.

Vom Gefängnis zur Freiheit, zum Himmelreich, zur Liebe und guten Gesinnung ging es nun, ja, das sollte auch erprobt werden; keines Lebens Becher ist ganz Wermut. Das könnte kein guter Mensch einem Menschenkind einschenken, sollte da Gott, die Allliebe, es können?

»Laß nun all das begraben und vergessen sein!« sagte Kaufmann Brönne, »einen recht dicken Strich machen wir unter das letzte Jahr. Den Kalender verbrennen wir, und in zwei Tagen reisen wir nach dem friedlichen, gesegneten und fröhlichen Skagen; ein abgelegener Winkel im Land ist es, sagen sie; ein gesegneter Ofenwinkel ist es, mit offenen Fenstern nach der weiten Welt hinaus.«

Das war eine Reise! Das hieß wieder atmen, aus der kalten Gefängnisluft in den warmen Sonnenschein hinauskommen! Die Heide stand in Blüte, in einem dichten Flor, und der Hirtenknabe saß auf dem Hünengrab und blies auf seiner Flöte, die er aus einem Schafknochen geschnitten hatte. Die Fata Morgana, die herrliche Lufterscheinung der Wüste mit hängenden Gärten und schwimmenden Wäldern, zeigte sich und die seltsame, leichte Luftschwingung, die der Lokimann, der seine Herde treibt, genannt wird.

Hinauf nach dem Limfjord ging die Reise, über das Land der Wendelbewohner, hinauf nach Skagen, von wo die Männer mit den langen Bärten, die Langobarden, ausgewandert waren, als in der Hungersnot unter König Snio alle Kinder und Greise hätten totgeschlagen werden sollen, aber die edle Frau Gambaruk, die hier oben Landgüter besaß, vorschlug, daß lieber die Jungen aus dem Land ziehen sollten. Davon wußte Jörgen, so gelehrt war er. Und kannte er auch nicht das Land der Langobarden hinter den hohen Alpen, so wußte er doch, wie es dort aussehen mußte, er war ja selbst als Knabe im Süden, in Spaniens Land gewesen; er erinnerte sich der dort aufgestapelten Fruchthaufen, der roten Granatblüten, des Summens, Brummens und Glockenklangs in dem großen Bienenkorb der Stadt. Aber am schönsten ist es doch im Heimatland, und Jörgens Heimat war Dänemark.

Endlich gelangten sie nach »Vendilskaga«, wie Skagen genannt wird in alten norwegischen und isländischen Schriften. Meilenweit, mit Dünen und Ackerland dazwischen, dehnt sich und dehnte sich damals Gammel-Skagen, Vester- und Oesterby bis zum Leuchtturm in der Nähe von »Grenen« aus. Häuser und Höfe lagen wie jetzt noch zerstreut zwischen aufgewehten, wechselnden Sandhügeln, ein Wüstenland, wo der Wind sich in dem losen Sand tummelt und wo Möwen, Seeschwalben und die wilden Schwäne sich hören lassen, daß es einem das Trommelfell zerreißt. Eine Meile südwestlich von »Grenen« liegt der Hügel oder Gammel-Skagen, und hier wohnte Kaufmann Brönne, hier sollte nun Jörgen leben. Der Hof war geteert, die kleinen Nebengebäude hatten jedes ein umgekehrtes Boot als Dach, Wrackstücke waren zusammengefügt zum Schweinestall, Umzäunung gab es hier nicht, es war ja auch nichts zu umzäumen; aber an Schnüren, in langen Reihen, eine über der andern, hingen aufgeschnittene Fische, um im Wind zu trocknen. Der ganze Strand war mit verfaulenden Heringen überhäuft; das Netz kam ja kaum ins Wasser, bevor der Hering fuderweise an Land gezogen wurde, es gab zu viele von der Art, man warf sie wieder ins Meer oder ließ sie liegen und faulen.

Des Kaufmanns Frau und Tochter, ja, auch die Hausgenossen, kamen jubelnd herbei, als der Vater heimkehrte. Das war ein Händedrücken, ein Rufen und Reden, und was doch die Tochter für ein liebliches Gesicht und zwei liebe Augen hatte!

Drinnen im Haus war es gemütlich und geräumig. Schüsseln mit Fischen wurden auf den Tisch gesetzt, Goldbutten, die ein König ein Prachtsgericht hätte nennen können; Wein von Skagens Weinbergen, dem großen Meer: die Trauben rollten gekeltert an Land, und zwar in Fässern wie in Flaschen.

Als Mutter und Tochter später zu hören bekamen, wer Jörgen war und wie unschuldig und hart er gelitten hatte, da leuchteten ihn die Augen noch milder an, und am mildesten leuchteten sie bei der Tochter, bei der holden Jungfrau Clara. Er fand ein gesegnetes Heim in Gammel-Skagen. Das tat dem Herzen gut, und Jörgens Herz hatte ja viel erprobt, auch der Liebe bittere See, die abhärtet oder weicher macht. Jörgens Herz war noch so weich, es war so jung, es war ein freier Platz darin. Es war deshalb wahrscheinlich sehr günstig, daß es sich gerade so traf, daß Jungfrau Clara in drei Wochen mit dem Schiff hinauf nach Christianssand in Norwegen sollte, um eine Tante zu besuchen und den ganzen Winter dort zu bleiben.

Am Sonntag vor der Abreise waren sie alle in der Kirche zum Abendmahl. Groß und stattlich war die Kirche, Schotten und Holländer hatten sie vor mehreren Jahrhunderten erbaut, ein Stück entfernt von dem Ort, wo jetzt die Stadt lag. Etwas hinfällig war sie geworden und der Weg hinauf und hinab durch den tiefen Sand war sehr beschwerlich; doch das ertrug man gerne, um in Gottes Haus zu gelangen, Lieder zu singen und eine Predigt zu hören. Der Sand lag bis über die Ringmauer des Friedhofs hin, aber die Gräber dort drinnen hielt man noch frei vom Sandtreiben.

Es war die größte Kirche nördlich vom Limfjord. Die Jungfrau Maria, mit der Goldkrone auf dem Haupt und dem Jesuskind auf dem Arm stand wie lebend auf dem Altarbild; die heiligen Apostel waren im Chor ausgehauen, und zuoberst auf der Mauer sah man die Bilder der alten Bürgermeister und Räte von Skagen mit ihren Hauszeichen; die Kanzel war reich geschnitzt. Die Sonne schien so belebend in die Kirche auf die blanke Messingkrone und auf das kleine Fahrzeug, das von der Decke herabhing.

Jörgen war überwältigt von einem heiligen, kindlich reinen Gefühl, wie damals, da er als Knabe in Spaniens reicher Kirche stand; aber hier hatte er das Bewußtsein, daß er mit zur Gemeinde gehörte.

Nach der Predigt war Abendmahl. Er genoß mit den andern das Brot und den Wein, und es traf sich so, daß er gerade neben Jungfrau Clara kniete; doch seine Gedanken waren so zu Gott und der heiligen Handlung hingewendet, daß er erst, als sie sich erhoben, bemerkte, wer seine Nachbarin gewesen war; er sah große Tränen über ihre Wangen hinabrollen.

Zwei Tage später reiste sie hinauf nach Norwegen, und Jörgen ging und machte sich nützlich im Hof, betrieb die Fischerei, und es gab Fische zu fangen, und zwar damals noch mehr als heutzutage. Die Makrelenschwärme leuchteten in den dunklen Nächten und zeigten, wo sie hinzogen; der Knurrhahn knurrte und die Kolkrabbe stieß ein jämmerliches Geheul aus, wenn sie gejagt wurde; die Fische sind nicht so stumm, wie man sagt; Jörgen war es viel mehr über das, was er in sich verbarg, aber das kam wohl auch einmal hervor.

Jeden Sonntag, wenn er in der Kirche saß und seine Augen sich auf das Bild der Mutter Maria auf der Altartafel hefteten, ruhten sie auch eine Weile auf der Stelle, wo Jungfrau Clara an seiner Seite gekniet hatte, und er dachte an sie und wie herzensgut sie gegen ihn gewesen war.

Der Herbst kam mit Schmutzwetter und Tauschnee; das Wasser stand und überspülte Skagens Stadtgrund; der Sand konnte nicht all das Wasser schlucken, man mußte waten, wenn nicht gar mit dem Boot fahren; die Stürme warfen Fahrzeug um Fahrzeug auf die todbringenden Sandbänke; es gab Schneestürme und Sandstürme; der Sand stob um die Häuser, so daß die Leute oben aus dem Schornstein herauskriechen mußten; aber das war nichts Merkwürdiges hier oben. Warm und gut war es drinnen in der Stube, Heidetorf und Wrackholz knisterten und prasselten, und Kaufmann Brönne las aus einer alten Chronik vor, las von Prinz Amlet von Dänemark, der von England aus hier bei Bovbjerg an Land ging und eine Schlacht lieferte; bei Ramme war sein Grab, nur ein paar Meilen von dem Ort entfernt, wo der Aalbauer wohnte; Hünengräber zu Hunderten erhoben sich dort auf der Heide, ein großer Friedhof – Kaufmann Brönne war selbst dort bei Amlets Grab gewesen. Man sprach von alter Zeit, von den Nachbarn, von Engländern und Schotten, und Jörgen sang dann das Lied von »des Königs Sohn von Engeland«, von dem prächtigen Schiff und wie es ausgestattet war:

»Es war vergoldet von Bord zu Bord,
und drauf stand geschrieben Gottes Wort.

Der Königssohn hielt liebewarm
und fest die schöne Braut im Arm.«

Diesen Vers besonders sang Jörgen so innig, seine Augen leuchteten dabei, sie waren ja freilich auch so schwarz und glänzend von Geburt an.

Da war Gesang und da wurde vorgelesen, da war Wohlstand im Hause und Familienleben bis hinab zu den Haustieren, und alles war gut gehalten; das Zinnbrett glänzte von gescheuerten Tellern, und unter der Decke hingen Würste und Schinken, Wintervorrat vollauf; ja, wir könnten solches jetzt noch drüben auf den vielen reichen Bauernhöfen der Westküste sehen, Nahrung die Fülle und reichen Schmuck in den Stuben, Klugheit und gute Laune. Und in unserer Zeit sind sie zu Kräften gekommen; Gastfreundschaft gibt es dort wie im Zelt des Arabers.

Jörgen hatte noch nie zuvor eine so fröhliche Zeit verlebt, seit er als Kind die vier Tage bei der Totenfeier gewesen war, und doch war Jungfrau Clara fort, doch nicht aus den Gedanken und den Gesprächen.

Im April sollte ein Fahrzeug nach Norwegen hinauf gehen, Jörgen sollte mit. Es sei nun wahrlich gute Laune in ihn gekommen, und ein gutes Aussehen habe er, sagte Mutter Brönne, es sei ein Vergnügen, ihn anzuschauen.

»Und dich auch«, sagte der alte Kaufmann, »Jörgen hat Leben in die Winterabende gebracht und in unsere Mutter auch! Du bist in diesem Jahr jünger geworden, du siehst gut und hübsch aus! Du warst ja auch das schönste Mädchen in Viborg, und das will viel heißen, denn dort habe ich immer die Mädchen am schönsten gefunden ...«

Jörgen sagte nichts dazu, das schickte sich nicht; aber er dachte an eine aus Skagen, und zu ihr segelte er hinauf. Das Fahrzeug legte an bei Christianssand, er kam mit günstigem Wind in einem halben Tag dorthin.

Eines Morgens ging Kaufmann Brönne hinaus zum Leuchtturm,

der weit von Gammel-Skagen nahe bei »Grenen« liegt; die Kohlen auf der Leuchtpfanne dort oben waren längst gelöscht worden, die Sonne stand schon hoch, als er in den Turm hinaufkam. Eine ganze Meile von der äußersten Landspitze erstreckten sich Sandbänke unter dem Wasser; außerhalb von diesen zeigten sich heute viele Schiffe, und zwischen ihnen glaubte er mit dem Fernrohr die »Karen Brönne« zu erkennen, so hieß das Fahrzeug, und ganz richtig, es war im Ansegeln; Clara und Jörgen waren an Bord. Skagens Leucht- und Kirchturm zeigten sich ihnen wie ein Reiher und ein Schwan auf dem blauen Wasser. Clara saß an der Reling und sah nach und nach die Dünen hervorkommen; ja, wenn der Wind sich hielt, so konnten sie innerhalb einer Stunde die Heimat erreichen; so nah waren sie ihr und der Freude – so nah waren sie dem Tod und seiner Angst.

Da riß eine Planke im Schiff, das Wasser drang herein, es wurde gedichtet und gepumpt, alle Segel gesetzt, die Notflagge gehißt; sie waren noch eine ganze Meile vom Land entfernt, Fischerboote waren zu sehen, aber weit weg, der Wind führte an Land, die Wellen, die sich erhoben, halfen auch, aber nicht genug, das Schiff sank. Jörgen schlang seinen rechten Arm fest um Clara.

Mit welchem Blick sah sie ihm nicht in die Augen, als er sich im Namen Unseres Herrn mit ihr ins Meer stürzte; sie stieß einen Schrei aus, aber sicher konnte sie sein, er würde nicht loslassen.

Was das Heldenlied sang:

»Der Königssohn hielt liebewarm
Und fest die schöne Braut im Arm«,

das übte Jörgen in der Stunde der Gefahr und Angst. Jetzt kam es ihm zunutze, daß er ein tüchtiger Schwimmer war, er arbeitete sich vorwärts mit den Füßen und einer Hand, mit der andern hielt er das junge Mädchen fest. Er ruhte auf dem Wasser, trat es mit seinen Füßen, übte alle die Bewegungen, die er kannte und wußte, damit er genug Kräfte behielte, um das Land zu erreichen. Er vernahm, wie sie einen Seufzer ausstieß, er fühlte einen Krampfschauer sie durchzucken, und fester hielt er sie; eine einzelne Welle schlug über sie hin, eine Strömung erhob sie, das Wasser war so tief, so klar, einen Augenblick schien es ihm, er sehe den blinkenden Makrelenschwarm dort unten, oder war es Leviathan selbst, der sie verschlingen wollte? Die Wolken warfen Schatten über das Wasser, und wieder kamen blinkende Sonnenstrahlen. Schreiende Vögel in großen Schwärmen fuhren über ihn hin, und die Wildenten, die sich schwer und schläfrig auf dem Wasser treiben ließen, flogen erschreckt vor dem Schwimmer auf. Aber seine Kräfte nahmen ab, das fühlte er – vom Land war er noch ein paar Kabellängen entfernt, doch die Hilfe kam, ein Boot näherte sich; aber unter dem Wasser stand, er sah es deutlich, eine weiße, starrende Gestalt. Eine Welle erhob ihn, die Gestalt näherte sich – er spürte einen Stoß, es wurde Nacht, seine Sinne schwanden.

Es stand auf der Sandbank das Wrack eines Schiffes, die See lag darüber hin, die weiße Gallionsfigur stützte sich auf einen Anker, das scharfe Eisen ragte gerade bis zum Wasserspiegel empor; Jörgen war dagegen gestoßen, die Strömung hatte ihn mit vermehrter Kraft vorwärts getrieben; ohnmächtig geworden sank er mit seiner Bürde, aber die nächste Welle hob ihn und das junge Mädchen wieder empor.

Fischer ergriffen sie und zogen sie an Bord, das Blut strömte über

Jörgens Gesicht herab, er war wie tot; aber das Mädchen hielt er so fest umklammert, daß man sie ihm aus Arm und Hand entwinden mußte; totenbleich, leblos und ausgestreckt lag sie da im Boot, das auf Skagens »Gren« zusteuerte.

Alle Mittel wurden angewendet, um Clara wieder zum Leben zu bringen, sie war tot; lange war er dort draußen mit einer Leiche geschwommen, hatte gearbeitet und sich entkräftet für eine Tote.

Jörgen atmete noch; ihn trugen sie zu dem nächstliegenden Haus in den Dünen. Eine Art Feldscher, der am Ort wohnte, und übrigens auch Schmied und Kleinhändler war, verband Jörgen, bis am nächsten Tag der Arzt aus Hjörring geholt wurde.

Das Gehirn des Kranken war angegriffen, er lag in Raserei, stieß wilde Schreie aus; aber am dritten Tag sank er hin in einen Dämmerschlaf, das Leben schien an einem Faden zu hängen, und daß er abreißen möge, sagte der Arzt, wäre das Beste, was man Jörgen wünschen könne.

»Laßt uns Gott bitten, daß er erlöst werde! Er wird nie wieder Mensch.«

Aber das Leben ließ ihn nicht los, der Faden wollte nicht reißen; aber die Erinnerung riß, das Band aller geistigen Fähigkeiten war durchschnitten, das war das schauerliche, ein lebendiger Körper blieb zurück, ein Körper, der gesund werden, wieder gehen sollte.

Jörgen blieb in Kaufmann Brönnes Haus.

»Er hat ja seine unheilbare Krankheit daher bekommen, daß er unser Kind retten wollte«, sagte der alte Mann; »er ist jetzt unser Sohn.«

Blöde nannte man Jörgen, aber es war nicht der rechte Ausdruck; er war wie ein Instrument, an dem die Saiten gelockert sind und nicht mehr klingen können – nur in vereinzelten Augenblicken, wenige Minuten, erhielten sie eine Spannkraft, und sie klangen – alte Melodien erklangen, einzelne Takte; Bilder rollten auf und verdämmerten –, er saß wieder da, starrend, gedankenlos. Wir dürfen glauben, daß er nicht litt; die dunklen Augen verloren dann ihren Glanz, ein schwarzes, angehauchtes Glas schienen sie zu sein.

»Armer blöder Jörgen!« sagte man.

Das war er, der unter dem Herzen seiner Mutter einem Erdenleben so reich und glücklich entgegengetragen wurde, daß es »ein Übermut, ein entsetzlicher Stolz« war, ein Leben nach diesem zu wünschen, geschweige denn daran zu glauben. Alle die großen Gaben der Seele also verloren? Nur harte Tage, Schmerz und Enttäuschung waren ihm zugeteilt; eine Prachtzwiebel war er, aus ihrem reichen Erdboden herausgerissen und in den Sand geworfen, um zu verfaulen! Gottes Ebenbild hätte keinen höheren Wert? Nur ein Spiel des Zufalls war und ist das Ganze? Nein! Der Gott der Alliebe mußte und wollte ihm in einem anderen Leben Ersatz geben für das, was er hier gelitten und entbehrt hatte. »Der Herr ist barmherzig und seine Güte währet ewiglich.« Diese Worte aus Davids Psalm sprach in Glaube und Hoffnung die fromme, alte Kaufmannsfrau aus, und die Bitte ihres Herzens war, daß Unser Herr Jörgen bald erlösen möge, damit er eingehen könne in »Gottes Gnadengabe«, in das ewige Leben.

Auf dem Friedhof, wo der Sand über die Mauer stäubte, war Clara begraben; es schien, als ob Jörgen kein Bewußtsein davon hätte, es gehörte nicht zu seiner Gedankensumme; die bestand nur aus Wrackstücken der Vergangenheit. Jeden Sonntag begleitete er die Familie zur Kirche und saß still mit gedankenlosem Blick da. Eines Tages, während des Kirchengesanges, stieß er einen Seufzer aus, seine Augen leuchteten, sie waren dem Altar zugewendet, der Stelle, wo er vor mehr als Jahr und Tag mit seiner toten Freundin gekniet hatte. Er nannte ihren Namen und wurde weiß wie ein Tuch, Tränen rollten über seine Wangen herab.

Man führte ihn aus der Kirche, und er sagte ihnen, daß er sich wohl fühle, fand nicht, daß ihm etwas gefehlt habe, er hatte keine Erinnerung daran, der von Gott Geprüfte, Hingeworfene. – Und Gott, unser Schöpfer, ist weise und alliebend, wer kann daran zweifeln? Unser Herz und unser Verstand erkennt es, die Bibel bestätigt es: »Seine Güte währet ewiglich!«

In Spanien, wo zwischen Orangen- und Lorbeerbäumen die maurischen, goldenen Kuppeln von warmen Lüften umweht werden, wo Gesang und Kastagnetten erklingen, saß in dem prachtvollen Haus ein kinderloser Greis, der reichste Kaufmann; durch die Straßen zogen Kinder in Prozession mit Lichtern und wehenden Fahnen.

Wieviel von seinem Reichtum würde er nicht gegeben haben, um seine Kinder zu haben, seine Tochter oder ihr Kind, das vielleicht nie das Licht dieser Welt erblickt hatte, und wie sollte es dann das Licht der Ewigkeit, des Paradieses erblicken? »Armes Kind!«

Ja, armes Kind! Just Kind und doch in den Dreißigerjahren – so alt war Jörgen dort in Gammel-Skagen geworden.

Der Flugsand hatte sich über die Gräber des Friedhofs gelegt, ganz hinauf um die Kirchenmauer, aber hier, bei den Vorausgegangenen, bei den Verwandten und Lieben mußten und wollten die Toten beerdigt werden. Kaufmann Brönne und seine Frau ruhten hier bei ihren Kindern unter dem weißen Sand.

Es war früh im Jahr, die Zeit der Stürme; die Dünen rauchten, das Meer warf hohe Wellen, die Vögel flogen in großen Scharen, wie Wolken im Sturm, schreiend über die Dünen hin; Strandung erfolgte auf Strandung in den Sandbänken von Skagens »Gren« bis zu den Husby-Dünen.

Eines Nachmittags, als Jörgen allein in der Stube saß, erhellte sich sein Gemüt, das Gefühl einer Unruhe, wie er es oft in seinen jüngeren Jahren empfunden hatte, trieb ihn in die Dünen und auf die Heide hinaus:

»Heim! heim!« sagte er; niemand hörte ihn; er ging aus dem Haus und in die Dünen hinaus, Sand und Steinchen flogen ihm ins Gesicht, erhoben sich in Wirbeln um ihn her. Er ging auf die Kirche zu; der Sand lag an den Mauern aufgetürmt, bis halb über die Fenster hinauf; aber vor dem Eingang war der Weg freigeschaufelt, die Kirchentür war nicht geschlossen und leicht zu öffnen; Jörgen ging hinein.

Der Wind fuhr heulend über Skagen hin; es war ein Orkan wie seit Menschengedenken nicht mehr, ein entsetzliches Herrgottswetter; aber Jörgen war im Hause Gottes, und während es draußen schwarze Nacht wurde, leuchtete es in seinem Innern, es war das Licht der Seele, das nie erlöschen wird. Er empfand, wie der schwere Stein, der auf seinem Kopf lag, mit einem Knall zersprang. Ihm schien, daß die Orgel spielte, aber es war der Sturm und das rollende Meer; er setzte sich in den Kirchenstuhl, und die Lichter wurden angezündet, Licht neben Licht, ein solcher Reichtum, wie er ihn nur in Spanien gesehen hatte, und alle Bilder der alten Ratsmänner und Bürgermeister wurden lebendig. Sie traten aus der Wand heraus, wo sie während Jahren gestanden hatten, sie setzten sich in den Chor. Tore und Türen der Kirche öffneten sich, und herein traten alle die Toten, festlich gekleidet, wie zu ihrer Zeit, sie kamen unter den Klängen einer schönen Musik und setzten sich in die Stühle. Da ertönte der Psalmengesang wie ein rollendes Meer. Und seine alten Pflegeeltern von den Husby-Dünen waren hier, und der alte Kaufmann Brönne und seine Frau, und an ihrer Seite, dicht neben Jörgen, saß ihre milde, liebevolle Tochter; sie reichte Jörgen die Hand, und sie gingen hinauf zum Altar, wo sie einst gekniet hatten, und der Geistliche legte ihre Hände zusammen, weihte sie zu einem Leben in Liebe. – Da brauste der Schall der Posaunen, seltsam wie eine Kinderstimme voll von Sehnsucht und Lust, schwoll an zu Orgelklang, zu einem Orkan von vollen, erhebenden Tönen, beseligend zu hören und doch mächtig genug, um den Stein des Grabes zu sprengen.

Und das Schiff, das im Chor hing, senkte sich nieder vor die beiden, es wurde so groß, so prachtvoll, mit seidenen Segeln und vergoldeten Rahen; die Anker waren aus dem roten Gold und jedes Tau mit Seidenzwirn umwunden, wie es in dem alten Lied stand. Und das Brautpaar stieg an Bord, und die ganze Kirchengemeinde folgte mit, und es war Raum und Herrlichkeit für sie alle. Und die Wände und Bogen der Kirche blühten wie der Holunder und die duftenden Lindenbäume, sanft fächelten Zweige und Blätter; sie beugten sich, trennten sich, und das Schiff wurde aufgehoben und segelte mit ihnen durch das Meer, durch die Luft; jedes Kirchenlicht war ein kleiner Stern, und der Wind stimmte in den Psalmengesang ein, und alle sangen mit:

»In Liebe, zur Herrlichkeit!« – »Kein Leben soll verloren gehen!« – »Beseligend froh! Halleluja!«

Und diese Worte waren auch Jörgens letzte in dieser Welt. Das Band zerriß, das die unsterbliche Seele hielt – es lag nur ein toter Körper in der dunklen Kirche, über die der Sturm hinsauste und mit Flugsand umwirbelte.

Am nächsten Morgen war es Sonntag, die Gemeinde und der Geistliche kamen zum Gottesdienst. Der Weg hierher war beschwerlich gewesen, beinahe ungangbar über den Sand, und nun, als sie hier waren, lag eine große Wanderdüne hoch vor der Kirchentür hingeweht. Und der Geistliche sprach ein kurzes Gebet und sagte, daß Gott die Tür zu diesem seinem Haus geschlossen habe, sie müßten nun gehen und ihm andern Ortes ein neues errichten.

Dann sangen sie einen Psalm und wanderten nach Hause.

Jörgen war nicht zu finden in der Stadt Skagen oder zwischen den Dünen, wo sie suchten; die Wellen, die auf den Sand hinaufgerollt waren, hätten ihn mit sich gezogen, hieß es.

Sein Körper lag beerdigt in dem größten Sarkophag, in der Kirche selbst; Gott hatte im Sturm Erde auf den Sarg geworfen, die schwere Sandschicht lag dort und liegt noch dort.

Der Flugsand hat die mächtigen Wölbungen bedeckt. Stranddisteln und wilde Rosen wachsen über die Kirche hin, wo der Wanderer nun zu ihrem Turm schreitet, der aus dem Sand aufragt, ein mächtiger Leichenstein auf dem Grabe, meilenweit zu sehen; kein König bekam ihn prächtiger! Niemand stört die Ruhe des Toten, niemand wußte oder weiß es, bevor es jetzt – der Sturm mir zwischen den Dünen sang.

72
DER MISTKÄFER

Des Kaisers Pferd bekam goldene Hufeisen, goldene Hufeisen an jeden Fuß.

Warum bekam es goldene Hufeisen?

Es war das herrlichste Tier, hatte feine Beine, kluge Augen und eine Mähne, die ihm wie ein seidener Schleier über den Hals herabhing. Es hatte seinen Herrn in Pulverdampf und Kugelregen getragen, hatte die Kugeln singen und pfeifen gehört; es hatte um sich gebissen, um sich geschlagen, mitgekämpft, als die Feinde eindrangen, es war mit seinem Kaiser in einem Sprung über das Pferd des gestürzten Feindes gesetzt, hatte seines Kaisers Krone aus rotem Gold gerettet, seines Kaisers Leben gerettet, das mehr wert war als das rote Gold, und darum bekam des Kaisers Pferd goldene Hufeisen, goldene Hufeisen an jeden Fuß.

Und der Mistkäfer kroch hervor.

»Erst die Großen, dann die Kleinen«, sagte er, »doch es ist nicht die Größe, die es macht.« Und dann streckte er seine dünnen Beine vor.

»Was willst du?« fragte der Schmied.

»Goldene Hufeisen!« antwortete der Mistkäfer.

»Du bist wohl nicht recht gescheit«, sagte der Schmied, »willst du auch goldene Hufeisen haben?«

»Goldene Hufeisen!« sagte der Mistkäfer, »bin ich nicht ebensogut wie das große Biest, das Bedienung haben soll, gestriegelt und gepflegt wird und Essen und Trinken bekommt. Gehöre ich nicht auch zu des Kaisers Stall?«

»Aber warum erhält das Pferd goldene Hufeisen?« fragte der Schmied, »begreifst du das nicht?«

»Begreifen? Ich begreife, daß es eine Geringschätzung meiner Person ist«, sagte der Mistkäfer, »es ist eine Kränkung – und jetzt gehe ich deswegen in die weite Welt hinaus.«

»Fahr ab!« sagte der Schmied.

»Grober Kerl!« sagte der Mistkäfer, und dann ging er hinaus, flog eine kleine Strecke, und nun war er in einem reizenden, kleinen Blumengarten, wo es nach Rosen und Lavendel duftete.

»Ist es hier nicht herrlich?« sagte eines der kleinen Marienkäferchen, die mit schwarzen Pünktchen auf den roten, schildstarken Flügeln umherflogen. »Wie süß es hier riecht, und wie schön es hier ist!«

»Ich bin an Besseres gewöhnt«, sagte der Mistkäfer, »nennt ihr das schön? Hier ist ja nicht einmal ein Misthaufen.«

Und dann ging er weiter vor, in den Schatten einer großen Levkoje; es kroch eine Kohlraupe auf ihr.

»Wie die Welt doch herrlich ist!« sagte die Kohlraupe, »die Sonne ist so warm! Alles ist so fröhlich! Und wenn ich einmal einschlafe und sterbe, wie sie es nennen, dann wache ich auf und bin ein Schmetterling!«

»Bilde dir was ein!« sagte der Mistkäfer, »jetzt fliegen wir als Schmetterling herum! Ich komme von des Kaisers Stall; aber niemand dort, nicht einmal des Kaisers Leibroß, das doch meine abgelegten goldenen Hufeisen trägt, hat solche Einbildungen. Flügel bekommen! Fliegen! Ja, jetzt fliegen wir!« Und dann flog der Mistkäfer. »Ich will mich nicht ärgern, aber ich ärgere mich doch.«

Dann plumpste er auf einen großen Rasenplatz nieder; hier lag er eine Weile, dann schlief er ein.

Bewahre, welch ein Platzregen stürzte herab! Der Mistkäfer erwachte bei dem Geplatsche und wollte gleich in die Erde hinunter, konnte es aber nicht; er fiel um, er schwamm auf dem Magen und auf dem Rücken; an Fliegen war nicht zu denken, er kam wahrscheinlich nie mehr lebendig von diesem Fleck; er lag, wo er lag, und blieb liegen.

Als der Regen etwas nachgelassen und der Mistkäfer sich das Wasser aus den Augen geblinzelt hatte, erblickte er etwas Weißes. Es war Leinen auf der Bleiche; er gelangte dorthin und kroch in eine Falte der nassen Leinwand hinein; das war freilich nicht wie in dem warmen Haufen im Stall zu liegen; aber hier gab es eben nichts Besseres, und so blieb er einen ganzen Tag, eine ganze Nacht, und auch das Regenwetter blieb. Am Morgen kam der Mistkäfer hervor; er war sehr ärgerlich über das Klima.

Auf der Leinwand saßen zwei Frösche; ihre klaren Augen leuchteten vor lauter Vergnügen. »Das ist ein gesegnetes Wetter!« sagte der eine. »Wie es erfrischt! Und das Leinenzeug hält so herrlich das Wasser beisammen! Es kribbelt mir in den Hinterbeinen, als wenn ich schwimmen sollte.«

»Ich möchte wohl wissen«, sagte der andere, »ob die Schwalbe, die so weit umherfliegt, ob sie auf ihren vielen Reisen im Ausland ein besseres Klima gefunden hat als das unsre, solch ein Regen und solch eine Nässe! Es ist gerade, als läge man in einem nassen Graben! Freut man sich nicht darüber, dann liebt man wahrlich sein Vaterland nicht!«

»Ihr seid wohl nie in den Ställen des Kaisers gewesen?« fragte der Mistkäfer. »Dort ist das Nasse sowohl warm als würzig! Daran bin ich gewöhnt, das ist mein Klima, aber das kann man nicht mit auf die Reise nehmen. Ist hier kein Mistbeet im Garten, wo Standespersonen wie ich einkehren und sich heimisch fühlen können?«

Aber die Frösche verstanden ihn nicht oder wollten ihn nicht verstehen.

»Ich frage nie zum zweitenmal«, sagte der Mistkäfer, als er dreimal gefragt hatte, ohne Antwort zu erhalten.

Dann ging er ein Stück weiter. Da lag eine Topfscherbe; die sollte nicht dort liegen, aber so wie sie lag, bot sie Schutz. Hier wohnten mehrere Ohrwurmfamilien; die beanspruchen nicht viel Raum, sondern nur Geselligkeit. Die Weibchen sind besonders mit Mutterliebe begabt, daher war auch das Junge eines jeden das schönste und das klügste.

»Unser Sohn hat sich verlobt«, sagte eine Mutter, »die süße Unschuld! Sein höchstes Ziel ist, einmal einem Pfarrer ins Ohr kriechen

zu können. Er ist so rührend kindlich, und die Verlobung bewahrt ihn vor Ausschweifungen; das ist so erfreulich für eine Mutter.«

»Unser Sohn«, sagte eine andere Mutter, »kam gerade aus dem Ei und war gleich auf der Fahrt; es sprüht in ihm, er läuft sich die Hörner ab. Das ist eine ungeheure Freude für eine Mutter! Nicht wahr, Herr Mistkäfer?« Sie erkannten den Fremden an der Schablone.

»Sie haben alle beide recht«, sagte der Mistkäfer, und dann wurde er in die Stube gebeten, so weit er unter die Topfscherbe kommen konnte.

»Nun sollen Sie auch mein kleines Ohrwürmchen sehen«, sagte eine dritte und vierte von den Müttern, »es sind die liebsten Kinder und so lustig! Sie sind niemals unartig, außer wenn sie Bauchweh haben, aber das bekommt man so leicht in ihrem Alter.«

Und dann sprach jede Mutter von ihren Jungen. Und die Jungen sprachen mit und benutzten die kleine Gabel, die sie am Schwanz hatten, um den Mistkäfer an seinem Schnurrbart zu ziehen.

»Die kommen aber auch auf alles, die kleinen Schelme!« sagten die Mütter und dampften vor Mutterliebe; aber das langweilte den Mistkäfer, und so fragte er, ob es weit bis zu dem Mistbeet sei.

»Das ist weit draußen in der Welt, auf der andern Seite des Grabens«, sagte der Ohrwurm, »so weit wird hoffentlich nie eines von meinen Kindern kommen; denn dann würde ich sterben.«

»So weit will ich doch versuchen zu gelangen«, sagte der Mistkäfer und ging ohne Abschied; das ist am galantesten.

Am Graben traf er mehrere von seiner Familie, alles Mistkäfer.

»Hier wohnen wir!« sagten sie. »Wir haben es ganz gemütlich! Dürfen wir Sie nicht hinunter in das Fette einladen? Die Reise hat Sie sicher ermüdet.«

»Das hat sie«, sagte der Mistkäfer. »Ich bin im Regenwetter auf Leinwand gelegen, und Reinlichkeit greift mich besonders an; ich habe auch Gicht im Flügelgelenk bekommen, weil ich unter einer Topfscherbe im Durchzug stand. Es ist eine wahre Erquickung, einmal zu seinen eigenen Leuten zu kommen.«

»Sie kommen vielleicht vom Mistbeet?« fragte der Älteste.

»Höher hinauf!« sagte der Mistkäfer. »Ich komme von des Kaisers Stall, wo ich mit goldenen Hufeisen geboren wurde; ich reise in einem geheimen Auftrag, worüber Sie mich nicht ausfragen dürfen; denn ich sage es nicht.«

Und dann stieg der Mistkäfer in den fetten Schlamm hinab; dort saßen drei junge Mistkäferfräulein, sie kicherten, denn sie wußten nicht, was sie sagen sollten.

»Sie sind unverlobt«, sagte die Mutter, und dann kicherten sie wieder; aber das war aus Verlegenheit.

»Ich habe sie nicht schöner in den Ställen des Kaisers gesehen«, sagte der reisende Mistkäfer.

»Verderben Sie mir meine Mädchen nicht und sprechen Sie nicht mit ihnen, wenn Sie nicht reelle Absichten haben; aber das haben Sie, und ich gebe Ihnen meinen Segen.«

»Hurra!« sagten alle die andern, und dann war der Mistkäfer verlobt. Erst Verlobung, dann Hochzeit; ein Grund zu warten war ja nicht vorhanden.

Der nächste Tag verging recht gut, der zweite flaute ab; aber am dritten sollte man doch an Nahrung für die Frau und vielleicht für die Kinder denken.

»Ich habe mich überraschen lassen«, sagte er, »so muß ich sie wohl wieder überraschen –«

Und das tat er. Weg war er; weg den ganzen Tag, weg die ganze Nacht – und die Frau saß da als Witwe. Die andern Mistkäfer sagten, es sei ein richtiger Landstreicher, den sie in die Familie aufgenommen hätten; die Frau saß ihnen nun zur Last da.

»So kann sie wieder als Jungfrau sitzen«, sagte die Mutter, »als mein Kind sitzen; pfui, der widerliche Schuft, der sie verließ.«

Der war indessen auf der Fahrt, war auf einem Kohlblatt über den Graben gesegelt. Gegen Morgen kamen zwei Menschen, die sahen den Mistkäfer, nahmen ihn auf, drehten und wendeten ihn, und sie waren alle beide sehr gelehrt, besonders der Knabe. »Allah sieht den schwarzen Mistkäfer in dem schwarzen Stein, in dem schwarzen Felsen! Steht es nicht so im Koran?« fragte er und übersetzte den Namen des Mistkäfers ins Lateinische und verbreitete sich über dessen Art und Natur. Der ältere Gelehrte stimmte dagegen, daß er mit nach Hause genommen werden sollte. Sie hätten dort ebenso gute Exemplare, sagte er, und das war nicht höflich gesprochen, fand der Mistkäfer, deshalb flog er ihm aus der Hand, flog ein gutes Stück; seine Flügel waren jetzt trocken geworden, und dann erreichte er das Treibhaus, wo er in der größten Bequemlichkeit, da das eine Fenster geöffnet war, hineinschlüpfen und sich in den frischen Mist eingraben konnte.

»Hier ist es lecker!« sagte er.

Bald schlief er ein und träumte, daß des Kaisers Pferd gestürzt sei und daß Herr Mistkäfer dessen goldene Hufeisen und das Versprechen für noch zwei weitere erhalten habe. Das war angenehm, und als der Mistkäfer erwachte, kroch er hervor und sah sich um. Welche Pracht hier im Treibhaus! Große Fächerpalmen breiteten sich in der Höhe aus, die Sonne machte sie durchscheinend, und darunter quoll eine Fülle von Grün hervor. Es leuchteten Blumen, rot wie Feuer, gelb wie Bernstein und weiß wie frischgefallener Schnee.

»Das ist eine unvergleichliche Pflanzenpracht; wie wird die schmecken, wenn sie in Fäulnis übergeht!« sagte der Mistkäfer. »Das ist eine gute Speisekammer; hier wohnen gewiß welche von meiner Familie; ich will doch nachspüren gehen, ob ich jemand finde, mit dem ich verkehren kann. Stolz bin ich, das ist mein Stolz!« Und dann ging er und dachte an seinen Traum von dem toten Pferd und den gewonnenen goldenen Hufeisen.

Da ergriff plötzlich eine Hand den Mistkäfer, er wurde gedrückt, gedreht und gewendet.

Der kleine Sohn des Gärtners und sein Kamerad waren im Treibhaus, hatten den Mistkäfer gesehen und wollten ihr Vergnügen an ihm haben. In ein Weinblatt gelegt, kam er hinab in eine warme Hosentasche; er kribbelte und krabbelte, erhielt dann einen Druck von der Hand des Knaben, der rasch davonging nach dem großen See am Ende des Gartens; hier wurde der Mistkäfer in einen alten, zerbrochenen Holzschuh gesetzt, von dem der obere Teil fehlte; ein Stäbchen wurde als Mast befestigt, und an den wurde der Mistkäfer mit einem wollenen Faden angebunden; jetzt war er Schiffer und sollte hinaussegeln.

Es war ein sehr großer See. Der Mistkäfer fand, es sei ein Welt-

meer, und er erstaunte so, daß er auf den Rücken fiel und mit den Beinen zappelte.

Der Holzschuh segelte, es war eine Strömung im Wasser; aber geriet das Fahrzeug ein wenig zu weit hinaus, dann krempelte der eine von den Knaben sofort seine Hosen auf und ging hinaus und holte es; aber als es wieder in Fahrt war, wurde nach den Knaben gerufen, ernsthaft gerufen, und sie eilten fort und ließen Holzschuh Holzschuh sein; der trieb immer mehr vom Land ab, immer weiter hinaus, es war scheußlich für den Mistkäfer; fliegen konnte er nicht, er war festgebunden an den Mast.

Er bekam Besuch von einer Fliege.

»Was für ein schönes Wetter wir haben«, sagte die Fliege. »Hier kann ich mich ausruhen! Hier kann ich mich sonnen. Sie haben es sehr behaglich!«

»Sie schwatzen, wie Sie es verstehen! Sehen Sie nicht, daß ich angebunden bin?«

»Ich bin nicht angebunden«, sagte die Fliege, und dann flog sie davon.

»Jetzt kenne ich die Welt«, sagte der Mistkäfer, »es ist eine gemeine Welt! Ich bin der einzige Honette darin! Erst verweigert man mir goldene Hufeisen, dann muß ich auf nasser Leinwand liegen, im Durchzug stehen, und schließlich schwatzen sie mir eine Frau auf. Tue ich dann einen raschen Schritt in die Welt hinaus und schaue, wie man es haben kann und wie ich es haben sollte, dann kommt so eine Menschenrange und setzt mich angebunden auf das wilde Meer. Und mittlerweile geht des Kaisers Pferd mit goldenen Hufeisen einher! Das ärgert mich am meisten; aber Teilnahme kann man in dieser Welt nicht erwarten! Mein Lebenslauf ist sehr interessant; doch was nützt es, wenn ihn niemand kennt! Die Welt verdient auch nicht, ihn zu kennen, sonst hätte sie mir goldene Hufeisen im Stall des Kaisers gegeben, als das Leibroß die Beine ausstreckte und beschlagen wurde. Hätte ich goldene Hufeisen bekommen, so wäre ich eine Ehre für den Stall geworden; nun hat er mich verloren und die Welt hat mich verloren, alles ist aus!«

Aber es war noch nicht alles aus, es kam ein Boot mit einigen jungen Mädchen.

»Da segelt ein Holzschuh!« sagte die eine.

»Es ist ein kleines Tier darin festgebunden!« sagte die andere.

Sie waren gerade neben dem Holzschuh, sie fischten ihn auf, und das eine der Mädchen nahm eine kleine Schere hervor, schnitt den Wollfaden durch, ohne dem Mistkäfer Schaden zuzufügen, und als sie an Land kamen, setzte sie ihn ins Gras.

»Kriech, kriech! Flieg, flieg, wenn du kannst!« sagte sie. »Freiheit ist ein herrlich Ding.«

Und der Mistkäfer flog gerade durch ein offenes Fenster in ein großes Gebäude, und dort sank er müde herab auf die feine, weiche, lange Mähne von des Kaisers Leibroß, das im Stall stand, wo es und der Mistkäfer zu Hause waren. Er klammerte sich an der Mähne fest, saß eine Weile da und besann sich. »Hier sitze ich auf des Kaisers Leibroß, sitze als Reiter! Was sage ich! Ja, nun wird es mir klar! Das ist eine gute Idee, und sie ist richtig! Warum bekam das Pferd goldene Hufeisen? Das fragte er mich auch, der Schmied. Jetzt sehe ich es ein. Meinetwegen bekam das Pferd goldene Hufeisen!«

Und dann wurde der Mistkäfer guter Laune.

»Man kriegt auf Reisen einen hellen Kopf!« sagte er.

Die Sonne schien zu ihm herein, schien sehr schön. »Die Welt ist doch nicht so übel«, sagte der Mistkäfer, »man muß sie nur zu nehmen wissen!« Die Welt ist herrlich, denn des Kaisers Leibroß hat goldene Hufeisen bekommen, weil der Mistkäfer sein Reiter sein sollte.

»Nun will ich zu den andern Käfern hinabsteigen und erzählen, wieviel man für mich getan hat; ich will von all den Annehmlichkeiten erzählen, die ich auf meiner Reise ins Ausland genossen habe, und ich will ihnen sagen, daß ich nur so lange daheimbleibe, bis das Pferd seine goldenen Hufeisen abgenützt hat.«

73

WAS VATER TUT, IST IMMER RECHT

Jetzt werde ich dir eine Geschichte erzählen, die ich gehört habe, als ich klein war, und jedesmal, wenn ich seither an sie gedacht habe, fand ich, daß sie immer schöner wurde; denn es geht mit Geschichten wie mit manchen Menschen: sie werden schöner und schöner mit dem Alter, und das ist so erfreulich!

Du bist ja draußen auf dem Land gewesen. Du hast ein richtiges altes Bauernhaus mit Strohdach gesehen; Moos und Kräuter wachsen dort von selbst; ein Storchennest ist auf dem First, den Storch kann man nicht entbehren; die Wände sind schief, die Fenster niedrig, ja, es gibt nur ein einziges, das aufgemacht werden kann. Der Backofen strotzt heraus wie ein kleiner, dicker Bauch, und der Holunderbusch neigt sich über den Zaun, wo gerade unter dem knorrigen Weidenbaum eine kleine Wasserpfütze ist mit einer Ente oder mit Entlein. Ja, und dann ist da auch ein Kettenhund, der alle und jeden anbellt.

Gerade so ein Bauernhaus war draußen auf dem Land, und darin wohnten ein paar Leute, Bauer und Bauersfrau. Wie wenig sie auch hatten, konnten sie doch ein Stück davon entbehren, das war ein Pferd, das am Graben der Landstraße weidete. Vater ritt darauf zur Stadt, die Nachbarn liehen es und erwiesen ihm wieder Dienst gegen Dienst; aber es war wohl dienlicher für sie, das Pferd zu verkaufen oder es für das eine oder andere umzutauschen, das ihnen noch nützlicher sein konnte. Aber was sollte das sein?

»Das wirst du, Vater, am besten verstehen!« sagte die Frau, »jetzt ist Markt in der Stadt, reite du dorthin, bekomme Geld für das Pferd oder mach einen guten Tausch! Wie du es machst, ist es immer recht. Reite zum Markt!«

Und dann band sie ihm sein Halstuch um; denn das verstand sie doch besser als er; sie band es mit doppelter Schleife, das sah galant aus. Und dann putzte sie seinen Hut mit ihrer flachen Hand, und sie küßte ihn auf seinen warmen Mund, und dann ritt er fort auf dem Pferd, das verkauft oder vertauscht werden sollte. Ja, Vater verstand es!

Die Sonne brannte, es waren keine Wolken droben! Auf dem Weg staubte es, es gab da so viele Marktleute zu Wagen und zu Pferd und auf ihren eigenen Beinen. Es war eine Sonnenhitze, und es gab nicht den geringsten Schatten auf dem Weg.

Da ging einer und trieb eine Kuh, die war so reizend, wie eine Kuh nur sein kann. Die gibt gewiß herrliche Milch! dachte der Bauer. Das könnte ein ganz guter Tausch sein, die zu bekommen.

»Weißt du was, du mit der Kuh!« sagte er, »wollen wir zwei nicht ein wenig zusammen sprechen? Siehst du, ein Pferd, glaube ich, kostet mehr als eine Kuh, aber das ist gleich! Ich habe mehr Nutzen von einer Kuh; sollen wir tauschen?«

»Ja, gern!« sagte der Mann mit der Kuh, und dann tauschten sie.

Nun war das getan, und so hätte der Bauer umkehren können, er hatte ja ausgerichtet, was er wollte; aber da er nun einmal beschlossen hatte zu Markt zu gehen, wollte er auch zu Markt gehen, nur um ihn anzusehen; und dann ging er mit seiner Kuh. Er schritt rasch zu, und die Kuh schritt rasch zu, und so kamen sie bald gerade neben einen Mann zu gehen, der ein Schaf führte. Es war ein gutes Schaf, gutgenährt und mit guter Wolle.

Das möchte ich wohl besitzen! dachte der Bauer, es würde ihm an unserm Grabenrand an Gras nicht fehlen, und im Winter könnte man es zu sich in die Stube nehmen. Im Grunde wäre es richtiger von uns, ein Schaf zu halten, statt einer Kuh. Sollen wir tauschen?

Ja, das wollte der Mann, der das Schaf hatte, wohl, und dann wurde der Tausch gemacht, und der Bauer ging mit seinem Schaf die Landstraße entlang. Dort beim Zauntritt sah er einen Mann mit einer großen Gans unter dem Arm.

»Das ist ein schweres Ding, das du da hast!« sagte der Bauer, »die hat sowohl Federn als Fett! Die würde sich gut ausnehmen in unserem Gatter bei der Wasserpfütze! Das wäre was für Mutter, wenn sie für sie Abfall sammeln könnte! Sie hat oft gesagt: ›Hätten wir nur eine Gans!‹ Nun kann sie eine kriegen – und sie soll sie kriegen! Willst du tauschen? Ich gebe dir das Schaf für die Gans und meinen Dank dazu!«

Ja, das wollte der andere wohl, und so tauschten sie; der Bauer bekam die Gans. Er war nahe bei der Stadt, das Gedränge auf dem Weg nahm zu, es war ein Gewimmel von Leuten und Vieh; sie gingen auf der Straße und über den Graben hinaus, bis in des Wegeinnehmers Kartoffelfeld hinein, wo sein Huhn angebunden stand, damit es sich im Schreck nicht verirre und verlorenginge. Es war eine kurzsteißige Henne, die mit dem einen Auge blinzelte und gut aussah. »Gluck, gluck!« sagte sie; was sie sich dabei dachte, kann ich nicht sagen, aber der Bauer dachte, als er sie sah: sie ist die schönste Henne, die ich je gesehen habe, sie ist schöner als des Pfarrers Bruthenne, die möchte ich wohl besitzen! Ein Huhn findet immer ein Korn, es kann fast für sich selbst sorgen! Ich glaube, es wäre ein guter Tausch, wenn ich es für die Gans bekäme. »Sollen wir tauschen?« fragte er. »Tauschen!« sagte der andere, »ja, das wäre gar nicht so übel!« Und dann tauschten sie. Der Wegeinnehmer bekam die Gans und der Bauer bekam das Huhn.

Das war allerhand, was er auf dieser Reise zur Stadt ausgerichtet hatte; und warm war es, und müde war er. Ein Schnaps und ein Bissen Brot taten ihm Not; nun war er bei der Schenke, da wollte er hinein; aber der Hausknecht wollte heraus, dem begegnete er gerade in der Tür mit einem Sack, der bis an den Rand gefüllt war mit etwas.

»Was hast du da?« fragte der Bauer.

»Faule Äpfel!« antwortete der Knecht, »einen ganzen Sack voll für die Schweine.«

»Das ist ja eine unglaubliche Menge! Den Anblick gönnte ich Mutter. Wir hatten voriges Jahr nur einen einzigen Apfel an dem alten Baum beim Torfhaus! Dieser Apfel sollte aufbewahrt werden, und er lag auf der Truhe, bis er platzte. ›Das ist doch immer ein Wohlstand!‹ sagte unsere Mutter, hier könnte sie Wohlstand zu sehen bekommen! Ja, ich würde es ihr gönnen!«

»Ja, was gebt Ihr?« fragte der Knecht.

»Geben? Ich gebe mein Huhn in Tausch!« Und dann gab er das Huhn in Tausch, bekam die Äpfel und ging in die Schenkstube, gerade hin zum Ausschank; seinen Sack mit den Äpfeln stellte er gegen den Ofen, und der war geheizt, das bedachte er nicht. Viele Gäste waren hier in der Stube, Pferdehändler, Ochsentreiber und zwei Engländer, und die sind so reich, daß ihre Taschen von Goldstücken platzen; Wetten machen sie, nun sollst du hören!

»Susss! susss!« Was war das für ein Geräusch beim Ofen? Die Äpfel begannen zu schmoren.

»Was ist das?« Ja, das sollten sie bald erfahren, die ganze Geschichte von dem Pferd, das für die Kuh umgetauscht worden war und bis hinab zu den faulen Äpfeln.

»Na, du kriegst Knüffe von Mutter, wenn du heimkommst!« sagten die Engländer, »das wird einen schönen Radau geben!«

»Ich kriege Küsse und keine Knüffe!« sagte der Bauer, »unsre Mutter sagt: was Vater macht, das ist immer das Richtige!«

»Wollen wir wetten!« sagten sie, »Goldmünzen tonnenweise! Hundert Pfund ist ein Schiffspfund.«

»Es genügt, einen vollen Scheffel zu geben!« sagte der Bauer, »ich kann nur den Scheffel voll mit Äpfeln dagegensetzen und mich selbst und Mutter dazu; aber das ist dann mehr als ein gestrichenes Maß, das ist gehäuft voll!«

»Topp! topp!« sagten sie, und dann war die Wette abgeschlossen.

Der Wagen des Schenkwirts fuhr vor, die Engländer stiegen auf, der Bauer stieg auf, die faulen Äpfel kamen hinauf, und dann kamen sie zu des Bauern Haus.

»Guten Abend, Mutter!«

»Danke, Vater!«

»Jetzt habe ich den Tausch gemacht!«

»Ja, du verstehst es!« sagte die Frau, umarmte ihn und vergaß ganz den Sack und die Fremden.

»Ich habe das Pferd für eine Kuh umgetauscht!«

»Gott sei Dank für die Milch!« sagte die Frau, »jetzt können wir Milchspeisen, Butter und Käse auf den Tisch bekommen. Das war ein herrlicher Tausch!«

»Ja, aber die Kuh habe ich wieder gegen ein Schaf umgetauscht!«

»Das ist bestimmt auch besser!« sagte die Frau, »du bist immer so bedachtsam; für ein Schaf haben wir just vollauf an Gras. Jetzt können wir Schafmilch bekommen und Schafkäse und wollene Strümpfe, ja, und wollene Nachtjacken! Die gibt die Kuh nicht! Sie verliert die Haare! Du bist ein überaus bedachtsamer Mann!«

»Aber das Schaf habe ich gegen eine Gans umgetauscht!«

»Sollen wir wirklich dies Jahr eine Martinigans haben, Väterchen! Du denkst immer daran, mich zu erfreuen! Das ist ein netter Gedanke von dir! Die Gans kann im Gatter stehen und bis zu Martini noch fetter werden!«

»Aber die Gans habe ich gegen ein Huhn umgetauscht!« sagte der Mann.

»Huhn! Das war ein guter Tausch«, sagte die Frau, »das Huhn legt Eier, es brütet sie aus, wir kriegen Küchlein, wir kriegen einen Hühnerhof! Das habe ich mir just so innig gewünscht!«

»Ja, aber das Huhn tauschte ich um gegen einen Sack faule Äpfel!«

»Jetzt muß ich dich küssen!« sagte die Frau. »Hab Dank, mein lieber Mann! Jetzt werde ich dir etwas erzählen. Als du fort warst, dachte ich daran, dir eine recht gute Mahlzeit zu machen: Eierkuchen mit Schnittlauch. Die Eier hatte ich, der Lauch fehlte mir. Da ging ich hinüber zu Schulmeisters; dort haben sie Schnittlauch, das weiß ich, aber die Frau ist geizig, die süße Person! Ich bat sie, mir etwas zu leihen –! ›Leihen‹, sagte sie. ›Nichts wächst in unserem Garten, nicht einmal ein fauler Apfel! Nichts, was ich Ihr leihen kann!‹ Jetzt kann ich ihr zehn leihen, ja, einen ganzen Sack voll! Das wird ein Spaß, Vater!« Und dann küßte sie ihn mitten auf den Mund.

»Das gefällt mir!« sagten die Engländer. »Immer bergab und immer gleich fröhlich! Das ist das Geld wohl wert!« Und dann bezahlten sie ein Schiffspfund Goldstücke an den Bauern, der Küsse bekam und nicht Knüffe.

Ja, es lohnt sich immer, wenn die Frau einsieht und erklärt, daß der Vater der Klügste, und was er macht, das Richtige ist.

Schau, das ist nun eine Geschichte! Die habe ich gehört, als ich klein war, und nun hast du sie auch gehört und weißt: was Vater tut, ist immer recht.

74

DER SCHNEEMANN

»Es kracht und knackt in mir, so herrlich kalt ist es!« sagte der Schneemann. »Der Wind kann wahrlich Leben in einen bringen! Und wie die Glühende dort glotzt!« Es war die Sonne, die er meinte; sie war gerade daran unterzugehen. »Sie soll mich nicht zum Blinzeln bringen, ich werde die Brocken schon festhalten.«

Das waren zwei große, dreieckige Dachziegelbrocken, die er als Augen hatte; der Mund war ein Stück von einem alten Rechen, deshalb hatte er Zähne.

Er war geboren unter Hurrageschrei der Knaben, war begrüßt worden von Schellengeläute und Peitschengeknall der Schlitten.

Die Sonne ging unter, der Vollmond ging auf, rund und groß, klar und herrlich in der blauen Luft.

»Da haben wir sie wieder von einer anderen Seite!« sagte der Schneemann. Er glaubte, es sei die Sonne, die sich wieder zeigte. »Ich habe es ihr abgewöhnt zu glotzen! Jetzt kann sie dort hängen und leuchten, damit ich mich selbst sehen kann. Wüßte ich nur, wie man es anstellt, sich fortzubewegen! Ich würde mich so gerne fortbewegen! Könnte ich es, so wollte ich jetzt hinab und auf dem Eise gleiten, wie ich es die Knaben machen sah; aber ich kann nicht laufen.«

»Weg, weg!« kläffte der alte Kettenhund; er war etwas heiser. Das war er, seit er Stubenhund gewesen und unter dem Ofen gelegen hatte. »Die Sonne wird dich schon lehren zu laufen! Das habe ich im vergangenen Winter an deinem Vorgänger und an dessen Vorgänger gesehen! Weg, weg! und weg sind sie alle!«

»Ich verstehe dich nicht, Kamerad!« sagte der Schneemann; »soll die da oben mich laufen lehren?« Er meinte den Mond; »ja, sie lief ja freilich vorhin, als ich sie fest ansah, jetzt schleicht sie von einer andern Seite heran.«

»Du weißt nichts«, sagte der Kettenhund, »aber du bist ja auch erst neulich aufgekleckst worden! Der, den du jetzt siehst, wird der Mond genannt; die, welche ging, war die Sonne. Sie kommt morgen wieder, sie lehrt dich schon in den Wallgraben hinablaufen! Wir kriegen bald anderes Wetter, das kann ich an meinem linken Hinterbein merken, es reißt darin. Wir kriegen Wetterwechsel.«

»Ich verstehe ihn nicht!« sagte der Schneemann, »aber ich habe ein Gefühl, daß es etwas Unangenehmes ist, was er sagt. Sie, die glotzte und unterging, die er die Sonne nennt, die ist auch nicht mein Freund, das habe ich im Gefühl.«

»Weg, weg!« kläffte der Kettenhund, ging dreimal um sich selbst herum und legte sich dann in seine Hütte, um zu schlafen.

Es kam wirklich eine Wetterveränderung. Ein Nebel, so dicht und feucht, legte sich am Morgen über die ganze Gegend; als es Tag wurde, begann es zu winden; der Wind war eisig, der Frost griff ordentlich zu; aber welch ein Anblick war es, als die Sonne aufging! Alle Bäume und Büsche standen im Rauhreif; es war wie ein ganzer Wald von weißen Korallen; es war, als ob alle Zweige überschüttet seien von strahlend weißen Blüten. Die unendlich vielen und feinen Verzweigungen, die man im Sommer vor lauter Blättern nicht sehen kann, traten jetzt klar hervor; es war wie ein Spitzengewebe und so schimmernd weiß, als ströme ein weißer Glanz von jedem Zweig aus. Die Hängebirke bewegte sich im Wind, es war Leben in ihr wie in den Bäumen zur Sommerzeit; es war eine unvergleichliche Herrlichkeit! Und als die Sonne dann schien, nein, wie funkelte das Ganze, als wäre es überpudert mit Diamantenstaub, und über der Schneeschicht der Erde glitzerten die großen Diamanten, oder man konnte auch glauben, daß unzählige, winzigkleine Lichtlein brannten, die noch weißer waren als der weiße Schnee.

»Das ist eine unvergleichliche Herrlichkeit!« sagte ein junges Mädchen, das mit einem jungen Mann in den Garten hinaustrat und just bei dem Schneemann stehen blieb, von wo aus sie die glitzernden Bäume ansahen. »Einen schöneren Anblick hat man im Sommer nicht!« sagte sie, und ihre Augen strahlten.

»Und so einen Burschen wie den da hat man erst recht nicht!« sagte der junge Mann und zeigte auf den Schneemann. »Er ist ausgezeichnet!«

Das junge Mädchen lachte, nickte dem Schneemann zu und tanzte dann mit ihrem Freund über den Schnee hin, der unter ihnen knirschte, als wenn sie auf Stärke gingen.

»Wer waren die beiden?« fragte der Schneemann den Kettenhund, »du bist länger auf dem Hof als ich, kennst du sie?«

»Das tu ich!« sagte der Kettenhund. »Sie hat mich ja gestreichelt, und er hat mir einen Knochen gegeben; die beiße ich nicht.«

»Aber was stellen sie hier vor?« fragte der Schneemann.

»Brrrautleute!« sagte der Kettenhund. »Sie werden in eine Hundehütte ziehen und zusammen an einem Knochen nagen. Weg! Weg!«

»Haben die beiden ebensoviel zu bedeuten wie du und ich?« fragte der Schneemann.

»Die gehören ja zur Herrschaft!«, sagte der Kettenhund; »das ist wahrlich sehr wenig, was man weiß, wenn man gestern geboren wurde; das merke ich an dir! Ich habe Alter und Kenntnisse, ich kenne alle hier auf dem Hof! Und ich habe eine Zeit gekannt, wo ich nicht hier in der Kälte und an der Kette stand; weg, weg!«

»Die Kälte ist herrlich!« sagte der Schneemann. »Erzähl, erzähl! Aber du darfst nicht mit der Kette rasseln; denn dann bricht etwas in mir.«

»Weg, weg!« kläffte der Kettenhund. »Ein junger Hund bin ich gewesen, klein und niedlich, sagten sie. Da lag ich im Samtstuhl dort drinnen im Haus, lag im Schoß der obersten Herrschaft, wurde auf die Schnauze geküßt und um die Pfoten gewischt mit gesticktem Taschentuch. Ich hieß ›der Schönste‹, ›Pusselpusselchen‹, aber

dann wurde ich ihnen zu groß; da gaben sie mich der Haushälterin; ich kam in die Kelleretage! Du kannst in sie hineinsehen von dort, wo du stehst; du kannst in die Kammer hineinsehen, wo ich die Herrschaft gewesen bin; denn das war ich bei der Haushälterin. Es war zwar ein geringerer Ort als oben, aber hier war es behaglicher; ich wurde nicht abgeknutscht und umhergeschleppt von den Kindern wie oben. Ich hatte ebenso gutes Futter wie früher und viel mehr! Ich hatte mein eigenes Kissen, und dann war da ein Ofen, und das ist um diese Zeit das Schönste auf der Welt; ich kroch ganz unter ihn hinein, so daß man mich nicht mehr sah. Oh, von dem Ofen träume ich noch; weg, weg!«

»Sieht ein Ofen so schön aus?« fragte der Schneemann. »Gleicht er mir?«

»Er ist gerade das Gegenteil von dir! Kohlschwarz ist er! hat einen langen Hals mit einer Messingtrommel. Er frißt Brennholz, so daß ihm das Feuer aus dem Mund heraussteht. Man muß sich an seiner Seite halten, dicht neben ihm, ganz unter ihm, das ist ein unendliches Behagen! Du mußt ihn durch das Fenster sehen können, von dort, wo du stehst.«

Und der Schneemann schaute, und wirklich sah er einen schwarzen, blankpolierten Gegenstand mit einer Messingtrommel; das Feuer leuchtete unten heraus. Dem Schneemann wurde ganz wunderlich zumute; er hatte ein Gefühl, über das er sich selbst nicht Rechenschaft geben konnte; es kam etwas über ihn, was er nicht kannte, was aber alle Menschen kennen, wenn sie keine Schneemänner sind.

»Und warum hast du sie verlassen?« fragte der Schneemann. Er fühlte, daß es ein weibliches Wesen sein müsse. »Wie konntest du einen solchen Ort verlassen?«

»Das mußte ich wohl«, sagte der Kettenhund, »sie warfen mich hinaus und legten mich hier an die Kette. Ich hatte den jüngsten Junker ins Bein gebissen, weil er mir den Knochen wegstieß, an dem ich nagte; und Knochen um Knochen, denke ich! Aber das nahmen sie übel auf, und seit jener Zeit bin ich an der Kette gelegen und habe meine klare Stimme verloren, hör, wie heiser ich bin: weg, weg! Das wurde das Ende vom Lied!«

Der Schneemann hörte nicht mehr zu; er sah beständig in die Kelleretage der Haushälterin hinein, in ihre Stube hinunter, wo der Ofen auf seinen vier eisernen Beinen stand und sich in derselben Größe zeigte wie der Schneemann selbst.

»Es knackt so sonderbar in mir!« sagte er. »Werde ich nie dort hineinkommen? Das ist ein unschuldiger Wunsch, und unsere unschuldigen Wünsche dürfen doch gewiß erfüllt werden. Es ist mein höchster Wunsch, mein einziger Wunsch, und es würde fast ungerecht sein, wenn der nicht befriedigt würde. Ich muß dort hinein, ich muß mich an sie anlehnen, und wenn ich auch das Fenster zerschlagen müßte.«

»Dort kommst du nie hinein«, sagte der Kettenhund, »und kämst du zum Ofen, dann wärst du weg! Weg!«

»Ich bin so gut wie weg«, sagte der Schneemann, »ich glaube, ich breche durch.«

Den ganzen Tag stand der Schneemann da und schaute zum Fenster hinein; in der Dämmerung wurde die Stube noch einladender; vom Ofen her leuchtete es so mild, wie der Mond nicht leuchtet und auch nicht die Sonne, nein, wie nur der Ofen leuchten kann, wenn etwas in ihm ist. Wenn sie die Tür öffneten, dann schlug die Flamme heraus, das war eine Gewohnheit von ihm; es flammte ordentlich rot auf in dem weißen Gesicht des Schneemanns, es leuchtete geradezu rot aus seiner Brust heraus.

»Ich halte es nicht aus!« sagte er. »Wie es sie kleidet, die Zunge herauszustrecken!«

Die Nacht war sehr lang, aber nicht für den Schneemann, er stand da in seinen eigenen schönen Gedanken, und die froren, so daß sie knackten.

Am Morgen waren die Kellerfenster zugefroren, sie trugen die schönsten Eisblumen, die ein Schneemann nur verlangen konnte; aber sie verbargen den Ofen. Die Scheiben wollten nicht auftauen, er konnte sie nicht sehen. Es knackte, es knirschte, es war just ein Frostwetter, das einen Schneemann erfreuen mußte, aber er war nicht erfreut; er hätte sich so glücklich fühlen können und sollen, aber er war nicht glücklich, er hatte Ofensehnsucht.

»Das ist eine schlimme Krankheit für einen Schneemann«, sagte der Kettenhund; »ich habe auch an dieser Krankheit gelitten, aber ich habe sie überstanden; weg, weg! – Jetzt kriegen wir Wetterwechsel.«

Und es gab Wetterwechsel, es schlug um in Tauwetter.

Das Tauwetter nahm zu, der Schneemann nahm ab. Er sagte nichts, er klagte nicht, und das ist das rechte Zeichen.

Eines Morgens stürzte er zusammen. Es stak etwas wie ein Besenstiel in die Luft, wo er gestanden hatte, um den herum hatten die Knaben ihn aufgebaut.

»Jetzt kann ich seine Ofensehnsucht verstehen!« sagte der Kettenhund, »der Schneemann hat einen Ofenkratzer im Leib gehabt, der ist es, der sich in ihm gerührt hat, nun ist es überstanden; weg, weg!«

Und bald war auch der Winter überstanden. »Weg, weg!« kläffte der Kettenhund; aber die kleinen Mädchen auf dem Hof sangen:

»Waldmeister grün, hervor aus dem Haus!
Häng, Weide, die wollenen Handschuh' heraus;
Kommt, Kuckuck und Lerche! Singt hell und klar,
Wir haben schon Frühling Ende Februar!
Ich singe mit: Kuckuck! Tirili!
Komm, liebe Sonne, scheine so warm wie noch nie!«

Dann denkt niemand an den Schneemann.

75

DIE EISJUNGFRAU

I. Klein Rudi

Laßt uns die Schweiz besuchen, laßt uns in dem herrlichen Bergland Umschau halten, wo die Wälder an den steilen Felswänden emporwachsen; laßt uns auf die blendenden Schneefelder hinaufsteigen und wieder hinabgehen zu den grünen Matten, wo Flüsse und Bäche dahinbrausen, als fürchteten sie, nicht rechtzeitig das Meer zu erreichen und darin verschwinden zu können. Die Sonne brennt in dem tiefen Tal, sie brennt auch oben auf den schweren Schneemassen, so daß sie im Lauf der Jahre zu schimmernden Eisblöcken zusammenschmelzen und rollende Lawinen, aufgetürmte Gletscher werden. Zwei solche liegen in den breiten Felsklüften unter dem Schreckhorn und dem Wetterhorn bei dem Bergdorfe Grindelwald; merkwürdig sind sie anzuschauen, und daher kommen zur Sommerzeit viele Fremde hierher von allen Ländern der Welt; sie kommen über die hohen, schneebedeckten Berge; sie kommen von unten aus den tiefen

Tälern, und da müssen sie mehrere Stunden steigen, und während sie steigen, senkt sich das Tal immer tiefer; sie blicken in dasselbe hinab, als schauten sie aus einem Luftballon. Oben hängen oft die Wolken wie dicke, schwere Rauchgardinen um die Bergspitzen, während unten im Tal, wo die vielen braunen Holzhäuser zerstreut liegen, noch ein Sonnenstrahl leuchtet und ein Fleckchen in strahlendem Grün hervorhebt, als sei es transparent. Das Wasser braust, summt und saust dort unten, das Wasser rieselt und klingt dort oben, es sieht aus, als flatterten Silberbänder über den Felsen hinab.

Auf beiden Seiten des Weges, der hier hinaufführt, liegen Balkenhäuser. Jedes Haus hat seinen kleinen Kartoffelgarten, und der ist eine Notwendigkeit, denn in seinen vier Wänden gibt es viele Münder. Hier ist es voll von Kindern, und diese können wohl ihr Futter verzehren; aus allen Häusern wimmeln sie hervor, drängen sich um die Reisenden, mögen diese nun zu Fuß oder zu Wagen kommen; die ganze Kinderschar treibt Handel; die Kleinen bieten reizend geschnitzte Holzhäuschen feil, wie man sie hier in den Bergen gebaut sieht. Mag es Regen oder Sonnenschein sein, das Kindergewimmel kommt mit seinen Waren herbei.

Vor etwas mehr als zwanzig Jahren stand hier zuweilen, aber immer etwas entfernt von den andern Kindern, ein kleiner Knabe, der auch handeln wollte. Er stand mit einem so ernsten Gesicht da und hielt mit beiden Händen seine kleine Spanschachtel fest, als wolle er sie doch nicht loslassen; aber just dieser Ernst und daß das Kerlchen so klein war, war die Ursache, daß er besonders bemerkt, ja, herbeigerufen wurde und oft den besten Handel machte; er wußte selbst nicht warum. Höher oben am Berg wohnte sein Großvater, der die feinen, reizenden Häuschen schnitzte, und dort oben in der Stube stand ein alter Schrank voll von dieser Art Schnitzereien. Da gab es Nußknacker, Messer, Gabeln und Schachteln mit schönem Laubwerk und springenden Gemsen; da gab es alles, was Kinderaugen erfreuen konnte; aber der Kleine, Rudi wurde er genannt, sah mit größerer Lust und Sehnsucht auf das alte Gewehr unter dem Balken; das sollte er einmal bekommen, hatte Großvater gesagt, aber er müsse erst groß und stark genug werden, um es handhaben zu können.

So klein der Knabe war, mußte er doch die Ziegen hüten, und wenn der ein guter Wächter war, der mit ihnen klettern konnte, ja, dann war Rudi ein guter Wächter; er kletterte sogar noch ein wenig höher. Er liebte es, Vogelnester hoch oben in den Bäumen zu holen, verwegen und keck war er; aber lächeln sah man ihn nur, wenn er an dem brausenden Wasserfall stand oder wenn er eine Lawine rollen hörte. Niemals spielte er mit den andern Kindern; er kam nur mit ihnen zusammen, wenn sein Großvater ihn hinabschickte, um Handel zu treiben; aber das gefiel Rudi nicht sonderlich; lieber wollte er allein auf den Bergen umherklettern oder bei Großvater sitzen und ihn von alten Zeiten und von der Bevölkerung in dem nahen Meiringen, wo er herkam, erzählen hören. Dieser Volksstamm sei nicht von Urbeginn dort gewesen, sagte er, er sei eingewandert; hoch oben vom Norden her sei er gekommen, und dort wohnten die Stammverwandten und wurden »die Schweden« genannt. Das zu wissen bedeutete viel Klugheit, und das wußte Rudi, aber er gewann noch mehr Klugheit durch andern guten Umgang, und zwar durch die Hausgenossen aus der Tierwelt. Da war ein großer Hund, Ajola, ein Erbstück von Rudis Vater, und da war ein Kater; namentlich dieser hatte viel für Rudi zu bedeuten, er hatte ihn klettern gelehrt.

»Komm mit hinaus aufs Dach!« hatte der Kater gesagt, und zwar ganz deutlich und verständlich; denn wenn man Kind ist und noch nicht sprechen kann, versteht man Hühner und Enten, Katzen und Hunde ausgezeichnet. Sie sprechen für uns ebenso verständlich wie Vater und Mutter sprechen, man muß nur recht klein sein; selbst Großvaters Stock kann da wiehern, kann ein Pferd werden mit Kopf, Beinen und Schweif. Bei einigen Kindern hört dieses Verstehen später auf als bei andern, und von diesen sagt man, daß sie weit zurückgeblieben und schrecklich lange Kinder sind. Man sagt so vieles!

»Komm mit, kleiner Rudi, hinaus aufs Dach!« war etwas vom ersten, was der Kater sagte, und Rudi verstand. »Das mit dem Hinunterfallen ist alles nur Einbildung; man fällt nicht, wenn man keine Angst davor hat. Komm, setz deine eine Pfote so, deine andere so! Greife vor dich mit den Vorderpfoten! Hab Augen im Kopf und sei geschmeidig in den Gliedern! Ist eine Kluft da, dann spring und halte dich fest, das mache ich!«

Und das tat auch Rudi; darum saß er so oft auf dem Dachrücken beim Kater, er saß mit ihm im Baumwipfel, ja, hoch oben auf dem Felsenrand, wo der Kater nicht hinkam.

»Höher! höher!« sagten Bäume und Büsche. »Siehst du, wie wir hinaufklettern! Wie hoch wir gelangen, wie fest wir uns halten, selbst auf der äußersten, schmalen Felsenspitze!«

Und Rudi kletterte auf den Berg hinauf, oft noch ehe die Sonne dort hinaufgelangte, und dort bekam er seinen Morgentrunk, die frische, stärkende Bergluft, den Trunk, den nur Unser Herr bereiten kann, und die Menschen lesen das Rezept dazu, in dem geschrieben steht: der frische Duft von den Kräutern des Berges und von der Krauseminze und dem Thymian des Tales. Alles, was schwer ist, saugen die hängenden Wolken in sich ein, und dann reinigen sie die Winde über dem Tannenwald. Der Geist des Duftes wird Luft, leicht und frisch, immer frischer; sie war Rudis Morgentrunk.

Die Sonnenstrahlen, die segenbringenden Töchter der Sonne, küßten seine Wangen, und der Schwindel stand und lauerte, aber wagte nicht, sich zu nähern, und die Schwalben unten von Großvaters Haus – es waren da nicht weniger als sieben Nester – flogen zu ihm und den Ziegen hinauf und sangen: »Wir und ihr, und ihr und wir!« Sie brachten Grüße von daheim, selbst von den beiden Hühnern, den einzigen Vögeln in der Stube, mit denen Rudi sich jedoch nicht einließ.

Wie klein er auch war, war er doch schon gereist, und keine so kurze Strecke für solch einen kleinen Knirps; geboren war er drüben im Kanton Wallis und über die Berge hierher getragen worden; neulich hatte er zu Fuß den nahen Staubbach besucht, der wie ein Silberschleier in der Luft vor dem schneebedeckten, blendendweißen Berg, der Jungfrau, wogt. Und in Grindelwald war er bei dem großen Gletscher gewesen; aber das war eine traurige Geschichte, dort fand seine Mutter den Tod. »Dort ist dem kleinen Rudi die Kinderfröhlichkeit fortgeblasen worden!« sagte Großvater. Als der Knabe noch kein Jahr alt war, lachte er mehr als er weinte, hatte Mutter geschrieben, aber seit er in der Eiskluft gesessen, hatte er ein ganz anderes Gemüt bekommen. Großvater sprach sonst nicht viel davon, aber auf dem ganzen Berg wußte man Bescheid.

Rudis Vater war, wie wir wissen, Postknecht gewesen; der große Hund in der Stube hatte ihn immer auf der Fahrt über den Simplon nach dem Genfersee hinab begleitet. Im Rhonetal im Kanton Wallis wohnten noch Rudis Verwandte väterlicherseits; des Vaters Bruder war ein tüchtiger Gemsjäger und ein wohlbekannter Führer. Rudi war nur ein Jahr alt, als er seinen Vater verlor; und die Mutter wollte nun gerne mit ihrem kleinen Kind heim zu ihren Angehörigen im Berner Oberland; einige Stunden Weges von Grindelwald entfernt wohnte ihr Vater; er schnitzte in Holz und verdiente dabei so viel, daß er davon leben konnte. Im Monat Juni ging sie, ihr kleines Kind auf dem Arm, in Gesellschaft zweier Gemsjäger heimwärts über die Gemmi, um Grindelwald zu erreichen. Schon hatten sie die längste Strecke zurückgelegt, waren über den Höhenzug bis an das Schneefeld gelangt, sahen bereits ihr Heimattal mit allen seinen bekannten, zerstreuten Holzhäusern; es blieb nur noch die Beschwerlichkeit, die höchste Stelle des einen großen Gletschers zu überschreiten. Der Schnee war frisch gefallen und verbarg eine Spalte, die nicht just bis auf den tiefen Grund hinabreichte, wo das Wasser brauste, aber doch tiefer als Menschenhöhe war. Die junge Frau, die ihr Kind trug, glitt aus, sank ein und war verschwunden; man hörte keinen Schrei, keinen Seufzer; aber man hörte ein kleines Kind weinen. Es verging mehr als eine Stunde, ehe die beiden Begleiter aus dem nächstgelegenen Haus Stricke und Stangen herbeigeschafft hatten, womit sie möglicherweise helfen konnten, und nach großen Mühen brachte man aus der Eisspalte zwei Leichen hervor, wie es schien. Alle Mittel wurden angewendet, und es glückte, das Kind ins Leben zurückzurufen, nicht aber die Mutter; und so bekam der alte Großvater einen Tochtersohn ins Haus statt einer Tochter, den Kleinen, der mehr lachte als weinte; aber das schien ihm jetzt abgewöhnt worden zu sein. Diese Veränderung war wohl in der Gletscherspalte geschehen, in der kalten, seltsamen Eiswelt, wo die Seelen der Verdammten bis zum Jüngsten Gericht eingesperrt sind, wie der Schweizer Bauer glaubt.

Nicht unähnlich einem brausenden Wasser, zu grünen Glasblökken vereist und zusammengepreßt, liegt der Gletscher da, ein großes Eisstück auf das andere gewälzt. Unten in der Tiefe braust ein reißender Strom von geschmolzenem Schnee und Eis; tiefe Höhlen, mächtige Klüfte erheben sich da drinnen, ein wunderbarer Glaspalast ist es, und in diesem wohnt die Eisjungfrau, die Gletscherkönigin. Sie, die Tötende, die Zermalmende, ist halb ein Kind der Luft, halb des Flusses mächtige Herrscherin. Deshalb vermag sie sich mit der Schnelligkeit der Gemse zu der obersten Zinne des Schneeberges zu erheben, wo die kühnsten Bergsteiger sich Stufen ins Eis hauen müssen; sie segelt auf dem dünnen Tannenzweig den reißenden Fluß hinab, springt dort von Felsblock zu Felsblock, umflattert von ihrem langen, schneeweißen Haar und ihrem blaugrünen Gewand, das wie das Wasser in den tiefen Schweizer Seen glänzt.

»Zermalmen, festhalten! Mein ist die Macht!« sagte sie. »Einen schönen Knaben stahl man mir, einen Knaben, den ich geküßt, aber nicht zu Tode geküßt hatte. Er ist wieder unter den Menschen, er hütet die Ziegen auf dem Berge, klettert aufwärts, immer aufwärts, fort von den andern, nicht von mir! Mein ist er, ich hole ihn mir!«

Und sie bat den Schwindel, ihren Auftrag auszuführen; zur Sommerzeit war es der Eisjungfrau zu schwül im Grünen, wo die Krauseminze gedeiht; und der Schwindel erhob sich und duckte sich; es kam einer, es kamen drei; der Schwindel hat viele Schwestern, eine ganze Schar; und die Eisjungfrau erkor sich die stärkste von den vielen, die draußen und drinnen ihr Wesen treiben. Sie sitzen auf dem Treppengeländer und auf den Turmgalerien, sie laufen wie ein Eichhörnchen den Felsenrand entlang, sie springen hinaus und treten Luft, wie der Schwimmer Wasser tritt, und locken ihr Opfer hinaus und in den Abgrund hinab. Der Schwindel und die Eisjungfrau, beide greifen sie nach den Menschen, wie der Polyp nach allem greift, was sich um ihn bewegt. Der Schwindel sollte Rudi ergreifen.

»Ja, ergreife ihn!« sagte der Schwindel, »ich vermag es nicht! Die Katze, das Scheusal, hat ihn ihre Künste gelehrt. Dies Menschenkind hat eine eigne Macht, die mich fortstößt; ich kann den kleinen Bub nicht erreichen, wenn er auf dem Ast über dem Abgrund hängt und ich ihn unter den Fußsohlen kitzeln oder ihm eine kalte Dusche in der Luft geben möchte! Ich kann es nicht!«

»Wir können es«, sagte die Eisjungfrau, »du oder ich! Ich! Ich!«

»Nein, nein!« klang es zu ihnen hinüber, als wäre es das Echo vom Klang der Kirchenglocken. Aber es war Gesang, es war Rede, es war ein zusammenschmelzender Chor anderer Naturgeister, milder, liebevoller und guter, der Töchter der Sonnenstrahlen. Sie lagern sich jeden Abend im Kranz auf den Bergzinnen, breiten ihre rosenfarbenen Flügel aus, die, während die Sonne sinkt, röter und röter flammen. Die hohen Alpen glühen – die Menschen nennen es »Alpenglühen«; wenn dann die Sonne untergegangen ist, verziehen sie sich in die Felsspitzen, in den weißen Schnee, schlafen dort, bis die Sonne aufgeht, und kommen dann wieder hervor. Besonders lieben sie die Blumen, die Schmetterlinge und die Menschen, und unter diesen hatten sie sich namentlich den kleinen Rudi auserkoren.

»Ihr fangt ihn nicht! Ihr bekommt ihn nicht!« sagten sie.

»Größere und Stärkere habe ich gefangen und bekommen!« sagte die Eisjungfrau.

Da sangen die Töchter der Sonne ein Lied vom Wanderer, dem der Wirbelwind den Mantel abriß und fortführte in stürmischer Flucht; »Die Hülle nahm der Wind hinweg, aber nicht den Mann; ihn könnt ihr Kinder der Kraft ergreifen, aber nicht halten; er ist stärker, er ist geistiger als selbst wir! Er steigt höher als die Sonne, unsere Mutter! Er hat das Zauberwort, das Wind und Wasser bindet, so daß sie ihm dienen und gehorchen müssen. Ihr löst das schwere, drückende Gewicht, und er hebt sich höher!«

So herrlich ertönte der glockenklingende Chor.

Und jeden Morgen schienen die Sonnenstrahlen durch das einzige kleine Fenster in Großvaters Haus hinein, hinein auf das stille Kind; die Töchter der Sonnenstrahlen küßten es. Sie wollten die Eisküsse auftauen, erwärmen, vernichten, die ihm die königliche Maid der Gletscher gegeben hatte, als es im Schoß seiner toten Mutter in der tiefen Eisspalte lag und dort wie durch ein Wunder gerettet wurde.

Jetzt war Rudi acht Jahre alt; sein Onkel im Rhonetal jenseits der Berge wollte den Knaben zu sich nehmen; dort konnte er besser unterrichtet werden und vorwärtskommen; das sah auch der Großvater ein und ließ ihn deshalb ziehen.

Rudi sollte fort. Da waren andere außer dem Großvater, denen er Lebewohl sagen mußte, da war zuerst Ajola, der alte Hund.

»Dein Vater war Postknecht, und ich war Posthund«, sagte Ajola. »Wir sind hinauf und hinab gefahren, ich kenne die Hunde und auch die Menschen jenseits der Berge. Viel zu reden war nicht meine Gewohnheit; aber nun, da wir wohl nicht mehr lange miteinander

reden können, will ich etwas mehr als sonst reden; ich will dir eine Geschichte erzählen, an der ich schon lange herumgekaut habe; ich kann sie nicht verstehen, und du kannst es auch nicht. Aber das mag nun gleich sein, denn das habe ich dabei herausbekommen, daß es in der Welt nicht so ganz richtig verteilt ist, weder für Hunde noch für Menschen; nicht alle sind geschaffen, um auf dem Schoß zu liegen oder Milch zu schlabbern. Ich bin nicht daran gewöhnt worden, aber ich habe einen jungen Hund mit im Postwagen fahren und einen Menschenplatz einnehmen sehen. Die Dame, die seine Herrschaft war oder deren Herrschaft er war, hatte eine Milchflasche mit, aus der sie ihm zu trinken gab; Zuckerbrot bekam er, aber er mochte es nicht einmal fressen, schnupperte nur daran, und dann aß sie es selbst. Ich lief im Schmutz neben dem Wagen her, hungrig wie ein Hund es sein kann. Ich kaute an meinen eigenen Gedanken, das war nicht in Ordnung – aber es gibt wohl manches, was nicht in Ordnung ist! Mögest du auf den Schoß kommen und in der Kutsche fahren dürfen; aber das kann man sich nicht selbst verschaffen, ich habe es nicht können, weder durch Bellen noch durch Heulen.«

Das war Ajolas Rede, und Rudi umarmte ihn und küßte ihn mitten auf sein nasses Maul, und dann nahm er den Kater in die Arme, aber der sträubte sich dabei.

»Du wirst mir zu stark, und gegen dich will ich die Krallen nicht brauchen! Klettere du nur über die Berge, ich habe dich ja das Klettern gelehrt! Glaube nie, daß du hinunterfällst, dann hältst du dich schon!« Und dann lief der Kater weg, denn er wollte Rudi nicht sehen lassen, daß ihm die Trauer aus den Augen leuchtete.

Die Hühner liefen auf dem Fußboden umher, das eine hatte seinen Schwanz verloren; ein Reisender, der Jäger sein wollte, hatte den Schwanz weggeschossen, weil der Mensch das Huhn für einen Raubvogel hielt.

»Rudi will über die Berge!« sagte das eine Huhn.

»Er hat immer Eile«, sagte das andere, »und ich liebe es nicht, Abschied zu nehmen!« und dann trippelten sie alle beide davon.

Den Ziegen sagte er auch Lebewohl, und sie riefen: »Mit! Mit! Mäh!« und das tönte so traurig.

Es gab zwei tüchtige Führer aus der Gegend, die just über die Berge nach der andern Seite der Gemmi wollten; mit denen ging Rudi, und zwar zu Fuß. Es war ein strenger Marsch für so einen kleinen Kerl, aber Kräfte hatte er und einen Mut, der nicht müde wurde.

Die Schwalben flogen eine Strecke mit: »Wir und ihr, und ihr und wir!« sangen sie. Der Weg führte über die reißende Lütschine, die in vielen kleinen Strömen aus der schwarzen Kluft des Grindelwaldgletschers hervorstürzt. Lose Baumstämme und Steinblöcke dienen hier als Brücke. Nun waren sie drüben beim Erlengebüsch und begannen den Berg hinaufzusteigen, dicht daneben, wo der Gletscher sich von der Bergseite losgelöst hatte, und dann gingen sie auf den Gletscher hinaus, über Eisblöcke hinweg und um sie herum; bald mußte Rudi kriechen, bald gehen. Seine Augen strahlten vor lauter Vergnügen, und dann trat er mit seinen eisenbeschlagenen Bergschuhen so fest auf, als müsse er Spuren hinterlassen, wo er gegangen war. Die schwarze Erdschicht, die der Bergstrom auf den Gletscher abgesetzt hatte, verlieh diesem ein verkalktes Aussehen, aber das blaugrüne, glasartige Eis schimmerte doch hervor. Um die kleinen, von heraufgeschraubten Eisblöcken eingedämmten Teiche mußte man herumgehen, und auf dieser Wanderung kam man in die Nähe eines großen Steines, der schaukelnd am Rand einer Eisspalte lag. Der Stein kam aus dem Gleichgewicht, fiel, rollte hinab und ließ das Echo von unten aus den hohlen, tiefen Gängen des Gletschers erdröhnen.

Aufwärts, immer aufwärts ging es; der Gletscher selbst streckte sich in die Höhe wie ein Fluß aus wildaufgetürmten Eismassen, eingeklemmt zwischen steilen Klippen. Rudi dachte einen Augenblick daran, was man ihm erzählt hatte, daß er mit seiner Mutter unten in einer dieser kälteatmenden Spalten gelegen sei; doch bald flogen solche Gedanken wieder fort, es war ihm wie eine andere der vielen Geschichten, die er gehört hatte. Hin und wieder, wenn die Männer glaubten, das Steigen sei etwas zu schwierig für den kleinen Burschen, reichten sie ihm die Hand; aber er wurde nicht müde, und auf dem Glatteis stand er fest wie eine Gemse. Jetzt kamen sie auf Felsengrund und gingen bald zwischen unbemoosten Steinen, bald zwischen niedrigen Tannen, dann wieder hinaus auf die grünen Matten, immerfort wechselte der Weg; ringsum erhoben sich die Schneeberge, deren Namen er, wie jedes Kind hier, kannte: Jungfrau, Mönch und Eiger.

Rudi war nie zuvor so hoch gewesen, hatte nie zuvor das ausgedehnte Schneemeer betreten; es lag da mit den unbeweglichen Schneewellen, von denen der Wind einzelne Flocken wegblies, wie er den Schaum von den Wogen des Meeres wegbläst. Gletscher neben Gletscher stehen, wenn man so sagen kann, Hand in Hand. Jeder ist ein Glaspalast für die Eisjungfrau, deren Macht und Wille es ist, zu fangen und zu begraben. Die Sonne brannte warm, der Schnee war blendend und wie übersät mit weißblauem, funkelndem Diamantengeglitzer. Unzählige Insekten, besonders Schmetterlinge und Bienen, lagen in Mengen tot auf dem Schnee; sie hatten sich zu hoch hinauf gewagt, oder der Wind hatte sie getragen, bis sie in dieser Kälte starben. Um das Wetterhorn hing gleichsam ein feingekämmtes, schwarzes Wollbüschel, eine drohende Wolke; sie senkte sich, schwellend von dem, was sie in sich barg, einem Föhn, gewaltig in seiner Macht, wenn er losbrach. Der Eindruck der ganzen Wanderung, das Nachtlager hier oben und der weitere Weg, die tiefen Felsschluchten, wo das Wasser in einer schwindelerregend langen Zeit die Felsblöcke durchsägt hatte, prägten sich unvergeßlich in Rudis Erinnerung ein.

Ein verlassenes Steingebäude jenseits des Schneemeeres gewährte Schutz und Schirm zum Übernachten; hier fanden sie Holzkohlen und Tannenreiser; das Feuer war bald angezündet, das Nachtlager bereitet, so gut es ging. Die Männer setzten sich um das Feuer, rauchten ihren Tabak und tranken das warme, würzige Getränk, das sie selbst zubereitet hatten; auch Rudi bekam sein Teil, und es wurde von den geheimnisvollen Wesen des Alpenlandes, von den seltsamen Riesenschlangen in den tiefen Seen, von den Nachtgeistern, dem Gespensterheer erzählt, das den Schlafenden durch die Luft nach der wunderbaren, schwimmenden Stadt Venedig trage; von dem Wilden Hirten, der seine schwarzen Schafe über die Weiden trieb; hatte man diese auch nicht gesehen, so hatte man doch den Ton ihrer Glocken gehört und das unheimliche Gebrüll der Herde. Rudi lauschte neugierig, aber ohne alle Furcht. Die kannte er nicht, und während er lauschte, glaubte er das gespensterhafte, hohle Gebrüll zu vernehmen, ja, es wurde immer hörbarer, die Männer hörten es auch, hielten in ihrem Gespräch inne, lauschten und sagten zu Rudi, daß er nicht schlafen dürfe.

Es war ein Föhn, der wehte, der gewaltige Sturmwind, der sich von den Bergen ins Tal hinabwirft, und in seiner Gewaltsamkeit Bäume knickt, als wären sie Rohre, der die Balkenhäuser von einem Ufer des Flusses zum andern hinüberträgt, wie wir eine Schachfigur versetzen.

Eine Stunde war vergangen, als sie zu Rudi sagten, es sei jetzt überstanden, nun könne er schlafen, und müde von dem Marsch schlief er ein wie auf Befehl.

Früh am Morgen brachen sie auf. Die Sonne beleuchtete an diesem Tag für Rudi neue Berge, neue Gletscher und Schneefelder; sie waren in den Kanton Wallis eingetreten und befanden sich jenseits des Bergrückens, den man von Grindelwald aus sah, aber noch weit entfernt von der neuen Heimat. Andere Bergschluchten, andere Weideplätze, Wälder und Felsenpfade breiteten sich aus; andere Häuser, andere Menschen zeigten sich, aber was für Menschen sah er! Mißgeburten waren es, unheimliche, fette, weißgelbe Gesichter, der Hals ein schwerer, häßlicher Fleischklumpen, sackartig herabhängend; es waren Kretins; krankhaft schleppten sie sich vorwärts und blickten mit dummen Augen auf die Fremden, die kamen; die Frauen sahen am schrecklichsten aus. Waren das die Menschen in der neuen Heimat?

III. Der Onkel

In Onkels Haus, wohin Rudi kam, sahen die Menschen gottlob so aus, wie Rudi sie zu sehen gewohnt war; nur ein einziger Kretin war hier, ein armer, blöder Bursche, eines von diesen armen Geschöpfen, die in ihrer Armut und Verlassenheit im Kanton Wallis die Runde in den Familien machen und in jedem Haus ein paar Monate bleiben; der arme Saperli war just hier, als Rudi ankam.

Onkel war noch ein kräftiger Jäger und verstand außerdem das Küferhandwerk; seine Frau war eine kleine, lebhafte Person mit einem Vogelgesicht, mit Augen wie ein Adler und einem langen, ganz flaumigen Hals.

Alles war neu für Rudi: Kleidung, Sitten und Gebräuche, selbst die Sprache, aber die würde das Kinderohr bald verstehen lernen. Wohlhabend sah es hier aus im Vergleich zum Heim beim Großvater. Die Stube, in der sie wohnten, war größer; an den Wänden prangten Gemshörner und blankpolierte Flinten; über der Tür hing ein Bild der Mutter Gottes; frische Alpenrosen und eine brennende Lampe standen davor.

Onkel war, wie gesagt, einer der tüchtigsten Gemsjäger der Gegend und zudem der geübteste und beste Führer. Hier im Hause sollte nun Rudi das Schoßkind sein, freilich war hier bereits ein solches, nämlich ein alter, blinder, tauber Jagdhund, der zu nichts mehr taugte, aber früher gute Dienste geleistet hatte, man erinnerte sich seiner Tüchtigkeit in früheren Jahren, und deshalb gehörte er nun mit zur Familie und sollte seine guten Tage haben. Rudi streichelte den Hund, aber der ließ sich nicht mehr mit Fremden ein, und fremd war Rudi ja noch, aber nicht lange; er schlug bald Wurzel in Haus und Herzen.

»Hier im Kanton Wallis ist es nicht so übel«, sagte Onkel; »Gemsen haben wir, die sterben nicht so bald aus wie die Steinböcke; es ist hier viel besser als in alter Zeit; wieviel auch zu ihrer Ehre erzählt wird, unsere ist doch besser, es ist ein Loch in den Sack gekommen, ein Luftzug in unser eingeschlossenes Tal. Es kommt immer etwas Besseres zum Vorschein, wenn das alte Abgenutzte fällt!« sagte er. Und wurde Onkel recht gesprächig, dann erzählte er von seiner Kindheit und bis zurück in die kräftigste Zeit seines Vaters, als das Wallis, wie er es nannte, noch ein geschlossener Sack war mit allzuvielen kranken Leuten, armseligen Kretins. »Aber die französischen Soldaten kamen, die waren die richtigen Ärzte. Sie schlugen gleich die Krankheit tot und die Personen dazu. Schlagen konnten die Franzosen, einen Schlag auf viele Arten schlagen, und die Mädchen konnten auch schlagen!« und dabei nickte Onkel seiner Frau, einer geborenen Französin, zu und lachte. »Die Franzosen konnten in die Steine schlagen, daß sie stöhnten! Die Simplonstraße haben sie in die Felsen geschlagen, dort einen Weg gebahnt, so daß ich jetzt zu einem dreijährigen Kind sagen kann, geh du hinunter nach Italien, halte dich nur an die Landstraße! Und das Kind findet sich nach Italien hinunter, wenn es sich an die Landstraße hält!« Und dann sang Onkel ein französisches Lied und rief hurra für Napoleon Bonaparte.

Da hörte Rudi zum erstenmal von Frankreich, von Lyon, der großen Stadt am Rhonefluß, und dort war Onkel gewesen.

In nicht allzu vielen Jahren würde Rudi wohl ein flinker Gemsjäger werden; Anlage dazu habe er, sagte Onkel, und er lehrte ihn eine Büchse halten, zielen und schießen; er nahm ihn in der Jagdzeit mit in die Berge hinauf, ließ ihn von dem warmen Gemsenblut trinken, das dem Jäger den Schwindel benimmt; er lehrte ihn die Zeit kennen, wenn an den verschiedenen Bergseiten die Lawinen rollen würden, zur Mittagszeit oder am Abend, je nachdem die Sonne mit ihren Strahlen darauf einwirkte; er hielt ihn an, auf die Gemsen zu achten und von ihnen zu lernen, wie man nach dem Sprung auf die Beine fiel, ohne zu stürzen. War in der Felsschlucht keine Stütze für den Fuß, so mußte man schauen, sich mit den Ellbogen zu stützen, sich mit den Muskeln, die man in Waden und Schenkeln hatte, festzuklammern; selbst der Nacken konnte sich festbeißen, wenn es nötig war. Die Gemsen waren klug, stellten ihre Vorposten aus, aber der Jäger mußte klüger sein, mußte ihnen aus der Witterung gehen; irreführen konnte er sie, seinen Rock und Hut hängte er auf den Bergstock, und die Gemse hielt das Kleid für den Mann. Diesen Spaß trieb Onkel eines Tages, als er mit Rudi auf der Jagd war.

Der Felspfad war schmal, ja, es war fast gar keiner, ein schmales Gesims war es, dicht neben dem schwindelnden Abgrund. Der Schnee lag hier halb aufgetaut, das Gestein zerbröckelte, wenn man es betrat; Onkel legte sich deshalb hin, so lang er war und kroch vorwärts. Jeder Stein, der abbrach, fiel, stieß an, sprang und rollte wieder, er machte viele Sprünge von Felswand zu Felswand, bevor er in der schwarzen Tiefe zur Ruhe kam. Hundert Schritte hinter Onkel stand Rudi auf dem äußersten festen Felsblock und erblickte in der Luft, über Onkel hinschwebend, einen mächtigen Lämmergeier, der mit seinem Flügelschlag den kriechenden Wurm in den Abgrund werfen wollte, um ihn in Aas zu verwandeln. Onkel hatte nur Augen für die Gemse, die mit ihrem Zicklein jenseits der Kluft zu sehen war; Rudi beobachtete den Vogel, verstand, was er wollte, und hatte deshalb die Hand an der Büchse, um loszudrücken; da setzte die Gemse zu einem Sprung an. Onkel schoß, und das Tier war von der tötenden Kugel getroffen, aber das Zicklein lief davon, als wäre es ein ganzes Leben lang in Flucht und Gefahr geübt und erprobt. Der ungeheure Vogel schlug, erschreckt durch den Knall, eine andere Richtung ein; Onkel wußte nichts von der Gefahr, in der er geschwebt hatte, er erfuhr sie erst von Rudi.

Als sie sich nun in bester Laune auf dem Heimweg befanden und Onkel ein Lied aus seiner Knabenzeit pfiff, ertönte auf einmal ein eigentümlicher Laut nicht weit von ihnen; sie sahen sich um, sie blickten hinauf, und dort in der Höhe, auf dem schrägen Felsabsatz, hob sich die Schneedecke; es wogte, wie wenn der Wind unter ein ausgebreitetes Stück Leinwand fährt. Die Wellenkämme brachen, als wären es Marmorplatten, die barsten, und lösten sich auf in schäumende, stürzende Wasser, dröhnend wie gedämpftes Donnerrollen; es war eine Lawine, die herabstürzte, nicht über Rudi und Onkel hinweg, aber nahe, allzu nahe von ihnen.

»Halt dich fest, Rudi!« rief Onkel. »Fest mit allen Kräften!«

Und Rudi umklammerte den nächsten Baumstamm; Onkel kletterte über ihn in die Äste des Baumes hinauf und hielt sich fest, während die Lawine viele Klafter von ihnen entfernt dahinrollte. Aber der Luftdruck, die Sturmfinnen der Lawine, knickten und brachen ringsum Bäume und Büsche, als wären sie nur trockenes Rohr, und warfen sie weit umher. Rudi lag an die Erde gepreßt; der Baumstamm, an dem er sich festhielt, war wie abgesägt, und die Krone ein weites Stück fortgeschleudert; dort, zwischen den geknickten Ästen, lag Onkel mit zerschmettertem Kopf, seine Hand war noch warm, aber das Gesicht war nicht zu erkennen. Rudi stand bleich und zitternd da; es war der erste Schreck in seinem Leben, das erste Erlebnis des Entsetzens, das er empfand.

Mit der Todesbotschaft kam er erst am späten Abend in ihr Heim, das nun ein Heim der Trauer war. Die Frau stand wortlos, ohne Tränen da, und erst als die Leiche gebracht wurde, kam der Schmerz zum Ausbruch. Der arme Kretin kroch in sein Bett, man sah ihn nicht den ganzen Tag, gegen Abend kam er zu Rudi.

»Schreib einen Brief für mich! Saperli kann nicht schreiben! Saperli kann mit dem Brief zur Post gehen!«

»Ein Brief von dir?« fragte Rudi. »Und an wen?«

»An den Herrn Christus.«

»Was meinst du damit?«

Und der Halbblöde, wie sie den Kretin nannten, sah Rudi mit einem rührenden Blick an, faltete seine Hände und sagte dann feierlich und fromm:

»Jesus Christus! Saperli will ihm einen Brief schicken, ihn bitten, daß Saperli tot liegen möge und nicht Mann im Haus hier.«

Und Rudi drückte seine Hand. »Dieser Brief kommt dort nicht an! Dieser Brief gibt ihn uns nicht zurück.«

Schwierig war es für Rudi, ihm die Unmöglichkeit zu erklären.

»Jetzt bist du die Stütze des Hauses«, sagte die Pflegemutter, und Rudi wurde es.

IV. Babette

Wer ist der beste Schütze im Kanton Wallis? Ja, das wußten die Gemsen: »Nimm dich in acht vor Rudi!« konnten sie sagen. Wer ist der schönste Schütze? »Ja, das ist Rudi!« sagten die Mädchen, aber sie sagten nicht: »Nimm dich in acht vor Rudi!« Das sagten nicht einmal die ernsten Mütter, denn er nickte ihnen ebenso freundlich zu wie den jungen Mädchen; er war so keck und fröhlich, seine Wangen waren braun, seine Zähne frisch und weiß, und die Augen glänzten kohlschwarz; ein hübscher Bursche war er und nur zwanzig Jahre alt. Das Eiswasser konnte ihm nichts anhaben, wenn er schwamm; er konnte sich im Wasser drehen und wenden wie ein Fisch, konnte klettern wie kein anderer und sich an der Felswand festkleben wie eine Schnecke, es waren gute Muskeln und Sehnen in ihm; das zeigte er auch im Sprung, den hatte der Kater ihn zuerst gelehrt und später die Gemsen. Der beste Führer, dem man sich anvertrauen konnte, war Rudi, er würde sich dadurch ein ganzes Vermögen sammeln können. Für das Küferhandwerk, das Onkel ihn auch gelehrt hatte, besaß er keine Neigung; seine Lust und Sehnsucht war, Gemsen zu schießen; das brachte auch Geld ein. Rudi war eine gute Partie, wie man sagte, wenn er nur nicht über seinen Stand hinaussehen wollte. Er war beim Tanze ein Tänzer, von dem die Mädchen träumten und an den die eine oder andere auch im Wachen dachte.

»Mich hat er beim Tanz geküßt!« sagte des Schulmeisters Annette zu ihrer liebsten Freundin; aber das hätte sie nicht sagen sollen, selbst nicht zu ihrer liebsten Freundin. Dergleichen ist nicht leicht bei sich zu behalten, es ist wie Sand in einem durchlöcherten Sack, es läuft heraus; wie anständig und brav Rudi auch war, wußte man doch bald, daß er beim Tanzen küßte, und doch hatte er gar nicht die geküßt, die er am liebsten geküßt hätte.

»Paßt auf!« sagte ein alter Jäger, »er hat Annette geküßt, er hat mit A begonnen und wird wohl das ganze Alphabet durchküssen!«

Ein Kuß beim Tanz war bisher alles, was der Klatsch von Rudi zu erzählen wußte; aber geküßt hatte er Annette, und sie war gar nicht die Blume seines Herzens.

Unten bei Bex, zwischen den großen Walnußbäumen, dicht neben dem kleinen, reißenden Bergstrom, wohnte der reiche Müller; das Wohnhaus war ein großes Gebäude mit drei Stockwerken und kleinen Türmen, gedeckt mit Holzschindeln und belegt mit Blechplatten, die im Sonnen- und Mondschein glänzten; der größte Turm hatte als Wetterfahne einen glänzenden Pfeil, der sich durch einen Apfel bohrte, das sollte auf Tells Pfeilschuß hindeuten. Die Mühle nahm sich wohlhabend und schmuck aus, ließ sich sowohl zeichnen wie beschreiben; aber des Müllers Tochter ließ sich nicht zeichnen und beschreiben, das würde wenigstens Rudi gesagt haben, und doch stand sie abgezeichnet in seinem Herzen; ihre beiden Augen strahlten da drinnen, daß es ein ganzer Feuerbrand war; er war dort ganz plötzlich entstanden, gerade wie es andere Feuerbrände auch tun. Und das Wunderlichste dabei war, daß des Müllers Tochter, die reizende Babette, keine Ahnung davon hatte. Sie und Rudi hatten bisher noch keine zwei Worte miteinander gesprochen.

Der Müller war reich, und der Reichtum machte, daß Babette sehr hoch stand und schwer zu erreichen war. Aber nichts steht so hoch, sagte sich Rudi, daß man nicht hinaufgelangen könnte; man muß klettern, und man fällt nicht hinunter, wenn man nicht daran glaubt. Diese Lehre hatte er von zu Hause.

Nun traf es sich, daß Rudi eine Besorgung in Bex zu machen hatte, es war eine ganze Reise dahin, die Eisenbahn war damals hier noch nicht gebaut. Vom Rhonegletscher, am Fuß des Simplon entlang, zwischen vielen und wechselnden Berghöhen, erstreckt sich das breite Wallistal mit seinem mächtigen Fluß, der Rhone, die oft anschwillt und über Felder und Wege hinflutet und alles zerstört. Zwischen den Städten Sion und St-Maurice macht das Tal einen

Bogen, biegt sich wie ein Ellbogen und wird unterhalb St-Maurice so eng, daß es nur Platz für das Flußbett und die schmale Fahrstraße hat. Ein alter Turm als Schildwache für den Kanton Wallis, der hier endet, steht an dem Bergabhang und schaut über die gemauerte Brücke nach dem Zollhaus auf der andern Seite hinüber; dort beginnt der Kanton Waadt, und die nächste, nicht weit entfernt liegende Stadt ist Bex. Hier drüben, bei jedem Schritt vorwärts, schwillt alles in Fülle und Fruchtbarkeit. Man ist wie in einem Garten von Kastanien- und Walnußbäumen; hier und dort gucken Zypressen und Granatblüten hervor; südlich warm ist es hier, als wäre man nach Italien gekommen. –

Rudi erreichte Bex, verrichtete seine Besorgung und sah sich um, aber nicht einen Müllerburschen, geschweige denn Babette, bekam er zu sehen. Das war nicht, wie es sein sollte.

Es wurde Abend, die Luft war erfüllt von dem Duft des wilden Thymians und der blühenden Linde; es lag gleichsam ein schimmernder, luftblauer Schleier um die waldgrünen Berge. Tiefe Stille breitete sich aus. Es war nicht die des Schlafes, nicht die des Todes, nein, es war, als halte die ganze Natur den Atem an, als fühle sie sich hingestellt, damit ihr Bild auf den blauen Himmelsgrund photographiert werden sollte. Hier und da zwischen den Bäumen, über das grüne Feld hin, standen Stangen, die den Telegraphendraht hielten, der durch das stille Tal geführt war; an einer dieser Stangen lehnte ein Gegenstand so unbeweglich, daß man glauben mußte, es sei ein abgestorbener Baumstamm. Aber es war Rudi, der hier stand, ebenso still wie die ganze Umgebung in diesem Augenblick; er schlief nicht, noch weniger war er tot; aber wie durch den Telegraphendraht oft große Weltereignisse fliegen, Lebensmomente von Bedeutung für den einzelnen, ohne daß der Draht durch ein Zittern oder durch einen Ton darauf hindeutet, so gingen durch Rudi Gedanken, mächtige, überwältigende, das Glück seines Lebens, sein von nun an »beständiger Gedanke«. Seine Augen waren auf einen Punkt zwischen dem Laub gerichtet, auf ein Licht in der Wohnstube des Müllers, wo Babette wohnte. So still stand Rudi hier, daß man glauben konnte, er ziele auf eine Gemse, aber er selbst war in diesem Augenblick einer Gemse gleich, die minutenlang stehen kann, als wäre sie aus dem Felsen gemeißelt, und plötzlich, wenn ein Stein rollt, ihren Sprung macht und davonjagt; und gerade so machte es Rudi; es rollte ein Gedanke.

»Niemals verzagen!« sagte er. »Besuch in der Mühle! Guten Abend dem Müller, guten Tag zu Babette. Man fällt nicht, wenn man es nicht glaubt! Babette muß mich doch einmal sehen, wenn ich ihr Mann werden soll.«

Und Rudi lachte, war guten Mutes und ging zur Mühle; er wußte, was er wollte, er wollte Babette haben.

Der Fluß mit seinem weißgelben Wasser brauste dahin, Weiden und Linden hingen über das eilende Wasser hinaus; Rudi ging den Pfad entlang, und wie es in dem alten Kinderlied heißt:

»– – – nach des Müllers Haus,
aber es war niemand daheim,
außer einem kleinen Kätzchen!«

Die Hauskatze stand auf der Treppe, machte einen Buckel und sagte »Miau!« Aber Rudi hatte keinen Sinn für diese Rede; er klopfte an, niemand hörte ihn, niemand machte auf. »Miau!« sagte die Katze. Wäre Rudi noch klein gewesen, dann hätte er die Sprache der Tiere verstanden und gehört, daß die Katze sagte: »Hier ist niemand daheim!« Nun mußte er in die Mühle hinüber und sich erkundigen; dort erhielt er denn Bescheid. Der Hausherr sei auf Reisen, weit fort nach der Stadt Interlaken, »inter lacus, zwischen den Seen«, wie der Schulmeister, Annettes Vater, in seiner Gelehrsamkeit erklärt hatte. So weit fort war der Müller und Babette mit ihm; dort sei ein großes Schützenfest, es beginne morgen und würde ganze acht Tage dauern. Schweizer aus allen Kantonen kämen dorthin.

Armer Rudi! konnte man wohl sagen. Es war nicht die günstigste Zeit, um nach Bex zu kommen, er konnte jetzt wieder umkehren, und das tat er auch, er nahm den Weg über St-Maurice und Sion nach seinem Heimattal, nach seinen Heimatbergen; aber verzagt war er nicht. Als die Sonne am nächsten Morgen aufging, war seine gute Laune schon längst obenauf; sie war nie untergegangen.

»Babette ist in Interlaken, viele Tagereisen von hier«, sagte er sich. »Es ist ein langer Weg dorthin, wenn man die breite Landstraße geht, aber es ist nicht so weit, wenn man über die Berge steigt, und das ist just der rechte Weg für einen Gemsjäger; den Weg bin ich früher gegangen. Dort drüben ist mein Heimatort, wo ich als Kind beim Großvater war; und in Interlaken ist Schützenfest! Dort will ich der Erste sein, und das will ich auch bei Babette sein, wenn ich erst ihre Bekanntschaft gemacht habe!«

Mit seinem leichten Ranzen, dem Sonntagsstaat darin, mit Gewehr und Jägertasche, stieg Rudi den Berg hinan, den kurzen Weg, der doch ziemlich lang war; aber das Schützenfest hatte ja erst heute begonnen und dauerte länger als eine Woche; während dieser ganzen Zeit blieb der Müller mit Babette bei ihren Verwandten in Interlaken, hatte man gesagt. Rudi ging über die Gemmi, er wollte bei Grindelwald hinabsteigen.

Gesund und froh schritt er aufwärts in der frischen, der leichten, der stärkenden Bergluft. Das Tal sank tiefer, der Gesichtskreis erweiterte sich; hier ein Schneegipfel, dort ein Schneegipfel, und bald die schimmernde, weiße Alpenkette. Rudi kannte jeden Schneeberg; er lenkte die Schritte auf das Schreckhorn zu, das seine weißgepuderten Steinfinger hoch in die blaue Luft erhob.

Endlich war er über den Höhenzug hinaus. Die Matten senkten sich hinab zum Heimattal; die Luft war leicht, der Sinn war leicht; Berg und Tal standen in einer Fülle von Blumen und Grün, das Herz war voll von Jugendgedanken: man wird niemals alt, man muß nie sterben; leben, herrschen, genießen! Frei wie ein Vogel, leicht wie ein Vogel war er. Und die Schwalben flogen vorbei und sangen wie zur Kinderzeit: »Wir und ihr, und ihr und wir!« Alles war Schwung und Freude!

Dort unten lag die samtgrüne Wiese, bestreut mit braunen Holzhäusern, die Lütschine murmelte und brauste. Er sah den Gletscher mit seinen glasgrünen Kanten in dem schmutzigen Schnee. Die tiefen Spalten, den obersten und den untersten Gletscher sah er. Die Glocken klangen von der Kirche zu ihm herüber, als wollten sie ihm ein Willkommen in der Heimat läuten; sein Herz klopfte stärker, wurde so weit, daß Babette einen Augenblick darin verschwand, so groß wurde sein Herz, so erfüllt von Erinnerungen.

Er ging wieder den Weg entlang, wo er als kleiner Knirps mit den andern Kindern gestanden und geschnitzte Holzhäuschen verkauft hatte. Dort oben hinter den Tannen lag noch Großvaters Haus, Fremde wohnten darin. Kinder kamen auf dem Weg gelaufen. Sie wollten handeln, eins von ihnen reichte ihm eine Alpenrose, Rudi nahm sie als ein gutes Zeichen und dachte an Babette. Bald war er unten über der Brücke, wo die beiden Lütschinen sich vereinen; die Laubbäume wurden zahlreicher; die Walnußbäume gaben Schatten. Jetzt sah er wehende Fahnen, das weiße Kreuz im roten Feld, wie der Schweizer und der Däne es hat; und vor ihm lag Interlaken.

Das war wahrlich eine Prachtstadt wie keine andere, fand Rudi. Eine Schweizer Stadt im Sonntagsgewand. Sie war nicht wie die andern Städte ein Haufen schwerer Steinhäuser, drückend, fremd und vornehm, nein, hier sah es aus, als wären die Holzhäuser von den Bergen oben in das grüne Tal hinabgelaufen und hätten sich an dem klaren, pfeilgeschwinden Fluß in Reih und Glied aufgestellt, ein wenig unregelmäßig, um eine Straße zu bilden. Und die prächtigste von allen Straßen, ja, die war wahrlich in die Höhe gewachsen, seit Rudi als Kind zuletzt hier gewesen war; es schien, als sei sie dadurch entstanden, daß alle die reizenden Holzhäuschen, die Großvater geschnitzt und mit denen der Schrank daheim angefüllt war, sich hierher gestellt hätten und kräftig emporgewachsen wären wie die alten und ältesten Kastanienbäume. Jedes Haus war ein Hotel, wie man es nannte, mit geschnitztem Holzwerk an Fenstern und Balkons, mit vorspringendem Dach, schmuckvoll und zierlich. Und vor jedem Haus war ein ganzer Blumengarten nach der asphaltierten Landstraße hinaus; längs der Straße standen die Häuser, aber nur an der einen Seite, sie würden sonst die frische, grüne Wiese gegenüber verdeckt haben, wo die Kühe mit Glocken umhergingen, die wie auf den hohen Alpweiden klangen. Die Wiese war von hohen Bergen umschlossen, die gerade in der Mitte gleichsam zur Seite traten, damit man so recht den schimmernden, schneebedeckten Berg, die Jungfrau, sehen konnte, den schönstgeformten aller Schweizer Berge.

Welche Menge von geschmückten Herren und Damen aus fremden Ländern, welch Gewimmel von Landbewohnern aus den verschiedenen Kantonen! Die Schützen trugen ihre Schießnummern in einem Kranz um den Hut. Hier war Musik und Gesang, Rufen und Lärmen; Leierkasten und Blasinstrumente ertönten. Häuser und Brücken waren mit Versen und Emblemen geschmückt; Flaggen und Fahnen wehten, die Büchsen knallten Schuß auf Schuß, das war die beste Musik in Rudis Ohren. Er vergaß in all diesem Babette ganz, um deretwillen er doch hierhergekommen war.

Die Schützen drängten sich zum Scheibenschießen. Rudi war bald unter ihnen und war der Tüchtigste, der Glücklichste; immer traf er mitten ins Schwarze.

»Wer ist denn der fremde, blutjunge Jäger?« fragte man. »Er spricht die französische Sprache, wie sie im Kanton Wallis gesprochen wird! Er macht sich auch ganz gut verständlich in unserm Deutsch!« sagten einige. »Als Kind soll er hier in der Gegend bei Grindelwald gelebt haben!« wußte einer zu berichten.

Es war Leben in dem Burschen, seine Augen leuchteten, sein Blick und Arm waren sicher, daher traf er. Das Glück verleiht Mut, und Mut hatte Rudi ja immer. Bald hatte er hier schon einen ganzen Kreis von Freunden um sich, man ehrte ihn und huldigte ihm, Babette war fast ganz aus seinen Gedanken entschwunden. Da schlug eine schwere Hand ihm auf die Schulter und eine grobe Stimme redete ihn in französischer Sprache an.

»Ihr seid vom Kanton Wallis?«

Rudi wandte sich um und sah ein rotes, vergnügtes Gesicht, eine dicke Person: es war der reiche Müller aus Bex; er verbarg mit seinem breiten Körper die feine, niedliche Babette, die jedoch bald mit ihren strahlenden, dunklen Augen hervorguckte. Der reiche Müller fühlte sich geschmeichelt, daß es ein Jäger aus seinem Kanton war, der die besten Schüsse tat und so geehrt wurde. Rudi war wahrlich ein Glückskind: wonach er hierhergewandert war, was er aber jetzt an Ort und Stelle fast vergessen hatte, das suchte ihn auf.

Wenn man weit von der Heimat entfernt Landsleute trifft, dann kennt man einander, dann spricht man miteinander. Rudi war am Schützenfest der Erste durch seine Schüsse, wie der Müller daheim in Bex der Erste war durch sein Geld und seine gute Mühle; und so drückten die beiden Männer sich die Hand, das hatten sie früher nie getan; auch Babette reichte Rudi treuherzig die Hand, und er drückte ihre wieder und schaute sie an, daß sie ganz rot dabei wurde.

Der Müller erzählte von dem langen Weg, den sie bis hierher gereist waren, von den vielen großen Städten, die sie gesehen hatten; es war eine ordentliche Reise gewesen: sie waren mit dem Dampfschiff gefahren, mit der Eisenbahn und mit dem Postwagen.

»Ich bin den kürzeren Weg gegangen«, sagte Rudi. »Ich bin über die Berge gegangen; kein Weg ist so hoch, daß man ihn nicht bezwingen könnte.«

»Aber man kann auch den Hals brechen«, sagte der Müller. »Und Ihr seht just danach aus, daß Ihr einmal den Hals brechen sollt, so verwegen wie Ihr seid!«

»Man fällt nicht, wenn man es nicht selbst glaubt!« sagte Rudi.

Und die Verwandten des Müllers in Interlaken, bei denen der Müller und Babette zu Besuch waren, baten Rudi, bei ihnen einzukehren, er sei ja aus demselben Kanton wie ihre Angehörigen. Das war ein gutes Anerbieten für Rudi. Das Glück war mit ihm, wie es immer mit demjenigen ist, der auf sich selbst vertraut und sich an das Wort erinnert: »Gott gibt die Nüsse, aber er beißt sie nicht auf.«

Und Rudi saß wie zur Familie gehörig bei den Verwandten des Müllers, und es wurde auf das Wohl des besten Schützen getrunken, und Babette stieß mit an, und Rudi dankte für den Trinkspruch.

Gegen Abend gingen sie alle den schönen Weg, der an den schmukken Hotels unter den alten Walnußbäumen entlang führte, und dort war eine solche Volksmenge, ein solches Gedränge, daß Rudi Babette den Arm bieten mußte. Er sei so froh darüber, daß er Leute aus der Waadt getroffen habe, sagte er. Waadt und Wallis seien gute Nachbarkantone. Er sprach seine Freude so herzlich aus, daß Babette fand, sie müsse ihm dafür die Hand drücken. Sie gingen da beinahe wie alte Bekannte, und lustig war sie, das kleine, anmutige Wesen; es stand ihr so reizend, fand Rudi, das Lächerliche und Übertriebene in der Kleidung der fremden Damen und die Art, wie sie gingen, hervorzuheben. Und das sei gar nicht, um sich über sie lustig zu machen, denn das konnten sehr rechtschaffene Leute sein, ja, liebe und gute, das wisse Babette; sie habe eine Patin, die so eine vornehme, englische Dame sei. Vor achtzehn Jahren, als Babette getauft wurde, sei sie in Bex gewesen; sie habe Babette die kostbare Nadel gegeben, die sie auf ihrer Brust trage. Zweimal habe die Patin geschrieben, und dies Jahr hätten sie hier in Interlaken mit ihr und ihren Töchtern zusammentreffen sollen, die alte Mädchen seien, so an die Dreißig, sagte Babette – sie war ja nur achtzehn.

Der süße, kleine Mund stand keinen Augenblick still, und alles, was Babette sagte, klang für Rudi wie Dinge von größter Wichtigkeit, und er erzählte wieder, was er zu erzählen hatte, erzählte, wie oft er in Bex gewesen sei, wie gut er die Mühle kenne, und wie oft er Babette gesehen, sie aber ihn wahrscheinlich nie bemerkt habe. Und nun letzthin, als er zur Mühle kam, und zwar mit vielen Gedanken, die er nicht sagen könne, sei sie und ihr Vater fort gewesen, weit fort, aber doch nicht weiter, als daß man wohl über die Mauer klettern konnte, die den Weg weit machte.

Ja, das sagte er, und er sagte so vieles; er sagte, wie sehr sie ihm gefalle – und daß er ihretwegen und nicht des Schützenfestes wegen hierher gekommen sei.

Babette wurde ganz still; es war fast zuviel, was er ihr zu tragen anvertraute.

Und während sie gingen, sank die Sonne hinter der hohen Felswand. Die Jungfrau stand da in einer Pracht und einem Glanz, umgeben von der nahen Berge waldgrünem Kranz. Die vielen Menschen standen still und schauten dorthin; auch Rudi und Babette blickten auf all die Größe.

»Nirgends ist es schöner als hier!« sagte Babette.

»Nirgends!« sagte Rudi und sah Babette an.

»Morgen muß ich fort!« sagte er nach einer Weile.

»Besuche uns in Bex!« flüsterte Babette, »das wird meinen Vater freuen.«

V. Auf dem Heimweg

Oh, wieviel hatte Rudi zu tragen, als er am nächsten Tag über die hohen Berge heimging! Ja, er hatte drei silberne Becher, zwei ausgezeichnete Büchsen und eine Kaffeekanne aus Silber; die konnte man brauchen, wenn man einen Hausstand gründete; das war jedoch nicht das Gewichtigste; etwas Gewichtigeres, Mächtigeres trug er oder trug ihn heim über die hohen Berge. Aber das Wetter war rauh, grau, regnerisch und schwer; die Wolken senkten sich wie Trauerschleier über die Bergeshöhen und hüllten die schimmernden Berggipfel ein. Aus dem Waldesgrund erklang der letzte Axtschlag, und den Berghang hinab rollten die Baumstämme, von der Höhe aus wie Hölzchen anzusehen, aber in der Nähe wie schwere Mastbäume. Die Lütschine brauste ihren einförmigen Akkord, der Wind sauste, die Wolken segelten. Dicht neben Rudi ging plötzlich ein junges Mädchen; er hatte es nicht bemerkt, bis es dicht neben ihm war; auch es wollte über das Gebirge. Seine Augen hatten eine Macht, man mußte in sie hineinschauen; sie waren so seltsam glasklar, so tief und bodenlos.

»Hast du einen Liebsten?« fragte Rudi; alle seine Gedanken waren davon erfüllt, daß man ein Liebstes haben müsse.

»Ich habe keinen!« sagte es und lachte; aber es war, als spräche es kein wahres Wort. »Laß uns keinen Umweg machen!« fuhr es fort. »Wir müssen mehr nach links, das ist kürzer!«

»Ja, um in eine Eisspalte zu fallen!« sagte Rudi. »Kennst du keinen besseren Weg und willst Führer sein?«

»Ich kenne just den Weg!« sagte es, »und ich habe meine Gedanken beisammen. Deine sind wohl unten im Tal; hier oben soll man an die Eisjungfrau denken, sie ist den Menschen nicht gutgesinnt, sagen die Menschen.«

»Ich fürchte sie nicht!« sagte Rudi, »sie mußte mich loslassen, als ich ein Kind war; ich werde ihr schon entrinnen, jetzt, da ich älter bin.«

Und die Dunkelheit nahm zu, der Regen fiel, der Schnee kam, er leuchtete und blendete.

»Reiche mir deine Hand, dann werde ich dir beim Steigen helfen!« sagte das Mädchen, und sie berührte ihn mit eiskalten Fingern.

»Du mir helfen!« sagte Rudi. »Noch brauchte ich keine Frauenhilfe, um zu klettern!« Und er ging rascher zu, fort von ihr; das Schneegestöber schlug wie ein Vorhang um ihn zusammen, der Wind sauste, und hinter sich hörte er das Mädchen lachen und

singen; es klang so sonderbar. Das war wohl Zauberspuk im Dienst der Eisjungfrau; Rudi hatte davon gehört, da er als Kind auf seiner Wanderung über die Berge hier oben übernachtete.

Der Schnee fiel dünner, die Wolke lag unter ihm; er blickte zurück; es war niemand mehr zu sehen; aber er hörte Lachen und jodeln, und es tönte nicht, als käme es von einem Menschen.

Als Rudi endlich den obersten Teil des Berges erreichte, von wo der Pfad hinab in das Rhonetal führte, sah er in dem klaren, blauen Luftstreifen in der Richtung nach Chamonix zwei helle Sterne. Sie leuchteten so strahlend, und er dachte an Babette, an sich selbst und an sein Glück, und es wurde ihm warm bei diesen Gedanken.

VI. Der Besuch in der Mühle

»Herrschaftliche Sachen bringst du ins Haus!« sagte die alte Pflegemutter, und ihre seltsamen Adleraugen blitzten; sie bewegte den mageren Hals noch schneller in seltsamen Drehungen. »Das Glück ist mit dir, Rudi! Ich muß dich küssen, mein süßer Bub!«

Und Rudi ließ sich küssen; aber es war seinem Gesicht anzusehen, daß er sich in die Umstände fügte, in die kleinen, häuslichen Beschwerden. »Wie du schön bist, Rudi!« sagte die alte Frau.

»Bilde mir nichts ein!« sagte Rudi und lachte, aber es freute ihn doch.

»Ich sage es noch einmal«, sagte die alte Frau, »das Glück ist mit dir!«

»Ja, darin magst du recht haben!« sagte er und dachte an Babette.

Nie zuvor hatte er sich so wie jetzt nach dem tiefen Tal gesehnt.

»Sie müssen nach Hause gekommen sein!« sagte er sich. »Es ist schon zwei Tage über die Zeit, da sie zurück sein wollten. Ich muß nach Bex!«

Und Rudi ging nach Bex, und die Müllersleute waren daheim. Gut wurde er empfangen, und Grüße wurden ihm ausgerichtet von der Familie in Interlaken. Babette sprach nicht viel; sie war so schweigsam geworden, aber ihre Augen sprachen, und das war auch vollkommen genug für Rudi. Der Müller, der sonst gern das Wort führte – er war daran gewöhnt, daß man immer über seine Einfälle und Wortspiele lachte, er war ja der reiche Müller! –, schien es vorzuziehen, Rudi von seinen Jagdabenteuern, von den Beschwerden und Gefahren erzählen zu hören, welche die Gemsjäger auf den hohen Felsenzinnen zu bestehen haben und wie sie den unsicheren Schneegesimsen entlang klettern müssen, die Wind und Wetter an den Felsrand festkitten; wie sie über die kühnen Brücken kriechen, die das Schneegestöber über die tiefen Abgründe hingeworfen hat. Rudi sah so keck aus, seine Augen leuchteten, während er vom Jägerleben erzählte, von der Klugheit und dem kühnen Sprung der Gemse, von dem starken Föhn und den rollenden Lawinen. Er merkte wohl, daß er durch jede neue Beschreibung den Müller mehr und mehr für sich gewann, und was diesen besonders ansprach, waren die Berichte über die Lämmergeier und die wilden Königsadler.

Nicht weit von hier, im Kanton Wallis, befand sich ein Adlernest, das ganz geschickt unter den vorspringenden Felsrand eingebaut war; es gab ein Junges dort oben, das nahm man nicht! Ein Engländer hatte Rudi vor wenigen Tagen eine ganze Handvoll Gold geboten, wenn er ihm das Junge lebendig verschaffen würde, »aber alles hat eine Grenze«, sagte Rudi, »der junge Adler ist nicht zu nehmen; es wäre eine Tollheit, sich darauf einzulassen.«

Und der Wein floß und die Rede floß, aber Rudi fand, der Abend sei allzu kurz, und doch war es über Mitternacht, als er von seinem ersten Besuch in der Mühle fortging.

Die Lichter blinkten noch eine kurze Weile durch das Fenster und zwischen den grünen Zweigen; aus der offenen Dachluke kam die Hauskatze heraus, und der Dachrinne entlang kam die Küchenkatze.

»Weißt du Neues aus der Mühle?« sagte die Hauskatze. »Hier ist heimliche Verlobung im Haus! Vater weiß es noch nicht: Rudi und Babette haben einander den ganzen Abend unter dem Tisch auf die Pfoten getreten; mich traten sie zweimal; aber ich miaute doch nicht, das hätte Aufmerksamkeit erregt!«

»Ich würde es doch getan haben!« sagte die Küchenkatze.

»Was sich in der Küche schickt, schickt sich nicht in der Stube!« sagte die Hauskatze. »Ich möchte jetzt nur wissen, was der Müller sagen wird, wenn er von der Verlobung hört!«

Ja, was würde der Müller sagen, das hätte auch Rudi gern wissen mögen; aber lange darauf warten, bis er es erfahren würde, konnte er nicht; und deshalb, nicht viele Tage darauf, als der Omnibus über die Rhonebrücke zwischen Wallis und Waadt rollte, saß Rudi darin, guten Mutes wie immer, voll schöner Gedanken in Erwartung des Jawortes noch an diesem Abend.

Und als dann der Abend kam und der Omnibus denselben Weg zurückfuhr, ja, da saß auch Rudi darin und fuhr denselben Weg zurück; aber in der Mühle lief die Hauskatze mit Neuigkeiten umher.

»Weißt du es, du aus der Küche! Der Müller weiß jetzt alles! Das hat ein schönes Ende genommen! Rudi kam gegen Abend hierher, und er und Babette hatten viel zu flüstern und zu wispern, sie standen auf dem Gang gerade vor des Müllers Kammer. Ich lag zu ihren Füßen; aber sie hatten weder Augen noch Gedanken für mich. ›Ich gehe direkt zu deinem Vater hinein‹, sagte Rudi, ›es ist eine ehrliche Sache.‹ – ›Soll ich dich begleiten?‹ fragte Babette, ›das wird dir Mut geben!‹ – ›Ich habe Mut genug‹, sagte Rudi, ›aber bist du dabei, dann muß er freundlich sein, ob er will oder nicht.‹ Und

dann gingen sie hinein. Rudi trat mich gewaltig auf den Schwanz. Rudi ist unendlich linkisch. Ich miaute, aber weder er noch Babette hatten Ohren zu hören. Sie öffneten die Tür, traten alle beide ein, ich voran; aber ich sprang auf einen Stuhlrücken hinauf, ich konnte nicht wissen, wie Rudi ausschlagen würde. Aber der Müller schlug aus! Das war ein ordentlicher Fußtritt! Zur Tür hinaus und auf den Berg hinauf zu den Gemsen! Auf die kann Rudi jetzt zielen und nicht auf unsere kleine Babette.«

»Aber was wurde gesagt?« fragte die Küchenkatze.

»Gesagt? – Es wurde alles gesagt, was sie so sagen, wenn sie auf Freiersfüßen gehen: ›Ich liebe sie, und sie liebt mich! Und ist Milch in der Schüssel für einen, dann ist auch Milch in der Schüssel für zwei!‹ – ›Aber sie sitzt zu hoch für dich!‹ sagte der Müller, ›sie sitzt auf Körnern, auf Goldkörnern, das weißt du wohl! Sie erreichst du nicht!‹ – ›Nichts sitzt zu hoch, man kann es erreichen, wenn man will!‹ sagte Rudi; denn schlagfertig ist er. ›Aber den jungen Adler kannst du doch nicht erreichen, sagtest du letzthin. Babette sitzt höher!‹ – ›Ich nehme sie alle beide!‹ sagte Rudi. ›Ja, ich werde sie dir schenken, wenn du mir den lebendigen jungen Adler schenkst‹, sagte der Müller und lachte, daß ihm das Wasser aus den Augen lief. ›Aber nun sei bedankt für die Visite, Rudi! Komm morgen wieder, dann ist niemand zu Hause! Lebwohl, Rudi!‹ Und Babette sagte auch Lebewohl, so kläglich wie ein kleines Kätzchen, das seine Mutter nicht sehen kann. ›Ein Mann, ein Wort!‹ sagte Rudi. ›Weine nicht, Babette, ich bringe den jungen Adler!‹ – ›Du brichst dir den Hals, hoffe ich!‹ sagte der Müller, ›und dann sind wir dein Gelaufe los!‹ Das nenne ich ausschlagen! Jetzt ist Rudi fort, und Babette sitzt und weint; aber der Müller singt deutsch, das hat er auf der Reise gelernt. Ich will nun nicht darüber trauern, das hilft nichts.«

»Aber dann ist wenigstens der Schein gewahrt!« sagte die Küchenkatze.

VII. Das Adlernest

Vom Felsenpfad erklang das Jodeln so lustig und stark, das deutete auf gute Laune und kecken Mut; es war Rudi; er ging zu seinem Freund Vesinand.

»Du mußt mir helfen! Wir nehmen Ragli mit, ich muß den jungen Adler oben am Felsenrand holen!«

»Willst du nicht erst das Schwarze vom Mond holen, das ist wohl ebenso leicht!« sagte Vesinand. »Du bist guter Laune!«

»Ja, denn ich gedenke Hochzeit zu halten! Aber nun ernst gesprochen, du sollst wissen, wie die Sachen für mich stehen.«

Und bald wußten Vesinand und Ragli, was Rudi wollte.

»Du bist ein waghalsiger Bursche«, sagten sie. »Es geht nicht. Du brichst den Hals.«

»Man fällt nicht hinunter, wenn man nicht daran glaubt!« sagte Rudi.

Um Mitternacht zogen sie aus mit Stangen, Leitern und Seilen; der Weg führte durch Gestrüpp und Gebüsch, über rollende Steine hinweg, ständig aufwärts, aufwärts in der dunklen Nacht. Unten brauste das Wasser, oben rieselte das Wasser, feuchte Wolken trieben in der Luft. Die Jäger erreichten den steilen Felsenrand, hier wurde es dunkler. Die Felswände stießen fast zusammen, und nur hoch oben in der schmalen Spalte erhellte sich die Luft; dicht daneben, unter ihnen, war tiefer Abgrund mit einem brausenden Wasser. Still saßen sie alle drei da, sie wollten das Tagesgrauen abwarten, dann flog der Adler aus. Der mußte erst geschossen werden, ehe man nur daran denken konnte, das Junge zu holen. Rudi saß kauernd da, so still, als sei er ein Stück von dem Stein, auf dem er saß. Das Gewehr hatte er schußbereit vor sich hingestellt, die Augen waren unverwandt auf die oberste Spalte gerichtet, wo das Adlernest unter dem vorspringenden Felsen verborgen war. Die drei Jäger warteten lange.

Jetzt ertönte über ihnen ein krachender, sausender Laut; es wurde dunkel von einem großen, schwebenden Gegenstand. Zwei Büchsenläufe zielten, während die schwarze Adlergestalt aus dem Nest flog; es fiel ein Schuß; einen Augenblick bewegten sich die ausgebreiteten Flügel, dann senkte der Vogel sich langsam herab, als ob er mit seiner Größe und Flügelspannweite die ganze Schlucht ausfüllen und in seinem Fall die Jäger mitreißen müsse. Der Adler sank in die Tiefe, es krachte in Baumzweigen und Büschen, die durch den Fall des Vogels geknickt wurden.

Und nun begann eine Geschäftigkeit; drei der längsten Leitern wurden zusammengebunden, sie mußten bis hinauf reichen; sie wurden auf den äußersten, letzten Fußbreit am Rand des Abgrundes gestellt, aber sie reichten nicht bis hinauf; und glatt wie eine Mauer war die Felswand höher oben, wo das Nest sich im Schutz des obersten, vorspringenden Felsblockes verbarg. Nach kurzer Beratung wurde man darüber einig, daß sich nichts Besseres tun ließe, als zwei zusammengebundene Leitern von oben in die Schlucht hinabzulassen und diese dann in Verbindung mit den dreien zu setzen, die bereits unten aufgestellt waren. Mit großer Mühe gelang es, die beiden Leitern zuoberst hinaufzuschleppen und dort die Seile zu befestigen. Die Leitern wurden über den vorspringenden Felsen hinausgeschoben und hingen so freischwebend mitten über dem Abgrund; Rudi saß schon dort auf der untersten Sprosse. Es war ein eiskalter Morgen, die Wolkennebel erhoben sich aus der schwarzen Schlucht. Rudi saß da draußen, wie eine Fliege auf dem wippenden Strohhalm sitzt, den ein nestbauender Vogel am Rand eines hohen Fabrikschornsteins verloren hat; aber die Fliege kann fliegen, wenn der Strohhalm sich loslöst, Rudi konnte nur den Hals brechen. Der Wind umsauste ihn, und unten im Abgrund brauste das eilende Wasser von dem tauenden Gletscher, dem Palast der Eisjungfrau.

Jetzt setzte er die Leiter in eine schwingende Bewegung, wie die Spinne, wenn sie von ihrem langen, schwebenden Faden aus etwas ergreifen will, und als Rudi zum viertenmal die Spitze der von unten aufgestellten zusammengebundenen Leitern berührte, hatte er sie erfaßt; mit sicherer und kräftiger Hand wurden sie zusammengefügt, schlingerten jedoch noch immer, als hätten sie abgenutzte Angeln.

Ein schwankendes Rohr schienen die fünf Leitern zu sein, die bis zum Nest hinaufreichten und sich lotrecht gegen die Felswand lehnten; doch jetzt kam das Gefährlichste; es mußte geklettert werden,

wie die Katze klettern kann. Aber Rudi konnte das auch, der Kater hatte es ihn gelehrt; er spürte den Schwindel nicht, der hinter ihm Luft trat und seine Polypenarme nach ihm ausstreckte. Jetzt stand er auf der obersten Sprosse der Leiter und merkte, daß er selbst hier oben noch nicht hoch genug stand, um in das Nest hineinzusehen, nur mit der Hand konnte er bis hinauf reichen. Er prüfte, wie fest die untersten dicken, ineinandergeflochtenen Zweige saßen, die den untersten Teil des Nestes bildeten, und als er sich einen dicken und unverrückbaren Ast gesichert hatte, schwang er sich von der Leiter zum Ast hinauf und hatte nun Brust und Kopf über dem Nest; aber hier strömte ihm ein würgender Gestank von Aas entgegen; verweste Lämmer, Gemsen und Vögel lagen hier in Stücke zerfetzt. Der Schwindel, der ihm nichts anzuhaben vermochte, pustete ihm die giftigen Dünste ins Gesicht, damit er verwirrt werden sollte, und unten in der schwarzen, gähnenden Tiefe saß in dem eilenden

Wasser die Eisjungfrau selbst mit ihrem langen, weißgrünen Haar und starrte mit Todesaugen wie zwei Büchsenläufe.

»Jetzt fange ich dich!«

In einer Ecke des Adlernestes sah er, groß und mächtig, den jungen Adler sitzen, der noch nicht fliegen konnte. Rudi heftete seine Augen auf ihn, hielt sich mit aller Kraft mit der einen Hand fest und warf mit der andern Hand die Schlinge um den jungen Adler; lebendig war er gefangen; die Beine steckten in der sich zusammenziehenden Schnur, und Rudi warf die Schlinge mit dem Vogel über seine Schulter, so daß das Tier ein gutes Stück unter ihm hing, während er sich an einem helfenden, herabhängenden Seil festhielt, bis die Fußspitzen wieder die oberste Sprosse der Leiter erreichten.

»Halte fest! Glaube nicht, daß du fällst, dann fällst du nicht!« Das war die alte Lehre, und die befolgte er, hielt fest, kletterte, war gewiß, nicht zu fallen, und er fiel nicht.

Jetzt ertönte ein Jodeln, kräftig und froh. Rudi stand auf dem festen Felsengrund mit seinem jungen Adler.

VIII. Was die Hauskatze Neues erzählen konnte

»Hier ist das Verlangte!« sagte Rudi, der beim Müller in Bex eintrat, einen großen Korb auf den Boden setzte und das Tuch abnahm. Und da glühten zwei gelbe, schwarzgeränderte Augen hervor, so funkelnd, so wild, so recht um sich festzubrennen und festzubeißen, wo sie hinblickten; der kurze, starke Schnabel war aufgesperrt zum Biß, der Hals war rot und flaumig.

»Der junge Adler!« rief der Müller. Babette stieß einen Schrei aus und sprang zur Seite, konnte aber ihre Augen weder von Rudi noch von dem jungen Adler abwenden.

»Du läßt dich nicht verscheuchen!« sagte der Müller.

»Und Ihr haltet stets Wort!« sagte Rudi. »Jeder hat sein Kennzeichen!«

»Aber warum brachst du nicht den Hals?« fragte der Müller.

»Weil ich festhielt!« sagte Rudi, »und das tue ich noch! Ich halte fest an Babette!«

»Sieh erst zu, daß du sie hast!« sagte der Müller und lachte; und das war ein gutes Zeichen, das wußte Babette.

»Laß uns den jungen Adler aus dem Korb herausnehmen, es ist schrecklich anzusehen, wie er glotzt! Wo konntest du ihn fangen?«

Und Rudi mußte erzählen, und der Müller schaute mit Augen, die größer und größer wurden.

»Mit deinem Mut und deinem Glück kannst du drei Frauen versorgen!« sagte der Müller.

»Vielen Dank!« rief Rudi.

»Ja, Babette hast du aber noch nicht!« sagte der Müller und schlug im Scherz dem jungen Alpenjäger auf die Schulter.

»Weißt du Neues aus der Mühle?« sagte die Hauskatze zur Küchenkatze. »Rudi hat uns den jungen Adler gebracht und nimmt Babette in Tausch. Sie haben einander geküßt und den Vater zusehen lassen! Das ist doch so gut wie Verlobung; der Alte schlug nicht aus; er zog die Krallen ein, machte ein Mittagsschläfchen und ließ die beiden sitzen und schwänzeln; sie haben sich so viel zu erzählen, sie werden bis Weihnachten nicht fertig.«

Und sie wurden auch bis Weihnachten nicht fertig. Der Wind wirbelte das braune Laub auf, der Schnee stöberte im Tal wie auf den hohen Bergen; die Eisjungfrau saß in ihrem stolzen Schloß, das zur Winterzeit an Größe zunahm. Die Felswände standen mit einer Eisschicht, und klafterdicke, elefantenschwere Eiszapfen hingen da, wo im Sommer der Gebirgsstrom seinen Wasserschleier wehen ließ; Eisgirlanden aus phantastischen Eiskristallen glitzerten über den schneebepuderten Tannen. Die Eisjungfrau ritt auf dem sausenden Wind über die tiefsten Täler hin. Der Schneeteppich lag bis ganz nach Bex hinab; er konnte dahin kommen und Rudi in der Stube sitzen sehen, mehr als er es sonst gewöhnt war; er saß bei Babette. Im Sommer sollte die Hochzeit sein; die Ohren klangen ihnen oft, so häufig sprachen die Freunde davon. Da war Sonnenschein! Die schönste Alpenrose glühte, die muntere, lachende Babette, schön wie der kommende Frühling, der Frühling, der alle Vögel von Sommerzeit, von Hochzeit singen ließ.

»Wie die beiden immer sitzen und sich übereinander neigen

können!« sagte die Hauskatze. »Jetzt habe ich genug von dem Miauen!«

IX. Die Eisjungfrau

Der Frühling hatte seine saftiggrüne Girlande von Walnuß- und Kastanienbäumen entfaltet. Sie zog sich besonders üppig von der Brücke bei St-Maurice bis an das Ufer des Genfersees hin längs der Rhone, die mit gewaltiger Fahrt dahinjagt von ihrer Quelle unter dem grünen Gletscher, dem Eispalast, wo die Eisjungfrau wohnt, wo sie sich von dem scharfen Wind auf das oberste Schneefeld hinauftragen läßt und sich in dem starken Sonnenlicht auf den hingewehten Polstern ausstreckt; dort saß sie und schaute mit weitsichtigem Blick in die tiefen Täler hinab, wo sich die Menschen emsig bewegten, wie Ameisen auf dem sonnenbeschienenen Gestein.

»Geisteskräfte, wie euch die Kinder der Sonne nennen!« sagte die Eisjungfrau. »Gewürm seid ihr! Ein rollender Schneeball, und ihr und eure Häuser und Städte sind zerdrückt und ausgewischt!« Und sie hob ihr stolzes Haupt höher und sah mit todblitzenden Augen weit umher und tief hinab. Aber aus dem Tal herauf tönte ein Rollen; Sprengungen von Felsen, Menschenwerk; Wege und Tunnels für Eisenbahnen wurden angelegt.

»Sie spielen Maulwurf!« sagte sie; »sie graben Gänge, daher diese Töne wie von Flintenschüssen. Verlege ich meine Schlösser, dann braust es stärker als das Dröhnen des Donners!«

Aus dem Tal erhob sich ein Rauch; er bewegte sich vorwärts wie ein flatternder Schleier, ein wehender Federbusch von der Lokomotive, die auf der kürzlich eröffneten Eisenbahnstrecke die Wagenreihe zog, diese sich windende Schlange, deren Glieder Wagen an Wagen bilden; pfeilschnell schoß sie dahin.

»Sie spielen Herren dort unten, die Geisteskräfte!« sagte die Eisjungfrau. »Die Kräfte der Naturmächte sind doch die herrschenden.« Und sie lachte, sie sang, und es dröhnte im Tal.

»Jetzt rollte eine Lawine«, sagten die Menschen dort unten. Aber die Kinder der Sonne sangen noch lauter von dem Menschengedanken, der herrscht, der das Meer in das Joch spannt, der Berge versetzt und Täler ausfüllt; der Menschengedanke, der Herr der Naturkräfte ist. Zur selben Zeit kam gerade über das Schneefeld, wo die Eisjungfrau saß, eine Gesellschaft von Reisenden; sie hatten sich mit Seilen aneinander festgebunden, um gleichsam einen größeren Körper auf der glatten Eisfläche am Rande des tiefen Abgrundes zu bilden.

»Gewürm!« sagte sie. »Ihr wäret die Herren der Naturmächte?« und sie wandte sich von ihnen ab und schaute spottend in das tiefe Tal hinab, wo der Eisenbahnzug vorüberbrauste.

»Dort sitzen sie, die Gedanken! Sie sitzen in der Gewalt der Kräfte. Ich sehe jeden einzelnen. – Einer sitzt stolz wie ein König, allein! Dort sitzen sie in einem Haufen zusammen. Dort schläft die Hälfte. Und wenn der Dampfdrachen stillhält, so steigen sie aus, gehen ihre Wege. Die Gedanken gehen in die Welt hinaus.« Und sie lachte.

»Da rollte wieder eine Lawine«, sagten sie dort unten im Tal.

»Uns erreicht sie nicht«, sagten zwei auf dem Rücken des Dampfdrachens. »Zwei Seelen und ein Gedanke«, wie es heißt. Es waren Rudi und Babette; auch der Müller war dabei.

»Als Bagage«, sagte er. »Ich bin dabei wie das Notwendige!«

»Dort sitzen die zwei!« sagte die Eisjungfrau. »Manch eine Gemse habe ich zermalmt, Millionen Alpenrosen habe ich geknickt und gebrochen, nicht die Wurzel blieb. Ich tilge sie aus! Die Gedanken! Die Geisteskräfte!« Und sie lachte.

»Jetzt rollte wieder eine Lawine«, sagten sie unten im Tal.

X. Die Patin

In Montreux, einer der nächsten Städte, die mit Clarens, Vernex und Crin eine Girlande um den nordöstlichen Teil des Genfersees bilden, wohnte Babettes Patin, die vornehme englische Dame, mit ihren Töchtern und einem jungen Verwandten. Sie waren kürzlich eingetroffen; doch hatte der Müller sie bereits besucht, Babettes Verlobung mitgeteilt und von Rudi und dem jungen Adler, von dem Besuch in Interlaken, kurzum, die ganze Geschichte erzählt, und diese hatte im höchsten Grade Vergnügen bereitet und für Rudi und Babette und auch für den Müller eingenommen; sie müßten nun ja alle drei kommen, und deshalb kamen sie. – Babette sollte ihre Patin sehen, die Patin Babette sehen.

Bei dem Städtchen Villeneuve, am Ende des Genfersees, lag das Dampfschiff, das in einer halbstündigen Fahrt von dort nach Vernex, gerade unterhalb Montreux, gelangt. Das ist ein von Dichtern besungenes Ufer; hier unter den Walnußbäumen, an dem tiefen, blaugrünen See, saß Byron und schrieb seine melodischen Verse von dem Gefangenen in dem düsteren Felsenschloß Chillon. Dort, wo sich Clarens mit den Trauerweiden im Wasser spiegelt, wanderte Rousseau, von Héloise träumend. Die Rhone gleitet dahin unter Savoyens hohen, schneebedeckten Bergen; hier liegt nicht weit von ihrem Ausfluß in den See eine kleine Insel. Ja, sie ist so klein, daß sie, vom Ufer gesehen, wie ein Fahrzeug dort draußen erscheint;

es ist ein Felsengrund, den eine Dame vor hundert Jahren mit Steinen eindämmen, mit Erde belegen und mit drei Akazienbäumen bepflanzen ließ; die überschatten jetzt die ganze Insel. Babette war ganz entzückt von dem kleinen Fleck. Er war für sie das Schönste auf der ganzen Seefahrt. Dort sollte man hin, dort müßte man hin, dort müßte es unvergleichlich hübsch sein, sich aufzuhalten, meinte sie.

Die kleine Gesellschaft wanderte von hier bergan zwischen den weißen, sonnenbeschienenen Mauern, die die Weingärten vor der kleinen Bergstadt Montreux umgeben, wo die Feigenbäume das Haus des Bauern beschatten und Lorbeeren und Zypressen in den Gärten wachsen.

Der Empfang war sehr herzlich. Die Patin war eine große, freundliche Frau mit einem runden, lächelnden Gesicht; als Kind mußte sie ein wahres Raffaelisches Engelsköpfchen gewesen sein, aber jetzt war sie ein alter Engelskopf, den das silberweiße Haar reich umlockte. Die Töchter waren zierlich, fein, lang und schlank. Der junge Vetter, der bei ihnen wohnte, und von Kopf bis Fuß in Weiß gekleidet war, mit vergoldetem Haar und vergoldeten Backenbärten, so großen, daß sie auf drei Gentlemen hätten verteilt werden können, erwies der kleinen Babette sofort die allergrößte Aufmerksamkeit.

Reich eingebundene Bücher, Noten und Zeichnungen lagen verstreut auf dem großen Tisch. Die Balkontür stand offen nach dem schönen, weitgedehnten See, der so blank und still war, daß sich Savoyens Berge mit ihren kleinen Städten, Wäldern und Schneegipfeln umgekehrt abspiegelten.

Rudi, der sonst immer keck, lebensfrisch und unbefangen war, fühlte sich gar nicht in seinem Element, wie man es nennt; er bewegte sich hier, als gehe er auf Erbsen über einen glatten Fußboden. Wie zäh die Zeit verstrich! Sie verging wie in der Tretmühle. Und nun sollte man spazieren gehen! Das ging ebenso langsam. Zwei Schritte vorwärts und einen zurück konnte Rudi machen, um im Schritt mit den andern zu bleiben. Hinab nach Chillon, dem alten, düstern Schloß auf der Felseninsel, gingen sie, um Marterpfähle und Todeskerker, rostige Ketten in den Felsenmauern,

Steinpritschen für die zum Tode Verurteilten und Falltüren anzusehen, durch die die Unglücklichen hinabgestürzt und auf eisernen Stacheln mitten in der Brandung aufgespießt wurden. Das anzuschauen nannten sie ein Vergnügen. Eine Richtstätte war es, durch Byrons Gesang in die Welt der Poesie erhoben. Rudi hatte nur das Gefühl der Richtstätte; er lehnte sich an den großen, steinernen Fensterrahmen und blickte hinab in das tiefe, blaugrüne Wasser und hinüber nach der kleinen, einsamen Insel mit den drei Akazien; dorthin wünschte er sich, frei von dieser ganzen plappernden Gesellschaft; aber Babette fühlte sich außerordentlich froh. Sie habe sich unvergleichlich amüsiert, sagte sie später; der Vetter, fand sie, sei vollkommen.

»Ja, ein vollkommenes Schwatzmaul!« sagte Rudi; und das war das erstemal, daß Rudi etwas sagte, das ihr nicht behagte. Ein kleines Buch hatte der Engländer ihr zur Erinnerung an Chillon geschenkt; es war Byrons Dichtung »Der Gefangene von Chillon«, übersetzt in französischer Sprache, so daß Babette es lesen konnte.

»Das Buch mag wohl gut sein«, sagte Rudi, »aber der feingekämmte Bursche, der es dir gab, hatte keinen Erfolg bei mir.«

»Er sah aus wie ein Mehlsack ohne Mehl!« sagte der Müller und lachte über seinen eigenen Witz. Rudi lachte mit und sagte, das sei gut und richtig gesagt.

XI. Der Vetter

Als Rudi ein paar Tage später zu Besuch in die Mühle kam, fand er den jungen Engländer dort; Babette setzte ihm gerade gekochte Forellen vor, die sie bestimmt selbst mit der Petersilie geschmückt hatte, damit sie appetitlich aussehen sollten. Das war gar nicht nötig. Was wollte der Engländer hier? Was sollte der hier? Traktiert und kredenzt werden von Babette? Rudi war eifersüchtig, und das belustigte Babette; es machte ihr Vergnügen, ihn von allen Seiten seines Herzens zu sehen, den starken und den schwachen. Die Liebe war noch ein Spiel, und sie spielte mit Rudis ganzem Herzen. Und doch, das muß man sagen, war er ihr Glück, der Gedanke ihres

Lebens, das Beste und Herrlichste in dieser Welt; aber je finsterer er blickte, desto mehr lachten ihre Augen, sie würde den blonden Engländer mit den vergoldeten Backenbärten gerne geküßt haben, wenn sie dadurch erreicht hätte, daß Rudi rasend fortlief; das gerade würde ihr zeigen, wie sehr sie von ihm geliebt wurde. Doch das war nicht recht, nicht klug von der kleinen Babette; aber sie war ja erst neunzehn Jahre alt. Sie dachte nicht darüber nach, dachte noch weniger daran, wie ihr Betragen von dem jungen Engländer freier

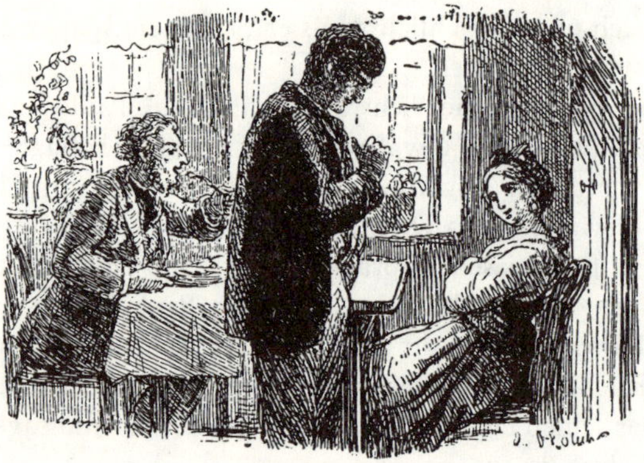

und leichtfertiger gedeutet werden konnte, als es sich just für des Müllers ehrbare, frischverlobte Tochter schickte.

Wo die Landstraße von Bex unter der schneebedeckten Felsenhöhe entlangführt, die in der Landessprache Diablerets heißt, lag die Mühle unweit eines reißenden Gebirgsstromes, der weißgrau war wie gepeitschtes Seifenwasser; dieser trieb die Mühle nicht, sondern ein kleinerer Strom drehte das große Mühlrad, der auf der andern Seite des Flusses von den Felsen herabstürzte und durch einen Steindamm unter der Straße sich infolge seiner Kraft und Schnelle erhob und dann in ein geschlossenes Balkenbassin lief, einer breiten Rinne, über den reißenden Fluß hinweg. Die Rinne war so reich an Wasser, daß sie überströmte und so demjenigen einen nassen, schlüpfrigen Weg darbot, dem es einfallen konnte, hier schneller zu der Mühle hinübergelangen zu wollen. Und diesen Einfall hatte ein junger Mann, der Engländer; weißgekleidet wie ein Müllerbursche kletterte er am Abend hinüber, von dem Licht geleitet, das aus Babettes Kammer schien. Klettern hatte er nicht gelernt, und beinahe wäre er kopfüber in den Strom gefallen, kam aber mit nassen Ärmeln und bespritzten Hosen davon. Pudelnaß und besudelt langte er unter Babettes Fenster an, wo er in den alten Lindenbaum hinaufkletterte und die Eule nachahmte, einen andern Vogel konnte er nicht nachmachen. Babette hörte es und guckte durch die dünnen Gardinen hinaus; als sie aber den weißen Mann sah und sich wohl dachte, wer es sei, klopfte ihr kleines Herz vor Schreck, aber auch vor Zorn. Sie löschte in Eile das Licht, vergewisserte sich, ob alle Fensterriegel vorgeschoben waren, und dann ließ sie ihn heulen und schreien.

Schrecklich würde es sein, wenn Rudi jetzt hier in der Mühle wäre; aber Rudi war nicht in der Mühle, nein, es war viel schlimmer, er stand gerade davor. Es wurde laut gesprochen, zornige Worte; es würde eine Schlägerei geben, vielleicht Totschlag.

Babette öffnete im Schreck das Fenster, rief Rudis Namen, bat ihn, doch zu gehen, sie dulde es nicht, daß er bleibe, sagte sie.

»Du duldest es nicht, daß ich bleibe!« rief er aus, »es ist also eine Verabredung! Du erwartest gute Freunde, bessere als mich! Schäme dich, Babette!«

»Du bist abscheulich!« sagte Babette. »Ich hasse dich!« Und nun weinte sie. »Geh! Geh!«

»Das habe ich nicht verdient!« sagte er, und er ging; seine Wangen waren wie Feuer, sein Herz war wie Feuer.

Babette warf sich aufs Bett und weinte.

»So sehr liebe ich dich, Rudi! Und du kannst Schlechtes von mir glauben!«

Und sie war zornig, sehr zornig, und das war gut für sie, sonst wäre sie tief betrübt gewesen; nun konnte sie einschlafen und den stärkenden Schlaf der Jugend schlafen.

Rudi verließ Bex, trat den Heimweg an, strebte hinauf auf die Berge, in die frische, kühlende Luft, wo der Schnee lag, wo die Eisjungfrau herrschte. Die Laubbäume standen tief unter ihm, als wären sie nur Kartoffelkraut; Tannen und Büsche wurden kleiner, die Alpenrosen wuchsen neben dem Schnee, der in vereinzelten Flecken lag, wie Leinen auf der Bleiche. Da stand eine blaue Enzianblüte; er zerdrückte sie mit dem Gewehrkolben.

Höher oben zeigten sich zwei Gemsen; Rudis Augen bekamen Glanz, seine Gedanken neuen Flug; aber er war nicht nahe genug, um einen sicheren Schuß zu tun. Er stieg höher hinauf, wo nur struppiges Gras zwischen den Steinblöcken wuchs; die Gemsen gingen ruhig auf dem Schneefeld; eifrig beschleunigte er seine Schritte; die Wolkennebel senkten sich um ihn herab, und plötzlich stand er vor der steilen Felswand; der Regen begann herabzuströmen.

Er fühlte einen brennenden Durst, Hitze im Kopf, Kälte in allen Gliedern; er griff nach seiner Jagdflasche, aber sie war leer; er hatte nicht an sie gedacht, als er hinauf in die Berge stürmte. Niemals war er krank gewesen, aber jetzt hatte er eine Empfindung wie von Krankheit; er war müde und fühlte Lust, sich niederzuwerfen und zu schlafen; aber alles troff von Wasser, er versuchte sich zusammenzunehmen. Seltsam zitterten die Gegenstände vor seinen Augen, aber da sah er plötzlich, was er hier noch nie gesehen hatte, ein neugezimmertes, niedriges Haus, das sich an den Felsen lehnte, und in der Tür stand ein junges Mädchen. Er glaubte, daß es Schulmeisters Annette sei, die er einmal beim Tanzen geküßt hatte; aber es war nicht Annette, und doch hatte er sie schon früher gesehen, vielleicht bei Grindelwald, an jenem Abend, als er vom Schützenfest in Interlaken heimkehrte.

»Wie kommst du hierher?« fragte er.

»Ich bin hier zu Hause!« sagte sie. »Ich hüte meine Herde!«

»Deine Herde? Wo weidet die? Hier gibt es nur Schnee und Felsen!«

»Du weißt gut Bescheid!« sagte sie und lachte. »Hier hinter uns, ein wenig weiter unten, ist eine herrliche Weide! Dort gehen meine Ziegen! Ich hüte sie gut! Nicht eine verliere ich; was mein ist, bleibt mein!«

»Du bist keck!« sagte Rudi.

»Du auch!« antwortete sie.

»Hast du Milch, so gib sie mir! Mich dürstet ganz unerträglich!«

»Ich habe etwas Besseres als Milch«, sagte sie, »das sollst du haben! Gestern kamen Reisende mit ihrem Führer hierher, die vergaßen eine halbe Flasche Wein, wie du wohl noch keinen gekostet hast. Sie holen ihn nicht, ich trinke ihn nicht, trinke du!«

Und sie holte den Wein hervor, goß ihn in eine hölzerne Schale und reichte sie Rudi.

»Der ist gut!« sagte er. »Nie habe ich einen so wärmenden, einen so feurigen Wein gekostet!« Und seine Augen strahlten; ein Leben, eine Glut erfüllte ihn, als seien alle Sorgen und aller Druck verdunstet; die sprudelnde, frische Menschennatur regte sich in ihm.

»Aber das ist ja Schulmeisters Annette!« rief er. »Gib mir einen Kuß!«

»Ja, gib mir den schönen Ring, den du am Finger trägst!«

»Meinen Verlobungsring?«

»Just den!« sagte das Mädchen und goß Wein in die Schale, setzte sie an seine Lippen, und er trank. Da strömte Lebensfreude in sein Blut, die ganze Welt war sein, schien es ihm, wozu sich grämen! Alles ist dazu da, um es zu genießen und um uns zu beglücken. Der Strom des Lebens ist der Strom der Freude, von ihm mitgerissen werden, sich von ihm tragen lassen, das ist Glückseligkeit. Er sah das junge Mädchen an, es war Annette und doch nicht Annette, noch weniger das Zauberphantom, wie er jene genannt hatte, die ihm bei Grindelwald begegnet war. Das Mädchen hier auf dem Berg war frisch wie neugefallener Schnee, schwellend wie die Alpenrose und leicht wie ein Zicklein, und doch aus Adams Rippe geschaffen, ein Mensch wie Rudi. Und er schlang seine Arme um sie, sah ihr in die seltsam klaren Augen, nur eine Sekunde war es, und in dieser – ja, wer erklärt es, gibt es in Worten wieder – war es das Leben des Geistes oder des Todes, das ihn erfüllte? Wurde

er emporgehoben oder sank er hinab in den tiefen, tötenden Eisschlund, tiefer, immer tiefer? Er sah die Eiswände wie blaugrünes Glas: unendliche Klüfte gähnten ringsum, und das Wasser tropfte, klingend wie ein Glockenspiel, und dabei so perlenklar, in blauweißen Flammen leuchtend. Die Eisjungfrau gab ihm einen Kuß, der ihn durch die Rückenwirbel bis in die Stirn eisig durchschauerte; er stieß einen Schmerzensschrei aus, riß sich los, taumelte und fiel, es wurde Nacht vor seinen Augen; aber er öffnete sie wieder. Böse Mächte hatten ihr Spiel getrieben.

Fort war das Alpenmädchen, fort die bergende Hütte, das Wasser rann von der nackten Felswand hinab, der Schnee lag ringsum. Rudi zitterte vor Kälte; er war durchnäßt bis auf die Haut, und sein

Ring war fort, sein Verlobungsring, den Babette ihm gegeben hatte. Sein Gewehr lag im Schnee neben ihm, er nahm es, wollte es abschießen, es versagte. Nasse Wolken lagen wie feste Schneemassen in der Kluft. Der Schwindel saß dort und lauerte auf die kraftlose Beute, und unten in der tiefen Schlucht klang es, als ob ein Felsblock falle und alles zerschmettere und mit sich fortreiße, was ihn im Fall aufhalten wollte.

Aber in der Mühle saß Babette und weinte; Rudi war seit sechs Tagen nicht dagewesen; er, der unrecht hatte, er, der sie um Verzeihung bitten müßte; denn von ganzem Herzen liebte sie ihn.

XIII. Im Haus des Müllers

»Das ist eine schreckliche Geschichte mit diesen Menschen!« sagte die Hauskatze zur Küchenkatze. »Nun ist es wieder entzwei mit Babette und Rudi. Sie weint, und er denkt wohl nicht mehr an sie.«

»Das gefällt mir nicht«, sagte die Küchenkatze.

»Mir auch nicht«, sagte die Hauskatze, »aber ich will mich darüber nicht grämen! Babette kann sich ja mit dem Rotbart verloben. Der ist übrigens auch nicht wieder dagewesen, seit er damals aufs Dach wollte.«

Böse Mächte treiben ihr Spiel, um uns und in uns! Das hatte Rudi erfahren und darüber nachgedacht.

Was war um ihn und in ihm vorgegangen dort oben auf dem Berg? Waren es Gesichte oder ein Fiebertraum gewesen? Nie hatte er früher Fieber oder Krankheit gekannt. Einen Blick in sein eigenes Innere hatte er getan, als er Babette verurteilte. Er dachte an die wilde Jagd in seinem Herzen, an den heißen Föhn, der neulich darin losbrach. Konnte er Babette alles beichten, jeden Gedanken, der in der Stunde der Versuchung bei ihm zur Tat werden konnte? Ihren Ring hatte er verloren, und gerade durch diesen Verlust hatte sie ihn wiedergewonnen. Konnte sie ihm beichten? Es war, als müsse sein Herz brechen, während er an sie dachte; es stiegen so viele Erinnerungen auf; er sah sie leibhaftig vor sich, lachend, ein übermütiges Kind; manch ein liebes Wort, das sie aus der Fülle ihres

Herzens gesprochen hatte, flog wie ein Sonnenstrahl in seine Brust, und bald war alles Sonnenschein darinnen für Babette.

Sie mußte ihm beichten können, und sie sollte es.

Er kam zur Mühle; es kam zur Beichte, sie begann mit einem Kuß und endete damit, daß Rudi der Sünder war, *sein* großer Fehler war es, daß er an Babettes Treue zweifeln konnte; das war geradezu abscheulich von ihm! Solches Mißtrauen, solche Heftigkeit konnte sie beide ins Unglück stürzen. Ja, ganz gewiß. Und deshalb hielt ihm Babette eine kleine Predigt; die machte ihr selbst Spaß und stand ihr so allerliebst. Doch in einem hatte Rudi recht; der Neffe der Patin war ein Schwatzmaul. Sie wollte das Buch verbrennen, das er ihr geschenkt hatte, und nicht das Geringste besitzen, das sie an ihn erinnern könnte.

»Jetzt ist es überstanden«, sagte die Hauskatze. »Rudi ist wieder hier, sie verstehen einander, und das ist das größte Glück, sagen sie.«

»Ich hörte heute nacht die Ratten sagen«, erzählte die Küchenkatze, »das größte Glück sei Talglichter fressen und genug ranzigen Speck haben. Wem soll man nun glauben, den Ratten oder den Liebesleuten?«

»Keinem von ihnen«, sagte die Hauskatze. »Das ist immer das Sicherste.«

Das größte Glück für Rudi und Babette nahte heran; der schönste Tag, wie er genannt wurde, stand ihnen noch bevor, der Hochzeitstag.

Aber nicht in der Kirche in Bex, nicht im Hause des Müllers sollte die Hochzeit sein; die Patin wollte, daß die Hochzeit bei ihr gefeiert werde und die Trauung in der schönen, kleinen Kirche in Montreux stattfinde. Der Müller bestand darauf, daß dieser Wunsch erfüllt werden sollte; er allein wußte, was die Patin für die Neuvermählten bestimmt hatte; sie sollten von ihr ein Brautgeschenk erhalten, das wohl eine solche kleine Fügsamkeit wert war. Der Tag war bestimmt. Schon am Abend vorher wollten sie nach Villeneuve reisen, um am Morgen mit dem Schiff so zeitig nach Montreux überzusetzen, daß die Töchter der Patin die Braut schmücken konnten.

»Es wird wohl am nächsten Tag hier im Haus eine Nachfeier

geben«, sagte die Hauskatze. »Sonst gebe ich nicht ein Miau für das Ganze!«

»Hier gibt es ein Fest«, sagte die Küchenkatze. »Enten sind geschlachtet, Tauben erwürgt, und ein ganzes Tier hängt an der Wand. Mir jucken die Zähne, wenn ich es sehe. – Morgen beginnt die Reise.«

Ja, morgen! An diesem Abend saßen Rudi und Babette zum letztenmal als Verlobte in der Mühle.

Draußen war Alpenglühen, die Abendglocken klangen, die Töchter der Sonnenstrahlen sangen: »Das Beste geschieht!«

XIV. Gesichte in der Nacht

Die Sonne war untergegangen, die Wolken senkten sich im Rhonetal zwischen den hohen Bergen hinab, der Wind wehte aus Süden, ein Wind aus Afrika, über die hohen Alpen hinab, ein Föhn, der die Wolken zerriß; und als der Wind dahingefahren war, wurde es einen Augenblick ganz still. Die zerrissenen Wolken hingen in phantastischen Gestalten zwischen den waldbewachsenen Bergen über der eilenden Rhone; sie hingen in Gestalten wie die Seetiere der Urwelt, wie der schwebende Adler der Luft und wie die springenden Frösche der Sümpfe; sie senkten sich herab auf den reißenden Strom, sie segelten auf ihm und segelten doch in der Luft. Der Strom führte eine entwurzelte Tanne mit sich, im Wasser zeigten sich drehende Wirbel; es war der Schwindel, und mehr als einer, die sich im Kreis auf dem vorwärtsbrausenden Strom drehten. Der Mond leuchtete auf den Schnee der Berggipfel, auf die dunklen Wälder und die weißen, seltsamen Wolken, die Gesichte der Nacht, die Geister der Naturkräfte; der Bergbauer sah sie durch die Fensterscheiben. Sie segelten dort unten in Scharen vor der Eisjungfrau her; sie kam von ihrem Gletscherschloß; sie saß auf dem zerbrechlichen Schiff, einer ausgerissenen Tanne, und das Gletscherwasser trug sie den Strom hinab nach dem offenen See.

»Die Hochzeitsgäste kommen!« sauste und sang es in der Luft und im Wasser.

Gesichte da draußen, Gesichte da drinnen. Babette träumte einen seltsamen Traum.

Es kam ihr vor, als wäre sie mit Rudi verheiratet, und zwar schon seit vielen Jahren. Er war auf der Gemsjagd, aber sie war in ihrem Heim, und es saß bei ihr der junge Engländer mit den vergoldeten Backenbärten; seine Augen blickten so warm, seine Worte hatten eine Zaubermacht; er reichte ihr die Hand, und sie mußte ihm folgen. Sie gingen fort von der Heimat. Beständig abwärts! – Und es war für Babette, als läge eine Last auf ihrem Herzen, sie wurde immer schwerer; eine Sünde war es gegen Rudi, eine Sünde gegen Gott. – Plötzlich stand sie verlassen da, ihre Kleider waren von Dornen zerrissen; ihr Haar war grau, sie schaute in ihrem Schmerz aufwärts, und auf dem Felsenrand erblickte sie Rudi; – sie streckte ihm die Arme entgegen, wagte aber nicht zu rufen oder zu bitten, und es hätte auch nichts geholfen, denn bald sah sie, daß nicht er es war, sondern nur seine Jägerjacke und sein Hut, die auf dem Alpstock hingen, so wie die Jäger sie aufstellen, um die Gemsen zu täuschen. Und in grenzenlosem Schmerz jammerte Babette: »Oh, wäre ich doch an meinem Hochzeitstag, meinem glücklichsten Tag gestorben! Herr, du mein Gott, das wäre eine Gnade, ein unsägliches Glück gewesen! Dann wäre das Beste geschehen, was mir und Rudi geschehen konnte. Niemand kennt seine Zukunft.« Und in frevelhaftem Schmerz stürzte sie sich in die tiefe Felsspalte hinab. Es riß eine Saite, es erklang ein Trauerton –

Babette erwachte. Der Traum war beendet und ausgelöscht, aber sie wußte, daß sie etwas Schreckliches geträumt und daß sie von dem jungen Engländer geträumt hatte, den sie seit mehreren Monaten nicht gesehen, an den sie nicht mehr gedacht. Ob er wohl in Montreux war? Sollte sie ihn bei der Hochzeit zu sehen bekommen? Es glitt ein kleiner Schatten über den feinen Mund. Die Brauen zogen sich zusammen; aber bald kam ein Lächeln und ein Glanz in ihre Augen; draußen schien die Sonne so schön, und morgen war ihre und Rudis Hochzeit.

Er war bereits in der Stube, als sie herunterkam, und bald ging es von dannen nach Villeneuve. Sie waren so glücklich, die beiden, und der Müller auch; er lachte und strahlte in der herrlichsten Laune; ein guter Vater, eine ehrliche Seele war er.

»Jetzt sind wir die Herrschaft zu Hause!« sagte die Hauskatze.

XV. Der Schluß

Es war noch nicht Abend, als die drei fröhlichen Menschen Villeneuve erreichten und ihre Mahlzeit hielten. Der Müller setzte sich mit seiner Pfeife in den Lehnstuhl und machte ein kleines Schläfchen. Die jungen Brautleute gingen Arm in Arm zur Stadt hinaus, den Fahrweg entlang unter den buschbewachsenen Felsen am Ufer des blaugrünen, tiefen Sees. Das düstere Chillon spiegelte seine grauen Mauern und schweren Türme in dem klaren Wasser; die kleine Insel mit den drei Akazien lag noch näher; sie sah aus wie ein Blumenstrauß auf dem Wasser.

»Es muß wunderschön sein dort drüben«, sagte Babette; sie hatte wieder die größte Lust hinüberzugelangen, und dieser Wunsch konnte gleich erfüllt werden; ein Boot lag am Ufer; der Strick, der es hielt, war leicht zu lösen. Man sah niemand, den man um Erlaubnis hätte fragen können, und so nahm man ohne weiteres das Boot, Rudi verstand wohl zu rudern.

Die Ruder griffen wie Fischflossen in das gefügige Wasser; es ist so biegsam und doch so stark, es ist ganz Rücken zum Tragen, ganz Mund zum Verschlingen, mild lächelnd, die Weichheit selbst und doch schreckenerregend und stark im Zerstören. Ein schäumendes Kielwasser stand hinter dem Boot, das in wenigen Minuten die beiden nach der Insel hinübertrug, wo sie an Land stiegen. Hier war nicht mehr Platz als für einen Tanz für die zwei.

Rudi schwang Babette zwei-, dreimal herum, und dann setzten sie sich auf die kleine Bank unter den herabhängenden Akazien, sahen einander in die Augen, saßen Hand in Hand da, und alles ringsum erstrahlte im Glanz der sinkenden Sonne. Die Tannenwälder auf den Bergen boten einen lilaroten Anblick, ganz wie blühendes Heidekraut; und wo die Bäume aufhörten und das Felsgestein hervortrat, glühte es, als sei der Felsen transparent; die

Wolken am Himmel leuchteten wie rotes Feuer; der ganze See war wie ein frisches, glühendes Rosenblatt. Während sich die Schatten an Savoyens schneebedeckten Bergen erhoben, wurden diese schwarzblau, aber die oberste Zinne leuchtete wie rote Lava. Sie zeigte ein Moment aus der Gebirgsentstehung, als diese Massen sich glühend aus dem Schoß der Erde erhoben und noch nicht ausgelöscht waren. Es war ein Alpenglühen, wie Rudi und Babette es noch nie gesehen zu haben glaubten. Die schneebedeckte Dent du Midi hatte einen Glanz wie die Scheibe des Vollmondes, wenn sie am Horizont aufsteigt.

»So viel Schönheit! So viel Glück!« sagten die beiden. – »Mehr hat die Erde mir nicht zu geben!« sagte Rudi. »Eine Abendstunde wie diese ist doch ein ganzes Leben! Wie oft empfand ich mein Glück, wie ich es jetzt empfinde, und dachte, wenn jetzt alles zu Ende wäre, wie glücklich habe ich doch gelebt! Wie gesegnet ist diese Welt! Und der Tag ging zu Ende, aber ein neuer begann wieder, und ich fand, daß er noch schöner sei. Unser Herr ist doch unendlich gut, Babette!«

»Ich bin so glücklich!« sagte sie.

»Mehr hat mir die Erde nicht zu geben!« rief Rudi.

Und die Abendglocken erklangen von Savoyens Bergen und von den Bergen der Schweiz; im Goldglanz erhoben sich gegen Westen die schwarzblauen Juraberge.

»Gott gebe dir das Herrlichste und Beste!« sagte Babette.

»Das wird er!« sagte Rudi. »Morgen habe ich es. Morgen bist du ganz mein! Meine eigene, kleine, reizende Frau!«

»Das Boot!« rief Babette in demselben Augenblick.

Das Boot, das sie zurückführen sollte, hatte sich losgelöst und trieb von der Insel fort.

»Ich hole es!« sagte Rudi, warf seinen Rock ab, riß sich die Stiefel ab, sprang in den See und schwamm mit starken Stößen auf das Boot zu.

Kalt und tief war das klare, blaugrüne Eiswasser vom Gletscher des Berges. Rudi schaute dort hinab, nur einen einzigen Blick, und es war, als sähe er einen goldenen Ring rollen, blinken und spielen – er dachte an seinen verlorenen Verlobungsring, und der Ring wurde größer, erweiterte sich zu einem funkelnden Kreis, und darin leuchtete der klare Gletscher; unendliche, tiefe Klüfte gähnten ringsum, und das Wasser tropfte klingend wie ein Glockenspiel und mit weißblauen Flammen leuchtend; in einem Nu sah er, was wir mit vielen, langen Worten sagen müssen. Junge Jäger und junge Mädchen, Männer und Frauen, die einst in die Gletscherspalten gesunken waren, standen hier lebendig mit offenen Augen und lächelndem Mund, und tief unter ihnen erklangen die Kirchenglokken versunkener Städte; die Gemeinde kniete unter der Kirchenwölbung; Eisstücke bildeten die Orgelpfeifen, der Gebirgsstrom orgelte. Die Eisjungfrau saß auf dem klaren, durchsichtigen Grund. Sie hob sich Rudi entgegen, küßte seine Füße, und ein Todesschauer ging durch seine Glieder, ein elektrischer Stoß – Eis und Feuer! Man unterscheidet sie nicht bei der kurzen Berührung.

»Mein! mein!« klang es um ihn und in ihm. »Ich küßte dich, als du klein warst, küßte dich auf deinen Mund! Jetzt küsse ich dich auf Zehen und Fersen, mein bist du ganz!«

Und er verschwand in dem klaren, blauen Wasser.

Alles war still; die Kirchenglocken hörten auf zu läuten, die letzten Töne verschwanden mit dem Glanz auf den roten Wolken.

»Mein bist du!« klang es in der Tiefe; »mein bist du!« klang es aus der Höhe, aus dem Unendlichen.

Herrlich von Liebe zu Liebe, von der Erde in den Himmel zu fliegen!

Es riß eine Saite, es erklang ein Trauerton. Der Eiskuß des Todes besiegte das Vergängliche; das Vorspiel endete, damit das Lebensdrama beginnen, der Mißklang in Harmonie aufgelöst werden konnte.

Nennst du das eine traurige Geschichte?

Arme Babette! Für sie war es die Stunde der Angst! Das Boot trieb weiter und weiter fort. Niemand an Land wußte, daß das Brautpaar auf der kleinen Insel war. Es wurde Abend; die Wolken senkten sich herab; die Dunkelheit kam. Allein, verzweifelt, jammernd stand sie da. Ein Herrgottswetter hing über ihr; Blitze leuchteten über den Jurabergen, über dem Schweizerland und über Savoyen; von allen Seiten Blitz auf Blitz, Dröhnen auf Dröhnen, es

rollte ineinander, mehrere Minuten lang. Die Blitze bekamen bald den Glanz der Sonne, man konnte jeden einzelnen Weinstock sehen wie zur Mittagszeit, und gleich darauf brütete wieder die schwarze Finsternis. Die Blitze bildeten Schleifen, Verschlingungen, Zickzacke; sie schlugen ringsum in den See ein, sie leuchteten von allen Seiten auf, während die Donnerschläge durch das Getöse des Echos wuchsen. An Land zog man die Boote auf das Ufer; alles, was Leben hatte, suchte Schutz – und jetzt strömte der Regen herab.

»Wo sind doch Rudi und Babette in diesem Herrgottswetter?« sagte der Müller.

Babette saß mit gefalteten Händen, den Kopf in ihrem Schoß, stumm vor Schmerz, vor Schreien und Jammern.

»In dem tiefen Wasser!« sagte es in ihrem Innern. »Tief unten wie unter dem Gletscher ist er!«

Ihr kam in den Sinn, was Rudi vom Tod seiner Mutter, von seiner Rettung erzählt hatte, da er als Leiche aus der Gletscherspalte heraufgezogen wurde. »Die Eisjungfrau hat ihn wieder!«

Und es leuchtete ein Blitz so blendend wie Sonnenglanz auf dem weißen Schnee. Babette fuhr in die Höhe; der See erhob sich in diesem Augenblick wie ein schimmernder Gletscher, die Eisjungfrau stand da, majestätisch, bläulich-blaß, schimmernd, und zu ihren Füßen lag Rudis Leiche. »Mein!« sagte sie, und ringsum war wieder Nacht und Dunkelheit, strömendes Wasser.

»Grausam!« jammerte Babette. »Warum mußte er doch sterben, als der Tag unseres Glückes kam! Gott, erleuchte meinen Verstand! Leuchte hinein in mein Herz! Ich verstehe deine Wege nicht, ich tappe umher in deiner Allmacht und Weisheit!«

Und Gott leuchtete in ihr Herz hinein. Ein Gedankenblitz, ein Strahl der Gnade, ihr Traum in der vergangenen Nacht durchzuckte sie; sie erinnerte sich der Worte, die sie gesprochen hatte: der Wunsch nach dem Besten für sie und Rudi.

»Wehe mir! War das der Keim der Sünde in meinem Herzen? War mein Traum ein Zukunftsleben, dessen Saite um meiner Rettung willen zerrissen werden mußte? Ich Elende!«

Jammernd saß sie in der nebeldunklen Nacht. In ihrer tiefen Stille ertönten, wie es ihr schien, noch Rudis Worte, die letzten, die er hier sprach: »Mehr Glück hat die Erde mir nicht zu geben!« Sie waren in der Fülle der Freude erklungen – sie wurden in der Gewalt des Schmerzes wiederholt.

Ein paar Jahre sind seitdem vergangen. Der See lächelt, die Ufer lächeln; der Weinstock setzt schwellende Trauben an; Dampfschiffe mit wehenden Flaggen jagen vorüber; Lustboote mit ihren zwei ausgespannten Segeln fliegen wie weiße Schmetterlinge über den Wasserspiegel; die Eisenbahnstrecke über Chillon ist eröffnet, sie führt tief hinein ins Rhonetal. Bei jeder Station steigen Fremde aus; sie kommen mit ihren roteingebundenen Reisebüchern und lesen daraus, was es Bemerkenswertes zu sehen gibt. Sie besuchen Chillon, sie sehen draußen im See die kleine Insel mit den drei Akazien, und lesen im Buch von dem Brautpaar, das im Jahre 1856 eines Abends dort hinüberruderte, von dem Tod des Bräutigams, und »erst am nächsten Morgen hörte man am Ufer die verzweifelten Schreie der Braut«.

Aber das Reisebuch berichtet nichts von Babettes stillen Lebenstagen bei ihrem Vater, nicht in der Mühle, dort wohnen jetzt Fremde, sondern in dem schönen Haus in der Nähe des Bahnhofs, wo sie vom Fenster aus an manchem Abend über die Kastanienbäume hinweg nach den Schneebergen blickt, wo Rudi sich einst tummelte. Sie sieht am Abend das Alpenglühen. Die Kinder der Sonne lagern sich dort oben und wiederholen das Lied vom Wanderer, dem der Wirbelwind den Mantel abriß und entführte; die Hülle und nicht den Mann nahm er.

Es ist Rosenglanz auf dem Schnee des Berges, es ist Rosenglanz in jedem Herzen, in dem der Gedanke lebt: »Gott läßt das Beste für uns geschehen!« Aber es wird uns nicht immer offenbart, wie es Babette in ihrem Traum offenbart wurde.

76

DER SCHMETTERLING

Der Schmetterling wollte eine Liebste haben. Natürlich wollte er eine kleine, nette unter den Blumen haben. Er sah sie an; jede saß so still und besinnlich auf ihrem Stengel, wie eine Jungfrau sitzen soll, wenn sie nicht verlobt ist; aber es waren so viele da, unter denen man wählen mußte, daß es eine rechte Mühe wurde, und das mochte der Schmetterling nicht, und dann flog er zum Gänseblümchen. Die nennen die Franzosen Marguerite; sie wissen, daß sie wahrsagen kann, und das tut sie, wenn Liebesleute Blatt für Blatt von ihr abzupfen und bei jedem die Frage stellen, ob der Liebste »von Herzen? – mit Schmerzen? – sehr liebt? – ein bißchen? – ganz und gar nicht?« oder dergleichen. Jeder frägt in seiner Sprache. Der Schmetterling kam auch, um zu fragen; er nippte die Blätter nicht ab, sondern küßte jedes einzelne in der Meinung, daß man mit Güte am weitesten käme.

»Süße Marguerite Gänseblümchen«, sagte er, »Sie sind die klügste Frau unter allen Blumen! Sie können wahrsagen. Sagen Sie mir, bekomme ich die oder die? Und welche bekomme ich? Wenn ich das weiß, kann ich gleich hinfliegen und um sie freien!«

Aber Marguerite antwortete gar nicht. Sie konnte es nicht leiden, daß er sie Frau nannte; denn sie war ja Jungfrau, und dann ist man nicht Frau. Er fragte zum zweitenmal, und er fragte zum drittenmal, und als er kein einziges Wort von ihr erhielt, mochte er nicht mehr fragen, sondern flog ohne weiteres auf Brautwerbung.

Es war im frühen Lenz; es gab eine Fülle von Schneeglöckchen und Krokus. »Die sind ganz hübsch«, sagte der Schmetterling, »reizende kleine Konfirmandinnen, aber ein wenig fad!« Er sah wie alle jungen Männer nach älteren Mädchen. Drauf flog er zu den Anemonen; die waren ihm etwas zu bitter; die Veilchen etwas zu schwärmerisch; die Tulpen zu prangend; die Narzissen zu bürgerlich; die Lindenblüten zu klein, und sie hatten eine zu große Verwandtschaft; die Apfelblüten waren ja freilich wie Rosen anzusehen, aber sie blühten heute und fielen morgen ab, je nachdem der Wind wehte; das würde eine zu kurze Ehe werden, fand er. Die Erbsenblüte war die, welche ihm am meisten behagte. Sie war rot und weiß, sie war zart und fein, sie gehörte zu den häuslichen Mädchen, die gut aussehen und doch für die Küche taugen; er war gerade daran um sie zu freien, aber in dem Augenblick sah er dicht neben ihr eine Schote hängen mit einer welken Blüte an der Spitze. »Wer ist das?« fragte er. »Das ist meine Schwester«, sagte die Erbsenblüte.

»Na, so werden Sie später aussehen!« Das verscheuchte den Schmetterling, und er flog davon.

Das Geißblatt hing über den Zaun; es gab viele von diesen Fräuleins, lange Gesichter und gelbe Haut; die Art liebte er nicht. Ja, aber was liebte er? Fragt ihn!

Frühling und Sommer vergingen, es wurde Herbst; doch er war nicht weiter gekommen. Die Blumen zogen die schönsten Kleider an; aber was konnte das helfen, hier war nicht der frische, duftende Jugendsinn. Duft benötigt ja gerade das Herz im Alter, und Duft ist eben nicht besonders vorhanden bei Georgien und Stockrosen. So ließ sich der Schmetterling zur Krauseminze herab.

»Die hat nun gar keine Blüte, aber sie ist ganz und gar Blüte, duftet von der Wurzel bis zur Spitze, hat Blumenduft in jedem Blatt. Die nehme ich!«

Und dann freite er endlich.

Aber die Krauseminze stand steif und still da, und schließlich sagte sie: »Freundschaft, aber auch nicht mehr. Ich bin alt, und Sie sind alt. Wir können sehr gut für einander leben, aber uns heiraten – nein! Machen wir uns nur nicht zu Narren in unserm hohen Alter!«

Und so bekam der Schmetterling gar keine. Er hatte zu lange gesucht, und das soll man nicht. Der Schmetterling blieb Junggeselle, wie man es nennt.

Es war spät im Herbst, mit Regen und rauhem Wetter; der Wind blies kalt über den Rücken der alten Weidenbäume hinab, so daß es in ihnen knackte. Es tat nicht gut, in Sommerkleidern hinauszufliegen; da würde man die Liebe zu spüren bekommen, wie man sagt; aber der Schmetterling flog auch nicht draußen herum. Er war zufällig unter Dach gekommen, wo Feuer im Ofen und es richtig sommerwarm war; er konnte leben; aber er sagte: »Leben ist nicht genug, Sonnenschein, Freiheit und eine kleine Blume muß man haben!«

Und er flog gegen die Fensterscheibe, wurde gesehen, bewundert und auf einer Nadel in den Raritätenkasten gesetzt; mehr konnte man nicht für ihn tun.

»Jetzt sitze ich auch auf einem Stengel wie die Blumen«, sagte der Schmetterling; »ganz behaglich ist es doch nicht! Es ist wohl, wie wenn man verheiratet ist; man sitzt fest!« Und damit tröstete er sich.

»Das ist ein schlechter Trost!« sagten die Topfblumen in der Stube.

»Aber Topfblumen kann man nicht so recht glauben«, meinte der Schmetterling, »sie haben zu viel Umgang mit Menschen!«

77

DER BISCHOF AUF BÖRGLUM UND SEINE SIPPE

Jetzt sind wir oben in Jütland, ganz oberhalb des Wildmoors; wir können den »Westwauwau« hören (wie dort die Nordsee heißt); können hören, wie er rollt, er ist ganz nahe; aber vor uns erhebt sich ein großer Sandhügel, den haben wir lange gesehen, und wir fahren noch auf ihn zu, langsam fahren wir in dem tiefen Sand. Oben auf dem Sandhügel liegt ein großer, alter Hof, das ist das Kloster Börglum, dessen größter Flügel noch heute als Kirche dient; dort hinauf gelangen wir nun in später Abendstunde, aber das Wetter ist klar, es ist die Zeit der hellen Nächte; man sieht so weit, so weit ringsumher, über Feld und Moor, hinab zum Aalborg Fjord, über Heide und Wiese bis hinaus auf das dunkelblaue Meer.

Jetzt sind wir dort oben, nun rasseln wir hinein zwischen Schuppen und Scheunen und biegen um, hinein zum Tor in den alten

Burghof, wo die Lindenbäume in einer Reihe der Mauer entlang stehen; dort sind sie im Schutz vor Wind und Wetter, deshalb wachsen sie, daß die Zweige fast die Fenster verbergen.

Wir steigen die steinerne Wendeltreppe empor, wir gehen die langen Gänge unter der Balkendecke entlang; der Wind saust hier so wunderlich, draußen oder drinnen, man weiß nicht so recht, wo es ist. Und dann erzählt man – ja, man erzählt soviel, man sieht soviel, wenn einem bange ist oder wenn man anderen bange machen will. Die alten, verstorbenen Domherren, sagt man, gleiten still an uns vorüber in die Kirche, wo die Messe gesungen wird. Man kann es im Sausen des Windes hören; man wird so seltsam gestimmt dabei, man denkt an die alten Zeiten – denkt, daß man sich in der alten Zeit befindet.

Am Ufer ist ein Schiff gestrandet. Die Leute des Bischofs sind dort unten; sie schonen die nicht, die das Meer verschonte. Die See spült das rote Blut fort, das von den zerschmetterten Stirnen floß. Das gestrandete Gut gehört dem Bischof, und da ist reiches Gut. Die See rollt Fässer und Tonnen herauf, gefüllt mit köstlichem Wein für den Keller des Klosters, und der ist schon voll von Bier und Met; voll ist die Küche von erlegtem Wild, von Würsten und Schinken; in den Teichen dort draußen schwimmt der fette Brachsen und die leckere Karausche. Der Bischof auf Börglum ist ein mächtiger Mann, er hat Land zu eigen, und noch mehr will er gewinnen; alles muß sich beugen vor Oluf Glob. In Thy ist sein reicher Vetter gestorben. »Sippe ist der Sippe am schlechtesten gesinnt«, das muß die Witwe dort unten erfahren. Ihr Gatte gebot dort über das ganze Land, nur nicht über das geistliche Gut; der Sohn ist in fremdem Land, schon als Knabe ward er dahin gesandt, um fremde Sitten zu lernen, wonach ihm der Sinn stand; seit Jahren hörte man nichts von ihm, vielleicht wurde er in sein Grab gelegt und kommt also niemals heim, um zu gebieten, wo jetzt seine Mutter gebietet.

»Was, soll ein Weib gebieten?« sagt der Bischof. Er schickt ihr eine Vorladung und läßt sie zum Thing rufen; aber was hilft ihm das? Sie wich niemals ab vom Gesetz und hat ihre Stärke in ihrer gerechten Sache.

Bischof Oluf auf Börglum, worauf sinnst du? Was schreibst du nieder auf das blanke Pergament? Was verbirgt es unter Siegel und Band, während du es dem Reiter und dem Knecht übergibst, die damit zum Land hinausreiten, weit fort, zu der Stadt des Papstes?

Es ist Laubfallzeit, Strandungszeit; nun kommt der eisige Winter.

Zweimal kam er, aber als er das letztemal kam, da hieß er hier oben Reiter und Knecht willkommen, die mit päpstlichem Brief heimkehrten aus Rom, mit dem Bannbrief über die Witwe, die den frommen Bischof zu kränken wagte. »Verbannung sei über ihr und allem, was ihr gehört! Ausgestoßen sei sie aus Kirche und Gemeinde! Niemand biete ihr hilfreiche Hand; Verwandte und Freunde sollen sie scheuen wie Pest und Aussatz!«

»Es soll gebrochen werden, was sich nicht beugen will!« sagt der Bischof auf Börglum.

Sie sagen sich alle von ihr los; aber sie sagt sich nicht los von ihrem Gott, er ist ihr Schirm und Schutz.

Eine einzige Dienerin, eine alte Magd, bleibt ihr treu; mit ihr geht sie hinter dem Pflug, und das Korn wächst, obwohl die Erde verflucht ist von Papst und Bischof.

»Du Kind der Hölle! Ich werde doch meinen Willen durchsetzen!« sagt Börglums Bischof, »jetzt bescheide ich dich mit der Hand des Papstes zu Gericht und Urteil!«

Da spannt sie vor den Wagen die zwei letzten Ochsen, die sie besitzt, setzt sich darauf mit ihrer Magd und fährt über die Heide, hinaus aus dem dänischen Land. Sie kommt als Fremde zu fremdem Volk, wo fremde Sprache gesprochen, fremde Sitte geübt wird; weit fort, wo die grünen Hügel sich zu Bergen erheben und der Wein wächst. Dort fahren reisende Kaufleute; sie spähen ängstlich von ihren warenbeladenen Wagen, fürchten den Überfall von den Knechten der Raubritter. Die beiden armen Frauen auf dem elenden Fuhrwerk, gezogen von zwei schwarzen Ochsen, fahren ruhig durch den unsicheren Hohlweg und die dichten Wälder. Es ist in Franken. Hier begegnen sie einem stattlichen Ritter; ihm folgen zwölf gewappnete Knappen; er hält an und betrachtet den seltsamen Zug und frägt die zwei Frauen nach dem Ziel ihrer Reise und aus welchem Land sie kommen. Da nennt die Jüngere Thy in Dänemark, erzählt ihren Kummer und ihr Elend, und bald hat dies ein Ende. Unser Herr hat es so gefügt. Der fremde Ritter ist ihr Sohn. Er reicht ihr die Hand, er nimmt sie in seine Arme; und die Mutter weint, das konnte sie nicht seit Jahren, wohl aber sich in die Lippe beißen, so daß die warmen Blutstropfen hervorrieselten. –

Es ist Laubfallzeit, es ist Strandungszeit; das Meer rollt Weinfässer an Land für des Bischofs Keller und Küche; es schmort über der Flamme das gespießte Wild; dort oben ist es warm hinter den Türen, nun, da der Winter herrscht. Man erfährt Neues: Jens Glob auf Thy ist heimgekehrt mit seiner Mutter; Jens Glob läßt Vorladung ergehen, er ladet den Bischof vor geistlich Gericht und vor des Landes Gericht und Gesetz.

»Das wird ihm viel helfen!« sagte der Bischof. »Laß nur deinen Streit fahren, Ritter Jens!«

Es ist Laubfallzeit im nächsten Jahr, es ist Strandungszeit, jetzt kommt der eisige Winter; die weißen Bienen schwärmen, sie stechen ins Gesicht, bis sie selbst schmelzen.

Es ist frisches Wetter heute, sagen die Leute, wenn sie vor der Tür gewesen sind. Jens Glob steht in Gedanken, so daß er sein seidenes Kleid versengt, ja, ein Loch hineinbrennt.

»Du Börglums Bischof! Ich bezwinge dich doch! Unter dem Mantel des Papstes kann dich das Gesetz nicht erreichen, aber Jens Glob wird dich erreichen!«

Dann schreibt er einen Brief an seinen Schwager, Herrn Oluf Hase in Salling; er bittet ihn, am Weihnachtsabend zur Nachtmesse in die Hvidberg-Kirche zu kommen; dort drüben soll der Bischof Messe lesen, deshalb reist er von Börglum nach Thyland, das kennt und weiß Jens Glob.

Wiese und Moor liegen unter Eis und Schnee, sie tragen Pferd und Reiter, tragen den ganzen Zug, den Bischof mit Pfaffen und Knechten; sie reiten den kürzesten Weg durch das spröde Röhricht, wo der Wind so traurig säuselt.

Blase in deine Messingtrompete, du fuchsfellbekleideter Spielmann! Es klingt gut in der klaren Luft! Dann reiten sie über Heide und Moor, über Fata Morganas Wiesengarten am warmen Sommertag, südwärts, sie wollen zur Hvidberg-Kirche.

Der Wind bläst stärker in seine Trompete; er bläst einen Sturm, ein Herrgottswetter, das zu gewaltiger Stärke anwächst. Zu Gottes Haus in dem Herrgottswetter geht es dahin. Gottes Haus steht fest; aber das Herrgottswetter fährt hin über Feld und Moor, über Fjord und Meer. Börglums Bischof erreicht die Kirche, das vermag wohl kaum Herr Oluf Hase, wie scharf er auch reitet. Er kommt mit seinen Mannen jenseits des Fjordes Jens Glob zu Hilfe, nun, da der Bischof vor des Höchsten Gericht geladen werden soll.

Gottes Haus ist der Gerichtssaal, der Altar der Gerichtstisch; die Lichter sind bereits angezündet in den schweren Messingleuchtern. Der Sturm verliest Klage und Urteil. Es saust in der Luft, über Moor und Heide, über die rollenden Wasser. Keine Fähre setzt über den Fjord in solchem Herrgottswetter.

Oluf Hase steht am Ottesund; dort verabschiedet er seine Mannen, schenkt ihnen Roß und Harnisch, gibt ihnen Urlaub, heimzuziehen, und trägt ihnen Grüße auf an seine Frau; allein will er sein Leben in dem brausenden Wasser wagen; aber sie sollen für ihn zeugen, daß es nicht seine Schuld ist, wenn Jens Glob ohne Hilfe in der Hvidberg-Kirche steht. Die treuen Mannen verlassen ihn nicht, sie folgen ihm hinaus in das tiefe Wasser. Zehn von ihnen werden fortgespült; Oluf Hase selbst und zwei von seinen jüngsten Knappen erreichen das andere Ufer; noch haben sie vier Meilen zu reiten.

Mitternacht ist vorüber, es ist Christnacht. Der Wind hat sich gelegt; die Kirche ist erleuchtet; der strahlende Schein schimmert durch die Fenster hinaus über Wiese und Heide. Die Nachtmesse ist längst beendet; in Gottes Haus ist es still, man kann das Wachs von den Lichtern auf die Steine des Bodens tropfen hören. Jetzt kommt Oluf Hase.

Im Waffenhaus bietet Jens Glob ihm »Guten Tag! Jetzt habe ich mich mit dem Bischof verglichen!«

»Das hast du getan!« sagte Oluf, »dann sollst weder du noch der Bischof lebendig aus der Kirche kommen!«

Und das Schwert fährt aus der Scheide, und Oluf Hase schlägt zu, daß die Planke der Kirchentür zersplittert, die Jens Glob zwischen sich und ihm zuschlägt.

»Halt ein, lieber Schwager, sieh dir erst den Vergleich an! Ich habe den Bischof und alle seine Mannen erschlagen. Sie sagen keinen Mucks mehr in der ganzen Sache, und ich auch nicht zu all dem Unrecht, das meiner Mutter geschehen ist.«

Die Dochte der Kerzen auf dem Altar schimmern so rot, aber röter schimmert es vom Boden; da liegt im Blut der Bischof mit gespaltener Stirn, und erschlagen liegen alle seine Knechte; es ist lautlos und still in der heiligen Christnacht.

Aber am Abend des dritten Weihnachtstages läuten im Kloster Börglum die Glocken zur Leichenfeier; der getötete Bischof und

die erschlagenen Knechte werden zur Schau gestellt unter einem schwarzen Baldachin mit florumhüllten Kandelabern. Im Mantel aus Silberbrokat, den Krummstab in der machtlosen Hand, liegt der Tote da, der einst so mächtige Herr. Der Weihrauch duftet, die Mönche singen; es klingt wie Klage, es klingt wie ein Urteil des Zornes und der Verdammung, als müsse es weit über Land gehört werden, getragen vom Wind, mitgesungen vom Wind. Er legt sich wohl zur Ruhe, aber niemals stirbt er, immer erhebt er sich wieder und singt seine Lieder, singt sie in unsere Zeit hinein, singt hier oben vom Bischof auf Börglum und seiner harten Sippe.

Es wird gehört in der dunklen Nacht, gehört von dem furchtsamen Bauern, der auf dem schweren Sandweg am Kloster Börglum vorbeifährt; gehört von dem lauschenden Schlaflosen in Börglums Stuben hinter den dicken Mauern, und darum raschelt es in den langen, widerhallenden Gängen, die zur Kirche hinführen, deren vermauerter Eingang längst geschlossen ist, aber nicht für die Augen des Aberglaubens. Die sehen noch die Tür dort, und sie öffnet sich. Die Lichter von den Messingkronen der Kirche leuchten; der Weihrauch duftet; die Kirche strahlt in der Pracht der Vorzeit; die Mönche singen die Messe für den getöteten Bischof, der im Mantel aus Silberbrokat daliegt, mit dem Bischofsstab in seiner machtlosen Hand, und von seiner bleichen, stolzen Stirn schimmert die blutige Wunde, sie schimmert wie Feuer; es sind der weltliche Sinn und die bösen Lüste, die da verbrennen.

Sinkt ins Grab, sinkt in Nacht und Vergessen, ihr unheimlichen Erinnerungen aus alten Tagen!

Hört den Windstoß, er übertönt das rollende Meer! Es ist ein Sturm dort draußen, der Menschenleben kosten wird! Das Meer hat seinen Sinn nicht gewechselt mit der neuen Zeit. Es ist heute nacht nur Mund, um zu verschlingen, morgen vielleicht klares Auge, um sich darin zu spiegeln wie in der alten Zeit, die wir nun begraben haben. Schlafe sanft, wenn du es vermagst!

Jetzt ist es Morgen.

Die neue Zeit scheint mit Sonnenschein in die Stube hinein! Der Wind hält noch an. Eine Strandung wird gemeldet, wie in alter Zeit.

Heute nacht ist dort unten bei Lökken, dem kleinen Fischerdorf mit den roten Dächern, das wir von den Fenstern hier oben sehen, ein Schiff gestrandet. Nicht weit vom Ufer lief es auf; aber die Rettungsrakete band eine Brücke zwischen dem Wrack und dem festen Land; gerettet wurden alle, die an Bord waren, sie kamen an Land und zu Bett; heute sind sie eingeladen auf Kloster Börglum. In den gemütlichen Stuben werden sie Gastfreundschaft finden und milden Augen begegnen, können begrüßt werden in ihrer eigenen Landessprache. Vom Klavier erklingen die Melodien der Heimat, und bevor diese beendet sind, braust eine andere Saite, lautlos und doch so klangvoll und sicher: die Gedankenbotschaft gelangt zu der Schiffbrüchigen Heimat in fremdem Land und berichtet von ihrer Rettung; da fühlt der Sinn sich leicht, da kann beim Fest am Abend ein Tanz getanzt werden in Börglums Gesindestube. Walzer und Reigen wollen wir tanzen, und Lieder sollen gesungen werden von Dänemark und »dem tapferen Landsoldaten« in der neuen Zeit.

Sei gesegnet, du neue Zeit! Reite auf dem gereinigten Luftstrom den Sommer ein! Laß deine Sonnenstrahlen in die Herzen und Gedanken hineinleuchten! Auf deinem strahlenden Grund schweben die dunklen Sagen aus den harten, den strengen Zeiten vorüber.

78

IN DER KINDERSTUBE

Vater und Mutter und alle Geschwister waren in der Komödie, nur die kleine Anna und ihr Pate saßen allein zu Hause.

»Wir wollen auch Komödie spielen«, sagte er, »und die kann gleich beginnen!«

»Aber wir haben kein Theater«, sagte die kleine Anna, »und wir haben niemand, der spielen kann. Meine alte Puppe kann nicht; denn sie ist so häßlich, und meine neue darf sich ihre hübschen Kleider nicht zerknittern.«

»Man kann immer Schauspieler kriegen, wenn man nimmt, was man hat!« sagte der Pate. »Jetzt errichten wir das Theater. Hier stellen wir ein Buch hin, da eins und dann noch eins in schräger Linie. Nun drei auf die andere Seite; da haben wir die Kulissen! Die alte Schachtel, die hier liegt, kann Hintergrund sein; wir kehren den Boden nach außen. Das Theater stellt eine Stube vor, das kann doch ein jeder sehen. Nun sollten wir die Schauspieler haben. Laß uns schauen, was sich in der Spielzeugschublade findet! Erst die Personen, dann machen wir die Komödie, das eine hält sich dann am andern, und es wird ausgezeichnet! Hier liegt ein Pfeifenkopf, und hier liegt ein einzelner Handschuh, die könnten gut Vater und Tochter sein.«

»Aber das sind nur zwei Personen!« sagte die kleine Anna. »Hier liegt der alte Kittel meines Bruders, kann der nicht Komödie spielen?«

»Er ist groß genug dazu«, sagte der Pate. »Er soll der Liebhaber sein. Er hat nichts in den Taschen, das ist schon interessant, das ist halbwegs unglückliche Liebe! – Und hier haben wir den Stiefel des Nußknackers mit einem Sporen daran! Potz Blitz, Mazurka! Er kann trampeln und stolzieren. Er soll der ungelegene Freier sein, der dem Fräulein nicht gefällt. Welche Art Komödie willst du nun haben? Trauerspiel oder Familienstück?«

»Familienstück«, sagte die kleine Anna; »das mögen die andern so gern. Kannst du eins?«

»Ich kann hundert!« sagte der Pate. »Die beliebtesten sind nach dem Französischen; aber die sind nicht nett für kleine Mädchen. Wir können ja indessen eins der nettesten nehmen, innerlich gleichen sie alle einander. Nun schüttle ich den Sack. Kuckelurum! Funkelnagelneu! Jetzt sind sie funkelnagelneu! Höre jetzt das Plakat.« Und der Pate nahm eine Zeitung und tat, als ob er vorlese:

»Pfeifenkopf und guter Kopf
Familienstück in einem Akt.

Personen:
Herr Pfeifenkopf, Vater
Fräulein Handschuh, Tochter
Herr Kittel, Liebhaber
Von Stiefel, Freier

Und jetzt beginnen wir! Der Vorhang geht auf; wir haben keinen Vorhang, er ist also aufgezogen. Alle Personen sind drinnen; so haben wir sie gleich. Jetzt spreche ich als Vater Pfeifenkopf. Er ist heute böse; man kann sehen, daß er angerauchter Meerschaum ist:

›Schnick-schnack, schnurre, basselurre! Ich bin Herr in meinem Haus! Ich bin der Vater meiner Tochter! Will man wohl darauf hören, was ich sage! Von Stiefel ist eine Person, in der man sich spiegeln kann. Saffian am Oberteil und Sporen am Unterteil. Schnicke, schnicke, schnack! Er soll meine Tochter haben!‹

Gib nun acht auf den Kittel, kleine Anna!« sagte der Pate. »Jetzt spricht der Kittel. Er hat einen Umlegekragen, ist sehr bescheiden, aber kennt seinen eigenen Wert und hat ein Recht, das zu sagen, was er sagt.

›Fleckenlos bin ich! Die Bonität muß auch in Erwägung gezogen werden. Ich bin aus echtem Seidenzeug, und ich trage Schnüre.‹

›Am Hochzeitstag, nicht länger! Sie behalten in der Wäsche die Farbe nicht!‹ Das ist Herr Pfeifenkopf, der spricht. ›Von Stiefel ist wasserdicht, aus starkem Leder und doch so fein, kann knarren, mit den Sporen klirren und hat die Physiognomie von Italien.‹«

»Aber sie sollten in Versen sprechen!« sagte die kleine Anna, »das soll am hübschesten sein.«

»Das können sie auch!« sagte der Pate. »Und was das Publikum befiehlt, geschieht! – Schau das kleine Fräulein Handschuh an, wie sie die Finger ausstreckt:

›Lieber alle Tage
Handschuh ohne Gatte sein!
Ach!
Und bleib ich einsam sitzen,
so reiß ich an den Spitzen!‹

›Krach!‹

Das war Vater Pfeifenkopf, der Krach sagte; jetzt spricht Herr Kittel:

›Geliebte Handschuhdame,
sei spanisch auch dein Name,
die Meine sollst du sein,
das schwör ich dir allein!‹

Von Stiefel schlägt aus, stampft auf den Boden, klirrt mit den Sporen und reißt drei Kulissen um.«

»Das ist sehr schön!« sagte die kleine Anna.

»Still, still!« sagte der Pate; »stummer Beifall zeigt, daß du ein gebildetes Publikum im ersten Parkett bist! Jetzt singt Fräulein Handschuh ihre große Arie mit Bravour:

›Ich kann nicht reden,
so muß ich krähen
Kikkeriki, wie wird das gehen!‹

Nun kommt das Spannende, kleine Anna! Das ist das Wichtigste in der Komödie. Siehst du, Herr Kittel knöpft sich auf, seine Rede wirft er gerade zu dir hinaus, damit du klatschen sollst; laß es nur sein, das ist feiner. Hör, wie es im Seidenzeug raschelt: ›Wir sind auf dem Höhepunkt! Hüten Sie sich! Jetzt kommt die Intrige! Sie sind der Pfeifenkopf, ich bin der gute Kopf. – Wupp, sind Sie weg!‹ Sahst du das, kleine Anna!« sagte der Pate, »das ist eine ausgezeichnete Szenerie und ein großartiges Komödienspiel: Herr Kittel ergriff den alten Pfeifenkopf und steckte ihn in die Tasche; dort liegt er, und Herr Kittel spricht:

›Sie sind in meiner Tasche, in meiner tiefsten Tasche! Niemals kommen Sie wieder heraus, ehe Sie versprechen, mich mit Ihrer

Tochter, Fräulein Handschuh zur Linken, zu vereinen; ich reiche ihr die Rechte!‹

»Das ist schrecklich schön!« sagte die kleine Anna.

»Und jetzt antwortet der alte Pfeifenkopf:

›Mir saust es ums Ohr!
Das ist nicht wie zuvor.
Wo bleibt mein Humor?
Ich fühle, mir fehlt mein hohles Rohr.
Ach, niemals zuvor
kam ich mir so elend vor. –
Oh, nimm meinen Kopf
aus der Tasche dein,
und sei dann verlobt
mit der Tochter mein!‹

»Ist die Komödie schon aus?« fragte die kleine Anna.

»Ei bewahre!« sagte der Pate, »sie ist nur aus für Herrn von Stiefel. Die Liebenden knien, der eine singt:

›Vater!‹

der andere:

›Nimm deinen Kopf geschwind
und segne Schwiegersohn und Kind!‹

Sie werden gesegnet, feiern Hochzeit, und die Möbel singen im Chor:

›Pink! Pank!
Vielen Dank!
Nun ist das Stück aus!‹

Und nun klatschen wir!« sagte der Pate, »rufen sie alle zusammen hervor, die Möbel auch. Sie sind aus Mahagoni!«

»Ist unsere Komödie ebensogut wie die, welche die andern im richtigen Theater haben?«

»Unsere Komödie ist viel besser!« sagte der Pate, »sie ist kürzer, sie ist frei erfunden, und die Zeit bis zum Tee ist vergangen.«

79

DIE TEEKANNE

Es war einmal eine stolze Teekanne, stolz auf ihr Porzellan, stolz auf ihren langen Schnabel, stolz auf ihren breiten Henkel. Sie hatte etwas vornheraus und etwas hintenheraus, den Schnabel vorne, den Henkel hinten, und davon sprach sie. Aber sie sprach nicht von ihrem Deckel; der war gebrochen, der war genietet, der hatte einen Fehler, und von seinen Fehlern spricht man nicht gern, das tun schon die andern. Tassen, Rahmkännchen und Zuckerdose, das ganze Teegeschirr würde sich wohl mehr der Gebrechlichkeit des Deckels erinnern und davon sprechen als von dem guten Henkel und dem ausgezeichneten Schnabel; das wußte die Teekanne.

»Ich kenne sie!« sprach sie in sich hinein, »ich kenne auch wohl meinen Fehler, und ich erkenne ihn, darin liegt meine Demut, meine Bescheidenheit. Fehler haben wir alle, aber man hat doch auch Gaben. Die Tassen bekamen einen Henkel, die Zuckerdose einen Deckel, ich erhielt eben beides und ein Ding vornheraus, das sie nie erhalten: ich bekam einen Schnabel, der macht mich zur Königin auf dem Teetisch. Der Zuckerdose und dem Rahmkännchen sei es gegönnt, Dienerinnen des Wohlgeschmacks zu sein; aber ich bin die Gebende, die Herrschende, ich verbreite Segen unter der dürstenden Menschheit; in meinem Innern werden die chinesischen Blätter in dem kochenden, geschmacklosen Wasser verarbeitet.«

All dies sagte die Teekanne in ihrer kecken Jugendzeit. Sie stand auf dem gedeckten Tisch und wurde von der feinsten Hand gehoben; aber die feinste Hand war ungeschickt. Die Teekanne fiel, der Schnabel brach ab, der Henkel brach ab, vom Deckel zu reden lohnt sich nicht, es ist schon genug von ihm gesprochen worden. Die Teekanne lag ohnmächtig auf dem Boden, das kochende Wasser lief aus ihr heraus. Es war ein schwerer Schlag, den sie erhielt, und das Schwerste war, daß sie lachten, sie lachten über sie und nicht über die ungeschickte Hand.

»Diese Erinnerung werde ich nun nimmermehr los!« sagte die Teekanne, wenn sie später sich selbst ihren Lebenslauf erzählte. »Ich wurde Invalide genannt, in eine Ecke gestellt und am Tag darauf an eine Frau verschenkt, die um Speisefett bettelte. Ich sank zur Armut herab, stand sprachlos da, äußerlich wie innerlich; aber als ich so dastand, begann mein besseres Leben; man ist das eine und wird etwas ganz anderes. Es wurde Erde in mich gelegt; das bedeutet für eine Teekanne, begraben zu werden, aber in die Erde wurde eine Blumenzwiebel gelegt; wer sie legte, wer sie gab, das weiß ich nicht. Gegeben wurde sie, ein Ersatz für die chinesischen Blätter und das kochende Wasser, ein Ersatz für den abgebrochenen Henkel und Schnabel. Und die Zwiebel lag in der Erde, die Zwiebel lag in mir, sie wurde mein Herz, mein lebendiges Herz; ein solches hatte ich früher nie gehabt. Es war Leben in mir, da waren Kraft und Kräfte; der Puls schlug, die Zwiebel trieb einen Keim, sie war nahe daran, von Gedanken und Gefühlen zersprengt zu werden; sie brachen in einer Blume aus; ich sah sie, ich trug sie, ich vergaß mich selbst in ihrer Schönheit; gesegnet ist es, sich selbst in andern zu vergessen! Sie sagte mir keinen Dank; sie dachte nicht an mich; – sie wurde bewundert und gepriesen. Ich war so froh darüber, wie sehr mußte sie es dann nicht sein. Eines Tages hörte ich, daß gesagt wurde, sie verdiene einen besseren Topf. Man schlug mich mitten entzwei; das tat gewaltig weh; aber die Blume kam in einen besseren Topf – und ich wurde in den Hof hinausgeworfen und liege da als eine alte Scherbe, aber ich habe die Erinnerung, die kann ich nie verlieren.«

80

DAS HEINZELMÄNNCHEN UND DIE MADAM

Das Heinzelmännchen kennst du, aber kennst du die Madam, des Gärtners Madam? Sie hatte Bildung, konnte Gedichte auswendig, ja mit Leichtigkeit selbst welche schreiben; nur die Reime, »das Zusammennieten«, wie sie es nannte, bereitete ihr etwas Mühe. Sie hatte Schreibtalent und Redetalent, sie hätte gut Pfarrer sein können, zum mindesten Pfarrersfrau.

»Die Erde ist herrlich in ihrem Sonntagskleid!« sagte sie, und diesen Gedanken hatte sie in Reime gebracht und »zusammengenietet«, hatte ein schönes und langes Lied darüber gemacht.

Der Seminarist, Herr Kisserup – der Name tut nichts zur Sache – war ihr Neffe und zu Besuch bei den Gärtnersleuten; er hörte das Gedicht der Madam, und es tue ihm wohl, sagte er, herzlich wohl. »Sie haben Geist, Madam!« sagte er.

»Schnick und schnack!« sagte der Gärtner, »bilde ihr nicht so etwas ein! Eine Frau soll Körper sein, anständiger Körper, und auf ihren Kochtopf achtgeben, damit der Brei nicht anbrennt.«

»Das Angebrannte nehme ich weg mit einer Holzkohle!« sagte die Madam, »und von dir nehme ich das Angebrannte weg mit einem kleinen Kuß. Man sollte glauben, daß du nur an Kohl und Kartoffeln dächtest, und doch liebst du die Blumen!« Und dann küßte sie ihn. »Die Blumen sind der Geist!« sagte sie.

»Hüte deinen Kochtopf!« sagte er und ging in den Garten; der war sein Topf, und den hütete er.

Aber der Seminarist saß bei der Madam und sprach mit der Madam; über ihre schönen Worte: »die Erde ist herrlich« hielt er gleichsam eine ganze Predigt auf seine Weise.

»Die Erde ist herrlich; machet sie euch untertan, hieß es, und wir wurden die Herren der Erde. Einer ist es durch den Geist, einer durch den Körper; einer wurde in die Welt gesetzt als Ausrufzeichen des Erstaunens, ein anderer als Gedankenstrich, so daß man wohl fragen kann, was soll der hier? Einer wird Bischof, ein anderer nur ein armer Seminarist; aber alles ist weise eingerichtet. Die Erde ist herrlich und immer im Sonntagskleid! Das war ein gedankenanregendes Gedicht, Madam, voll von Gefühl und Geographie.«

»Sie haben Geist, Herr Kisserup!« sagte die Madam, »viel Geist, das versichere ich Ihnen! Man bekommt Klarheit über sich selbst, wenn man mit Ihnen spricht.«

Und dann sprachen sie weiter, ebenso schön und ebenso gut. Aber draußen in der Küche war auch einer, der sprach, das war das Heinzelmännchen, das kleine, graugekleidete Heinzelmännchen mit der roten Mütze; du kennst es! Das Heinzelmännchen saß in der Küche und war Topfgucker; es sprach, aber niemand hörte es, außer der großen, schwarzen Miezekatze, »der Rahmdiebin«, wie die Madam sie nannte.

Das Heinzelmännchen war sehr böse auf die Madam; denn sie glaubte nicht an sein Vorhandensein, das wußte es; sie hatte es freilich niemals gesehen; aber sie mußte doch bei all ihrer Bildung wissen, daß es vorhanden war, und ihm dann eine kleine Aufmerksamkeit erweisen. Es fiel ihr niemals ein, ihm am Weihnachtsabend auch nur einen Löffel voll Brei hinzustellen. Das hatten alle seine Vorväter bekommen, und zwar von Madamen, die gar keine Bildung hatten; der Brei hatte in Butter und Rahm geschwommen. Die Katze wurde ganz naß um den Bart, wenn sie davon hörte.

»Sie nennt mich einen Begriff!« sagte das Heinzelmännchen, »das geht über alle meine Begriffe. Sie verleugnet mich ja! Das habe ich mir erlauert, und jetzt habe ich wieder gelauert; sie sitzt und schnurrt dem Hosenspanner, dem Seminarist, etwas vor. Ich sage mit Vater: ›Hüte deinen Kochtopf!‹ Das tut sie nicht; und jetzt werde ich machen, daß er überkocht!«

Und das Heinzelmännchen pustete ins Feuer, das flammte und brannte. »Surre-rurre-rupp!« da kochte der Topf über.

»Jetzt gehe ich hinein und zupfe Löcher in Vaters Socken!« sagte das Heinzelmännchen. »Ich will ein großes Loch an den Zehen und an den Fersen auftrennen, dann gibt es etwas zu stopfen, falls sie nicht dichten muß. Gedicht-Madam, stopf Vaters Socken!«

Die Katze nieste dazu; sie war erkältet, obwohl sie immer im Pelz ging.

»Ich habe die Speisekammertür aufgemacht«, sagte das Heinzelmännchen; »da steht eingemachter Rahm, so dick wie Mehlpapp. Willst du nicht, so will ich!«

»Soll ich die Schuld und die Prügel haben«, sagte die Katze, »dann laß mich auch den Rahm schlecken!«

»Erst den Rahm, dann die Prügel!« sagte das Heinzelmännchen. »Aber jetzt gehe ich in die Stube des Seminaristen, hänge seine Hosenträger an den Spiegel und stecke seine Socken in die Waschschüssel, dann glaubt er, der Punsch sei zu stark gewesen und er wirr im Kopf. Heute nacht saß ich auf dem Holzstapel bei der Hundehütte; ich habe viel Vergnügen daran, den Kettenhund zu necken; ich ließ meine Beine herabhängen und baumeln. Der Hund konnte sie nicht erreichen, wie hoch er auch sprang; das ärgerte ihn; er bellte und bellte, ich bimmelte und baumelte; das war ein Spektakel! Der Seminarist erwachte davon, stand dreimal auf und guckte hinaus; aber er sah mich nicht, obwohl er die Brille aufhatte; er schläft immer mit der Brille.«

»Sag miau, wenn die Madam kommt!« sagte die Katze. »Ich höre nicht gut, ich bin heute krank!«

»Du bist schleckkrank!« sagte das Heinzelmännchen, »schleck weg! Schleck die Krankheit weg! Aber wisch dir den Bart ab, damit der Rahm nicht daran hängen bleibt! Jetzt gehe ich und lauere!«

Und das Heinzelmännchen stand an der Tür, und die Tür stand angelehnt. Es war niemand in der Stube außer der Madam und dem Seminaristen; sie sprachen von dem, was man, wie der Seminarist so schön sagte, in jedem Haushalt über Topf und Schüssel setzen soll: den Gaben des Geistes.

»Herr Kisserup!« sagte die Madam, »jetzt werde ich Ihnen bei dieser Gelegenheit etwas zeigen, das ich noch keiner irdischen Seele gezeigt habe, am wenigsten einem Mann, nämlich meine Gedichtchen; einige sind ja freilich etwas lang. Ich habe sie ›Nieten eines Dänenweibes!‹ genannt. Ich mag alte dänische Worte so gern!«

»An denen soll man auch festhalten!« sagte der Seminarist; »man soll die Fremdwörter aus der Sprache ausrotten.«

»Das tue ich auch!« sagte die Madam; »niemals sollen Sie mich Kleiner‹[1] oder ›Butterteig‹ sagen hören, ich sage Fettkuchen und Blätterteig.«

Und sie entnahm der Schublade ein Schreibheft mit hellgrünem Umschlag und zwei Tintenklecksen.

»Es ist viel Ernst in diesem Buch!« sagte sie. »Ich habe die stärkste Empfindung für das Traurige. Hier ist nun ›Der Seufzer in der Nacht‹, ›Meine Abendröte‹ und ›Als ich Klemmensen bekam‹, meinen Mann; das können Sie überspringen, obwohl es gefühlt und empfunden ist. ›Die Pflichten der Hausmutter‹ ist das beste Stück! Alle sind sehr traurig, darin liegt meine Fähigkeit. Nur ein einziges Stück ist scherzhaft. Das sind einige heitere Gedanken, wie man sie ja auch haben kann, Gedanken darüber – Sie dürfen nicht über mich lachen –, Gedanken darüber, wie es ist – Dichterin zu sein. *Das* kenne nur ich selbst, meine Schublade, und jetzt auch Sie, Herr Kisserup! Ich liebe die Poesie, sie kommt über mich, sie neckt, gebietet und regiert. Ich habe das ausgesprochen unter dem Titel ›Kleines Heinzelmännchen‹. Sie kennen wohl den alten Bauernglauben vom Heinzelmännchen, das stets sein Spiel im Haus treibt. Ich habe mir gedacht, daß ich selbst das Haus sei, und daß die Poesie, die Empfindungen in mir das Heinzelmännchen seien, der Geist, der gebietet. Seine Macht und Größe habe ich im ›Kleinen Heinzelmännchen‹ besungen. Aber Sie müssen mir mit Hand und Mund versprechen, daß Sie es niemals meinem Mann oder sonst jemand verraten. Lesen Sie vor, damit ich es hören kann, ob Sie meine Schrift lesen können.«

Und der Seminarist las und die Madam hörte zu, und das Hein-

[1] Dänisches Gebäck

zelmännchen hörte zu; es lauerte, wie du weißt, und war gerade gekommen, als die Überschrift ›Kleines Heinzelmännchen‹ gelesen wurde.

»Das geht ja mich an!« sagte es. »Was kann sie über mich geschrieben haben? Ja, ich werde sie zwicken, werde ihre Eier klauen, ihre Küchlein klauen, dem Mastkalb das Fett abjagen! Schau mir einer die Madam an!«

Und es hörte zu mit spitzem Mund und langen Ohren; aber je mehr es von der Herrlichkeit und Macht des Heinzelmännchens, von seiner Herrschaft über die Madam hörte – du weißt, es war die Dichtkunst, die sie meinte, aber das Heinzelmännchen nahm es wörtlich nach der Überschrift – desto freundlicher lächelte der Kleine. Seine Augen glänzten vor Freude, es kam gleichsam ein vornehmer Zug in seine Mundwinkel; er hob seine Fersen, stand auf seinen Zehen, wurde einen ganzen Zoll höher als zuvor; er war entzückt davon, was über das kleine Heinzelmännchen gesagt wurde.

»Die Madam hat Geist und große Bildung! Wie habe ich der Frau unrecht getan! Sie hat mich in ihre ›Nieten‹ eingesetzt, die gedruckt und gelesen werden! Jetzt soll die Katze nicht mehr ihren Rahm trinken dürfen, das will ich selbst tun! Einer trinkt weniger als zwei, das ist immerhin eine Ersparnis, und die will ich einführen und die Madam achten und ehren!«

»Wie menschlich es ist, dieses Heinzelmännchen!« sagte die alte Katze. »Nur ein süßes Miau von der Madam, ein Miau über es selbst, und dann ändert es gleich seinen Sinn. Sie ist schlau, die Madam.«

Aber sie war nicht schlau, es war das Heinzelmännchen, das so sehr Mensch war.

Kannst du diese Geschichte nicht verstehen, so frage; aber du sollst nicht das Heinzelmännchen fragen und auch nicht die Madam.

81

VERWAHRT IST NICHT VERGESSEN

Es gab einmal einen alten Hof mit schlammigen Gräben und einer Zugbrücke; die war öfter aufgezogen als heruntergelassen; denn nicht alle Gäste sind gut. Unter dem First waren Löcher, durch die man schießen und kochendes Wasser, ja geschmolzenes Blei auf den Feind hinabgießen konnte, wenn er zu nahe kam. Drinnen war es hoch, und das war gut für den vielen Rauch, der vom Kaminfeuer kam, wo die großen, nassen Holzscheite lagen. An den Wänden hingen Bilder von harnischgekleideten Männern und stolzen Frauen in schweren Gewändern; die stolzeste von ihnen allen ging lebendig hier drinnen umher, sie hieß Mette Mogens; sie war die Herrin des Hofes.

Zur Abendzeit kamen Räuber; sie schlugen drei von ihren Leuten tot, den Kettenhund auch, und dann banden sie Frau Mette mit der Hundekette an die Hundehütte fest und setzten sich selbst hinauf in den Saal und tranken den Wein aus ihrem Keller und all das gute Bier.

Frau Mette stand an der Hundekette; sie konnte nicht einmal bellen.

Da kam der Knabe der Räuber; er schlich so leise herbei, es durfte nicht bemerkt werden, denn sonst hätten sie ihn totgeschlagen.

»Frau Mette Mogens!« sagte der Knabe, »kannst du dich daran erinnern, wie mein Vater zu deines Gatten Zeit auf dem hölzernen Pferd reiten mußte? Da batest du für ihn, aber es half nichts, er sollte sich zum Krüppel sitzen; aber du schlichst dich hinunter, wie ich jetzt schleiche; du selbst legtest einen kleinen Stein unter jeden seiner Füße, damit er eine Stütze finden konnte. Niemand sah es, oder sie taten, als sähen sie es nicht, du warst die junge gnädige Frau. Das hat mein Vater erzählt, und das habe ich im Herzen verwahrt, aber nicht vergessen! Nun befreie ich dich, Frau Mette Mogens!«

Und dann nahmen sie Pferde im Stall und ritten in Regen und Wind und erhielten Freundeshilfe.

»Das war gut bezahlt für die kleine Tat an dem Alten!« sagte Mette Mogens.

»Verwahrt ist nicht vergessen!« sagte der Knabe.

Die Räuber wurden gehenkt.

Es gab einmal einen alten Hof, er liegt noch dort; es ist nicht der von Frau Mette Mogens; er gehört einem andern hochadeligen Geschlecht.

Es ist in unserer Zeit. Die Sonne scheint auf die vergoldete Spitze des Turmes. Kleine Waldinseln liegen wie Blumensträuße auf dem Wasser, und rund um sie schwimmen die wilden Schwäne. Im Garten wachsen Rosen; die Herrin des Hofes selbst ist das feinste

Rosenblatt, es strahlt in Freude, in der Freude guter Werke, nicht draußen in der weiten Welt, sondern drinnen in den Herzen, dort ist es verwahrt, aber nicht vergessen.

Jetzt geht sie vom Hof zu dem kleinen Taglöhnerhäuschen auf dem Feld. Dort drinnen wohnt ein armes, gelähmtes Mädchen. Das Fenster in der kleinen Stube liegt nach Norden; die Sonne kommt nicht dahin; sie kann nur über ein Stück Feld hinausschauen, das der hohe Graben abschließt. Aber heute ist hier Sonnenschein, Gottes warme, schöne Sonne ist hier drinnen; sie kommt von Süden her durch das neue Fenster, wo vorher nur Mauer war.

Die Gelähmte sitzt in dem warmen Sonnenschein, sieht Wald und Strand. Die Welt ist so groß und so schön geworden, und das durch ein einziges Wort der freundlichen Herrin des Hofes.

»Das Wort war so leicht, die Tat so klein!« sagte sie, »die Freude aber, die mir ward, ist unendlich groß und gesegnet!«

Und deshalb übt sie so manche gute Tat, denkt an alle in den armen Häusern und in den reichen Häusern, wo es auch Betrübte gibt. Es ist verborgen und verwahrt, aber es ist nicht vergessen von Unserem Herrn.

Es gab einmal einen alten Hof, der lag drinnen in der großen, geschäftigen Stadt. Auf dem Hof gab es Stuben und Säle; in die gehen wir nicht hinein; wir bleiben in der Küche, dort ist es warm und hell, dort ist es sauber und reizend. Das Kupfergeschirr glänzt, der Tisch ist wie gewichst, der Ausguß ist wie ein frisch gescheuertes Hackbrett; das alles hat das einzige Mädchen ausgerichtet und doch noch Zeit gefunden sich anzuziehen, als ob sie zur Kirche wolle. Sie hat eine Schleife am Häubchen, eine schwarze Schleife; das deutet auf Trauer. Sie hat ja niemand zu betrauern, weder Vater noch Mutter, weder Verwandte noch einen Liebsten; sie ist ein armes Mädchen. Einst war sie mit einem armen Burschen verlobt; sie hatten einander herzlich lieb. Eines Tages kam er zu ihr.

»Wir beide haben nichts!« sagte er; »die reiche Witwe drüben im Keller hat mir warme Worte gesagt; sie will mich in Wohlstand versetzen; aber du bist in meinem Herzen. Wozu rätst du mir?«

»Zu dem, wovon du glaubst, es werde dein Glück sein!« sagte das Mädchen. »Sei gut und liebevoll gegen sie, aber denke daran, daß von dem Augenblick an, wo wir uns trennen, wir zwei einander nicht wieder sehen können!«

Und dann vergingen ein paar Jahre. Da begegnete ihr auf der Straße der einstige Freund und Verlobte; er sah so krank und elend aus; da konnte sie es nicht lassen, sie mußte fragen: »Wie geht es dir denn?«

»Reich und gut in jeder Weise!« sagte er; »die Frau ist brav und gut, aber du bist in meinem Herzen. Ich habe meinen Kampf gekämpft, bald ist er vorbei! Wir sehen uns nun nicht eher als bei Unserm Herrn.«

Eine Woche ist vergangen; heute morgen stand in der Zeitung, daß er gestorben sei; deshalb trägt das Mädchen Trauer. Der Verlobte ist von Frau und drei Stiefkindern weggestorben, wie zu lesen steht; es klingt gebrochen, und doch ist das Erz rein.

Die schwarze Schleife drückt Trauer aus, des Mädchens Gesicht drückt sie noch stärker aus; im Herzen ist sie verwahrt, wird niemals vergessen!

Ja sieh, das sind drei Geschichten, drei Blätter an einem Stiel. Wünschest du mehr Kleeblätter? Es gibt viele im Buch des Herzens. Verwahrt ist nicht vergessen!

82

DER SOHN DES PFÖRTNERS

Generals wohnten im ersten Stock, Pförtners wohnten im Keller; es war ein großer Abstand zwischen den beiden Familien, das ganze Erdgeschoß und die Rangordnung; aber unter demselben Dach wohnten sie mit Aussicht auf die Straße und auf den Hof. In diesem war ein Rasenplatz mit einem blühenden Akazienbaum, wenn er blühte; und unter diesem saß zuweilen die geputzte Amme mit dem noch mehr geputzten Generalskind, der »kleinen Emilie«. Vor ihnen tanzte auf seinen nackten Füßen des Pförtners kleiner Knabe mit den großen, braunen Augen und dem dunklen Haar. Das Kind lachte ihn an, streckte seine kleinen Hände nach ihm aus, und sah der General das von seinem Fenster, dann nickte er hinunter und sagte: »Charmant!« Die Generalin selbst, die so jung war, daß sie fast ihres Mannes Tochter aus früherer Ehe hätte sein können, sah nie aus dem Fenster nach dem Hof hinaus; aber sie hatte Befehl gegeben, daß der kleine Knabe der Kellerleute wohl mit dem Kind spielen, es aber nicht berühren dürfe. Die Amme gehorchte genau dem Befehl der gnädigen Frau.

Und die Sonne schien hinein zu denen im ersten Stock und hinein zu denen im Keller. Die Akazie setzte Blüten an; sie fielen ab, und es kamen wieder neue im nächsten Jahr; der Baum blühte, und des Pförtners kleiner Knabe blühte; er sah aus wie eine frische Tulpe.

Die kleine Tochter des Generals wurde fein und blaß wie das rosa Blatt der Akazienblüte. Jetzt kam sie selten hinab unter den Baum; sie erhielt ihre frische Luft in der Kutsche. Sie fuhr aus mit Mama, und immer nickte sie dann Pförtners Georg zu, warf ihm Kußhände zu, bis ihre Mutter ihr sagte, daß sie dafür nun zu groß sei.

Eines Vormittags sollte er dem General die Briefe und Zeitungen bringen, die am Morgen in der Pförtnerwohnung abgegeben worden waren. Als er die Treppe hinaufstieg und beim Sandloch vorbeikam, hörte er etwas piepsen da drinnen; er glaubte, es sei ein Küchlein, das jammere, und dann war es die kleine Tochter des Generals in Spitzen und Flor.

»Sag es nicht Papa und Mama, denn sonst werden sie böse!«

»Was denn, kleines Fräulein?« fragte Georg.

»Es brennt alles!« sagte sie. »Es brennt lichterloh!«

Georg öffnete die Tür zum kleinen Kinderzimmer; der Fenster-

vorhang war fast abgebrannt, die Vorhangstange stand in Glut und Flammen. Georg sprang hinauf, riß sie herunter und rief nach Leuten; ohne ihn wäre ein Hausbrand entstanden.

Der General und die Generalin examinierten die kleine Emilie.

»Ich nahm nur ein einziges Schwefelhölzchen«, sagte sie, »da brannte es gleich, und der Vorhang brannte gleich. Ich spuckte, um zu löschen, ich spuckte, soviel ich konnte, aber ich hatte nicht Spucke genug, und dann lief ich hinaus und versteckte mich, denn Papa und Mama würden böse werden.«

»Spuckte!« sagte der General. »was ist das für ein Wort? Wann hast du Papa und Mama ›spuckte‹ sagen hören? Das hast du von unten!«

Aber der kleine Georg bekam ein Vierschillingstück. Das ging nicht zum Bäcker, das ging in die Sparbüchse; und bald waren da so viele Schillinge, daß er sich einen Malkasten kaufen und Farben auf seine Zeichnungen setzen konnte; und von denen hatte er viele; die kamen gleichsam aus dem Bleistift und aus den Fingern heraus. Die ersten bunten Bilder wurden der kleinen Emilie geschenkt.

»Charmant!« sagte der General; selbst die Generalin gab zu, daß man deutlich sähe, was der Kleine sich gedacht habe. »Genius hat er!« Das waren die Worte, die von der Pförtnersfrau in den Keller hinuntergebracht wurden.

Der General und seine Frau waren vornehme Leute; sie hatten zwei Wappen an ihrem Wagen, eins für jedes von ihnen; die Frau hatte es auf jedem Kleidungsstück, außen und innen, auf ihrer Nachthaube und auf ihrem Nachthemd; das eine, das von ihr, war ein kostbares Wappen, von ihrem Vater für blanke Taler gekauft; denn er war nicht damit geboren worden, sie auch nicht, sie war zu früh gekommen, sieben Jahre vor dem Wappen; daran konnten sich die meisten Leute erinnern, aber nicht die Familie. Das Wappen des Generals war alt und groß; es konnte wohl in einem knarren, wenn man es trug, geschweige denn, wenn man zwei Wappenzeichen trug. Und es knarrte in der Generalin, wenn sie stramm und stattlich zum Hofball fuhr.

Der General war alt und grau, saß aber gut zu Pferd. Das wußte er und ritt jeden Tag aus, mit dem Reitknecht in passendem Abstand hinter sich. Kam er in Gesellschaft, so war es, als käme er auf seinem hohen Roß hereingeritten; und Orden trug er auf sich, so viele, daß es unbegreiflich war; aber das war gar nicht seine Schuld. Als ganz jung hatte er beim Militär funktioniert, hatte die großen Herbstmanöver mitgemacht, die damals in Friedenszeiten mit den Truppen abgehalten wurden. Aus dieser Zeit hatte er eine Anekdote, die einzige, die er zu erzählen wußte: Sein Unteroffizier schnitt einem der Prinzen den Rückzug ab und nahm ihn gefangen, und dieser mußte nun mit seinem kleinen Trupp gefangener Soldaten, selbst als Gefangener, hinter dem General in die Stadt einreiten. Das war ein unvergeßliches Ereignis, das immer durch all die Jahre von dem General wiedererzählt wurde, gerade mit denselben denkwürdigen Worten, die er gesagt hatte, als er dem Prinzen den Säbel wieder überreichte: »Nur mein Unteroffizier konnte Ihre Hoheit gefangennehmen, ich niemals!« Und der Prinz antwortete: »Sie sind unvergleichlich!« Im wirklichen Krieg war der General nie gewesen; als jener durch das Land ging, ging er den diplomatischen Weg durch drei ausländische Höfe. Er sprach die französische Sprache, so daß er fast seine eigene vergaß; er tanzte gut, er ritt gut, es wuchsen Orden auf seinem Rock bis ins Unbegreifliche; die Schildwachen präsentierten vor ihm; eins von den schönsten jungen Mädchen präsentierte vor ihm und wurde Generalin; und sie bekamen ein kleines, liebliches Kind. Es kam wie vom Himmel gefallen, so lieblich war es; und des Pförtners Sohn tanzte im Hof vor ihm, sobald es unterscheiden konnte, und schenkte ihm alle seine gezeichneten, bunten Bilder; und es schaute sie an, freute sich an ihnen und riß sie in Stücke. Es war so fein und so reizend!

»Mein Rosenblatt!« sagte die Generalin. »Du bist für einen Prinzen geboren!«

Der Prinz stand bereits draußen vor der Tür; aber man wußte es nicht. Die Menschen sehen nicht weit über die Türschwelle hinaus.

»Neulich teilte unser Bub wahrhaftig sein Butterbrot mit ihr!« sagte die Pförtnersfrau; »es war weder Käse noch Fleisch darauf; aber es schmeckte ihr, als wäre es Rindsbraten gewesen. Das hätte einen Radau gegeben, wenn Generals diese Mahlzeit gesehen hätten; aber sie sahen es nicht!«

Georg hatte sein Butterbrot mit der kleinen Emilie geteilt; gerne hätte er sein Herz mit ihr geteilt, wenn es ihr nur Vergnügen bereitet hätte. Er war ein guter Knabe, er war aufgeweckt und klug. Er ging nun in die Abendschule der Akademie, um dort richtig zeichnen zu lernen. Die kleine Emilie machte auch Fortschritte in der Bildung; sie sprach französisch mit ihrer Bonne und hatte einen Tanzlehrer.

»Georg soll zu Ostern konfirmiert werden!« sagte die Pförtnersfrau; so weit war Georg.

»Vernünftig wäre es wohl, wenn er dann in die Lehre käme!« sagte der Vater. »Ein nettes Handwerk sollte es sein! Und dann hätten wir ihn aus dem Hause!«

»Er würde doch bei uns übernachten«, sagte die Mutter; »es ist nicht leicht, einen Meister zu finden, der Platz hat; Kleider müssen wir ihm ja auch geben; das bißchen Essen, das er ißt, können wir wohl aufbringen; er ist ja glückselig mit ein paar gekochten Kartoffeln; freien Unterricht hat er. Laß ihn nur seinen Weg gehen; du sollst sehen, wir werden Freude an ihm erleben. Das sagte auch der Professor!«

Der Konfirmationsanzug war fertig. Mutter hatte ihn selbst genäht; aber er war vom Flickschneider zugeschnitten, und der schnitt gut. Wäre er anders gestellt gewesen und hätte eine Werkstatt mit Gesellen halten können, sagte die Pförtnersfrau, dann hätte der Mann gut Hofschneider werden können.

Die Kleider waren bereit, und der Konfirmand war bereit. Georg bekam an seinem Konfirmationstag eine große Tombakuhr von seinem Paten, dem alten Gehilfen des Kleinkrämers, dem reichsten von Georgs Paten. Die Uhr war alt und erprobt, sie ging immer vor, aber das ist besser, als wenn sie nachgeht. Es war eine kostbare Gabe. Und von Generals bekam er ein Gesangbuch in Saffianleder, von dem kleinen Fräulein gesandt, dem Georg Bilder geschenkt hatte. Vorne im Buch stand sein Name und ihr Name und »gewogene Gönnerin«. Das war nach dem Diktat der Generalin geschrieben, und der General hatte es durchgelesen und »charmant!« gesagt.

»Das war wirklich eine große Aufmerksamkeit von einer so vornehmen Herrschaft!« sagte die Pförtnersfrau; und Georg mußte im Konfirmationsanzug und mit dem Gesangbuch hinauf und sich zeigen und danken.

Die Generalin saß ganz eingehüllt da und hatte ihre großen Kopfschmerzen, die sie immer hatte, wenn sie sich langweilte. Sie schaute Georg sehr freundlich an und wünschte ihm alles Gute und niemals ihre Kopfschmerzen. Der General war im Schlafrock, trug eine Mütze mit Quaste und russische Stiefel mit roten Schäften; er ging dreimal im Zimmer auf und ab in eigenen Gedanken und Erinnerungen, blieb stehen und sagte:

»Der kleine Georg ist also nun ein christlicher Mann! Sei auch ein braver Mann und ehre deine Obrigkeit! Diesen Spruch, kannst du einmal als alter Mann sagen, habe der General dich gelehrt!«

Das war eine längere Rede, als sie der General sonst hielt; und er kehrte wieder zurück zu seiner Beschaulichkeit und sah vornehm aus. Doch von allem, was Georg hier oben sah und hörte, behielt er das kleine Fräulein Emilie am klarsten in seinem Gedächtnis. Wie war sie lieblich, wie war sie mild, wie war sie schwebend, wie war sie fein! Sollte sie gezeichnet werden, dann müßte es in einer Seifenblase sein. Es war ein Duft an ihren Kleidern, an ihrem lockigen, blonden Haar, als wäre sie ein soeben erblühter Rosenbaum; und mit ihr hatte er einmal sein Butterbrot geteilt! Sie hatte es mit gewaltigem Appetit gegessen und ihm bei jedem zweiten Bissen zugenickt. Ob sie sich wohl noch daran erinnerte? Ja, sicherlich: Sie hatte »in Erinnerung« daran ihm das schöne Gesangbuch gegeben. Und als zum erstenmal danach der Neumond im neuen Jahr am Himmel stand, ging er hinaus mit Brot und einem Schilling und schlug das Buch auf, um zu sehen, welches Lied er bekäme. Es war ein Lob- und Danklied; und er schlug auf, was der kleinen Emilie bestimmt sein sollte; er nahm sich recht in acht, daß er nicht dort aufschlug, wo die Totenlieder standen; und dann griff er doch hinein zwischen Tod und Grab. Es war ja Unsinn, an so etwas zu glauben; und doch ergriff ihn Angst, als das liebliche, kleine Mädchen bald darauf zu Bett lag und jeden Mittag des Doktors Wagen draußen vor der Tür hielt.

»Sie behalten sie nicht!« sagte die Pförtnersfrau, »Unser Herr weiß wohl, wen er haben will!«

Aber sie behielten sie; und Georg zeichnete Bilder und schickte sie ihr; er zeichnete des Zaren Schloß, den alten Kreml in Moskau, genau so, wie er dastand mit Türmen und Kuppeln. Sie sahen aus wie riesengroße, grüne und vergoldete Gurken, wenigstens auf Georgs Zeichnung. Das bereitete der kleinen Emilie viel Vergnügen, und deshalb sandte Georg im Lauf der Woche noch ein paar Bilder, alles Gebäude; denn bei denen konnte sie sich selbst so viel innerhalb der Türen und Fenster ausdenken.

Er zeichnete ein chinesisches Haus mit einem Glockenspiel durch alle sechzehn Stockwerke; er zeichnete zwei griechische Tempel mit schlanken Marmorsäulen und einer Treppe ringsherum; er zeichnete eine Kirche aus Norwegen; man konnte sehen, daß sie ganz aus Balken bestand, die geschnitzt und wunderlich gestellt waren: jedes Stockwerk sah aus, als hätte es Wiegenschaukeln; am schönsten war doch auf einem Blatt das Schloß, das er »das der kleinen Emilie« nannte. So sollte sie wohnen; das hatte Georg sich ganz ausgedacht und zu diesem Schloß alles genommen, was er an jedem der andern Gebäude am schönsten fand. Es hatte geschnitzte Balken wie die norwegische Kirche, Marmorsäulen wie der griechische Tempel, ein Glockenspiel in jedem Stockwerk und zu alleroberst grüne und vergoldete Kuppeln, wie auf dem Kreml des Zaren. Es war ein richtiges Kinderschloß! Und unter jedem Fenster stand geschrieben, wozu dieser Saal oder diese Stube drinnen dienen sollte: »Hier schläft Emilie, hier tanzt Emilie, und hier spielt sie ›Es kommt Besuch‹. Es war vergnüglich anzusehen, und es wurde wahrlich angesehen.

»Charmant!« sagte der General.

Aber der alte Graf, denn da war ein alter Graf, der noch vornehmer war als der General und selbst ein Schloß und einen Herrenhof hatte, sagte nichts; er hörte, daß es ausgedacht und gezeichnet sei von des Pförtners kleinem Sohn. Nun, so klein war er doch nicht, er war konfirmiert. Der alte Graf sah die Bilder an und hatte seine eigenen, stillen Gedanken dabei.

Eines Tages, als das Wetter grau, naß und gräßlich war, wurde dieser Tag einer der hellsten und besten für den kleinen Georg. Der Professor an der Kunstakademie rief ihn zu sich.

»Höre, mein Freund«, sagte er, »laß uns ein wenig zusammen reden! Unser Herr hat dich recht gut mit Gaben bedacht; er hat dich auch mit guten Menschen bedacht. Der alte Graf an der Ecke hat mit mir über dich gesprochen; ich habe auch deine Bilder gesehen; unter die wollen wir einen Strich machen, an denen ist viel zu korrigieren! Nun kannst du zweimal in der Woche auf meine Zeichenschule kommen, dann kommst du schon dazu, es besser zu machen. Ich glaube, es steckt mehr in dir zu einem Baumeister als zu einem Maler; das kannst du dir mit der Zeit dann selbst überlegen! Aber geh noch heute hin zu dem alten Grafen an der Ecke, und danke du Unserm Herrn für diesen Mann!«

Es war ein großer Hof an der Ecke; um die Fenster waren da Elefanten und Dromedare ausgehauen, alles aus alter Zeit; aber der alte Graf hatte die neue Zeit mit allem Guten, was sie brachte, am liebsten, ob das nun aus dem ersten Stock, dem Keller oder der Mansarde kam.

»Ich glaube«, sagte die Pförtnersfrau, »je vornehmer die Leute wirklich sind, desto weniger bilden sie sich ein. Wie der alte Graf reizend und schlicht ist! Er spricht wahrhaftig gerade so wie du und ich; das können Generals nicht! War nicht auch Georg ganz verwirrt vor Entzücken über die reizende Behandlung, die ihm beim Grafen zuteil wurde; und heute bin ich es, nachdem ich mit dem mächtigen Mann gesprochen habe. War es nun nicht gut, daß wir Georg nicht in eine Handwerkslehre gaben! Fähigkeiten hat er!«

»Aber die müssen Hilfe von draußen haben!« sagte der Vater.

»Die hat er nun erhalten«, sagte die Mutter; »der Graf sprach mit klaren, deutlichen Worten!«

»Es ist aber doch von Generals ausgegangen!« sagte der Vater. »Ihnen müssen wir auch danken.«

»Das können wir gern«, sagte die Mutter; »aber ich glaube nicht, daß da viel zu danken ist. Unserm Herrn will ich danken, und ihm will ich auch danken, weil die kleine Emilie sich erholt!«

Es ging vorwärts mit ihr, es ging vorwärts mit Georg; im Lauf des Jahres erhielt er die kleine Silbermedaille und später die größere.

»Es wäre doch besser gewesen, wenn er in die Handwerkslehre gekommen wäre!« sagte die Pförtnersfrau und weinte; »dann hätten wir ihn jetzt behalten. Was soll er in Rom? Ich kriege ihn nie mehr zu sehen, selbst wenn er wieder heimkommt, aber das tut er nicht, das süße Kind!«

»Aber das ist sein Glück und seine Ehre!« sagte der Vater.

»Ja, vielen Dank, mein Freund!« sagte die Mutter, »du schwatzest auch, was du nicht meinst! Du bist ebenso betrübt wie ich.«

Und es hatte seine Richtigkeit sowohl mit der Betrübnis wie mit der Abreise. Das sei ein großes Glück für den jungen Menschen, sagten alle Leute.

Und es wurde Abschied genommen, auch bei Generals; aber die Frau zeigte sich nicht, sie hatte ihre großen Kopfschmerzen. Der General erzählte zum Abschied seine einzige Anekdote, was er dem Prinzen gesagt hatte und was der Prinz ihm gesagt hatte: »Sie sind unvergleichlich!« Und dann reichte er Georg seine Hand, eine schlaffe Hand.

Emilie reichte Georg auch ihre Hand und sah beinahe betrübt aus, aber Georg war doch der Betrübteste.

Die Zeit vergeht, wenn man etwas tut; sie vergeht auch, wenn man nichts tut. Die Zeit ist gleich lang, aber nicht gleich nützlich. Für Georg war sie nützlich und gar nicht lang, außer wenn er an die daheim dachte. Wie stand es wohl oben und unten? Ja, darüber wurde geschrieben; und man kann so viel in einen Brief legen, den hellen Sonnenschein und die dunklen, schweren Tage. *Die* lagen in dem Brief, der meldete, daß Vater gestorben sei. Mutter blieb allein zurück; Emilie sei wie ein Engel des Trostes gewesen. Sie wäre zu ihr heruntergekommen; ja, das schrieb Mutter und fügte über sich selbst hinzu, daß sie Erlaubnis bekommen habe, das Amt an der Pforte zu behalten.

Die Generalin führte Tagebuch; darin stand jede Gesellschaft, jeder Ball, den sie besucht hatte, und jeder Besuch von Fremden. Das Tagebuch wurde illustriert mit den Visitenkarten der Diplomaten und des höchsten Adels. Sie war stolz auf ihr Tagebuch. Es wuchs in langen Stunden, in vielen Stunden, unter vielen großen Kopfschmerzen, aber auch unter vielen hellen Nächten, das will sagen, Hofbällen. Emilie war zum erstenmal auf einem Hofball gewesen; die Mutter war in Rosa mit schwarzen Spitzen: spanisch! Die Tochter in Weiß, so hell und so fein! Grüne Seidenbänder flatterten wie Schilf zwischen dem lockigen, blonden Haar, das einen Kranz von weißen Seerosen trug; die Augen waren so blau und klar, der Mund so fein und rot. Sie glich einer kleinen Meerjungfrau, so schön, wie man sie sich nur denken kann. Drei Prinzen tanzten mit ihr, das heißt, erst der eine und dann die andern. Die Generalin hatte acht Tage lang keine Kopfschmerzen.

Aber der erste Ball war nicht der letzte; das hielt Emilie nicht aus; es war daher gut, daß der Sommer kam mit Ruhe, mit frischer Luft im Freien. Auf das Schloß des alten Grafen war die Familie eingeladen.

Das war ein Schloß mit einem Garten, der sehenswert war. Ein Teil davon war ganz wie in alten Zeiten: mit steifen, grünen Hekken, als ginge man zwischen grünen Wandschirmen, in denen Gucklöcher waren. Buchsbaum und Taxus standen zu Sternen und Pyramiden geschnitten da; das Wasser sprang aus großen Grotten, die mit Muschelschalen besetzt waren; ringsum standen Steinfiguren aus allerschwerstem Stein; das konnte man den Gesichtern und auch den Kleidern ansehen. Jedes Blumenbeet hatte seine Gestalt, als Fisch, Wappenschild oder Namenszug; das war der französische Teil des Gartens. Aus diesem kam man gleichsam in den frischen, freien Wald hinein, wo die Bäume wachsen durften, wie sie wollten, und deshalb so groß und prächtig waren; das Gras war grün, und man durfte darauf gehen. Es wurde auch gewalzt, geschnitten, gepflegt und gehütet; das war der englische Teil des Gartens.

»Alte Zeit und neue Zeit!« sagte der Graf; »hier gleiten sie ja auch gut ineinander über! In zwei Jahren wird das Schloß selbst sein richtiges Aussehen erhalten; es wird eine ganze Verwandlung zu etwas Schönerem und Besserem werden; ich werde Ihnen die Zeichnungen zeigen, und ich werde Ihnen den Baumeister zeigen, er ist heute zum Mittagessen hier!«

»Charmant!« sagte der General.

»Hier ist es paradiesisch!« sagte die Generalin; »und da haben Sie eine Ritterburg!«

»Das ist mein Hühnerhaus!« sagte der Graf; »die Tauben wohnen im Turm, die Truthühner im ersten Stock, aber im Erdgeschoß regiert die alte Else. Sie hat Gastzimmer nach allen Seiten: die Leghühner für sich, die Henne mit den Küchlein für sich, und die Enten haben einen eigenen Ausgang nach dem Wasser!«

»Charmant!« sagte der General.

Und sie gingen alle, um diese Herrlichkeit zu sehen.

Die alte Else stand mitten in der Stube, und neben ihr stand der Baumeister Georg; er und die kleine Emilie begegneten sich nach mehreren Jahren wieder, begegneten sich im Hühnerhaus.

Ja, da stand er, und er war wohl schön anzusehen; sein Gesicht offen und bestimmt, ein schwarzes, glänzendes Haar und um den Mund ein Lächeln, das sagte: Es sitzt ein Schelm hinter meinem Ohr, der kennt euch von außen und innen. Die alte Else hatte ihre Holzschuhe abgenommen und stand auf Strümpfen zu Ehren der hochvornehmen Gäste. Und die Hühner gluckten, der Hahn krähte und die Enten watschelten davon »rapp! rapp!« Aber das feine, blasse Mädchen, die Jugendfreundin, die Tochter des Generals, stand da mit einem Rosenschimmer auf den sonst so bleichen Wangen. Ihre Augen wurden so groß; um ihren Mund sprach es, ohne daß der Mund selbst ein einziges Wort sagte, und der Gruß, den er bekam, war der reizendste Gruß, den ein junger Mann sich von einer jungen Dame wünschen konnte, wenn sie nicht miteinander verwandt waren oder oft zusammen getanzt hatten; sie und der Baumeister hatten nie zusammen getanzt.

Der Herr Graf drückte seine Hand und stellte ihn vor: »Ganz fremd ist er nicht, unser junger Freund, Herr Georg!«

Die Generalin verneigte sich, die Tochter war nahe daran, ihm die Hand zu reichen; aber sie reichte sie ihm nicht.

»Unser kleiner Herr Georg!« sagte der General. »Alte Hausfreunde. Charmant!«

»Sie sind vollständig Italiener geworden!« sagte die Generalin, »und Sie sprechen die Sprache wohl wie ein Eingeborener?«

Die Generalin singe die Sprache, aber spreche sie nicht, sagte der General.

Bei Tisch saß Georg rechts von Emilie, der General führte sie, der Graf führte die Generalin.

Herr Georg sprach und erzählte, und er erzählte gut. Er war das Wort und der Geist bei Tisch, obwohl der alte Graf es auch sein konnte. Emilie saß stumm da, die Ohren hörten, die Augen leuchteten.

Aber sie sagte nichts.

Auf der Veranda zwischen den Blumen standen sie und Georg, die Rosenhecke verbarg sie. Georg hatte wieder das Wort, hatte es zuerst.

»Haben Sie Dank für Ihre freundliche Gesinnung für meine alte Mutter!« sagte er; »ich weiß, in der Nacht, als mein Vater starb, kamen Sie zu ihr herunter, waren bei ihr, bis seine Augen sich schlossen, haben Sie Dank!« Er ergriff Emilies Hand und küßte sie, das

konnte er wohl bei der Gelegenheit tun; sie wurde flammendrot, aber drückte seine wieder und sah ihn mit ihren blauen, herrlichen Augen an.

»Ihre Mutter war eine liebevolle Seele! Wie liebte sie Sie! Und alle Ihre Briefe ließ sie mich lesen. Ich glaube fast, ich kenne Sie! Wie freundlich waren Sie zu mir, als ich klein war. Sie gaben mir Bilder –!«

»Die Sie zerrissen!« sagte Georg.

»Nein! Ich habe mein Schloß noch, die Zeichnung!«

»Jetzt muß ich es in Wirklichkeit bauen!« sagte Georg und wurde selbst ganz warm bei dem, was er sagte.

Der General und die Generalin sprachen in ihren eigenen Zimmern über den Sohn des Pförtners. Er wisse sich ja zu bewegen und sich mit einer Kenntnis, einem Wissen auszudrücken. »Er könnte Informator sein!« sagte der General.

»Geist!« sagte die Generalin, und dann sagte sie nichts mehr.

Oftmals in der schönen Sommerzeit kam Herr Georg auf das Schloß des Grafen. Er wurde vermißt, wenn er nicht kam.

»Wieviel doch Unser Herr Ihnen vor uns andern armen Menschenkindern vorausgegeben hat!« sagte Emilie zu ihm. »Anerkennen Sie das auch recht?«

Es schmeichelte Georg, daß das schöne, junge Mädchen zu ihm aufsah; er fand sie denn auch ungewöhnlich begabt.

Und der General fühlte sich mehr und mehr davon überzeugt, daß Herr Georg unmöglich ein Kellerkind sein konnte. »Die Mutter war übrigens eine sehr brave Frau!« sagte er, »das zu sagen, bin ich ihrem Andenken schuldig!«

Der Sommer verging, der Winter kam, da wurde wieder von Herrn Georg gesprochen; er war sehr gern gesehen und wohlaufgenommen selbst an den höchsten Stellen, der General war ihm beim Hofball begegnet.

Nun sollte dort im Haus ein Ball für die kleine Emilie gegeben werden. Konnte man Herrn Georg einladen?

»Wen der König einladet, den kann auch der General einladen!« sagte der General und erhob sich einen ganzen Zoll vom Boden.

Herr Georg wurde eingeladen, und er kam; und Prinzen und Grafen kamen, und einer tanzte besser als der andere; aber Emilie konnte nur den ersten Tanz tanzen; in dem vertrat sie sich den Fuß, nicht gefährlich, aber doch fühlbar. Und dann mußte man vorsichtig sein, mußte aufhören zu tanzen, den andern zusehen, und sie saß und sah zu, und der Baumeister stand neben ihr.

»Sie schildern ihr wohl die ganze Peterskirche!« sagte der General, indem er vorbeiging, und lächelte wie das Wohlwollen selbst.

Mit dem gleichen Lächeln des Wohlwollens empfing er Herrn Georg einige Tage später. Der junge Mann kam wahrscheinlich, um für den Ball zu danken, was sonst? Ja, das Überraschendste, das Erstaunlichste: mit wahnsinnigen Worten kam er, der General traute seinen eigenen Ohren nicht; »pyramidale Deklamation«, ein Antrag, der undenkbar war: Herr Georg bat darum, die kleine Emilie zur Frau zu erhalten.

»Mann!« sagte der General und bekam einen roten Kopf. »Ich verstehe Sie absolut nicht! Was sagen Sie? Was wollen Sie? Ich kenne Sie nicht! Mein Herr! Mensch! Es fällt Ihnen ein, in mein Haus einzufallen! Darf ich hier sein oder darf ich nicht hier sein?« Und er ging rücklings in sein Schlafzimmer hinein, drehte den Schlüssel um und ließ Herrn Georg allein dastehen; der blieb einige Minuten stehen und wandte sich dann um. Im Korridor stand Emilie.

»Mein Vater antwortete –?« fragte sie und ihre Stimme zitterte.

Georg drückte ihre Hand: »Er lief mir davon! – Es kommt eine bessere Zeit!«

Es waren Tränen in Emilies Augen; es war Zuversicht und Mut in des jungen Mannes Augen; und die Sonne schien zu den beiden herein und gab ihnen ihren Segen.

In seiner Stube saß der General kochend vor Wut; ja, es kochte noch in ihm, es lief über in Worten und Ausbrüchen: »Wahnsinn! Pförtnertollheit!«

Es war keine Stunde vergangen, da wußte es die Generalin aus des Generals eigenem Mund, und sie rief Emilie und blieb allein mit ihr.

»Du armes Kind! Dich so zu beleidigen! Uns zu beleidigen! Du hast auch Tränen in den Augen, aber sie stehen dir gut! Du bist

reizend in Tränen! Du gleichst mir an meinem Hochzeitstag. Weine nur, kleine Emilie!«

»Ja, das muß ich«, sagte Emilie, »falls du und Vater nicht ja sagt!«

»Kind!« rief die Generalin; »du bist krank! Du sprichst im Fieberwahn, und ich bekomme meine entsetzlichen Kopfschmerzen! All das Unglück, das über unser Haus kommt! Laß nicht deine Mutter sterben, Emilie, dann hast du keine Mutter mehr!«

Und die Generalin bekam nasse Augen; sie konnte es nicht ertragen, an ihren eigenen Tod zu denken.

In der Zeitung stand unter den Ernennungen zu lesen: Herr Georg zum Professor ernannt, fünfte Klasse, Nummer acht.

»Es ist schade, daß seine Eltern im Grabe liegen und das nicht lesen können!« sagten die neuen Pförtnersleute, die jetzt im Keller unter Generals wohnten; sie wußten, daß der Professor innerhalb ihrer vier Wände geboren und aufgewachsen war.

»Nun kommt er in die Rangsteuerverordnung!« sagte der Mann.

»Ja, ist das nicht gar viel für ein armes Kind?« sagte die Frau.

»Achtzehn Reichstaler im Jahr!« sagte der Mann; »ja, das ist viel Geld!«

»Nein, die hohe Stelle meine ich!« sagte die Frau. »Was glaubst du, daß ihn dies Geld kümmert, das kann er mehrmals verdienen! Und er bekommt wohl eine reiche Frau dazu. Hätten wir Kinder,

Mann, dann sollte unser Kind auch Baumeister und Professor werden!«

Von Georg wurde Gutes im Keller gesprochen; es wurde auch Gutes von ihm im ersten Stock gesprochen; der alte Graf erlaubte sich das.

Es waren die Zeichnungen aus der Kinderzeit, die den Anlaß gaben. Aber warum wurden sie erwähnt? Man sprach von Rußland, von Moskau, und da war man ja beim Kreml, den der kleine Georg einmal für Fräulein Emilie gezeichnet hatte; er hatte so viele Bilder gezeichnet, des einen erinnerte sich der Graf besonders: »das Schloß der kleinen Emilie«, wo sie schlief, wo sie tanzte und »Es kommt Besuch« spielte; der Professor besaß große Tüchtigkeit, er würde gewiß als alter Konferenzrat sterben, das sei nicht unmöglich, und vorher wirklich ein Schloß für die jetzt noch so junge Dame gebaut haben; warum nicht?

»Das war eine sonderbare Heiterkeit!« bemerkte der General, als der Graf fort war. Der General schüttelte bedächtig den Kopf, ritt aus, mit dem Reitknecht in gebührendem Abstand, und saß stolzer als je zuvor auf seinem hohen Roß.

Es war der Geburtstag der kleinen Emilie; Blumen und Bücher, Briefe und Visitenkarten wurden gebracht; die Generalin küßte sie auf den Mund, der General auf die Stirn; es waren liebevolle Eltern, und sie sowohl als Emilie erhielten hohen Besuch: zwei von den Prinzen. Es wurde von Bällen und Theater gesprochen, von diplomatischen Sendungen, von der Regierung der Länder und Reiche. Man sprach von Tüchtigkeit, von des eigenen Landes Tüchtigkeit, und dabei kam die Rede auf den jungen Professor, den Herrn Baumeister.

»Der baut für seine Unsterblichkeit!« wurde gesagt, »der baut sich gewiß auch in eine unsrer ersten Familien hinein!«

»Eine der ersten Familien!« wiederholte später der General vor der Generalin. »Wer ist eine unsrer ersten Familien?«

»Ich weiß, auf wen hingedeutet wurde!« sagte die Generalin, »aber ich spreche es nicht aus! Ich denke es nicht! Gott lenkt! Aber überraschen wird es mich!«

»Ich will mich auch überraschen lassen!« sagte der General, »ich habe keine Idee in meinem Kopf!« Und er versank in Gedankenerwartung.

Es liegt eine Macht, eine unaussprechliche Macht im Gnadenquell von oben, in der Gunst des Hofes, in der Gunst Gottes; und all diese Gnadengunst besaß der kleine Georg. Aber wir vergessen den Geburtstag.

Emilies Stube duftete von Blumen der Freunde und Freundinnen; auf dem Tisch lagen schöne Geschenke als Gruß und Erinnerung, aber nicht eine einzige von Georg. Sie konnte nicht kommen, brauchte es aber auch nicht, das ganze Haus war eine Erinnerung an ihn. Selbst aus dem Sandloch unter der Treppe guckte die Erinnerungsblume hervor; dort hatte Emilie gepiepst, als der Vorhang brannte und Georg als erste Spritze kam. Ein Blick zum Fenster hinaus, und der Akazienbaum erinnerte an die Kinderzeit. Blüten und Blätter waren abgefallen; aber der Baum stand im Rauhreif, als wäre er ein ungeheurer Korallenzweig; und der Mond schien klar und groß zwischen den Zweigen hindurch, unveränderlich in all seiner Veränderlichkeit, wie damals, als Georg sein Butterbrot mit der kleinen Emilie teilte.

Aus der Schublade nahm sie die Zeichnungen hervor von dem Schloß des Zaren, von ihrem eigenen Schloß; die Erinnerungsgaben von Georg; sie wurden angeschaut, und dabei stiegen viele Gedanken auf. Sie erinnerte sich des Tages, als sie unbemerkt von Vater und Mutter zu der Pförtnersfrau hinunterging, die in den letzten Zügen lag; sie saß bei ihr, hielt ihre Hand, hörte ihre letzten Worte: »Segen! – Georg!« Die Mutter dachte an ihren Sohn. – Jetzt legte Emilie ihre Bedeutung hinein. Ja, Georg war mit dabei an ihrem Geburtstag, richtig dabei!

Am nächsten Tag, das traf sich so, war wieder ein Geburtstag dort im Hause, der Geburtstag des Generals; er war am Tage nach seiner Tochter geboren, natürlich früher als sie, viele Jahre früher. Nun kamen wieder Geschenke, und unter diesen ein Sattel von prächtigem Aussehen, bequem und kostbar, nur einer von den Prinzen hatte einen ähnlichen. Von wem kam er? Der General war entzückt. Ein kleiner Zettel folgte mit; hätte darauf gestanden: »Danke für den gestrigen Tag!« dann hätten wir andern wohl erraten können, von wem er kam, aber da stand geschrieben: »Von einem, den der Herr General nicht kennt!«

»Wen in der Welt kenne ich nicht!« sagte der General.

»Alle Menschen kenne ich!« und seine Gedanken gingen in große Gesellschaft; er kannte sie alle. »Er ist von meiner Frau!« sagte er schließlich; »sie will mich necken! Charmant!«

Aber sie neckte nicht, die Zeit war vorbei.

Und nun war ein Fest, wieder ein Fest, aber nicht bei Generals, sondern ein Kostümball bei einem der Prinzen; auch Masken waren erlaubt.

Der General erschien als Rubens, in spanischer Tracht mit kleiner Halskrause, Degen und guter Haltung; die Generalin war Madame Rubens, in schwarzem Samt, hochgeschlossen, entsetzlich warm, mit einem Mühlstein um den Hals; das will natürlich sagen, mit großer Halskrause, ganz nach einem holländischen Gemälde, das Generals besaßen und an dem besonders die Hände bewundert wurden; sie glichen ganz denen der Generalin.

Emilie war Psyche in Flor und Spitzen. Sie war wie eine schwebende Schwanendaune; sie hatte die Flügel gar nicht nötig, sie trug sie nur als Psyche-Kennzeichen.

Es war ein Glanz, eine Pracht! Da gab es Licht und Blumen, Reichtum und Geschmack; es gab so viel zu sehen, daß man gar nicht dazu kam, Madame Rubens' schöne Hände zu bemerken.

Ein schwarzer Domino mit einer Akazienblüte auf der Kapuze tanzte mit Psyche.

»Wer ist das?« fragte die Generalin.

»Seine königliche Hoheit!« sagte der General, »ich bin dessen ganz sicher, ich erkannte ihn gleich am Händedruck!«

Die Generalin zweifelte.

General Rubens zweifelte nicht, näherte sich dem schwarzen Domino und schrieb königliche Buchstaben in die Hand. Sie wurden verneint, aber ein Fingerzeig wurde gegeben:

»Des Sattels Devise! Einer, den der Herr General nicht kennt!«

»Aber dann kenne ich Sie ja!« sagte der General. »Sie haben mir den Sattel gesandt!«

Der Domino hob die Hand und verschwand zwischen den andern.

»Wer ist der schwarze Domino, Emilie, mit dem du getanzt hast?« fragte die Generalin. »Ich habe nicht nach seinem Namen gefragt!« antwortete sie.

»Denn du wußtest ihn! Es ist der Professor! Ihr Protegé, Herr Graf, ist hier!« fuhr sie fort und wandte sich an den Grafen, der in der Nähe stand. »Schwarzer Domino mit Akazienblüte!«

»Wohl möglich, meine Gnädige!« antwortete er. »Aber einer der Prinzen ist übrigens auch so kostümiert!«

»Ich kenne den Händedruck!« sagte der General. »Vom Prinzen habe ich den Sattel! Ich bin meiner Sache so gewiß, daß ich ihn bei uns zu Tisch einladen kann!«

»Tun Sie das! Ist es der Prinz, so kommt er gewiß –!« sagte der Graf.

»Und ist es ein anderer, so kommt er nicht!« sagte der General und näherte sich dem schwarzen Domino, der gerade mit dem König sprach. Der General brachte eine überaus ehrerbietige Einladung vor, damit sie einander kennenlernen könnten; der General lächelte so sicher in seiner Gewißheit, wen er einlud; er sprach laut und deutlich.

Der Domino lüftete seine Maske: es war Georg.

»Wiederholen der Herr General die Einladung?« fragte er.

Der General wurde allerdings einen Zoll höher, bekam eine festere Haltung, machte zwei Schritt zurück und einen Schritt vorwärts, wie zu einem Menuett, und es war so viel Ernst und Ausdruck im Gesicht des Generals, als vom General in sein feines Gesicht gelegt werden konnte.

»Ich nehme nie mein Wort zurück; der Professor ist eingeladen!« Und er verbeugte sich mit einem Blick auf den König, der wahrscheinlich das Ganze gehört haben mochte.

Und dann kam der Mittag bei Generals, und es waren nur der alte Graf und sein Protegé eingeladen.

»Den Fuß unterm Tisch«, meinte Georg, »so ist der Grundstein gelegt!« Und der Grundstein wurde wirklich unter großer Feierlichkeit bei dem General und der Generalin gelegt.

Der Mensch war gekommen, und wie ja der General es kannte und wußte, hatte er ganz wie ein Mann der guten Gesellschaft gesprochen und war höchst interessant gewesen; der General mußte viele Male sein »Charmant« sagen. Die Generalin sprach von ihrem Mittag, sprach sogar davon zu einer der Hofdamen, und diese, eine der geistreichsten, erbat sich eine Einladung für das nächstemal, wenn der Professor käme. So mußte er ja eingeladen werden, und er wurde eingeladen und kam und war wieder charmant, konnte sogar Schach spielen.

»Der ist nicht aus dem Keller!« sagte der General, »er ist ganz gewiß ein vornehmer Sohn! Es gibt viele vornehme Söhne, und daran ist der junge Mann völlig unschuldig.«

Der Herr Professor, der in des Königs Haus verkehrte, konnte wohl in dem des Generals verkehren; aber von einem Festwachsen war keine Rede, außer in der ganzen Stadt.

Er wuchs. Der Tau der Gnade fiel von oben!

Es war deshalb gar keine Überraschung, daß, als der Professor Staatsrat wurde, Emilie Staatsrätin wurde.

»Das Leben ist eine Tragödie oder Komödie«, sagte der General, »in der Tragödie sterben sie, in der Komödie bekommen sie einander.«

Hier bekamen sie einander. Und sie bekamen drei flotte Buben, aber nicht sofort.

Die süßen Kinder ritten Steckenpferd durch Stuben und Säle, wenn sie bei Großvater und Großmutter waren. Und der General ritt auch auf dem Steckenpferd, ritt hinter ihnen her: »Als Jockey für die kleinen Staatsräte!«

Die Generalin saß auf dem Sofa und lächelte, selbst wenn sie ihre großen Kopfschmerzen hatte.

So weit brachte es Georg und noch viel weiter, sonst wäre es nicht der Mühe wert gewesen, von dem Sohn des Pförtners zu erzählen.

83

DES PATEN BILDERBUCH

Der Pate konnte Geschichten erzählen, so viele und so lange; er konnte Bilder ausschneiden und Bilder zeichnen, und wenn Weihnachten herannahte, nahm er ein Schreibheft mit reinen, weißen Blättern hervor, und auf diese klebte er Bilder, die er aus Büchern und Zeitungen genommen. Hatte er nun nicht Bilder genug zu dem, was er erzählen wollte, so zeichnete er sie selbst. Ich bekam, als ich klein war, mehrere solcher Bilderbücher; aber das schönste von ihnen allen war doch das von »dem merkwürdigen Jahr, als Kopenhagen Gas bekam an Stelle der alten Tranlaternen«, und das stand auf dem vordersten Blatt vermerkt.

»Dies Buch muß recht gut aufbewahrt werden«, sagten Vater und Mutter; »das darf man nur bei festlichen Gelegenheiten hervorholen.« Auf den Einband hatte der Pate geschrieben:

»Reiß das Buch in Stücke, es sagt dabei nicht viel,
Manch kleiner Freund trieb damit ein schlimmeres Spiel!«

Am schönsten war es, wenn der Pate selbst das Buch zeigte, die Verse und das andere Geschriebene vorlas, und dann viel dazu erzählte; dann wurde die Geschichte erst eine richtige Geschichte.

Auf dem ersten Blatt war ein Bild, das aus der »Fliegenden Post« ausgeschnitten war. Da sah man Kopenhagen mit dem »Runden Turm« und der »Frauenkirche«. Links war ein Bild aufgeklebt, das eine alte Laterne vorstellte; auf der stand geschrieben: »Tran«, rechts war ein Kandelaber – und auf dem stand geschrieben: »Gas«.

»Sieh, das ist das Plakat!« sagte der Pate; »das ist der Eingang zu der Geschichte, die du hören sollst. Sie hätte auch als eine ganze Komödie aufgeführt werden können, wenn man sie hätte aufführen können: ›Tran und Gas oder Kopenhagens Leben und Lebensgang‹. Das ist ein sehr guter Titel! Zuunterst auf dem Blatt sieht man noch ein kleines Bild; das ist nicht so leicht zu verstehen, darum werde ich es dir erklären; es ist ein Höllenpferd. Es sollte erst am Schluß des Buches kommen, aber es ist vorausgelaufen, um zu sagen, daß weder der Eingang und der innere Teil, noch der Ausgang etwas taugen; es hätte es besser machen können, falls es dies hätte machen können. Das Höllenpferd, will ich dir sagen, steht am Tag angebunden in der Zeitung; es geht auf Spalten, wie sie es nennen; aber am Abend kommt es heraus und stellt sich vor die Tür des Poeten und wiehert, daß der Mann da drinnen gleich sterben soll; aber er stirbt doch nicht, wenn rechtes Leben in ihm ist. Das Höllenpferd ist fast immer ein armes Geschöpf, das sich in sich

selbst nicht zurechtfinden kann, seinen Lebensunterhalt nicht finden kann und Luft und Nahrung sucht, indem es umhergeht und wiehert. Ihm gefällt, dessen bin ich gewiß, des Paten Bilderbuch gar nicht, aber deshalb kann es doch wohl das Papier wert sein, auf dem es geschrieben ist.

Sieh, das ist das erste Blatt im Buch, das ist das Plakat!«

»Es war gerade am letzten Abend, an dem die alten Tranlaternen angezündet waren; die Stadt hatte Gas bekommen, und das strahlte, so daß die alten Laternen gleichsam ganz darin verschwanden.

Ich war selbst auf der Straße an dem Abend«, sagte der Pate. »Die Leute gingen auf und ab, um die neue und die alte Beleuchtung anzusehen. Da waren viele Menschen und doppelt so viele Beine als Köpfe. Die Wächter standen traurig da; sie wußten nicht, wann sie verabschiedet würden wie die Tranlaternen; diese selbst dachten sehr weit zurück – sie durften ja nicht vorausdenken. Sie erinnerten sich an so vieles von den stillen Abenden und den dunklen Nächten. Ich lehnte mich an einen Laternenpfahl«, sagte der Pate; »es knisterte in Tran und Docht. Ich hörte, was die Laterne sagte, und das sollst du auch zu hören bekommen.

›Wir haben getan, was wir konnten‹, sagte die Laterne. ›Wir haben unserer Zeit genügt, haben zu Freude und Leid geleuchtet; wir

haben viel Merkwürdiges erlebt; wir sind sozusagen Kopenhagens Nachtaugen gewesen. Laßt jetzt nur neue Flammen uns ablösen und das Amt übernehmen; aber wie viele Jahre die leuchten sollen und wozu sie leuchten sollen, das wird sich zeigen! Sie scheinen ja wohl ein wenig stärker als wir alten; aber das ist doch keine Kunst, wenn man als Gaskandelaber gegossen ist und solche Verbindungen hat, wie sie haben; eine lehnt sich an die andere! Sie haben Rohre nach allen Seiten und können Kräfte in der Stadt und außerhalb der Stadt holen! Aber jede von uns Tranlaternen leuchtet durch das, was sie selbst in sich hat, und nicht durch Verwandtschaft. Wir und unsere Vorväter haben für Kopenhagen seit unendlich alter Zeit geleuchtet, weit zurück. Aber da es nun der letzte Abend ist, an dem wir leuchten und sozusagen im zweiten Glied hier in der Straße mit euch, ihr strahlenden Kameraden, stehen, so wollen wir nicht maulen und euch beneiden. Nein, bei weitem nicht, wir wollen froh und gutmütig sein. Wir sind die alten Schildwachen, die von neugegossenen Trabanten, in besserer Uniform als die unsere, abgelöst werden. Wir wollen euch erzählen, was unser Geschlecht bis ganz hinauf zur Ururururgroßmutter-Laterne gesehen und erlebt hat: die ganze Geschichte Kopenhagens. Möget ihr und eure Nachkommen, bis zum letzten Gaskandelaber, ebenso merkwürdige Dinge erleben und erzählen können wie wir, wenn ihr einmal den Abschied bekommt, und den bekommt ihr! Darauf müßt ihr vorbereitet sein. Die Menschen erfinden wohl noch eine stärkere Beleuchtung als Gas. Ich habe einen Studenten sagen hören, man munkele davon, daß sie dazu gelangen würden, Seewasser zu verbrennen!‹ Es knisterte im Docht, als die Laterne diese Worte sagte; es war, als habe er bereits Wasser in sich.«

Der Pate hörte genau zu, dachte nach und fand, daß es eine ausgezeichnete Idee von den alten Laternen sei, an diesem Übergangsabend von Tran zu Gas die ganze Geschichte Kopenhagens zu erzählen und darzulegen. »Eine gute Idee darf man sich nicht entgehen lassen«, sagte der Pate, »ich nahm sie gleich, ging heim und machte dieses Bilderbuch für dich; es geht noch weiter zurück in der Zeit, als die Laternen es können.

Hier ist das Buch, hier ist die Geschichte: ›Kopenhagens Leben und Lebensgang‹, es beginnt mit Stockfinsternis, mit einem kohlschwarzen Blatt, das ist der dunkle Zeitraum.«

»Jetzt wenden wir das Blatt!« sagte der Pate.

»Siehst du das Bild? Nur das wilde Meer und der wehende Nordostwind; er treibt schwere Eisschollen; niemand ist draußen, um auf ihnen zu segeln, außer große Steinblöcke, die oben in Norwegen von den Felsen auf das Eis herabstürzten. Der Nordostwind bläst das Eis fort; er will den deutschen Bergen zeigen, was für Schollen es oben im Norden gibt. Die Eisflotte ist bereits unten im Sund, auf der Höhe von Seelands Küste, wo jetzt Kopenhagen liegt; aber damals gab es kein Kopenhagen. Unter dem Wasser waren große Sandbänke; gegen eine von diesen stießen die Eisschollen mit dem großen Geröll; die ganze Eisflotte blieb stehen, der Nordostwind konnte sie nicht vom Grund losbekommen, und da wurde er so wütend, wie er es werden konnte, und sprach einen Fluch gegen die Sandbank aus, ›diesen Diebsgrund‹, wie er sie nannte. Und er schwur, daß wenn sie sich jemals über die Meeresfläche erhöbe, dann sollten Diebe und Räuber dahin kommen, Galgen und Rad dort errichtet werden.

Aber während er so fluchte und schalt, brach die Sonne hervor, und auf ihren Strahlen schaukelten und schwangen sich helle, milde

Geister, Lichtkinder; sie tanzten über die kältebringenden Eisschollen hin, die dabei schmolzen, und das große Geröll sank auf den Sandboden hinab.

›Sonnen-Gesindel!‹ sagte der Nordostwind. ›Ist das Kameradschaft und Verwandtschaft! Daran will ich mich erinnern, und das werde ich rächen. Jetzt spreche ich den Fluch aus!‹

›Wir sprechen den Segen aus!‹ sangen die Lichtkinder. ›Die Sandbank soll sich heben, wir wollen sie schirmen! Das Wahre, das Gute und Schöne soll da wohnen!‹

›Geschwätz und Gerede!‹ sagte der Nordostwind.

Sieh, von all dem wußten die Laternen nun nichts zu erzählen«, sagte der Pate, »aber ich weiß es, und das ist von großer Wichtigkeit für Kopenhagens Leben und Lebensgang.«

»Jetzt wenden wir das Blatt!« sagte der Pate.

»Jahre sind vergangen; die Sandbank hat sich gehoben; ein Seevogel hat sich auf den größten Stein gesetzt, der aus dem Wasser aufragte. Du kannst es auf dem Bilde sehen. Jahre und Jahre sind vergangen. Das Meer warf tote Fische auf den Sand, das zähe Riedgras sproßte hervor, welkte, faulte, düngte; es kamen mehrere Arten Gras und Kräuter; die Sandbank wurde eine kleine, grüne Insel. Die Wikinger gingen an Land. Da war Holmgang zum Todeskampf und guter Ankergrund bei der kleinen Insel vor Seeland.

Die erste Tranlampe brannte. Ich glaube, sie brieten Fische über ihr, und Fische gab es hier genug. Der Hering ging in großen Schwärmen durch den Sund; es war schwer, das Boot darüber hinzuführen. Es blinkte im Wasser, als wäre Wetterleuchten dort unten; es leuchtete in der Tiefe wie Nordlichtschein. Der Sund hatte Reichtum an Fischen, deshalb wurden Häuser auf Seelands Küste gebaut; die Wände waren aus Eichenholz und das Dach aus Rinde, es gab Bäume genug zu dem Zweck. Schiffe strebten in den Hafen hinein; die Tranlaterne hing in dem schaukelnden Tauwerk; der Nordostwind wehte und sang: ›Uh-u-uh!‹ Leuchtete auf der kleinen Insel eine Laterne, so war es eine Diebslaterne: Schmuggler und Diebe trieben ihr Wesen auf der ›Diebsinsel‹.

›Ich glaube wohl, es wächst, all das Übel, das ich wollte‹, sagte der Nordostwind. ›Bald kommt der Baum, von dem ich Früchte schütteln kann.‹

Und hier steht der Baum«, sagte der Pate. »Siehst du den Galgen auf der Diebsinsel? Da hängen in Eisenketten Räuber und Mörder, genau wie sie damals hingen. Der Wind wehte, daß die langen Gerippe klapperten; aber der Mond schien sehr vergnüglich auf sie herab, wie er jetzt zu einem Waldfest scheint. Auch die Sonne schien vergnüglich herab, zerbröckelte die baumelnden Gerippe, und von den Sonnenstrahlen sangen die Lichtkinder: ›Wir wissen es, wir wissen es! Und doch soll es hier schön werden in einer kommenden Zeit! Hier soll es gut und prächtig werden!‹

›Kükengeschwätz!‹ sagte der Nordostwind.

Jetzt wenden wir das Blatt!« sagte der Pate.

»Die Glocken läuteten in der Stadt Roskilde. Dort wohnte der Bischof Absalon; der konnte seine Bibel lesen und sein Schwert schwingen; er hatte Macht und Willen; die betriebsamen Fischer am Hafen, deren Stadt aufblühte und Marktplatz war, wollte Absalon gegen Überfall schirmen. Er ließ den unehrlichen Grund mit Weihwasser bespritzen: Die Diebsinsel erhielt ein ehrenhaftes Kennzeichen. Maurer und Zimmerleute packten an dort drüben; es wuchs ein Gebäude auf des Bischofs Geheiß. Die Sonnenstrahlen küßten die roten Mauern, während sie sich erhoben.

Da stand Axels Haus.

›Schloß und Türme
hoch gebaut;
Erker,
Kerker;
Buh!
Hu! –
Der Nordostwind
bläst geschwind,
braust
und saust,
doch die Burg steht fest!‹

Und vor ihr lag ›Hafn‹, der Hafen der Kaufleute.

›Meerjungfraukäfig mit blanken Wogen,
gebaut am grünen Hain.‹[1]

[1] N. F. S. Grundtvig.

Die Fremden kamen dahin und kauften die vielen Fische, bauten Buden und Häuser mit Schweinsblasen im Fensterloch, das Glas war zu teuer. Es entstanden Speicher mit Giebeln und Winden. Siehst du, dort drinnen in den Buden sitzen die alten Gesellen, sie dürfen sich nicht verheiraten; sie handeln mit Ingwer und Pfeffer, die Pfeffergesellen, wie die Junggesellen in Dänemark heißen.

Der Nordostwind bläst durch Straßen und Gassen, läßt den Staub aufwirbeln, reißt auch ein Strohdach ab. Kuh und Schwein gehen im Straßengraben.

›Ich werde sie zermalmen und zerdrücken‹, sagte der Nordostwind, um die Häuser sausen und um Axels Haus! Ich kann mich nicht irren! Sie nennen es die Galgenburg auf der Diebsinsel.‹«

Und der Pate zeigte ein Bild davon, das er selbst gezeichnet hatte. Auf der Mauer war Pfahl neben Pfahl; auf jedem saß der Kopf eines gefangenen Seeräubers und zeigte die Zähne.

»Das ist wirklich geschehen«, sagte der Pate; »es ist wert, das zu wissen und gut zu verstehen.

Bischof Absalon war in der Badestube und hörte da durch die dünne Wand, daß ein Freibeuterschiff draußen käme. Sofort sprang er aus dem Bad und auf sein Fahrzeug, blies ins Horn, und die Mannschaft kam, die Pfeile flogen in die Rücken der Räuber. Sie wollten fort, sie ruderten schnell; es bohrten sich Pfeile in ihre Hän-

de, es war keine Zeit, sie herauszureißen. Bischof Absalon fing sie allesamt bei lebendigem Leibe und hieb ihnen die Köpfe ab; jeder einzelne wurde auf die Ringmauer des Schlosses gesetzt. Der Nordostwind blies mit dicken Backen, mit bösem Wetter im Maul, wie der Seemann sagt.

›Hier will ich mich recken‹, sagte der Wind; ›hier will ich mich strecken und mir den ganzen Kram ansehen.‹

Er ruhte stundenlang, er wehte Tage und Nächte lang; die Jahre vergingen.«

»Der Wächter kam hervor auf dem Turm des Schlosses; er schaute nach Osten, nach Westen, nach Süden und Norden. Da hast du es auf dem Bild«, sagte der Pate und zeigte es. »Du siehst ihn da; aber was er sah, das werde ich dir sagen.

Von der Mauer der Galgenburg bis hinaus an die Kögebucht ist offenes Wasser, und breit ist das Fahrwasser hinüber zu Seelands Küste. Vor Serritslevs Feld und Solbjergs Feld, wo die großen Dörfer liegen, wächst mehr und mehr die neue Stadt mit gegiebelten Fachwerkhäusern. Da sind ganze Straßen für Schuhmacher und Kürschner, für Gewürzhändler und Bierbrauer; da ist ein Marktplatz, da ist ein Zunfthaus, und dicht am Strand, wo früher eine Insel war, steht die prächtige Kirche für Sankt Nikolaus. Sie hat Turm und Spitze, unendlich hoch; wie spiegelt sie sich in dem klaren Wasser! Nicht weit von hier steht die Frauenkirche, wo die Messen gelesen und gesungen werden, der Weihrauch duftet, die Wachskerzen brennen. Der Kaufmannshafen ist nun des Bischofs Stadt; der Bischof von Roskilde gebietet und regiert.

Bischof Erlandsen sitzt in Axels Haus. Es schmort in der Küche, es wird Bier und Claret eingeschenkt, es ertönen Geigenklänge und Paukenschläge. Kerzen und Lampen brennen, das Schloß leuchtet, als wäre es die Laterne für das ganze Land und Reich. Der Nordostwind bläst um Türme und Mauern, sie stehen aber fest; der Nordostwind bläst um die Befestigung der Stadt im Westen, ein altes Plankenwerk nur; das wird wohl halten! Dort draußen steht Dänemarks König, Christopher I. Die Aufrührer schlugen ihn bei Skelskör; er suchte Zuflucht in der Stadt des Bischofs.

Der Wind saust und sagt wie der Bischof: ›Bleib draußen! Bleib draußen! Das Tor ist für dich geschlossen.‹«

»Es ist eine Zeit des Unfriedens, es sind schwere Tage; jeder Mann will selbst herrschen. Das holsteinische Banner weht vom Turm des Schlosses. Da ist Not und Klage, es ist die Nacht der Angst: Streit im Lande und der Schwarze Tod, stockfinstere Nacht – aber dann kam Atterdag.[1]

Des Bischofs Stadt ist jetzt des Königs Stadt; sie hat gegiebelte Häuser und enge Straßen; sie hat Wächter und ein Rathaus; sie hat einen gemauerten Galgen bei Vesterport. Kein Mann von draußen darf dort gehenkt werden; man muß ein Bürger der Stadt sein, um dort baumeln zu können, um so hoch emporzukommen, um Köge und Kögehühner zu sehen.

›Das ist ein schöner Galgen!‹ sagte der Nordostwind; ›das Schöne wächst!‹ Und dann fauchte und wehte er.

Von Deutschland wehte Schaden und Not.

Die Hanseaten kommen«, sagte der Pate; »sie kommen von Speicher und Ladentisch, die reichen Kaufherren von Rostock, Lübeck und Bremen; sie wollen mehr als die goldene Gans von Valdemars

[1] »Wieder Tag«. Beiname des Königs Valdemar, hergeleitet von seinem ständigen Spruch: »Morgen ist wieder ein Tag!« (Anm. d. Übers.)

Turm rauben. Sie herrschten mehr in des Dänenkönigs Stadt als der Dänenkönig selbst; sie kamen mit bewaffneten Schiffen, niemand war vorbereitet. König Erik hatte auch nicht im Sinn, mit der deutschen Sippe zu kämpfen, sie waren so zahlreich und stark. König Erik und alle seine Höflinge jagten eilig durch Vesterport hinaus nach Sorö, nach dem stillen See und den grünen Wäldern, zu Liebessang und Becherklang.

Aber eine blieb in Kopenhagen zurück, ein Königsherz, ein Königssinn. Siehst du das Bild hier, die junge Frau, so fein und zart, mit meerblauen Augen und flachsblondem Haar; es ist Dänemarks Königin Philippa, Englands Prinzessin. Sie blieb in der verängstigten Stadt, wo in den kleinen Gassen und Straßen mit den steilen Treppen, den Schuppen und den mit Lehm beworfenen Buden die Stadtbewohner umherwimmeln und nicht aus noch ein wissen. Sie hat Mannesmut und Herz; sie ruft Bürger und Bauern herbei, ermuntert, ermahnt. Die Schiffe werden aufgetakelt, die Blockhäuser bemannt, die Kartaunen knallen; da ist Feuer und Dampf, da ist gute Laune. Unser Herr verläßt Dänemark nicht. Und die Sonne scheint in alle Herzen hinein; sie leuchtet in Siegesfreude aus allen Augen. Gesegnet sei Philippa! Das ist sie in der Hütte, das ist sie im Haus, das ist sie in des Königs Schloß, wo sie die Verwundeten und Kranken pflegt. Ich habe einen Kranz ausgeschnitten und um ihr Bild hier gelegt«, sagte der Pate. »Gesegnet sei die Königin Philippa!«

»Nun überspringen wir Jahre!« sagte der Pate. »Kopenhagen springt mit. König Christian I. ist in Rom gewesen, ist vom Papst gesegnet und auf dem langen Weg geehrt und gehuldigt worden. Er baut hier daheim einen Hof aus gebrannten Steinen; da soll die Gelehrsamkeit wachsen und auf Latein vorgetragen werden. Des armen Mannes Kind von Pflug und Werkstatt kann auch dahin kommen, sich vorwärts betteln, den langen, schwarzen, seidenen Mantel erhalten, vor den Türen der Bürger singen.

Dicht neben dem Hof der Gelehrsamkeit, wo alles Latein ist, liegt ein kleines Haus; dort drinnen herrscht das Dänische in Sprache und Sitten. Dort gibt es Biersuppe als Morgenkost, und dort ist Mittag um zehn Uhr vormittags. Die Sonne scheint durch die kleinen Fensterscheiben auf Speiseschrank und Bücherschrank; in diesem liegen geschriebene Schätze: Herr Mikkels ›Rosenkranz‹ und ›Göttliche Komödien‹, Henrik Harpestrengs Heilkunde und Dänemarks Reimchronik von Bruder Niels in Sorö; ›die sollte jeder Däne kennen‹, sagt der Hausherr, und er ist der Mann dafür, daß sie bekannt werden können. Es ist Dänemarks erster Buchdrucker, der Holländer Gotfred van Gehmen. Er übt die schwarze, gesegnete Kunst, die Buchdruckerkunst.

Und die Bücher kommen in des Königs Schloß und in des Bürgers Haus. Sprüche und Lieder erhalten ewiges Leben. Was der Mensch nicht sagen darf in Lust und Leid, das singt der Vogel des Volksliedes, verblümt und doch klar; er fliegt so frei, er fliegt so weit durch Gesindestube, durch Ritterburg; er sitzt als Falke auf des Ritterfräuleins Hand, er zwitschert, er schlüpft herein als kleine Maus und piepst im Hundeloch dem geknechteten Bauern vor.

›Es ist leeres Geschwätz, das Ganze!‹ sagt der scharfe Nordostwind.

›Es ist Frühlingszeit!‹ sagten die Strahlen der Sonne: ›Sieh, wie das Grüne sproßt!‹«

»Jetzt blättern wir weiter in unserem Bilderbuch!« sagte der Pate.

»Wie strahlt Kopenhagen! Da ist Turnier und Spiel, da sind prachtvolle Umzüge; sieh die edlen Ritter in Rüstung, sieh die hohen, vornehmen Damen in Seide und Gold! König Hans gibt seine Tochter Elisabeth dem Kurfürsten von Brandenburg. Wie ist sie jung, wie ist sie froh! Sie tritt auf Samt; es steht eine Zukunft vor ihren Gedanken: das Glück des häuslichen Lebens. Dicht neben ihr steht ihr königlicher Bruder, Prinz Christjern mit den schwermütigen Augen und dem heißen, brausenden Blut. Ihn haben die Bürgersleute lieb; er kennt ihre Bedrückung, er trägt des armen Mannes Zukunft in seinen Gedanken.

Gott allein gebietet über das Glück!«

»Nun blättern wir weiter in unserem Bilderbuch!« sagte der Pate.
»Scharf bläst der Wind, er singt von dem scharfen Schwert, von der schweren Zeit, von der Zeit des Unfriedens.

Es ist ein eiskalter Tag, es ist mitten im April. Warum läuft die Menge zusammen draußen vor dem Schloß, vor dem alten Zollamt, wo das Königsschiff liegt mit Segeln und Flaggen? An den Fenstern und auf den Dächern sind Leute zu sehen. Es herrscht Trauer und Betrübnis, Erwartung und Angst. Sie blicken nach dem Schloß, wo früher Fackeltanz war in den goldenen Sälen, aber wo es jetzt so still und leer ist; sie schauen nach dem Fenstererker, wo König Christjern so oft über die ›Hofbroen‹ hinaussah und die schmale ›Hofbrosträde‹[1] entlangblickte zu seinem Täubchen, dem holländischen Mädchen, das er sich aus der Stadt Bergen holte. Die Fensterladen sind geschlossen. Die Menge blickt nach dem Schloß; nun wird das Tor geöffnet, die Zugbrücke herabgelassen. Dort erscheint König Christjern mit seiner treuen Gemahlin Elisabeth; sie will ihren königlichen Herrn nicht verlassen, jetzt, da er so hart bedrängt ist.

Es war Feuer in seinem Blut, es war Feuer in seinen Gedanken; er wollte brechen mit der alten Zeit, das Joch der Bauern brechen, dem Bürger gut sein, ›die gierigen Habichte‹ erlegen; aber ihrer waren zu viele. Er zieht fort von Land und Reich, um draußen Freunde und Verbündete für sich zu gewinnen. Seine Gemahlin und treuen Mannen folgen mit: jedes Auge ist naß, jetzt in der Stunde der Trennung.

[1] Hofbrückengasse

Es mischen sich Stimmen in das Lied der Zeit, gegen ihn und für ihn, ein dreifacher Chor. Höre die Worte des Adels, sie stehen geschrieben und gedruckt:

›Weh über dich, Christjern der Böse! Das vergossene Blut auf Stockholms Marktplatz ruft laut über dich das Weh der Verfluchung!‹

Und der Mönche Ruf enthält dasselbe Urteil: ›Du seist verstoßen von Gott und von uns! Die Lutherische Lehre riefst du hierher; der gabst du Kirche und Kanzel, ließest des Teufels Zunge reden. Weh über dich, Christjern der Böse!‹

Aber Bauer und Bürger weinen sehr: ›Christjern, du vom Volke Geliebter! Nicht soll der Bauer verkauft werden wie Vieh, nicht vertauscht werden für einen Jagdhund! Dies Gesetz ist dein Zeugnis!‹ Aber die Worte des armen Mannes sind wie Spreu im Wind.

Nun segelt das Schiff am Schloß vorbei, und die Bürger laufen auf den Wall hinauf, um von dort noch einmal das segelnde Königsschiff zu sehen.«

»Die Zeit ist lang, die Zeit ist schwer; verlasse dich nicht auf Freunde, verlasse dich nicht auf Verbündete!

Oheim Frederik auf dem Schloß zu Kiel wollte wohl König im Lande sein.

König Frederik liegt vor Kopenhagen. Siehst du das Bild hier: ›Das treue Kopenhagen.‹ Ringsum sind kohlschwarze Wolken mit Bild neben Bild; betrachte nur jedes! Das ist ein klingendes Bild, das klingt noch in Sage und Lied: die schwere, harte, bittere Zeit im Gang der Jahre.

Wie erging es König Christjern, dem wilden Vogel? Davon haben die Vögel gesungen, und die fliegen weit über Land und Meer. Der Storch kam zeitig im Frühling von Süden her über das deutsche Land; er hatte gesehen, was jetzt erzählt wird.

›Den fliehenden König Christjern sah ich fahren auf rotblühender Heide; da begegnete ihm ein elendes Fuhrwerk, mit einem Pferd bespannt; darin saß eine Frau, König Christjerns Schwester, die Markgräfin von Brandenburg; treu der Lutherischen Lehre, war sie fortgejagt worden von ihrem Gatten. Auf der dunklen Heide begegneten sich die landflüchtigen Königskinder.[1] Die Zeit ist schwer, die Zeit ist lang, verlasse dich nicht auf Freunde oder Verbündete!‹

Die Schwalbe kommt vom Sönderborg-Schloß mit klagendem Gesang. ›König Christjern ist verraten! Er sitzt dort in dem brunnentiefen Turm; seine schweren Schritte graben Spuren in den Steinboden, seine Finger hinterlassen Zeichen in dem harten Marmor.‹

Der Fischadler kam von der rollenden See! Sie ist offen und frei; dort fliegt ein Fahrzeug, es ist der kecke Füne Sören Norby. Das Glück ist mit ihm – aber das Glück ist unbeständig wie Wetter und Wind.

In Jütland und Fünen schreien Raben und Krähen: ›Wir fahren! Wir fahren! Das geht so brav, so brav! Hier liegt Aas von Pferden und auch von Menschen.‹ Es ist die Zeit des Unfriedens, es ist die Grafenfehde. Der Bauer nahm seine Keule, der Städter sein Messer; dann riefen sie laut: ›Wir schlagen die Wölfe tot, so daß keine Jungen übrig bleiben!‹ Es treiben Wolken und Rauch dahin von den brennenden Städten.

[1] »Und es ist wunderlich zu bedenken, daß die Kinder eines feinen, gottesfürchtigen und vornehmen Fürsten, wie König Hans war, so wenig Glück in der Welt haben sollten.« Arild Hvitfeld.

König Christjern ist Gefangener auf Sönderborg-Schloß; er kann nicht entkommen; er sieht nicht Kopenhagen und dessen bittere Not. Auf Nörre-Fälled steht Christian III., wo einst sein Vater stand. In der Stadt herrscht Angst; da herrscht Hunger und Pest.

An die Kirchenmauer gelehnt sitzt ein abgezehrtes Weib in Lumpen, eine Leiche ist es; zwei lebende Kinder liegen auf ihrem Schoß und saugen Blut aus der Brust der Toten.

Der Mut ist erlahmt, der Widerstand erlahmt. Du treues Kopenhagen!«

»Es wird Fanfare geblasen; höre die Pauken und Trompeten!

In reichen Kleidern aus Samt und Seide und mit wehenden Federn kommen auf goldverbrämten Rossen die adligen Herren; sie reiten zum Gammeltorv. Ist da Karussel oder Turnier nach gewohnter Sitte? Bürger und Bauern in ihrem besten Schmuck eilen auch dahin. Was ist dort zu sehen? Ist dort ein Scheiterhaufen errichtet, um papistische Bilder zu verbrennen, oder steht der Scharfrichter da, wie er bei Slaghoeks Scheiterhaufen[1] stand? Der König, der Herr des Landes, ist Lutheraner, das soll bekannt, geltend gemacht und für rechtmäßig erklärt werden.

Hochvornehme Damen und adlige Jungfrauen sitzen mit hohen Kragen und Perlen auf der Haube hinter den offenen Fenstern und sehen all diese Pracht. Auf ausgebreitetem Teppich unter einem Baldachin sitzt der Rat des Reiches in uralter Tracht, nahe dem Thron des Königs.

Der König ist stumm. Jetzt wird in dänischer Sprache sein Wille verlesen, des Reichsrates Wille; Bürger und Bauern hören strenge Worte, Worte der Züchtigung für all den Widerstand, den sie dem hohen Adel entgegengesetzt haben. Gedemütigt wurde der Bürger, der Bauer wurde Knecht. Jetzt ertönen die Worte des Urteils gegen die Bischöfe des Landes. Ihre Macht ist vorbei. Alle Güter der Kirche und Klöster fallen dem König und dem Adel zu.

Da ist Hochmut und Haß, da ist Prunk, da ist Jammer.

[1] Slaghoek, der Ratgeber Christians II.

›Arme Vögel kommen hinkend,
traurig winkend ...
Reiche Vögel kommen sausend,
kommen brausend!‹ –

Die Zeit des Wechsels bringt schwere Wolken, aber auch Sonnenschein; der leuchtete gerade jetzt im Hof der Gelehrsamkeit, in dem Heim der Studenten, und Namen leuchteten daraus hervor, bis hinauf in unsere Zeit. Da ist Hans Tausen, der fünische, arme Schmiedsohn:

›Das war der kleine Knabe aus Birkende dort,
sein Name flog über Dänemark vom Volk getragen fort.
Ein dänischer Martin Luther,
sein Wort wie Schwertschlag schwer,
er siegte mit dem Geiste ob aller Herzen Heer.‹[1]

Da leuchtet der Name Petrus Palladius, lateinisch, aber auf dänisch Peter Plade, Bischof von Roskilde, auch der Sohn eines armen Schmiedes in Jütland. Und unter den Namen des Adels strahlt der des Hans Friis, des Reiches Kanzler. Er setzte den Studenten an seinen Tisch, sorgte für ihn und auch für den Schüler. Und einer vor allen erhält Hochrufe und Lieder:

[1] B. S. Ingemann.

›Solang ein Student bei Axels Strand
ein Wort nur weiß zu schreiben,
solange soll König Christians Name
in hohen Ehren stets bleiben!‹[1]

Es kamen Sonnenstrahlen hervor zwischen den dunklen Wolken in der Zeit des Wechsels.«

»Jetzt wenden wir das Blatt.

Was saust und singt im ›Großen Belt‹ unter Samsös Küste? Aus den Wogen steigt eine Meerjungfrau mit tanggrünem Haar, sie weissagt dem Bauer: ›Ein Prinz soll geboren werden, der ein König wird, mächtig und groß.‹

Auf dem Feld unter dem blühenden Weißdorn wird er geboren. Jetzt blüht sein Name in Sagen und Liedern, auf Rittergütern und Schlössern ringsum. Die Börse wuchs empor mit Türmen und Spitzen; Rosenborg erhob sich und sah weit hinaus über den Wall; selbst der Student erhielt sein eigenes Haus, und dicht daneben stand und zeigt noch heute gen Himmel der ›Runde Turm‹, eine Urania-Säule, die nach Hveen blickt, wo die Uranienburg aufragte. Ihre goldenen Kuppeln erglänzten im Mondschein, und Meerjungfrauen sangen von dem Mann da drinnen, den Könige und die Großen des Geistes

[1] Poul M. Möller.

besuchten, den Kluggeborenen aus Adelsblut, Tycho Brahe. Er hob Dänemarks Namen so hoch empor, daß man ihn mit dem Sternenhimmel in allen geisterleuchteten Ländern der Erde kannte. Und Dänemark stieß ihn von sich fort.

Er sang sich Trost zu in seinem Schmerz:

›Ist nicht der Himmel überall,
was brauch ich da noch mehr?‹

Sein Gesang trägt das Leben des Volksliedes in sich, wie der Gesang der Meerjungfrau von Christian dem Vierten.«

»Jetzt kommt ein Blatt, das du recht anschauen sollst!« sagte der Pate; »da ist Bild neben Bild, wie im Heldenlied Vers neben Vers. Das ist ein Lied, so fröhlich an seinem Anfang, so traurig an seinem Ende.

Es tanzt ein Königskind auf des Königs Schloß, wie ist es lieblich anzusehen! Es sitzt auf Christian des Vierten Schoß, es ist seine geliebte Tochter Eleonore. In weiblichen Sitten und Tugenden wächst sie heran. Des mächtigen Adels vornehmster Mann, Corfits Ulfeldt, ist ihr Bräutigam. Sie ist noch ein Kind; sie bekommt auch noch die Rute von ihrer strengen Hofmeisterin; sie klagt es ihrem Verlobten, und sie hat recht. Wie ist sie klug, gebildet und unterrichtet! Sie kann Griechisch und Latein, singt italienisch zu ihrer Laute, weiß über den Papst und über Luther zu reden.

König Christian liegt in der Grabkapelle im Dom von Roskilde, Eleonores Bruder ist König. Es ist Glanz und Pracht auf dem Schloß in Kopenhagen, da ist Schönheit und Klugheit, vor allem die Königin selbst: Sophie Amalie von Lüneburg. Wer lenkt sein Roß so gut wie sie? Wer zeigt beim Tanz eine Majestät wie sie? Wer spricht mit Wissen und Geist wie Dänemarks Königin?

›Eleonore Christine Ulfeldt!‹ – die Worte wurden von dem französischen Gesandten gesagt. ›An Schönheit und Klugheit überstrahlt sie uns alle.‹

Von des Schlosses gewichstem Tanzboden wuchs die Klette des Neides; sie hing sich fest, sie verfilzte sich und wirbelte den Hohn der Beleidigung um sich auf: ›Dies Bastardkind! Ihr Wagen soll an des Schlosses Brücke halten; wo die Königin fährt, soll die Frau gehen!‹ Es wirbelt der Klatsch, die Verleumdung und die Lüge.

Und Ulfeldt nimmt seine Gattin bei der Hand in der stillen Nacht. Die Schlüssel hat er zu den Toren der Stadt; er öffnet eins von ihnen, die Rosse warten dort draußen. Sie reiten den Strand entlang und segeln dann fort nach dem schwedischen Land.«

»Nun wenden wir das Blatt, wie das Glück sich wendet für die beiden.

Es ist Herbst, der Tag ist kurz, die Nacht ist lang; es ist grau und naß, der Wind weht kalt und in wachsender Stärke. Es rauscht im Laub der Bäume auf dem Wall, das Laub fliegt hinein in Peder Oxes Hof; er steht leer und von seiner Herrschaft verlassen. Der Wind saust über Christianshavn und um Kaj Lykkes Hof, nun ist es ein Zuchthaus. Er selbst ist des Landes verwiesen und aller Ehren beraubt, sein Wappen ist zerbrochen, sein Bild auf den höchsten Galgen gehängt; so wurden seine übermütigen, leichtfertigen Worte über die geehrte Königin des Landes gestraft. Laut heult der Wind und fährt dahin über den offenen Platz, wo das Haus des Reichshofmeisters gestanden hat; nun ist nur ein einziger Stein davon übrig, ›den trieb ich als Geröll hinab auf dem schwimmenden Eis‹, saust der Wind, ›der Stein strandete, wo später die Diebsinsel emporschoß, die ich verfluchte; so wurde er eingebaut in Herrn Ulfeldts Hof, wo die Frau zu der klingenden Laute sang, Griechisch und Latein las und stolz prangte; jetzt prangt nur der Stein hier mit seiner Inschrift:

Dem Verräter Corfits Ulfeldt
zu ewigem Spott, zu Schmach und Schande.‹

Aber wo ist sie jetzt, die vornehme Frau? ›Hu-ih-hu-ih!‹ pfeift der Wind mit schneidender Stimme. Im ›Blauen Turm‹ hinter dem Schloß, wo das Meerwasser gegen die schleimige Mauer schlägt, da hat sie schon viele Jahre gesessen. Da ist in der Kammer mehr Rauch als Wärme; das kleine Fenster sitzt hoch unter der Decke. König Christian des Vierten verhätscheltes Kind, das feinste Fräulein, die vornehmste Frau, wie sitzt sie gering, wie sitzt sie schlecht! Die Erinnerung hängt Gardine und Tapete an die verräucherten Wände des Gefängnisses. Sie erinnert sich an die schöne Zeit ihrer Kindheit, an ihres Vaters milde, strahlende Züge; sie erinnert sich ihrer prachtvollen Hochzeitsfeier, der Tage ihres Stolzes, der Tage ihrer Bedrängnis in Holland, in England und auf Bornholm.

›Nichts erscheint schwer für eheliche Liebe,
Treue ist die Tugend, die uns nie beschämt.‹

Doch damals war sie bei ihm, jetzt ist sie allein, für immer allein! Sie weiß nicht, wo sein Grab ist, und niemand weiß es.

›Treue zu ihrem Mann war all ihre Schuld.‹

Sie saß lange und viele Jahre gefangen, während das Leben sich draußen rührte. Es steht niemals still, aber wir wollen es hier einen Augenblick tun und ihrer und des Liedes Worte gedenken:

›Meinem Gatten hielt ich treu den Schwur
in Not und großem Elend!‹«

»Siehst du das Bild hier?« fragte der Pate.

»Es ist Winterzeit; der Frost hat eine Brücke zwischen Fünen und Lolland geschlagen, eine Brücke für Carl Gustav, der unaufhaltsam vorwärtszieht. Es ist Plünderung und Mordbrand, Angst und Not im ganzen Land.

Der Schwede liegt vor Kopenhagen. Es ist beißend kalt, und der Schnee stiebt; aber treu ihrem König und treu sich selbst, stehen Männer und Frauen bereit zum Kampf. Jeder Handwerksmann, jeder Ladengehilfe, Student und Magister steht oben auf dem Wall zu Wehr und Verteidigung. Da ist keine Furcht vor den glühenden Kugeln. König Frederik schwur, er wolle in seinem Nest sterben. Er reitet dort oben und die Königin mit ihm. Da sind Mut und Manneszucht und Vaterlandsliebe. Laßt den Schweden nur sein Leichenhemd anziehen und sich vorwärtsschleichen in dem weißen Schnee, laßt ihn nur versuchen zu stürmen! Da werden Balken und Steine hinabgewälzt auf ihn; ja, die Frauen kommen mit Braukesseln herbei und gießen siedendes Pech und Teer über die stürmenden Feinde.

In dieser Nacht sind König und Bürger eine vereinte Macht. Und da ist Rettung und Sieg. Die Glocken läuten, Dankgesang ertönt. Bürgervolk, hier errangst du Adelssporen!«

»Was folgt wohl nun? Sieh das Bild hier!

Bischof Svanes Frau kommt in geschlossenem Wagen; das darf nur der hohe, mächtige Adel. Die stolzen Junker zertrümmern den Wagen; die Bischöfin muß zu ihrem Bischofshof gehen.

Ist das die ganze Geschichte? – Weit Größeres soll zertrümmert werden in nächster Zeit: die Herrschaft des Übermuts.

Bürgermeister Hans Nansen und Bischof Svane reichen einander die Hand zum Handeln im Namen des Herrn. Sie sprechen mit Klugheit und Ehrlichkeit; man hört es in der Kirche und in des Bürgers Haus. Ein Einigkeitshandschlag, und der Hafen wird gesperrt, die Tore geschlossen, die Sturmglocke läutet; die Macht ist dem König allein gegeben, ihm, der in der Stunde der Gefahr in seinem Neste blieb; er herrsche, er gebiete über Große und Kleine!

Es ist die Zeit der Alleinherrschaft.«

»Jetzt wenden wir das Blatt und mit ihm die Zeit.

›Hallo, halali, hallo!‹ Der Pflug ist beiseite gelegt, das Heidekraut darf wachsen, aber die Jagd ist gut. Hallo, halali, hallo!‹ Höre die gellenden Hörner und die bellenden Hunde. Sieh die Jägerschar, sieh den König selbst, König Christian V.; er ist jung und froh! Im

Schloß und in der Stadt herrscht Fröhlichkeit. In den Sälen brennen Wachskerzen, im Hof Fackeln, und die Straßen der Stadt haben Laternen bekommen. Alles strahlt so neu! Der neue Adel, von Deutschland einberufen, Barone und Grafen, erhalten Gunst und Gaben; nun gelten Titel und Rang und die deutsche Sprache.

Da erklingt eine Stimme so echt dänisch; es ist der Sohn des Webers, der jetzt Bischof ist; es ist Kingos Stimme; er singt die schönen Lieder.

Da ist eines andern Bürgers Sohn, eines Weinküfers Sohn. Sein Gedanke bringt Klarheit in Recht und Gesetz; sein Gesetzbuch wurde der Goldgrund für des Königs Namen, der in kommende Zeiten eingeht. Dieser Bürgersohn, des Landes mächtigster Mann, erhält das Adelsschild und Feinde zugleich, so daß des Henkers Schwert auf der Richtstätte über Griffenfeldts Haupt hängt. Da erlöst ihn Begnadigung zu ewigem Gefängnis. Sie schicken ihn nach einer Felseninsel vor Thronthjems Küste:

›Munkholm – Dänemarks Sankt Helena.‹

Aber der Tanz geht leicht in des Schlosses Saal. Da ist Glanz und Pracht, da ist lebhafte Musik, da tanzen Höflinge und Damen.«

»Jetzt kommt Frederiks IV. Zeit!

Sieh die stolzen Schiffe mit der Siegesflagge! Sieh das rollende Meer! Ja, das kann von großen Taten erzählen, von Dänemarks Ruhm. Wir erinnern uns der Namen, des siegesfrohen Sehested und Gyldenlöve! Wir erinnern uns Hvitfeldts, der, um die dänische Flotte zu retten, sein Schiff in die Luft sprengte und mit der Danebrog gen Himmel flog. Wir denken an die Zeit und den Streit von damals, und an den Helden, der zu Dänemarks Schutz von dem norwegischen Felsen sprang: Peter Tordenskjold. Von dem herrlichen Meer, von dem wogenden Meer donnert sein Name von Küste zu Küste:

›Durch den Pulverstaub flog ein greller Blitz,
ein Donner durch der Zeit Geflüster braust;
ein Schneiderlehrling sprang vom Schneidersitz.

Von Norwegens Küste ein Schiff lief aus.
Und der Wikingsgeist flog in dem nördlichen Meer,
wieder jugendkeck und stahlumgürtet daher.‹[1]

Von Grönlands Küste kam ein frischer Luftzug, ein Duft wie vom Bethlehemsland; er berichtete von dem Licht des Evangeliums, das Hans Egede und seine Frau dorthin gebracht hatten.

Das halbe Blatt hier hat deshalb Goldgrund; die andere Hälfte, die die Trauer zeigt, ist aschgrau mit schwarzen Flecken, wie von Feuerfunken, wie von Krankheit und Seuche.

In Kopenhagen rast die Pest. Die Straßen sind leer, die Türen verriegelt, ringsumher sind mit Kreide Kreuze gezeichnet; da drinnen ist die Seuche, aber wo das Kreuz schwarz ist, sind alle tot.

In der Nacht werden die Leichen fortgetragen, ohne Glockenklang; die Halbtoten auf der Straße nehmen sie mit; die Rüstwagen rasseln, sie sind mit Leichen gefüllt. Aus der Schenkstube aber ertönt häßlich der Betrunkenen Gesang und wildes Geschrei. Beim Trunk wollen sie vergessen die bittere Not; sie werden vergessen und enden – enden! Alles nimmt ja ein Ende. Hier endet das Blatt mit einer andern Not- und Prüfungszeit für Kopenhagen.

König Frederik IV. lebt noch; sein Haar ist ergraut im Lauf der Jahre. Vom Fenster des Schlosses blickt er hinaus in das stürmische Wetter; es ist spät im Jahr.

[1] Carl Ploug.

In einem kleinen Haus bei Vesterport spielt ein Knabe mit seinem Ball; der fliegt auf den Estrich. Der Kleine nimmt ein Talglicht und geht hinauf, um zu suchen; da entzündet sich Feuer in dem kleinen Haus, in der ganzen Straße. Die Luft erhellt sich, so daß die Wolken schimmern. Sieh die Flammen wachsen! Da ist Nahrung für das Feuer, da ist Heu und Stroh, da ist Speck und Teer, da sind Holzstapel für die Winterzeit. Und alles brennt. Da ist Weinen und Schreien, da ist große Verwirrung. In dem Gewimmel reitet der alte König, ermuntert, befiehlt. Es wird mit Pulver gesprengt, Häuser werden niedergerissen. Nun brennt es auch im Nordviertel, und die Kirchen brennen: Sankt Petri, die Frauenkirche! Hör, die Orgel spielt ihr letztes Lied: ›Deinen Zorn wende ab, Herr Gott Du der Gnade!‹

Nur der ›Runde Turm‹ steht, und das Schloß steht; ringsum sind rauchende Stätten. König Frederik IV. ist dem Volke gut, er tröstet und sättigt, er ist bei ihm, ist der Obdachlosen Freund. Gesegnet sei Frederik IV.«

»Sieh nun dieses Blatt!

Sieh, die goldene Kutsche mit Dienern ringsum, mit bewaffneten Reitern vorne und hinten kommt vom Schloß, wo eine Eisenkette gespannt ist, um das Volk zu verhindern, zu nahe zu kommen.

Jeder nichtadlige Mann muß mit entblößtem Kopf über den Platz gehen; daher sieht man nicht viele, sie meiden den Ort. Da kommt eben einer mit gesenktem Blick, mit dem Hut in der Hand, und das ist just der Mann aus jener Zeit, den wir laut nennen:

›Wie reinigender Sturmwind seine Worte klangen,
verhießen kommender Tage Glück;
eingeschmuggelte Noten wie Heuschrecken sprangen
den Weg, den sie gekommen, zurück.‹[1]

Das ist Klugheit und Laune, das ist Ludwig Holberg. Die dänische Bühne, das Schloß seiner Größe, hat man geschlossen, als wäre sie die Stätte des Ärgernisses. Alle Freude ist begraben; Tanz, Gesang und Musik sind verboten und verbannt. Jetzt herrscht das finstere Christentum.«

»›Der Dänenprinz!‹ wie seine Mutter ihn nannte, nun kommt seine Zeit mit Sonnenschein, mit Vogelgesang, mit Freude, Dänentum und Fröhlichkeit: König Frederik V. ist König. Und die Ketten werden vom Platz am Schloß entfernt; die dänische Bühne ist wieder geöffnet; da ist Lachen und Lust, da ist gute Laune. Und die Bauern reiten den Sommer ein! Es ist die Zeit der Heiterkeit nach der Fastenzeit und der Verzagtheit. Das Schöne gedeiht, setzt Blüte und Frucht an, in Tönen, in Farben, in der bildenden Kunst. Höre Gretrys Musik! Sieh Londemanns Spiel! Und Dänemarks Königin liebt das Dänische. Lovise von England, schön und mild; segne dich Gott in seinem Himmel! Die Sonnenstrahlen singen lieblich im Chor von den Königinnen in dem dänischen Land: Philippa, Elisabeth, Lovise.«

»Der irdische Teil ist längst begraben, aber die Seelen leben, und die Namen leben. Wieder sendet England eine Königsbraut: Mathilde, so jung und bald so verlassen! Von dir werden Dichter singen zu allen Zeiten, von dem Jugendherzen und der Stunde der Prüfung. Und der Gesang hat Macht, eine unsagbare Macht zu allen Zeiten und bei allen Völkern. Sieh den Brand des Schlosses, König Chris-

[1] Christian Wilster.

tians Burg! Man sucht das Beste zu retten, das es gibt. Sieh, wie die Seeleute einen Korb mit Silberzeug und kostbaren Sachen fortschleppen, großer Reichtum ist es; aber plötzlich sehen sie durch die offene Tür, wo die Flammen leuchten, eine Büste aus Bronze, König Christian IV. Da werfen sie den Reichtum hin, den sie tragen; sein Bildnis da drinnen bedeutet ihnen weit mehr! Das müssen sie retten, wie schwer es auch zu tragen sein mag. Sie kennen ihn ja aus Ewalds Lied, aus Hartmanns schöner Melodie.

Es liegt eine Macht im Wort und im Gesang, und von der armen Königin Mathilde wird er doppelt so laut erklingen.«

»Jetzt blättern wir weiter in unserem Bilderbuch.

Auf Ulfeldts Platz stand der Schandstein; wo in der Welt wurde wohl ein solcher errichtet? Bei Vesterport wurde eine Säule aufgestellt, wie viele gibt es wohl in der Welt wie diese?

Die Sonnenstrahlen küßten das Geröll, die Grundlage unter der ›Freiheitssäule‹. Alle Kirchenglocken läuteten, die Fahnen wehten; das Volk jubelte Kronprinz Frederik zu. Alte und Junge trugen im Herzen und auf der Zunge die Namen Bernstorff, Reventlov, Colbjörnsen. Mit strahlenden Augen und dankerfüllten Herzen wird die gesegnete Inschrift der Säule gelesen:

›Der König gebot, daß die Grundhörigkeit aufhören soll; den Landwirtschaftsgesetzen wird Gültigkeit und Kraft verliehen, auf daß der freie Bauer kühn und aufgeklärt, fleißig und gut, ein ehrenhafter Bürger und glücklich werden kann!‹

Welch ein Sonnentag! Welch ein Sommer!

Die Lichtgeister sangen: ›Das Gute wächst! Das Schöne wächst! Bald fällt der Stein auf Ulfeldts Platz, aber die ›Freiheitssäule‹ soll im Sonnenschein stehen, gesegnet von Gott, König und Volk!‹«

»›Wir haben eine alte Landstraße,
die führt bis ans Ende der Welt!‹«[1]

»Das offene Meer, offen für Freund und Feind, und der Feind war da. Sie segelte heran, die mächtige englische Flotte; eine Großmacht zog gegen ein kleines Land. Der Kampf war hart, aber das Volk war mutig:

›Jeder stand fest und unverdrossen,
stand und stritt und umarmte den Tod!‹«[2]

errang Bewunderung von seinem Feind und begeisterte Dänemarks Skalde. Dieses Schlachttages wird noch heute mit wehenden Fahnen gedacht: Dänemarks ehrenvoller Zweiter April, die Gründonnerstag-Schlacht auf der Reede.«

»Jahre vergingen. Eine Flotte wurde im Oeresund gesehen. Galt es Rußland oder Dänemark? Das wußte man nicht, selbst nicht an Bord.

[1] N. F. S. Grundtvig.
[2] W. H. F. Abrahamson.

Es gibt eine Erzählung im Volksmund, daß an jenem Morgen im Oeresund, als die versiegelte Order erbrochen und vorgelesen wurde und also lautete: die dänische Flotte sei zu nehmen – ein junger Kapitän, hochherzig in Wort und Tat, ein Sohn Britanniens, vor seinen Chef trat: ›Ich schwur‹, waren seine Worte, ich wolle bis zu meinem Tod für Englands Flagge kämpfen, in offener, ehrlicher Schlacht, nicht aber den Feind überfallen!‹

Und damit stürzte er sich über Bord!

›Und die Flotte segelt nach Kopenhagen. –
Fern von dem Ort, wo die Schlacht man schlug,
lag *er*, – seinen Namen weiß niemand zu sagen –
eine kalte Leiche, die das Wasser trug,
bis die Strömung ihn trieb und schwedische Mannen,
auf dem Fischzug in sternenheller Nacht
ihn fanden und trugen zum Lande von dannen –
und sie würfelten um die Epauletten des Toten.‹[1]

Der Feind stand vor Kopenhagen; es leuchtete in Flammen, wir verloren die Flotte, aber nicht den Mut und den Glauben an Gott; er demütigt, richtet aber wieder auf. Die Wunden heilen wie in der Schlacht der Einherier.[2] Kopenhagens Geschichte ist reich an Trost.

›Von alters her der Volksglaube spricht:
Dänemark hat an Gott einen Freund.
Halten wir fest, so läßt er uns nicht,
und morgen scheint wieder die Sonne.‹

Bald schien sie auf die neuerrichtete Stadt, auf reiche Kornfelder, auf Klugheit und Tüchtigkeit; ein gesegneter Sommertag des Friedens, wo die Dichtung ihre Fata morgana so farbenreich herrlich durch Oehlenschläger schuf.

Und in der Wissenschaft wurde ein Fund gemacht, ein weit größerer als ein goldenes Horn in alter Zeit, eine Brücke aus Gold wurde gefunden:

[1] Carl Bagger.

[2] In der nordischen Göttersage die in Walhall aufgenommenen Helden.

›– eine Brücke für des Gedankens Blitz
in alle Zeiten, zu allen Völkern und Reichen.‹

Hans Christian Oersted[1] schrieb da seinen Namen ein.

Und sieh! Neben der Kirche am Schloß wurde ein Haus errichtet. Dazu gaben selbst der ärmste Mann und die ärmste Frau fröhlich ihr Scherflein.

Du entsinnst dich des Anfangs im Bilderbuch«, sagte der Pate, »der alten Steinblöcke, die von Norwegens Felsen herabstürzten und auf dem Eise hierher geführt wurden; sie sind wieder emporgehoben von dem tiefen Sandgrund auf Thorvaldsens Gebot in des Marmors Schönheit, herrlich anzusehen!

Erinnere dich, was ich dir gezeigt habe und was ich erzählte! Der Sandgrund im Meer erhob sich, wurde ein Schutz für den Hafen, trug Axels Haus, trug des Bischofs Hof und des Königs Schloß und trägt nun den Tempel des Schönen. Die Worte des Fluches sind verweht, aber was die Kinder des Sonnenlichts in Freude sangen von einer kommenden Zeit, ist erfüllt worden.

So mancher Sturm ist dahingefahren, er kann wiederkommen und wird wieder dahinfahren. Das Wahre und Gute und Schöne trägt den Sieg davon.

Und hiermit ist das Bilderbuch zu Ende; aber bei weitem nicht Kopenhagens Geschichte. Wer weiß, was du selbst einmal erleben wirst.

Es hat oft schwarz ausgesehen, ein Sturm hat geweht, aber der Sonnenschein ist doch nicht fortgeweht worden, *der* bleibt! Und stärker noch als der stärkste Sonnenschein ist Gott! Unser Herr waltet über mehr als über Kopenhagen.«

Das sagte der Pate und gab mir das Buch. Seine Augen leuchteten, er war seiner Sache gewiß. Und ich nahm das Buch so froh, so stolz und vorsichtig, wie neulich, als ich meine kleine Schwester zum erstenmal trug.

Und der Pate sagte: »Du darfst sehr gerne diesem oder jenem

[2] Der Erfinder der Telegraphie.

dein Bilderbuch zeigen. Du darfst auch gerne sagen, daß ich das ganze Werk gemacht, geklebt, gezeichnet habe. Aber das Wichtigste ist, daß sie gleich erfahren, woher ich die Idee dazu bekommen habe. Du weißt es, erzähle es! Die Idee verdanke ich den alten Tranlaternen, die gerade am letzten Abend, an dem sie brannten, den Gaskandelabern der Stadt als Fata Morgana alles zeigten, was geschehen war, seit die erste Laterne beim Hafen angezündet wurde, bis jetzt, da Kopenhagen an diesem Abend sowohl durch Tran wie durch Gas beleuchtet wurde.

Du darfst das Buch zeigen, wem du willst, das heißt, Leuten mit milden Augen und freundlichem Sinn; kommt aber ein Höllenpferd – dann schließe des Paten Bilderbuch.«

84

DIE LUMPEN

Draußen vor der Fabrik lagen hochaufgestapelte Lumpenhaufen, die von weit und breit gesammelt waren; jeder Lumpen hatte seine Geschichte, jeder hielt seine Rede, aber man kann sie nicht alle hören. Einige Lumpen waren inländische, andere stammten aus fremden Ländern. Hier lag nun ein dänischer Lumpen neben einem norwegischen Lumpen; erzdänisch war der eine und stocknorwegisch war der andere, und das war das Lustige an den beiden, wird jeder vernünftige Norweger und Däne sagen.

Sie erkannten einander eben an der Sprache, obgleich jede von ihnen so verschieden sei, sagte der Norweger, wie Französisch und Hebräisch. »Wir gehen in die Berge, um sie frisch und ursprünglich zu erhalten, und der Däne macht sich sein schnullersüßes, fades Kleistergeschwätz.«

Dic Lumpen sprachen, und Lump ist Lump in jedem Land, sie gelten nur etwas im Lumpenhaufen.

»Ich bin norwegisch!« sagte der Norweger, »und wenn ich sage, daß ich norwegisch bin, so glaube ich genug gesagt zu haben! Ich bin fest im Gewebe, wie das Urgebirge im alten Norwegen, das

Land, das eine Konstitution hat wie das freie Amerika! Es kitzelt mich im Gewebe, wenn ich daran denke, was ich bin, und den Gedanken erdröhnen zu lassen in Granitworten!«

»Aber wir haben eine Literatur!« sagte der dänische Lumpen. »Verstehen Sie, was das ist?«

»Verstehen?« wiederholte der Norweger, »Flachlandbewohner, soll ich ihn zu Berge heben und ihm nordleuchten, Lump, der er ist! Wenn das Eis taut vor der norwegischen Sonne, dann kommen dänische Lastkähne zu uns hinauf mit Butter und Käse, recht eßbare Waren! Und als Ballast folgt dänische Literatur. Wir brauchen sie nicht! Man entbehrt gern schales Bier dort, wo die frische Quelle sprudelt. Und hier ist sie ein Born, der nicht angebohrt ist, nicht zu europäischer Kenntnis geschwatzt ist durch Zeitungen, Kameradschaft und Reisen der Schriftsteller ins Ausland. Frei spreche ich von der Lunge weg, und der Däne muß sich an den freien Ton gewöhnen, und das wird er bei seinem skandinavischen Anklammern an unser stolzes Felsenland, der Urscholle der Welt!«

»So könnte nun ein dänischer Lumpen niemals reden!« sagte der Däne. »Das ist nicht unsere Natur. Ich kenne mich selbst, und wie ich sind alle unsere Lumpen; wir sind so gutmütig, so bescheiden. Wir halten so wenig von uns selber, und dadurch gewinnt man freilich nichts, aber ich mag es so gern, ich finde es so reizend! Übrigens, das kann ich Ihnen versichern, kenne ich durchaus meine eigene gute Bonität, aber ich spreche nicht davon, eines solchen Fehlers soll mich keiner beschuldigen können. Ich bin weich und biegsam, ertrage alles, beneide niemand, spreche gut von allen, obgleich nicht viel Gutes von den meisten andern zu sagen ist, aber das ist ihre Sache! Ich spotte eben immer darüber, denn ich bin so begabt!«

»Sprechen Sie mir nicht diese weiche Kleistersprache des Flachlandes, mir wird übel dabei!« sagte der Norweger und löste sich im Wind von dem Haufen und kam in einen andern hinüber.

Papier wurden sie alle beide, und der Zufall wollte, daß der norwegische Lumpen ein Papier wurde, worauf ein Norweger einen treuen Liebesbrief an ein dänisches Mädchen schrieb, und der dänische Lumpen wurde das Manuskript einer dänischen Ode zum Preis von Norwegens Kraft und Herrlichkeit.

Es kann auch bei den Lumpen etwas Gutes herauskommen, wenn sie erst vom Lumpenhaufen weg sind und die Verwandlung zur Wahrheit und Schönheit geschehen ist. Sie leuchten in gutem Einvernehmen und in dem liegt Segen.

Das ist die Geschichte, sie ist ganz vergnüglich und beleidigt gar niemand, außer – die Lumpen.

85

WAS DIE DISTEL ERLEBTE

An den reichen Herrensitz grenzte ein schöner, wohlerhaltener Garten mit seltenen Bäumen und Blumen. Des Hofes Gäste sprachen ihr Entzücken darüber aus, die Leute der Umgegend, vom Lande und von den Provinzstädten, kamen an Sonn- und Feiertagen und baten um Erlaubnis, den Garten zu sehen, ja, ganze Schulen fanden sich zu ähnlichen Visiten ein.

Außerhalb des Gartens, neben dem Zaun am Feldweg, stand eine mächtige Distel; sie war sehr groß und von der Wurzel aus in mehrere Zweige geteilt, so daß sie sich ausbreitete und man sie wohl einen Distelbusch nennen konnte. Niemand sah sie an, außer dem alten Esel, der den Milchwagen der Milchmädchen zog. Er machte einen langen Hals nach der Distel und sagte: »Du bist schön! Ich könnte dich fressen!« Aber der Strick war nicht so lang, daß der Esel sie hätte erreichen und fressen können.

Es war große Gesellschaft auf dem Hof, hochadlige Verwandte aus der Hauptstadt, junge, reizende Mädchen, und unter diesen ein Fräulein von weit her; sie kam aus Schottland, war von hoher Geburt, reich an Geld und Gut, eine Braut, wohl wert, daß man sie besitze, sagte mehr als ein junger Herr, und die Mütter sagten es auch.

Die Jugend tummelte sich auf dem Rasen und spielte Krocket; sie gingen zwischen den Blumen umher, und jedes der jungen Mädchen pflückte eine Blume und steckte sie jungen Herren ins Knopfloch; aber das junge schottische Fräulein sah sich lange um, verwarf und verwarf; keine der Blumen schien nach ihrem Geschmack zu sein. Da blickte sie über den Zaun, dort draußen stand der große Distelbusch mit seinen rotblauen, kräftigen Blüten. Sie sah sie, sie lächelte und bat den Sohn des Hauses, ihr eine von diesen zu pflücken.

»Das ist Schottlands Blume!« sagte sie; »sie prangt im Wappen des Landes, geben Sie mir die!«

Und er holte die schönste und stach sich in die Finger, als wäre es der schärfste Dornbusch, auf dem sie wuchs.

Die Distelblüte steckte sie dem jungen Mann ins Knopfloch, und er fühlte sich hochgeehrt. Jeder von den andern jungen Herren hätte gern seine Prachtblume hergegeben, um diese zu tragen, die von den feinen Händen des schottischen Fräuleins gegeben wurde. Und fühlte sich der Sohn des Hauses geehrt, wie fühlte sich da nicht der Distelbusch; es war, als durchströme ihn Tau und Sonnenschein.

»Ich bin mehr, als ich glaube!« sagte er innerlich. »Ich bin wohl eigentlich innerhalb des Zaunes daheim und nicht außerhalb. Man wird wunderlich in die Welt gestellt! Aber nun habe ich doch eine von den Meinen jenseits des Zaunes und sogar im Knopfloch!«

Jeder Knospe, die hervorkam und sich entfaltete, erzählte er diese Begebenheit, und es waren nicht viele Tage vergangen, da hörte der Distelbusch – nicht von den Menschen, nicht von dem Vogelgezwitscher, sondern von der Luft selbst, die den Ton bewahrt und weitergibt aus des Gartens innersten Gängen und den Stuben des Hofes, wo Fenster und Türen offen standen – daß der junge Herr, der die Distelblüte aus der Hand des feinen schottischen Fräuleins erhielt, nun die Hand und auch das Herz erhalten habe. Es sei ein schönes Paar, eine gute Partie.

»Das habe *ich* zusammengebracht!« meinte der Distelbusch und dachte an die Blüte, die er für das Knopfloch gegeben. Jede Blüte, die hervorkam, bekam das Ereignis zu hören.

»Ich werde wahrscheinlich in den Garten verpflanzt!« dachte die Distel, »vielleicht in einen Topf gesetzt, der drückt. Das ist wohl das Allerehrenvollste!«

Und der Distelbusch dachte so lebhaft daran, daß er mit voller Überzeugung sagte: »Ich komme in einen Topf!«

Er versprach jeder kleinen Distelblüte, die hervorkam, daß sie auch in einen Topf kommen solle, vielleicht ins Knopfloch: das Höchste, was zu erreichen war; aber keine kam in den Topf, geschweige denn ins Knopfloch. Sie tranken Luft und Licht, sie sonnten sich am Tag und standen in der Nacht im Tau, sie blühten, erhielten Besuch von Biene und Bremse, die nach der Mitgift suchten, dem Honig in der Blume. Den Honig nahmen sie, die Blume ließen sie stehen. »Das Räuberpack!« sagte der Distelbusch, »könnte ich sie doch nur aufspießen! aber ich kann nicht.«

Die Blüten ließen den Kopf hängen, siechten hin, aber es kamen wieder neue.

»Ihr kommt wie gerufen!« sagte der Distelbusch, »jede Minute erwarte ich uns jenseits des Zaunes.«

Ein paar unschuldige Gänseblümchen und Löwenzahn standen und hörten mit tiefer Bewunderung zu und glaubten alles, was er sagte.

Der alte Esel vom Milchwagen schielte vom Wegrand nach dem blühenden Distelbusch hinüber, aber der Strick war zu kurz, um ihn zu erreichen.

Und die Distel dachte so lange an Schottlands Distel, zu deren Familie sie sich zählte, daß sie zuletzt glaubte, selbst von Schottland gekommen zu sein und daß ihre Eltern selbst in das Wappen des Reiches hineingewachsen wären. Das war ein großer Gedanke, aber eine große Distel kann wohl einen großen Gedanken haben.

»Man ist oft von so vornehmer Familie, daß man es nicht zu wissen wagt!« sagte die Nessel, die dicht daneben wuchs; sie hatte auch gleichsam eine Ahnung davon, daß sie »Nesseltuch« werden könne, wenn sie richtig behandelt würde.

Und der Sommer verging, und der Herbst verging; die Blätter fielen von den Bäumen, die Blumen bekamen stärkere Farben und weniger Duft. Der Gärtnerlehrling sang im Garten über den Zaun hinweg:

»Hinauf den Bach, hinab den Bach,
das ist der ganze Almanach!«

Die jungen Tannenbäume im Wald begannen Weihnachtssehnsucht zu bekommen; aber es war noch lange bis Weihnachten.

»Hier stehe ich noch!« sagte die Distel. »Es ist, als wenn niemand an mich dächte, und ich habe doch die Partie gemacht; verlobt haben sie sich, und Hochzeit haben sie gehalten, das ist jetzt acht Tage her. Ja, ich tue keinen Schritt, denn ich kann nicht.«

Es vergingen noch einige Wochen; die Distel stand mit ihrer letzten, einzigen Blüte, groß und voll; nahe an der Wurzel war sie hervorgesproßt. Der Wind blies kalt über sie hinweg, die Farben vergingen, die Pracht verging, der Blütenkelch, groß wie für die Blüte einer Artischocke, zeigte sich wie eine versilberte Sonnenblume.

Da kam das junge Paar in den Garten, nun Mann und Frau; sie gingen am Zaun entlang, die junge Frau blickte darüber hinaus.

»Da steht noch die große Distel!« sagte sie. »Jetzt hat sie keine Blüten mehr!«

»Doch, da ist das Gespenst von der letzten!« sagte er und zeigte auf den silberglänzenden Rest der Blüte, der selbst eine Blüte war.

»Schön ist sie ja!« sagte sie. »Eine solche muß in den Rahmen unseres Bildes geschnitzt werden!«

Und der junge Mann mußte wieder über den Zaun steigen und den Distelkelch abbrechen. Der stach ihn in die Finger, er hatte ihn ja »das Gespenst« genannt. Und er kam in den Garten hinein, in den Hof hinauf und in den Saal hinein; dort stand ein Gemälde: »Das junge Ehepaar!« Im Knopfloch des Bräutigams war eine Distelblüte gemalt. Es wurde von dieser gesprochen, und es wurde vom Blütenkelch, den sie brachten, gesprochen, von der letzten, nun silberglänzenden Distelblüte, die im Rahmen nachgeschnitzt werden sollte.

Und die Luft trug das Gespräch hinaus, weit umher.

»Was man doch erleben kann!« sagte die Distel. »Meine Erstgeborene kam ins Knopfloch, meine Letztgeborene kam in den Rahmen! Wohin komme ich?«

Und der Esel stand am Wegrand und schielte zu ihr hinüber.

»Komm zu mir, mein Freß-Schatz! Ich kann nicht zu dir kommen, der Strick ist nicht lang genug!«

Aber die Distel antwortete nicht; sie stand in immer tieferen Gedanken da; sie dachte und dachte bis ganz zur Weihnachtszeit hin, und dann zeitigte der Gedanke seine Blüte.

»Wenn die Kinder drinnen gut versorgt sind, findet eine Mutter sich darein, draußen vor dem Zaun zu stehen!«

»Das ist ehrenwert gedacht!« sagte der Sonnenstrahl. »Sie sollen auch einen guten Platz bekommen!«

»Im Topf oder im Rahmen?« fragte die Distel. »In einem Märchen!« sagte der Sonnenstrahl. Hier ist es!

86

DIE WOCHENTAGE

Die Wochentage wollten sich auch einmal frei machen, zusammenkommen und ein Fest halten. Jeder Tag war übrigens so in Anspruch genommen, daß er das Jahr hindurch nicht über freie Zeit verfügte; sie mußten einen eigenen ganzen Tag haben, und den hatten sie denn auch jedes vierte Jahr: den Schalttag, der im Februar eingeschoben wurde, um Ordnung in die Zeitrechnung zu bringen.

Am Schalttag wollten sie also zum Fest zusammenkommen, und da der Februar der Fastnachtmonat ist, wollten sie kostümiert nach eines jeden Empfindung und Bestimmung erscheinen, gut essen, gut trinken, Reden halten und einander Angenehmes und Unangenehmes sagen in ungenierter Kameradschaft. Die Helden des Altertums warfen einander bei den Mahlzeiten die abgenagten Knochen an den Kopf; die Wochentage dagegen wollten einander mit Getratsch von Kalauern und üblen Witzen überhäufen, wie sie ihnen als unschuldige Fastnachtscherze einfallen konnten.

Dann war es Schalttag, und nun kamen sie zusammen.

Sonntag, der Vorsitzende der Wochentage, trat auf in schwarzem Seidenmantel; fromme Menschen würden glauben, er sei pfarrherrlich gekleidet, um zur Kirche zu gehen; Weltkinder sahen, daß er im Domino war, um zum Vergnügen zu gehen, und daß die flammende Nelke, die er im Knopfloch trug, die kleine, rote Laterne des

Theaters war, die sagte: »Alles ist ausverkauft, seht nun zu, daß ihr euch amüsiert!«

Montag, ein junger Mann, verwandt mit dem Sonntag und dem Vergnügen besonders ergeben, folgte nach.

»Ich muß ausgehen, um Offenbachs Musik zu hören; die steigt mir nicht zu Kopf und geht mir nicht zu Herzen, sondern sie kitzelt mich in den Beinmuskeln. Ich muß tanzen, muß eine Zecherei haben, ein blaues Auge bekommen, um darauf zu schlafen und dann am nächsten Tag die Arbeit anzupacken. Ich bin der Neumond der Woche!«

Dienstag, das ist Tyrs Tag, der Tag der Kraft.

»Ja, das bin ich!« sagte Dienstag. »Ich packe die Arbeit an, spanne Merkurs Flügel an die Stiefel des Kaufmanns, schaue nach in den Fabriken, ob die Räder geschmiert sind und sich drehen, sorge dafür, daß der Schneider auf dem Tisch sitzt und der Pflasterer auf den Pflastersteinen; jeder tue seine Pflicht! Ich behalte das Ganze im Auge, deshalb erscheine ich in Polizeiuniform und nenne mich ›Politirsdag‹.[1] Ist das ein schlechter Kalauer, so versucht Ihr andern einen zu machen, der besser ist!«

»Dann komme ich!« sagte Mittwoch. »Ich stehe mitten in der Woche. Ich stehe als Geselle im Laden, als Blume mitten zwischen den andern geehrten Wochentagen! Marschieren wir alle auf, dann habe ich drei Tage vorne, drei Tage hinten, das ist wie eine Ehrenwache. Ich muß glauben, daß ich der ansehnlichste Tag der Woche bin!«

Donnerstag erschien gekleidet als Kupferschmied mit Hammer und Kupferkessel, das waren seine Adelsattribute.

»Ich bin von der höchsten Geburt«, sagte er, »heidnisch, göttlich! In den Ländern des Nordens bin ich nach Thor benannt und in den Ländern des Südens nach Jupiter, die beide verstanden zu donnern und zu blitzen; das ist in der Familie geblieben!«

Und dann schlug er auf den Kupferkessel und bewies seine hohe Geburt.

[1] In der dänischen Sprache heißt die Polizei ›Politi‹ und der Dienstag ›Tirsdag‹, daher die Zusammenziehung ›Politirsdag‹.

Freitag war als junges Mädchen kostümiert und nannte sich Freia, zur Abwechslung auch Venus; das kam auf den Sprachgebrauch in den Ländern an, wo sie auftrat. Sie sei übrigens von stillem, sanftem Charakter, sagte sie, aber heute flott und frei; es war ja Schalttag, und der gibt Freiheit für die Frau, da darf sie nach altem Brauch selbst freien und braucht sich nicht freien zu lassen.

Samstag trat auf als alte Haushälterin mit Besen und Reinigungsattributen. Ihr Leibgericht war Biersuppe, doch verlangte sie nicht, daß sie bei dieser festlichen Gelegenheit für sie alle auf den Tisch gesetzt werde, sondern nur, daß sie sie bekommen dürfe, und sie bekam sie.

Und dann ließen die Wochentage sich nieder.

Hier sind sie abgebildet alle sieben, brauchbar für lebende Bilder in Familienkreisen; da können sie so lustig gegeben werden, wie man es vermag. Wir geben sie hier nur als einen Scherz im Februar, dem einzigen Monat, der einen Tag als Zugabe erhält!

87

DER GÄRTNER UND DIE HERRSCHAFT

Eine Meile von der Hauptstadt entfernt stand ein alter Herrenhof mit dicken Mauern, Türmen und gezackten Giebeln.

Hier wohnte, freilich nur in der Sommerzeit, eine reiche, hochadlige Herrschaft. Dieser Hof war der beste und schönste von all den Höfen, die sie besaß; er sah von außen aus wie neugegossen und war innen voll Behaglichkeit und Bequemlichkeit. Das Wappen der Familie war über dem Tor in Stein gehauen. Herrliche Rosen schlangen sich um Wappen und Erker, ein ganzer Grasteppich breitete sich vor dem Hof aus; da gab es Rotdorn und Weißdorn, da gab es seltene Blumen, selbst außerhalb des Treibhauses.

Die Herrschaft hatte auch einen tüchtigen Gärtner; es war eine Lust, den Blumengarten, den Obst- und Gemüsegarten zu sehen. An diesen grenzte noch ein Rest von dem ursprünglichen alten Garten des Hofes mit einigen Buchsbaumhecken, die so beschnitten waren, daß sie Kronen und Pyramiden bildeten. Hinter diesen standen zwei mächtige, alte Bäume; sie waren immer fast blätterlos, und man konnte leicht darauf verfallen zu glauben, daß ein Sturmwind oder eine Windhose sie mit großen Klumpen Mist bestreut habe, aber jeder Klumpen war ein Vogelnest.

Hier nistete seit undenklichen Zeiten ein Gewimmel schreiender Dohlen und Krähen. Es war eine ganze Vogelstadt, und die Vögel waren die Herrschaft, die Eigentümer, das älteste Geschlecht des Herrensitzes, die eigentliche Herrschaft auf dem Hof. Keiner von den Menschen dort unten ging sie etwas an, aber sie duldeten diese niedrig gehenden Geschöpfe, obwohl diese zuweilen mit der Büchse knallten, so daß es im Rückgrat der Vögel kribbelte, und jeder Vogel in Schrecken darüber aufflog und »Pack! Pack!« schrie.

Der Gärtner sprach oft mit seiner Herrschaft davon, daß man die alten Bäume fällen lassen sollte. Sie sähen nicht gut aus, und kämen sie fort, so würde man wahrscheinlich auch von den schreienden Vögeln befreit, die andernorts Unterkunft suchen würden. Aber die Herrschaft wollte weder die Bäume noch das Vogelgewimmel entbehren. Das war etwas, was der Hof nicht verlieren durfte, das war etwas aus der alten Zeit, und die sollte man nicht ganz auslöschen.

»Die Bäume sind eben das Erbgut der Vögel, lassen wir sie es behalten, mein guter Larsen!« Der Gärtner hieß Larsen, aber das hat hier nun nichts weiter zu bedeuten.

»Haben Sie, kleiner Larsen, nicht einen genügend großen Wirkungskreis? Den ganzen Blumengarten, die Treibhäuser, den Obst- und Gemüsegarten?«

Die hatte er, die pflegte und hegte er mit Eifer und Tüchtigkeit, und das wurde von der Herrschaft anerkannt; aber sie verhehlten ihm nicht, daß sie bei Fremden oft Früchte aßen und Blumen sahen, die das übertrafen, was sie in ihrem eigenen Garten hatten, und das betrübte den Gärtner, denn er wollte das Beste und tat das Beste. Er hatte ein gutes Herz und war gut in seinem Amt.

Eines Tages ließ die Herrschaft ihn rufen und sagte in aller Milde und Herrschaftlichkeit, daß sie am vorhergehenden Tag bei vornehmen Freunden eine Sorte Äpfel und Birnen bekommen hätten, so saftig, so wohlschmeckend, daß sie und alle Gäste sich voller

Bewunderung geäußert hätten. Die Früchte waren wahrscheinlich keine inländischen, aber sie müßten eingeführt werden, hier einheimisch werden, falls unser Klima es erlaube. Man wußte, daß sie drinnen in der Stadt bei dem ersten Obsthändler gekauft worden waren. Der Gärtner sollte in die Stadt reiten und erfahren, woher diese Äpfel und Birnen kämen, und dann Pfropfzweige verschreiben.

Der Gärtner kannte den Obsthändler gut, denn gerade an ihn verkaufte er im Namen seiner Herrschaft den Überfluß an Obst, das im Garten des Herrenhofes wuchs.

Der Gärtner ritt in die Stadt und fragte den Obsthändler, woher er diese hochgepriesenen Äpfel und Birnen habe.

»Die sind aus Ihrem eigenen Garten!« sagte der Obsthändler und zeigte ihm die Äpfel und Birnen, die er wiedererkannte.

Na, wie wurde er froh, der Gärtner! Er eilte zur Herrschaft und erzählte, daß die Äpfel und Birnen aus ihrem eigenen Garten seien.

Das konnte die Herrschaft gar nicht glauben. »Das ist nicht möglich, Larsen! Können Sie eine schriftliche Bestätigung vom Obsthändler verschaffen?«

Und das konnte er. Er brachte ein schriftliches Attest.

»Das war doch merkwürdig!« sagte die Herrschaft.

Nun kamen jeden Tag große Schalen mit diesen prächtigen Äpfeln und Birnen aus ihrem eigenen Garten auf den Herrschaftstisch; es wurde scheffel- und tonnenweise von diesen Früchten an Freunde in der Stadt und außerhalb der Stadt gesandt, ja selbst ins Ausland. Das war ein wahres Vergnügen! Doch mußten sie hinzufügen, daß es ja auch zwei außerordentlich gute Sommer für das Obst gewesen waren; dies war überall im Lande gut geraten.

Einige Zeit verging; die Herrschaft speiste eines Mittags bei Hofe. Am Tag darauf wurde der Gärtner zu seiner Herrschaft gerufen. Sie hatten bei Tafel Melonen bekommen, so saftige, so geschmackvolle, aus dem Treibhaus der Majestäten.

»Sie müssen zum Hofgärtner gehen, guter Larsen, und uns einige Kerne von diesen köstlichen Melonen verschaffen!«

»Aber der Hofgärtner hat die Kerne von uns bekommen!« sagte der Gärtner ganz vergnügt.

»Dann hat der Mann es verstanden, die Frucht zu einer höheren Entwicklung zu bringen!« antwortete die Herrschaft. »Jede Melone war ausgezeichnet!«

»Ja, dann kann ich stolz sein!« sagte der Gärtner. »Ich will der gnädigen Herrschaft sagen, daß der Schloßgärtner in diesem Jahr mit seinen Melonen kein Glück gehabt hat, und als er sah, wie prächtig unsere standen, und sie kostete, da bestellte er drei davon fürs Schloß!«

»Larsen! Bilden Sie sich nur nicht ein, daß das die Melonen aus unserem Garten waren!«

»Ich glaube es!« sagte der Gärtner, ging zum Schloßgärtner und erhielt von ihm einen schriftlichen Beweis, daß die Melonen auf der königlichen Tafel aus dem Herrenhof gekommen seien.

Das war wirklich eine Überraschung für die Herrschaft, und sie verschwieg die Geschichte nicht; sie wies das Attest vor, ja, es wurden Melonenkerne weit umher versandt, so wie früher Pfropfzweige.

Über diese erhielt man Nachricht, daß sie anschlugen, Frucht ansetzten, ganz ausgezeichnete, und sie seien nach dem Herrenhof der Herrschaft benannt, so daß dieser Name dadurch jetzt auf englisch, französisch und deutsch zu lesen sei.

Das hatte man sich nicht zum voraus gedacht.

»Wenn nur der Gärtner keine zu große Meinung von sich selbst bekommt!« sagte die Herrschaft.

Er nahm es auf eine andere Weise: er wollte nun just darnach streben, seinen Namen als einen der besten Gärtner des Landes zu behaupten; jedes Jahr wollte er versuchen, etwas Vorzügliches von allen Gartensorten zu bringen, und das tat er; aber oft bekam er doch zu hören, daß die allerersten Früchte, die er gebracht hatte, die Äpfel und Birnen, eigentlich die besten waren; alle späteren Arten standen weit zurück. Die Melonen waren freilich sehr gut gewesen, aber das war ja auch eine ganz andere Art; die Erdbeeren konnten vortrefflich genannt werden, aber doch nicht besser als die, welche andere Herrschaften hatten, und als die Rettiche ein Jahr nicht gerieten, sprach man nur von den mißratenen Rettichen und nicht von dem andern Guten, das gebracht worden war.

Es war fast, als ob die Herrschaft eine Erleichterung empfand, wenn sie sagen konnte:

»Es ging dies Jahr nicht, kleiner Larsen!« Sie waren ganz froh darüber, sagen zu können: »Es ging dies Jahr nicht!«

Ein paarmal in der Woche brachte der Gärtner frische Blumen in die Stube hinauf, immer sehr geschmackvoll geordnet; die Farben kamen durch die Zusammenstellung gleichsam in ein stärkeres Licht.

»Sie haben Geschmack, Larsen!« sagte die Herrschaft, »das ist eine Gabe, die Ihnen von Unserm Herrn verliehen ist, nicht von Ihnen selbst!«

Eines Tages kam der Gärtner mit einer großen Kristallschale, darin lag ein Seerosenblatt; auf dieses war, mit ihrem langen, dicken Stiel im Wasser, eine strahlende, blaue Blume gelegt, groß wie eine Sonnenblume.

»Hindustans Lotus!« rief die Herrschaft.

Eine solche Blume hatten sie niemals gesehen; und sie wurde am Tag in den Sonnenschein gestellt und am Abend ins Reflexlicht. Jeder, der sie sah, fand sie merkwürdig schön und selten, ja, das sagte selbst die vornehmste von den jungen Damen des Landes, und die war eine Prinzessin; klug und herzensgut war sie.

Die Herrschaft setzte ihre Ehre darein, ihr die Blume zu überreichen, und sie kam mit der Prinzessin ins Schloß hinauf.

Nun ging die Herrschaft in den Garten hinab, um selbst eine Blume von derselben Art zu pflücken, falls sich eine solche noch fand, aber sie war nicht zu finden. Dann riefen sie den Gärtner und fragten, woher er die blaue Lotus habe.

»Wir haben vergebens gesucht!« sagten sie. »Wir sind in den Treibhäusern gewesen und überall im Blumengarten!«

»Nein, dort ist sie freilich nicht!« sagte der Gärtner. »Es ist nur eine geringe Blume aus dem Gemüsegarten! Aber nicht wahr, wie schön ist sie! Sie sieht aus, als wäre sie ein blauer Kaktus, und ist doch nur die Blüte der Artischocke!«

»Das hätten Sie uns gleich sagen sollen!« sagte die Herrschaft. »Wir mußten glauben, daß es eine fremde, seltene Blume sei. Sie haben uns vor der jungen Prinzessin blamiert! Sie sah die Blume bei uns, fand sie so schön, kannte sie nicht, und ist doch sehr bewandert in der Botanik, aber diese Wissenschaft hat nichts mit Küchenkräutern zu tun. Wie konnte es Ihnen einfallen, guter Larsen, eine solche Blume hinauf in die Stube zu stellen. Das heißt uns lächerlich machen!«

Und die schöne, blaue Prachtblüte, die aus dem Gemüsegarten geholt war, wurde aus der Herrschaftsstube entfernt, wohin sie nicht gehörte, ja, die Herrschaft entschuldigte sich bei der Prinzessin und erzählte, daß die Blume nur ein Küchengewächs sei, das der Gärtner hinzustellen gewagt hatte, daß er aber dafür eine ernste Zurechtweisung erhalten habe.

»Wie schade! Das war ein Unrecht!« sagte die Prinzessin. »Er hat ja unsere Augen für eine Prachtblüte geöffnet, die wir gar nicht beachtet hatten; er hat uns die Schönheit dort gezeigt, wo es uns nicht einfiel, sie zu suchen! Der Schloßgärtner soll mir jeden Tag, solange die Artischocken Blüten haben, eine hinauf in mein Zimmer bringen.«

Und das geschah.

Die Herrschaft ließ dem Gärtner sagen, daß er ihnen wieder eine frische Artischockenblüte bringen könne.

»Sie ist im Grunde schön!« sagten sie, »höchst merkwürdig!« Und der Gärtner erhielt ein Lob.

»Das hat Larsen gern!« sagte die Herrschaft. »Er ist ein verwöhntes Kind!«

Im Herbst gab es einen entsetzlichen Sturm; er nahm zu in der Nacht und wurde so gewaltig, daß viele große Bäume am Rande des Waldes mit der Wurzel ausgerissen wurden, und zum großen Kummer der Herrschaft – Kummer, wie sie es nannten, aber zur Freude für den Gärtner – stürzten die beiden großen Bäume mit all den Vogelnestern um. Man hörte im Sturm das Geschrei der Dohlen und Krähen. Sie schlugen mit den Flügeln gegen die Fensterscheiben, sagten die Leute auf dem Hof.

»Jetzt sind Sie wohl froh, Larsen!« sagte die Herrschaft; »der Sturm hat die Bäume gefällt, und die Vögel sind nach dem Wald geflogen. Hier gibt es kein Bild der alten Zeit mehr; jedes Zeichen und jede Andeutung ist verschwunden! Uns hat es betrübt!«

Der Gärtner sagte nichts, aber er dachte an das, was er schon lange gedacht hatte, nämlich daran, den prächtigen, sonnigen Platz recht zu benützen, über den er früher nicht hatte verfügen können; er sollte die Zierde des Gartens und die Freude der Herrschaft werden.

Die großen, umgestürzten Bäume hatten die uralten Buchsbaumhecken mit all ihren ausgeschnittenen Formen zerschmettert und zerdrückt. Er pflanzte hier ein Dickicht von Gewächsen an, Heimatpflanzen von Feld und Wald.

Was kein anderer Gärtner in reicher Fülle in den Herrschaftsgarten zu pflanzen gedacht hatte, das setzte er hier in *die* Erde, die jedes einzelne Gewächs haben sollte, und in Schatten und Sonnenschein, wie jede Art es brauchte. Er pflegte in Liebe, und es wuchs in Herrlichkeit.

Der Wacholderbusch von der jütländischen Heide erhob sich, in Form und Farbe gleich Italiens Zypresse; der blanke, stachlige Christdorn, immer grün in Winterkälte und in Sommersonne, stand herrlich anzusehen. Davor wuchsen die Farnkräuter, viele verschiedene Arten. Einige sahen aus, als wären sie Kinder des Palmenbaumes, und andere, als wären sie die Eltern der feinen, schönen Pflanzen, die wir Venushaar nennen. Hier stand die verachtete Klette, die in ihrer Frische so schön ist, daß sie sich in einem Strauß gut ausnehmen kann. Die Klette stand im Trockenen; aber tiefer unten, in dem feuchten Grund, wuchs der Ampfer, auch eine verachtete Pflanze, und doch durch ihre Höhe und ihr mächtiges Blatt so malerisch schön. Ellenhoch mit Blüte neben Blüte, wie ein mächtiger, vielarmiger Kandelaber, erhob sich die Königskerze, vom Feld hierher verpflanzt. Hier standen Waldmeister, Schlüsselblumen und Waldmaiglöckchen, die wilde Kalla und der dreiblättrige, feine Sauerklee. Es war eine Pracht.

Davor, an Stahldrähte gestützt, wuchsen in Reihen ganz kleine Birnbäume aus französischem Erdboden; sie erhielten Sonne und gute Pflege und trugen bald große, saftige Früchte, wie in dem Land, aus dem sie kamen.

An Stelle der beiden alten, blattlosen Bäume wurde eine hohe Fahnenstange aufgerichtet, wo Dannebrog wehte, und dicht daneben noch eine Stange, um die sich zur Sommer- und Herbstzeit Hopfenranken mit ihren duftenden Blütenbüscheln wanden, wo aber im Winter nach alter Sitte eine Hafergarbe aufgehängt wurde, damit die Vögel des Himmels zur frohen Weihnachtszeit eine Mahlzeit haben konnten.

»Der gute Larsen wird sentimental in seinen alten Tagen!« sagte die Herrschaft. »Aber er ist uns treu und ergeben!«

Zu Neujahr kam in einem der illustrierten Blätter der Hauptstadt ein Bild von dem alten Hof. Man sah die Fahnenstange und die Hafergarbe für die Vögel des Himmels in der frohen Weihnachtszeit, und es war erwähnt und als ein schöner Gedanke hervorgehoben, daß hier eine alte Sitte wieder zu Ehren gebracht wurde, so bezeichnend gerade für den alten Hof.

»Alles, was dieser Larsen tut«, sagte die Herrschaft, »hängt man an die große Glocke. Das ist ein glücklicher Mann! Wir müssen ja fast stolz darauf sein, daß wir ihn haben!«

Aber sie waren gar nicht stolz darauf! Sie fühlten, daß sie die Herrschaft waren. Sie konnten Larsen kündigen; aber das taten sie nicht. Sie waren gute Menschen, und von ihrer Art gibt es so viele gute Menschen, und das ist erfreulich für jeden Larsen.

Ja, das ist die Geschichte »von dem Gärtner und der Herrschaft«.

Nun kannst du darüber nachdenken!

88

DER KRÜPPEL

Es gab einmal einen alten Herrenhof mit jungen, prächtigen Herrenhofleuten. Reichtum und Segen hatten sie, vergnügen wollten sie sich, und Gutes taten sie. Alle Menschen wollten sie froh machen, wie sie selber es waren.

Am Weihnachtsabend stand ein herrlich geschmückter Weihnachtsbaum in dem alten Rittersaal, wo Feuer in den Kaminen brannte und Tannenzweige um die alten Bilder gehängt waren. Hier versammelten sich die Herrschaft und die Gäste, es wurde gesungen und getanzt.

Früher am Abend war schon Weihnachtsfreude in der Gesindestube. Auch hier stand ein großer Tannenbaum mit brennenden roten und weißen Kerzen, kleinen Dannebrogfähnchen, ausgeschnittenen Schwänen und Fischnetzen aus buntem Papier, die mit Näschereien gefüllt waren. Die armen Kinder der Gemeinde waren eingeladen; jedes hatte seine Mutter mit. Die sah nicht viel nach dem Baum, sie sah nach den Weihnachtstischen, wo Wolle und Leinwand, Kleiderstoff und Hosenstoff lagen. Ja, dahin blickten die Mütter und die erwachsenen Kinder; nur die winzig Kleinen streckten die Hände nach den Lichtern, nach dem Flittergold und den Fähnchen aus.

Diese ganze Versammlung kam früh am Nachmittag, bekam Reisbrei und Gänsebraten mit Rotkohl. Wenn dann der Weihnachtsbaum angeschaut und die Gaben verteilt waren, erhielt jeder ein kleines Glas Punsch und mit Äpfeln gefüllte Krapfen.

Sie kamen heim in ihre eigene, ärmliche Stube, und es wurde von »der guten Lebensweise« gesprochen, das heißt von den Eßwaren, und die Gaben wurden noch einmal richtig angeschaut.

Da waren nun Garten-Kirsten und Garten-Ole. Miteinander verheiratet, hatten sie ein Haus und das tägliche Brot dadurch, daß sie im Herrenhofgarten jäteten und gruben. Zu jedem Weihnachtsfest bekamen sie ihren guten Teil von den Geschenken; sie hatten auch fünf Kinder; alle fünf wurden von der Herrschaft gekleidet.

»Es sind wohltätige Leute, unsere Herrschaft!« sagten sie. »Aber sie haben ja auch die Mittel dazu, und sie haben Vergnügen daran!«

»Hier sind gute Kleider für die vier Kinder gekommen!« sagte Garten-Ole. »Aber warum ist hier nichts für den Krüppel? An ihn pflegen sie doch auch zu denken, obwohl er nicht beim Fest dabei ist!«

Es war das älteste von den Kindern, das sie »den Krüppel« nannten, er hatte sonst den Namen Hans.

Als er klein war, war er das flinkste und lebhafteste Kind, aber dann wurde er auf einmal »schlapp in den Beinen«, wie sie es nannten, er konnte weder stehen noch gehen, und nun lag er schon im fünften Jahr zu Bett.

»Ja, etwas bekam ich doch auch für ihn!« sagte die Mutter. »Aber es ist nichts Besonderes, es ist nur ein Buch, in dem er lesen kann!«

»Davon wird er nicht fett werden!« sagte der Vater.

Aber froh darüber wurde Hans. Er war ein sehr aufgeweckter Knabe, der gern las, aber auch seine Zeit zur Arbeit verwandte, soweit er, der immer zu Bett liegen mußte, sich nützlich machen konnte. Er war fingerfertig, gebrauchte seine Hände, strickte Wollstrümpfe, ja, ganze Bettdecken. Die Frau des Herrenhofes hatte sie gelobt und gekauft.

Es war ein Märchenbuch, das Hans bekommen hatte; in dem war viel zu lesen, vieles, worüber er nachdenken konnte.

»Das ist zu gar keinem Nutzen hier im Hause!« sagten die Eltern. »Aber laßt ihn lesen, dann vergeht die Zeit, er kann nicht immer Strümpfe stricken!«

Der Frühling kam; Blumen und Grün begannen zu keimen, das Unkraut auch, wie man ja wohl die Nesseln nennen kann, obwohl es so schön von ihnen im Lied heißt:

»Und hielten alle Könige Rat
in ihrer stolzen Macht,
sie hätten auch nicht das kleinste Blatt
der Nessel zustande gebracht.«

Es gab viel zu tun im Herrenhofgarten, nicht bloß für den Gärtner und seine Lehrlinge, sondern auch für Garten-Kirsten und Garten-Ole.

»Das ist eine rechte Mühe!« sagten sie, »und haben wir dann die Wege gerecht und sie so richtig nett gemacht, dann werden sie gleich wieder zertreten. Hier ist ein Hochbetrieb mit Fremden auf dem Herrenhof. Was das kosten muß! Aber die Herrschaft ist reich!«

»Es ist sonderbar verteilt!« sagte Ole. »Wir sind alle Gottes Kinder, sagt der Pfarrer. Warum dann solch ein Unterschied?«

»Das kommt vom Sündenfall!« sagte Kirsten.

Davon sprachen sie am Abend wieder, als der Krüppel-Hans mit seinem Märchenbuch dalag.

Ärmliche Verhältnisse, Mühe und Anstrengung hatten die Eltern hart an den Händen gemacht, aber auch hart in ihrem Urteil und ihren Ansichten; sie konnten es nicht bewältigen, nicht damit zurechtkommen, und sprachen sich nur mehr in Zorn und Mißmut hinein.

»Einige Menschen bekommen Wohlstand und Glück, andere nur Armut! Warum sollen wir für den Ungehorsam und die Neugier unserer ersten Eltern bestraft werden? Wir hätten uns nicht so benommen wie die beiden!«

»Doch, wir hätten!« sagte plötzlich Krüppel-Hans. »Das steht alles hier in diesem Buch!«

»Was steht in dem Buch?« fragten die Eltern.

Und Hans las ihnen das alte Märchen vom Holzhacker und seiner Frau vor: Die schalten auch über Adams und Evas Neugier, die schuld war an ihrem Unglück. Da kam der König des Landes vorüber. ›Folgt mir nach Hause!‹ sagte er, ›dann sollt ihr es ebenso gut haben wie ich: sieben Gerichte bei Tisch und ein Schaugericht. Das ist in einer geschlossenen Terrine. Die dürft ihr nicht anrühren, denn dann ist es vorbei mit dem Herrenleben!‹ – ›Was kann in der Terrine sein?‹ sagte die Frau. ›Das geht uns nichts an!‹ sagte der Mann. ›Ja, ich bin nicht neugierig!‹ sagte die Frau, ›ich möchte nur wissen, warum wir den Deckel nicht heben dürfen; da ist gewiß etwas Delikates drin!‹ – ›Wenn nur nicht eine Mechanik dabei ist!‹ sagte der Mann, ›so ein Pistolenschuß, der losknallt und das ganze Haus weckt!‹ – ›Eja!‹ sagte die Frau und berührte die Terrine nicht. Aber in der Nacht träumte sie, daß der Deckel sich von selbst hob. Es kam ein Duft von dem herrlichsten Punsch, wie man ihn bei Hochzeiten und Begräbnissen bekommt. Ein großer Silberschilling lag da mit der Inschrift: ›Trinkt ihr von diesem Punsch, so werdet ihr die beiden Reichsten der Welt, und alle andern Menschen werden Bettler!‹ – Und da erwachte die Frau und erzählte ihrem Mann den Traum. ›Du denkst zuviel an dies Ding!‹ sagte er. ›Wir können den Deckel ja mit Vorsicht heben!‹ sagte die Frau. ›Mit Vorsicht!‹ sagte der Mann. Und die Frau hob ganz sachte den Deckel. – Da sprangen zwei kleine, flinke Mäuse heraus und weg waren sie in einem Mauseloch. ›Gute Nacht!‹ sagte der König. ›Jetzt könnt ihr heimgehen und euch in euer eigenes Bett legen. Scheltet nicht mehr auf Adam und Eva, ihr selbst seid ebenso neugierig und undankbar gewesen!‹ –

»Wie ist diese Geschichte da in das Buch gekommen?« sagte Garten-Ole. »Es ist, als ob sie uns gelten sollte. Die gibt sehr zu denken!«

Am nächsten Tag gingen sie wieder an die Arbeit; sie wurden von der Sonne geröstet und naß bis auf die Haut vom Regenwetter; in ihnen waren mißmutige Gedanken, an denen sie wiederkäuten.

Es war noch heller Abend daheim, sie hatten ihren Milchbrei gegessen.

»Lies uns wieder die Geschichte vom Holzhacker vor«, sagte Garten-Ole.

»Es sind so viele hübsche in dem Buch!« sagte Hans. »So viele, die ihr nicht kennt!«

»Ja, die mag ich nicht!« sagte Garten-Ole. »Ich will die hören, die ich kenne!«

Und er und die Frau hörten sie wieder.

Mehr als einen Abend kamen sie auf diese Geschichte zurück.

»Mir so recht das Ganze erklären kann sie doch nicht!« sagte Garten-Ole. »Es ist mit den Menschen wie mit süßer Milch: sie gerinnt; einige werden zu feinem Weichkäse und andere zur dünnen, wäßrigen Molke! Einige Leute haben Glück in allen Dingen, sitzen alle Tage an der Festtafel und kennen weder Kummer noch Mangel!«

Das hörte Krüppel-Hans. Er war arm in den Beinen, aber klug im Kopf. Er las ihnen aus dem Märchenbuch vor, las vom »Mann ohne Kummer und Mangel«. Ja, wo war der zu finden, und gefunden mußte er werden.

»Der König war krank und konnte nicht geheilt werden, außer wenn ihm das Hemd angezogen würde, das auf dem Körper eines Menschen getragen und abgenutzt worden war, der in Wahrheit sagen konnte, daß er niemals Kummer und Mangel gekannt hatte.

Boten wurden ausgesandt nach allen Ländern der Welt, nach allen Schlössern und Herrenhöfen, zu allen wohlhabenden und frohen Menschen, aber wenn man sie richtig ausfragte, so hatte doch jeder von ihnen Kummer und Mangel erprobt.

›Das habe ich nicht!‹ sagte der Schweinehirt, der am Graben saß, lachte und sang. ›Ich bin der glücklichste Mensch!‹

›So gib uns denn dein Hemd‹, sagten die Abgesandten, ›das sollst du mit einem halben Königreich bezahlt bekommen.‹

Aber er hatte kein Hemd und nannte sich doch den glücklichsten Menschen.«

»Das war ein feiner Kerl!« rief Garten-Ole, und er und seine Frau lachten, wie sie seit Jahr und Tag nicht gelacht hatten.

Da kam der Schullehrer vorbei.

»Wie ihr vergnügt seid!« sagte er, »das ist etwas ganz Neues hier im Haus. Habt ihr einen Anteil in der Lotterie gewonnen?«

»Nein, es ist nichts Derartiges!« sagte Garten-Ole. »Es ist Hans, der uns aus dem Märchenbuch vorgelesen hat; er las vom ›Mann ohne Kummer und Mangel‹, und dieser Kerl hatte kein Hemd. Es gehen einem die Augen auf, wenn man dergleichen hört, und noch dazu aus einem gedruckten Buch. Jeder hat wohl seinen Karren zu ziehen, man ist nicht der einzige. Das ist immerhin ein Trost!«

»Woher habt ihr das Buch?« fragte der Schullehrer.

»Das bekam unser Hans zur Weihnachtszeit vor mehr als einem Jahr. Die Herrschaft gab es ihm. Sie wissen, er hat solche Lust zum Lesen und er ist ja ein Krüppel! Wir hätten es damals lieber gesehen, daß er zwei Hemden aus Wergleinen bekommen hätte. Aber das Buch ist merkwürdig, es kann gleichsam die eigenen Gedanken beantworten!«

Der Schullehrer nahm das Buch und öffnete es. »Laß uns dieselbe Geschichte noch einmal hören!« sagte Garten-Ole, »ich habe sie noch nicht richtig erfaßt. Und dann muß er auch noch die andere Geschichte vom Holzhacker lesen.«

Die zwei Geschichten waren und blieben genug für Ole. Sie waren wie zwei Sonnenstrahlen in der ärmlichen Stube, in den niederdrückenden Gedanken, die sie mürrisch und mißmutig werden ließen.

Hans hatte das ganze Buch gelesen, es viele Male gelesen. Die Märchen trugen ihn hinaus in die Welt, dorthin, wo er ja nicht hinkommen konnte, da ihn die Beine nicht trugen.

Der Schullehrer saß an seinem Bett; sie sprachen zusammen, und das war vergnüglich für sie alle beide.

Seit diesem Tag kam der Schullehrer öfter zu Hans, wenn die Eltern bei der Arbeit waren. Es war wie ein Fest für den Knaben, jedesmal, wenn er kam. Wie lauschte er dem, was der alte Mann ihm erzählte, von der Größe und den vielen Ländern der Erde, und daß die Sonne doch fast eine halbe Million mal größer sei als die Erde, und so weit entfernt, daß eine Kanonenkugel in ihrer Fahrt von der Sonne zur Erde ganze fünfundzwanzig Jahre brauchte, während die Lichtstrahlen die Erde in acht Minuten erreichen können.

Über all dies weiß nun jeder tüchtige Schuljunge Bescheid, aber für Hans war es neu und noch wunderbarer als alles, was in dem Märchenbuch stand.

Der Schullehrer kam ein paarmal im Jahr zu Tisch bei der Herrschaft, und bei einer solchen Gelegenheit erzählte er, welche Bedeutung das Märchenbuch in dem ärmlichen Haus habe, wo allein zwei Geschichten daraus zur Erweckung und zum Segen geworden seien. Der schwächliche, nette, kleine Bub habe durch sein Lesen Nachdenken und Freude ins Haus gebracht.

Als der Schullehrer vom Herrenhof heimging, drückte ihm die Frau ein paar blanke Silbertaler in die Hand für den kleinen Hans.

»Die dürfen Vater und Mutter haben!« sagte der Knabe, als ihm der Schullehrer das Geld brachte.

Und Garten-Ole und Garten-Kirsten sagten: »Krüppel-Hans ist doch auch zu Nutz und Segen!«

Ein paar Tage später, die Eltern waren bei der Arbeit auf dem Herrenhof, hielt der Herrschaftswagen draußen; es war die herzensgute Frau, die kam, froh darüber, daß ihre Weihnachtsgabe zu solchem Trost und Vergnügen für den Knaben und die Eltern geworden war.

Sie brachte feines Brot, Obst und eine Flasche süßen Saft mit; aber was noch vergnüglicher war, sie brachte ihm in einem vergoldeten Käfig einen kleinen, schwarzen Vogel, der ganz allerliebst flöten konnte. Der Käfig mit dem Vogel wurde auf die alte Truhe gesetzt, ein wenig von dem Bett des Knaben entfernt. Er konnte den Vogel sehen und ihn hören; ja, die Leute ganz draußen auf der Landstraße konnten seinen Gesang hören.

Garten-Ole und Garten-Kirsten kamen erst heim, nachdem die Frau fortgefahren war; sie sahen, wie froh Hans war, fanden aber doch, daß nur Mühe bei der Gabe war, die er erhalten hatte.

»Reiche Leute denken eben nicht so weit!« sagten sie. »Sollen wir nun auch den versorgen? Krüppel-Hans kann es ja nicht tun. Das Ende wird sein, daß die Katze ihn nimmt!«

Acht Tage vergingen, es vergingen noch acht; die Katze war in dieser Zeit manchesmal in der Stube gewesen, ohne den Vogel zu erschrecken, geschweige denn ihm etwas zuleide zu tun. Da begab sich ein großes Ereignis. Es war Nachmittag, die Eltern und die anderen Kinder waren bei der Arbeit, Hans ganz allein. Er hatte das Märchenbuch in der Hand und las von des Fischers Frau, der alle Wünsche erfüllt wurden; sie wollte König sein, das wurde sie; sie wollte Kaiser sein, das wurde sie; aber dann wollte sie der liebe Gott sein – da saß sie wieder im Schlammgraben, aus dem sie gekommen war.

Diese Geschichte hatte nun gar keine Beziehung auf den Vogel oder die Katze, aber es war just diese Geschichte, die er las, als das Ereignis eintrat; daran erinnerte er sich später immer.

Der Käfig stand auf der Truhe, die Katze stand auf dem Boden und blickte starr mit ihren grüngelben Augen zum Vogel hinauf. Es war etwas in dem Gesicht der Katze, als wollte sie dem Vogel sagen: »Wie bist du reizend! Ich möchte dich fressen!«

Das konnte Hans verstehen; er las es direkt aus dem Gesicht der Katze.

»Weg, Katze!« rief er. »Willst du wohl schauen, daß du zur Stube hinauskommst!«

Es war, als schicke sie sich an zu springen.

Hans konnte sie nicht erreichen, hatte nichts anderes, womit er nach ihr werfen konnte, als seinen liebsten Schatz, das Märchenbuch. Das warf er, aber der Einband war lose, er flog nach der einen Seite, und das Buch selbst mit allen seinen Blättern flog nach der andern Seite. Die Katze ging mit langsamen Schritten ein wenig in die Stube zurück und sah Hans an, als wollte sie sagen:

»Misch dich nicht in diese Sache, kleiner Hans! Ich kann gehen und ich kann springen, du kannst keins von beiden!«

Hans behielt die Katze im Auge und war in großer Unruhe. Der Vogel wurde auch unruhig. Kein Mensch war da, den man hätte rufen können; es war, als ob die Katze das wüßte; sie setzte wieder zum Sprung an. Hans schwenkte seine Bettdecke, die Hände konnte er gebrauchen; aber die Katze kümmerte sich nicht um die Bettdecke; und als auch diese nutzlos nach ihr geworfen war, sprang sie mit einem Satz auf den Stuhl hinauf und hinüber auf das Fensterbrett, hier war sie dem Vogel näher.

Hans konnte sein eigenes warmes Blut in seinem Körper spüren; aber daran dachte er nicht, er dachte nur an die Katze und den Vogel; aus dem Bett hinaus konnte der Knabe sich ja nicht helfen, auf den Beinen konnte er nicht stehen, noch weniger konnte er gehen. Es war, als ob sein Herz sich in ihm umdrehe, als er die Katze vom Fensterbrett gerade auf die Truhe hinüberspringen und an den Käfig stoßen sah, so daß er umfiel. Der Vogel flatterte verstört darin umher.

Hans stieß einen Schrei aus. Es gab einen Ruck in ihm, und ohne dabei zu denken, sprang er aus dem Bett zur Truhe hin, riß die Katze herunter und hielt den Käfig fest, in dem sich der Vogel wie in großem Entsetzen befand. Er hielt den Käfig in der Hand und lief damit zur Tür hinaus auf die Straße.

Da strömten die Tränen ihm aus den Augen; er jubelte und rief ganz laut: »Ich kann gehen! Ich kann gehen!«

Er hatte seine Beweglichkeit wieder erhalten; so etwas kann geschehen, und bei ihm geschah es.

Der Schullehrer wohnte ganz in der Nähe; zu ihm lief er hinein auf seinen bloßen Füßen, nur in Hemd und Jacke und mit dem Vogel im Käfig.

»Ich kann gehen!« rief er. »Herr, mein Gott!« Und er schluchzte und weinte vor lauter Freude.

Und Freude ward im Hause bei Garten-Ole und Garten-Kirsten. »Einen froheren Tag könnten wir nicht erleben!« sagten sie alle beide.

Hans wurde auf den Herrenhof gerufen; diesen Weg war er seit vielen Jahren nicht gegangen. Es war, als ob die Bäume und Haselbüsche, die er so gut kannte, ihm zunickten und sagten: »Guten Tag, Hans! Willkommen hier draußen!« Die Sonne schien ihm ins Gesicht, gerade ins Herz hinein.

Die Herrschaft, die jungen, gesegneten Herrenhofleute, ließen ihn bei sich sitzen und sahen ebenso froh aus, als ob er zu ihrer eigenen Familie gehörte.

Am frohesten war doch die Gutsherrin, die ihm das Märchenbuch und den kleinen Singvogel gegeben hatte; dieser war nun freilich gestorben, gestorben vor Schrecken, aber er war gleichsam das Mittel zu seiner Heilung gewesen. Und das Buch war ihm und den Eltern zur Erweckung geworden; das hatte er noch, das wollte er aufbewahren und lesen, auch wenn er noch so alt würde. Jetzt konnte er auch denen daheim von Nutzen sein. Er wollte ein Handwerk erlernen, am liebsten Buchbinder werden, »denn«, sagte er, »dann kann ich alle neuen Bücher zu lesen bekommen!«

Am Nachmittag rief die Gutsherrin beide Eltern zu sich. Sie und ihr Mann hatten zusammen über Hans gesprochen; er war ein frommer und lieber Knabe, hatte Lust zum Lernen und es fiel ihm auch leicht. Unser Herr ist immer für eine gute Sache.

An diesem Abend kamen die Eltern richtig froh vom Hof heim, besonders Kirsten; aber eine Woche später weinte sie, denn da verreiste der kleine Hans. Er hatte gute Kleider bekommen; er war ein guter Knabe; aber nun sollte er über das salzige Wasser, weit fort, in die Schule geschickt werden, in eine lateinische, und es würden viele Jahre vergehen, ehe sie ihn wiedersähen.

Das Märchenbuch bekam er nicht mit, das wollten die Eltern

zum Andenken behalten. Und Vater las oft darin, aber immer nur die zwei Geschichten, denn die kannte er.

Und sie erhielten Briefe von Hans, einer froher als der andere. Er war bei guten Menschen, in guten Verhältnissen; und am allervergnüglichsten war es zur Schule zu gehen; da gab es so viel zu lernen und zu erfahren; er wünschte jetzt nur hundert Jahre alt und dann einmal Schullehrer zu werden.

»Wenn wir das erleben sollten!« sagten die Eltern, und sie drückten einander die Hände wie beim Abendmahl.

»Was doch Hans geschehen ist!« sagte Ole. »Unser Herr denkt auch an das Kind des Armen! Just am Krüppel sollte es sich zeigen! Ist das nicht, als ob Hans es uns aus dem Märchenbuch vorlesen würde!«

Nachwort

Das Thema Andersen ist an den großen Themen der Weltliteratur gemessen kein sehr reiches, weder an Substanz noch Gehalt. Und doch kann es sich mit ihnen messen. Der Name Andersen gehört zu jenen, die man nennt, wenn von Allgemeingültigem die Rede ist. Denn das und kein Zufall ist es, wenn die Kindheit immer neuer Generationen mit seinen Märchen aufgewachsen ist, wenn sie in unübersehbarer Zahl verbreitet, in fast alle Kultursprachen übersetzt, in jeder Art illustriert, bearbeitet, dargestellt wurden, wenn sie vertraut, geliebt und heute so frisch sind wie nur je im bewegten Jahrhundert, das sie überdauert haben. Ihrer Gültigkeit verdanken sie es.

Gewiß, Andersen war kein »großer« Dichter, aber es wäre verfehlt zu meinen, einem mediokren Geist könnte irgend etwas so Vollkommenes gelingen, wie die Märchen es sind. Es war sein brennender Wunsch, berühmt und geehrt zu werden – aber damit allein ist es nicht getan. Wie immer hat die Verbindung einer Reihe von Glücksfällen das Einmalige und Einzigartige hervorgerufen. Das Neckisch-Launige des dänischen Witzes ist in Andersen ebenso verkörpert wie die naive Fabulierlust der Volksschicht, aus der er stammt, der Geist der Spätromantik, der seiner Kunst den weichen Schimmer verliehen hat, ist an ihr ebenso beteiligt wie die biedermeierliche Freude am Nahen und Kleinen. Doch mit alledem ist das Phänomen noch keineswegs erklärt, das den armen Proletarierjungen, und nicht etwa einen seiner glücklicheren und unstreitig bedeutenderen Zeitgenossen, zum berühmtesten Dänen, ja zum Inbegriff der Nation erhoben hat.

Worauf beruht es? »Nicht auf der Tiefe oder dem Umfang seines Geistes, sondern auf der Stärke und der Eigentümlichkeit seiner künstlerischen Begabung, vermöge deren er schon in unserer zartesten Kindheit auf uns alle eingewirkt hat.« Diese Erklärung stimmt in doppeltem Sinne, indem sie das Besondere an Andersens Kunst hervorhebt und zugleich ihr Wesen berührt. Es ist die Kunst des Märchens. Damit freilich stellt sich das Thema in einen größeren, ja einen überaus großen Zusammenhang.

Das echte Märchen ist nichts Beiläufiges, sondern etwas sehr Zentrales, ist dichterische Elementargewalt, deren Ursprung sich im frühesten Dämmer der Menschheit verliert, deren Jugendfrische es durch alle Zeiten und Zonen begleitet. Kein Volk, keine Sprache, kein Stamm, keine Landschaft ohne Märchen. Hier ist in einem ursprünglichen und zugleich vollkommenen Sinne Weltliteratur, hier ihre Grundform und Grundformel. Sei es die schlichte, in der Zeitlosigkeit der Kinderstube immer neu gebildete, oder jene, die in den hohen Vertretern des Menschengeschlechtes Poesie geworden ist – sie steht hier wie dort unter denselben ewigen Himmelszeichen.

Das echte Märchen ist kein Symbol, keine Allegorie, keine Phantasterei: es ist etwas sehr Schlichtes und bleibt dies in seinen Ursprüngen wie in der Hand des Dichters. Uns dünkt darum die gangbare Unterscheidung von Volks- und Kunstmärchen wenig glücklich. Nicht so sehr auf die Herkunft kommt es an als auf den Geist. Auch das Volksmärchen ist immer »wiedererzählt« und damit in gewissem Sinne Kunstprodukt geworden. Deutlich zeigt sich dies bei den ältesten europäischen Versuchen, solches Gut zu sammeln, bei den »Ergötzlichen Nächten« des Straparola, dem »Pentamerone« des Basile, den »Contes de ma mère Loye« von Perrault ... Ja das berühmteste Beispiel dieser Art, die »Kinder- und Hausmärchen« der Brüder Grimm, ist trotz der Absicht seiner Urheber, wirklich nur den Volksmund reden zu lassen, ein unvergleichliches Kunstwerk geworden. Dagegen empfinden wir die reichen Märchen des 18. Jahrhunderts – ob im geistvollen Gewande Voltaires, im anmutigen Wielands oder im freundlichen des Musäus – als gekünstelt. Und warum ergeht es uns ähnlich mit Produkten so entgegengesetzter Art, wie die Märchen der Romantiker es sind, nicht aber mit denen von Andersen? Weil sie die goldene Mitte halten zwischen Naivität und Kunst, zwischen Phantasie und greifbarem Leben – jene Mitte, die man nur spürt, nicht sieht, die keiner Absicht, die nur der glücklichen Hand gelingen kann. In den besten Schöpfungen Andersens ist darum auch der Gegensatz Volks- oder Kunstmärchen aufgehoben. Sie sind beispielhaft für das Märchen überhaupt, welches immer ein Stück Volksseele und immer ein Stück Kunst ist. Seine sonderbarste Eigenschaft ist aber die, daß in der Wirklichkeit des Lebens nie geschehen kann, was im Märchen geschieht. Nicht etwa nur in bezug auf das Wunderbare und Übernatürliche, sondern mehr und allgemeiner in bezug auf sein Helldunkel, auf seine Prüfungen mit glücklichem Ausgang, seine Verwirrung mit einfacher Lösung, seine Belohnung der Tugend und Strafe des Bösen ... Aber was sind das anderes als Angst- und Sehnsuchtsträume des jungen Gemüts, als Schreck- und Wunschbilder des unerfahrenen Herzens! Jedes echte Märchen ist ein Ausdruck naiver Eudämonie. Sein Zauber liegt freilich im Überwirklichen, nicht dem des magischen Wunders, sondern in der Lebensreinheit, im Ewig-Kindlichen ... Dort berührt sich alles im tieferen Sinne Märchenhafte, komme es aus dem Morgen- oder Abendland, aus dem Namenlosen oder der Hand des Meisters.

Diese einfache Formel soll uns aber nicht darüber hinwegtäuschen, daß das Märchen ein äußerst komplexes Gebilde ist. Die Frage nach seinem Sinn und Wesen seiner Bedeutung und Herkunft hat zahlreiche Theorien auf den Plan gerufen, die durch ihr bloßes Dasein schon beweisen, daß der Begriff des Märchens bei weitem nicht so eindeutig zu fassen ist wie etwa der des Dramas, des Epos oder des lyrischen Gedichts. Mit dem Märchen haben sich außer der Literaturwissenschaft noch eine Reihe von Disziplinen beschäftigt, so die Folklore, die Psychologie und Psychoanalyse, die Pädagogik und neuerdings – wie uns scheint, mit größtem Gewinn – die Naturphilosophie, die in Mythen und Märchen ein freilich vielfach verändertes und überlagertes Spiegelbild urzeitlichen Geschehens zu lesen sucht. Wir sagen »Mythen«, und haben damit bereits ein weiteres berührt, wodurch der Begriff kompliziert wird. Märchen, Mythen, Sagen, Legenden, Fabeln, Gleichnisse ... in was für Weiten kann sich das Thema nicht verlieren, dem bei aller Vielfalt doch immer eines zugrunde liegt: das Märchenhafte! Wie unendlich schwierig ist es, innerhalb dieses Themas Ordnung zu machen! Denn wenn auch alles Fremde säuberlich ausgeschieden wird, bleibt immer noch die Tatsache, daß eigentlich Poesie überhaupt, das Poetische an sich »märchenhaft« ist.

Dichterland war zu allen Zeiten das Wunderbare, das nicht übernatürlich zu sein braucht, dessen Gesetz und Art aber auf Voraussetzungen beruht, die auch diejenigen des Märchens sind. Dort zwar einfacher und unkomplizierter, aber doch dieselben. Nämlich Transponierung des Wirklichen ins Überwirkliche, Verwandlung des Lebens im Sinne der Kunst. Was ist – in einem weiteren Seelenraum – Kunst denn anderes als das Märchen in dem seinen? Beide leben aus der Kraft des menschlichen Herzens, sich über sich selbst hinaus ins Wesentliche zu erheben.

Was ist nun aber eigentlich das Märchen? Versuchen wir, es von der vertrautesten Seite her zu sehen: der Kindheit. Aus der Kindheit der Völker kommt es, und zur Seele des Kindes spricht es. Die wissenschaftliche Psychologie kennt ein eigentliches Märchenalter des Kindes und meint damit jene Zeit, in der das Märchen noch nicht eines neben anderem ist, sondern der Stoff, der sein Phantasiebedürfnis ausfüllt. Das setzt denkbar einfache Verhältnisse voraus, und so ist das Dasein im Märchen denn auch meistens ein kleinbürgerliches oder bäurisches, und im Schwank und Tiermärchen, denen die Verspottung menschlicher Schwächen in der Maske von Tor oder Tier gemeinsam ist, bleibt es bei dieser Umwelt in ihrer schlichtesten Form.

Wo sie durchbrochen wird, wo die Handlung über das dem Kind Vertraute und Bekannte hinausgeht, beginnt das Wunder. Denn die Prinzen, Könige und Schlösser des Märchens sind in keiner Weise mehr Realität und gehören so gut wie Feen und Hexen, Riesen und Zwerge zu seinem unerschöpflichen Requisit, das von Wunderwald und Zauberberg bis zum Schlaraffenland und der verkehrten Welt reicht. Nicht das jedoch ist das Seltsame am Märchen, daß es gleichsam aus zwei Schichten besteht, nämlich der Umwelt des Kindes und einer ihm völlig fremden Welt, die überhaupt nicht oder niemals so existiert – sondern daß Wirklichkeit und Wunder sich so nahtlos ineinander fügen. Diese Welt der Wunschträume von Glück und Fülle, Spiel und Zauberei verwebt sich mit dem Alltag zu einem untrennbar-selbstverständlichen Ganzen. Hier ist das Reich der Kindheit und Einfalt – vielleicht nach einer andern Ordnung auch das der Ahnung und Hellsichtigkeit –, in dem die Sphären noch eins sind, die vereint eben das Märchen bedeuten. Sein Geist ist naiv, und der allein, der es selber ist, kann ein Märchen schaffen. Ebendieses aber, was so viele vergeblich versuchten, hat der dänische Dichter erreicht, der aus der reinsten Unmittelbarkeit des Herzens heraus erzählt und seine Gabe zur höchsten Meisterschaft entwickelt hat.

Wie verläuft das Leben dieses Mannes, dem es gelungen ist, wirkliche Märchen zu schreiben? Wie sieht die Zeit aus, in die er gestellt ist und die auf ihn wirkte? Dänemark war in der zweiten Hälfte des 18. Jahrhunderts ein Musterland des aufgeklärten Despotismus. Die Freiheit des Bauernstandes, die Vortrefflichkeit des Volksschulwesens erinnern an die Schweiz, die auf andern Wegen zu ähnlichen Errungenschaften gekommen war. Landbau und Gewerbe blühten und sicherten dem Bürger sein Auskommen in Frieden ... Aber dann kamen schlimme Jahre, da auch die Kleinen sich ihrer Ruhe nicht mehr erfreuen durften, weil es den großen Nachbarn nicht gefiel. England, das sich durch die Kontinentalsperre Napoleons eingekreist fühlte, paßte die bewaffnete Neutralität der Dänen nicht, und so kam es nach einer von Dänemark nicht unrühmlich bestandenen Auseinandersetzung zur Auslieferung der dänischen Flotte an England. Diese Schmach trieb die Dänen zum Bündnis mit Frankreich, dem sie die Treue hielten, bis das Schicksal mit dem Sturz Napoleons erneut gegen sie entschied.

Der Schuhmacher Andersen, Hans Christians Vater, war ein glühender Verehrer des Kaisers. Er ließ sich zum Krieg gegen Preußen anwerben, in der Hoffnung, als Leutnant heimzukehren. Er kehrte aber, ohne daß es zum Kampf gekommen wäre, als todkranker Mann zurück. »Eines Morgens erwachte er in wilden Phantasien und sprach nur vom Feldzug und von Napoleon; er glaubte Befehle von ihm zu erhalten und selbst zu kommandieren ... Den dritten Tag darauf starb er.« Was dem Vater nicht gelungen war: sich emporzuarbeiten und berühmt zu werden, das wurde – wenn auch von einer weniger kriegerischen Seite her – dem Sohne in reichem Maße zuteil.

Andersens Jugend fällt in die Zeit Friedrichs VI. aus dem Hause Oldenburg, das seit dem Ende des 15. Jahrhunderts in gleichmäßigem Wechsel von Christians und Friedrichs bis zum heutigen Tag regiert. Diese Kontinuität des Königshauses hat bei allen Wechselfällen der Geschichte in mehr als einer Beziehung, vor allem durch die Stabilität der inneren Verhältnisse, eine wohltätige Wirkung ausgeübt. Man muß sich dies vergegenwärtigen, um die Bedeutung der fast rührenden Liebe zu begreifen, die Andersen sein Leben lang dem Königshause bewahrt hat.

Das Scheitern der französischen Politik brachte Dänemark nicht nur den Staatsbankerott, sondern noch den Verlust Norwegens und der Insel Helgoland. Die Folgen solcher nationalen Katastrophen waren jene inneren Reformen und Reaktionen gegen den deutschen Kultureinfluß, die den Jahrzehnte dauernden Konflikt um Schleswig-Holstein heraufbeschworen haben. Er endete im Siege Preußens von 1866 und führte zur Neutralitätspolitik.

Wir deuten diese Ereignisse an, weil sie die Zeit von Andersens Leben und Wirken erfüllen. Wenn sie dieses selber auch kaum beeinflußt haben – denn Andersen stand abseits von aller Politik –, so scheinen sie uns darum nicht weniger wichtig, als der einzelne auch unbeteiligt seiner Zeit verpflichtet und sein Verhalten in ihr symptomatisch ist.

Hans Christian Andersen ist am 2. April 1805 in der Stadt Odense auf Fünen geboren und am 4. August 1875 in Kopenhagen gestorben. Er ist also ganz und gar ein Kind des fortschrittsfreudigen 19. Jahrhunderts. Er begeistert sich für seine Erfindungen und Errungenschaften, für Eisenbahn und Dampfschiff, Gaslaterne und Daguerreotyp, für Liberalität und Entwicklungslehre, für Befreiung der Sklaven, kurz, was die Gemüter damals bewegte, bei völliger Ahnungslosigkeit freilich gegenüber den sozialen und politischen Konsequenzen, für die er nie das mindeste Gefühl hatte. Wo er solchermaßen für sein Jahrhundert Partei nimmt, zeigen sich die schwachen Stellen seines Werkes, auch bei einer Reihe von Märchen, die von dem Fortschritt, den sie preisen, längst überholt sind. Wenn er meinte, dem letzteren seinen Tribut zollen zu müssen, so tat er es wider sein besseres Ich, denn er ist nicht mit, sondern trotz seiner Zeit der größte Märchendichter aller Zeiten geworden.

Andersen war der Sohn eines Schuhmachergesellen und einer Dienstmagd. Die Eltern heirateten zwei Monate vor der Geburt des Kindes und hatten noch kein gemeinsames Heim, als der Knabe zur

Welt kam. Die Verhältnisse der Großeltern väterlicher- und mütterlicherseits waren nicht besser, ja der Häusler Anders Hansen, Hans Christians Großvater väterlicherseits, war während der Kindheit des Enkels »als geisteskrankes Stadtoriginal bekannt, das sich in barock herausgeputzten Lumpen herumtrieb und durch den Verkauf von phantastischen hölzernen Figuren ... ein paar Groschen verdiente«. Wer erinnert sich bei dieser Schilderung nicht einer ähnlichen Gestalt, wer sieht nicht den alten irrsinnigen Jan vor sich, dem Selma Lagerlöf im »Kaiser von Portugallien« ein Denkmal gesetzt hat? Anders Hansen hat kein Denkmal erhalten, es sei denn die erschütternde Stelle in der Autobiographie des Enkels: »Vor dem geistesschwachen Großvater hatte ich große Furcht; nur ein einziges Mal hatte er mit mir gesprochen und die mir fremde Anrede ›Sie‹ gebraucht ... Eines Tages, als er nach Odense zurückkehrte, hörte ich die Straßenjungen laut hinter ihm her schreien; aus Schreck verbarg ich mich hinter einer Treppe, denn ich wußte, daß ich von seinem Fleisch und Blut war.« Eins ist gewiß, es sah unfreundlich aus um den jungen Andersen, und die Verhältnisse, die er, gedämpft genug, im »Märchen meines Lebens« schildert, waren in Wirklichkeit schlimmer. Er lebte in der untersten sozialen Schicht des Landes, in kümmerlichster Umgebung und bitterer Armut. Es schienen seiner Begabung und seinem frühgeweckten Ehrgeiz alle Wege versperrt, oder bestenfalls der des revolutionären Volksmannes offen. Aber der lag ihm fern. Sein schmiegsamer Geist wußte sich anders zu helfen, seine Gaben besser zu nützen und damit auf legitimere Art zu steigen. Er ging den Weg des Sieges in der Demut. Es scheint etwas Entwaffnendes von diesem unwissenden und unvorteilhaft aussehenden Armeleutekind ausgegangen zu sein, das mit den Schwierigkeiten fertig wurde wie das Sonntagskind im Märchen.

Als ein Bursche von vierzehn Jahren zog er, gegen den Willen der Mutter, nach Kopenhagen, ohne Kenntnisse, ohne handwerkliches Können, das weltfremde Herz voller Luftschlösser, mit kaum einer anderen Aussicht als der, betteln zu müssen. Doch in einem Punkte war das weiche Kind erstaunlich zäh: wo es galt, seine Traumwelt zu verwirklichen. Vorerst durch das Theater. Alle Mißerfolge konnten den jungen Andersen nicht hindern, es immer wieder damit zu versuchen, als Statist, im Chor, im Ballett – bis der Stimmbruch und seine gar zu magere und ungelenke Gestalt allem ein Ende machten. Unterdessen aber war man auf den seltsamen Jungen aufmerksam geworden. Gönner ermöglichten es ihm, die versäumte Elementarbildung nachzuholen. Er erhielt Sprachstunden und schließlich ein Stipendium für die Lateinschule, durch die er sich, ein Achtzehnjähriger unter Zwölfjährigen, tapfer durcharbeitete. In verschiedene Märchen sind die heimlichen Tränen dieser Leidensjahre geflossen – aber was ist daraus geworden! Was für Meisterstücke, diese vom Schleier einer luftleichten Ironie umspielten Hühnerhöfe und Ententeiche! Für einmal war die Zeit der Prüfung vorbei und die der ersten Erfolge kam – erstaunlich früh, wenn man das Unwahrscheinliche des Ausgangspunktes bedenkt. Andersen war keine komplizierte Natur, kein Kämpfer und kein Held, aber trotzdem und vielleicht gerade darum ein Glückskind. Er hat sich selber immer als ein solches betrachtet und sein Leben unter dem besonders gnädigen Schutze Gottes gesehen. »Meine Lebensgeschichte wird der Welt sagen, was sie mir sagt: es gibt einen liebevollen Gott, der alles zum Besten führt.« Der so schreibt, konnte ebensogut ein Diener Gottes und der Menschen, eine Art Zinzendorf oder Pestalozzi werden. Den Dogmen des Christentums stand er fern, doch war sein Glaube von tiefster Menschenfreundlichkeit. Bei einem Gespräch mit Oehlenschläger vertritt dieser den realistischen Standpunkt, man solle sich mit den Gaben der Erdenwelt zufrieden geben und nicht darüber hinaus noch unsterblich sein wollen. Andersen erwidert: doch! »Denn ich könnte zornig auf Gott werden, wenn er nicht all den Menschen Ewigkeit gäbe, die es hier in der Welt so schlecht gehabt und fast nie Freude erlebt haben ... ich muß an eine Unsterblichkeit glauben.« Als Student hatte Andersen auch wirklich den Plan, Prediger zu werden, aber Dichtung war doch der Magnetberg, der seinem Schiffe die Fahrt wies. Und in den Worten, mit denen die Lebensgeschichte anhebt: »Mein Leben ist ein freundliches Märchen ...«, liegt schon die ganze Eindeutigkeit dieser Fahrt. Nein, Andersen hatte nicht zu wählen. Er sah, wohin es ging, wenn auch nicht auf den ersten Blick, wo seine Stärke war. Blind aber war vor allem die dänische Kritik, zu der Andersen sein

Leben lang in einem gespannten Verhältnis stand. Als auch sie ihn, spät genug, zu loben beginnt und Edvard Colijn darin eine größere Genugtuung sieht als in allen Lorbeeren des Auslandes, ist Andersen entrüstet: »Nein, mein Freundchen! es liegt eine Genugtuung für mich in der Anerkennung, die ich nach und nach denen zu Hause *abtrotzen* muß ... es liegt eine Genugtuung für mich darin, meine Schriften, selbst in schlechten Übersetzungen, hinausgehen zu sehen über ganz Europa!« Ein weiterer Grund für sein unglückliches Verhältnis zu den heimatlichen Kunstrichtern mag der sein, daß gerade sein Bedeutendstes, seine Märchen, sich kaum in das sanktionierte Literaturschema einfügen ließen, und darum schwerer in die Hirne der zünftigen Kritik eingingen als in Millionen jugendlicher Herzen! Genug, Andersens mimosenhafte Empfindlichkeit hat schließlich noch das ihre dazu beigetragen, daß dieser vom Schicksal so freundlich bereitete Weg auch dornenreich war.

Wir hörten, daß der schon Erwachsene noch auf die Schulbank mußte, um Versäumtes nachzuholen. Mit vierundzwanzig Jahren endlich ist er so weit, ist er frei – der Schwan öffnet die Flügel. Kaum weicht der äußere Druck und damit soviel Beklemmendes, das ihn niedergehalten hatte, da winken schon Lorbeeren. Gedichte erscheinen in Heibergs »Fliegender Post«, und wenn sich die Landsleute auch noch kühl verhielten, so war doch der erste Ehrgeiz, sich gedruckt zu sehen, befriedigt, die Freunde waren befriedigt, die Gönner waren es – das Märchen des Lebens hatte begonnen, und sein Zauber war nicht mehr zu brechen. Bemerkenswert ist, daß der Student und junge Poet Andersen schon in seiner ersten glücklichen Zeit zu vermeiden wußte, was ihm ja nicht ganz ferne lag: das Sentimentale – und dafür im Humor ein Gut entdeckte, dem kein geringer Teil seines Ruhmes gebührt. Es heißt zwar, er habe in seinem ersten Buch, der ironisch witzigen »Fußreise nach Amak«, vor allem E. Th. A. Hoffmann nachzuahmen versucht, und er selber nennt es einen Ausfluß seiner damaligen Stimmung, »in Tränen über die eigenen Gefühle zu spotten« – aber es war mehr. Er hatte gefunden, was tiefer saß als das Sentiment und seinem Stil erst den unvergleichlichen Glanz gab: das goldene Lachen, das durch die schönsten seiner Märchen klingt.

Der Erstling war überdies ein glänzendes Debüt. Wenige Tage nach Erscheinen ist er vergriffen, und der Autor zum erstenmal imstande, seine Heimat zu bereisen. Mit einem Schlag hatte sich alles verändert. »Ich war nun ein glücklicher Mensch, ich besaß Dichtermut und Jugendsinn, alle Häuser begannen sich mir zu öffnen, ich flog von Kreis zu Kreis ... Das Leben lag sonnenbestrahlt vor mir.«

Aber hinter dem unschuldigen Glück lauern, wie im Märchen, die Tücken. Andersen hat dies – so untragisch sein Leben auch war – immer wieder erfahren. Er hat geliebt, ohne je Gegenliebe zu finden. Er hat unter Angriffen aller Art in dem Maße gelitten, als er sie überschätzte. »Ich war zu weich, zu unverzeihlich gutmütig. Jeder wußte es, und einzelne wurden deshalb fast grausam ...«, bekennt er im »Märchen meines Lebens«, und in einem Brief vom April 1843 an eine Freundin: »Sie speien mich an, sie treten mich in den Kot. Ich bin doch eine Dichternatur, wie ihnen Gott deren nicht viele gegeben hat, die ich ihn aber in meinem Todesaugenblick bitten will, diesem Volke niemals wieder zu bescheren ...« Derartige Ausbrüche eines so sanften Menschen zeigen zwar die Stelle, wo er sich getroffen fühlte, doch auch das wahre Gefühl, das er im Grund seines Herzens für die Heimat hatte. Denn nur der Undank jener, zu denen man gehört, kann derart schmerzen, und nur Liebe so hassen. Aber es ist, als ob alle Not, die an ihn kam, Andersen zum Segen gereichte. Freundlich gemildert, hat sie den schönsten seiner Märchen ihre Züge eingegraben.

Im Frühjahr 1831 sah der Dichter zum erstenmal das Ausland, das eine so große Rolle in seinem Leben gespielt hat, jenes Ausland, das ihn vor der Heimat anerkannt und die Anerkennung in der Heimat recht eigentlich bewirkt hat. In Deutschland lernt er Tieck und Chamisso kennen. Letzterem verdankt er den Stoff seines Märchens vom Schatten, einer das Schlemihl-Thema ins Bittre variierenden Satire auf den Scharlatan. Chamisso wiederum hat Gedichte von Andersen übersetzt. Das berühmteste, »Es geht bei gedämpfter Trommel Klang«, reicht so weit wie die deutsche Zunge: Soldaten singen es, die Jugend singt es und frägt nicht nach der Herkunft – es ist der Geist des Volksliedes, der in ihm lebt.

Zu Hause begann für Andersen wieder das Elend der Nörgelsucht. Daß er indes nicht auf den Mund gefallen war, beweist eine Anekdote in der Selbstbiographie: »Ein solcher Erzieher fragte mich einst, ob ich den Hund mit einem kleinen h schreibe – er hatte in meinem letzten Buche einen solchen Druckfehler gefunden; ich erwiderte scherzend, ja, hier habe ich eben von einem kleinen Hunde gesprochen.«

Wir wissen, daß ihn treue Freunde und Helfer begleiteten, ohne die er niemals dahin gelangt wäre, wo er nun stand. Wir wissen auch, daß die gleiche Anlage, die ihn empfänglich für alles Entgegenkommen, dankbar für Wohlwollen, enthusiastisch für Freundschaft machte, ihn jede Kränkung mit dem Gefühl des mißhandelten Kindes empfinden ließ. Derselbe Mann, der sein Leben ein hübsches Märchen nennt, der in allem die Hand einer gütigen Vorsehung spürt, berichtet auch, sein krankes Gemüt habe sich nur durch Flucht in die Ferne retten können. »Ich fühlte ... daß das Reiseleben die beste Schule für mich sein würde.« Und gleich danach: »Ich fühlte einen Seelendrang, fortzukommen, um womöglich frei atmen zu können ...« Dänemark ist ihm zuzeiten das »Lehmgrab, in das der Fischer und seine Frau kamen, als sie zu große Wünsche hatten«! Die Hauptsorge war, daß die Mittel fehlten. Neuer Grund zu Demütigungen. Er hatte um ein Reisestipendium angesucht, doch riet man ihm, sich noch Empfehlungen zu verschaffen, da er nur einer von vielen sei. Gewiß war er das, wenn es mit den vielen auch längst vorbei und nur der eine geblieben ist! »Ich verschaffte mir daher Empfehlungen und bin, soviel ich weiß, der einzige dänische Dichter, der in der Heimat Empfehlungen beibringen mußte, daß er Dichter sei.« Aber er erhielt sein Stipendium und reiste damit nach Frankreich, ins Paris des Bürgerkönigs Louis Philippe.

Es lag freilich nicht nur an den unerfreulichen Verhältnissen in der Heimat, daß er bisweilen wünschte, ein Deutscher, Franzose oder Engländer zu sein. In der Bemerkung »Ich hätte doch eine größere Bahn, jetzt engt die Sprache mich auf wenige Meilen ein« spricht er aus, was es für den Mann des Wortes bedeutet, einer Weltsprache anzugehören.

Soweit Dichter seine Produktion beeinflußt haben, waren es vor allem Ausländer. Scott und E. Th. A. Hoffmann hatten schon des jungen Andersen Begeisterung erregt. In Paris sucht er denn auch gleich Victor Hugo auf und trifft den bewunderten Heine. Zu den Stätten, die an den großen Kaiser erinnern, führt ihn sein vom Vater ererbter und lebenslang gepflegter Napoleonkult. Sonst verkehrt er – »einer Schwäche seiner Landsleute folgend« – fast ausschließlich mit Dänen, begibt sich dann aber kurz entschlossen nach Le Locle im Schweizer Jura, um doch noch etwas Französisch zu lernen! Dort fiel im August Schnee, was nicht einmal zu Hause vorkam. Um so stärker lockt nun der Süden wie so viele nordische Wanderer auch diesen, und im Herbst 1833 betritt er die Ewige Stadt. Die wichtigste Begegnung hier war die mit Thorwaldsen. Thorwaldsen kam selber aus kleinsten Verhältnissen, war nun der gefeiertste Däne und damit die Verkörperung von Andersens Wünschen. Obwohl der eine berühmt und der andere nichts war, scheint ein Gefühl der Gemeinsamkeit rasch die beiden Männer mit dem Kinderherzen verbunden zu haben. Sie hielten ihr Leben lang daran fest.

Es sind glückliche Tage, die Andersen bis zum Frühjahr 1834 in Italien erlebt. Ein neues Werden durchströmt ihn schmerzlichsüß. »Alles war mir neu und doch so sonderbar bekannt, als wäre ich in eine Heimat gekommen ... Mit eigentümlicher Schnelligkeit faßte ich alles auf und lebte mich hinein, während eine tiefe nordische Wehmut meine Brust erfüllte.« Aus dieser Stimmung heraus ist der »Improvisator« entstanden – der erste große Roman, die erste große Leistung Andersens, erfüllt von jener bezaubernden Italianität, wie sie nur wahlverwandten Fremden bisweilen geglückt ist. »Italien ist mein Vaterland!« – durfte mit Recht der Autor des »Improvisator« sagen.

Dänemark ist mit seiner Zustimmung noch immer spröde, der Erfolg im Ausland dafür triumphal. Deutschland, England, Schweden, Holland, Rußland übersetzen und loben, und das ist es, was Andersen braucht. Er hat immer wieder betont, daß ausgiebigstes Lob seiner Phantasie am besten bekomme, daß Lob und Preis seine Lebensluft seien. So wachsen rasch hintereinander zwei weitere Romane, »O. Z.« und »Nur ein Geiger«. Alle drei sind Selbstporträts, alle behandeln das Thema des sich aus drückender Lage Emporringenden. Das brannte ihm auf der Seele, bis es im Märchen vom häßlichen Entlein zu seiner letzten und schönsten Form geläutert war.

Das Produzieren fällt Andersen nicht schwer. Er schreibt Verse und Prosa, Stücke und Vaudevilles fast mit der gleichen leichten Selbstverständlichkeit, er schreibt aus Lust daran und um des Brotes willen. Man kann sich fragen, ob es diesem reichlich fließenden Strom zu danken ist, daß sich darunter auch Goldkörner finden. Wir möchten dem Zufall an der Bildung des Wertvollen in der Literatur nicht so viel Spielraum gönnen. Es scheint uns vielmehr, daß Andersen sein Bestes fest und sicher in sich trug und nur des nötigen Umschwungs bedurfte, um es herauszustellen, nach einem Gesetz künstlerischen Schaffens, daß das Bedeutende aus der Fülle kommt.

1840 erscheinen nicht weniger als drei Arbeiten: das »Bilderbuch ohne Bilder«, das Drama »Der Mulatte«, wieder ein Spiegel eigener Gefühle, und ein Versstück »Das Maurenmädchen«. Er hat Erfolg damit in Schweden, aber der alte Verdruß daheim vergällt ihm die Freude, und als einstige Freunde wie der Dichter Heiberg sich gegen ihn wenden, mit seiner wachsenden Berühmtheit die Lage sich bis zur Bildung von Parteien zuspitzt, entflieht er wieder leidend und verstimmt ins Ausland. Es muß in gewissen Kreisen eine ausgesprochene Aversion gegen ihn bestanden haben, die mit seinem weichen, etwas eiteln und ruhmsüchtigen Wesen zusammenhängen mochte. Brandes berichtet, daß er von den bedeutenden Männern der älteren Generation nicht einen gekannt habe, der Andersen schätzte. Seine wahrhafte Güte scheint nur langsam gewirkt zu haben, dann allerdings vollständig: Andersen sei im Alter geradezu sakrosankt für Dänemark geworden.

Es sind aber nicht nur diese Mißhelligkeiten, die ihn hinaustreiben, es ist auch seine schöpferische Neugierde. Zu Hause ist es etwas eintönig für den, der so ganz durch das Auge lebt. Er ist ein Zugvogel und braucht die Veränderung. Die Welt ist ihm ein Bilderbuch, in dem er mit der Spannung des Kindes blättert, ihr buntes Treiben ist es, was ihn reizt, und nicht zufällig hat er seiner großen Reise nach Italien, Griechenland und der Türkei den etwas seltsamen Titel »Eines Dichters Bazar« gegeben.

Die wichtigsten Reisen Andersens fallen in die vierziger Jahre. Es ist bezeichnend, daß er das Grollen, das damals durch die Länder ging, nicht zu bemerken scheint. Die kleinen und alltäglichen Dinge fesseln seine Phantasie. Man hat ihm dies zum Vorwurf gemacht und ihm Mangel an politischem und sozialem Interesse nachgesagt. Ist dies immer ein Mangel? Wo käme man hin in einer Welt, in der nur noch das Gigantische gelten sollte! Andersen hatte seine Augen zweifellos am rechten Fleck und sein Herz auch – die Märchen beweisen es.

Was Deutschland betrifft, so hat er dieses nicht nur häufig bereist, sondern förmlich erobert. Er stand dort nicht nur in Kontakt mit bedeutenden Männern und Frauen, er war populär von den Fürstenhöfen bis in die Arbeitervereine und Kinderstuben. Doch das genügte ihm nicht. »Wie soll ich Frankreich und England gewinnen? Die beiden großen Mächte muß ich haben, eher habe ich keine Ruhe ...«, schreibt er 1837 an Henriette Hanck. Und es ist ihm gelungen. Erst zehn Jahre später kommt es zwar zur Reise nach England, wo Andersen in vornehmen Kreisen liest und Gast bei Dickens ist. Die erhoffte Vorstellung bei Hof kommt nicht zustande, dennoch kann er zufrieden sein. Seine Märchen haben ihren friedlichen Siegeszug durch das Britische Reich wie durch die ganze übrige Welt angetreten.

1848 ist auch für Dänemark ein Schicksalsjahr. Der alte Staatsverband war zusammengebrochen, Dänen kämpften gegen Deutsche, und Andersen, dem schon der Gedanke an Krieg widerwärtig war, litt doppelt unter der Heimsuchung des eigenen Volkes. Das Volk aber, dem er soviel zu danken hatte – war der Feind! In diesen Jahren der Not schmilzt auch, was sich an Gram und Ärger über die undankbare Heimat in seinem Herzen gesammelt hatte. Er schreibt das schöne Nationallied »In Dänemark bin ich geboren, und meine Heimat hab' ich dort ...« und erlebt den schöneren Triumph, daß trotz des Krieges die erste Gesamtausgabe seiner Schriften und die erste illustrierte Ausgabe seiner gesammelten Märchen in Deutschland erscheinen konnte.

Wir sagten bereits, daß Andersen sein Lebtag von kindlich frommer Gemütsart war – aber vor allem doch Künstler. In dieser

Mischung scheint uns das Pfand zu liegen, das ihn begabte, den Glücksfund seines Lebens zu tun. Er gelang ihm fast beiläufig, und es ist wenig wahrscheinlich, daß er ihn gleich als solchen erkannt hat. Als 1835 ein erstes dünnes Heftchen mit vier Märchen erschien, war die Aufnahme bei den wenigen, die es überhaupt beachteten, denkbar geteilt. Als nicht eben prophetisch erweist sich eine Besprechung in der Zeitschrift »Dannora«, die mit dem Wunsche schließt, der talentreiche Dichter möge nicht auch fernerhin seine Zeit damit verlieren, Märchen für Kinder zu schreiben!

Und dieses Musterbeispiel zimperlicher Schulmeisterei steht nicht allein. Andere Pedanten sehen in Andersen eine regellose Naturbegabung und tadeln die mündliche Lebhaftigkeit seines Stils! Wenn selbst gute Freunde ihm abrieten, mit solchen Kindereien fortzufahren, so war das nicht ermutigend. Einen Lichtblick bildet dagegen das Urteil des Physikers Oersted, der voraussieht, daß der »Improvisator« Andersen berühmt, die Märchen aber ihn unsterblich machen werden. Er selbst ist noch nicht ganz überzeugt davon. Er nennt sie Geringfügigkeiten, mit denen er nichts weiter gewollt habe, als die Jugend gewinnen. »Ich habe ein paar von den Märchen wiedergegeben, mit denen ich selbst als Kleiner glücklich war ... und habe sie so geschrieben, als ob ich sie einem Kind erzählen wollte.« Doch das einmal begonnene Spiel läßt ihm keine Ruhe, und bald ist es mehr als ein Spiel. »Die Märchen drängten sich mir auf«, heißt es in der Autobiographie. Das war entscheidend. Schon im folgenden Jahr kam ein neues Heft, und während der nächsten dreißig Jahre gab es kaum ein Weihnachtsfest ohne neue Märchen. In einem Brief an Frederik Laessöe aus dem Jahr 1838 klagt Andersen noch: »Ach, könnte ich doch in dieser Welt den geistigen Schatz heben, den ich in meiner Brust versenkt fühle!« – in Wahrheit aber war das Mittel bereits gefunden. Die Märchenform hatte es ihm gegeben. Sie war für ihn nicht eine Möglichkeit unter anderen, nicht Laune oder Mode, sondern *die* Möglichkeit, sich mitzuteilen. Was ihn bedrängte und bewegte, findet sich hier verdichtet und verklärt – ihr bunter Spiegel hat jeden Hauch seines Wesens aufgefangen, und so sind die Märchen seine wahrhafte Lebensgeschichte, seine innere Biographie geworden.

Schon als Kind wußte Andersen, daß er etwas zu sagen hatte. Über seine ungewöhnliche Beredsamkeit staunten selbst die geschwätzigen alten Spinnweiber, bei denen er sich herumtrieb. Das Kind in ihm hat denn auch den letzten, eigentlichen Ausdruck dafür gefunden. Wo er es ausleben kann, gelingt ihm Erstaunliches. Das Nahe, Alltägliche, die stumme Umgebung des Menschen fesselt ihn. Man könnte ihn darin mit Ludwig Richter vergleichen. Beide illustrieren die Idylle, und nicht zufällig heißt ein Werk Andersens »Bilderbuch ohne Bilder«. Wie Richter hebt er die Wirklichkeit nicht auf, er legt nur das Wunder in seine wunderbare Kleinmalerei. Teetopf und Feuerzange, Zinnsoldat und Flaschenhals, Stopfnadel und Schwefelhölzer, Meßlatte und Zaunpfahl, sie alle sind, was sie wirklich sind, und spielen ihre Gastrollen doch so meisterhaft! Man denke an das »Geldschwein«, das ist die Geschichte vom Tonschwein und den Dingen in der Stube, die sich aus Langeweile entschließen, einmal Mensch zu spielen – oder an die »Liebesleute«, die Geschichte vom Kreisel, der um den Ball freit, abgewiesen wird und nach Jahren ihm wieder im Kehrichtfaß begegnet – oder an die »Kinderstube«, wo das Familienstück in einem Akt gespielt wird von Herrn Pfeifenkopf, Vater, Fräulein Handschuh, Tochter, Herrn Weste, Verlobter der vorigen, und Herrn Stiefel, Freiersmann … oder an das Bravourstück dieser Art, das Märchen im Märchen vom Fliegenden Koffer, in dem die Küchengeräte sich wichtig tun –! Man müßte sie alle im Wortlaut wiedererzählen, um ihren Zauber wirken zu lassen, und doch genügen Stichworte, um begreiflich zu machen, daß hier ein Besonderes wirksam ist: der Geist des Biedermeier.

In jeder Richtung und Schattierung finden sich Beispiele, daß Andersen zwar etwas Neues und Einmaliges geschaffen hat, aber eben damit und darum der kleinbürgerlichen Behaglichkeit seiner Zeit aus der Seele redet! Man hat gesagt, er stehe zwischen zwei Zeiten, zwischen Romantik und Realismus. Aus der einen komme er, die andere habe er selber mit seinen Märchen eingeleitet … Als Versuch, die Ursprünge zu suchen und Zusammenhänge zu erklären, mag es gelten. Wie fern war Andersen bereits dem problematischen Geist der Romantik, die in der eigenen Ironie die selbstgeschaffenen Illusionen wieder aufhebt – während sich hier Leben und Stillleben, Menschliches und Wunderbares in schönster Ausgewogenheit begegnen. Freilich um den Preis der »großen Linie«. Seiner Zeit lag der Hang zu sentimentalem Spießertum näher, aber Andersen streift es kaum, er spielt es vielmehr auf reizende Art in ein Spitzwegsches Bild hinüber.

Entscheidend ist ja nicht die historische Frage des Woher und Wohin, sondern die Leistung, das Positive, dessen Träger und Bildner der Genius ist. Andersen ist konservativ, er liebt die stille Ordnung des Alt-Gewohnten, aber wie sehr bewundert er auch die neue Zeit! Darin liegt keinerlei Widerspruch, sondern eben das Besondere, durch das er Andersen ist! Gerade diese Doppelnatur macht ihn ja so reizvoll und seine Motivwelt so reich und lebensfrisch! Durch die Synthese von duftiger Zartheit und minutiöser Realistik hat er erfaßt, was man die Grazien des Kleinen nennen könnte, und verkörpert damit den Geist des Biedermeier wie nur noch ein Dichter neben ihm – Adalbert Stifter. Beide sind beschauliche Betrachter ihrer Zeit und Umwelt, beide überaus einfach, fern jedem Pathos und jeder Mystik. Beiden ist gemeinsam ein klares Festhalten am »Alten Wahren«, an der Überlieferung und gegebenen Umwelt. Die Verherrlichung des Schlichten und Guten ist der seelische Grundton beider, so sehr, daß die artigen Kinder Andersens wohl an die braven Jünglinge Stifters gemahnen können. Aber Andersen ist geschmeidiger und lächelt noch unter Herzweh, wie in den schalkhaften Dialogen etwa von Spielzeug oder Küchengerät, in denen er eine leise Rache für Kränkungen und Liebeskummer nimmt. Diese innere Heiterkeit ist sein dänisches Erbe. Trotz seines Hanges nach fremden Ländern und Leuten, trotz seiner dauernden Weltfahrerei ist er der dänischste aller dänischen Dichter, aufs engste mit Luft und Landschaft der Heimat verbunden. Seine Märchen sind undenkbar ohne die dänische Natur, ohne das Kleid ihrer Buchenwälder und Rosenhecken, den weichen Ton ihrer Jahreszeiten, den zarten Glanz ihrer Lichter, ohne ihre schimmernden Nebel und geflügelbevölkerten Teiche ... Aber trotz der Heimatliebe ist es nie Heimattümelei, auch kein Versuch der Erweckung einstigen Gutes und Stils, wie ihn sein verdienter Zeitgenosse Grundtvig unternommen hat. Andersen ist selber der Stil und selber die Heimat. Der alte sagenerfüllte Volksgeist redet aus ihm, gleichwie sein Herz zum Kinderherzen redet. Es ist das Merkmal dieser Zeit überhaupt, daß Kindlichkeit und Kunst vielleicht zum erstenmal in ihr sich verbunden haben – wirklich verbunden, und nicht zum Schein oder aus irgendwelcher Herablassung. Nirgends aber so wie in der Gabe Andersens, die leichten und zarten Stimmen des flüchtigen Lebens im Wort zu bewahren. Das entspricht auch der Sendung des Dichters, wie er sie aufgefaßt und sich damit in bewußten Gegensatz zum eleganten und verstandesmäßigen Ästhetizismus des Heiberg-Kreises gesetzt hat.

Wir sahen bereits in Andersens Humor ein Korrektiv gegen Gefühlsüberschwang. Er ist aber noch mehr: er ist die Scheu gewisser zarter Menschen, das zartere Innere zu entblößen und preiszugeben. Dagegen schützt am sichersten die Schalksmaske! Wir brauchen nur an Gottfried Keller zu denken! – Dann noch ein Drittes: er ist ein eminentes Kunstmittel! Und darin unterscheidet sich der Andersensche Humor entschieden von dem des Volksmärchens, aber ebenso von dem fast aller Dichtermärchen. Das Volksmärchen kennt den Humor in dieser überlegenen und doch gütigen Art noch nicht – das Kunstmärchen in seiner fast ausschließlich ästhetischen Spielform nicht mehr. Andersen kann sehr geistvoll sein, ja bezaubernde Persiflagen gesellschaftlicher und menschlicher Schwächen sind ihm gelungen. Im Grund seines Herzens aber ist er gütig. Er nimmt das Kind ernst, geht Hand in Hand mit ihm und redet ihm zwischendurch einmal zu, so schlimm sei es nicht, es werde schon gut ... Und damit schwingt der beste Teil seiner Ironie hinüber in eine beschwichtigende Güte und erhebt sich so zur schönsten Menschenhöhe, der Barmherzigkeit.

In der Autobiographie gibt Andersen einigen Aufschluß über seine Beschäftigung mit Märchen. Dabei wird eins vor allem klar: daß sie und sie allein von allem Anfang an als guter Stern über seinem Leben standen. »Da stieg meine Woge«, berichtet er, »da gab ich meine neuen Märchen heraus, die eine ehrenvolle Meinung in meinem Vaterlande über mich verbreiteten; mit der Ausgabe der Märchensammlung zu Weihnachten 1843 begann alle Anerkennung und Gunst in Dänemark für mich ...« Aber es war nicht nur die äußere Linderung von Mißhelligkeiten, die er den Märchen und ihrer raschen Volkstümlichkeit verdankt, es war weit mehr noch eine innere Befreiung.

Um zu begreifen, was damit gemeint ist, müssen wir fragen, woraus diese Märchen bestehen. Aus dreierlei Elementen. In den ersten, und vereinzelt auch später, hat Andersen aus der alten Volksdichtung geschöpft, die ihm schon als Kind nahe war. »Das Feuerzeug« etwa, »Der kleine Klaus und der große Klaus«, »Der Reisekamerad«, »Die wilden Schwäne« gehen auf dänisches Märchengut zurück, während im »Tölpel-Hans«, im »Schweinehirt« oder »Däumelinchen« unschwer Grimmsche Motive zu erkennen sind. Wenn sich aber Andersen bei diesen Stoffen an die äußere Form hält, so ändert er – seinem eigenen märchenschöpferischen Instinkte folgend – doch oft den Sinn bis in sein Gegenteil. (Man vergleiche etwa den »Schweinehirt« mit dem Grimmschen König Drosselbart, oder »Was Vater tut, ist immer recht« mit Hans im Glück.)

Aber er braucht nicht auf Überliefertes zu greifen. Er gesteht: »In meiner zunehmenden Hinneigung zum Märchen folgte ich meinem Triebe, die meisten selbst zu erfinden ...« Von den rund hundertsechzig Stücken der vollständigen Ausgabe gehört der weitaus größte Teil zu den letzteren. Doch auch hier ist zu unterscheiden zwischen reinen Phantasiegebilden und jenen Märchen, denen er das Heimlichste und Tiefste seines Lebens anvertraut hat.

Diese meinen wir, wenn wir von seiner inneren Befreiung reden. Hier strömt sein Herzblut, leben seine Tränen und Launen und Schelmereien ... Und hier, wo es um seine eigene Geschichte geht, gelingt ihm Unvergleichliches! Schon beim leichten Spiel mit der Kleinwelt. Und wo er von Pflanzen und Tieren redet, von Weide und Holunder, von Schwalbe und Storch zu erzählen weiß, als hätten sie ihm ihre Geheimnisse anvertraut – da ist er wahrhaft zu Hause. Das hat er erlebt. Aber er hat auch erlebt, wie seine Mutter sich in Mühsal für ihn plagte, und das ist eingegangen in die erschütternden Gestalten der Frau, die ihr Kind vom Tod zurückerbittet, und der Wäscherin, die in den Augen der Welt nichts taugt, weil sie nichts besitzt als die Liebe zu ihrem Kinde ...

Andersens ganze Liebe gilt ja dem Kinde. Er wird nicht müde, auf immer neue Weise die Macht seiner Herzensreinheit zu zeigen und den Segen, der auf seiner Unschuld ruht. – Im tiefsten jedoch ist es die eigene traurige Kindheit und ihr wunderbarer Ausgang, die ihn beschäftigt und bewegt. In vielerlei Formen lebt sie in den Märchen, am unvergänglichsten in der Geschichte vom häßlichen jungen Entlein, die auf wenigen Seiten das ganze Lebensmärchen enthält. Nirgends hat Andersen sich und seine Kunst vollkommener ausgedrückt, und es ist kein Zufall, daß gerade hier das Wort steht, das als Motto seines Lebens gelten kann: »Es schadet nichts, in einem Entenhofe geboren zu sein, wenn man nur in einem Schwanenei gelegen hat.« Er durfte es sagen, denn nun war es so weit, daß alle Welt es anerkennen mußte.

Die Tage ungeminderten Ruhmes waren angebrochen. Aus allen Ländern kamen Ehrungen, in alle Sprachen wurde er übersetzt, und was er einst aus Deutschland schrieb: »Diese Reise ist ein wahrer Triumphzug ... alle Häuser stehen mir offen, die Fürsten reichen mir die Hand!« – das hat sich endlich auch in der Heimat erfüllt. Von nun an blieb Andersen der unantastbare Liebling seines Volkes. Ein Ziel war erreicht, das sich der Sohn des armen Schuhmachers in seinen kühnsten Träumen nicht vorstellen konnte. Noch erlebt er den siebzigsten Geburtstag, der zu einem Nationalfest wird – aber seine Gesundheit ist erschüttert. Auf Besuch bei einer befreundeten Familie hat ihn der Tod sanft berührt. Es ist, als ob das letzte Bild, das wir von ihm besitzen, noch einmal zusammenfaßte, was dieses Leben bedeutet hat. In einem sonnigen Biedermeierzimmer sitzt der greise Andersen und blickt in die Ferne ... Durchs offene Fenster schimmert der Sund von Kopenhagen, und man kann sich vorstellen, daß Kinder hereinkommen werden und der freundliche alte Mann im Lehnstuhl beginnen wird, Märchen zu erzählen ... Aber der Weg ist zu Ende. Das Herz hat aufgehört zu schlagen, und nur die heiteren Kinder seiner Phantasie leben weiter und werden noch lange leben.

Martin Bodmer

INHALT

Hans Christian Andersen

Nur ein Spielmann

Roman

Aus dem Dänischen von Bernd Kretschmer

Mit einem Nachwort von Johan de Mylius

265 Seiten. Gebunden

Andersens Roman aus dem Jahr 1837 stellt den klassischen Künstler- und Entwicklungsroman vom Kopf auf die Füße: Er handelt davon, wie aus der Hauptfigur Christian am Ende doch kein Künstler wird, weil soziale Zwänge die Entfaltung des Talents verhindern. Und bei allem äußeren Handlungsreichtum der Geschichte findet gerade keine innere Entwicklung statt. Während Christian bis zuletzt ein träger Melancholiker bleibt, stürzt sich Naomi, Christians leidenschaftliche Antipodin aus wohlhabendem Haus, ins immer gleiche Unglück. Andersen ist mit dieser kompromisslosen Geschichte einer der ersten sozialkritischen Romane der dänischen Literatur gelungen.

S. Fischer

fi 1-000825 / 1

Hans Christian Andersen

Sein oder nicht sein

Roman

Aus dem Dänischen von Erik Gloßmann

Mit einem Nachwort des Übersetzers

Band 16476

Als kleiner Junge verliert Niels Bryde seine Eltern und kommt unter die Obhut eines Pfarrers auf Jütland. Die Geborgenheit und das einfache Landleben prägen seine Kindheit. In Kopenhagen, wohin ihn die Pflegeeltern zum Theologiestudium schicken, gerät Niels unter den Einfluss der naturwissenschaftlichen Strömungen seiner Zeit. Nach einem Zerwürfnis mit dem Pflegevater zieht er als Arzt in den Deutsch-Dänischen Krieg. Die furchtbaren Erlebnisse dort und der Cholera-Tod seiner Geliebten führen Niels schließlich zurück zur Familie.

»Sein oder nicht sein« entfaltet ein geradezu überbordendes Panorama seiner Zeit, das bei aller Sehnsucht nach verlässlichen Traditionen davon zeugt, dass die Entzauberungen der Moderne nicht aufzuhalten sind. Mit der Neuübersetzung von Erik Gloßmann liegt Andersens Roman erstmals seit Ende des 19. Jahrhunderts wieder auf Deutsch vor.

Fischer Taschenbuch Verlag

fi 16476 / 1

Thomas Mann

Buddenbrooks
Verfall einer Familie
Roman
Band 9431

Königliche Hoheit
Roman
Band 9430

Der Zauberberg
Roman
Band 9433

Joseph und seine Brüder
Roman

I. Die Geschichten Jaakobs
Band 9435

II. Der junge Joseph
Band 9436

III. Joseph in Ägypten
Band 9437

IV. Joseph, der Ernährer
Band 9438

Lotte in Weimar
Roman
Band 9432

Doktor Faustus
Das Leben des deutschen Tonsetzers Adrian Leverkühn, erzählt von einem Freunde
Roman
Band 9428

Der Erwählte
Roman
Band 9426

Bekenntnisse des Hochstaplers Felix Krull
Der Memoiren erster Teil
Band 9429

Fischer Taschenbuch Verlag

fi 555 042 / 1

Thomas Mann

Sämtliche Erzählungen

Der Wille zum Glück
und andere Erzählungen
1893 – 1903
Band 9439

Schwere Stunde
und andere Erzählungen
1903 – 1912
Band 9440

Unordnung und frühes Leid
und andere Erzählungen
1919 – 1930
Band 9441

Die Betrogene
und andere Erzählungen
1940 – 1953
Band 9442

Fischer Taschenbuch Verlag

fi 666008 / 1